ଦେଶ କାଳ ପାତ୍ର

ଦେଶ କାଳ ପାତ୍ର

ଜଗନ୍ନାଥ ପ୍ରସାଦ ଦାସ

BLACK EAGLE BOOKS
2019

BLACK EAGLE BOOKS

7464 Wisdom Lane
Dublin, OH 43016
E-mail: info@blackeaglebooks.org
Website: www.blackeaglebooks.org

First International Edition Published by
BLACK EAGLE BOOKS, 2019

DESHA KALA PATRA
by Jagannath Prasad Das

Cover & Interior Design: Ezy's Publication

ISBN- 978-1-64560-035-0 (Paperback)

Printed in United States of America

ଦେଶ କାଳ ପାତ୍ର

ଜଗନ୍ନାଥ ପ୍ରସାଦ ଦାସ (ଜନ୍ମ ଅପ୍ରେଲ ୨୬, ୧୯୩୬) : କବି, ଗାଳ୍ପିକ ଏବଂ ନାଟକକାର । ଉତ୍କଳ ଓ ଆଲ୍ଲାହାବାଦ ବିଶ୍ୱବିଦ୍ୟାଳୟରୁ ଶିକ୍ଷା ପ୍ରାପ୍ତି: କଳା ଇତିହାସରେ ପିଏଚ୍.ଡି । ଭାରତୀୟ ପ୍ରଶାସନ ସେବାରୁ ସ୍ୱେଚ୍ଛାରେ ଅବସର ନେଇ ବିଗତ ଦୁଇ ଦଶନ୍ଧିରୁ ଗବେଷଣା ଓ ସାହିତ୍ୟ ରଚନାରେ ସମ୍ପୂର୍ଣ୍ଣ ଭାବେ ନିଯୁକ୍ତ ଏବଂ ବିଭିନ୍ନ ସାଂସ୍କୃତିକ ଅନୁଷ୍ଠାନ ଓ କାର୍ଯ୍ୟକ୍ରମ ସହିତ ସମ୍ପୃକ୍ତ । ତାଙ୍କର ଲେଖାମାନ ଇଂରେଜୀ ତଥା ଅନେକ ଭାରତୀୟ ଭାଷାରେ ଅନୁବାଦିତ ଏବଂ ତାଙ୍କର ନାଟକ ଦେଶର ବିଭିନ୍ନ ସ୍ଥାନରେ ମଞ୍ଚସ୍ଥ ହୋଇଛି । ଓଡ଼ିଶାର କଳା ଉପରେ ଲିଖିତ ତାଙ୍କର ପୁସ୍ତକମାନ ହେଲା: ପୁରୀ ପେଣ୍ଟିଙ୍ଗ୍‌ସ, ଚିତ୍ର-ପୋଥି ଏବଂ ପାମ୍-ଲିଫ ମିନିଏଚର୍ସ । ଉନବିଂଶ ଶତାବ୍ଦୀ ଓଡ଼ିଶାର ପୃଷ୍ଠଭୂମିରେ ଲିଖିତ ତାଙ୍କର ଅନ୍ୟତମ ପୁସ୍ତକ ହେଉଛି 'ସୁନ୍ଦର ଦାସ' (ନାଟକ) । ଲେଖକଙ୍କର ଇମେଲ୍: prathampurush@gmail.com ।

ଉନବିଂଶ ଶତାବ୍ଦୀର ଦ୍ୱିତୀୟାର୍ଦ୍ଧ ଥିଲା ଓଡ଼ିଶା ପାଇଁ ଦୁଃଖ ଦୁର୍ଦ୍ଦଶା ବିପର୍ଯ୍ୟୟ କିନ୍ତୁ ପୁଣି ଉତ୍ତରଣ ପୁନର୍ଜାଗରଣ ଓ ଅଗ୍ରଗତିର ସମୟ । ଏହି ପଚାଶ ବର୍ଷ ଭିତରେ ଓଡ଼ିଶା ଦେଖିଲା ଏକ ଭୟାବହ ଦୁର୍ଭିକ୍ଷ ଓ ତାର ଫଳାଫଳ, ପୁରୀ ମନ୍ଦିର ଓ ରାଜପରିବାରର ଉତ୍ଥାନ ପତନ, ଓଡ଼ିଆ ଭାଷା ଓ ସଂସ୍କୃତିର ବିକାଶ ଓ ପ୍ରସ୍ତୁଟନ ଏବଂ ଏକ ବିଦେଶୀ ଶାସନର ବିଭିନ୍ନ ଅଭିମୁଖ । ଏ ସମୟର ପାତ୍ରମାନେ ହେଲେ ସେତେବେଳର ଲବ୍ଧ ପ୍ରତିଷ୍ଠ ବିଚିତ୍ରାନନ୍ଦ ଦାସ, ସାମନ୍ତ ଚନ୍ଦ୍ରଶେଖର, ଗୌରୀଶଙ୍କର ରାୟ, ଫକୀରମୋହନ ସେନାପତି, ରାଧାନାଥ ରାୟ, ମଧୁସୂଦନ ଦାସ, ଟି.ଇ.ରେଭେନ୍ସା, ଜନ୍ ବୀମସ୍ ପ୍ରମୁଖ, ତଥା ସାଧାରଣ ଓଡ଼ିଶାବାସୀ । ଏହି ଯୁଗାନ୍ତକାରୀ ସମୟର ଘଟଣାମାନଙ୍କରୁ କେତୋଟି ହେଲା : ନଅଙ୍କ ଦୁର୍ଭିକ୍ଷ, ଉତ୍କଳ ଦୀପିକାର ଆବିର୍ଭାବ, ରାଜପରିବାରମାନଙ୍କର ଅଭୁତ ଗତିବିଧ, ଅଲେଖ ଧର୍ମ ଓ ପୁରୀ ମନ୍ଦିର ଆକ୍ରମଣ, ସିଦ୍ଧାନ୍ତ ଦର୍ପଣ ମୁଦ୍ରଣ, ରାଧାନାଥ ଓ ଫକୀରମୋହନଙ୍କ ଜୀବନ ଯାତ୍ରା, ଇଂରେଜମାନଙ୍କର ଶାସନ ଓ ଆତ୍ମୟର, ଛ'ମାଣ ଆଠଗୁଣ୍ଠର ଧାରାବାହିକ ପ୍ରକାଶ ଇତ୍ୟାଦି ।

'ଦେଶ କାଳ ପାତ୍ର' ଓଡ଼ିଆ ଜାତିର ଇତିହାସରେ ଏହି ମହତ୍ତ୍ୱପୂର୍ଣ୍ଣ ସମୟର ଏକ ସତ୍ୟନିଷ୍ଠ ଓ ସମ୍ବେଦନଶୀଳ ଆଲେଖ୍ୟ ।

ପୁରୀ: ଡିସେମ୍ବର ୧୮୫୯

ବିଲୁଆମାନେ ହଠାତ୍ ଏକସ୍ବରରେ ଭୁକିବା ଆରମ୍ଭ କରିଦେଲେ, ସତେ ଯେମିତି ସେମାନେ ପୁରୀ ସହରକୁ ଦଖଲ କରିବାକୁ ବଦ୍ଧପରିକର। ହୁକେ ହୋ ଚିତ୍କାର ଓ ସକାଳର ଥଣ୍ଡା ପବନରେ ବୀରକେଶରୀଙ୍କର ନିଦ ଭାଙ୍ଗିଗଲା। ରାତି ସାରା ଜର ଅନିଦ୍ରାରେ ଛଟପଟ୍ ହେବାପରେ ପାହାନ୍ତା ପହରରେ ସାମାନ୍ୟ ଆଖି ଲାଗି ଯାଇଥିଲା ତାଙ୍କର। ବିଛଣା ଉପରେ ପଡ଼ି ରହି ସେ ମିଞ୍ଜି ମିଞ୍ଜି ଜଳୁଥିବା ଦୀପ ଆଡ଼କୁ ଅନାଇଲେ। ସକାଳର ଆଲୁଅରେ ଦୀପ ଆହୁରି ନିଷ୍ପ୍ରଭ ଦିଶୁଥିଲା। ରାତି ଅନ୍ଧାରରେ ଦୀପ ଆଡ଼କୁ ଅନାଇ ବୀରକେଶରୀଙ୍କର କେଜାଣି କାହିଁକି ମନେ ହୋଇଥିଲା ଯେ ଏଇ ଦୀପଟି ସହିତ ତାଙ୍କର ଜୀବନ କିଭଳି ଘନିଷ୍ଠ ଭାବରେ ଜଡ଼ିତ ଏବଂ ଦୀପଟି ଲିଭିଗଲେ ତାଙ୍କ ଜୀବନ ବି ଯେପରି ସମାପ୍ତ ହୋଇଯିବ। କିନ୍ତୁ ସାରା ରାତି ଅନିଦ୍ରା ରହି ପାଟରାଣୀ ସୂର୍ଯ୍ୟମଣି କେବଳ ବୀରକେଶରୀଙ୍କ ନୁହେଁ, ଏଇ ଦୀପଟିକୁ ମଧ୍ୟ ବଞ୍ଚାଇ ରଖିଥିଲେ। ସୂର୍ଯ୍ୟମଣି ବର୍ତ୍ତମାନ ଖଟ ପାଖରେ ପଡ଼ିଥିବା ଚଉକି ଉପରେ ଗଭୀର ନିଦରେ ଶୋଇଯାଇଥିଲେ।

ରାତି ସାରା କଟିଥିଲା ଘୋର ଭୟ ଓ ଦୁଶ୍ଚିନ୍ତାମାନଙ୍କରେ। ବର୍ତ୍ତମାନ କିନ୍ତୁ ବୀରକେଶରୀଙ୍କ ମନ ଧୀର ଓ ଶାନ୍ତ ଥିଲା। ସେ ନିଜକୁ ଆଶ୍ବାସନା ଦେଲେ ଯେ ସେ କେଲବ ଖୋର୍ଦ୍ଧା ବା ପୁରୀର ନୁହେଁ, ଜଗନ୍ନାଥଙ୍କ ଦୟାରୁ ସମଗ୍ର ଓଡ଼ିଶାର ରାଜା। ନିଜର ଉପାଧି, ଯାହାକୁ ମୁଖସ୍ଥ କରିବାପାଇଁ ତାଙ୍କୁ ଅନେକ ସମୟ ଲାଗିଥିଲା, ବର୍ତ୍ତମାନ ସେ ତାକୁ ମନେ ମନେ ଆବୃତ୍ତି କଲେ। ବୀର ଶ୍ରୀ ଗଜପତି ଗୌଡେଶ୍ବର ନବକୋଟି କର୍ଣ୍ଣାଟୋତ୍କଳବର୍ଗେଶ୍ବରାଧିରାୟ ଭୂତଭୈରବ ଦେବ ସାଧୁଶାସନୋତ୍କର୍ଷ ରାଉତରାଜ ଅତୁଲ ବଲ ପରାକ୍ରମ ସଂଗ୍ରାମ ସହସ୍ରବାହୁ କ୍ଷତ୍ରିୟକୁଲ ଧୂମକେତୁ ମହାରାଜାଧିରାଜ ଶ୍ରୀ ଶ୍ରୀ ଶ୍ରୀ ବୀରକେଶରୀ

ଦେବ । ଏ ଆର୍ବୁଭି କିନ୍ତୁ ବିଶେଷ ଆଶ୍ୱାସନାପ୍ରଦ ହେଲାନାହିଁ । ଚାରିବର୍ଷ ରାଜା ରହି ମାତ୍ର ପଚିଶ ବର୍ଷ ବୟସରେ ମୃତ୍ୟୁଶଯ୍ୟାରେ ପଡ଼ି ରହିଥିବା ଲୋକକୁ କାହିଁରୁ ବା ଆଶ୍ୱାସନା ମିଳିବ ?

ରାତିରେ ବାରମ୍ୱାର ଭାବିଥିବା କଥା ସବୁ ପୁଣି ମନେ ପଡ଼ିଲା । ସାରା ପିଲାଦିନ ବିତିଥିଲା ରୋଗରେ ଓ ଭୟରେ । ପାଠ ପଢ଼ିବାକୁ ଇଚ୍ଛା ଥିଲେ ବି ଦେହ ଖରାପ ରହି ବେଶୀ ପାଠ ପଢ଼ି ପାରି ନଥିଲେ ସେ । ତା'ସାଙ୍ଗକୁ ଥିଲା ତାଙ୍କର ବାପା ରାମଚନ୍ଦ୍ର ଦେବଙ୍କର ନିଷ୍ଠୁର ଅନୁଶାସନ । ଯଦିଓ ରାମଚନ୍ଦ୍ର ଚାରିବର୍ଷ ତଳେ ମରିଯାଇଥିଲେ, ଏବେ ବି ସେ ଯେମିତି ବୀରକେଶରୀଙ୍କ ଆଖେ ପାଖେ ରହି ତାଙ୍କର ପ୍ରତିଟି କାର୍ଯ୍ୟକଲାପ ଉପରେ ନଜର ରଖୁଥିଲେ ଏବଂ ତାଙ୍କୁ ପ୍ରତି କଥାରେ ଆକଟ କରୁଥିଲେ । ରାମଚନ୍ଦ୍ର କେବେହେଲେ ବୀରକେଶରୀଙ୍କୁ ନଅର ବାହାରକୁ ଯିବାକୁ ଦେଇ ନଥିଲେ । ବୀରକେଶରୀଙ୍କର ସାରା ଜୀବନ କଟିଥିଲା ନଅରର ଚାରି ପାଚେରୀ ଭିତରେ, ନଅର ଭିତରେ ରହୁଥିବା ଏବଂ ସେଠାକୁ ଯା'ଆସ କରୁଥିବା ଲୋକଙ୍କ ଗହଣରେ । ରାମଚନ୍ଦ୍ରଙ୍କ ଶବ ସହିତ ଯେଉଁଦିନ ପ୍ରଥମ କରି ବୀରକେଶରୀ ପୁରୀ ସହରର ରାସ୍ତା ଉପରେ ପାଦଦେଲେ, ସେ ଦିନଟି ତାଙ୍କ ପାଇଁ ଥିଲା ଗୋଟିଏ ସ୍ମରଣୀୟ ଦିନ ।

କିଛି କ୍ରୋଧ ଓ କିଛି ଭୟର ସହିତ ବାପାଙ୍କୁ ମନେ ପକାଇଲେ ବୀରକେଶରୀ । ଚଉଦ ବର୍ଷ ବୟସରେ ଗାଦିକୁ ଆସି ରାମଚନ୍ଦ୍ର ପ୍ରାୟ ଚାଳିଶ ବର୍ଷ ରାଜା ରହିଥିଲେ । ସେ ଅତି ଧାର୍ମିକ ଥିଲେ ଏବଂ ତାଙ୍କର ଜଗନ୍ନାଥ ଭକ୍ତି ଅତି ପ୍ରବଳ ଥିଲା । ସକାଳେ ମନ୍ଦିରରେ ପ୍ରଥମ ବଲ୍ଲଭ ଭୋଗ ନହେବା ପର୍ଯ୍ୟନ୍ତ ସେ ଜଳସ୍ପର୍ଶ କରୁ ନଥିଲେ । ବାପାଙ୍କ ପ୍ରତି ନିଜର ତିକ୍ତତା ଯୋଗୁ ବୀରକେଶରୀଙ୍କର ଜଗନ୍ନାଥଙ୍କ ପ୍ରତି ଭକ୍ତି ମଧ୍ୟ ପ୍ରଭାବିତ ହୋଇଯାଇଥିଲା । ସବୁ ପ୍ରକାର ନୀତି ନିୟମ ମାନିବା ସତ୍ତ୍ୱେ ବୀରକେଶରୀ ଯେପରି ଜଗନ୍ନାଥଙ୍କ ପାଖରୁ ଦୂରରେ ଦୂରରେ ରହୁଥିଲେ । ସାରାରାତି ଜଗନ୍ନାଥଙ୍କୁ ମନେ ପକାଇବାକୁ ଚେଷ୍ଟାକରି ବୀରକେଶରୀ ସଫଳ ହୋଇଥିଲେ କେବଳ ବାପାଙ୍କ କଥା ମନେ ପକାଇବାକୁ । ରାମଚନ୍ଦ୍ର ଯେପରି ତାଙ୍କର ଓ ଜଗନ୍ନାଥଙ୍କ ମଝିରେ ଏକ ବିଶେଷ ଅବରୋଧ ଥିଲେ ଏବଂ ଏକଥା ବୀରକେଶରୀଙ୍କର ବାପାଙ୍କ ବିରୁଦ୍ଧରେ ଅନ୍ୟ ଏକ ଅଭିଯୋଗ ଥିଲା । ବାପାଙ୍କ କଥା ଭାବିବାବେଳେ ରାମଚନ୍ଦ୍ର ଏକ ସୁସ୍ଥ ସବଳ ମୂର୍ତ୍ତି ନେଇ ବୀରକେଶରୀଙ୍କ ଆଗରେ ଠିଆ ହୋଇଯାଉଥିଲେ ଏବଂ ବୀରକେଶରୀଙ୍କର ମନେ ପଡ଼ୁଥିଲା ବିଭିନ୍ନ ଘଟଣାମାନ, ଯେତେବେଳେ ବାପା ତାଙ୍କୁ ଆକଟ କରିବାକୁ ଚେଷ୍ଟା କରୁଥିଲେ ।

ସେ ପିଲା ଥିଲାବେଳେ ରାମଚନ୍ଦ୍ର ତାଙ୍କୁ ନଅର ପାଚେରୀ ପାଖରେ ଜମା ହୋଇଥିବା ପଥର ଗଦା ପାଖକୁ ନେଇ ମୂର୍ତ୍ତି ସବୁ ଦେଖାଉଥିଲେ । ଏ ମୂର୍ତ୍ତି ସବୁ କୋଣାର୍କ ମନ୍ଦିରରୁ ଭଙ୍ଗା ହୋଇ ଅଣାଯାଇଥିଲା । ରାମଚନ୍ଦ୍ରଙ୍କର ଇଚ୍ଛା ଥିଲା ଯେ ଏ ପଥର ସବୁ ଜଗନ୍ନାଥଙ୍କ ମରାମତି କାମରେ ଲାଗିବ । ରାମଚନ୍ଦ୍ରଙ୍କର ଜଗନ୍ନାଥଙ୍କ ପ୍ରତି ଏତେ ଭକ୍ତି ଥିଲା ଯେ ସେ ପୁରୀ ମନ୍ଦିର ମରାମତି କରିବାକୁ ଯାଇ କୋଣାର୍କ ମନ୍ଦିରକୁ ଭାଙ୍ଗି ଦେବାକୁ କୁଣ୍ଠିତ ନଥିଲେ । ପୁରୀ ମାଜିଷ୍ଟ୍ରେଟଙ୍କ ପାଖରୁ ଅନୁମତି ନେଇ ସେ କୋଣାର୍କରୁ ମୂର୍ତ୍ତି ଓ ପଥର ଭାଙ୍ଗି ଆଣିବା କାମ ଏତେ ବ୍ୟଗ୍ରତା ଓ ତତ୍ପରତାର ସହିତ ଆରମ୍ଭ କରି ଦେଇଥିଲେ ଯେ, ଶେଷକୁ ଏସିଆଟିକ ସୋସାଇଟିର ହସ୍ତକ୍ଷେପରେ ମାଜିଷ୍ଟ୍ରେଟଙ୍କୁ ସେ ଅନୁମତି ପ୍ରତ୍ୟାହାର କରିବାକୁ ପଡ଼ିଥିଲା ।

ତେବେ ରାମଚନ୍ଦ୍ରଙ୍କ ଲୋକମାନେ କୋଣାର୍କ ମନ୍ଦିର ଉପରୁ ବେଶ କିଛି ମୂର୍ତ୍ତି ଭାଙ୍ଗି ତଳକୁ ପକାଇ ଦେଇଥିଲେ ଏବଂ ସେଥିରୁ ଅନେକ ପଥର ଓ ମୂର୍ତ୍ତି ପୁରୀକୁ ଅଣାଯାଇଥିଲା। ଏ ସବୁ ମୂର୍ତ୍ତିକୁ ଦେଖାଇ ରାମଚନ୍ଦ୍ର ବୀରକେଶରୀଙ୍କୁ କହୁଥିଲେ, କମିଶନର ରିକେଟ୍ସ ଯଦି ବାଧା ଦେଇ ନଥାନ୍ତା, ମୁଁ କୋଣାର୍କରୁ ଅଧା ପଥର ପୁରୀ ନେଇ ଆସିଥାନ୍ତି! ରାମଚନ୍ଦ୍ରଙ୍କର ଗୋଟିଏ ପ୍ରଧାନ ଅବଶୋଷ ରହିଯାଇଥିଲା ନବଗ୍ରହ ପାଟକୁ ନେଇ। ଅନ୍ୟ ମୂର୍ତ୍ତି ସବୁ ମନ୍ଦିର ଉପରୁ ତଳକୁ ପକାଇବାବେଲେ ଭାଙ୍ଗିରୁଜି ଯାଉଥିଲା; କିନ୍ତୁ ରାମଚନ୍ଦ୍ର ତାଙ୍କ ଲୋକମାନଙ୍କୁ କହିଥିଲେ ଯେ ନବଗ୍ରହ ମୂର୍ତ୍ତି ଯେମିତି ନିଖୁଣ ତଳକୁ ଆସେ। ବହୁତ ସାବଧାନତାର ସହିତ ପାଟକୁ ତଳକୁ ଖସାଇଥିଲେ ପଥୁରିଆମାନେ। ରାମଚନ୍ଦ୍ର ଚାହୁଁଥିଲେ ନବଗ୍ରହଙ୍କୁ ପୁରୀ ମନ୍ଦିର ଭିତରେ ପ୍ରତିଷ୍ଠା କରିଥାନ୍ତେ, କିନ୍ତୁ ଏ କାମଟି କରିପାରି ନଥିଲେ। ସେ ବୀରକେଶରୀଙ୍କୁ ସବୁବେଲେ ଏ କଥା କହୁଥିଲେ।

ରାମଚନ୍ଦ୍ର ବୀରକେଶରୀଙ୍କୁ ସାହେବମାନଙ୍କ ବିରୁଦ୍ଧରେ ମଧ ନାନା କଥା କହୁଥିଲେ। ସେମାନେ ସବୁବେଲେ ତାଙ୍କୁ ହଇରାଣ କରିବାକୁ ଚେଷ୍ଟା କରୁଥିଲେ ଏବଂ ମନ୍ଦିରରେ ଯେତେବେଲେ ଯାହା ଅବ୍ୟବସ୍ଥା ହେଉଥିଲା, ତାଙ୍କ ଉପରେ ଜୋରିମାନା ଲଗାଉଥିଲେ। କିଛି ବର୍ଷ ତଲେ ପୁରୀ ମନ୍ଦିର ଭିତରେ ଦୁର୍ଘଟଣା ହୋଇ ଯାତ୍ରୀ ମରି ଯାଇଥିଲେ। ବୀରକେଶରୀଙ୍କର ମନେ ପଡ଼ିଲା ସେଥିରକ ରାମଚନ୍ଦ୍ର ଅନେକ ଦିନ ପର୍ଯ୍ୟନ୍ତ ଅସୁବିଧାରେ ପଡ଼ି ରହିଥିଲେ।

ନିଜେ ରାଜା ହେବା ପରେ ବୀରକେଶରୀ ମଧ କମ୍ ଭୋଗି ନଥିଲେ ସାହେବଙ୍କ ପାଖରୁ। ମଝିରେ ମଝିରେ ପୁରୀ ମାଜିଷ୍ଟ୍ରେଟ୍ ମାକଟିଅର ତାଙ୍କ ପାଖକୁ ବିଭିନ୍ନ ପ୍ରକାର ଆଦେଶମାନ ପଠାଉଥିଲେ। ସେ କେବେ କେମିତି ପ୍ରତିବାଦ କଲେ ମାଜିଷ୍ଟ୍ରେଟ୍ କିଛି ଶୁଣୁ ନଥିଲେ ଏବଂ ବେଶୀ ହେଲେ କହୁଥିଲେ ଯେ କଟକରୁ କମିଶନର କକବର୍ଣ୍ଣଙ୍କର ହୁକୁମ ଆସିଛି। କକବର୍ଣ୍ଣ ଯେମିତି ଥିଲେ ସ୍ୱୟଂ ଭଗବାନ, ଯାହା ବିରୁଦ୍ଧରେ କୌଣସି ଅପିଲ ନାହିଁ। ଥରେ ବୀରକେଶରୀଙ୍କ ପାଖକୁ ଦସ୍ତଖତ କରିବାପାଇଁ ଗୋଟିଏ ଦଲିଲ ଆସିଲା ମାଜିଷ୍ଟ୍ରେଟଙ୍କ ପାଖରୁ। ଏଥିରେ ଥିଲା ଯେ ସରକାର ମନ୍ଦିରକୁ ଯେଉଁ ଟଙ୍କା ଦେଉଛନ୍ତି, ତାକୁ ବନ୍ଦ କରିବେବେ ଏବଂ ତା ବଦଲରେ ଖୋର୍ଦ୍ଧାରେ କିଛି ଜମି ଦେବେ। ବୀରକେଶରୀଙ୍କ ମୁକ୍ତାରମାନେ ପରାମର୍ଶ ଦେଲେ ଯେ ସେ ଏଥିରେ ଦସ୍ତଖତ ନ କରନ୍ତୁ। କାରଣ ଏଥିରେ ଦସ୍ତଖତ କଲେ ସେ ମାନି ନେବେ ଯେ ଖୋର୍ଦ୍ଧାର ଜମି ସବୁ ସରକାରଙ୍କର, ତାଙ୍କର ନୁହେଁ।

ବୀରକେଶରୀ ଦଲିଲରେ ଦସ୍ତଖତ ନ କରିବାରୁ ମାଜିଷ୍ଟ୍ରେଟ୍ ତାଙ୍କ ପାଖକୁ ଖବର ପଠାଇଲେ ଯେ ୧୮୫୮ ଅକ୍ଟୋବର ପହିଲାରୁ ସେମାନେ ମନ୍ଦିରକୁ ଟଙ୍କା ଦେବା ବନ୍ଧ କରିଦେବେ ଏବଂ ବୀରକେଶରୀଙ୍କୁ ମନ୍ଦିର ସୁପରିନଟେଣ୍ଡଣ୍ଟ ପଦରୁ ମଧ ବାହାର କରିଦେବେ। ତା'ସଙ୍ଗେ ବୀରକେଶରୀ ଦସ୍ତଖତ ନ କରିବାରୁ କକବର୍ଣ୍ଣ ବିରକ୍ତ ହୋଇ ପୁରୀ ମାଜିଷ୍ଟ୍ରେଟଙ୍କୁ ଲେଖିଥିଲେ, ରାଜାକୁ କଟେରୀକୁ ଧରି ଆଣି ଦସ୍ତଖତ କରାଅ। ଶେଷରେ ବୀରକେଶରୀଙ୍କୁ ବାଧ ହୋଇ ଦଲିଲରେ ଦସ୍ତଖତ କରିବାକୁ ହୋଇଥିଲା। ସେଇଦିନଠାରୁ ବୀରକେଶରୀଙ୍କର କକବର୍ଣ୍ଣଙ୍କ ପ୍ରତି ଭୟ ହୋଇଯାଇଥିଲା। କେବେ କକବର୍ଣ୍ଣଙ୍କୁ ନ ଦେଖିଥିଲେ ବି ତାଙ୍କ କଥା ଭାବିବାବେଲେ ବୀରକେଶରୀଙ୍କର ନିଜ ବାପାଙ୍କ କଥା ମନେ ପଡ଼ୁଥିଲା।

ଏସବୁ ଅପ୍ରୀତିକର କଥାରୁ ମନ ଫେରାଇବା ଇଚ୍ଛାରେ ବୀରକେଶରୀ ସୂର୍ଯ୍ୟମଣିଙ୍କ ଆଡ଼କୁ

ଅନାଇଲେ। ସୂର୍ଯ୍ୟମଣି ଏ ପର୍ଯ୍ୟନ୍ତ ଗଭୀର ନିଦରେ ଶୋଇଥିଲେ। ତାଙ୍କୁ ଦେଖି ବୀରକେଶରୀଙ୍କ ମନ ଉଦାସ ହୋଇଗଲା। ନିଜେ ସବୁବେଳେ ରୋଗରେ ପଡ଼ି ତାଙ୍କୁ କିଛି ବି ସୁଖ ଦେଇପାରିଲେ ନାହିଁ। ନିଃସନ୍ତାନ ଥିବାର ଦୁଃଖ ତାଙ୍କୁ ସବୁବେଳେ ଘାରି ରହୁଥିଲା। ଶାନ୍ତ ଶିଷ୍ଟ କିନ୍ତୁ ଅତି ନିରୀହ ଓ ନିଷ୍କପଟ ଥିଲେ ସୂର୍ଯ୍ୟମଣି। ବୀରକେଶରୀ ମରିଗଲେ ସୂର୍ଯ୍ୟମଣି କେମିତି ଏକା ଏତେ ଦାୟିତ୍ୱ ନେଇ ଚଳିବେ !

କକା ପଦ୍ମନାଭ ରାୟ ଯଦି ଭଲ ଲୋକ ହୋଇଥାନ୍ତେ, ତେବେ ସୂର୍ଯ୍ୟମଣିଙ୍କ ଦାୟିତ୍ୱ ତାଙ୍କ ଉପରେ ରହିଲା ଭାବି ନିର୍ଶ୍ଚିତ ହୋଇଥା'ନ୍ତେ ବୀରକେଶରୀ। କିନ୍ତୁ; ପଦ୍ମନାଭ ଦୁଷ୍ଟ ଓ ଖଳ ପ୍ରକୃତିର ଏବଂ ସବୁବେଳେ କିଛି ନା କିଛି ଚକ୍ରାନ୍ତରେ ଲାଗି ରହିଥିଲେ। ରାମଚନ୍ଦ୍ର କିନ୍ତୁ ତାଙ୍କ ଉପରେ ପୁରା ନିର୍ଭର କରୁଥିଲେ। ଜମିଜମା କଥା ବୁଝିବାର ଭାର ପଦ୍ମନାଭଙ୍କ ଉପରେ ଥିଲା ଏବଂ ସେ ଏଥିରେ ଅନେକ ସମସ୍ୟା ଉପୁଜାଉଥିଲେ। ସତ୍ୟବାଦୀ ମନ୍ଦିରର ସୁପରିନଟେଣ୍ଡେଣ୍ଟ ଥାଇ ପଦ୍ମନାଭ ସେଠାରେ ଟଙ୍କାର ଗଣ୍ଡଗୋଳ କରିଥିଲେ। ସବୁଠାରୁ ବଡ଼ କଥା ଥିଲା ଯେ ରାମଚନ୍ଦ୍ରଙ୍କ ଉପରେ ପଦ୍ମନାଭଙ୍କର ଯେଉଁ ମନ୍ଦ ପ୍ରଭାବ ଥିଲା, ସେଥିପାଇଁ ସୂର୍ଯ୍ୟମଣି ତାଙ୍କୁ ଦି ଆଖିରେ ଦେଖିପାରୁ ନଥିଲେ।

ନିଜର ପିଲା ନଥିବାରୁ ବୀରକେଶରୀ ଠିକ୍ କରିଥିଲେ ଖେମୁଣ୍ଡିରୁ ପୋଷ୍ୟପୁତ୍ର ଆଣିବା ପାଇଁ। ଯଦିଓ ଅନ୍ୟ କେତେକ ରାଜା ନିଜ ପିଲାମାନଙ୍କୁ ପୋଷ୍ୟ ଦେବାପାଇଁ ପ୍ରସ୍ତାବ ପଠାଇଥିଲେ। ବୀରକେଶରୀ ଖେମୁଣ୍ଡି ପରିବାର ବିଷୟରେ ଭଲ କଥାମାନ ଶୁଣିଥିଲେ ଏବଂ ଖେମୁଣ୍ଡି ରାଜାଙ୍କର ଦ୍ୱିତୀୟ ପୁଅକୁ ପୋଷ୍ୟ ନେବାପାଇଁ ମନସ୍ଥ କରିଥିଲେ। ଏଥିପାଇଁ କିଛି ଦିନ ଆଗରୁ ଖେମୁଣ୍ଡି ରାଜା ତାଙ୍କର ଚାରିବର୍ଷର ପୁଅକୁ ଧରି ପୁରୀରେ ପହଞ୍ଚି ଯାଇଥିଲେ ଏବଂ ସମୁଦ୍ରକୂଳରେ ଗୋଟିଏ ଭଡ଼ା ଘରେ ରହୁଥିଲେ। ବୀରକେଶରୀ ଯେତେବେଳେ ପୋଷ୍ୟପୁତ୍ର ନେବାପାଇଁ ଦଉଯଜ୍ଞ କରିବା କଥା କହୁଥିଲେ, ସୂର୍ଯ୍ୟମଣି ସେ କଥାକୁ ଟାଳି ଦେଉଥିଲେ, କାରଣ ତାଙ୍କ ମନ ଭିତରେ ଏଭଳି ଏକ ଧାରଣା ହୋଇଯାଉଥିଲା ଯେପରି ଏଇ ଯଜ୍ଞ ସହିତ ବୀରକେଶରୀଙ୍କ ଜୀବନର କୌଣସି ଅଦୃଶ୍ୟ ଡୋରି ଜଡ଼ି ରହିଛି। ସେଥିପାଇଁ ଯଜ୍ଞ କରାଇବାରେ ଡେରି ହେଉଥିଲା ଏବଂ ଖେମୁଣ୍ଡି ରାଜା ପୁରୀରେ ବସି ରହିଥିଲେ। ଏ ବିଷୟଟିକୁ ଯେତେଦୂର ସମ୍ଭବ ଗୁପ୍ତ ରଖାଯାଇଥିଲା, କାରଣ ଏ କଥା ଜାଣିଲେ ପଦ୍ମନାଭ ଗଣ୍ଡଗୋଳ ଭିଆଇବାର ସମ୍ଭାବନା ଥିଲା।

ଏଇ ସମୟରେ ବୀରକେଶରୀଙ୍କ କାଶ ଉଠିଲା ଏବଂ ସେ ଶବ୍ଦରେ ସୂର୍ଯ୍ୟମଣି ଉଠି ପଡ଼ିଲେ। ବୀରକେଶରୀଙ୍କ ମଥାରେ ହାତ ଦେଇ ଦେଖିଲେ ଯେ ଆଉ ଜର ନାହିଁ ଏବଂ ମୁହଁ ଟିକିଏ ସତେଜ ଦେଖାଯାଉଛି। ବୀରକେଶରୀ କହିଲେ, ଆଜି ଯଜ୍ଞ ବ୍ୟବସ୍ଥା କରାଅ। ସୂର୍ଯ୍ୟମଣି କଣ କହିବାକୁ ଯାଉଥିଲେ, ବୀରକେଶରୀ ତାଙ୍କ ଆଡ଼କୁ ଅନାଇ ଆଖିରେ ଆଉ କିଛି କହିବାକୁ ମନା କଲେ। ସୂର୍ଯ୍ୟମଣି ବୁଝିଲେ ସେ ଆଉ ଏ କାମଟିକୁ ଟାଳି ପାରିବେ ନାହିଁ।

ରାଜା ଉଠିଲେଣି ବୋଲି ଜାଣି ଏ ସମୟରେ ଘର ଭିତରକୁ ଚାକରାଣୀ ନାନିମା ଆସିଲା ଆଉ ଜଣାଇଲା ଯେ ରାଜଗୁରୁ ଆସିଛନ୍ତି। ନଅର ଭିତରେ ରାଜଗୁରୁଙ୍କର ଗୋଟିଏ ପ୍ରଧାନ କାମ ଥିଲା ସକାଳେ ଆସି ଦେବାର୍ଚ୍ଚନ କରିବା। ବୀରକେଶରୀ ରୋଗରେ ପଡ଼ିବା ଦିନୁ ଜଗନ୍ନାଥଙ୍କ ଶାଲଗ୍ରାମକୁ ଆଣି ରାଜାଙ୍କ ଶୋଇବା ଘର ପାଖ ଘରେ ରଖାଯାଇଥିଲା ଓ ବୀରକେଶରୀଙ୍କୁ ସେଠାକୁ ଉଠାଇ ନେଇ ପୂଜା କରା ହେଉଥିଲା। ଆଜି ଦେବାର୍ଚ୍ଚନ ପରେ ବୀରକେଶରୀଙ୍କୁ ଆଣି ଖଟରେ ଶୁଆଇ ଦେବାପରେ

ସେ ଆହୁରି ଅବଶ ହୋଇପଡ଼ିଥିଲେ । ତଥାପି ସେ ରାଜଗୁରୁଙ୍କୁ ଦଉୟଜ୍ଞ କଥା କହିଲେ ଏବଂ ସୂର୍ଯ୍ୟମଣିଙ୍କୁ କହିଲେ ଦେବାନ ମହାଦେବ ଲାଲ୍ଙ୍କୁ ଡାକିଦେବା ପାଇଁ ।

ଆଜିକାଲି ରାଜାଙ୍କ ଶୋଇବା ଘରେ ଅଧିକାଂଶ ସମୟରେ ପାଟରାଣୀ ସୂର୍ଯ୍ୟମଣି ରହୁଥିବାରୁ ସେଠାରେ ଚାକରମାନଙ୍କର ଚଳପ୍ରଚଳ ଉପରେ କଟକଣା ହୋଇଯାଇଥିଲା । ରାଣୀଙ୍କ ଆଗକୁ କେହି ପୁରୁଷ ଆସିବା ମନା ଥିଲା । ତେଣୁ ଯଦି କାହାକୁ ଡକାଇବାକୁ ହେଉଥିଲା, ନାନିମାକୁ କୁହାଯାଉଥିଲା; ସେ ଯାଇ ବିଷୋଇ ଚାକରଙ୍କ ଜରିଆରେ ଖବର ପଠାଉଥିଲା । ଆଜିକାଲି ଏକ ସୁଯୋଗରେ ବିଷୋଇମାନେ ବେଶ ମାମଲତକାର ହୋଇଯାଇଥିଲେ, କାରଣ ସେଇମାନେ ହିଁ ଥିଲେ ବାହାର ସହିତ ନଅରର ଏକମାତ୍ର ସମ୍ପର୍କ ।

ଖୁବ୍ ଅଳ୍ପ ସମୟରେ ମହାଦେବ ଲାଲ୍ ଆସି ପହଞ୍ଚିଲେ । ବୀରକେଶରୀ ବିଛଣା ଧରିବା ଦିନୁ ମହାଦେବ ଖୁବ୍ ସକାଳୁ ଆସି ନଅରରେ ପହଞ୍ଚି ଯାଉଥିଲେ ଏବଂ ରାତିରେ ଡେରି ପର୍ଯ୍ୟନ୍ତ ରହୁଥିଲେ । ସୂର୍ଯ୍ୟମଣି ସେ ଘରୁ ଚାଲିଯିବା ପରେ ମହାଦେବ ବୀରକେଶରୀଙ୍କ ବିଛଣା ପାଖରେ ଆସି ଠିଆ ହେଲେ । ବୀରକେଶରୀଙ୍କୁ ବର୍ତ୍ତମାନ କଥା କହିବାକୁ କଷ୍ଟ ହେଉଥିଲା । ସେ ମହାଦେବଙ୍କୁ କହିଲେ, ଆଜି ଦଉୟଜ୍ଞର ବ୍ୟବସ୍ଥା କରାନ୍ତୁ । ଆଉ ମାଜିଷ୍ଟେଟ୍କୁ ଟିକେ ଆସିବାକୁ କୁହନ୍ତୁ; ମୁଁ ତାଙ୍କୁ ପୋଷ୍ୟପୁତ୍ର ନେବା କଥା କହିବି ।

ରବିବାର ସକାଲେ ଛୋଟା ହାଜିରି ବା ଜଳଖିଆ ଖାଇସାରି ମାଜିଷ୍ଟେଟ ଜେ.ବି. ମାକଟିଅର ତାଙ୍କ ସମୁଦ୍ରକୂଳ ବଙ୍ଗଳା ବାରଣ୍ଡାରେ ବସି ସିଗାର ଟାଣୁଥିଲେ । ତାଙ୍କ ପାଦ ପାଖରେ ଜଣେ ସିପାହୀ ବସି ବନ୍ଦୁକ ସଫା କରୁଥିଲେ । ବାରଣ୍ଡାର ଗୋଟିଏ କଣରେ ଫାଇଲ ଗଦା ପାଖରେ ତଲେ ଚକା ପକାଇ ବସିଥିଲେ ସେରିଷ୍ଟାଦାର ପୁରୁଷୋତ୍ତମ ପଟ୍ଟନାୟକ । ବାହାରେ ପାଲିଙ୍କି ଥୁଆ ହୋଇଥିଲା ଏବଂ ବେହେରା ଆପଟମାନେ ଅପେକ୍ଷା କରି ବସିଥିଲେ । ଏହି ସମୟରେ ଫାଟକ ପାଖରେ ଆଉ ଗୋଟିଏ ପାଲିଙ୍କି ଆସି ପହଞ୍ଚିଲା ଏବଂ ସେଥିରୁ ଓହ୍ଲାଇଲେ ମହାଦେବ ଲାଲ୍ । ତାଙ୍କୁ ଦେଖି ମାକଟିଅର କାନ୍ତ ଘଣ୍ଟାକୁ ଅନାଇଲେ ଏବଂ ଜାଣିଲେ ଯେ ଗୀର୍ଜାରେ ବାହାରିବାକୁ ଡେରି ହେବ ।

ପୁରୀକୁ ଆସିବା ଦିନୁ ମାକଟିଅର ସବୁବେଳେ ଭାବୁଥିଲେ ଯେ ତାଙ୍କର ଯଦି କଟକରେ ନିଯୁକ୍ତି ହୋଇଥାନ୍ତା, ଭଲ ହୋଇଥାନ୍ତା । କଟକ ଯେ ସାହେବମାନଙ୍କ ପାଇଁ ଗୋଟିଏ ବଡ଼ 'ଷ୍ଟେସନ' ଥିଲା କେବଳ ତାହାହିଁ ନୁହେଁ, ପୁରୀରେ ରାଜା ଓ ମନ୍ଦିରକୁ ନେଇ ସବୁବେଳେ କିଛି ନା କିଛି ସମସ୍ୟା ଲାଗି ରହିଥିଲା । ରାଜାଙ୍କୁ ଯଦିଓ ମାସକୁ ଦୁଇ ହଜାର ଟଙ୍କା ପେନସନ ଦିଆଯାଉଥିଲା ଓ ମନ୍ଦିର ଖର୍ଚ୍ଚ ପାଇଁ ଜମି ଖଞ୍ଜା ହୋଇଥିଲା, ଛୋଟ ବଡ଼ ଗଣ୍ଡଗୋଳର ସୀମା ନଥିଲା । ପଣ୍ଡା ପଢ଼ିଆରୀ ସବୁବେଳେ ଗୋଲମାଲ ସୃଷ୍ଟି କରୁଥିଲେ, ଯାତ୍ରୀମାନଙ୍କୁ ହଇରାଣ କରୁଥିଲେ । ମଝିରେ ମଝିରେ ବଡ଼ ଧରଣର ଦୁର୍ଘଟଣା ବି ଘଟି ଯାଉଥିଲା । ୧୮୫୩ ଦୋଳଯାତ୍ରା ବେଳେ ପଣ୍ଡାଙ୍କ ଅସାବଧାନତାରୁ ଦଲାଚକଟାରେ ବାଇଶ ଜଣ ଯାତ୍ରୀ ମରିଯାଇଥିଲେ । ଦାୟିତ୍ୱରେ ଥିବା ପଢ଼ିଆରୀ, ଜମାଦାର, ବରକନ୍ଦାଜ ସମସ୍ତଙ୍କୁ ଜେଲ ଜୋରିମାନା ହୋଇଥିଲା ଏବଂ ରାଜା ରାମଚନ୍ଦ୍ର ଦେବଙ୍କୁ ଚେତାବନୀ ଦିଆଯାଇଥିଲା । ଆଉ ଥରେ ରାମଚନ୍ଦ୍ର ଟଙ୍କା ଆଦାୟ କରିବା ଉଦ୍ଦେଶ୍ୟରେ ଗଞ୍ଜାମର ଜଣେ ରାଜାଙ୍କୁ ତିନିମାସ ପର୍ଯ୍ୟନ୍ତ ପୂଜା କରିବାକୁ ଦେଇ ନଥିଲେ; ଏଥିପାଇଁ ତାଙ୍କୁ ଦୁଇଶହ ଟଙ୍କା ଜୋରିମାନା ହୋଇଥିଲା ।

ଦେଶୀୟ ଲୋକମାନେ ସମୟ ଅସମୟରେ ସାହେବମାନଙ୍କୁ ସହଜରେ ଦେଖାକରି ପାରୁ ନଥିଲେ, କିନ୍ତୁ ମହାଦେବଙ୍କର ଏ ବିଷୟରେ ଟିକିଏ ସୁବିଧା ଥିଲା। ତାଙ୍କୁ ଅଧିକାଂଶ ସାହେବ କଟକ ଡେପୁଟି କଲେକ୍ଟର ରାମପ୍ରସାଦ ରାୟଙ୍କ ବାନ୍ଧବ ବୋଲି ଜାଣିଥିଲେ। ମାକଟିଅର କୁଞ୍ଜଙ୍ଗ ବଦୋବସ୍ତରେ କାମ କରିବାବେଳେ ରାମପ୍ରସାଦ ତାଙ୍କ ପାଖରେ କାମ କରୁଥିଲେ ଏବଂ ଏହି ସୂତ୍ରରେ ମହାଦେବ ତାଙ୍କର ପରିଚିତ ଥିଲେ। ସେ ପୁରୀକୁ ଆସିବା ପରେ ମହାଦେବ ମଝିରେ ମଝିରେ ତାଙ୍କୁ ଦେଖାକରି ରାଜାଙ୍କର ଅପରିଦର୍ଶିତା ବିଷୟରେ ଦୁଃଖ କରି କହୁଥିଲେ। ବର୍ତ୍ତମାନ ମହାଦେବ ଗୋଡ଼ରୁ ଜୋତା ଖୋଲି ବାରଣ୍ଡା ଉପରକୁ ଉଠିଲେ ଏବଂ ମାଜିଷ୍ଟେଟଙ୍କୁ ନମସ୍କାର କରି ଜଣାଇଲେ ଯେ ରାଜାଙ୍କ ଅବସ୍ଥା ଅତ୍ୟନ୍ତ ଖରାପ ଏବଂ ସେ ମାଜିଷ୍ଟେଟଙ୍କୁ ଦେଖା କରିବାକୁ ଚାହୁଁଛନ୍ତି।

ଏହା କିଛି ନୂଆ କଥା ନଥିଲା। ବୀରକେଶରୀ ଯେ ଦୁରାରୋଗ୍ୟ ବେମାରୀରେ ପଡ଼ି ରହିଛନ୍ତି, ଏକଥା ସମସ୍ତଙ୍କୁ ଜଣାଥିଲା। ମଝିରେ ମଝିରେ ପୁରୀ ଦାରୋଗା ପାଖରୁ ଖବର ଆସୁଥିଲା ଯେ ରାଜା ଏଇ ମରିବେ ମରିବେ; କିନ୍ତୁ ରାଜା ପୁଣି ଠିକ୍ ହୋଇଯାଉଥିଲେ। ମାକଟିଅର କହିଲେ, ଏମିତି କଣ ବଡ଼ କଥା ହେଲା? ମହାଦେବ କହିଲେ, ନା, ଏଥର ଜଣାଯାଉଛି ରାଜା ଆଉ ବିଛଣାରୁ ଉଠିବେ ନାହିଁ।

ଅନ୍ୟ ପ୍ରକାର ମିଜାଜରେ ଥିଲେ ସେ ମହାଦେବଙ୍କୁ କହିଥାନ୍ତେ ତାଙ୍କର ସମୟ ନାହିଁ। କିନ୍ତୁ ପୂର୍ବଦିନ ଡାକରେ ତାଙ୍କ ସ୍ତ୍ରୀଙ୍କ ପାଖରୁ ଗୋଟିଏ ନୁହେଁ ଦିଓଟି ଚିଠି ଆସିଥିଲା। ଚିଠି ଦୁଇଟି ମଧୁର ଓ ପ୍ରେମପୂର୍ଣ୍ଣ ଥିଲା; ମାକଟିଅର ସକାଳୁ ତାକୁ ଆଉଥରେ ପଢ଼ିଥିଲେ ଓ ତାଙ୍କର ମନ ଭଲ ଥିଲା। କହିଲେ, ତମେ ଆଗରେ ଚାଲ; ମୁଁ ଘୋଡ଼ାରେ ଆସୁଛି। ବାରଣ୍ଡାରୁ ଓହ୍ଲାଇ ତଳେ ସଇସ ଧରି ଛିଡ଼ା ହୋଇଥିବା ଘୋଡ଼ା ଆଡ଼କୁ ଯାଉଯାଉ ପୁଣି ମହାଦେବଙ୍କୁ କହିଲେ, ତମେ ଗଲାବେଳେ ଡକ୍ଟର କେଣ୍ଠାଲଙ୍କୁ ସାଙ୍ଗରେ ନେଇଯିବ।

ବୀରକେଶରୀଙ୍କ ଶୋଇବା ଘରେ ପହଞ୍ଚି ମାକଟିଅର ଦେଖିଲେ ବାସ୍ତବରେ ତାଙ୍କର ଅବସ୍ଥା ଭଲ ନଥିଲା। ସେ ବିଛଣା ଉପରେ ନିର୍ଜୀବ ଭଳି ପଡ଼ି ରହିଥିଲେ ଏବଂ ମାକଟିଅର ଘର ଭିତରକୁ ପଶିବା ପରେ ମଧ୍ୟ ଆଖି ଖୋଲିଲେ ନାହିଁ। କଷ୍ଟରେ ନିଶ୍ୱାସ ନେଉଥିବା ଶବ୍ଦରୁ ଯାହା ଜଣାପଡ଼ୁଥିଲା ଯେ ଏ ପର୍ଯ୍ୟନ୍ତ ଜୀବନ ଅଛି। ଚାକର ଯାଇ ବୀରକେଶରୀଙ୍କୁ ଉଠାଉଥିଲା, କିନ୍ତୁ ମାକଟିଅର ମନାକଲେ ଏବଂ ପାଖ ଚୌକିରେ ବସିଲେ। ଟିକିଏ ପରେ ମହାଦେବ ଲାଲ ଓ ସିଭିଲ ସର୍ଜନ କେଣ୍ଠାଲ ଆସି ପହଞ୍ଚିଲେ। କେଣ୍ଠାଲ ସିଧା ଯାଇ ବୀରକେଶରୀଙ୍କ ଦେହ ଉପରୁ ଚାଦର ଉଠାଇ ତାଙ୍କର ଛାତି ଓ ନାଡ଼ି ପରୀକ୍ଷା କଲେ ଏବଂ ପୁଣି ତାଙ୍କ ଉପରେ ଚାଦର ଘୋଡ଼ାଇ ଦେଇ ମାଜିଷ୍ଟେଟଙ୍କ ଆଡ଼କୁ ଅନାଇ ନିରାଶାସୂଚକ ଭାବେ ମୁଣ୍ଡ ହଲାଇଲେ।

ଏଇ ସମୟରେ ବୀରକେଶରୀଙ୍କ ଆଖି ଖୋଲିଲା ଏବଂ ମାକଟିଅର ଚୌକିରୁ ଉଠି ତାଙ୍କ ମୁଣ୍ଡ ପାଖରେ ଠିଆ ହେଲେ। ବୀରକେଶରୀ ତାଙ୍କୁ ଚିହ୍ନି ବିଛଣା ଉପରେ ଉଠି ବସିବାକୁ ଚେଷ୍ଟାକଲେ, କିନ୍ତୁ ମାକଟିଅର ତାଙ୍କ କାନ୍ଧ ଉପରେ ହାତ ରଖି ସେଥିରୁ ନିବୃତ୍ତ କଲେ। କହିଲେ, ସବୁ ଠିକ୍ ଅଛି, ତମେ ଭଲ ହୋଇଯିବ। ବୀରକେଶରୀ କଣ କହିଲେ, କିନ୍ତୁ ଶ୍ୱାସ ନେବାର ଶବ୍ଦରେ ଏହା ଏତେ ଅସ୍ପଷ୍ଟ ଥିଲା ଯେ କିଛି ଶୁଣାଗଲା ନାହିଁ। ବୀରକେଶରୀ ପୁଣି କହିବାକୁ ଚେଷ୍ଟା କଲେ। ମାକଟିଅର ତାଙ୍କ ମୁହଁ ପାଖକୁ

କାନ ନେଲେ, କିନ୍ତୁ କିଛି ବୁଝିପାରିଲେ ନାହିଁ। ମହାଦେବ କହିଲେ, ରାଜା କହୁଛନ୍ତି ଖେମଣ୍ଡି ରାଜାଙ୍କ ପୁଅକୁ ପୋଷ୍ୟପୁତ୍ର କରିବେ।

ମାକଟିଅର ଏକଥା ଶୁଣି ହଠାତ୍ ସତର୍କ ହୋଇଗଲେ। ନିଜ ଚାକିରି ଜୀବନରେ ସେ ଗୋଟିଏ ସାରକଥା ଶିଖିଥିଲେ ଯେ ନେଟିଭମାନଙ୍କ କାର୍ଯ୍ୟକଳାପ କେବେହେଲେ ସିଧାସଳଖ ନୁହେଁ; ସେମାନଙ୍କର ପ୍ରତି କଥାରେ କଣ ନା କଣ ଦୁରଭିସନ୍ଧି ରହିଥାଏ। ନେଟିଭ କେତେବେଲେ କଣ କହିବ, କଣ କରିବ ଏବଂ ତାହା କେଉଁ ଉଦ୍ଦେଶ୍ୟରେ, ସେକଥା ଜାଣିବା ଅସମ୍ଭବ। ମହାଦେବ ଲାଲଙ୍କ କଥା ଶୁଣି ସେ ୧୮୪୦ ମସିହାର ୧୦ ନମ୍ବର ଆଇନ କଥା ମନେ ପକାଇଲେ। ପୁରୀ ରାଜା ଓ ମନ୍ଦିରକୁ ନେଇ ସବୁବେଲେ ଗୋଲମାଲ ଲାଗି ରହୁଥିବାରୁ ମାଜିଷ୍ଟେଟଙ୍କୁ ବାରମ୍ବାର ଏଇ ଆଇନର ଆଶ୍ରୟ ନେବାକୁ ପଡୁଥିଲା ଏବଂ ଆଇନଟି ମାକଟିରଙ୍କ ମୁଖସ୍ତ ଥିଲା। ଏ ଆଇନରେ କେଉଁଠି ପୋଷ୍ୟପୁତ୍ର ନେବା କଥା ନ ଥିଲା। ଅସମଞ୍ଜସରେ ପଡି ମାକଟିଅର କହିଲେ, ତମେ ଏ ବିଷୟରେ ଅର୍ଜି ଦିଅ; ମୁଁ ଦେଖିବି।

ମାଜିଷ୍ଟେଟ ଇତ୍ୟାଦି ସେ ଘରୁ ବାହାରି ଯିବା ମାତ୍ରେ ସୂର୍ଯ୍ୟମଣି ଘର ଭିତରକୁ ଆସିଲେ। ବୀରକେଶରୀ ପୁଣି ଶୋଇ ଯାଇଥିଲେ। ସୂର୍ଯ୍ୟମଣି ଜାଣିଥିଲେ ତାଙ୍କୁ ବର୍ତ୍ତମାନ କଣ କରିବାକୁ ହେବ। ଖଟ ପାଖ ଚଉକିରେ ବସି ସେ ବୀରକେଶରୀଙ୍କ ହାତ ଉପରେ ହାତ ରଖିଲେ ଯେପରିକି ନିର୍ଜୀବ ଭଲି ପଡିରହିଥିବା ଲୋକଟି ପାଖରୁ ସେ ନିଜର ସବୁ କାମର ସମର୍ଥନ ପାଇପାରିବେ। ନାନିମାକୁ ଡାକି କହିଲେ, ଶିବଦାସ ବାବାଜୀଙ୍କୁ ଆସିବାକୁ ଖବର ଦିଅ; ଆଉ ଦେବାନ ଓ ରାଜଗୁରୁଙ୍କୁ କହିଦିଅ ଦଉଯ୍ୟଙ୍କର ବ୍ୟବସ୍ଥା କରିବେ।

ରାଜଗୁରୁଙ୍କୁ ଏ ଖବର ପହଞ୍ଚାଇବାର କୌଣସି ଆବଶ୍ୟକତା ନଥିଲା କାରଣ ସେ ପାଖ ଘରେ ଥାଇ ଅନେକ ସମୟରୁ ଏ ଖବରର ଅପେକ୍ଷା କରୁଥିଲେ। ଏଭଲି ତରବରରେ ଯଜ୍ଞ କରିବା ତାଙ୍କର ମନଃପୂତ ନ ଥିଲା। ପୋଷ୍ୟପୁତ୍ର କରିବା ଆଗରୁ ରାଜଗୁରୁ ଖେମଣ୍ଡିକୁ ବ୍ରାହ୍ମଣ ନେଇଯାଇ ସେଠାରେ ପିଲାଟିକୁ ବରଣ କରାଯାଇଥାନ୍ତା; ତା'ପରେ ଖେମଣ୍ଡି ପୁଅକୁ ନେଇ ପୁରୀ ଆସିଥାନ୍ତେ। ବର୍ତ୍ତମାନ ଖେମଣ୍ଡିଙ୍କ ପୁରୀ ବସାଘରେ ଏସବୁ କରିବାକୁ ହେବ।

ମହାଦବେ ଲାଲଙ୍କ ଉପରେ ଏବେ ଅନେକ ଦାୟିତ୍ୱ। ପୋଷ୍ୟପୁତ୍ର ପାଇଁ କେବଲ ଯେ ଯଜ୍ଞ ହେବ, ତା' ନୁହେଁ, ସେଥିପାଇଁ କାଗଜପତ୍ର ମଧ ତିଆରି କରିବାକୁ ହେବ। ମହାଦେବ ତତ୍ପରତାର ସହିତ କାମରେ ଲାଗିପଡ଼ିଲେ। ମୁକ୍ତାରଙ୍କୁ ଡକାଇ ପୋଷ୍ୟପୁତ୍ର କରିବାର ଦଲିଲ ଲେଖାଇ ସେଥିରେ ବୀରକେଶରୀଙ୍କର ଦସ୍ତଖତ ନିଆହେଲା। ତାଙ୍କର ହାତ ଥରି ଦସ୍ତଖତ ଠିକ୍ ନ ଦିଶୁ ଥିବାରୁ ଟିପଟିହ୍ନ ମଧ ନିଆଗଲା। ଏ ଦଲିଲ ସହିତ ଆଉ ଗୋଟିଏ ବାସୀୟତା ନାମା ତିଆରି ହେଲା, ଯାହା ବଲରେ ସୂର୍ଯ୍ୟମଣି ସମସ୍ତ ସ୍ଥାବର ଅସ୍ଥାବର ସମ୍ପତ୍ତିର ଉତ୍ତରାଧିକାରୀ ହେବେ ଏବଂ ମନ୍ଦିର ପରିଚାଳନା ଦାୟିତ୍ୱରେ ରହିବେ। ଏଥରେ ଏକଥା ମଧ ଉଲ୍ଲେଖ ରହିଲା ଯେ ଯଦି କୌଣସି କାରଣରୁ ଖେମଣ୍ଡି ପିଲାଟିର ମୃତ୍ୟୁ ହୁଏ, ତେବେ ସୂର୍ଯ୍ୟମଣି ଅନ୍ୟ ଏକ ପୋଷ୍ୟପୁତ୍ର ନେଇପାରିବେ। ଯଜ୍ଞ ପାଇଁ ବେଦୀ ତିଆରି ଓ ଅନ୍ୟ ବ୍ୟବସ୍ଥା କରାହେଲା। ସହରର ମହନ୍ତ, ଭଦ୍ରବ୍ୟକ୍ତିମାନଙ୍କୁ ଖବର ଦିଆଗଲା ଏବଂ ବୈକୁଣ୍ଠରେ ବ୍ରାହ୍ମଣ ଭୋଜନର ବ୍ୟବସ୍ଥା ହେଲା। ଏସବୁ ସହିତ ମହାଦେବଙ୍କୁ ଏକଥା ପ୍ରତି ମଧ ଦୃଷ୍ଟି ରଖିବାକୁ ହେଲା ଯେପରି ପଦ୍ମନାଭ ରାୟ ଯଜ୍ଞ କଥା ନ ଜାଣନ୍ତି।

ଯାହାହେଉ ସନ୍ଧ୍ୟା ସୁଦ୍ଧା। ସବୁ କାମ ଭଲରେ ଭଲରେ ସରିଗଲା। ଯଦିଓ ହୋମ ସମୟରେ ବୀରକେଶରୀଙ୍କର ସେଠାରେ ବସି ରହିବାର ଥିଲା, ତାଙ୍କ ଅବସ୍ଥା ଦୃଷ୍ଟିରୁ ତାଙ୍କୁ ଏଥରୁ ବାଦ ଦିଆଗଲା। କେବଳ ପୂର୍ଣ୍ଣାହୁତି ସମୟରେ ତାଙ୍କୁ ସେଠାକୁ ଅଣାଗଲା ଏବଂ ସେ ଶପଥ, ଆଦାନପ୍ରଦାନ ଓ ସଂକଳ୍ପ ପର୍ବରେ ଭାଗ ନେଲେ। ବୀରକେଶରୀ ଓ ଖେମୁଣ୍ଡିର ପିଲା, ଯାହାକୁ ବର୍ତ୍ତମାନ ସମସ୍ତେ ଜେନାମଣି ଡାକିବାକୁ ଆରମ୍ଭ କରିଥିଲେ, ଏକାଠି ପୁଷ୍ପାଞ୍ଜଲି ଦେଲେ। ଏହାପରେ ବୀରକେଶରୀଙ୍କୁ ତାଙ୍କ ବିଛଣାକୁ ନିଆଗଲା।

ଶିବଦାସ ବାବାଜୀ ନଅରରେ ପହଞ୍ଚିଲା ବେଳକୁ ରାତି ହୋଇଯାଇଥିଲା। ବୀରକେଶରୀ ସାରା ଦିନର କ୍ଲାନ୍ତି ଉତ୍ତେଜନା ପରେ ଶୋଇ ଯାଇଥିଲେ। ତାଙ୍କ ପାଖରେ ସୂର୍ଯ୍ୟମଣି ଏପର୍ଯ୍ୟନ୍ତ ଛାଇ ଭଳି ବସି ରହିଥିଲେ। ଶିବଦାସ ଭିତରକୁ ଆସିବାରୁ ସେ ଉଠି ଠିଆହେଲେ। ସୂର୍ଯ୍ୟମଣି ସ୍ୱାମୀ ବ୍ୟତୀତ ଆଉ କୌଣସି ପୁରୁଷ ଆଗକୁ ବାହାରୁ ନଥିଲେ; ତେବେ ଶିବଦାସ ସନ୍ନ୍ୟାସୀ ହୋଇଥିବାରୁ ତା ଆଗକୁ ଆସିବାରେ ବା ତା ସହିତ କଥାବାର୍ତ୍ତା କରିବାରେ ସୂର୍ଯ୍ୟମଣିଙ୍କର ସଙ୍କୋଚ ନଥିଲା। ଔଷଧ ତିଆରି କରିବାରେ ଶିବଦାସର ନାଁ ଥିଲା ଏବଂ ସେଥିପାଇଁ ତାକୁ ନଅରରୁ ମଝିରେ ମଝିରେ ଡାକରା ଆସୁଥିଲା। ଆଜି ସେ ସିଧା ବୀରକେଶରୀଙ୍କ ପାଖକୁ ଯାଇ ତାଙ୍କ ନାଡ଼ି ପରୀକ୍ଷା କଲା, ଆଖି ବୁଜି କଣ ମନ୍ତ୍ର ପଢ଼ିଲା, ଏବଂ ସୂର୍ଯ୍ୟମଣିଙ୍କୁ କହିଲା, ମହାରାଜାଙ୍କୁ ଜଗନ୍ନାଥଙ୍କ ଦର୍ଶନ କରାଇ ଦିଅନ୍ତୁ। ଏହାପରେ ରାଜାଙ୍କୁ ଆଉ କୌଣସି ଔଷଧ ଦେବାକୁ ମନାକରି ଶିବଦାସ ଚାଲିଗଲା।

ରାଜାଙ୍କୁ ମନ୍ଦିର ନେଇଯିବା ସାଧାରଣ କଥା ନ ଥିଲା, କାରଣ ଏଥିପାଇଁ ଅନେକ ନିର୍ଦ୍ଦିଷ୍ଟ ନୀତି ନିୟମ ଥିଲା। ରାଜା ମନ୍ଦିରକୁ ଗଲେ ମନ୍ଦିର ଖାଲି କରିବାକୁ ହେଉଥିଲା। ସମସ୍ତଙ୍କୁ ଖବର ଦିଆଯିବା ପରେ ବୀରକେଶରୀ ଓ ସୂର୍ଯ୍ୟମଣି ଦୁଇଟି ଅଲଗା ପାଲିଙ୍କିରେ ଛତା, ଘଣ୍ଟ, କାହାଳୀ ଗହଣରେ ମନ୍ଦିରକୁ ବାହାରିଲେ। ସିଂହଦ୍ୱାର ପାଖରେ ମୁଦିରଥ ଓ ପରିଚ୍ଛା ଛିଡ଼ା ହୋଇଥିଲେ। ରାଣୀଙ୍କ ପାଲିଙ୍କି କଛବଟ ପର୍ଯ୍ୟନ୍ତ ଗଲା, କିନ୍ତୁ ବୀରକେଶରୀଙ୍କୁ ସିଂହଦ୍ୱାର ପାଖରୁ ଦୋଲିରେ ନିଆଗଲା। ଜୟବିଜୟ ପାଖରେ ଝାମୁଖୁଣ୍ଟିଆ 'ମଣିମା' ବୋଲି ଡାକିବା ପରେ ପୂଜା ଇତ୍ୟାଦି କରାଗଲା। ତେବେ ବୀରକେଶରୀ ଜଗନ୍ନାଥ ଦର୍ଶନର ଶେଷ ପର୍ବ ରତ୍ନବେଦୀ ପରିକ୍ରମା କରି ପାରିଲେ ନାହିଁ।

ରାଜାଙ୍କ ମନ୍ଦିର ଯିବା ଖବର ଏତେବେଳକୁ ସହରରେ କିଛି କିଛି ବ୍ୟାପିଯାଇଥିଲା। ଯଦିଓ ଶୀତଦିନ ରାତିରେ ରାସ୍ତାଘାଟ ଶୂନ୍ଶାନ ହୋଇଯାଇଥିଲା ଓ ଅଧିକାଂଶ ଲୋକ ଶୋଇଯାଇଥିଲେ, ରାଜାଙ୍କ ଫେରିବା ରାସ୍ତାରେ ବର୍ତ୍ତମାନ କିଛି ଘରର ବାରଣ୍ଡାରେ ପୂର୍ଣ୍ଣ କୁମ୍ଭ ରଖାଯାଇଥିଲା ଓ ଦୀପ ଜଳୁଥିଲା। ଏସବୁ କିନ୍ତୁ ବୀରକେଶରୀଙ୍କର ସମ୍ପୂର୍ଣ୍ଣ ଅଜ୍ଞାତ ଥିଲା, କାରଣ ସେ ପାଲିଙ୍କି ଭିତରେ ଅଚେତନ ପଡ଼ି ରହିଥିଲେ।

ତାଙ୍କୁ ଆଣି ବିଛଣାରେ ଶୁଆଇ ଦେବାପରେ ବୀରକେଶରୀ ଆଖି ଖୋଲିଲେ ଏବଂ ଆଗରେ ସୂର୍ଯ୍ୟମଣିଙ୍କୁ ଦେଖି ତାଙ୍କୁ କଣ କହିବା ପାଇଁ ପାଟି ଖୋଲିଲେ। ପାଟିରୁ କିନ୍ତୁ କଥା ବାହାରିଲା ନାହିଁ। ସୂର୍ଯ୍ୟମଣି ତାଙ୍କ ମୁହଁ ପାଖକୁ ମୁହଁ ନେବାରୁ ବୀରକେଶରୀ କଷ୍ଟରେ କହିଲେ, ନୂଆ ଜେନାମଣି ତମକୁ ଲାଗିଲେ। ତମେ ତାଙ୍କୁ ଜମାରୁ ଆକଟ କରିବ ନାହିଁ। ସୂର୍ଯ୍ୟମଣିଙ୍କର ହଠାତ୍ କଣ ମନେହେଲା ବୀରକେଶରୀଙ୍କୁ ଛାଡ଼ିଦେଇ ପାଖ ଘରକୁ ଦୌଡ଼ିଗଲେ। ଶିବଦାସ ପୂର୍ବଥର ଆସିବାବେଳେ ତାଙ୍କୁ

ଗଙ୍ଗାଜଳ ଦେଇ ଯାଇଥିଲେ । ତାଙ୍କୁ ନେଇ ଆସିବା ବେଳକୁ ବୀରକେଶରୀଙ୍କର ଶେଷ ନିଶ୍ୱାସ ଯାଇ ସାରିଥିଲା ।

କାନ୍ଦବୋବାଲି ଶୁଣି ବାହାର ଘରେ ବସିଥିବା ମହାଦେବ ଲାଲ୍ ଜାଣିଲେ ତାଙ୍କୁ କଣ କରିବାକୁ ହେବ । ମଶାଲ ଜଳାଇ ପାଲିଙ୍କି ନେଇ ସେ ସିଧା ମାଜିଷ୍ଟେଟଙ୍କ ବଙ୍ଗଲାକୁ ଗଲେ । ରାଜାଙ୍କ ମରିବା ଖବର ପ୍ରଥମେ ତାଙ୍କୁ ଜଣାଇବାକୁ ହେବ । ଏକଥା କିନ୍ତୁ ସମ୍ଭବ ହେଲାନାହିଁ । କାରଣ ଫାଟକ ପାଖରୁ ଖବର ମିଳିଲା ଯେ ସେଦିନ ସକାଳେ ନଅରୁ ଫେରି ମାଜିଷ୍ଟେଟ ଫତେପୁର ଗସ୍ତରେ ଚାଲିଯାଇଛନ୍ତି ।

ଫତେପୁର: ଡିସେମ୍ବର ୧୮୫୮

ଫତେପୁର ଚିଲିକା ଅଞ୍ଚଳର ଗୋଟିଏ ଛୋଟ ଗାଁ ହେଲେ କ'ଣ ହେବ, ଏଠାରେ ମାଲୁଦଗଡ଼ର ଲୁଣ ଅଡଙ୍ଗ ଥିଲା ଏବଂ ସାହେବମାନେ କ୍ୟାମ୍ପ କରିବା ପାଇଁ ଭଲ ପଡ଼ିଆଟିଏ ଥିଲା। ଏଇ ଜାଗାଟି ସଦର ମହକୁମାମାନଙ୍କରୁ ବହୁ ଦୂରରେ ଏବଂ ଲୋକଲୋଚନର ଅଗୋଚରରେ ରହିଥିଲେ ମଧ୍ୟ ସାହେବମାନଙ୍କ ପାଇଁ ଏହାର ଐତିହାସିକ ମହଣ୍ଡ ଥିଲା। ୧୮୦୩ ମସିହାରେ ଯେତେବେଳେ ଇଂରେଜମାନେ ଓଡ଼ିଶା ଅଧିକାର କରିବା ପାଇଁ ଗଞ୍ଜାମ ଆଡୁ ବାହାରିଲେ, ଏଇଟି ସେମାନଙ୍କର ଅଭିଯାନ ରାସ୍ତାର ପ୍ରଥମ ପାଦ ଥିଲା। ସେତେବେଳକୁ ଓଡ଼ିଶା ମରହଟ୍ଟାମାନଙ୍କ ଅଧୀନରେ ଥିଲା ଏବଂ ଚିଲିକା ଉପକୂଳର ମାଲୁଦ ଇଦ୍ୟାଦି ପ୍ରଗଣାର ଜାଗିରଦାର ଥିଲେ ଫତେ ମହମ୍ମଦ। ଓଡ଼ିଶା ଆକ୍ରମଣର ପ୍ରାୟ ମାସେ ଆଗରୁ ଇଂରେଜମାନେ ତାଙ୍କ ସାଙ୍ଗରେ ଏକ ରାଜିନାମା ଦସ୍ତଖତ କରିଥିଲେ ଯେ କଟକ ଅଭିଯାନ ବେଳେ ସେ ତାଙ୍କ ଭାଇ ଖ୍ଵାଜ ମହମ୍ମଦଙ୍କୁ ଇଂରେଜସେନାଙ୍କୁ ସାହାଯ୍ୟ କରିବାକୁ ପଠାଇବେ, ନିଜେ ମଧ୍ୟ ଚିଲିକା ଅଞ୍ଚଳରେ ସେମାନଙ୍କୁ ସମସ୍ତ ସୁବିଧା ସୁଯୋଗ ଦେବେ ଏବଂ ରସଦ ଇତ୍ୟାଦି ଯୋଗାଇବେ।

କର୍ଣ୍ଣେଲ ହାରକୋର୍ଟଙ୍କ ନେତୃତ୍ଵରେ ଇଂରେଜ ସୈନ୍ୟମାନେ ଗଞ୍ଜାମରୁ ବାହାରି ସେପ୍ଟେମ୍ବର ୧୫ ତାରିଖରେ ମାଲୁଦ ପ୍ରଗଣାର ମିଠାକୁଅଠାରେ ପହଞ୍ଚିଲେ। ସେମାନେ ମରହଟ୍ଟା ସୈନ୍ୟମାନଙ୍କଠାରୁ ତ କୌଣସି ପ୍ରତିରୋଧ ପାଇଲେ ନାହିଁ, ବରଂ ମରହଟ୍ଟାଙ୍କ ଅତ୍ୟାଚାରରେ ଅତିଷ୍ଠ ହୋଇ ରହିଥିବା ସ୍ଥାନୀୟ ଲୋକମାନେ ସେମାନଙ୍କ ସହିତ ସହଯୋଗ କଲେ। ଫତେ ମହମ୍ମଦ ଇଂରେଜମାନଙ୍କୁ ଯେଉଁଭଳି ସାହାଯ୍ୟ କଲେ, ଏ ଅଞ୍ଚଳର ଅନ୍ୟତମ ଜମିଦାର ପାରିକୁଦ ରାଜା ମଧ୍ୟ ତାହା କରିପାରିଥାନ୍ତେ, କିନ୍ତୁ ଏକ ଭୁଲ୍ ବିଶ୍ଵାସ ଯୋଗୁ ସେ ଅଲଗା ରହିଗଲେ। ସେ ଶୁଣିଥିଲେ ଯେ ଆକ୍ରମଣକାରୀମାନେ ଏକ

ଅଭୁତ ଜନ୍ତୁ। ତାଙ୍କର ମୁହଁ ଦେଖିବାକୁ ଘୁଷୁରୀ ପରି ଏବଂ ସେମାନଙ୍କର କାନ ଏତେ ବଡ଼ ଯେ ସେମାନେ ଗୋଟାଏ କାନ ଉପରେ ଶୁଅନ୍ତି, ଏବଂ ତାଙ୍କ ଦେଶ ଏତେ ଥଣ୍ଡା ଯେ ଆର କାନଟିକୁ ଘୋଡ଼ାଇ ହୁଅନ୍ତି। ଇଂରେଜମାନେ ଲଙ୍କା ଦାନବ ଭଲି ହୋଇଥିବେ ଭାବି ରାଜା ଘରେ ଲୁଚି ରହିଲେ। ଅତି ଅନାୟାସରେ ଇଂରେଜ ସୈନ୍ୟ ମିଠାକୃଅରୁ ମାଣିକପାଟଣା ଦେଇ ପୁରୀ ଅଭିମୁଖେ ବାହାରିଲେ। ଜଗନ୍ନାଥ ମନ୍ଦିରରୁ ଆସିଥିବା ବ୍ରାହ୍ମଣମାନେ ଆସି ସେମାନଙ୍କୁ ରାସ୍ତାରୁ ହିଁ ପାଛୋଟି ନେଇଗଲେ। ୧୮ ତାରିଖ ଦିନ ସେନାବାହିନୀ ପୁରୀରେ ଛାଉଣି ପକାଇଲେ। ମରହଟ୍ଟାମାନେ ସେଠାରୁ ଭୟରେ ପଳାଇଗଲେ ଏବଂ ସହଜରେ ପୁରୀ ଅଧିକୃତ ହେଲା। ପୁରୀରେ ହପ୍ତାଏ ରହି ସୈନ୍ୟମାନେ ସେଠାରୁ କଟକ ଅଭିମୁଖେ ବାହାରିଲେ।

ସେଇଦିନଠାରୁ ଚିଲିକାର ଫତେପୁର, ମିଠାକୃଅ ଇତ୍ୟାଦି ଅଞ୍ଚଳ ସହିତ ସାହେବ ଅଫିସରମାନଙ୍କର ସମ୍ପର୍କ ରହି ଆସିଥିଲା ଏବଂ ପୁରୀରୁ ମାଜିଷ୍ଟ୍ରେଟ ଓ ପୁଲିସ ସାହେବମାନେ ଯାଇ ମଝିରେ ମଝିରେ ସେଠାରେ କ୍ୟାମ୍ପ ପକାଉଥିଲେ। ସେ ଅଞ୍ଚଳରେ ଜମିଜମା ନେଇ ସବୁବେଳେ କିଛି ନା କିଛି ସମସ୍ୟାର ବାହାନା ରହୁଥିଲା। ବିଶେଷରେ ଶୀତଦିନେ ଏ ସବୁ କାମ କେମିତି ବଢ଼ି ଯାଉଥିଲା। ଦୈବକ୍ରମେ ସେଇଟି ଚିଲିକା ହ୍ରଦରେ ପକ୍ଷୀ ଶିକାରର ମଧ ଉପଯୁକ୍ତ ସମୟ ଥିଲା।

ମାକଟିଅର ଦି ଦିନ ତଳୁ ଏଠାରେ କ୍ୟାମ୍ପ ପକାଇ ରହିଥିଲେ। ସେ ପୁରୀରୁ ଏଠାକୁ ଆସିଲେ ତାଙ୍କ ସାଙ୍ଗରେ ପୁରା ଦଳବଳ ଲୋକ ଆସୁଥିଲେ। ତାଙ୍କ ପାଲିଙ୍କି ପାଇଁ ଷୋଲ ଜଣ ବେହେରା, ଜିନିଷପତ୍ର ବୋହିବା ପାଇଁ ଛ'ଜଣ ବାହୁଙ୍ଗିବାଲା, ଏବଂ ତାଙ୍କ ସାଙ୍ଗରେ ଆସୁଥିବା ବାବୁମାନଙ୍କ ପାଇଁ ହାତୀ ଓ ବଳଦଗାଡ଼ିର ବ୍ୟବସ୍ଥା ଥିଲା। ଯେତେ ଚଞ୍ଚଳ ବାହାରିଲେ ବି ପୁରୀରୁ ସେଠାରେ ପହଞ୍ଚିବା ପାଇଁ ଦୁଇ ଦିନ ସମୟ ଲାଗିଯାଉଥିଲା।

ମାଜିଷ୍ଟେଟଙ୍କର କ୍ୟାମ୍ପ ଜାଗା ଗୋଟିଏ ଛୋଟ ଗାଁ ଭଲି ଦେଖାଯାଉଥିଲା। ଶିକାର ବ୍ୟତୀତ ଆରାମ କରିବା ପାଇଁ ମଧ ଫତେପୁର ଉପଯୁକ୍ତ ସ୍ଥାନ ଥିଲା। ଏ ଜାଗାରେ ଆଉ ଗୋଟିଏ ସୁବିଧା ଥିଲା ଯେ ଏଠାରେ ସାହେବଙ୍କ ଖାତିର ଓ ସେବା କରିବା ପାଇଁ ପାରିକୁଦ ରାଜା ଏବଂ ମାଲୁଦର ଜାଗିରଦାରଙ୍କ ଭିତରେ ଏକ ଭୀଷଣ ପ୍ରତିଯୋଗିତା ହେଉଥିଲା। ଯଦିଓ ମରହଟ୍ଟାଙ୍କ ଅମଲରେ ପାରିକୁଦ ବେଶି ଜଣାଶୁଣା ଥିଲା, ଇଂରେଜ ଆସିବା ପରେ ଫତେ ମହମ୍ମଦଙ୍କ ଯୋଗୁ ମାଲୁଦ ବର୍ତ୍ତମାନ ଅଧିକ ପ୍ରାଧାନ୍ୟ ଲାଭ ଦରିଥିଲା। ରାଜା ଓ ଜାଗିରଦାର ଅବଶ୍ୟ ଆଉ ଆଗ ଭଲି ସମୃଦ୍ଧ ନଥିଲେ, ତେବେ ଏକଥା ସାହେବଙ୍କ ଖାତିର କରିବା ବେଳେ ପରିଲକ୍ଷିତ ହେଉ ନଥିଲା।

ସାହେବ ପହଞ୍ଚିଲା ମାତ୍ରେ ଦୁହିଁଙ୍କ ପାଖରୁ ଫଳ ଓ ମିଠାଇର ଡାଲା ଆସୁଥିଲା। କାହାର ଡାଲା ବଡ଼ ହେବ ସେ ବିଷୟରେ ମଧ ପ୍ରତିଦ୍ୱନ୍ଦ୍ୱିତା ଥିଲା, ଯଦିଓ ମିଠାରେ ସାହେବଙ୍କର ଆଦୌ ଆଗ୍ରହ ନଥିଲା ଏବଂ ତାହା ଚାକରମାନଙ୍କ ଭିତରେ ହିଁ ବଣ୍ଟା ହେଉଥିଲା। ସାହେବଙ୍କ ଆମୋଦ ପାଇଁ ଦୁହେଁ ଖାଦ୍ୟପେୟ ଓ ନାଚଗୀତର ସବିସ୍ତାର ଆୟୋଜନ କରୁଥିଲେ। ଏଥିପାଇଁ କଟକରୁ ବାଣ, ଫଳ, ବିଲାତି ମଦ ଓ ଖାଇବା ଜିନିଷ ଆସୁଥିଲା ଏବଂ ରମ୍ଭାରୁ ବେଶ୍ୟା ଆସୁଥିଲେ। ଖୋଲା ଜାଗାରେ ତମ୍ବୁ ପକାଯାଇ ଏ ସବୁର ବ୍ୟବସ୍ଥା ହେଉଥିଲା ଏବଂ ଅନେକ ରାତିରେ ଏ ଆମୋଦ ପ୍ରମୋଦର ଶେଷ ହେଉଥିଲା ଆତସବାଜିରେ। ବିସ୍ତର ଟଙ୍କା ଖର୍ଚ୍ଚ ହେଉଥିଲା ଏଇଭଲି ଗୋଟିଏ ଗୋଟିଏ ରାତିରେ।

ମାଲୁଦ ଓ ପାରିକୁଦ ଭିତରେ ଆଉ ଗୋଟିଏ ସାମଞ୍ଜସ୍ୟ ଥିଲା ଯେ ଉଭୟ ବର୍ତ୍ତମାନ ଜମିଜମା ସଂକ୍ରାନ୍ତୀୟ ଗୋଲମାଲରେ ପଡ଼ିଥିଲେ । ପାରିକୁଦ ରାଜାଙ୍କର ଜଣେ ସମ୍ପର୍କୀୟ ତାଙ୍କ ଜମିଦାରୀକୁ ଦାବୀ କରୁଥିଲେ ଏବଂ ଏଥିପାଇଁ ମୋକଦ୍ଦମା ଚାଲିଥିଲା । ମାଲୁଦର ଜାଗିରଦାରଙ୍କ ସାବତ ମା ନିଜର ଜ୍ୱାଇଁ ନାଁରେ ଜାଗିର କରାଇବା ପାଇଁ କେସ୍ କରିଥିଲେ । ଏ ସମୟରେ କାଗଜପତ୍ର ଧରି ଫତେ ମହମ୍ମଦଙ୍କ ନାତି, ବର୍ତ୍ତମାନର ଜାଗିରଦାର, ଜମାଲୁଦ୍ଦିନ ମହମ୍ମଦ ମାଜିଷ୍ଟ୍ରେଟଙ୍କ ପାଖକୁ ଆସୁଥିଲେ । ସେ ଯେଉଁ କାଗଜଟିକୁ ପାଖରୁ ଛାଡ଼ୁ ନଥିଲେ ସେଇଟି ଥିଲା ୧୮୦୩ ମସିହାର କର୍ଣ୍ଣେଲ ହାରକୋର୍ଟଙ୍କ ଦସ୍ତଖତ ଥିବା ସନଦ, ଯେଉଁଥିରେ ଫତେ ମହମ୍ମଦ ଏବଂ ତାଙ୍କର ବଂଶଧରମାନଙ୍କୁ ଖଜଣାଛାଡ଼ ଜାଗିର ଜମିର ଅଧିକାର ମିଲିଥିଲା । ବାରମ୍ବାର ମାଜିଷ୍ଟ୍ରେଟଙ୍କୁ ଏ କାଗଜଟି ଦେଖାଇ ନିଜର ଦୁଃଖ ବଖାଣୁଥିଲେ ଜମାଲୁଦ୍ଦିନ ।

ଏଥରକ ସେ ଫତେପୁରେ ଅନ୍ୟ କାମ ଆରମ୍ଭ କରିବେ କଣ, ମାକଟିଅରଙ୍କ ପାଖରେ ଖବର ପହଞ୍ଚିଲା ପୁରୀ ରାଜାଙ୍କର ମରିଯିବାର । ଏ ବିଷୟରେ ଗୋଛାଏ ଚିଠି ଧରି ସେ ରିଷ୍ତାଦାର ପୁରୁଷୋତ୍ତମ ପଟନାୟକ ପୁରୀରୁ ଆସିଥିଲେ । ପୁରୀ ଦାରୋଗା ରିପୋର୍ଟ କରିଥିଲେ ଯେ ଏଗାର ତାରିଖରେ ରାଜା ମରିଗଲେ ଏବଂ ବାର ତାରିଖରେ ତାଙ୍କର ବିଧବା ରାଣୀ ଖେମମଣ୍ଟି ରାଜାଙ୍କ ପୁଅକୁ ଦିବ୍ୟସିଂହ ଦେବ ନାଁରେ ପୁରୀ ରାଜଗାଦିରେ ବସାଇଲେ । ଡେପୁଟି କଲେକ୍ଟରଙ୍କ ପାଖରୁ ଏ ବିଷୟରେ ଦୀର୍ଘ ଚିଠି ଆସିଥିଲା । ରାଜା ମରିବାପରେ ସେ ରାଜାଙ୍କ ଚାବିଗୋଛା ପାଟରାଣୀ ସୂର୍ଯ୍ୟମଣିଙ୍କ ହାତରେ ଦେଇ ଦେଇଥିଲେ । ବର୍ତ୍ତମାନ ଅବସ୍ଥାରେ ମନ୍ଦିର କିପରି ପରିଚାଲିତ ହେବ, ସେ ବିଷୟରେ ମଧ୍ୟ ପରାମର୍ଶ ଥିଲା ଡେପୁଟିଙ୍କ ଚିଠିରେ । ପୁରୀରୁ ଆଉ ଗୋଟିଏ କାଗଜ ଆସିଥିଲା ସୂର୍ଯ୍ୟମଣିଙ୍କ ଅର୍ଜି । ଏଥିରେ ଦିବ୍ୟସିଂହକୁ ପୋଷ୍ୟପୁତ୍ର କରିବା ଏବଂ ଗାଦିରେ ବସାଇବା ବିଷୟରେ ସୂଚନା ଥିଲା ଏବଂ ଦିବ୍ୟସିଂହ ବଡ଼ ହେବା ପର୍ଯ୍ୟନ୍ତ ରାଣୀଙ୍କ ହାତରେ ସମସ୍ତ ସମ୍ପତ୍ତି ଓ ମନ୍ଦିର ପରିଚାଲନାରେ ଭାର ଦେବାପାଇଁ ପ୍ରାର୍ଥନା ଥିଲା ।

ଆଉ ସବୁ କାମ ଛାଡ଼ିଦେଇ ମାକଟିଅର ଏ ଚିଠିମାନଙ୍କର ଜବାବ ଲେଖିବାରେ ଲାଗିଲେ । ପ୍ରଥମେ ଡେପୁଟି କଲେକ୍ଟର ଯାହା ସବୁ କରିଛନ୍ତି, ତା ସମର୍ଥନ କରିବାକୁ ହେବ । ସେଥିପାଇଁ ମାକଟିଅର ଗୋଟିଏ ରୋବକାରୀ ଆଦେଶ ଲେଖିଲେ । ଆହୁରି ଗୋଟିଏ ଦୀର୍ଘ ଚିଠିରେ ସେ କମିଶନରଙ୍କୁ ପୁରୀ ରାଜାଙ୍କ ମରିବା ଖବର ଓ କଣ କଣ ବ୍ୟବସ୍ଥା କରାଯାଇଛି, ସେ ବିଷୟରେ ଜଣାଇଲେ । କିନ୍ତୁ ପୁରୀ ମନ୍ଦିରର ପରିଚାଲନା ଏକ ଜଟିଲ ସମସ୍ୟା ଥିବାରୁ ସେ ବିଷୟ ଭାବିଚିନ୍ତି ଲେଖିବେ ବୋଲି ସ୍ଥିର କଲେ । ସେଦିନ ଉପରବେଲା ଏ ବିଷୟରେ ଅନେକ ଚିନ୍ତା କରିବା ପରେ ସେ କମିଶନରଙ୍କୁ ନିମ୍ନ ଚିଠିଟି ଲେଖିଲେ :

ପୁରୀ ମାଜିଷ୍ଟ୍ରେଟଙ୍କ କ୍ୟାମ୍ପ

ଫତେପୁର

ପ୍ରାପ୍ତେୟ୍ତୁ,

କମିଶନର, କଟକ ଡିଭିଜନ, କଟକ   ୧୩ ଡିସେମ୍ବର ୧୮୫୯

ମହାଶୟ,

୧. ଯଥାମାନ୍ୟ, ମୁଁ ଏଥୁ ସହିତ ଆଜି ସକାଲେ ପାଇଥିବା ଗୋଟିଏ ଅର୍ଜିର ନକଲ ପଠାଉଛି, ଯେଉଁଥିରେ ମନ୍ଦିର ସୁପରିନ୍ଟେଣ୍ଡେଣ୍ଟ ବୀରକେଶରୀ ଦେବଙ୍କ ମରିଯିବାର ସମ୍ବାଦ ଅଛି ।

୨. ସେ ଖେମୁଣ୍ଡି ରାଜାଙ୍କ ଚାରିବର୍ଷ ବୟସର ଦ୍ୱିତୀୟ ପୁଅକୁ ଦିବ୍ୟସିଂହ ନାମରେ ପୋଷ୍ୟପୁତ୍ର କରିଛନ୍ତି ବୋଲି ମଧ୍ୟ ଜଣାଯାଇଛି ।

୩. ପୋଷ୍ୟପୁତ୍ର ମନ୍ଦିର କାମ ଚଲାଇବା ପାଇଁ ଅନଭିଜ୍ଞ । ଏ ଯେଉଁ ପରିସ୍ଥିତି ଉପୁଜିଛି, ସେ ବିଷୟରେ ୧୮୪୦ ମସିହାର ଦଶ ନମ୍ବର ଆଇନରେ କୌଣସି ବ୍ୟବସ୍ଥା ନାହିଁ । ତେଣୁ ସହରର ଶାନ୍ତିରକ୍ଷା ପାଇଁ ଜଣେ ଉତ୍ତରାଧିକାରୀ ବାଛିବାପାଇଁ ତୁରନ୍ତ ବ୍ୟବସ୍ଥା କରାଯାଉ, ଏହା ମୋର ଅନୁରୋଧ ।

୪. ଏହି ପଦ ପାଇଁ ଯାହାର ଦାବିକୁ ବୋଧହୁଏ ଏକମାତ୍ର ବୋଲି ମନେ କରାଯାଇପାରେ, ସେ ହେଉଛନ୍ତି ରାଜାଙ୍କ କକା ପଦ୍ମନାଭ ରାୟ । ପଦ୍ମନାଭଙ୍କ ବାପା ଗୋପୀନାଥ ରାୟ ମୃତ ରାଜାଙ୍କ ଜେଜେବାପା ମୁକୁନ୍ଦ ଦେବଙ୍କ ଭାଇ । କିନ୍ତୁ ସତ୍ୟବାଦୀ ଦେବୋଉର ପରିଚାଳନାରେ ତାଙ୍କ କାର୍ଯ୍ୟକଳାପ ଦୃଷ୍ଟିରୁ ଏବଂ ସେ ପୋଷ୍ୟପୁତ୍ର ନେବାର ବିରୋଧୀ ଥିବାରୁ ଏ ପଦପାଇଁ ଉପଯୁକ୍ତ ହେବେନାହିଁ । ମୁଁ ନେଟିଭ ଲୋକମାନଙ୍କର ମନୋଭାବ ଯେତେଦୂର ଜାଣିପାରୁଛି, ସେମାନେ ମଧ୍ୟ ପଦ୍ମନାଭ ରାୟ ବଛା ହେଲେ ଖୁସି ହେବେନାହିଁ ।

୫. ଆଉ ଦୁଇଜଣ ଲୋକ, ଯେ କି ଏଥିପାଇଁ ସଦୁପଯୁକ୍ତ, ସେମାନେ ହେଲେ କିଲ୍ଲା ରୋଡଙ୍ଗର ଜମିଦାର, ଖୋର୍ଦ୍ଧା ବକ୍ସିଙ୍କର ବଂଶଜ ଗୋପୀନାଥ ବିଦ୍ୟାଧର ଏବଂ କଟକର ଜମିଦାର ରାଧାଶ୍ୟାମ ନରେନ୍ଦ୍ର । ଦୁହିଁଙ୍କୁ ମୁଁ ବ୍ୟକ୍ତିଗତ ଭାବେ ଜାଣେ । ମୋ ମତରେ ଦୁହେଁ କର୍ତ୍ତବ୍ୟନିଷ୍ଠ ଭାବରେ କାମ କରିବେ । ମୁଁ କିନ୍ତୁ ରାଧାଶ୍ୟାମ ନରେନ୍ଦ୍ରକୁ ଅଗ୍ରାଧିକାର ଦେବି, କାରଣ ସେ ବୟସରେ ବଡ଼ ଏବଂ ତାଙ୍କ ଜମିଦାରୀର ଅବସ୍ଥାରୁ ଜଣାଯାଏ ଯେ ତାଙ୍କର ବିଷୟ ବୁଦ୍ଧି ଅତି ଉତ୍ତମ । ନିଜର ସାଧୁତା ଯୋଗୁ ସେ ଉଭୟ ଇଉରୋପୀୟ ଓ ନେଟିଭମାନଙ୍କ ଦ୍ୱାରା ସର୍ବତୋଭାବେ ସମ୍ମାନିତ । ସେ ମନ୍ଦିରର ବଡ଼ ଏବଂ ତାଙ୍କ ଜମିଦାରୀର ଅବସ୍ଥାରୁ ଜଣାଯାଏ ଯେ ତାଙ୍କର ବିଷୟ ବୁଦ୍ଧି ଅତି ଉତ୍ତମ । ସେ ମନ୍ଦିରର ସୁପରିନଟେଣ୍ଡେଣ୍ଟ ହେଲେ ମନ୍ଦିର ପାଣ୍ଠି ଯଥୋଚିତ ଭାବରେ ପରିଚାଳିତ ହେବାର ନିଶ୍ଚୟ ରହିବ ଏବଂ ତାଙ୍କର ବ୍ୟକ୍ତିଗତ ପ୍ରଭାବଯୋଗୁଁ ପର୍ବପର୍ବାଣି ସମୟରେ ସମସ୍ତ ପୋଲିସ କଟକଣା ସଠିକ୍ ଭାବେ ପାଳିତ ହେବ । ମୁଁ ଭାବୁଛି, ଏହି କାରଣରୁ ନିର୍ଦ୍ଦଲୀୟ ନେଟିଭମାନେ ଏ କାମ ପାଇଁ ତାଙ୍କୁ ହିଁ ବାଛିବେ, ଆଉ କାହାକୁ ନୁହେଁ ।

୬. ବର୍ତ୍ତମାନ ପାଇଁ ମୁଁ ପୁରୀ ଦାରୋଗାଙ୍କୁ ନିର୍ଦ୍ଦେଶ ଦେଇଛି ଯେ ମନ୍ଦିରର ସମ୍ପତ୍ତି ଯେପରି କେହି ହସ୍ତାନ୍ତର ନ କରନ୍ତି ସେଥିପ୍ରତି ସେ ଦୃଷ୍ଟି ରଖିବେ ।

୭. ସରକାରଙ୍କଠାରୁ ଅର୍ଡର ମିଳିବାରେ ନିଶ୍ଚୟ ସମୟ ଲାଗିବ । ତେବେ ସୁପରିନଟେଣ୍ଡେଣ୍ଟଙ୍କର ଉତ୍ତରାଧିକାରୀ ନିଯୁକ୍ତି କରିବାରେ ବିଳମ୍ବ ଉଚିତ ନୁହେଁ । ବୋଧହୁଏ ସରକାରୀ ମଞ୍ଜୁର ଆସିବା ଆଗରୁ ଜଣେ କାହାକୁ ସାମୟିକ ଦାୟିତ୍ୱରେ ରଖିବାପାଇଁ ଆପଣଙ୍କର କ୍ଷମତା ଅଛି ।

ଆପଣଙ୍କର ବିନୀତତମ ଭୃତ୍ୟ

ଜେ.ବି.ମାକଟିଆର

ଅଫିସିଏଟିଙ୍ଗ ମାଜିଷ୍ଟେଟ

ଏ ଚିଠିକୁ ସାଙ୍ଗୋ ସାଙ୍ଗେ ଡାକ ହରକରା ହାତରେ ପଠାଇ ଦିଆଗଲା । ତା'ପରେ କ'ଣ ଭାବି ମାଜିଷ୍ଟେଟ ଚିଠିର ନକଲ କରାଇ ତାକୁ ପୁରୁଷୋତ୍ତମ ପଟ୍ଟନାୟକଙ୍କୁ ଦେଲେ ନିଜେ କଟକ ଯାଇ କମିଶନରଙ୍କୁ ଭେଟି ତାଙ୍କ ଆଦେଶ ଆଣିବା ପାଇଁ ।

ଡାକ ହରକରାଙ୍କୁ ଆଦେଶ ଥିଲା ଯେ ସେମାନେ ଘଣ୍ଟାକୁ ଛ ମାଇଲ ହାରରେ ଯିବେ; କେତେ ଘଣ୍ଟା ପରେ କେତେ ସମୟ ବିଶ୍ରାମ ନେବେ, ସେ ସବୁ ବିଷୟରେ ମଧ ନିର୍ଦ୍ଦିଷ୍ଟ ନିୟମ ସବୁ ଥିଲା । ଏଇ ହରକରାମାନେ କିନ୍ତୁ ନିଜ ସୁବିଧା ଅନୁସାରେ ଯିବାଆସିବା କରୁଥିଲେ ଏବଂ ଚିଠି ସବୁ ଡେରିରେ ପହଞ୍ଚୁଥିଲା । ମାକଟିଅରଙ୍କ ଚିଠି ସବୁ ତିନିଦିନ ପରେ କଟକରେ କମିଶନର କକବର୍ଣ୍ଣଙ୍କ ପାଖରେ ପହଞ୍ଚିଲା । ତା’ପୂର୍ବରୁ ପୁରୁଷୋତ୍ତମ ପଟନାୟକ ସେଠାରେ ପହଞ୍ଚି ସାରିଥିଲେ ।

କଟକ: ଡିସେମ୍ବର ୧୮୫୯

କମିଶନର ଜି.ଏଫ୍ କକବର୍ଷ୍ କଡ଼ା ମିଜାଜର, ରୁକ୍ଷ ପ୍ରକୃତିର ତଥା ରକ୍ଷଣଶୀଳ ଓ ନୀତିବାଦୀ ଅଫିସର ଥିଲେ । ସେ ତିନିବର୍ଷ ତଳେ କମିଶନର ହୋଇ କଟକକୁ ଆସିଥିଲେ ଏବଂ ନିଜ କାମ ମନୋଯୋଗିତାର ସହିତ କରୁଥିଲେ । କଲିକତାରେ ବୋର୍ଡ ଅଫ ରେଭେନ୍ୟୁର ସେକ୍ରେଟାରୀ ଟ୍ରେଭର ଆଗରୁ ଓଡ଼ିଶାର କାମ କରିଥିଲେ ଏବଂ କକବର୍ଷ୍ଙ୍କର ବନ୍ଧୁଥିଲେ; ସେଥିପାଇଁ କଟକ କମିଶନରଙ୍କ ପାଖରୁ ଯାଉଥିବା ପ୍ରସ୍ତାବ ସବୁ ବୋର୍ଡରେ ସହଜରେ ଅନୁମୋଦିତ ହୋଇଯାଉଥିଲା ।

କକବର୍ଷ୍ଙ୍କର ଆଉ ଏକ ଅଭ୍ୟାସ ଥିଲା ମଝିରେ ମଝିରେ ଅଫିସର ପୁରୁଣା କାଗଜପତ୍ର ବାହାର କରି ତାକୁ ପଢ଼ିବା । ଏହି ସୂତ୍ରରେ ବର୍ତ୍ତମାନ ତାଙ୍କ ହାତକୁ କୋଣାର୍କ ମନ୍ଦିର ସମ୍ପର୍କୀୟ ଗୋଟିଏ ଫାଇଲ ଆସିଥିଲା, ଯେଉଁଥିରେ ଅନେକ ବର୍ଷ ତଳର କାଗଜ ସବୁ ଥିଲା । କକବର୍ଷ୍ ନିଜେ ଥରେ ପୁରୀରୁ କୋଣାର୍କ ଯାଇଥିଲେ । ସେଠାକୁ ଯିବାକୁ ଭଲ ରାସ୍ତା ନଥିଲା ଏବଂ ଯିବାରେ ଅନେକ ଅସୁବିଧା ହୋଇଥିଲା । ତା'ଛଡ଼ା ସେଠାରେ ପହଞ୍ଚି ଭଙ୍ଗାରୁଜା ମନ୍ଦିର ଗାତ୍ରରେ ସେ ମାଲମାଲ ଅଶ୍ଳୀଳ ମୂର୍ତ୍ତିର ଯେଉଁ ମେଳା ଦେଖିଲେ, ସେଥିରେ ତାଙ୍କର ମୁଣ୍ଡ ଖରାପ ହୋଇଗଲା । ଏ ପ୍ରକାର ମନ୍ଦିର କିଏ କାହିଁକି ତିଆରି କରିଥିଲା, ତା'ଠାରୁ ବଡ଼ ପ୍ରଶ୍ନ ତାଙ୍କ ମନରେ ଉଠିଥିଲା, ଏ ପର୍ଯ୍ୟନ୍ତ କିଏ କାହିଁକି ଅଶ୍ଳୀଳତାର ଏଇ ମୂର୍ତ୍ତିମନ୍ତ ପ୍ରଦର୍ଶନୀକୁ ଭାଙ୍ଗି ଦେଇନାହିଁ !

ବର୍ତ୍ତମାନ ପୁରୁଣା କାଗଜ ଓଲଟାଇ ସେ ଦେଖିଲେ ଯେ ଯଦି କୋଡ଼ିଏ ବର୍ଷ ତଳେ ସେତେବେଳର କମିଶନର ହେନରି ରିକେଟସ୍ ବାଧା ଦେଇ ନଥାନ୍ତେ, ପୁରୀ ରାଜା ରାମଚନ୍ଦ୍ର କୋଣାର୍କ ମନ୍ଦିରକୁ ପୁରା ଭାଙ୍ଗି ମାଟିରେ ମିଶାଇ ଦେଇଥାନ୍ତେ । କିନ୍ତୁ ରିକେଟସଙ୍କ ଭଳି ଅଫିସରମାନେ କେବଳ ଯେ ଏ

ଭଙ୍ଗାରୁଜା କାମ ବନ୍ଦ କରାଇଲେ ତା'ନୁହେଁ, ବରଂ ମନ୍ଦିରର କିପରି ସଂରକ୍ଷଣ ହେବ ସେ ବିଷୟରେ ମଧ୍ୟ ମୁଣ୍ଡ ଖେଳାଇଲେ। ସୌଭାଗ୍ୟକୁ ଏ ବିଷୟରେ କୌଣସି ପ୍ରସ୍ତାବ କାର୍ଯ୍ୟକାରୀ ହୋଇ ନଥିଲା ଏବଂ ଏଇ ଅଣ୍ଟାଳ ପାଗୋଡ଼ାଟି ମନକୁ ମନ ଭାଙ୍ଗିବାରେ ଲାଗିଥିଲା। ବର୍ଷେ ତଳେ ଯେତେବେଳେ ପୁରୀ ମାଜିଷ୍ଟ୍ରେଟ ତାଙ୍କୁ କୋଣାର୍କ ମନ୍ଦିର ମରାମତି ବିଷୟରେ ପ୍ରସ୍ତାବ ଦେଇଥିଲେ, କକବର୍ଷ ତାର ଜବାବରେ ଲେଖିଥିଲେ, କଳା ପାଗୋଡ଼ା ଭାଙ୍ଗି ପଡ଼ୁଥିବାରେ ଦୁଃଖ କରିବା ବଦଳରେ ବରଂ ମୋ ମତରେ ଏ କଥାରେ ନିଷ୍କପଟ ଖୁସି ହେବାକଥା। ଏଥିରେ ଯେଉଁ ପାଶବିକ ମୂର୍ତ୍ତିମାନ ଖୋଲାହୋଇଛି, ସେଥିଯୋଗୁ ମୁଁ ଭାବୁଛି ଅବଶିଷ୍ଟ ଅଂଶକୁ ମାଟିରେ ମିଶାଇ ଦେବା ଉଚିତ। ମନ୍ଦିରର ଘୃଣିତ ବାକି ଅଂଶକୁ ସୁରକ୍ଷିତ ରଖିବାପାଇଁ ଟଙ୍କାଏ ବି ଖର୍ଚ୍ଚ କରିବାର ଯଥାର୍ଥତା ନାହିଁ।

ପୁରୁଣା କାଗଜରୁ ଏ କଥା ଜଣାଗଲା ଯେ କୋଡିଏ ବର୍ଷ ତଳେ ବଙ୍ଗ ସରକାର କୋଣାର୍କର ନବଗ୍ରହ ପାଟକୁ କଲିକତା ପଠାଇବା ପାଇଁ ଲେଖିଥିଲେ, କିନ୍ତୁ ଏ ପର୍ଯ୍ୟନ୍ତ ସେ ବିଷୟରେ କୌଣସି କାର୍ଯ୍ୟକ୍ରମ ହୋଇ ନଥିଲା। ପୁରୀ ରାଜା ତାକୁ ମନ୍ଦିର ଉପରୁ ତଳେ ପକାଇ ଦେବା ପରେ ପଥର ଖଣ୍ଡଟି ସେଇପରି ତଳେ ପଡ଼ି ରହିଥିଲା। କକବର୍ଷ ନିଶ୍ଚୟ କଲେ ଯେ ସମ୍ପୂର୍ଣ୍ଣ ମନ୍ଦିରକୁ ଭାଙ୍ଗି ତାର ପଥର ସବୁ କଲିକତାକୁ ପଠାଇ ନ ପାରିଲେ ବି ସେ ଏଇ ଖଣ୍ଡଟି, ଯଦିଓ ଏଥିରେ କୌଣସି ଅଣ୍ଟାଳ ମୂର୍ତ୍ତି ନ ଥିଲା, କଲିକତାକୁ ନିଶ୍ଚୟ ଚାଲାଣ କରିବେ।

ଏ ବିଷୟରେ ସେ ତୁରନ୍ତ ଲେଖାଲେଖି କରିଥାନ୍ତେ କିନ୍ତୁ ତାଙ୍କ ଆଗରେ ପୁରୀ ମାଜିଷ୍ଟ୍ରେଟଙ୍କ ଜରୁରୀ ଚିଠି ପହଞ୍ଚିଗଲା। ମୃତ ରାଜାଙ୍କ ସ୍ଥାନରେ ଗୋପୀନାଥ ବିଦ୍ୟାଧରଙ୍କୁ ନିଯୁକ୍ତ କରିବାପାଇଁ ମାକଟିଅର ଯେଉଁ ପ୍ରସ୍ତାବ ଦେଇଥିଲେ ତା' ନିତାନ୍ତ ହାସ୍ୟାସ୍ପଦ ଥିଲା। ଗୋପୀନାଥଙ୍କ ପିତା ବର୍କ୍ ଜଗବନ୍ଧୁ ଇଂରେଜମାନଙ୍କୁ କମ ହଇରାଣ କରି ନଥିଲେ। ଜଗବନ୍ଧୁ ମରିଯିବା ପରେ ସମସ୍ତେ ଏଇ ପରିବାରଟିକୁ ଭୁଲି ଯାଇଥିଲେ; ବର୍ତ୍ତମାନ ଗୋପୀନାଥଙ୍କୁ ମନ୍ଦିର ସୁପରିନଟେଣ୍ଡେଣ୍ଟ କରିବା ଅର୍ଥ ପୁଣି ଏକ ସମସ୍ୟା ଉପୁଜାଇବା।

ଆଉ ସବୁ କାମ ଛାଡ଼ି ପୁରୁଣା କାଗଜପତ୍ର ଦେଖି, ଆଇନର ତର୍ଜମା କରି କକବର୍ଷ ବୋର୍ଡ ଅଫ୍ ରେଭେନ୍ୟୁକୁ ଏକ ଦୀର୍ଘ ପତ୍ର ଲେଖିଲେ। ଏହି ପତ୍ର ମର୍ମ; ମନ୍ଦିର ପରିଚାଲନାରେ ସରକାରଙ୍କ ହସ୍ତକ୍ଷେପ ଅନୁଚିତ ହେବ। ଡଇଲର ସର୍ତ୍ତ ଅନୁସାରେ ଏ କାମ ରାଣୀଙ୍କ ଉପରେ ଛାଡ଼ିଦେବା ଉଚିତ। ମନ୍ଦିର ନାଁରେ ସତାଇଶ ହଜାର ମାହାଲ ଏବଂ ଖୋର୍ଦ୍ଧାରେ ଯେଉଁ ଲାଖରାଜ ଜମି ଅଛି, ସେଥିପାଇଁ ସିଭିଲ କୋର୍ଟରେ ଦରଖାସ୍ତ କରି ରାଣୀ ସାର୍ଟିଫିକେଟ ଆଣିବେ। ଅନ୍ୟ ଜମିସବୁ କୋର୍ଟ ଅଫ୍ ୱାର୍ଡସରେ ରହିବ। ପୋଷ୍ୟପୁତ୍ର ବର୍ତ୍ତମାନ ପାଇଁ ରାଣୀଙ୍କ ତତ୍ତ୍ୱାବଧାନରେ ରହିବ ଏବଂ ୱାର୍ଡସ ଇନଷ୍ଟିଚ୍ୟୁଟରେ ପଢ଼ିବ।

କକବର୍ଷ ଅଫିସ ଶେଷରେ ତାଙ୍କର ଘୋଡ଼ାଗାଡ଼ି ଚଢ଼ି କଚେରୀକୁ ବାହାରିଯିବା ପରେ ନୂଆ କିରାନୀ ଗୌରୀଶଙ୍କର ରାୟ ନିଜ କାମ ବନ୍ଦ କରି ବାହାରକୁ ଆସିଲେ। ଏହା ପରେ ତାଙ୍କର ପ୍ରଥମ କାମ ହେଲା କଲେକ୍ଟର କଚେରୀରୁ ବିଚିତ୍ରାନନ୍ଦ ଦାସଙ୍କୁ ଖୋଜି ବାହାର କରିବା। ସନ୍ଧ୍ୟାବେଳେ ଏକାଟି କଚେରୀରୁ ସାଙ୍ଗ ହୋଇ ଘରକୁ ଫେରିବା ବର୍ତ୍ତମାନ ଅଭ୍ୟାସରେ ପଡ଼ିଯାଇଥିଲା। ଯଦିଓ ବିଚିତ୍ରାନନ୍ଦ ବୟସରେ ଦଶବର୍ଷ ବଡ଼ ଥିଲେ ଏବଂ ପନ୍ଦର ବର୍ଷ ତଳେ ଚାକିରିରେ ଯୋଗ ଦେଇଥିଲେ, ସେ

ଗୌରୀଶଙ୍କରଙ୍କୁ ବନ୍ଧୁ ଭାବରେ ଦେଖୁଥିଲେ, କାରଣ ଗୌରୀଶଙ୍କର ଜ୍ଞାନୀ, ଆତ୍ମ ପ୍ରତ୍ୟୟବାନ ଓ ତୀକ୍ଷ୍ଣ ବୁଦ୍ଧିସମ୍ପନ୍ନ ଥିଲେ। ଆଜି ସେମାନଙ୍କ ସହିତ ସାଙ୍ଗ ହେଲେ ସେରିସ୍ତାଦାର ପୁରୁଷୋତ୍ତମ ପଟନାୟକ।

କଚେରୀ ବାହାରେ ବିଚିତ୍ରାନନ୍ଦ ଗୌରୀଶଙ୍କରଙ୍କୁ ପଚାରିଲେ, କଣ ସବଜାନ୍ତା, ପୁରୀ ବିଷୟରେ କଣ ହଉଛି ?

ଗୌରୀଶଙ୍କର କହିଲେ, ସବୁ ଠିକ୍ ହେଲା ଯେ ମତେ ଏହି ଖେମୁଣ୍ଡି ପୋଷ୍ୟପୁତ୍ର କରିବା କଥାଟା ଠିକ୍ ଜଣାପଡୁ ନାହିଁ।

ବିଚିତ୍ରାନନ୍ଦ କହିଲେ, କାହିଁକି ? ଖେମୁଣ୍ଡି ତ ବେଶ୍ ଭଲ ଲୋକ।

ଗୌରୀଶଙ୍କର କହିଲେ, ସବୁ ଗୋଲମାଲର ଆରମ୍ଭ ଶହେ ବର୍ଷ ତଳେ। ଏ କଥାରୁ ବିଚିତ୍ରାନନ୍ଦ ଜାଣିଲେ ଯେ ଗୌରୀଶଙ୍କର ବର୍ତ୍ତମାନ ଏକ ଦୀର୍ଘ ବକ୍ତୃତା ଦେବେ। କହିଲେ, କଣ ତା ହେଲେ ଏଠି ସେ କଥା ଶୁଣିବା ?

ପୁରୁଷୋତ୍ତମ କହିଲେ ସେ ବସି ପାରିବେ ନାହିଁ, କାରଣ ତାଙ୍କୁ ଫତେପୁର ଫେରିଯିବାର ବ୍ୟବସ୍ଥା କରିବାକୁ ହେବ। ଗୌରୀଶଙ୍କର କହିଲେ ବସନ୍ତୁ, ବସନ୍ତୁ। ଏ ଘଟଣା ସହିତ ଫତେ ମହମ୍ମଦଙ୍କର ବି ସମ୍ପର୍କ ଅଛି।

ସମସ୍ତେ କଚେରୀ ସାମନା ଘାସ ପଡ଼ିଆରେ ବସିବା ପରେ ଗୌରୀଶଙ୍କର ଯେଉଁ ବିବରଣୀ ଶୁଣାଇଲେ, ତାହା ନିମ୍ନମତେ:

୧୭୬୦ ମସିହାରେ ଅନ୍ୟ ଏକ ଖେମୁଣ୍ଡି ରାଜା ଜଗନ୍ନାଥ ନାରାୟଣ ଦେବ ଖୋର୍ଦ୍ଧା ଆକ୍ରମଣ କଲେ। ବୀରକେଶରୀ ଦେବ ପ୍ରଥମ ସେତେବେଳେ ଖୋର୍ଦ୍ଧାର ରାଜା। ଖେମୁଣ୍ଡି ଆକ୍ରମଣରୁ ରକ୍ଷା ପାଇବା ପାଇଁ ସେ ମରହଟ୍ଟା ସୁବେଦାର ଶିବଭଟ୍ଟ ସାଠେଙ୍କର ସାହାଯ୍ୟ ନେଲେ। ଏଥିପାଇଁ ସର୍ତ୍ତ ଥିଲା ଯେ ସେ ଶିବଭଟ୍ଟଙ୍କୁ ଲକ୍ଷେ ଟଙ୍କା ଦେବେ। ମରହଟ୍ଟାମାନେ ଖେମୁଣ୍ଡିଙ୍କୁ ପରାସ୍ତ କରି ତଡ଼ିଦେଲେ, କିନ୍ତୁ ବୀରକେଶରୀ ଟଙ୍କା ଦେଇପାରିଲେ ନାହିଁ; ତା'ବଦଳରେ ସେ ମରହଟ୍ଟାମାନଙ୍କୁ ଖୋର୍ଦ୍ଧାର ଚାରିଟି ପ୍ରଗଣା ବନ୍ଧା ଦେଲେ।

୧୮୦୩ ରେ ଓଡ଼ିଶା ଆକ୍ରମଣ ପୂର୍ବରୁ ଇଂରେଜମାନେ ଖୋର୍ଦ୍ଧା ରାଜାଙ୍କ ସହିତ କଥାବାର୍ତ୍ତା କରିଥିଲେ ତାଙ୍କର ସାହାଯ୍ୟ ପାଇଁ। ସେତେବେଳର ନାବାଳକ ରାଜା ଦ୍ୱିତୀୟ ମୁକୁନ୍ଦଦେବଙ୍କ ଓକିଲ ଗଞ୍ଜାମ ଯାଇ କର୍ଣ୍ଣେଲ ହାରକୋର୍ଟଙ୍କ ସାଙ୍ଗରେ ଏ ବିଷୟରେ କଥାବାର୍ତ୍ତା କରିଥିଲା। ମରହଟ୍ଟାମାନଙ୍କ ଦିଉଡ଼ରେ ଇଂରେଜମାନଙ୍କୁ ସାହାଯ୍ୟ କରିବାପାଇଁ ଖୋର୍ଦ୍ଧାର ଦାବୀ ଥିଲା ଏକ ଲକ୍ଷ ଟଙ୍କା ଏବଂ ବନ୍ଧା ପଡ଼ିଥିବା ଚାରିଟି ପ୍ରଗଣାକୁ ପୁଣି ଖୋର୍ଦ୍ଧାକୁ ଫେରାଇ ଦେବା। ହାରକୋର୍ଟ ଟଙ୍କା ଦେବାକୁ ରାଜି ହେଲେ, କିନ୍ତୁ ପ୍ରଗଣା ବିଷୟରେ ରାଜି ହେଲେ ନାହିଁ। ଅଗ୍ରୀମ ବାବଦରେ ହାରକୋର୍ଟ ତାଙ୍କୁ ଦଶହଜାର ଟଙ୍କା ମଧ୍ୟ ଦେଲେ।

ଇଂରେଜ ଆକ୍ରମଣ ସମୟରେ ଖୋର୍ଦ୍ଧା ରାଜାଙ୍କର ସାହାଯ୍ୟ ବିଶେଷ ଦରକାର ହେଲାନାହିଁ କାରଣ ମରହଟ୍ଟାମାନେ ନିଜେ ପଳାଇଗଲେ। ଓଡ଼ିଶା ଅଧିକାର ପରେ ଇଂରେଜମାନେ ଯେତେବେଳେ ଶାସନ ଆରମ୍ଭ କଲେ, ମୁକୁନ୍ଦଦେବଙ୍କ ବେବର୍ତ୍ତା ଜୟୀ ରାଜଗୁରୁ ଯାଇ କଟକରେ କମିଶନରଙ୍କୁ ଦେଖାକରି ବାକି ଟଙ୍କା ମାଗିଲେ। କମିଶନର ତାଙ୍କୁ ଚାଳିଶ ହଜାର ଟଙ୍କା ଦେଲେ ଏବଂ କହିଲେ ଯେ ବାକି ପଚାଶ ହଜାର ଟଙ୍କା ଏକ ସନ୍ଧି ସ୍ୱାକ୍ଷର ପରେ ଦିଆଯିବ।

ମୁକୁନ୍ଦଦେବ ସନ୍ଧିରେ ଦସ୍ତଖତ କରି ବାକି ଟଙ୍କା ପାଇଲେ କିନ୍ତୁ ଜମି ଫେରି ପାଇଲେ ନାହିଁ। ପ୍ରଗଣା ଫେରି ପାଇବାକୁ ସେ ଏଥର ମରହଟ୍ଟାମାନଙ୍କ ସହିତ କଥାବାର୍ତ୍ତା ଚଲାଇଲେ ଏବଂ ନାଗପୁର ମହାରାଜାଙ୍କ ପାଖକୁ ଖବର ପଠାଇଲେ, ଯେ ବେଶୀ ବଳବାନ, ମୁଁ ତାର ଅନୁଚର। ଯଦି ମହାରାଜା ବଳବାନ, ମୁଁ ତାଙ୍କର ପ୍ରଜା ହେବି। ଛତା ସବୁବେଳେ ବର୍ଷା ଆଡ଼କୁ।

ଏଥରେ କିନ୍ତୁ କିଛି ଫଳ ହେଲାନାହିଁ। ଶେଷରେ ଅକ୍ଟୋବର ୧୯୦୪ ରେ ଖୋର୍ଦ୍ଧାରାଜା ଇଂରେଜଙ୍କ ଅଧୀନରେ ଥିବା ପିପିଲିର କେତେ ଗାଁ ଉପରେ ଆକ୍ରମଣ କଲେ। ଇଂରେଜମାନେ ତାଙ୍କୁ ଗାଦିଚ୍ୟୁତ କଲେ ଏବଂ ଖୋର୍ଦ୍ଧା ରାଜ୍ୟ ଇଂରେଜ ଶାସନାଧୀନ ହେଲା ବୋଲି ଘୋଷଣା କଲେ। ଆଗରୁ ଖୋର୍ଦ୍ଧା ଅଧୀନରେ ଥିବା ବାଣପୁରର ପାଇକମାନେ କାଲେ ଗୋଲମାଲ କରିବେ ସେଥିପାଇଁ ହାରକୋର୍ଟ ଫତେ ମହମ୍ମଦଙ୍କ ଭାଇ ଓ୍ୱାଜ ମହମ୍ମଦଙ୍କୁ ବାଣପୁର ପ୍ରଗଣାର ଅମିଲ କରିଦେଲେ। ଡିସେମ୍ବର ମାସରେ ହାରକୋର୍ଟ ବରୁଣେଇରେ ଥିବା ରାଜାଙ୍କ ଗଡ଼ ଅଧିକାର କରିନେଲେ, କିନ୍ତୁ ରାଜା ପଲାଇଗଲେ। ଜାନୁଆରୀ ୧୮୦୫ରେ ଓ୍ୱାଜ ମହମ୍ମଦ ରାଜାଙ୍କୁ ଧରି ଆଣିଦେଲେ ଏବଂ ୩୦୦୦ ଟଙ୍କା ପୁରସ୍କାର ପାଇଲେ। ରାଜା ମୁକୁନ୍ଦଦେବଙ୍କୁ ଇଂରେଜମାନେ ପ୍ରଥମେ ବାରବାଟୀରେ ଓ ପରେ ମେଦିନୀପୁରରେ ବନ୍ଦୀକରି ରଖିଲେ। ମୁକୁନ୍ଦଦେବ ଦରଖାସ୍ତ କଲେ ଯେ ସବୁ ଗୋଲମାଲ ପାଇଁ ବେବର୍ତ୍ତା ଜୟୀ ରାଜଗୁରୁ ହିଁ ଦାୟୀ, କାରଣ ସେ ତାଙ୍କୁ ଖୋର୍ଦ୍ଧାରେ ବନ୍ଦୀ ଭଳି ରଖିଥିଲା ଏବଂ ପାଇକମାନଙ୍କୁ ଉସକାଉଥିଲା।

୧୮୦୭ ରେ ଇଂରେଜମାନେ ମୁକୁନ୍ଦଦେବଙ୍କୁ ଛାଡ଼ିଦେଲେ, କିନ୍ତୁ ତାଙ୍କୁ ଖୋର୍ଦ୍ଧାରେ ରହିବାକୁ ଦେଲେନାହିଁ। ଖୋର୍ଦ୍ଧାରାଜାଙ୍କୁ ପୁରୀରେ ରହିବାକୁ ହେଲା। ସେଇଦିନୁ ବିନା କୌଣସି ରାଜ୍ୟରେ ସେ ପୁରୀ ରାଜା ନାଁରେ ପରିଚିତ ହେଲେ।

ବିଚିତ୍ରାନନ୍ଦ କହିଲେ, ଏ ତ ବଡ଼ ଅନ୍ୟାୟ ହେଲା ରାଜାଙ୍କର, ଜୟୀ ରାଜଗୁରୁଙ୍କ ବିରୁଦ୍ଧରେ କହିବା।

ଗୌରୀଶଙ୍କର କହିଲେ, ପାଇକ ବିଦ୍ରୋହ ବେଳେ ବି ଏ କଥାର ପୁନରାବୃତ୍ତି ହେଲା। ବକ୍ସି ଜଗବନ୍ଧୁ ଚେଷ୍ଟା କରୁଥିଲେ ପୁରୀ ରାଜାଙ୍କୁ ଖୋର୍ଦ୍ଧା ଫେରାଇ ଆଣିବାକୁ। କିନ୍ତୁ ଶେଷରେ ପୁରୀ ରାଜା ହିଁ ବକ୍ସିଙ୍କୁ ବାଧ୍ୟ କଲେ କ୍ଷମା ମାଗି ଆତ୍ମ ସମର୍ପଣ କରି ପେନ୍‌ସନ ନେଇ ରହିବାକୁ। ପୁଣି ସେଇ ଓ୍ୱାଜ ମହମ୍ମଦ ୧୮୨୫ରେ ବକ୍ସି ଜଗବନ୍ଧୁଙ୍କୁ ମନାଇ କଟକ ମାଜିଷ୍ଟେଟଙ୍କ ପାଖକୁ ଆଣିଲେ। ଏଥରକ ତାଙ୍କର ପୁରସ୍କାର ଥିଲା ୧୦୦୦ଟଙ୍କା।

ଏଭଳି ଗୌରୀଶଙ୍କରଙ୍କ ପାଖରୁ ଓଡ଼ିଶା ଇତିହାସ ଶୁଣିବା ପରେ ସେମାନେ ଯିବାପାଇଁ ଉଠି ଠିଆ ହେଲେ। ସେମାନେ ପୁରୁଷୋତ୍ତମଙ୍କୁ ତାଙ୍କ ସାଙ୍ଗରେ ଟାଣିଲେ, କିନ୍ତୁ ସେ ରାଜି ହେଲେ ନାହିଁ କାରଣ ସେ ଫେରିଯିବା ପାଇଁ ବ୍ୟସ୍ତ ଥିଲେ। ତା'ବ୍ୟତୀତ ପୁରୁଷୋତ୍ତମଙ୍କର ମଦ ପିଇବା ବା ତେଲେଙ୍ଗା ବଜାରରେ ଯାଇ ଗୀତ ଶୁଣିବାରେ କୌଣସି ଆଗ୍ରହ ନଥିଲା।

କୋଣାର୍କ: ଫେବୃଯ଼ାରୀ ୧୮୬୦

ଜଙ୍ଗଲ ମଝି ବାଲି ଅପନ୍ତରାରେ ପଥର ଖଣ୍ଡ ଉପରେ ବସି ପୁରୀ ଡିଭିଜନର ଏକଜିକ୍ୟୁଟିଭ ଇଂଜିନିଅର ଜି.ରେନରେ ଡାଙ୍କ ଟିପାଖାତାରେ ଲେଖା ଥିବା ହିସାବକୁ ମିଳାଇ ଦେଖୁଥିଲେ । ତାଙ୍କ ପାଖରେ ତାଙ୍କର ବଙ୍ଗାଳୀ ଓଭରସିଅର ଠିଆ ହୋଇ ସାହେବଙ୍କ ଆଢ଼କୁ ଜଳଜଳ ଅନାଇ ରହି ତାଙ୍କର କାମ ଦେଖୁଥିଲା । ରୁମାଲରେ କପାଳରୁ ଝାଲ ପୋଛୁ ପୋଛୁ ରେନର ମନେ ମନେ ବିଭିନ୍ନ ପ୍ରକାରର ହିସାବ କରୁଥିଲେ । ଟିପାଖାତାର ପ୍ରଥମ ପୃଷ୍ଠାରେ ଏଭଳି ଲେଖା ଥିଲା :

ନବଗ୍ରହ ପାଟ : ୩୬୧.୫ ଘନଫୁଟ

ଓଜନ : ୬୧୯୯୭.୨୫ ହଦର ଅଥବା ୨୬.୬୭ ଟନ

ଅଥବା ପ୍ରାୟ ୭୨୩ ମହଣ

ରାତି ଅନ୍ଧାରେ ପୁରୀରୁ ବାହାରି ସେ କୋଣାର୍କରେ ପହଞ୍ଚିଥିଲେ ଟାଣ ଖରାବେଳେ । ନିଜର କାମ ବ୍ୟତୀତ ରେନରଙ୍କର ଅନ୍ୟ କୌଣସି ବିଷୟରେ ଆଗ୍ରହ ନଥିଲା । ଅନ୍ୟ କେହି ହୋଇଥିଲେ ଜଙ୍ଗଲ ଭିତରେ ପଶି ପାଖରେ ଥିବା ମନ୍ଦିର ପାଖକୁ ଯାଇଥାନ୍ତା । କିନ୍ତୁ ରେନର ଆସିବା ମାତ୍ରେ ସିଧା ନବଗ୍ରହ ପଥର ଖଣ୍ଡ ପାଖକୁ ଯାଇଥିଲେ ଏବଂ ଏପର୍ଯ୍ୟନ୍ତ ତାରି ପାଖରେ ବସି ରହିଥିଲେ । ଫିତାରେ ତାର ଦୈର୍ଘ୍ୟ ପ୍ରସ୍ଥର ମାପ ନେଇ ନାନାପ୍ରକାର ଗଣନା କରି ସେ ତାର ଓଜନ ବାହାର କରିଥିଲେ ।

ଯେତେ ସହଜରେ ଏ କାମଟି ହୋଇପାରିବ ବୋଲି ସେ ଭାବିଥିଲେ, କାମଟି ସେତେ ସହଜ ନଥିଲା । ଏ ଜାଗାଟି ମଧ କିଛି ସୁବିଧାର ନୁହେଁ । କୋଣାର୍କକୁ ପୁରୀରୁ ଭଲ ରାସ୍ତା ନଥିଲା ଏବଂ ମନ୍ଦିର ଚାରିପାଖେ ଗଛଲତା ଓ ବୁଦାର ଜଙ୍ଗଲ ଭର୍ତି ହୋଇଥିଲା । ମଝିରେ ମଝିରେ ପାହାଡ଼ ଭଳି ବାଲିର ସ୍ତୁପ

ଥିଲା । ବଣ୍ୟଜନ୍ତୁଙ୍କର ଚଲପ୍ରଚଲ ଯୋଗୁଁ ଭୟରେ ଲୋକେ ଏ ଅଞ୍ଚଳକୁ ଆସୁ ନଥିଲେ । କଟକ କମିଶନର କକବର୍ଣ୍ଣ୍ଣିକର ଚିଠି ପାଇ ରେନର ଏଠାକୁ ଆସିଥିଲେ ଦେଖିବା ପାଇଁ ନବଗ୍ରହ ପାଟକୁ କିପରି କଲିକତାକୁ ନିଆଯାଇ ପାରିବ ।

ଏ ବାଲି ଅପନ୍ତରା ଭିତରୁ ନବଗ୍ରହକୁ ସମୁଦ୍ର ପର୍ଯ୍ୟନ୍ତ ନେବାକୁ ହେଲେ ଗୋଟିଏ ରାସ୍ତା କରିବାକୁ ପଡ଼ିବ । ସେଇ ରାସ୍ତା ଉପରେ ପଟା ପକାଇ ତା'ଉପରେ ରୋଲର ଦେଇ ଦଉଡ଼ିରେ ଟାଣି ଓ ହାତରେ ସମ୍ଭାଳି ଏତେ ବଡ଼ ପଥରକୁ ସମୁଦ୍ର କୂଳକୁ ନେବାକୁ ହେବ । ଏଥିପାଇଁ ଦରକାର ହେବ:

୧. ବାରଟି ଚାରି ଇଞ୍ଚିଆ ପଟା; ରୋଲର ପାଇଁ ଆଠଟି ଶାଲ କାଠଗଡ଼; ପଚାଶଟି ଲୁହା କିଲ୍; ପଚିଶଟି ଶାବଲ, ଦି ଇଞ୍ଚିଆ ଦଉଡ଼ି ଶହେ ଫୁଟ୍; ଏବଂ ପଚାଶ ଜଣ ଲୋକ । ସମୟ ଲାଗିବ, ମନ୍ଦିରରୁ ସମୁଦ୍ର ପର୍ଯ୍ୟନ୍ତ ଯିବାପାଇଁ, ଚାରି ଦିନ ।

୨. ସମୁଦ୍ରକୂଳରୁ ଜାହାଜ ପର୍ଯ୍ୟନ୍ତ ନେବାପାଇଁ ଭେଲା ଓ ଡଙ୍ଗା । ୬୫୦୦ ଗ୍ୟାଲନ ବା ତା'ଠାରୁ ବେଶୀ ପାଣି ଧରୁଥିବା ପିପାମାନଙ୍କ ଉପରେ ଏ ଭେଲାଟି ବସିବ । କେତୋଟି ଡଙ୍ଗା ତାକୁ ଟାଣି ଟାଣି ଜାହାଜ ପାଖକୁ ନେବେ ।

ଏଥିପାଇଁ ମଜୁରୀ ଓ ସାମଗ୍ରୀ ବାବଦ ଖର୍ଚ୍ଚ ହେବ, ପଥର ଯେଉଁଠି ଅଛି, ସେଠାରୁ ସମୁଦ୍ର ପର୍ଯ୍ୟନ୍ତ, ୨୨୫ ଟଙ୍କା ।

ଏତକ ଟିପଣା ପଢ଼ି ସାରି ଖାତାର ପୃଷ୍ଠା ଓଲଟାଇଲେ ରେନର । ଏ ପୃଷ୍ଠାରେ କେବଳ ଗୋଟିଏ ବଡ଼ ପ୍ରଶ୍ନଚିହ୍ନ ଥିଲା । ଭେଲା ଉପରୁ କିପରି ଏତେ ବଡ଼ ପଥରକୁ ଜାହାଜ ଉପରକୁ ଉଠାଇବ, ତାର କୌଣସି ସମାଧାନ ନଥିଲା ତାଙ୍କ ପାଖରେ । ଜାହାଜ ଉପରକୁ ମାଲ ଉଠାଇବା ପାଇଁ ସାଧାରଣତଃ ଯେଉଁ ବ୍ୟବସ୍ଥା ଥାଏ ତା' ଦ୍ୱାରା ଏତେ ବଡ଼ ପଥର ଉଠାଯାଇ ପାରିବ ନାହିଁ । ଯଦି ବା ଉଠାଯାଇ ପାରେ, ପଥରର ଓଜନରେ ଜାହାଜ ଗୋଟାଏ ପଟକୁ ଢଳି ଯାଇ ବୁଡ଼ିଯିବାର ସମ୍ଭାବନା ରହିବ । ଅଳ୍ପ ସମୟ ଆଗରୁ ରେନର ଭଙ୍ଗା ଲୁହାକଡ଼ିଟିର ମାପ ନେଇଥିଲେ । ନବଗ୍ରହ ପାଟ ଏହା ଉପରେ ଷୋଲଫୁଟ ଉପରୁ ଖସି ପଡ଼ିବାବେଳେ ଏକ ବର୍ଗଫୁଟ ମୋଟା ଏତେ ବଡ଼ ଲୁହାଟି ତିନିଖଣ୍ଡ ହୋଇ ଭାଙ୍ଗି ଯାଇଥିଲା ।

ରେନର ଠିକ କଲେ ଯେ ପୁରୀ ଫେରିଯାଇ ସେ ଏ ବିଷୟରେ ଅଧିକ ଚିନ୍ତା କରିବେ । ଟିପାଖାତା ବନ୍ଦ କରି ଉପରକୁ ମୁହଁ ଉଠାଇ ସେ ଦେଖିଲେ, ଆଗରେ ଛ ଜଣ ଭୟଙ୍କର ଲୋକ ଠିଆ ହୋଇଛନ୍ତି । ଧଡ଼ପଡ଼ ହୋଇ ଉଠି ଲକ୍ଷ୍ୟ କଲେ ପାଖରେ ଓଭରସିଅର ବାବୁ ବି ନାହାନ୍ତି । ଏଥର ଭଲ ଭାବରେ ଦେଖିବାରୁ ଜଣାଗଲା ଯେ ଏଇ କଳା କଳା କାନ୍ଧରେ ପଇତା ପକା ମୁଣ୍ଡରେ ସିନ୍ଦୂର ବୋଲା ଲୋକମାନେ ବ୍ରାହ୍ମଣ । ସେମାନେ ନବଗ୍ରହ ପାଟ ଆଡ଼କୁ ଚାହିଁ ଉତ୍ତେଜିତ ଭାବରେ ନିଜ ନିଜ ଭିତରେ କଥାବାର୍ତ୍ତା ହେଉଥିଲେ । ରେନର ପଥର ଆଡ଼କୁ ଚାହିଁ ଦେଖିଲେ ଯେ ସେଥିରେ ମୂର୍ତ୍ତିମାନଙ୍କ ଦେହରେ ଠାଏ ଠାଏ ସିନ୍ଦୂର ବୋଲା ହୋଇଥିଲା ।

ଏ ବଡ଼ ବିପଦର କଥା ହେଲା ଓଭରସିଅର ଠିକ୍ ସମୟ ଦେଖି ପଲାଇ ଯାଇଥିଲା । ଏ ପଣ୍ଡାମାନେ ବର୍ତ୍ତମାନ ଗୋଲମାଲ କରିବେ କି କ'ଣ କେଜାଣି ! ରେନର ସେମାନଙ୍କୁ ନିଜ ନିଜ ଭିତରେ ଯୁକ୍ତିତର୍କ କରିବାକୁ ଛାଡ଼ିଦେଇ ଜଙ୍ଗଲ ବାହାରେ ରାସ୍ତା ପାଖେ ରଖା ହୋଇଥିବା ନିଜ ପାଲିଙ୍କି ଆଡ଼କୁ ଚଞ୍ଚଳ

ଚଞ୍ଚଳ ପାଦ ପକାଇଲେ। ପାଲିଙ୍କି ବେଶ ଦୂରରେ ଥିଲା। ପଛକୁ ଅନାଇ ରେନର ଦେଖିଲେ ଯେ ପଣ୍ଡାମାନେ ତାଙ୍କ ପଛରେ ଆସୁନାହାନ୍ତି। ସେ ଠିକ୍ କଲେ ଯେ ପ୍ରଥମେ ସେ ବଙ୍ଗାଳୀ ଓଭରସିଅାରକୁ ସାବାଡ଼ କରିବେ ଏବଂ କକବର୍ଣ୍ଙ୍କ ଚିଠିର ଜବାବ ଦେଲାବେଳେ ଏ କଥା ମଧ୍ୟ ଲେଖିଦେଲେ ଯେ ନବଗ୍ରହପାଟ ନେଇଯିବାରେ ସ୍ଥାନୀୟ ଲୋକ ବାଧା ଦେଇ ପାରନ୍ତି।

ଜଗନ୍ନାଥ ସଡ଼କ: ଜୁନ୍ ୧୮୬୦

ରାତି ନ ପାହୁଣୁ ନାଥ ଖୁଣ୍ଟିଆ ପାଟି କରି ତାର ଯାତ୍ରୀମାନଙ୍କୁ ନିଦରୁ ଉଠାଇଲା। ପୂର୍ବଦିନ ରାତିରେ ବେଶ୍ ଡେରିରେ ସେମାନେ ଭୁବନେଶ୍ବର ପାଖ ଚଟିଘରେ ପହଞ୍ଚିଥିଲେ ଏବଂ ବର୍ତ୍ତମାନ ସମସ୍ତେ ନିଘୋଡ୍ ନିଦରେ ଶୋଇଥିଲେ। ନାଥ ଗୋଇଠା ମାରି ଜଣେ ଦି ଜଣଙ୍କୁ ଉଠାଇଲା, କହିଲା, ଶାଳୀଏ ଯଦି ଶୀଘ୍ର ନ ବାହାରିବ, ରଥ ଦେଖା ତମ ଭାଗ୍ୟରେ ନାହିଁ। ଏଥରକ ଧଡ଼ପଡ଼ ହୋଇ ସମସ୍ତେ ଉଠି ପଡ଼ିଲେ। ଯଦିଓ କାହାରି ଦେହରେ ଜୀବନ ନଥିଲା ବୋଲି ଜଣା ପଡ଼ୁଥିଲା, ପୁଣି ଗୋଟିଏ ଦିନର ଯାତ୍ରା ପାଇଁ ସମସ୍ତେ ପ୍ରସ୍ତୁତ ହୋଇଗଲେ। ଆଜି ସେମାନଙ୍କର ମୁହଁ ଟିକିଏ ପ୍ରସନ୍ନ ଥିଲା, କାରଣ ଏଇଟି ଥିଲା ସେମାନଙ୍କର କଷ୍ଟର ଶେଷଦିନ।

ଦଶଦିନ ଆଗରୁ ହଜାର ହଜାର ଯାତ୍ରୀଙ୍କ ଭଳି ଏଇ ଦଳଟି ଜଗନ୍ନାଥ ସଡ଼କରେ ଯାତ୍ରା ଆରମ୍ଭ କରିଥିଲା। ଦଳରେ ଅଠାଇଶ ଜଣ ଯାତ୍ରୀ ଥିଲେ ଏବଂ ସମସ୍ତେ ସ୍ତ୍ରୀଲୋକ ଦିନକୁ ପ୍ରାୟ ତିରିଶ ମାଇଲ ଲେଖାଏଁ ଚାଲି ଚାଲି ସେମାନେ ଏଠାରେ ଆସି ପହଞ୍ଚିଥିଲେ। ବର୍ତ୍ତମାନ ସମସ୍ତଙ୍କ ଗୋଡ଼ ଖଣ୍ଡିଆ ହୋଇଥିଲା ଏବଂ ସମସ୍ତଙ୍କ ଗୋଡ଼ରେ ଛିଣ୍ଡା କନା ବନ୍ଧା ଥିଲା। ଭାଗ୍ୟକୁ ତାଙ୍କ ଦଳରୁ କେହି ଦେହ ଖରାପ ହୋଇ ଅଧା ରାସ୍ତାରେ ରହି ଯାଇ ନଥିଲେ ଅଥବା ହଇଜାରେ ମରିଯାଇ ନଥିଲେ, ଯଦିଓ ଏକଥା ଅତି ସ୍ବାଭାବିକ। ଜଗନ୍ନାଥଙ୍କୁ ଦର୍ଶନ କରିବେ ଏଇ ଆଶା ସେମାନଙ୍କୁ ଏତେ ବାଟ କ୍ଲେଶରେ କିନ୍ତୁ ନିର୍ବିଘ୍ନରେ ଟାଣି ଆଣିଥିଲା।

ପ୍ରତିବର୍ଷ ଭଳି ଚୈତ୍ର ମାସରେ ଯାତ୍ରୀ ପଣ୍ଡା ନାଥ ଖୁଣ୍ଟିଆ ବର୍ଦ୍ଧମାନର କାଞ୍ଚନପୁର ଓ ଆଖପାଖ ଗାଁରେ ପହଞ୍ଚି ଯାଉଥିଲା। ପୁରୀରେ ଥିଲାବେଳେ ଯଦିଓ ସେ ଗାମୁଛା ପିନ୍ଧି ଖାଲି ଦେହରେ ରହୁଥିଲା,

ଯାତ୍ରୀ ଧରିବାକୁ ଯିବାବେଳେ ତାର ବେଶଭୂଷା ଥିଲା ଭିନ୍ନ ପ୍ରକାରର। ତାର ବାଳ ସାମନାକୁ ଅଧା ଖଅର ହୋଇ ମୁଣ୍ଡରେ ପେଣ୍ଟା ବାଳ ଥିଲା। ଛୋଟ ଧୋତି ଉପରେ ସେ ଅଧା ଚପକନ ପିନ୍ଧିଥିଲା ଓ ମୁଣ୍ଡରେ କାନଟୋପି ଲଗାଉଥିଲା। ତା' ହାତରେ ଗୋଲ ତାଳପତ୍ର ଛତା, କାନ୍ଧରେ ବୁଜୁଲା ଓ ପାତି କଳରେ ପାନ ରହୁଥିଲା। ଏଇ ଭଳି ଅଭୁତ ବେଶଭୂଷାର ପୁରୀ ପଣ୍ଡା ବଙ୍ଗଳାର ଗାଁ ଗହଳରେ ଏଇ ସମୟରେ ହୋଇଯାଉଥିଲା ଏକ ଦର୍ଶନୀୟ ବସ୍ତୁ।

ସତ କହିବାକୁ ଗଲେ ଗାଁର ଅଳସ ଜୀବନଯାତ୍ରା ଭିତରେ ପଣ୍ଡାର ଆବିର୍ଭାବ ଥିଲା ଏକ ଉତ୍ତେଜକ ଘଟଣା। ନାଥ ଖୁଣ୍ଟିଆ ଅନେକ ବର୍ଷ ଧରି ଏ ଅଞ୍ଚଳକୁ ଯାତ୍ରୀ ଧରିବାପାଇଁ ଆସୁଥିଲା ଏବଂ ଏଠାକାର ଲୋକମାନଙ୍କର ଗତିବିଧ୍ ଓ ହାବଭାବ ସହିତ ସମ୍ପୂର୍ଣ୍ଣ ପରିଚିତ ଥିଲା। ସେ ଶୁଦ୍ଧ ବଙ୍ଗଳାରେ ସେମାନଙ୍କ ସହିତ କଥା କହୁଥିଲା ଓ ପୁରୀରୁ ଆଣିଥିବା ଶୁଖିଲା ମହାପ୍ରସାଦର ନିର୍ମାଲ୍ୟ ଟିକିଏ ଟିକିଏ ଦେଇ ସମସ୍ତଙ୍କ ସହିତ ପ୍ରଥମ ସୌହାର୍ଦ୍ୟ ସ୍ଥାପନ କରୁଥିଲା। ଜଗନ୍ନାଥ ପୁରୀରୁ ଆସିଥିବାରୁ ଗାଁର ବୟସ୍କା ସ୍ତ୍ରୀ ଲୋକମାନେ ତାକୁ ଭଗବାନଙ୍କର ଚଳନ୍ତି ଅବତାର ବୋଲି ଭାବୁଥିଲେ ଏବଂ ସେମାନଙ୍କର ଏଇ ଅପାତ୍ରିକ ଭକ୍ତିକୁ ନିର୍ବିକାର ଓ ନିର୍ଲଜ୍ଜ ଭାବରେ ଗ୍ରହଣ କରୁଥିଲା ନାଥ ଖୁଣ୍ଟିଆ।

ସେ ଆସି ଗାଁ ମଝିରେ ପହଞ୍ଚୁଥିଲା ସକାଳ ପହରରେ, କାରଣ ସେ ଜାଣିଥିଲା ଯେ ଏଇ ସମୟରେ ପୁରୁଷ ଲୋକମାନେ ଚାଷ କରିବାକୁ ବିଲକୁ ଚାଲି ଯାଉଥିଲେ। କାଞ୍ଚନପୁରରେ ସେ ପ୍ରଥମେ ସିଧା ଆସି ଗାଁର ଜଣାଶୁଣା ଲୋକ ଗୋବିନ୍ଦ ସାମନ୍ତ ଘରେ ପହଞ୍ଚୁଥିଲା। ଗୋବିନ୍ଦର ମା' ବିଧବା ବୁଢ଼ୀ ସୁନ୍ଦରୀ ତାର ବିଶେଷ ଖାତିର କରୁଥିଲା। ତାର ଦିଅର ଗୟାରାମର ସ୍ତ୍ରୀ ଆହୁରି ବୈଷ୍ଣବୀ ହୋଇଯାଇ ନିୟମିତ ପୁରୀ ଯିବା ଆସିବା କରୁଥିଲା। ତା'ପାଖରୁ ସବୁବେଳେ ପୁରୀ ଠାକୁରଙ୍କ ବିଷୟରେ ଶୁଣି ଶୁଣି ସୁନ୍ଦରୀ ଜଗନ୍ନାଥ ଭକ୍ତ ହୋଇଯାଇଥିଲା ଏବଂ ପୁରୀ ଯିବାପାଇଁ ବିକଳ ଥିଲା। ତେବେ ଗୋବିନ୍ଦ ସବୁବେଳେ ଆପଉ କରୁଥିଲା, କାରଣ ତାର ଜେଜେମା ଏମିତି ଥରେ ପୁରୀ ରଥଯାତ୍ରା ଦେଖିବାକୁ ଯାଇ ଫେରିବା ବେଳେ ରାସ୍ତାରେ ହଇଜାରେ ମରି ଯାଇଥିଲେ।

ନାଥ ଖୁଣ୍ଟିଆ ସେଠାରେ ପହଞ୍ଚିଲେ ଗୋବିନ୍ଦ ସାମନ୍ତ ଘରେ ଆଖପାଖର ସ୍ତ୍ରୀ ଲୋକମାନଙ୍କର ମେଳା ଲାଗି ଯାଉଥିଲା। ସୁନ୍ଦରୀ ଦେଇଥିବା ଜଳଖିଆ ଖାଇ ସାରି ହାତ ମୁହଁ ଧୋଇ ନାଥ ଖୁଣ୍ଟିଆ ବାରଣ୍ଡା ଉପରେ ଚକା ପକାଇ ବସି ଯାଉଥିଲା ଏବଂ ସ୍ତ୍ରୀଲୋକଙ୍କୁ ଭୁଲାଇବା ପାଇଁ ମିଛ ସତ ଅତିରଞ୍ଜିତ କରି ଜଗନ୍ନାଥ ଓ ପୁରୀର ମାହାତ୍ମ୍ୟ ଶୁଣାଉଥିଲା। ପୁରୀର ଚାରିପାଖେ ଦଶ କୋଶ ବାଟ ସବୁ ପବିତ୍ର; ବ୍ରହ୍ମ ହତ୍ୟା କରିଥିବା ଲୋକ ଯଦି ପୁରୀ ବାଲି ଉପରେ ଗଡ଼ିଯାଏ, ପାପରୁ ମୁକ୍ତି ପାଇଯାଏ। ପୁରୀର ମହାପ୍ରସାଦ ନିଜେ ଲକ୍ଷ୍ମୀଙ୍କ ହାତରେ ରନ୍ଧା; ସୁଆରମାନେ ସଂଜବେଳେ ଡାଲି, ଚାଉଳ, ପନିପରିବା ନେଇ ରେଷେଇ ଘରେ ରଖି ଦିଅନ୍ତି, ସକାଳକୁ ଦେଖିବା ବେଳକୁ ମହାପ୍ରସାଦ ତିଆରି! ପୁରୀରେ ସବୁ ପୋଖରୀର ପାଣି ଅମୃତ; ଥରେ ଗାଧୋଇଲେ ମୋକ୍ଷ ମିଳେ। ଇତ୍ୟାଦି, ଇତ୍ୟାଦି। ସ୍ତ୍ରୀ ଲୋକମାନେ ଏସବୁ ଶୁଣି ମାଟିରେ ମୁଣ୍ଡ ଲଗାଇ ପ୍ରଣାମ କରୁଥିଲେ ଯେପରି କି ନାଥ ଖୁଣ୍ଟିଆ ନିଜେ ଜଗନ୍ନାଥଙ୍କର ପ୍ରତିନିଧ୍ ଏବଂ ତାର ଉପସ୍ଥିତିରେ ଗୋବିନ୍ଦ ସାମନ୍ତର ଅଗଣା ସାମୟିକ ଭାବରେ ବଡ଼ଦାଣ୍ଡ ପାଲଟି ଯାଇଛି।

କ୍ରମାଗତ ଭାବେ ନାଥ ଖୁଣ୍ଟିଆ କଥା ଶୁଣି ଶୁଣି ସ୍ତ୍ରୀଲୋକମାନେ ପୁରୀ ଯାତ୍ରାର ନିଶ୍ଚୟ ନେଉଥିଲେ,

କିନ୍ତୁ ଘରର ପୁରୁଷ ଲୋକଙ୍କୁ ବୁଝାଇବା ଥିଲା ଏକ ଦୁଷ୍କର କାମ । ଗୋବିନ୍ଦ ତାର ମାଙ୍କୁ ତୀର୍ଥ କରିବା କଥାରୁ ନିବୃତ୍ତ କରୁଥିଲା, କାରଣ ସୁନ୍ଦରୀଙ୍କ ବୟସ ଅନେକ ବେଶୀ ଏବଂ ସେ ଏତେ ବାଟ ଚାଲି ଯାଇ ପାରିବ ନାହିଁ । ପୁଣି ଜଗନ୍ନାଥ ସଡ଼କରେ ଠକ, ବଦମାସ, ଚୋର ଓ ହଇଜାର ଭୟ ଥିଲା । ତେବେ ସୁନ୍ଦରୀ ଓ ଅନ୍ୟ ବିଧବା ସ୍ତ୍ରୀଲୋକଙ୍କର ଏଥିପ୍ରତି ଭୟ ନଥିଲା, କାରଣ ସେମାନଙ୍କର ଅଭିଶପ୍ତ ଜୀବନର ବିରକ୍ତି କର ଏକାଭଳି ଦିନମାନଙ୍କରୁ ସାମାନ୍ୟ ମୁକ୍ତିର ଏକମାତ୍ର ଉପାୟ ଥିଲା ତୀର୍ଥ କରିବା ।

ଯେଉଁଦିନ ଯାତ୍ରା ଆରମ୍ଭ କରିବା ଠିକ୍ ହେଲା ତା' ପୂର୍ବଦିନ ରାତିରେ ସୁନ୍ଦରୀ ତାର ଲୁଗାପଟା, ଚୁଡ଼ାଚାଉଳ, ପିତଳ ଲୋଟାକୁ ଗୋଟିଏ ବଡ଼ ବେତ ପେଟରାରେ ସଜାଡ଼ି ରଖିଲା ଓ କିଛି ଟଙ୍କା କାନିରେ ବାନ୍ଧି ଅଣ୍ଟାରେ ଖୋସିଲା । ସେ ଦିନ ରାତିରେ ତାର ନିଦ ହେଲାନାହିଁ ଏବଂ ସକାଲ ପହରେ ଯେତେବେଲେ ନାଥ ଖୁଣ୍ଟିଆ ବାହାରେ ଜଗନ୍ନାଥ କୀ ଜୟ ଡାକ ଦେଲା, ସେ ପେଟରା ଧରି ବାହାରକୁ ଆସିଲା । ଗାଁ ମୁଣ୍ଡରେ ଆସି ସୁନ୍ଦରୀ ଦେଖିଲା ଯେ ତା ଭଳି ଆହୁରି ଅନେକେ ଯିବାପାଇଁ ପ୍ରସ୍ତୁତ ହୋଇ ଠିଆ ହୋଇଛନ୍ତି । ସେମାନଙ୍କ ଭିତରେ କେହି ପୁରୁଷ ନଥିଲେ ଏବଂ ସେମାନଙ୍କ ଭିତରୁ ଅଧିକାଂଶ ଥିଲେ ବିଧବା । ଯେଉଁ ଚାରି ଜଣ ବିଧବା ନଥିଲେ, ତାଙ୍କ ଭିତରୁ ଦି ଜଣ ସ୍ୱାମୀଙ୍କ ସହିତ କଲି କରି ଆସିଥିଲେ, ଜଣେ ସ୍ୱାମୀକୁ ନ କହି ଲୁଟି ପଲାଇ ଆସିଥିଲା ଏବଂ ଆଉ ଜଣେ ସ୍ୱାମୀ ପରିତ୍ୟକ୍ତା ହୋଇ ବାପଘରେ ଥିଲା ଏବଂ ଏମାନଙ୍କ ସାଙ୍ଗେ ମିଶିଥିଲା ।

ଜୟ ଜଗନ୍ନାଥ କହି ନାଥ ଖୁଣ୍ଟିଆ ତାର ଯାତ୍ରୀ ପଲଙ୍କୁ ଧରି ଗାଁ ବାହାରକୁ ପାଦ ବଢ଼ାଇଲା । ପ୍ରଥମ ପ୍ରଥମ ଅନଭ୍ୟସ୍ତ ପାଦ ପକାଇବା ପରେ ଦଲଟି କିଛି ବାଟ ପରେ ସମନ୍ୱିତ ଭାବରେ ଚାଲିବାକୁ ଆରମ୍ଭ କଲା ଏବଂ ନାଥ ଖୁଣ୍ଟିଆ ସେମାନଙ୍କ ସହିତ କଥାବାର୍ତ୍ତା କରି, ବେସୁରା ସ୍ୱରରେ ଜଣାଣ ଗାଇ ପଥଶ୍ରମ ଦୂର କଲା ।

ଦଲଟି ଯେତେବେଲେ ଭଲୁବେଡ଼ିଆରେ ପହଞ୍ଚିଲା, ନାଥ ଖୁଣ୍ଟିଆର ରଙ୍ଗ ଢଙ୍ଗ ପୁରା ବଦଲିଗଲା । ଶୁଦ୍ଧ ବଙ୍ଗଲାରେ କଥା କହୁଥିବା ଲୋକଟି ବର୍ତ୍ତମାନ ଖାଣ୍ଟି ଓଡ଼ିଆରେ କଥାବାର୍ତ୍ତା ଆରମ୍ଭ କଲା ଏବଂ ସ୍ତ୍ରୀ ଲୋକମାନଙ୍କୁ ଏ ପର୍ଯ୍ୟନ୍ତ ମା ବୋଲି ଡାକୁଥିବା ସ୍ଥଲେ ବର୍ତ୍ତମାନ ଡାକିଲା ଶାଳୀ ଓ ବେଢେଇ ବୋଲି । ଏଥରକ ସେ ଜୋରରେ ଚାଲିବାକୁ ଆରମ୍ଭ କଲା ଏବଂ ତା' ସହିତ ତାଲ ରଖିବା ପାଇଁ ଦଲଟିକୁ ମଝିରେ ମଝିରେ ଦୌଡ଼ିବାକୁ ପଡ଼ିଲା । ସେ ତାର ବୁକୁଲାଟିକୁ ମଧ ଜଣେ ସ୍ତ୍ରୀ ଲୋକକୁ ମୁଣ୍ଡାଇବାକୁ ଦେଇ ଦେଲା । ଏଥରକ ରାତିରେ ଚଟି ଘରେ ପହଞ୍ଚିଲା ମାତ୍ରେ ସେ ଶୋଇ ପଡ଼ୁଥିଲା ଏବଂ ତିରିଶ ମାଇଲ ଚାଲି ଚାଲି ଆସିଥିବା ସ୍ତ୍ରୀ ଲୋକଙ୍କୁ ଯାଇ ଚାଉଳ ଡାଲି ହାଣ୍ଡି କିଣି ରୋଷାଇ କରି ତାକୁ ଉଠାଇ ଖୁଆଇବାକୁ ହେଲା । ରାତିରେ ଚବିଶଘରେ ଖୁଦାଖୁଦି ହୋଇ ଶୋଇଥିବା ଯାତ୍ରୀମାନଙ୍କ ମଝିରେ ସେ ଶୋଇଥିଲା ଏବଂ ଅଳ୍ପ ବୟସ୍କା ସ୍ତ୍ରୀଲୋକଟିକୁ ତାର ଗୋଡ଼ ମୋଡ଼ିବାକୁ ଡାକୁଥିଲା । ସେ ସ୍ତ୍ରୀଲୋକଟି ଥକିଗଲେ ତାକୁ କହୁଥିଲା, ତୁ ଏବେ ଶୋଇ ଯା, ସେ ଆର ଟୋକିକି କହ ମୋ ଗୋଡ଼ ମୋଡ଼ିଦେବ । ଚଟି ଘରେ ଜାଗା ନଥିଲା ସେ ନିଜେ ଅନ୍ୟ କେଉଁ ଦଲ ସହିତ ଯାଇ ରହି ଯାଉଥିଲା ଏବଂ ତାର ଯାତ୍ରୀଙ୍କୁ ଗଛ ତଲେ ନ ହେଲେ ଖୋଲାରେ ଶୋଇ ରାତି କଟାଇବାକୁ ହେଉଥିଲା । ପ୍ରଥମେ ପ୍ରଥମେ ଏ କଷ୍ଟ ସହି ନ ପାରି ସ୍ତ୍ରୀ ଲୋକମାନେ କାନ୍ଦକଟା କରୁଥିଲେ, କିନ୍ତୁ ଦି ତିନି ଦିନ ଭିତରେ ସବୁ ଦେହସୁହା ହୋଇଗଲା ।

ମେଦିନୀପୁରରେ ପହଞ୍ଚିଲା ବେଳକୁ ସେଠାରେ ରୀତିମତ ହଜାର ହଜାର ଯାତ୍ରୀଙ୍କର ଭିଡ଼ ଥିଲା । ଏମାନେ ବଙ୍ଗଳା, ବିହାର ତଥା ପଶ୍ଚିମା ଯାତ୍ରୀ ଥିଲେ । ସେମାନଙ୍କ ଭିତରୁ କେତେ ଦଳ ମାସ ମାସ ଆଗରୁ ଘର ଛାଡ଼ିଥିଲେ । କିଛି ଲୋକ ବଳଦ ଗାଡ଼ି ଓ ସବାରିରେ ଯାଉଥିଲେ, କିନ୍ତୁ ଅଧିକାଂଶ ଯାତ୍ରୀ ପାଦରେ ଚାଲି ଚାଲି ଆସିଥିଲେ । ଦିନକୁ ସେମାନଙ୍କୁ ତିରିଶ ଚାଳିଶ ମାଇଲ ଚାଲିବାକୁ ହେଉଥିଲା । ଖରାରେ ସିଝି, ବର୍ଷାରେ ତିନ୍ତି ଖଣ୍ଡିଆ ପାଦରେ ସେମାନେ ସମସ୍ତେ ବାହାରି ଥିଲେ ଜଗନ୍ନାଥ ଦର୍ଶନରେ ।

ନାରାୟଣ ଗଡ଼ ପାଖରେ ପହଞ୍ଚି ନାଥ ଖୁଣ୍ଟିଆ କହିଲା, ଏଠି ରାସ୍ତାରେ ଖଣ୍ଡ ଅଛନ୍ତି । ତମ ପଇସା ପତ୍ର ମତେ ଦେଇଦିଅ; ମୁଁ ସାବଧାନରେ ରଖିବି । କେହି କିନ୍ତୁ ତାକୁ ଟଙ୍କା ଦେଲେନାହିଁ, ବରଂ କାନିର ଗଣ୍ଠିକୁ ଆହୁରି ସାବଧାନତାର ସହିତ ଅଣ୍ଟାରେ ଖୋସିଲେ । ନାଥ ଖୁଣ୍ଟିଆ ନିଜକୁ ନିଜେ କହିଲା, ହଉ ଶାଳୀଏ ପଇସା କେମିତି ବାହାର କରିବାକୁ ହେବ, ମତେ ଜଣା । ପହିଲେ ପୁରୀ ଚାଲ । ନାଥ ଜାଣିଥିଲା ଯେ ଏଇ ନିର୍ବାନ୍ଧବ ବିପଦସଂକୁଳ ଯାତ୍ରାରେ ତା ଉପରେ ନିର୍ଭର କରିବା ଛଡ଼ା ଏମାନଙ୍କର ଆଉ କୌଣସି ଗତି ନାହିଁ ।

ଜଗନ୍ନାଥ ସଡ଼କରେ ଭୟ ଉତ୍ପାଦନ କରିବାପାଇଁ ଅନେକ ସାମଗ୍ରୀ ଥିଲା । ରାସ୍ତା ସାରା ସାପ, ବୁଲା କୁକୁର, ବିଲୁଆ ଦୃଶ୍ୟ ହେଉଥିଲେ ଏବଂ ସେମାନଙ୍କୁ ଆଡେଇବା ପାଇଁ ବର୍ତ୍ତମାନ ସମସ୍ତଙ୍କ ହାତରେ ଛୋଟ ଛୋଟ ବାଡ଼ି ଥିଲା । ମଝିରେ ମଝିରେ ନେଲି ପୋଷାକ ପିନ୍ଧା, ବାଡ଼ି ଧୁମ ଧୁମ କରୁଥିବା ଡାକବାଲା ଅଥବା ଗାଁ ଚଉକିଆ ଯେତେବେଳେ ସେ ରାସ୍ତାରେ ଯାଉଥିଲା, ତା' ମଧ୍ୟ ଭୟର କାରଣ ଥିଲା ଏବଂ ସେ ମଧ୍ୟ ଅନେକ ସମୟରେ ଏମାନଙ୍କୁ ପଇସା ମାଗୁଥିଲା । କେବେ କେମିତି କିଏ ଘୋଡ଼ାରେ ଚଢ଼ି ସେ ରାସ୍ତାରେ ଚାଲିଗଲେ ଦଳ ଭିତରେ କୋକୁଆ ଭୟ ପଶୁଥିଲା, କାରଣ ଏତେ ବର୍ଷ ପରେ ବି ଗାଁ ଗହଳରୁ ମରହଟ୍ଟା ବର୍ଗୀଙ୍କର ଭୟ ଯାଇନଥିଲା । ଏ ସବୁ ଭୟ ପାଇଁ ତାଙ୍କର ଏକମାତ୍ର ସାହା ଭରସା ଥିଲା ନାଥ ଖୁଣ୍ଟିଆ ।

ଜଗନ୍ନାଥ ସଡ଼କ ବୋଲାଉଥିବା ଏଇ ରାସ୍ତାଟି ଅତି ଖରାପ ଅବସ୍ଥାରେ ଥିଲା । ଇଂରେଜମାନେ ଓଡ଼ିଶା ଅଧିକାର ପରେ ଏ ରାସ୍ତାର କାମ ଆରମ୍ଭ କରିଥିଲେ କିନ୍ତୁ କାମ ଅଧା ପଡ଼ି ରହିଥିଲା । ପରେ କଲିକତାର ରାଜା ସୁଖମୟ ରାୟ ଦେଢ଼ ଲକ୍ଷ ଟଙ୍କା ଦେବାରୁ ପୁଣି କିଛି କାମ ହୋଇଥିଲା । ବର୍ତ୍ତମାନ ରାସ୍ତାଟି ବିନା ମରାମତିରେ ଖଣ୍ଡିଆ ଖାବୁଡ଼ା ଓ ଧୂଳି ପୂର୍ଣ୍ଣ ଥିଲା । ବର୍ଷା ହୋଇଯିବା ପରେ ଚାରିଆଡ଼େ କାଦୁଅ ହୋଇ ଯାଇଥିଲା ଏବଂ ଶଗଡ଼ ଗାଡ଼ି ଯାଇ ଯେଉଁ ଗାତ ହୋଇଥିଲା ସେଥିରେ ପାଣି ଜମି ରହିଥିଲା ।

ଚଟିଘରର ଅବସ୍ଥା ଆହୁରି ଶୋଚନୀୟ ଥିଲା । ଅଧିକାଂଶ ସମୟରେ ସେଠାରେ ରହିବାକୁ ଜାଗା ମିଳୁନଥିଲା ଏବଂ ଡେରିରେ ପହଞ୍ଚିଲେ ଦୋକାନ ବନ୍ଦ ହୋଇ ଯାଉଥିଲା । ଦୋକାନୀ ଚାଉଳ ଡାଲି ଚଢ଼ା ଦାମରେ ବିକ୍ରି କରୁଥିଲା ଏବଂ ଏକଥା ମଧ୍ୟ ଶୁଣା ଯାଉଥିଲା ଯେ ଖଣ୍ଟମାନଙ୍କ ସାଙ୍ଗରେ ମିଶି ଏଇ ଦୋକାନୀମାନେ କେବେ କେବେ ଖାଇବା ଜିନିଷରେ ବିଷ ମିଶାଇ ଦେଉଥିଲେ । ନଇ ପାରି ହେଲା ବେଳକୁ ଡଙ୍ଗାବାଲା ହଇରାଣ କରୁଥିଲେ ।

ଯୋଉ ବର୍ଷ ହଇଜା ହେଉଥିଲା, ଶହଶହ ଯାତ୍ରୀ ରାସ୍ତାରେ ମରି ପଡ଼ୁଥିଲେ । ହଇଜା ହୋଇଥିବା ଯାତ୍ରୀଙ୍କୁ ଛାଡ଼ି ଦେଇ ତାଙ୍କ ସାଙ୍ଗ ସାଥୀ ଚାଲି ଯାଉଥିଲେ ଏବଂ ରୋଗୀମାନଙ୍କୁ ରାସ୍ତା କଡ଼ରେ ଏକା ପଡ଼ି

ପଡ଼ି ମରିବାକୁ ହେଉଥିଲା । ପ୍ରତିଦିନ ସକାଳବେଳା ସରକାରୀ ମୁର୍ଦାଫରାଶ ଗାଡ଼ି ନେଇ ଆସି ଶବମାନଙ୍କୁ ଉଠାଇ ନେଉଥିଲା ।

ଭାଗ୍ୟକୁ ଏ ବର୍ଷ ହଇଜା ଆରମ୍ଭ ହୋଇ ନଥିଲା ଏବଂ ନାଥ ଖୁଣ୍ଟିଆର ଦଳ କୌଣସି ବିପଦର ସମ୍ମୁଖୀନ ହୋଇ ନଥିଲେ । ତେବେ ସେମାନେ ଗଲାବେଳେ ରାସ୍ତା କଡ଼ରେ ଗଛ ମୂଳେ ଗୋଟିଏ ବୁଢ଼ୀକୁ ପଡ଼ି ରହି କାନ୍ଦୁଥିବାର ଦେଖିଲେ । ରାସ୍ତା ତଳକୁ ପଡ଼ି ଯାଇ ତାର ହାଡ଼ ଭାଙ୍ଗି ଯାଇଥିଲା । ତାକୁ ଦେଖିବାପାଇଁ ଦଳଟି ଅଟକିବାରୁ ନାଥ କହିଲା, ଚାଲ ଚାଲ; ବୁଢ଼ୀକୁ ଜଗନ୍ନାଥ ଭଲରେ ଭଲରେ ପୁରୀରେ ପହଞ୍ଚାଇ ଦେବେ । ଆଉ ଥରେ ରାସ୍ତା କଡ଼ରେ ଗୋଟିଏ ଶବକୁ ବିଲୁଆ ଖାଇଥିବାର ଦେଖି ନାଥ କହିଲା, ଯାହା ହେଉ ବିଚାରର ଜଗନ୍ନାଥ ମଙ୍ଗଳ କଲେ, ସୁଖରେ ସ୍ୱର୍ଗ ପ୍ରାପ୍ତି ହୋଇଗଲା ।

ଯଦିଓ ବର୍ତ୍ତମାନ ପୁରୀ ପାଖେଇ ଆସୁଥିଲା, ସମସ୍ତେ ଏତେ କ୍ଲାନ୍ତ ହୋଇଯାଇଥିଲେ ଯେ ଜଗନ୍ନାଥଙ୍କ ପାଖରେ ପହଞ୍ଚିବାର ଉତ୍ତେଜନା ନଥିଲା । ଅଧିକାଂଶ ଖଣ୍ଟିଆ ଗୋଡ଼ରେ ଛୋଟେଇ ଛୋଟେଇ ଚାଲୁଥିଲେ । ତେବେ ଏତିକି ସାନ୍ତ୍ୱନା ଥିଲା ଯେ ସେମାନଙ୍କ ଭିତରୁ କେହି ରାସ୍ତାରେ ରହିଯାଇ ନଥିଲେ ଏବଂ ସେମାନଙ୍କ ଭିତରେ ସବୁଠାରୁ ବୟସ୍କା ସ୍ତ୍ରୀ ସୁନ୍ଦରୀ ମଧ୍ୟ ଏ ପର୍ଯ୍ୟନ୍ତ ତାଙ୍କ ସାଙ୍ଗରେ ଥିଲା । ପୁରୀ ସହର ପାଖ ହେବାରୁ ଆହୁରି ଜୋରରେ ପାଦ ପକାଇ ଚାଲୁଥିଲା ନାଥ ଖୁଣ୍ଟିଆ ।

ହଠାତ୍ ଗୋଟିଏ ମୋଡ଼ ବୁଲିଲା ବେଳକୁ ଆଖି ଆଗରେ ମନ୍ଦିରର ବୁଢ଼ୀ ଦେଖାଗଲା । ରାସ୍ତା ଉପରେ ଯାଉଥିବା ଶହଶହ ଲୋକଙ୍କର ହରିବୋଲ ଶବ୍ଦରେ ଚାରିଆଡ଼ ମୁଖରିତ ହୋଇଗଲା । ସମସ୍ତେ ସେଇ ଧୂଳି ରାସ୍ତା ଉପରେ ଶୋଇପଡ଼ି ମନ୍ଦିରକୁ ପ୍ରଣାମ କଲେ । ନାଥ ତାର ଯାତ୍ରୀମାନଙ୍କୁ ଅଲଗା କରି ଗୋଟିଏ ଛୋଟ ବକ୍ତୃତା ଦେଲା: ଏଠାରୁ ତୁମେ ସିଧା ସ୍ୱର୍ଗ ଭିତରକୁ ଯାଉଛ । ଏଥରକ ତମ ଜୀବନ ସାରା ଯେତେ ପାପ କରିଛ, ସବୁଥୁର ମୁକ୍ତି ପାଇଯିବ । କିନ୍ତୁ ଗୋଟାଏ କଥା ମନେ ରଖ, ଏଠି ପୁରୀଧାମରେ ଯାହା ସବୁ ହବ, ସବୁ ଗୁପ୍ତ ରଖିବ । ଯଦି ଏ ସବୁ କଥା କାନରୁ ଦି କାନ ହୁଏ ତେବେ ତମର ସବୁ ପୁଣ୍ୟ ଗଲାବୋଲି ଜାଣ ।

ପୁରୀ ଭିତରେ ପହଞ୍ଚିଲା ବେଳକୁ ସାରା ସହର ରଥଯାତ୍ରା ପାଇଁ ଲୋକରେ ଲୋକାରଣ୍ୟ । ତଥାପି ନାଥ ସମସ୍ତଙ୍କୁ ନରେନ୍ଦ୍ର ପୋଖରୀରେ ଗାଧୁଆଇ ବଲିଆ ଗୁରୁର ଲଜିଂରେ ପହଞ୍ଚାଇ ଦେଲା । ଏଥରକ ସ୍ତ୍ରୀ ଲୋକମାନଙ୍କ ମୁହଁରେ ସାମାନ୍ୟ ପ୍ରସନ୍ନତା ଦେଖାଦେଲା । ଭାଗ୍ୟରେ ଥିଲେ ଏକା ପୁରୀ ଆସି ଜଗନ୍ନାଥଙ୍କର ଦର୍ଶନ କରି ହୁଏ !

ରଥଯାତ୍ରା ଦିନ ସକାଳେ ନାଥ ଖୁଣ୍ଟିଆ ସଫା ଲୁଗା ପିନ୍ଧି ମୁଣ୍ଡରେ ଚିତା ତିଲକ କାଟି ତାର ଦଳକୁ ନେଇ ମନ୍ଦିର ବୁଲାଇଲା । ପ୍ରତି ଜାଗାରେ ସେ ସେମାନଙ୍କୁ ପଇସା ଦିଆ କରାଇଲା । ଦରକନ୍ଦାଜଙ୍କଠାରୁ ଛାଟ ଖାଇ, ପଣ୍ଡା ପଢ଼ିଆରୀଙ୍କଠାରୁ ଗାଳି ଶୁଣି, ଗହଳି ଭିତରେ ଧକ୍କା ଚିମୁଟା ଓ ଅଶ୍ଲୀଳ ବ୍ୟବହାର ସହି ସେମାନେ ଯେତେବେଳେ ବାହାରକୁ ବାହାରିଲେ, ସମସ୍ତଙ୍କ ମୁହଁ ଖୁସି ଥିଲା । ନାଥ ଖୁଣ୍ଟିଆ ବି ଖୁସି ଥିଲା ଯେ ତାର ଏଥର ବେଶ୍ ଲାଭ ହୋଇଛି । ମଠିରେ ପଣ୍ଡା ଓ ଲଜିଂ ହାଉସର ଭଲ କମିଶନ ମିଳିବ । ଯାତ୍ରୀଙ୍କ ପାଖରୁ ଯେତେ ଆଦାୟ କରିବା କଥା ସେ କରି ସାରିଥିଲା । ସେ ଆଉ ଗୋଟିଏ କଥା ଭାବି ମନେ ମନେ ଖୁସି ହେଉଥିଲା । ଆରତି ବୋଲି ଝିଅଟି ଏବେ ତାର ସବୁ ବୋଲ ମାନୁଥିଲା । ତାର ଯାତ୍ରୀଦଳ ଫେରିଗଲା ବେଳେ ସେ ଏଇ ଝିଅଟିକୁ ପୁରୀରେ ରଖିନେବ । ପାଟଣାର ପଠାଣ ସାଙ୍ଗରେ

ତାର ଆଗରୁ କଥା ହୋଇଥିଲା। ଯଦି ତା' ସାଙ୍ଗରେ ଦର ନ ପଟେ, ତେବେ ସେ ତେଲେଙ୍ଗା ବଜାରର ଲୋକ ପାଖକୁ ଯିବ। ଯୁଆଡ଼ୁ ହେଲେ ବି ଏ ବିକ୍ରିରେ ତାର ଭଲ ଲାଭ ହେବ।

ରଥ ଆଗରେ ପହଞ୍ଚି ସମସ୍ତେ ରଥ ଟଣାକୁ ଅପେକ୍ଷା କଲେ। ହଠାତ୍‌ କଲରୋଲ ହେଲା। ନାଥ କହିଲା, ମହାରାଜାଙ୍କୁ ଦେଖ, ମହାରାଜା! ସମସ୍ତେ ଜଗନ୍ନାଥଙ୍କ ରଥ ଉପରକୁ ଅନାଇଲେ। ସେଠାରେ ମହାରାଜା ଭଲି କେହି ନଥିଲେ। ପୂଜାରୀ ପଢ଼ିଆରୀ ପଣ୍ଡାମାନଙ୍କ ପାଖରେ ଜରି ପୋଷାକ ପିନ୍ଧି ଗୋଟିଏ ଚାରି ପାଞ୍ଚ ବର୍ଷର ପିଲା ଠିଆ ହୋଇଥିଲା। ତା' ହାତରେ ଗୋଟିଏ ସୁନା ବେଣ୍ଟ ଲଗା ଖଡ଼ିକା ମୁଠା ଥିଲା ଓ ସେ କାନ୍ଦୁଥିଲା। ତାକୁ ପାଖ ଲୋକମାନେ ତୁନି କରିବାକୁ ଚେଷ୍ଟା କରୁଥିଲେ କିନ୍ତୁ ସେ ତୁନି ପଡ଼ୁ ନଥିଲା। ତାର ଯାତ୍ରୀ ଦଳ ଏ ପାଖ ସେ ପାଖ ଅନାଉଥିବାର ଦେଖି ନାଥ କହିଲା, ଆରେ ଆଁ କରି ଚାହିଁବ କଣ, ରଥକୁ ଅନାଅ, ରଥକୁ। ପ୍ରଣାମ କର, ପ୍ରଣାମ କର। ଆରେ ରଥ ଉପରେ ଯୋଉ ଟୋକାକୁ ଦେଖୁଚ, ସେଇ ହଉଛନ୍ତି ଆମ ଠାକୁର ରାଜା ଦିବ୍ୟସିଂହ ଦେବ।

ପୁରୀ: ମାର୍ଚ୍ଚ ୧୮୬୩

ବାପାଙ୍କ ସାଙ୍ଗେ ପୁରୀରେ ଆସି ରବିବାର ପ୍ରଥମ କେତେଦିନ ଦିବ୍ୟସିଂହ ଖୁସି ଥିଲା। ପୁରୀ ନୂଆ ଜାଗା ଥିଲା ଏବଂ ସମୁଦ୍ର ଥିଲା ଏକ ନୂଆ ଅନୁଭୂତି। ପୋଷ୍ୟପୁତ୍ର ହେବାପାଇଁ ଯେଉଁ ଯଜ୍ଞ ହେଲା ସେଥିରେ ମଧ୍ୟ ଦିବ୍ୟସିଂହ ବେଶ୍ ଖୁସି ଥିଲା, କାରଣ ତା' ବାପା ମା ତା' ସାଙ୍ଗେ ସାଙ୍ଗେ ଥିଲେ ଏବଂ ଅଧା ସମୟ ସେ ଶୋଇ ପଡ଼ିଥିଲା। ଯଜ୍ଞ ପରେ ରାଜଗୁରୁ ତାଙ୍କୁ ନୂଆ ସବାରିରେ ବସାଇ ନୂଆ ପଙ୍ଖା ଚାମର ସହିତ ଯେତେବେଳେ ମନ୍ଦିରକୁ ନେଇଗଲେ ସେ ବିଚଳିତ ହୋଇନଥିଲା। ମନ୍ଦିର ଭିତରେ ଦିବ୍ୟସିଂହକୁ ରାଜାର ସବୁ ସମ୍ମାନ ଦିଆଗଲା। ମନ୍ଦିର ଭିତରେ ରୀତି ନିୟମ ସବୁ ବେଶ ମଜାର। ମନ୍ଦିରରୁ ଫେରିବାବେଳେ ଦିବ୍ୟସିଂହ ସବାରି ଭିତରେ ନିଦରେ ଶୋଇଗଲା।

ନଅର ଭିତରେ ତାର ନିଦ ଭାଙ୍ଗିଲା ବେଳକୁ ସେ ଦେଖିଲା ଯେ ସେ ଏକ ଅପରିଚିତ ଜାଗାରେ ଅଛି। ନଅର ଭିତରେ ସେତେବେଳକୁ ପାଟିଗୋଳ ଲାଗିଥିଲା, କାରଣ ବୀରକେଶରୀ ମରିଯାଇଥିଲେ ଏବଂ ତାଙ୍କର ସଂସ୍କାରର ବ୍ୟବସ୍ଥା କରାହେଉଥିଲା। ଭାଗ୍ୟକୁ ଦିବ୍ୟସିଂହ ତା ବାପାଙ୍କୁ ଦେଖିଲା ଏବଂ ପାଟିଗୋଳ ଭିତରେ ପୁଣି ଶୋଇଗଲା।

ପରଦିନ ସକାଳେ ବାପା ଆସି ତାକୁ କାଖରେ ଧରି ଗେଲ କରି, 'ମୁଁ ଯାଉଛି ପୁଣି ଆସିବି' କହି ଚାଲିଗଲେ। ସେଦିନ ଉପରବେଲା ସୁଦ୍ଧା ଯେତେବେଳେ ବାପା ଆଉ ଆସିଲେ ନାହିଁ, ଦିବ୍ୟସିଂହ କାନ୍ଦିବାକୁ ଆରମ୍ଭ କଲା। ସୂର୍ଯ୍ୟମଣି ତାଙ୍କ ଘରେ କାନ୍ଦି କାନ୍ଦି ଶୋଇଥିଲେ। ଚାକରମାନେ ଯେତେ ବୁଝାଇଲେ ବି ଦିବ୍ୟସିଂହ ନ ବୁଝି କାନ୍ଦିବାରେ ଲାଗିଲା ଏବଂ ଯେ ଯାହା କହିଲେ ଖାଲି କହିଲା, ମୁଁ ବାପା ପାଖକୁ ଯିବ ବୋଲି ଜିଦ୍ କଲା। ସୂର୍ଯ୍ୟମଣି ଯେତେ କଅଁଳ କରି କହିଲେ ବି ପିଲା କଥା ଶୁଣିଲା

ନାହିଁ, ଏବଂ ତାକୁ ଧରିଲେ ସେ ବାହାରକୁ ଧାଁ ଯିବାକୁ ବସିଲା। ନିଜର ଦୁଃଖ ସହିତ ଦିବ୍ୟସିଂହକୁ ସମ୍ଭାଳିବା କାମ ଆଉ ବେଶୀ ସମୟ କରିପାରିଲେ ନାହିଁ ସୂର୍ଯ୍ୟମଣି। ଚାକରାଣୀ ହାତରେ ଦିବ୍ୟସିଂହକୁ ଛାଡ଼ିଦେଇ ସେ ନିଜ କୋଠରୀକୁ ଚାଲିଗଲେ।

ଏଥରକ ଚାକରମାନେ ବିରକ୍ତ ହୋଇ ତାକୁ ଧମକାଇବାକୁ ଆରମ୍ଭ କଲେ ଏବଂ ଦିବ୍ୟସିଂହ ଆହୁରି ଜୋରରେ କାନ୍ଦିବାରେ ଲାଗିଲା। ଶେଷରେ ଚାକରମାନେ ତାକୁ ଘର ଭିତରେ ବନ୍ଦ କରି ବାହାରୁ କବାଟ ବନ୍ଦ କରିଦେଲେ। ଦିବ୍ୟସିଂହ ଭିତରୁ କବାଟକୁ ବାଡ଼େଇବାରେ ଲାଗିଲା। ଏଥରକ ଜଣେ ଚାକର ଗୋଟାଏ ବାଡି ଧରି କବାଟ ଖୋଲିଲା, ତାକୁ ବାଡି ଦେଖାଇ କହିଲା, ଆଉ କାନ୍ଦିଲେ ମାଡ ଦେଇ ମୁଣ୍ଡ ଫଟାଇ ଦେବି। ଏଥରକ ଦିବ୍ୟସିଂହ ଚୁପ୍ ପଡ଼ିଲା।

ଏଇପରି ଭାବରେ ସୂର୍ଯ୍ୟମଣି ଟିକିଏ ପ୍ରକୃତିସ୍ଥ ହୋଇ ପୁଣି ବାହାରକୁ ଆସିବା ପର୍ଯ୍ୟନ୍ତ ଦିବ୍ୟସିଂହ ଚାକରମାନଙ୍କ ଅନୁଶାସନରେ ରହିଲା। ଚାକରମାନେ ବର୍ତ୍ତମାନ ଜାଣି ଯାଇଥିଲେ ଯେ ଦିବ୍ୟସିଂହ ଧମକକୁ ଡରୁଥିଲା। ତେବେ ତା' ପାଖକୁ ଗଲେ ସେ ଆହୁରି ପାଟି କରୁଥିଲା, କାନ୍ଦୁଥିଲା ଏବଂ ଥରେ ଜଣେ ଚାକରାଣୀର ହାତକୁ କାମୁଡ଼ି ଦେଇଥିଲା।

ଖେମଣ୍ଡି ରାଜା ଯେଉଁ କେତେଦିନ ପୁରୀରେ ଥିଲେ ପୁଅକୁ ଦେଖା କରିବାକୁ ଚେଷ୍ଟା କରିଥିଲେ, କିନ୍ତୁ ନଅରର ଚାକରମାନେ ତାଙ୍କୁ ଭିତରେ ପୁରାଇ ଦେଇ ନଥିଲେ, କାରଣ ଏ ବିଷୟରେ ସୂର୍ଯ୍ୟମଣି ସେମାନଙ୍କୁ କିଛି କହି ନ ଥିଲେ। କିଛିଦିନ ଅପେକ୍ଷା କରି ଖେମଣ୍ଡି ନିଜ ରାଜ୍ୟକୁ ଫେରିଗଲେ।

ଏଣେ ପଦ୍ମନାଭ ରାୟ ଦରଖାସ୍ତ କଲେ ଯେ ପୁରୀ ରାଜାଙ୍କ ସମ୍ପତ୍ତିର ରକ୍ଷଣାବେକ୍ଷଣ ଭାର ତାଙ୍କ ଉପରେ ନ୍ୟସ୍ତ କରାଯାଉ, କାରଣ ଜଣେ ସ୍ତ୍ରୀ ଲୋକ ଭାବରେ ସୂର୍ଯ୍ୟମଣି ଏ ଦାୟିତ୍ୱ ତୁଲାଇ ପାରିବେ ନାହିଁ। ତାଙ୍କ ଦେଖାଦେଖୀ ଖେମଣ୍ଡି ରାଜା ମଧ୍ୟ ଦାବି କଲେ ଯେ ଦିବ୍ୟସିଂହର ଜନ୍ମିତ ପିତା ଭାବରେ ଏ ସମ୍ପତ୍ତି ଉପରେ ତାଙ୍କର ଅଧିକାର ରହିଛି। ଏ ଖବର ପାଇବାରୁ ସୂର୍ଯ୍ୟମଣି ଖେମଣ୍ଡି ରାଜାଙ୍କୁ ନଅର ଭିତରକୁ ଆସିବାକୁ ପୁରା ମନା କରିଦେଲେ।

କମିଶନରଙ୍କ ଆଦେଶ ଅନୁସାରେ ସିଭିଲ କୋର୍ଟରେ ଦରଖାସ୍ତ କରି ସୂର୍ଯ୍ୟମଣି ସମ୍ପତ୍ତିକୁ ଚଲାଇବାର ଅଧିକାର ପାଇଲେ। ତେବେ ସେ ନଅରରୁ ବାହାରକୁ ବାହାରୁ ନଥିବାରୁ ଏବଂ ଜମିଜମା ବିଷୟରେ ତାଙ୍କର କିଛି ଜ୍ଞାନ ନ ଥିବାରୁ ସବୁ କିଛିରେ ବିଶୃଙ୍ଖଳା ହେବାରେ ଲାଗିଲା। ନଅରର ବିଷୋଇମାନେ ବର୍ତ୍ତମାନ ସର୍ବେସର୍ବା ହୋଇଗଲେ।

ସୂର୍ଯ୍ୟମଣିଙ୍କର ଅନ୍ୟତମ ସମସ୍ୟା ଥିଲା ଦିବ୍ୟସିଂହ। ସେ ଯେତେ ଚେଷ୍ଟା କଲେ ମଧ୍ୟ ଦିବ୍ୟସିଂହ ତାଙ୍କୁ ଆଦରିଲା ନାହିଁ। ସେ ତାଙ୍କ ପାଖକୁ ଆଦୌ ଆସିବାକୁ ରାଜି ହେଉ ନଥିଲା ଏବଂ ସେ ଯେତେ ସ୍ନେହରେ କଥା କହିଲେ ମଧ୍ୟ ପିଲାଟି ତାଙ୍କୁ ରୁକ୍ଷ ଜବାବ ଦେଉଥିଲା। ଦିନେ କଣ କଥାରେ ଦିବ୍ୟସିଂହ ଜିଦ କରିବାରୁ ସୂର୍ଯ୍ୟମଣି ତାକୁ ଗୋଟାଏ ଚାପୁଡ଼ା ପକାଇଲେ। ଦିବ୍ୟସିଂହ ଓଲଟା ଆସି ତାଙ୍କୁ ଦି ବିଧା ପକାଇ ତାଙ୍କ ହାତକୁ କାମୁଡ଼ି ଦେଲା। ସୂର୍ଯ୍ୟମଣି କାନ୍ଦି କାନ୍ଦି ବୀରକେଶରୀଙ୍କୁ ମନେ ପକାଇ କହିଲେ, ତମେ ତ ତାକୁ ଆକଟ କରିବାକୁ ମନା କରିଥିଲେ; ଏ ଦୁଷ୍ଟ ପିଲାକୁ କେମିତି ସମ୍ଭାଳିବି କୁହ।

ସତକୁ ସତ ସୂର୍ଯ୍ୟମଣି ଦିବ୍ୟସିଂହକୁ ସମ୍ଭାଳି ପାରିଲେ ନାହିଁ। ଆଜିକାଲି ସେ ବେଶୀ ଜିଦ କଲେ ସୂର୍ଯ୍ୟମଣି ଚାକରମାନଙ୍କ ହାତରେ ତାକୁ ବାହାରକୁ ପଠାଇ ଦେଉଥିଲେ। ତା'ପାଇଁ ମାଷ୍ଟର ରଖାଗଲା,

କିନ୍ତୁ ସେ ମାଷ୍ଟର ପାଖକୁ ଗଲାନାହିଁ। କ୍ରମେ କ୍ରମେ ଦିବ୍ୟସିଂହ ଚାକରମାନଙ୍କ ହାତରେ ବଢ଼ିଲା। ସେମାନେ ପ୍ରଥମେ ପ୍ରଥମେ ତାକୁ ତାର ଗଞ୍ଜାମୀ ଭାଷା କହିବା ନେଇ ଠଟ୍ଟା କରୁଥିଲେ। ଦିବ୍ୟସିଂହ ଏଥର ସେମାନଙ୍କୁ ମାରଧର କରିବା ଆରମ୍ଭ କଲା। କ୍ରମେ କ୍ରମେ ସେ ସୂର୍ଯ୍ୟମଣି ରହୁଥିବା ଅଂଶରେ ବେଶୀ ନ ରହି ଚାକରମାନଙ୍କ ମହଲାରେ ରହିଲା। ଚାକରମାନଙ୍କ ଠାରୁ ପୁରୀର ସମସ୍ତ ଅଶ୍ଳୀଳ ଗାଲି ଶିଖା ସାରି ଦିବ୍ୟସିଂହ ମଝିରେ ମଝିରେ ସେମାନଙ୍କ ସାଙ୍ଗରେ ବସି ଭାଙ୍ଗ ପିଇବାର ଅଭ୍ୟାସ ମଧ୍ୟ କଲା। ଚାକରମାନେ ବି ଏତେବେଳକୁ ବୁଝି ସାରିଥିଲେ ଯେ ଦିବ୍ୟସିଂହ ବେଶୀ ଉତ୍ପାତ କଲେ ତାକୁ ଶାନ୍ତ କରିବାର ଉପାୟ ହେଉଛି ତାକୁ ଭାଙ୍ଗ ପିଆଇଦେବା।

ଏସବୁ ଖବର ଆସ୍ତେ ଆସ୍ତେ ପୁରୀ ସହରରୁ ଯାଇ ଖେମୁଣ୍ଡିରେ ପହଞ୍ଚିଲା। ପୁରୀ ରାଜାଙ୍କ ସମ୍ପତ୍ତି ବିଷୟରେ ଯାହା ହେଲା ନ ହେଲା, ତାଙ୍କ ପୁଅ କେମିତି ଭଲରେ ରହିବ ସେ ବିଷୟ ଦେଖିବାକୁ ଖେମୁଣ୍ଡି ରାଜା ପୁରୀ ଆସିଲେ। ସେ ନଅର ଆସି ଖବର ପଠାଇବାରୁ ସୂର୍ଯ୍ୟମଣି ତାଙ୍କୁ ଜଣାଇଦେଲେ ଯେ ପୋଷ୍ୟ ଦେବାପରେ ପୁଅ ଉପରେ ତାଙ୍କର ଆଉ କୌଣସି ଅଧିକାର ନାହିଁ; ସେ ଜେନାମଣିକୁ ଦେଖିପାରିବେ ନାହିଁ। ତଥାପି ଆଶା ନ ଛାଡ଼ି ଖେମୁଣ୍ଡି ରାଜା ପ୍ରତିଦିନ ନଅରକୁ ଗଲେ। ଏପରି ଦିନେ ସୂର୍ଯ୍ୟମଣିଙ୍କର ନାସ୍ତି ଶୁଣି ଫେରି ଆସୁଛନ୍ତି, ଦିବ୍ୟସିଂହକୁ ବାହାରକୁ ଆସିବାର ଦେଖିଲେ। ସେ ତାକୁ କୁଣ୍ଢାଇବାକୁ ଯାଉଛନ୍ତି, ଦିବ୍ୟସିଂହ କହିଲା, ତୁ ବେହିପୋ କିଏରେ ? ଖେମୁଣ୍ଡିଙ୍କ ଗୁମାସ୍ତା କହିଲା, ମଣିମା, ଏ ଆପଣଙ୍କ ବାପା। ଦିବ୍ୟସିଂହ ତାଙ୍କ ହାତକୁ ଛାଟି ଦେଇ କହିଲା, ଯା, ମୋର ବୋପା ଫୋପା କେହି ନାହିଁ।

ଖେମୁଣ୍ଡି ଠିକ୍ କଲେ ଯେ ଯାଇ ପୁରୀ କଲେକ୍ଟରଙ୍କ ପାଖରେ ଏ ବିଷୟରେ ନାଲିସ କରିବେ। ବର୍ତ୍ତମାନ ପୁରୀର କଲେକ୍ଟର ଥିଲେ ଜି.ଏନ୍.ବାର୍ଲୋ। ତାଙ୍କୁ ଦେଖା କରି ଖେମୁଣ୍ଡି ସବୁ କଥା କହିଲେ। ବାର୍ଲୋ ଏ ବିଷୟରେ ଆଗରୁ ଶୁଣିଥିଲେ ଏବଂ ସୂର୍ଯ୍ୟମଣିଙ୍କର ପରିଚାଳନା ଅଭାବରେ କିପରି ସମ୍ପତ୍ତି ସବୁ ନଷ୍ଟ ହୋଇଯାଉଛି ସେ ବିଷୟରେ ମଧ୍ୟ ଖବର ପାଇଥିଲେ। ଏ ବିଷୟରେ କିନ୍ତୁ କିଛି କରାଯାଇ ପାରିବ ନାହିଁ, କାରଣ ସୂର୍ଯ୍ୟମଣିଙ୍କ ପାଖରେ ସିଭିଲକୋର୍ଟର ସାର୍ଟିଫିକେଟ୍ ଥିଲା। ଯଦି ଏ ଅବସ୍ଥାରେ କିଛି ପରିବର୍ତ୍ତନ କରିବାକୁ ହୁଏ ତେବେ ପୁଣି ସେଇ କୋର୍ଟକୁ ଯିବାକୁ ହେବ। ଠିକ୍ ସେଇ ପରି ପୋଷ୍ୟପୁତ୍ର ନେବା ବିଷୟରେ ମଧ୍ୟ ସରକାରଙ୍କର କିଛି କରିବାର ନଥିଲା। ତେଣୁ ବାର୍ଲୋ ଖେମୁଣ୍ଡିଙ୍କୁ କହିଲେ ଯେ ଯଦି ସେ ଚାହାନ୍ତି ତେବେ ନିଜର ପୁଅକୁ ଫେରାଇ ନେବାପାଇଁ କମିଶନରଙ୍କ ପାଖରେ ଅର୍ଜି କରିପାରନ୍ତି।

ପୁରୀ ମନ୍ଦିରର ଅନ୍ୟ ଏକ ବ୍ୟାପାର ନେଇ ବାର୍ଲୋ ବ୍ୟତିବ୍ୟସ୍ତ ଥିଲେ। ସରକାର ପୁରୀ ରାଜାଙ୍କ ସହିତ ଗୋଟିଏ ଦଲିଲ ଦସ୍ତଖତ କରିବାକୁ ଚାହୁଁଥିଲେ, କିନ୍ତୁ ସୂର୍ଯ୍ୟମଣି ସେ ବିଷୟରେ ଧରାଛୁଆଁ ଦେଉ ନଥିଲେ। ଏଥିପାଇଁ କକବର୍ଣ୍ଣଙ୍କ ଜାଗାରେ ଆସିଥିବା ନୂଆ କମିଶନର ଆର୍.ଏନ୍.ଶୋର ବାରମ୍ବାର ତାଗିଦା କରୁଥିଲେ। ଏ ଦଲିଲଟି ଥିଲା ଇଂରେଜ ଶାସକମାନଙ୍କର ଜଗନ୍ନାଥ ମନ୍ଦିର ସହିତ ସମ୍ପର୍କ ବିଷୟରେ। ଖ୍ରୀଷ୍ଟିଆନ ମିଶନାରୀମାନେ ଆପତ୍ତି କରି ଆସୁଥିଲେ ଯେ ମନ୍ଦିର ସହିତ ସମ୍ପର୍କ ରଖିବା ଦ୍ୱାରା ସରକାର ପୌତ୍ତଳିକତାକୁ ପ୍ରଶ୍ରୟ ଦେଉଛନ୍ତି। ଏହି ପରିପ୍ରେକ୍ଷୀରେ ମନ୍ଦିରରୁ ସମସ୍ତ ସମ୍ପର୍କ କାଟିବା ପାଇଁ ସରକାର ଦଲିଲଟି ତିଆରି କରିଥିଲେ ଏବଂ ଏଥିରେ ନିମ୍ନଲିଖିତ ପ୍ରବନ୍ଧମାନ ଥିଲା:

ଅନେକ ବର୍ଷ ହେଲା ସରକାର ଜଗନ୍ନାଥ ମନ୍ଦିର ସହିତ ସମ୍ପର୍କକୁ ସମ୍ପୂର୍ଣ୍ଣ ଭାବେ ବିଚ୍ଛିନ୍ନ କରିବା ଇଚ୍ଛାରେ ଏ ପର୍ଯ୍ୟନ୍ତ ବିଭିନ୍ନ ପଦକ୍ଷେପ ନେଇଛନ୍ତି। ୧୮୦୩ରେ ଓଡ଼ିଶା ଅଧିକାର ପରେ ସରକାର ମନ୍ଦିରର ଜମିଜମାକୁ କ୍ରମେ କ୍ରମେ ନିଜ ଅଧୀନରେ ରଖିଥିଲେ ଏବଂ ଯାତ୍ରୀ ଟିକସ ବସାଇ ମନ୍ଦିରର ଖର୍ଚ୍ଚ ବାବଦରେ ବର୍ଷକୁ ୫୩୦୦୦ ଟଙ୍କା ଦେଉଥିଲେ। ୧୮୦୪ରେ ଯାତ୍ରୀ ଟିକସ ବନ୍ଦ ହୋଇଗଲା; କିନ୍ତୁ ସରକାର ମନ୍ଦିରକୁ ଟଙ୍କା ଦେବା ଅବ୍ୟାହତ ରଖିଲେ।

୧୮୪୩ ରେ ମନ୍ଦିରର ଜମି ସତାଇଶ ହଜାର ମାହାଲ ରାଜାଙ୍କୁ ଦିଆଗଲା ଏବଂ ମନ୍ଦିରକୁ ଦିଆଯାଉଥିବା ଟଙ୍କାର ପରିମାଣ କମାଇ ଦିଆଗଲା। ୧୮୪୫ ଓ ୧୮୫୬ରେ ଟଙ୍କାର ପରିମାଣ ଆହୁରି କମାଇ ଦିଆଗଲା। ୧୮୫୮ରେ ସରକାର ଆଉ ଟଙ୍କା ଦେବେ ନାହିଁ ବୋଲି ଠିକ କଲେ ଏବଂ ତା' ବଦଳରେ ସେତିକି ଟଙ୍କା ରୋଜଗାର କରୁଥିବା ଜମି ଯୋଗାଇ ଦେଲେ। ଏ ବିଷୟରେ ଦଲିଲଟି ୧୮୫୮ ଏପ୍ରିଲ ୩ ତାରିଖରେ କଲେକ୍ଟର ମାକଟିଅର ଓ ମନ୍ଦିର ସୁପରିନଟେଣ୍ଡେଣ୍ଟ ବୀରକେଶରୀ ଦେବ ଦସ୍ତଖତ କରିଥିଲେ।

ବର୍ତ୍ତମାନ ଦଲିଲର ଉଦ୍ଦେଶ୍ୟ ହେଲା ଯେ ଜମି ସବୁ ରାଜାଙ୍କୁ ହସ୍ତାନ୍ତର ହେବ ମନ୍ଦିରର ସୁପରିନଟେଣ୍ଡେଣ୍ଟ ଭାବରେ। ଜମିରେ ଫସଲର କ୍ଷୟକ୍ଷତି ବିଷୟରେ ସରକାର ଆଉ କୌଣସି ଅନୁସନ୍ଧାନ କରିବେ ନାହିଁ। ଏ ଦଲିଲ ଦସ୍ତଖତ ହେବା ପରେ ସରକାର ଆଉ କୌଣସି ଟଙ୍କା ଦେବେନାହିଁ ଏବଂ ଜଗନ୍ନାଥ ମନ୍ଦିରର ପରିଚାଳନା, ଆୟ ଇତ୍ୟାଦି ସହିତ ସରକାର କୌଣସି ପ୍ରତ୍ୟକ୍ଷ ସମ୍ପର୍କ ରଖିବେ ନାହିଁ। ସୁପରିନଟେଣ୍ଡେଣ୍ଟ ଭାବେ ଏକମାତ୍ର ପୁରୀ ରାଜା ହିଁ ମନ୍ଦିର ବିଷୟରେ ଦାୟୀ ରହିବେ।

ରାଣୀ ସୂର୍ଯ୍ୟମଣି ଏଇ ଦଲିଲରେ ଦସ୍ତଖତ କରିବାପାଇଁ ଡେରି କରୁଥିଲେ। ତାଙ୍କ ପାଖକୁ ବାରମ୍ବାର ନୋଟିସ ଦେଇ, ଲୋକ ପଠାଇ ଶେଷରେ ମାର୍ଚ୍ଚ ୩୦ ତାରିଖ ଦିନ ବାର୍ଲୋ ନଥରକୁ ଯାଇ ସୂର୍ଯ୍ୟମଣିଙ୍କର ଦସ୍ତଖତ କରି ଆଣିଲେ ଏବଂ ସେହି ଦିନଠାରୁ ମନ୍ଦିର ସହିତ ଇଂରେଜ ସରକାରଙ୍କର କୌଣସି ସମ୍ପର୍କ ରହିଲା ନାହିଁ।

ବାଲେଶ୍ୱର: ମେ ୧୮୬୪

ସକାଳୁ ସକାଳୁ ଗାଧୋଇ ପୂଜା ସାରି ଲୁଗାପଟା ପିନ୍ଧି ସେ ଦିନ ବାଲେଶ୍ୱର ଜିଲ୍ଲା ସ୍କୁଲର ତୃତୀୟ ଶିକ୍ଷକ ପଦରେ ଯୋଗ ଦେବାକୁ ପ୍ରସ୍ତୁତ ହେଉଥିଲା ରାଧାନାଥ। ନିଜର ରୋଗିଣା ସନ୍ତିଆ ଦେହ ଯୋଗୁଁ ଷୋଲବର୍ଷର ରାଧାନାଥ ନିଜେ ଗୋଟିଏ ସ୍କୁଲ ପିଲା ଭଳି ଦେଖାଯାଉଥିଲା। କିନ୍ତୁ ଶିକ୍ଷକର ଦାୟିତ୍ୱ ନେବାକୁ ତାର ମନବଳ ଥିଲା କାରଣ ସେ ଥିଲା ବାଲେଶ୍ୱର ଜିଲ୍ଲାର ପ୍ରଥମ ଏଣ୍ଟ୍ରାନ୍ସ ପାସ୍ ଛାତ୍ର।

ରାଧାନାଥ ଦର୍ପଣ ଆଗରେ ଠିଆ ହୋଇ ମୁଣ୍ଡ କୁଣ୍ଡାଉଛି, ପାଖ ଘରୁ ବାପା ଡାକ ଦେଲେ ଏବଂ ରାଧାନାଥ ଛାତିରେ ଛନକା ପଶିଗଲା କଣ ନା କଣ ଗାଳି ପଡ଼ିବ ବୋଲି। ବାପାଙ୍କ ପାଖରୁ ଭୟରେ ଭୟରେ ଯାଇ ତଳକୁ ମୁହଁ ପୋତି ଛିଡ଼ା ହେଲା ରାଧାନାଥ। ବାପା ସୁନ୍ଦର ନାରାୟଣ ତାକୁ ତଳକୁ ଉପରକୁ ଚାହିଁ ପରଖ ନେଲେ। ସୁନ୍ଦର ନାରାୟଣ ନିଜ ଘର ଭିତରେ ବି ଯେମିତି ସଦର କାନୁନ୍‌ଗୋ! ରାଧାନାଥର ପୋଷାକ ପରିଚ୍ଛଦ ଠିକ୍ ଥିଲା ଏବଂ ଏ ବିଷୟରେ ତାକୁ ଗାଳି ଦେବାର କୌଣସି ଅବକାଶ ନ ଥିଲା। ସୁନ୍ଦର ନାରାୟଣ ଏଥିପାଇଁ ଅନ୍ୟ ପନ୍ଥା ଧରିଲେ।

ପକେଟରେ ନିଯୁକ୍ତି ପତ୍ର ଅଛି ?

ରାଧାନାଥ ପକେଟରୁ ନିଯୁକ୍ତି ପତ୍ର ବାହାର କରି ଦେଖାଇଲା।

ରୁମାଲ ?

ରାଧାନାଥ ପକେଟରୁ ରୁମାଲ ବାହାର କରି ଦେଖାଇଲା। ଏଥିରେ ମଧ୍ୟ ପରାସ୍ତ ହୋଇ ସୁନ୍ଦର ନାରାୟଣ ଶେଷ ଅସ୍ତ୍ର ନିକ୍ଷେପ କଲେ, ସମୟ କେତେ ହେଲା ?

ତାଙ୍କ ପାଖକୁ ଯିବା ଆଗରୁ କାନ୍ତୁ ଘଡ଼ିରେ ସମୟ ଦେଖିଯିବା ଉଚିତ୍ ଥିଲା। ସନ୍ତ୍ରସ୍ତ ହୋଇ କହିଲା, ପ୍ରାୟ ନ’ଟା ହେବ।

ବାପା ଏଇ ଉତ୍ତରଟିର ଅପେକ୍ଷା କରୁଥିଲେ। ସେ ରାଧାନାଥକୁ କଟମଟ ଆଖିରେ ଅନାଇ କହିଲେ, ସବୁ କଥା ସଠିକ୍ ଓ ସୁଚିନ୍ତିତ ଭାବରେ କୁହ। ଏଥରକ ତୁମେ ଆଉ ଦାୟିତ୍ୱହୀନ ଛାତ୍ର ନୁହଁ; ଏଥର ଉତ୍ତମ ଶିକ୍ଷକର ଉପଯୁକ୍ତ ହେବାକୁ ଚେଷ୍ଟା କର।

ବାପାଙ୍କ ପାଖରୁ ଆସି ରାଧାନାଥର ମନ ଖରାପ ହୋଇଗଲା ଏବଂ ନୂଆ କରି ଚାକିରିରେ ଯୋଗ ଦେବାର ଯେଉଁ ଉତ୍ତେଜନା ଥିଲା, ଥଣ୍ଡା ପଡ଼ିଗଲା। ତାର ଜୀବନର ସବୁଠାରୁ ବଡ଼ ଦୁଃଖର ବିଷୟ ଥିଲା ବାପାଙ୍କର କଠୋର ଶାସନ। ଆହୁରି ଦୁଃଖର ବିଷୟ ଥିଲା ଯେ ବାପା ତାକୁ ଖୁବ୍ ଭଲ ପାଉଥିଲେ ଏବଂ ସେଥିପାଇଁ ସେ ବାପାଙ୍କ ବିରୁଦ୍ଧରେ କିଛି ଭାବିଲେ ନିଜେ ଲଜ୍ଜିତ ହେଉଥିଲା।

ପିଲାଦିନେ ମା ମରିଯିବା ପରେ ପରେ ରାଧାନାଥ ପାଇଁ ବାପାଙ୍କର ଗଭୀର ସ୍ନେହ ଓ ରୁକ୍ଷ ଶାସନ ଅନେକ ବଢ଼ିଯାଇଥିଲା। ତାର ସ୍କୁଲରୁ ଫେରିବାରେ ସାମାନ୍ୟ ଡେରି ହେଲେ ବାପା ଯାଇ ରାସ୍ତାରୁ ତାକୁ ଗାଳି ଦେଇ ଘରକୁ ଆଣୁଥିଲେ। ସୁନ୍ଦର ନାରାୟଣଙ୍କ ଭୟରେ ରାଧାନାଥର କୌଣସି ସାଙ୍ଗ ତା ଘରକୁ ଆସିବାକୁ ସାହସ କରୁ ନଥିଲେ। ଏଇ ଭଳି ଅନେକ ନିଃସଙ୍ଗ ଓ ଆତଙ୍କିତ ଭାବରେ କଟିଥିଲା ରାଧାନାଥର ପିଲାଦିନ।

ରାଧାନାଥ ସୋରୋ ଭର୍ଣ୍ଣାକୁଲାର ସ୍କୁଲରୁ ଆସି ଯେତେବେଳେ ଜିଲ୍ଲା ସ୍କୁଲରେ ନାଁ ଲେଖାଇଲା, ପ୍ରଥମ କେତେଦିନ ସୁନ୍ଦର ନାରାୟଣ ନିଜେ ତାକୁ ସ୍କୁଲକୁ ନେଇ ଯାଉଥିଲେ। ସ୍କୁଲ ଯିବା ରାସ୍ତାରେ ବାଲେଶ୍ୱରର ବେଶ୍ୟା ସାହି ଥିଲା। ସେ ରାସ୍ତା ଦେଇ ଗଲାବେଳେ ସୁନ୍ଦର ନାରାୟଣ ରାଧାନାଥ ଉପରେ ନଜର ରଖୁଥିଲେ ଏବଂ ରାଧାନାଥ ଆହୁରି ସଂକୁଚିତ ହୋଇଯାଉଥିଲେ। ସୁନ୍ଦର ନାରାୟଣ କହୁଥିଲେ, ଏ ରାସ୍ତାରେ ସ୍ଖଳନର ସମ୍ଭାବନା ଅଛି। ଏଠାରେ ଆଖପାଖକୁ ନ ଅନାଇ ଅଗ୍ରଦୃଷ୍ଟି ରଖି ଚାଲିବ।

ରାଧାନାଥ ସହପାଠୀ ଯଦୁ କାଟିଆ, ଯେ କି ରାଧାନାଥଙ୍କଠାରୁ ବୟସରେ ବେଶ୍ ବଡ଼ ଥିଲା, କେବେ କେବେ ତାକୁ ଚୁପ୍ ଚୁପ୍ ବେଶ୍ୟା ଘରକୁ ଯାଇଥିବା କଥା କହୁଥିଲା। ଏ କଥା ସତ ମିଛ ଯାହା ହେଉ, ରାଧାନାଥ ତାକୁ ଆଉ କିଛି ପଚାରିଲେ କହୁଥିଲା, ମୁଁ ତତେ କହିବି ନାହିଁ; ତୁ ବାପାକୁ ଯାଇ କହିଦେଲେ ମୁଁ ମାଡ଼ ଖାଇବି। ତେବେ ମଝିରେ ମଝିରେ ସେ ରାସ୍ତା ଦେଇ ଗଲାବେଳେ ବାପାଙ୍କର ନିଷେଧକୁ ନ ମାନି ରାଧାନାଥ ଏ ପାଖ ସେ ପାଖ ଅନାଉଥିଲା। ରାସ୍ତା ଦି ପାଖ ଘରମାନଙ୍କରେ ଯେଉଁ ସ୍ତ୍ରୀ ଲୋକ ଦେଖା ଯାଉଥିଲେ ସେମାନେ ଅନ୍ୟ ରାସ୍ତାରେ ଦେଖା ଯାଉଥିବା ସ୍ତ୍ରୀମାନଙ୍କ ଠାରୁ ଭିନ୍ନ ନଥିଲେ। ରାସ୍ତାରେ ପାଣି କାଦୁଅ କିଛି ନଥିଲା। ତେଣୁ ରାଧାନାଥ ଏଇ ସ୍ଖଳନ କଥାଟା ଠିକ୍ ବୁଝିପାରୁ ନଥିଲା।

ଆଜି ସ୍କୁଲରେ ଯାଇ ପ୍ରଧାନଶିକ୍ଷକ ଗଙ୍ଗାଧର ଆଚାର୍ଯ୍ୟଙ୍କୁ ଦେଖା କରିବାରୁ ସେ ଖୁବ୍ ଖୁସି ହେଲେ। କହିଲେ, ଠିଆ ହୋଇଛ କଣ, ବସ ବସ। ତମେ ଆଜିଠାରୁ ମୋର ସହକର୍ମୀ।

ସେ ଯୋଗଦାନ ରିପୋର୍ଟରେ ଦସ୍ତଖତ କରିବା ପରେ ଗଙ୍ଗାଧର କହିଲେ, ମୋର ଇଚ୍ଛା ଥିଲା ତମେ କଲିକତାରୁ ଏଫ୍.ଏ. ପଢ଼ି ଆସିଥାନ୍ତ ଆଉ ଏଠାରେ ଆସି ସେକେଣ୍ଡ ମାଷ୍ଟର ହୋଇଥା’ନ୍ତ।

ଏ କଥା ରାଧାନାଥର ମଧ୍ୟ ଇଚ୍ଛା ଥିଲା। ଅନେକ କଷ୍ଟରେ ବାପା ତାକୁ ନିଜ ସାନ ଭାଇ ଜାହ୍ନବୀ

ସହିତ କଲିକତା ପଠାଇଥିଲେ । କଲିକତା ରାଧାନାଥ ପାଇଁ ଏକ ଚମକ୍ରାର ବିସ୍ମୟ ଥିଲା । ପ୍ରେସିଡେନ୍ସି କଲେଜର ବାତାବରଣ, ବିଦ୍ୟାସାଗର ଓ କେଶବଚନ୍ଦ୍ର ସେନଙ୍କ ବିଷୟରେ ଚର୍ଚ୍ଚା ଓ ବିଶେଷରେ ମାଇକେଲ ମଧୁସୂଦନଙ୍କ କବିତା, ସବୁ କିଛି ଉଦ୍ଦୀପନାମୟ ଥିଲା ତା' ପାଇଁ । କିନ୍ତୁ ଦୁର୍ଭାଗ୍ୟକୁ ତାର ଦେହ ଭଲ ରହିଲା ନାହିଁ ଏବଂ ତାକୁ ଦି ମାସରେ କଲିକତା ଛାଡ଼ିବାକୁ ପଡ଼ିଥିଲା ।

ସେ ଦିନ ରାଧାନାଥ ତାର ପ୍ରଥମ କ୍ଲାସ ନେଇ ବାହାରକୁ ଆସିବା ବେଳକୁ ଯଦୁ କାଟିଆ ବାରଣ୍ଡାରେ ଠିଆ ହୋଇଥିଲା । ସେ ବାରମ୍ବାର ଫେଲ ହୋଇ ଏ ପର୍ଯ୍ୟନ୍ତ ସ୍କୁଲ ଛାଡ଼ି ନଥିଲା । ରାଧାନାଥକୁ କହିଲା, କେମିତି ହେଲା କ୍ଲାସ ? ନୂଆ ମାଷ୍ଟରଙ୍କୁ ସମସ୍ତେ ହଇରାଣ କରନ୍ତି । ମୁଁ କଣ କମ ହଇରାଣ କରିଛି ମାଷ୍ଟରଙ୍କୁ ? ଖାଲି ଗୌରୀଶଙ୍କର ରାୟ ଯାହା ମତେ ବେଞ୍ଚ ଉପରେ ଛିଡ଼ା କରି ଦେଇଥିଲା । ତୁ ଗୌରୀଶଙ୍କର ରାୟ ଭଲି ହୁଅ ।

ରାଧାନାଥର ମନେ ପଡ଼ିଲା ପାଞ୍ଚ ଛଅ ବର୍ଷ ତଳେ ଗୌରୀଶଙ୍କର ଚତୁର୍ଥ ଶିକ୍ଷକ ହୋଇ କିଛିଦିନ ଜିଲ୍ଲା ସ୍କୁଲରେ ଥିଲେ । ତାଙ୍କର ବ୍ୟକ୍ତିତ୍ୱରେ ପ୍ରଭାବିତ ହୋଇଥିଲା ରାଧାନାଥ । ସେ କେମିତି ତାଙ୍କ ଭଲି ହୋଇପାରିବ ?

ସ୍କୁଲରୁ ଫେରିବା ବେଳେ ତାର ଦେଖାହେଲା ମିଶନ ସ୍କୁଲ ହେଡମାଷ୍ଟର ଫକୀରମୋହନ ସେନାପତିଙ୍କ ସହ । ସେ ତାକୁ ଖୋଜି ଖୋଜି ଆସିଥିଲେ । ଫକୀରମୋହନ ରାଧାନାଥ ଠାରୁ ବୟସରେ ପାଞ୍ଚ ବର୍ଷ ବଡ଼ । ସେମାନେ ଭିନ୍ନ ଭିନ୍ନ ସ୍କୁଲରେ ପାଠ ପଢ଼ୁଥିଲେ, ତେବେ ପଣ୍ଡିତ ସଦାଶିବ ନନ୍ଦ ଯେତେବେଳେ ଜିଲ୍ଲା ସ୍କୁଲକୁ ଆସିଲେ, ଦୁହେଁ ତାଙ୍କ ପାଖରେ ଯାଇ ଏକାଠି ସଂସ୍କୃତ ପଢ଼ୁଥିଲେ । ରାଧାନାଥର ବିଦ୍ୟାବୁଦ୍ଧି ଭଲ ଥିବାରୁ ଫକୀରମୋହନ ରଘୁବଂଶର ପାଞ୍ଚ ସର୍ଗ ଶେଷ ନ କରୁଣୁ ସେ ରଘୁବଂଶ ଶେଷ କରି କୁମାର ସମ୍ବବର ପାଞ୍ଚ ସର୍ଗ ପଢ଼ି ସାରିଥିଲା । ଏଭଳି ଅସମ ପ୍ରତିଯୋଗିତାରେ ବିରକ୍ତ ହୋଇ ଫକୀରମୋହନ ସଦାଶିବଙ୍କୁ ଛାଡ଼ି ଅନ୍ୟ ପଣ୍ଡିତଙ୍କ ପାଖକୁ ଯାଇଥିଲେ ।

ରାଧାନାଥ ଏଣ୍ଟ୍ରାନ୍ସ ପରୀକ୍ଷା ଦେଲାବେଳେ ଫକୀରମୋହନ ବାରବାଟୀ ସ୍କୁଲରେ ଶିକ୍ଷକ ଥିଲେ; ତାଙ୍କର ଦରମା ପ୍ରଥମେ ଅଢ଼େଇ ଟଙ୍କା ଥିଲା ଓ ପରେ ବଢ଼ି ହୋଇଥିଲା ଚାରିଟଙ୍କା । ପରବର୍ଷ ବାଲେଶ୍ୱର ମିଶନ ସ୍କୁଲରେ ପ୍ରଧାନଶିକ୍ଷକ ପଦ ଖାଲି ହେବାରୁ ସ୍କୁଲର ସମ୍ପାଦକ ରେଭରେଣ୍ଡ ମିଲର ମାସକୁ ଦଶଟଙ୍କା ଦରମାରେ ଫକୀରମୋହନଙ୍କୁ ସେଥିରେ ନିଯୁକ୍ତ କରିଥିଲେ । ରାଧାନାଥଙ୍କୁ ଦେଖି ଫକୀରମୋହନ କହିଲେ, ଭଲ ହେଲା ଆପଣ ତୃତୀୟ ଶିକ୍ଷକ ଚାକିରି ପାଇଲେ । ମାସକୁ କେତେ ଟଙ୍କା ଦରମା ମିଳିବ ?

ରାଧାନାଥ କହିଲା, ତିରିଶ ଟଙ୍କା ।

ଫକୀରମୋହନ କହିଲେ, ବେଶ ଟଙ୍କା । ମତେ ଏମିତି ଗୋଟାଏ ଚାକିରି କିଏ ଦିଅନ୍ତା କି !

ସେମାନେ ସାଙ୍ଗ ହୋଇ କିଛି ବାଟ ଯିବାପରେ ଫକୀରମୋହନ ଡାକିଲେ ଗଡ଼ଗଡ଼ିଆ ତୁଠରେ ଯାଇ ବସି ଗପ କରିବାକୁ; କିନ୍ତୁ ବାପାଙ୍କ ଭୟରେ ରାଧାନାଥ ଘରକୁ ଚାଲିଗଲା ।

ପୁରୀ : ଫେବୃଆରୀ ୧୮୬୫

ପୁରୀ ଧାମରେ ଏ ଭଲି ପଣ୍ଡିତ କେହି କେବେ ଦେଖ୍ ନଥିଲା । ଯେଉଁ ସମୟରେ ବ୍ରାହ୍ମଣ ଗାଁ ମାନଙ୍କରେ ତ୍ରିକଚ୍ଛ କରି ଲୁଗା ନ ପିନ୍ଧିବା ଲୋକଙ୍କୁ ଧର୍ମଛଡ଼ା କୁହାଯାଉଥିଲା, ବ୍ରାହ୍ମଣମାନେ କାଗଜ ଛୁଇଁ ନଥିଲେ ଏବଂ ଇଂରାଜୀ ପାଠ ପଢ଼ିବା ଖ୍ରୀଷ୍ଟିଆନ ହେବା ସଙ୍ଗେ ସମାନ ବୋଲି ଧରା ହେଉଥିଲା, ସେଇ ସମୟରେ ପଣ୍ଡିତ ହରିହର ଦାସ ସାହେବମାନଙ୍କ ଭଲି ପ୍ୟାଣ୍ଟ କୋଟ ଜୋତା ପିନ୍ଧୁଥିଲେ, ଇଂରେଜୀ ବହି ପଢୁଥିଲେ ଏବଂ ଘୋଡ଼ାରେ ଚଢ଼ି ଯିବା ଆସିବା କରୁଥିଲେ । ଏଭଲି ଅଭୁତ ବେଶ ପୋଷାକ ଓ ଚାଲିଚଲନ ସତ୍ତ୍ୱେ ତାଙ୍କୁ କେହି ମୁହଁ ଉପରେ ସମାଲୋଚନା କରିବାକୁ ସାହସ ପାଉ ନଥିଲେ, କାରଣ ତାଙ୍କର ସଂସ୍କୃତ ପାଣ୍ଡିତ୍ୟ ବିଷୟରେ କାହାରି ତିଳେ ମାତ୍ର ସନ୍ଦେହ ନଥିଲା । ସେ ନବଦ୍ୱୀପ ଓ କଲିକତା ସଂସ୍କୃତ କଲେଜରେ ପାଠ ପଢ଼ିଥିଲେ ଏବଂ ସଂସ୍କୃତରେ ମାତୃଭାଷା ଭଲି ଅନର୍ଗଳ କଥାବାର୍ତ୍ତା କରିପାରୁଥିଲେ । ମାତ୍ର ତେଇଶି ବର୍ଷ ବୟସର ଯୁବକ ଥିଲେ ମଧ୍ୟ ପୁରୀର ପୁରୁଣା ବୟସ୍କ ପଣ୍ଡିତମାନେ ତାଙ୍କ ସାଙ୍ଗରେ ସଂସ୍କୃତ ଜ୍ଞାନର ପ୍ରତିଦ୍ୱନ୍ଦ୍ୱିତା କରିବାକୁ ଡରୁଥିଲେ । ସଂସ୍କୃତ ବ୍ୟତୀତ ହରିହରଙ୍କର ଇଂରେଜୀ ତଥା ଗ୍ରୀକ୍ ଓ ଲାଟିନ ଭାଷାରେ ମଧ୍ୟ ବ୍ୟୁତ୍ପତ୍ତି ଥିଲା ।

ସାଧାରଣ ଲୋକମାନେ ତାଙ୍କୁ ସମ୍ମାନ ଦେବାର, ଏବଂ ସାମାନ୍ୟ ଭୟ କରିବାର ଅନ୍ୟତମ କାରଣ ଥିଲା ଯେ ପୁରୀର ସାହେବମାନଙ୍କ ସାଙ୍ଗରେ ତାଙ୍କର ଅବାଧ ମିଳାମିଶା ଥିଲା । ସେ ସାହେବମାନଙ୍କୁ ଡରୁ ନଥିଲେ ଏବଂ ସେମାନଙ୍କ ସହିତ ସମାନ ସ୍ତରରେ ଚଲପ୍ରଚଲ ହେଉଥିଲେ । ସାହେବମାନେ ତାଙ୍କ ପାଖରେ ପଢ଼ିବା ପାଇଁ ତାଙ୍କ ଘରକୁ ଆସୁଥିଲେ ।

ହରିହର ଦାସଙ୍କର ଏକ ଜୀବନ-ଲକ୍ଷ୍ୟ ଥିଲା ଓଡ଼ିଶାରେ ସଂସ୍କୃତ ସହିତ ଆଧୁନିକ ଶିକ୍ଷାର

ପ୍ରସାର କରାଇବା। ଏଥିପାଇଁ ସେ ନିଜ ଗାଁ ଶ୍ରୀରାମଚନ୍ଦ୍ରପୁରରେ ଗୋଟିଏ ସ୍କୁଲ ଖୋଲିଥିଲେ। ଏ ସ୍କୁଲରେ ତାଳପତ୍ର ଓ ଲେଖନୀ ବଦଳରେ କାଗଜ କଲମର ପ୍ରଚଳନ ଥିଲା ଏବଂ ପିଲାଏ ଛପା ବହି ପଢୁଥିଲେ। ରକ୍ଷଣଶୀଳ ପରିବାରର ଲୋକ ଏ ସ୍କୁଲକୁ ନିଜ ପିଲାଙ୍କୁ ପଠାଉ ନଥିଲେ; ତେଣୁ କେବଳ ଅବ୍ରାହ୍ମଣ ପିଲାଙ୍କୁ ନେଇ ଏ ସ୍କୁଲ ଚାଲୁଥିଲା। ହରିହର ଦାସ ପୁରୀରେ ଥିବା ସମୟରେ କେବେ କେବେ ସେଠାକୁ ଯାଇ ନିଜେ ପିଲାଙ୍କୁ ପାଠ ପଢ଼ାଉଥିଲେ ଏବଂ ନୂଆ କରି କଲିକତାରୁ ଆଣିଥିବା ବହି ସବୁ ବାଣ୍ଟି ଦେଇ ଆସୁଥିଲେ।

ସେ ଅନେକ ସମୟରେ ଓଡ଼ିଶା ବାହାରକୁ ଚାଲି ଯାଉଥିଲେ। ତାର କାରଣ ଥିଲା, ନିଜର ଭରଣପୋଷଣ ପାଇଁ ତଥା ବହି କିଣିବା ଓ ସ୍କୁଲ ଚଲାଇବା ପାଇଁ ଯେଉଁ ଟଙ୍କା ଦରକାର ହେଉଥିଲା, ତାକୁ ସେ ସଂଗ୍ରହ କରୁଥିଲେ ପୁରୋହିତ କାମ କରି ଅଥବା ଦେଶୀୟ ରାଜାମାନଙ୍କ ପାଖକୁ ଯାଇ ନିଜର ସଂସ୍କୃତ ପାଣ୍ଡିତ୍ୟ ପ୍ରଦର୍ଶନ ପୂର୍ବକ ଭେଟି ସଂଗ୍ରହ କରି। ଯଦିଓ ବାହାରର ରାଜାମାନଙ୍କ ମଧ୍ୟରେ ତାଙ୍କର ଆଦର ଥିଲା, ଓଡ଼ିଶା ଭିତରେ ତାଙ୍କର ସେତେ ସମ୍ମାନ ନଥିଲା। ଏହାର କାରଣ ଥିଲା ଯେ ପଣ୍ଡିତ ହରିହର ଈଶ୍ୱରରେ ବିଶ୍ୱାସ କରୁନଥିଲେ ଏବଂ ସଂପୂର୍ଣ୍ଣ ନାସ୍ତିକ ଥିଲେ।

ଏହା ସତ୍ତ୍ୱେ ଅନେକ ଲୋକ ତାଙ୍କ ପାଖକୁ ଯିବା ଆସିବା କରୁଥିଲେ। ମାଜିଷ୍ଟ୍ରେଟ ବକ୍ଓ୍ୱେଲ, ଯେ କି ହରିହରଙ୍କ ପାଖରେ ସଂସ୍କୃତ ଶିଖୁଥିଲେ, ତାଙ୍କର ବିଶେଷ ବନ୍ଧୁ ଥିଲେ। କେବେ କେବେ ବାହାରୁ କେଉଁ ରାଜା ମହାରାଜା ଜଗନ୍ନାଥ ଦର୍ଶନକୁ ଆସିଲେ ହରିହରଙ୍କ ପାଖକୁ ଖବର ଆସୁଥିଲା। କାହାର କିଛି ଇଂରାଜୀରେ ଲେଖାଇବାକୁ ଥିଲେ ସେ ଯାଇ ତାଙ୍କର ସାହାଯ୍ୟ ନେଉଥିଲେ।

ହରିହର ପୁରୀରେ ଥିଲାବେଳେ ଯେଉଁ ପିଲାଟି ନିଶ୍ଚୟ ଆସି ତାଙ୍କୁ ପ୍ରତିଦିନ ସାକ୍ଷାତ କରିଯାଉଥିଲା, ସେ ଥିଲା ପୁଲିସ ଜମାଦାର ଭାଗୀରଥ ରାଉଙ୍କ ବାରବର୍ଷର ପୁଅ ମଧୁ। ଭାଗୀରଥ ସେତେବେଳେ ଭୁବନେଶ୍ୱର ଥାନାରେ ଥିଲେ ଏବଂ ମଧୁ ତାଙ୍କର ବନ୍ଧୁ ବଳରାମଜୀଙ୍କ ଘରେ ରହି ଜିଲ୍ଲା ସ୍କୁଲରେ ପାଠ ପଢୁଥିଲା। ତାକୁ ପାଞ୍ଚ ବର୍ଷ ହେଲାବେଳେ ତାର ମା ମରିଯାଇଥିଲେ ଏବଂ ସେଇଦିନଠାରୁ ମଧୁ ଅତି ଧାର୍ମିକ ହୋଇଯାଇଥିଲା। ତିନିବର୍ଷ ତଳେ ପୁରୀକୁ ଆସିବା ଦିନୁ ସେ ପ୍ରତିଦିନ ସକାଳେ ଉଠି ମନ୍ତ୍ରପାଠ କରୁଥିଲା ଏବଂ ପଥୁରିଆ ସାହି ପାଖ ବାନାୟର ମହାଦେବଙ୍କୁ ଦର୍ଶନ ନ କଲେ ଜଳସ୍ପର୍ଶ କରୁ ନଥିଲା।

ବଳରାମଜୀଙ୍କର ବ୍ୟବସାୟ ଥିଲା ପୁରୀ ମନ୍ଦିରକୁ ଅଟା ଯୋଗାଇବା। ଏଥିପାଇଁ ତାଙ୍କ ଘରେ ଅନେକ ଚକି ବସିଥିଲା ଓ ଅନେକ ସ୍ତ୍ରୀଲୋକ ସକାଳୁ ଆସି ଚକିରେ ଗହମ ପେଷୁଥିଲେ। ସକାଳ ପହରୁ କୁଣ୍ଡାଇବେଣ୍ଟ ସାହିର ଏ ଘରଟି ଘର୍ଘର ଶବ୍ଦରେ ମୁଖରିତ ହୋଇଯାଉଥିଲା ଏବଂ ଏଥିରୁ ମୁକ୍ତି ପାଇବା ପାଇଁ ମଧୁ ଅନେକ ସମୟରେ ପୁରୀର ରାସ୍ତାଘାଟରେ ନ ହେଲେ ସମୁଦ୍ର କୂଳରେ ବୁଲୁଥିଲା। ବାଲି ଉପରେ ବସି ଅସୀମ ଜଳରାଶି ଆଡ଼କୁ ଅନାଇ ସେ ଘଣ୍ଟାଘଣ୍ଟା ବସି ରହୁଥିଲା। କେବେ କେବେ ସମୁଦ୍ର ବାଲି ଉପର ଶୋଇ ସଂଧ୍ୟାବେଳର ଆକାଶକୁ ଅନାଇ କୌଣସି ଉଜ୍ଜ୍ୱଳ ତାରା ଦେଖିଲେ ତାର ମା'ଙ୍କ କଥା ମନେ ପଡୁଥିଲା।

ମା'ଙ୍କୁ ସେ ଅନେକ ସମୟରେ ସ୍ୱପ୍ନରେ ଦେଖୁଥିଲା। ସକାଳକୁ ସେ ସ୍ୱପ୍ନ କିଛି ବି ମନେ ରହୁ ନଥିଲା, କିନ୍ତୁ ତାକୁ ସାରା ଦିନ ପୁଲକିତ କରି ରଖୁଥିଲା ବିଗତ ରାତିର ସ୍ୱପ୍ନଟି। ସେ ଆହୁରି ଅନେକ ପ୍ରକାରର ସ୍ୱପ୍ନ ମଧ୍ୟ ଦେଖୁଥିଲା ରାତିରେ ଶୋଇଥିବା ବେଳେ। କେବେ କେବେ ତାର ସ୍ୱପ୍ନରେ ଅନ୍ଧାର

ଆକାଶ ଉପରେ ଅପୂର୍ବ ଜ୍ୟୋତିପୁଞ୍ଜ ବିଭିନ୍ନ ବିନ୍ୟାସରେ ଗତି କରୁଥିଲେ । ସକାଳେ ସ୍ୱପ୍ନକୁ ମନେ ପକାଇବାକୁ ଚେଷ୍ଟାକରି ସେ ବିସ୍ମୟାଭିଭୂତ ହୋଇଯାଉଥିଲା ।

ଦିନେ ମଧୁ ଗୋଟିଏ ସ୍ୱପ୍ନ ଦେଖିଲା ଯାହା ଅନ୍ୟ ସ୍ୱପ୍ନମାନଙ୍କ ଭଳି ନିଦ୍ରିତ ସ୍ମୃତି ଗର୍ଭରେ ଲୀନ ନ ହୋଇ ସକାଳକୁ ତାର ସ୍ପଷ୍ଟ ମନେ ରହିଥିଲା । ସମୁଦ୍ର କୂଳରେ ବୁଲିଲା ବେଳେ ସେ ଆଗରେ ଜଣେ ବିରାଟ ପୁରୁଷଙ୍କୁ ଦେଖିଲା । ବିରାଟ ପୁରୁଷ ଜଣକ ଦୀର୍ଘ ପଦକ୍ଷେପରେ ଆଗକୁ ଚାଲି ଯାଉଥିଲେ ମୁହଁରେ ଓଁକାର ମନ୍ତ୍ର ଉଚ୍ଚାରଣ କରି କରି । ତାଙ୍କର ମନ୍ତ୍ରୋଚ୍ଚାରଣ ସଙ୍ଗେ ସଙ୍ଗେ ଚତୁର୍ଦିଗ ଜ୍ୟୋତିରେ ଉଦ୍ଭାସିତ ହୋଇଯାଉଥିଲା । ସେଇ ପୁରୁଷର ଇଙ୍ଗିତରେ ମଧୁ କିଛି ଦୂର ତାଙ୍କର ଅନୁସରଣ କରିବା ପରେ ନଗର ପ୍ରାନ୍ତରେ ସେଇ ବିରାଟ ପୁରୁଷ ଅନ୍ତର୍ହିତ ହୋଇଗଲେ ।

ଏଇ ସ୍ୱପ୍ନଟି ଦେଖିବା ପରଦିନ ହିଁ ସେ ରାସ୍ତାରେ ହରିହର ଦାସଙ୍କୁ ତା ଆଗରେ ଚାଲି ଯାଉଥିବାର ଦେଖିଲା ଏବଂ ତା' ମନରେ ସନ୍ଦେହ ରହିଲାନାହିଁ ଯେ ସେ ହିଁ ଥିଲେ ତାର ସ୍ୱପ୍ନର ବିରାଟ ପୁରୁଷ । ହରିହର ଦାସଙ୍କର ନାସ୍ତିକତାକୁ ମନେ ପକାଇ ମଧୁ ମନରୁ ଏ ଧାରଣାକୁ ଦୂର କରିବାକୁ ଚେଷ୍ଟା କଲା, କିନ୍ତୁ ସ୍ୱପ୍ନରେ ଦେଖିଥିବା ଦିବ୍ୟପୁରୁଷ ଏବଂ ସାକ୍ଷାତରେ ହରିହର, ଏ ଦୁଇଜଣଙ୍କୁ ଅଲଗା କରିବା ପାଇଁ ସମର୍ଥ ହେଲାନାହିଁ ।

ମଧୁ ପାଇଁ ବର୍ତ୍ତମାନ ଆଉ ଗୋଟିଏ ମାନସିକ ସମସ୍ୟା ଥିଲା, ଯାହା ତାକୁ ବିଚଳିତ କରୁଥିଲା । ଯଦିଓ କେହି ତାକୁ ଏ କଥା କହି ନଥିଲା, ସେ ଜାଣିଥିଲା ଯେ ତାକୁ ବଲରାମଜୀଙ୍କ ଦ୍ୱିତୀୟ ଝିଅ ଚମ୍ପା ସହିତ ବିବାହ କରାଇ ଦେବାପାଇଁ କିଛି ଗୋଟାଏ ମସୁଧା ଚାଲିଛି । ମଧୁ ତାଙ୍କ ଘରେ ଚମ୍ପା ସହିତ ଚଳପ୍ରଚଳ ହେଉଥିଲା, କିନ୍ତୁ ଆଜିକାଲି ଚମ୍ପାକୁ ଦେଖିଲେ ତା'ମନରେ ଅଭୁତ ଭାବ ଜନ୍ମୁଥିଲା ଏବଂ ତା' ମୁହଁ ଲାଲ୍ ପଡ଼ିଯାଉଥିଲା । ଯେତେଦୂର ସମ୍ଭବ ସେ ଚମ୍ପାକୁ ଏଡ଼ାଇ ରହୁଥିଲା ।

ଯେତେବେଳେ ମଧୁ ହରିହରଙ୍କ ଘରେ ପହଞ୍ଚିଲା, ସେ ବାରଣ୍ଡାରେ ବସି କେତେଜଣ ପିଲାଙ୍କୁ ଇଂରେଜୀ ପଢ଼ାଉଥିଲେ । ପିଲାଙ୍କୁ ପଢ଼ାଇ ସାରି ସେ ମଧୁକୁ କହିଲେ, ଚାଲ, ତମକୁ ଆଜି ବକୁ‌ଓ୍ଵେଲଙ୍କ ପାଖକୁ ନେଇଯିବି । ବକୁଓ୍ଵେଲଙ୍କ ନାଁ ସହିତ ମଧୁ ପରିଚିତ ଥିଲା । ପୁରୀ ଜିଲ୍ଲାସ୍କୁଲର ଛାତ୍ରମାନଙ୍କ ପାଇଁ ବକୁଓ୍ଵେଲ ଗୋଟିଏ ପ୍ରତିଯୋଗିତା କରିଥିଲେ । ପ୍ରତିବର୍ଷ ଚାରୋଟି ବିଷୟରେ ପାଞ୍ଚ ପାଞ୍ଚଟି କରି କୋଡ଼ିଏ ପ୍ରଶ୍ନ ପଚରାଯିବ; ଯେଉଁ ଛାତ୍ର ଏ ସବୁ ପ୍ରଶ୍ନର ଠିକ୍ ଠିକ୍ ଉତ୍ତର ଦେବ, ତାକୁ ଶହେ ଟଙ୍କା ପୁରସ୍କାର ଦିଆଯିବ । ମଧୁ ଲାଗି ଲାଗି ତିନି ବର୍ଷ ଏ ପୁରସ୍କାର ପାଇଥିଲା ।

ହରିହର ବକୁ‌ଓ୍ଵେଲଙ୍କ ପାଖକୁ ଏକ ନିର୍ଦ୍ଦିଷ୍ଟ କାମରେ ଯାଉଥିଲେ । ତାଙ୍କର ଏକ ବିଶେଷ ଇଚ୍ଛା ଥିଲା ପୁରୀରେ ଗୋଟିଏ ସଂସ୍କୃତ ବିଦ୍ୟାଳୟ ବସାଇବା, ଯେଉଁଠାରେ କେବଳ ସଂସ୍କୃତ ସାହିତ୍ୟ ଓ ଦର୍ଶନ ହିଁ ନୁହେଁ, ଇଂରେଜୀ, ଗ୍ରୀକ୍, ଲାଟିନ୍ ପ୍ରଭୃତି ଭାଷା ଏବଂ ତହିଁ ସଙ୍ଗେ ଇତିହାସ, ଗଣିତ, ଜ୍ୟୋତିଷ ଇତ୍ୟାଦି ମଧ ଶିକ୍ଷା ଦିଆଯିବ । ଉତ୍ତର ଭାରତ ଭ୍ରମଣ ବେଳେ ଏଥିପାଇଁ ସେ ବଲରାମପୁର ରାଜାଙ୍କଠାରୁ ସାହାଯ୍ୟର ପ୍ରତିଶ୍ରୁତି ପାଇଥିଲେ । ଏଇ ପ୍ରସ୍ତାବିତ ବିଦ୍ୟାଳୟଟି ପାଇଁ ସେ ଚାହୁଁଥିଲେ ବକୁ‌ଓ୍ଵେଲଙ୍କ ସହାୟତା ।

ସେମାନେ ସାହେବଙ୍କ ବଙ୍ଗଲାରେ ପହଞ୍ଚିଲା ବେଳକୁ ବକୁ‌ଓ୍ଵେଲ ଅଫିସ ଘରେ ବସି ଫାଇଲ କରୁଥିଲେ । ହରିହରଙ୍କୁ ଦେଖି ସେ ଖୁସିରେ ଡାକି ନେଇ ବସାଇଲେ ଏବଂ ମଧୁକୁ ମଧ ପାଠପଢ଼ା କଥା

ପଚାରିଲେ। ସ୍କୁଲ ବିଷୟରେ ଅନେକ କଥାବାର୍ତ୍ତା ହେଲା। ଏ ସଂପର୍କରେ ଗ୍ରୀକ୍, ଲାଟିନ କଥା ଉଠିବାରୁ ବକ୍ସ୍‌ଓ୍ୱେଲ ହରିହରଙ୍କୁ କହିଲେ, ମୁଁ ଏସବୁ ବିଷୟରେ ବିଶେଷ ଜାଣେ ନାହିଁ। ପୁର୍ଷ୍ଣିଆରେ ଜନ ବ୍ୟାମ୍ସ ବୋଲି ଜଣେ କଲେକ୍ଟର ଅଛନ୍ତି, ସେ ଭାଷାତତ୍ତ୍ୱରେ ବିଦ୍ୱାନ୍। ଆପଣ ତାଙ୍କ ସହିତ ପତ୍ରାଳାପ କରିପାରନ୍ତି।

ସେମାନେ ଫେରି ଆସିବା ବେଳେ ବକ୍ସ୍‌ଓ୍ୱେଲ ତାଙ୍କୁ ଟିକିଏ ରହିବାକୁ କହି ଘର ଭିତରକୁ ଯାଇ ଗୋଟିଏ ଗ୍ରୀକ୍ ଭାଷାରେ ଲେଖା ବହିଟିଏ ଆଣିଦେଲେ। କହିଲେ, ମୁଁ ତ ପଢ଼ିନାହିଁ, ତେବେ ଆପଣ ଏଇଟି ଉପହାର ନିଅନ୍ତୁ, ପଢ଼ି ଦେଖ୍‌ବେ। ବହିଟି ସଫୋକ୍‌ସଙ୍କ ଇଡିପସ ଥିଲା। ରାସ୍ତାରେ ଚାଲି ଚାଲି ଫେରିବା ବେଳେ ହିଁ ହରିହର ବହିଟି ପଢ଼ିବା ଆରମ୍ଭ କରିଦେଲେ ଏବଂ ମଧୁକୁ କହିଲେ, ଭଲ ବହି; ମୁଁ ଏଇଟିର ଓଡ଼ିଆ ଅନୁବାଦ କରିବି।

କଟକ: ଜୁନ୍ ୧୮୬୫

ବିଚିତ୍ରାନନ୍ଦ ଦାସ ବର୍ତ୍ତମାନ କମିଶନରଙ୍କ ସେ ରିସ୍ତାଦାର ହୋଇଯାଇଥିଲେ ଏବଂ ତାଙ୍କୁ ସାହେବଙ୍କ ସାଙ୍ଗରେ ଅନେକ ସମୟରେ ଗସ୍ତରେ ଯିବାକୁ ହେଉଥିଲା। ତେବେ କଟକରେ ଥିବା ସମୟରେ ସଂଧ୍ୟାବେଳେ ତାଙ୍କର ଗୌରୀଶଙ୍କରଙ୍କ ସାଙ୍ଗରେ ଦେଖା ହେଉଥିଲା। ବିଚିତ୍ରାନନ୍ଦଙ୍କ ତୁଳସୀପୁରର ବଗିଚା କଟକର ଭଦ୍ରବ୍ୟକ୍ତି ତଥା ବାହାରୁ ଆସୁଥିବା ରାଜା ମହାରାଜାଙ୍କର ଭେଟିବାର ଜାଗା ଥିଲା। କମିଶନରଙ୍କୁ ଦେଖାକରିବାକୁ ଆସୁଥିବା ରାଜାମାନେ ନିଶ୍ଚୟ ବିଚିତ୍ରାନନ୍ଦଙ୍କୁ ସାକ୍ଷାତ କରି ଯାଉଥିଲେ। ସଂଧ୍ୟାବେଳେ ଏକାଠି ବସି ମଦ ପିଇବା ଏବଂ ତେଲେଙ୍ଗାବଜାରରେ ଛୋଟତାରା ଘରକୁ ସଂଗୀତ ଶୁଣିବାକୁ ଯିବା ଭିତରେ ବିଚିତ୍ରାନନ୍ଦ ଓ ଗୌରୀଶଙ୍କର ଓଡ଼ିଶାର ନାନା ହାଲଚାଲ ଆଲୋଚନା କରୁଥିଲେ।

ଆଜିକାଲି ଆଲୋଚନାର ପ୍ରଧାନ ବିଷୟ ଥିଲା କଟକରେ ଗୋଟିଏ ଛାପାକଳ ବସାଇବା। କଟକ ମିଶନ ପ୍ରେସ ଅନେକ ଦିନରୁ ଚାଲୁଥିଲା, କିନ୍ତୁ ଦେଶୀୟ ଲୋକଙ୍କ ପାଇଁ ଓଡ଼ିଶାରେ କୌଣସି ପ୍ରେସ ନ ଥିଲା। ୧୮୫୯ ମସିହାରେ ଯେତେବେଳେ ଉଇଲିୟମ ଲେସି ବାହାର କରୁଥିବା ପତ୍ରିକା ପ୍ରବୋଧ ଚନ୍ଦ୍ରିକା ବନ୍ଦ ହୋଇଗଲା, ଏକ ପତ୍ରିକା ବାହାର କରିବା କଥା ମଧ୍ୟ ବିଚିତ୍ରାନନ୍ଦଙ୍କ ମୁଣ୍ଡରେ ପଶିଥିଲା। ଓଡ଼ିଶାରେ ପ୍ରେସ ବିଷୟରେ ସବୁଠାରୁ ବେଶୀ ଜାଣିଥିବା ଲୋକ ଥିଲେ ମିଶନ ପ୍ରେସର ବୁକସ ସାହେବ। ସେ ପିଲାଦିନୁ ପ୍ରେସ କାମ ଶିଖିଥିଲେ ଏବଂ କଲିକତା ମିଶନ ପ୍ରେସରେ ଅନେକ ବର୍ଷ କାମ କରି ପ୍ରାୟ ପଚିଶ ବର୍ଷ ତଳେ କଟକ ଆସିଥିଲେ। ମିଶନ ପ୍ରେସରେ ତାଙ୍କୁ ଦେଖାକରି ବିଚିତ୍ରାନନ୍ଦ ଓ ଗୌରୀଶଙ୍କର ଛାପାକଳ ବିଷୟରେ ବୁଝାବୁଝି କଲେ ଏବଂ ପ୍ରେସ କେମିତି ଚାଲୁଛି ଦେଖିଲେ। କିନ୍ତୁ କଲିକତାରୁ ଦରଦାମ କଥା ବୁଝି ଜାଣିଲେ ଯେ ଏତେ ପଇସା ଯୋଗାଡ଼ କରିବା ତାଙ୍କ ସାମର୍ଥ୍ୟର ବାହାରେ।

ଏଇ ସମୟରେ ଗୋଟିଏ ସୁଯୋଗ ଆସି ପହଞ୍ଚିଲା ବିଚିତ୍ରାନନ୍ଦଙ୍କ ପାଖରେ। ଢେଙ୍କାନାଳ ରାଜା ଭାଗୀରଥି ମହୀନ୍ଦ୍ର ସେତେବେଳେ ନିଜର ବିଭିନ୍ନ ସମସ୍ୟା ନେଇ ବାରମ୍ବାର କମିଶନରଙ୍କ ପାଖକୁ ଆସୁଥିଲେ ଏବଂ ସେଇ ଅବସରରେ ବିଚିତ୍ରାନନ୍ଦଙ୍କୁ ଭେଟୁଥିଲେ। ବିରାଟ ବପୁର ଏଇ ରାଜା, ଚେହେରାରୁ ଜଣା ଯାଉ ନଥିଲେ ମଧ୍ୟ, ବିଦ୍ୟାନୁରାଗୀ ଥିଲେ ଏବଂ ଢେଙ୍କାନାଳରେ ପ୍ରତିଦିନ ସଂଧ୍ୟାରେ ପଣ୍ଡିତ ସଭା କରୁଥିଲେ। ଏହି ସଭାମାନଙ୍କୁ କାଶୀ, ନବଦ୍ୱୀପ ଓ ଓଡ଼ିଶାର ପଣ୍ଡିତମାନେ ଆସି ଓଡ଼ିଆ ଓ ସଂସ୍କୃତ କାବ୍ୟଗ୍ରନ୍ଥର ଚର୍ଚ୍ଚା ବ୍ୟତୀତ ନ୍ୟାୟଶାସ୍ତ୍ର ମଧ୍ୟ ଚର୍ଚ୍ଚା କରୁଥିଲେ। ବିଚିତ୍ରାନନ୍ଦ ତାଙ୍କୁ ଛାପାକଳ ବିଷୟରେ ବୁଝାଇବାରୁ ଭାଗୀରଥି ଏ ବିଷୟରେ ସାହାଯ୍ୟ କରିବାକୁ ପ୍ରତିଶ୍ରୁତି ଦେଲେ।

ଏହାପରେ ବିଚିତ୍ରାନନ୍ଦ ଓ ଗୌରୀଶଙ୍କର ସହର ସାରା ବୁଲି କଟକର ସମ୍ବୁଧନୀ ଓ ଶିକ୍ଷିତ ଲୋକଙ୍କୁ ପ୍ରେସ ବିଷୟରେ କହି ସେମାନଙ୍କର ସାହାଯ୍ୟ ମାଗିଲେ ଏବଂ ୧୮୬୪ ମସିହାରେ 'କଟକ ପ୍ରିଣ୍ଟିଂ କମ୍ପାନି' ରେଜିଷ୍ଟ୍ରି କରାହେଲା। ଏଥିରେ ଭାଗୀରଥି ମହୀନ୍ଦ୍ର ୧୦୫୦ ଟଙ୍କା ଦେଇ ପଚିଶ ଟଙ୍କିଆ ୪୨ଟି ଅଂଶ କିଣିଲେ। କମ୍ପାନିର ମୂଳଧନ ସ୍ଥିର ହେଲା ୭୫୦୦ ଟଙ୍କା। ଏଥିରେ ଆଉ ଯେଉଁ ଲୋକମାନଙ୍କୁ ଅଂଶୀଦାର କରାଗଲା ସେମାନଙ୍କ ଭିତରେ କଟକର ସମସ୍ତ ଜଣାଶୁଣା ଲୋକ ନଥିଲେ। ସେ ବର୍ଷ ଶେଷ ସୁଦ୍ଧା ଭାଗୀରଥି ମହୀନ୍ଦ୍ର ତାଙ୍କର ସବୁ ଟଙ୍କା ଦେଇଦେଲେ ଏବଂ ଅନ୍ୟମାନଙ୍କଠାରୁ ପ୍ରଥମ କିସ୍ତିର ଅଧା ଟଙ୍କା ଆଦାୟ ହୋଇ କମ୍ପାନିର କାମ ଆରମ୍ଭ ହେଲା। କମ୍ପାନିର ସେକ୍ରେଟାରୀ ଓ ଟ୍ରେଜରର ହେଲେ ଗୌରୀଶଙ୍କର ରାୟ।

କମ୍ପାନିର ପ୍ରଥମ କାମ ଥିଲା ଶସ୍ତା ଦାମରେ ଗୋଟିଏ ଛାପାକଳ ଯୋଗାଡ଼ କରି ତାକୁ କଲିକତାରୁ ଆଣି କଟକରେ ବସାଇ କାର୍ଯ୍ୟକାରୀ କରାଇବା। କଲିକତାରେ ଖବର ନେବାରେ ଜଣାଗଲା ଯେ ଛାପାକଳ ମିଳିଯିବ, କିନ୍ତୁ ତା ସହିତ ଇଂରେଜୀ ଅକ୍ଷର ମିଳିବ, ଓଡ଼ିଆ ଅକ୍ଷର ନୁହେଁ। ଯାହା ହେଉ ବହୁତ ଖୋଜାଖୋଜି କରି ଗୋଟିଏ ପୁରୁଣା ପ୍ରେସ ଓ ଇଂରେଜୀ ଅକ୍ଷର ଅଣାଗଲା। କମ୍ପାନିର ନିଜର ଜାଗା ନଥିବାରୁ ଏଇଟିକୁ ଡେପୁଟି ମାଜିଷ୍ଟ୍ରେଟ ଜଗମୋହନ ରାୟଙ୍କ ଆଲମଚାନ୍ଦ ବଜାର ଘରର ବାରଣ୍ଡାରେ ରଖାଗଲା। ତେବେ ସେ କଳଟିକୁ କିପରି ଚଲାଇବାକୁ ହେବ ସେ ବିଷୟ ଜାଣିବା ଲୋକ କଟକରେ ନଥିଲେ ତା' ବ୍ୟତୀତ ଇଂରେଜୀ ଛାପା କାମ କାହାରି ପ୍ରୟୋଜନ ନଥିଲା। ସେଥିପାଇଁ ପ୍ରେସଟି ସେହିପରି ପଡ଼ି ରହିଲା।

ଜୁନ୍ ମାସରେ ବିଚିତ୍ରାନନ୍ଦ ଦାସ ପୁରୀ ଯାଇଥିବା ସମୟରେ ଖବର ପାଇଲେ ଯେ ସେଠାରେ ଜଣେ ବଙ୍ଗାଳୀ ବାବୁଙ୍କ ପାଖରେ ଗୋଟିଏ ଲିଥୋଗ୍ରାଫ ପ୍ରେସ ବା ପଥର ଛାପାକଳ ଅଛି। ଏ କଳଟି ଭଦ୍ରବ୍ୟକ୍ତି ଆଣିଥିଲେ ବଙ୍ଗାଲାରେ ଛାପାକାମ କରିବା ପାଇଁ, କିନ୍ତୁ ପୁରୀରେ କାମ ନ ମିଳିବାରୁ ଏଇଟିକୁ ଚଲାଇବାର କୌଣସି ବ୍ୟବସ୍ଥା କରି ନଥିଲେ। କଳଟିକୁ ଦେଖିବା ମାତ୍ରେ ବିଚିତ୍ରାନନ୍ଦ ତାକୁ ଦୁଇଶହ ଟଙ୍କାରେ କିଣିନେଲେ ଏବଂ ବଳଦଗାଡ଼ିରେ ପକାଇ କଟକକୁ ନେଇ ଆସିଲେ। ଏଇ ଛାପାକଳଟି ବର୍ତ୍ତମାନ ଜଗମୋହନ ରାୟଙ୍କ ବୈଠକ ଘରର ଶୋଭା ବର୍ଦ୍ଧନ କରୁଥିଲା ଏବଂ ତରବରରେ ଡକା ହୋଇଥିବା ସଭାକୁ ଆସିଥିବା ଡାଇରେକ୍ଟରମାନେ ଏହାକୁ ତଳୁ ଉପରୁ ତନ୍ନ ତନ୍ନ କରି ଦେଖୁଥିଲେ।

ଆଜି ସଭାରେ ଉପସ୍ଥିତ ଭଦ୍ରବ୍ୟକ୍ତିମାନେ ଥିଲେ ବିଚିତ୍ରାନନ୍ଦ ଓ ଗୌରୀଶଙ୍କରଙ୍କ ବ୍ୟତୀତ କେନ୍ଦ୍ରାପଡ଼ା ଜମିଦାର ରାଧାଶ୍ୟାମ ନରେନ୍ଦ୍ର ଓ ତାଙ୍କ ଭାଇ ଗୌରୀଶ୍ୟାମ ଜେନା, ଜମିଦାର ଗୋଲକ

ଚନ୍ଦ୍ର ବୋଷ, ବନମାଳୀ ସିଂହ ଓ ଜଗମୋହନ ରାୟ। ମୁଣ୍ଡ ଉପରେ ଯଦିଓ ଅଭୂତ କେଁ କେଁ ଶବ୍ଦ କରି ଟଣା ପଙ୍ଖାଟିଏ ଚାଲିଥିଲା, ଜୁନ୍ ମାସର ଭୀଷଣ ଗରମରେ ସମସ୍ତେ ହାତରେ ଗୋଟିଏ ଗୋଟିଏ ବେଣାଚେରର ହାତ ପଙ୍ଖା ଧରି ବିଞ୍ଚି ହେଉଥିଲେ। ଚପରାସୀ ସେଖ୍ ଜମୀର ସମସ୍ତଙ୍କ ହାତରୁ ଖାଲି ସର୍ବତ ଗ୍ଲାସ ସଂଗ୍ରହ କରୁଥିଲା।

ସମସ୍ତେ ଗୌରୀଶଙ୍କରଙ୍କ ମୁହଁକୁ ଅନାଇଲେ, କାରଣ ଏଇ କଳଟିରୁ କିପରି କାଗଜ ଉପରେ ଛାପା ଅକ୍ଷର ବାହାରିବ କେହି ଧାରଣା କରି ପାରୁ ନଥିଲେ। ପ୍ରେସ ବିଷୟରେ ଯାହା ସବୁ କହିଛନ୍ତି, ଗୌରୀଶଙ୍କର ତାର ବିବରଣୀ ଦେଲେ। କଟକରେ ଯେଉଁ ଗୋଟିଏ ପଥର ଛାପା କଳ ଚାଲୁଥିଲା ସେଇଟି ଥିଲା ଜୋବ୍ରାରେ ଇଷ୍ଟ ଇଣ୍ଡିଆ ଇରିଗେଶନ କମ୍ପାନୀଙ୍କ ପାଖରେ। ଗୌରୀଶଙ୍କର ସେଇଟିକୁ ଯାଇ ଦେଖି ଆସିଥିଲେ। ଛାପା ପାଇଁ ପ୍ରଥମେ ପଥର ଉପରେ ହାତରେ ଲେଖିବାକୁ ହେବ। ଏଥିପାଇଁ ଭଲ ହସ୍ତାକ୍ଷର ଥିବା ଲୋକ ଦରକାର। ପଥର ଉପରେ ଲେଖା ସରିଲେ ତା' ଉପରେ କାଳି ଦେଇ ତା ଉପରେ କାଗଜ ଚଲାଇଲେ ଛାପା ଅକ୍ଷର ବାହାରିବ। ଏ କାମ ପାଇଁ ଜଣେ ଅଭିଜ୍ଞ ଲୋକ ଦରକାର। ଇରିଗେଶନ୍ କମ୍ପାନୀରେ ଏ କାମ କରୁଥିବା ଲୋକ ସହିତ ଗୌରୀଶଙ୍କର କଥାବାର୍ତ୍ତା କରିଥିଲେ ଏବଂ ସେ ଜୁଲାଇ ପହିଲାରୁ ଆସି କଟକ ପ୍ରିଣ୍ଟିଂ କମ୍ପାନୀର କଳ ଚଲାଇବ ବୋଲି ରାଜି ହୋଇଥିଲା।

ତାଙ୍କର ଏ ବିବରଣୀ ଶୁଣିବା ପରେ ସଭା ସ୍ଥିର କଲେ ଯେ ଗୌରୀଶଙ୍କରଙ୍କର ଉଦ୍ୟମ ପାଇଁ ତାଙ୍କୁ ଧନ୍ୟବାଦ ଦିଆଯାଉ ଏବଂ ଇରିଗେଶନ କମ୍ପାନୀର ଲୋକ ପାଖରୁ କାମ ଶିଖିବା ପାଇଁ ଜଣକୁ ନିଯୁକ୍ତ କରାଯାଉ। ଭାଗୀରଥ ସାଠିଆଙ୍କୁ ମାସକୁ ବାରଟଙ୍କା ଦରମାରେ ପ୍ରିଣ୍ଟର ବା ଛାପାକାର କାମରେ ଏବଂ ଭାଗବତ ଦାଙ୍କୁ ମାସକୁ ପାଞ୍ଚଟଙ୍କା ଦରମାରେ ରାଇଟର ବା ଲେଖକ କାମରେ ରଖିବାର ସ୍ଥିର ହେଲା। ଜଗମୋହନ ରାୟଙ୍କୁ ଅନୁରୋଧ କରାହେଲା ଯେ କମ୍ପାନୀର ନିଜର ଘର ହେବା ପର୍ଯ୍ୟନ୍ତ ସେ ତାଙ୍କ ବୈଠକଖାନାରେ ଛାପାକଳ ପାଇଁ ଜାଗା ଦିଅନ୍ତୁ।

ଏବଂ ସବା ଶେଷରେ ସର୍ବସମ୍ମତି କ୍ରମେ ଗୌରୀଶଙ୍କର ରାୟଙ୍କୁ ଅନୁରୋଧ କରାଗଲା ଯେ ସେ ଅତି ଶୀଘ୍ର ପ୍ରିଣ୍ଟିଂ କମ୍ପାନୀରୁ ଉତ୍କଳ ଭାଷାରେ ଏକ ପତ୍ରିକା ପ୍ରକାଶ କରିବାର ପ୍ରୟତ୍ନ କରନ୍ତୁ।

ପୁରୀ: ଜୁଲାଇ ୧୮୬୫

ଜୁଲାଇ ୩ ତାରିଖ ସୋମବାର ଦିନ ଖରାବେଳେ କମିଶନର ଟି.ଇ. ରେଭେନ୍ସାଙ୍କ ଷ୍ଟୀମର ପୁରୀ ସମୁଦ୍ର କୂଳରେ ପହଞ୍ଚିଥିଲା । ସେମାନେ ପୂର୍ବଦିନ କଲିକତାରୁ ବାହାରିଥିଲେ । ପୁରୀରେ ବନ୍ଦରର ବ୍ୟବସ୍ଥା ନ ଥିବାରୁ ଷ୍ଟୀମର କୂଳରୁ କିଛି ଦୂରରେ ରହୁଥିଲା ଏବଂ ଡଙ୍ଗା ନେଇ ତା' ପାଖକୁ ଯାଇ ଯାତ୍ରୀମାନଙ୍କୁ ଆଣିବାକୁ ହେଉଥିଲା । ରେଭେନ୍ସାଙ୍କ ଆସିବା ଖବର ତାର ଯୋଗେ ପହଞ୍ଚିଯାଇଥିଲା ଏବଂ ତାଙ୍କୁ ଆଣିବା ପାଇଁ ବିଚିତ୍ରାନନ୍ଦ ଦାସ ଯାଇଥିଲେ କଟକରୁ । ସମୁଦ୍ର ବାଲି ଉପରେ ପାଲିଙ୍କି ନେଇ ପୁରୀର ପୋଲିସ ସୁପରିନଟେଣ୍ଡେଣ୍ଟ ଲେସି ଓ ଡେପୁଟି କଲେକ୍ଟର ରାମାଶ୍ରୟ ଚ୍ୟାଟର୍ଜୀ ଅପେକ୍ଷା କରୁଥିଲେ । ସମୁଦ୍ରରେ ଷ୍ଟୀମର ଦେଖାଯିବାରୁ ସେମାନେ ଡଙ୍ଗା ନେଇ ଷ୍ଟୀମର ପାଖକୁ ଗଲେ ଏବଂ ରେଭେନ୍ସାଙ୍କୁ ନେଇ କୂଳକୁ ଆସିଲେ ।

ରେଭେନ୍ସା ବିରକ୍ତ ହୋଇ ଚାରିଆଡ଼କୁ ଅନାଇଲେ । ସେ ଆଦୌ ଓଡ଼ିଶା ଆସିବାକୁ ଚାହୁଁ ନଥିଲେ । ତାଙ୍କର ଷୋଳବର୍ଷର ଚାକିରି କଟିଥିଲା ବଙ୍ଗାଳାର ବିଭିନ୍ନ ଜାଗାରେ ଏବଂ କିଛିଦିନ ପାଟନାରେ । ପାଟନାରୁ ଜଜ୍ ହୋଇ ବୀରଭୂମି ଯିବାର ଅଳ୍ପ ଦିନ ଭିତରେ ତାଙ୍କର ପ୍ରମୋଶନ ହେଲା ଏବଂ କଟକକୁ ବଦଳି ହେଲା । ରେଭେନ୍ସା କଲିକତା ଯାଇ ବୋର୍ଡ ଅଫ୍ ରେଭେନ୍ୟୁରେ ତାଙ୍କ କଟକ ନିଯୁକ୍ତି ବିଷୟରେ ପ୍ରତିବାଦ କଲେ । କଟକ ଯିବାର ଅନିଚ୍ଛା ବ୍ୟତୀତ ତାଙ୍କର ପ୍ରତିବାଦର ଆଉ ଗୋଟିଏ କାରଣ ଥିଲା । ତାଙ୍କୁ ଜମିଜମା କାମ ଅପେକ୍ଷା ଜଜ୍ କାମ ବେଶୀ ଭଲ ଲାଗୁଥିଲା ଏବଂ କମିଶନର ଭାବରେ ତାଙ୍କର ଅଧିକ କାମ ରହିବ ଜମିଜମା ବିଷୟକ ।

ବୋର୍ଡ କିନ୍ତୁ ଚାହିଁଲେ ଯେ ସେ ଶୀଘ୍ର ଯାଇ କଟକରେ ଯୋଗ ଦିଅନ୍ତୁ କାରଣ ପୂର୍ବତନ

କମିଶନର ଶୋର ସେତେବେଳକୁ କଟକ ଛାଡ଼ି ସାରିଥିଲେ । ରେଭେନ୍ଶାଙ୍କୁ ବୋର୍ଡ ଅଫିସରେ ଅଫିସିଏଟିଂ କମିଶନର ପଦରେ ଯୋଗ ଦେବାକୁ କୁହାହେଲା ଏବଂ ତାଙ୍କୁ କଥା ଦିଆହେଲା ଯେ ଅଳ୍ପ ଦିନ ଭିତରେ ତାଙ୍କୁ ବଙ୍ଗଳାକୁ ଫେରାଇ ନିଆଯିବ । ମିସେସ ରେଭେନ୍ଶା ତାଙ୍କ ସହିତ କଟକ ଯିବାକୁ ରାଜି ହେଲେ ନାହିଁ ଏବଂ ବିଲାତ ଚାଲିଗଲେ । ବୋର୍ଡ ଅଫିସରେ କିଛିଦିନ ଓଡ଼ିଶା ସମ୍ପର୍କୀୟ କାଗଜପତ୍ର ଦେଖ ରେଭେନ୍ଶା ବର୍ତ୍ତମାନ ଓଡ଼ିଶାରେ ପହଞ୍ଚିଥିଲେ ।

ଓଡ଼ିଶା ବିଷୟରେ ଆଗରୁ କୌଣସି ଧାରଣା ନଥିଲା ରେଭେନ୍ଶାଙ୍କର । ଓଡ଼ିଆମାନେ କି ପ୍ରକାରର ଲୋକ ସେ ବିଷୟରେ ମଧ୍ୟ ଆଗରୁ ଓଡ଼ିଶାରେ କାମ କରିଥିବା ଏବଂ ବର୍ତ୍ତମାନ ବୋର୍ଡରେ ଥିବା ଅଫିସରମାନେ ତାଙ୍କୁ ଅଭୁତ କଥାମାନ କହିଥିଲେ । ବୋର୍ଡ ସଭ୍ୟ କକବର୍ଷ, ଯେ କି ନିଜେ ଆଗରୁ କଟକ କମିଶନର ଥିଲେ, ରେଭେନ୍ଶାଙ୍କୁ ଓଡ଼ିଶାର ଶାସନ ବିଷୟରେ ଅନେକ ଉପଦେଶ ଦେଇଥିଲେ । ଏ ସବୁ ଶୁଣିବା ପରେ ରେଭେନ୍ଶାଙ୍କର ଧାରଣା ହୋଇଯାଇଥିଲା ଯେ ଓଡ଼ିଆମାନେ ଆଦୌ ଭଲ ଲୋକ ନୁହଁନ୍ତି !

ଏ ଧାରଣାରେ ସେ ସମର୍ଥନ ପାଇଥିଲେ ପୁରୁଣା କାଗଜମାନଙ୍କରେ । କଟକର ତଦାନୀନ୍ତନ କଲେକ୍ଟର ୧୮୧୮ ମସିହାର ରିପୋର୍ଟରେ ଲେଖିଥିଲେ, ଭାରତ ବର୍ଷରେ ଇଂରେଜମାନଙ୍କ ଅଧୀନରେ ଯେତେ ଲୋକ ଅଛନ୍ତି, ତା' ମଧ୍ୟରେ ଓଡ଼ିଆମାନେ ହେଉଛନ୍ତି ସବୁଠାରୁ ବେଶୀ ଅଭଦ୍ର ଓ ନିର୍ବୋଧ । ସେହିପରି ଏକ ମତ ଥିଲା ସ୍ଟର୍ଲିଙ୍କର ଓଡ଼ିଶା ବିବରଣୀରେ: ଆବୁଲ୍‌ଫଜଲ ପ୍ରକୃତରେ ଠିକ ଲେଖିଥିଲେ ଯେ ଓଡ଼ିଆମାନେ ଏକ ମାଇଚିଆ ଜାତି; ସେମାନଙ୍କଠାରେ ପୁରୁଷ ସୁଲଭ ସ୍ଫୂର୍ତ୍ତି ନାହିଁ ।

ଏ ସବୁ ପଢ଼ି ଶୁଣି ଏକ କିମ୍ଭୁତ ଧାରଣା ନେଇ ଓଡ଼ିଶା ମାଟିରେ ପାଦ ଦେଲେ ରେଭେନ୍ଶା । ଏଠାରେ ପହଞ୍ଚିବା ସଙ୍ଗେ ସଙ୍ଗେ କେବେ ପୁଣି ଫେରିଯିବେ ସେଇ ଚିନ୍ତାରେ ବ୍ୟସ୍ତ ଥିଲେ ସେ । ସେ ଦିନଟି ପୁରୀରେ ରହି ତାଙ୍କର ପରଦିନ କଟକ ଯିବାର ଥିଲା । ପୁରୀରେ ରହିବାର ବ୍ୟବସ୍ଥା କରାହୋଇଥିଲା କଲେକ୍ଟରଙ୍କ ବଙ୍ଗଳାରେ । ସେତେବେଳେ ପ୍ରଥା ଥିଲା ଯେ ପୁରୀର କଲେକ୍ଟର ଜୁଲାଇରୁ ଅକ୍ଟୋବର ଚାରିମାସ କଟକରେ ରହି ସେହିଠାରେ ଅଫିସ କରୁଥିଲେ, କାରଣ ଏହି ସମୟରେ ପୁରୀରେ ଅସମ୍ଭବ ଗରମ ହେଉଥିଲା । ପୁରୀ କଲେକ୍ଟର ବାର୍ଲୋ ପହିଲା ତାରିଖରୁ କଟକ ଚାଲିଯାଇଥିଲେ ଏବଂ ତାଙ୍କର ଘର ଖାଲିଥିଲା ।

ସେଦିନ ସନ୍ଧ୍ୟାବେଳେ ପୁରୀ ସହର ବୁଲି ଦେଖିଲେ ରେଭେନ୍ଶା । ବର୍ଷା ହୋଇ ରାସ୍ତାଘାଟ ଅତି ଅପରିଷ୍କାର ଓ ଦୁର୍ଗନ୍ଧମୟ ଥିଲା । ଜଗନ୍ନାଥ ମନ୍ଦିର ସିଂହଦ୍ୱାର ପାଖରେ ରେଭେନ୍ଶା ମନ୍ଦିର ଭିତରକୁ ଯିବାକୁ ନାହିଁବାରୁ ତାଙ୍କୁ କୁହାଗଲା ଯେ ସେ ଭିତରକୁ ଯାଇପାରିବେ ନାହିଁ, କିନ୍ତୁ ଏଣେ ଜଣେ ପୁରୋହିତ ଆସି ତାଙ୍କୁ ପଇସା ମାଗିଲା । ହଠାତ୍ ଅସରାଏ ଜୋର ବର୍ଷା ହେବାରୁ ସେ ତିନ୍ତିଗଲେ । ବଡ଼ଦାଣ୍ଡରେ ଗୋଟିଏ କୁଷ୍ଠରୋଗୀ ତାଙ୍କ ପାଦକୁ ଛୁଇଁବ ବୋଲି ଆସିଲା । ସେଦିନ ସନ୍ଧ୍ୟାବେଳେ ବଙ୍ଗଳାକୁ ଫେରିବାରୁ ଖବର ଆସିଲା ଯେ ପୁରୀରାଜା ତାଙ୍କୁ ଦେଖା କରିବାକୁ ଆସିବେ, କିନ୍ତୁ କିଛି ସମୟ ପରେ ଫଳ ଓ ମିଠାଇ ଡାଲା ସହିତ ରାଜା ବୋଲି ଯାହାଙ୍କୁ ତାଙ୍କ ଆଗରେ ହାଜର କରାଗଲା ସେ ଥିଲା ଗୋଟିଏ ଆଠଦଶ ବର୍ଷର ପିଲା !

ଏହିପରି ବିରକ୍ତିକର ପରିସ୍ଥିତିମାନଙ୍କରେ ଗୋଟିଏ ଦିନ ପୁରୀରେ କଟାଇ ପାଲିଙ୍କି ଯୋଗେ ପାଞ୍ଚ ତାରିଖରେ କଟକରେ ପହଞ୍ଚି ନିଜ ଭାଗ୍ୟକୁ, ଓଡ଼ିଶାକୁ ଏବଂ ଅଭଦ୍ର ନିର୍ବୋଧ ଏବଂ ସ୍ତ୍ରୀ ସୁଭଳ ଓଡ଼ିଆମାନଙ୍କୁ ମନେ ମନେ ଗାଲି ଦେଲେ ରେଭେନ୍ଶା ।

କଟକ: ଜୁଲାଇ ୧୮୬୫

ପୁରୀର ଅସହ୍ୟ ଗରମ ଛାଡ଼ି କଟକ ଆସିବାବେଳେ ବାର୍ଲୋ ଭାବିଥିଲେ ସେ ଚାରିମାସ ସମୟ ସର୍କିଟ ହାଉସରେ ଆରାମରେ କଟାଇବେ। କିନ୍ତୁ ରେଭେନ୍ସା କଟକରେ ପହଞ୍ଚିବା ଦିନ ଯେତେବେଳେ ବାର୍ଲୋ ତାଙ୍କୁ ଦେଖା କଲେ, ରେଭେନ୍ସା କହିଲେ, ମୁଁ ବି ତ ଏକା ଅଛି; ତମେ ଆସି ମୋ ପାଖରେ ରହ। ଅନିଚ୍ଛା ସତ୍ତ୍ୱେ ରେଭେନ୍ସାଙ୍କ କଥାମାନି ବାର୍ଲୋଙ୍କୁ ଲାଲବାଗ କମିଶନର ବଙ୍ଗଲାରେ ରହିବାକୁ ହେଲା। ଚାକିରି ଜୀବନରେ ସମସ୍ତେ ଜାଣନ୍ତି ଯେ ଉପରିସ୍ଥ ହାକିମଙ୍କର ଅନୁରୋଧ ଆଦେଶ ସହିତ ସମାନ।

ବାର୍ଲୋ ଯେ ସର୍କିଟ ହାଉସ ଛାଡ଼ି କିମିଶନରଙ୍କ ଘରେ ରହିବାକୁ ଇଚ୍ଛୁକ ନଥିଲେ ତାର ମୂଳ କାରଣ ଥିଲା ଚାକରମାନଙ୍କ ଦୌରାତ୍ମ୍ୟ। ଦେଶୀୟ ଶାସନ ଚଲାଇବା ସହିତ ସାହେବମାନଙ୍କର ଆହୁରି ଗୋଟିଏ ବଡ଼ ଦାୟିତ୍ୱ ରହୁଥିଲା ନିଜ ବଙ୍ଗଲାର ଚାକରମାନଙ୍କୁ ସମ୍ଭାଳିବା। ପିଆଦା, ଚପରାଶି, ସଇସ ବ୍ୟତୀତ ଦରୱାନ, ଖାନସମା, ଭିସ୍ତି, ବେହେରା, ହମାଲ, ମାସାଲଚି ଇତ୍ୟାଦି ଦଳେ ଲୋକ ସବୁବେଳେ ବଙ୍ଗଲା ଭିତରେ ମାଲମାଲ ହେଉଥିଲେ। ତାଙ୍କର ଶଯ୍ୟାଗତା ସ୍ତ୍ରୀ ବିଲାତରେ ରହୁଥିବାରୁ ବାର୍ଲୋଙ୍କୁ ହିଁ ଏମାନଙ୍କ କଥା ବୁଝିବାକୁ ହେଉଥିଲା, ଯଥା ସେମାନଙ୍କୁ ବଜାର ପାଇଁ ପଇସା ଦେଇ ତାର ହିସାବ ନେବା, ସମସ୍ତଙ୍କ ପାଖରୁ କାମ ଆଦାୟ କରିବା ଏବଂ ବିଶେଷରେ ସେମାନଙ୍କ ଭିତରେ ସବୁବେଳେ ଲାଗିଥିବା କଳିର ସମାଧାନ କରିବା। ଚାରିମାସ ସେଥିରୁ ମୁକ୍ତି ମିଳିବ ବୋଲି ଭାବି ଆସିଥିଲେ ବାର୍ଲୋ, କିନ୍ତୁ ରେଭେନ୍ସାଙ୍କ ଘରେ ତାଙ୍କୁ ପୁଣି ସେଇ ଜଞ୍ଜାଳରେ ପଶିବାକୁ ହେଲା।

ରେଭେନ୍ସା ଭଦ୍ର, ମେଳାପି, ଶାନ୍ତଶିଷ୍ଟ ସ୍ୱଭାବର ଥିଲେ ଏବଂ ବାର୍ଲୋଙ୍କୁ ନିଜ ଘରେ ଅତି

ଆଦରରେ ରଖାଇଥିଲେ। ପ୍ରଥମେ କେତେଦିନ କଚେରୀକୁ ନ ଯାଇ ରେଭେନ୍ଶା ଘରେ ଥାଇ ଫାଇଲ୍‍ପତ୍ର ଦେଖୁଥିଲେ ଏବଂ ଘର ସଜାଇବାରେ ବ୍ୟସ୍ତ ଥିଲେ। ତେବେ ବସିବା ଶୋଇବା ଘର ଠିକ୍‍ଠାକ୍ କରିବା ଅପେକ୍ଷା ତାଙ୍କର ଆଗ୍ରହ ଥିଲା ଗୋଟିଏ ହାତ ହତିଆର ରଖିବା ଜାଗା ଠିକ୍ କରିବା। ପଛ ବଗିଚା ପାଖର ଗୋଟିଏ କୋଠରୀରେ ସେ ଟେବୁଲ ପକାଇ ତା'ଉପରେ ଛୁରୀ, ପେଟକସ, ଚିମୁଟାରୁ ଆରମ୍ଭ କରି ହାତୁଡ଼ି, କରତ, ବାରିଶି ପ୍ରଭୃତି ଉପକରଣ ସଜାଇ ରଖିଥିଲେ ଏବଂ ପରେ ସେ ଘରେ ଗୋଟିଏ ଲେଦ୍ ମେସିନ ଆଣି ଖଞ୍ଜିବେ ବୋଲି କହୁଥିଲେ। ସେ ଏଇ କାରଖାନା ଘରେ ବେଶ୍ ସମୟ କଟାଉଥିଲେ ଏବଂ ବର୍ତ୍ତମାନ ଗୋଟିଏ ବହି ଥାକକୁ କାଟି ଛୋଟ କରିବାରେ ବ୍ୟସ୍ତ ଥିଲେ।

ବାର୍ଲୋ। ଏ କଥା ମଧ୍ୟ ଲକ୍ଷ୍ୟ କଲେ ଯେ ଏଠାକାର କାମରେ ଆଦୌ ଆଗ୍ରହ ନଥିଲା ରେଭେନ୍ଶାଙ୍କର। ସେ ବୋଧହୁଏ ଜାଣିଥିଲେ ଯେ ଅଳ୍ପଦିନ ଭିତରେ ତାଙ୍କର ଏଠାରୁ ବଦଲି ହୋଇଯିବ; ସେଥିପାଇଁ ଓଡ଼ିଶାର କାମ ବିଷୟରେ ବେଶୀ ଜାଣିବାର ଆବଶ୍ୟକତା ନଥିଲା। ତାଙ୍କ ମତିଗତିରୁ ଏ କଥା ବେଶ୍ ସ୍ପଷ୍ଟ ଥିଲା। କଟକରେ ପହଞ୍ଚିବାର କେତୋଟି ଦିନ ଭିତରେ ରେଭେନ୍ଶା ବାର୍ଲୋଙ୍କ ଆଗରେ ଓଡ଼ିଶା ମାନଚିତ୍ର ଧରି ବସି ଯୋଜନା କଲେ ଓଡ଼ିଶା ଛାଡ଼ିବା ଆଗରୁ କେତେ ଶୀଘ୍ର କୋଉ କୋଉ ଜାଗାକୁ ଯାଇ ବୁଲି ଦେଖିପାରିବେ।

ଶେଷରେ ଠିକ୍ ହେଲା ଯେ ପ୍ରଥମେ ରେଭେନ୍ଶା ସେସନ୍ କଚେରୀ କରିବାକୁ ବାଲେଶ୍ୱର ଯିବେ, କାରଣ ସେଠାରେ ଅଲଗା ଜଜ୍ ନ ଥିବାରୁ ଏ ଦାୟିତ୍ୱ କମିଶନରଙ୍କର ଥିଲା। ସେଠାରେ ଅନ୍ୟ କାମ ମଧ୍ୟ ଦେଖିବାକୁ ହେବ, ତେବେ ରେଭେନ୍ଶା ରେଭେନ୍ୟୁ ଅପେକ୍ଷା ସେସନ୍ କାମ କରିବାକୁ ଭଲ ପାଉଥିବାରୁ ଖୁସି ହେଲେ। କଟକରେ ପହଞ୍ଚିବା ପରେ ସେଠାରେ ଅଳ୍ପଦିନ ମାତ୍ର ରହି ଜୁଲାଇ ୨୨ ତାରିଖ ଦିନ ରେଭେନ୍ଶା ତିନି ସପ୍ତାହ ଗସ୍ତରେ ବାଲେଶ୍ୱର ବାହାରିଗଲେ।

ଏଇ ସମୟରେ ବାର୍ଲୋଙ୍କ ଦିନଗୁଡ଼ିକ ଆରାମରେ ଥିଲା। ତାଙ୍କର ପ୍ରତିଦିନର କାର୍ଯ୍ୟକ୍ରମ ଥିଲା ଏହିପରି: ସକାଳେ ପାଞ୍ଚଟା ବେଳେ ଉଠି ଘୋଡ଼ା ଚଢ଼ି ପ୍ରାୟ ଦୁଇଘଣ୍ଟା କାଠଯୋଡ଼ି କୂଲେ କୂଲେ ବୁଲିବା; ସେଠାରୁ ଫେରି କଲିକତାରୁ ଆସିଥିବା ଇଂଲିଶମ୍ୟାନ କାଗଜ ପଢ଼ିବା ଓ ତା' ପରେ ଗାଧୋଇ ସାରି ଛୋଟା ହାଜିରି; ଦିନ ଦଶଟାବେଳେ ପୁରୀରୁ ଆସିଥିବା ଡେସପ୍ୟାଚ ବାକ୍ସ ଖୋଲି ସେଠାରୁ ଆସିଥିବା ଫାଇଲ ଓ ଚିଠିପତ୍ର ପଢ଼ି ଆଦେଶ ଲେଖିବା; ବାରଟାବେଳେ ଲଞ୍ଚ ଖାଇ ବିଶ୍ରାମ; ଚାରିଟାବେଳେ ବାରବାଟୀ କିଲ୍ଲା ଭିତରେ ର୍ୟାକେଟ ଖେଳିବା ଏବଂ ସନ୍ଧ୍ୟାରେ ସେଠାରେ ଥିବା ଷ୍ଟେସନ କ୍ଲବକୁ ଯିବା।

କଟକରେ ପାଦ୍ରୀ, ସିଭିଲ ଅଫିସର, ପି.ଡବ୍ୟୁ.ଡି. ଇଞ୍ଜିନିଅର, ଇରିଗେଶନ କମ୍ପାନୀ କର୍ମଚାରୀ ଇତ୍ୟାଦି ହୋଇ ଅନେକ ସାହେବ ଥିଲେ। କଟକ ଓଡ଼ିଶାର ତିନି ଜିଲ୍ଲାର ଡିଭିଜନ ମୁଖ୍ୟାଳୟ ହୋଇଥିବାରୁ ଏଠାକୁ ଅନ୍ୟ ଜାଗାର ସାହେବ ଅଫିସରଙ୍କର ଯିବାଆସିବା ଲାଗି ରହିଥିଲା। ତା ବ୍ୟତୀତ ଏଠାରେ ମାଦ୍ରାଜ ଇନଫ୍ୟାଣ୍ଟ୍ରିର ଗୋଟିଏ ସେନା ରେଜିମେଣ୍ଟ ଥିଲା ଏବଂ ତାର ଛ' ସାତଜଣ ଅଫିସର ପରିବାର ନେଇ କଟକରେ ରହୁଥିଲେ। ଏଥିପାଇଁ କଟକ ଥିଲା ସାହେବମାନଙ୍କ ପାଇଁ ଗୋଟିଏ ଭଲ ଜାଗା। କଟକ ବିଷୟରେ ନ ଜାଣିଥିବାରୁ ସାହେବ ଅଫିସର କଲିକତାରୁ ଏଠାକୁ ଆସିବାକୁ କୁଣ୍ଠିତ ହେଉଥିଲେ; ତେବେ ଥରେ ଏଠାରେ କିଛିଦିନ ରହିବା ପରେ ସେମାନେ କଟକ ଛାଡ଼ିବାକୁ ଚାହୁଁ ନଥିଲେ।

ଚଳିବାପାଇଁ ମଧ୍ୟ କଟକ ଭଲ ସହର ଥିଲା। ଏଠାରେ ଅନେକ ଖୋଲା ଜାଗାଥିଲା।

ଚାଉଳିଆଗଞ୍ଜରେ ଗୋଟିଏ ରେସକୋର୍ସ ଥିଲା ଏବଂ ଘୋଡ଼ାଦୌଡ଼ ହେବାବେଳେ ଏଠାକୁ ବିଜୟନଗର ମହାରାଜା ତାଙ୍କ ଘୋଡ଼ା ପଠାଉଥିଲେ। ପାଖରେ ଗୋଟିଏ ପ୍ୟାରେଡ଼ ପଡ଼ିଆ ଥିଲା ଏବଂ ସେଠାରେ ସନ୍ଧ୍ୟାବେଳେ ବ୍ୟାଣ୍ଡ ବାଜୁଥିଲା। ରାତିରେସବୁ ସାହେବ ଓ ତାଙ୍କର ସ୍ତ୍ରୀ ପିଲାମାନେ କିଲ୍ଲା ଭିତରେ ଥିବା ଷ୍ଟେସନ କ୍ଲବରେ ଏକାଠି ହେଉଥିଲେ। ଏଠାରେ ଅନେକ ରାତିପର୍ଯ୍ୟନ୍ତ ପାନୀୟ ଓ ନାଚଗୀତର ଆମୋଦ ଚାଲୁଥିଲା। କ୍ଲବ ବ୍ୟତୀତ ଆଉ ଯେଉଁ ଜାଗାରେ ସାହେବମାନେ ଭେଟୁଥିଲେ ସେଥିରୁ ଗୋଟିଏ ଥିଲା ଫ୍ରିମାସନ ମତାବଲମ୍ବୀମାନଙ୍କର 'ଲଜ ଷ୍ଟାର ଅଫ୍ ଓଡ଼ିଶା' ର ଘର ଏବଂ ଅନ୍ୟଟି ଯୋବ୍ରା ଇରିଗେଶନ କମ୍ପାନୀର କ୍ଲବ। ଏହିସବୁ ସୁବିଧା ଯୋଗୁ ପୁରୀରୁ କଟକରେ ଆସି ପହଞ୍ଚିଲେ ମନେହେଉଥିଲା ନିତାନ୍ତ ମଫସଲରୁ ସହରକୁ ଆସିବା।

ବାର୍ଲୋଙ୍କ ପାଖକୁ ପୁରୀରୁ ବିଶେଷ କୌଣସି କାମର ଚିଠିପତ୍ର ଆସୁ ନ ଥିଲା। ସେଠାରେ ସବୁଠାରୁ ବଡ଼ ଘଟଣା ରଥଯାତ୍ରା ଏଇ ମାତ୍ର ସୁରୁଖୁରୁରେ ହୋଇ ଯାଇଥିଲା। ପୁରୀ ରାଣୀ ଓ ନାବାଲକ ରାଜା ଆଉ କୌଣସି ସମସ୍ୟା ଉପୁଜାଇ ନଥିଲେ। ତା'ଛଡ଼ା, ପୁରୀର ପୋଲିସ ସୁପରିଟେଣ୍ଡେଣ୍ଟ ଡବ୍ଲ୍ୟୁ.ସି. ଲେସି ଓ ଡେପୁଟି କଲେକ୍ଟର ବାବୁ ରାମାକ୍ଷୟ ଚ୍ୟାଟାର୍ଜୀ ଉଭୟ ଦକ୍ଷ ଅଫିସର ଥିଲେ ଏବଂ ସେମାନଙ୍କ ହାତରେ ପୁରୀ ଜିଲ୍ଲା ସୁରକ୍ଷିତ ଥିଲା।

ବାଲେଶ୍ୱର: ଅଗଷ୍ଟ ୧୮୬୫

ମୋତିଗଞ୍ଜ ବଜାର ଶେଷରେ ଥିବା ଗଡ଼ଗଡ଼ିଆ ପୋଖରୀ ଘାଟ ସାଙ୍ଗମାନଙ୍କୁ ଭେଟିବାପାଇଁ ଏକ ଉତ୍ତମ ସ୍ଥାନ ଥିଲା। ସଦର କାନୁନ୍‌ଗୋ ସୁନ୍ଦର ନାରାୟଣ ରାୟଙ୍କ ଘର ଥିଲା ପୋଖରୀର ପୂର୍ବ ଦିଗରେ ଏବଂ ପଶ୍ଚିମରେ କିଛି ଦୂରରେ ଥିଲା ଫକୀରମୋହନଙ୍କ ଘର। ରାଧାନାଥ ଓ ଫକୀରମୋହନ ପ୍ରାୟ ଏଠାରେ ଭେଟୁଥିଲେ। ଏ ଭିତରେ ତାଙ୍କର ଜଣେ ନୂଆ ସାଙ୍ଗ ହୋଇଥିଲା ମଧୁସୂଦନ ଦାସ। ରାଧାନାଥର ବୟସର ଏଇ ପିଲାଟି କଟକ ଜିଲ୍ଲା ସ୍କୁଲରୁ ଏଣ୍ଟ୍ରାନ୍ସ ପାସ କରି ବାଲେଶ୍ୱର ଜିଲ୍ଲା ସ୍କୁଲରେ ମାଷ୍ଟର ହୋଇ ଯୋଗ ଦେଇଥିଲା। ସେ ବସା ଭଡ଼ାଘର ନେଇଥିଲା ଠିକ୍ ଗଡ଼ଗଡ଼ିଆ ସାମନାରେ।

ସ୍କୁଲ ଛୁଟି ହେଲେ ହିଁ ଫକୀରମୋହନ ଓ ମଧୁସୂଦନ ଏକାଠି ହୋଇ ଯାଉଥିଲେ, କିନ୍ତୁ ବାପାଙ୍କ ଭୟରେ ରାଧାନାଥ ସବୁଦିନେ ସେମାନଙ୍କୁ ଭେଟି ପାରୁ ନଥିଲା। ଦିନେ ଦିନେ ସଞ୍ଜବେଳେ ବାପା ଘରେ ନଥିଲେ ରାଧାନାଥ ଗଡ଼ଗଡ଼ିଆ ଘାଟରେ ସେମାନଙ୍କ ସହିତ ଯୋଗ ଦେଉଥିଲା। ଏଥିପାଇଁ ଫକୀରମୋହନ ଓ ମଧୁସୂଦନ ସବୁବେଳେ ତାକୁ ଠଙ୍ଗା କରୁଥିଲେ।

ଏ ବିଷୟରେ ମଧୁସୂଦନ ତାର ନିଜ କଥା କହୁଥିଲା। ସେ ଏଣ୍ଟ୍ରାନ୍ସ ପାସ କରିବା ପରେ ତା' ବାପା ଚାହୁଁଥିଲେ ଯେ ସେ କଟକ କିଲଟରୀରେ କିରାନୀ ଚାକିରି କରୁ। ମଧୁସୂଦନ ଏଥିରେ ରାଜି ହେଲାନାହିଁ। କାରଣ ସେ ମନ ସ୍ଥିର କରି ନେଇଥିଲା ଯେ ଯେମିତି ହେଉ ଏଫ୍.ଏ.ପଢ଼ିବ ହିଁ ପଢ଼ିବ। ସେରିସ୍ତାଦାର ବିଚିତ୍ରାନନ୍ଦ ମଧୁସୂଦନର ବାପାଙ୍କର ବନ୍ଧୁ ଥିଲେ ଏବଂ ବାପା ତାକୁ ନେଇ ଅନେକ ଥର ବିଚିତ୍ରାନନ୍ଦଙ୍କ ପାଖକୁ ଯାଇଥିଲେ ଚାକିରି କରାଇ ଦେବାପାଇଁ। ମଧୁସୂଦନ କିନ୍ତୁ କିରାଣୀ ଚାକିରି ନ

କରି ବାଲେଶ୍ୱର ଜିଲ୍ଲା ସ୍କୁଲ ଚାକିରି ପାଇବା ମାତ୍ରେ ଘରୁ ପଳାଇ ଆସିଥିଲା। ତାର ଉଦ୍ଦେଶ୍ୟ ଥିଲା କିଛି ପଇସାପତ୍ର ସଂଗ୍ରହ କରି କଲିକତା ଯାଇ ଏଫ.ଏ.ପଢ଼ିବ।

ମଧୁସୂଦନ ମୁଣ୍ଡରେ ସବୁବେଳେ ବଡ଼ବଡ଼ କଥା ଖେଳୁଥିଲା। ଫକୀରମୋହନ ଓ ରାଧାନାଥ ଯେତେବେଳେ ଥାର୍ଡ ମାଷ୍ଟରୁ ସେକେଣ୍ଡ ମାଷ୍ଟର ହେଲେ କେମିତି ୨୦ ଟଙ୍କା। ଅଧିକ ଦରମା ମିଳିବ ସେ ବିଷୟରେ ଚର୍ଚ୍ଚା କରୁଥିଲେ; ମଧୁସୂଦନ କହୁଥିଲା, ଏ ଛୋଟ କଥା ଛାଡ଼। କେମିତି ମାସକୁ ଶହଶହ ହଜାର ହଜାର ଟଙ୍କା। ରୋଜଗାର ହେବ ସେ କଥା ଭାବ।

ସେମାନଙ୍କ ଭିତରେ ଯେଉଁ ବିଷୟରେ ପ୍ରାୟ ଆଲୋଚନା ହେଉଥିଲା ସେଇଟି ଥିଲା ଓଡ଼ିଆ ବଙ୍ଗାଳୀଙ୍କ ସମ୍ପର୍କ ବିଷୟରେ। ଏ ଚର୍ଚ୍ଚା ସମୟରେ ରାଧାନାଥ ଏମାନଙ୍କ ଭିତରେ ଠିକ ମିଶିପାରୁ ନଥିଲା ନିଜେ ବଙ୍ଗାଳୀ ବୋଲି। ଏ ବିଷୟରେ ବେଶୀ ମୁଖର ଥିଲା ମଧୁସୂଦନ ଏବଂ ତାର କାରଣ ଥିଲା।

ମଧୁସୂଦନ କଟକ ସ୍କୁଲରେ ପଢ଼ିବାବେଳେ ଖୁବ୍ କମ ଓଡ଼ିଆ ପିଲା ପାଠ ପଢୁଥିଲେ; ବଙ୍ଗାଳୀ ପିଲା ଥିଲେ ସଂଖ୍ୟାଗରିଷ୍ଠ। ବଙ୍ଗାଳୀ ପିଲାଙ୍କ ପାଇଁ ମଧୁସୂଦନ ମଫସଲିଆ ଥିଲା କାରଣ ସେ ଦେଶୀ ଲୁଗା ଓ ମଫସଲି ମିରଜାଇ ଜାମା ପିନ୍ଧୁଥିଲା ଏବଂ ମୁଣ୍ଡରେ ଲମ୍ବା ବାଳ ରଖି ଚୁଟି ପକାଉଥିଲା। ବଙ୍ଗାଳୀମାନେ ସେତେବେଳକୁ ମିଲ ଲୁଗା ଓ ଇଂରେଜୀ କୁର୍ତ୍ତା ପିନ୍ଧୁଥିଲେ ଓ ଛୋଟବାଳ ରଖୁଥିଲେ ଏବଂ ମଧୁସୂଦନକୁ ଏଥିପାଇଁ ସବୁବେଳେ ପରିହାସ ଶୁଣିବାକୁ ହେଉଥିଲା। ଏପରିକି ଦିନେ ଗୋଟିଏ ବଙ୍ଗାଳୀ ପିଲା କଇଁଚ ଆଣି ତାର ଲମ୍ବା ବାଳକୁ କାଟି ଦେଇଥିଲା।

ଫକୀରମୋହନ ମଧ୍ୟ ବଙ୍ଗାଳୀଙ୍କ ବ୍ୟବହାରରେ ଖପା ଥିଲେ କାରଣ ସେ ବାରବାଟୀ ସ୍କୁଲରେ ଥିଲାବେଳେ ସ୍କୁଲଟି ବଙ୍ଗାଳୀଙ୍କ କବୁଡ଼ ତ୍ରରେ ଥିଲା ଏବଂ ସେମାନେ ଫକୀରମୋହନଙ୍କୁ ନାନା ଭାବେ ହଇରାଣ କରୁଥିଲେ।

ଏସବୁ ବ୍ୟକ୍ତିଗତ କାରଣ ବାହାରେ ମୂଳ କାରଣ ଥିଲା ଯେ ସେତେବେଳେ ଓଡ଼ିଆମାନେ ସ୍କୁଲ କଲେଜରେ ବେଶୀ ସଂଖ୍ୟାରେ ପାଠ ପଢ଼ି ନଥିଲେ, ଇଂରେଜୀ ଶିଖି ନ ଥିଲେ; ସ୍କୁଲର ଶିକ୍ଷକ, କଚେରୀର ଅମଲା ଓ କିରାନୀ ତଥା ଓକିଲ ମୁକ୍ତାର କାମ ସବୁ ବଙ୍ଗାଳୀମାନଙ୍କ ହାତରେ ଥିଲା ଏବଂ ସେମାନେ ଓଡ଼ିଆମାନଙ୍କୁ ନିମ୍ନ ଚକ୍ଷୁରେ ଦେଖୁଥିଲେ।

ଫକୀରମୋହନ ଓ ମଧୁସୂଦନ ଯେତେବେଳେ ଓଡ଼ିଆଙ୍କର ଶିକ୍ଷା ଓ ଉନ୍ନତି ବିଷୟରେ କଥାବାର୍ତ୍ତା କରୁଥିଲେ ରାଧାନାଥ ସେଥିରେ ବିଶେଷ ଭାଗ ନେଉ ନଥିଲା, କିନ୍ତୁ ସାହିତ୍ୟ କଥା ଉଠିଲେ ତାର ଆଖି ଉଜ୍ଜ୍ୱଳ ହୋଇ ଯାଉଥିଲା। ବଙ୍ଗଳା ମାତୃଭାଷା ହେଲେ ହେଁ ସେ ପ୍ରାଚୀନ ଓଡ଼ିଆ ସାହିତ୍ୟ ଅଧ୍ୟୟନ କରିଥିଲା, ମୌଲବୀ ଗୁଲାମ ରସୁଲଙ୍କ ଠାରୁ ଉର୍ଦ୍ଦୁ ଶିଖିଥିଲା ଏବଂ ସଦାଶିବ ନନ୍ଦଙ୍କ ପାଖରୁ ସଂସ୍କୃତ ପଢ଼ିଥିଲା। ମାଇକେଲ ମଧୁସୂଦନ ଦତ୍ତଙ୍କର ଚତୁର୍ଦ୍ଦଶପଦୀ କବିତା ସବୁ ତାର ମୁଖସ୍ଥ ଥିଲା। ସଂସ୍କୃତ କାବ୍ୟମାନ ସେ ସୁନ୍ଦର ସ୍ୱରରେ ଆବୃତ୍ତି କରିପାରୁଥିଲା। ରାଧାନାଥ ତାର ବନ୍ଧୁମାନଙ୍କୁ କହୁଥିଲା କିପରି ବାଲେଶ୍ୱରରେ ଗୋଟିଏ ପାଠାଗାର ସ୍ଥାପିତ ହେଉ। ସୌଭାଗ୍ୟକୁ ସୁନହଟର ବ୍ୟବସାୟୀ ଦାମୋଦର ପ୍ରସାଦ ଦାସ ନିଜ ଘରେ ଗୋଟିଏ ପାଠାଗାର ବସାଇଲେ ଏବଂ ରାଧାନାଥ ନିୟମିତ ସେଠାକୁ ଯିବାକୁ ଲାଗିଲା।

ଅଗଷ୍ଟ ମାସରେ ବାଲେଶ୍ୱରକୁ ଗସ୍ତରେ ଆସିଲେ ନୂଆ କମିଶନର ରେଭେନ୍ସା ଓ ତାଙ୍କ ସାଙ୍ଗରେ

ସେରିସ୍ତାଦାର ବିଚିତ୍ରାନନ୍ଦ । କଲେକ୍ଟରଙ୍କ ଅଫିସରେ ରେଭେନ୍‌ସା ବାଲେଶ୍ୱରର ଜମିଦାରମାନଙ୍କର ଏକ ସଭା ଡକାଇଥିଲେ ସେମାନଙ୍କ ସାଙ୍ଗରେ କୃଷି ମେଳା ବ୍ୟବସ୍ଥା ବିଷୟରେ ଆଲୋଚନା କରିବା ପାଇଁ । ମଧୁସୂଦନ ସେଠାରେ ଯାଇ ବିଚିତ୍ରାନନ୍ଦଙ୍କୁ ଦେଖା କରିବାରୁ ସେ ତାକୁ କିରାନୀ ଚାକିରି କରିବାକୁ ପ୍ରବର୍ତ୍ତାଇଲେ । ବିଚିତ୍ରାନନ୍ଦ କିରାନୀ ଚାକିରିରୁ ଉଠି ଉଠି ବର୍ତ୍ତମାନ ସେରିସ୍ତାଦାରରେ ପହଞ୍ଚିଥିଲେ ଏବଂ କମିଶନରଙ୍କ ଡାହାଣ ହାତ ଭଳି ଥିଲେ । ମଧୁସୂଦନ କିରାନୀ ଚାକିରି ପାଇଁ କିମ୍ବା ତାଙ୍କର ଉପଦେଶ ଶୁଣିବା ପାଇଁ ତାଙ୍କ ପାଖକୁ ଯାଇ ନଥିଲା । ବିଚିତ୍ରାନନ୍ଦଙ୍କର ଜଣେ ଆତ୍ମୀୟ ନୀଳମାଧବ ଦାସ ସେତେବେଳେ କଲିକତା ହାଇକୋର୍ଟରେ କିରାନୀ ଥିଲେ । ମଧୁସୂଦନ ଚାହୁଁଥିଲା ବିଚିତ୍ରାନନ୍ଦ ଗୋଟିଏ ଚିଠି ଲେଖିଦିଅନ୍ତୁ, ତାକୁ ନେଇ ସେ ନୀଳମାଧବଙ୍କ ପାଖକୁ କଲିକତା ଯିବ । ବିଚିତ୍ରାନନ୍ଦ କିନ୍ତୁ ମଧୁସୂଦନକୁ ଅନେକ ପ୍ରକାର ବୁଝାଇ ତା ପାଇଁ ବାଲେଶ୍ୱର ରେଜିଷ୍ଟ୍ରେସନ ଅଫିସରେ ଗୋଟିଏ କିରାନୀ ଚାକିରି କରାଇଦେଲେ । ମଧୁସୂଦନ ସେ ଚାକିରିରେ ଯୋଗଦେଲା, କିନ୍ତୁ ବିଚିତ୍ରାନନ୍ଦଙ୍କ ପାଖରୁ ଗୋଟିଏ ଚିଠି ଲେଖାଇ ପାଖରେ ରଖିଲା, କେତେବେଳେ ଦରକାରରେ ଆସିବ ବୋଲି ।

ପୁରୀ: ସେପ୍ଟେମ୍ବର ୧୮୬୫

ଦିବ୍ୟସିଂହକୁ ଚାକରମାନେ ଆଉ ଧମକାଧମକି କରି ହଇରାଣ କରିପାରୁ ନଥିଲେ। ଦଶବର୍ଷ ବୟସରେ ସେ ବେଶ ସୁସ୍ଥସବଳ ଥିଲା, ଚାକରମାନଙ୍କ ଠାରୁ ବେଶୀ ଅଶ୍ଲୀଳ ଭାଷାରେ ଗାଳି ଦେଇ ପାରୁଥିଲା ଏବଂ ରୂପା ବେଣ୍ଟବାଲା ଗୋଟିଏ ବାଡିରେ ଯାହାକୁ ଇଚ୍ଛା ତାକୁ ପିଟି ପାରୁଥିଲା। ଚାକରମାନେ ଏଥର ତାକୁ ଡରୁଥିଲେ ଏବଂ ମାଡ଼ଖାଇ କୋଉ ଚାକରର ମୁଣ୍ଡ ଫାଟିଛି ବା ହାତ ଭାଙ୍ଗିଛି, ଏଇ ଅଭିଯୋଗମାନ ନିୟମିତ ପହଞ୍ଚୁଥିଲା ସୂର୍ଯ୍ୟମଣିଙ୍କ ପାଖରେ।

ଦିବ୍ୟସିଂହକୁ ପାଠ ପଢ଼ାଇବାର ଅନେକ ଚେଷ୍ଟା କରି ସୂର୍ଯ୍ୟମଣି ଶେଷରେ ସେ ଆଶା ଛାଡ଼ି ଦେଲେ। ଏ ନଅରରେ ରାଜାପୁଅକୁ ପାଠ ପଢ଼ାଇବାର ନିୟମ ବି ଅଭୁତ। ଛାତ୍ର ଚଉକିରେ ବସିଥିବାବେଳେ ବିଚରା ମାଷ୍ଟ୍ରକୁ ଠିଆ ହୋଇ ରହିବାକୁ ହେଉଥିଲା। ଅକ୍ଷର ଶିଖାଇବାକୁ ଯାଇ ମାଷ୍ଟ୍ରକୁ କହିବାକୁ ହେଉଥିଲା, ମଣିମାଙ୍କ ଶ୍ରୀଅଙ୍ଗକୁ ସାବଧାନ; ଶ୍ରୀମୁଖରେ କ ବୋଲିବାକୁ ହେଉ। ମଣିମାଙ୍କ ଶ୍ରୀଅଙ୍ଗକୁ ସାବଧାନ; ଶ୍ରୀମୁଖରେ ଖ ବୋଲିବାକୁ ହେଉ, ଇତ୍ୟାଦି। ଦିବ୍ୟସିଂହର ଶ୍ରୀମୁଖରୁ କିନ୍ତୁ କ ଖ ବଦଳରେ ମାଷ୍ଟ୍ରପାଇଁ ଅଶ୍ଲୀଳ ଗାଳି ବାହାରୁଥିଲା। ପିଲାକୁ ପାଠ ଶିଖାଇ ପାରୁନାହିଁ ବୋଲି ମାଷ୍ଟ୍ର ରାଣୀଙ୍କ ଠାରୁ ମଧ୍ୟ ଭର୍ସନା ଶୁଣୁଥିଲା। ଏଭଳି ପରିସ୍ଥିତିରେ କୌଣସି ପଣ୍ଡିତ ବେଶୀ ଦିନ ଟିଷ୍ଟି ପାରୁ ନଥିଲେ। ଶେଷରେ ଯେଉଦିନ ଦିବ୍ୟସିଂହ ମାଷ୍ଟ୍ର ଉପରକୁ ବାଡି ଉଠାଇଲା, ତା'ପରେ ଟଙ୍କା ଲୋଭରେ ମଧ୍ୟ କେହି ଆଉ ନଅର ଭିତରକୁ ପାଠ ପଢ଼ାଇବାକୁ ଆସିବାକୁ ରାଜି ହେଲେ ନାହିଁ।

ସୂର୍ଯ୍ୟମଣିଙ୍କୁ ଆଉ ଆଜିକାଲି ଭୟ କରୁ ନଥିଲା ଦିବ୍ୟସିଂହ। ସେ ରାଜା ଏ କଥା ତାର ହୃଦବୋଧ ହୋଇ ଯାଇଥିଲା, କାରଣ ରଥଯାତ୍ରା ତଥା ମନ୍ଦିରର ଅନ୍ୟ ପର୍ବପର୍ବାଣିରେ ତାକୁ ସମ୍ମାନ ଦିଆଯାଉଥିଲା।

ସହରକୁ କେହି ବଡ଼ ସାହେବ ଆସିଲେ ତାଙ୍କୁ ନିଶ୍ଚୟ ଡକରା ଆସୁଥିଲା। ଏ ସମୟରେ ଏବଂ ରଥଯାତ୍ରା ବେଳେ ସେ ତାର ଜରି ପୋଷାକ ପିନ୍ଧି ଗର୍ବରେ ଠିଆ ହେଉଥିଲା। ନଅର ଭିତରେ ଥିଲାବେଳେ ବି ସେ ଛାତି ଫୁଲାଇ ଚାଲୁଥିଲା ଏବଂ ଇନ୍ଦ୍ର ଚନ୍ଦ୍ର ମାନୁ ନଥିଲା।

ନଅର ଭିତରେ ତାର ଏକମାତ୍ର ସାଙ୍ଗସାଥୀ ଥିଲେ ଚାକରମାନେ ଏବଂ ଦିବ୍ୟସିଂହ ଭାବିଲା, ଯେ ସେମାନଙ୍କୁ ଆୟତ୍ତରେ ରଖିବାକୁ ହେଲେ ତାକୁ ବଳୁଆ ହେବାକୁ ହେବ। ଏଥିପାଇଁ ସେ ବ୍ୟାୟାମ ଆଡ଼କୁ ମନଦେଲା ଏବଂ ନଅର ଭିତରକୁ ଜେଗାଘର ପିଲାଙ୍କୁ ଡାକି କୁସ୍ତି କସରତ ଅଭ୍ୟାସ କଲା। ଏ ବିଷୟରେ ତାର ଗୁରୁ ହେଲା ନଅରର ହିନ୍ଦୁସ୍ତାନୀ ଚାକର ଉପାଧ୍ୟାୟ। ଉପାଧ୍ୟାୟର ପରାମର୍ଶରେ ନଅର ପାଚେରୀ ପାଖରେ ଖଣ୍ଡେ ଜାଗାର ମାଟି ଖୋଳା ହୋଇ ସେଠାରେ କୁସ୍ତିର ଆଖଡ଼ା ତିଆରି ହେଲା। ଠିକ୍ ହେଲା ଯେ ଭଲ ଦିନ ଦେଖି ଦିବ୍ୟସିଂହ ସେଠାରେ ଅଭ୍ୟାସ ଆରମ୍ଭ କରିବ।

ଏହାର କିଛି ଦିନ ପରେ ଭାଦ୍ରବ ଶୁକ୍ଳ ଦ୍ୱାଦଶୀ ଦିନ ସୁନିଆ ପଡ଼ିଲା ଏବଂ ନୂଆ ଅଙ୍କ କଟା ହେଲା। ମଠା ଲୁଗା ପିନ୍ଧି ଦିବ୍ୟସିଂହ ସକାଳର ପୂଜାରେ ଯୋଗଦେଲା ଏବଂ ପୂଜା ପାର୍ବଣ ସରିବା ପରେ ସେ ଗୋଟିଏ ତାଳପତ୍ରରେ ଲେଖି ରାଜଗୁରୁ ଘୋଷଣା କଲେ ଯେ ଆଜିଠାରୁ ବୀରଶ୍ରୀ ଗଜପତି ଇତ୍ୟାଦି ଶ୍ରୀଶ୍ରୀଦିବ୍ୟସିଂହ ଦେବଙ୍କ ନ ଅଙ୍କ ଆରମ୍ଭ ହେଲା। ସୁନିଆ ଦିନମାନଙ୍କରେ ଦିବ୍ୟସିଂହ ଖୁସି ହେଉଥିଲା କାରଣ ତାକୁ ସେ ଦିନ ରାଜା ହୋଇଥିବାର ଗୌରବ ମିଳୁଥିଲା।

ସେଦିନ ଉପରବେଳା ନୂଆ ତିଆରି ହୋଇଥିବା ଜାଗାରେ ଦିବ୍ୟସିଂହ ତାର ମଠା ପୋଷାକ ଓହ୍ଲାଇ ଲେଙ୍ଗୁଟି ପିନ୍ଧି କୁସ୍ତି ଶିଖିବାକୁ ଗଲା। ସେଠାରେ ମୁହୂର୍ତ୍ତକରେ ଜେଗାଘରର ଓସ୍ତାଦ ଟୋକା ତାକୁ ଚିତ୍‌କରି ତଳେ ପକାଇଦେଲା। ଶୁଖିଲା ମାଟି ଉପରେ ପଡ଼ି ଦିବ୍ୟସିଂହ ଉଃ ଆଃ କଲା, ଉଠି ପଡ଼ି ଜେଗାଘର ଟୋକାକୁ ଚାପୁଡ଼ାଏ ପକାଇଲା ଏବଂ ଉପାଧ୍ୟାୟକୁ ଗାଳି ଦେଲା। ଉପାଧ୍ୟାୟ ନିଜେ ମାଟି ଉପରେ ପଡ଼ିଯାଇ କହିଲା, ମଣିମା, ମାଟିକୁ ଆହୁରି ନରମ କରିବାକୁ ହେବ।

ଦିବ୍ୟସିଂହ କହିଲା, ଯା ଶଳା, ପାଣି ଆଣି ଚକଟ ଦାକୁ।

କାମକୁ ଟାଳି ଦେବାପାଇଁ ଉପାଧ୍ୟାୟ କହିଲା, ମଣିମା ଏଥିକୁ ବର୍ଷା ପାଣି ଲୋଡ଼ା।

ଉପାଧ୍ୟାୟ ସହିତ ଦିବ୍ୟସିଂହ ଆକାଶକୁ ଅନାଇଲା। ଆକାଶରେ ଛୋଟ ଛୋଟ ମେଘ ଭାସି ବୁଲୁଥିଲେ। ଉପାଧ୍ୟାୟ କହିଲା, ଏଇ ବର୍ଷା ହେଲା ବୋଲି ଜାଣ।

କେମିତି ବର୍ଷା ପାଣି ପଡ଼ିଲେ କୁସ୍ତି ଆଖଡ଼ାରେ ମାଟି ଚକଟା ହେବ, ସେଇ ଆଶାରେ ଦିବ୍ୟସିଂହ ବସି ରହିଲା। ସେଦିନ କିନ୍ତୁ ବର୍ଷା ହେଲାନାହିଁ।

ତା'ପରଦିନ ଦିବ୍ୟସିଂହ ବର୍ଷାକୁ ଜଗି ବସିଲା, କିନ୍ତୁ ସେଦିନ ବି ବର୍ଷା ହେଲାନାହିଁ। ତା'ପରଦିନ ବି ନୁହେଁ; ତା ପରଦିନ ବି ନୁହେଁ।

କଟକ: ଅକ୍ଟୋବର ୧୮୬୫

ମାତ୍ର କେତୋଟି ଦିନରେ ପୁଣି ପୁରୀକୁ ଫେରିଯିବାକୁ ହେବ ଭାବି ବାର୍ଲୋ ବିରସ ଥିଲେ। ଅନେକ ଦିନ ହେଲା ସ୍ତ୍ରୀଙ୍କ ପାଖରୁ ଚିଠି ଆସି ନଥିଲା। ତା' ବ୍ୟତୀତ, ଗତ କେତେଦିନ ଧରି ଆସୁଥିବା ପୋଲିସ ରିପୋର୍ଟ ସବୁ କିଛି ସୁବିଧାର ନଥିଲା। ଖବର ସବୁ ଥିଲା ସେପ୍ଟେମ୍ବର ମଝିରୁ ଆଉ ବର୍ଷା ନ ହେବାରେ ଜିଲ୍ଲାରେ ଶସ୍ୟହାନିର ଆଶଙ୍କା। ଏବଂ ତାର ଫଳ ସ୍ୱରୂପ ଧାନଚାଉଳର ଦରଦାମ ବୃଦ୍ଧି ଓ ବଜାରକୁ ଶସ୍ୟ ନଆସିବା।

ଅନ୍ୟ ବର୍ଷମାନଙ୍କରେ ଏଇ ସମୟରେ ଚାଉଳ ଦର ତିରିଶ ସେର ଥିବାସ୍ତଲେ ଖୋର୍ଦ୍ଧା ସବ୍‌ଡ଼ିଭିଜନରେ ବର୍ତ୍ତମାନ ଚାଉଳ ମିଳୁଥିଲା ଟଙ୍କାରେ ମାତ୍ର ଦଶ ସେର। ଗୋପ ଥାନାରେ ଗାଁ ଗାଁ ଧରି ଚାଉଳ ମିଳୁ ନଥିଲା; ପାଣ ଓ ବାଉରି ପ୍ରଭୃତି ନିମ୍ନଶ୍ରେଣୀର ଲୋକମାନେ ଜଙ୍ଗଲ ଚେରମୂଳ ଖାଇ ବଞ୍ଚିଥିଲେ। ମାଣ୍ଡିଆ ଦାମ ଟଙ୍କାକୁ ବାର ସେର ହୋଇଯାଇଥିଲା; ଧୋବଧାଉଳିଆ ଲୋକେ ମଧ ମାଣ୍ଡିଆ ଖାଇବା ଆରମ୍ଭ କରିଥିଲେ। ଗୋପ ଅଞ୍ଚଲରୁ ଅନେକ ଲୋକ କାମ ପାଇଁ କଟକ ପଲାଇ ଯାଇଥିଲେ। ଶ୍ରୀଚନ୍ଦନପୁର ଗାଁରେ ଥାନା ଇନ୍‌ସପେକ୍ଟରକୁ ସେରେ ବି ଚାଉଳ କିଣିବାକୁ ମିଳିଲା ନାହିଁ। ଲତାହରଣ ହାଟରେ ସବୁବେଲେ ଚାଉଳର କାରବାର ଥାଏ, କିନ୍ତୁ ପନ୍ଦର ଦିନ ହେଲା ସେଠାକୁ ଚାଉଳ ଆସି ନଥିଲା। ପୁରୀର ଅନେକ ଲୋକ ସହରରେ ଚାଉଳ ମିଳୁ ନଥିବା ବିଷୟରେ ଅର୍ଜି ଦେଇଥିଲେ।

ଏ ସବୁ ରିପୋର୍ଟ ବ୍ୟତୀତ ବାବୁ ରାମାକ୍ଷୟଙ୍କ ପାଖରୁ ଗୋଟିଏ ଦୀର୍ଘ ଚିଠି ଆସିଥିଲା, ଯାହାକୁ ହାତରେ ଧରି ବାର୍ଲୋ ରେଭେନଶାଙ୍କ ଅପେକ୍ଷାରେ ବସିଥିଲେ।

ପୁରୀ
୨୫ ଅକ୍ଟୋବର ୧୮୬୫

ମହାଶୟ,

ଯଥାମାନ୍ୟ ସହ ଜଣାଉଛି ଯେ ଗତକାଲି ମୁଁ ଆପଣଙ୍କ ପାଖକୁ ଗୋଟିଏ ଦରଖାସ୍ତ ପଠାଇଥିଲି ଯେଉଁଥିରେ ଅନେକ ଲୋକ ପୁରୀରେ ଚାଉଳ ନ ମିଲିବା ବିଷୟରେ ଅଭିଯୋଗ କରିଥିଲେ। ଦରଖାସ୍ତରେ ବର୍ଣ୍ଣିତ ପରିସ୍ଥିତି ନିତାନ୍ତ ସତ୍ୟ ଏବଂ ତାକୁ ଅସ୍ୱୀକାର କରିହେବନାହିଁ। ମୋ ପାଖକୁ ବିଶ୍ୱସ୍ତ ଖବର ଆସିଛି ଯେ ଚାଉଳ ନ ମିଲିବାରୁ ମଫସଲର ବାସିନ୍ଦାମାନେ ଫଳମୂଳ ଉପରେ ନିର୍ଭର କରି ବଞ୍ଚିଛନ୍ତି। ଅନେକ ଗରିବ ଲୋକ ଘରଦ୍ୱାର ଛାଡ଼ି ସ୍ତ୍ରୀ ପିଲା ନେଇ କଟକକୁ ଯାଉଛନ୍ତି ସେଠାରେ ଇରିଗେଶନ କମ୍ପାନୀରେ କାମ ପାଇବା ଆଶାରେ। କାଲି ମୋ ପାଖକୁ ପୁରୀ ଡିଭିଜନରୁ ଗୋଟିଏ ଚୋରି କେସର ଚାଲାଣ ଆସିଥିଲା; ଆସାମୀ ଦି ଜଣଙ୍କୁ ପଚାରିବାରୁ ସେମାନେ ସିଧାସଳଖ କହିଲେ ଯେ ପିଲାକବିଲା ସମେତ ତିନିଦିନ ଉପାସ ରହିବା ପରେ ସେମାନେ ତାଙ୍କ ପଡ଼ିଶାର ଧାନ ଚୋରି କରିଥିଲେ, କାରଣ ତା ପାଖରେ ପ୍ରଚୁର ଧାନ ଥିଲା ଏବଂ ସେ ସେଥିରୁ ତାଙ୍କୁ କିଛି ଦେବାକୁ ପ୍ରସ୍ତୁତ ନଥିଲା।

ସହରର ଗଞ୍ଜାମାନଙ୍କରେ ଯଦିଓ ପ୍ରଚୁର ଚାଉଳ ଅଛି ଏବଂ ମଫସଲର କେତେ ଅଞ୍ଚଳରୁ ପ୍ରତିଦିନ ଚାଉଳ ଆସୁଛି, ଚଢ଼ା ଦାମ ଯୋଗୁ ଲୋକେ ଅତି ଦୁଃଖ କଷ୍ଟରେ ଅଛନ୍ତି। ଗଲା କାଲି ଗଞ୍ଜାବାଲାମାନେ ସେରକୁ ତିନିଅଣାରେ ଚାଉଳ ବିକିଲେ। ଯଦି ଆସନ୍ତା ତିନିଚାରି ଦିନ ଭିତରେ ବର୍ଷା ନହୁଏ, ତେବେ ସେମାନେ ନିଜ ଇଚ୍ଛାନୁସାରେ ଦାମ ଆହୁରି ବଢ଼ାଇଦେବେ ଏବଂ ଜିଲ୍ଲାରେ ନିଶ୍ଚୟ ଦୁର୍ଭିକ୍ଷ ପଡ଼ିଯିବ। ଏପରି ଅବସ୍ଥାରେ ସରକାର ପକ୍ଷରୁ କାର୍ଯ୍ୟକ୍ଷେପ ନିତାନ୍ତ ଆବଶ୍ୟକ।

ଆହୁରି ଦୁଃଖର ବିଷୟ ଯେ ବର୍ତ୍ତମାନ ଜେଲରେ ଚାଉଳ ନାହିଁ ଏବଂ ମୁଁ ଜାଣି ପାରୁନାହିଁ ଅଶିରୁ ବେଶୀ କୟେଦୀଙ୍କ ପାଇଁ କେଉଁଠାରୁ ଚାଉଳ ଯୋଗାଡ଼ କରିବି। କିଛି କୟେଦୀଙ୍କୁ ଆଜି କଟକ ଜେଲକୁ ପଠାଇବାର ଆଦେଶ ହୋଇଛି। ତେବେ ଆମ ପାଖରେ ଆହୁରି ଅନେକ କୟେଦୀ ଅଛନ୍ତି ଏବଂ ଏଇ ଅଭାବ ସମୟରେ ପ୍ରତିଦିନ ଆହୁରି କୟେଦୀ ଆସିବାର ସମ୍ଭାବନା ଅଛି।

ମୋ ଜାଣିବାରେ ମଠଧାରୀ ଏବଂ ଅନେକ ଜମିଦାରଙ୍କ ଗୋଦାମରେ ପ୍ରଚୁର ଚାଉଳ ଅଛି; ଏତେ ଚାଉଳ ଅଛି ଯେ ସେମାନେ ଜିଲ୍ଲାକୁ ଦି ବର୍ଷ ଚାଉଳ ଯୋଗାଇ ପାରିବେ, କିନ୍ତୁ ସରକାର ନ କହିଲେ ସେମାନେ ତା' କରିବେ ନାହିଁ।

ଏ ସବୁ ଆପଣଙ୍କର ଦୃଷ୍ଟିଗୋଚର କରାଇ ମୁଁ ଆଶା କରୁଛି ଯେ ଏହି ଭୟଙ୍କର ଅବସ୍ଥାକୁ ସୁଧାରିବା ପାଇଁ ସରକାର ଶୀଘ୍ର ପଦକ୍ଷେପ ନେବେ।

ଆପଣଙ୍କର ବିନୀତତମ ଭୃତ୍ୟ
ରାମାକ୍ଷୟ ଚାଟାର୍ଜୀ

ପୁନଶ୍ଚ; ଉପରଲିଖିତ ଚିଠି ଲେଖୁବାବେଲେ ଏଠାର ବାସିନ୍ଦା ଓ ପୋଲିସ ଅଫିସର ମୋ ପାଖକୁ ତିନୋଟି ଦରଖାସ୍ତ ଆଣିଛନ୍ତି। ଏଥିରେ ଦୁଇଟି ତାଲିକା ଅଛି ଯେଉଁଥିରେ ଗୋଦାମରେ ଚାଉଳ ରଖୁଥିବା ମଠଧାରୀମାନଙ୍କର ନାଁ ଅଛି। ଲୋକମାନେ ଅତି କରୁଣ ଭାବରେ ନିଜ ଦୁଃଖ ବର୍ଣ୍ଣନା କରିଛନ୍ତି। ମୁଁ ଭାବୁଛି ବର୍ତ୍ତମାନ ଏ ଏକ ଅତି ସଂକଟମୟ ସମୟ ଏବଂ ଏଠାରେ ଆପଣଙ୍କର ହସ୍ତକ୍ଷେପ ଆବଶ୍ୟକ। ମୋ ଆଗରେ ଏବେ ଇନ୍ସ୍ପେକ୍ଟର ସାଧୁ ସିଂହ କହୁଛନ୍ତି ଯେ ତାଙ୍କୁ ଆଜି ସକାଲେ ମଣିରାମଗଞ୍ଜକୁ ଯାଇ ଶାନ୍ତିରକ୍ଷା କରିବାକୁ ହୋଇଥିଲା, କାରଣ ସେଠାରେ ଚାଉଳ ନେବାକୁ ଲୋକ ଜମା ହୋଇଥିଲେ।

ରେଭେନ୍ଶା ପ୍ରସ୍ତୁତ ହୋଇ ବାହାରିବାରୁ ବାର୍ଲୋ ତାଙ୍କୁ ସୁସ୍ପଷ୍ଟରେ ପୁରୀ ଜିଲ୍ଲାରେ ଚାଉଳର ଅଭାବ ଇତ୍ୟାଦି କଥା କହିଲେ, କିନ୍ତୁ ରେଭେନଶାଙ୍କର ଏ ବିଷୟରେ କୌଣସି ମନୋଯୋଗ ଥିବାର ଜଣାଗଲା ନାହିଁ । ସେ ବରଂ ବାର୍ଲୋଙ୍କୁ ତାଙ୍କର ବାଲେଶ୍ୱର ଗସ୍ତ ଏବଂ କୃଷିମେଳାର ବନ୍ଦୋବସ୍ତ ବିଷୟରେ କହିଲେ । ତାଙ୍କୁ ରାମାକ୍ଷୟଙ୍କ ଚିଠି ପଢ଼ିବାକୁ ଦେବାରେ କହିଲେ, ତମେ ଗୋଟିଏ ରିପୋର୍ଟ ଲେଖ୍ଦିଅ; ମୁଁ ତାକୁ କଲିକତା ପଠାଇଦେବି ।

ରେଭେନଶାଙ୍କ ସହିତ ଆଲୋଚନାରେ ଏଭଳି ସମ୍ପୂର୍ଣ୍ଣ ବିଫଳ ହୋଇ ବାର୍ଲୋ ରାମାକ୍ଷୟଙ୍କ ଚିଠିର ଜବାବ ଲେଖ୍ବସିଲେ ।

ସେଦିନ ସନ୍ଧ୍ୟାରେ ରେଭେନଶାଙ୍କ ସହିତ କ୍ଲବକୁ ନ ଯାଇ ବାର୍ଲୋ ଠିକ୍ କଲେ ରେଭରେଣ୍ଡ ଜନ ବକଲିଙ୍କୁ ଭେଟି ଏ ବିଷୟରେ କଥାବାର୍ତ୍ତା କରିବେ । ବକଲି କୋଡ଼ିଏ ବର୍ଷରୁ ବେଶୀ ଓଡ଼ିଶାରେ ଥିଲେ, ଭଲ ଓଡ଼ିଆ କହୁଥିଲେ ଏବଂ ଓଡ଼ିଶା ମିଶନର ସେକ୍ରେଟାରୀ ଥିଲେ । ସେ ଅତି ଗମ୍ଭୀର ପ୍ରକୃତିର ଥିଲେ ଏବଂ ବାର୍ଲୋଙ୍କ କଥା ମନୋଯୋଗର ସହିତ ଶୁଣିଲେ । ବକଲିଙ୍କ ମଣ୍ଡଳୀରେ ପ୍ରାୟ ତିନିଶହ ଖ୍ରୀଷ୍ଟିଆନ ଚାଷୀ ଥିଲେ ଯାହାଙ୍କ ସହିତ ତାଙ୍କର ନିୟମିତ ଯୋଗଯୋଗ ଥିଲା । ଗତମାସ ଠାରୁ ସେ ଫସଲ ହାନିର ସୂଚନା ପାଇଥିଲେ ଏବଂ ବର୍ତ୍ତମାନ ନିଃସନ୍ଦେହ ଥିଲେ ଯେ ଏକ ଭୟଙ୍କର ବିପତ୍ତି ଆସି ପଡିଲାଣି । ସେଇଦିନ ସକାଳେ ହିଁ ସେ ଇଂଲଣ୍ଡରେ ଥିବା ମିଶନ ସୋସାଇଟି ପାଖକୁ ଏଇ ମର୍ମରେ ଗୋଟିଏ ଚିଠି ଦେଇଥିଲେ ।

ତାଙ୍କ ଘରୁ ଫେରି ବାର୍ଲୋ କ୍ଲବକୁ ଗଲେ । ସେଠାରେ କଟକ କଲେକ୍ଟର ଡବଲ୍ୟୁ.ଜେ.ମନି ଓ ଏସ୍.ପି.କ୍ୟାପଟେନ ଜି.ବି.ଫିଶର ଉଭୟ ଉପସ୍ଥିତ ଥିଲେ । ବାର୍ଲୋ ଭାବିଥିଲେ ଯେ ସେ ସେମାନଙ୍କଠାରୁ ଫସଲ ଅବସ୍ଥା ବିଷୟରେ କିଛି ଖବର ପାଇବେ । କିନ୍ତୁ ଉଭୟେ ପଲ୍ଲବଗ୍ରାହୀ ପ୍ରକୃତିର ଲୋକ ଥିଲେ ଏବଂ ବାର୍ଲୋଙ୍କୁ ସିଧା କହିଲେ ଯେ ସେମାନେ ଅଫିସ କଥା ବର୍ତ୍ତମାନ ଆଲୋଚନା କରିପାରିବେ ନାହିଁ ।

ପରଦିନ ଅନ୍ୟମାନଙ୍କ ସହିତ କଥାବାର୍ତ୍ତା କରି ବାର୍ଲୋ ଜାଣିଲେ ଯେ କଟକ ଖବର ମଧ ବିଶେଷ ଆଶ୍ୱାସନା ଜନକ ନୁହେଁ । କଟକରେ ଚାଉଳ ଦର ହୋଇଯାଇଥିଲା ଟଙ୍କାକୁ ଆଠ ସେର । ଚାଉଳ କିଣିବାକୁ ଏତେ ଲୋକ ଜମା ହେଉଥିଲେ ଯେ ୨ ଥ ତାରିଖ ଦିନ ଚାଉଳ ବଜାର ବନ୍ଦ ହୋଇ ଯାଉଥିଲା । ଯେଉଁ ଗୋଟିଏ ଦୋକାନ ଖୋଲା ଥିଲା, ସେଠାରୁ ଲୋକମାନେ ପଇସା ନ ଦେଇ ଛଡ଼ାଛଡ଼ି ହୋଇ ଚାଉଳ ନେଇଯାଉଥିଲେ । ଯେଉ ଦୋକାନରେ ପୋଲିସ ସାହାଯ୍ୟରେ ବିକ୍ରି କରା ହେଉଥିଲା, ସେଠାରେ ପୋଲିସବାଲା ନିଜ ଲୋକମାନଙ୍କୁ ଚାଉଳ ଦିଆଇ ଦେଉଥିଲେ ଏବଂ ଅନ୍ୟମାନେ ଚାଉଳ ପାଉ ନଥିଲେ । କଟକ କ୍ୟାଣ୍ଟନମେଣ୍ଟରେ ଫୌଜିମାନଙ୍କ ପାଇଁ ଚାଉଳ ନଥିଲା ଏବଂ କଟକର ଓକିଲମାନେ ଚାଉଳ ସମସ୍ୟା ବିଷୟରେ ଜଜ୍ଙ୍କ ପାଖରେ ଦରଖାସ୍ତ କରିଥିଲେ ।

କଟକ ପରିସ୍ଥିତି ପ୍ରକୃତରେ ଖରାପ ଥିଲା ।

ପୁରୀ: ଅକ୍ଟୋବର ୧୮୬୫

ରାମାକ୍ଷୟ ଅଫିସରେ ପହଞ୍ଚିଲା ବେଳକୁ ସେଠାରେ ଛୋଟକାଟର ଭିଡ଼ ଜମିଥିଲା। ଭିଡ଼ ଭିତରେ ସେ ଚାଉଳ ବେପାରୀ ଓ ଏମାର ମଠର ଦୁଃଖୀଶ୍ୟାମଙ୍କୁ ଚିହ୍ନିଲେ। ତାଙ୍କ ପଛେ ପଛେ ସମସ୍ତେ ତାଙ୍କ କୋଠରୀ ଭିତରକୁ ପଶିଲେ ଏବଂ ରାମାକ୍ଷୟ ବସିବାରୁ ଦୁଃଖୀଶ୍ୟାମ ତାଙ୍କ ଟେବୁଲ ଉପରେ ଗୋଟିଏ ଚାବିଗୋଛା ରଖିଦେଇ ଏକସ୍ୱରରେ କହିଲେ, ଆପଣ କୁଆଡ଼େ କହୁଛନ୍ତି ଆମ ଗୋଦାମରେ ଚାଉଳ ଭର୍ତ୍ତି ହୋଇ ରହିଛି; ଆପଣ ନିଜେ ଆସି ସତ କଥା ଦେଖନ୍ତୁ।

ଯେତେ ମନାକଲେ ବି ସେମାନେ ତାଙ୍କୁ ବାଧ୍ୟ କଲେ ଯେ ସେ ନିଜେ ଯାଇ ସମସ୍ତଙ୍କ ଗୋଦାମ ଦେଖନ୍ତୁ। ପାଲିଙ୍କି ନେଇ ରାମାକ୍ଷୟ ପ୍ରଥମେ ଏମାର ମଠ ଗୋଦାମକୁ ଗଲେ। ସେଠାରୁ ସେମାନେ ତାଙ୍କୁ ନେଇ ଶ୍ରୀରାମଦାସ ମଠ, ରାଘବଦାସ ମଠ ଇତ୍ୟାଦିର ଗୋଦାମ ଦେଖାଇଲେ। ପ୍ରକୃତରେ କୌଣସି ଗୋଦାମରେ ବେଶୀ ପରିମାଣରେ ଚାଉଳ ନଥିଲା। ସେମାନଙ୍କ ଗୋଦାମରେ ଯେ ଚାଉଳ ଭର୍ତ୍ତି ହୋଇନାହିଁ ଏକଥା ଦେଖାଇ ସାରିବା ପରେ ଦୁଃଖୀଶ୍ୟାମ କହିଲେ, ଯଦିଓ ଆମ ପାଖରେ ବେଶୀ ଚାଉଳ ନାହିଁ, ଆମେ ତାକୁ ଠିକ ଦାମରେ ବିକ୍ରି କରିବାକୁ ରାଜି ଅଛୁ। ତେବେ ପୋଲିସ ବନ୍ଦୋବସ୍ତ ନ ହେଲେ ବିକ୍ରି କରିବା ସମ୍ଭବ ନୁହେଁ।

ରାମାକ୍ଷୟ କହିଲେ, ଚିନ୍ତା ନାହିଁ, ମୁଁ ଛିଡ଼ା ହୋଇଛି, ବିକ୍ରି ଆରମ୍ଭ ହେଉ। ତାଙ୍କ ସାମନାରେ ବଡ଼ଦାଣ୍ଡ ଗୋଦାମରୁ ଟଙ୍କାକୁ ଚଉଦ ସେର ଦରରେ ଚାଉଳ ବିକ୍ରି ଆରମ୍ଭ ହେଲା, ଯଦିଓ ପୂର୍ବଦିନ ବଜାର ଦର ଥିଲା ପାଞ୍ଚ ସେର। ଏ ବିକ୍ରି ଖବର ଏତେ ଶୀଘ୍ର କେମିତି ଲୋକଙ୍କ ପାଖରେ ପହଞ୍ଚିଲା କେଜାଣି, ଗୋଦାମ ସାମନାରେ ପ୍ରାୟ ଶହେ ଲୋକଙ୍କର ଭିଡ଼ ଜମିଗଲା। ଏତେ ଭିଡ଼ରେ ଆଉ ଚାଉଳ

ବିକ୍ରି କରିବା ସମ୍ଭବ ହେଲାନାହିଁ ଏବଂ ବାଧ୍ୟ ହୋଇ ବିକ୍ରି ବନ୍ଦ କରାହେଲା। ରାମାକ୍ଷୟ ଖବର ପଠାଇ ଇନ୍‌ସ୍‌ପେକ୍ଟର ସାଧୁ ସିଂହଙ୍କୁ ଡକାଇଲେ ଓ ବରକନ୍ଦାଜ ମଗାଇଲେ। ଲୋକମାନଙ୍କୁ ସାମାନ୍ୟ ଆୟତ୍ତରେ ଆଣି ପୁଣି ଚାଉଳ ବିକ୍ରି ଆରମ୍ଭ ହେଲା। ତେବେ ମାତ୍ର ଦୁଇଘଣ୍ଟା ଭିତରେ ସେ ଦିନ ପାଇଁ ବାହାର କରିଥିବା ଚାଉଳ ସବୁ ବିକ୍ରି ହୋଇଗଲା ଏବଂ ଅଧା ଲୋକଙ୍କୁ ଚାଉଳ ନ ପାଇ ଖାଲି ହାତରେ ପାଟିତୁଣ୍ଡ କରି ଫେରିବାକୁ ହେଲା।

ଅଫିସକୁ ଫେରି ରାମାକ୍ଷୟ ସାଧୁ ସିଂହକୁ ବସାଇ ଚାଉଳ କିପରି ଭାବରେ ବିକ୍ରି କରାହେବ ତାର ଏକ ଯୋଜନା କଲେ। ଠିକ୍ ହେଲା ଯେ ପରଦିନଠାରୁ ସବୁ ମଠ ଓ ବେପାରୀମାନେ ଚାଉଳ ବିକ୍ରି କରିବେ ଏବଂ ସବୁ ଚାଉଳ ବିକ୍ରି ଜାଗାରେ ପୋଲିସ ମୃତୟନ ହେବ।

ଏଇ ସମୟରେ ରାମାକ୍ଷୟଙ୍କ ପାଖରେ ବାର୍ଲୋଙ୍କ ଚିଠି ଆସି ପହଞ୍ଚିଲା। ସେ ଲେଖିଥିଲେ:

କଟକ

୨୬ ଅକ୍ଟୋବର ୧୮୬୫

ମୋର ପ୍ରିୟ ବାବୁ,

ଚାଉଳ ଦାମ ସମ୍ପର୍କୀୟ ଆପଣଙ୍କର ଅଫିସ ଚିଠି ମୁଁ ଆଜି ପାଇଲି ଏବଂ ସାଙ୍ଗେ ସାଙ୍ଗେ ତାର ଜବାବ ଲେଖୁଛି। ବିଷୟ ଖୁବ୍ ସାଂଘାତିକ ଏବଂ କଟକରେ ମଧ୍ୟ ସେହିଭଳି ଅବସ୍ଥା; ଏଠାରେ ଆହୁରି ଏକ ଜଟିଳତା ଯେ ଦଣ୍ଡିଦାରମାନେ ଏକଜୁଟ୍ ହୋଇଯିବାରୁ ମୁଦି ଦୋକାନ ସବୁ ପୂରାପୂରି ବନ୍ଦ ହୋଇଯାଇଛି ଏବଂ ଏଠାରେ ଯେତେ ପଇସା ଯାଚିଲେ ବି କୌଣସି ଦୋକାନରେ ଚାଉଳ ମିଳୁନାହିଁ। ଏଠାରେ ଫୌଜକୁ ରସଦ ଯୋଗାଇବାକୁ ଥିବାରୁ ଆହୁରି ଅସୁବିଧା ଉପୁଜିଛି।

ମୁଁ ଆପଣଙ୍କ ଚିଠିରୁ ବୁଝୁଛି ଯେ ଆମେ ପୁରୀରେ ଏଠା ଅପେକ୍ଷା ଭଲରେ ଅଛେ; ଚଢ଼ାଦର ହେଲେ ବି ଚାଉଳ ବିକ୍ରି ହେଉଛି। ଏକଥା ମଧ୍ୟ ଆଶ୍ୱାସନାର ବିଷୟ ଯେ ଲୋକଙ୍କୁ ଖୁଆଇବା ପାଇଁ ଯଥେଷ୍ଟ ଚାଉଳ ମହଜୁଦ ଅଛି, ଯଦି ଶେଷ ପର୍ଯ୍ୟନ୍ତ ଆମେ ତା' ପାଖ ପହଞ୍ଚିପାରୁ। ମୁଁ ଚାହୁଁଛି ଆପଣ ନିଜେ ଯାଇ ମହନ୍ତ ଓ ଧାନବେପାରୀଙ୍କୁ ଦେଖା କରନ୍ତୁ ଏବଂ ସେମାନଙ୍କୁ ଚାଉଳ ବିକ୍ରି ପାଇଁ ପ୍ରବର୍ତ୍ତାଇବାକୁ ଚେଷ୍ଟା କରନ୍ତୁ, ହେଲା ପଛେ ତାଙ୍କ ଚାହୁଁଥିବା ଦରରେ। ପୁରୀରେ କେତେ ପରିମାଣ ଧାନ ମହଜୁଦ ଅଛି ସେ କଥା ଯଦି ହାରାହାରି ଅନ୍ଦାଜ କରି ପାରନ୍ତି, ମୁଁ ଜାଣିଲେ ଖୁସି ହେବି। ଅବସ୍ଥା ବିଷୟରେ ମୋତେ ନିୟମିତ ଜଣାଇବେ; ଦରଦାମ କିପରି ବଢୁଛି କମୁଛି ଏବଂ କିଣିବାର ସୁଯୋଗ (ସେ ଯେତେ ଦରରେ ହେଲେ ବି) କେତେଦିନ ଚାଲିବ, ଜଣାଇବେ। ସାଧୁ ସିଂହଙ୍କୁ କହିବେ ଯେପରି ହେଲେ ଶାନ୍ତି ରକ୍ଷା କରିବେ ଏବଂ ଆପଣଙ୍କୁ ଅବସ୍ଥା ବିଷୟରେ ଏବଂ ଲୋକଙ୍କର କଣ ମତ ସେ ସମୟରେ ସଠିକ ଖବର ଯୋଗାଇବେ।

ମଫସଲରୁ ଯେଉଁ ଚାଉଳ ଆସୁଛି, କେଉଁଆଡେ ଯାଉଛି? ଏହାର ବୋଧହୁଏ ଉତ୍ତର ହେଉଛି ଯେ ବେପାରୀଙ୍କ ଦଣ୍ଡିଦାରମାନେ ସବୁ ନେଇଯାଇ ତାଙ୍କ ମାଲିକଙ୍କୁ ଦେଉଛନ୍ତି। ସାଧୁ ସିଂହକୁ ପଚାରିବେ, ମୁଁ ଯଦି ବଡଦାଣ୍ଡରେ ଗୋଟାଏ ହାଟ ଖୋଲେ ଏବଂ ସେଠାରେ ସମସ୍ତଙ୍କୁ ଆସି ନିଜ ଦରରେ ଚାଉଳ ବିକିବାକୁ ଦିଏ, ତେବେ ସେଠାକୁ କେତେ ମହଣ ଚାଉଳ ନିଶ୍ଚିତ ଆସିବ ବୋଲି ସେ ଭରସା ଦେଇପାରିବେ?

ଯାହା ହେଉ, ବାବୁ, ଆପଣ ଏ ବିଷୟରେ ତୀକ୍ଷ୍ଣ ନଜର ରଖ୍ଥିବେ। ଯେମିତି ଯେମିତି ଯାହା ଘଟୁଥିବ, ଆଖ୍ ଖୋଲା ଆଉ ମଥା ଥଣ୍ଡା ରଖ୍ ବିଚଳିତ ନ ହୋଇ ସବୁଥରୁ ବିଚାର କରିବେ ଏବଂ ମୋତେ ନିୟମିତ ଓ ଅକପଟ ନିଷ୍ଚୟ ଜଣାଇବେ।

ଆପଣଙ୍କର ବିଶ୍ୱସ୍ତ
ଜି.ଏନ୍.ବାର୍ଲୋ

ପୁନଶ୍ଚ : ଏ ବିଷୟରେ ସବୁବେଳେ ମୋ ନାଁରେ ଡେମି ଅଫିସିଆଲ୍ ଚିଠି କରି ଲେଖ୍ବେ ଏବଂ ଯଦି ବେପାରୀ ଓ ଦୋକାନୀ ପୂରାପୂରି ଦୋକାନ ବନ୍ଦ କରିଦେବାର କୌଣସି ଲକ୍ଷଣ ଦେଖାଯାଏ, ମୋତେ ଜଣାଇବେ। ଲୋକଙ୍କୁ ମଫସଲକୁ ଯାଇ ନିଜ ପାଇଁ ଚାଉଳ କିଣିବାକୁ ବୁଝ୍ଆନ୍ତୁ। ତାଙ୍କୁ କୁହନ୍ତୁ ଯେ ଯଦି ରାସ୍ତାରେ କେହି ଚାଉଳ ଛଡ଼ାଇ ନିଏ, ପୋଲିସ ତାର ପ୍ରତିକାର କରିବ।

ରାମାକ୍ଷୟ ଚିଠିଟି ସାଧୁ ସିଂହଙ୍କୁ ପଢ଼ି ଶୁଣାଇଲେ। ବଡ଼ଦାଣ୍ଡରେ ହାଟ୍ ଖୋଲିବା ମନ୍ଦ ବିଚାର ନଥିଲା। ତେବେ ଏହା ପୂର୍ବରୁ ଦି କଥା କରିବାର ଥିଲା: ପ୍ରଥମରେ, ତେଲେଙ୍ଗା ମହାଜନ ଆସି ଏଠାରୁ ଯେଉଁ ଚାଉଳ କିଣି ନେଇ ଯାଉଥିଲେ ତାହା ବନ୍ଦ କରିବା ଏବଂ ଦ୍ୱିତୀୟରେ, ମଫସଲରୁ ଚାଉଳ ଆସିବାବେଳେ ଦଣ୍ଡିଦାରମାନେ ଯେମିତି ତାକୁ ରାସ୍ତାରେ କିଣିନେଇ ନ ଯାନ୍ତି ତାର ବ୍ୟବସ୍ଥା କରିବା।

ସାଧୁ ସିଂହର ମତ ଥିଲା ଯେ' ଏତିକି କରିପାରିଲେ ହାଟକୁ ମଫସଲରୁ ଚାଉଳ ଆସିବ। ତେବେ ଯେଉଦିନ ଯେତେ ଚାଉଳ ଆସିଥିବ, ଦୋକାନୀଙ୍କ ସହିତ ପରାମର୍ଶ କରି ପ୍ରତିଦିନ ତାର ଦର ଠିକ୍ କରିବାକୁ ପଡ଼ିବ। ହାଟକୁ ଠିକରେ ଚଲାଇବା ପାଇଁ ଏବଂ ଚାଉଳ ଦର ସ୍ଥିର କରିବାପାଇଁ ସରକାରଙ୍କୁ ମଧ୍ୟସ୍ଥ କାମ କିରବାକୁ ହେବ। ରାମାକ୍ଷୟ ଏହି ମର୍ମରେ ବାର୍ଲୋଙ୍କୁ ଚିଠି ଲେଖ୍ବାକୁ ବସିଲେ।

ପୁରୀରେ ଏ ପର୍ଯ୍ୟନ୍ତ ବର୍ଷାର ନାଁ ଗନ୍ଧ ନଥିଲା। ସନ୍ଧ୍ୟାବେଳେ ସୁଦ୍ଧା ଗରମ ପବନ ବୋହୁଥିଲା। ଝରକା ବାହାରେ ଶୁଖ୍ଲା ଆକାଶ ଆଡ଼କୁ ଅନାଇ ରାମାକ୍ଷୟ ଚିଠି ଶେଷରେ ଯୋଗ କଲେ; ଏଠାରେ ପାଗ ନିଆଁ ଭଲି ଜଳୁଛି; ସବୁବେଳେ ଗରମ ପବନ ବୋହୁଛି ଏବଂ ସବୁଆଡ଼େ ଜ୍ୱର ବିସ୍ତାରିତ ହେଉଛି।

ରାମାକ୍ଷୟ ଧାର୍ମିକ ଲୋକ ଥିଲେ। ଚିଠିଟି ବନ୍ଦ କରି ସେ ପରମେଶ୍ୱରଙ୍କ ଉଦ୍ଦେଶ୍ୟରେ ନମସ୍କାର କଲେ ଏବଂ ମନେ ମନେ କହିଲେ, ବାର୍ଲୋ ଯେପରି ଶୀଘ୍ର ଫେରିଆସି ଏ ଦାୟିତ୍ ସମ୍ଭାଳନ୍ତୁ।

ବାଲେଶ୍ୱର: ଅକ୍ଟୋବର ୧୮୬୫

ଓଡ଼ିଶା ଡିଭିଜନର ଅନ୍ୟତମ ଜିଲ୍ଲା ବାଲେଶ୍ୱରର ଅବସ୍ଥା ମଧ୍ୟ ସନ୍ତୋଷଜନକ ନଥିଲା । ବର୍ଷା ଅଭାବରେ ଫସଲ ଜଳି ଯାଇଥିଲା ଏବଂ ବଜାରକୁ ଚାଉଳ ଆସୁ ନଥିଲା । ଲୋକେ ଦିନସାରା ଚାଉଳ କିଣିବାକୁ ବୁଲିବୁଲି ସନ୍ଧ୍ୟାବେଳେ ଖାଲି ହାତରେ ଘରକୁ ଫେରୁଥିଲେ । ତା'ସତ୍ତ୍ୱେ ମାନ୍ଦ୍ରାଜରୁ ୬୯ଟି ଜାହାଜ ଆସି ନଦୀରେ ଲଙ୍ଗର ପକାଇ ରହିଥିଲେ । ଚାଉଳ କିଣିବାପାଇଁ । ଗତବର୍ଷ ବାଲେଶ୍ୱରରେ ଆଶାତୀତ ଭଲ ଫସଲ ହୋଇଥିଲା ଏବଂ ତେଲେଙ୍ଗା ବ୍ୟବସାୟୀ ଆସି ପ୍ରଚୁର ଚାଉଳ କଲିକତା ଓ ମାନ୍ଦ୍ରାଜ ବନ୍ଦରକୁ ରପ୍ତାନୀ କରି ଦେଇଥିଲେ; ଏ ବର୍ଷ ଆଉ କାହାରି ପାଖରେ ଗଲାବର୍ଷର ଧାନ ବଳି ନଥିଲା । ପୂର୍ବ ବର୍ଷମାନଙ୍କରେ ବାଲେଶ୍ୱରରୁ ହାରାହାରି ଦୁଇଲକ୍ଷ ମହଣ ଧାନଚାଉଳ ରପ୍ତାନୀ ହେଉଥିବାସ୍ତଲେ ଗତବର୍ଷ ପ୍ରାୟ ଆଠଲକ୍ଷ ମହଣ ରପ୍ତାନୀ ହୋଇଯାଇଥିଲା ଏବଂ ଗୋଦାମ ସବୁ ଖାଲି ପଡ଼ିଥିଲା ।

ଚାଉଳ ଦର ବଢ଼ି ଏ ବର୍ଷ ଯଦିଓ ଟଙ୍କାକେ ଷୋଲ ସେର ହୋଇ ଯାଇଥିଲା, ତେଲେଙ୍ଗାମାନେ ଯାହା ଚାଉଳ ପାଉଥିଲେ କିଣିବାରେ ଲାଗିଥିଲେ ଏବଂ ଲାଭ ଦଶ ସେର ହେବା ପର୍ଯ୍ୟନ୍ତ କିଣିବାକୁ ପ୍ରସ୍ତୁତ ଥିଲେ । ତଥାପି ତାଙ୍କୁ ଚାଉଳ କିଣିବାକୁ ମିଳୁ ନଥିଲା । ଏବେ ଆଉ ଚାଉଳ କିଣିବାର ଆଶା ନରଖି ସେମାନଙ୍କ ଜାହାଜ ସବୁ ଅପେକ୍ଷା କରୁଥିଲେ ସମୁଦ୍ରରେ ଜୁଆର ଆସିଲେ ଚାଲିଯାଇ ବର୍ମା ବା ବ୍ରହ୍ମଦେଶର ଆରାକାନରୁ ଚାଉଳ କିଣିବାକୁ ଚେଷ୍ଟା କରିବେ ।

ଚାଉଳ ନ ମିଳିବାରୁ ବାଲେଶ୍ୱରରେ ଶାନ୍ତିଶୃଙ୍ଖଳା ଓ ଆଇନ କାନୁନ୍ ଭଙ୍ଗର ସମସ୍ୟା ଦେଖା ଦେଇଥିଲା । ରାସ୍ତାରେ ଲୋକେ ଚାଉଳ ନେଇ ଯାଉଥିବାବେଳେ ତାହା ଲୁଟି ହୋଇ ଯାଉଥିଲା । କେହି ନିଜ ଘରେ ଚାଉଳ ଥାଇ ଭୋକିଲା ଲୋକଙ୍କୁ ଉଧାରରେ ଦେବାକୁ ମନା କଲେ ଲୋକେ ତାର ଘର

ପୋଡ଼ି ଦେଉଥିଲେ । ଅଉଲଦାରେ ଏପରି ଏକ ବଡ଼ ଘଟଣା ଘଟି ଅନେକ କ୍ଷୟକ୍ଷତି ହୋଇଥିଲା ।

ରାସ୍ତାଘାଟରେ ଆଜିକାଲି ଦଳଦଳ ଲୋକ ବୁଲୁଥିବାର ଦେଖା ଯାଉଥିଲେ । ସେଥିରୁ କେତେ ଲୋକ କାମ ଖୋଜିବାରେ ବାହାରିଥିଲେ; ଆଉ କେତେ ଲୋକ ଗାଁକୁ ଗାଁ ବୁଲି ଚାଉଳ କିଣିବାକୁ ଚେଷ୍ଟା କରୁଥିଲେ । ଭିକାରୀମାନଙ୍କ ସଂଖ୍ୟା ମଧ୍ୟ ଅନେକ ବଢ଼ି ଯାଇଥିଲା ।

ଅକ୍ଟୋବର ୨୫ ତାରିଖରେ ଜମିଦାର ପଦ୍ମଲୋଚନ ମଣ୍ଡଳ କଲେକ୍ଟରଙ୍କୁ ଭେଟି ବାଲେଶ୍ୱରର ଜମିଦାରଙ୍କ ପକ୍ଷରୁ ନିମ୍ନଲିଖିତ ଦରଖାସ୍ତଟି ଦେଲେ:

ମହାଶୟ,

ଆମେ ବାଲେଶ୍ୱର ଜିଲ୍ଲାର ଜମିଦାରମାନେ କୃତାଞ୍ଜଳିପୁଟରେ ନିମ୍ନଲିଖିତ ପରିସ୍ଥିତି ଆପଣଙ୍କ ଦୃଷ୍ଟିଗୋଚର କରାଉଛୁ ଏବଂ ଆପଣଙ୍କ ଉପରେ ନିର୍ଭର କରୁଛୁ ଯେ ଆପଣ ଏଥିପ୍ରତି ସଦୟ ହୋଇ ନଭେମ୍ବର ୮ ତାରିଖରେ ଯେଉଁ ଖଜଣା ଦେବାର ଥିଲା, ତାକୁ ଦେବାପାଇଁ ଗୋଟିଏ ମାସର ସମୟ ଦେବା ହେବେ:

ପ୍ରଥମ, ଯେ ବର୍ଷା ଅଭାବରୁ ସୂର୍ଯ୍ୟତାପରେ ଫସଲ ଭୟଙ୍କର କ୍ଷତିଗ୍ରସ୍ତ ହୋଇଛି ଏବଂ ଆମ୍ଭେମାନେ ଏ ବର୍ଷ କୌଣସି ଫସଲ ଆଶା କରୁନାହୁଁ ।

ଦ୍ୱିତୀୟ, ଯେ ରୟତମାନେ ଏହି କିସ୍ତିର ଲଗାଣଦେବାପାଇଁ ସାନି ଫସଲ ଉପରେ ମହାଜନମାନଙ୍କ ପାଖରୁ ରଣ ଆଣିଥାନ୍ତି; ସେମାନେ କହନ୍ତି ଯେ ସେମାନେ ଏ ରଣ ପାଇଲେ ନାହିଁ, ଏବଂ ଆମ୍ଭେ ସେ କଥା ଅବିଶ୍ୱାସ କରିବାର କାରଣ ନାହିଁ ।

ତୃତୀୟ, ଯେ ଗରିବ ଚାଷୀମାନେ ଆଖି ବୁଜି ସବୁ ଧାନ ବିକି ଦେଇଛନ୍ତି ଏବଂ ସେମାନଙ୍କ ପାଖରେ ଆଦୌ ଧାନ ନାହିଁ ।

ଉପରଲିଖିତ ପରିସ୍ଥିତିରେ ଗରିବ ଚାଷୀମାନେ ଆମ୍ଭଙ୍କୁ ଲଗାଣ ଦେବା ଅବସ୍ଥାରେ ନାହାନ୍ତି । ତେଣୁ ଆମ୍ଭେମାନେ ନିର୍ଦ୍ଦିଷ୍ଟ ତାରିଖ ସୁଦ୍ଧା ଏହା ଦେଇପାରିବୁ ନାହିଁ । ଅନ୍ୟଠାରୁ ଟଙ୍କା ବ୍ୟବସ୍ଥା କରିବାପାଇଁ ମାସେ ସମୟ ଦେବାପାଇଁ ଅନୁରୋଧ ।

ବଶମ୍ବଦ

ବାଲେଶ୍ୱରର ଜମିଦାରବୃନ୍ଦ

କଲେକ୍ଟର ଏଚ୍.ମସପ୍ରାଟ ଏ ଦାରଖାସ୍ତକୁ କମିଶନରଙ୍କ ପାଖକୁ ପଠାଇ ଜଣାଇଲେ ଯେ ଜମିଦାରଙ୍କ ଅନୁରୋଧ ସଙ୍ଗତ । ଏହାକୁ ପାଇ ରେଭେନ୍ସା କିନ୍ତୁ କାଗଜ ଉପରେ ଲେଖିଦେଲେ ଯେ ଫସଲ ଷୋଲ ଅଣାରୁ ଆଠଅଣା ମାତ୍ର ନଷ୍ଟ ହୋଇଛି, ତେଣୁ ଖଜଣା ଦେବାପାଇଁ ଜମିଦାରମାନଙ୍କର ସମ୍ବଳ ଅଛି ।

ମସପ୍ରାଟ ଆହୁରି ଗୋଟିଏ ଚିଠି ଲେଖି କମିଶନରଙ୍କୁ ଜିଲ୍ଲାରେ ଫସଲ ହାନି ଓ ଚାଉଳ ଅଭାବ କଥା ଏବଂ ସେ ଲୋକଙ୍କୁ ଚାଉଳ ବିକ୍ରି କରିବାକୁ ପ୍ରବର୍ଦ୍ଧାଉଛନ୍ତି ବୋଲି ଜଣାଇଲେ । ଏହାର ଉଉରରେ ରେଭେନ୍ସା ଲେଖିଲେ:

ତମ ଜିଲ୍ଲାରେ ଯେତେ ଚାଉଳ ଅଛି ବୋଲି ତମେ ଭାବୁଛ, ମୁଁ ନିଃସନ୍ଦେହ ଯେ ତମଠାରୁ ବେଶୀ ଚାଉଳ ଅଛି । ଏ ବର୍ଷର ଫସଲ ବର୍ଷକର ଚାହିଦା ପାଇଁ ଯଥେଷ୍ଟ ହେବ । ତମେ କୌଣସିମତେ

ନ୍ୟାୟ୍ୟ ବ୍ୟବସାୟରେ ହସ୍ତକ୍ଷେପ କରିବ ନାହିଁ। ଚାଉଳ ଦାମ ବଢୁଥିବାରୁ ରପ୍ତାନୀ ବନ୍ଦ ହୋଇ ଯାଇଥିବ; ଯଦି ଦାମ ଆହୁରି ବଢ଼େ, ତମେ ଦେଖିବ ଯେ ଲୋକ ଚାଉଳ ରପ୍ତାନୀ ବଦଳରେ ଆମଦାନୀ କରୁଛନ୍ତି।

ଏହାପରେ ମସପ୍ରାଟ ଚୁପ୍ ରହିଲେ। ଏଣେ ଯେଉଁମାନଙ୍କ ଘରେ ଚାଉଳ ଥିଲା ସେଠାରେ 'ଡକାୟତି' ହେବା ଆରମ୍ଭ ହେଲା। ପୋଲିସ ସୁପରିନଟେଣ୍ଡେଣ୍ଟ ଶଟଲୱର୍ଥ ଜାଣିପାରୁ ନଥିଲେ ଏସବୁ ଡକାୟତିର କଣ କରିବେ, କାରଣ ଧରାପଡ଼ିଲେ ଡକାୟତମାନେ ନିଜର ଦୋଷ ସାଙ୍ଗୋ ସାଙ୍ଗୋ ମାନି ଯାଉଥିଲେ ଓ ଖୁସିରେ ଜେଲକୁ ଯାଉଥିଲେ। ବାଲେଶ୍ୱର ଜେଲରେ ଆଉ କୟଦୀ ରଖିବାକୁ ଜାଗା ନଥିଲା।

ବଟେଶ୍ୱରର ନେତ୍ର ସେନାପତି ଖରାବେଳେ ବିଛଣାରେ ଗଡ଼ପଡ଼ ହେଉଥିଲା। ତେବେ ତାର କାନ ବାହାରକୁ ଥିଲା କାରଣ ଆଜିକାଲି ରୋଜ ଲୁଟତରାଜ ଖବର ମିଳୁଥିଲା ଏବଂ ତା'ଘରେ କିଛି ଚାଉଳ ଥିଲା। ଏଇ ସମୟରେ କବାଟ ପାଖରେ କାହାର ପାଦଶଦ୍ଦ ଶୁଣି ସେ ଦଉଡ଼ି ଯାଇ କବାଟ ଖୋଲି ବାହାରକୁ ଅନାଇଲା। ସେଠାରେ କେହି ନଥିଲେ। କବାଟ ବନ୍ଦ କରି ଭିତରକୁ ଗଲାବେଳକୁ ଦେଖିଲା ତଳେ ଗୋଟିଏ କାଗଜ ପଡ଼ିଥିଲା। ସେଥିରେ ବଙ୍କାଟଙ୍କା ବଡ଼ ବଡ଼ ଅକ୍ଷରରେ ଲେଖା ହୋଇଥିଲା; ଯଦି ଆପଣ ଚାଉଳ ବିକ୍ରି ନ କରିବ, ତେବେ ଆମ୍ଭେ ଆପଣଙ୍କ ଘର ଜାଲି ଦବୁ।

ଗଞ୍ଜାମ: ଅକ୍ଟୋବର ୧୮୬୫

ଯଦିଓ ସବୁ ଦୃଷ୍ଟିରୁ ଗଞ୍ଜାମ ଓଡ଼ିଶାର ଏକ ଅପରିହାର୍ଯ୍ୟ ଅଙ୍ଗ, ଶାସନ ବ୍ୟବସ୍ଥା ଅନୁସାରେ ଏଇ ଜିଲ୍ଲାଟି ଥିଲା ମାଦ୍ରାଜ ଅଧୀନରେ । ଓଡ଼ିଶା ସହିତ, ବିଶେଷରେ ପୁରୀ ଜିଲ୍ଲା ସହିତ, ଗଞ୍ଜାମର ଘନିଷ୍ଠ ସମ୍ପର୍କ ଥିଲା ଏବଂ ଓଡ଼ିଶାର ଚାଉଳ ଚିଲିକା ବାଟ ଦେଇ ଗଞ୍ଜାମ ଜିଲ୍ଲାକୁ ଯୋଗାଣ ହେଉଥିଲା ।

ଏ ବର୍ଷ କିନ୍ତୁ ଗଞ୍ଜାମକୁ ଓଡ଼ିଶା ଚାଉଳ ଆସି ନଥିଲା ଏବଂ ଯେଉଁ ସବୁ ଜାହାଜ ଚାଉଳ ଆଣିବାକୁ ଯାଇଥିଲେ, ଏ ପର୍ଯ୍ୟନ୍ତ ଫେରି ନଥିଲେ । ଗଞ୍ଜାମକୁ ପ୍ରତିବର୍ଷ ଚାଉଳ ଆମଦାନୀ ହେଉଥିଲା, କିନ୍ତୁ ଏ ବର୍ଷ ଆମଦାନୀର ଆବଶ୍ୟକତା ବଢ଼ିଯାଇଥିଲା, କାରଣ ଜିଲ୍ଲାରେ ଭଲ ଫସଲ ହୋଇନଥିଲା । ରମ୍ଭ ଓ ଗଞ୍ଜାମର ବେପାରୀମାନେ ଗଞ୍ଜାମ କଲେକ୍ଟରଙ୍କ ପାଖରେ ଆପତ୍ତି କରିଥିଲେ ଯେ ବଙ୍ଗାଳ ସରକାର ଓଡ଼ିଶାରୁ ଚାଉଳ ରପ୍ତାନୀ ବନ୍ଦ କରିବାକୁ ଯେଉଁ ଆଦେଶ ଦେଇଥିଲେ, ସେ ଆଦେଶଟି ପ୍ରତ୍ୟାହାର କରି ନିଅନ୍ତୁ ।

ବଙ୍ଗ ସରକାର ପ୍ରକୃତରେ ଏପରି କୌଣସି ଆଦେଶ ଦେଇ ନଥିଲେ । ତଥାପି ଗଞ୍ଜାମ କଲେକ୍ଟର ଜି.ଥର୍ନହିଲ କଟକ କମିଶନରଙ୍କ ପାଖକୁ ଏ ବିଷୟରେ ଗୋଟିଏ ଚିଠି ଲେଖିଲେ । ରେଭେନ୍ଶାଙ୍କ ପାଖରୁ ତୁରନ୍ତ ଜବାବ ଆସିଲା ଯେ ଓଡ଼ିଶାରୁ ଚାଉଳ ରପ୍ତାନୀ ନିଷେଧ କରି କୌଣସି ଆଦେଶ ଜାରି କରାଯାଇନାହିଁ, ଅଥବା ବ୍ୟବସାୟ ଉପରେ କୌଣସି ପ୍ରକାର କଟକଣା ଲଗାଯାଇ ନାହିଁ । ଚାଉଳ ଦର ବଢ଼ାଇବା ପାଇଁ ବ୍ୟବସାୟୀମାନେ ମେଣ୍ଟ ବାନ୍ଧି ବେପାର ବନ୍ଦ କରିଦେଇଛନ୍ତି ।

ରେଭେନ୍ଶାଙ୍କ ପାଖରୁ ଏ ଉତ୍ତର ପାଇ ଥର୍ନହିଲ ବେଙ୍ଗଲ ଚାୟର ଅଫ୍ କମର୍ସ, କଲିକତାଙ୍କ ପାଖକୁ ନିମ୍ନଲିଖିତ ଟେଲିଗ୍ରାମ ପଠାଇଲେ:

କଟକରୁ ଯୋଗାଣ ବନ୍ଦ ହୋଇ ଯାଇଥିବାରୁ ଗଞ୍ଜାମ ଜିଲ୍ଲାସାରା ଚାଉଳ ବିକ୍ରି ବନ୍ଦ। ବ୍ରହ୍ମପୁରରେ ଚାଉଳ ଦର ଟଙ୍କାରେ ସାତ ସେର ଏବଂ ଅନ୍ୟ ଶସ୍ୟର ଦର ସେହି ଅନୁପାତରେ। ତା’ ମଧ୍ୟ କଷ୍ଟରେ ଉପଲବ୍ଧ। ଦୟାକରି ବେପାରୀମାନଙ୍କୁ ଜଣାଇ ଦିଅନ୍ତୁ ଯେ ସେମାନେ ଗୋପାଳପୁର ବା ଗଞ୍ଜାମକୁ ଜାହାଜରେ ଯେତେ ଚାଉଳ ପଠାଇବେ, ସବୁ ଉପରି ମତେ ସାଙ୍ଗେ ସାଙ୍ଗେ ବିକ୍ରି ହୋଇଯିବ। ଯଦି ଆରାକାନ ଓ ବର୍ମାରେ ପ୍ରଚୁର ମିଳୁଥାଏ, ସେଠାକୁ ମଧ୍ୟ ଦୟାକରି ଖବର କରିଦେବେ।

କଟକ: ନଭେମ୍ବର ୧୮୬୫

ରାମାକ୍ଷୟଙ୍କ ଚିଠି ପାଇ ବାଲୋ। ଶୀଘ୍ର ପୁରୀ ଫେରିଯିବା କଥା ଭାବିଲେ। ପୁରୀର ଅବସ୍ଥା ଦିନୁ ଦିନ ଆହୁରି ଖରାପ ହୋଇ ଯାଇଥିଲା। ଅନେକ କଷ୍ଟରେ ରାମାକ୍ଷୟ ଚାଉଳ ବିକ୍ରିର ବ୍ୟବସ୍ଥା କରିଥିଲେ, କିନ୍ତୁ ଚାଉଳ ପାଇଁ ଏତେ ଲୋକ ଜମା ହେଉଥିଲେ ଯେ ବିକ୍ରି କରିବା ଅସମ୍ଭବ ଥିଲା। ମଠମାନଙ୍କରେ ସକାଳେ ସାଢ଼େ ଛ'ଟାରୁ ଦିନ ଦଶଟା ଯାଏ ଚାଉଳ ବିକ୍ରିର ବ୍ୟବସ୍ଥା ହୋଇଥିଲା, କିନ୍ତୁ ଲୋକମାନେ ଚାଉଳ ପାଇଁ ପୂର୍ବଦିନ ରାତିରୁ ଆସି ମଠ ଆଗରେ ବସି ରହୁଥିଲେ। ବିନା ପୋଲିସରେ ବିକ୍ରି ସମ୍ଭବ ହେଉ ନଥିଲା ଏବଂ ରାମାକ୍ଷୟଙ୍କୁ ନିଜେ ସେ ସବୁ ଜାଗାକୁ ଯିବାକୁ ହେଉଥିଲା। ମଠଧାରୀମାନେ ମଧ୍ୟ ମଝିରେ ମଝିରେ ଗୁରୁବାର, ପୂର୍ଣ୍ଣିମା ଆଳରେ ବିକ୍ରି ବନ୍ଦ କରି ନୂଆ ସମସ୍ୟା ଉପୁଜାଉଥିଲେ। ରାମାକ୍ଷୟ ବାଲୋଙ୍କୁ ଲେଖିଥିଲେ, ଏଭଳି ପରିସ୍ଥିତିରେ ଜିଲ୍ଲାରେ ଆପଣଙ୍କ ଉପସ୍ଥିତି ନିତାନ୍ତ ଆବଶ୍ୟକ।

ଅନେକ କଷ୍ଟରେ ରେଭେନ୍‍ଶାଙ୍କ ସହିତ ପୁରୀ ସମ୍ପର୍କରେ ଆଲୋଚନା କରିବାର ସମୟ ପାଇଥିଲେ ବାଲୋ କିଛି ଦିନ ତଳେ। ଏତେ କଥା ସତ୍ତ୍ବେ ରେଭେନଶା ଭାବୁଥିଲେ ଯେ ଗାଁ ଗହଳରେ ପ୍ରଚୁର ଚାଉଳ ଅଛି। ବାଲୋ ଯେତେବେଳେ ରେଭେନଶାଙ୍କୁ ବଡ଼ଦାଣ୍ଡରେ ହାଟ ବସାଇ ଚାଉଳ ଦର ଠିକ କରିବା କଥା କହିଲେ, ରେଭେନଶା ତାଙ୍କୁ ଦୁଇଟି ଚିଠି ଦେଖାଇଲେ। ଗୋଟିଏ ଥିଲା ତାଙ୍କର ବଙ୍ଗ ସରକାରଙ୍କ ପାଖକୁ ଅକ୍ଟୋବର ୨୧ ତାରିଖର ତାର:

ଫସଲ ହାନି ହେତୁ ଆଜି ସକାଳେ ବଜାର ଫିଟିଲା ଚାଉଳ ଦର ଟଙ୍କାରେ ଆଠ ସେରରେ। ଖରା ବେଳକୁ ଦୋକାନସବୁ ବନ୍ଦ ହୋଇଗଲା। ଚାଉଳ ଦୁଷ୍ପ୍ରାପ୍ୟ। ସଦର ଓ ଗାଁ ଗଣ୍ଡା ପୂରାପୂରି ଶାନ୍ତ।

ମୁଁ ପ୍ରଧାନ ଚାଉଳ ବ୍ୟବସାୟୀଙ୍କୁ ଡକାଇଛି; ସେମାନଙ୍କୁ ଦୋକାନ ଖୋଲି ନ୍ୟାୟ୍ୟ ଓ ଲାଭଜନକ ଦରରେ ବିକ୍ରି କରିବାପାଇଁ ପ୍ରବର୍ତ୍ତାଇବାକୁ ଚେଷ୍ଟା କରିବି ।

୨୩ ତାରିଖରେ ବଙ୍ଗ ସରକାରଙ୍କ ସେକ୍ରେଟାରୀ ଏସ୍‌.ସି.ବେଲିଙ୍କ ପାଖରୁ ଏ ତାର ଜବାବ ଆସିଥିଲା: ଚୋଟଲାଟ ଚାହାନ୍ତି ଯେପରି ବ୍ୟବସାୟର ପ୍ରାକୃତିକ ଗତିରେ ହସ୍ତକ୍ଷେପ ନ ହୁଏ କିମ୍ବା ବଜାରର ବେପାରୀଙ୍କୁ କମ ଦରରେ ବିକ୍ରି କରିବାକୁ ବାଧ୍ୟ କରା ନ ହୁଏ । ସେ ବିଷୟରେ ସାବଧାନ ରହିବେ ।

ଏଇଟି ଏ ବିଷୟରେ ଶେଷ କଥା ଥିଲା, କାରଣ ଓଡ଼ିଶାର ଶାସନରେ କମିଶନରଙ୍କ ଉପରେ ବୋର୍ଡ଼ ଓ ବୋର୍ଡ଼ ଉପରେ ଲେଫ୍‌ଟ୍‌ନାଣ୍ଟ ଗଭର୍ଣ୍ଣର ବା ଛୋଟଲାଟ ଓ ବଙ୍ଗ ସରକାର ସର୍ବୋଚ୍ଚ କର୍ତ୍ତା ଥିଲେ । କୌଣସି ବିଷୟ ଅତି ସଙ୍ଗୀନ ବା ସାଂଘାତିକ ନ ହେଲେ ତାହା ଉପରକୁ ଅର୍ଥାତ୍ ଭାଇସରାୟ ଓ ଗଭର୍ଣ୍ଣର ଜେନେରାଲ ବା ବଡ଼ଲାଟ ଓ ଭାରତ ସରକାରଙ୍କ ପାଖକୁ ଯାଉ ନଥିଲା । ଏ ଚିଠି ଦୁଇଟି ଦେଖ୍ୟ ବାର୍ଲୋ ବୁଝିଲେ ଯେ ଚାଉଳ ଦର ଠିକ୍ କରିବ କିମ୍ବା ଏ ବିଷୟରେ ମଧ୍ୟସ୍ଥ କରିବାପାଇଁ ସରକାର ମୁହୂର୍ତ୍ତେ ପାଇଁ ବି ଅନୁମତି ଦେବେନାହିଁ । ରେଭେନ୍ଶାଙ୍କ ପାଖରୁ ବିଦାୟ ନେଇସେ ପୁରୀ ଫେରିଗଲେ ।

ଓଡ଼ିଶା ଡିଭିଜନ କମିଶନରଙ୍କର ଆଉ ଗୋଟିଏ ପଦବୀ ମଧ୍ୟ ଥିଲା, ଟ୍ରିବ୍ୟୁଟାରୀ ମାହାଲର ସୁପରିନ୍‌ଟେଣ୍ଡେଣ୍ଟ । ଓଡ଼ିଶାର ଗଡ଼ଜାତ ସବୁ ଏଇ ମାହାଲ ଅଧୀନରେ ଆସୁଥିଲେ ଏବଂ ସୁପରିନ୍‌ଟେଣ୍ଡେଣ୍ଟ ଭାବରେ କମିଶନର ତାର କର୍ତ୍ତା ଥିଲେ । ରେଭେନ୍ଶାଙ୍କ କଟକ ଆସିବା ଚାରିମାସ ହୋଇ ଯାଇଥିଲା ଏବଂ ସେ ଆଶା କରୁଥିଲେ ଯେ ତାଙ୍କର ବଦଲି ଆଦେଶ ଶୀଘ୍ର ଆସିଯିବ । ଓଡ଼ିଶା ଛାଡ଼ିବା ଆଗରୁ ତାଙ୍କର ଇଚ୍ଛାଥିଲା ସେ ଶୀତଦିନେ ଗଡ଼ଜାତ ବୁଲି ଆସିବେ କାରଣ ଏଇଟି ଭ୍ରମଣ ପାଇଁ ଉପଯୁକ୍ତ ସମୟ । ମାନଚିତ୍ର ଦେଖ୍ୟ ସେ ଠିକ୍ କଲେ ଯିବେ; ବାଙ୍କୀ, ତା'ପରେ ନୟାଗଡ଼, ସେଠାରୁ ଦଶପଲ୍ଲା ବାଟେ ମିହାନଦୀର ଦକ୍ଷିଣ, ନଈ ପାରି ହୋଇ ନରସିଂହପୁର, ପୁଣି ହିଡୋଲ ହୋଇ ଅନୁଗୁଳ; ସେଠାରୁ ତାଳଚେର, କେନ୍ଦୁଝର, ମୟୂରଭଞ୍ଜ ଓ ବାମନ ଘାଟି ଯାଇ ଫେବ୍ରୁଆରୀ ମାସରେ କଟକ ଫେରିଆସିବେ । ଏଇ ମର୍ମରେ ସେ ସରକାରଙ୍କ ସେକ୍ରେଟାରୀଙ୍କୁ ତାଙ୍କ ଶୀତଦିନିଆ ଗସ୍ତର ପ୍ରସ୍ତାବ ପଠାଇଲେ ।

କଲିକତାରୁ ବେଲିଙ୍କର ଚିଠି ଆସିଲା ଯେ ତାଙ୍କର ଗସ୍ତ କାର୍ଯ୍ୟକ୍ରମ ଅନୁମୋଦିତ ହୋଇଛି; ତେବେ ଛୋଟଲାଟ ଭାବୁଛନ୍ତି ଯେ ରେଭେନ୍ଶା ନିଶ୍ଚୟ କଟକ ଡିଭିଜନରେ ପଡ଼ିଥିବା ଅକାଳ ପରିସ୍ଥିତିରେ ଲୋକମାନଙ୍କ ସହାୟତାର ସମସ୍ତ ବନ୍ଦୋବସ୍ତ କରିଛନ୍ତି ।

ଏ ଚିଠି କଟକରେ ପହଞ୍ଚିଲା ବେଳକୁ ରେଭେନ୍ଶା ସେଠାରେ ନଥିଲେ, କାରଣ ସରକାରଙ୍କୁ ଗସ୍ତକ୍ରମ ପଠାଇବାର ଦି ଦିନ ପରେ ନଭେମ୍ବର ୨୦ ତାରିଖ ଦିନ ସେ ବାଙ୍କୀ ବାହାରି ଯାଇଥିଲେ ।

କଲିକତା : ନଭେମ୍ବର ୧୮୬୫

ଓଡ଼ିଶା ପରିସ୍ଥିତି ବିଷୟରେ ଯଦିଓ ରେଭେନଶା ତଥା କଲିକତାରେ ବୋର୍ଡ଼ ଅଫ୍ ରେଭେନ୍ୟୁ, ଛୋଟଲାଟ୍ ଓ ବଙ୍ଗ ସରକାର ନିଶ୍ଚିନ୍ତ ଥିଲେ, କଲିକତାର ଜାଣିବା ଶୁଣିବା ଲୋକ ଏ ବିଷୟରେ ବିବ୍ରତ ଥିଲେ। ଗଞ୍ଜାମ ଜିଲ୍ଲାରେ ଚାଉଳ ନ ମିଳୁଥିବା ବିଷୟରେ ସେଠାର କଲେକ୍ଟରଙ୍କ ଟେଲିଗ୍ରାମ ପାଇ ବେଙ୍ଗଲ ଚାମ୍ବରର ଭାଇସ ପ୍ରେସିଡେଣ୍ଟ ଆର୍.ସ୍କଟ ମନ୍‌କ୍ରିଫ ନିଶ୍ଚୟ କଲେ ଯେ ସେ ଏ ବିଷୟରେ କିଛି କରିବେ। ସେ ନିଜେ ଥିଲେ ଜିସବର୍ଣ୍ଣ ଏଣ୍ଡ କମ୍ପାନୀ ନାମକ ବ୍ୟବସାୟ ସଂସ୍ଥାର ଜଣେ କର୍ତ୍ତା। ନଭେମ୍ବର ୩ ତାରିଖରେ ଏହି କମ୍ପାନୀ ପକ୍ଷରୁ ସେ ଛୋଟଲାଟଙ୍କୁ ଏକ ଦୀର୍ଘ ପ୍ରସ୍ତାବ ଦେଲେ। ଏହାର ମର୍ମ ଥିଲା:

ଦୁର୍ଭିକ୍ଷ ଅଞ୍ଚଳକୁ ଚାଉଳ ଆମଦାନୀ କରିବା ନିତାନ୍ତ ଆବଶ୍ୟକ ହୋଇପଡ଼ିଛି ଏବଂ ଚାଉଳ କେଉଁଠାରେ ମିଳିବ ଏବଂ ତୁରନ୍ତ ମିଳିବ, ତା’ ଦେଖିବାକୁ ହେବ। ବର୍ମାରେ ବର୍ତ୍ତମାନ ବେଶ ଚାଉଳ ମହଜୁଦ ଅଛି ଏବଂ ସେଠାରୁ ଚାଉଳ କିଣି ଛୋଟଛୋଟ ଜାହାଜରେ ତାକୁ ବଙ୍ଗଳା ଓ ଓଡ଼ିଶାର ଦୁର୍ଭିକ୍ଷ ଅଞ୍ଚଳକୁ ପଠାଯାଇ ପାରିବ। କିନ୍ତୁ ଯଦି ସରକାର ଚାଉଳ କିଣୁଛନ୍ତି ବୋଲି ଖବର ହୋଇଯାଏ ତେବେ ଚାଉଳର ଦାମ ହଠାତ୍ ବଢ଼ି ଯାଇପାରେ। ଜିସବର୍ଣ୍ଣ କମ୍ପାନୀର ନାଁ ଭଲ ଏବଂ ସେମାନେ ଚାଉଳ କିଣିଲେ କାହାରି ସନ୍ଦେହ ରହିବ ନାହିଁ। ଯଦି ସରକାର ତାଙ୍କ କମ୍ପାନୀକୁ ଏ ଦାୟିତ୍ୱ ଦିଅନ୍ତି ତେବେ ସେମାନେ ନିଜ ଶ୍ରମ ପାଇଁ କୌଣସି ଖର୍ଚ୍ଚ ନ ଦେଇ ଏକ ହଜାର ଟନ ଚାଉଳ ଛ’ ସପ୍ତାହ ଭିତରେ କଲକତାରେ ପହଞ୍ଚାଇ ଦେଇପାରିବେ।

ଏ ଚିଠିଟି ବୋର୍ଡ଼ ଅଫ୍ ରେଭେନ୍ୟୁଙ୍କ ମତ ପାଇଁ ପଠାଯିବାରେ ବୋର୍ଡର ସେକ୍ରେଟାରୀ ଆର୍.ବି.ଚାପମ୍ୟାନ ଜଣାଇଲେ ଯେ ଯଦିଓ ଜିସବର୍ଣ୍ଣଙ୍କର ଲୋକହିତ ଭାବକୁ ସାଧୁବାଦ ଦେବାକଥା,

ସେମାନେ ବିପଦୀ ବିଷୟରେ ଯେଉଁ ଚିତ୍ର ଦେଇଛନ୍ତି ତାହା ସମ୍ପୂର୍ଣ୍ଣ ଅତିରଞ୍ଜିତ। ବୋର୍ଡଙ୍କର ମତ ଯେ ସରକାର କୌଣସି ବି ପରିସ୍ଥିତିରେ ବାଣିଜ୍ୟର ଗତିବିଧୀରେ ହସ୍ତକ୍ଷେପ କରିବା ଅନୁଚିତ ଏବଂ ସରକାର ଯଦି ବ୍ୟବସାୟୀମାନଙ୍କ କାମ କରନ୍ତି ସେଥିରେ କ୍ଷତି ହିଁ ହେବ। ଯଦି ଦେଶର ମଙ୍ଗଳ ପାଇଁ ବ୍ରହ୍ମଦେଶରୁ ଚାଉଳ ଆସିବା ଉଚିତ୍ ତାହା ହଜାର ହଜାର ପ୍ରାକୃତିକ ବ୍ୟବସାୟ ପ୍ରଣାଳୀରେ ଶୀଘ୍ରରେ ଏବଂ ସୁବିଧାରେ ଆସି ପହଞ୍ଚିବ। ଏତଦ୍‌ବ୍ୟତୀତ ଲୋକଙ୍କର ଜାଣିବା ଉଚିତ୍ ଯେ ସରକାର ତାଙ୍କ ପାଇଁ ସବୁକିଛି କରିପାରିବେ ନାହିଁ। ଚିରସ୍ଥାୟୀ ବନ୍ଦୋବସ୍ତ ବେଳେ ସରକାର ଅନେକ କ୍ଷତି ସହି ଯେଉଁ ଜମିଦାର ଗୋଷ୍ଠୀ ତିଆରି କରିଛନ୍ତି, ସେମାନେ ଲୋକଙ୍କୁ ସାହାଯ୍ୟ କରିବାର ଦାୟିତ୍ୱ ନିଅନ୍ତୁ।

ବୋର୍ଡଙ୍କର ଏ ବିଚାର ସହିତ ଛୋଟଲାଟ ସେସିଲ ବୀଡ଼ନ ଏକମତ ହୋଇ ମନକ୍ରିଫଙ୍କୁ ଜଣାଇଦେଲେ ଯେ ସେ ତାଙ୍କ ପ୍ରସ୍ତାବକୁ ଗ୍ରହଣ କରିପାରିବେ ନାହିଁ। ଏ ଚିଠି ଏବଂ କାଗଜ ସବୁର ନକଲ ଭାରତ ସରକାରଙ୍କ ପାଖକୁ ପଠାଇ ଦେଇ ଛୋଟଲାଟ ନିଶ୍ଚିତ ହୋଇଗଲେ। କେତୋଟି ଦିନ ଭିତରେ ଭାରତ ସରକାରଙ୍କ ଘରୋଇ ବିଭାଗରୁ ବଡ଼ଲାଟଙ୍କର ଜବାବ ଆସିଗଲା; ଛୋଟଲାଟ ମନକ୍ରିଫଙ୍କୁ ଯେଉଁ ଜବାବ ଦେଇଛନ୍ତି, ଗଭର୍ଣ୍ଣର ଜେନେରାଲ ଇନ କାଉନସିଲ ତାହା ଅନୁମୋଦନ କରୁଛନ୍ତି।

ଏଇ ସମୟରେ ସାହେବ ଅଫିସରମାନଙ୍କର ଜଣେ ଅଦୃଶ୍ୟ ପରାମର୍ଶଦାତା ମଧ୍ୟ ଥିଲେ: ଜନ ଷ୍ଟୁଆର୍ଟ ମିଲ। ସେ ଏକଦା ଇଷ୍ଟ ଇଣ୍ଡିଆ କମ୍ପାନୀରେ କାମ କରିଥିଲେ, ଇଉଟିଲିଟାରିଆନ ସୋସାଇଟିର ପୁରୋଧା ଥିଲେ ଏବଂ ବର୍ତ୍ତମାନ ବ୍ରିଟିଶ ପାର୍ଲାମେଣ୍ଟର ସଭ୍ୟ ଥିଲେ। ରାଜନୀତିକ ଅର୍ଥଶାସ୍ତ୍ର ଓ ଦର୍ଶନ ଉପରେ ତାଙ୍କର ଲେଖାମାନ ଶିକ୍ଷିତ ମହଲକୁ ଉଦ୍‌ବୋଧିତ କରିଥିଲା ଏବଂ ଭାରତର ସାହେବ ଅଫିସରମାନେ ତଦ୍ଦ୍ୱାରା ବିଶେଷ ପ୍ରଭାବିତ ହୋଇଥିଲେ। ମିଲଙ୍କ ନିମ୍ନଲିଖିତ ଉକ୍ତିଟି ସହିତ ବର୍ତ୍ତମାନ ସମସ୍ତ ଅଫିସର ପରିଚିତ ଥିଲେ:

ସରକାରୀ ଖର୍ଚ୍ଚରେ ଦୂରରୁ ଖାଦ୍ୟଦ୍ରବ୍ୟ ମଗାଇବାର ସିଧାସଳଖ ବ୍ୟବସ୍ଥା କେବଳ ସେତିକିବେଳେ ଯଥାର୍ଥ ହୋଇପାରେ ଯେତେବେଳେ କୌଣସି ବିଶେଷ କାରଣରୁ ଏହା ବେସରକାରୀ ଲାଭ ବିବେଚନା ଦ୍ୱାରା ନ ହେବାର ସମ୍ଭାବନା ଥାଏ। ଅନ୍ୟ ସମୟରେ ଏଭଳି ବ୍ୟବସ୍ଥା କରିବା ଏକ ବିରାଟ ଭୁଲ୍‌। ଏପରି ହେଲେ ବେସରକାରୀ ବେପାରୀ ସରକାର ସହିତ ପ୍ରତିଯୋଗିତା କରିବା ପାଇଁ ସାହସ କରିବେ ନାହିଁ ଏବଂ ଯଦିଓ ସରକାର ଯେ କୌଣସି ଜଣେ ବ୍ୟବସାୟୀ ଅପେକ୍ଷା ବେଶୀ କରିପାରିବେ, ସବୁ ବ୍ୟବସାୟୀ ମିଶି ଯାହା କରିବେ, ସରକାର କେବେ ହେଲେ ସେତେ କରିପାରିବେ ନାହିଁ।

ପୁରୀ: ନଭେମ୍ବର ୧୮୬୫

ନଭେମ୍ବର ପ୍ରଥମ ସପ୍ତାହରେ କଲେକ୍ଟର ବାର୍ଲୋ ପୁରୀକୁ ଫେରି ଆସିବାରୁ ମୁକ୍ତିର ନିଃଶ୍ୱାସ ନେଲେ ରାମାକ୍ଷୟ । ଏଇ କେତେଦିନ ଭିତରେ ସେ ବ୍ୟତିବ୍ୟସ୍ତ ହୋଇ ଯାଇଥିଲେ । କୋର୍ଟ କଚେରୀ କାମ ଛାଡ଼ି ତାଙ୍କର ବର୍ତ୍ତମାନ ପ୍ରଧାନ କାମ ଥିଲା ଚାଉଳ ଦୋକାନମାନଙ୍କୁ ଯାଇ ପୋଲିସ ସାହାଯ୍ୟରେ ଶାନ୍ତି ରକ୍ଷା କରିବା । ଆଜିକାଲି ସେ ଯେଉଁଆଡ଼େ ଯାଉଥିଲେ, ଦଳଦଳ ଲୋକ ଅଣ୍ଟାରେ ପଇସା ଖୋସି ଓ ହାତରେ ଟୋକେଇ ଓ ଅଖା ଧରି ଚାଉଳ କିଣିବା ଆଶାରେ ତାଙ୍କ ପଛେ ପଛେ ଧାଉଁଥିଲେ ।

ପୁରୀରେ ପହଞ୍ଚିବା ମାତ୍ରେ ପାଲିଙ୍କିରୁ ଓହ୍ଲାଇ ବଙ୍ଗଲା ଭିତରକୁ ଯାଉ ଯାଉ ବାର୍ଲୋ ରାମାକ୍ଷୟଙ୍କୁ ଡକାଇ ପଠାଇଲେ । ଅବସ୍ଥା ଦିନକୁ ଦିନ ଖରାପ ଆଡ଼କୁ ଯାଉଥିଲା । ଆଜିକାଲି ମଠ ଆଗରେ ଚାଉଳ କିଣିବାକୁ ଏତେ ଲୋକ ଜମା ହୋଇଯାଉଥିଲେ ଯେ ସବଳ ଲୋକ ଠେଲିପେଲି ଆଗକୁ ଚାଲି ଯାଉଥିଲେ ଏବଂ ଦୁର୍ବଲିଆ ଲୋକମାନେ ଦିନସାରା ପଛେଇ ରହି ଯାଇ ସଞ୍ଜବେଳେ ଖଣ୍ଡିଆ ଖାବରା ହୋଇ ଖାଲି ହାତରେ ଘରକୁ ଫେରୁଥିଲେ ।

ପରିସ୍ଥିତିକୁ ଆହୁରି ଖରାପ କରି ଦେଇଥିଲେ ଦଣ୍ଡିଦାରମାନେ । ସେମାନେ ମଫସଲରେ ଗୁଜବ ପ୍ରଚାର କରି ଦେଇଥିଲେ ସେ ପୁରୀକୁ ଯେ ଚାଉଳ ଆଣିବ, ତାକୁ ଟଙ୍କାରେ ବାର ସେର ହିସାବରେ ବିକ୍ରି କରିବାକୁ ବାଧ୍ୟ କରାଯିବ । ସେମାନଙ୍କୁ ଏଭଳି ମିଛ କହି ମଫସଲରୁ ବିକ୍ରି ପାଇଁ ଯେତେ ଚାଉଳ ପୁରୀ ଆସୁଥିଲା, ଦଣ୍ଡିଦାରମାନେ ତାକୁ ଅଧା ବାଟରୁ କିଣି ନେଉଥିଲେ । କାଲେ ସେମାନଙ୍କର ଏଭଳି ପୁରୀକୁ ଚାଉଳ ଆଣିବା ଧରା ପଡ଼ିଯିବ, ସେଥିପାଇଁ ସେମାନେ ଗରିବ ସ୍ୱାମୀମାନଙ୍କୁ

ଏ କାମରେ ଲଗାଇଥିଲେ। ଏ ସ୍ତ୍ରୀଲୋକମାନେ ଚାଉଳ ଟୋକେଇ ଉପରେ ଘସ୍ସି ବିଛାଇ ଦେଇ ଆଣୁଥିଲେ, ଯେମିତି ଧରା ପଡିବ ନାହିଁ।

ଏ ତ ଗଲା ପୁରୀ ଅବସ୍ଥା। ମଫସଲରୁ ମଧ୍ୟ ପୋଲିସ ରିପୋର୍ଟରେ ଲୋକଙ୍କର ଦୁର୍ଗତିର ଖବର ଆସୁଥିଲା। ନବାପାଟଣାରୁ ଖବର ଆସିଥିଲା ଯେ ସେଠାରେ କୃଷ୍ଣପ୍ରସାଦର ଜମିଦାର କିଛି କିଛି ସାହାଯ୍ୟ ବାଣ୍ଟୁଥିବା ସତ୍ତ୍ୱେ କେତୋଟି ପରିବାର ସମ୍ପୂର୍ଣ୍ଣ ନିରାଶ୍ରୟ ଅବସ୍ଥାରେ ଅଛନ୍ତି ଓ ଲୋକେ ଖାଇବାକୁ ନ ପାଇ ମରୁଛନ୍ତି। ବାସପୁରରେ ଚାଉଳ ଦର ସାତସେର ହୋଇଯାଇଛି। ଭୃଷଣ୍ଡପୁରରେ ପୋଲିସ ସାହାଯ୍ୟରେ ଚାଉଳ ବିକ୍ରି ହେଉଥିଲା, କିନ୍ତୁ ବର୍ତ୍ତମାନ ସେଠାରେ ଚାଉଳ ପୁରା ସରିଗଲାଣି। ବୟାଳିଶବାଟି, ବଲରାମପୁର ଇତ୍ୟାଦି ଗାଁର ଲୋକ ନାଗପୁର ହାଟରୁ ଚାଉଳ କିଣୁଥିଲେ; କିନ୍ତୁ ସେ ହାଟକୁ ଆଜିକାଲି ଆଉ ଚାଉଳ ଆସୁନାହିଁ। ବଡଲାଣିରୁ ଖବର ଆସିଥିଲା ଯେ ସେଠାରେ ଦିଓଟି ପିଲା ଅନାହାରରେ ମରିଯାଇଛନ୍ତି। ପିପିଲିରେ ଚାଉଳ ଦର ଆଠସେର ହୋଇଯାଇଛି। ସବୁଆଡ଼େ ଲୋକେ ଚାଉଳ ବଦଲରେ ଚେରମୂଳ, କଇଁନାଡ, କଣିକା ମୂଳ, ତେନ୍ତୁଳି ପତ୍ର, ଦହଣା ଇତ୍ୟାଦି ଖାଇ ବଞ୍ଚିଛନ୍ତି।

ସବୁଠାରୁ ବେଶୀ ଦୁର୍ଦ୍ଦଶାର ଖବର ଆସିଥିଲା ଚିଲିକା କୂଳ ଅଞ୍ଚଳରୁ, ବିଶେଷରେ ପାରିକୁଦ ଓ ମାଲୁଦରୁ। ମାଲୁଦ ଲୁଣ କଟେରୀ ପାଖରେ ଦି ଜଣ ଲୋକ ଅନାହାରରେ ମରିଯାଇଛନ୍ତି। ଏ ଅଞ୍ଚଳରେ ଲୁଣ ତିଆରି ବନ୍ଦ ହୋଇ ଯାଇଥିବାରୁ ଲୋକେ କଷ୍ଟରେ ଥିଲେ ଏବଂ ଏ ବର୍ଷ ବର୍ଷା ନ ହୋଇ ଫସଲ ଜଳି ଯିବାରୁ ଏଠାର ଲୋକ କାମ ଖୋଜି ବାହାରକୁ ପଳାଇ ଯାଇଛନ୍ତି। ରହିଯାଇଥିବା ଏକୁଟିଆ ସ୍ତ୍ରୀ ପିଲାଙ୍କ ଅବସ୍ଥା ସବୁଠାରୁ ଅଧିକ ଶୋଚନୀୟ।

ପୋଲିସ କନଷ୍ଟେବଲମାନେ ଦରଖାସ୍ତ କରିଥିଲେ ଯେ ବର୍ତ୍ତମାନର ଦରମାରେ ସେମାନେ ଆଉ ଚଳି ପାରିବେ ନାହିଁ; ଚାଉଳ ଚଢ଼ା ଦର ବାବଦରେ ତାଙ୍କୁ ଭତ୍ତା ଦିଆଯାଉ।

ପୁରୀକୁ ଫେରି ବାର୍ଲୋ ଦିନରାତି କାମରେ ଲାଗିଗଲେ। ସହରରେ ବୁଲି କିପରି ଯେତିକି ଚାଉଳ ଅଛି ତା ସୁବିଧାରେ ବିକ୍ରି ହୋଇପାରିବ ତାର ବ୍ୟବସ୍ଥା ଦେଖିଲେ। ରେଭେନ୍‍ଶାଙ୍କୁ ସେ ଜଣାଇଦେଲେ ଯେ ସେ ଯାହା ଆଗରୁ ଭାବିଥିଲେ ଯେ ଜିଲ୍ଲାରେ ପ୍ରଚୁର ଚାଉଳ ମହଜୁଦ ଅଛି, ସେ ଧାରଣା ସମ୍ପୂର୍ଣ୍ଣ ଭୁଲ୍। ଦେଶରେ ଆଦୌ ଚାଉଳ ନାହିଁ ଏବଂ ବାହାରୁ ଚାଉଳ ଆଣିବାକୁ ହେବ। ସେ ଆଉ ମଧ୍ୟ ଲେଖିଦେଲେ ଯେ ପାରିକୁଦ ମାଲୁଦକୁ ସିଧା କଲିକତାରୁ ଗୋଟିଏ ଜାହାଜ ଚାଉଳ ନ ପଠାଇଲେ ସେଠାର ଲୋକେ ଅନାହାରରେ ମରିଯିବେ।

ଚିଠି ଲେଖିବାରେ ରେଭେନ୍‍ଶା ଧୁରନ୍ଧର ଥିଲେ। ଅତିଶୀଘ୍ର ତାଙ୍କ ପାଖରୁ ବାର୍ଲୋଙ୍କ ଚିଠିର ଉତ୍ତର ଆସିଗଲା।

କଟକ

୧୪ ନଭେମ୍ବର ୧୮୬୫

ପ୍ରିୟ ବାର୍ଲୋ,

ପାରିକୁଦ ଓ ମାଲୁଦର ଶୋଚନୀୟ ଅବସ୍ଥା ବିଷୟରେ ମୁଁ ତମର ତେର ତାରିଖର ଚିଠି ପାଇଛି। ମୁଁ ଆଶା କରୁଛି ତମକୁ ଖବର ଦେଇଥିବା ଲୋକ ଏ ବିଷୟ ସାମାନ୍ୟ ଅତିରଞ୍ଜିତ କରି ଜଣାଇଛି।

ସବୁଆଡୁ ମୁଁ କେବଳ ଅସନ୍ତୋଷର ଖବର ପାଉଛି, କିନ୍ତୁ ମୁଁ ନିଶ୍ଚିତ ଜାଣେ ଯେ କିଛି ଉଚ ଜାଗାର ଜମିରେ ଫସଲ ପୂରା ନଷ୍ଟ ହୋଇଛି ସତ; କିନ୍ତୁ ଅନ୍ୟ ଜାଗାରେ ଆଠଅଣାରୁ କମ ଫସଲ ହେବନାହିଁ।

ପାରିକୁଦ ଓ ମାଲୁଦର ଅବସ୍ଥିତି ଦୃଷ୍ଟିରୁ ଲୋକେ ଫସଲ ପାଇଁ ବର୍ଷା ଉପରେ ପୂରା ନିର୍ଭର କରନ୍ତି, କାରଣ ସେଠାରେ ଦି ପାଖରେ ଲୁଣିପାଣି। ସେଠାର ଦୁର୍ଗତି ଅତି ଅସାଧାରଣ। ମୁଁ ସରକାରଙ୍କୁ ଏ ବିଷୟରେ ରିପୋର୍ଟ ଦେଇଛି। ଟଙ୍କା ମିଳିବା ଏବଂ ଟଙ୍କା ମିଳିଲେ ଜାହାଜ ଆସିବା ପର୍ଯ୍ୟନ୍ତ ଖାଦ୍ୟ ଯୋଗାଇବା କଷ୍ଟକର କଥା। ଏକମାତ୍ର ଉପାୟ ହେଉଛି ସେମାନେ କିଛିଦିନ ପାଇଁ ଅନ୍ୟଜାଗାକୁ ଚାଲିଯାଆନ୍ତୁ। ସେ ସବୁ ଜାଗାରେ ଅନ୍ନଛତ୍ର ଖୋଲିଲେ ସେମାନେ ଛତ୍ର ପାଖରେ ଥିବେ; ଯଦି କାମ କରିବାକୁ ସକ୍ଷମ, ତେବେ କାମ କରିବେ। ଅବଶ୍ୟ ଦ୍ୱିତୀୟ କଥାଟି ବୁଢ଼ା ଓ ଅକର୍ମଣ୍ୟ ଲୋକଙ୍କୁ ସାହାଯ୍ୟ କରିବ ନାହିଁ।

ତମେ ଜମିଦାରମାନଙ୍କୁ ସେମାନଙ୍କର କର୍ତ୍ତବ୍ୟ କରିବା ପାଇଁ ବୁଝାଇବାକୁ ଚେଷ୍ଟା କର। ନିଜକୁ ଆଉ ପ୍ରଜାଙ୍କୁ ସେମାନେ ସରକାରଙ୍କ ଉପରେ ପକାଇ ନଦିଅନ୍ତୁ। ସବୁ ବିଷୟରେ ଏବଂ ସବୁ ସମୟରେ ଭଲ ଦିଗକୁ ଦେଖୁଥାଅ। ଲୋକଙ୍କୁ ହତାଶ ହେବାକୁ ଦିଅନାହିଁ। ଆଠଅଣା ଫସଲ ହେଲେ ବି ଦୁର୍ଭିକ୍ଷ ହେବନାହି। ସମସ୍ତଙ୍କୁ ଆଶ୍ୱାସନା ଦିଅ ଏବଂ ଲୋକଙ୍କ ପଛରେ ଲାଗିଥାଅ ସେମାନେ ଯେପରି ନିଜକୁ ସାହାଯ୍ୟ କରିବେ। ତମେ କହିବ ଓଡ଼ିଶାରେ ଏ କଥା କଷ୍ଟକର, କିନ୍ତୁ ଚେଷ୍ଟାରୁ ବଳି କିଛି ନାହିଁ।

ଦେଶର ସବୁ ଖଜଣା ଅଧିକ ଭାବେ ଦେଶରେ ହିଁ ଲୋକଙ୍କ ଭିତରେ ଖର୍ଚ୍ଚ ହୋଇଛି। ଯଦି ଅଧିକ ରପ୍ତାନୀ ହୋଇଛି, ଚାଉଳ ଯାଇ ଟଙ୍କା ତ ଆସିଛି। ଟଙ୍କା ଦେଲେ ଚାଉଳ କିଣି ହେବ ଏବଂ ଯଦି ଚାଉଳଥାଏ, ଯେଉଁଠାରେ ଅଭାବ ସେଠାରେ ପହଞ୍ଚିବ। ଗରିବ ଲୋକଙ୍କ ପାଇଁ ଏ କଠୋର ସମୟ, କିନ୍ତୁ କଣ କରାଯାଏ ?

ଏଥରେ ବର୍ଷା ହେବ ଜଣାପଡୁଛି, ଆମେ ଆଶାରେ ଅଛୁ, ବର୍ଷା ପଡ଼ିବ।

ବୋଧହୁଏ ଆଉ ପଚରାପଚରି କଲେ ତମେ ଦେଖିବ ଯେ ଚିଲିକା କୂଳର ଖବର ତମେ ଯାହା ଭାବୁଛ, ସେତେ ଖରାପ ନୁହେଁ। ତାହାହିଁ ହୋଇଥାଉ ବୋଲି ମୋର ଆଶା।

ତୁମର ବିଶ୍ୱସ୍ତ

ଟି.ଇ.ରେଭେନ୍ଶା

ଏ ରେଭେନ୍ଶା ବି ଅଭୁତ ଜୀବ, ଭାବିଲେ ବାର୍ଲୋ। ନିର୍ବୋଧମାନଙ୍କ ସ୍ୱର୍ଗରେ ରହିଛି ଲୋକଟା। ଚିଠିକୁ ରଖିଦେଇ ବାର୍ଲୋ ଝରକା ବାହାରେ ଆକାଶକୁ ଅନାଇଲେ। ଆକାଶରେ ମେଘ ଅଛି, କିନ୍ତୁ ବର୍ଷାର ନାଁ ନାହିଁ। କାଲି ରାତିରେ ମାପି ମାପି ମାତ୍ର ଦୁଇ ଚାମଚ ବର୍ଷା ହୋଇଥିଲା।

ଏଣେ ପୁରୀରେ ଚାଉଳ ଦର ହୋଇଗଲାଣି ଟଙ୍କାରେ ସାଢ଼େ ଛ ସେର।

ମିଠାକୃଅ: ନଭେମ୍ବର ୧୮୬୫

ଦଶଦିନ ତଳେ ପୁରୀ ପୋଲିସ ସୁପରିନଟେଣ୍ଡେଣ୍ଟ ଲେସି ଗସ୍ତରେ ବାହାରିଥିଲେ। ଲକ୍ଷ୍ୟ ଥିଲା ଫତେପୁର, କିନ୍ତୁ ଏଥରକ ପକ୍ଷୀ ଶିକାର ପାଇଁ ନୁହେଁ, ସେ ଅଞ୍ଚଳର ଖବର ବୁଝିବାପାଇଁ। ରାସ୍ତାରେ ପରିସ୍ଥିତିକୁ ଦେଖି ସେ ବିଷୟରେ ରିପୋର୍ଟ ଦେବାର ଥିଲା।

ଖୋର୍ଦ୍ଧାରେ ଫସଲ ଖରାପ ନଥିଲା ଏବଂ ଗଲା ସପ୍ତାହରେ ମେଘୁଆ ପାଗ ଯୋଗୁ ଅବସ୍ଥା ସାମାନ୍ୟ ସୁଧୁରିଥିଲା। ତେବେ ବୋଲଗଡ଼ ଆଡ଼କୁ ଅବସ୍ଥା ଏ ପ୍ରକାର ନଥିଲା। ଜଙ୍ଗିଆ ଓ ଟାଙ୍ଗି ମାଟିରେ ଫସଲ ଜଳି ଯାଇଥିଲା; ଖାଲି ଠାଏ ଠାଏ ଯାହା ଜମିରେ ପାଣି ମଡ଼ାଇ ଲୋକେ ସାମାନ୍ୟ ଫସଲକୁ ବଞ୍ଚାଇ ରଖିଥିଲେ। ଲେସି ଜଙ୍ଗିଆରେ କ୍ୟାମ୍ପ କରିଥିଲେ। ତାଙ୍କ ଲୋକ ଯାଇ ବଜାରରୁ ଚାଉଳ କିଣିଥିଲା; ଦର ଥିଲା ଟଙ୍କାରେ ପୁରୁଣା ଚାଉଳ ଆଠ ସେର, ନୂଆ ଚାଉଳ ଦଶ ସେର।

ଚିଲିକା କୂଳରେ କ୍ୟାମ୍ପ ପକାଇ ଲେସି ସୁନାଖଲା ଗଲେ। ସେଠାରେ ଫସଲ ପ୍ରାୟ ପୁରାପୁରି ନଷ୍ଟ ହୋଇଯାଇଥିଲା। କେଠାଏ ଧାନ ଦିଶୁ ନଥିଲା ଏବଂ କ୍ଷେତରେ ଗୋରୁଗାଇ ଥୁଣ୍ଠା ଗଛକୁ ଚରୁଥିଲେ। ସରକାରଙ୍କ ପାଖରୁ ଜଣାଗଲା ଯେ ଏ ଅଞ୍ଚଳର ଅନେକ ପୁରୁଷ ଲୋକ ଗାଁ ଛାଡ଼ି କାମ ଆଶାରେ କଟକ ଓ ଗଞ୍ଜାମକୁ ପଳାଇ ଯାଇଛନ୍ତି।

ବାଲୁଗାଁରୁ ବାଣପୁର ପର୍ଯ୍ୟନ୍ତ ଲେସି ପାଲିଙ୍କି ରଖିଦେଇ ଘୋଡ଼ାରେ ଚଢ଼ି ଗଲେ। ରାସ୍ତା ପାଖରେ ଜଣେ ଲୋକ ତାଙ୍କୁ ତାର ଜମି ଦେଖାଇବାକୁ ନେଇଗଲା। ତାର ଦଶ ମାଣର ଗୋଟିଏ ବଡ଼ କ୍ଷେତ। ଏବେ ପୁରା ଜମିରେ କେଠାଏ ବି ଧାନ ନଥିଲା। ଏ ଲୋକଟିକୁ ଏଥର ଭିଖ ମାଗିବାକୁ ପଡ଼ିବ। ଏଣେ

ସରବରାକାର ରୋଜ ଆସି ତାକୁ ଖଜଣା ମାଗୁଛି । ସରବରାକାର ଯଦି ଏପରି ଜୋରଜବରଦସ୍ତ କରେ ଲୋକଟିକୁ ଗୋରୁଗାଈ ଶଗଡ଼ ବିକିବାକୁ ପଡ଼ିବ ।

ପ୍ରଗଣା ପାରିକୁଦ ମାଲୁଦ ବଜ୍ରକୋଟରେ ପହଞ୍ଚି ଲେସି ଘୋଡ଼ା ଛାଡ଼ିଦେଇ ପାଦରେ ଗାଁ ମାନଙ୍କରେ ବୁଲିଲେ । ଚିଲିକା କୂଳରୁ ମଣ୍ଡଲା ଫାଣ୍ଡିରୁ ନବାପାଟଣା ଏବଂ କୃଷ୍ଣପ୍ରସାଦରୁ ଗଡ଼ । ଏ ସବୁ ଅଞ୍ଚଳରେ ଫସଲ ପୂରାପୂରି ନଷ୍ଟ ହୋଇ ଯାଇଥିଲା । କେବଳ କେତୋଟି ଗାଁରେ ବ୍ରାହ୍ମଣମାନେ ଟିକିଏ ଟିକିଏ ଫସଲ ବଞ୍ଚାଇ ରଖିଥିଲେ । ଏଠାରୁ ବଳି ଦୁର୍ଦ୍ଦଶା ବୋଧହୁଏ ଆଉ କେଉଁଠାରେ ହୋଇ ନଥିବ ।

ଏଇ ଗାଁ ମାନଙ୍କରୁ କୋଡ଼ିଏ ତିରିଶ ଲୋକ ଅନାହାରରେ ମରିଥିବାର ଖବର ମିଳିଲା ଏବଂ ବର୍ତ୍ତମାନ ଯାହା ଦେଖିବାକୁ ମିଳୁଥିଲା, ପ୍ରତିଦିନ ଏ ସଂଖ୍ୟା ବଢ଼ୁଥିବ ।

ବଡ଼ଚୁର ଆଗେ ବଡ଼ ଗାଁ ଥିଲା, କିନ୍ତୁ ବର୍ତ୍ତମାନ ଗାଁଟି ଖାଲି ପଡ଼ିଥିଲା । ଘର ଭିତରେ କେବଳ ସ୍ତ୍ରୀ, ପିଲା ଥିଲେ । ଲେସି କେତୋଟି ଘର ଭିତରେ ପଶି ଅବସ୍ଥା ଦେଖିଲେ । ଦୁର୍ଭିକ୍ଷ ପଡ଼ିବାରୁ ଗୋଟିଏ ଘରେ ଗୃହକର୍ତ୍ତା ସ୍ତ୍ରୀ ପିଲାଙ୍କୁ ଛାଡ଼ି ଦି ମାସ ତଳେ ଚାଲି ଯାଇଥିଲା । ହାତଭଗିନୀ ସ୍ତ୍ରୀଟି ବର୍ତ୍ତମାନ ଛିଣ୍ଡାକନା ପିନ୍ଧି ଘର ଭିତରେ ପଡ଼ିଥିଲା । ତାକୁ କହିବାରୁ ସେ ତାର ଆଉ ଦିଓଟି ଛୁଆଙ୍କୁ ଆଣି ଦେଖାଇଲା । ଝିଅ ଦୁଇଟିଙ୍କ ଦେହରେ ଖାଲି ହାଡ଼ ଥିଲା ଏବଂ ଅନାହାରଜନିତ ଦୁର୍ବଳତା ଯୋଗୁଁ ସେମାନେ ଉଠିପାରୁ ନଥିଲେ । ଆଉ କିଛି ଘରେ ଏଭଳି ଏକୁଟିଆ ରହିଥିବା ସ୍ତ୍ରୀମାନେ କରୁଣ କାହାଣୀ ଶୁଣାଇଲେ । ଜଣକ ଘରେ ଦି ଦିନ ତଳେ ତିନୋଟି ପିଲା ମରି ଯାଇଥିଲେ, ଆଉ ଜଣକ ଘରେ ଗୋଟିଏ ପିଲା । ଆଉ ଗୋଟିଏ ଘରେ ସ୍ତ୍ରୀ ପୁରୁଷ ଦି'ଜଣ ଯାକ ଅନାହାରରେ, କିମ୍ବା ପ୍ରକୃତରେ କହିଲେ ଅଖାଦ୍ୟ ଖାଇ, ମରି ଯାଇଥିଲେ ।

ଏ ଅଞ୍ଚଳର ଚାରିଆଡ଼େ ଦୁର୍ଭିକ୍ଷରେ କରାଲତା ଦିଶୁଥିଲା । ଗାଁର ପୁରୁଷ ସ୍ତ୍ରୀ ଛୁଆ ସମସ୍ତେ ମିଶି ପାଣି କାଦୁଅରେ ପଶି ଦୋହଣା ମୂଳ ସଂଗ୍ରହ କରିବାରେ ଲାଗିଥିଲେ । ଏହା ଜୀବନଧାରଣର ଏକମାତ୍ର ସମ୍ବଳ ଥିଲା, କିନ୍ତୁ ଏ ଜିନିଷଟି ମଧ୍ୟ ଶୀଘ୍ର ସରିଯିବ ଏବଂ ଲୋକମାନଙ୍କ ପାଇଁ ଖାଇବାକୁ ଆଉ କିଛି ନଥିବ ।

ପାରିକୁଦର ରାଜା ପ୍ରଶଂସନୀୟ କାମ କରୁଥିଲେ । ଲେସି ତାଙ୍କ ଘରକୁ ଯାଇ ତାଙ୍କୁ ଦେଖାକଲେ । ତାଙ୍କ ପାଖରେ ବେଶ ଧାନ ଥିଲା ଏବଂ ଦି ମାସ ହେଲା ସେ ହିଁ ରଇତମାନଙ୍କୁ ସାହାଯ୍ୟ ଦେଇ ବଞ୍ଚାଇ ରଖିଥିଲେ । ତାଙ୍କ ଖଳାରେ ପଚହରଟି ପିଲାଙ୍କୁ ରଖି ସେ ଖାଇବାକୁ ଦେଉଥିଲେ; ଆଉ ଗୋଟିଏ ଜାଗାରେ ସତରଟି ଅନାଥ ଝିଅ ଥିଲେ । କାଙ୍ଗାଳୀଙ୍କ ପାଇଁ ସେ ଗୋଟିଏ ଅନ୍ନଛତ୍ର ଖୋଲିଥିଲେ ।

ଏ କେତେଦିନର ଗସ୍ତ ଲେସିଙ୍କ ପାଇଁ ଏକ ମର୍ମାନ୍ତକ ଅଭିଜ୍ଞତା ଥିଲା । ମୃତ୍ୟୁର ଏକ ଭୟାବହ ଛାଇ ଏ ସାରା ଅଞ୍ଚଳକୁ ଘେରି ରହିଥିଲା ଏବଂ ଲୋକମାନଙ୍କର ନିରବଲମ୍ୟ ହାହାକାର ଆକାଶକୁ ଭେଦି ଯାଉଥିଲା । ମିଠାକୁଅରେ ଗୋଟିଏ ରାତି କଟାଇ ଲେସି ଗସ୍ତର ଏକ ବିସ୍ତୃତ ବିବରଣୀ ଲେଖି ପଠାଇଦେଲେ ଏବଂ ନଭେମ୍ବର ୨୪ ତାରିଖ ଦିନ ଏଠାର ହୃଦୟବିଦାରକ କାହାଣୀକୁ ଛାତିରେ ଧରି ସମୁଦ୍ର କୂଳ ବାଟେ ପୁରୀକୁ ଫେରିଗଲେ ।

କଲିକତା: ନଭେମ୍ବର ୧୮୬୫

୨୫ ତାରିଖ ସକାଳେ ବୋର୍ଡ ସେକ୍ରେଟେରୀ ଚାପମ୍ୟାନଙ୍କ ପାଖରେ ବାର୍ଲୋଙ୍କର ଏହି ଟେଲିଗ୍ରାମଟି ପହଞ୍ଚିଲା: ପାରିକୁଦ ମାଲୁଦରେ ଅନାହାର। ମୃତ୍ୟୁ ବଢ଼ିଚାଲିଛି। ଏସ.ପି.ଦୁର୍ଗତି ଦେଖ ଆସିଛନ୍ତି। ପୁରୁଷ ଲୋକ ଘରଛାଡ଼ି ଚାଲି ଯାଇଛନ୍ତି ଏବଂ ପରିବାର ଲୋକ ନିରାଶ୍ରୟ। ସ୍ଥାନୀୟ ସାହାଯ୍ୟ ଯୋଗାଡ଼ କରିବାକୁ ଚେଷ୍ଟା କରୁଛି, କିନ୍ତୁ ସାଧାରଣ ଅଭାବ ଦୃଷ୍ଟିରୁ କଷ୍ଟକର। ସର୍ବସାଧାରଣଙ୍କଠାରୁ ସାହାଯ୍ୟ ମଗାଯାଉ। ମିଠାକୁଅଁକୁ ଟଙ୍କା ବଦଳରେ ଚାଉଳ ପଠାଇଲେ ଭଲ ହେବ। ପାରିକୁଦ ରାଜା ସାହାଯ୍ୟ କରୁଛନ୍ତି।

ଏ ତାରଟି ଅନ୍ୟ କାଗଜପତ୍ର ସହିତ ତଳକୁ ଚାଲିଗଲା ଏବଂ ଫାଇଲରେ ଦି ଦିନ ପରେ ନୋଟ ଆସିବାରେ ଚାପମ୍ୟାନ ଓଲଟା ତାର ଦେଲେ: ମାଲୁଦ ବିଷୟରେ ଆଉ ଖବର ପଠାଅ। କେତେ ଲୋକ ଅନାହାରରେ ମରିଛନ୍ତି? କେତେ ପରିବାର ପରିତ୍ୟକ୍ତ? ମାଲୁଦ ପାରିକୁଦ ମିଶି ଲୋକସଂଖ୍ୟା କେତେ? ସେଠାରେ କଣ କେହି ଧନୀ ଲୋକ ନାହାନ୍ତି? ପ୍ରକୃତରେ ଅନାହାରରେ ଥିବା ଲୋକଙ୍କ ସଂଖ୍ୟା କେତେ?

ଯାହାହେଉ, ଏପ୍ରଶ୍ନମାନଙ୍କର ଉତ୍ତର ଆସିବା ଆଗରୁ ଚିଲିକା ଅଞ୍ଚଳକୁ କିପରି ଚାଉଳ ପଠାଯେବ, ସେ ବିଷୟରେ ମନକ୍ରିଫଙ୍କର ପରାମର୍ଶ ନିଆଗଲା। ମନକ୍ରିଫ ଜଣାଇଲେ ଯେ ଯଦି ତାଙ୍କୁ ଚାଉଳ କିଣିବା ବିଷୟରେ ପୂରା ସ୍ଵାଧୀନତା ଦିଆଯାଏ, ସେ ଆକୟାବରୁ ଚାଉଳ କିଣି ୮୦୦ ଟନ ଚାଉଳ ବାରଦିନ ଭିତରେ ଓଡ଼ିଶା କୂଳରେ ପହଞ୍ଚାଇଦେବେ। ସେ ଏକଥା ମଧ୍ୟ ଜଣାଇଲେ ଯେ ଯଦି ୨୮ ତାରିଖ ସକାଳବେଲା, ଏପରିକି ଉପରବେଲା ଚାରିଟା ସୁଦ୍ଧା, ଏ ବିଷୟରେ ଖବର ପାଆନ୍ତି, ତେବେ

ଡିସେମ୍ବର ପହିଲାରେ ଯାଉଥିବା ଗୋଟିଏ ଷ୍ଟୀମରରେ ଅନ୍ତତଃ ୨୫୦ ବସ୍ତା ଚାଉଳ କଲିକତାରୁ ସାଙ୍ଗେ ସାଙ୍ଗେ ଓଡ଼ିଶାକୁ ପଠାଯାଇପାରିବ ।

ଏତେ କଥା ପରେ କେଁ ବାହାର କଲେ ବୋର୍ଡର ସିନିଅର ସଭ୍ୟ ଏ.ଗ୍ରୋଟ । ୨୮ ତାରିଖ ଦିନ ସେ ଫାଇଲରେ ନୋଟ ଲେଖିଲେ ଯେ ଏଭଳି ପରିସ୍ଥିତିରେ ମିଠାକୁଅରେ ସାହାଯ୍ୟ ପହଞ୍ଚିବା ପୂର୍ବରୁ ସେଠାରେ ଲୋକମାନେ କାମ ଓ ଖାଦ୍ୟ ପାଇଁ ଅନ୍ୟ ଆଡ଼କୁ ଚାଲି ଯାଇଥିବେ; ତେଣୁ ଚାଉଳ ପଠାଇ କିଛି ଲାଭ ହେବନାହିଁ । ତା ଛଡ଼ା ଜାହାଜରେ ଚାଉଳ ପହଞ୍ଚାଇ ତାକୁ ମାଗଣାରେ ବାଣ୍ଟିଲେ ସରକାର ଅସୁବିଧାରେ ପଡ଼ିବେ ।

ବୋର୍ଡର ଜଣେ ସଭ୍ୟ ଏ ଭଳି ମନ୍ତବ୍ୟ କରିଥିବାରୁ ସବୁ କାଗଜ ଛୋଟଲାଟ ସେସିଲ ବ୍ରାଡ଼ନଙ୍କ ପାଖକୁ ପଠାଗଲା । କାଗଜ ଦେଖି ସେ ସେଇଦିନ ଗ୍ରୋଟଙ୍କୁ ଜବାବ ଦେଲେ: ମୁଁ ଭାବୁଛି ବର୍ତ୍ତମାନ ଜରୁରୀ ପରିସ୍ଥିତିକୁ ମୁକାବିଲା କରିବା ପାଇଁ ଆମେ ୨୫୦ ବସ୍ତା ଚାଉଳ ମିଠାକୁଅକୁ ପଠାଇବା । ଏ ଚାଉଳର ଖର୍ଚ୍ଚ ରିଲିଫ କମିଟି ବହନ କରିବ ଏବଂ ଏ ଚାଉଳ କିପରି ମିତବ୍ୟୟିତାର ସହିତ ଖର୍ଚ୍ଚ ହେବ, କମିଟି ତାର ଦାୟିତ୍ୱ ନେବେ । ମାଲୁଦ ଜାଗିରଦାରକୁ ଏ କାମରେ ଲଗାଯାଇପାରେ, ତେବେ ସବୁଠାରୁ ଉଭମ ହେବ ଯଦି ସ୍ଥାନୀୟ କର୍ତ୍ତୃପକ୍ଷଙ୍କ ଉପରେ ଏ ସବୁ ବିଷୟ ଛାଡ଼ି ଦିଆହୁଏ ।

ଗ୍ରୋଟଙ୍କୁ ଏ କଥା ଲେଖି ସେ ବୋର୍ଡ ସେକ୍ରେଟାରୀ ଚାପମ୍ୟାନଙ୍କୁ ଲେଖିଲେ : ପୁରୀର ଦକ୍ଷିଣରେ ଯେଉଁ ଅସାଧାରଣ ପରିସ୍ଥିତି ଉପୁଜିଛି, ମୁଁ ଭାବୁଛି ସରକାର ନିଜର ହସ୍ତକ୍ଷେପ ନ କରିବା ନୀତିରୁ ଓହରିବା ରଚିତ । ମିଠାକୁଅକୁ ଚାଉଳ ପଠାଯିବା ଉଚିତ । ଏ ଚାଉଳ ବିନା ଲାଭରେ ଲୋକଙ୍କୁ ବିକ୍ରି ହେବ ଏବଂ ଯେଉଁ ଲୋକମାନେ ପୂରାପୂରି ଅସହାୟ, ସେମାନଙ୍କୁ ରିଲିଫ କମିଟିର ଇଚ୍ଛା ମୁତାବକ ମାଗଣାରେ ଦିଆଯିବ । ତେଣୁ ଆପଣ ପହିଲା ତାରିଖରେ ଷ୍ଟୀମର ଯୋଗେ ୨୫୦ ବସ୍ତା ଚାଉଳ ପଠାନ୍ତୁ ।

ସେଇଦିନ ବୋର୍ଡ ଅଫିସରୁ ରେଭେନ୍ଶାଙ୍କ ପାଖକୁ ଗୋଟିଏ ତାର ଗଲା: ମିଠାକୁଅକୁ ଚାଉଳ ପଠାଇଲେ କିଛି ଲାଭ ହେବ କି ? ଆପଣ ଏ ଚାଉଳ ପାଇଁ ଖର୍ଚ୍ଚ ହୋଇଥିବା ମୂଲ୍ୟରେ, ଧରନ୍ତୁ ଟଙ୍କାକୁ ବାର ସେର, ବିକ୍ରି କରିପାରିବେ କି ?

ଏଥ ସହିତ ଆଉ ଗୋଟିଏ ତାର ଗଲା ପୁରୀ କଲେକ୍ଟର ବାର୍ଲୋଙ୍କ ପାଖକୁ: କଲିକତାରୁ ଡିସେମ୍ବର ପହିଲା ତାରିଖରେ ଯାଉଥିବା ଷ୍ଟୀମରରେ ୨୫୦ ବସ୍ତା ଚାଉଳ ଯାଇ ମିଠାକୁଅରେ ପହଞ୍ଚିବ । ଚାଉଳକୁ ନେଇ ତାକୁ ମିତବ୍ୟୟିତାର ସହିତ ବାଣ୍ଟିବା ପାଇଁ ଜଣେ ସାବଧାନୀ ଅଫିସର ପଠାନ୍ତୁ । ସମ୍ଭବ ହେଲେ ଏହା ଟଙ୍କାକୁ ବାରସେର ହିସାବରେ ବିକ୍ରି କରାହେବ । ସରକାର ଆଶା କରନ୍ତି ସ୍ଥାନୀୟ ରିଲିଫ କମିଟି ଏହାର ଦାମ ଦେବ । କେବଳ ନିତାନ୍ତ ନିରାଶ୍ରୟଙ୍କୁ ମାଗଣା ବାଣ୍ଟିବେ ।

ଏ ତାରଟି ପାଇ ବାର୍ଲୋ ଅତ୍ୟନ୍ତ ଖୁସି ହେଲେ । ୨୯ ତାରିଖରେ ସେ ଚାପମ୍ୟାନଙ୍କ ତାରର ଉତ୍ତର ପଠାଇଲେ, ଯଦିଓ ବର୍ତ୍ତମାନ ତା'ର କୌଣସି ଆବଶ୍ୟକତା ନଥିଲା:

ତଦନ୍ତରୁ ଜଣାଗଲା ୧୬ ଜଣ ମୃତ । ୧୯୨ ଜଣ ଦେଶ ଛାଡ଼ି ପଳାଇ ଯାଇଛନ୍ତି । ମାଲୁଦ ପାରିକୁଦ ସାତପଢ଼ାର ଜନସଂଖ୍ୟା ୧୨,୦୦୦ । କେହି ଧନୀ ଲୋକ ନାହାନ୍ତି । ପାରିକୁଦ ରାଜା ନିଜ ରୟତଙ୍କୁ କିଛି କିଛି ସାହାଯ୍ୟ କରନ୍ତି । ଦୁର୍ଦ୍ଦଶାଗ୍ରସ୍ତ ସଂଖ୍ୟା ଆନୁମାନିକ ୮୦୦୦ ।

ଦଶପଲ୍ଲା: ଡିସେମ୍ବର ୧୮୬୫

କଟକରୁ ନଭେମ୍ବର ୨୦ ତାରିଖରେ ବାହାରି ଉମପଡ଼ା, ବାଙ୍କୀ, ଖଣ୍ଡପଡ଼ା, ନୟାଗଡ଼ ହୋଇ ରେଭେନ୍ସା ଦଶପଲ୍ଲାରେ କ୍ୟାମ୍ପ ପକାଇଥିଲେ । ଗୋଟିଏ ଆମ୍ବତୋଟାରେ ବଡ଼ ତମ୍ବୁ ପକାଇ କମିଶନରଙ୍କ ରହିବାର ବ୍ୟବସ୍ଥା ହୋଇଥିଲା । ତାଙ୍କ ସାଙ୍ଗରେ ଯାଇଥିବା ଲୋକଙ୍କ ପାଇଁ ଅଳ୍ପ ଦୂରରେ ଛୋଟ ଛୋଟ ତମ୍ବୁ ଟଣା ହୋଇଥିଲା । ତୋଟା ଚାରିପାଖେ ହାତୀ ଘୋଡ଼ା ବନ୍ଧା ହୋଇଥିଲେ ଓ ପାଲିଙ୍କିମାନ ରଖା ହୋଇଥିଲା । ଚପରାସି, ସିପାହୀ, ଖାନସମା, ବେହେରା ଇତ୍ୟାଦି ଅନେକ ଲୋକ କ୍ୟାମ୍ପରେ ଏପାଖ ସେପାଖ ହେଉଥିଲେ । ସାହେବଙ୍କୁ ଦେଖା କରିବାପାଇଁ ଅନେକ ଲୋକ ଆସି ଛିଡ଼ା ହୋଇଥିଲେ । ଜାଗାଟି ଦିଶୁଥିଲା ଗୋଟିଏ ମେଳା ଭଳି ।

ତମ୍ବୁ ବାହାରେ ଟେବୁଲ ଚଉକି ପକାଇ ରେଭେନ୍ସା ବସି ହୁକା ପିଉଥିଲେ ଏବଂ ଦଶପଲ୍ଲା ସମ୍ପର୍କୀୟ ଯେଉଁ କାଗଜପତ୍ର ସାଙ୍ଗରେ ଆଣିଥିଲେ ତା' ଉପରେ ଆଖି ବୁଲାଉଥିଲେ । ଓଡ଼ିଶାକୁ ଆସିବାର ପ୍ରଥମ ଦି'ମାସ ତାଙ୍କୁ ଆଦୌ ଭଲ ଲାଗି ନଥିଲା । ବର୍ତ୍ତମାନ ସେ ଓଡ଼ିଶା ବିଷୟରେ ଆସ୍ତେ ଆସ୍ତେ ଜାଣିବାରେ ଲାଗିଥିଲେ ଏବଂ ଶୀତଦିନର ପାଗ ମଧ୍ୟ ମନ୍ଦ ନଥିଲା । ସେ ଗୋଟିଏ ବଡ଼ ଧରଣର କୃଷିମେଳା କରିବେ ବୋଲି ଭାବିଥିଲେ, କିନ୍ତୁ ଦୁର୍ଭାଗ୍ୟକୁ ଅକାଳ ପରିସ୍ଥିତି ଯୋଗୁ ସମସ୍ତେ ଧରି ବସିଲେ ମେଳାକୁ ଘୁଞ୍ଚାଇ ଦିଆଯାଉ । ବର୍ତ୍ତମାନ ଏକମାତ୍ର କାମ ହୋଇଯାଇଥିଲା ଅକାଳ ପରିସ୍ଥିତି ବିଷୟରେ । କଟକ ଅବସ୍ଥା ଯଦିଓ ପୁରୀଠାରୁ ଢେର ବେଶୀ ଭଲ ନ ଥିଲା, କଟକ କଲେକ୍ଟର ଏ ବିଷୟରେ ତାଙ୍କୁ ବିଶେଷ ବ୍ୟସ୍ତ କରୁ ନଥିଲେ । କିନ୍ତୁ ପୁରୀରୁ ବାର୍ଲୋ ତାଙ୍କ ପାଖକୁ ଗଦା ଗଦା ଚିଠି ପଠାଉଥିଲେ । କେତେ ଲୋକ ଅଛନ୍ତି, ଅଳ୍ପ କଥାରେ ବ୍ୟସ୍ତ ହୋଇପଡ଼ନ୍ତି; ବାର୍ଲୋ ଏଇଭଳି ହୋଇଥିବେ ବୋଲି ଭାବିନେଲେ ରେଭେନ୍ସା ।

ଏଥରକ ଗସ୍ତରେ ବାହାରିଲାବେଳେ ସେ ଠିକ୍ କରିଥିଲେ ନିଜେ ଯାଇ ଫସଲ ପରିସ୍ଥିତି ଅନୁଧ୍ୟାନ କରିବେ। ତାଙ୍କୁ କଟକରେ ଯେଉଁମାନେ ଦେଖା କରିବାକୁ ଆସୁଥିଲେ, ଆଶାଜନକ କଥା କହୁଥିଲେ। ପୁରୀର ଜଣେ ଜମିଦାର ଆସି ତାଙ୍କୁ କହିଥିଲେ ଯେ ତାଙ୍କ ଅଞ୍ଚଳରେ ଷୋଲ ଅଣା ଫସଲ ହୋଇଛି। କଟକର ବୃନ୍ଦାବନ ମାରୁଆଡ଼ି ତାଙ୍କୁ ଖବର ଦେଇଥିଲା ଯେ କଟକ ଜିଲ୍ଲାରେ ପ୍ରଚୁର ଚାଉଳ ଅଛି।

ପାଲିଙ୍କିରେ ବସି ଗଲାବେଳେ ରେଭେନଶା ରାସ୍ତା ଦି ପାଖରେ ଧାନକ୍ଷେତ ଉପରେ ନଜର ରଖିଲେ ଏବଂ ମଝିରେ ମଝିରେ ପାଲିଙ୍କିରୁ ଓହ୍ଲାଇ କ୍ଷେତ ଦେଖିବାକୁ ମଧ୍ୟ ଗଲେ। ଅଧିକାଂଶ ଜାଗାରେ ଧାନ କଟା ସରିଥିଲା ଏବଂ କ୍ଷେତ ସବୁ ଖାଲି ପଡ଼ିଥିଲା। ଉମାପଡ଼ାରେ ପଚରା ପଚରି କରି ରେଭେନଶା ସ୍ଥିର କଲେ ଯେ ଆଠ ଅଣାରୁ ବେଶୀ କ୍ଷତି ହୋଇନାହିଁ। ବାଙ୍କୀରେ ଅନେକ କ୍ଷେତରେ ଧାନ ଫଳିବା ଆଗରୁ ଖରାରେ ଜଳି ଯାଇଥିଲା, କିନ୍ତୁ ଯେଉ ଜାଗାରେ କିଛି ପାଣି ଥିଲା, 'ବାର ଅଣା ଫସଲ ହୋଇଥିଲା। ଖଣ୍ଡପଡ଼ାରେ ଫସଲ ଭଲ ହୋଇଥିଲା, ତେବେ ନୟାଗଡ଼ରେ ଚାରିଅଣାରୁ ବେଶୀ ଆଶା ନଥିଲା।

ନୟାଗଡ଼ରେ ରେଭେନଶା ଗୋଟିଏ ନୂଆ ଜିନିଷ ଦେଖିଲେ। ଏ ଅଞ୍ଚଳର ନିମ୍ନଶ୍ରେଣୀର ଲୋକମାନେ କନ୍ଧମାଳ କନ୍ଧଙ୍କ ପାଖରୁ ସଲପ ଗଛ କିଣି ଆଣୁଥିଲେ, ତାକୁ କାଟି ଢିଙ୍କିରେ କୁଟି ଗୁଣ୍ଡକୁ ଛାଣି ରାନ୍ଧି ଖାଉଥିଲେ। ଲୋକମାନେ ଏଭଳି ଏକ ନୂଆ ଖାଦ୍ୟ ଆବିଷ୍କାର କରିଛନ୍ତି ଦେଖି ରେଭେନଶା ଖୁସି ହେଲେ। ତେବେ ସେ ଯେତେବେଳେ ଲୋକଙ୍କୁ ସଲପ ଗଛ ଲଗାଇବାକୁ କହିଲେ ସେମାନେ କହିଲେ, ସଲପ କନ୍ଧଙ୍କର ଗଛ। ଆମେ ସିନା ସଲପ ଗୁଆ ଖାଇବୁ, ତାର ଅଟା ଖାଇବୁ, ସେ ଗଛ ଲଗାଇବୁ ନାହିଁ।

ଏ ସବୁ ଦେଖିବା ପରେ ରେଭେନଶା ମନେ ମନେ ସ୍ଥିର କରିନେଲେ ଯେ ଅବସ୍ଥା କିଛି ଏତେ ଆତଙ୍କଜନକ ନୁହେଁ ଏବଂ ଏହି ମର୍ମରେ ସେ ବୋର୍ଡକୁ ଚିଠି ପଠାଇଦେଲେ। ଅବଶ୍ୟ ସବୁଆଡ଼େ ସେ ବେଶ୍ କିଛି କାଙ୍ଗାଲ ଲୋକ ରାସ୍ତାରେ ଘାଟରେ ବୁଲୁଥିବାର ଦେଖିଥିଲେ। ଦଶପଲ୍ଲାର କାମ ସାରି ସେ ଗରିବ ଲୋକଙ୍କ ବିଷୟରେ ଚିନ୍ତା କଲେ। ଏମାନଙ୍କର କିଛି ବ୍ୟବସ୍ଥା ତ କରିବାକୁ ହେବ। ଅନେକ ଭାବି ସେ ତାଙ୍କର ତିନିଜଣ କଲେକ୍ଟରଙ୍କ ପାଖକୁ ନିମ୍ନଲିଖିତ ଚିଠିଟି ଲେଖିଲେ:

କ୍ୟାମ୍ପ ଦଶପଲ୍ଲା

୩ ଡିସେମ୍ବର ୧୮୬୫

ମହାଶୟ,

ବର୍ତ୍ତମାନ ଏ ଡିଭିଜନର ଗରିବ ଲୋକମାନେ ଅତ୍ୟନ୍ତ ଅଭାବ ଅନଟନରେ ଅଛନ୍ତି। ସେଥିପାଇଁ ମୁଁ ପ୍ରସ୍ତାବ କରୁଛି ଯେ ପ୍ରକୃତ ଭୋକିଲା ଓ ଅଭାବରେ ଥିବା ଲୋକଙ୍କ ପାଇଁ ଏକ ଦାତବ୍ୟ ଚାନ୍ଦା ସଂଗ୍ରହ କରାଯାଉ। ଏହି ଫଣ୍ଡକୁ ଆସିବା ଟଙ୍କା। ଆମର ବର୍ତ୍ତମାନ ଯେଉଁ ଅନ୍ନଛତ୍ର ଫଣ୍ଡ ଅଛି, ତା'ଦ୍ୱାରା ନିୟନ୍ତ୍ରିତ ହେଉ।

ଏ ବିଷୟରେ ସବୁ ଶ୍ରେଣୀର ଲୋକଙ୍କର ସାହାଯ୍ୟ ମଗାଯାଉ ଏବଂ ସରକାରୀ ଅଫିସରମାନେ ଏଥିରେ ଅଗ୍ରଣୀ ହୁଅନ୍ତୁ। ଯଦି ପ୍ରଚୁର ପାଣ୍ଠି ମିଳେ, ତେବେ ଅତି ବେଶୀ ଫସଲ ହାନି ହୋଇଥିବା ଓ ବିପତ୍ତି ପଡ଼ିଥିବା ଜାଗାରେ ଅନ୍ନଛତ୍ର ଶାଖା ଖୋଲାଯାଉ। ତୁମେ ତୁମ୍ଭ ଜିଲ୍ଲାର ଅନ୍ନଛତ୍ର

କମିଟିର ମିଟିଂ ଡାକିଛ ଏବଂ ଯାହା ଯାହା ବ୍ୟବସ୍ଥା କରିଛ, ସେ ବିଷୟରେ ମୁଁ ଜାଣିଲେ ଖୁସି ହେବି ।

ତମର ଚାନ୍ଦା ତାଲିକାରେ ମୋ ନାଁରେ ପଚାଶ ଟଙ୍କା ଲେଖିଦେବ । ଯଦି ସେ ଭଳି ଅବସ୍ଥା ଉପୁଜେ, ମୁଁ ବେଶୀ ଟଙ୍କା ଦେବାକୁ ପ୍ରସ୍ତୁତ ଅଛି ।

ତୁମର ବିଶ୍ୱସ୍ତ

ଟି.ଇ.ରେଭେନ୍ଶା

ଚିଠିଟି ପଠାଇ ଦେଇ ରେଭେନ୍ଶା ନିଶ୍ଚିନ୍ତ ହୋଇଗଲେ: ଲିଭି ଯାଇଥିବା ହୁକାକୁ ଜଳାଇ ଦି ଥର ଟାଣିଲେ, ହୁକାର ଧୂଆଁକୁ ଅନାଇ ଭାବିଲେ ଯେ ସେ ଥରେ ପିଅ ଦେଖିବେ ଓଡ଼ିଆ ପିକା କେମିତି ଲାଗେ । ତା'ପରେ ସେ ଦଶପଲ୍ଲାରୁ ନରସିଂହପୁର ଯିବାର ବ୍ୟବସ୍ଥା କରିବାରେ ମନ ଦେଲେ ।

ମିଠାକୃଅ: ଡିସେମ୍ବର ୧୮୬୫

ଡିସେମ୍ବର ତିନି ତାରିଖରେ ବାର୍ଲୋ ପୁରୀରୁ ବାହାରିଲେ ଏବଂ ସେ ଦିନ ଆସି ନିଜଗଡ଼ ବଳଭଦ୍ରପୁରରେ କ୍ୟାମ୍ପ ପକାଇଲେ । ସେଠାରୁ ସେ ତା’ ଆରଦିନ ସକାଳେ ସାତପଡ଼ା ଗଲେ । ସେଠାରେ ଦଳବେହେରା ତାଙ୍କୁ ଲୋକଙ୍କର ଦୁର୍ଦ୍ଦଶା କଥା କହିଲା । ଏ ସମଗ୍ର ଅଞ୍ଚଳରେ କେବଳ ଦୁଇଟି କ୍ରୟମୁଟି ଦୋକାନରେ ଚାଉଳ ଥିଲା । ସେମାନେ ବାଣପୁରରୁ ଚାଉଳ ଆଣି ଟଙ୍କାରେ ସାତ ସେର ଦରରେ ବିକ୍ରି କରୁଥିଲେ । ଯଦିଓ ସେମାନଙ୍କ ପାଖରେ ଏବେ ବି କିଛି ଚାଉଳ ବଳିଥିଲା, ତାକୁ କିଣିବାକୁ ଲୋକଙ୍କ ପାଖରେ ପଇସା ନଥିଲା ।

ସେଠାକୁ ମାଜିଷ୍ଟେଟ ଆସିଥିବା ଖବର ପାଇ ପାଖ ଗାଁର ଲୋକ ଆସି ପହଞ୍ଚିଲେ । ସେମାନେ ଛୋଟ ଚାଷୀ ଥିଲେ, ସମୟଙ୍କର କିଛିକିଛି ଜମି ଥିଲା, କିନ୍ତୁ ଫସଲ ନଷ୍ଟ ହୋଇ ସେମାନେ ସମସ୍ତେ ଭିଖ ମାଗି ଚଲୁଥିଲେ । ସେମାନେ ମାଜିଷ୍ଟେଟଙ୍କୁ ତାଙ୍କ ଗାଁକୁ ନେବାକୁ ଆସିଥିଲେ । ଲୋକଙ୍କର ଧାରଣା ଥିଲା ଯେ ସାହେବ ତାଙ୍କର ଅବସ୍ଥା ଯାଇ ନିଜେ ଦେଖିଲେ ତାର ନିଶ୍ଚୟ କିଛି ସମାଧାନ ହୋଇଯିବ । ବାର୍ଲୋଙ୍କର ସେ ଗାଁ ସବୁକୁ ଯିବାର କାର୍ଯ୍ୟକ୍ରମ ନଥିଲା, ତେବେ ଗାଁ ଦାଲା ଧରି ବସିଲେ ଯେ ତାଙ୍କୁ ଯିବାକୁ ହିଁ ହେବ । ଶେଷରେ ବାର୍ଲୋ ପରେ ସେ ଗାଁ ସବୁକୁ ଯିବାକୁ କହିବାରୁ ସେ ଲୋକମାନେ ଫେରିଗଲେ ।

ଦିନ ଏଗାରଟାରୁ ପାଞ୍ଚଟା ଯାଏ ବାର୍ଲୋ ପାଦରେ ଚାଲି ଚାଲି ନବାପାଟଣା, ଭୂତପାଟଣା, ନୂଆଗାଁ, ବାଜମୁଣ୍ଡା ପ୍ରଭୃତି ଗାଁ ବୁଲି ଦେଖିଲେ । ସବୁଆଡ଼େ ଅବସ୍ଥା ଖରାପ ଥିଲା । ଚାରିଟି ଗାଁରେ ଘର ଘର ଯାଇ ସେ କେବଳ ଦୁଇଟି ଘରେ ଅଳ୍ପ କିଛି ଚାଉଳ ଦେଖିଥିଲେ । ଗୋଟିଏ ଘରେ ଖଣ୍ଡେ ପତ୍ର

ଉପରେ ଥିବା ମୁଠାଏ ଭାତକୁ ଘେରି ପାଞ୍ଚଟି ଛୁଆ ଓ ଗୋଟିଏ ବିରାଡ଼ି ବସି ତାକୁ ଖାଉଥିଲେ। ଆଉ ଗୋଟିଏ ଘରେ କେଳାଏ ଧାନ ଥିଲା। ଲୋକଟି କହିଲା ଯେ ସେ ଏତକ ଦି ଦିନ ତଳେ କିଣିଥିଲା; ତାକୁ ଖାଇ ନ ଦେଇ ରଖ୍ଥିଲା ଯଦି ସେ ଆର ବର୍ଷ ପର୍ଯ୍ୟନ୍ତ ବଞ୍ଚିଯାଏ, ତାକୁ ବିହନ କରିବ।

ସବୁ ଘର ଆଗରେ ଶାଗ ଆଉ କଣିକାମୂଳ ଖରାରେ ଶୁଖୁଥିଲା, ସିଝା ହଉଥିଲା, ନ ହେଲେ ପିଲାଏ ତାକୁ କଞ୍ଚା ଖାଉଥିଲେ। ଛୁଆଙ୍କର ଅବସ୍ଥା ସବୁଠାରୁ ବେଶୀ ସାଂଘାତିକ ଥିଲା। ଖାଇବା ଅଭାବରୁ ସେମାନେ ନିର୍ଜୀବ ହୋଇ ତଳେ ପଡ଼ି ରହିଥିଲେ। କେତେ ଛୁଆଙ୍କ ଅବସ୍ଥା ଏତେ ଖରାପ ଥିଲା ମା'ମାନେ ଯେତେବେଳେ ସାହେବଙ୍କୁ ଦେଖାଇବାକୁ ତାଙ୍କୁ ଉପରକୁ ଉଠାଉଥିଲେ, ସେମାନେ କଷ୍ଟ ପାଇ କାନ୍ଦିବାକୁ ଚେଷ୍ଟା କରୁଥିଲେ, କିନ୍ତୁ ପାଟିରୁ ସ୍ୱର ବାହାରୁ ନଥିଲା।

ଗୋଟିଏ ଘରେ ଗୋଟିଏ ସାତବର୍ଷର ପିଲାର ଶବ ପଡ଼ିଥିଲା। ସେ ସକାଳେ ଅନ୍ୟମାନଙ୍କ ସାଙ୍ଗରେ ଶାଗ ତୋଳିବାକୁ ଯାଇଥିଲା ଏବଂ ଅଧାବାଟରୁ ଆଉ ଆଗକୁ ଯାଇ ନ ପାରି ଫେରିଆସି ଘର ଭିତରେ ମରି ପଡ଼ିଯାଇଥିଲା।

ଗାଁ ମାନଙ୍କରେ ଅନେକ ଗୁଡ଼ିଏ ଘର ଖାଲି ପଡ଼ିଥିଲା; ପୁରୁଷମାନେ କାମ ଖୋଜି କଟକ ନ ହେଲେ ଚବିଶକୁଦ ଚାଲି ଯାଇଥିଲେ। ସ୍ତ୍ରୀମାନେ ବି ଘର ଛାଡ଼ି ବନ୍ଧୁବାନ୍ଧବଙ୍କ ଘରକୁ ପଳାଇ ଯାଇଥିଲେ। ଅଧିକାଂଶ ଘର ଖୋଲା ପଡ଼ିଥିଲା; କିଛି ଘର ଛାଡ଼ିବା ଆଗରୁ ଲୋକମାନେ ଘର ଦୁଆର ମୁହଁରେ ଶୁଖିଲା କଣ୍ଟାଡାଳ ରଖିଦେଇ ଯାଇଥିଲେ। ଏ ଘରମାନଙ୍କରେ କୁଟା କାଠିଏ ବି ନଥିଲା।

ଏ ଗାଁ ମାନଙ୍କରେ କାହାରି ପାଖରେ ପଇସା ନଥିଲା ଏବଂ ଘରେ କିଛି ଜିନିଷ ନଥିଲା ଯାହାକୁ ବିକିଲେ ପଇସା ମିଳିବ। ପଚାଶଟି ଘର ଭିତରେ ଛ'ଟି କଂସା ବାସନରୁ ବେଶୀ ବାର୍ଲୋଙ୍କ ନଜରରେ ଆସି ନଥିଲା। ଗୋରୁଗାଈ ସବୁ ବିକ୍ରି ହୋଇ ଯାଇଥିଲେ। ଯାହା ବା ବାକି ଥିଲେ, ତାକ କିଣିବାକୁ କେହି ଗ୍ରାହକ ନଥିଲେ।

ସେ ଦିନ ସଂଧ୍ୟାବେଳେ କ୍ୟାମ୍ପକୁ ଫେରି ବାର୍ଲୋଙ୍କର କାହିଁକି କେଜାଣି ନିଜ ସ୍ତ୍ରୀଙ୍କ କଥା ମନେ ପଡ଼ିଲା ଏବଂ ସେ କାନ୍ଦିବାକୁ ଲାଗିଲେ। ଟିକିଏ ପରେ ସେ ନିଜକୁ ପ୍ରକୃତିସ୍ଥ କଲେ ଏବଂ ଡାଏରୀରେ ଲେଖିଲେ:

ଏଇ ଲୋକଙ୍କୁ ଦେଖିବା ପରେ ମୋର ପ୍ରଥମେ ମନେ ହେଲା, କାହିଁ, ଅବସ୍ଥା ତ ଏତେ ଖରାପ ନୁହେଁ। ଲୋକମାନଙ୍କ ମୁହଁରେ ତ ଅନାହାରରେ ରହିଥିବାର ନିରାଶା ଦିଶୁନାହିଁ। କିନ୍ତୁ ଶୀଘ୍ର ମୁଁ ବୁଝିଲି ଯେ ଏହା ଲୋକମାନଙ୍କର ଅଛି ଆଶାତୀତ ଧୈର୍ଯ୍ୟ ଏବଂ ହସ ମୁହଁରେ ସବୁ କିଛି ମାନି ନେବାର ଶକ୍ତି। ଏ କଥା ଇଉରୋପୀୟମାନଙ୍କର ଅନାହାର ବିଷୟର ଧାରଣାରୁ ସମ୍ପୂର୍ଣ୍ଣ ଭିନ୍ନ। ଏଠା ଲୋକମାନେ ନିଜ ଭାଗ୍ୟକୁ ଅପେକ୍ଷା କରି ରହିଥିଲେ, ଯେମିତି କହୁଥିଲେ, ହେଲା, ଚେରମୂଳ ଛଡ଼ା କିଛି ଖାଇବାକୁ ନାହିଁ; ତେବେ ଆମେ ଏମିତି ଏଇଆକୁ ଖାଇ ରହିଥିବୁ, ମରିବାଯାଏ। ଲୋକଙ୍କର ଏ ମନୋଭାବ ମୋ ମନରେ ଭୁଲ ଧାରଣା ଜନ୍ମାଇଥିଲା, କିନ୍ତୁ ଦିନ ଶେଷରେ ମୁଁ ଉପଲବ୍ଧି କଲି ଯେ ଏ ଅଞ୍ଚଳର ସବୁ ଲୋକ ପ୍ରକୃତରେ ଅନାହାରରେ ଅଛନ୍ତି ଏବଂ ତାଙ୍କ ଭିତରୁ ସବଳ ଲୋକେ ମଧ ବେଶୀ ଦିନ ବଞ୍ଚି ରହିବାର ଆଶା ନାହିଁ।

ମିଠାକୃଥକୁ ଚାଉଳ ପଠାଯାଇଛି ଖବର ପାଇବା ପରେ ସେଠାରେ ଛୋଟ ଡଙ୍ଗାର ବ୍ୟବସ୍ଥା

କରାଯାଇଥିଲା ଷ୍ଟିମରରୁ ଯାଇ ଚାଉଳ ଓହ୍ଲାଇବା ପାଇଁ। ପାଞ୍ଚ ତାରିଖ ଦିନ ଚାଉଳ ପହଞ୍ଚିବ ବୋଲି ସେ ଅଞ୍ଚଳରେ ଖବର ହୋଇଯାଇଥିଲା ଏବଂ ସେ ଦିନ ସକାଳୁ ଭାତ ଖାଇବାପାଇଁ ଡାକବଙ୍ଗଳା ପାଖରେ ଲୋକ ଆସି ଜମା ହେବାକୁ ଆରମ୍ଭ କଲେ। ସମସ୍ତଙ୍କ ହାତରେ ହାଣ୍ଡି, ଖପରା ନ ହେଲେ ପତ୍ର ଥିଲା ଖାଇବା ପାଇଁ। ଏମାନେ ମାସ ମାସ ହେଲା ଚାଉଳ ଦେଖି ନଥିଲେ ଏବଂ ଭାତ ସ୍ୱପ୍ନ ଥିଲା। ଚାଉଳ ଆସିଲେ କିଏ ତାକୁ ରାନ୍ଧି ସେମାନଙ୍କୁ ଦେବ ସେ କଥା ସେମାନେ ଭାବୁ ନ ଥିଲେ। ସକାଳ ଦଶଟା ସୁଦ୍ଧା ସେଠାରେ ହଜାରରୁ ବେଶୀ ଲୋକ ଏକାଠି ହୋଇଯାଇଥିଲେ।

ବାର୍ଲୋ ଏଠାକୁ ଗସ୍ତର କାର୍ଯ୍ୟକ୍ରମ ତିଆରି କରିଥିଲେ ମିଠାକୃଅକୁ ଚାଉଳ ଆସୁଛି ବୋଲି। କିନ୍ତୁ ସେ ପୁରୀ ଛାଡ଼ିବା ଆଗରୁ ତାଙ୍କ ପାଖକୁ ଟେଲିଗ୍ରାମ ଆସିଥିଲା   ଯେ ଷ୍ଟିମର ମିଠାକୃଅକୁ ଚାଉଳ ନେଇପାରିଲା ନାହିଁ, କିନ୍ତୁ ବ୍ୟବସାୟୀଙ୍କ ଚାଉଳ ନେଇ ଗୋଟିଏ ଜାହାଜ ଗୋପାଲପୁର ଯାଉଛି। ତଥାପି ଗସ୍ତକ୍ରମ ନ ବଦଳାଇ ବାର୍ଲୋ ଏଠାକୁ ଆସିଥିଲେ। ମିଠାକୃଅରେ ସେ ଖବର ଦେଇଥିଲେ ଯେ ସେଠାକୁ ଚାଉଳ ଆସିବ ନାହିଁ, କିନ୍ତୁ ଦୂର ଦୂରାନ୍ତରରୁ ଭାତ ଖାଇବାକୁ ଆସିଥିବା ଲୋକମାନେ ଏ କଥା ବିଶ୍ୱାସ କଲେ ନାହିଁ ଏବଂ ଭାତ ଆଶାରେ ରାତି ପର୍ଯ୍ୟନ୍ତ ସେଠାରେ ବସି ରହିଲେ।

ଫତେପୁର: ଡିସେମ୍ବର ୧୮୬୫

ସକାଳୁ ବାର୍ଲୋ ପାଖ ଗାଁ ମାନ ଦେଖ଼ିବାକୁ ବାହାରିଲେ। ସେ ଯେଉଁଠାକୁ ଯାଉଥ଼ିଲେ, ଲୋକଙ୍କର ଭିଡ଼ ଜମି ଯାଉଥ଼ିଲା ଗୁରୁବାଇ ଅଞ୍ଚଳରେ ଅବସ୍ଥା ଏତେ ଖରାପ ନ ଥ଼ିଲା, କାରଣ ଏ ପାଖରେ ପାଣି କମ ଥ଼ିବାରୁ ମାଛ ଧରି ହେଉଥ଼ିଲା ଏବଂ ପାରିକୁଦ ରାଜା ଏ ପର୍ଯ୍ୟନ୍ତ ଷୋଳ ସେର ଦରରେ କିଛି କିଛି ଚାଉଳ ବିକ୍ରି କରୁଥ଼ିଲେ। କିନ୍ତୁ ମାସେ ଖଣ୍ଡେ ପରେ ଆଉ କଣିକା ଶାଗ ମିଳିବ ନାହିଁ ଏବଂ ପାଣି ଶୁଖ଼ିଗଲେ ମାଛଧରା ବି ବନ୍ଦ ହୋଇଯିବ।

ଏଠାର ଲୁଣ ଦାରୋଗା ଲୁଣ ପଡ଼ତାଲ କରିବାପାଇଁ ଜଣକୁ ଦିନକୁ ଦି ପଇସା ମଜୁରୀରେ ୨୮ ଜଣ ଲୋକ ଲଗାଇଥ଼ିଲା। କିନ୍ତୁ କୁଲିମାନେ ଏତେ ଦୁର୍ବଳ ହୋଇ ପଡ଼ିଥ଼ିଲେ ଯେ ସେମାନେ ହଜାରରୁ ଦେଢ଼ ହଜାର ମହଣ ଜାଗାରେ ମାତ୍ର ପାଞ୍ଚଶହ ମହଣର କାମ ଦେଇପାରୁଥ଼ିଲେ। ତା' ଛଡ଼ା ମଜୁରୀ ଏତେ କମ୍ ଥ଼ିଲା ଯେ ସେ ପଇସା ନେଇ ଚାଉଳ କିଣିବା ଅପେକ୍ଷା ସେତିକି ସମୟରେ ଯାଇ ଶାଗ ତୋଳିଲେ ଲାଭ ଥ଼ିଲା। ବାର୍ଲୋ ଏ ଅବସ୍ଥା ଦେଖ଼ି ମଜୁରୀ ଚାରି ପଇସା କରିଦେବାକୁ ନିର୍ଦ୍ଦେଶ ଦେଲେ।

ଚେରୁଡ଼ି ଗାଁରେ ପାଣ୍ଡବ ସାହୁର ପୁଅ ପୂର୍ବଦିନ ଅନାହାରରେ ମରି ଯାଇଥ଼ିଲା। ବାର୍ଲୋ ତା ଘର ଭିତରକୁ ପଶି ଦେଖ଼ିଲେ ଯେ ତାର ଆଉ ଯୋଉ ଚାରୋଟି ପିଲା ଅଛନ୍ତି, ସେମାନେ ମଧ୍ୟ ଆଉ ବେଶୀ ଦିନ ବଞ୍ଚିବେ ନାହିଁ। ଅଳନ୍ଦାରେ ଗୋଟିଏ ଘରେ ତିନିଜଣ ମରି ଯାଇଥ଼ିଲେ; ସେ ଘରର ବାକି ପିଲାଙ୍କର ମଧ୍ୟ ଶେଷ ଅବସ୍ଥା। ଦୁଆର ମୁହଁରେ ଯେଉଁ ବୁଢ଼ୀଟି ବସିଥ଼ିଲା, ତାର ହାତ ଗୋଡ଼ କାଠି ଭଳି ଥ଼ିଲା ଏବଂ ଦୁର୍ବଳତା ଓ ପଡ଼ି ରହିଥ଼ିବା ହେତୁ ତାର ଆଖ଼ି ପଥର ହୋଇଯାଇଥ଼ିଲା।

ପାରିକୁଦ ରାଜା ଆସି ବାର୍ଲୋଙ୍କୁ ଦେଖାକରି କହିଲେ, ଆପଣ ଆସିଲେ; ଏଥର ଆମର ଦୁର୍ଦ୍ଦଶାର

ଦିନ ସରିଲା। ଏ ଥିଲା କେବଳ ଆଶ୍ୱାସନାର କଥା ମାତ୍ର। ପାରିକୁଦ ରାଜାଙ୍କର ନିଜ ଅବସ୍ଥା ଖରାପ ଥିଲା। ମାଲୁଦ ଜମିଦାରଙ୍କୁ ପେଶକସ ଦେଇ ସାରିବା ପରେ ତାଙ୍କ ହାତରେ ମାତ୍ର ୪୫୦୦ ଟଙ୍କା ରହୁଥିଲା। ନିକଟରେ ତାଙ୍କର ସ୍ୱତ୍ୱ ନେଇ ହୋଇଥିବା ମକଦ୍ଦମାରେ ସେ ଷାଠିଏ ହଜାର ଟଙ୍କା ଖର୍ଚ୍ଚ କରି ସାରିଥିଲେ ଏବଂ ଏବେ ହାତ ଖାଲି ଥିଲା। ତଥାପି ସେ ଲୋକମାନଙ୍କୁ ଯଥାସାଧ୍ୟ ସାହାଯ୍ୟ କରୁଥିଲେ।

ଫତେପୁର ଅବସ୍ଥା ଥିଲା ଆହୁରି ସାଂଘାତିକ। ବାର୍ଲୋଙ୍କ ତମ୍ବୁ ଆଗରେ ସ୍ତ୍ରୀ ଲୋକମାନେ ସେମାନଙ୍କର ପିଲାଙ୍କୁ ଧରି ଜମା ହୋଇଥିଲେ। ବାର୍ଲୋ ବାହାରକୁ ଆସିବାରେ ତାଙ୍କ ଆଖି ଆଗରେ ଯେଉ ଅସ୍ଥି କଙ୍କାଳସାର ସ୍ତ୍ରୀ ଲୋକଟି ପ୍ରଥମେ ପଡ଼ିଲା, ସେ କାଖରେ ଗୋଟିଏ ପିଲା ଓ ହାତରେ ଆଉ ଦିଓଟି ପିଲାଙ୍କୁ ଧରିଥିଲା। କାଖର ଛୁଆଟି ମରିଯାଇଥିବା ଭଳି ଜଣାଯାଉଥିଲା। ପାଖକୁ ଯାଇ ତାକୁ ଛୁଇଁ ବାର୍ଲୋ ଦେଖିଲେ ଯେ ଛୁଆଟିର ହାତଗୋଡ଼ ହଲୁଥିଲା ଏବଂ ସେ କଷ୍ଟରେ ନିଶ୍ୱାସ ନେଉଥିଲା।

ଅସ୍ଥିଚର୍ମ ସାର ଦେହ ଉପରେ ଖଣ୍ଡେ ଖଣ୍ଡେ ଛିଣ୍ଡା କନା ଗୁଡ଼ାଇଥିବା ସ୍ୱାମାନେ ତାଙ୍କର ମୃତପ୍ରାୟ ଛୁଆମାନଙ୍କୁ ଦେଖାଇ 'ବାବୁ, ଭାତ ଦେ' କହି ବାର୍ଲୋଙ୍କୁ ଘେରିଗଲେ। ତାଙ୍କ ଭିଡ଼ କାଟି ବାର୍ଲୋ ଗାଁ ଭିତରକୁ ଗଲେ। ଫତେପୁରର ଚାଳିଶ ଘର ଭିତରେ ଦଶଟି ଅନାହାର ମୃତ୍ୟୁ ହୋଇ ସାରିଥିଲା। ସେ ଆହୁରି ପଚାଶ ଭଳି ଛୁଆ ଦେଖିଲେ ଯେଉଁମାନେ ବେଶୀ ହେଲେ ଆଉ ଦି ହପ୍ତା ବଞ୍ଚିବେ; ତାଙ୍କ ଭିତରେ ଏଭଳି କେତୋଟି ଛୁଆ ଥିଲେ ଯେ ବୋଧହୁଏ ଆଉ କେତେ ଘଣ୍ଟା ବି ଜୀବନ ଧରି ରହିପାରିବେ ନାହିଁ।

ବାର୍ଲୋ ଗାଁରେ ବୁଲିଲାବେଳକୁ ପ୍ରଥମେ ଦେଖିଥିବା ସ୍ତ୍ରୀ ଲୋକଟି ତାର ତିନୋଟି ପିଲାଙ୍କୁ ଧରି ତାଙ୍କ ପଛେ ପଛେ ଯାଉଥିଲା। ତାର କାଖର ପିଲାଟି ଏବେ ମରିଯାଇଥିଲା, କିନ୍ତୁ ତାକୁ ଯେତେ କହିଲେ ବି ସେ ଏକଥା ମାନିବାକୁ ମନା କରୁଥିଲା।

ଫତେପୁରରୁ ବାର୍ଲୋ ରାମାକ୍ଷୟଙ୍କୁ ଗୋଟିଏ ଚିଠି ଲେଖିଲେ:

୮ ଡିସେମ୍ବର ୧୮୬୫

ପ୍ରିୟ ବାବୁ,

ହଠାତ୍ ମୋ ମୁଣ୍ଡକୁ ଗୋଟାଏ ବୁଦ୍ଧି ଆସିଲା, ଯଦି କାର୍ଯ୍ୟକାରୀ କରିହୁଏ, ଦେଶର ମଙ୍ଗଳ ହେବ। ଏହାକୁ ତୁରନ୍ତ ହାତକୁ ନେଇ ମୁଁ ଫେରିବା ବେଳକୁ ଯେପରି କାମ ଆରମ୍ଭ ହୋଇଯାଏ। ମୁଁ ଆପଣଙ୍କୁ କହିଥିଲି କି ନାହିଁ ମନେ ନାହିଁ, ତେବେ କିଛିଦିନ ତଳେ ପୁରୀର କିଛି ଲୋକ ନରେନ୍ଦ୍ର ପୋଖରୀ ଖୋଲା ବିଷୟ ଉଠାଇଥିଲେ ଏବଂ କହିଥିଲେ ଯେ ଏ କାମ ପାଇଁ ତିରିଶ ହଜାର ଟଙ୍କା ଚାନ୍ଦା ମିଳିଯିବ।

ଏ କାମ ଯଦି ତୁରନ୍ତ ଆରମ୍ଭ କରାଯାଏ, ଲୋକଙ୍କର ଅନେକ ସାହାଯ୍ୟରେ ଆସିବ। ସେଥିପାଇଁ ମୁଁ ଚାହୁଁଛି ଆପଣ ଏଥରେ ଲାଗିପଡ଼ି ଯାହା କରିହେବ କରନ୍ତୁ। ନରସିଂହ ବାବୁ ଏ ବିଷୟରେ ଆଗ୍ରହ ଦେଖାଇଥିଲେ, କିନ୍ତୁ ସେ ବର୍ତ୍ତମାନ ବାହାରେ। ଆପଣ ଏ ବିଷୟରେ ମୁନ୍ସିଫଙ୍କର ସାହାଯ୍ୟ ନିଅନ୍ତୁ। ପୁରୀ ରାଜା, ମହନ୍ତ ଇତ୍ୟାଦିଙ୍କୁ ପରାମର୍ଶ କରି ଦେଖନ୍ତୁ ସେମାନେ କଣ କହୁଛନ୍ତି। ରାଜାଙ୍କୁ କହିବେ ଯେ ଏ କାମ କରାହେଲେ ତାଙ୍କୁ ଆଉ ରିଲିଫ ପାଇଁ ହଜାରେ ଟଙ୍କା ଦେବାକୁ ହେବନାହିଁ। ମୁଁ ଚାହେଁ ଏ କାମ ଦେଶୀୟ ଲୋକଙ୍କ ତତ୍ତ୍ୱାବଧାନରେ ହେଉ। ମୁଁ ଏକ କାମ ପାଇଁ ସରକାରୀ ସାହାଯ୍ୟ କରାଇଦେବି

ଏବଂ ନିଜେ ମଧ୍ୟ କିଛି ବ୍ୟକ୍ତିଗତ ଚାନ୍ଦା ଦେବି, କିନ୍ତୁ ଚାନ୍ଦା ସଂଗ୍ରହ ଇତ୍ୟାଦି ଦେଶୀୟ ଲୋକେ ନିଜ କମିଟି ତିଆରି କରି କରନ୍ତୁ। ଏ ବିଷୟରେ କାର୍ଯ୍ୟକ୍ରମ ନିଅନ୍ତୁ ଯେପରି ମୁଁ ଫେରିବାମାତ୍ରେ କିଛି କାମର ଖବର ପାଇବି। ରଘୁନାଥ ଚୌଧୁରୀ ଭଲ ଟଙ୍କା ଦେଇ ପାରନ୍ତି, କାରଣ ସେ ମୋତେ ଏ ବିଷୟରେ କହିଥିଲେ ଏବଂ ପୁରୀ ଆସି ମୋ ସହିତ ପରାମର୍ଶ କରିବେ ବୋଲି ଚିଠି ଲେଖିଥିଲେ। ଯଦି ମୁଁ ଫେରିବା ଆଗରୁ ସେ ଆସନ୍ତି, ତାଙ୍କୁ ସବୁ କଥା ଖୋଲି କହିବେ। ନରସିଂହ ବାବୁ ଢେଙ୍କାନାଳ ରାଜାଙ୍କ ପାଖରୁ କିଛି ଚାନ୍ଦା ଆଣି ପାରନ୍ତି। ସେଠାରେ ଲୋକେ ଏକାଠି ହୋଇ କହିଲେ ପୁରୀ ରାଜା ମଧ୍ୟ ଉପଯୁକ୍ତ ଚାନ୍ଦା ଦେବେ।

ଆପଣଙ୍କର ଦାୟିତ୍ୱ ହେଲା କାମ ଆରମ୍ଭ କରି ନିଜକୁ ସେଠାରୁ ଦୂରରେ ରଖିବା। କିନ୍ତୁ କାମ ଉପରେ ନଜର ରଖିଥିବେ ଏବଂ ଯେଉଁମାନେ କାମ ଦେଖାରଖା କରୁଛନ୍ତି ତାଙ୍କୁ ନିଜର କରି ଅନ୍ୟମାନଙ୍କୁ ପ୍ରବର୍ତ୍ତାଇବେ। ପୁରା ଜିନିଷଟି ଯେପରି ଏକ ସର୍ବସାଧାରଣଙ୍କ ଉଦ୍ୟମ ଭଳି ଜଣାଯାଏ। କଟକରୁ ରାଧାଶ୍ୟାମ ନରେନ୍ଦ୍ରଙ୍କୁ ମଧ୍ୟ ଏ କାମରେ ମିଶାଇବେ, କାରଣ ସେ ଏ ବିଷୟରେ ବିଶେଷ ଆଗ୍ରହୀ ଥିଲେ। ଏବେ ଚେଷ୍ଟାକରି ଏ ବିଷୟକୁ ଆଗେଇ ନିଅନ୍ତୁ।

ଆପଣଙ୍କର ବିଶ୍ୱସ୍ତ
ଜି.ଏମ୍.ବାର୍ଲୋ

ଏ ଚିଠି ସହିତ ସେ ଆଉ ଗୋଟିଏ ବାର୍ଡ଼ ରାମାକ୍ଷୟଙ୍କ ପାଖକୁ ପଠାଇଥିଲେ ତାକୁ ବୋର୍ଡ଼କୁ ଟେଲିଗ୍ରାମ କରି ପଠାଇବା ପାଇଁ:

ସାତପଡ଼ା ପାରିକୁଦ ମାଲୁଦରେ ସାତଦିନ ବୁଲିଲି। ଆଗରୁ ଯାଇଥିବା ବିବରଣୀ ସବୁ ସଠିକ। ଦୁର୍ଦ୍ଦଶା ସର୍ବବ୍ୟାପୀ ଓ ସମ୍ପୂର୍ଣ୍ଣ। ସାତପଡ଼ାରେ ପୋଖରୀ ଖୋଲାଇବା ପାଇଁ ପାଞ୍ଚହଜାର ଟଙ୍କା। ମଞ୍ଜୁର ହେଉ। ଲୋକ କାମକୁ ଚାହିଁଛନ୍ତି ଏବଂ ଆପଣାର ଲୋକଙ୍କୁ ଫେରାଇ ଆଣୁଛନ୍ତି। ଏ କାମ ଛଡ଼ା ଅନ୍ୟ କୌଣସି ଉପାୟ ନାହିଁ। ତାର ଯୋଗେ ଜବାବ ଦିଅନ୍ତୁ। ମୁଁ ସାତପଡ଼ାରେ କାମ ପାଇଁ ଅପେକ୍ଷା କରୁଛି।

ସେଦିନ ରାତିରେ ବାର୍ଲୋ ଡାଏରୀରେ ଲେଖିଲେ : ଅନାହାର ଓ ଦୁର୍ଗତି ବର୍ତ୍ତମାନ ଯେଉଁ ଚରମ ସୀମାରେ ପହଞ୍ଚିଛି ତାହାକୁ ବିନା ଯନ୍ତ୍ରଣା ଓ ଆତଙ୍କର ମିଶ୍ରିତ ପୀଡ଼ନ ବିନା ଦେଖି ହେବନାହିଁ। ଆମକୁ ଏଇ କରୁଣ ସତ୍ୟକୁ ମାନିନେବାକୁ ହେବ ଯେ ଏଠାର ସବୁ ଲୋକ, ଶିଶୁ ବୃଦ୍ଧ ସମସ୍ତେ, ଅନାହାରରେ ରହିବେ ଏବଂ ତାଙ୍କୁ ଏଠାରୁ ଉଦ୍ଧାର କରିବାକୁ କୌଣସି ଉପାୟ ନାହିଁ। ବର୍ତ୍ତମାନ କେବଳ ଶେଷ ଲୋକଟି ମରିବା ପର୍ଯ୍ୟନ୍ତ ଗୋଟିଏ ଦିନରୁ ଆଉ ଗୋଟିଏ ଦିନ ପ୍ରାଣ ଧରି ରହିବା କଥା।

ପୁରୀ: ଡିସେମ୍ବର ୧୮୬୫

ମିଠାକୁଅରେ ସିନା ସେଦିନ ଚାଉଳ ପହଞ୍ଚିଲା ନାହିଁ, କିନ୍ତୁ ଭାଗ୍ୟର ଏଭଳି ବିଡ଼ମ୍ବନା ଯେ ଡିସେମ୍ବର ୧୧ ତାରିଖ ସନ୍ଧ୍ୟାରେ ଗୋଟିଏ ଚାଉଳ ବୋଝେଇ ଜାହାଜ ପୁରୀ ସମୁଦ୍ର କୂଳରେ ଆସି ଭାଙ୍ଗିଗଲା ।

ଫିଲାନିମ ନାମକ ଏଇ ଫରାସୀ ଜାହାଜର ମାଲିକ ଥିଲେ କଲିକତାର ରବର୍ଟ ଶାରିଅର ଏଣ୍ଡ କମ୍ପାନୀ । ଅନ୍ୟ ଏକ କମ୍ପାନୀ ପାଇଁ ଚାଉଳ ନେଇ ଜାହାଜଟି ଗୋପାଲପୁର ଓ ମାଦ୍ରାଜକୁ ଯାଉଥିଲା । ଜାହାଜ ଭାଙ୍ଗି ଯେତେବେଳେ କୂଳରେ ଲାଗିଲା ଏବଂ ଜାହାଜୀମାନେ ତଳକୁ ଆସିଲେ ଓ ଚାଉଳ ଓହ୍ଲାହେଲା, ସେତେବେଳେ କାହାରିକୁ ଏ ସବୁ କଥା ଜଣା ନଥିଲା । ରାମାକ୍ଷୟ ପ୍ରଥମେ ଏ ଜାହାଜର ଖବର ପାଇ ଭାବିଲେ ଯେ ମିଠାକୁଅକୁ ଯାଉଥିବା ଜାହାଜ ବୋଧହୁଏ ଭୁଲରେ ପୁରୀରେ ଆସି ପହଞ୍ଚିଛି । ଜାହାଜର ଲୋକମାନେ ଏ ବିଷୟରେ କିଛି ମଠିକ କହିପାରିଲେ ନାହିଁ । ରାମାକ୍ଷୟ କଲିକତାକୁ ତାର ପଠାଇଲେ, ଫିଲାନିମ ଜାହାଜ ସୋମବାର ସନ୍ଧ୍ୟାରେ ଲଙ୍ଗର ଟାଣି କୂଳରେ ପହଞ୍ଚିଛି । ମାଲ ଚାଉଳ । ମାଲିକ ରବର୍ଟ ଶାରିଅଲ, କଲିକତା ।

ଜାହାରୁ ପ୍ରାୟ ଛ ହଜାର ବସ୍ତା ଚାଉଳ ଓହ୍ଲାଇଥିଲା । ସେଇ ସମୁଦ୍ର କୂଳରେ ତାକୁ କେରପାଲ ଘୋଡ଼ାଇ ରଖାଗଲା । ଜାହାଜରୁ ଚାଉଳ ଓହ୍ଲାଇବା ଦେଖି ତାକୁ କିଣିବାପାଇଁ ଲୋକଭିଡ଼ ଜମିଗଲା ଏବଂ ସେମାନଙ୍କୁ ଯେତେ କୁହାଗଲା ଯେ ତାକୁ ବିକ୍ରି କରାଯିବ ନାହିଁ, ଲୋକ ସେଠାରୁ ଯିବାପାଇଁ ନାରାଜ ହେଲେ । ଶେଷରେ ଚାଉଳକୁ ଜଗିବାକୁ ଓ ଲୋକଙ୍କୁ ଘଉଡ଼ାଇବାକୁ ସେଠାରେ ପୋଲିସ ମୁତୟନ ହେଲେ ।

ଅଠର ତାରିଖରେ ବାର୍ଲୋ ପୁରୀ ଫେରିଲେ । ସେ ଗସ୍ତରେ ଥିବାବେଳେ ହିଁ ସାତପଡ଼ାରେ

ପୋଖରୀ ଖୋଲିବା ପାଇଁ ପାଞ୍ଚହଜାର ଟଙ୍କା। ମଞ୍ଜୁରୀ ହୋଇଥିବା ଖବର ଆସିଥିଲା। ଏ ଖବର ପାଇବା ଆଗରୁ ବାର୍ଲୋ ସେ ଅଞ୍ଚଳର ଆଲୁଅପଡ଼ାରେ ମାତ୍ର ଶହେ ଟଙ୍କା। ଖର୍ଚ୍ଚ କରି ଗୋଟିଏ ପୁରୁଣା ପୋଖରୀ ଖୋଲାଇବା କାମ ଆରମ୍ଭ କରାଇଥିଲେ। ଏ କାମରେ ପ୍ରାୟ ପାଞ୍ଚଶହ ଲୋକ ଲାଗିଥିଲେ ଏବଂ ଲୋକଙ୍କ ଭିତରେ ଜୀବନର ସାମାନ୍ୟ ଲକ୍ଷଣ ଦିଶୁଥିଲା। ଏଇ ଭୂମିହୀନ ଲୋକମାନଙ୍କୁ କାମ ଦେଲେ ସେମାନେ କିଛି ରୋଜଗାର କରି ଚାଉଳ କିଣି ପାରୁଥିଲେ। ଏତେବେଲେ ଖୋର୍ଦ୍ଧାପୁରୀ ସଡ଼କ କାମ ମଧ ହାତକୁ ନେଇ ଲୋକ ଲଗାଇବାର ଅନୁମତି ଆସିଲା ଏବଂ ସେଥିରେ ଅନେକ ଲୋକ କାମ ପାଇଲେ।

ସମୁଦ୍ର କୂଳରେ ପଡ଼ି ରହିଥିବା ଚାଉଳ ବିଷୟରେ ଏ ପର୍ଯ୍ୟନ୍ତ କଲିକତାରୁ କୌଣସି ନିର୍ଦ୍ଦେଶ ଆସି ନଥିଲା। ତେବେ ବାହାରୁ ଚାଉଳ ଆସି ପହଞ୍ଚିଛି, ଏ ଖବର ପାଇ ପୁରୀରେ ଚାଉଳ ଦର ହଠାତ୍ ସାମାନ୍ୟ କମିଗଲା, କିନ୍ତୁ ଏହା କ୍ଷଣସ୍ଥାୟୀ ଥିଲା। ପରେ ଜଣାଗଲା ଯେ ଏ ଚାଉଳ ବିକ୍ରି ହେବନାହିଁ, କାରଣ ଏହା ସରକାରୀ ଚାଉଳ ନୁହେଁ, ତଥା ପୁରୀ ପାଇଁ ଉଦ୍ଦିଷ୍ଟ ନଥିଲା। ତା'ଛଡ଼ା ଜାହାଜ ମାଲିକ ଓ ଚାଉଳକୁ ବୀମା କରିଥିବା କମ୍ପାନୀ ଭିତରେ କ୍ଷତିପୂରଣ ନେଇ ବାଦବିସମ୍ବାଦ ଲାଗିଥିଲା। ଏଥିପାଇଁ ଏ ଚାଉଳ ପୁରୀରେ ମିଲିବାର କୌଣସି ଆଶା ନଥିଲା। ଏ ଖବର ଜଣାପଡ଼ିବା ପରେ ପୁରୀରେ ଚାଉଳ ଦର ପୁଣି ବଢ଼ିଗଲା। କିନ୍ତୁ ସମୁଦ୍ର କୂଳରେ ପଡ଼ିଥିବା ଚାଉଳ ଚାରିପାଖେ କାଙ୍ଗାଳଙ୍କର ଭିଡ଼ କମିଲା ନାହିଁ।

ଫିଲାନିମିର ଚାଉଳ ନ ମିଲିବାରୁ ବାର୍ଲୋ ବୋର୍ଡକୁ ଅନ୍ୟ ଚାଉଳ ପଠାଇବା ପାଇଁ ଲେଖ୍‌ଲେ। ଯଦିଓ ବୋର୍ଡ ପୁରୀର ଲୋକଙ୍କୁ କାମ ଯୋଗାଇବା ପାଇଁ କଟକ ଗଞ୍ଜାମ ଓ କଟକ-ପୁରୀ ରାସ୍ତା ପାଇଁ ଟଙ୍କା। ମଞ୍ଜୁର କଲେ, ଚାଉଳ ବିଷୟରେ ସେମାନଙ୍କର ମତ ଥିଲା ଯେ ସରକାର ବର୍ତ୍ତମାନ ପୁରୀକୁ ଚାଉଳ ଆମଦାନୀ କରିବାର କୌଣସି ଆବଶ୍ୟକତା ନାହିଁ।

ଏଭଲି ପରିସ୍ଥିତିରେ ଛ'ହଜାର ବସ୍ତା ଚାଉଳ ସମୁଦ୍ର କୂଳରେ ପୋଲିସ ଓ କାଙ୍ଗାଳମାନଙ୍କ ଘେରରେ ପଡ଼ିରହିଲା।

କଟକ: ଫେବ୍ରୁଆରୀ ୧୮୬୬

ଗଡ଼ଜାତ ଗସ୍ତ ପରେ ରେଭେନ୍ଶା କଟକରୁ ଫେରିଲେ ଜାନୁଆରୀ ୩୧ ତାରିଖରେ। ହଠାତ୍ ତାଙ୍କ ମୁଣ୍ଡ ଉପରେ ଅନେକ କାମର ବୋଝ ପଡ଼ିଲା; ଏଥିରୁ ଅଧିକାଂଶ ଦୁର୍ଭିକ୍ଷ ସମ୍ପର୍କିତ ଥିଲା।

ରେଭେନ୍ଶା ଯାହା ଭାବିଥିଲେ ଯେ ପ୍ରତି ଜିଲ୍ଲାରେ ଗୋଟିଏ ଗୋଟିଏ ରିଲିଫ କମିଟି କରି ଚାନ୍ଦା ସଂଗ୍ରହ କଲେ ସବୁ ସମସ୍ୟାର ସମାଧାନ ହୋଇଯିବ, ଏପରି କିଛି ହୋଇ ନଥିଲା। ମାସପ୍ରାଟ ଲେଖିଥିଲେ ଯେ ବାଲେଶ୍ୱର ରିଲିଫ କମିଟି ରେଭେନ୍ଶାଙ୍କ ପଚାଶ ଟଙ୍କାକୁ ମିଶାଇ ମାତ୍ର ୫୪୪ ଟଙ୍କା ସଂଗ୍ରହ କରିଥିଲେ। କଟକରେ ରିଲିଫ କମିଟିର ସଭା ଡାକି ନଥିଲେ, କାରଣ ସେ ଜାଣିଥିଲେ ଯେ ଏଥିରେ କୌଣସି ଲାଭ ହେବନାହିଁ।

ବାର୍ଲୋ ଓଲଟା ପ୍ରସ୍ତାବ ଦେଇଥିଲେ ଯେ ଚିଲିକା ଅଞ୍ଚଳରେ ଲୋକଙ୍କୁ କାମ ଯୋଗାଇବା ପାଇଁ ସରକାର ପୁଣି ଲୁଣ ମାରିବା କାମ ଆରମ୍ଭ କରନ୍ତୁ। କଟକ ଓ ପୁରୀ ଜିଲ୍ଲାର ଅନେକ ଜାଗାରେ ରାସ୍ତା କାମ ଆରମ୍ଭ ହୋଇଯିବାରୁ ରେଭେନ୍ଶା କିନ୍ତୁ ବୋର୍ଡକୁ ଲେଖିଦେଲେ ଯେ ସରକାର ଆଉ ଲୁଣ କାମ ହାତକୁ ନେବାର ଆବଶ୍ୟକତା ନାହିଁ। ସେ ବାର୍ଲୋଙ୍କୁ ଏ ବିଷୟ ଜଣାଇ ଲେଖିଲେ; ବେଶୀ କାମ ହାତକୁ ନିଅ ନାହିଁ। ଯଦି ଲୋକେ ଅନାହାରରେ ଅଛନ୍ତି, ସେମାନେ କାମ ପାଇଁ ଦଶ ବାର ମାଇଲ ଯିବେ। ତେଣୁ, ଯେଉଁ ଗାଁରେ ଅଭାବ ଅଛି ସେଇଠାରେ କାମ କରିବା ଆବଶ୍ୟକ ନୁହେଁ। ଲୋକେ କାମ ପାଖକୁ ଯିବା କଥା, କାମ ଲୋକଙ୍କ ପାଖକୁ ନୁହେଁ।

ପୁରୀ ଜିଲ୍ଲାରେ ବର୍ତ୍ତମାନ ଦୁର୍ଭିକ୍ଷ ସାଙ୍ଗକୁ ହଇଜା ଆରମ୍ଭ ହୋଇଯାଇଥିଲା। ହଇଜା ହେବା କିଛି ନୂଆ କଥା ନ ଥିଲା, ତେବେ ଏ ବର୍ଷ ଦୁର୍ଭିକ୍ଷ ଯୋଗୁଁ ଏବଂ ଅଖାଦ୍ୟ ଖାଇବା ଯୋଗୁ ପରିସ୍ଥିତି ଆହୁରି

ଖରାପ ହେବ ବୋଲି ଜଣାପଡ଼ୁଥିଲା। ଗୋପ ଥାନାର ସୋରଡ଼ା ଓ ନାଗପୁର ଗାଁରେ ହଇଜାରେ ୧୬୩ ଜଣ ମରିଥିବାର ଖବର ଆସିଥିଲା। ଯଦି ଅନ୍ୟ ସାଧାରଣ ବର୍ଷ ଭଳି ତୀର୍ଥଯାତ୍ରୀ ଆସିବା ଆରମ୍ଭ କରି ଦିଅନ୍ତି ତେବେ ହଇଜା ଯୋଗୁ ଅନେକ ଜୀବନ ନାଶର ଆଶଙ୍କା ଥିଲା। ସେଥିପାଇଁ ରେଭେନ୍ଶା ବଙ୍ଗ ସରକାରଙ୍କୁ ଲେଖିଥିଲେ ଯେ ପୁରୀରେ ହଇଜା ହୋଇଥିବା ସମ୍ବାଦ ଖବରକାଗଜମାନଙ୍କରେ ପ୍ରକାଶିତ ହେଉ ଏବଂ ଏ ବିଷୟରେ ଚେନାବନୀ ରେଲଲାଇନ ଓ ରାସ୍ତାକଡ଼ରେ ଲଗାଇ ଦିଆଯାଉ। ବଙ୍ଗ ସରକାର ମଧ୍ୟ ଏ ଖବର ସବୁଆଡ଼କୁ ପଠାଇ ଦେଇଥିଲେ ଏବଂ ବଙ୍ଗଳା ଓ ଉର୍ଦ୍ଧ୍ୱ ନୋଟିସମାନ ସବୁ ଥାନା ଓ ରେଲ ଷ୍ଟେସନରେ ଲଗାଇ ଦିଆଯାଇଥିଲା।

ଏ ଭିତରେ ବାର୍ଲୋ ୫୦୦୦ ଟଙ୍କା ଚାନ୍ଦା ସଂଗ୍ରହ କରି ନରେନ୍ଦ୍ର ପୋଖରୀ କାମ ଆରମ୍ଭ କରି ଦେଇଥିଲେ, ତେବେ ସମସ୍ୟା ହେଉଥିଲା ମଜୁରିଆମାନଙ୍କୁ ଚାଉଳ ଯୋଗାଇବା ପାଇଁ। କଟକ-ପୁରୀ ରାସ୍ତା କାମ କରିବାକୁ ଅନେକ ଲୋକ ଆସୁଥିଲେ କିନ୍ତୁ ସେମାନଙ୍କୁ ଚାଉଳ ଯୋଗାଇବାର କୌଣସି ବ୍ୟବସ୍ଥା ନଥିଲା। କାମ ସାରି ସନ୍ଧ୍ୟାବେଳେ ପଇସା ଧରି ସେମାନେ ଗାଁ ଗାଁ ବୁଲୁଥିଲେ, କିନ୍ତୁ ଯେତେ ଦାମ ଯାଚିଲେ ବି କେଉଁଠି ଚାଉଳ ମିଳୁ ନଥିଲା। ସେଥିପାଇଁ ମଜୁରିଆମାନଙ୍କୁ ଅନେକ ସମୟରେ ଉପାସରେ ରହିବାକୁ ପଡ଼ୁଥିଲା।

ରାସ୍ତାକାମ ଦାୟିତ୍ୱରେ ଥିବା ପି.ଡବ୍ଲ୍ୟୁ.ଡି ଇଞ୍ଜିନିୟର ନୋଲାନ ବାର୍ଲୋଙ୍କ ସହିତ ଆଲୋଚନା କରି ସ୍ଥିର କରିଥିଲେ ଯେ ସେ ବାର୍ଲୋଙ୍କୁ କୋଡ଼ିଏ ହଜାର ଟଙ୍କା ଅଗ୍ରୀମ ଦେବେ ଏବଂ ବାର୍ଲୋ କୁଲିଙ୍କ ପାଇଁ ଚାଉଳ ବନ୍ଦୋବସ୍ତ କରିବେ। ଏ ବିଷୟରେ ଅନୁମତି ପାଇଁ ବିଭାଗୀୟ ସେକ୍ରେଟେରୀଙ୍କୁ ଲେଖି ନୋଲାନ ଜଣାଇଲେ: ଚାଉଳ ପାଇଁ ଆମେ ପଇସା ଦେବା ଉପରେ କେବଳ ଯେ ଆମର କାମ ନିର୍ଭର କରୁଛି ତା ନୁହେଁ, ତା' ଉପରେ ଲୋକଙ୍କର ଜୀବନ ନିର୍ଭର କରୁଛି। କିନ୍ତୁ ନୋଲାନଙ୍କ ପାଖକୁ ଟେଲିଗ୍ରାମରେ ଏହାର ଜବାବ ଆସିଲା: ଚାଉଳ ଯୋଗାଇବା ବିଷୟରେ ଏ ବିଭାଗର କୌଣସି ଦାୟିତ୍ୱ ନାହିଁ।

ଏ ତାରଟି ପାଇ ନୋଲାନ ବାର୍ଲୋଙ୍କୁ ଟଙ୍କା ଦେବାକୁ ମନା କରିଦେଲେ ଏବଂ ମଜୁରିଆମାନେ କାମ ପାଖକୁ ଆସିବାକୁ ରାଜି ହେଲେନାହିଁ। ବର୍ତ୍ତମାନ ଏକ ସାଂଘାତିକ ପରିସ୍ଥିତି ଉପୁଜି ଥିଲା ଚାଉଳ ଅଭାବରେ। ପୁରୀକୁ ଯେମିତି ହେଲେ ବାହାରୁ ଚାଉଳ ଆଣିବାକୁ ହେବ। ସେଥିପାଇଁ ବାର୍ଲୋ ନିଜେ କଟକ ଗଲେ ରେଭେନ୍ଶାଙ୍କୁ ଏ କଥା ବୁଝାଇବା ପାଇଁ। ଅନେକ କଷ୍ଟରେ ରେଭେନ୍ଶା ବୋର୍ଡ଼କୁ ଟେଲିଗ୍ରାମ ପଠାଇଲେ; ଦୁର୍ଭିକ୍ଷ ରିଲିଫ କାମ ବନ୍ଦ। ଚାଉଳ କିଣିବା ପାଇଁ କଲେକ୍ଟରଙ୍କୁ ଟଙ୍କା ଦେବାକୁ ପି.ଡବ୍ଲୁ.ଡି. ମନା କରୁଛନ୍ତି। ପୁରୀକୁ ବାହାରୁ ଚାଉଳ ଆସିବା ନିତାନ୍ତ ଦରକାର। ମୁଁ କ'ଣ ଏଥିପାଇଁ ଅଗ୍ରୀମ ଦେବାକୁ ଆଦେଶ ଦେବି ?

ପରଦିନ ବାର୍ଲୋ ରେଭେନ୍ଶାଙ୍କ ଅଫିସରେ ବସିଛନ୍ତି, ଏହାର ଜବାବ ଆସିଲା ତାରରେ। ରେଭେନ୍ଶା କାଗଜଟିକୁ ବାର୍ଲୋଙ୍କ ଆଡ଼କୁ ବଢ଼ାଇଦେଇ କହିଲେ: ମତେ ଏଥରକ ଏ ବିଷୟରେ ଆଉ କିଛି କହିବ ନାହିଁ। ବୋର୍ଡ଼ର ସଂକ୍ଷିପ୍ତ ବାର୍ତ୍ତା ଥିଲା: ସରକାର ପୁରୀକୁ ଚାଉଳ ଆମଦାନୀ କରିବେ ନାହିଁ। ଯଦି ସେଠା ବଜାରରେ ଆବଶ୍ୟକତା ଥାଏ, ତେବେ ଚାଉଳ ଆପେ ଆପେ ସେଠାରେ ପହଞ୍ଚିବ। ସରକାର ହସ୍ତକ୍ଷେପ କଲେ କ୍ଷତି ହିଁ ହେବ। ରିଲିଫ କାମର ମଜୁରୀ କେବଳ ଟଙ୍କାରେ ଦିଆଯିବ।

ପୁରୀ: ଫେବୃଆରୀ ୧୮୬୬

ଦୁର୍ଭିକ୍ଷ କଥା ବୁଝିବେ କଣ, ବାର୍ଲୋଙ୍କ ଉପରେ ଏବେ ଆଉ ଏକ ଦାୟିତ୍ୱ ଆସି ପଡ଼ିଲା। ଖବର ଆସିଲା ଯେ ଛୋଟଲାଟ୍ ସର ସେସିଲ୍ ବୀଡ଼ନ୍ ତାଙ୍କ ସାଙ୍ଗରେ ବୋର୍ଡର ଅନ୍ୟତମ ସଭ୍ୟ କକବର୍ଣ୍ଣ ଓ ପୂର୍ତ୍ତବିଭାଗ ସେକ୍ରେଟେରୀ କର୍ଣ୍ଣେଲ ନିକଲ୍‌ଙ୍କୁ ନେଇ ପ୍ରଥମେ ପୁରୀ ଆସିବେ ଓ ସେଠାରୁ କଟକ ଯିବେ। ସେ ଆସୁଥିଲେ କଟକରେ ଇରିଗେଶନ କମ୍ପାନୀର କେନାଲ କାମ ଦେଖିବାକୁ ତଥା ସେଠାରେ ଏକ ଦରବାର କରି ଓଡ଼ିଶାର ରାଜା ଓ ଜମିଦାରମାନଙ୍କୁ ଭେଟିବାକୁ। ଏଇଟି ଓଡ଼ିଶାକୁ କୌଣସି ଛୋଟଲାଟଙ୍କର ପ୍ରଥମ ଆଗମନ ଥିଲା ଏବଂ ସମସ୍ତେ ସଚେତନ ଥିଲେ ବ୍ୟବସ୍ଥା ବନ୍ଦୋବସ୍ତରେ ଯେଭଳି କୌଣସି ତ୍ରୁଟି ନହୁଏ। ଆଉ ସବୁ କାମ ଛାଡ଼ି ଏଥିରେ କିଛି ଦିନ ବ୍ୟସ୍ତ ରହିଲେ ବାର୍ଲୋ।

ଯଦିଓ ଛୋଟଲାଟ୍ ପୁରୀରେ ମାତ୍ର ଗୋଟିଏ ଦିନ ରହିବାର ଥିଲା, ସେଥିପାଇଁ ପୁରାମାତ୍ରାରେ ଆୟୋଜନ କରିବାକୁ ହେଲା। ତାଙ୍କର ଅଭ୍ୟର୍ଥନା ପାଇଁ ଗୋଟିଏ ବିଧିବଦ୍ଧ କମିଟି ତିଆରି ହୋଇ ତାର ସଭାମାନ ହେଲା। କମିଟି ବସି ସ୍ଥିର କଲେ କେଉଁ କେଉଁ ଜାଗାରେ କେତୋଟି ତୋରଣ ହେବ, ଇତ୍ୟାଦି। ଛୋଟଲାଟ୍ ପୁରୀରେ ଥିବାବେଳେ ସହରର କେଉଁ ଭଦ୍ରବ୍ୟକ୍ତିଙ୍କୁ ତାଙ୍କର ସାକ୍ଷାତ ପାଇଁ ଡକାଯିବ ତାର ତାଲିକା ତିଆରି ହେଲା। ସହରର କେଉଁ କେଉଁ ରାସ୍ତାରେ କେତେବେଳେ ଯାଇ ସେ କଣ କଣ ଦେଖିବେ, ତା'ଠିକ ହେଲା। ପାଠଶାଳାରେ ଖବର ଦିଆଗଲା ଯଦି ହଠାତ୍ ଛୋଟଲାଟ୍ ଛାତ୍ରମାନଙ୍କୁ ଦେଖିବାକୁ ମନ ବଲାନ୍ତି, ସେଠାରେ ତାଙ୍କର କି ପ୍ରକାର ଅଭ୍ୟର୍ଥନା କରିବାକୁ ହେବ। ଏତଦ୍ ବ୍ୟତୀତ ପୁରାର ସମୁଦ୍ରକୁଳ ଓ ରାସ୍ତାଘାଟକୁ ସଫା କରିବାକୁ ବନ୍ଦୋବସ୍ତ ହେଲା ଏବଂ କଲେକ୍ଟରଙ୍କ ବଙ୍ଗଳାରେ ଛୋଟଲାଟ୍ ଅତିଥି ରହିବେ ବୋଲି ତାହାକୁ ନୂଆ ରଙ୍ଗ କରାହେଲା।

ଏ ସବୁ କାମ ସହିତ ବାର୍ଲୋଙ୍କର ଦୁର୍ଭିକ୍ଷ ସମ୍ପର୍କୀୟ କାମରେ ମଧ କୌଣସି ଶିଥିଳତା ହୋଇ ନ ଥିଲା । ହଇଜା ବ୍ୟାପୁଥିବାରୁ ସବୁ ଥାନାକୁ ହଇଜା ଔଷଧ ପଠା ହୋଇଥିଲା । ନରେନ୍ଦ୍ର ପୋଖରୀ କାମ ଓ ପି.ଡବ୍ଲ୍ୟୁ.ଡି. ରାସ୍ତା କାମ ଚାଲିଥିଲା । ଭାଙ୍ଗି ଯାଇଥିବା ଜାହାଜର ଯେଉଁ ଚାଉଳ ଏ ପର୍ଯ୍ୟନ୍ତ ସମୁଦ୍ର କୂଳରେ ପଡ଼ି ରହିଥିଲା, ବାର୍ଲୋ ତାକୁ ଟଙ୍କାରେ ତେର ସେର ହିସାବରେ କିଣିବେ ବୋଲି ପ୍ରସ୍ତାବ ଦେଲେ, କିନ୍ତୁ ଜାହାଜବାଲା ସେଥିରେ ରାଜି ହେଲେନାହିଁ । ଏହି ସମୟରେ କଲିକତାରୁ ନିର୍ଦ୍ଦେଶ ଆସିଲା ଯେ ସରକାର ଚାଉଳ କିଣିବେ ନାହିଁ, ତେଣୁ ଏ ପ୍ରସ୍ତାବରେ ପୂର୍ଣ୍ଣଚ୍ଛେଦ ପଡ଼ିଲା ।

ଛୋଟଲାଟ ପୁରୀରେ ଆସି ପହଞ୍ଚିଲେ ଫେବ୍ରୁୟାରୀ ୧୩ ତାରିଖରେ । ରେଭେନ୍ସା ଆସି ସେଠାରେ ତାଙ୍କୁ ଭେଟିବାର ଥିଲା, କିନ୍ତୁ ଶେଷ ପର୍ଯ୍ୟନ୍ତ ସେ ଆସିଲେ ନାହିଁ କାରଣ ସେ କଟକରେ ଦରବାର ଆୟୋଜନ କରିବାରେ ବ୍ୟସ୍ତ ରହିଲେ । ଏଣୁ ପୁରୀ ଅଭ୍ୟର୍ଥନାର ସମସ୍ତ ଭାର ରହିଲା ବାର୍ଲୋଙ୍କ ଉପରେ । ସମୁଦ୍ର କୂଳରେ ଜାହାଜ ପହଞ୍ଚିବା ପରେ ଅଭ୍ୟର୍ଥନାରେ କୌଣସି ତୁଟି ହେଲାନାହିଁ । ପନ୍ଦରଟି ତୋପ ସଲାମୀ ଓ ମିଲିଟାରୀ ବ୍ୟାଣ୍ଡ ବାଜି ଛୋଟଲାଟଙ୍କର ସ୍ୱାଗତ ହେଲା । ଅଭ୍ୟର୍ଥନା କମିଟିର ଆଗ୍ରହରେ ଜଣେ ପଣ୍ଡିତ ଗୋଟିଏ ସ୍ୱାଗତ ଶ୍ଳୋକ ପଢ଼ିଲେ । ସେଥାରୁ ଛୋଟଲାଟଙ୍କୁ ଘୋଡ଼ାଟଣା ଖୋଲା ପାଲିଙ୍କି ଗାଡ଼ିରେ ବସାଇ ଫୁଲ ତୋରଣ ସଜା ହୋଇଥିବା ରାସ୍ତାଦେଇ କଲେକ୍ଟରଙ୍କ ବଙ୍ଗଳାକୁ ନିଆଗଲା । ଛୋଟଲାଟଙ୍କୁ ଦେଖିବାପାଇଁ ରାସ୍ତାସାରା ଭିଡ଼ ଜମିଥିଲା ଏବଂ ବାଡ଼ିନ ଏ ସ୍ୱତଃସ୍ଫୂର୍ତ ଅଭ୍ୟର୍ଥନା ଦେଖି ଖୁସି ହେଲେ । ଏତେ ଜାକଜମକ ଭିତରେ ଅନେକ କାଙ୍ଗାଲ ଭିଖାରୀ ଥିଲେ ଏବଂ ସେମାନେ ଛୋଟଲାଟ ସାହେବଙ୍କର ଜୟଗାନ କରୁ ନଥିଲେ, ତାଙ୍କୁ ଚାଉଳ ମାଗୁଥିଲେ । ଛୋଟଲାଟ ଯଦି ଜାହାଜରୁ ଓଉ୍ଲାଇବାବେଲେ ଦେଖିବାକୁ ଚେଷ୍ଟା କରିଥାନ୍ତେ, ତେବେ ସମୁଦ୍ର କୂଳରେ ଜମା ହୋଇଥିବା ଚାଉଳ ବି ଦେଖିପାରିଥାନ୍ତେ ।

ସେଦିନ ଉପରବେଲା ବିଶ୍ରାମ ସାରି ଛୋଟଲାଟ ଏବଂ ତାଙ୍କର ପାରିଷଦମାନେ ପୁରୀର ଇଂରେଜ ଅଫିସରମାନଙ୍କ ସହ ରାତ୍ରିଭୋଜନ କଲେ । ତା' ପରେ ସମୁଦ୍ର ବାଲିରେ ଆତସବାଜିର ବ୍ୟବସ୍ଥା ଥିଲା । ଛୋଟଲାଟ କଟକର ବାଣ କାରିଗରୀ ବିଷୟରେ ଶୁଣିଥିଲେ, ବର୍ତ୍ତମାନ ଚାକ୍ଷୁସ ଦେଖି ଅତି ଖୁସି ହେଲେ । ଏହିପରି ସୁଚାରୁରୂପେ ସେ ଦିନର କାର୍ଯ୍ୟକ୍ରମ ଶେଷ ହେଲା ।

୧୪ ତାରିଖ ସକାଲେ ଛୋଟ ହାଜିରି ପରେ ଛୋଟଲାଟ ସହର ପରିଭ୍ରମଣରେ ବାହାରିଲେ । ସିଂହଦ୍ୱାର ପାଖରେ ଅରୁଣ ସ୍ତମ୍ଭକୁ ଦେଖି ସେଠାରୁ ଚାରିଜଣ ଲୋକ ବୋହୁଥିବା ତାମଜାନ ଯୋଗେ ମନ୍ଦିରର ଚାରିପାଖ ରାସ୍ତାରେ ଯାଇ ମନ୍ଦିରକୁ ଯେତେ ଦେଖି ହେବ ଦେଖିଲେ ଏବଂ ରାଧାବଲ୍ଲଭ ମଠ ପାଖରେ ଓହ୍ଲାଇ ତା' ଛାତ ଉପରୁ ମଧ ମନ୍ଦିରକୁ ଦେଖିଲେ । ତା'ପରେ ବାର୍ଲୋଙ୍କୁ ସାଙ୍ଗରେ ନେଇ ଛୋଟଲାଟ କଲେକ୍ଟରଙ୍କ କଚେରୀ ଦେଖିବାକୁ ଗଲେ ।

କଚେରୀ ପାଖରେ ଆଖପାଖ ଗାଁର ଲୋକ ଆସି ଠିଆ ହୋଇଥିଲେ ଛୋଟଲାଟଙ୍କୁ ତାଙ୍କର ଦୁଃଖ କଥା ଜଣାଇବାକୁ । ଫସଲହାନି ଯୋଗୁ ଚାଉଳ ମିଲୁନାହିଁ ଏବଂ ସେମାନଙ୍କୁ ଜଙ୍ଗଲ ଚେରମୂଲ ଖାଇବାକୁ ପଡ଼ୁଛି, ଏ କଥା ଦେଖାଇବାକୁ ସେମାନେ ସାଙ୍ଗରେ କଣିକା ମୂଲ, କଇଁନୋଡ଼ ଇତ୍ୟାଦି ଆଣିଥିଲେ । ଛୋଟଲାଟ କିନ୍ତୁ ସେମାନଙ୍କ ଆଡ଼କୁ ନ ଯାଇ ସିଧା ଅଫିସ ଭିତରେ ପଶି ପୁରୀ ଜିଲ୍ଲାର ରାଜସ୍ୱ ବିଷୟରେ ବାର୍ଲୋଙ୍କ ସହିତ ଆଲୋଚନା କଲେ । କକବର୍ଣ୍ଣଙ୍କ ଦେହ ଭଲ ନଥିବାରୁ ସେ ଘର ଭିତରକୁ

ନ ଯାଇ କଚେରୀ ବାରଣ୍ଡାରେ ବସିଥିଲେ। ଛୋଟଲାଟଙ୍କ ବଦଳରେ ଲୋକମାନେ କକବର୍ଣ୍ଡଙ୍କୁ ଘେରିଗଲେ। ଏଇ ସମୟରେ ସେଠାରେ ସେରିସ୍ତାଦାର ପୁରୁଷୋତ୍ତମ ପଟ୍ଟନାୟକଙ୍କୁ ଠିଆ ହୋଇଥିବାର ଦେଖି କକବର୍ଣ୍ଡ ତାଙ୍କୁ ପାଖକୁ ଡାକିଲେ। କଟକରେ କମିଶନର ଥିବାବେଳେ ସେ ପୁରୁଷୋତ୍ତମଙ୍କୁ ଜାଣିଥିଲେ। ଲୋକମାନଙ୍କ ହାତରୁ ଟେରମୂଳ ଆଣି ପୁରୁଷୋତ୍ତମ କକବର୍ଣ୍ଡଙ୍କୁ ଦେଖାଇଲେ ଏବଂ ଦୁର୍ଭିକ୍ଷ ଯୋଗୁ ଲୋକମାନେ ଏହାକୁ ଖାଇଛନ୍ତି ବୋଲି ଜଣାଇଲେ। ଏହି ସମୟରେ ବୀଡ଼ନ ଆସିବାରୁ କକବର୍ଣ୍ଡ ତାଙ୍କୁ ମଧ୍ୟ ଏ ଟେରମୂଳ ସବୁ ଦେଖାଇଲେ। ଏଇ ଅବସରରେ ବାର୍ଲୋ ପୁରୀ ଜିଲ୍ଲାରେ ଦୁର୍ଭିକ୍ଷ ନିରାକରଣ ପାଇଁ କି କି ବ୍ୟବସ୍ଥା ହୋଇଛି ତାର ଏକ ସଂକ୍ଷିପ୍ତ ବିବରଣୀ ଦେଲେ।

ଉପରବେଳା କଲେକ୍ଟରଙ୍କ ବଙ୍ଗଳାରେ ଛୋଟଲାଟ ପୁରୀର ଭଦ୍ରବ୍ୟକ୍ତିମାନଙ୍କୁ ଭେଟିଲେ, ଯଥା ପୁରୀ ରାଜା, କୋଟଦେଶ ଜମିଦାର, ଏମାରମଠ ମହନ୍ତ ଇତ୍ୟାଦି। ଏପରି ଭାବେ ନିଜ ପୁରୀ ଗସ୍ତରେ ସନ୍ତୁଷ୍ଟ ହୋଇ ସେହିଦିନ ସନ୍ଧ୍ୟାବେଳେ ଛୋଟଲାଟ ତାଙ୍କ ପାରିଷଦଙ୍କ ଗହଣରେ କଟକ ରମାନା ହୋଇଗଲେ।

କଟକ: ଫେବ୍ରୁଆରୀ ୧୮୬୬

୧୫ ତାରିଖରେ କଟକରେ ପହଞ୍ଚି ଛୋଟଲାଟ ସେ ଦିନଟି ବିଶ୍ରାମ ନେଲେ ଏବଂ ତା ପରଦିନ ନଗର ଦର୍ଶନ ପାଇଁ ବାହାରିଲେ। ଯେପରି ଆଶା କରିବା କଥା, କଟକର ବନ୍ଦୋବସ୍ତ ପୁରୀ ଅପେକ୍ଷା ଅଧିକ ଚିତ୍ତାକର୍ଷକ ଥିଲା। ପ୍ରଧାନ ଜାଗାମାନଙ୍କରେ ତୋରଣ ତିଆରି ହୋଇଥିଲା। ଛକ ଜାଗାମାନଙ୍କରେ ପତ୍ର ଫୁଲ ସଜା ହୋଇ ସେଠାରେ ଗୀତବାଦ୍ୟର ବ୍ୟବସ୍ଥା ହୋଇଥିଲା ଯେପରିକି ଛୋଟଲାଟ ସେଠାରେ ପହଞ୍ଚିଲେ ତାଙ୍କର ସ୍ୱାଗତ ହୋଇପାରିବ। ରାସ୍ତା କରରୁ ତାଟି ଦୋକାନ ଉଠାଇ ଦିଆଯାଇଥିଲା ଏବଂ ଦୁଇଦିନ ହେଲା ପାଣି ଢାଳି ମେହେନ୍ତରମାନେ ରାସ୍ତାକୁ ସଫା ରଖିଥିଲେ। ସରକାରୀ ଅଫିସ ଘରମାନ ରଙ୍ଗ ହୋଇ ଚକମକ ଦିଶୁଥିଲା। ସହରରେ ଏହିପରି ଏକ ମେଳା ବା ପର୍ବପର୍ବାଣିର ବାତାବରଣ ତିଆରି ହୋଇଥିଲା। ଏଥିରେ ଏକମାତ୍ର ଦୃଷ୍ଟିକଟୁ ଜିନିଷ ଥିଲା ଏଇ ସମୟରେ ସହରର ରାସ୍ତାଘାଟରେ ଅସ୍ଥିକଙ୍କାଳସାର ଦଳ ଦଳ ଭିଖାରୀ ସ୍ତ୍ରୀପୁରୁଷ ପିଲା ‘ମା, ପେଜ ମୁଠାଏ ଦିଅ’ ବୋଲି ଡାକି ବୁଲୁଥିବା।

କମିଶନରଙ୍କ କଚେରୀ ଦେଖିସାରି ଛୋଟଲାଟ ଜେଲ ଦେଖିବାକୁ ଗଲେ। ସେଠାରେ ତାଙ୍କୁ ଜେଲ ବାହାରେ ପୋଲିସ ସଲାମୀ ଦିଆଗଲା। ସେ ଜେଲ ଭିତରକୁ ପଶିବା ବେଳକୁ କିଛି ଲୋକ ପୋଲିସ ବାଧା ନ ମାନି ତାଙ୍କୁ ଦେଖା କରିବାକୁ ଆସିଲେ। ଏମାନେ ଭିଖାରୀ ନ ଥିଲେ, ସହରର ସାଧାରଣ ଲୋକ ଥିଲେ ସେମାନେ ଏକ ସ୍ୱରରେ ଦାବୀ ଜଣାଇଲେ, ସରକାର ଚାଉଳ ଦର ଧାର୍ଯ୍ୟ କରିଦିଅନ୍ତୁ। ଛୋଟଲାଟ କହିଲେ ସେ ଦରବାରରେ ଏ ବିଷୟରେ କହିବେ।

ସେଦିନ ଉପରବେଳା ଦେଶୀୟ ଭଦ୍ରବ୍ୟକ୍ତିମାନେ ଛୋଟଲାଟଙ୍କୁ ଭେଟିବାର ସମୟ ଠିକ୍ କରା ହୋଇଥିଲା। ଏ ତାଲିକାରେ ଓଡ଼ିଶାର ସମସ୍ତ ବିଶିଷ୍ଟ ରାଜା ଜମିଦାରୀ ଧନୀ ଲୋକଙ୍କର ନାଁ ଥିଲା।

ସାକ୍ଷାତକାର ସମୟରେ ଏମାନେ ସମସ୍ତେ ଛୋଟଲାଟଙ୍କୁ ଭେଟି ଓଡ଼ିଶାର ଫସଲ ହାନୀ କଥା କହିଲେ। ମାଲୁଦ ଜଗିରଦାର ଜମାଲୁଦ୍ଦିନ ଜମିଦାରମାନଙ୍କ ପକ୍ଷରୁ ଖଜଣା ଛାଡ଼ର ଅନୁରୋଧ ଜଣାଇଲେ। ରାଧାଶ୍ୟାମ ନରେନ୍ଦ୍ର କହିଲେ ଯେ ଦେଶରେ ଚାଉଳର ଅଭାବ ଦୃଷ୍ଟିରୁ ସରକାର ଚାଉଳ ଆଣି ଯୋଗାନ୍ତୁ। ସମସ୍ତଙ୍କୁ ଛୋଟଲାଟଙ୍କର ସମାନ ଉତ୍ତର ଥିଲା ଯେ ଦରବାର ବକ୍ତୃତାରେ ଏ ସବୁ ବିଷୟରେ କହିବେ।

ବୀଡ଼ନ କଲିକତାରୁ ଆସିବାବେଳେ ଗୋଟିଏ ବକ୍ତୃତା ଲେଖି ଆଣିଥିଲେ। ରାତିରେ ବସି ସେ ସେଇଟିକୁ ସଂଶୋଧନ ଓ ପରିବର୍ଦ୍ଧିତ କଲେ। ବକ୍ତୃତାଟି ବର୍ତ୍ତମାନ ସମ୍ପୂର୍ଣ୍ଣ ଓ ସୁପାଠ୍ୟ ଥିଲା।

୧୭ ତାରିଖ ଶନିବାର ଦିନ ଜୋବ୍ରାସ୍ଥିତ ଇରିଗେଶନ କମ୍ପାନୀଙ୍କ କୋଠାରେ ଦରବାର ହେଲା। ଏଇ କୋଠାଟିକୁ ରଙ୍ଗୀନ କନା କାଗଜ ପତ୍ର ଫୁଲ ଦେଇ ବିଶେଷ ରୂପେ ସଜା ହୋଇଥିଲା ଏବଂ ଦରବାର ଘରଟି ଗାଲିଚା ବିଛା ହୋଇ ରାଜପ୍ରାସାଦର ଅଭ୍ୟନ୍ତର ଭଳି ଦିଶୁଥିଲା। ଗୋଟିଏ ପାଖରେ ଉଚ୍ଚ ଜାଗାରେ ଚୌକି ପଡ଼ି ଲାଟସାହେବ ଏବଂ ଅନ୍ୟ ଅଫିସରଙ୍କର ବସିବାର ବ୍ୟବସ୍ଥା ଥିଲା ଏବଂ ତଳେ ଧାଡ଼ି ଧାଡ଼ି ଚୌକି ପଡ଼ିଥିଲା ନିମନ୍ତ୍ରିତ ଭଦ୍ରବ୍ୟକ୍ତିଙ୍କ ପାଇଁ। ରାଜା ଜମିଦାରଙ୍କ ବ୍ୟତୀତ ସରକାରୀ ଅଫିସରମାନଙ୍କୁ ମଧ୍ୟ ଦରବାରକୁ ନିମନ୍ତ୍ରଣ କରାଯାଇଥିଲା। ନିମନ୍ତ୍ରିତ ଲୋକମାନଙ୍କ ଭିତରେ ବିଶେଷ ଆକର୍ଷଣର ବସ୍ତୁ ଥିଲେ ପୁରୀ ଓ କେନ୍ଦୁଝରର ରାଜା, ଯେଉଁମାନେ ଏ ପର୍ଯ୍ୟନ୍ତ ନାବାଳକ ଥିଲେ। ସେମାନେ ଜାକଜମକ ପୋଷାକ ପିନ୍ଧି ଦ୍ୱିତୀୟ ଧାଡ଼ିରେ ବସିଥିଲେ ଏବଂ ସମସ୍ତେ ତାଙ୍କ ଆଡ଼କୁ ବୁଲି ବୁଲି ଅନାଉଥିଲେ। ଟୋକା ଦୁହେଁ କିନ୍ତୁ ଏଥିରେ ବିଚଳିତ ନହୋଇ ଦରବାରକୁ ପୁରା ଉପଭୋଗ କରୁଥିଲେ। କଟକ ସହର ପାଇଁ ଦରବାରଟି ଥିଲା ଏକ ଅଦ୍ୱିତୀୟ ଜିନିଷ। ଦରବାରକୁ ଆସିଥିବା ପ୍ରାୟ ଶହେ ରାଜା ଜମିଦାରଙ୍କ ପାଇକ ସିପାହୀ ଘୋଡ଼ାହାତୀରେ ସହରରେ ମେଳା ଲାଗି ଯାଇଥିଲା। ଦରବାର ସମୟରେ ଜୋବ୍ରା ଅଞ୍ଚଳ ଲୋକାରଣ୍ୟ ହୋଇ ଯାଇଥିଲା ଏବଂ ଘୋଡ଼ାସବାର ପୋଲିସ ଏଇ ଜନସମୂହକୁ ନିୟନ୍ତ୍ରଣ କରୁଥିଲେ। ଇରିଗେଶନ କମ୍ପାନୀ ବାହାରେ ପାଲିଙ୍କି ସବାରୀ ଧାଡ଼ି ଧାଡ଼ି ହୋଇ ରଖାଯାଇଥିଲା ଏବଂ ରଙ୍ଗବେରଙ୍ଗ ପୋଷାକ ପିନ୍ଧି ରାଜା ଜମିଦାରଙ୍କ ଅନୁଚରମାନେ ଏହାକୁ ବେଢ଼ି ଠିଆ ହୋଇଥିଲେ।

ଦରବାର ଆରମ୍ଭରେ ଜଣେ ବ୍ରାହ୍ମଣ ଯାଇ ଛୋଟଲାଟଙ୍କର ଦୀର୍ଘ ଜୀବନ କାମନା କରି ଗୋଟିଏ ସ୍ୱସ୍ତିବାଚକ ଶ୍ଲୋକ ପଢ଼ିଲେ। ତା'ପରେ କଟକର ତିନିଜଣ ବେଶ୍ୟା ଗୋଟିଏ ଅଭ୍ୟର୍ଥନା ଗୀତ ଗାଇଲେ। ଏହାପରେ ନଗରବାସୀଙ୍କ ପକ୍ଷରୁ ଏକ ସ୍ୱାଗତପତ୍ର ପଢ଼ା ହେଲା, ଯେଉଁଥିରେ ମହାରାଣୀ ଭିକ୍ଟୋରିଆ, ଇଂରେଜ ସରକାର ଏବଂ ଛୋଟଲାଟଙ୍କର ଗୁଣଗ୍ରାମର ପ୍ରଶସ୍ତି କରାହୋଇଥିଲା ଏବଂ ଅନୁରୋଧ କରାହୋଇଥିଲା ଯେ ଦେଶର ପରିସ୍ଥିତି ଦୃଷ୍ଟିରେ ସରକାର ଖଜଣା ଛାଡ଼ କରନ୍ତୁ ଏବଂ ଚାଉଳର ଦର ଧାର୍ଯ୍ୟ କରନ୍ତୁ।

ଏଥର ଛୋଟଲାଟ ଠିଆ ହେବାରୁ ସଭାଗୃହ କରତାଳିରେ କମ୍ପି ଉଠିଲା ଏବଂ ଦିବ୍ୟସିଂହ ତା' ପାଖରେ ବସିଥିବା ଟୋକା ଧନୁର୍ଜୟକୁ ଠେଲି ଦେଇ କହିଲା, ଆମ ନଅରରେ ଗୋଟାଏ ପାତିମାଙ୍କଡ଼ ଅଛି; ଏ ଲୋକଟା ଠିକ ତା'ରି ପରି ଦିଶୁଛି।

ଛୋଟଲାଟ ତାଙ୍କର ଭାଷଣ ଆରମ୍ଭ କରି କହିଲେ: ମୋର ପ୍ରିୟ ବନ୍ଧୁଗଣ, ମୁଁ ଏତେ ଦିନରେ ଆପଣମାନଙ୍କୁ ଏହି ଖୋଲା ଦରବାରରେ ଭେଟିବାର ସୁଯୋଗ ପାଇଥିବାରୁ ଆନନ୍ଦର ସହିତ ଆପଣମାନଙ୍କୁ ବ୍ୟକ୍ତିଗତ ଭାବେ ନିର୍ଭର ଦେଉଛି ଯେ, ଇଂରେଜ ସରକାର– ମହାରାଣୀ ଭିକ୍ଟୋରିଆଙ୍କ ସରକାର–

ଯାହାଙ୍କର ସ୍ଥାନୀୟ ପ୍ରତିନିଧି ହୋଇଥିବା ମୋର ଗୌରବ, ତାଙ୍କର ସମସ୍ତ ନେଟିଭ ପ୍ରଜାମାନଙ୍କର କଲ୍ୟାଣ ପାଇଁ ସକ୍ରିୟ ଭାବେ ଚିନ୍ତାଶୀଳ ଏବଂ କିପରି ସେମାନେ ନ୍ୟାଯ୍ୟ ଅଧିକାର ଉପଭୋଗ କରିବେ ଓ ସେମାନଙ୍କର ସମୃଦ୍ଧି ଓ ଉନ୍ନତିର ପ୍ରଗତି ହେବ, ସେ ବିଷୟରେ ଉତ୍ସୁକତାର ସହିତ ଚିନ୍ତିତ। ମୁଁ ଦୁଃଖିତ ଯେ ଅନିବାର୍ଯ୍ୟ ପରିସ୍ଥିତି ହେତୁ ମୁଁ ଆଗରୁ କଟକକୁ ଆସିପାରି ନ ଥିଲି ଏବଂ ମୁଁ ଏପରି ସମୟରେ ଆପଣମାନଙ୍କ ପାଖକୁ ଆସିଛି, ଯେତେବେଳେ ଆପଣମାନେ ଅନାବୃଷ୍ଟିରୁ ଦୁଃଖଦ ପରିଣାମ ଭୋଗୁଛନ୍ତି। ଏପରି ଦୈବୀ ଦୁର୍ବିପାକରେ ସରକାର କୌଣସି ପ୍ରତିକାର ଅଥବା ଉପଶମ କରିବା ସମ୍ଭବ ନୁହେଁ। ପାଣିପାଗ ଭଗବାନଙ୍କ ହାତର କଥା ଏବଂ ମଣିଷ ତାକୁ ନିୟନ୍ତ୍ରଣ କରିପାରିବ ନାହିଁ।

ଏତିକି କହି ଛୋଟଲାଟ ମୁହୂର୍ତ୍ତେ ଚୁପ୍ ରହିଲେ ଏବଂ ଏକ ଦୀର୍ଘ ନିଶ୍ୱାସ ନେଲେ, କାରଣ ବକ୍ତୃତାର ପରବର୍ତ୍ତୀ ବାକ୍ୟଟି ଅତି ଦୀର୍ଘ ଥିଲା:

ତଥାପି ଯଦି ଲୋକମାନେ ଉତ୍ତମ ସରକାରର ଆଶୀର୍ବାଦ ପାଆନ୍ତି, ଯଦି ପ୍ରତିଟି ଲୋକ ନିଜ ସମ୍ପତ୍ତି ଉପଭୋଗ କରିବାରେ ନିରାପଦ ରହେ, ଯଦି ଅପରାଧୀକୁ ଦଳନ କରାଯାଏ ଏବଂ ସବଳ ଲୋକ ଦୁର୍ବଳକୁ ନିଷ୍ପେଷଣ ଓ ଶୋଷଣ କରିବାରୁ ନିରୋଧ କରାଯାଏ, ଯଦି ଶୀଘ୍ର ଓ ନିରପେକ୍ଷ ଭାବରେ ନ୍ୟାୟ ମିଳେ, ଯଦି ବ୍ୟବସାୟ ଉପରୁ ବିରକ୍ତିକର କର ଓ କଟକଣାମାନ ଉଠାଇ ଦିଆଯାଏ, ଯଦି ସମସ୍ତଙ୍କୁ ସଠିକ ଶିକ୍ଷାର ସୁବିଧା ଦିଆଯାଏ, ଯଦି ସ୍ଥାନୀୟ ଉନ୍ନତି ବିଷୟରେ ଜଳ ଓ ସ୍ଥଳପଥର ଯାତାୟାତ ବ୍ୟବସ୍ଥାକୁ ପ୍ରୋତ୍ସାହିତ କରାଯାଏ, ଏବଂ ସର୍ବୋପରି, ଯଦି ଦେଶର ଶାସନ ଚଳାଇବା ପାଇଁ ଆବଶ୍ୟକୀୟ ଟିକସ ନ୍ୟାଯ୍ୟ ଓ ସାମାନ୍ୟ ହୁଏ, ତେବେ ଅବଶିଷ୍ଟ ନିର୍ଭର କରୁଛି ଲୋକମାନଙ୍କର ଉଦ୍ୟମ, ପରିଣାମଦର୍ଶିତା ଓ ଆତ୍ମସଂଯମ ଉପରେ; ବିଶେଷ କରି ସେମାନଙ୍କ ଉପରେ, ଯେଉଁମାନେ ଧନ ଓ ସାମାଜିକ ସମ୍ମାନର ଅଧିକାରୀ ଏବଂ ଯାହାଙ୍କ ଦୃଷ୍ଟାନ୍ତ ଦ୍ୱାରା ସର୍ବସାଧାରଣ ପରିଚାଳିତ ହୋଇଥାନ୍ତି।

ଏହିପରି ଭାବରେ ସମସ୍ୟାକୁ ଲୋକମାନଙ୍କ ଉପରେ ଓ ରାଜା ଜମିଦାରଙ୍କ ଉପରେ ଛାଡ଼ିଦେଇ ଛୋଟଲାଟ ବର୍ଣ୍ଣନା କଲେ ଇଂରେଜ ସରକାର କିପରି ଜନସାଧାରଣଙ୍କ ପାଇଁ କାମ କରୁଛନ୍ତି ଏବଂ କମିଶନର, ମାଜିଷ୍ଟ୍ରେଟ ଓ କଲେକ୍ଟର ମନପ୍ରାଣ ଦେଇ ଶାସନ ବ୍ୟବସ୍ଥା ଚଳାଉଛନ୍ତି। ଏଥରକ ସେ ଲୋକମାନଙ୍କର ନିର୍ଦ୍ଦିଷ୍ଟ ଦାବୀ ଉପରକୁ ଆସିଲେ।

ମୁଁ କଟକକୁ ଆସିବା ବେଳୁ ମତେ କୁହାଯାଉଛି ଯେ ବର୍ତ୍ତମାନର ଅଭାବ ପରିସ୍ଥିତି ଓ ଖାଦ୍ୟଦ୍ରବ୍ୟର ମହାର୍ଘତାକୁ ଦୂର କରିବାପାଇଁ ଧାନଚାଉଳ ବ୍ୟବସାୟୀଙ୍କୁ ଏକ ନିର୍ଦ୍ଦିଷ୍ଟ ଦରରେ ବିକ୍ରି କରିବା ପାଇଁ ବାଧ୍ୟ କରାଯାଉ। ମୁଁ ଯଦି ଏ କଥା କରେ, ମୁଁ ଭାବିବି ଯେ ନିଜ ବ୍ୟବହାର ପାଇଁ ନିଜର ପଡ଼ୋଶୀର ସମ୍ପତ୍ତିକୁ ଲୁଟ କରୁଥିବା ଡକାୟତ ଓ ଚୋରଙ୍କ ଠାରୁ ମୁଁ କୌଣସି ଗୁଣରେ ଭଲ ନୁହେଁ।

ଛୋଟଲାଟଙ୍କ ଠାରୁ ଏ କଥା ଶୁଣିବା ପରେ ସଭାଗୃହରେ ଥିବା ଦେଶୀୟ ଲୋକମାନଙ୍କ ଭିତରେ ନିରାଶାର ଏକ ଛାଇ ଖେଳିଗଲା, କିନ୍ତୁ ନିଜର ଭାଷଣ ପଢ଼ିବାରେ ବ୍ୟସ୍ତ ରହି ଛୋଟଲାଟ ତାହା ଲକ୍ଷ୍ୟ କରିପାରିଲେ ନାହିଁ। ସେ କହି ଚାଲିଲେ, ଚାଉଳ ବ୍ୟବସାୟୀଙ୍କୁ ଅନେକ ସମୟରେ ସର୍ବସାଧାରଣଙ୍କର ଶତ୍ରୁ ବୋଲି ମନେ କରାଯାଇଥାଏ, କିନ୍ତୁ ଏମାନେ ପ୍ରକୃତରେ ଲୋକମାନଙ୍କର ସର୍ବଶ୍ରେଷ୍ଠ ବନ୍ଧୁ; କାରଣ ଏମାନଙ୍କ ବିନା ଚାଉଳ ରହିବ ନାହିଁ, ଧାନ ଅମଳ ହେବା ସଙ୍ଗେ ସଙ୍ଗେ ଲୋକେ ତାକୁ ଖାଇଦେବେ ଏବଂ କେବେ ଅନାବୃଷ୍ଟି ହେଲାମାତ୍ର ହିଁ ଅନାହାର ଓ ଦୁର୍ଗତି ହେବ, ଯାହା ବର୍ତ୍ତମାନ ହେବା ଅସମ୍ଭବ।

ଏହାପରେ ଛୋଟଲାଟ ଓଡ଼ିଶାରେ ଜଳସେଚନ ଓ ଯାତାୟାତ ପାଇଁ ହେଉଥିବା କେନାଲ ବିଷୟରେ ଓ ଜମିଜମା ବନ୍ଦୋବସ୍ତ ବିଷୟରେ କହିଲେ। କଟକରେ ଏକ ସରକାରୀ କଲେଜ କରିବାର ଦାବୀ ବିଷୟରେ କହିଲେ ଯେ ଯେତେବେଳେ କଲେଜ ଖର୍ଚର ଏକ ବୃହତ୍ତମ ଅଂଶ ତୁଲାଇବା ପାଇଁ ବେଶୀ ସଂଖ୍ୟାରେ ଛାତ୍ର ହୋଇଯିବେ, ସେତେବେଳେ ସରକାର କଲେଜ ବସାଇବେ। ଏଥର କ ଦରବାର ଗୃହର ଏକ ନିର୍ଦ୍ଦିଷ୍ଟ ଭାଗରେ ବସିଥିବା ପୋଷାକ ପଗଡ଼ି ପରିହିତ ରାଜା ଜମିଦାରମାନଙ୍କ ଆଡ଼କୁ ଅନାଇ ଛୋଟଲାଟ ତାଙ୍କ ଭାଷଣର ଶେଷକୁ ଆସିଲେ:

ହେ ଗଡ଼ଜାତର ମୁଖ୍ୟାମାନେ! ଏଇମାତ୍ର ଆପଣମାନଙ୍କ ରାଜ୍ୟରେ ଗସ୍ତ କରି ଫେରିଥିବା ଆପଣମାନଙ୍କ ସୁପରିନଟେଣ୍ଡେଣ୍ଟ ମିଷ୍ଟର ରେଭେନ୍ଶାଙ୍କ ପାଖରୁ ଶୁଣି ଖୁସି ହେଲି ଯେ ଅଧିକାଂଶ କ୍ଷେତ୍ରରେ ଆପଣମାନେ ନିଜ ନିଜ ରାଜ୍ୟ ଚଲାଇବାରେ ଦୃଷ୍ଟି ଦେଉଛନ୍ତି। ଆପଣମାନଙ୍କୁ ଅନେକ ବିଶେଷ ଅଧିକାର ଦିଆଯାଇଛି ଏବଂ ଆପଣମାନେ ଏଥିପାଇଁ କୃତଜ୍ଞତା ଜଣାଇବା ଉଚିତ। ସିପାହୀ ବିଦ୍ରୋହ ବେଳେ ଆପଣମାନେ ଇଂରେଜ ସରକାରଙ୍କ ପ୍ରତି ବିଶ୍ୱସ୍ତ ଥିଲେ। ଆପଣମାନଙ୍କ ମଧ୍ୟରୁ କେତେଜଣ, ମୁଁ ବିଶେଷଭରେ କେନ୍ଦୁଝରର ବିଗତ ମହାରାଜାଙ୍କ କଥା କହୁଛି, ସେ ସମୟରେ ସରକାରଙ୍କର ମୂଲ୍ୟବାନ ସେବା କରିଥିଲେ। ଏ ସେବା ସେତେବେଳେ ପୁରସ୍କୃତ ହୋଇଥିଲା ଏବଂ ମୁଁ ତାହାକୁ ବର୍ତ୍ତମାନ ବ୍ୟକ୍ତିଗତ ଭାବରେ ଆନନ୍ଦରେ ସ୍ୱୀକାର କରୁଛି।

ଏ ସବୁ କଥା କହିବା ପରେ ଇରିଗେଶନ କମ୍ପାନୀ ଘରେ ଦରବାରଟି ହୋଇଥିବାରୁ ସେ ସେମାନଙ୍କୁ ଧନ୍ୟବାଦ ଦେବାକୁ ଭୁଲିଲେ ନାହିଁ ଏବଂ କହିଲେ ଯେ ସେ ଯେତେଗୁଡ଼ିଏ ଶ୍ରେଷ୍ଠ ଦରବାରରେ ସଭାପତିତ୍ୱ କରିଛନ୍ତି, କଟକ ଦରବାର ତା' ମଧ୍ୟରୁ ଅନ୍ୟତମ।

ଦରବାରର ପରଦିନଟି ରବିବାର ଥିଲା ଏବଂ ଛୋଟଲାଟଙ୍କର ଏକମାତ୍ର କାର୍ଯ୍ୟକ୍ରମ ଥିଲା ବିଶ୍ରାମ ନେବା। ସେ ଦିନ ସନ୍ଧ୍ୟାସୁଦ୍ଧା ରାସ୍ତାଘାଟରୁ ସାଜସଜ୍ଜା ଖୋଲାହୋଇ ରାଜା ଜମିଦାରଙ୍କ ଲୋକବାକ ଚାଲିଯିବାରୁ କଟକ ସହର ପୁଣି ପୂର୍ବ ଅବସ୍ଥାକୁ ଫେରିଗଲା।

ସୋମବାର ୧୯ ତାରିଖ ଦିନ ସେଇ ଦରବାର ଘରେ ଇରିଗେଶନ କମ୍ପାନୀ ପକ୍ଷରୁ ଛୋଟଲାଟଙ୍କ ପାଇଁ ଏକ ବିରାଟ ମଧ୍ୟାହ୍ନ ଭୋଜିର ବ୍ୟବସ୍ଥା ହୋଇଥିଲା। ଏହାପରେ ତାଙ୍କର ଓଡ଼ିଶାରେ ଶେଷ କାର୍ଯ୍ୟକ୍ରମ ଥିଲା ତାଳଦଣ୍ଡା ଯାଇ କେନାଲ କାମ ଦେଖିବା। ସେଠାରୁ ଫେରି ଛୋଟଲାଟ ସର ସେମିଲ ବାଡ଼ିନ ତାଙ୍କର ଓଡ଼ିଶା ଗସ୍ତ ଅତ୍ୟନ୍ତ ସଫଳ ହୋଇଛି ବୋଲି ମନେ କଲେ ଏବଂ ସେଦିନ ସନ୍ଧ୍ୟାବେଳେ ସମବେତ ଅଫିସରମାନଙ୍କ ଠାରୁ ବିଦାୟ ନେଇ ବଟୀଘର ବନ୍ଦରରୁ ଜାହାଜରେ ବସି ଓଡ଼ିଶା ଛାଡ଼ିଲେ।

ତିନି

ପୁରୀ: ମାର୍ଚ୍ଚ ୧୮୬୬

ଫେବ୍ରୁଆରୀ ମାସ ଶେଷବେଳକୁ ପୁରୀରେ ଭୟଙ୍କର ହଇଜା ଆରମ୍ଭ ହୋଇଗଲା । ଗଞ୍ଜାମ ରମ୍ଭାରୁ ଆରମ୍ଭ ହୋଇ ପାରିକୁଦ ମାଲୁଦ ବାଟେ ହଇଜା ଆସିଥିଲା ପୁରୀକୁ । ସତ୍ୟବାଦୀ, ପିପିଲି, ବାଲିଅନ୍ତା, ଅସ୍ତରଙ୍ଗ, କାକଟପୁର ଅଞ୍ଚଳରେ ହଇଜାର ପ୍ରକୋପ ପ୍ରବଳ ଥିଲା । ସରକାରଙ୍କର ବହୁଳ ପ୍ରଚାର ସତ୍ତ୍ୱେ ଦୋଲଯାତ୍ରା ପାଇଁ ପୁରୀକୁ ଅନେକ ଯାତ୍ରୀ ଆସିଥିଲେ ଏବଂ ସେମାନଙ୍କ ଯୋଗୁ ହଇଜା ଅତି ଶୀଘ୍ର ସଂକ୍ରମିତ ହୋଇଥିଲା ।

ପୁରୀର ରାସ୍ତାରେ ପ୍ରତିଦିନ ସକାଳେ ହଇଜାରେ ମରିଥିବା ଦଶ ପନ୍ଦରଟି ଲୋକଙ୍କର ଶବ ପଡ଼ିଥିବା ଦେଖାଯାଉଥିଲା । ଏଇ ଶବମାନଙ୍କୁ ଉଠାଇବା ପାଇଁ କୌଣସି ବ୍ୟବସ୍ଥା ନଥିବାରୁ ପ୍ରଥମେ ପ୍ରଥମେ ଅନେକ ଦିନ ପର୍ଯ୍ୟନ୍ତ ଶବ ପଡ଼ି ରହୁଥିଲା । ଶେଷରେ କଲେକ୍ଟର ବାର୍ଲୋ ବ୍ୟବସ୍ଥା କଲେ ଯେ ଶବକୁ ଉଠାଇବା ପାଇଁ ପୁରୀରେ ଛ'ଜଣ ଠିକା ମେହେନ୍ତର ରହିବେ ଏବଂ ସେମାନଙ୍କୁ ଚାରିଟି ଡୋଲି ଦିଆଯିବ । ପ୍ରଥମେ ବ୍ୟବସ୍ଥା ହୋଇଥିଲା ଯେ ଏ ଶବକୁ ନେଇ ଶ୍ମଶାନରେ ପୋଡ଼ାଯିବ; କିନ୍ତୁ ପରେ ଯେତେବେଳେ ଜେଲ ହସ୍ପିଟାଲ ଓ କୁମ୍ଭାରପଡ଼ା ଅଞ୍ଚଳରୁ ବହୁ ସଂଖ୍ୟାରେ ମଡ଼ା ଆସିଲା, ମେହେନ୍ତରମାନେ ତାକୁ ନେଇ ସେମିତି ଶ୍ମଶାନରେ ଫିଙ୍ଗି ଦେଇ ଆସିଲେ । ଶ୍ମଶାନରେ ଏକା ସମୟରେ ଏତେ ଶବ ପଡ଼ି ରହୁଥିଲା ଯେ ଦୁର୍ଗନ୍ଧରେ ସେ ଅଞ୍ଚଳକୁ ଯାଇ ହେଉ ନଥିଲା । ସହରରେ ଏଇ ସମୟରେ ଲୋକେ କୁହାକୁହି ହେଉଥିଲେ ଯେ କାଙ୍ଗାଲୀମାନଙ୍କର ଶବକୁ କୁକୁର ବିଲୁଆ ମଧ୍ୟ ଛୁଉଁ ନାହାନ୍ତି ।

ମେହେନ୍ତରମାନଙ୍କୁ ଏକଥା ମଧ୍ୟ ନିର୍ଦ୍ଦେଶ ଥିଲା ଯେ ଯଦି ସେମାନେ ରାସ୍ତା କଡ଼ରେ କୌଣସି

ମୁମୂର୍ଷୁ ପଡ଼ିଥିବା ରୋଗୀକୁ ଦେଖିବେ ତେବେ ତାକୁ ଡୋଲିରେ ଉଠାଇ ଡାକ୍ତରଖାନାକୁ ନେଇ ଆସିବେ। କିନ୍ତୁ ରୋଗୀର ଟିକିଏ ସାମର୍ଥ୍ୟ ଥିବା ପର୍ଯ୍ୟନ୍ତ ସେ ଡାକ୍ତରଖାନାକୁ ଯିବାକୁ ଚାହୁଁ ନଥିଲା। ଏହାର ଗୋଟିଏ କାରଣ ଥିଲା ସାହେବମାନଙ୍କ ଡାକ୍ତରଖାନାକୁ ଯିବାର ଭୟ; ଅନ୍ୟଟି ଥିଲା ମେହେନ୍ତର ଛୁଇଁଲେ ଜାତି ଚାଲିଯିବାର ଆଶଙ୍କା। ସେଥିପାଇଁ ରୋଗୀମାନେ ରାସ୍ତା କଡ଼ରେ ପଡ଼ି ମରିବାକୁ ଶ୍ରେୟ ମଣୁଥିଲେ।

ପୁରୀ ସହରରେ ଦିନକୁ ଦିନ କାଙ୍ଗାଲୀ ଭିଖାରୀଙ୍କ ସଂଖ୍ୟା ବଢ଼ିବାରେ ଲାଗିଥିଲା। ଏମାନଙ୍କର ପରିଧେୟ ଥିଲା, ସେ ପୁରୁଷ ହେଉ ବା ସ୍ତ୍ରୀ, ଅଣ୍ଟାପାଖରେ ଗୁଡ଼ା ହୋଇଥିବା ଖଣ୍ଡେ ଛିଣ୍ଡା କନା। କାଠି ଭଳି ହାତଗୋଡ଼ ଏବଂ ଗଣି ହେଉଥିବା ପଞ୍ଜରାକାଠି ଘେନି ସେମାନେ ଗାଁ ଗହଳରୁ ପଳାଇ ଆସିଥିଲେ କାରଣ ସେଠାରେ ଆଉ ଭିଖ ମିଳୁ ନଥିଲା। କେବଳ ବଡ଼ଦାଣ୍ଡରେ ନୁହେଁ, ପୁରୀର ଗଲି କନ୍ଦିରେ ବୁଲି ବୁଲି ଦଲ ଦଲ ଭିଖାରୀ ହାତରେ ଖଣ୍ଡେ ମାଟିହାଣ୍ଡି ଧରି ଘରମାନଙ୍କ ଆଗରେ 'ମା, ପେଜ ଦିଅ ମା' ବୋଲି ଡାକ ଦେଉଥିଲେ। ଏମାନଙ୍କର ଆର୍ତ୍ତସ୍ୱର ଦିନସାରା ଲାଗି ରହିଥିଲା ଏବଂ ଏ ସ୍ୱର ଶୁଣିବାମାତ୍ରେ ଲୋକେ ଘର କବାଟ ବନ୍ଦ କରି ଦେଉଥିଲେ।

ଏଇ ସମୟରେ ପୁରୀ ସହରରେ ତଥା ଗାଁ ମାନଙ୍କରେ ଧାନ 'ଡକାୟତି' ବଢ଼ିବାରେ ଲାଗିଲା। ରାସ୍ତାଘାଟରେ କେହି ଧାନ ବାଉଲ ନେଇ ଯିବାକୁ ସାହସ କଲେ ନାହିଁ, କାରଣ ଜାଣିପାରିଲେ ଭିଖାରୀମାନେ ଘେରିଯାଇ ତାକୁ ଛଡ଼ାଇ ନେଉଥିଲେ। କାହା ଘରେ ଧାନ ଅଛି ବୋଲି ଶୁଣିଲେ ଅଭାବଗ୍ରସ୍ତ ପଡ଼ୋଶୀମାନେ ତା ଘରେ ଜବରଦସ୍ତି ପଶି ଯାହା ମିଳିଲା ନେଇ ଆସୁଥିଲେ। ଆଇନ ଅନୁସାରେ ଏହା ଡକାୟତି ଥିଲା, ଏବଂ ଧରାପଡ଼ିଲେ ସେମାନେ କହୁଥିଲେ ଯେ ପେଟ୍‌ବିକଳରେ ସେମାନେ ଏ କାମ କରିଛନ୍ତି। ନିଜର ଅପରାଧକୁ ମାନିନେଇ ସେମାନେ ଖୁସିରେ ଜେଲ ଯାଉଥିଲେ ଏବଂ ପୁରୀ ଜେଲରେ ଆଉ ଜାଗା ନଥିଲା।

ବାଲୋ ଖୁସି ଥିଲେ ଯେ ରିଲିଫ କାମ ଚାରିଆଡ଼େ ଜୋରସୋରରେ ଚାଲିଥିଲା। ସରକାରଙ୍କଠାରୁ ଦଶ ହଜାର ଟଙ୍କା ମଞ୍ଜୁରୀ ପାଇ ସେ ଆଉ ଗୋଟିଏ ନୂଆ କାମ ଆରମ୍ଭ କରିଥିଲେ, ଖୋର୍ଦ୍ଧାରୁ ପିପିଲିକୁ ରାସ୍ତା। ଖୋର୍ଦ୍ଧାର ଆସିସ୍ଟାଣ୍ଟ ମାଜିଷ୍ଟ୍ରେଟ ବାର୍ଟନ ଏ କାମର ଦାୟିତ୍ୱରେ ଥିଲେ। ଏଠାକୁ କାମ କରିବାକୁ ଦୂର ଜାଗାରୁ, ଏପରିକି ସାତପଡ଼ାରୁ ଲୋକ ଆସିଥିଲେ। ପୂର୍ତ୍ତ ବିଭାଗ ପକ୍ଷରୁ କଟକ-ମାନ୍ଦ୍ରାଜ ରାସ୍ତାର ଜଙ୍କ୍ସିଆ ଓ ବଡ଼କୂଳ ଭିତରେ କାମ ଚାଲିଥିଲା ଏବଂ କୁଲିମାନେ ଦିନକୁ ମଜୁରୀ ପାଉଥିଲେ ଦି ଅଣାରୁ ତିନି ଅଣା। ସାତପଡ଼ାରେ ପୋଖରୀ ଖୋଲା କାମରେ ସ୍ତ୍ରୀ ପିଲା ମିଶି କାମ କରୁଥିଲେ ପ୍ରାୟ ଆଠ ଶହ ଜଣ। ପିଲାମାନେ ମଧ କାମ କରି ଦିନକୁ ତିନି ପଇସାରୁ ଆଠ ପଇସା ରୋଜଗାର କରୁଥିଲେ।

ବାଲୋଙ୍କର ବର୍ତ୍ତମାନ ପ୍ରଧାନ ସମସ୍ୟା ଥିଲା ଚାଉଳ। କେଉଁଆଡ଼େ ବି ଆଉ ଚାଉଳ ମିଳୁ ନଥିଲା ଏବଂ ମଫସଲରୁ ପୁରୀକୁ ଚାଉଳ ଆସିବା ପୂରାପୂରି ବନ୍ଦ ହୋଇଯାଇଥିଲା। ସରକାର ସିନା କାମ ଯୋଗାଇ ପଇସା ଦେଉଥିଲେ, ସେ ପଇସାରେ ମଜୁରିଆମାନେ କିଣିବେ କଣ ? ଦିନ ଶେଷରେ ଚାଉଳ ଖୋଜିବାକୁ ଯାଇ ବୃଥା ପରିଶ୍ରମ କରିବାକୁ ପଡ଼ୁଥିଲା ଏବଂ ଶେଷକୁ ଚାଉଳ ମିଳୁ ନଥିଲା। ବାଲୋ ଠିକ କରିପାରୁ ନଥିଲେ ପୁନି ଥରେ ଯାଇ ରେଭେନ୍‌ଶାଙ୍କୁ ଚାଉଳ ଆମଦାନୀ କଥା କହିବେ କି ନାହିଁ।

ସରକାର ଚାଉଳ କିଣିବାକୁ ମନା କରି ଦେଇଥିବାରୁ ଫିଲାନିମ ଜାହାଜର ୬୦୦୦ ବସ୍ତା ଚାଉଳକୁ ତାର ମାଲିକମାନେ ଷ୍ଟିମର ଯୋଗେ ମାନ୍ଦ୍ରାଜକୁ ନେଇଗଲେ । ଏ ଚାଉଳ ଭୋକିଲା ଲୋକଙ୍କ ପେଟକୁ ଗଲାନାହିଁ, ଅଥଚ ଏହି କାରବାରରେ ଚାଉଳ ବ୍ୟବସାୟୀ, ଜାହାଜ ମାଲିକ, ବୀମା କମ୍ପାନୀ ସମସ୍ତେ କ୍ଷତି ସହିଲେ ।

କଲିକତା: ଏପ୍ରିଲ ୧୮୬୬

କଲିକତାରୁ ପ୍ରକାଶିତ ହିନ୍ଦୁ ପାଟ୍ରିଅଟର ମାର୍ଚ୍ଚ ୫ ତାରିଖ ସଂଖ୍ୟାରେ ରାମାକ୍ଷୟ ଚ୍ୟାଟର୍ଜୀଙ୍କର ସମ୍ପାଦକଙ୍କୁ ଲିଖିତ ଗୋଟିଏ ଦୀର୍ଘ ଚିଠି ପ୍ରକାଶ ପାଇଲା :

ମହାଶୟ,

ଆପଣଙ୍କର ଫେବୃଆରୀ ୧୯ ତାରିଖ ସଂଖ୍ୟାରେ ଆପଣ କଟକ କମିଶନରଙ୍କର ରିପୋର୍ଟର ଗୋଟିଏ ଅଂଶ ପ୍ରକାଶ କରିଛନ୍ତି, ଯେଉଁଥିରେ ଏ ଜିଲ୍ଲାରେ ଦୁର୍ଭିକ୍ଷ ଓ ମହାମାରୀର ଭୟଙ୍କର ପ୍ରକୋପ ବିଷୟରେ କୁହାଯାଇଛି । କମିଶନରଙ୍କର ପରାମର୍ଶ ଅନୁସାରେ ସରକାର ତୀର୍ଥଯାତ୍ରୀଙ୍କୁ ପୁରୀ ଆସିବାରୁ ନିବୃଭ କରିଥିଲେ । ସରକାରଙ୍କର ଏହି ବିଜ୍ଞପ୍ତି ଆଧାରିତ ଥିଲା ସ୍ଥାନୀୟ କର୍ତ୍ତୃପକ୍ଷ ଗତ ଡିସେମ୍ବର ମାସରେ ଦେଇଥିବା ରିପୋର୍ଟ ଉପରେ । ଜିଲ୍ଲାରେ ବର୍ତ୍ତମାନ ଅବସ୍ଥା ଆହୁରି ଖରାପ ହୋଇଛି । ଖାଦ୍ୟାଭାବରେ ମହାମାରୀ ଜନିତ ମୃତ୍ୟୁ ସଂଖ୍ୟା ବର୍ତ୍ତମାନ ଆତଙ୍କପ୍ରଦ । ଜିଲ୍ଲାର ସବୁ ଅଞ୍ଚଳରେ ପ୍ରକୃତ ଅର୍ଥରେ ଅନାହାର ଦେଖିବାକୁ ମିଳିବ । ଫସଲ ଅମଳ ବେଳେ ଏଭଳି ଅବସ୍ଥା ଦେଖାଯାଉଥିବାରୁ ପରେ କଣ ହେବ କଳ୍ପନା କରାଯାଇ ପାରୁନାହିଁ । ଆଗରୁ ସଂଗ୍ରହ ହୋଇଥିବା ୫୦୦୦ ଚାନ୍ଦା ଟଙ୍କା ଖର୍ଚ୍ଚର କି ବ୍ୟବସ୍ଥା କରାଯିବ, ସେଥିପାଇଁ ଆଜି ମାଜିଷ୍ଟେଟଙ୍କ ବଙ୍ଗଳାରେ ହୋଇଥିବା ଗୋଟିଏ ସଭାରେ ସମସ୍ତେ ଏକମତ ହୋଇଥିଲେ ଯେ ଏଥରକ ହାଉସ ରିଲିଫ ଦିଆଯିବା ଉଚିତ । ଏହାର ଉଦ୍ଦେଶ୍ୟ ହେଲା ଯେଉଁ ପରିବାର ପ୍ରକୃତ ପକ୍ଷେ ଦୁଃସ୍ଥ, ସେମାନଙ୍କୁ ଆସନ୍ତା ଛ'ମାସ ପର୍ଯ୍ୟନ୍ତ ସାହାଯ୍ୟ କରିବା । କିନ୍ତୁ କମିଟି ପାଖରେ ଥିବା ସମ୍ବଳ ସୀମିତ ଥିବା ହେତୁ ବେଶୀ ସାହାଯ୍ୟ ଦିଆଯାଇ ପାରିବ ନାହିଁ । ଏଥିପାଇଁ ସ୍ଥିର ହେଲା ଯେ ଜନସାଧାରଣଙ୍କୁ ଅନୁରୋଧ କରାଯିବ ପୁରୀ ରିଲିଫ ପାଣ୍ଡିକୁ ସାହାଯ୍ୟ ଦେବାପାଇଁ । କମିଟିର

ଇଉରୋପୀୟ ସଭ୍ୟମାନେ କଲିକତାର ଇଉରୋପୀୟ ବ୍ୟକ୍ତିମାନଙ୍କୁ ଏ ବିଷୟରେ ଅନୁରୋଧ କରିବେ। ମୁଁ ଆପଣଙ୍କୁ ଅନୁରୋଧ କରୁଛି ଯେ ଆପଣ ଏ ବିଷୟରେ ଦେଶୀୟ ବ୍ୟକ୍ତିମାନଙ୍କୁ ଏ ମହତ କାର୍ଯ୍ୟ ପାଇଁ ସାହାଯ୍ୟ ଦେବାକୁ ଅନୁପ୍ରାଣିତ କରନ୍ତୁ। ଏଠାରେ ଏକଥା ଲେଖିବା ଅପ୍ରାସଙ୍ଗିକ ହେବନାହିଁ ଯେ ଉତ୍ତର ପଶ୍ଚିମ ପ୍ରଦେଶର ଦୁର୍ଭିକ୍ଷ ଓ ବଙ୍ଗାଲାର ବାତ୍ୟା ସମୟରେ ଏହି ଦରିଦ୍ର ଜିଲ୍ଲାଟି ସେଠାରେ ପ୍ରପୀଡିତ ଲୋକଙ୍କୁ ସାହାଯ୍ୟ ଦେବାକୁ ଆଗେଇ ଯାଇଥିଲା। ପୁରୀ ମାଜିଷ୍ଟେଟଙ୍କ ଅଫିସର ହେଡ଼କିରାନୀ ବାବୁ କ୍ଷେତ୍ରମୋହନ ବୋଷ ରିଲିଫ କମିଟିର ସେକ୍ରେଟେରୀ ଏବଂ ଜନସାଧାରଣଙ୍କ ଠାରୁ ଚାନ୍ଦା ଗ୍ରହଣ କରିବା ପାଇଁ ମନୋନୀତ ହୋଇଛନ୍ତି।

ଆପଣଙ୍କ ବିନୀତ

ରାମାକ୍ଷୟ ଚ୍ୟାଟର୍ଜୀ

ଏଇ ପତ୍ରଟି ପ୍ରକାଶ କରିବା ସଙ୍ଗେ ସଙ୍ଗେ ହିନ୍ଦୁ ପାଟ୍ରିଅଟ ସେହି ସଂଖ୍ୟାର ସମ୍ପାଦକୀୟରେ ଛୋଟଲାଟ ବୀଡ଼ନଙ୍କ ଦରବାର ବକ୍ତୃତାର ଏକ କଟୁ ସମାଲୋଚନା କରିଥିଲେ। ଲୋକମାନେ ନ ଖାଇ ମରୁଥିଲା ବେଳେ ମିଷ୍ଟର ବୀଡ଼ନ ସୁଶାସନର ଆଶୀର୍ବାଦ ବିଷୟରେ ଅତି ସୁନ୍ଦର ଭାବେ କହିଥିଲେ। ଲୋକମାନଙ୍କର ଜୀବନ ରକ୍ଷଣ ଅସମ୍ଭବ ହେଉଥିବା ବେଳେ ସେ ସମ୍ପତ୍ତିର ସୁରକ୍ଷା ବିଷୟରେ କହିଥିଲେ। ଲୋକମାନେ ସର୍ବଗ୍ରାସୀ ଦୁର୍ଭିକ୍ଷର କବଳରେ ଥିବାବେଳେ ସେ ଅପରାଧ ନିରାକରଣ ଓ ତ୍ୱରାନ୍ୱିତ ବିଚାର ପ୍ରଣାଳୀ ବିଷୟରେ କହିଥିଲେ। ସେମାନେ ପେଟକୁ ଦାନା ଚାହୁଁଥିବା ବେଳେ ସେ ମାନସିକ ଖାଦ୍ୟ ବିଷୟରେ କହିଥିଲେ। ସାରା ଦେଶର ଚାରିଦିଗରୁ ଯେତେବେଳେ ହାଅନ୍ନର ଚିକ୍କାର ଶୁଭୁଥିଲା, ସେ ସ୍ଥାନୀୟ ଉନ୍ନତି ବିଷୟରେ କହିଥିଲେ। ଲକ୍ଷଲକ୍ଷ ଭୋକିଲା ଲୋକଙ୍କର କଣ ଯାଏ ଆସେ ସେମାନଙ୍କୁ ଯଦି କୁହାଯାଏ ଯେ ସରକାରଙ୍କର ଉଦ୍ଦେଶ୍ୟ ଉଦାର ଓ ନ୍ୟାୟ ସଙ୍ଗତ ?

କଲିକତାର ଯୁବ ବ୍ୟବସାୟୀ ଜି.ଏସ.ସାଇନ୍ଦ ଆଗରୁ ଦୁର୍ଭିକ୍ଷ ବିଷୟରେ ପଢ଼ିଥିଲେ, କିନ୍ତୁ ଏ ବିଷୟରେ କୌଣସି ଚିନ୍ତା କରି ନଥିଲେ। ହିନ୍ଦୁ ପାଟ୍ରିଅଟରେ ଛୋଟଲାଟଙ୍କ ବକ୍ତୃତା ବିଷୟରେ ପଢ଼ି ତାଙ୍କର ଉପଲଧି ହେଲା ଯେ ଇଂରେଜ ସରକାର ତାଙ୍କ ଦାୟିତ୍ୱ ନିର୍ବାହ କରୁନାହାନ୍ତି ଏବଂ ସେ ଭାବିଲେ ଯେ ସାମାନ୍ୟ ହେଲେ ବି ସେ ନିଜେ ଏ ବିଷୟରେ କିଛି କରିବେ। ସେ କେବେ ଓଡ଼ିଶା ଯାଇ ନଥିଲେ। ଆମେରିକାନ ଓ ଜେନେରାଲ ବାପଟିଷ୍ଟ ମିଶନାରୀଙ୍କ ପ୍ରତିନିଧି ଭାବରେ ଓଡ଼ିଶାର ଖ୍ରୀଷ୍ଟଧର୍ମ ପ୍ରଚାରକଙ୍କ ସହିତ ତାଙ୍କର ସମ୍ପର୍କ ଥିଲା। ସେ ସାଙ୍ଗେ ସାଙ୍ଗେ ବଡ଼ଲାଟ ଓ ଛୋଟଲାଟଙ୍କୁ ଚିଠି ଲେଖିଲେ ଓ ଗୋଟିଏ ବିଜ୍ଞପ୍ତି ଲେଖି ତାକୁ ନିଜେ ଯାଇ କଲିକତାର ସବୁ ଖବରକାଗଜ ଅଫିସରେ ଦେଇ ଆସିଲେ। ୧୪ ଏପ୍ରିଲ ସଂଖ୍ୟା ଇଂଲିଶମ୍ୟାନରେ ଏହା ପ୍ରକାଶ ପାଇଲା:

ବିଜ୍ଞପ୍ତି–ଓଡ଼ିଶା ଦୁର୍ଭିକ୍ଷ ପାଣ୍ଠି

ଓଡ଼ିଶାର ଜିଲ୍ଲାମାନଙ୍କରେ ବର୍ତ୍ତମାନ ପଡ଼ିଥିବା ଦୁର୍ଭିକ୍ଷରେ ପ୍ରପୀଡିତ ଲୋକଙ୍କ ହିତାର୍ଥେ ଉପରୋକ୍ତ ପାଣ୍ଠିକୁ ଚାନ୍ଦା ଓ ଦାନ ଦେବାପାଇଁ ନିବେଦନ। ଏହା ନିମ୍ନଲିଖିତଙ୍କ ଦ୍ୱାରା ଗୃହୀତ ଏବଂ ବିତରିତ ହେବ।

ମେର୍ସ ସାଇକ୍ ଏଣ୍ଡ କୋ.

୧.ଭାନ୍‌ସିଟାର୍ଟ ରୋ, କଲିକତା

କଟକ: ଏପ୍ରିଲ ୧୮୬୬

ଆଜିକାଲି ସନ୍ଧ୍ୟାବେଳେ ବିଚିତ୍ରାନନ୍ଦ ଓ ଗୌରୀଶଙ୍କର ନିଜ ନିଜ ଘରେ ବା ବିଚିତ୍ରାନନ୍ଦଙ୍କ ତୁଳସୀପୁର ବଗିଚାଘରେ ନ ଭେଟି ଭେଟୁଥିଲେ ଆଲମଚାନ୍ଦ ବଜାର କଟକ ପ୍ରିଣ୍ଟିଂ ପ୍ରେସ୍ ଅଫିସ ଜଗମୋହନ ରାୟଙ୍କ ବୈଠକ ଘରେ। ନିଜର ସ୍ତ୍ରୀ ଏବଂ ଅନ୍ୟ ପରିବାରର ଲୋକ ହଇଜାରେ ମରିଯିବା ପରେ ଜଗମୋହନ ରାୟ ଲମ୍ବା ଛୁଟି ନେଇ ବାଲେଶ୍ୱରରୁ ଆସି କଟକରେ ଥିଲେ। ବର୍ତ୍ତମାନ ସେମାନଙ୍କର ଆଲୋଚନାର ପ୍ରଧାନ ବିଷୟ ଥିଲା ଦୁର୍ଭିକ୍ଷ ଜନିତ ଅବସ୍ଥା। ସବୁଠାରୁ ବଡ଼ ସମସ୍ୟା ଥିଲା ଚାଉଳର ଅଭାବ। ବ୍ୟକ୍ତିଗତ ଉଦ୍ୟମରେ କିଛି ଲୋକ ନ୍ୟାଯ୍ୟ ଦରରେ ଚାଉଳ ବିକ୍ରି କରିବାକୁ ଚେଷ୍ଟାକରି ବିଫଳ ହୋଇଥିଲେ। ବୃନ୍ଦାବନ ମାରୁଆଡ଼ିର ସବୁ ଚାଉଳ ମାତ୍ର ତିନି ଦିନରେ ସରିଗଲା। ରଘୁନାଥ ଦାସ, ଧାମନାଥ ରାୟ ଚୌଧୁରୀ, ଗୋଲକ ଚନ୍ଦ୍ର ବୋଷ ପ୍ରମୁଖ ଜମିଦାରମାନେ ଲୋକଙ୍କର ସୁବିଧାପାଇଁ ନିଜ ନିଜ ଘରେ ଚାଉଳ ବିକ୍ରି ଆରମ୍ଭ କରିଥିଲେ, କିନ୍ତୁ ଏହାକୁ ସେମାନେ ବେଶୀ ଦିନ ଚଲାଇ ପାରିଲେ ନାହିଁ। ଛୋଟଲାଟଙ୍କ ବକ୍ତୃତା ପରେ ଚାଉଳ ବେପାରୀମାନଙ୍କର ମୁହଁ ବଢ଼ିଯାଇଥିଲା ଏବଂ ସେମାନେ ମନଇଚ୍ଛା ଦରରେ ବିକୁଥିଲେ। ଚାଉଳ ଦର ବର୍ତ୍ତମାନ ହୋଇ ଯାଇଥିଲା ସାଢ଼େ ପାଞ୍ଚ ସେର।

ବିଚିତ୍ରାନନ୍ଦ ଚାହୁଁଥିଲେ ଯେ ପ୍ରିଣ୍ଟିଂ କମ୍ପାନୀ ପକ୍ଷରୁ ଚାଉଳ ବିକ୍ରିର ବ୍ୟବସ୍ଥା କରାଯାଉ, କିନ୍ତୁ ଗୌରୀଶଙ୍କରଙ୍କର ମତ ଥିଲା ଯେ କମ୍ପାନୀ କେବଳ ଛାପା କାମ ଦେଖୁ। ଏ ମଧ୍ୟରେ ଛାପାଖାନା ବିଷୟରେ ସାମାନ୍ୟ ପ୍ରଗତି ମଧ୍ୟ ହୋଇଥିଲା। ଇରିଗେଶନ କମ୍ପାନୀରୁ ଜଣକ ପରେ ଜଣେ ଦୁଇଜଣ ଲୋକଙ୍କୁ ନିଯୁକ୍ତ କରା ହୋଇଥିଲା, କିନ୍ତୁ ସେମାନଙ୍କ ଦ୍ୱାରା ବିଶେଷ କାମ ହୋଇ ନଥିଲା। ତେବେ ଭାଗୀରଥି ସାଠିଆ ପଥର ଛାପା କାମରେ ପାରଙ୍ଗମ ହୋଇଯାଇଥିଲେ। କଲିକତାରୁ ଆସି ପଡ଼ି ରହିଥିବା

ଅକ୍ଷର ଛାପା କଳ ଚଳାଇବା ପାଇଁ ଉଟିନ ନାମକ ଜଣେ ସାହେବଙ୍କୁ ନିଯୁକ୍ତି କରାହେଲା ଏବଂ ଅଳ୍ପ ସମୟ ଭିତରେ ସେ ଏହି କଳକୁ ଚାଲୁ କରିଦେଲେ। ବର୍ତ୍ତମାନ ଏ କଳରେ ଇଂରେଜୀ ଛାପା ହୋଇପାରୁଥିଲା, କିନ୍ତୁ ଓଡ଼ିଆ ଅକ୍ଷର ଆସିପାରି ନଥିବାରୁ ଓଡ଼ିଆ ଛାପା ସମ୍ଭବ ନଥିଲା। କଳିକତାରେ ଓଡ଼ିଆ ଅକ୍ଷର ମିଳିବ ବୋଲି ଶୁଣାଯାଉଥିଲା, କିନ୍ତୁ କମ୍ପାନୀର ଅଂଶୀଦାରମାନେ କିସ୍ତି ଟଙ୍କା ଦେଇ ନ ଥିବାରୁ କମ୍ପାନୀ ହାତରେ ଟଙ୍କା ନଥିଲା ଅକ୍ଷର କିଣିବା ପାଇଁ।

କମ୍ପାନୀ ଚାଉଳ ବ୍ୟବସାୟ କରିବା ବିଷୟରେ ମତଦ୍ୱୈଧ ହେବାରୁ ସ୍ଥିର ହେଲା ଯେ ଏ ସମସ୍ୟା ଆଲୋଚନା କରିବା ପାଇଁ ଗୋଟିଏ ସ୍ୱତନ୍ତ୍ର ସଭା କରାଯିବ ଏବଂ ଏଥିକୁ କମ୍ପାନୀ ଡାଇରେକ୍ଟରମାନଙ୍କ ବ୍ୟତୀତ ଜମିଦାର, ଅଫିସର, ବ୍ୟବସାୟୀ ପ୍ରଭୃତିଙ୍କୁ ମଧ ନିମନ୍ତ୍ରଣ କରାଯିବ। ପହିଲା ଏପ୍ରିଲ ରବିବାର ଦିନ ପ୍ରେସ ଅଫିସରେ ଏ ସଭା ହେଲା। ବେଶ୍ ଲୋକ ଏ ସଭାରେ ଉପସ୍ଥିତ ଥିଲେ ଏବଂ ଏଥିରେ ସଭାପତିତ୍ୱ କଲେ ବିଚିତ୍ରାନନ୍ଦ ଦାସ। ଅନେକ ଆଲୋଚନା ପରାମର୍ଶ ପରେ ନିମ୍ନଲିଖିତ ନିଷ୍ପଭିମାନ ନିଆଗଲା:

'ଚାଉଳ ବିକ୍ରୟ କମ୍ପାନୀ' ନାମରେ ଗୋଟିଏ କମ୍ପାନୀ ଖୋଲାଯିବ। ଏ କମ୍ପାନୀ ପକ୍ଷରୁ ସାରା ସହରରେ ବର୍ଷ ସାରା ସମାନ ଦରରେ ଚାଉଳ ବିକ୍ରି ହେବ ଏବଂ ଏ ବ୍ୟବସାୟ ଆରମ୍ଭ ହେବ ପହିଲା ବୈଶାଖ ବା ଏପ୍ରିଲ ୧୪ ତାରିଖରୁ। କମ୍ପାନୀର ମୂଳଧନ ହେବ ୨୦,୦୦୦ଟଙ୍କା। ସହରର ବିଭିନ୍ନ ସ୍ଥାନରେ ପନ୍ଦରଟି ଦୋକାନରୁ ପ୍ରତିଟିରେ ଦିନକୁ ଦଶ ମହଣ ହିସାବରେ ମାସକୁ ୪୫୦୦ ମହଣ ଚାଉଳ ବିକ୍ରି ହେବ। କାହାରିକୁ ଟଙ୍କାକରୁ ବେଶୀ ଚାଉଳ ବିକ୍ରି କରାହେବ ନାହିଁ। ଏଭଳି ପ୍ରତିଦିନ ପ୍ରାୟ ୮୦୦୦ ଲୋକଙ୍କୁ ଖାଦ୍ୟ ଯୋଗାଇ ଦିଆଯାଇ ପାରିବ।

ବାଲୁବଜାର ବା ଚଉଧୁରୀ ବଜାରରେ ଗୋଟିଏ ପକ୍କାଘର ଭଡ଼ାନେଇ ସେଠାରେ ଚାଉଳ ରଖାଯିବ ଏବଂ ପ୍ରତି ରବିବାର ଦିନ ଅନ୍ତତଃ ତିନିଜଣ ଡାଇରେକ୍ଟର ମିଶି ଚାଉଳର ଦର ଧାର୍ଯ୍ୟ କରିବେ। ବକ୍ସିବଜାର, ବାଲୁବଜାର, ତେଲେଙ୍ଗା ବଜାର ଓ ମହମଦିଆ ବଜାର ଅଞ୍ଚଳର କେଉଁ କେଉଁ ଜାଗାରେ ୧୫ଟି ଦୋକାନ ବସିବ ତା ମଧ ଠିକ ହୋଇଗଲା। ଏ କମ୍ପାନୀର କର୍ମକର୍ତ୍ତା ହେଲେ:

ସେକ୍ରେଟେରୀ : ବାବୁ ଗୌରୀଶଙ୍କର ରାୟ

କୋଷାଧ୍ୟକ୍ଷ : ବାବୁ ଦୀନନାଥ ସରକାର

ମ୍ୟାନେଜର : ବାବୁ ବୃନ୍ଦାବନ ମାରୁଆଡ଼ି

ସଭାରେ ଉପସ୍ଥିତ ଥିବା ଭଦ୍ରବ୍ୟକ୍ତିମାନେ କିଏ କେତେ ଚାନ୍ଦା ଦେବେ ତାର ହିସାବ ହୋଇ ୮୨୪୦ ଟଙ୍କାର ପ୍ରତିଶ୍ରୁତି ମିଳିଲା।

ସଭା ପରଦିନ ବିଚିତ୍ରାନନ୍ଦ ଓ ଗୌରୀଶଙ୍କରଙ୍କ ଦସ୍ତଖତରେ ଗୋଟିଏ ନୋଟିସ ଗଲା ଧାନ ରଖିଥିବା ୭୮ ଜଣ ଜମିଦାର ଓ ଭଦ୍ରବ୍ୟକ୍ତିମାନଙ୍କ ପାଖକୁ ଏବଂ ସେମାନଙ୍କୁ ଜଣାଇ ଦିଆଗଲା କମ୍ପାନୀ ସେମାନଙ୍କଠାରୁ କେତେ ପରିମାଣର ଧାନ ଆଶା କରୁଛି। ଏହାର ଉତ୍ତରରେ କେବଳ ରାଧାଶ୍ୟାମ ନରେନ୍ଦ୍ର, ଢେଙ୍କାନାଳ ରାଜା ଭାଗୀରଥ ମହିନ୍ଦ ଓ ଜମିଦାର ରଘୁନାଥ ଦାସ ଧାନ ଯୋଗାଇବାକୁ ରାଜି ହେଲେ, କିନ୍ତୁ ତାର ପରିମାଣ ଖୁବ୍ କମ ଥିଲା। ଅନ୍ୟମାନେ ଜଣାଇଲେ ଯେ କାହାରି ପାଖରେ ଧାନ ନାହିଁ।

ଏହାପରେ ଗଞ୍ଜାମରୁ ଚାଉଳ କିଣିବାକୁ ଚେଷ୍ଟା କରା ହେଲା, କିନ୍ତୁ ଯେଉଁମାନେ କମ୍ପାନୀ ପାଇଁ ଟଙ୍କା ଦେବାକୁ କହିଥିଲେ ଦେଲେ ନାହିଁ ଏବଂ କମ୍ପାନୀର ମୂଳଧନ ସଂଗ୍ରହ ହୋଇପାରିଲା ନାହିଁ।

ଆଉ ବି ଯାହା କରାହୋଇଥାନ୍ତା, ଏପ୍ରିଲ ୧୧ ତାରିଖ ଦିନ ବିଚିତ୍ରାନନ୍ଦ ଦାସ ରେଭେନ୍ଶାଙ୍କ ସହିତ ଗସ୍ତରେ ବାହାରିଗଲେ। ଏପରି ଭାବରେ ଚାଉଳ ବିକ୍ରୟ କମ୍ପାନୀର ଅକାଳ ମୃତ୍ୟୁ ହେଲା।

ବାଲେଶ୍ୱର: ଏପ୍ରିଲ ୧୮୬୬

ହଇଜା ଓ ବସନ୍ତ ରୋଗ ସହିତ ବାଲେଶ୍ୱର ଜିଲ୍ଲାରେ ଯେଉଁ ଅନ୍ୟ ସମସ୍ୟାଟି ଦେଖା ଦେଇଥିଲା, ସେଇଟି ଡକାୟତି। ଆଗେ ସାରା ବର୍ଷ ଭିତରେ ଯେତେ ଡକାୟତି ହୋଇ ନଥିଲା, ବର୍ତ୍ତମାନ ସପ୍ତାହରେ ତା'ଠାରୁ ବେଶୀ ଡକାୟତିର ରିପୋର୍ଟ ଆସୁଥିଲା। ପୋଲିସର ସବୁ ସମୟ ଯାଉଥିଲା ଏଇ ଡକାୟତି କେସ ଅନୁସନ୍ଧାନ କରିବାରେ ଏବଂ ଡକାୟତି ଓ କଏଦୀମାନଙ୍କୁ ଧରି ନେବା ଆଣିବାରେ। ଏ କାମ ପାଇଁ ଜିଲ୍ଲାରେ ଆହୁରି ପଚାଶ ଜଣ କନଷ୍ଟେବଲ ନିଯୁକ୍ତ ହୋଇଥିଲେ।

ଏଇ ଡକାୟତିମାନ ଗୋଟିଏ ପ୍ରକାରର ଥିଲା। ଗାଁରେ ଖାଇବାକୁ ପାଉ ନଥିବା ଲୋକମାନେ ଧାନ ଥିବା ଲୋକଙ୍କ ଘରେ ରାତିରେ ପଶି ଜବରଦସ୍ତି ଧାନ ନେଇ ଯାଉଥିଲେ। ଚୋରି କଲାବେଳେ ତାଙ୍କୁ ଗୃହସ୍ୱାମୀ ଚିହ୍ନି ପାରିବ ଏ ବିଷୟରେ ସେମାନେ ନିର୍ଲିପ୍ତ ଥିଲେ। ଧରା ପଡିଲେ ସେମାନେ ବାକି ଧାନ ଫେରାଇଦେଉଥିଲେ ଏବଂ କଟେରୀରେ ନିଜର ଦୋଷ ମାନି ଯାଉଥିଲେ। ଗୋଟିଏ କେସରେ ଡକାୟତମାନେ ଜଣକ ଘରେ ପଶି ତାର ରୋଷାଇ ଘରେ ଭାତ ଥିବାର ଦେଖିଲେ। ସେମାନେ ଗୃହସ୍ୱାମୀକୁ ବାନ୍ଧି ପକାଇ ପ୍ରଥମେ ସେ ଭାତକୁ ଖାଇଲେ ଏବଂ ତା'ପରେ ଯାଇ ଡକାୟତି କଲେ!

ବାଲେଶ୍ୱରରେ ଡକାୟତି ବଢୁଥିବାର ଏପରି ଚାଞ୍ଚଲ୍ୟକର ଖବର ପାଇ ଛୋଟଲାଟ ବିଚଲିତ ହୋଇପଡିଲେ ଏବଂ ରେଭେନଶାଙ୍କୁ ଲେଖିଲେ ଯେ ଶୀଘ୍ର ନିଜେ ବାଲେଶ୍ୱରକୁ ଯାଇ ସେ ବିଷୟରେ ତଦନ୍ତ କରି ଏକ ବିଶେଷ ରିପୋର୍ଟ ପଠାନ୍ତୁ। ଏପ୍ରିଲ ୧୨ ତାରିଖରେ ରେଭେନଶା ବାଲେଶ୍ୱରରେ ପହଞ୍ଚିଲେ। ୧୫ ତାରିଖ ଦିନ କଲିକତାର ଗରମରୁ ରକ୍ଷା ପାଇଁ ଛୋଟଲାଟ ଦାର୍ଜିଲିଙ୍ଗ ଚାଲିଗଲେ।

କଲେକ୍ଟର ମସପ୍ରାଟଙ୍କ ସହିତ ଆଲୋଚନା କରି ରେଭେନଶା ବୁଝିଲେ ଯେ ୧ ଜାନୁଆରୀରୁ

୧୨ ଏପ୍ରିଲ ଭିତରେ ବାଲେଶ୍ୱର ଜିଲ୍ଲାରେ ୫୩ଟି ଡକାୟତି ହୋଇଥିଲା ଏବଂ ଏଥିରେ ୭୩୧ ଜଣ ଡକାୟତ ସମ୍ପୃକ୍ତ ଥିଲେ । ଏଥିରୁ ୫୬୬ ଜଣଙ୍କୁ ଧରା ହୋଇଥିଲା; ତାଙ୍କ ଭିତରୁ ୮ଜଣ ମରି ଯାଇଥିଲେ ଓ ୧୦୬ ଜଣଙ୍କୁ ଜେଲ ଦଣ୍ଡ ହୋଇଥିଲା । ବାକି ଡକାୟତଙ୍କ କେସ ଅନୁସନ୍ଧାନ ଓ ବିଚାର ହେଉଥିଲା । ବିଚାରରେ ମଧ୍ୟ ଡେରି ହେଉଥିଲା କାରଣ ଜିଲ୍ଲାର ଏକମାତ୍ର ଡେପୁଟି ମାଜିଷ୍ଟ୍ରେଟ ଜଗମୋହନ ରାୟ ଛୁଟି ନେଇ ଚାଲି ଯାଇଥିଲେ ।

ରେଭେନ୍ଶା ବାଲେଶ୍ୱରରେ ପହଞ୍ଚିବାର ଦି ଦିନ ପରେ ସେଠା ଜେଲରେ ହଇଜା ହେଲା ଏବଂ ସିଭିଲ ସର୍ଜନ ଜାକସନଙ୍କ ପରାମର୍ଶ କ୍ରମେ କଏଦୀମାନଙ୍କୁ ଗୋଟିଏ ଅସ୍ଥାୟୀ କ୍ୟାମ୍ପକୁ ପଠାଗଲା । ସେଇଦିନ ରାତିରେ ଶହେ କଣ କଏଦୀ ସେଠାରୁ ପଳାଇବା ପାଇଁ ଚେଷ୍ଟା କଲେ । ପୋଲିସ ତାଙ୍କୁ ଗୋଡ଼ାଇଲା ଏବଂ କିଛି କଏଦୀଙ୍କୁ ଧରି ପାରିଲା । ଏ ଗଣ୍ଡଗୋଳରେ ଜଣେ କଏଦୀ ହଣାରେ ଏବଂ ଆଉ ଜଣେ ବନ୍ଦୁକ ଗୁଲିରେ ଆହତ ହେଲା । ଗୁଲି ବାଜିଥିବା କଏଦୀର ଗୋଡ଼ କଟା ହେଲା । ଏ ଖବର ପାଇ ରେଭେନ୍ଶା ସ୍ଥିର କଲେ ଯେ ସରକାରଙ୍କ ପାଖକୁ ରିପୋର୍ଟ ପଠାଇବାରେ ଡକାୟତମାନଙ୍କ ପାଇଁ ଜେଲ ବ୍ୟତୀତ ଚାବୁକ ମାଡ଼ ଦେବାର ବ୍ୟବସ୍ଥା ହେବା ଉଚିତ ବୋଲି ସୁପାରିଶ କରିବେ ।

ଲୋକମାନଙ୍କର ଦୁର୍ଗତି ସହିତ ରେଭେନ୍ଶାଙ୍କର ପ୍ରଥମ ଚାକ୍ଷୁସ ପରିଚୟ ହେଲା ବାଲେଶ୍ୱରରେ । ଏଠାରେ ଜମିଦାର ଶ୍ୟାମାନନ୍ଦ ଦେ ପ୍ରମୁଖଙ୍କ ଯତ୍ନରେ ଅନ୍ନଛତ୍ର ଖୋଲାଯାଇ କାଙ୍ଗାଲମାନଙ୍କୁ ଭାତ ଦିଆ ଯାଉଥିଲା । ଭାତ ବାଣ୍ଟିବାବେଲେ ଏତେ ଭିଡ଼ ହେଉଥିଲା ଯେ କେବଳ ସବଳ ଲୋକମାନେ ଧସ୍ତାଧସ୍ତି କରି ଆଗକୁ ଯାଇ ପାରୁଥିଲେ ଏବଂ ସ୍ତ୍ରୀ, ପିଲା ଓ ଦୁର୍ବଳ ଲୋକ ପଛରେ ରହିଯାଇ ଖାଇବାକୁ ପାଉ ନଥିଲେ । ଭାତ ବଣ୍ଟା ହେବାର ଦୃଶ୍ୟ ହୃଦୟ ବିଦାରକ ଥିଲା, କାରଣ ଏଇ ସମୟରେ ଭାତ ମୁଠାଏ ପାଇଁ କାଙ୍ଗାଲମାନେ ନିଜ ନିଜ ଭିତରେ କଳି ଓ ମାରପିଟ କରୁଥିଲେ, ଜଣେ ଜଣକ ପାଖରୁ ଭାତ ଛଡ଼ାଇ ନେଉଥିଲେ ଏବଂ ସ୍ତ୍ରୀ ପିଲାମାନେ ଭାତ ନ ପାଇ କାନ୍ଦବୋବାଲି କରୁଥିଲେ ।

ରେଭେନ୍ଶା ଏଭଲି ଗୋଟିଏ ଭିଡ଼କୁ ପଇସା ବାଣ୍ଟିବା ପାଇଁ ଯାଇଥିଲେ । ସେ ସେଠାରେ ପହଞ୍ଚିବା ମାତ୍ରେ ପୋଲିସ ବନ୍ଦୋବସ୍ତ ସତ୍ତ୍ୱେ କାଙ୍ଗାଲମାନେ ତାଙ୍କୁ ଘେରିଗଲେ ଏବଂ ସେ ଥଲିରୁ ବାହାର କରି ପଇସା ବାଣ୍ଟୁଛନ୍ତି, ତାଙ୍କ ହାତରୁ ଥଲି ଛଡ଼ାଇ ନେଲେ । ଶେଷରେ ତାଙ୍କ ପକେଟରେ ହାତ ପୁରାଇ ସେମାନେ ତା'ଭିତରୁ ବି ପଇସା ନେଇଗଲେ । ରେଭେନ୍ଶା କୌଣସିମତେ ପଳାଇ ଆସିଲେ । ଆଉ ଥରେ ଅନ୍ନଛତ୍ରରେ ଧସ୍ତାଧସ୍ତି ହେଉଥିବା ଦେଖ୍ ରେଭେନ୍ଶା କାଙ୍ଗାଲମାନଙ୍କୁ ସମ୍ଭାଲିବା ପାଇଁ ତାଙ୍କ ଭିତରେ ପଶିଗଲେ । ଲୋକମାନେ ଭାତ ପାଖକୁ ଯିବାପାଇଁ ଠେଲାପେଲା ହୋଇ ତାଙ୍କୁ ବି ତଲେ ପକାଇଦେଲେ । ଏହି ଦୃଶ୍ୟ ସବୁ ବ୍ୟକ୍ତିଗତ ଭାବେ ଅନୁଭବ କରିବା ପରେ ରେଭେନ୍ଶା କହିଲେ, ବାଲେଶ୍ୱରର ଅବସ୍ଥା କଟକଠାରୁ ବି ଖରାପ ।

ବାଲେଶ୍ୱରରେ ଆଉ କିଛି ଦିନ ରହି ସେ ଅବସ୍ଥା ଦେଖ୍ ରିପୋର୍ଟ ଲେଖ୍ବେ କଣ, ମୟୂରଭଞ୍ଜରୁ ଖବର ଆସିଲା ଯେ ବାମନଘାଟିର ଲୋକେ ରାଜାଙ୍କ ପୋଲିସରୁ ତଡ଼ି ଦେଇ ସେଠାରେ ଅରାଜକତା ସୃଷ୍ଟି କରିଛନ୍ତି । ସେଥିପାଇଁ ୨୦ ତାରିଖରେ ରେଭେନ୍ଶା ବାଲେଶ୍ୱରରୁ ମୟୂରଭଞ୍ଜକୁ ବାହାରିଲେ । ରାସ୍ତା ସାରା ମଧ୍ୟ ସେ ଦୁର୍ଭିକ୍ଷର କରାଳ ଦୃଶ୍ୟ ଦେଖ୍ବାକୁ ପାଇଲେ । ସବୁଠାରେ କାଙ୍ଗାଲମାନଙ୍କ ମେଲା ଏବଂ 'ଭାତ ଦିଅ'ର ରବ ।

ମୟୂରଭଂଜ ଯିବା ବାଟରେ ରେଭେନ୍ଶା କ୍ୟାମ୍ପରୁ ବାଲେଶ୍ୱର କଲେକ୍ଟରଙ୍କ ପାଖକୁ ଏଇ ଚିଠିଟି ପଠାଇଲେ :

ପ୍ରିୟ ସମପ୍ରାଟ,

ମୁଁ ଏଠାରେ ବାରଟା'ବେଳେ ପହଞ୍ଚିଲି, ବହୁତ ଡେରିରେ। ହାତୀର ହାଉଦା ଠିକ ଭାବେ ବନ୍ଧା ହୋଇ ନଥିବାରୁ ସେ ପଡ଼ିଗଲା ଏବଂ ମୁଁ ମଧ ପଡ଼ିଯାଇଥାନ୍ତି। ଏଠାରେ ଦୁର୍ଭିକ୍ଷ ବାଲେଶ୍ୱରଠାରୁ ବି ଖରାପ। ମୋ ଚାରିପାଖେ ଭୋକିଲା ହତଭାଗା ସବୁ ଜମା ହୋଇଛନ୍ତି। ଏଠି ଗରମାଗରମ ଭାତ ରନ୍ଧା ଚାଲିଛି; ବହୁତ କଷ୍ଟରେ ଜଣେ ବ୍ରାହ୍ମଣକୁ ରନ୍ଧା କାମରେ ଲଗାଇଛି। ଏ ଅଭାଗା ଲୋକେ ଆଜି ଅନ୍ତତଃ ଥରେ ପାଇଁ ପେଟପୂରା ଖାଇବେ।

ମୁଁ ତମ ପାଖରୁ ମୟୂରଭଂଜ ବାମନଘାଟିର ମ୍ୟାପ ଆଣିବାକୁ ଭୁଲିଗଲି। ଯଦିଓ ସେଥିରେ ସବୁ ଜାଗା ଦେଖାଇ ଦିଆଯାଇ ନଥିଲା, ମୋ କାମକୁ ପାଇବ। ସେଇଟିକୁ ଫେରନ୍ତା ଡାକରେ ପଠାଇବ, କାରଣ ବିନା ମ୍ୟାପରେ ମୁଁ ଚଲି ପାରିବି ନାହିଁ। ମ୍ୟାପଟିକୁ ରୋଲରରୁ ବାହାର କରି ଭାଙ୍ଗ କରି ପଠାଇଲେ ସୁବିଧା ହେବ। ସନ୍ଧ୍ୟା ହେଲାଣି, କିନ୍ତୁ ଏ ପର୍ଯ୍ୟନ୍ତ ଡାକ ପହଞ୍ଚିନାହିଁ। ମିଷ୍ଟର ନରିନ ଅଥବା ଆଉ କାହାକୁ ପଠାଇ ଦେଖିବ ଯେପରି ମୋର ଡାକ ନିୟମିତ ଆସି ପହଞ୍ଚେ। ଯଦି ସରକାରଙ୍କ ପାଖରୁ ଟେଲିଗ୍ରାମ ଆସେ, ତାକୁ ମଧ ଡାକ ସହିତ ପଠାଇବ।

ମୁଁ କେମଣା ଫାଣ୍ଡି ପାଖରେ ଗୋଟିଏ କାଙ୍ଗାଳକୁ ମଣିଷ ମାଂସ ଖାଉଥିବାର ଦେଖିଲି। ତାକୁ ଲୋକେ ପାଗଳ ବୋଲି କହୁଥିଲେ। ତେବେ ତାକୁ ଡାକ୍ତର ପରୀକ୍ଷା ପାଇଁ ପଠାଇବ; ନ ହେଲେ ପ୍ରଚାର ହୋଇଯିବ ଯେ ଲୋକେ ମଣିଷ ମାଂସ ଖାଇବାରେ ପହଞ୍ଚିଲେଣି।

ତୁମ୍ଭର ବିଶ୍ୱସ୍ତ

ଟି.ଇ.ରେଭେନ୍ଶା

କଲିକତା: ମେ ୧୮୬୬

ସାଇନ୍ସ କମ୍ପାନୀକୁ ବଡ଼ଲାଟ ଓ ଛୋଟଲାଟଙ୍କ ପାଖରୁ ଚାନ୍ଦା ଆସିଲା ଏବଂ ଖବରକାଗଜରେ ବିଜ୍ଞପ୍ତି ବାହାରିବା ପରେ ପ୍ରତିଦିନ କିଛି କିଛି ଟଙ୍କା ପହଞ୍ଚିବାରେ ଲାଗିଲା। ଏତିକିରେ ସନ୍ତୁଷ୍ଟ ନ ହୋଇ ସାଇକ୍ସ ଆଉ ଗୋଟିଏ ନିବେଦନ ପତ୍ର ଓ ତା' ସହିତ ସେ ପାଇଥିବା ଦୁଇଟି ଚିଠିରୁ ଉଦ୍ଧୃତ ଥିଲା। କଟକରୁ ରେଭରେଣ୍ଡ ବକଲି ଓ ବାଲେଶ୍ୱରରୁ ରେଭରେଣ୍ଡ ମିଲର ସେମାନେ ଚଲାଉଥିବା ଅନାଥାଶ୍ରମର ସମସ୍ୟା ବିଷୟରେ ଲେଖିଥିଲେ। ବକଲି ଲେଖିଥିଲେ, ଆମର ପ୍ରଥମ ଦାୟିତ୍ୱ ଯେଉଁମାନେ ଅନାଥାଶ୍ରମରେ ଆମ ଉପରେ ନିର୍ଭର କରୁଛନ୍ତି, କିନ୍ତୁ ଆମେ ସେମାନଙ୍କର କାନ୍ଦ ମଧ୍ୟ ଶୁଣୁଛୁ, ଯେଉଁମାନେ ଯୀଶୁଖ୍ରୀଷ୍ଟଙ୍କ ନାଁ ମଧ୍ୟ ଶୁଣିନାହାନ୍ତି। ଚାଉଳ ଦର ଚଢ଼ି ଯାଇଥିବାରୁ ଅନାଥାଶ୍ରମରେ ଖର୍ଚ୍ଚ ବଢ଼ି ଯାଇଥିଲା, କିନ୍ତୁ ଆବଶ୍ୟକ ସମ୍ବଳ ନଥିଲା। ମିଲର ଲେଖିଥିଲେ, ମୁକ୍ତ ହସ୍ତ ଏବଂ ସତ୍ୱର ସାହାଯ୍ୟ ନ ମିଳିଲେ ପିଲାମାନଙ୍କୁ ଅନାଥାଶ୍ରମରୁ ଶ୍ମଶାନକୁ ପଠାଇବାକୁ ପଡ଼ିବ।

କଲିକତାରେ ମନକ୍ରିଫ ମଧ୍ୟ ଚୁପ ହୋଇ ବସି ନଥିଲେ। ମେ ୧୭ ତାରିଖରେ ସେ ଦାର୍ଜିଲିଂରେ ବିଶ୍ରାମ କରୁଥିବା ଛୋଟଲାଟଙ୍କୁ ଏକ ଦୀର୍ଘ ଚିଠି ଲେଖିଲେ, ଯାହାର ମର୍ମ ଥିଲା: ଓଡ଼ିଶାରେ ଚାଉଳ ପହଞ୍ଚି ପାରୁନାହିଁ; ଆରାକାନରେ ପ୍ରଚୁର ଚାଉଳ ଥିବାବେଳେ ଓଡ଼ିଶାରେ ଲୋକ ମରୁଛନ୍ତି। ଚାଉଳକୁ ପଠାଇବାକୁ ଯେଉଁ ଖର୍ଚ୍ଚ ହେବ, ତା ଆମ ଇଂରେଜ ଲୋକଙ୍କ ପାଖରେ ଅଛି, କିନ୍ତୁ ଚାଉଳ କିଣିବା ଏବଂ ତାକୁ ନିଜ ଅଫିସରଙ୍କ ଦ୍ୱାରା ବାଣ୍ଟିବା ବ୍ୟବସ୍ଥା ସରକାର କରିବା କଥା। ଯଦି ସରକାର ଏ କଥା ନ କରନ୍ତି ତେବେ ଗୋଟାଏ ମହଣ ଚାଉଳ ବି ପୁରୀରେ ପହଞ୍ଚିବ ନାହିଁ। ଦାର୍ଜିଲିଂରୁ ଛୋଟଲାଟ

ଆଦେଶ ଦେବାର ଦଶଦିନ ଭିତରେ ବର୍ମାରେ ଚାଉଳ କିଣାଯାଇ ପାରିବ ଏବଂ ମାସେ ଭିତରେ ସେ ଚାଉଳ ପୁରୀରେ ପହଞ୍ଚିଯିବ ।

ମନକ୍ରିଫ ସିମଲାରେ ବିଶ୍ରାମ କରୁଥିବା ବଡ଼ଲାଟଙ୍କ ପାଖକୁ ମଧ୍ୟ ଏ ବିଷୟରେ ଜଣାଇଲେ । ବଡ଼ଲାଟ ଏ କାଗଜକୁ ଛୋଟଲାଟଙ୍କ ପାଖକୁ ପଠାଇଦେଲେ । ଓଡ଼ିଶାକୁ ଚାଉଳ ଆମଦାନୀ କରାଯିବ କି ନା ଛୋଟଲାଟ ସେ ଦାୟିତ୍ୱ ବୋର୍ଡ ଉପରେ ଛାଡ଼ିଦେଲେ । ମେ ୨୨ ତାରିଖରେ ବୋର୍ଡ ଛୋଟଲାଟଙ୍କୁ ଜଣାଇଲେ ଯେ ଓଡ଼ିଶାରେ ପ୍ରଚୁର ଶସ୍ୟ ମହଜୁଦ ଥିବାରୁ ସେଠାକୁ ଚାଉଳ ପଠାଇବାର ଆବଶ୍ୟକତା ନାହିଁ ।

କଟକ: ମେ ୧୮୬୬

ମେ ମାସ ୨୫ ତାରିଖ ଉପରବେଳା ରେଭେନ୍ଶା କଟକ ଫେରିଲେ। ମୟୂରଭଞ୍ଜ ଗଣ୍ଡଗୋଳ ଛିଣ୍ଡାଇବାକୁ ବିଶେଷ ସମସ୍ୟା ହେଲାନାହିଁ। ବାମନଘାଟିର ଆଦିବାସୀ, ଯାହାଙ୍କୁ ଦେଶଲୋକ ବୋଲି କୁହାଯାଉଥିଲା, କେବେହେଲେ ରାଜାଙ୍କ ସହିତ ଭଲ ସମ୍ପର୍କ ରଖି ନଥିଲେ। ସେଠାରେ ରାଜସ୍ୱ ବନ୍ଦୋବସ୍ତ ଚାଲିଥିଲା ଏବଂ ରାଜାଙ୍କ କର୍ମଚାରୀମାନେ ଲୋକମାନଙ୍କୁ ବହୁତ ହଇରାଣ କରୁଥିଲେ। ଅତ୍ୟାଚାର ସୀମା ଟପିବାରୁ ଦେଶଲୋକମାନେ ରାଜାଙ୍କ ପୋଲିସକୁ ତଡ଼ି ଦେଇ ସେ ଅଞ୍ଚଲରେ ଅରାଜକତା ବିସ୍ତାର କରି ଦେଇଥିଲେ। ସେଠାରେ ପହଞ୍ଚି ରେଭେନ୍ଶା ମୁଠାଦାରମାନଙ୍କ ସହିତ କଥାବାର୍ତ୍ତା କରି ଏକ ଆପୋଷ ମିଳାମିଶା କରାଇଦେଲେ। ନିଷ୍ପତି ହେଲା ଯେ ଅତ୍ୟାଚାରୀ ଅମଲାଙ୍କୁ ବାହାର କରି ଦିଆଯିବ। ବାମନଘାଟିକୁ ସିଂହଭୂମିର ଡେପୁଟି କମିଶନରଙ୍କ ଅଧୀନରେ ରଖାଯିବ ଏବଂ ଉପରଭାଗ ଅଞ୍ଚଲରେ ରାଜାଙ୍କ ବଦଲରେ ତାଙ୍କ ପୁତୁରା ସେଠାରେ କାମ ବୁଝିବେ। ଏ କଥା ହେଲେ ଦେଶଲୋକମାନେ ଆଉ ଗଣ୍ଡଗୋଳ କରିବେ ନାହିଁ ବୋଲି ରାଜି ହେଲେ।

ମୟୂରଭଞ୍ଜରେ ରେଭେନ୍ଶା ଏ ସବୁ କାମରେ ଲାଗିଥିଲାବେଳେ ସେଠାରେ ଦୁର୍ଭିକ୍ଷର ସମସ୍ୟା ମଧ୍ୟ ତାଙ୍କ ଆଖିରେ ପଡ଼ୁଥିଲା। ତାଙ୍କ କ୍ୟାମ୍ପ ଚାରିପାଖେ କାଙ୍ଗାଲଙ୍କର ମେଳା ଲାଗି ରହୁଥିଲା ଏବଂ ଚାରିଶହରୁ ଊର୍ଦ୍ଧ୍ୱ କାଙ୍ଗାଲ ରେଭେନ୍ଶା ବାଣ୍ଟୁଥିବା ଚାଉଲ ଉପରେ ନିର୍ଭର କରିଥିଲେ। ପ୍ରତିଦିନ ପ୍ରତି ମୁହୂର୍ତ୍ତରେ ସେ କାଙ୍ଗାଲଙ୍କୁ ଭେଟୁଥିଲେ ଏବଂ ମୟୂରଭଞ୍ଜ ରହଣି ଭିତରେ ରେଭେନ୍ଶାଙ୍କର ଉପଲବ୍ଧି ହେଲା ଯେ ଅବସ୍ଥା ପ୍ରକୃତରେ ଖରାପ। ଏହି ଗସ୍ତ ହିଁ ତାଙ୍କର ଆଖି ଖୋଲି ଦେଲା, ଯଦିଓ ମାସେ କାଳ କଟକରୁ ବାହାରେ ରହି ସେ ଦୁର୍ଭିକ୍ଷ ରିଲିଫ କାମରେ ମନଯୋଗ ଦେଇପାରି ନଥିଲେ।

ସେ କଟକ ଫେରିବା ବେଳକୁ ଅବସ୍ଥା ଅତି ସାଂଘାତିକ ହୋଇଯାଇଥିଲା। ପୁରୀ ଓ ବାଲେଶ୍ୱର ଜିଲ୍ଲାରୁ

ରିପୋର୍ଟ ଆସିଥିଲା ଅଧିକ ଖରାପ ପରିସ୍ଥିତି ବିଷୟରେ। ପୁରୀ ସହର ବର୍ତ୍ତମାନ କାଙ୍ଗାଲମାନଙ୍କରେ ଭର୍ତ୍ତି ହୋଇଯାଇଥିଲା। ଏମାନଙ୍କ ଭିତରୁ ଅଧିକାଂଶ ସ୍ତ୍ରୀ ଓ ପିଲା ଥିଲେ; ଦୁର୍ଭିକ୍ଷରେ ପୁରୁଷମାନେ ମରିଯିବା ପରେ ଘର ଭାଙ୍ଗି ଯାଇଥିଲା ଏବଂ ସ୍ତ୍ରୀ ପିଲାମାନେ ମଫସଲରୁ ସହରକୁ ପଳାଇ ଆସିଥିଲେ। ଏପ୍ରିଲ ମାସରେ ଯେଉଁ ୮୫ ଟି ପରିବାର ରିଲିଫ୍ ତାଲିକାରେ ଥିଲେ, ମେ ମାସ ବେଳକୁ ତା' ଭିତରୁ ୧୩ଟି ପରିବାରର କୌଣସି ଖୋଜଖବର ନଥିଲା; ସେମାନେ ମରି ହଜି ଯାଇଥିଲେ। ବିରାଟ କାଙ୍ଗାଲଙ୍କ ଦଳ ଘରେ ପଶି ଖାଇବାକୁ ଖୋଜୁଥିଲେ ଏବଂ ସରକାରୀ ଅଫିସରଙ୍କ ଘରକୁ ଘେରି ରହୁଥିଲେ। ବାର୍ଲୋ ଲେଖୁଥିଲେ ଯେ ସେ ଜାଣନ୍ତି ଯେ ଭୋକିଲା ଲୋକଙ୍କୁ ମାଗଣା ଖାଇବାକୁ ଦେଇ ମୃତ୍ୟୁରୁ ବଞ୍ଚାଇବାର ସମୟ ଆସିଯାଇଛି।

ବାଲେଶ୍ୱର ଏସ୍.ପି.ଜଣାଇଥିଲେ ଯେ ଯେଉଁ ହାରରେ ଅପରାଧ ବଢ଼ିଚାଲିଛି, ଜେଲରେ ୧୪୩ ଜଣ କୟେଦୀଙ୍କ ପାଇଁ ଜାଗା ଥିବାବେଳେ ଅତିଶୀଘ୍ର ତାଙ୍କ ହାତରେ ଦେଢ଼ ହଜାର କୟେଦୀ ହୋଇଯିବେ। ସହରରେ ପ୍ରତିଦିନ କାଙ୍ଗାଲ ମରି ପଡ଼ୁଥିଲେ ଏବଂ ସେମାନଙ୍କର ଶିବ ଉଠାଇବା ହୋଇଯାଇଥିଲା ମ୍ୟୁନିସିପାଲିଟି ମେହେନ୍ତରଙ୍କ ପ୍ରଧାନ କାମ। ବାଲେଶ୍ୱରରୁ ସୁପରିନଟେଣ୍ଡିଂ ଇଞ୍ଜିନିୟର ନିକଲ୍ୟୁ ଟେଲିଗ୍ରାମ କରିଥିଲେ; ବାଲେଶ୍ୱର ପାଇଁ ୬୦,୦୦୦ ଟଙ୍କା। କୌଣସି କାମର ନୁହେଁ; ଆମକୁ ଚାଉଳ ଲୋଡ଼ା। ଟଙ୍କା ଦେଲେ ବି ଚାଉଳ ମିଳୁନାହିଁ, ସେଥିପାଇଁ ମଜୁରିଆମାନେ କାମ ଛାଡ଼ି ପଳାଇ ଯାଉଛନ୍ତି।

କଟକ କଲେକ୍ଟର ନିଜେ ଆସି ରେଭେନ୍‍ଶାଙ୍କୁ ତାଙ୍କ ଜିଲ୍ଲା ବିଷୟରେ ଜଣାଇଲେ। ବର୍ତ୍ତମାନ କଟକର କଲେକ୍ଟର ଥିଲେ ଡବ୍ୟୁ, କର୍ଣ୍ଣେଲ। ତାଙ୍କ ପୂର୍ବ କଲେକ୍ଟର କାମରେ ଆଦୌ ମନ ନ ଦେଉଥିବା ସ୍ଥଲେ କର୍ଣ୍ଣେଲ ଜଣେ ଅଯୋଗ୍ୟ ଅଫିସର ଥିଲେ। ତାଙ୍କ କହିବା ଅନୁସାରେ କଟକ ପରିସ୍ଥିତି ବର୍ତ୍ତମାନ ଅସମ୍ଭାଳ ଥିଲା। ଜୋବ୍ରାର ଦୋକାନୀ ଚାଉଳ ବିକ୍ରି ନ କରିବାକୁ ଇରିଗେଶନ କମ୍ପାନୀର କୁଲିମାନେ ଦୋକାନ ଲୁଟି ନେଲେ। କ୍ୟାଣ୍ଟନମେଣ୍ଟ ବଜାରର ଏକମାତ୍ର ଚାଉଳ ଦୋକାନୀ ସାଢ଼େ ତିନି ସେର ଦରରେ ଚାଉଳ ବିକ୍ରି କରୁଥିଲା; ସେ ବିକ୍ରି ବନ୍ଦ କରି ଦେଇଥିବାରୁ ମିଲିଟାରୀ ସିପାହୀମାନଙ୍କୁ ଚାଉଳ ମିଳୁ ନଥିଲା ଏବଂ ସେମାନେ ବିଦ୍ରୋହ କରିବାର ଆଶଙ୍କା ଥିଲା।

ଏତେ ଦିନକେ ରେଭେନ୍‍ଶାଙ୍କ ମୁଣ୍ଡରେ ବୁଦ୍ଧି ପଶିଲା ଯେ ଓଡ଼ିଶାକୁ ଚାଉଳ ଆମଦାନୀ କରିବାକୁ ହେବ। ୨୮ ତାରିଖ ଦିନ ସେ କଲିକତାକୁ ଟେଲିଗ୍ରାମ ପଠାଇଲେ:

ଅତି କଷ୍ଟରେ ଅତି ସାମାନ୍ୟ ଚାଉଳ ଟଙ୍କାରେ ସାଢ଼େ ଚାରି ସେର ଦରରେ ମିଳୁଛି। ବଜାର ସବୁ ଅଧା ବନ୍ଦ। ସୈନ୍ୟମାନଙ୍କ ପାଇଁ କେବଳ ଗୋଟିଏ ଦିନର ରସଦ ଅଛି ଏବଂ ସେମାନେ ଅସନ୍ତୁଷ୍ଟ। କାମସୋରିଆଟ ସାହାଯ୍ୟ କରିବାକୁ ନାରାଜ। ଦିନକୁ ଦିନ ଅପରାଧ ବଢୁଛି। ଖାଦ୍ୟାଭାବରେ ପୂର୍ତ୍ତ ବିଭାଗ ଓ ରିଲିଫ୍ କାମ ବନ୍ଦ। ମୋ ମତରେ ସେନାବାହିନୀ, ଜେଲ, ରିଲିଫ୍ କାମର ମଜୁରିଆ ଓ ରିଲିଫ୍ କମିଟିରୁ ସାହାଯ୍ୟ ପାଉଥିବା କାଙ୍ଗାଲଙ୍କ ପାଇଁ ଅତି ଶୀଘ୍ର ଚାଉଳ ଆମଦାନୀ କରାଯାଉ। ବାଲେଶ୍ୱର ନୌ, ବଟୀଘର ଓ ଧାମରା ମୁହାଁରେ କଟକ ପାଇଁ ଚାଉଳ ଓଜ୍ଲା ଯାଇପାରିବ। ମୁଁ ତାର ବ୍ୟବସ୍ଥା କରିବି।

୨୯ ତାରିଖରେ କଟକର ଦୁର୍ଭିକ୍ଷ ରିଲିଫ୍ କମିଟି ଦାର୍ଜିଲିଂକୁ ଟେଲିଗ୍ରାମ କଲେ ଯେ କଟକରେ ଚାଉଳ ମିଳୁନଥିବାରୁ ସରକାର ଏକଲକ୍ଷ ଟଙ୍କାର ଚାଉଳ କଲିକତାରୁ ବଟୀଘରକୁ ସିଧା ଷ୍ଟୀମର ଯୋଗେ ପଠାନ୍ତୁ।

ସେହିଦିନ ଛୋଟଲାଟ ବୀଡ଼ନ ଓଡ଼ିଶାକୁ ଚାଉଳ ପଠାଇବାର ଆଦେଶ ଦେଲେ।

କଟକ: ଜୁନ୍ ୧୮୬୬

ଜୁନ୍ ୪ ତାରିଖରେ ଦୁଇଟି ଜାହାଜ ଚାଉଳ ନେଇ ବତୀଘରଠାରେ ପହଞ୍ଚିଲେ । ଗୋଟିଏ ଜାହାଜରେ ୮୬୦୦ ବସ୍ତା ଏବଂ ଅନ୍ୟଟିରେ ୩୦୦୦ ବସ୍ତା ଚାଉଳ ଆସିଥିଲା । ଏ ଜାହାଜ କୂଳରେ ଲାଗି ପାରୁ ନଥିବାରୁ ଛୋଟ ଡଙ୍ଗା ଯାଇ ଚାଉଳ ଓହ୍ଲାଇବାର କଥା । କିନ୍ତୁ ଜାହାଜ ପହଞ୍ଚିବା ପର୍ଯ୍ୟନ୍ତ ଏ ବିଷୟରେ କୌଣସି ବନ୍ଦୋବସ୍ତ ହୋଇ ନଥିଲା । ଏଥିପାଇଁ ଡଙ୍ଗା ଠିକ୍ କରିବାରେ ସମୟ ଲାଗିଲା ।

କୁଲି ନେଇ ଯେତେବେଳେ ଚାଉଳ ଉତାରିବା କାମ ଆରମ୍ଭ କରାହେଲା, ଦେଖାଗଲା ଯେ ଅତି ଦୁର୍ବଳତା ହେତୁ ସେମାନେ କାମ କରିପାରୁ ନାହାନ୍ତି । ସେଥିପାଇଁ ସେମାନଙ୍କୁ ପ୍ରଥମେ ଖୁଆଇ ପିଆଇ ସୁସ୍ଥ କରିବାକୁ ପଡ଼ିଲା । ଛୋଟ ଜାହାଜର ଚାଉଳ ୧୩ ତାରିଖ ସୁଦ୍ଧା ଖାଲାସ ହେଲା, କିନ୍ତୁ ବଡ଼ ଜାହାଜର ଚାଉଳ ଓହ୍ଲାଇବାବେଳେ ମାସ ଶେଷ ହୋଇଗଲା ।

ଏଇ ଭିତରେ ଆଉ ଗୋଟିଏ ଜାହାଜ ୧୬ ତାରିଖରେ ଆସି ପହଞ୍ଚିଲା ସୈନ୍ୟମାନଙ୍କ ପାଇଁ ପ୍ରାୟ ୪୦୦୦ ମହଣ ଚାଉଳ ନେଇ ।

ବର୍ତ୍ତମାନ ସମସ୍ୟା ହେଲା ଚାଉଳକୁ ବତୀଘରଠାରୁ କଟକକୁ ନେବା । ବତୀଘର ଠାରୁ ତାଳଦଣ୍ଡା ଯାଏ କେନାଲର ବ୍ୟବସ୍ଥା ଥିଲା । ସେ ପର୍ଯ୍ୟନ୍ତ ଡଙ୍ଗାରେ ଚାଉଳ ନେଇ ସେଠାରୁ ଶଗଡ଼ ଗାଡ଼ିରେ ନେବା କଥା । ତାଳଦଣ୍ଡା ପର୍ଯ୍ୟନ୍ତ ଡଙ୍ଗା ଯିବାକୁ ପ୍ରାୟ ସାତ ଦିନ ଲାଗୁଥିଲା ଏବଂ ସେଠାରୁ ବଳଦ ଗାଡ଼ିକୁ ଆଉ ପାଞ୍ଚଦିନ । ବର୍ଷା ଯୋଗୁ ରାସ୍ତା ଖରାପ ହୋଇ ଚାଉଳ କଟକରେ ପହଞ୍ଚାଇବାରେ ଅନେକ ସମୟ ଲାଗିଲା । କଲିକତାରୁ ବତୀଘର ପର୍ଯ୍ୟନ୍ତ ଚାଉଳ ଆଣିବାକୁ ୩୦ ଘଣ୍ଟା ଲାଗିଥିବା ସ୍ଥଳେ ସେଠାରୁ କଟକ ପହଞ୍ଚାଇବାକୁ ପନ୍ଦର ଦିନ ଲାଗିଲା । କଟକରେ ପ୍ରଥମ ଆମଦାନୀ ଚାଉଳ ପହଞ୍ଚିଲା ୨୦ ତାରିଖରେ ।

ଯଦିଓ ଏଇ ସମୟରେ କଟକରେ ରହି ବତୀଘରଠାରୁ ଚାଉଳ ଅଣାଇବାର ବ୍ୟବସ୍ଥା ଦେଖିବା ନିତାନ୍ତ ଆବଶ୍ୟକ ଥିଲା, ରେଭେନ୍ଶା ଜୁନ୍ ୩ ତାରିଖରେ ପୁରୀ ଚାଲିଯାଇ ସେଠାରୁ ଫେରିଲେ ୧୯ ତାରିଖରେ। ବତୀଘର ପାଖରୁ କଟକକୁ ଚାଉଳ ଆଣିବାରେ ଏଭଳି ସମସ୍ୟା ହେଉଛି ଦେଖି ସେ ବୋର୍ଡକୁ ଜଣାଇଦେଲେ ଯେ ସେଠାକୁ ଆଉ ଚାଉଳ ପଠାଇବା ଆବଶ୍ୟକତା ନାହିଁ। କିନ୍ତୁ ସେତେବେଳକୁ ଆଉ ଚାରିଟି ଜାହାଜ ୧୮୬୩୦ ବସ୍ତା ଚାଉଳ ନେଇ କଲିକତା ଛାଡ଼ି ସାରିଥିଲା।

ଓଡ଼ିଶାରେ ଦୁର୍ଭିକ୍ଷ ବିଷୟରେ ବର୍ତ୍ତମାନ କଲିକତାରେ ପ୍ରବଳ ଜନମତ ସୃଷ୍ଟି ହୋଇଥିଲା ଏବଂ ସରକାର ପରିସ୍ଥିତି ବିଷୟରେ ସାମାନ୍ୟ ସଚେତନ ହୋଇଥିଲେ। ଚାଉଳ ପଠାଇବା ସଙ୍ଗେ ସଙ୍ଗେ ଓଡ଼ିଶାର ତିନି ଜିଲ୍ଲାରେ ରିଲିଫ କାମ ଦେଖିବାପାଇଁ ସରକାର ତିନିଜଣ ଆସିସ୍ଟାଣ୍ଟ କଲେକ୍ଟର ମଧ୍ୟ ପଠାଇଲେ। ପୁରୀକୁ ଜି.ଏମ୍.କରୀ ଓ ବାଲେଶ୍ୱରକୁ ଆର୍.ଏଫ୍.ରାମ୍ପିନୀ ଗଲେ। କଟକରେ ଆସି ଜୁନ୍ ୨୭ ତାରିଖରେ ଯୋଗଦେଲେ ଟି.ଏମ୍.କର୍କଉଡ୍।

କଟକରେ ପହଞ୍ଚିବା ସଙ୍ଗେ ସଙ୍ଗେ କର୍କଉଡ୍ କାମରେ ଲାଗିଗଲେ। କଟକ ସହରରେ ସେତେବେଳକୁ ଛ'ଟି ରିଲିଫ କେନ୍ଦ୍ର ଖୋଲା ହୋଇ ଚାଉଳ ବଣ୍ଟା ହେଉଥିଲା। ପୋଲିସ ଆସିସ୍ଟାଣ୍ଟ ସୁପରିନଟେଣ୍ଡେଣ୍ଟ କ୍ରାଉଚଙ୍କୁ ନେଇ କର୍କଉଡ୍ ତାଲଦଣ୍ଡା ରିଲିଫ କେନ୍ଦ୍ର ଦେଖିବାକୁ ଗଲେ। ସେଠାରେ କଲେକ୍ଟରଙ୍କ ଅଫିସର ନାଜରକୁ ଚାଉଳ ବିକ୍ରି ଓ ବଣ୍ଟନ ଦାୟିତ୍ୱରେ ରଖା ହୋଇଥିଲା। ସେଠାରେ ଦୃଶ୍ୟ ଯେତିକି ବୀଭତ୍ସ ଥିଲା, ସେତିକି କରୁଣ। ବର୍ଷାରେ ଚାରିଆଡ଼ କାଦୁଅ ହୋଇ ଯାଇଥିଲା ଏବଂ ସେଠାରେ କେତୋଟି ଶବ ପଡ଼ିଥିଲା, ଯାହାକୁ ମେହେନ୍ତରମାନେ ଏ ପର୍ଯ୍ୟନ୍ତ ଉଠାଇ ନ ଥିଲେ। ଯେଉଁ ଗୋଟିଏ ଚାଳି ପାଖରେ ଚାଉଳ ବଣ୍ଟା ହେଉଥିଲା ସେଠାରେ ପ୍ରାୟ ହଜାରେ କାଙ୍ଗାଲ ଜମା ହୋଇ ପାତି କରୁଥିଲେ ଏବଂ ଚାଉଳ ପାଖକୁ ପହଞ୍ଚିବାକୁ ଚେଷ୍ଟା କରୁଥିଲେ। ଯେଉଁମାନେ ଚାଉଳ ଆଣି ପାରିଥିଲେ, ତାକୁ ବସି କଞ୍ଚା ଚୋବାଇ ଖାଉଥିଲେ, ଏବଂ ଅନ୍ୟମାନେ ତାକୁ ଛଡ଼ାଇ ନେବାକୁ ଚେଷ୍ଟା କରୁଥିଲେ। କାନ୍ଦୁଥିବା ପିଲା ପାଖରୁ ମା ଚାଉଳ ଛଡ଼ାଇ ନେଇ ଖାଉଥିଲା। ଅତି ଦୁର୍ବଳଲୋକ ଉଠି ନ ପାରି ତଳେ ପଡ଼ି ରହି 'ଚାଉଳ ଦିଅ' ବୋଲି ଚିତ୍କାର କରୁଥିଲେ।

କର୍କଉଡ୍ ସେଠାର ବ୍ୟବସ୍ଥାକୁ ସୁଧାରିବାକୁ ଚେଷ୍ଟା କଲେ ଏବଂ ଚାଉଳ ବଦଳରେ ଭାତ ରାନ୍ଧି ଦିଆଯାଉ ବୋଲି ନିଷ୍ପତ୍ତି କଲେ। ସଙ୍ଗେ ସଙ୍ଗେ କାମ ଆରମ୍ଭ ହେଲା ଏବଂ ପରଦିନ ସୁଦ୍ଧା ଲୋକମାନଙ୍କର ଗତି ନିୟନ୍ତ୍ରଣ କରିବାକୁ ଚାଉଳ ବଣ୍ଟା ହେଉଥିବା ଜାଗା ପର୍ଯ୍ୟନ୍ତ ବାଉଁଶର ବାଡ଼ ଦିଆଗଲା। ରୋଷେଇ କରିବା ପାଇଁ ବ୍ରାହ୍ମଣ ଅଣାଗଲେ।

ସେଦିନ ଉପରବେଳା ଚାରିଟାବେଳେ ଭାତ ରନ୍ଧା ସରିଲା, କିନ୍ତୁ ସମସ୍ୟା ଉପୁଜିଲା ତାକୁ ବାଣ୍ଟିବା ପାଇଁ। କାଙ୍ଗାଲମାନେ ଠେଲାପେଲା ହୋଇ ଭାତ ପାଖକୁ ଯିବାକୁ ଚାହିଁଲେ, ଏବଂ ଦୁର୍ବଳ ଲୋକ ତଳେ ପଡ଼ିଯାଇ ତାଙ୍କ ଉପରେ ଲୋକ ଚଢ଼ିଗଲେ। ଯେ ଭାତ ଆଣି ପାରିଲା, ଅନ୍ୟମାନେ ତା ପାଖରୁ ଛଡ଼ାଇନେଲେ ଏବଂ ଏଥିପାଇଁ କଳିଗୋଳ, ଗାଳି ଦିଆନିଆ ହେଲା। ଏଭଳି ପରିସ୍ଥିତିରେ କର୍କଉଡ୍ ଭାତ ବଣ୍ଟା ବନ୍ଦ କରିବାକୁ କହିଲେ। ସେ ତାଙ୍କର ଲୋକମାନଙ୍କୁ ନେଇ ଯେତେବେଳେ ଅନ୍ୟ ଦିଗକୁ ଯିବାକୁ ଚାଲିଲେ, ଯେଉଁ କାଙ୍ଗାଲଙ୍କର ଅବସ୍ଥା ଟିକିଏ ଭଲ ଥିଲା, ସେମାନେ ମଧ୍ୟ ତାଙ୍କ ପଛେ

ପଛେ ଚାଲିଲେ। ଏଭଳି କୌଶଳରେ ରନ୍ଧା ଜାଗା ପାଖରେ କେବଳ ନିତାନ୍ତ ଦୁର୍ବଳ ଲୋକ ରହିଗଲେ ଏବଂ ତାଙ୍କୁ ଭାତ ଖାଇବାକୁ ଦିଆଯାଇ ପାରିଲା।

ତାଳଦଣ୍ଡା ଛାଡ଼ିବା ଆଗରୁ କର୍କଉଡ଼ ବ୍ୟବସ୍ଥା କରିଗଲେ ଯେ କାଙ୍ଗାଲୀ ମହାପାତ୍ର ବା ଜନ୍ ବୋଲି ଯେଉଁ ସ୍ଥାନୀୟ ଖ୍ରୀଷ୍ଟିଆନ ଲୋକଟି ସେଠାରେ କାମରେ ଅନେକ ସାହାଯ୍ୟ କରିଥିଲା, ସେ ଏଇ ରିଲିଫ କେନ୍ଦ୍ର ଦାୟିତ୍ୱରେ ରହିବ।

କଲିକତା: ଜୁନ୍ ୧୮୬୬

ଜୁନ୍ ୧୬ ତାରିଖରେ ଛୋଟଲାଟ ଦୁଇମାସ ଦାର୍ଜିଲିଂରେ କଟାଇବା ପରେ କଲିକତା ଫେରିଲେ ଏବଂ ୧୮ ତାରିଖ ସୋମବାର ଦିନ ଦୁର୍ଭିକ୍ଷ ବିଷୟରେ ଆଲୋଚନା କରିବା ପାଇଁ ବୋର୍ଡର ଏକ ସଭା ଡାକିଲେ। ତାଙ୍କୁ ଅନୁରୋଧ କରାଯାଇଥିଲା ଯେ ସେ ଏଇ ସାପ୍ତାହିକ ସଭାକୁ ଗୋଟିଏ ସାଧାରଣ କମିଟି କରି ସେଥିରେ ଅଫିସର ବ୍ୟତୀତ ଇଉରୋପୀୟ ଏବଂ ଦେଶୀୟ ଭଦ୍ରବ୍ୟକ୍ତି ନିଅନ୍ତୁ। କିନ୍ତୁ ବୀଡ଼ନ କେବଳ ଦୁଇଜଣ ଅଣଅଫିସର ଭଦ୍ରବ୍ୟକ୍ତିଙ୍କୁ ଏ ସଭାକୁ ଡାକିଲେ। ସେମାନେ ହେଲେ ଜମିଦାର ଦିଗମ୍ବର ମିତ୍ର ଏବଂ ବେଙ୍ଗଲ ଚାମ୍ବରର ମନକ୍ରିଫ। ବୋର୍ଡ ଅଫିସରେ ଏ ସଭାହେଲା ଏବଂ ଦୁର୍ଭିକ୍ଷ ପରିସ୍ଥିତି ବିଷୟରେ ବିଭିନ୍ନ ଅଞ୍ଚଳରୁ ଯେଉଁ ରିପୋର୍ଟମାନ ଆସିଥିଲା ତାହା ଏଠାରେ ପେଶ ହେଲା। ମନକ୍ରିଫ ଦେଖିଲେ ଯେ ଏ ପର୍ଯ୍ୟନ୍ତ ବୋର୍ଡର ସଭ୍ୟମାନେ ତଥା ଛୋଟଲାଟ ଓଡ଼ିଶା ପରିସ୍ଥିତିର ଗୁରୁତ୍ୱ ବୁଝିନାହାନ୍ତି। ବିଶେଷରେ ବୀଡ଼ନ ଏ ପର୍ଯ୍ୟନ୍ତ କହୁଥିଲେ ଯେ ଚାଉଳ କେବେହେଲେ କ୍ଷତିରେ ବିକ୍ରି ହେବନାହିଁ। ଓଡ଼ିଶା ପରିସ୍ଥିତି ଯେ ଅସମ୍ଭାଳ ହେଲାଣି ଛୋଟଲାଟ ସେ କଥା ବିଶ୍ୱାସ କରିବାକୁ ପ୍ରସ୍ତୁତ ନଥିଲେ।

ସଭାରେ ଆଉ କୌଣସି ଉଚ୍ଚବାଚ ନ କରି ମନକ୍ରିଫ ଚାଲି ଆସିଲେ, କିନ୍ତୁ ୨୧ ତାରିଖ ଦିନ ସେ ବୋର୍ଡ ସେକ୍ରେଟାରୀଙ୍କୁ ଗୋଟିଏ କଡ଼ା ଚିଠି ଲେଖିଲେ:

ପ୍ରିୟ ଚାପମ୍ୟାନ,

ସରକାରୀ ମହଲ ବାହାରେ ଏ ଧାରଣା ଦୃଢ଼ ହୋଇଯାଇଛି ଯେ ଦୁର୍ଭିକ୍ଷ ଦ୍ରୁତଗତିରେ ବଢ଼ି ଚାଲିଛି ଅଥଚ ସରକାର ଏ ବିପଦ କେତେ ବ୍ୟାପକ ତା'ମାନୁ ନାହାନ୍ତି, ତଥା ଯେତିକି ମାନୁଛନ୍ତି ସେ ଅଭାବକୁ ଯଥାସାଧ୍ୟ ପୂରଣ କରୁନାହାନ୍ତି।

ଆପଣଙ୍କୁ ରେଙ୍ଗୁନର ଚାଉଳ ଆଣି ଓଡ଼ିଶାରେ ଯୋଗାଇବାକୁ ହେବ ଏବଂ ଏଠାରୁ ଚାଉଳ ସମୁଦ୍ର କୂଳକୁ ନ ପଠାଇ ତାହା ଭିତର ଅଞ୍ଚଳକୁ ପଠାଇବାକୁ ହେବ। ଦୁର୍ଭିକ୍ଷ ଗ୍ରସ୍ତ ଅଞ୍ଚଳରେ ସମସ୍ତଙ୍କୁ ବିସ୍ତାରଭାବରେ ଜଣାଇ ଦେବାକୁ ହେବ ଯେ କେତେଗୁଡ଼ିଏ ଗୋଦାମରେ ଚାଉଳ ବିକ୍ରି ହେବ; ଜଣକୁ ପାଞ୍ଚ ଦଶ ମହଣରୁ ବେଶୀ ନୁହେଁ, ଟଙ୍କାରେ ଦଶ ସେର ହିସାବରେ।

ବିକ୍ରି ହେବା ଦାମ ଏବଂ ଚାଉଳ କିଣା ଖର୍ଚ୍ଚର ଯାହା ଅନ୍ତର ହେବ, ତାହା ଦୁର୍ଭିକ୍ଷ ପାଣ୍ଠିରୁ ଦିଆଯାଉ। ଛୋଟଲାଟ ଯେ କହୁଛନ୍ତି ଚାଉଳ କିଣା ଦାମରେ ବିକ୍ରି ହେବ, ଏହା ଭୋକିଲା ଲୋକଙ୍କୁ ଉପହାସ ଭଳି କଥା।

ବୋର୍ଡ଼ ତୁରନ୍ତ ପାଞ୍ଚ ଛ' ଲକ୍ଷ ମହଣ ଚାଉଳ ତିନି ସପ୍ତାହ ଭିତରେ ଯୋଗାଇବାର ବ୍ୟବସ୍ଥା କରିବା ଉଚିତ। ଏକଥା ଶୀଘ୍ର ନ କଲେ ମୁଁ ଭାବୁଛି ଆଉ ମାସକରେ ଅବସ୍ଥା ଆହୁରି ସାଂଘାତିକ ହୋଇଯିବ।

ଏ ଚିଠି ଆପଣ ବୋର୍ଡ଼ ସଭ୍ୟ ଗ୍ରୋଟ ଅଥବା ଆଉ ଯାହାକୁ ଇଚ୍ଛା ତାକୁ ଦେଖାନ୍ତୁ। ସରକାର ଯଦି ପ୍ରକୃତ ଅବସ୍ଥା ସେମାନଙ୍କ ଭାବିଥିବା ଅବସ୍ଥାର ଦଶଗୁଣ ଖରାପ ବୋଲି ଭାବି କାମ ନ କରନ୍ତି, ଦେଶୀୟ ଓ ଇଉରୋପୀୟ ଜନସାଧାରଣ ଏଥରକ ମୁହଁ ଖୋଲି ସିଧା କଥା କହିବେ।

ଆଉ କେହି ନ କହିଲେ ଅନ୍ତତଃ ମୁଁ କଲିକତାର ଶେରିଫଙ୍କୁ କହି ନିଶ୍ଚୟ ଏ ବିଷୟରେ ଆଲୋଚନା କରିବାକୁ ସଭା ଡକାଇବି।

ଆପଣଙ୍କର ବିଶ୍ୱସ୍ତ

ଆର.ସ୍କଟ ମନକ୍ରିଫ

ବାଲେଶ୍ୱର: ଜୁନ୍ ୧୮୬୬

ଜୁନ ୯ ତାରିଖରେ ନେମେସିସ ଜାହାଜ ୨୫୦୦ ବସ୍ତା ଚାଉଳ ନେଇ ବାଲେଶ୍ୱରରେ ପହଞ୍ଚିଲା। ଏହା ପୂର୍ବରୁ ବାଲେଶ୍ୱରର ବ୍ୟବସାୟୀମାନେ ମେଦିନୀପୁର ଓ ହୁଗୁଳୀରୁ କିଛି କିଛି ଚାଉଳ ବଳଦ ପିଠିରେ ଆଣୁଥିଲେ, କିନ୍ତୁ ବର୍ଷା ହେବା ପରେ ରାସ୍ତା ଏତେ ଖରାପ ହୋଇଗଲା ଯେ ଏହା ଆଉ ସମ୍ଭବ ହେଲାନାହିଁ। ସେମାନେ ମାନ୍ଦ୍ରାଜରୁ ମଧ ଚାଉଳ ଆଣାଇବାର ଚେଷ୍ଟା କରିଥିଲେ, କିନ୍ତୁ ଏ ରତୁରେ ସମୁଦ୍ର ଭିତରେ ମଧ ସ୍ଲୁପ ଡଙ୍ଗା ନେଇଯିବା ସମ୍ଭବ ନଥିଲା। ସେଥିପାଇଁ ସେମାନେ ଭଲ ପାଗକୁ ଅପେକ୍ଷା କରି ରହିଥିଲେ।

ଚାଉଳ ଆସି ପହଞ୍ଚିବା ପରେ ବାଲେଶ୍ୱରରେ ଚାଉଳ ଦର ଟିକିଏ କମିଲା ଏବଂ ପରିସ୍ଥିତିରେ ଅନେକ ସୁଧାର ହେଲା। ବର୍ତ୍ତମାନ ହସ୍ପିଟାଲରେ ୭୦୦ ଜଣ ଅକ୍ଷମ ଓ ରୋଗୀଙ୍କୁ ଖାଇବାକୁ ଦିଆଯାଉଥିଲା। ଧର୍ମଶାଳା ପାଖରେ ଅନ୍ନଛତ୍ର ଖୋଲାଯାଇ ୫୦୦୦ ଲୋକଙ୍କୁ ଭାତ ବଣ୍ଟା ହେଉଥିଲା। ଏତଦ୍ ବ୍ୟତୀତ ଯେଉଁ ୨୦୦୦ କୁଲି ରିଲିଫ ମାଟି କାମ କରୁଥିଲେ, ସେମାନଙ୍କୁ ପ୍ରତିଦିନ ଚାଉଳରେ ମଜୁରୀ ଦିଆଯାଉଥିଲା।

ଅନ୍ନଛତ୍ରରେ କାଙ୍ଗାଲମାନଙ୍କୁ ସମ୍ଭାଳିବା ପ୍ରଥମେ ପ୍ରଥମେ ଅତି କଷ୍ଟକର ଥିଲା। ସେମାନେ ଜାଣି ନଥିଲେ ଏଭଳି ମାଗଣା ଭାତ ବଣ୍ଟା କେତେ ଦିନ ଚାଲିବ; ସେଥିପାଇଁ ସେମାନେ ଯେତେ ପାରିବେ ଖାଉଥିଲେ, କାରଣ କାଲି ହୁଏତ ଆଉ ଖାଇବାକୁ ନ ମିଳେ! ସୁସ୍ଥସବଳ ଲୋକ କାମ ନ କରି ମାଗଣା ଖାଇବାକୁ ଅନ୍ନଛତ୍ରକୁ ଆସୁଥିଲେ ଏବଂ ସେମାନଙ୍କୁ ଜୋର ଜବରଦସ୍ତି ବାହାର ନ କଲେ ଯାଉ ନଥିଲେ। ସବଳ ଲୋକ ଦୁର୍ବଳମାନଙ୍କ ପାଖରୁ ଭାତ ଛଡ଼ାଇ ଖାଇ ଯାଉଥିଲେ। ଥରେ ଜଣେ ଲୋକ ଗୋଟିଏ ସ୍ତୀର ଭାତ ଛଡ଼ାଇ ନେଇଯିବା ବେଳେ ତାର କୋଳରୁ ପିଲାଟିଏ ତଳେ ପଡ଼ି ମରି ଯାଇଥିଲା।

କେବଳ ଅକ୍ଷମ ଓ ଦୁର୍ବଳ ଲୋକ, ସ୍ତ୍ରୀ ଓ ପିଲାମାନଙ୍କ ବ୍ୟତୀତ ଅନ୍ୟ କେହି ଯେପରି ଅନ୍ନଛତ୍ର ଭିତରକୁ ନ ପଶିବେ ସେଥିପାଇଁ ଟିକେଟ ବ୍ୟବସ୍ଥା କରାଗଲା । କିନ୍ତୁ ପରେ ଜଣାଗଲା ଯେ କାଙ୍ଗାଲମାନେ ଏ ଟିକେଟକୁ ବଜାରରେ ଦୁଇ ପଇସା ଦାମରେ ବିକିଦେଇ ନୂଆ ଟିକେଟ ପାଇଁ ଆସି ଛିଡ଼ା ହେଉଥିଲେ । କାଙ୍ଗାଲମାନେ ଦୂର ଦୂରାନ୍ତରୁ ଆସିଥିଲେ ଏବଂ ସେମାନଙ୍କୁ କେହି ଚିହ୍ନି ନ ଥିବାରୁ କାହାକୁ ଆଗରୁ ଟିକେଟ ଦିଆ ହୋଇଛି ଜାଣିବା ସମ୍ଭବ ନଥିଲା । ଏହା ବ୍ୟତୀତ ଲୋକ କାଙ୍ଗାଲମାନଙ୍କ ପାଖରୁ ଟିକେଟ ଚୋରିକରି ନେଉଥିଲେ ବା ଛଡ଼ାଇ ନେଉଥିଲେ । ଏହି ସମୟରେ ଜାଲ ଟିକେଟ ବି ପ୍ରଚଳନ ହେବା ଆରମ୍ଭ ହେଲା; ଅନୁସନ୍ଧାନରୁ ଜଣାଗଲା ଯେ ସ୍କୁଲ ପିଲା ଓ ପୋଲିସବାଲା ଟିକେଟ ଜାଲ କରୁଥିଲେ । ଏହିସବୁ କାରଣରୁ ଅନେକ ସବଳ ଲୋକ ଟିକେଟ ଧରି ଅନ୍ନଛତ୍ରକୁ ଆସିବାରେ ଲାଗିଲେ ଏବଂ ଶେଷରେ ଟିକେଟ ପ୍ରଥା ବନ୍ଦ କରି ଦିଆହେଲା ।

ବାଲେଶ୍ୱରରେ ଆଉ ଗୋଟିଏ ସମସ୍ୟା ଉପୁଜିଲା ମଇଳା ସଫା କରିବା ନେଇ । ଯେତେ ନୀଚ ହାଡ଼ି ଜାତିର ଲୋକ ଥିଲେ ସମସ୍ତେ ଶବ ଉଠାଇବା କାମରେ ନିଯୁକ୍ତ ହୋଇ ଯାଇଥିଲେ ଏବଂ ଅନ୍ୟ ଜାତିର ଲୋକ ଏ କାମ କରିବାକୁ ପ୍ରସ୍ତୁତ ନ ଥିଲେ । ହସ୍ପିଟାଲ ଆଖପାଖ ଏତେ ମଇଳା ହୋଇ ଯାଇଥିଲା ଯେ ସେ ଭିତରକୁ ପଶିବା କଷ୍ଟ ହେଉଥିଲା ।

କାଙ୍ଗାଲମାନଙ୍କ ରହିବା ପାଇଁ ଚାଳି ଘର ଭିତରେ ହୋଇଥିଲା, କିନ୍ତୁ ସେମାନେ ସେଠରେ ନ ରହି ସହରରେ ବୁଲିବୁଲି ଭିଖ ମାଗୁଥିଲେ ଏବଂ ଯାହା ପାଇଲେ ନେଇ ଖାଉଥିଲେ । ସେମାନେ ଅନ୍ନଛତ୍ରରୁ ଦୂରରେ ରହିବାକୁ ଚାହୁଁ ନଥିଲେ ଏବଂ ରାତିରେ ଚାଳିକୁ ନ ଯାଇ ଗଛତଳେ ନ ହେଲେ କାହା ବାରଣ୍ଡାରେ ଶୋଇ ଯାଉଥିଲେ । ସେମାନଙ୍କୁ ଯେଉଁ ଲୁଗା ଦିଆ ହୋଇଥିଲା ଏବଂ ବର୍ଷାରୁ ରକ୍ଷା ପାଇବା ପାଇଁ ଯେଉଁ ତାଳପତ୍ର ଛତା ଦିଆଯାଇଥିଲା, ତାକୁ ବିକିଦେଇ ସେମାନେ ସେ ପଇସାରେ ଅଫିମ କିଣି ଖାଉଥିଲେ ।

ଫକୀରମୋହନ ଇତ୍ୟାଦି ଆଜିକାଲି ଆଉ ଗଡ଼ଗଡ଼ିଆ ଘାଟକୁ ଯାଉ ନଥିଲେ । ଗଡ଼ଗଡ଼ିଆ ଚାରିପାଖେ ଅନେକ କାଙ୍ଗାଲ ରହୁଥିଲେ ଏବଂ ଘାଟ ବହୁତ ଅପରିଷ୍କାର ହୋଇ ରହିଥିଲା । କେବେ କେମିତି ଯାହା ରାସ୍ତାଘାଟରେ ଫକୀରମୋହନ ଓ ରାଧାନାଥଙ୍କର ସାକ୍ଷାତ ହୋଇଯାଉଥିଲା । ମଧୁସୂଦନ ବି ହଠାତ୍ ଏ ଭିତରେ ବାଲେଶ୍ୱରରୁ ଚାଲିଯାଇଥିଲା କାହାକୁ ନ ଜଣାଇ; ଲୋକେ କୁହାକୁହି ହେଉଥିଲେ ଯେ ସେ କଚେରୀ ଟଙ୍କା ତୋଷରପାତ କରି ପଳାଇ ଯାଇଛି ।

ସେ ଦିନ ସନ୍ଧ୍ୟାରେ ରାଧାନାଥ ସ୍କୁଲରୁ ଫେରି ଘର ସାମ୍ନାରେ ବାତି କଲା । ରାସ୍ତାଘାଟରେ କାଙ୍ଗାଲଙ୍କର ମେଳା ଓ ତାଙ୍କର କରୁଣ ସ୍ୱର ବର୍ତ୍ତମାନ ଦେହସୁହା ହୋଇଯାଇଥିଲା, କିନ୍ତୁ ରାଧାନାଥ ଫେରିବାବେଳେ ଗୋଟିଏ ପିଲାକୁ ଗୋଟିଏ ମଣିଷ ହାତଖଣ୍ଡରୁ ଚୋବାଇ କଞ୍ଚାମାଂସ ଖାଉଥିବାର ଦେଖିଥିଲା । ସେ ଏକଥା କହିବାରୁ ସୁନ୍ଦର ନାରାୟଣ ତାକୁ ଗାଳି ଦେଲେ ଏବଂ ବାହାରେ ବୁଲିବାକୁ ମନାକଲେ । ଏହାପରେ ଘର ଭିତରେ ପଶି ଅଗଣାରେ ଗୋଟିଏ ଅସ୍ଥି ଚର୍ମସାର ପିଲାକୁ ବସିଥିବାର ଦେଖି ରାଧାନାଥ ଚମକି ଚିକ୍ରାର କଲା । ଆନନ୍ଦ ବୋଲି ଏଇ ଅନାଥ ପିଲାଟିକୁ ସୁନ୍ଦର ନାରାୟଣ ସେ ଦିନ ସକାଳେ ରାସ୍ତାକଡ଼ରୁ ଉଠାଇ ଆଣିଥିଲେ ।

ପୁରୀ: ଜୁଲାଇ ୧୮୬୬

ପୁରୀରେ ପ୍ରଥମ ଆମଦାନୀ ଚାଉଳ ପହଞ୍ଚିଲା ଅନେକ ଡେରିରେ; ଜୁନ୍ ୩୦ ତାରିଖରେ ୨୫୪୯ ବସ୍ତା ଚାଉଳ ନେଇ ଗୋଟିଏ ସରକାରୀ ଷ୍ଟୀମର ପୁରୀ ଆସିଲା। ଆଉ ଗୋଟିଏ ଷ୍ଟୀମର ଆସି ପହଞ୍ଚିଲା ଜୁଲାଇ ୭ ତାରିଖରେ ୧୨,୪୭୬ ବସ୍ତା ନେଇ। ସେତେବେଳକୁ ବର୍ଷା ରିତୁରେ ପାଗ ଖରାପ ହୋଇ ଷ୍ଟୀମରରେ ଥିବା ବୋଟ ଯୋଗେ ଚାଉଳ ଓହ୍ଲାଇବା ସମ୍ଭବ ନଥିଲା। ସେଠାକୁ କୂଳରୁ ଛୋଟ ଡଙ୍ଗା ଯାଇ ଏ କାମ କରିବା କଥା, କିନ୍ତୁ ପୁରୀରେ ଏଭଳି ଡଙ୍ଗା ବେଶୀ ନଥିଲା। ୧୨ ତାରିଖ ଦିନ ୪୦ ବସ୍ତା ଚାଉଳ ପାଣିରେ ପଡ଼ିଗଲା ଏବଂ ୧୬ ତାରିଖ ଦିନ ଗୋଟିଏ ଡଙ୍ଗା ବୁଡ଼ିଗଲା। ଏହାପରେ ଝଡ଼ ତୋଫାନ ଆରମ୍ଭ ହେବାରୁ କିଛିଦିନ କାମ ବନ୍ଦ ରହିଲା। ୧୯ ତାରିଖ ଦିନ ଗୋଟିଏ ଡଙ୍ଗା ଭାଙ୍ଗିଗଲା ଏବଂ ଆଉ ଗୋଟିଏ ଡଙ୍ଗା ବୁଡ଼ିଗଲା। ଏଥରକ ନୋଳିଆମାନେ ଡଙ୍ଗା ନେଇ ସମୁଦ୍ରକୁ ଯିବାକୁ ଭୟ କଲେ। ପ୍ରତିଦିନ ଡଙ୍ଗା ଭାଙ୍ଗିବାରେ ଏବଂ ବୁଡ଼ିବାରେ ଲାଗିଲା ଏବଂ ବସ୍ତାବସ୍ତା ଚାଉଳ ସମୁଦ୍ର ପାଣିରେ ପଡ଼ି ନଷ୍ଟ ହେଲା। ବାର୍ଲୋ ମଫସଲରୁ ୩୧ ଜଣ କେଉଟଙ୍କୁ ଆଣି ତାଙ୍କୁ ଖୁଆଇ ପିଆଇ ସୁସ୍ଥ କରି କାମରେ ଲଗାଇବାକୁ ଚେଷ୍ଟା କଲେ।

ଜୁଲାଇ ମାସ ଶେଷ ସୁଦ୍ଧା ଷ୍ଟୀମରରୁ ହଜାରେ ବସ୍ତା ଚାଉଳ ବି ଓହ୍ଲାଯାଇ ପାରିଲା ନାହିଁ। ଏ ଭିତରେ ୧୯ ଟିରୁ ୧୫ଟି ଡଙ୍ଗା ନଷ୍ଟ ହୋଇଯାଇଥିଲା, ଦୁଇଜଣ ନୋଳିଆ ମରିଥିଲେ ଏବଂ ତିନିଜଣ ଖଣ୍ଡିଆଖାବରା ହୋଇ ହସ୍ପିଟାଲରେ ପଡ଼ିଥିଲେ। ଜାହାଜ ଯଦି ଆଗରୁ ପଠାଯାଇଥାନ୍ତା ଏ ସମସ୍ୟା ଉପୁଜି ନଥାନ୍ତା। ବର୍ତ୍ତମାନ ପୁରୀ ସମୁଦ୍ର ଭିତରେ ଜାହାଜରେ ଚାଉଳ ପଡ଼ି ରହିଥିବାବେଳେ ସହର ଭିତରେ ଲୋକ ଚାଉଳ ଅଭାବରେ ମରୁଥିଲେ।

ଜୁନମାସ ପର୍ଯ୍ୟନ୍ତ କୁମୁଟିମାନେ ଗୋପାଲପୁରରୁ କିଛି ଚାଉଳ ଆଣି ବିକ୍ରି କରୁଥିଲେ, କିନ୍ତୁ ବର୍ଷା ଦିନ ପରେ ଏହା ବନ୍ଦ ହୋଇଗଲା। ଗୋପାଲପୁରରୁ ୧୫୦୦ ବସ୍ତା ଚାଉଳ ନେଇ ଗୋଟିଏ ଜାହାଜ ପୁରୀ କୂଳରେ ଆସି ପହଞ୍ଚିଲା। ତାକୁ ଓହ୍ଲାଇବା ପାଇଁ ଜାହାଜ ସାଙ୍ଗରେ ଡଙ୍ଗା ଓ ଲୋକ ଥିଲେ, ତେବେ ପାଗ ଏତେ ଖରାପ ହେଲା ଯେ ଜାହାଜଟିର କିଛି ଅଂଶ ଭାଙ୍ଗିଗଲା ଏବଂ ଚାଉଳ ନେଇ ଜାହାଜଟି ପୁଣି ଗୋପାଲପୁରକୁ ଫେରିଗଲା।

ସାଇନ୍‌ ଫଣ୍ଡରୁ ମିଳିଥିବା ପାଞ୍ଚଶହ ଟଙ୍କାରେ ରେଭରେଣ୍ଡ ଡବ୍ଲ୍ୟୁ.ମିଲର ଆସି ପୁରୀରେ ଅନ୍ନଛତ୍ର ଖୋଲିଥିଲେ। ଏଠାରେ ପ୍ରାୟ ତିନିଶହ କାଙ୍ଗାଳଙ୍କୁ ଖାଇବାକୁ ଦିଆ ହେଉଥିଲା। ଜୁଲାଇ ମାସ ବେଳକୁ ଦିନକୁ ହଜାରରୁ ବେଶୀ କାଙ୍ଗାଳ ଏ ଅନ୍ନଛତ୍ରକୁ ଆସୁଥିଲେ। ଏହା ବ୍ୟତୀତ ରିଲିଫ କମିଟିର ସଭ୍ୟମାନଙ୍କୁ ଟିକେଟ ବାଣ୍ଟିବାର ଦାୟିତ୍ୱ ମଧ୍ୟ ଦିଆଯାଇଥିଲା। ଏ ଟିକେଟ ବଦଳରେ କାଙ୍ଗାଳକୁ ଚାଉଳ ଦିଆଯାଉଥିଲା। କିନ୍ତୁ ଦେଖାଗଲା ଯେ କମିଟି ସଭ୍ୟ ମନଇଚ୍ଛା ଟିକେଟ ବାଣ୍ଟୁଥିଲେ ଯାହା ଫଳରେ ଜଣେ ଜଣେ ଲୋକ କୋଡ଼ିଏ ତିରିଶ ସେର ଚାଉଳ ନେଇ ଯାଇଥିଲେ। ଟିକେଟଧାରୀଙ୍କ ଭିତରେ କେତେଜଣ ପଣ୍ଡା ପଣ୍ଡିଆରୀ ମଧ୍ୟ ଥିଲେ। ତେଣୁ ଅନେକଗୁଡ଼ିଏ ଟିକେଟକୁ ନାକଚ କରାଗଲା ଏବଂ କମିଟି ମେମ୍ବରମାନଙ୍କୁ ଏ ବିଷୟରେ ସତର୍କ ହେବାକୁ କୁହାଗଲା।

ଏଇ ସମୟରେ ପୁରୀରେ ଅନେକ ଅନାଥ ପିଲା ଘୁରି ବୁଲୁଥିଲେ। ଏମାନଙ୍କ ବାପ ମା ମରି ଯାଇଥିଲେ ଏବଂ ଏମାନଙ୍କୁ ଦେଖିବାକୁ କେହି ନ ଥିଲେ। ରେଭରେଣ୍ଡ ମିଲର ତାଙ୍କର ଦାୟିତ୍ୱ ନେଇ ତାଙ୍କୁ ଗୋଟିଏ ଜାଗାରେ ରଖିଲେ।

ପୁରୀ ଜିଲ୍ଲାର ଅନ୍ୟ ସ୍ଥାନମାନଙ୍କରେ ବି ଅନ୍ନଛତ୍ର ଖୋଲା ହେଲା। ଖୋର୍ଦ୍ଧା ସବଡ଼ିଭିଜନରେ ବାର୍ଟନଙ୍କ ଅଧୀନରେ ନ'ଟି ଅନ୍ନଛତ୍ର ଖୋଲା ହୋଇ କାଙ୍ଗାଳମାନଙ୍କୁ ରନ୍ଧା ଭାତ ଦିଆଗଲା।

ବର୍ଷା ଆରମ୍ଭ ହେବାରୁ ରିଲିଫ ଓ ଅନ୍ନଛତ୍ର କାମ ଅବ୍ୟବସ୍ଥିତ ହୋଇଗଲା। ଜୁନ ଓ ଜୁଲାଇ ପୁରୀ ଜିଲ୍ଲା ପାଇଁ ଖରାପ ସମୟ ଥିଲା। ଲୋକେ କହୁଥିଲେ ଯେ ଅଗଷ୍ଟ ମାସ ଏହାଠାରୁ ବେଶୀ ଖରାପ ପଡ଼ିବ।

କଟକ: ଅଗଷ୍ଟ ୧୮୬୬

ରେଭେନଶାଙ୍କ ପାଖକୁ ବର୍ତ୍ତମାନ ଯେଉଁସବୁ ରିପୋର୍ଟ ଆସୁଥିଲା, କୌଣସିଟି ଭଲ ନଥିଲା। ଚାଉଲ ଆସି ପହଞ୍ଚିବାରେ ପରିସ୍ଥିତିରେ ଯାହା ସୁଧାର ହୋଇଥାନ୍ତା, ବର୍ଷା ଓ ବନ୍ୟା ଯୋଗୁଁ ବରଂ ଦୁର୍ଗତି ଦେଖାଦେଲା। ଅଗଷ୍ଟ ମାସ ଛ' ତାରିଖରୁ ଝଡ଼ି ବର୍ଷା ଲାଗି ରହିଲା ତିନିଦିନ ଧରି ଏବଂ ମଫସଲକୁ ଚାଉଲ ପଠାଇବା ସମ୍ଭବ ହେଲାନାହିଁ। ନ ତାରିଖରେ ଭାର୍ଗବୀ ନଦୀର ବନ୍ଧ ଭାଙ୍ଗି ଅନେକ ଗୁଡ଼ିଏ ଗାଁ ଭାସିଗଲା।   ଏହା ପରେ ପରେ ଲୁଣା ନଦୀର ଘାଇ ମଧ୍ୟ ଭାଙ୍ଗିଲା। ଚାରିଆଡ଼େ ଏତେ ପାଣି ଭର୍ତ୍ତି ହୋଇଯାଇଥିଲା ଯେ କଟକରୁ ଖୋର୍ଦ୍ଧା ପର୍ଯ୍ୟନ୍ତ ଚାଉଲ ପଠାଯାଇ ପାରିଲା ନାହିଁ ଏବଂ ଖୋର୍ଦ୍ଧାର ରିଲିଫ କେନ୍ଦ୍ର ବନ୍ଦ ହେବା ଉପରେ ହେଲା। ଚାଉଲ ଅଭାବରେ ଟାଙ୍ଗି କେନ୍ଦ୍ର ବନ୍ଦ ହୋଇଗଲା ଏବଂ ହଜାରେ କାଙ୍ଗାଳ ଉପାସରେ ରହିଲେ।

ଜୁଲାଇ ମାସ ଶେଷ ବେଳକୁ ବାଲେଶ୍ୱରକୁ ଆସିଥିବା ଚାଉଲ ସରି ଆସିଲା। ଅଗଷ୍ଟ ମାସରେ ସରକାରୀ ଚାଉଲ ଦୋକାନ ସବୁ ବନ୍ଦ କରିଦେବାକୁ ପଡ଼ିଲା, କାରଣ ଆଉ ଚାଉଲ ନଥିଲା। ଜେଲ ଗୋଦାମରୁ ୫୦୦ ବସ୍ତା ଚାଉଲ ଧାର ଆଣି କୌଣସିମତେ ଅନ୍ନକ୍ଷତ୍ର ଚଲାଇବାକୁ ହେଲା। ଜୁଲାଇ ୨୧ ତାରିଖରେ ଗୋଟିଏ ଜାହାଜ ଚାଉଲ ଆଣି ଆସିଥିଲା କିନ୍ତୁ ଖରାପ ପାଗ ହେତୁ ଏହାକୁ କୂଳରୁ ଆଠ ମାଇଲ ଦୂରରେ ରହିବାକୁ ହେଲା; ଅନେକ ଦିନ ଲଙ୍ଗର ପକାଇ ରହିବା ପରେ ଅବସ୍ଥାରେ କୌଣସି ଉନ୍ନତି ନ ଦେଖି ଜାହାଜଟି ଫେରିଗଲା। ଲୋକଙ୍କ ମୁହଁରୁ କିଏ ଯେମିତି ଭାତ ଛଡ଼ାଇ ନେଲା।

ଚାଉଲ ଅଭାବରେ ବାଲେଶ୍ୱର ସହରରେ ଅଗଷ୍ଟ ମାସର ପ୍ରଥମ ବାର ଦିନରେ ୧୦୧୩ ଜଣ

ମରି ଯାଇଥିଲେ। ଅଗଷ୍ଟ ମାସ ଆଠ ତାରିଖରେ ଝଡ଼ ବର୍ଷା ହେଲା; ସେଇ ଦିନଟିରେ ୨୪୫ ଜଣ ମରିଗଲେ ଏବଂ ତା'ପରଦିନ ୧୫୧ ଜଣ। ପୋଲିସର ବର୍ତ୍ତମାନ ପ୍ରଧାନ କାମ ଥିଲା ଶବକୁ ନେଇ ଫିଙ୍ଗିବା। ଏଥିପାଇଁ ଚାରିଟି ଗାଡ଼ି ବ୍ୟବହାର କରା ହେଉଥିଲା ଏବଂ ସବୁ ଶବକୁ ନେଇଯିବାପାଇଁ ତିନି ଦିନ ଲାଗିଥିଲା।

ବର୍ଷା ଏବଂ ନଈରେ ପାଣି ଆସିଯାଇ ରାସ୍ତା ସବୁ ବନ୍ଦ ହୋଇଯିବାରୁ ମଫସଲର ପରିସ୍ଥିତି ଆହୁରି ଖରାପ ହୋଇଗଲା। ଧାମନଗରରେ ଦର ହୋଇଗଲା ଟଙ୍କାରେ ସେରେ ଚାଉଳ। ଭଦ୍ରଖରେ ଚାଉଳ ସରିଯିବାରୁ ଚାଉଳ ବଦଳରେ ରିଲିଫ ଦିଆଗଲା ଟଙ୍କାରେ।

କଟକ ଜିଲ୍ଲାରେ ମଧ୍ୟ ବର୍ଷା ଓ ବନ୍ୟା ଯୋଗୁ ଲୋକଙ୍କ ଦୁର୍ଦ୍ଦଶା ବଢ଼ି ଚାଲିଥିଲା। ଜୁନ ମାସରେ ହଜାରେ ଲୋକଙ୍କୁ ଚାଉଳ ବଣ୍ଟା ଯାଉଥିବା ସ୍ଥଳେ ଜୁଲାଇ ମାସରେ ଏ ସଂଖ୍ୟା ଆଠ ହଜାରରେ ପହଞ୍ଚିଲା। ବର୍ଷା ବନ୍ୟା ଅନାହାରରେ ଲୋକ ପୋକମାଛି ଭଲି ମରୁଥିଲେ। କଟକ ସହରରେ ଜଣେ ପୋଲିସ ଇନ୍ସପେକ୍ଟର ଗୋଟିଏ ଦିନରେ ଦୁଇଶହ ଶବ ନେଇ ଆନିକଟ ବାଲିରେ ପୋତିଥିଲେ।

ଅଗଷ୍ଟ ୨୦ ତାରିଖରେ ଆସିସ୍ଟାଣ୍ଟ ମାଜିଷ୍ଟେଟ କର୍କଉଡ଼ ତାଳଦଣ୍ଡା ରିଲିଫ କେନ୍ଦ୍ର ଦେଖିବାକୁ ଗଲେ। ଦି ମାସ ତଳେ ସେ ଏଠାର ସମସ୍ତ ବ୍ୟବସ୍ଥା କରି ଯାଇଥିଲେ। ବର୍ତ୍ତମାନ କିନ୍ତୁ ପାଣି ମାଡ଼ି ଗୋଦାମ, ରୋଷେଇଘର ସବୁ ନଷ୍ଟ ହୋଇ ଯାଇଥିଲା। ସେ ରଖି ଆସିଥିବା ମ୍ୟାନେଜର କାଙ୍ଗାଲୀ ଓରଫ ଜନ ମଧ୍ୟ ତା' କାମ ଠିକ୍ ଭାବେ କରୁ ନଥିଲା ଏବଂ କେନ୍ଦ୍ରର ଲୋକମାନେ କାଙ୍ଗାଲମାନଙ୍କୁ ନାନା ଭାବେ ହଇରାଣ କରୁଥିଲେ। ସେଠାରେ କାଗଜପତ୍ର ଦେଖି ଏବଂ ଲୋକମାନଙ୍କର ଆପଇ ଅଭିଯୋଗ ଶୁଣି କର୍କଉଡ଼ ତତ୍କ୍ଷଣାତ୍ କାଙ୍ଗାଲୀ ମହାପାତ୍ରକୁ ଧକ୍କା ଦେଇ ବାହାର କରିଦେଲେ ଏବଂ କେନ୍ଦ୍ର ସମସ୍ତଙ୍କ ନାଁରେ କେସ କରିବାକୁ ଆଦେଶ ଦେଲେ।

ବର୍ଷା ରତୁରେ ଓଡ଼ିଶା ଚାରିଆଡୁ ବିଚ୍ଛିନ୍ନ ହୋଇଗଲା ଏବଂ ବାହାରୁ ଚାଉଳ ଆଣି ଓଡ଼ିଶାରେ ପହଞ୍ଚାଇବା ଅସମ୍ଭବ ହେଲା। ଓଡ଼ିଶାର ଅବସ୍ଥା ହୋଇ ଯାଇଥିଲା ସମୁଦ୍ର ମଝିରେ ଥିବା ଜାହାଜ ଭଲି, ଯାହାର ସବୁ ଖାଇବା ଜିନିଷ ସରିଯାଇଛି। ଏଇ ସମୟରେ ଓଡ଼ିଶାକୁ ଯାହା ଚାଉଳ ଆସିଥିଲା, ତାର ପ୍ରତ୍ୟେକଟି ବସ୍ତା, ସେ ବିକ୍ରି ହେଲା, ବଣ୍ଟା ହେଲା ବା ଚୋରିରେ ଗଲା, ଗୋଟିଏ ଜୀବନକୁ ରକ୍ଷା କରିଥିଲା।

ଦୁର୍ଭିକ୍ଷ ଯୋଗୁ ଏକ ଅଭୁତ ଲାଭ ହୋଇଥିଲା କଟକ ପ୍ରିଣ୍ଟିଂ କମ୍ପାନୀର। ଏ ପର୍ଯ୍ୟନ୍ତ କେବଳ ଇଂରାଜୀ ଟାଇପ ଅଣାଯାଇଥିବାରୁ ଇଂରେଜୀ ଛାପା ହିଁ ସମ୍ଭବ ଥିଲା ଛାପାକଳରେ। ଯଦିଓ ସେମାନେ ସରକାରଙ୍କ ପାଇଁ ଫର୍ମ ଇତ୍ୟାଦି ଛପାଇ ପାରିଥାନ୍ତେ, ଏସବୁ ଆସୁଥିଲା କଲିକତାରୁ। ଦୁର୍ଭିକ୍ଷ ଯୋଗୁଁ ଅନେକ ପ୍ରକାରର ନୂଆ ଫର୍ମମାନ ଦରକାର ହେଲା ଏବଂ ଜୁଲାଇ ମାସରୁ ପ୍ରିଣ୍ଟିଂ କମ୍ପାନୀକୁ ପ୍ରଚୁର କାମ ମିଳିବାରେ ଲାଗିଲା। ବର୍ତ୍ତମାନ ଜଗମୋହନ ରାୟଙ୍କ ବୈଠକଖାନାରେ ଦିନରାତି ପ୍ରେସ କାମ ଚାଲିଥିଲା ଏବଂ ଅଫିସ କାମ ଛାଡିଦେଲେ ଗୌରୀଶଙ୍କର ପ୍ରେସ ପାଖରେ ସାରା ସମୟ କଟାଉଥିଲେ। ପ୍ରେସର କାମ ଦେଖିବା ସଙ୍ଗେ ସଙ୍ଗେ ସେ ସେଠାରେ ବସି ବନମାଳୀ ସିଂହଙ୍କ ସହିତ ମିଶି ଉପେନ୍ଦ୍ର ଭଞ୍ଜଙ୍କ ପ୍ରେମସୁଧାନିଧିର ଟୀକା ମଧ୍ୟ ତିଆରି କରୁଥିଲେ। ବିଚିତ୍ରାନନ୍ଦ ଓ ସେ ନିଷ୍ପତ୍ତି କରିଥିଲେ ଯେ ଶୀଘ୍ର ଓଡ଼ିଆ ପତ୍ରିକା ବାହାର କରିବେ ଏବଂ ଓଡ଼ିଆ ଟାଇପ ନ ମିଳିଲେ ହାତ ଲେଖା ପଥର ଛାପାରେ ଛାପା ହୋଇ ଏହା ବାହାରିବ।

ଅଗଷ୍ଟ ୪ ତାରିଖ ଶ୍ରାବଣ ୨୨ ଦିନ ସନ ୧୨୭୩ ସାଲରେ 'ଉତ୍କଳ ଦୀପିକା' ନାଁ ଦେଇ ପ୍ରଥମ ପତ୍ରିକା ପ୍ରକାଶ ପାଇଲା। ଏଇଟି ପଥର ଛାପା ବା ଲିଥୋ ପ୍ରଣାଳୀରେ ମୁଦ୍ରିତ ହୋଇଥିଲା ଏବଂ ଏହାର ମୂଲ୍ୟ ଥିଲା ଚାରିଅଣା। କଟକର ସମସ୍ତ ଜାଣିବା ଶୁଣିବା ଲୋକଙ୍କ ହାତରେ ସେ ଦିନ ଗୋଟିଏ ଗୋଟିଏ ଦୀପିକା ଥିଲା। ଏ ସଂଖ୍ୟାରେ ବିଶେଷରେ ଦୁର୍ଭିକ୍ଷ ବିଷୟରେ ଆଲୋଚନା ହୋଇଥିଲା ଏବଂ ରିଲିଫ କାମର ତ୍ରୁଟିମାନ ଦେଖାଇ ଦିଆଯାଇଥିଲା। ଲୋକେ ଜାଣିଲେ ଯେ ଏଇ ପତ୍ରିକାଟି ଓଡ଼ିଶାର ବିବେକ ରକ୍ଷକର କାମ କରିବ।

ଗୌରୀଶଙ୍କରଙ୍କର ବର୍ତ୍ତମାନ ସବୁ ସମୟ ଯାଉଥିଲା ଦୀପିକା ପାଇଁ ଖବର ସଂଗ୍ରହ କରିବାରେ ତଥା ଲେଖା ତିଆରି କରିବାରେ। ସେ ଅଗଷ୍ଟ ମାସରେ କଟକର ଅନ୍ନଛତ୍ର ଓ ଚାଉଳ ବିକ୍ରୟ କେନ୍ଦ୍ର ଯାଇ ଦେଖି ଏ ବିଷୟରେ ଲେଖିଲେ:

ଗତ ରବିବାର ଦିନ ଲାଲବାଗ ଅନ୍ନଛତ୍ରକୁ ଯାଇ ଆମ୍ଭେମାନେ ଦେଖିଲୁ ଯେ ପାଚକ ବ୍ରାହ୍ମଣ ଓ ଜମାଦାର ସେଠାରେ ମାଲିକ ହୋଇଅଛନ୍ତି। କେତେ ଟିକେଟ ପାଇଥିବା ବ୍ୟକ୍ତି କିଛି ନ ପାଇ ଫେରିଗଲେ। ସେଠାରେ ଜଣେ ଚାକର ଆମ୍ଭଙ୍କୁ କହିଲା ଯେ ସେମାନଙ୍କୁ ତିନି ଘଣ୍ଟା ସମୟରେ ଆସିବାକୁ କୁହାଯାଇଥିଲା, ସେମାନେ ସମୟାନୁସାରେ ନ ଆସିଲେ, ଭାତ ସରିଗଲା, ତାହାଙ୍କୁ କେଉଁଠାରୁ ଦେବୁ? ମାତ୍ର ସେହିକ୍ଷଣି ଦୁଇଜଣ ବୈରାଗୀ ଭାତ ନେଇଯିବାର ଆମ୍ଭେ ଦେଖିଲୁ। ସେହିଠାରେ ଏକ ବୃଦ୍ଧା ସ୍ତ୍ରୀଠାରୁ ଶୁଣିଲୁ ଯେ ସେଠାର ଚାକରମାନେ ଯେ ପ୍ରକାର ପ୍ରହାର ଦେଉଅଛନ୍ତି ସେଥିରେ ଅସ୍ଥିଚର୍ମାବଶିଷ୍ଟ ଦୁର୍ଭିକ୍ଷ ପୀଡ଼ିତ ଲୋକଙ୍କର ଅନ୍ନକ୍ଷରୁ ଯଦି ବା ପ୍ରାଣ ବଞ୍ଚେ ଏ ପ୍ରକାରରେ ମରିଯିବେ। ଜଣେ ଉତ୍ତମ ତତ୍ତ୍ୱାବଧାରକ ରଖିବା ଉଚିତ। ଛୋଟ ଲୋକଙ୍କ ଉପରେ ଭାର ଦେଇ ନିଶ୍ଚିନ୍ତ ରହିଲେ କେବେ କାର୍ଯ୍ୟ ସୁସାର ରୂପେ ଚଳିବ ନାହିଁ।

କି ଆଶ୍ଚର୍ଯ୍ୟ! ବିନା ପ୍ରହାରରେ କି ସରକାରର ଚାଉଳ ବ୍ୟବସାୟ ଚଳିପାରେ ନାହିଁ? ଚାନ୍ଦିନୀଚୌକର ବିକ୍ରି ଗୋଦାମ ଦେଖିବାକୁ ଯାଇ ଆମ୍ଭମାନଙ୍କର ଏହି ଜ୍ଞାନ ହେଲା ଯେ ସେଠାରେ କେବଳ ପ୍ରହାରରେ ବଜାର ବସିଅଛି। ୨୧ ତାରିଖ ବିକ୍ରି ଦିନ ସାହେବ ଆସି ନଥିଲେ। ପ୍ରହରୀମାନେ ଅତି ଯତ୍ନରେ ସୁଦ୍ଧା ଲୋକଙ୍କୁ ନିବାରଣ କରିପାରୁ ନଥିଲେ। ଯାହାର ଶରୀରରେ ବଳ ଥିଲା ଅଥବା ଖଣ୍ଡେ କଳା କୁନ୍ଥାରେ ଆବୃତ ଥିଲା ସେହି ମନୁଷ୍ୟମାନେ କୌଣସି ପ୍ରକାରରେ ଚାଉଳ ଘେନି ଆସୁଥିଲେ। ଦୁଃଖୀମାନେ ସ୍ୱଭାବତଃ ନିର୍ବଳ ଥିବାରୁ ପେଟର ବେଦନା ନିବାରଣ ଆଶାରେ ଦ୍ୱାର ପର୍ଯ୍ୟନ୍ତ ଯିବା ମାତ୍ରକେ ପିଠିର ବ୍ୟଥା ନିବାରଣ ପୂର୍ବକ ତୃପ୍ତିଲାଭ କରି ଫେରି ଆସୁଥିଲେ। ଲୋଭ ଯେ ସର୍ବ ଅମଙ୍ଗଳର ମୂଳ ଏଥିରେ ବି ଲକ୍ଷଣ ଦୃଷ୍ଟାନ୍ତ ଏହି ସ୍ଥାନରେ ଦେଖାଗଲା।

ଅଗଷ୍ଟ ମାସ ପ୍ରଥମ ସପ୍ତାହ ପରେ ଛୋଟଲାଟ ପୁଣି ଦାର୍ଜିଲିଂ ଚାଲିଗଲେ। ଦୀପିକା ଏ ବିଷୟରେ ମଧ୍ୟ ଚୁପ୍ ରହିଲା ନାହିଁ:

ଇଂଲିଶମ୍ୟାନ ପତ୍ରରୁ ଅବଗତ ହେଲୁ ଯେ ଏ ମାସର ପ୍ରଥମ ସପ୍ତାହରେ ଲେଫ୍ଟିନାଣ୍ଟ ଗଭର୍ଣର ପୁନର୍ବାର ଦାର୍ଜିଲିକୁ ଗମନ କରିଅଛନ୍ତି। ଶରୀର ଅସୁସ୍ଥତା ଏହାର କାରଣ ଥିବାର ଶୁଣାଯାଉଅଛି। ଏଠାର ଲୋକେ ଦୁର୍ଭିକ୍ଷରେ କ୍ଲେଶ ପାଇ ମରୁଅଛନ୍ତି, ଏ ସମୟରେ ସେ ଦୁର୍ଭିକ୍ଷ ପୀଡ଼ିତ ସ୍ଥାନମାନ ଭ୍ରମଣ କରି ଲୋକମାନଙ୍କର ଦୁଃଖ ନିବାରଣର ଉପାୟ କରିବେ ନା ଆପଣା ଶରୀର ସୁସ୍ଥତା ନିମନ୍ତେ ପର୍ବତ ଶିଖରୋପରି ନିର୍ଜନରେ ରହିଲେ।

କଟକ: ନଭେମ୍ବର ୧୮୬୬

ସେପ୍ଟେମ୍ବର ମାସରୁ ଦୁର୍ଗତି ସାମାନ୍ୟ କମିଲା, କାରଣ ଏ ଭିତରେ ଓଡ଼ିଶାକୁ ଆହୁରି ଚାଉଳ ଆସିଥିଲା ଏବଂ ରିଲିଫ କାମ ପରିଚାଳନାରେ ଉନ୍ନତି ହୋଇଥିଲା । ତଥାପି ଅନେକ ଲୋକ ଦୁର୍ଦ୍ଦଶାଗ୍ରସ୍ତ ଥିଲେ ଏବଂ ଚାଉଳର ଦର ଥିଲା ଟଙ୍କାରେ ପାଞ୍ଚ ଛ'ସେର । ତା' ବ୍ୟତୀତ ଲୋକମାନେ ଅନେକ ଦିନ ଧରି ଖାଇବାକୁ ନ ପାଇ ରହିଥିବା ପରେ ହଠାତ୍ ଖାଇବାକୁ ପାଇ ରୋଗରେ ପଡ଼ି ମରିବାକୁ ଲାଗିଲେ । ଅକ୍ଟୋବର ମାସରେ ମଧ୍ୟ ଏଭଳି ପରିସ୍ଥିତି ରହିଲା । ନଭେମ୍ବର ମାସରେ ଯେତେବେଳେ ଫସଲ କଟା ଆରମ୍ଭ ହେଲା, ଦୁର୍ଭିକ୍ଷର ପ୍ରକୋପ ସରିଲା ବୋଲି ଜଣାଗଲା । ଅତି ଦୁସ୍ଥ ଓ କାଙ୍ଗାଲ, ରୋଗୀ, ବିଧବା ସ୍ତ୍ରୀ ଓ ପିଲାଙ୍କୁ ଛାଡ଼ିଦେଲେ ଅନ୍ୟ ସମସ୍ତେ ନିଜ ନିଜର ପୂର୍ବ ସ୍ଥାନ ଓ କାମକୁ ଫେରିଗଲେ । କଲିକତାରେ ଯାଇ ପହଞ୍ଚିଥିବା ଓଡ଼ିଆ କାଙ୍ଗାଲମାନଙ୍କୁ କିଛି ଚାଉଳ, ପିନ୍ଧିବା ଲୁଗା ଓ ତିନିଟଙ୍କା ଲେଖାଏଁ ଦେଇ ଜାହାଜ ଯୋଗେ ଓଡ଼ିଶାକୁ ପଠାଇ ଦିଆଗଲା । ଓଡ଼ିଶା ଉପରୁ ବର୍ତ୍ତମାନ ଯେମିତି ମୃତ୍ୟୁ ଓ ସର୍ବନାଶର କଳା ଛାଇ ଘୁଞ୍ଚିଯାଇଥିଲା ।

ଏଥ ସଙ୍ଗେ ସଙ୍ଗେ ଦିନରାତି କାମରେ ଲାଗି ରହିଥିବା ଅଫିସରମାନେ ମଧ ଶାନ୍ତିର ନିଶ୍ୱାସ ନେଲେ । ସେ ଦିନ ସନ୍ଧ୍ୟାରେ ଷ୍ଟେସନ କ୍ଲବର ଅନ୍ଧାରୁଆ କଣରେ ହାତରେ ଗୋଟିଏ ଗୋଟିଏ ବ୍ରାଣ୍ଡି ଗ୍ଲାସ ଧରି ବସିଥିଲେ ଖୋର୍ଦ୍ଧାର ଆସିଷ୍ଟାଣ୍ଟ କଲେକ୍ଟର ଇ.ଜେ.ବାର୍ଟନ, ଯାଜପୁର ଆସିଷ୍ଟାଣ୍ଟ କଲେକ୍ଟର ଜେ.ଏସ୍.ଆର୍ମଷ୍ଟ୍ରଙ୍ଗ ଏବଂ ରିଲିଫ ମାଜିଷ୍ଟ୍ରେଟ ଟି.ଏମ୍.କର୍କଉଡ଼ । ତିନିହେଁ ଯୁବକ ଥିଲେ, କିଛି ବର୍ଷ ଆଗରୁ ଚାକିରିରେ ଯୋଗ ଦେଇଥିଲେ ଏବଂ ଭାରତ ଏମାନଙ୍କ ପାଇଁ ନୂଆ ଅନୁଭୂତି ଥିଲା । ତା' ଉପରେ ହଠାତ୍ ଏକ ଭୀଷଣ ଦୁର୍ଭିକ୍ଷର ଦାୟିତ୍ୱ ଆସି ସେମାନଙ୍କ ମୁଣ୍ଡ ଉପରେ ପଡ଼ିଥିଲା । ରିଲିଫ

କାମରେ ବ୍ୟସ୍ତ ରହି ଅଫିସରମାନଙ୍କର କ୍ଲବ ଆସିବା ଅନେକ କମି ଯାଇଥିଲା। ସେମାନଙ୍କର ଯାହା କେବେ କେମିତି ଦେଖା ହେଉଥିଲା ସନ୍ଧ୍ୟାବେଳେ ବ୍ୟାଣ୍ଡ ପାଖରେ। ଆଜି ଅନେକ ଦିନ ପରେ ତିନି ଜଣ କ୍ଲବରେ ଏକାଠି ହୋଇଥିଲେ।

ରେଭେନଶା ଆସି ତାଙ୍କ ପାଖରେ ବସି କିଛି ସମୟ ପରେ ଉଠି ଚାଲିଯାଇଥିଲେ। ସେ ସେଇଦିନ କେନ୍ଦ୍ରାପଡ଼ା ଗସ୍ତରୁ ଫେରିଥିଲେ ଏବଂ ତାଙ୍କର ମନ ଭଲ ନଥିଲା। ଦୁର୍ଭିକ୍ଷ ଅବସ୍ଥା ସୁଧୁରିଥିଲା ସିନା, କିନ୍ତୁ ସବୁଆଡ଼େ ଦୁର୍ଭିକ୍ଷର କିଛି କିଛି ସ୍ମାରକ ରହି ଯାଇଥିଲା। କେନ୍ଦ୍ରାପଡ଼ାରୁ ଫେରିବାବେଳେ ସେ ସାରା ରାସ୍ତା ନରକଙ୍କାଳ ପଡ଼ିଥିବାର ଦେଖିଥିଲେ। ଦଶମାଇଲ ରାସ୍ତା ଭିତରେ ସେ ୨୩୮ଟି ମଣିଷ ଖପୁରି ପଡ଼ିଥିବାର ଗଣିଥିଲେ। ଏହା ବ୍ୟତୀତ ଆଉ ଗୋଟିଏ କରୁଣ ଦୃଶ୍ୟ ସେ ଭୁଲି ପାରୁ ନଥିଲେ। କେନ୍ଦ୍ରାପଡ଼ା ସବଡିଭିଜନ ଅଫିସ ପାଖରେ ଜଣେ ସ୍ତ୍ରୀଲୋକ ଗୋଟିଏ ଛୁଆକୁ ଧରି ତାଙ୍କ ପାଦତଳେ ପଡ଼ିଗଲା, ରେଭେନଶା ଯେତେବେଳେ ତାକୁ ଉଠାଇବାକୁ ଗଲେ, ସ୍ତ୍ରୀଦେହରେ ଜୀବନ ନଥିଲା।

ରେଭେନଶା ଚାଲିଯିବା ପରେ କିଛି ସମୟ ତାଙ୍କୁ ଠଟ୍ଟା କଲେ ଯୁବକ ଅଫିସରମାନେ। ସେମାନେ ଯେତେବେଳେ ଏକାଠି ହେଉଥିଲେ ରେଭେନଶାଙ୍କ କାମ କରିବା ଭଙ୍ଗୀର ନିଶ୍ଚୟ ଆଲୋଚନା କରୁଥିଲେ। ରେଭେନଶା ଲୋକ ହିସାବରେ ଅତି ଉତ୍ତମ ଥିଲେ, କିନ୍ତୁ ତାଙ୍କର ବିଚାର ବୁଦ୍ଧି ଓ କାମ ଥିଲା ଅଭୁତ ପ୍ରକାରର। ତେବେ ଆଜି ଅଫିସରମାନେ କମିଶନର ବା ଦୁର୍ଭିକ୍ଷ ବିଷୟରେ ଆଲୋଚନା ନ କରି ଆଲୋଚନା କରୁଥିଲେ ଉତ୍କଳ ଦୀପିକା କଥା ଏବଂ ବିଶେଷରେ ଏଥିରେ ପ୍ରକାଶ ପାଉଥିବା ଇଂରେଜ ଅଫିସରଙ୍କ ସମାଲୋଚନା କଥା। ଏପରି କୌଣସି ଖବର ନଥିଲା, ସେ ଛୋଟ ହେଉ ବା ବଡ଼ ହେଉ, ଯାହା ଦୀପିକା ଆଖିରେ ପଡ଼ୁ ନଥିଲା। ଅଗଷ୍ଟ ମାସରେ କର୍କଉଡ଼ ତାଲଦଣ୍ଡା ରିଲିଫ କେନ୍ଦ୍ର ପରିଦର୍ଶନ କରି ଫେରିବା ପରେ ବାହାରିଥିଲା:

ଆମ୍ଭେମାନେ ଅବଗତ ହେଲୁ ଯେ ତାଲଦଣ୍ଡା ମୁକାମର ଚାଉଳ ଦାରୋଗା କାଙ୍ଗାଲୀ ମହାପାତ୍ର ଓ ତାହାର ଅଧୀନ ଚପରାସୀ ଦଣ୍ଡିଦାର ଓଗେର ସରକାରୀ ଚାଉଳ କି ରୂପେ ଅପବ୍ୟୟ କରିବାରୁ କର୍ମଚ୍ୟୁତ ହୋଇ ଫୌଜଦାରୀ ସପୋର୍ଟ ହୋଇଅଛନ୍ତି। ମକଦ୍ଦମା କେନ୍ଦ୍ରାପଡ଼ା ଆସିଷ୍ଟାଣ୍ଟ ମେଜେଷ୍ଟରଙ୍କ ସାକ୍ଷାତରେ ଉପସ୍ଥିତ ଅଛି। ଆମ୍ଭେମାନେ ଶୁଣିଅଛୁ ଯେ ମହାପାତ୍ର ମଜକୁର ଖ୍ରୀଷ୍ଟିଆନ ଥିବାରୁ ପାଦ୍ରୀ ସାହେବଙ୍କ ସୁପାରିଶ ମତେ ନିଯୁକ୍ତ ହୋଇଥିଲା। ମାତ୍ର ସ୍ୱୟଂ କାଙ୍ଗାଲୀ ଯେବେ କାଙ୍ଗାଲୀଙ୍କ ଦୁଃଖ ନ ବୁଝିବ ତେବେ ସେଥିରେ କାହାର ଦୋଷ ଦିଆ ଯାଇପାରେ ?

ଆଉ ଗୋଟିଏ ସମାଦରେ ବାଲେଶ୍ୱରର ଇଞ୍ଜିନିୟର ଫେରନ ସାହେବ ଗୋଟିଏ କୁଲିକୁ ମାଡ଼ ଦେଇ ମାରି ଦେଇଥିବା ଏବଂ ମାଜିଷ୍ଟ୍ରେଟ ବିଚାର କରି ଫେରନଙ୍କୁ ଛାଡ଼ି ଦେଇଥିବାର ସମାଲୋଚନା କରାଯାଇଥିଲା।

ଦୀପିକାର ପ୍ରଧାନ ଶରବ୍ୟ ଥିଲେ କର୍କଉଡ଼। ପତ୍ରିକାର ସେପ୍ଟେମ୍ବର ୨୯ ସଂଖ୍ୟାରେ ତାଙ୍କ ବିଷୟରେ ଦୀର୍ଘ ଲେଖା ବାହାରିଥିଲା। ଅଗଷ୍ଟ ୨୫ ତାରିଖରେ ସେ ଅନ୍ନଛତ୍ର ତଦାରଖ ପାଇଁ ଯାଇ ଜୟପୁର କୋଠିରେ ଥିଲେ ଏବଂ ରାତି ତିନିଟା ସମୟରେ ନଈ ପାରି ହେବାପାଇଁ ଇଜରାଦାରକୁ ତା' ଘରୁ ଡକାଇ ପଠାଇଥିଲେ। 'ଇଜରାଦାର ସାହେବଙ୍କ ଆଜ୍ଞା ପ୍ରତିପାଳନରେ ତତ୍ପର ନ ହୋଇ କିଛି ଓଜର କରିବା ମାତ୍ରକେ ସାହେବ ରାଗାନ୍ଲେ ପତିତ ହୋଇ ତାହା ମସ୍ତକରେ ସ୍ୱହସ୍ତେ ପଞ୍ଚ ସାତ

ଚପେଟାଘାତ କଲେ ଓ ତାହା ଚୁଟି ଧରି ତଳେ କର୍କଟା ଉପେର ଘୋଷାଡ଼ିଲେ। ଏଥରେ ମଧ ସାହେବଙ୍କର ରାଗ ଶାନ୍ତ ନ ହେବାରୁ ଚପରାସୀକୁ ହୁକୁମ ଦେବାରୁ ସେ ଏକ ବାଡ଼ିରେ ତାକୁ ଅନେକ ପ୍ରହାର କଲା। ଏଥରେ ତାହାର ଅଧିକ ଶାରୀରିକ ପୀଡ଼ା ହୋଇଥିଲା ଏବଂ ଡାକ୍ତର ସାହେବଙ୍କର ସାର୍ଟିଫିକେଟରୁ ପ୍ରକାଶ ଯେ ତାହାର ହସ୍ତରେ ଏ ଶକ୍ତ ଆଘାତ ହୋଇଅଛି। ଏ ମକଦମା ଶ୍ରୀଯୁକ୍ତ ଟେଲର ସାହେବ ଦିପୋଟୀ ମେଜେଷ୍ଟରଙ୍କୁ ସାପୋର୍ଡ ହୋଇଥିଲା, ମାତ୍ର ନିରୂପିତ ତାରିଖରେ ଦାବୀ ଅଦାଲତରେ ଉପସ୍ଥିତ ନ ହେବାରୁ ମକଦମା ଡିସମିସ ହୋଇଗଲା।'

ଏହି ବିବରଣୀ ସହିତ ଦୀପିକା କର୍କଭଡ଼ଙ୍କ ପୂର୍ବ କେତେକ ଆଚରଣର ତାଲିକା ମଧ୍ୟ ଦେଇଥିଲେ, ଯଥା: ସରକାରୀ ଚାଉଳ ଗୋଦାମ ତଦାରଖ କରିବାକୁ ଯାଇଥିବାବେଲେ ସେଠାରେ ଚାଉଳ ଦାରୋଗା ଦୁର୍ଲ୍ଲଭନାଥ ରାୟ ଉପସ୍ଥିତ ନଥିବାରୁ କର୍କରଡ଼ ତା' ଘରକୁ ଯାଇ ତାକୁ ମାରପିଟ କରିଥିଲେ ଏବଂ ଦୁର୍ଲ୍ଲଭନାଥ ଇସ୍ତଫା ଦେଇଥିଲା। କିଛି ଦିନ ପରେ ମଥୁରା ମୋହନ ସେନ ବୋଲି ଚାଉଳ ଦାରୋଗାକୁ ପିଟିବାରେ ସେ ମଧ ଇସ୍ତଫା ଦେଇଥିଲା। ତା'ପରେ ସଦର ଓଭରସିଅର କାହ୍ନୁରାମ ଚକ୍ରବର୍ତ୍ତୀଙ୍କ ପାଲି ପଡ଼ିଲା। ତାକୁ ଏତେ ମାଡ଼ ହୋଇଥିଲା ଯେ ସେ ଦିନ ଦିନ ବିଛଣାରୁ ଉଠି ପାରି ନ ଥିଲା। ଲାଲବାଗ ଅନ୍ନଛତ୍ରରେ ଜଣେ ବ୍ରାହ୍ମଣ ରୋଷେଇଆ ଭାତ ରାନ୍ଧିବାରେ ଡେରି କରିବାକୁ କର୍କଡ଼ଙ୍କ ମାଡ଼ର ଶିକାର ହେଲା। କିଛିଦିନ ପରେ କନଷ୍ଟେବଲ ମଧୁ ବେହେରାକୁ ମାଡ଼ ଦେବାରେ ସେ ପୋଲିସ ସୁପରିନଟେଣ୍ଡେଣ୍ଟଙ୍କ ପାଖରେ ଗୁହାରି କଲା; କଥା କଲେକ୍ଟରଙ୍କ ପାଖକୁ ଗଲା ଏବଂ କର୍କଭଡ଼ଙ୍କ ପାଖକୁ ତାଗିଦ କରି ଚିଠି ଆସିଲା।

ଦୀପିକା କର୍କଉଡ଼ଙ୍କ ନାଁ ଦେଇଥିଲା 'ମାରହତା ଫିରିଙ୍ଗ' ଏବଂ ଲେଖିଥିଲା: କର୍କଭଡ଼ ସାହେବ ଆପଣା ଚରିତ୍ର ସଂଶୋଧନପୂର୍ବକ ଶାନ୍ତ ସ୍ୱଭାବ ଧାରଣ ନ କଲେ ପ୍ରଜାମାନଙ୍କର ମନୋନୀତ ହାକିମ ହୋଇପାରିବେ ନାହିଁ ଓ ତାଙ୍କ ପ୍ରତି ସର୍ବସାଧାରଣଙ୍କର ହତଶ୍ରଦ୍ଧା ହେବ।

ଏ ଖବର ବାହାରିବା ପରେ ଦୁର୍ଭିକ୍ଷ ସମ୍ପର୍କରେ ଯେଉଁ ଗୀତଟି ପ୍ରକାଶ ପାଇଲା ସେଠାରେ କର୍କଭଡ଼ଙ୍କ ବିଷୟରେ ଏପରି ବର୍ଣ୍ଣନା ଥିଲା:

ପିଟନ୍ତି କର୍କୁଟ   ନାହିଁ ତ ଆକଟ

ପାନ୍ତି ଯାକୁ ଯେଉଁଠାରେ

କିଛି ହେଲେ ଉଣା   ନାହିଁ ବୁଝାମଣା

ଦିଅନ୍ତି ଆଗେ ପାହାରେ।

ସାହେବ ଅଫିସରମାନେ ଭାରତ ଆସିବା ବେଲେ ତାଙ୍କୁ ଗୋଟିଏ ବିଶେଷ ଉପଦେଶ ଦିଆ ହେଉଥିଲା, ନେଟିଭକୁ ଆଉ ଯାହା କରିବ, ନିଜ ହାତରେ କେବେ ମାଡ଼ ଦେବନାହିଁ, କାରଣ ଅନେକ ସମୟରେ ପ୍ଲାହା ଥିବା ଯୋଗୁଁ ସାମାନ୍ୟ ମାଡ଼ରେ ତାର ମରିଯିବାର ସମ୍ଭାବନା ଥିଲା କର୍କଉଡ଼ ଏହି ଉପଦେଶଟିକୁ ଅମାନ୍ୟ କରିଥିଲେ।

ଅବଶ୍ୟ ଦୀପିକା ଯେ ସବୁବେଲେ ଇଂରେଜ ଅଫିସରଙ୍କୁ ସମାଲୋଚନା କରୁଥିଲା ତା'ନୁହେଁ। ପୁରୀ କଲେକ୍ଟର ବାର୍ଲୋ ଯେତେବେଲେ ସେପ୍ଟେମ୍ବର ମାସରେ ତିନିବର୍ଷ ଛୁଟି ନେଇ ବିଲାତ ଫେରିଗଲେ, ଦୀପିକା ତାଙ୍କର ପ୍ରଶଂସା କରି ଲେଖିଲା, ଆମ୍ଭେମାନେ ଈଶ୍ୱରଙ୍କଠାରେ ପ୍ରାର୍ଥନା କରୁ ଯେ ସେ

ସର୍ବକୁଶଳରେ ପୁନର୍ବାର ଏ ଦେଶକୁ ପ୍ରତ୍ୟାଗମନ କରିବେ। ଏପରିକି ରେଭେନ୍ଶା କଟକ କଲେକ୍ଟର କର୍ଣ୍ଣେଲଙ୍କ ନାମରେ ଖରାପ ରିପୋର୍ଟ ଦେଇ ତାଙ୍କୁ ପଦଚ୍ୟୁତ କରାଇଥିବା ସମୟରେ କର୍ଣ୍ଣେଲଙ୍କୁ ସର୍ବତୋଭାବେ ସମର୍ଥନ କରିଥିଲା ଦୀପିକା। ହିଁ।

ଏଇ ଯୁବକ ଅଫିସରମାନେ ଦୀପିକାରେ ପ୍ରକାଶିତ ଆଉ ଗୋଟିଏ ଖବର ଆଲୋଚନା କଲେ ନାହିଁ, କାରଣ ବାର୍ଟନ ନିଜେ ସେଠାରେ ଉପସ୍ଥିତ ଥିଲେ। ଖୋର୍ଦ୍ଧାର ଗୋଟିଏ ସ୍ତ୍ରୀ ବାର୍ଟନଙ୍କ ନାଁରେ ନାଲିସ କରିଥିଲା ଯେ ସେ ତାର ଦେଢ଼ବର୍ଷର ଝିଅକୁ ଖୋରାକ ପୋଷାକ ଦିଅନ୍ତୁ କାରଣ ଝିଅଟି ତାଙ୍କ ଔରସରୁ ଜନ୍ମ ହୋଇଥିଲା। ପିଲାଟି ଗୋରା ତକତକ ଦିଶୁଥିବାରୁ ଲୋକେ ତା କଥା ବିଶ୍ୱାସ କରୁଥିଲେ, ତେବେ ପ୍ରମାଣ ଅଭାବରୁ ମକଦମା ଡିସମିସ ହୋଇଯାଇଥିଲା।

କ୍ଲବରେ ଅନ୍ୟ ଦୁହେଁ ଜୋସେଫ ଆର୍ମ୍ସ୍ଟ୍ରଙ୍କୁ ଠଟ୍ଟା କଲେ କାରଣ ସେ ଦୀପିକାର ଗ୍ରାହକ ଥିଲେ ଏବଂ ଛଅମାସର ପତ୍ରିକା ଯାଜପୁରରେ ପାଇବା ପାଇଁ ଅଗ୍ରୀମ ମୂଲ୍ୟ ଡାକମାସୁଲ ସହିତ ଚାରିଟଙ୍କା ଦୁଇଅଣା ଦେଇଥିଲେ। ଏହାର ଦଣ୍ଡ ସ୍ୱରୂପ ତାଙ୍କ ଉପରେ ଦାୟିତ୍ୱ ଦିଆଗଲା ଯେ ସେ ସବୁ ସଂଖ୍ୟା ଦୀପିକା ପଢ଼ି କାହା ବିଷୟରେ କଣ ବାହାରୁଛି, ସମସ୍ତଙ୍କୁ ନିୟମିତ ଜଣାଇବେ।

କ୍ଲବ ଛାଡ଼ିବା ଆଗରୁ ଆର୍ମ୍ସ୍ଟ୍ରଙ୍ଗ ଏ ବିଷୟରେ ପ୍ରତିଶ୍ରୁତି ଦେଲେ। ସେ ଆଉ ମଧ୍ୟ ଜଣାଇଲେ ଯେ ଦୀପିକାରେ ଏକ ଆଲୋଚନା ପ୍ରକାଶ ପାଉଛି, 'ଓଡ଼ିଆମାନେ ସ୍ୱଭାବତଃ ନିର୍ବୋଧ, ଏହି ପ୍ରବାଦ ଯଥାର୍ଥ କି ନା' ଏ ବିଷୟରେ ଶେଷରେ କି ନିଷ୍ପତ୍ତି ହେବ, ତାର ଖବର ମଧ୍ୟ ସେ ସମସ୍ତଙ୍କୁ ଜଣାଇବେ।

କଲିକତା: ନଭେମ୍ବର ୧୮୬୬

ଓଡ଼ିଶାର ଦୁର୍ଭିକ୍ଷ ଖବର ଡେରିରେ ହେଲେ ମଧ୍ୟ, ବିଲାତରେ ପହଞ୍ଚି ଉଦ୍‌ବେଗ ଓ ଜନମତ ସୃଷ୍ଟି କରିଥିଲା । ସେଠାରେ ଲୋକମାନଙ୍କର ଧାରଣା ହୋଇଥିଲା ଯେ ଦୁର୍ଭିକ୍ଷର ଆଶଙ୍କା ଥିଲେ ସୁଦ୍ଧା ପରିସ୍ଥିତି ଅତି ଖରାପ ହେବା ପୂର୍ବରୁ ସରକାରଙ୍କ ପକ୍ଷରୁ କୌଣସି କାର୍ଯ୍ୟକ୍ରମ ନିଆଯାଇ ନଥିଲା ଏବଂ ସେଥିଯୋଗୁ ଲୋକଙ୍କର ଦୁର୍ଗତି ଏବଂ ଜୀବନ ହାନି ହୋଇଥିଲା । ଏଥିପାଇଁ ଲଣ୍ଡନରୁ ସେକ୍ରେଟେରୀ ଅଫ୍ ଷ୍ଟେଟ ଭାରତ ସରକାରଙ୍କୁ ଲେଖିଲେ ଯେ ଏ ବିଷୟରେ ଅନୁଧ୍ୟାନ କରିବାପାଇଁ ଜଣେ ଅଫିସରଙ୍କୁ ନିଯୁକ୍ତ କରାଯାଉ ।

ଏ ନିର୍ଦ୍ଧେଶ ପାଇବା ପରେ ଛୋଟଲାଟ ବୀଡନ ନଦୀଆ ଡିଭିଜନର କମିଶନର ଏଚ୍.ଏଲ.ଡାମ୍ପିଅରଙ୍କୁ ଏ ଦାୟିତ୍ୱ ଦେଲେ । ଦୁର୍ଭିକ୍ଷ ବିଷୟରେ ଗୋଟିଏ ଅଭିଯୋଗ ଥିଲା ଯେ ଅଫିସରମାନେ ପରିସ୍ଥିତିର ଗମ୍ଭୀରତା ଅନୁରୂପ କାମ କରି ନଥିଲେ । ତେଣୁ ସେ ବିଷୟରେ ଅନୁସନ୍ଧାନ କରିବାପାଇଁ ଦୁର୍ଭିକ୍ଷ ସହିତ ନିଜେ ସମ୍ପୃକ୍ତ ଥିବା ଜଣେ ଅଫିସରଙ୍କୁ ନିଯୁକ୍ତ କରିବା ସମୀଚୀନ ନୁହେଁ ବୋଲି ସମାଲୋଚନା ହେଲା । ଏଣୁ ଛୋଟଲାଟଙ୍କ ଆଦେଶକୁ ବଦଳାଇ ବଡ଼ଲାଟ ଗୋଟିଏ ଦୁର୍ଭିକ୍ଷ କମିଶନ ନିଯୁକ୍ତ କଲେ । ଏହାର ସଭାପତି ହେଲେ , ଜଣେ ଡାମ୍ପିଅର ଏବଂ ଅନ୍ୟ ଜଣେ ରୟାଲ ଇଞ୍ଜିନିଅର୍ସର କର୍ଣ୍ଣେଲ ଡବ୍ଲ୍ୟୁ.ଇ.ମର୍ଟନ ।

ଏ କମିଟିକୁ ନିମ୍ନଲିଖିତ ବିଷୟରେ ଅନୁସନ୍ଧାନ କରି ରିପୋର୍ଟ ଦେବାକୁ କୁହାଗଲା: କେଉଁ କାରଣ ଯୋଗୁ ଅଭାବ ଓ ଦୁର୍ଭିକ୍ଷ ହେଲା: ଲୋକମାନଙ୍କ ଦୁର୍ଗତି ଦୂର କରିବା ପାଇଁ ଯଥା ସମୟ ଏବଂ ଉପଯୁକ୍ତ କାର୍ଯ୍ୟକ୍ରମ ନିଆଯାଇଥିଲା କି, ଏବଂ ଯଦି ନୁହେଁ, ତାର କୌଣସି ନ୍ୟାୟ୍ୟ କାରଣ ଅଛି କି; ଏବଂ ଭବିଷ୍ୟତରେ ଏ ଭଳି ଦୁର୍ଗତିକୁ ପ୍ରତିରୋଧ କରିବା ଏବଂ ଯଦି ଦୁର୍ଗତି ହୁଏ ତାର ପରିମାଣକୁ ପ୍ରତିକାର କରିବା ପାଇଁ ସରକାର କି ବ୍ୟବସ୍ଥା କରିବେ ।

କମିଶନ ନିଯୁକ୍ତିର ଆଦେଶ ଆସିବା ସଙ୍ଗେ ସଙ୍ଗେ ଛୋଟଲାଟଙ୍କ ଠାରୁ ଆରମ୍ଭ କରି ତଳେ ଆସିଥିବା ମାଜିଷ୍ଟେଟ ପର୍ଯ୍ୟନ୍ତ ସମସ୍ତେ ନିଜର କାଗଜପତ୍ର ଠିକ କରିବାରେ ଲାଗିଲେ ।

ପୁରୀ: ଡିସେମ୍ବର ୧୮୬୬

ଦୁର୍ଭିକ୍ଷ କମିଶନ ସଭ୍ୟମାନେ ଡିସେମ୍ବର ୧୭ ତାରିଖରେ ଫିରୋଜ ନାମକ ଜାହାଜ ଯୋଗେ ପୁରୀରେ ଆସି ପହଞ୍ଚିଲେ। ସେମାନଙ୍କ ସାଙ୍ଗରେ ଥିଲେ କମିଶନ ସେକ୍ରେଟେରୀ ପି.ଡିକେନ୍‌। ଏ ଜାହାଜରେ ନଅ ଶହ ବସ୍ତା ଚାଉଳ ମଧ୍ୟ ଆସିଥିଲା।

ନୂଆ ହୋଇ ଆସିଥିବା କଲେକ୍ଟର ରାବାନ୍‌ଙ୍କ ସହିତ ସେଇଦିନୁ କଚେରୀକୁ ଯାଇ ଜଷ୍ଟିସ କ୍ୟାମ୍ପବେଲ ସେମାନଙ୍କର କାମ ପାଇଁ କି କି ବ୍ୟବସ୍ଥା ହୋଇଛି ଦେଖିଲେ। ସାକ୍ଷୀମାନଙ୍କ ଜବାନବନ୍ଦୀ ଲେଖିବା ପାଇଁ ପୁରୀରେ କେହି ରିପୋର୍ଟର ନଥିଲେ। ସାଙ୍ଗେ ସାଙ୍ଗେ କଟକକୁ ଖବର ପଠାଗଲା ରିପୋର୍ଟର ବନ୍ଦୋବସ୍ତ କରିବାପାଇଁ। କମିଶନ ଆସିବା ଆଗରୁ ବିଜ୍ଞପ୍ତି ଦିଆ ହୋଇଥିଲା ଯେ ଇଚ୍ଛୁକ ଲୋକମାନେ ଆସି ସାକ୍ଷ୍ୟଗ୍ରହଣ ସମୟରେ ଉପସ୍ଥିତ ରହିପାରିବେ, କିନ୍ତୁ ଯେ ପର୍ଯ୍ୟନ୍ତ ସମ୍ପୂର୍ଣ୍ଣ ଏନକ୍ବାରି ନ ସରିଛି, ତା'ପୂର୍ବରୁ ଜବାନବନ୍ଦୀମାନ କେହି ପ୍ରକାଶ କରିପାରିବେ ନାହିଁ। ଏ ବିଜ୍ଞପ୍ତିର ନକଲ କଲେକ୍ଟର କଚେରୀ, ଯେଉଁଠାରେ ସାକ୍ଷ୍ୟ ନେବାର ବ୍ୟବସ୍ଥା ହୋଇଥିଲା, କବାଟରେ ମରା ହୋଇଥିଲା।

ଅଠର ତାରିଖ ସକାଳୁ କମିଶନ କାମ ଆରମ୍ଭ ହେଲା। କୋଠରୀରେ କମିଶନ ସଭ୍ୟ ଓ ସାକ୍ଷୀଙ୍କ ଆସନ ବ୍ୟତୀତ ଆଉ ଯେତୋଟି ଚଉକି ବେଞ୍ଚ ପଡ଼ିଥିଲା, ସେଥିରେ ଦେଖଣାହାରୀ ଭର୍ତ୍ତି ହୋଇଯାଇଥିଲେ। ପ୍ରଥମ ଦିନର ପ୍ରଥମ ସାକ୍ଷୀ ଥିଲେ ଡେପୁଟି ମାଜିଷ୍ଟେଟ ଓ ଡେପୁଟି କଲେକ୍ଟର ବାବୁ ଦୁର୍ଯ୍ୟୋଧନ ଦାସ। ଦୁର୍ଭିକ୍ଷର ପ୍ରବଳତା ବେଳେ ସେ କେନ୍ଦ୍ରାପଡ଼ାରେ ଥିଲେ ଏବଂ ତିନିମାସ ତଳେ ପୁରୀକୁ ବଦଳି ହୋଇ ଆସିଥିଲେ। ପ୍ରଶ୍ନମାନଙ୍କ ଉତ୍ତରରେ ସେ ଯାହା ସବୁ କହିଲେ, ତାର ମର୍ମ ଏହିପରି:

ସେ ୩୫ ବର୍ଷ ହେଲା ସରକାରୀ ଚାକିରିରେ ଅଛନ୍ତି। ଆଗରୁ ସେ ୧୮୨୯ ଓ ୧୮୪୧ ରେ

ଅଭାବ ପଡ଼ିଥିବାର ଦେଖିଥିଲେ । କିନ୍ତୁ ସେତେବେଳେ ଏଥରକ ଭଳି ପ୍ରକୃତ ଦୁର୍ଭିକ୍ଷ ନଥିଲା । ୧୮୬୫-୬୬ରେ ମାତ୍ର ଚାରିଆଣା ଫସଲ ହୋଇଥିଲା ଏବଂ ମାର୍ଚ୍ଚ ୧୮୬୬ରୁ ଦୁର୍ଭିକ୍ଷଜନିତ ମୃତ୍ୟୁ ଆରମ୍ଭ ହେଲା । ଏପ୍ରିଲ, ମେ, ଜୁନ୍‌ରେ ଜୀବନହାନୀ ବଢ଼ି ଚାଲିଲା ଏବଂ ଜୁଲାଇରେ ହଇଜା ଯୋଗୁଁ ଅବସ୍ଥା ଆହୁରି ଖରାପ ହେଲା । କେନ୍ଦ୍ରାପଡ଼ାରେ ଜନସଂଖ୍ୟାରେ ଶତକଡ଼ା ପଚିଶ ମରିଯାଇଥିବେ । ସେପ୍ଟେମ୍ବର ମାସଠାରୁ ବିଆଲି ଧାନ ଆସିବାରୁ ଅବସ୍ଥାର ସୁଧାର ହେଲା । ଜୁଲାଇ ମାସରେ ସେ ଚପରାସୀ ଓ ବରକନ୍ଦାଜମାନଙ୍କଠାରୁ କେନ୍ଦ୍ରାପଡ଼ା ସହରରେ ଜଣେ ଲୋକ ମଣିଷ ମାଂସ ଖାଇଥିବା କଥା ଶୁଣିଥିଲେ । ଗୋଟିଏ ଛୋଟ ଜାତିର ହିନ୍ଦୁ ଗୋବରୀ ନଦୀରେ ଭାସୁଥିବା ଗୋଟିଏ ଛୋଟ ପିଲାର ଶବକୁ ଆଣି ରାନ୍ଧି ଖାଇଥିଲା । ଛୋଟ ଜାତିର ଲୋକମାନେ ସାଧାରଣତଃ ଗୋମାଂସ ଖାଉଥିଲେ ଏବଂ କେବେ କେବେ କଷ୍ଟାମାଂସ ଖାଉଥିଲେ ।

ଦୁର୍ଯ୍ୟୋଧନ ଦାସଙ୍କ ପରେ ରାମାକ୍ଷୟ ଚ୍ୟାଟାର୍ଜୀ ସାକ୍ଷ୍ୟ ଦେଲେ । ସେ ପୁରୀ ଜିଲ୍ଲାରେ ଦୁର୍ଭିକ୍ଷ ବିଷୟରେ ବର୍ଣ୍ଣନା କରି କେତେଲୋକ ମରିଛନ୍ତି ତାର ଏକ ତାଲିକା ଦେଲେ । ତା’ ଅନୁସାରେ ଖୋର୍ଦ୍ଧାକୁ ଛାଡ଼ିଦେଲେ ଅବଶିଷ୍ଟ ପୁରୀ ଜିଲ୍ଲାର ୪୦୧୪୦୧ ଲୋକଙ୍କ ଭିତରୁ ୧୬୧୩୫୬ ଜଣ ମରି ଯାଇଥିଲେ । ଏ ରିପୋର୍ଟ ଅକ୍ଟୋବର ମାସ ଶେଷ ସୁଦ୍ଧା ପୋଲିସ ଦ୍ୱାରା ସଂଗୃହୀତ ହୋଇଥିଲା ।

ପରବର୍ତ୍ତୀ ସାକ୍ଷୀ ସବ ଆସିଷ୍ଟାଣ୍ଟ ବର୍ଜନ ଉଦୟ ଚରଣ ଦଉଙ୍କ ପାଖରୁ ଜଣାପଡ଼ିଲା ଯେ ବର୍ତ୍ତମାନ ଅନ୍ନଛତ୍ରରେ ଯେଉଁ ଦେଢ଼ ହଜାର କାଙ୍ଗଲା ଥିଲେ, ସେମାନଙ୍କ ଭିତରୁ ପ୍ରତିଦିନ ପ୍ରାୟ ଛ’ ଜଣ ଭଳି ମରିଯାଉଛନ୍ତି । ଡାକ୍ତରଙ୍କ ଜବାନବନ୍ଦୀ ପରେ କମିଶନ ସେ ଦିନର କାମ ବନ୍ଦ କଲେ ।

କମିଶନ ପୁରୀରେ ଆଉ ଚାରିଟି ଦିନ କଚେରୀ କରି ୨୧ଜଣ ସାକ୍ଷୀଙ୍କର ଜବାନବନ୍ଦୀ ନେଲେ । ଚାରିଦିନ ଯାକ କଚେରୀ ଘରେ ଲୋକ ଭର୍ତ୍ତି ରହି ସାକ୍ଷୀମାନଙ୍କ କଥା ଶୁଣୁଥିଲେ ଏବଂ କାମ ସନ୍ଧ୍ୟା ପର୍ଯ୍ୟନ୍ତ ଚାଲୁଥିଲା । ପୁରୀରେ ସାକ୍ଷୀଦେବା ଲୋକଙ୍କ ଭିତରେ, ସରକାରୀ ଅଫିସରଙ୍କୁ ଛାଡ଼ି, ଥିଲେ ଜମିଦାର ରଘୁନାଥ ଚୌଧୁରୀ, ବାବୁ ଶଶିଭୂଷଣ ମୁଖାର୍ଜୀ, ମାରୁଆଡ଼ି ରାମବାଗାନ ରାମ, କୁମୁଟି ବ୍ୟବସାୟୀ ଲକ୍ଷ୍ମଣ ପାତ୍ର, ମନ୍ଦିର ସେବକ ଗୋପି ପଣ୍ଡା ଓ କୋଟଦେଶ ଜମିଦାର କ୍ଷେତ୍ରବର ଭାଗବାନ ରାଏତ ସିଂହ ।

ଜଣେ ପ୍ରଧାନ ସାକ୍ଷୀ ରିଲିଫ ଆସିଷ୍ଟାଣ୍ଟ କଲେକ୍ଟର ଜି.ଏମ୍.କରୀ କମିଶନ ଆଗରେ କହିଥିଲେ ଯେ ସେ ଡିସେମ୍ବର ୮ ତାରିଖରେ ଚିଲିକାର ଗୋଟିଏ ଗାଁକୁ ଯାଇ ଦେଖିଥିଲେ ଯେ ସେ ଗାଁର ୨୮ଟି ଘରେ ମାତ୍ର ଦୁଇଜଣ ଜୀବିତ ଥିଲେ । ତାଙ୍କ ମତରେ ପୁରୀ ସହରକୁ ମିଶାଇ ପୁରୀ ଜିଲ୍ଲାରେ ଜନସଂଖ୍ୟାର ଅତତଃ ପଚାଶ ପ୍ରତିଶତ ଦୁର୍ଭିକ୍ଷରେ ମରି ଯାଇଥିବେ ।

୨୨ ତାରିଖ ଦିନ ପୁରୀ କଚେରୀରେ ଦୁର୍ଭିକ୍ଷ ସମ୍ପର୍କୀୟ କାଗଜପତ୍ର ଦେଖି ସେହିଦିନ କମିଶନ ସଭ୍ୟମାନେ ପାଲିଙ୍କି ଯୋଗେ କଟକ ବାହାରିଗଲେ । ଅନେକ ଦିନ ଧରି ପୁରୀର ଲୋକମାନଙ୍କ ଭିତରେ କମିଶନଙ୍କ ଆଗରେ ଦିଆଯାଇଥିବା ସାକ୍ଷ୍ୟ ବିଷୟରେ ଆଲୋଚନା ଲାଗି ରହିଲା ।

କଟକ: ଜାନୁଆରୀ ୧୮୬୭

ଓଡ଼ିଶାରେ ଅନୁସନ୍ଧାନ ଆରମ୍ଭ କରିବା ଆଗରୁ ଦୁର୍ଭିକ୍ଷ କମିଶନ ଜମିଦାର ଏବଂ ଅନ୍ୟମାନଙ୍କୁ ଗୋଟିଏ ପ୍ରଶ୍ନପତ୍ର ପଠାଇ ଫସଲର କ୍ଷୟକ୍ଷତି ବିଷୟରେ ଜାଣିବାକୁ ଚାହିଁଥିଲେ; କିନ୍ତୁ କାଳେ ଏହା ଫଳରେ ଖଜଣା ବଢ଼ିଯିବ, ସେହି ଭୟରେ କେହି ତାର ଉତ୍ତର ଦେଲେ ନାହିଁ।

ଡିସେମ୍ବର ୨୪ ତାରିଖରୁ କଚେରୀକୁ ଯାଇ କମିଶନ ତାଙ୍କର କାମ ଆରମ୍ଭ କଲେ ଏବଂ କାଗଜପତ୍ର ପଢ଼ି କେଉଁମାନଙ୍କୁ ସାକ୍ଷ୍ୟ ଦେବାକୁ ହେବ ତାର ତାଲିକା ତିଆରି କଲେ। ୨୬ ତାରିଖ ଦିନ କେନ୍ଦ୍ରାପଡ଼ା ମୁନସିଫ ଶିବ ପ୍ରସାଦ ସିଂହ, ପୋଲିସ ସୁପରିନଟେଣ୍ଡେଣ୍ଟ ଲେସି, ରେଭରେଣ୍ଡ ମିଲର, ଇଞ୍ଜିନିଅର ହେନରୀ କ୍ରେନ, ଜମିଦାର ରସୁଲ ବକ୍ସ ଏବଂ କଟକ କଲେକ୍ଟର କର୍ଣ୍ଣେଲଙ୍କର ସାକ୍ଷ୍ୟ ନିଆଗଲା। ୨୭ ତାରିଖ ଦିନ ମାତ୍ର ତିନି ଜଣ ସାକ୍ଷୀଙ୍କର ଜବାନବନ୍ଦୀ ନେଇ କମିଶନ ସଭ୍ୟମାନେ ଚାଉଳ ଗୋଦାମ, ଅନ୍ନଛତ୍ର ଓ ଅନାଥାଶ୍ରମ ଦେଖିବାକୁ ଗଲେ। ସେ ଦିନ ସେମାନଙ୍କୁ ଖବର ହେଲା ଯେ କମିଶନ ପାଖରେ ସାକ୍ଷୀ ହେଉଥିବା ଲୋକଙ୍କର ଜବାନବନ୍ଦୀ ଦୀପିକାରେ ପ୍ରକାଶ ପାଇପାରେ। ଏଥିପାଇଁ ପରଦିନ କାମ ଆରମ୍ଭ କରିବା ଆଗରୁ କଚେରୀ ଆଗରେ ଗୋଟିଏ ନୋଟିସ ଲଗାଇ ଦିଆହେଲା:

ଦୁର୍ଭିକ୍ଷ ଅନୁସନ୍ଧାନ ଖାସ କମିଶନରମାନଙ୍କ ସଭାରେ କୌଣସି ଭଦ୍ରଲୋକଙ୍କର ରହିବାର ଇଚ୍ଛା ହେଲେ ତହିଁ ନିମନ୍ତେ ଆହ୍ୱାନ କରାଯାଇଅଛି; ମାତ୍ର ସେଠାରେ ଯେ ଜବାନବନ୍ଦୀ ନିଆଯିବ ତାହା ବର୍ତ୍ତମାନ କେହି ଲିଖିତ ନେଇପାରିବେ ନାହିଁ କିମ୍ୱା ପ୍ରଚାର କରିବେ ନାହିଁ।

ପି.ଡିକେନ୍

କଟକ, ୨୮ ଡିସେମ୍ବର ୧୮୬୬ କମିଶନରମାନଙ୍କର ସେକ୍ରେଟେରୀ

ପରବର୍ତ୍ତୀ ସଂଖ୍ୟା ଦୀପିକାରେ ଏହାର ପ୍ରତିବାଦ ପ୍ରକାଶ ପାଇଲା: କମିଶନରମାନଙ୍କର ନିଷ୍ପତ୍ତିପାତରେ କାର୍ଯ୍ୟ କରିବାର ଯଦି ଇଚ୍ଛା ଥାଏ, ତେବେ ଶୀଘ୍ର ଉଲ୍ଲିଖିତ ବିଜ୍ଞାପନ ରହିତ କରି ସର୍ବସାଧାରଣରେ ସେମାନଙ୍କ କାର୍ଯ୍ୟ ପ୍ରକାଶ ହେବାର ଅନୁମତି ଦେଉନ୍ତୁ।

ପରବର୍ତ୍ତୀ ଦିନମାନଙ୍କରେ ଦୁର୍ଭିକ୍ଷ ସହିତ ସମ୍ପୃକ୍ତ ଅଫିସରମାନଙ୍କର ଜବାନବନ୍ଦୀ ନିଆଯିବା ପରେ ଜାନୁଆରୀ ୫ ତାରିଖରେ ରେଭେନ୍‌ଶାଙ୍କ ସାକ୍ଷ୍ୟ ନିଆହେଲା। ଓଡ଼ିଶାରେ ପ୍ରଚୁର ଶସ୍ୟ ଅଛି ବୋଲି ଭାବି ଚାଉଲ ମଗାଇବାକୁ ମନା କରିଥିବାରୁ ସମସ୍ତେ ରେଭେନ୍‌ଶାଙ୍କୁ ଦୁର୍ଭିକ୍ଷ ପରିସ୍ଥିତି ପାଇଁ ଦାୟୀ ମଣୁଥିଲେ। ଏଥିପାଇଁ କମିଶନ ରେଭେନ୍‌ଶାଙ୍କୁ ଅନେକ ପ୍ରଶ୍ନ ପଚାରିଲେ ଏବଂ ପୁରା ଦିନଟିରେ ମଧ୍ୟ ରେଭେନ୍‌ଶାଙ୍କର ସାକ୍ଷ୍ୟ ସରିଲା ନାହିଁ। ରେଭେନ୍‌ଶାଙ୍କୁ ଜେରାରେ ପଚରା ଯାଇଥିବା ବିଶେଷ ପ୍ରଶ୍ନ ଏବଂ ତାର ଉତ୍ତର ଥିଲା ଏହିପରି:

ପ୍ରଶ୍ନ : ବାଲେଶ୍ୱର କଲେକ୍ଟରଙ୍କୁ ନଭେମ୍ବର ୩, ୧୮୬୫ ର ୨୫୫ ନମ୍ବର ଚିଠିରେ ଆପଣ ମତ ଦେଇଥିଲେ ଯେ ଜିଲ୍ଲାରେ ଯେତେ ଚାଉଲ ଅଛି ବୋଲି ସେ ଭାବୁଛନ୍ତି, ତା'ଠାରୁ ବେଶୀ ଅଛି ଏବଂ ଚଳିତ ବର୍ଷର ଫସଲରେ ବର୍ଷର ଚାହିଁଦା ମେଣ୍ଟିଯିବ, ଯଦିଓ କଲେକ୍ଟର ରିପୋର୍ଟ ଦେଇଥିଲେ ଯେ ଜିଲ୍ଲାରେ ଫସଲ ଅବସ୍ଥା ଖରାପ। ଆପଣ କେଉଁ ଆଧାର ଉପରେ ଆପଣଙ୍କର ଏ ମତ ପୋଷଣ କରିଥିଲେ ?

ଉତ୍ତର : ମୁଁ ବର୍ତ୍ତମାନ ମନେ ପକାଇ ପାରୁନାହିଁ ଠିକ୍ କେଉଁ କାରଣ ଯୋଗୁଁ ଏପରି ମତ ପୋଷଣ କରିଥିଲି। ମୋ ସାମନାରେ ମଧ୍ୟ କୌଣସି କାଗଜ ନାହିଁ, ଯାହାକୁ ଦେଖି ମୁଁ ଏ ବିଷୟରେ କହିପାରିବି। ତେବେ ସାଧାରଣ ଭାବରେ କହିବାକୁ ଗଲେ ଧାନ ମହଜୁଦ କରି ରଖିବା ଲୋକମାନଙ୍କର ଅଭ୍ୟାସ ଏବଂ ମୁଁ ଆଶା କରିଥିଲି ଯେ ତାଙ୍କ ପାଖରେ କଲେକ୍ଟର ଅଦାଜ କରିଥିବା ପରିମାଣରୁ ବେଶୀ ଥିବ।

ନଭେମ୍ବର ୨୦ ତାରିଖରେ ରେଭେନ୍‌ଶା ଦୁଇମାସ ପାଇଁ ଗଡ଼ଜାତ ଗସ୍ତରେ ଯାଇଥିବା ବିଷୟରେ:

ପ୍ରଶ୍ନ : ଆପଣଙ୍କୁ କଣ ଜଣାଗଲା ନାହିଁ ଯେ ଟ୍ରିବ୍ୟୁଟାରୀ ମାହାଲ ଯିବା ଆଗରୁ ଆପଣଙ୍କର ପ୍ରଥମ ଦାୟିତ୍ୱ ଥିଲା ପୁରୀ ଓ ବାଲେଶ୍ୱର ଜିଲ୍ଲାକୁ ଯିବା, କାରଣ ଏ ଜିଲ୍ଲା ସହିତ ଆପଣଙ୍କର ବ୍ୟକ୍ତିଗତ ପରିଚୟ ନଥିଲା ?

ଉତ୍ତର : ଗସ୍ତରେ ଯିବା ପୂର୍ବରୁ ମୁଁ ଚିଲିକା ଅଞ୍ଚଳର ଅଭାବ କଥା ଜାଣିଥିଲି, କିନ୍ତୁ ସମଗ୍ର ଜିଲ୍ଲା ବା ପ୍ରଦେଶରେ ଦୁର୍ଭିକ୍ଷ ଉପୁଜିବ ବୋଲି ଆଶଙ୍କା କରି ନଥିଲି। ମୁଁ ଚିଠିପତ୍ର ଜରିଆରେ କ୍ୟାମ୍ପରୁ କାମ ତଦାରଖ କରିପାରିଥାନ୍ତି।

ପ୍ରଶ୍ନ : ଜୁନ ୧୮୬୬ ପୂର୍ବରୁ ଆପଣ କେବେ ପୁରୀ ଜିଲ୍ଲା ଯାଇଥିଲେ ?

ଉତ୍ତର : ନା।

ପ୍ରଶ୍ନ : ସରକାରଙ୍କ ନିର୍ଦ୍ଦେଶରେ ଏପ୍ରିଲ ୧୮୬୬ରେ ବାଲେଶ୍ୱର ଯିବା ପୂର୍ବରୁ ଆଉ କେବେ ସେଠାକୁ ଯାଇଥିଲେ କି ?

ଉତ୍ତର : ନା। ଟ୍ରିବ୍ୟୁଟାରୀ ମାହାଲରୁ ଫେରି ମୁଁ ସେଠାକୁ ଯିବାକୁ ଭାବୁଥିଲି, କିନ୍ତୁ ଛୋଟଲାଟଙ୍କ ଆସିବା ଖବର ପାଇ ଓ ମୋର ସ୍ତ୍ରୀ ଅପ୍ରତ୍ୟାଶିତ ଇଂଲାଣ୍ଡରୁ ଫେରି ଆସିବାରୁ ମୁଁ ଗସ୍ତରେ ଯାଇପାରି

ନଥିଲି । ଛୋଟଲାଟ ଫେରିଯିବା ପରେ ମୋ ପାଖରେ ଏତେ କାମ ଜମା ହୋଇ ଯାଇଥିଲା ଯେ ମୁଁ ଆଉ ସାଙ୍ଗେ ସାଙ୍ଗେ ବାହାରି ପାରିଲି ନାହିଁ ।

ଛୋଟଲାଟଙ୍କ ଓଡ଼ିଶା ଗସ୍ତ ବିଷୟରେ :

ଉତ୍ତର : ଛୋଟଲାଟ ପ୍ରଧାନତଃ ଇରିଗେଶନ କମ୍ପାନୀର କାମ ଦେଖିବାକୁ ଆସିଥିଲେ ଏବଂ ଏଇ ସୁଯୋଗରେ ଦେଶୀୟ ରାଜାମାନଙ୍କୁ ଭେଟିବାକୁ ଦରବାର କରିଥିଲେ । ଦୁର୍ଭିକ୍ଷ ବିଷୟରେ ଅନୁଧ୍ୟାନ କରିବା ଛୋଟଲାଟଙ୍କ ଗସ୍ତର ଗୋଟିଏ ଉଦ୍ଦେଶ୍ୟ ଥିବା ବିଷୟରେ ମୋତେ ଜଣାନାହିଁ । ତାଙ୍କର ଏଠାରେ ଅବସ୍ଥାନ ବେଳେ ଏ ବିଷୟରେ କୌଣସି ସରକାରୀ ଆଲୋଚନା ବା ବିଚାର ବିମର୍ଶ ହୋଇ ନଥିଲା ।

ପ୍ରଶ୍ନ : ପୁରୀ ଜିଲ୍ଲାରେ ଚାଉଳର ଅଭାବ ଏବଂ ଚାଉଳ ନ କିଣିବା ପାଇଁ ସରକାରଙ୍କ ଆଦେଶ ଫଳରେ ରିଲିଫ କାମରେ ଅସୁବିଧା ହେଉଥିବା କଥା ଛୋଟଲାଟଙ୍କ ଗସ୍ତ ବେଳେ ଆଲୋଚିତ ହୋଇଥିଲା କି ?

ଉତ୍ତର : ମୋ ସହିତ ବ୍ୟକ୍ତିଗତ କଥାବାର୍ତ୍ତାରେ ଛୋଟଲାଟ ଏ ବିଷୟରେ କହିଥିଲେ ଏବଂ ମୁଁ ମତ ଦେଇଥିଲି ଯେ ପ୍ରଦେଶରେ ପ୍ରଚୁର ଶସ୍ୟ ଅଛି ଏବଂ ଦାମ ବେଶୀ ହେଲେ ବି ଟଙ୍କା ଦେଇ କିଣି ହେବ ।

ପ୍ରଶ୍ନ : ଆପଣ କହିଲେ ଯେ ରାଜା ଓ ସମ୍ଭ୍ରାନ୍ତ ବ୍ୟକ୍ତିମାନେ ଛୋଟଲାଟଙ୍କ ଆଗରେ ପେଶ ହୋଇଥିଲେ । ଗରିବ ଲୋକମାନେ ସେମାନଙ୍କର ଦୁଃଖ ଦୁର୍ଦ୍ଦଶା ଜଣାଇବାର ସୁବିଧା ପାଇଥିଲେ କି ?

ଉତ୍ତର : ମୁଁ କହିବି, ନିଶ୍ଚୟ । କଚେରୀ ଆଗରେ ଏବଂ ସ୍କୁଲ ପାଖରେ ଛୋଟଲାଟ ଜମା ହୋଇଥିବା ଲୋକଙ୍କ ସହିତ କଥା ହୋଇଥିଲେ । ରାସ୍ତାରେ ଥରେ ଦି ଥର ଅଟକି ସେ ଲୋକଙ୍କଠାରୁ ଦରଖାସ୍ତ ନେଇଥିଲେ । ତାଙ୍କ ପଛରେ ଭିଡ଼ ଲାଗିଥିବାର କିମ୍ବା ତାଙ୍କ ଆଗରେ କୌଣସି ଦାବୀ ହୋଇଥିବାର ମୋର ମନେ ନାହିଁ । ସବୁ ଦରଖାସ୍ତ ଥିଲା ଚାଉଳ ଶସ୍ତା କରିବାପାଇଁ ।

ପ୍ରଶ୍ନ : ପୁରୀର ଦୁର୍ଗତି ବିଷୟରେ ଛୋଟଲାଟ ଯାହା ସବୁ ଶୁଣିଥିଲେ, ସେ ବିଷୟରେ ସେ ପ୍ରଭାବିତ ହୋଇଥିଲେ କି ନାହିଁ ଆପଣ ଜାଣନ୍ତି କି ?

ଉତ୍ତର : ଏ ବିଷୟରେ ମୋର ତାଙ୍କ ସହିତ କୌଣସି କଥାବାର୍ତ୍ତା ହୋଇ ନ ଥିଲା ।

ପ୍ରଶ୍ନ : ଆପଣ ନିର୍ଦ୍ଦିଷ୍ଟ ଭାବରେ କହିବେ କି, କେଉଁ ଆଧାର ଉପରେ ନିର୍ଭର କରି ଆପଣ ମତପୋଷଣ କଲେ ଯେ ପ୍ରଚୁର ପରିମାଣରେ ଶସ୍ୟ ଅଛି ?

ଉତ୍ତର : ଜମିଦାର, ଇଉରୋପୀୟ ଓ ନେଟିଭ ଅଫିସର, ଇରିଗେଶନ କମ୍ପାନୀ ଅଫିସର ଏବଂ ଅନ୍ୟମାନଙ୍କ ସହିତ ମୁଁ ବରାବର ସମ୍ପର୍କ ରଖିଥିଲି ଏବଂ ସମସ୍ତଙ୍କର ମତ ଥିଲା ଯେ ଯେତେ ଶସ୍ୟ ଅଛି ବର୍ଷକ ପାଇଁ ଯଥେଷ୍ଟ ।

ଏହାପରେ ନିଜର ବାଲେଶ୍ୱର ଗସ୍ତ ବିଷୟରେ ରେଭେନଶା କହିଲେ ଯେ ଏପ୍ରିଲ ୧୯ ତାରିଖରେ ସେ ପ୍ରଥମ ଥର ପାଇଁ ଲୋକଙ୍କ ଦୁର୍ଗତି ନିଜ ଆଖିରେ ଦେଖିଲେ ।

ପ୍ରଶ୍ନ : ସେତେବେଳେ କଣ ଆପଣ ଭାବିଲେ ନାହିଁ ଯେ ସରକାରଙ୍କର ଜରୁରୀ ପଦକ୍ଷେପ ନେବାର ସମୟ ଆସିଯାଇଛି ?

ଉତ୍ତର : ହଁ, ନିଶ୍ଚୟ ।

ପ୍ରଶ୍ନ : ଆପଣ ସରକାରରୁ ସାହାଯ୍ୟ ପାଇବା ପାଇଁ କି ପଦକ୍ଷେପ ନେଲେ ?

ଉତ୍ତର : ମୁଁ ଗୋଟିଏ ଡେମି ଅଫିସିଆଲ ଚିଠିରେ ଯାହା ଦେଖୁଥିଲି ସେ ବିଷୟରେ ଛୋଟଲାଟଙ୍କୁ ଜଣାଇଲି, ଏହା ବ୍ୟତୀତ ଆଉ କୌଣସି ବିଶେଷ ପଦକ୍ଷେପ ନିଆଯାଇ ନଥିଲା ।

ଏପ୍ରିଲ ମାସ ଶେଷ ବେଳକୁ ପୁଣି ଥରେ ମାସକରୁ ବେଶୀ ସମୟ ପାଇଁ ମୟୂରଭଞ୍ଜ ଯାଇଥିବା ବିଷୟରେ ରେଭେନ୍ଶା କହିଲେ ଯେ ସେଠାକୁ ଯିବା ଅତ୍ୟନ୍ତ ଜରୁରୀ ଥିଲା ।

ପ୍ରଶ୍ନ : ଆପଣ କଣ ଓଡ଼ିଶାର ଦୁର୍ଭିକ୍ଷକୁ ଅନ୍ତତଃ ସେତିକି ଜରୁରୀ ମନେ କଲେ ନାହିଁ ?

ଉତ୍ତର : ସେତିକି ଜରୁରୀ; କିନ୍ତୁ ମୁଁ ଦୁର୍ଭିକ୍ଷ ବିଷୟରେ ଦୃଷ୍ଟି ଦେଇ ସାରିଥିଲି ଏବଂ ସେତେବେଳେ ଯାହା ସବୁ ଆବଶ୍ୟକ କରି ସାରିଥିଲି ।

ପ୍ରଶ୍ନ : ଆପଣଙ୍କ ବଦଳରେ କଣ ଅନ୍ୟ କୌଣସି ୟୁରୋପୀୟ ଅଫିସର ନଥିଲେ ଯାହାକୁ ଗଡ଼ଜାତ ମାହାଲକୁ ପଠାଯାଇ ପାରିଥାନ୍ତା ?

ଉତ୍ତର : ମୋ ପାଖରେ ଏପରି ଅଫିସର ନଥିଲେ ।

କଟକ ରିଲିଫ କମିଟିରେ ପ୍ରଥମ ପ୍ରଥମ ସଭା ଡକା ହେବାବେଳେ ସେଠାକୁ ମାତ୍ର ଜଣେ ଦେଶୀୟ ଲୋକଙ୍କୁ ଡକା ହେଉଥିଲା; କମିଟିର ଅନ୍ୟ ସମସ୍ତ ସଭ୍ୟ ୟୁରୋପୀୟ ଥିଲେ । କମିଶନ ଜାଣିବାକୁ ଚାହିଁଲେ ଅଧିକ ଦେଶୀୟ ଲୋକଙ୍କୁ ସହଯୋଗ କରିବା ପାଇଁ ଅନୁରୋଧ କରା ନ ଗଲା କାହିଁକି ? ଏ ବିଷୟରେ ତାଙ୍କର ଉତ୍ତର ଦେଇ ରେଭେନ୍ଶା କହିଲେ, ମୁଁ ଭାବୁଛି ଏ ପ୍ରଦେଶର ଲୋକମାନେ ଅତ୍ୟନ୍ତ ଉତ୍ସାହହୀନ ଓ ଆଳସ୍ୟ ପରାୟଣ ।

ରେଭେନ୍ଶାଙ୍କ ଜବାନବନ୍ଦୀ କଟକ ସହରରେ ବିଶେଷ ଆଲୋଚନାର ବିଷୟ ହେଲା ଏବଂ ଲୋକମାନେ ଦୁର୍ଭିକ୍ଷ କମିଶନଙ୍କ ରୋକଠୋକ ପ୍ରଶ୍ନର ପ୍ରଶଂସା କଲେ । ଏଭଳି ଗୁରୁତ୍ୱପୂର୍ଣ୍ଣ ଓ ଚିତ୍ତାକର୍ଷକ ଖବର ଦୀପିକାରେ ପ୍ରକାଶ କରିପାରୁ ନଥିବାରୁ ଗୌରୀଶଙ୍କରଙ୍କ ଦୁଃଖିତ ଥିଲେ । ତେବେ ବିଚିତ୍ରାନନ୍ଦ ଓ ସେ ପ୍ରତିଦିନ ସନ୍ଧ୍ୟାରେ ବସି ଏ ବିଷୟରେ ଆଲୋଚନା କରୁଥିଲେ । ଯେଉଁଦିନ ରେଭେନ୍ଶାଙ୍କର ସାକ୍ଷ୍ୟ ସରିଲା, ସେଦିନ ରାତିରେ ବିଚିତ୍ରାନନ୍ଦ କହିଲେ, ଆମ ସାହେବ ଏ ପର୍ଯ୍ୟନ୍ତ ଧରି ବସିଛନ୍ତି ଯେ ଓଡ଼ିଶାରେ ପ୍ରଚୁର ଶସ୍ୟ ମହଜୁଦ ଥିଲା । ଗୌରୀଶଙ୍କରଙ୍କ ଜାଣିଥିଲେ ଯେ ସେରିଷ୍ଟାଦାର ବିଚିତ୍ରାନନ୍ଦଙ୍କର ତାଙ୍କ ସାହେବ ରେଭେନ୍ଶାଙ୍କ ସହିତ ଭଲ ସମ୍ପର୍କ ଥିଲା । ସେ କଥାର ସିଧାସଳଖ କୌଣସି ଜବାବ ନ ଦେଇ କହିଲେ, ଦେଶରେ ଶସ୍ୟ ଥିଲେ ଶସ୍ୟହୀନ ବ୍ୟକ୍ତିର କି ଲାଭ ? ଚନ୍ଦ୍ରଠାରେ ଅମୃତ ଅଛି, ସମସ୍ତେ ବିଶ୍ୱାସ କରନ୍ତି; ମାତ୍ର ଏ ବିଶ୍ୱାସରେ କି ଆମେମାନେ ଅମର ହୋଇପାରିବୁ ?

ଓଡ଼ିଶାରେ କିନ୍ତୁ ବର୍ତ୍ତମାନ ସତକୁ ସତ ଆଉ ଶସ୍ୟର ଅଭାବ ନଥିଲା । ଏ ବର୍ଷର ଫସଲ ବ୍ୟତୀତ ଡିସେମ୍ବର ମାସ ଶେଷ ସୁଦ୍ଧା ୪ଲକ୍ଷ ମହଣ ଧାନ ଓଡ଼ିଶାକୁ ଆମଦାନୀ ହୋଇ ସାରିଥିଲା ।

କଲିକତା: ମାର୍ଚ୍ଚ ୧୮୬୭

ଜାନୁଆରୀ ୧୬ ତାରିଖ ପର୍ଯ୍ୟନ୍ତ କଟକରେ କଟେରୀ କରି କମିଶନ ସଭ୍ୟମାନେ ବଟୀଘରଠାରୁ ଜାହାଜରେ ବାଲେଶ୍ୱର ଗଲେ। ସେଠାରେ ପାଞ୍ଚଦିନ ରହି, ସରକାରୀ ବେସରକାରୀ ଲୋକମାନଙ୍କର ସାକ୍ଷ୍ୟ ନେଇ, ସେମାନେ ଜଲେଶ୍ୱର ମେଦିନୀପୁର ବାଟଦେଇ କଲିକତାରେ ଯାଇ ପହଞ୍ଚିଲେ ଜାନୁଆରୀ ମାସ ଶେଷରେ। ଫେବ୍ରୁଆରୀ ମାସରେ କଲିକତାରେ ସାକ୍ଷ୍ୟ ନିଆ ହେଲା ବୋର୍ଡ଼ର ସଭ୍ୟ, ପୋଲିସ ଇନ୍‌ସ୍‌ପେକ୍‌ଟର ଜେନେରାଲ, ପୂର୍ବବିଭାଗ ସେକ୍ରେଟେରୀ ପ୍ରମୁଖଙ୍କର। ଏତଦ୍‌ବ୍ୟତୀତ ଦୁର୍ଭିକ୍ଷ ଏବଂ ରିଲିଫ ସହିତ ସମ୍ପୃକ୍ତ ଭଦ୍ରବ୍ୟକ୍ତିମାନଙ୍କର ମଧ୍ୟ ଜବାନବନ୍ଦୀ ନିଆଗଲା, ଯଥା ମନକ୍ରିଫ, ଦିଗମ୍ବର ମିତ୍ର, ସାଇକ୍‌ସ ଇତ୍ୟାଦି।

ଦୁର୍ଭିକ୍ଷ ସମୟରେ ତାଙ୍କର କାର୍ଯ୍ୟକଳାପ ବିଷୟରେ ଛୋଟଲାଟ ଏକ ଦୀର୍ଘ ଲିଖିତ ବିବରଣୀ ଦେଇଥିଲେ। ଏ ବିବରଣୀରେ କମିଶନ ସନ୍ତୁଷ୍ଟ ହେଲେନାହିଁ, କାରଣ ରେଭେନ୍‌ଶାଙ୍କ ଭଳି ଛୋଟଲାଟ ମଧ୍ୟ ଓଡ଼ିଶାକୁ ଠିକ୍‌ ସମୟରେ ସାହାଯ୍ୟ ପଠା ନ ଯିବାରେ ଦାୟୀ ଥିଲେ ବୋଲି ଅଭିଯୋଗ ହୋଇଥିଲା। ତେଣୁ ତାଙ୍କୁ ମଧ୍ୟ ଡକାଗଲା କମିଶନ ଆଗରେ ମୌଖିକ ସାକ୍ଷ୍ୟ ଦେବାପାଇଁ। ଏ ବିଷୟରେ ସାମାନ୍ୟ ବିସଦୃଶ ଥିଲା କାରଣ ଜଣେ କମିଶନ ସଭ୍ୟ ତାମ୍ପିୟର ମାତ୍ର କିଛିମାସ ତଳେ ଛୋଟଲାଟ ବୀଡ଼ନଙ୍କର ଅଧସ୍ତନ କର୍ମଚାରୀ ଥିଲେ।

ଯାହା ହେଉ, ମାର୍ଚ୍ଚ ପାଞ୍ଚ ତାରିଖରେ ଅନରେବଲ ସର ସେସିଲ ବୀଡ଼ନଙ୍କର ଜବାନବନ୍ଦୀ ନିଆହେଲା। ଏହାର କେତେକ ମୁଖ୍ୟ ପ୍ରଶ୍ନୋଉର ହେଲା:

ପ୍ରଶ୍ନ : ଇଓର ଅନର ଜାଣନ୍ତି ଯେ ନଭେମ୍ବର ଶେଷ ଆଡ଼କୁ ରେଭେନ୍‌ଶା ଗଡ଼ଜାତ ମାହାଲ ଗସ୍ତରେ ବାହାରିଲେ। ଇଓର ଅନର କଣ ଭାବୁଛନ୍ତି ଯେ ସେ ପରିସ୍ଥିତିରେ ରେଭେନ୍‌ଶାଙ୍କର ତାଙ୍କ

ଜିଲ୍ଲାମାନଙ୍କୁ ଛାଡ଼ି ସୁଦୂର ଜାଗାକୁ ଯିବା ଉଚିତ ଥିଲା, ଯେତେବେଳେ କି ସେ ଜାଗାରେ ତାଙ୍କର ଉପସ୍ଥିତିର ବିଶେଷ ପ୍ରୟୋଜନ ନ ଥିଲା ?

ଉତ୍ତର : ଗଡ଼ଜାତ ଅଞ୍ଚଳ ପରିଦର୍ଶନ କରିବା କମିଶନରଙ୍କର ଏକ ପ୍ରଧାନ କର୍ତ୍ତବ୍ୟ। ଡିସେମ୍ବର ୧୪ ତାରିଖରେ କମିଶନର ମୋତେ ଲେଖିଥିଲେ ଯେ ସେ ଦୁର୍ଭିକ୍ଷ ସମ୍ପର୍କରେ କୌଣସି ବିଶେଷ ବ୍ୟବସ୍ଥା କରିବାର ଆବଶ୍ୟକତା ଦେଖୁନାହାନ୍ତି। ମୁଁ ତାଙ୍କର କାମକୁ ସେତେବେଳେ ଅନୁମୋଦନ କରିଥିଲି; ଏବେ ମଧ୍ୟ କରିବି।

ପ୍ରଶ୍ନ : ମୟୂରଭଞ୍ଜ ବ୍ୟତୀତ ଅନ୍ୟ କୌଣସି ବିଶେଷ ଓ ଜରୁରୀ ରାଜନୈତିକ ସମସ୍ୟା କଥା ଇଓର ଅନରଙ୍କର ମନେ ପଡୁଛି କି, ଯେଉଁଥିପାଇଁ କମିଶନରଙ୍କର ଗଡ଼ଜାତକୁ ଯିବା ଆବଶ୍ୟକ ଥିଲା ?

ଉତ୍ତର : ନା।

ପୁରୀର ଚାଉଳ ଅଭାବ ବିଷୟରେ :

ପ୍ରଶ୍ନ : ଆମେ ଦେଖୁଛୁ, ଯେ ଜାନୁଆରୀ, ଫେବ୍ରୁଆରୀ ମାସରେ ପୁରୀରେ ଶସ୍ୟାଭାବ ବିଷୟରେ ଅନେକ ଚିଠି ପତ୍ର ଲେଖା ହୋଇଥିଲା, ବିଶେଷରେ ଏଥିଯୋଗୁ ପି.ଡବ୍ୟୁ.ଡି. କାମରେ ବାଧା ଉପୁଜୁଥିବା ସମ୍ବନ୍ଧରେ। ପହିଲା ଫେବ୍ରୁଆରୀରେ ବୋର୍ଡ ନିର୍ଦ୍ଦେଶ ଦେଲେ ଯେ ସରକାର ପୁରୀକୁ ଚାଉଳ ଆଣିବାକୁ ଚାହୁଁନାହାନ୍ତି। ଇଓର ଅନରଙ୍କର କଣ ମନେ ଅଛି ଯେ ପୁରୀରେ ଚାଉଳ ଅଭାବ ଯୋଗୁ ରିଲିଫ କାମ ବନ୍ଦ ହୋଇଯାଇଥିଲା ଏବଂ ଚାଉଳ ଆମଦାନୀ ବିଷୟ ଇଓର ଅନରଙ୍କ ଦୃଷ୍ଟିକୁ ଅଣା ଯାଇଥିଲା ?

ଉତ୍ତର : ବୋର୍ଡ ଏ ଆଦେଶ ଦେବାର କାରଣ ହୋଇପାରେ ଯେ ନଭେମ୍ବର ମାସରେ ମନକ୍ରିଫ ଦେଇଥିବା ଚିଠି ଉପରେ ସରକାର ଚାଉଳ ଆମଦାନୀ ହେବନାହିଁ ବୋଲି କହିଥିଲେ। ମୁଁ ବୋର୍ଡ ମେମ୍ବରଙ୍କୁ କଥାବାର୍ତ୍ତା ବେଳେ କହିଥିବି ଯେ ସରକାର ସମୁଦ୍ରବାଟେ ପୁରୀକୁ ଚାଉଳ ଆମଦାନୀ କରିବାକୁ ଚାହାଁନ୍ତି ନାହିଁ। ଯେତେବେଳେ ପି.ଡବ୍ୟୁ.ଡି.ନିଜେ ଚାଉଳ କିଣିବାକୁ ଚାହିଁଲେ, ମୁଁ ମନା କଲି କାରଣ ଏହା ସିଭିଲ ଅଫିସରଙ୍କ ଦାୟିତ୍ୱ। ମୁଁ ଏ କଥା କହି ନ ଥିଲି ଯେ କୁଲିମାନଙ୍କୁ ଚାଉଳ ଦିଆଯିବ ନାହିଁ; ମୁଁ କହିଥିଲି ଯେ ସିଭିଲ ଅଫିସର କୁଲିଙ୍କୁ ଚାଉଳ ଯୋଗାଇବେ। ଏଣୁ ବୋର୍ଡର ଆଦେଶ ମୋ ଆଦେଶର ଅନୁରୂପ ନଥିଲା, ବରଂ ମୋର ଆଦେଶର ବିପରୀତ ଥିଲା। ବୋର୍ଡ କି ଚିଠି ଲେଖିଥିଲେ ତା ଦେଖିବା ଭଲି ମୋର ମନେ ହେଉନାହିଁ; ଯଦି ଦେଖିଥାଏ ବୋଧହୁଏ ଏଇ ବିଷୟଟି ଉପରେ ମୋର ଦୃଷ୍ଟି ପଡ଼ି ନଥିଲା। ଯଦି ମୁଁ ଏହା ଦେଖିଥାନ୍ତି, ନିଶ୍ଚୟ ବୋର୍ଡଙ୍କ ଆଦେଶକୁ ସଂଶୋଧନ କରିଥାନ୍ତି।

ପ୍ରଶ୍ନ : ଇଓର ଅନର କଣ କହିବାକୁ ଚାହାଁନ୍ତି ଯେ ସିଭିଲ ଅଫିସର କୁଲିମାନଙ୍କୁ ଚାଉଳ ଦେବାରେ ଅସମର୍ଥ ହୋଇଥିବା କଥା ତାଙ୍କ ଦୃଷ୍ଟିକୁ ଅଣାଯାଇ ନ ଥିଲା ?

ଉତ୍ତର : ମୋର ପୂର୍ଣ୍ଣ ଧାରଣା ଥିଲା ଯେ ଏ ବିଷୟରେ ବ୍ୟବସ୍ଥା କରାଯାଇଛି। ଛୋଟଲାଟଙ୍କର ଓଡ଼ିଶା ଗସ୍ତ ସମ୍ପର୍କରେ:

ପ୍ରଶ୍ନ : ଇଓର ଅନର ପୁରୀରେ ପହଞ୍ଚି ତା' ଆରଦିନ ପୁରୀ ଛାଡ଼ିଥିଲେ ?

ଉତ୍ତର : ହଁ, ଆମେ ଦିନେ ସକାଳେ ପହଞ୍ଚି ତା' ଆରଦିନ ସନ୍ଧ୍ୟାରେ ଛାଡ଼ିଥିଲୁ।

ପ୍ରଶ୍ନ : ବାର୍ଲୋ ନିଜେ ଯାହା ଜାଣିଥିଲେ ଏବଂ ଯାହା ଆଶଙ୍କା କରୁଥିଲେ ସବୁ କହିବାର ସୁଯୋଗ ପାଇଥିଲେ କି ?

ଉତ୍ତର : ସମ୍ପୂର୍ଣ୍ଣ ସୁଯୋଗ। ମୁଁ ତାଙ୍କ ସାଙ୍ଗରେ ପୂରା ସମୟ କଥାବାର୍ତ୍ତା କରିଥିଲି ଏବଂ ସେ ମୋ ସହିତ ଜିଲ୍ଲା ବିଷୟରେ କହିବାପାଇଁ ଗୋଟିଏ ବିଶେଷ ଇଣ୍ଟରଭିୟୁ ମଧ୍ୟ କରିଥିଲେ। ମୁଁ ତାଙ୍କ ଘରେ ଅତିଥି ଥିଲି।

ପ୍ରଶ୍ନ : ବାର୍ଲୋ କଣ ସେତେବେଳେ ଜିଲ୍ଲା ବିଷୟରେ ଅତି ନିରାଶାଜନକ ମତ ପୋଷଣ କରୁଥିଲେ ?

ଉତ୍ତର : ନା, କଦାପି ନୁହେଁ।

ପ୍ରଶ୍ନ : ଅଭାବରେ ଲୋକ ମରୁଛନ୍ତି ବୋଲି ସେ କହି ନଥିଲେ ?

ଉତ୍ତର : ମୋ ଆସିବା ଆଗରୁ ଏଭଳି ଘଟଣା ଘଟିଥିବାର ଖବର ଥିଲା, କିନ୍ତୁ ବାର୍ଲୋ ମତେ କହିଲେ ଯେ ଗୋପ ବ୍ୟତୀତ ଅନ୍ୟ ସବୁ ଅଞ୍ଚଳରେ ଅବସ୍ଥାର ନିଶ୍ଚିତ ଉନ୍ନତି ହୋଇଛି।

ପୁରୀରେ ଛୋଟଲାଟଙ୍କୁ ଲୋକମାନେ ଆସି ଚେରମୂଳ ଦେଖାଇଥିବା ଇତ୍ୟାଦି ସମ୍ପର୍କରେ :

ପ୍ରଶ୍ନ : ଆମକୁ କେତେ ସାକ୍ଷୀ କହିଛନ୍ତି ଯେ ପୁରୀ ଜିଲ୍ଲାର ଅଭାବଗ୍ରସ୍ତ ଲୋକ ଚେରମୂଳ ଆଣି କକବର୍ଣ୍ଣଙ୍କୁ ଦେଖାଇଥିଲେ ଏବଂ ସେ ତାକୁ ଆଣି ଇଓର ଅନରଙ୍କୁ ଦେଖାଇଥିଲେ। ଏ ବିଷୟରେ ଇଓର ଅନର କିଛି କହିବେ କି ?

ଉତ୍ତର : ମତେ ଏ ବିଷୟରେ ଏବେ କିଏ କହୁଥିଲା। ମୋର କେବଳ ଏତିକି ମନେ ଅଛି ଯେ ଆମେ ପୁରୀରେ ରାସ୍ତାରେ ଚାଲି ଚାଲି ଯିବାବେଳେ କତେରୀ ଓଡ଼ିଆରେ କଣ କହିଲେ ମୁଁ ବୁଝିପାରିଲି ନାହିଁ। ମୁଁ କକବର୍ଣ୍ଣଙ୍କୁ ପଚାରିବାରୁ ସେ କହିଲେ ଯେ ଲୋକମାନେ ଏ ଚେରମୂଳ ଖାଣ୍ଟି ଏବଂ ମତେ ଆଣି ଦେଖାଇଲେ। କିନ୍ତୁ ମତେ ଏ କଥା କେହି କହି ନଥିଲେ ଯେ ଏହା ଦୁର୍ଗତିର ଲକ୍ଷଣ। ମୁଁ ବୁଝିଲି ଯେ ଏହା ହେଉଛି ବର୍ଷର ଏହି ସମୟରେ ଲୋକମାନଙ୍କର ସ୍ୱାଭାବିକ ଖାଦ୍ୟ। ମୋର ଯେତେଦୂର ମନେ ପଡୁଛି ଏଗୁଡ଼ିକ କଟୁ ବୋଲି କନ୍ଦମୂଳ ଜାତୀୟ ଜିନିଷ ଥିଲା।

ପ୍ରଶ୍ନ : କେତେଜଣ ନେଟିଭ ଅଫିସର ଆମକୁ କହିଛନ୍ତି ଯେ ବହୁ ସଂଖ୍ୟାରେ ଲୋକ ମରୁଥିବାର ଏବଂ ଏହା ବୃଦ୍ଧି ପାଇବାର ଆଶଙ୍କା ଥିବା କଥା ସେମାନେ ଜାଣିଥିଲେ ଏବଂ ଇଓର ଅନରଙ୍କୁ କହିଥିଲେ। ଏ କଥା କଣ ସତ୍ୟ ?

ଉତ୍ତର : ମୁଁ ଅନେକ ନେଟିଭଙ୍କୁ ଭେଟିଥିଲି। ସେମାନେ ଅବଶ୍ୟ କହିଥିଲେ ଯେ ଫସଲ ନଷ୍ଟ ହୋଇଯାଇଛି ଏବଂ ଲୋକ ମରୁଛନ୍ତି, କିନ୍ତୁ ମୋର ଯାହା ମନେ ପଡୁଛି ସେମାନେ ଯାହା ସବୁ କାର୍ଯ୍ୟକ୍ରମ ନିଆଯାଇଥିଲା, ସେଥିରେ ସନ୍ତୁଷ୍ଟ ଥିଲେ। ସେମାନେ କେବଳ ଚାହୁଁଥିଲେ ଯେ ଚାଉଳର ଦର ଧାର୍ଯ୍ୟ ହେଉ ଏବଂ ଚାଉଳ ରପ୍ତାନୀ ବନ୍ଦ ହେଉ।

ପୁରୀରେ ଛ' ହଜାର ବସ୍ତା ଚାଉଳ ପଡ଼ି ରହିଥିବା ଏବଂ ତାଙ୍କର ଓଡ଼ିଶା ଗସ୍ତର ଉଦ୍ଦେଶ୍ୟ ବିଷୟରେ :

ପ୍ରଶ୍ନ : ଫିଲାନିମ ଜାହାଜରେ ଚାଉଳ ସେତେବେଳେ ପୁରୀ ସମୁଦ୍ର କୂଳରେ ପଡ଼ିଥିଲା ଏବଂ ଏଜେଣ୍ଟମାନେ ତାକୁ ବିକ୍ରି କରୁ ନଥିଲେ, ଏ ଖବର ଇଓର ଅନରଙ୍କ ଦୃଷ୍ଟିକୁ ଆସିଥିଲା କି ?

ଉତ୍ତର : ହଁ, ମୁଁ ଏ ବିଷୟ ଶୁଣିଥିଲି।

ପ୍ରଶ୍ନ : ଇଓର ଅନରଙ୍କ ଓଡ଼ିଶା ଗସ୍ତର ବିଶେଷ ଉଦ୍ଦେଶ୍ୟ କଣ ଥିଲା ?

ଉତ୍ତର : ଯଦି କିଛି ବିଶେଷ ଉଦ୍ଦେଶ୍ୟ ଥିଲା, ତା' ଦୁର୍ଭିକ୍ଷ ସମ୍ପର୍କିତ। ମୁଁ ଆଗରୁ କେବେ କଟକ ଯାଇ ନଥିଲି। ସେଥିପାଇଁ ସେଠାକୁ ଯାଇ ସେଠାର ଅଫିସର ଓ ଲୋକଙ୍କୁ ଏବଂ ବିଶେଷରେ ସେଠାରେ ହେଉଥିବା ଇରିଗେଶନ କାମ ଦେଖିବାକୁ ଚାହୁଁଥିଲି।

ଏହାପରେ ଓଡ଼ିଶାରେ ପ୍ରଚୁର ଶସ୍ୟ ରହିଥିବା ବିଷୟରେ ରେଭେନ୍ଶାଙ୍କ ରିପୋର୍ଟର ବିଶ୍ୱସନୀୟତା ଉପରେ ବିଭିନ୍ନ ପ୍ରଶ୍ନ ହେଲା। କମିଶନ ତାଙ୍କଠାରୁ ଜାଣିବାକୁ ଚାହୁଁଥିଲେ, ଓଡ଼ିଶାର ଅନ୍ୟ ସମସ୍ତେ ଚାଉଳ ଅଭାବ ଥିବା ବିଷୟରେ କହୁଥିବାବେଳେ ସେ ରେଭେନ୍ଶାଙ୍କୁ ବିଶ୍ୱାସ କଲେ କିପରି !

ପ୍ରଶ୍ନ : ଇଓର ଅନରଙ୍କ ଗସ୍ତ ପୂର୍ବରୁ କେତେ ଅଫିସର ଚାଉଳ ଆମଦାନୀ କରିବା ବିଷୟରେ ଦୃଢ଼ ମତ ଦେଇଥିଲେ। ଇଓର ଅନର ଏ ବିଷୟରେ କିଛି କହିପାରିବେ କି କାହିଁକି ଇଓର ଅନରଙ୍କ ଗସ୍ତବେଳେ ସେମାନେ ଚୁପ୍ ରହିଲେ ବା ଭିନ୍ନ ମତ ଦେଲେ ?

ଉତ୍ତର : ଏ ବିଷୟରେ ମୁଁ କିଛି କହିପାରିବି ନାହିଁ। କେବଳ ଏତିକି କହିବି ଯେ ମୁଁ ସେଠାରେ ଥିବାବେଳେ ଏଭଳି ମତ ଦିଆଯାଇ ନଥିଲା।

ପ୍ରଶ୍ନ : ମିଷ୍ଟର ରେଭେନ୍ଶା ଇଓର ଅନରଙ୍କ ଦୃଷ୍ଟିକୁ ଏକଥା ଆଣିଥିଲେ କି ଯେ ତାଙ୍କ ଡିଭିଜନର କେତେକ ଅଫିସର ଜିଲ୍ଲାରେ ଶସ୍ୟ ନାହିଁ ବୋଲି ଭାବୁଚନ୍ତି, ଏବଂ ଏଇ ଏଇ କାରଣରୁ ସେ ସେମାନଙ୍କ ସହିତ ଏକମତ ନୁହନ୍ତି ?

ଉତ୍ତର ନା, ସେ ଏକଥା କରି ନଥିଲେ। ମୁଁ କଟକରେ ଥିଲାବେଳେ କେହି ଏଭଳି ମତ ଗମ୍ଭୀରତାର ସହିତ ପୋଷଣ କରୁଥିବାର ମୋ ଦୃଷ୍ଟିକୁ ଆସି ନଥିଲା।

ପ୍ରଶ୍ନ : ସେ ପର୍ଯ୍ୟନ୍ତ ଇଓର ଅନର କଣ ଭାବୁଥିଲେ ଯେ ରେଭେନ୍ଶାଙ୍କ କାର୍ଯ୍ୟକଲାପ ବିଶ୍ୱାସଯୋଗ୍ୟ ଥିଲା, ଅଥବା ଜିଲ୍ଲାମାନଙ୍କୁ ନିଜେ ଦେଖି ନଥିବାରୁ ତାର ଅବସ୍ଥା ସମ୍ପର୍କରେ ଅଜ୍ଞ ଥାଇ ସେ ଅବିବେକୀ ମତ ଦେଉଥିଲେ ?

ଉତ୍ତର : ମିଷ୍ଟର ରେଭେନ୍ଶା ବୁଦ୍ଧି ଓ ବିଚାରସମ୍ପନ୍ନ ଅଫିସର। ତାଙ୍କର ମତକୁ ପ୍ରଶ୍ନ କରିବା କଥା ମୁଁ କେବେହେଲେ ଭାବି ନାହିଁ।

ପ୍ରଶ୍ନ : ମିଷ୍ଟର ରେଭେନ୍ଶା କଣ ସରଳ ବିଶ୍ୱାସୀ ଥିଲେ ଏବଂ ଆଖପାଖର ଲୋକମାନଙ୍କ କଥା ସହଜରେ ବିଶ୍ୱାସ କରୁଥିଲେ ?

ଉତ୍ତର : ଆଦୌ ନୁହେଁ।

ପ୍ରଶ୍ନ : ଇଓର ଅନର କଲିକତା ଛାଡ଼ି ଦାର୍ଜିଲିଙ୍ଗ ଯିବା ପୂର୍ବରୁ ଇଓର ଅନରଙ୍କୁ କେହି ବାଲେଶ୍ୱରରେ ଭୟଙ୍କର ଦୁର୍ଭିକ୍ଷ ପଡ଼ିଥିବା କଥା କହିଥିବା ଇଓର ଅନରଙ୍କର ମନେ ପଡୁଛି କି ?

ଉତ୍ତର : କମିଶନଙ୍କ ସାମନାରେ ଯହା କାଗଜ ଅଛି, ତା' ବ୍ୟତୀତ କଲିକତା ଛାଡ଼ିବା ପୂର୍ବରୁ ମୋ ପାଖରେ ଅନ୍ୟ କୌଣସି ଖବର ନଥିଲା।

ପ୍ରଶ୍ନ : ଏପ୍ରିଲ୍ ୨୦ ରୁ ମେ ୨୦–୨୧ ପର୍ଯ୍ୟନ୍ତ କମିଶନରଙ୍କର କଣ ମୟୂରଭଞ୍ଜରେ ରହିବା ନିତାନ୍ତ ଆବଶ୍ୟକ ଥିଲା ?

ଉତ୍ତର : ମୟୂରଭଞ୍ଜର ଶାନ୍ତି ରକ୍ଷା ଦୃଷ୍ଟିରୁ ତାଙ୍କର ସେଠାକୁ ଯିବା ଜରୁରୀ ଥିଲା।

ପ୍ରଶ୍ନ : ଆମେ ଦେଖୁଛୁ ଯେ ଏଭଳି ଘଡ଼ିସନ୍ଧି ସମୟରେ, ଦୁର୍ଭିକ୍ଷ ବଢ଼ି ଚାଲିଥିବା ବେଳେ,

ଚିଠିପତ୍ର ସବୁ ବିଭିନ୍ନ ବାଟ ଦେଇ ଡେରିରେ ପହଞ୍ଚୁଥିଲା। ବାଲେଶ୍ୱର ଏସ୍.ପି.ଙ୍କର ମାର୍ଚ୍ଚ ୨୭ ତାରିଖର ଚିଠି ସରକାରଙ୍କ ପାଖରେ ପହଞ୍ଚିଲା ମେ ୧୧ ତାରିଖରେ; ପୁରୀ କଲେକ୍ଟରଙ୍କର ମେ ୧୦ର ସାଂଘାତିକ ପରିସ୍ଥିତି ବିଷୟର ଚିଠି ପହଞ୍ଚିଲା ମେ ମାସ ଶେଷରେ।

ଉତ୍ତର : ଚିଠି ସବୁ ସାଙ୍ଗେ ସାଙ୍ଗେ ସରକାରଙ୍କ ପାଖକୁ ପଠାଇ ଦେବା ଉଚିତ ଥିଲା। ଏହା ହୋଇପାରିଲା ନାହିଁ, କାରଣ କମିଶନର ମୟୂରଭଞ୍ଜରେ ଥିଲେ ଏବଂ ସେଠାର ସମସ୍ୟାରେ ବ୍ୟସ୍ତ ଥିଲେ।

ଛୋଟଲାଟଙ୍କର ଜବାନବନ୍ଦୀ ନେବାରେ ପୂରା ଗୋଟିଏ ଦିନ ଲାଗିଲା। ତା'ପରେ ଆଉ ପାଞ୍ଚଜଣ ସାକ୍ଷୀଙ୍କର ଜବାନବନ୍ଦୀ ନେଇ କମିଶନ ସାକ୍ଷ୍ୟ ନେବା ସାଙ୍ଗ କଲେ। ସେମାନେ ସର୍ବମୋଟ ୧୩୦ଜଣ ସାକ୍ଷୀଙ୍କର ଜବାନବନ୍ଦୀ ନେଇଥିଲେ। କେବଳ ଦୁଇଜଣ, ଯାହାଙ୍କର ସାକ୍ଷ୍ୟ ନିତାନ୍ତ ଜରୁରୀ ଥିଲା, ସାକ୍ଷ୍ୟ ଦେଇପାରି ନ ଥିଲେ। ଜଣେ ହେଉଛନ୍ତି କକବର୍ଣ୍ଣ; ଛୋଟଲାଟଙ୍କ ଓଡ଼ିଶା ଗସ୍ତ ବେଳେ ସେ ବେମାର ପଡ଼ିଥିଲେ ଏବଂ ଅଳ୍ପ ଦିନ ପରେ ପ୍ରାଣ ତ୍ୟାଗ କରିଥିଲେ। ଅନ୍ୟଜଣକ ପୁରୀର କଲେକ୍ଟର ବାର୍ଲୋ; ସେ ସେତେବେଳକୁ ଛୁଟି ନେଇ ବିଲାତରେ ଥିଲେ।

କଟକ: ଏପ୍ରିଲ ୧୮୬୭

ଏପ୍ରିଲ ୬ ତାରିଖରେ ଦୁର୍ଭିକ୍ଷ କମିଶନ ସେମାନଙ୍କର ରିପୋର୍ଟ ଦାଖଲ କଲେ। ଏଥିରେ ସେମାନେ ଅଫିସରଙ୍କ ଉପରେ କର୍ତ୍ତବ୍ୟରେ ହେଲା କରିଥିବାର ଦୋଷାରୋପ କରିଥିଲେ। ଭାରତ ସରକାର ଏ ରିପୋର୍ଟକୁ ଇଂଲାଣ୍ଡ ପଠାଇବା ବେଳେ ଏହା ଉପରେ ଯେଉଁ ମନ୍ତବ୍ୟ କରିଥିଲେ ତା' ଭିତରୁ କେତେକ ହେଲା: ଅସାଧାରଣ ପରିସ୍ଥିତିରେ ରେଭେନ୍ଶା କମିଶନର ପଦ ପାଇଁ ଉପଯୁକ୍ତ ନୁହଁନ୍ତି; ବୋର୍ଡ ଅଫ ରେଭେନ୍ୟୁ ପରିସ୍ଥିତି ସମ୍ଭାଳିବାରେ ଅସମର୍ଥ ହୋଇଥିବାରୁ ଦୋଷୀ; ସର ସେସିଲ ବୀଡ଼ନ ଯେଉଁଭଳି ଭାବରେ ଏ ପରିସ୍ଥିତିର ମୁକାବିଲା କଲେ ତାହା ସନ୍ତୋଷଜନକ ନୁହେଁ।

ଏ ରିପୋର୍ଟ ତଥା ଭାରତ ସରକାରଙ୍କ ମନ୍ତବ୍ୟର ନକଲ ସମସ୍ତ ସମ୍ପୃକ୍ତ ଅଫିସରଙ୍କୁ ଦିଆଯାଇଥିଲା। ଏହାକୁ ପାଇ ରେଭେନଶାଙ୍କର ମନ ଖୁବ ଖରାପ ହେଲା। ଏଇ ଦେଢ଼ବର୍ଷ ଭିତରେ ସେ ଓଡ଼ିଶାକୁ ଭଲ ପାଇବାକୁ ଆରମ୍ଭ କରିଥିଲେ ଏବଂ ଆଉ କେଉଁଆଡ଼େ ବଦଲି ହୋଇଯିବାକୁ ତାଙ୍କର ଇଚ୍ଛା ନ ଥିଲା। ତାଙ୍କର ସ୍ତ୍ରୀଙ୍କୁ ମଧ୍ୟ କଟକ ଭଲ ଲାଗୁଥିଲା। ଦୁର୍ଭିକ୍ଷ ସମୟରେ ତାଙ୍କର ନିଜର ଦୋଷ ଦୁର୍ବଳତା ବିଷୟରେ ମଧ୍ୟ ତାଙ୍କୁ ତାଙ୍କର ବିବେକ ଦଂଶନ କରୁଥିଲା ଏବଂ ଓଡ଼ିଶା ପାଇଁ କି ଭଲ କାମ କରିପାରିବେ ସେ ସେକଥା ଭାବୁଥିଲେ। ରିପୋର୍ଟରେ କମିଶନର ପଦ ପାଇଁ ତାଙ୍କର ସକ୍ଷମତା ବିଷୟରେ ମନ୍ତବ୍ୟ ତାଙ୍କୁ ଯେତେ ବାଧ୍ୟ ନ ଥିଲା, ଏ ମନ୍ତବ୍ୟଟି ସେତିକି ବ୍ୟଥିତ କରିଥିଲା ଯେ ତାଙ୍କର ଓଡ଼ିଆଙ୍କ ବିରୁଦ୍ଧରେ ଏକ ପ୍ରତିକୂଳ ଧାରଣା ଥିଲା।

ଯଦିଓ ଓଡ଼ିଶାଙ୍କର ଚରିତ୍ର କମିଶନଙ୍କ ଅନୁସନ୍ଧାନର ଅନ୍ତର୍ଭୁକ୍ତ ନ ଥିଲା, ସାକ୍ଷୀମାନଙ୍କଠାରୁ ଏ ବିଷୟରେ ମତ ନିଆଯାଇଥିଲା। ଏହାର ଏକ ବିଶେଷ କାରଣ ଥିଲା। କିଛି ଲୋକ ଭାବୁଥିଲେ ଯେ ଦୁର୍ଭିକ୍ଷ

ବେଳେ ଲୋକମାନଙ୍କର ଦୁର୍ଗତି ପାଇଁ ଓଡ଼ିଆଙ୍କର ଚରିତ୍ର ଅନେକ ପରିମାଣରେ ଦାୟୀ। ଏହାର ଗୋଟିଏ ଉଦାହରଣ ସ୍ୱରୂପ କୁହାଯାଉଥିଲା ଯେ କାମ ଯୋଗାଇ ଦିଆଯାଇଥିଲେ ମଧ୍ୟ ଲୋକମାନେ ଘରେ ରହି ଉପାସରେ ମରୁଥିଲେ ସିନା, କାମ କରିବାକୁ ଆସୁ ନ ଥିଲେ। ଏ ବିଷୟରେ କମିଶନ ମତ ଦେଇଥିଲେ ଯେ ଏ କଥା ସତ୍ୟ ନ ଥିଲା। କାମ କରିବାକୁ ଅଭ୍ୟସ୍ତ ଲୋକ ପାଖ ଅଞ୍ଚଳରେ କାମ ମିଲିଲେ କାମ କରିବାକୁ ଆସୁଥିଲେ। ହୁଏତ କିଛି ଲୋକ ଦୂରକୁ କାମ କରିବାକୁ ଯିବାକୁ ଚାହିଁ ନ ଥିବେ, ଅଥବା କାମରେ ଅନଭ୍ୟସ୍ତ ଲୋକ ପାଖରେ କାମ ମିଲିଲେ ମଧ୍ୟ ସେଠାକୁ ଯାଇ ନ ଥିବେ। କମିଶନ ଏ ବିଷୟରେ କହିଥିଲେ, ଇଂଲାଣ୍ଡରେ ମଧ୍ୟ ଦୈହିକ ପରିଶ୍ରମରେ ଅନଭ୍ୟସ୍ତ ଲୋକ ଅନେକ କଷ୍ଟ ନ ସହିବା ପର୍ଯ୍ୟନ୍ତ ନିଜ ସ୍ତ୍ରୀ ପିଲାଙ୍କୁ ଦୂରଦେଶରେ ରାସ୍ତା କଡ଼ରେ ରହି ମାଟିକାମ କରିବାକୁ ପଠାଇବ ନାହିଁ।

ରେଭେନଶା ସାକ୍ଷ୍ୟ ଦେଲାବେଳେ କହୁ କହୁ କହିଥିଲେ ଯେ ଓଡ଼ିଆମାନେ ଅତ୍ୟନ୍ତ ଉସ୍ସାହହୀନ ଏବଂ ଆଳସ୍ୟ ପରାୟଣ। ବର୍ତ୍ତମାନ ରିପୋର୍ଟର ଛପା ଅକ୍ଷରରେ ନିଜର ଏ ମନ୍ତବ୍ୟ ତାଙ୍କୁ ବଡ଼ ଲଜ୍ଜିତ କଲା। ତାଙ୍କ କଥାର ସମର୍ଥନ ମିଲିପାରେ ସେ ଆଶାରେ ରେଭେନଶା ଅନ୍ୟ ସାକ୍ଷୀମାନଙ୍କର ଜବାନବନ୍ଦୀ ପଢ଼ି ଆଉ କିଏ ଓଡ଼ିଆମାନଙ୍କ ବିଷୟରେ କଣ କହିଥିଲା, ତାର ଏକ ତାଲିକା ତିଆରି କଲେ।

କେନ୍ଦ୍ରାପଡ଼ା ମୁନ୍‌ସିଫ୍ ବାବୁ ଶିବପ୍ରସାଦ ସିଂହଙ୍କ ମତରେ ଓଡ଼ିଆମାନେ ଜାତି ଓ କୁଳମର୍ଯ୍ୟାଦା ବିଷୟରେ ଏତେ ସଚେତନ ଯେ ଶାରୀରିକ ଦୁର୍ବଳତାର ଚରମ ସୀମାରେ ପହଞ୍ଚିବା ପର୍ଯ୍ୟନ୍ତ ଅନ୍ନଛତ୍ରକୁ ଆସିବେ ନାହିଁ, ଏବଂ ସେତେବେଳକୁ ତାଙ୍କୁ ବଞ୍ଚାଇବା ଅସମ୍ଭବ। କଟକର ପାଦ୍ରୀ ରେଭରେଣ୍ଡ ଡବ୍ଲ୍ୟୁ.ମିଲର କହିଥିଲେ ଯେ ଓଡ଼ିଆମାନେ ମୋଟାମୋଟି ପରିଶ୍ରମୀ ଚାଷୀ, କିନ୍ତୁ ମିତବ୍ୟୟୀ ନୁହନ୍ତି। କଟକ କଲେକ୍ଟର କର୍ଣ୍ଣେଲ ଭାବୁଥିଲେ ଯେ ଓଡ଼ିଆ ଚାଷୀମାନେ ବଙ୍ଗାଳୀଙ୍କ ଠାରୁ ଅଧିକ କୁସଂସ୍କାରଗ୍ରସ୍ତ ଏବଂ ଅଧିକ ଆଳସ୍ୟ ପରାୟଣ।

ଭଦ୍ରଖ ଏସ୍.ଡି.ଓ. ଟି.ଏଚ୍.ଶର୍ଟ ଓଡ଼ିଆ ଚାଷୀଙ୍କୁ ଖର୍ଚ୍ଚୀ ଓ ଅଳସୁଆ କହିଥିବାବେଳେ କଟକ ଡେପୁଟି କଲେକ୍ଟର ବାବୁ ରଙ୍ଗଲାଲ ବନ୍ଦୋପାଧ୍ୟାୟ ସେମାନଙ୍କୁ ବଙ୍ଗାଳୀ ଚାଷୀଙ୍କ ଅପେକ୍ଷା ଅଧିକ ପରିଶ୍ରମୀ ବୋଲି କହିଥିଲେ।

କେତେଜଣ ସାକ୍ଷୀ ଓଡ଼ିଆଙ୍କୁ ସିଧାସଲଖ ନିକୃଷ୍ଟ ବୋଲି କହିଥିଲେ। ଏମାନଙ୍କ ମତ ନିମ୍ନପ୍ରକାର ଥିଲା। ବାଲେଶ୍ୱର କଲେକ୍ଟର ଏଚ୍.ସମପ୍ରାଟ୍; ଭାରତର ଅନ୍ୟ ନେଟିଭଙ୍କ ଚରିତ୍ରରୁ ଓଡ଼ିଆଙ୍କ ଚରିତ୍ର ନିକୃଷ୍ଟ। ବାଲେଶ୍ୱରର ରିଲିଫ ଆସିଷ୍ଟାଣ୍ଟ କଲେକ୍ଟର ଆର୍.ଏଫ୍. ରାମ୍ସି; ଓଡ଼ିଆଙ୍କ ଚରିତ୍ର ଖରାପ। ବାଲେଶ୍ୱର ପାଦ୍ରୀ ରେଭରେଣ୍ଡ ଏ.ମିଲର: ଓଡ଼ିଆମାନେ ଗୋଟିଏ ମନ୍ଦ ଜାତି; ନିତାନ୍ତ ଠକ ଓ ଅଳସୁଆ। ସେହି ବାଲେଶ୍ୱରର ପାଦ୍ରୀ ରେଭରେଣ୍ଡ ଜେ.ଫିଲିପସ: ଓଡ଼ିଆମାନେ ଅତ୍ୟନ୍ତ ଦୁରାଚାରୀ ଓ ଶଠତାପୂର୍ଣ୍ଣ; ତାଙ୍କୁ ସମ୍ଭାଲିବା କଷ୍ଟ।

କଟକ ସୁପରିନଟେଣ୍ଡିଙ୍ଗ ଇଞ୍ଜିନିୟର ଏଚ୍.ଲିଓନାର୍ଡ ସାକ୍ଷ୍ୟରେ କହିଥିଲେ ଯେ ଓଡ଼ିଆମାନେ ନିଜ ରକ୍ଷଣରେ ଅସମର୍ଥ। ମାଗି ଖାଇବେ, କିନ୍ତୁ କାମ କରିବେ ନାହିଁ, କାରଣ ଆଗରୁ କେବେ ମାଟି କାମ କରି ନ ଥିଲେ। ଜାତି ଯିବ ବୋଲି ମରିଯିବେ, କିନ୍ତୁ ଅନ୍ନଛତ୍ରରୁ ଖାଇବେ ନାହିଁ। କଲିକତାର ଜମିଦାର ବାବୁ ଦିଗମ୍ବର ମିତ୍ର କହିଥିଲେ ଯେ ଓଡ଼ିଆମାନେ ବଙ୍ଗାଳୀଙ୍କ ଅପେକ୍ଷା ଜାତିକୁ ବେଶୀ ଧରି ବସନ୍ତି ଏବଂ ବେଶୀ ଅଳସୁଆ।

ତେବେ ଆହୁରି ଅନେକ ସାକ୍ଷୀ ଥିଲେ ଯେଉଁମାନେ ଓଡ଼ିଆଙ୍କୁ ବଙ୍ଗାଳୀଙ୍କ ଅପେକ୍ଷା ନିକୃଷ୍ଟ ଭାବି ନଥିଲେ। ସେମାନଙ୍କ ମତ ଥିଲା ଏପରି। ବାଲେଶ୍ୱର ଜମିଦାର ରହମତୁଲ୍ଲ୍ଲ୍ଲ ଖାଁ: ଓଡ଼ିଆମାନେ ଅନ୍ୟ ଲୋକଙ୍କ ଅପେକ୍ଷା ନିକୃଷ୍ଟ କାରଣ ସେମାନେ ଗରିବ; ତେବେ ସେମାନେ ବଙ୍ଗାଳୀଙ୍କ ଅପେକ୍ଷା ବେଶୀ ଠକ ନୁହଁନ୍ତି। ମେଦିନୀପୁରର ପାଦ୍ରୀ ଓ ଆର୍.ବ୍ୟାଟିଲର: ବଙ୍ଗାଳୀମାନେ ବେଶୀ ଠକ; ଓଡ଼ିଆମାନେ ଯାହା ବୁଝିଥିବେ ସେଇଆ। ବାଲେଶ୍ୱରର ମାଷ୍ଟର ଆଟେର୍ଶାଣ୍ଡ ଏ.ବଣ୍ଟ: ଓଡ଼ିଆମାନେ ବଙ୍ଗାଳୀଙ୍କ ଅପେକ୍ଷା ଖରାପ ନୁହନ୍ତି। ସେମାନେ ବେଶୀ ଅଳସୁଆ ନୁହଁନ୍ତି; ବେଶୀ ଚାଲାକ ବି ନୁହନ୍ତି।

ଏ ତାଲିକା ତିଆରି କରି ରେଭେନ୍ଶା ଖୁସି ହେଲେ ଯେ ଅନେକ ଲୋକ ଓଡ଼ିଆଙ୍କ ବିଷୟରେ ତାଙ୍କଠାରୁ ବେଶୀ ଖରାପ ଧାରଣା ପୋଷଣ କରିଥିଲେ। ଏ ବିଷୟରେ ଶେଷ କଥା ଲେଖିଥିଲେ କମିଶନ ତାଙ୍କ ରିପୋର୍ଟରେ: ଓଡ଼ିଆମାନେ ବଙ୍ଗାଳୀମାନଙ୍କ ଭଳି ଚାଲାକ ଚତୁର ବା ଉଦ୍ୟମୀ ନୁହଁନ୍ତି; ଏମାନଙ୍କର ଶିକ୍ଷାଦୀକ୍ଷା ନ ଥିବାରୁ ଏମାନେ ପ୍ରାୟ ଅଧିକ ନିର୍ବୋଧ। ତେବେ ସେମାନେ ତାଙ୍କ ନିଜକୁ ଚାହିଁ କମ ପରିଶ୍ରମୀ ନୁହନ୍ତି। ତାଙ୍କର ବୁଦ୍ଧି ଶୁଦ୍ଧି ଅଛି; ତାଙ୍କର ଠକାମୀ କମ ଏବଂ କେତେକ ଦୃଷ୍ଟିରେ ସେମାନେ ଅଧିକ ବିଶ୍ୱସନୀୟ। ସାହେବମାନଙ୍କ ଘରେ ଚାକର ହୋଇ ରହିଥିବା ଓଡ଼ିଆ ବେହେରା ହେଉଛି ଓଡ଼ିଆମାନଙ୍କର ଏକ ସୁନ୍ଦର ନିଦର୍ଶନ।

ରେଭେନ୍ଶା ସ୍ଥିର କଲେ ଯେ ସେ କଟକର ସାହେବମାନଙ୍କୁ ଚିଠି ଲେଖି ସେମାନଙ୍କ ପାଖରୁ ମତାମତ ଆଣିବେ ଯେ ତାଙ୍କର ଓଡ଼ିଆଙ୍କ ପ୍ରତି କୌଣସି ଖରାପ ଭାବ ନାହିଁ। ଏ ବିଷୟରେ ସେ ଜଣେ ଦି ଜଣଙ୍କ ସାଙ୍ଗରେ କଥାବାର୍ତା କଲେ ଏବଂ ଏ ଖବର ସାଙ୍ଗୋ ସାଙ୍ଗୋ ସବୁ ସାହେବଙ୍କ ପାଖରେ ପହଞ୍ଚିଲା। ସେମାନେ ସମସ୍ତେ ରେଭେନ୍ଶାଙ୍କୁ ଭଲ ପାଉଥିଲେ କିନ୍ତୁ ତାଙ୍କର ସୁସ୍ତି, ସରଳ ବିଶ୍ୱାସ, ସାଦାସିଧା ଅକପଟ ବ୍ୟବହାର ଯୋଗୁ ତାଙ୍କୁ ଠଙ୍ଗା କରୁଥିଲେ। ବର୍ତମାନ ସାହେବମାନେ ନିଜ ନିଜ ଭିତରେ କୁହାକୁହି ହେଲେ ଯେ ଓଡ଼ିଆମାନଙ୍କର ଏକ ସୁନ୍ଦର ନିଦର୍ଶନ ହେଉଛନ୍ତି ନିଜେ ରେଭେନ୍ଶା!

କଲିକତା: ସେପ୍ଟେମ୍ବର ୧୮୬୭

ବଡ଼ଲାଟ୍ ଲର୍ଡ ଲରେନ୍ସ ଦୁର୍ଭିକ୍ଷ କମିଶନ ରିପୋର୍ଟକୁ ଏପ୍ରିଲ ୨୨ ତାରିଖରେ ଲଣ୍ଡନ ପଠାଇବାବେଳେ ସେସିଲ ବୀଡ଼ନଙ୍କ ବିଷୟରେ ମନ୍ତବ୍ୟ କରିଥିଲେ: ଦୁର୍ଭିକ୍ଷଜନିତ ପରିସ୍ଥିତିର ଶେଷ ପର୍ଯ୍ୟନ୍ତ ବଙ୍ଗ ସରକାରଙ୍କ ସର୍ବୋଚ୍ଚ କର୍ତ୍ତା ବିପଦକୁ ବିଶ୍ୱାସ କରିବାପାଇଁ ଅସମର୍ଥ ଥିଲେ; ଏଭଳି ମନୋଭାବର ଫଳ ହେଲା ଯେ ସେ ସମସ୍ତ ଚେତାବନୀକୁ ଉପେକ୍ଷା କଲେ, ଯଦିଓ ସେ ଚେତାବନୀମାନ ଅସ୍ପଷ୍ଟ ନଥିଲା, ଏବଂ ସେ ଅନୁସନ୍ଧାନ ଓ କାର୍ଯ୍ୟାନ୍ୱୟ କରିବାର ମୂଲ୍ୟବାନ ସୁଯୋଗକୁ ନଷ୍ଟ କଲେ।

ଓଡ଼ିଶା ଦୁର୍ଭିକ୍ଷ ବିଷୟରେ ଲର୍ଡ ଲରେନ୍ସ ସକ୍ରିୟ ଭାବେ କାର୍ଯ୍ୟ କରିବା ପାଇଁ ଆଦେଶ ଦେଇ ନ ଥିଲେ। ଯଦିଓ ସେ ଏହାର ଆବଶ୍ୟକତା ଅନୁଭବ କରିଥିଲେ, ତାଙ୍କ କାଉନସିଲର ଅନ୍ୟ ସଭ୍ୟମାନେ ଭାବୁଥିଲେ ଯେ ବୀଡ଼ନ ଯାହା କରୁଥିଲେ ଠିକ୍ ଥିଲା। ଲର୍ଡ ଲରେନ୍ସଙ୍କ କର୍ମମୟ ଜୀବନରେ ଓଡ଼ିଶାର ଦୁର୍ଭିକ୍ଷ ତାଙ୍କ ପାଇଁ ସବୁଠାରୁ ବେଶୀ ଦୁଃଖ ଓ କ୍ଷୋଭର ବିଷୟ ଥିଲା।

କମିଶନଙ୍କ ରିପୋର୍ଟ ମିଳିବା ସଙ୍ଗେସଙ୍ଗେ ବୀଡ଼ନ ଏକ ଦୀର୍ଘ ଚିଠାରେ ନିଜର ସଫାଇ ଦେଇ ତାକୁ ବଡ଼ଲାଟଙ୍କ ପାଖକୁ ପଠାଇଥିଲେ। ତାହା ସତ୍ତ୍ୱେ ବଡ଼ଲାଟ୍ ଏଭଳି ମନ୍ତବ୍ୟ କରିବାରୁ ବୀଡ଼ନ ତା' ଉପରେ ପୁଣି ଏକ ଦୀର୍ଘ ପ୍ରତିବାଦ ଲେଖିଲେ। ଏଥିରେ ସେ ଲେଖିଲେ ଯେ ବଡ଼ଲାଟ୍ ସିମଲା ଯିବା ପୂର୍ବରୁ ରିପୋର୍ଟଟିକୁ ବିଲାତ ପଠାଇବାକୁ ଥିବାରୁ ତାହା ଠିକ୍ ଭାବେ ନ ପଢ଼ି ତରବରରେ ମନ୍ତବ୍ୟମାନ ଲେଖି ଦେଇଛନ୍ତି। ଲର୍ଡ ଲରେନ୍ସ ମନ୍ତବ୍ୟ ଦେଇଥିଲେ ଯେ ବୀଡ଼ନ ପୁରୀ ଯାଇଥିବାବେଳେ ସେଠାରେ ଭୋକିଲା ଜନତା ତାଙ୍କୁ ଘେରି ରହିବା ପରେ ତାଙ୍କର ଏକ ବିଶେଷ ଅନୁସନ୍ଧାନ କରାଇବା ଉଚିତ୍ ଥିଲା। ଏହା ଉତ୍ତରରେ ବୀଡ଼ନ ଲେଖିଲେ ଯେ ବଡ଼ଲାଟ୍ ଯେଉଁ ଭୋକିଲା ଜନତା କଥା ଲେଖିଛନ୍ତି,

ତାହାର ଅବସ୍ଥିତି କେବଳ କଳ୍ପନାରେ। ସେ ଆହୁରି ମଧ୍ୟ କହିଥିଲେ ସେ ଦୁର୍ଭିକ୍ଷ କମିଶନ ସଭ୍ୟମାନେ ଅଫିସରମାନଙ୍କୁ ଅଭିଯୁକ୍ତ ଆସାମୀ ଭଳି ଜ୍ଞାନ କରି ଏପରି ସବୁ ପ୍ରଶ୍ନମାନ କରିଥିଲେ ଯାହାର ଉତ୍ତର ତାଙ୍କ ପୂର୍ବ ନିର୍ଦ୍ଧାରିତ ନିର୍ଣ୍ଣୟର ଅନୁକୂଳ ହେବ।

ନିଜର ପ୍ରତିବାଦକୁ ବୀଡ଼ନ ଏପ୍ରିଲ୍ ୩୦ ତାରିଖ ପଠାଇ ଦେଲେ ଏବଂ ଏହାର କିଛିଦିନ ପରେ ତାଙ୍କର ପାଞ୍ଚବର୍ଷର କାର୍ଯ୍ୟକାଳ ପୂରିଯିବାରୁ ଭାରତରୁ ଚାଲିଗଲେ। ଜୁଲାଇ ୨୫ ତାରିଖରେ ସେକ୍ରେଟାରୀ ଅଫ୍ ଷ୍ଟେଟ ସର ଷ୍ଟାଫୋର୍ଡ଼ ନର୍ଥକୋଟ ଏ ବିଷୟରେ ଶେଷ ନିଷ୍ପତ୍ତି ଦେଇ ଚ୍ଛୋଟଲାଟ, ବୋର୍ଡ, କମିଶନର ପ୍ରଭୃତିଙ୍କୁ ଦୋଷୀ ବୋଲି ଧରିଲେ।

ଅଗଷ୍ଟ ୬ ତାରିଖରେ ହାଉସ ଅଫ୍ କମନ୍ସରେ ଓଡ଼ିଶାର ଦୁର୍ଭିକ୍ଷ ବିଷୟରେ ଆଲୋଚନା ହେଲା। କମିଶନଙ୍କ ରିପୋର୍ଟ ଉପରେ ଯେଉଁ ପ୍ରସ୍ତାବ ଆଗତ କରାଯାଇଥିଲା, ତାର ଉଦ୍ଦେଶ୍ୟ ଥିଲା ସେସିଲ ବୀଡ଼ନଙ୍କୁ ଦୋଷୀ ସାବ୍ୟସ୍ତ କରିବା ତଥା ବଡ଼ଲାଟ ଓ ଭାରତ ସରକାରଙ୍କୁ ଦୋଷମୁକ୍ତ କରିବା। ଏହା ଉପରେ ଏକ ସଂଶୋଧନ ପ୍ରସ୍ତାବ ଆସିଲା, କାରଣ ସଭ୍ୟମାନେ ମନେ କରୁଥିଲେ ଯେ ଓଡ଼ିଶାରେ ଦୁର୍ଭିକ୍ଷ ପାଇଁ ବଡ଼ଲାଟ ଓ ଭାରତ ସରକାରଙ୍କୁ ଦୋଷୀ ଧରାଯାଉ। ଏ ବିଷୟରେ ଗରମାଗରମ ଆଲୋଚନା ଆରମ୍ଭ ହେଲା। ସଭ୍ୟମାନେ ନିଜର ମତକୁ ଧରି ରଖିବାରୁ ନର୍ଥକୋଟ ହାର ମାନିଲେ। ସେ ହାଉସ ଅଫ୍ କମନ୍ସରେ ନିମ୍ନଲିଖିତ ବିବୃତି ଦେଲେ:

ଓଡ଼ିଶାର ଦୁର୍ଭିକ୍ଷ ଚିରଦିନ ପାଇଁ ଆମର ବିଫଳତାର ଏକ ସ୍ମୃତିସ୍ତମ୍ଭ ହୋଇ ରହିବ; ଆମର ଦେଶବାସୀ, ଆମର ସରକାର, ଭାରତରେ ଥିବା ଆମର ଯେଉଁ ଅଫିସରଙ୍କ ପାଇଁ ଆମର ଗର୍ବ, ସମସ୍ତଙ୍କ ପାଇଁ ଏହା ଏକ ଅପମାନ।

ଏ ସ୍ୱୀକାରୋକ୍ତି ପରେ ସଭ୍ୟମାନେ ସଂଶୋଧନ ପ୍ରସ୍ତାବକୁ ପ୍ରତ୍ୟାହାର କରିନେଲେ। ତେବେ କଥା ଏତିକିରେ ସରିଲା ନାହିଁ। ସରକାରଙ୍କ ପାଖରୁ ନିନ୍ଦାବାଦ ପାଇବା ପରେ ବୋର୍ଡ଼ ଅଗଷ୍ଟ ୧୫ ତାରିଖରେ ୨୧୧ ପାରାଗ୍ରାଫ ବିଶିଷ୍ଟ ଏକ ଦୀର୍ଘ ସ୍ୱଷ୍ଟୀକରଣ ଲେଖି ସରକାରଙ୍କୁ ପଠାଇଲେ ଏବଂ ନିଜକୁ ଦୋଷମୁକ୍ତ କରିବାକୁ ଚେଷ୍ଟା କଲେ। କହିବା ବାହୁଲ୍ୟ, ସେପ୍ଟେମ୍ବର ୪ ତାରିଖରେ ଭାରତ ସରକାର ବୋର୍ଡ଼ର ଏ ଆବେଦନକୁ ପ୍ରତ୍ୟାଖ୍ୟାନ କରିଦେଲେ।

କଟକ: ଡିସେମ୍ବର ୧୮୬୭

ଦୁର୍ଭିକ୍ଷ କମିଶନ ରିପୋର୍ଟ ପ୍ରକାଶ ପାଇବା ପରେ ସରକାର ଏତେ ବ୍ୟସ୍ତ ହୋଇପଡ଼ିଲେ ଯେ ବର୍ତ୍ତମାନ ଓଡ଼ିଶାକୁ ଦରକାର ନଥିବା ଚାଉଳ ଆମଦାନୀ ହେବାକୁ ଲାଗିଲା। ଏ ଭିତରେ ପ୍ରାୟ ୧୧ ଲକ୍ଷ ମହଣ ଚାଉଳ ଆସି ସାରିଥିଲା ଏବଂ ସେଥିରୁ ବର୍ଷ ଶେଷ ସୁଦ୍ଧା ଖର୍ଚ୍ଚ ହୋଇଥିଲା ମାତ୍ର ୫ ଲକ୍ଷ ମହଣ। ଏ ବର୍ଷର ଫସଲ ମଧ୍ୟ ଭଲ ହୋଇ ଧାନଦର ହୋଇଯାଇଥିଲା ଟଙ୍କାକୁ ପଚାଶ ସେର। ଆମଦାନୀ ହୋଇଥିବା ଚାଉଳ ଶସ୍ତାରେ ମିଳିଲେ ବି ଲୋକେ ତାକୁ ପସନ୍ଦ କରୁ ନଥିଲେ ଏବଂ ତାହା ସେଇଭଳି ପଡ଼ି ରହିଥିଲା।

ଓଡ଼ିଶା ପ୍ରତି ବର୍ତ୍ତମାନ ସମସ୍ତଙ୍କର ଆଖି ଖୋଲି ଯାଇଥିଲା ଏବଂ ଓଡ଼ିଶାର ରାସ୍ତାଘାଟ, ଶିକ୍ଷା, ବାଣିଜ୍ୟ ଇତ୍ୟାଦି ଦିଗରେ ସରକାର ମନ ଦେଲେ। ସରକାର ସବୁ କ୍ଷେତ୍ରରେ ସଚେତନ ହୋଇ ଓଡ଼ିଶାରେ ବିଭିନ୍ନ କାର୍ଯ୍ୟକ୍ରମ ହାତକୁ ନେବାରୁ ଦୀପିକା ଲେଖିଲା: ଯେରୂପ ଗଭର୍ଣ୍ଣମେଣ୍ଟ ଆମମାନଙ୍କୁ ବହୁକାଳରୁ ଅବହେଳା କରି ଆସୁଥିଲେ ତାହା କଳନ୍ତର ସହିତ ବର୍ତ୍ତମାନ ପରିଶୋଧ କରୁଅଛନ୍ତି।

ଆଉ ଅନ୍ନଛତ୍ର ଆବଶ୍ୟକତା ନଥିବାରୁ ନିଷ୍ପତ୍ତି ନିଆଯାଇଥିଲା ଯେ ସେପ୍ଟେମ୍ବର ମାସରୁ ସେଗୁଡ଼ିକୁ ଆସ୍ତେ ଆସ୍ତେ ବନ୍ଦ କରି ଦିଆଯିବ। ବର୍ଷ ଶେଷକୁ ଅନ୍ନଛତ୍ରରେ ରହି ଯାଇଥିଲେ ମାତ୍ର ଆଠଶହ କାଙ୍ଗାଳ। ଅନ୍ନଛତ୍ର ବ୍ୟତୀତ ଆଗରୁ ଗାଁମାନଙ୍କରେ ଅତି ଗରିବ ଲୋକଙ୍କୁ ମାଗଣାରେ ଚାଉଳ ମିଳୁଥିଲା। ଅଗଷ୍ଟ ମାସରେ ପ୍ରାୟ ଷାଠିଏ ହଜାର ଲୋକଙ୍କୁ ଏ ସାହାଯ୍ୟ ମିଳୁଥିବା ସ୍ଥଳେ ବର୍ଷ ଶେଷରେ ଏ ସାହାଯ୍ୟ ଦିଆଯାଉଥିଲା ମାତ୍ର ଦୁଇହଜାର ଲୋକଙ୍କୁ।

ଦୁର୍ଭିକ୍ଷରେ ଓଡ଼ିଶାର ଏକ ତୃତୀୟାଂଶ ଲୋକ ମରି ଯାଇଥିଲେ। ବର୍ତ୍ତମାନ କିନ୍ତୁ ଓଡ଼ିଶାରେ

ଦୁର୍ଭିକ୍ଷର କୌଣସି ଚିହ୍ନ ଦେଖାଯାଉ ନଥିଲା, କେବଳ କ୍ବଚିତ କେଉଁଠି କାଙ୍ଗାଳ ଭିଖାରୀ ବୁଲୁଥିବା ଛଡ଼ା। ଏମାନଙ୍କୁ ନ ଦେଖିଲେ ଜାଣିବାର କୌଣସି ଉପାୟ ନ ଥିଲା ଯେ ଓଡ଼ିଶା ଏଇମାତ୍ର ଏକ କରାଳ ଦୁର୍ଭିକ୍ଷରୁ ବାହାରି ଆସିଛି, କାରଣ ଗାଁ ଗହଳରେ ଜୀବନ ସ୍ବାଭାବିକ ହୋଇ ଯାଇଥିଲା। ଦୁର୍ଭିକ୍ଷ କେବଳ ଦୁଇଟି ସମସ୍ୟା ଛାଡ଼ି ଯାଇଥିଲା: ଅନ୍ନଛତ୍ରରେ ଖାଇ ଜାତି ହରାଇଥିବା କାଙ୍ଗାଳମାନଙ୍କର ଜାତିକରଣ ଏବଂ ଅନାଥ ପିଲାଙ୍କ ଭବିଷ୍ୟତ।

ବର୍ଷ ଶେଷରେ ପ୍ରାୟ ଦେଢ଼ ହଜାର ଅନାଥ ପିଲା ଥଇଥାନ ପାଇଁ ରହି ଯାଇଥିଲେ। ଦୁର୍ଭିକ୍ଷ ସମୟରେ ପାଦ୍ରୀମାନେ ଅନାଥାଶ୍ରମ ଖୋଲି ଅନେକ ଅନାଥ ପିଲାଙ୍କର ଯତ୍ନ ନେଇଥିଲେ। ବର୍ତ୍ତମାନ ସରକାର ସ୍ଥିର କରିଥିଲେ ଯେ ଯେଉଁ ଅନୁଷ୍ଠାନ ଏ ପିଲାଙ୍କର ରକ୍ଷଣାବେକ୍ଷଣ କରିବ, ତାକୁ ପ୍ରତିଟି ପିଲାପାଇଁ, ପିଲାଟି ଷୋଲ ବର୍ଷର ହେବା ପର୍ଯ୍ୟନ୍ତ, ମାସକୁ ଷୋଲ ଟଙ୍କା ହାରରେ ଦିଆଯିବ। ସରକାରୀ ଟଙ୍କାରେ ପିଲାମାନଙ୍କୁ ପାଲି ସେମାନଙ୍କୁ ଖ୍ରୀଷ୍ଟିଆନ କରି ଦେଉଥିବାର ସମାଲୋଚନା ହେଲା, କିନ୍ତୁ ଏ ପିଲାମାନଙ୍କୁ ପାଲିବାପାଇଁ ମିଶନାରୀଙ୍କ ବ୍ୟତୀତ ଆଉ କେହି ଆଗଭର ହେଲେ ନାହିଁ। ଏତଦ୍ ବ୍ୟତୀତ ଦୁର୍ଭିକ୍ଷବେଳେ କଟକ ସହରର ବେଶ୍ୟାମାନେ ଯେଉଁ ଦୁଇଶହ ଭଲି ଝିଅଙ୍କୁ କିଣି ତାଙ୍କର ଜୀବନ ରକ୍ଷା କରିଥିଲେ, ସେମାନେ ବର୍ତ୍ତମାନ ବେଶ୍ୟାବୃଭି ପାଇଁ ପ୍ରସ୍ତୁତ କରା ହେଉଥିଲେ।

କାଙ୍ଗାଲଙ୍କର ଜାତିକରଣ ବିଷୟରେ ବିଚିତ୍ରାନନ୍ଦ ଦାସ କଟକ ପ୍ରିଣ୍ଟିଂ କମ୍ପାନୀ ଅଫିସରେ ସେପ୍ଟେମ୍ବର ମାସରେ ଏକ ସଭା ଡକାଇଲେ। କମ୍ପାନୀର ଅବସ୍ଥା ବର୍ତ୍ତମାନ ସ୍ବଚ୍ଛଳ ଥିଲା ଏବଂ ନିଜର ଘର ତିଆରି କରିବା ପାଇଁ କମ୍ପାନୀ ଅଦାଲତ ପୋଖରୀ ଦକ୍ଷିଣରେ ପାଲିକିଖାନା ପାଖରେ ଜମି କିଣିଥିଲେ। ଦୀପିକା ନିୟମିତ ପ୍ରକାଶ ପାଉଥିଲା ଏବଂ ଏ ଭିତରେ ସାରା ଓଡ଼ିଶାରେ ଜଣାଶୁଣା ହୋଇ ଯାଇଥିଲା। ପୂର୍ବବର୍ଷ କମ୍ପାନୀ ଗୋଟିଏ ପାଞ୍ଜି ତଥା ଉପେନ୍ଦ୍ର ଭଞ୍ଜଙ୍କ ପ୍ରେମସୁଧାନିଧି ବହିଟିକୁ ଟୀକା ସହିତ ପଥର ଛାପା ଜଲରେ ଛପାଇ ପ୍ରକାଶ କରିଥିଲେ। ଅଗଷ୍ଟ ମାସରୁ ଈଶ୍ବରଚନ୍ଦ୍ର ବିଦ୍ୟାସାଗରଙ୍କ ସହାୟତାରେ କଲିକତାରୁ ଓଡ଼ିଆ ଟାଇପ ଅକ୍ଷର ଆସି ପ୍ରେସ ପୂର୍ଣ୍ଣାଙ୍ଗ ହେଲା ଏବଂ ସେଇ ମାସରୁ ପଥର ଛାପା ବନ୍ଦ ହୋଇ ଅକ୍ଷର ଛାପାରେ ଦୀପିକା ପ୍ରକାଶ ପାଇଲା।

ବିଚିତ୍ରାନନ୍ଦ ଡାକିଥିବା ସଭାରେ କଟକର ଭଦ୍ରବ୍ୟକ୍ତିମାନଙ୍କ ବ୍ୟତୀତ ମଫସଲର ଜମିଦାର ଏବଂ କଟକ, ପୁରୀ ଓ ବଙ୍ଗଲାର ପଣ୍ଡିତମାନେ ମଧ ଉପସ୍ଥିତ ଥିଲେ। କାଙ୍ଗାଳମାନଙ୍କୁ ଜାତିରେ ନ ପୁରାଇବାରୁ ସେମାନଙ୍କ ହାତରୁ କେହି ପାଣି ଛୁଇଁ ନ ଥିଲେ ଏବଂ ଗାଁ ଭିତରେ ସେମାନେ ଅଲଗା ହୋଇ ରହିଥିଲେ। ଏଥିଯୋଗୁ ଅନେକ ସମସ୍ୟା ହେଉଥିଲା ଏବଂ କାଙ୍ଗାଳମାନେ ଅଶାନ୍ତିରେ ଥିଲେ।

ସଭାରେ ପଣ୍ଡିତମାନେ ବିଭିନ୍ନ ପ୍ରକାରର ମତ ବ୍ୟକ୍ତ କଲେ। ବଙ୍ଗଦେଶୀୟ ଓ କଟକର ପଣ୍ଡିତମାନେ ସେମାନଙ୍କୁ ଜାତିରେ ନିଆଯାଇ ପାରିବ ବୋଲି ମତ ଦେଲେ; ତେବେ ବଙ୍ଗଦେଶୀୟ ପଣ୍ଡିତମାନେ ପ୍ରାୟଶ୍ଚିତ ବିଷୟରେ କିଛି ନ କହିବା ସ୍ଥଳେ କଟକ ପଣ୍ଡିତମାନେ ପ୍ରାୟଶ୍ଚିତ ଲୋଡ଼ା ବୋଲି ମତ ଦେଲେ। ପୁରୀର ପଣ୍ଡିତମାନେ କାଙ୍ଗାଳମାନଙ୍କ ବିଷୟରେ ନ କହି ଜେଲ ଯାଇ ଜାତି ହରାଇଥିବା ଲୋକ ଜାତିକୁ ଫେରିପାରିବ ନାହିଁ ବୋଲି ମତ ଦେଲେ। ଏ ସଭାରେ ପରାଶର ସଂହିତାର ନିମ୍ନଲିଖିତ ଶ୍ଲୋକ ଉଦ୍ଧୃତ ହେଲା:

ଦେଶଭଙ୍ଗେ ପ୍ରବାସେ ବା ବ୍ୟାଧିଷୁ ବ୍ୟସନେଷ୍ବପି

ରକ୍ଷେଦେବ ସ୍ୱଦେହାଦି ପଶ୍ଚାଦ୍ଧର୍ମଂ ସମାଚରେତ୍ ।

ଆପତ୍‌କାଲେ ତୁ ସଂପ୍ରାପ୍ତେ ଶୌଚାଚାରଂ ନ ଚିନ୍ତୟେତ୍

ସ୍ୱୟଂ ସମୁଦ୍ଧରେତ୍ ପଶ୍ଚାତ୍ ସୁସ୍ଥୋଧର୍ମଂ ସମାଚରେତ୍ ।

ଅର୍ଥାତ୍ ଦେଶୋପଦ୍ରବ, ପ୍ରବାସ, ରୋଗ, ଦୁର୍ଭିକ୍ଷ ପ୍ରଭୃତି ଗୁରୁତର ଆପାତକାଲମାନଙ୍କରେ ସ୍ୱଧର୍ମ ତ୍ୟାଗପୂର୍ବକ ଆତ୍ମରକ୍ଷା କରିପାରିବ; ପରେ ସୁସ୍ଥ ହୋଇ ସ୍ୱଧର୍ମ ଓ ସ୍ୱବୃତ୍ତି ଆଚରଣ କରିବ ।

ଏ ସଭା ପରେ ବିଚିତ୍ରାନନ୍ଦ ଦାସ ପଣ୍ଡିତମାନଙ୍କର ବିଚାରକୁ ଏକାଠି କରି କିପରି କଣ କଲେ କାଙ୍ଘାଲମାନଙ୍କର ଜାତିକରଣ ହେବ ତାର ଗୋଟିଏ ପୁସ୍ତିକା ତିଆରି କଲେ । ଏ ପୁସ୍ତିକାକୁ କଟକ ପ୍ରିଣ୍ଟିଂ କମ୍ପାନୀରେ ଛପାଇ ରାଜା, ଜମିଦାରମାନଙ୍କୁ ଦେଇ ଅନୁରୋଧ କରାଗଲା ଯେ ସେମାନେ ତାକୁ ହାଟ ବଜାରରେ ନେଇ ବଣ୍ଟାଇବେ ।

କେନ୍ଦୁଝର: ଜାନୁଆରୀ ୧୮୬୮

ଦୁର୍ଭିକ୍ଷ ସମସ୍ୟାରୁ ବିରାମ ପାଇବା ସଙ୍ଗେସଙ୍ଗେ ରେଭେନ୍ଶା ଜଡ଼ିତ ହୋଇପଡ଼ିଲେ କେନ୍ଦୁଝର ଗଡ଼ଜାତର ସମସ୍ୟାକୁ ନେଇ। ଏ ଗଡ଼ଜାତ ରାଜ୍ୟଟି ସହିତ ଇଂରେଜମାନଙ୍କର ଭଲ ସମ୍ପର୍କ ଥିଲା। ସିପାହୀ ବିଦ୍ରୋହ ବେଳେ କେନ୍ଦୁଝର ରାଜା ଗଦାଧର ଭଞ୍ଜ ଇଂରେଜମାନଙ୍କୁ ସାହାଯ୍ୟ କରିଥିଲେ ଏବଂ ୧୮୬୭ ଦରବାର ବେଳେ ଛୋଟଲାଟ୍ ଏଥିପାଇଁ ତାଙ୍କର ପ୍ରଶଂସା କରିଥିଲେ। ଗଦାଧର ୧୮୬୧ ରେ ମଲାବେଳେ ରାଣୀ ବିଷ୍ଣୁପ୍ରିୟା ପାଟମହାଦେଇଙ୍କ ଛଡ଼ା ଜଣେ ଫୁଲବାଇ ରକ୍ଷିତା ସ୍ତ୍ରୀକୁ ମଧ୍ୟ ଛାଡ଼ି ଯାଇଥିଲେ। ବିଷ୍ଣୁପ୍ରିୟାଙ୍କର ସନ୍ତାନ ନ ଥିଲେ; ରକ୍ଷିତା ସ୍ତ୍ରୀର ଦୁଇଟି ପିଲା ଥିଲେ, ଧନୁର୍ଜୟ ଓ ଚନ୍ଦ୍ରଶେଖର। ଗଦାଧରଙ୍କର ମୃତ୍ୟୁପରେ ବିଷ୍ଣୁପ୍ରିୟାଙ୍କ ସମ୍ମତିରେ ଧନୁର୍ଜୟ ଗାଦିରେ ବସିଲା। ସେ ନାବାଳକ ଥିବାରୁ କମିଶନରଙ୍କ ତତ୍ତ୍ୱାବଧାନରେ ରହି ପାଠ ପଢୁଥିଲା ଏବଂ ସେ ହିଁ ସେସିଲ ବୀଡ଼ନଙ୍କ ଦରବାରରେ ଯୋଗ ଦେଇଥିଲା। ରାଜ୍ୟର ଭାର ବୁଝୁଥିଲେ ଜଣେ ତହସିଲଦାର ଏବଂ ଦେବାନ।

ଏହି ସମୟରେ ମୟୂରଭଞ୍ଜର ରାଜା ଦାବୀକଲେ ଯେ ତାଙ୍କର ନାତି ବୃନ୍ଦାବନକୁ ଗଦାଧର ମରିବା ପୂର୍ବରୁ ପୋଷ୍ୟପୁତ୍ର କରିଥିଲେ; ତେଣୁ କେନ୍ଦୁଝର ଗାଦି ତାକୁ ମିଳିବା କଥା। ଯଦିଓ ପୋଷ୍ୟପୁତ୍ର କରିବା କଥା ମିଛ ଥିଲା, ବିଷ୍ଣୁପ୍ରିୟା ଏ ଦାବୀକୁ ସମର୍ଥନ କଲେ, କାରଣ ଏବେ ସେ ଭାବୁଥିଲେ ଯେ ଧନୁର୍ଜୟର ମା ଫୁଲବାଇ ରକ୍ଷିତା ସ୍ତ୍ରୀ ନ ଥିଲା, ଥିଲା ମାତ୍ର ଦାସୀ। ଏ ବିଷୟରେ ମକଦ୍ଦମା ହେଲା ଏବଂ କମିଶନରଙ୍କ ପାଖରୁ ହାଇକୋର୍ଟ ଯାଇ ମାମଲା ବର୍ତ୍ତମାନ ଥିଲା ପ୍ରିଭି କାଉନସିଲରେ।

ସେପ୍ଟେମ୍ବର ୧୮୬୭ ସୁନିଆ ଦିନ ଧନୁର୍ଜୟ ସାବାଳକ ହେଲା। ଏହା ପୂର୍ବରୁ ରାଣୀ ଦରଖାସ୍ତ

କରିଥିଲେ ଯେ ପ୍ରିଭି କାଉନସିଲରେ ମକଦମା ନିଷ୍ପତ୍ତି ହେବା ପର୍ଯ୍ୟନ୍ତ ଧନୁର୍ଜୟର ଅଭିଷେକକୁ ସ୍ଥଗିତ ରଖାଯାଉ, କିମ୍ବା ତାକୁ ଯଦି ଗାଦି ଦିଆଯାଏ, ତା ପାଖରୁ ବନ୍ଧକ ନିଆଯାଉ।

କେନ୍ଦୁଝରର ପର୍ବତମଞ୍ଚଳରେ ଭୂୟାଁ ଓ ଜୁଆଙ୍ଗ ସମ୍ପ୍ରଦାୟର ଆଦିବାସୀ ରହୁଥିଲେ। ଭୂୟାଁମାନେ ସଂଖ୍ୟାଧିକ ଥିଲେ ଏବଂ ଦାବୀ କରୁଥିଲେ ଯେ କେନ୍ଦୁଝର ଗାଦିରେ ରାଜା ବସାଇବାର ଅଧିକାର ତାଙ୍କର। ସୁନିଆ ବେଳକୁ କେନ୍ଦୁଝରରୁ ସାତ ଆଠଶହ ଆଦିବାସୀ ଓ ସେମାନଙ୍କର ସର୍ଦ୍ଦାର କଟକ ଆସି ଧନୁର୍ଜୟକୁ ସମର୍ଥନ ଜଣାଇଲେ ଏବଂ ରେଭେନ୍ସା କଟକରେ ହିଁ ଧନୁର୍ଜୟକୁ ଗାଦି ସମର୍ପି ଦେଲେ।

କେନ୍ଦୁଝରରେ ଥାଇ ରାଣୀ ବିଷ୍ଣୁପ୍ରିୟା ଏ ବ୍ୟବସ୍ଥାକୁ ମାନିଲେ ନାହିଁ ଏବଂ ଆଦିବାସୀମାନଙ୍କ ସହିତ ମନ୍ତ୍ରଣା ଚଳାଇଲେ। ଜଣେ ଭୂୟାଁ ସର୍ଦ୍ଦାର ରତ୍ନ ନାୟକ ମୟୂରଭଞ୍ଜର ବୃନ୍ଦାବନର ସପକ୍ଷରେ ଥିଲା ଏବଂ ଏ ବିଷୟରେ ରାଣୀଙ୍କୁ ସମର୍ଥନ କରୁଥିଲା। ରାଣୀ ବର୍ତ୍ତମାନ ଧମକ ଦେଉଥିଲେ ଯେ ଧନୁର୍ଜୟ ରାଜା ହେଲେ ସେ କେନ୍ଦୁଝର ଛାଡ଼ି ଚାଲିଯିବେ। ସେ ଏକଥା କଲେ ଆଦିବାସୀମାନେ ମେଲି କରିବାର ଆଶଙ୍କା ଥିଲା।

ରେଭେନ୍ସାଙ୍କ ଆଗରେ ବର୍ତ୍ତମାନ ସମସ୍ୟା ଥିଲା କିପରି ଧନୁର୍ଜୟକୁ କଟକରୁ ନେଇ କେନ୍ଦୁଝର ଗଡ଼ରେ ଅବସ୍ଥାପିତ କରିବେ। ବିଚାର କରି ଶେଷରେ ସ୍ଥିର କରାହେଲା ଯେ ଜଣେ ଅମଲା ଏବଂ ଆଦିବାସୀ ଲୋକଙ୍କୁ ସାଙ୍ଗରେ ଧରି ଧନୁର୍ଜୟ ଆନନ୍ଦପୁର ଯାଇ ସେଠାରେ କିଛି ଦିନ ରହିବ। ସେତେବେଳକୁ ରାଣୀଙ୍କ ମନ ବଦଳି ଯାଇଥିବ। ପରେ ରେଭେନ୍ସା ନିଜେ ଆନନ୍ଦପୁର ଯାଇ ସେଠାରୁ ଧନୁର୍ଜୟକୁ ସାଙ୍ଗରେ ନେଇ କେନ୍ଦୁଝର ଯିବେ। ଏ ଯୋଜନା ଅନୁଯାୟୀ ଧନୁର୍ଜୟ କଟକ ଛାଡ଼ିଲା ଏବଂ ତା ସହିତ ଯାଉଥିବା ଅମଲା ହାତରେ ରେଭେନ୍ସା ରାଣୀଙ୍କ ପାଖକୁ ଗୋଟିଏ ଚିଠି ଦେଲେ। ସେଥିରେ ଲେଖାଥିଲା ଯେ ଧନୁର୍ଜୟ ଚାହେଁ ରାଣୀ କେନ୍ଦୁଝରରେ ରହନ୍ତୁ, ତେବେ ରାଣୀ ଯଦି ଅନ୍ୟ କେଉଁଠାରେ ରହିବାକୁ ଚାହାନ୍ତି, ତାଙ୍କୁ ସସମ୍ମାନରେ ସେଠାକୁ ପଠାଇ ଦିଆଯିବ। ରାଣୀଙ୍କୁ ଅନୁରୋଧ କରାଯାଇଥିଲା ଯେ ସେ ଏ ବିଷୟ ସର୍ଦ୍ଦାରମାନଙ୍କୁ ବୁଝାଇ ଦିଅନ୍ତୁ।

ନଭେମ୍ବର ମାସରେ ରେଭେନ୍ସା ଆନନ୍ଦପୁର ଯାଇ ଦେଖିଲେ ଯେ ସେ ଅଞ୍ଚଳର ଲୋକେ ଧନୁର୍ଜୟକୁ ମାନି ଯାଇଛନ୍ତି ଏବଂ ସବୁ କାମ ଠିକ ମତେ ଚାଲୁଛି। ତେବେ ଖବର ମିଳିଲା ଯେ ଜଙ୍ଗଲ ଅଞ୍ଚଳର ଆଦିବାସୀମାନେ ରାଣୀଙ୍କୁ ସମର୍ଥନ କରୁଛନ୍ତି। ଏଥର ବ୍ୟତିବ୍ୟସ୍ତ ନ ହୋଇ ସାଙ୍ଗରେ ଧନୁର୍ଜୟକୁ ଧରି ରେଭେନ୍ସା କେନ୍ଦୁଝର ବାହାରିଲେ।

ଯାତ୍ରା ସୁବିଧାର ନ ଥିଲା। ରାସ୍ତା ପାଖର ଗାଁ ଲୋକେ ଭୂୟାଁମାନଙ୍କୁ ଡରି ରହିଥିଲେ ଏବଂ ଭୟରେ ରେଭେନ୍ସାଙ୍କ କ୍ୟାମ୍ପକୁ ରସଦ ଯୋଗାଇଲେ ନାହିଁ। ଗାଁରେ କେହି ମୁଖିଆ ମିଳିଲେ ନାହିଁ, କାରଣ ସେମାନେ ଜଙ୍ଗଲକୁ ପଳାଇ ଯାଇଥିଲେ, ନ ହେଲେ କଲିକତା ଯାଇଥିଲେ ସେଠାରେ ଛୋଟଲାଟଙ୍କୁ ଭେଟି ଗୁହାରି କରିବାପାଇଁ। ଡିସେମ୍ବର ୫ ତାରିଖରେ କେନ୍ଦୁଝରରେ ପହଞ୍ଚି ରେଭେନ୍ସା ଦେଖିଲେ ଯେ ଲୋକମାନେ ଘର ଛାଡ଼ି ପଳାଇଛନ୍ତି ଏବଂ ସହର ଖାଲି ପଡ଼ିଛି; ରାଣୀ ବି ପ୍ରସ୍ତୁତ ହେଉଥିଲେ ନଗର ଛାଡ଼ି ପଳାଇ ଯିବାପାଇଁ। ରେଭେନ୍ସାଙ୍କ ଅନୁରୋଧରେ ରାଣୀ କେନ୍ଦୁଝରରୁ ପଳାଇଲେ ନାହିଁ, କିନ୍ତୁ ନଗର ପାଖରେ ଆଉ ଗୋଟିଏ ଘରେ ଯାଇ ରହିଲେ। ତେବେ ଲୋକଙ୍କ ଆଖିରେ ଏ କଥା ରାଜ୍ୟ ଛାଡ଼ି ଚାଲିଯିବା ସହିତ ସମାନ ଥିଲା।

କେନ୍ଦୁଝରରେ ରହି ରେଭେନଶା ଭୂୟାଁ ଓ ଜୁଆଙ୍ଗ ସର୍ଦ୍ଦାରଙ୍କୁ ଭେଟିଲେ। ତାଙ୍କ ସହିତ କଥାବାର୍ତ୍ତା କରି ତାଙ୍କୁ ବୁଝାଇବା ବଡ଼ କଷ୍ଟକର ବ୍ୟାପାର ଥିଲା। ଜୁଆଙ୍ଗମାନେ ଧନୁର୍ଜୟକୁ ରାଜା ମାନିବାକୁ ରାଜି ହେଲେ, କିନ୍ତୁ କହିଲେ ଯେ ସେମାନେ ପରେ ଭୂୟାଁମାନଙ୍କ ସହିତ ଏ ବିଷୟରେ ଆଲୋଚନା କରି ନିଷ୍ପତ୍ତି କରିବେ। ରାଣୀ ଜିଦ ଧରି ରହିଲେ ଯେ ସେ ଧନୁର୍ଜୟକୁ ସ୍ୱୀକାର କରିବେ ନାହିଁ।

ଏ ସବୁ ସତ୍ତ୍ୱେ ନଅର ଭିତରେ ଧନୁର୍ଜୟର ଅଭିଷେକ କରାହେଲା। ହୋମକୁଣ୍ଡର ଅନତି ଦୂରରେ ଗରମ ଭିତରେ ବସି ରେଭେନଶା ନିଜେ ସବୁ ବ୍ୟବସ୍ଥା ଦେଖିଲେ। ପୂଜା ଚାଲିଥିବା ବେଲେ ହଠାତ୍ ରାଣୀ ଓ ଚାକରାଣୀମାନେ ଆସି ସେଠାରେ ପହଞ୍ଚିଲେ ଏବଂ ଧନୁର୍ଜୟ ଓ ରେଭେନଶାଙ୍କୁ ଗାଲି ଦେବାରେ ଲାଗିଲେ। ତଥାପି ରେଭେନଶା ନିର୍ଦ୍ଦେଶ ଦେଲେ ଯେ ରୀତି ଅନୁସାରେ ଯାହା ସବୁ କରିବା କଥା କରାଯାଉ। ଏଭଳି ଗଣ୍ଡଗୋଲ ଭିତରେ ଧନୁର୍ଜୟର ଅଭିଷେକ ସମ୍ପୂର୍ଣ୍ଣ ହେଲା। ଲୋକଙ୍କ ଆଖିରେ କିନ୍ତୁ ଏ ଅଭିଷେକ ଅପୂର୍ଣ୍ଣ ଥିଲା। କାରଣ ପ୍ରଥା ଅନୁସାରେ ଜଣେ ଭୂୟାଁ ସର୍ଦ୍ଦାର ରାଜାଙ୍କୁ ଅଭିଷେକ କରିବା କଥା। ଏ ଉତ୍ସବକୁ କିଛି ଜୁଆଙ୍ଗ ଆସିଥିଲେ କିନ୍ତୁ ଜଣେ ବି ଭୂୟାଁ ଆସି ନଥିଲା।

ରେଭେନଶାଙ୍କ ପାଖରେ ମାତ୍ର କୋଡ଼ିଏ ଜଣ ସିପାହୀ ଥିଲେ। କାଲେ ଗଣ୍ଡଗୋଲ ହୋଇପାରେ, ଏଥିପାଇଁ ସେ ଆଉ କୋଡ଼ିଏ ଜଣ ସିପାହୀ ମଗାଇ ଧନୁର୍ଜୟ ପାଖରେ ଛାଡ଼ିଲେ ଏବଂ ନିଜେ ପର୍ବତାଞ୍ଚଲ ଗସ୍ତରେ ବାହାରିଲେ। ଗସ୍ତ ସମୟରେ ତାଙ୍କର ସାକ୍ଷାତ ହେଲା ଛୋଟନାଗପୁରର କମିଶନର କର୍ଣ୍ଣେଲ ଡାଲଟନଙ୍କ ସାଙ୍ଗରେ। ଡାଲଟନଙ୍କୁ ଆଦିବାସୀମାନେ ମାନୁଥିଲେ ଏବଂ ତାଙ୍କ ସାଙ୍ଗରେ ଯେଉଁ ସର୍ଦ୍ଦାରମାନେ ଥିଲେ, ସେମାନେ ଧନୁର୍ଜୟକୁ ମାନିବାକୁ ରାଜି ହେଲେ। ରେଭେନଶା ତାଙ୍କର ସାହାଯ୍ୟ ନେଲେ। ଗସ୍ତ ସାରି ରେଭେନଶା ଯେତେବେଲେ କେନ୍ଦୁଝରକୁ ଫେରିଲେ, ଭୂୟାଁମାନଙ୍କ ବ୍ୟତୀତ ସମସ୍ତେ ଧନୁର୍ଜୟକୁ ସ୍ୱୀକାର କରୁଥିଲେ। କିନ୍ତୁ ରତ୍ନ ନାୟକ ରାଣୀଙ୍କ ପାଖରେ ପ୍ରତିଜ୍ଞାବଦ୍ଧ ଥିବାରୁ ଅଭିଷେକକୁ ମାନିଲା ନାହିଁ ଏବଂ ତା' ପ୍ରଭାବରେ ଭୂୟାଁମାନେ ମଧ ଧନୁର୍ଜୟକୁ ସ୍ୱୀକାର କଲେ ନାହିଁ।

ଜାନୁଆରୀ ମାସରେ ହଠାତ୍ ରାଣୀ ବିଷ୍ଣୁପ୍ରିୟା କେନ୍ଦୁଝର ଛାଡ଼ି ସାତ ମାଇଲ ଦୂରରେ ଥିବା ବସନ୍ତପୁର ଗାଁରେ ଯାଇ ରହିଲେ। ଏହା ଏକ ନୂଆ ସମସ୍ୟା ସୃଷ୍ଟି କଲା ଏବଂ ସେଥିଯୋଗୁ ରେଭେନଶା କଟକ ଫେରିଯିବାକୁ ଚାହୁଁଥିଲେ ମଧ ତାଙ୍କୁ କେନ୍ଦୁଝରରେ ରହିବାକୁ ପଡ଼ିଲା।

କଟକ: ମାର୍ଚ୍ଚ ୧୮୬୮

ଦୁର୍ଭିକ୍ଷ କମିଶନଙ୍କୁ ନିର୍ଦ୍ଦେଶ ଦିଆଯାଇଥିଲା ଯେ ସେମାନେ ନିଜର ରିପୋର୍ଟ ପଠାଇବାବେଳେ ଯେଉଁ ସରକାରୀ ଓ ବେସରକାରୀ ଲୋକମାନେ ରିଲିଫ କାମବେଳେ ପୀଡ଼ିତ ଲୋକଙ୍କର ବିଶେଷ ସାହାଯ୍ୟ କରିଛନ୍ତି, ସେମାନଙ୍କର ତାଲିକା ମଧ୍ୟ ପଠାଇବେ। କମିଶନ ତାଙ୍କ ରିପୋର୍ଟରେ ବେସରକାରୀ ଲୋକଙ୍କ ମଧ୍ୟରେ ପାରିକୁଦ ରାଜା, ସାଇକ୍, ମନକ୍ରିଫ ଓ ଇରିଗେଶନ କମ୍ପାନୀର ଅଫିସରଙ୍କର ନାମ ଉଲ୍ଲେଖ କରିଥିଲେ। ସେମାନେ ଓଡ଼ିଶାର କେବଳ ସାତଜଣ ଅଫିସରଙ୍କ ନାଁ ଦେଇଥିଲେ, ସେମାନେ ହେଲେ: ପୁରୀ କଲେକ୍ଟର ବାଲ୍ଲୋ, ବାଲେଶ୍ୱର କଲେକ୍ଟର ସମପ୍ରାଟ, ଭଦ୍ରଖ ଆସିଷ୍ଟାଣ୍ଟ ମାଜିଷ୍ଟେଟ ଶର୍ଟ, ବାଲେଶ୍ୱର ସିଭିଲ ସର୍ଜନ ଜାକସନ, ଧାମରାର ଆସିଷ୍ଟାଣ୍ଟ ସର୍ଭେୟର ହାରିସ, ଖୋର୍ଦ୍ଧାର ଆସିଷ୍ଟାଣ୍ଟ ମାଜିଷ୍ଟେଟ ବାର୍ଟନ ଏବଂ କଟକର ରିଲିଫ ମ୍ୟାନେଜର କର୍କଉଡ଼।

ଦୁର୍ଭିକ୍ଷ ବେଳେ କର୍କଉଡ଼ ପ୍ରକୃତରେ ପ୍ରାଣପଣେ କାମ କରିଥିଲେ। ରିଲିଫ କମି ଆସିବା ପରେ ମଧ୍ୟ ସେ ଦିନରାତି କାମରେ ଲାଗି ରହୁଥିଲେ। ପ୍ରଥମେ ପ୍ରଥମେ ଆସିଲାବେଳେ ତାଙ୍କୁ ଓଡ଼ିଶା ଭଲ ଲାଗି ନଥିଲା, କିନ୍ତୁ ବର୍ତ୍ତମାନ କଟକରେ ରହିବା ବେଶ ଭଲ ଲାଗୁଥିଲା। ରିଲିଫ କାମ ସରିବା ପରେ ରେଭେନ୍ସା ତାଙ୍କୁ ଆକ୍ଟିଙ୍ଗ ଜ୍ୟେଷ୍ଠ ମାଜିଷ୍ଟେଟ କରି ମକଦ୍ଦମା ବିଚାର କରିବା ଭାର ଦେଇଥିଲେ। ଜଣେ ନିୟମନିଷ୍ଠ କଠୋର ବିଚାରକ ଭାବରେ ତାଙ୍କର ନାଁ ହୋଇଯାଇଥିଲା।

କିନ୍ତୁ ଯେଉଁ ଗୋଟିଏ ବିଷୟରେ କର୍କଉଡ଼ଙ୍କର କୌଣସି ପରିବର୍ତ୍ତନ ହୋଇ ନଥିଲା, ସେଇଟି ଥିଲା ତାଙ୍କର ରାଗ। ସେ ଏପର୍ଯ୍ୟନ୍ତ ସେଇ 'ମାରହତା ଫିରିଙ୍ଗି' ହୋଇ ରହିଥିଲେ। ମାଡ଼ ଖାଇଥିବା ଲୋକଙ୍କ ପକ୍ଷରୁ ତାଙ୍କ ନାଁରେ ବାରମ୍ବାର ଫୌଜଦାରୀ ମକଦ୍ଦମା ହେଉଥିଲା, କିନ୍ତୁ ଅଧିକାଂଶ ସମୟରେ

ଅନ୍ୟ ଅଫିସରଙ୍କ ହସ୍ତକ୍ଷେପ ଫଳରେ ତଥା ବାଦୀ ଅନେକ ସମୟରେ ମନୟୋଗ ନ ଦେଉଥିବାରୁ ଏଇ କେସ ସବୁ ଡିସମିସ ହୋଇଯାଉଥିଲା। କେବଳ ୧୮୬୬ ମାର୍ଚ୍ଚ ମାସରେ ଗୋଟିଏ ମାଡ଼ ମାରିଥିବା କେସରେ କର୍କଉଡ଼ଙ୍କ ଉପରେ ପାଞ୍ଚ ଟଙ୍କାର ଜୋରିମାନା ହୋଇଥିଲା।

ବର୍ତ୍ତମାନ କର୍କଉଡ଼ଙ୍କର ନଜର ଯାଇଥିଲା ନେଟିଭ ଅମଲାମାନଙ୍କର ପୋଷାକ ଉପରେ ଏବଂ ଏହା ଥିଲା ତାଙ୍କ ରାଗର ପ୍ରଧାନ ଉପଲକ୍ଷ୍ୟ। ଯଦିଓ ଏ ବିଷୟରେ କୌଣସି ଆଦେଶ ଜାରି ହୋଇ ନଥିଲା ଅମଲାମାନଙ୍କର ପୋଷାକ ଥିଲା ପତଲୁନ ବା ପାଇଜାମା, ତା'ଉପରେ ଚୋଗା ଚପକନ ଓ ମୁଣ୍ଡ ଉପରେ ପାଗ। ଅଫିସକୁ ଆସିଲେ ଅମଲାମାନେ ମୁଣ୍ଡରୁ ପାଗ ଓହ୍ଲାଇ ରଖିଦେଇ କାମ କରୁଥିଲେ ଏବଂ ସାହେବଙ୍କ ସାନନାକୁ ଗଲାବେଳେ ପୁଣି ପାଗ ପିନ୍ଧୁଥିଲେ। କ୍ରମେ କ୍ରମେ ଯେଉଁ ଅମଲାମାନଙ୍କର କେବେହେଲେ ସାହେବଙ୍କ ଆଗକୁ ଯିବା ଦରକାର ନଥିଲା, ସେମାନେ ଆଉ ଅଫିସ ଗଲାବେଳେ ପାଗ ପିନ୍ଧିଲେ ନାହିଁ। କେତେ ଅମଲା ଧୋତି ପିନ୍ଧି ମଧ୍ୟ ଅଫିସକୁ ଗଲେ। ଏ ସବୁ ବ୍ୟତିକ୍ରମ ଦେଖି କର୍କଉଡ଼ ନିୟମ କରିଦେଲେ ଯେ ତାଙ୍କ ଅଫିସରେ ସବୁ ଅମଲା ସବୁ ସମୟରେ ପୂରା ପୋଷାକରେ ରହିବେ।

ପୋଷାକ ପତ୍ର ଅନ୍ୟ ନିୟମଟି ଥିଲା ଜୋତା ବିଷୟରେ। ସାହେବମାନଙ୍କ ଆଗକୁ କାମରେ ଗଲେ ଖାଲି ଗୋଡ଼ରେ ଯିବାକୁ ହେଉଥିଲା। ଯେଉଁ ଅମଲାମାନେ ଜୋତା ପିନ୍ଧୁଥିଲେ ସେମାନେ ସାହେବଙ୍କ ଡାକରା ଆସିଲେ ନିଜ କାମ ଜାଗାରେ ଜୋତା ଓହ୍ଲାଇ ଦେଇ ଯାଉଥିଲେ, କିମ୍ବା ଜୋତା ପିନ୍ଧି ଯାଇ ସାହେବଙ୍କ କମରା ବାହାରେ ଜୋତା ଓହ୍ଲାଉଥିଲେ। ଦେଶୀୟ ରାଜା ମହାରାଜାଙ୍କ ପ୍ରତି ମଧ୍ୟ ଏ ନିୟମଟି ଲାଗୁଥିଲା। ଏପରିକି ଦରବାରମାନଙ୍କରେ ମଧ୍ୟ ସେମାନଙ୍କୁ ବାହାରେ ଜୋତା ରଖି ଦେଇ ଯିବାକୁ ହେଉଥିଲା। ଏ ନିୟମ ଯୋଗୁ ଏପରି ପରିସ୍ଥିତି ଉପୁଜିଥିଲା ଯେ କେତେ ବଡ଼ ରାଜା ମହାରାଜାଙ୍କର ଗୋରା ଚାକର ଜୋତା ପିନ୍ଧି ଭିତରକୁ ଯାଇ ପାରୁଥିବାବେଳେ ସେମାନଙ୍କୁ ବାହାରେ ଜୋତା ଖୋଲି ରଖିବାକୁ ହେଉଥିଲା। କର୍କଉଡ଼ ଏ ଜୋତା ନିୟମଟିକୁ ମଧ୍ୟ କଠୋର ଭାବେ ପ୍ରବର୍ତ୍ତନ କରିଥିଲେ ଏବଂ ଜୋତା ପିନ୍ଧି ତାଙ୍କ ଚଉକାଠ ଡେଇଁଥିବା ଅପରାଧରେ ଜଣେ ଅମଲାକୁ ପିଟିଥିଲେ ଏବଂ ଜଣେ ମୁକ୍ତାରକୁ ଧକ୍କା ଦେଇ ବାହାର କରି ଦେଇଥିଲେ।

କର୍କଉଡ଼ଙ୍କ ଦୁର୍ଭାଗ୍ୟକୁ ୧୮୬୮ ମାର୍ଚ୍ଚ ମାସରେ ବଡ଼ଲାଟ ଲର୍ଡ ଲରେନ୍ସ ଆଦେଶ ଜାରି କଲେ ଯେ ଭାରତର ସବୁ ନେଟିଭମାନେ ଇଉରୋପୀୟ ଫେଶନର ଜୋତା ପିନ୍ଧି ସବୁ ସରକାରୀ ଅଫିସରଙ୍କ ଆଗରେ ସବୁ ଜାଗାରେ ଏବଂ ସବୁ ସମୟରେ ଉପସ୍ଥିତ ହୋଇପାରିବେ। ଏ ନିୟମରେ ଗୋଟିଏ ବ୍ୟତିକ୍ରମ ଥିଲା ଯେ ଜୋତା ଯଦି ଭାରତୀୟ ଫେଶନର ହୋଇଥାଏ ତେବେ ପୂର୍ବ ନିୟମ ଲାଗୁ ରହିବ।

ଏଥିପାଇଁ ସାହେବ ଅଫିସରମାନେ ଷ୍ଟେସନ କ୍ଲବରେ ବସି ବଡ଼ଲାଟଙ୍କୁ ଗାଳିଦେଲେ, କାରଣ ଏପରି ନିୟମ କରିବା ଦ୍ୱାରା ନେଟିଭମାନଙ୍କର ମୁହଁ ବଢ଼ିଯିବ। ସତକୁ ସତ କର୍କଉଡ଼ଙ୍କ ଉପରେ ଆଗରୁ ଅସନ୍ତୁଷ୍ଟ ଥିବା ଅମଲାମାନେ ବର୍ତ୍ତମାନ ନୂଆ ବିଲାତୀ ଜୋତା ପିନ୍ଧି ମଚମଚ କରି ତାଙ୍କ ମିଶାଲ ଭିତରକୁ ପଶିବାକୁ ଲାଗିଲେ। ଆଜିକାଲି କର୍କଉଡ଼ ଭିତରକୁ ଆସୁଥିବା ନେଟିଭର ମୁହଁକୁ ଦେଖିବେ କଣ, ପ୍ରଥମେ ତାର ପାଦକୁ ଅନାଇ ଦେଖୁଥିଲେ ସେ କି ପ୍ରକାରର ଜୋତା ପିନ୍ଧିଛି। ତେବେ ନେଟିଭମାନେ ସରକାରୀ ଆଦେଶ ଠିକ୍ ବୁଝିଥିଲେ ଏବଂ ସମସ୍ତେ ହଳେ ହଳେ ବିଲାତୀ ଜୋତା କିଣିଥିଲେ।

କର୍କଉଡ଼ ରାଗରେ ଦାନ୍ତ କାମୁଡ଼ିଲେ, କିନ୍ତୁ କିଛି କରିବାର ଉପାୟ ନଥିଲା। ଯେଉଁ ଅମଲାକୁ ସେ ଜୋତା ପିନ୍ଧିଥିବା ଅପରାଧରେ ପିଟିଥିଲେ, ସେ ଦିନେ ପୂରା ପୋଷାକରେ ତାର ଆଗରେ ଆସି ଠିଆ ହେଲା ଏବଂ ତାଙ୍କୁ ଦେଖାଇ ଦେଖାଇ ନିଜର ବିଲାତୀ ଜୋତାକୁ ଭୂଇଁରେ ଘଷିଲା। ତାକୁ ସାମନାରୁ ବାହାରି ଯିବାକୁ କହି କର୍କଉଡ଼ ଭାବିଲେ ଏ ବିଷୟରେ କଣ କରାଯାଇପାରେ। ଶେଷକୁ ସେ ଗୋଟିଏ ଆଦେଶ ଲେଖିଲେ ଯେ ଖାଲି ବିଲାତୀ ଜୋତାରେ ଚଳିବ ନାହିଁ, ତା’ ସହିତ ହଳେ ମୋଜା ମଧ୍ୟ ଦରକାର। ଏ ଇଶ୍ତାହାରର ନକଲ କଟେରୀର ଚାରିପାଖେ ଲଗାଇ ଦିଆହେଲା। ଆଗରୁ ଅମଲାମାନେ ମରହଟ୍ଟା ଜୋତା ପିନ୍ଧୁଥିଲେ ଯାହାକୁ ସହଜରେ ଗୋଡ଼ରୁ ବାହାର କରିଦେଇ ହେଉଥିଲା। ବିଲାତୀ ଜୋତାରେ ଫିତାବନ୍ଧା ହୋଇ ଫାଶ ଲାଗୁଥିବାରୁ ଖୋଲିବା ସହଜ ନଥିଲା। ଅମଲାମାନେ ଆଗେ କାମ କରିବାବେଳେ ଗୋଡ଼ରୁ ଜୋତା ଖୋଲି ରଖି ଦେଉଥିଲେ। ବର୍ତ୍ତମାନ ଜୋତା ସହିତ ମୋଜା ପିନ୍ଧିବାର ନିୟମ ହେବାରୁ କିଛି ଲୋକ ପୁଣି ମରହଟ୍ଟା ଜୋତା ପିନ୍ଧିବା ଆରମ୍ଭ କଲେ। ବରଂ ଜୋତା ଖୋଲି ରଖିଦେଇ ସାହେବଙ୍କ ପାଖକୁ ଯିବ, କିନ୍ତୁ ଗରମରେ ମୋଜା ପିନ୍ଧି ବସି ରହିବ କିଏ ?

କର୍କଉଡ଼ଙ୍କର ଏ ଆଦେଶ ବାହାରିବା ପରେ ତାଙ୍କର ପୁରୁଣା ଶତ୍ରୁ ଗୌରୀଶଙ୍କର ଚୁପ୍ ରହିଲେ ନାହିଁ; ଦୀପିକାରେ ଲେଖିଲେ: ଏ ରୂପ ଇଶ୍ତାହାର ଦେବା ଗଭର୍ଣ୍ଣର ଜେନେରାଲଙ୍କ ଆଜ୍ଞାର ଅତିରିକ୍ତ ଥିବାରୁ ଆମ୍ଭେମାନେ ଏହାର ପ୍ରତିବାଦ କରୁଅଛୁ।

ଖଣ୍ଡପଡ଼ା: ଅଗଷ୍ଟ ୧୮୬୮

ଜ୍ୟୋତିର୍ବିଦମାନେ ଗଣନା କରିଥିଲେ ଯେ ଅଗଷ୍ଟ ୧୮ ତାରିଖ ମଙ୍ଗଳବାର ଦିନ ସୂର୍ଯ୍ୟପରାଗ ହେବ। ମାନ୍ଦ୍ରାଜରେ ସର୍ବଗ୍ରାସ ଦେଖାଯିବାର ଥିଲା, ଯାହାଫଳରେ ସୂର୍ଯ୍ୟ ଛ'ମିନିଟ୍ କାଳ ଅଦୃଶ୍ୟ ହୋଇଯିବ। ଏହା ଏକ ଅପୂର୍ବ ଘଟଣା ଥିବାରୁ ଅନେକ ଇଉରୋପୀୟ ଜ୍ୟୋତିର୍ବିଦ ଆସି ମାନ୍ଦ୍ରାଜରେ ଅପେକ୍ଷା କରୁଥିଲେ ଏହା ଦେଖିବା ପାଇଁ।

ଓଡ଼ିଶାରେ ସୂର୍ଯ୍ୟପରାଗ ଦିନ ସରକାରୀ ଛୁଟି ହେବ ବୋଲି ଘୋଷଣା କରାଯାଇଥିଲା। ହିନ୍ଦୁମାନେ ଆଶଙ୍କା କରୁଥିଲେ ଯେ ପରାଗ ଯୋଗୁଁ ଅନେକ ପ୍ରକାରର ଅମଙ୍ଗଳ ହେବ। ତେବେ ଏଇ ସୂର୍ଯ୍ୟପରାଗ ଅନ୍ୟ ଏକ ତାପୂର୍ଯ୍ୟ ଥିଲା ଓଡ଼ିଶା ପାଇଁ। ଏହା ଠିକ୍ କେଉଁ ସମୟରେ ହେବ ତା' ଉପରେ ନିର୍ଭର କରୁଥିଲା ଓଡ଼ିଶାର ଲୋକ ଭବିଷ୍ୟତରେ କେଉଁ ପାଞ୍ଜି ବ୍ୟବହାର କରିବେ– ଓଡ଼ିଆ ନାଁ ବଙ୍ଗଳା।

୧୮୬୬ ମସିହାରେ କଟକ ପ୍ରିଣ୍ଟିଂ କମ୍ପାନୀ ପଥର ଛାପା କଳରେ ଓଡ଼ିଆ ପାଞ୍ଜିକା ଛାପା ହେବା ପୂର୍ବରୁ ଓଡ଼ିଶାର ଲୋକ ବଙ୍ଗଳା ପାଞ୍ଜିକା ହିଁ ବ୍ୟବହାର କରୁଥିଲେ, କାରଣ ଓଡ଼ିଆରେ କୌଣସି ପାଞ୍ଜି ନଥିଲା। ପ୍ରିଣ୍ଟିଂ କମ୍ପାନୀରୁ ଯେଉଁ ପ୍ରଥମ ଉତ୍କଳ ପାଞ୍ଜିକା ବାହାରିଲା, ସେଇଟି ପଦ୍ୟରେ ଲେଖା ହୋଇଥିବାରୁ ତାହା କେବଳ ଜ୍ୟୋତିଷମାନଙ୍କ କାମରେ ଲାଗିଥିଲା ଏବଂ ସାଧାରଣ ଲୋକ ତାହାକୁ ବୁଝିପାରି ନ ଥିଲେ। ଲୋକଙ୍କୁ ଏକ ସହଜ ଅଥଚ ନିର୍ଭୁଲ ପାଞ୍ଜିକା ଯୋଗାଇବା ପାଇଁ ପରବର୍ଷ ଗୌରୀଶଙ୍କର ରାୟ ଓ ବିଚିତ୍ରାନନ୍ଦ ଦାସ ଯୋଗାଯୋଗ କଲେ ଖଣ୍ଡପଡ଼ାର ସାମନ୍ତ ଚନ୍ଦ୍ରଶେଖର ସିଂହ ହରିଚନ୍ଦନ ମହାପାତ୍ରଙ୍କ ସହିତ। ସାମନ୍ତ ଚନ୍ଦ୍ରଶେଖର, ଯାହାଙ୍କୁ ସାଧାରଣ ଲୋକ ପଠାଣି ସାମନ୍ତ ନାଁରେ ଜାଣିଥିଲେ, ବର୍ତ୍ତମାନ ମାତ୍ର ତେତିଶ ବର୍ଷ ବୟସରେ ସାରା ଓଡ଼ିଶାରେ ଜଣେ ବିଶିଷ୍ଟ ଜ୍ୟୋତିଷ ଭାବରେ ଜଣାଶୁଣା ହୋଇ

ସାରିଥିଲେ। ଚନ୍ଦ୍ରଶେଖର ଖଣ୍ଡପଡ଼ା ରାଜ ପରିବାରର ଥିଲେ ଏବଂ ସେଠାର ବର୍ତ୍ତମାନ ରାଜା ନଟବର ଥିଲେ ତାଙ୍କର ପୁତ୍ତୁରା। ଓଡ଼ିଶାର ବିଭିନ୍ନ ସ୍ଥାନରୁ ଲୋକ ଖଣ୍ଡପଡ଼ାକୁ ଯାଉଥିଲେ ଚନ୍ଦ୍ରଶେଖରଙ୍କୁ ନିଜର ଜାତକ ଦେଖାଇବା ପାଇଁ ଅଥବା କୋଷ୍ଠୀ ତିଆରି କରିବା ପାଇଁ।

ଚନ୍ଦ୍ରଶେଖରଙ୍କର ପରାମର୍ଶ ନେଇ ଏବଂ ତାଙ୍କ ମତକୁ ମିଶାଇ ପ୍ରିଣ୍ଟିଂ କମ୍ପାନୀ ଏଥର ଏକ ଦୃକସିଦ୍ଧ ପଞ୍ଜିକା ପ୍ରକାଶ କଲେ। ଏ ପଞ୍ଜିକାଟି ବଙ୍ଗଳା ପଞ୍ଜିକାଠାରୁ ଭିନ୍ନ ଥିଲା। ଗୌରୀଶଙ୍କରଙ୍କର ବର୍ତ୍ତମାନ ଲକ୍ଷ୍ୟ ଥିଲା ଓଡ଼ିଆମାନେ କିପରି ବଙ୍ଗଳା ପଞ୍ଜିକା ନ କିଣି ଓଡ଼ିଆ ପଞ୍ଜିକା କିଣିବେ। ଦୀପିକା ଜରିଆରେ ଲୋକଙ୍କୁ ବୁଝାଇ ଦିଆଗଲା ଯେ ଓଡ଼ିଆ ପଞ୍ଜିକା ବଙ୍ଗଳା ପଞ୍ଜିକାର ଅନୁବାଦ ନୁହେଁ। ଏ କଥା ମଧ୍ୟ ଜଣାଇ ଦିଆଗଲା ଯେ ବଙ୍ଗଦେଶର ପଞ୍ଜିକା ଓ ବ୍ୟବସ୍ଥାମାନ ଓଡ଼ିଶାରେ ନିଷିଦ୍ଧ, ତେଣୁ ଓଡ଼ିଆମାନେ ଓଡ଼ିଆ ପଞ୍ଜିକା ଅନୁସାରେ ଚଳିବା ଉଚିତ। ଏ ସମ୍ପର୍କରେ ଦୀପିକାରେ ଶ୍ରୀନିବାସ ଦୀପିକା ଗ୍ରନ୍ଥର ନିମ୍ନଲିଖିତ ନିଷେଧ ଉଦ୍ଧୃତ ହେଲା:

ସର୍ବ ଦେଶର ଅଟଇ ଏ ସମ୍ମତ ଯୋଗ

ବାର ନକ୍ଷତ୍ର ମିଳନେ ତିଥି ବାର ଭୋଗ।

କେବଳ ଏ ବଙ୍ଗଦେଶେ ପ୍ରଚାର ନିମନ୍ତେ

ଅନ୍ୟ ଦେଶେ ବ୍ୟବହାର ନୋହେ କଦାଚିତେ।

ଶ୍ରୀନିବାସ ଗ୍ରନ୍ଥେ ଏହା ହୋଇଛି ବଖାଣ

ସୁଚିଉରେ ବିଚାରିବ ସର୍ବ ବୁଧଗଣ।

ଅଗଷ୍ଟ ୧୮ ତାରିଖର ସୂର୍ଯ୍ୟପରାଗ ବିଷୟରେ ପ୍ରିଣ୍ଟିଂ କମ୍ପାନୀ ସାମ୍ୟସରିକ ଉତ୍କଳ ପଞ୍ଜିକାରେ ଲେଖାଥିଲା ଯେ ଏହା ଦିବା ୮ ଘଣ୍ଟା ୨୯ ମିନିଟ୍‌ରେ ଆରମ୍ଭ ହୋଇ ୧୧ ଘଣ୍ଟା ୪୬ ମିନିଟ୍‌ରେ ମୋକ୍ଷ ହେବ; ଗ୍ରାସ କାଳ ୭ ଦଣ୍ଡ ୧୦ ଲିତା। ଏଇ ନିରୂପଣଟି ଚନ୍ଦ୍ରଶେଖରଙ୍କ ଗଣନା ଅନୁଯାୟୀ ଥିଲା। କଟକ ଜ୍ୟୋତିଷୀଙ୍କ ଗଣନା, ଯାହାକି ପାଞ୍ଜିର ଅନ୍ୟତ୍ର ଦିଆଯାଇଥିଲା, ଏବଂ ବଙ୍ଗଳା ପାଞ୍ଜି ଅନୁସାରେ, ଗ୍ରହଣ ଆରମ୍ଭ ହେଉଥିଲା ଦିନ ୧୦ଟା ବେଳେ। ବର୍ତ୍ତମାନ ଚାକ୍ଷୁସ ଦେଖିବାର ଥିଲା କେଉଁ ଗଣନାଟି ଠିକ୍।

ଗ୍ରହଣ ସମୟରେ ହାତରେ ଗୋଟିଏ ବିଲାତୀ କଳଘଣ୍ଟା ଧରି ଗୌରୀଶଙ୍କର ଏ ବିଷୟରେ ଉତ୍କର୍ଷ ହୋଇ ରହିଥିଲେ। ତାଙ୍କୁ ଆଉ ଗୋଟିଏ ବଡ଼ ନିଷ୍ପତ୍ତି ନେବାର ଥିଲା। ପ୍ରିଣ୍ଟିଂ ପ୍ରେସ ପଞ୍ଜିକାରେ ସେ ବିଶେଷ ଭାବରେ କଟକ ପଣ୍ଡିତମାନଙ୍କର ସାହାଯ୍ୟ ନେଇଥିଲେ ଏବଂ ମାତ୍ର ସ୍ଥଳେ ସ୍ଥଳେ ଚନ୍ଦ୍ରଶେଖରଙ୍କ ଗଣନା ଯୋଗ କରିଥିଲେ। ଆଜିର ସୂର୍ଯ୍ୟପରାଗ ସମୟ ଦେଖି ସେ ସ୍ଥିର କରିବେ ଭବିଷ୍ୟତ ପଞ୍ଜିକାରେ ସେ ଚନ୍ଦ୍ରଶେଖରଙ୍କ ଗଣନାକୁ ନେବେ, ନା କଟକ ଜ୍ୟୋତିଷୀଙ୍କ ଗଣନାକୁ।

ଠିକ୍ ଏହି ସମୟରେ ସାମନ୍ତ ଚନ୍ଦ୍ରଶେଖର ମଧ୍ୟ ଖଣ୍ଡପଡ଼ା ଗଡ଼ ପାଖରେ ଗୋଟିଏ ପଡ଼ିଆରେ ବସିଥିଲେ ଆଗରେ ଗୋଟିଏ ଥାଲିରେ ହଳଦୀ ପାଣି ରଖି। ତାଙ୍କ ହାତରେ ବିଡ଼ାଏ ତାଳପତ୍ର ଖେଦା ଥିଲା ଯାହାକୁ ସେ ଅତି ତନ୍ମୟ ଭାବରେ ଓଲଟାଇ ଦେଖୁଥିଲେ। ପାଖରେ ଗୋଟିଏ କାଠ ବାକ୍‌ ଉପରେ ଗୋଟିଏ ଜଳଘଡ଼ି ରଖା ହୋଇଥିଲା। ଚନ୍ଦ୍ରଶେଖରଙ୍କ ଚାରିପାଖେ ଅନେକ ପିଲା ଜମା ହୋଇ ପାଟିଗୋଲ କରୁଥିଲେ। କିଛି ଦୂରରେ ଗାଁର ବୟସ୍କ ଲୋକମାନେ ଠିଆ ହୋଇ ଏ ଦୃଶ୍ୟକୁ ଉପଭୋଗ କରିବା

ସଙ୍ଗେ ସଙ୍ଗେ ଚନ୍ଦ୍ରଶେଖରଙ୍କୁ ଠଟ୍ଟା କରୁଥିଲେ। ତାଙ୍କ ପାଇଁ ଚନ୍ଦ୍ରଶେଖର ଏକ ପରିହାସର ବସ୍ତୁ ଥିଲେ କାରଣ ସେମାନେ ବୁଝିପାରୁ ନଥିଲେ ରଜାଘର ପିଲା କାହିଁକି ନାହାକ କାମ କରିବ। ଚନ୍ଦ୍ରଶେଖର କୁରୂପ ଥିବାରୁ ବିବାହ ବେଦୀରେ କନ୍ୟାଘର ପକ୍ଷରୁ କିପରି ଗୋଳମାଳ ହୋଇଥିଲା, ସେ ପୁରୁଣା ବିଷୟଟି ମଧ ଲୋକମାନଙ୍କୁ ଏତେବର୍ଷ ପରେ ଆମୋଦର ଖୋରାକ ଯୋଗାଉଥିଲା।

ସକାଳେ ସାମାନ୍ୟ ମେଘ ଉଠାଇବାରୁ ଭୟ ଥିଲା ଯେ ଗ୍ରହଣ ଦୃଶ୍ୟ ହେବନାହିଁ, କିନ୍ତୁ ଠିକ ସମୟକୁ ଆକାଶ ନିର୍ମଳ ହୋଇଗଲା। ଗୌରୀଶଙ୍କର ହିସାବ କଲେ ଯେ ଗ୍ରହଣ ୮ଟା ୪୭ ମିନିଟ୍‌ରେ ଆରମ୍ଭ ହୋଇ ୧୦ଟା ୧୫ ପର୍ଯ୍ୟନ୍ତ ବୃଦ୍ଧି ହୋଇ ୧୧ଟା ୩୬ ମିନିଟ୍‌ରେ ମୋକ୍ଷ ହେଲା। ଏହା ଚନ୍ଦ୍ରଶେଖରଙ୍କ ଗଣନାର ନିକଟତମ ଥିଲା। ଖୁସି ହୋଇ ଗୌରୀଶଙ୍କର ସାଙ୍ଗେ ସାଙ୍ଗେ ବିଚିତ୍ରାନନ୍ଦ ଦାସଙ୍କ ଘରକୁ ଗଲେ ଏବଂ ତାଙ୍କୁ ଏ ସୁଖବରଟି ଦେଲେ।

ଠିକ୍ ସେହି ସମୟରେ ଚନ୍ଦ୍ରଶେଖର ମଧ ତାଙ୍କର ଜିନିଷପତ୍ର ସଜାଡ଼ି ଘରକୁ ବାହାରିଲେ। ସେ ଗ୍ରହଣର ଯେଉଁ ସମୟ ଗଣନା କରିଥିଲେ, କଳଘଡ଼ି ଅନୁସାରେ ପ୍ରକୃତ ଗ୍ରହଣ ସମୟ ତା'ଠାରୁ ସାମାନ୍ୟ ବ୍ୟତିକ୍ରମରେ ହେଲା। କଳଘଡ଼ି ଭୁଲ ଥିବା ନିଶ୍ଚୟ କରି ଚନ୍ଦ୍ରଶେଖର ତାର କଣ୍ଟାକୁ ସାମାନ୍ୟ ବୁଲାଇଦେଲେ। ଗ୍ରହଣ ବର୍ତ୍ତମାନ ତାଙ୍କର ନିର୍ଦ୍ଧାରିତ ସମୟ ଅନୁସାରେ ହୋଇଥିଲା। ଏ ବିଷୟରେ ଆନନ୍ଦିତ ହେବା ସଙ୍ଗେ ସଙ୍ଗେ ଚନ୍ଦ୍ରଶେଖର ତାଙ୍କର ସିଦ୍ଧାନ୍ତ ଦର୍ପଣ ଜ୍ୟୋତିଷ ଗ୍ରନ୍ଥ କଥା ଭାବିଲେ। ସେ ଏ ଗ୍ରନ୍ଥ ଲେଖିବା ଆରମ୍ଭ କରିଥିଲେ ଦଶବର୍ଷ ତଳେ। ପ୍ରକୃତ ପକ୍ଷରେ ଚଉଦ ବର୍ଷ ବୟସରେ ଜ୍ୟୋତିଷ ଶାସ୍ତ୍ର ଶିକ୍ଷା ଆରମ୍ଭ କରିବା ଦିନୁ ହିଁ ଏ ଗ୍ରନ୍ଥର ଆରମ୍ଭ କହିବାକୁ ହେବ। ତଥାପି ଏ ଗ୍ରନ୍ଥଟି ଶେଷ ହେଉ ନଥିଲା କାରଣ ଏଥିପାଇଁ ଯେ କେବଳ ଅନେକ ଗଣନା କରିବାକୁ ହେଉଥିଲା ତା ନୁହେଁ, ବର୍ଷ ବର୍ଷ ଧରି ପ୍ରତି ରାତିରେ ଗ୍ରହ ନକ୍ଷତ୍ରଙ୍କ ଗତିବିଧିକୁ ମଧ ଦେଖିବାକୁ ହେଉଥିଲା। ତେବେ ଆଜିର ସଫଳତା ପରେ ଚନ୍ଦ୍ରଶେଖର ମନେ ମନେ ନିଶ୍ଚୟ କଲେ ଯେ ବର୍ଷେ ଭିତରେ ସେ ଯେପରି ହେଲେ ସିଦ୍ଧାନ୍ତ ଦର୍ପଣ ଲେଖା ସାରିବେ।

କେନ୍ଦୁଝର: ଅଗଷ୍ଟ ୧୮୬୮

ରେଭେନଶା ଯେତେବେଳେ ଦେଖିଲେ ଯେ ସେ କେତେବେଳେ କେନ୍ଦୁଝର ଛାଡ଼ିପାରିବେ ଠିକ ନାହିଁ ଏବଂ ବର୍ତ୍ତମାନ ଖାଲି ବସି ରହିବାକୁ ପଡ଼ିବ, ସେ ଖବର ପଠାଇ ନିଜ ସ୍ତ୍ରୀଙ୍କୁ କେନ୍ଦୁଝର ନେଇ ଆସିଲେ। ସେ ଭାବିଥିଲେ ସେ କିଛିଦିନ ଏଠାରେ ସସ୍ତ୍ରୀକ ଆରାମରେ କଟାଇବେ, କିନ୍ତୁ ତା' ସମ୍ଭବ ହେଲାନାହିଁ। ଖବର ଆସିଲା ଯେ ବସନ୍ତପୁରରେ ଯେଉଁଠାରେ ରାଣୀ ବିଷ୍ଣୁପ୍ରିୟା ରହୁଥିଲେ, ଭୂୟାଁମାନେ ଧନୁଶର କୁରାଢ଼ୀ ବର୍ଚ୍ଛା ଧରି ଏକାଠି ହେଉଛନ୍ତି। ରାଣୀଙ୍କ ସହିତ ପରାମର୍ଶ କରି ଭୂୟାଁମାନେ ସ୍ଥିର କରିଥିଲେ ଯେ ସେମାନେ ସରକାରଙ୍କର ବିରୋଧ କରିବେ।

ସ୍ତ୍ରୀଙ୍କୁ କେନ୍ଦୁଝରରେ ଛାଡ଼ି ଦେଇ ରେଭେନଶା ପୋଲିସ ନେଇ ଗଲେ ବସନ୍ତପୁରକୁ। ପୋଲିସ ପାଖରେ ବନ୍ଧୁକ ଥିଲା ଏବଂ ଭୂୟାଁମାନଙ୍କୁ ଡରାଇ ବାନ୍ଧି ନେବା ପାଇଁ ବେଶୀ ସମୟ ଲାଗିଲା ନାହିଁ। ସେମାନଙ୍କ ପାଖରୁ ଜଣାଗଲା ଯେ ସେମାନେ ବିଷ୍ଣୁପ୍ରିୟାଙ୍କୁ ମା ବୋଲି ଡାକନ୍ତି ଏବଂ ତାଙ୍କ ପାଖରେ ଶପଥ ନେଇଥିବାରୁ ସେମାନେ ସରକାରଙ୍କୁ ବିରୋଧ କରୁଛନ୍ତି। ଯଦି ରାଣୀ ସେମାନଙ୍କୁ ଶପଥରୁ ମୁକୁଲାଇ ଦିଅନ୍ତି, ସେମାନେ ଆଉ ଗଣ୍ଡଗୋଳ କରିବେ ନାହିଁ।

ବନ୍ଧା ହୋଇଥିବା ଭୂୟାଁମାନଙ୍କୁ ନେଇ ରେଭେନଶା ରାଣୀଙ୍କ ପାଖକୁ ଗଲେ ଏବଂ ତାଙ୍କୁ କହିଲେ ଯେ ସେ ଯଦି ଭୂୟାଁମାନଙ୍କୁ ନିଜର ପିଲା ବୋଲି କହୁଛନ୍ତି, ତାହାହେଲେ ସେମାନଙ୍କୁ ଶପଥରୁ ମୁକୁଲାଇ ଦିଅନ୍ତୁ, ନ ହେଲେ ସେମାନେ ଏହିପରି ବନ୍ଧା ହୋଇ ରହିଥିବେ। ନିଜକୁ ମା ବୋଲାଇ ସେ ପିଲାମାନଙ୍କ କାହିଁକି କଷ୍ଟ ଦେଉଛନ୍ତି ? ରାଣୀ ସେଦିନ ଜବାବ ଦେଲେ ନାହିଁ; କହିଲେ ଯେ ସେ ଏ ବିଷୟରେ ଭାବିବେ। ତା'ପରଦିନ ପୁଣି ଭୂୟାଁମାନଙ୍କୁ ନେଇ ରେଭେନଶା ରାଣୀଙ୍କ ପାଖକୁ ଗଲେ। ଭୂୟାଁମାନେ ବି

ଏତେବେଳକୁ ଅଧୈର୍ଯ୍ୟ ହେବାକୁ ଆରମ୍ଭ କରିଥିଲେ । ତେଣୁ ରାଣୀ ଏଥରକ କହିଲେ ଯେ ଭୂୟାଁମାନେ ତାଙ୍କୁ ଯେଉଁ କଥା ଦେଇଥିଲେ, ତାହା ସେ ଫେରାଇ ଦେଉଛନ୍ତି । ଭୂୟାଁମାନେ ଏହା ଶୁଣି ଖୁସି ହେଲେ ଏବଂ ରେଭେନ୍‍ସା ସେମାନଙ୍କୁ ଛାଡ଼ିଦେଲେ । ସେମାନେ ଏଥର ଧନୁର୍ଜୟକୁ ମାନିବେ ବୋଲି ରାଜିହେଲେ ଏବଂ ଜଙ୍ଗଲକୁ ଯାଇ ଅନ୍ୟ ଭୂୟାଁମାନଙ୍କୁ ଏ ଖବର ଦେଲେ । ସମସ୍ତେ ଏ ବ୍ୟବସ୍ଥାରେ ରାଜିହେଲେ; କେବଳ ରତ୍ନା ନାୟକ ଧନୁର୍ଜୟକୁ ମାନିବାକୁ ଅସ୍ୱୀକାର କରି ଜଙ୍ଗଲ ଭିତରକୁ ପଳାଇଗଲା । ପୋଲିସ ତାକୁ ଖୋଜିବାରେ ଲାଗିଲେ ଏବଂ ଏଥରେ ଭୂୟାଁମାନେ ପୋଲିସର ସହଯୋଗ କଲେ, କାରଣ ରତ୍ନା ଯୋଗୁ ସେମାନେ ହଇରାଣ ହେଉଥିଲେ । ଅନେକ ଚେଷ୍ଟା ସତ୍ତ୍ୱେ ପୋଲିସ କିନ୍ତୁ ରତ୍ନାକୁ ଖୋଜି ପାଇଲେ ନାହିଁ ।

ଭୂୟାଁମାନଙ୍କ ଆଗ୍ରହରେ ରାଣୀ କେନ୍ଦୁଝରକୁ ଫେରିଲେ ଏବଂ ରାଜି ହେଲେ ଯେ ପ୍ରଥା ମୁତାବକ ଧନୁର୍ଜୟର ଆଉଥରେ ଅଭିଷେକ ହେବ । ଫେବ୍ରୁଆରୀ ୧୩ ତାରିଖକୁ ଅଭିଷେକ ଦିନ ଠିକ୍ ହେଲା ଏବଂ ସେଦିନ ପୁଣି ଥରେ ନଅର ଭିତରେ ପୂଜାର ବନ୍ଦୋବସ୍ତ ହେଲା । ଭୋରବେଲା ଭୂୟାଁ ଓ ଜୁଆଙ୍ଗମାନେ ଖଅର ହୋଇ, ଗାଧୋଇ ପାଧୋଇ, ନୂଆ ଲୁଗା ପିନ୍ଧି ନଅର ପାଖରେ ଆସି ଜମା ହେଲେ । ଭୂୟାଁଙ୍କ ଭିତରୁ ଜଣେ ନଇଁ ପଡ଼ି ଘୋଡ଼ା ହେଲା ଏବଂ ତା' ଉପରେ ଚଢ଼ି ଧନୁର୍ଜୟ ପୂଜା ଜାଗାକୁ ଆସିଲା । ସେଠାରେ ତା' ଉପରୁ ଓହ୍ଲାଇ ଧନୁର୍ଜୟ ବେଦୀ ଉପରେ ବସିବା ପରେ ପୂଜାକାମ ଆରମ୍ଭ ହେଲା । ଆଜିର ଅଭିଷେକ ବେଳେ ପୂଜା ପାଖରେ ଅନେକ ବିଶେଷ ଅତିଥ ଥିଲେ, ଯଥା ରେଭେନ୍‍ସା ଓ ତାଙ୍କର ସ୍ତ୍ରୀ, ଛୋଟନାଗପୁର କମିଶନର କର୍ଣ୍ଣେଲ ଡାଲଟନ, ସିଂହଭୂମି କଲେକ୍ଟର ହେସ ଏବଂ ସେମାନଙ୍କର ଅଫିସରବୃନ୍ଦ । ଅଭିଷେକର ପରଦିନ ରାଣୀ ଧନୁର୍ଜୟକୁ ଗୋଟିଏ ସିରୋପା ଦେଲେ; ଏହାଦ୍ୱାରା ଜଣାଗଲା ଯେ ରାଣୀ ତାକୁ ସମର୍ଥନ କରୁଛନ୍ତି ।

ଅଭିଷେକର ଚାରିଦିନ ପରେ ଆଉ କେତେକ ବିଧ୍ ପାଳିତ ହେଲା । ପ୍ରଥା ଅନୁସାରେ ନୂଆ ରାଜା ନଅର ବାହାରେ ଗୋଟିଏ ଉଚ୍ଚ ଆସନରେ ବସିଲେ । ବାଜା ବଜାଇ ଗଳାରେ ଫୁଲମାଲ ପକାଇ ଦଲ ଦଲ ଲୋକ ଆସିଲେ; ପ୍ରତ୍ୟେକ ଦଲର ସର୍ଦ୍ଦାର ରାଜାଙ୍କ ପାଦକୁ ଚୁମ୍ବନ କରି ତାଙ୍କ ଗୋଡ଼କୁ ନିଜ ମୁଣ୍ଡ ଉପରେ ରଖିଲା । ତା'ପରେ ସେ କଖାରୁ, କଦଳୀ, ଚାଉଳର ଗୋଟିଏ ଡାଲା ରାଜାଙ୍କୁ ଉପହାର ଦେଇ ତାଙ୍କୁ ନମସ୍କାର କଲା । ଭୂୟାଁ ଓ ଜୁଆଙ୍ଗଙ୍କର ସବୁ ସର୍ଦ୍ଦାର ଏହିପରି ରାଜାଙ୍କୁ ନମସ୍କାର କରିବା ପରେ ତାଙ୍କ ପାଖରୁ ଗୋଟିଏ ଗୋଟିଏ ଟସର ସିରୋପା ଓ ଛେଳି କୁକୁଡ଼ା ପାଇଲେ । ଏ ସବୁ ହେଉହେଉ ସେ ଦିନ ସନ୍ଧ୍ୟା ହୋଇଗଲା । ରାତିରେ ସମସ୍ତେ ମିଳିମିଶି ଭୋଜି କରି ଖାଇଲେ ।

ରେଭେନ୍‍ସା ଖୁସିହେଲେ ଯେ କେନ୍ଦୁଝର ଉତ୍ତରାଧିକାର ବିଷୟ ଏପରି ଭାବରେ ସମାପ୍ତ ହେଲା । ରାଣୀ ତାଙ୍କୁ କଥା ଦେଇଥିଲେ ଯେ ସେ କେନ୍ଦୁଝରରେ ତିନିମାସ ରହି ଧନୁର୍ଜୟ ଭଲଭାବେ ପ୍ରତିଷ୍ଠିତ ହୋଇ ଯିବାପରେ ପୁରୀ ଚାଲିଯିବେ । ଠିକ୍ ହେଲା ଯେ ରାଣୀଙ୍କୁ ମାସକୁ ଛ' ଶହ ଟଙ୍କା ଭତ୍ତା ଦିଆଯିବ । କୋଡ଼ିଏ ଜଣ କନେଷ୍ଟବଲ ବ୍ୟତୀତ ବାକି ସମସ୍ତଙ୍କୁ ନିଜ ନିଜ ଜାଗାକୁ ଫେରାଇ ଦିଆଗଲା । ଗୋଟିଏ ବଡ଼ ସମସ୍ୟା ସମାଧାନ କରିଛନ୍ତି ବୋଲି ନିଶ୍ଚିନ୍ତ ହୋଇ ରେଭେନ୍‍ସା ସସ୍ୱୀକ କଟକ ଫେରିଗଲେ ।

ଏ ବ୍ୟବସ୍ଥା କିନ୍ତୁ କ୍ଷଣସ୍ଥାୟୀ ଥିଲା । ଦୁର୍ଭାଗ୍ୟକୁ ସେ ବର୍ଷ ଠିକ ସମୟରେ ବର୍ଷା ହେଲାନାହିଁ । ଭୂୟାଁ ଗାଁମାନଙ୍କରେ ଅନେକ ବୁଢ଼ାଲୋକ ମରିଗଲେ । ଏଥିଯୋଗୁଁ ପ୍ରଚାର ହୋଇଗଲା ଯେ ଉପଯୁକ୍ତ

ଲୋକକୁ ରାଜା ନ କରିଥିବାରୁ ଫସଲ ଖରାପ ହେଲା ଏବଂ ଜନହାନି ହେଲା। ଏପ୍ରିଲ ମାସରେ ଜଙ୍ଗଲରୁ ବାହାରି ଆସି ରତ୍ନା ନାୟକ ଏକ ସଭା ଡାକିଲା। ଏଥରେ ଭୂୟାଁ, କୁଆଙ୍ଗ ଓ କୋଲ୍‍ ଜାତିର ଲୋକ ଉପସ୍ଥିତ ଥିଲେ। ଏ ସଭାରେ ସ୍ଥିର ହେଲା ଯେ ସେମାନେ ଧନୁର୍ଜୟକୁ ବାହାର କରି ବୃନ୍ଦାବନକୁ ଗାଦିରେ ବସାଇବେ।

ଏ ଖବର କେନ୍ଦୁଝରରେ ପହଞ୍ଚିବାରୁ ଧନୁର୍ଜୟ ରତ୍ନା ନାୟକ ପାଖକୁ ନିଜର କିଛି ଲୋକ ପଠାଇଲା; କିନ୍ତୁ ସେ ଲୋକମାନଙ୍କୁ ଭୂୟାଁ ମେଲିଆମାନେ ବାନ୍ଧି ରଖିଲେ। ଏପ୍ରିଲ ୨୮ ତାରିଖ ଦିନ ପ୍ରାୟ କୋଡ଼ିଏ ହଜାର ମେଲିଆ କେନ୍ଦୁଝର ଗଡ଼କୁ କାବୁ କରି ଦୋକାନବଜାର ଲୁଟିବାକୁ ଆରମ୍ଭ କଲେ। ସେମାନେ ପୋଲିସଙ୍କ ହାତରୁ ବନ୍ଧୁକ ଛଡ଼ାଇ ନେଲେ ଏବଂ ଗଡ଼ରେ ଖଞ୍ଜା ହୋଇଥିବା ତୋପକୁ ଅକାମୀ କରିଦେଲେ। ମେଲିଆମାନେ ବଜାର ଭିତରେ ଜଣେ ବ୍ରାହ୍ମଣକୁ ହତ୍ୟାକଲେ ଏବଂ ରାଜାଙ୍କ ଦେବାନ ତଥା ଆଉ ଶହେ ଭଲି ଲୋକଙ୍କୁ ବାନ୍ଧି ଜଙ୍ଗଲକୁ ନେଇଗଲେ। ସେମାନେ ଗଡ଼ ଚାରିପାଖେ ଜଗି ରହିଲେ ଏବଂ ଧନୁର୍ଜୟ ନଥର ଭିତରେ ବନ୍ଦୀ ଭଲି ରହିଲା। ମେଲିଆମାନେ କହିଲେ ଯେ ସେମାନେ ରାଣୀଙ୍କୁ ମାନିବେ, ଧନୁର୍ଜୟକୁ ନୁହେଁ। ରାଣୀ ଧନୁର୍ଜୟକୁ ସମର୍ଥନ ନ କରି ପୁଣି ବୃନ୍ଦାବନକୁ ସମର୍ଥନ କଲେ।

ଏ ଖବର ପାଇ ମେ ୭ ତାରିଖରେ ସିଂହଭୂମି କଲେକ୍ଟର ହେସ ଦଲବଳ ନେଇ କେନ୍ଦୁଝରରେ ପହଞ୍ଚି ଦେଖିଲେ ଯେ ଭୂୟାଁମାନେ ଧନୁଶର, କୁରାଢ଼ୀ, ଖଣ୍ଡା ଧରି ଧନୁର୍ଜୟକୁ ଘେରି ରହିଛନ୍ତି। ମେଲିଆମାନଙ୍କ ହାତରୁ ଅସ୍ତ୍ରଶସ୍ତ୍ର କାଡ଼ିନେଇ ହେସ ସେମାନଙ୍କୁ ନଥରୁ ତଡ଼ିଦେଲେ ଏବଂ ଧନୁର୍ଜୟକୁ ମୁକୁଲାଇଲେ। କିନ୍ତୁ ମେଲିଆମାନେ ରାଜାଙ୍କର ଯେଉଁ ଲୋକମାନଙ୍କୁ ବାନ୍ଧି ନେଇ ଜଙ୍ଗଲରେ ରଖିଥିଲେ, ସେମାନଙ୍କୁ ଛାଡ଼ିଲେ ନାହିଁ। କେନ୍ଦୁଝରର ଶାସନ ବର୍ତ୍ତମାନ ପୁରାପୁରି ଅଚଳ ହୋଇଯାଇଥିଲା। ପରିସ୍ଥିତି ଦେଖି ହେସ ସୈନ୍ୟ ସାହାଯ୍ୟ ମାଗିଲେ। ଛୋଟନାଗପୁରରୁ ଡାଲଟନ ଏବଂ କଟକରୁ ରେଭେନ୍ଶା ଫଉଜ ପଠାଇବାର ବ୍ୟବସ୍ଥା କଲେ।

ମେ ୧୯ ତାରିଖରେ ରେଭେନ୍ଶା କଟକରୁ ଗୋଟିଏ ଆଦେଶ ଜାରି କଲେ ଯେ ସରକାର ଧନୁର୍ଜୟକୁ ରାଜା କରିବାପାଇଁ ନିଷ୍ପତ୍ତି କରିଛନ୍ତି। ଏହାର ଦୁଇଦିନ ପରେ ଅନ୍ୟ ଏକ ଆଦେଶ ବଳରେ ବୃନ୍ଦାବନକୁ ବାଲେଶ୍ୱରରେ ଅଟକ କରି ରଖାଗଲା। ଭୟରେ ମୟୂରଭଞ୍ଜ ରାଜା କହିଲେ ଯେ ସେ ଆଉ ରାଣୀ ବିଷ୍ଣୁପ୍ରିୟା କିମ୍ବା ବୃନ୍ଦାବନକୁ କେନ୍ଦୁଝର ଗାଦିପାଇଁ ସମର୍ଥନ କରିବେ ନାହିଁ। ଏସବୁ ସତ୍ତ୍ୱେ ମେଲିଆମାନେ ନିଜ ନିଷ୍ପତ୍ତିରେ ଅଟଳ ରହିଲେ ଏବଂ ପୋଲିସ ବାହିନୀକୁ ଆକ୍ରମଣ କଲେ। ଜୁନମାସ ଶେଷରେ ଡାଲଟନ କେନ୍ଦୁଝରରେ ପହଞ୍ଚିବାରୁ ପରିସ୍ଥିତିରେ ଉନ୍ନତି ହେଲା। ତାଙ୍କର ଫଉଜ ଯାଇ ଜଙ୍ଗଲ ଭିତରେ ବନ୍ଦା ହୋଇ ରହିଥିବା ଲୋକମାନଙ୍କୁ ଉଦ୍ଧାର କଲେ। ସେତେବେଳେ ଜଣାଗଲା ଯେ ମେଲିଆମାନେ ଦେବାନକୁ ଜୀବନରେ ମାରି ଦେଇଥିଲେ।

ଏପରି ଭାବେ ଗଣ୍ଡଗୋଳ ବଢ଼ିବାରୁ ରେଭେନ୍ଶା ପୁଣି ଥରେ କେନ୍ଦୁଝର ଯିବାକୁ ବାହାରିଲେ। ବର୍ଷା ଯୋଗୁ ରାସ୍ତାଘାଟ ଖରାପ ହୋଇଯାଇଥିଲା ଏବଂ ରେଭେନ୍ଶା କେନ୍ଦୁଝରରେ ପହଞ୍ଚିଲେ ଜୁଲାଇ ସାତ ତାରିଖରେ। ୨୭୦୦ ସିପାହୀ ଓ ୧୩ ଜଣ ଅଫିସର ମିଶି ଜଙ୍ଗଲ ଭିତରେ ମେଲିଆମାନଙ୍କୁ ଖୋଜି ଧରିବାରେ ଲାଗିଲେ। ତଥାପି ଏଥରେ ଅନେକ ସମୟ ଲାଗିଲା। ରତ୍ନା ନାୟକ ଧରାପଡିଲା

ନାହିଁ; ତାକୁ ଧରିଦେଲେ ପୁରସ୍କାର ମିଳିବ ବୋଲି ଘୋଷଣା କରାହେଲା। କ୍ରମେ କ୍ରମେ ଭୂୟାଁ ସର୍ଦ୍ଦାରମାନେ ନିଜେ ଆସି ଜଣକ ପରେ ଜଣେ ଆତ୍ମ ସମର୍ପଣ କରିବାରେ ଲାଗିଲେ। ଅଗଷ୍ଟ ୧୫ ତାରିଖରେ ରତ୍ନା ନାୟକ ଧରାହେଲା ଏବଂ ମେଳିଆମାନଙ୍କୁ ବିଚାର ପାଇଁ କଟକ ପଠାଇ ଦିଆଗଲା।

ଏହିଭଳି କେନ୍ଦୁଝର ମେଳିର ଅବସାନ ହେଲା, କିନ୍ତୁ ଶାନ୍ତି ରକ୍ଷା ପାଇଁ ରେଭେନ୍ସା ସାଙ୍ଗେ ସାଙ୍ଗେ କେନ୍ଦୁଝର ଛାଡ଼ି କଟକ ଫେରିପାରିଲେ ନାହିଁ।

ପୁରୀ କୋଣାର୍କ: ଡିସେମ୍ବର ୧୮୬୮

ଦିନେ ଶୀତଦିନ ସନ୍ଧ୍ୟାରେ ପୁରୀ ଦରିଆ ମହାବୀର ପାଖରେ ଚାରିଖଣ୍ଡ ପାଲିଙ୍କି, ପାଞ୍ଚଟି ଶଗଡ଼ ଓ ଦୁଇଟି ହାତୀ ସହ ପ୍ରାୟ ଚାଳିଶ ଜଣ ଲୋକଙ୍କର ଗୋଟିଏ ଦଳ ଆସି ଅଟକିଲା। ପୁରୀକୁ ରାଜା ମହାରାଜା ପର୍ବପର୍ବାଣି ସମୟରେ ଏଭଳି ଦଳବଳ ନେଇ ଆସିଥାନ୍ତି। କିନ୍ତୁ ବର୍ତ୍ତମାନ କୌଣସି ପର୍ବ ନଥିଲା ଏବଂ ପାଲିଙ୍କି ଭିତରୁ ଯେଉଁ ମୋଟା ବାବୁ ଜଣକ ବାହାରିଲେ ସେ କୌଣସି ରାଜା ମହାରାଜା ନ ଥିଲେ। ସେ ଥିଲେ କଲିକତାରେ ନାବାଳକ ରାଜା ପିଲାଙ୍କୁ ପାଠ ପଢ଼ାଇବା ପାଇଁ ବୋର୍ଡ ଅଧୀନରେ ଯେଉଁ ୱାର୍ଡ୍‌ସ ଇନଷ୍ଟିଚ୍ୟୁଟ ଥିଲା, ତାର ଡାଇରେକ୍ଟର ବାବୁ ରାଜେନ୍ଦ୍ରଲାଲ ମିତ୍ର।

ବିଲାତର ରୟାଲ ସୋସାଇଟି ଉଦ୍ୟମରେ ଭାରତ ସରକାର କିଛି ଟଙ୍କା ବ୍ୟବସ୍ଥା କରିଥିଲେ ପ୍ରାଚୀନ ମୂର୍ତ୍ତିମାନଙ୍କର ପ୍ଲାଷ୍ଟର ଅଫ୍ ପ୍ୟାରିସ ନକଲ ତିଆରି କରିବା ପାଇଁ। ସ୍ଥିର ହୋଇଥିଲା ଯେ କଲିକତାର ଆର୍ଟ ସ୍କୁଲରେ କେତେକ ଲୋକଙ୍କୁ ଛାଞ୍ଚ ତିଆରି କରି ମୂର୍ତ୍ତି ତିଆରି କରିବା ବିଷୟରେ ତାଲିମ ଦିଆଯିବ ଏବଂ ସେମାନେ ଓଡ଼ିଶା ଯାଇ ସେଠାରେ ମନ୍ଦିରମାନଙ୍କରୁ ସୁନ୍ଦର ସୁନ୍ଦର ମୂର୍ତ୍ତି ବାଛି ତାର ନକଲ ତିଆରି କରିବେ। ଏମାନଙ୍କ ସହିତ ରାଜେନ୍ଦ୍ରଲାଲ ମିତ୍ର ଯିବେ ମୂର୍ତ୍ତି ବାଛିବା ତଥା ଓଡ଼ିଶାର ଏକ ପ୍ରତ୍ନତାତ୍ତ୍ୱିକ ସର୍ବେକ୍ଷଣ କରିବା ପାଇଁ। ବ୍ୟବସ୍ଥା ହୋଇଥିଲା ଯେ ସେ ୱାର୍ଡ୍‌ସ ସ୍କୁଲରୁ ଛୁଟି ନେବେ ଏବଂ ଏ କାମ ପାଇଁ ପଇସା ନେବେନାହିଁ।

ଦୁଇମାସ ଆଗରୁ ଦୀପିକାରେ ବାବୁ ରାଜେନ୍ଦ୍ରଲାଲଙ୍କ ଆଗମନ ବିଷୟରେ ସୂଚନା ଦିଆଯାଇଥିଲା ଏବଂ ତାଙ୍କୁ ସର୍ବମତେ ସାହାଯ୍ୟ କରିବାକୁ ଅନୁରୋଧ କରାଯାଇଥିଲା। ତେବେ ରାଜେନ୍ଦ୍ରଲାଲଙ୍କ ଦଳଟି ଯେତେବେଳେ ଜାହାଜରେ ବଟୀଘରୁ ଓହ୍ଲାଇ କଟକ ଭୁବନେଶ୍ୱର ହୋଇ ପୁରୀ ଗଲା, ପ୍ରଚାର ହୋଇଗଲା

ଯେ ସେ ହେଉଛନ୍ତି ଲାଖରାଜ ଡେପୁଟି କଲେକ୍ଟର କିମ୍ବା ସଦାବର୍ତ ଅଫିସର; ଓଡ଼ିଶା ଆସିଛନ୍ତି ଲାଖରାଜ ବାଜ୍ୟାପ୍ତ ଓ ମଠ ମହନ୍ତଙ୍କୁ ବରଖାସ୍ତ କରିବାପାଇଁ। ଏଥିପାଇଁ ସ୍ଥାନୀୟ ଲୋକେ ତାଙ୍କୁ ସାହାଯ୍ୟ କରିବାକୁ ପ୍ରସ୍ତୁତ ହେଲେ ନାହିଁ।

ପୁରୀରେ ତମ୍ବୁ ପକାଇ ରହି ପରଦିନଠାରୁ ବାବୁ ରାଜେନ୍ଦ୍ରଲାଲ କାମ ଆରମ୍ଭ କରିଦେଲେ। ଏଥିରେ ତାଙ୍କର ସହାୟକ ହେଲେ ପୁରୀର ଆସିଷ୍ଟାଣ୍ଟ ଇଞ୍ଜିନିୟର ରାଧିକା ପ୍ରସାଦ ମୁଖାର୍ଜୀ। ଛାଞ୍ଚ ତିଆରି କରି ମୂର୍ତ୍ତି ତିଆରି କରିବାକୁ ଲଣ୍ଡନରୁ ଯେଉଁ ଜିପସମ ଅଣା ହୋଇଥିଲା, କାରିଗରମାନେ ତାକୁ ଗୁଣ୍ଡ କରି ପ୍ଲାଷ୍ଟର ଅଫ୍ ପ୍ୟାରିସ୍ ତିଆରି କରିବାରେ ଲାଗିଲେ। ରାଜେନ୍ଦ୍ରଲାଲ୍ ନିଜର ନୋଟ୍‌ଖାତା ଧରି ପୁରୀ ମନ୍ଦିର ସର୍ବେକ୍ଷଣ କରିବାକୁ ଗଲେ, ସାଙ୍ଗରେ ରାଧିକା ପ୍ରସାଦଙ୍କୁ ନେଇ।

ପୁରୀ ମନ୍ଦିର ଭିତରକୁ ଯିବାର ପ୍ରଥମ ଦିନ ହିଁ ତାଙ୍କୁ ପଣ୍ଡା କାଶୀ ସିଂହାରୀ ଧରିନେଲା। ସେ ମନ୍ଦିରର ମାପଟୁପ କରିବେ କଣ, କାଶୀ ତାଙ୍କୁ ଟାଣି ନେଇ ମନ୍ଦିର ଭିତରେ ବୁଲାଇ ସବୁ ଦେବଦେବୀଙ୍କ ଆଗରେ ପଇସା ଦିଆଇ ନମସ୍କାର କରାଇଲା। ମୋଟା ଲୋକ ରାଜେନ୍ଦ୍ରଲାଲ ଖରାରେ ଥକିଯାଇ ବସିଗଲାରୁ କାଶୀ କହିଲା, କଣ ଆଜ୍ଞା, ସମୁଦ୍ର ଏଠୁ କେତେବାଟ ହେବ ? ରାଜେନ୍ଦ୍ରଲାଲ କହିଲେ, କାହିଁକି ? ଏଇ ପାଖରେ ତ! କାଶୀ କହିଲା, ସମୁଦ୍ର ଗର୍ଜନ ଶୁଣି ପାରୁଛନ୍ତି ? ରାଜେନ୍ଦ୍ରଲାଲ କାନ ପାତିଲେ। କେଉଁଠି କିଛି ଶବ୍ଦ ନ ଥିଲା ଏତେ ପାଖରେ ଥିବା ସମୁଦ୍ରର। କାଶୀ କହିଲା, ଆଗେ ସମୁଦ୍ର ଏତେ ଜୋରରେ ଗର୍ଜନ କରୁଥିଲା ଯେ ଭୟରେ ସୁଭଦ୍ରାଙ୍କର ଦେହ ଶୁଖିଗଲା ଆଉ ତାଙ୍କର ହାତ ଦେହ ଭିତରେ ପଶିଗଲା। ଠାକୁର ସମୁଦ୍ରକୁ କହିଲେ, ତୁ ବାହାରେ ଯେତେ ଗର୍ଜିବୁ ଗର୍ଜୁଥା, ତତେ ଭିତରକୁ ଆସିବାକୁ ମନା। ସେ କାନପାତି ହନୁମାନଙ୍କୁ ଜଗାଇଦେଲେ ଯେମିତି ମେଘନାଦ ପାଚେରୀ ଟପି ଗର୍ଜନ ଭିତରକୁ ନ ଆସେ। ସେଇଦିନୁ ମନ୍ଦିର ଭିତରେ ସମୁଦ୍ରର ଶୋରଶବ୍ଦ ନାହିଁ।

ଏକଥା ଶୁଣି ରାଜେନ୍ଦ୍ରଲାଲ୍ ଉଠି ସିଂହଦ୍ୱାର ବାହାରକୁ ଆସି ଅରୁଣସ୍ତମ୍ଭ ପାଖରେ ଠିଆ ହେଲେ। ଏଠାରେ ସମୁଦ୍ରର ଗର୍ଜନ ସ୍ପଷ୍ଟ ଶୁଭୁଥିଲା। କିନ୍ତୁ ଭିତରକୁ ପଶିଲେ ସବୁ ଚୁପ। ଏଥରକ କାଶୀ କହିଲା, ଆସନ୍ତୁ ମୁଁ ଆପଣଙ୍କୁ ଠାକୁରଙ୍କର ଆହୁରି ଗୋଟିଏ ମହିମା ଦେଖାଇବି। ଆପଣ ଯେତେ ପାଠ ପଢ଼ିଲେ କଣ ହେଲା, ପାପୀ ଲୋକ ତ! ଜଗନ୍ନାଥଙ୍କ ଆଗରେ ଠିଆ ହେଲେ ବି ତାଙ୍କୁ ଦେଖ୍‌ପାରିବେ ନାହିଁ। ସତକୁ ସତ ରାଜେନ୍ଦ୍ରଲାଲ୍ ଭିତରକୁ ଯାଇ ରତ୍ନ ବେଦୀ ଆଗରେ ଠିଆ ହୋଇ ଆଗରେ କିଛି ଦେଖ୍ ପାରିଲେ ନାହିଁ। ଭୟରେ ଆଖିବୁଜି ପ୍ରାର୍ଥନା କରିବା ପରେ ଯେତେବେଳେ ଆଖି ଖୋଜିଲେ, ଦେଖିଲେ ଯେ ତାଙ୍କ ଆଗରେ ତିନିମୂର୍ତ୍ତି ସାକ୍ଷାତ ସଶରୀରେ ଉଭା ହୋଇଛନ୍ତି। ଏ ଏକ ଅଲୌକିକ କଥା ଥିଲା। ମନ୍ଦିର ବେଢ଼ାର ସର୍ବେକ୍ଷଣ ଓ ମପାଟୁପ ସହିତ ପଣ୍ଡା ସହିତ ଏ ପ୍ରହସନ ପ୍ରତିଦିନ ଚାଲିଲା।

ଯେଉଁଦିନ ପୁରୀ ଛାଡ଼ିବା କଥା, ତା ଆଗଦିନ ଶେଷଥର ପାଇଁ ରାଜେନ୍ଦ୍ରଲାଲ ମନ୍ଦିର ଭିତରକୁ ଗଲେ। କାଶୀ ତାଙ୍କ ଅପେକ୍ଷାରେ ଛିଡ଼ା ହୋଇଥିଲା। ରାଜେନ୍ଦ୍ରଲାଲ ତାକୁ କହିଲେ, ତୁ ମୋ ହାତ ଧରି ଭିତରକୁ ନେଇ ଯା। ଏଥରକ ଖୁବ୍ ଜୋରରେ ଆଖି ବନ୍ଦ କରି କାଶୀର ହାତ ଧରି ରାଜେନ୍ଦ୍ରଲାଲ୍ ରତ୍ନବେଦୀ ସାମନାକୁ ଗଲେ। ସେଠାରେ ଆଖି ଖୋଲିବାରୁ ଏଥରକ ମୂର୍ତ୍ତିମାନଙ୍କୁ ଦେଖ୍‌ବାରେ କୌଣସି ଅସୁବିଧା ହେଲାନାହିଁ। ପୂର୍ବ ଦିନମାନଙ୍କରେ ଖରାରୁ ଆସି ଅନ୍ଧାର ଘର ଭିତରେ ହଠାତ୍ କିଛି ଦେଖିପାରୁ ନଥିଲେ; ଆଜି ଆଖି ବନ୍ଦ କରି ଆସିଥିବାରୁ ସେ ଅସୁବିଧା ହେଲାନାହିଁ। ପଣ୍ଡା ହାତରୁ ହାତ ଛଡ଼ାଇ

ବାହାରକୁ ଆସି ସେ ରାଧିକା ପ୍ରସାଦକୁ ଏ ସୁଖବର ଦେଲେ। ରାଧିକା ପ୍ରସାଦ ହସିଲା; କହିଲା, ମତେ ଯଦି ଆପଣ ଆଗରୁ ପଚାରିଥାନ୍ତେ, ମୁଁ କହି ଦେଇଥାନ୍ତି। ଏ ପଣ୍ଡାଙ୍କର ଠକାମି ଆପଣ ଜାଣନ୍ତି ନାହିଁ।

ପୁରୀର କାମ ସାରି ରାଜେନ୍ଦ୍ରଲାଲ ପରଦିନ କୋଣାର୍କ ଗଲେ। କୋଣାର୍କ ମନ୍ଦିର ଚାରିପାଖ ଜଙ୍ଗଲରେ ଭର୍ତି ହୋଇଥିଲା ଏବଂ ସାପ ଭୟରେ ତାଙ୍କ ଲୋକମାନେ ମନ୍ଦିର ପାଖକୁ ଯିବାକୁ ଭରସିଲେ ନାହିଁ। ଦୂରରୁ ମୂର୍ତ୍ତିମାନଙ୍କୁ ଦେଖି ରାଜେନ୍ଦ୍ରଲାଲ ନିଜ ନୋଟ ଖାତାରେ ଟିପିବାରେ ଲାଗିଲେ। ମନ୍ଦିରର ଦକ୍ଷିଣ ଦିଗରେ ତଳୁ ପ୍ରାୟ ଶହେ ଫୁଟ ଉପରେ ଗୋଟିଏ ଶାୟିତ ସିଂହ ମୂର୍ତ୍ତି ତାଙ୍କୁ ଅତି ସୁନ୍ଦର ଦେଖାଗଲା। ଏହାର ମାପ ନେବାପାଇଁ ସେ ଗୋଟିଏ ଗଉଡ଼ ପିଲାକୁ ଫିତା ଦେଇ ଉପରେ ଚଢ଼ି ମୂର୍ତ୍ତିକୁ ମାପିବାକୁ କହିଲେ। ତାକୁ ସେ ପଇସା ଲୋଭ ଦେଖାଇଲେ, ଏପରିକି ଦି ଟଙ୍କା ଯାଚିଲେ। ଗଉଡ଼ ଟୋକା କିନ୍ତୁ ତାଙ୍କୁ ସିଧାସଳଖ ମନା କଲା ଏବଂ ସେଥାରୁ ଦଉଡ଼ି ପଳାଇଗଲା। ଅନ୍ଦାଜ କରି ମୂର୍ତ୍ତିଟି ଚଉଦ ଫୁଟର ହୋଇଥିବ ବୋଲି ରାଜେନ୍ଦ୍ରଲାଲ ତାଙ୍କର ଟିପାଖାତାରେ ନୋଟ କଲେ।

ଏଥରକ ଖରା ଚଢ଼ିବାରୁ ରାଜେନ୍ଦ୍ରଲାଲ ଗୋଟିଏ ଗଛ ତଳେ ବସି ତାଙ୍କର କାଗଜପତ୍ର ବାହାର କଲେ। ଫର୍ଗୁସନଙ୍କ ହିନ୍ଦୁସ୍ଥାନ ବହିରୁ କୋଣାର୍କର ଚିତ୍ର ବାହାର କରି ତା' ସହିତ ମନ୍ଦିରକୁ ମିଲାଇଲେ। ସେ ଚିତ୍ରରେ ଜଗମୋହନ ପଛରେ ମୂଳ ମନ୍ଦିରର କିଛି ଅଂଶ ଦିଶୁଥିଲା; କିନ୍ତୁ ବର୍ତ୍ତମାନ ସେଇଟି ଭାଙ୍ଗି ଯାଇଥିଲା। ଜଙ୍ଗଲ ଭିତରେ ପଶି ତାକୁ ଦେଖିବାକୁ ରାଜେନ୍ଦ୍ରଲାଲଙ୍କର ସାହସ ହେଲାନାହିଁ।

କାଗଜପତ୍ର ଭିତରୁ ରାଜେନ୍ଦ୍ରଲାଲ 'ନବଗ୍ରହ' ଲେଖାଥିବା ଫାଇଲଟିଏ ବାହାର କଲେ। ନବଗ୍ରହ ଶିଲାଟି ଅବହେଲିତ ଅବସ୍ଥାରେ ତଳେ ପଡ଼ିଥିବାରୁ ତାକୁ କଲିକତା ମିଉଜିଅମ୍‍କୁ ନେଇଯିବାକୁ ଏସିଆଟିକ୍ ସୋସାଇଟି ଅନେକ ଦିନରୁ ସରକାରଙ୍କୁ ଲେଖିଥିଲେ। ସରକାର ଏଥିପାଇଁ ତିନି ହଜାର ଟଙ୍କା ମଞ୍ଜୁର କରିଥିଲେ ଏବଂ ଏ ଦାୟିତ୍ୱ ଦିଆଯାଇଥିଲା ପୂର୍ତ ବିଭାଗକୁ। ଇଞ୍ଜିନିୟର ନିକଲ୍ସ ଏ ବିଷୟରେ ଭାବିଚିନ୍ତି ସ୍ଥିର କରିଥିଲେ ଯେ ଗୋଟିଏ ଗାଡ଼ି ଉପରେ ପଥରକୁ ରଖି ତାହାକୁ ଲୁହାଧାରଣା ଉପରେ ସମୁଦ୍ର ପର୍ଯ୍ୟନ୍ତ ନିଆଯିବ; ସେଥାରୁ ଷ୍ଟିମର ଯୋଗେ ପଥରଟି କଲିକତା ଯିବ। ଏଥି ଅନୁଯାୟୀ ଗୋଟିଏ ଗାଡ଼ି ତିଆରି ହେଲା ଏବଂ ନବଗ୍ରହ ପଡ଼ିଥିବା ଜାଗା ପାଖରୁ ଲୁହାଧାରଣା ବସାଇବା କାମ ଆରମ୍ଭ କରାହେଲା। କିନ୍ତୁ ଅଳ୍ପଦୂର ମାତ୍ର ଲୁହାଧାରଣା ବସାଇବା ପରେ ଟଙ୍କା ସରିଗଲା ଏବଂ ଗାଡ଼ି ଉପରେ ନବଗ୍ରହକୁ ଯେତେଦୂର ନିଆଯାଇପାରିବ ନେଇ ସେଇଠାରେ ଛାଡ଼ି ଦିଆଗଲା।

ରାଜେନ୍ଦ୍ରଲାଲ ଲୁହାଧାରଣାକୁ ମାପିଲେ, ପ୍ରାୟ ଦୁଇଶହଗଜ। ସମୁଦ୍ର ସେଥାରୁ ଆହୁରି ମାଇଲଟିଏ ବାଟ ଥିଲା। ନବଗ୍ରହଟିକୁ କଲିକତା ନିଆଯାଇ ନଥିବାରୁ ରାଜେନ୍ଦ୍ରଲାଲଙ୍କ ମନଦୁଃଖ ହେଲା। ଏଥରକ ସେ ନବଗ୍ରହର ମୂର୍ତ୍ତିମାନଙ୍କୁ ଦେଖିବାରେ ମନଦେଲେ। ଷ୍ଟର୍ଲିଂ ତାଙ୍କର ଓଡ଼ିଶା ଇତିହାସରେ ଶୁକ୍ରକୁ ଗୋଟିଏ ଡଉଲ ଡାଉଲ ଯୁବତୀ ସ୍ତ୍ରୀ ଭାବରେ ବର୍ଣ୍ଣନା କରିଥିଲେ। ଏ କଥା ପଢ଼ି ରାଜେନ୍ଦ୍ରଲାଲ ହସିଲେ। ଷ୍ଟର୍ଲିଂଙ୍କର ଏ ଭୁଲ ସ୍ୱାଭାବିକ ଥିଲା। କାରଣ ପାଶ୍ଚାତ୍ୟ ଦେଶରେ ଶୁକ୍ର ହେଉଛି ସୁନ୍ଦରୀ ଭେନସ୍!

ରାଜେନ୍ଦ୍ର ଲାଲ୍ ମନ୍ଦିର ପାଖକୁ ଗଲେ। ଯଦିଓ ବଣଜନ୍ତୁ ଓ ସାପ ଭୟରେ ଆଜିକାଲି ସେଠାକୁ ବହୁତ କମ ଲୋକ ଯାଉଥିଲେ, ମନ୍ଦିର ପଥର ଉପରେ ଅନେକ ଲୋକଙ୍କ ନାଁ ଖୋଦା ହୋଇ ତାକୁ ବିକୃତ କରାହୋଇଥିଲା। ପାଖକୁ ଯାଇ ରାଜେନ୍ଦ୍ରଲାଲ ଦେଖିଲେ ଯେ ସେ ସବୁ ନାଁ ସାହେବମାନଙ୍କର

ଥିଲା । ଖୋଲା ହୋଇଥିବା ନାଁ ଭିତରେ ସେ ସ୍ଵଲିଂଙ୍କ ନାଁ ଅଛି କି ନାହିଁ ଖୋଜିଲେ; କିନ୍ତୁ ଅନେକ ନାଁ ଭିତରେ କେଉଁଠି ତାଙ୍କର ନାଁ ନ ଦେଖ୍ ନିରାଶ ହେଲେ ।

କୋଣାର୍କର କାମ ସାରି ରାଜେନ୍ଦ୍ରଲାଲ କଟକ ଫେରିଲେ । ସେଠାରେ କଟକ ଡିବେଟିଂ କ୍ଲବ ପକ୍ଷରୁ ତାଙ୍କ ସମ୍ମାନାର୍ଥେ ଗୋଟିଏ ସଭା ହେଲା । ଏ ସଭାରେ ବକ୍ତୃତାଦେଇ ରାଜେନ୍ଦ୍ରଲାଲ କହିଲେ; ଯେ ଉତ୍କଳର ଯଥାର୍ଥ ହିତାକାଂକ୍ଷୀ ହେବେ, ସେ ସର୍ବାଗ୍ରେ ଓଡ଼ିଆ ଭାଷା ଉଠାଇ ଦେଇ ବଙ୍ଗଭାଷା ପ୍ରଚଳନ କରିବାର ଚେଷ୍ଟା କରିବେ, କାରଣ ଯେତେକାଳ ଓଡ଼ିଆ ଭାଷା ଉଠିଯାଇନାହିଁ, ତେତେକାଳ ଓଡ଼ିଶାର ଉନ୍ନତି ହେବନାହିଁ ।

ବାମଣ୍ଡା: ଜୁନ୍ ୧୮୬୯

ବ୍ରଜସୁନ୍ଦର ଦେବଙ୍କ ପରେ ବାମଣ୍ଡାରେ କିଏ ରାଜା ହେବ, ଏ ବିଷୟ ନେଇ ମଝିରେ ମଝିରେ କଥା ଉଠୁଥିଲା। ତାଙ୍କର ଗୋଟିଏ ପୁଅ ଥିଲା, କିନ୍ତୁ ସେ ଦାସୀ ଗର୍ଭରୁ ଜନ୍ମିତ ଥିବାରୁ ରାଜା ହୋଇପାରି ନଥାନ୍ତା। ତେଣୁ ବ୍ରଜସୁନ୍ଦର ସ୍ଥିର କରିଥିଲେ ଯେ ସେ ତାଙ୍କର ତୃତୀୟ ଭାଇ ହରିହର ଦେବଙ୍କର ପୁଅ ବାସୁଦେବକୁ ନିଜର ଉତ୍ତରାଧିକାରୀ କରିବେ। ଏପରି ନିଷ୍ପତ୍ତି ନେବାର କାରଣ ଥିଲା ଯେ ରାଜପରିବାର ପିଲାମାନଙ୍କ ଭିତରେ ବାସୁଦେବ ଥିଲା ସର୍ବଜ୍ୟେଷ୍ଠ। ପରେ ଏହାକୁ ନେଇ ଆପତ୍ତି ହେବାର ଆଶଙ୍କା ଥିବାରୁ ବ୍ରଜସୁନ୍ଦର ବାସୁଦେକୁ ଉତ୍ତରାଧିକାରୀ ନିରୂପିତ କରିଥିବାର ସମସ୍ତ କାଗଜପତ୍ର ସମ୍ବଲପୁରରେ ଥିବା ଇଂରେଜ ପଲିଟିକାଲ୍ ଏଜେଣ୍ଟଙ୍କ ପାଖକୁ ପଠାଇ ଦେଇଥିଲେ। ଏହା ଥିଲା ୧୮୫୫ର କଥା: ସେତେବେଳେ ବାସୁଦେବର ବୟସ ପାଞ୍ଚବର୍ଷ।

ଏହାପରେ ବାସୁଦେବକୁ ଟିକାୟତ ଉପାଧି ଦେଇ ତାର ପାଠପଢ଼ାର ବଢ଼ୋବସ୍ତ କରାଗଲା। ତାକୁ ବ୍ୟାକରଣ ପଢ଼ାଇଲେ ପଣ୍ଡିତ ଆନନ୍ଦ ବ୍ରହ୍ମା, କାବ୍ୟ ନାଟକ ଅଳଙ୍କାର ପଢ଼ାଇଲେ ପଣ୍ଡିତ ପୁରୁଷୋତ୍ତମ ତର୍କାଳଙ୍କାର, ନ୍ୟାୟ ବେଦାନ୍ତ ପଢ଼ାଇଲେ ପଣ୍ଡିତ ଭୁବନେଶ୍ୱର ବଡ଼ପଣ୍ଡା। ବାସୁଦେବ ଆଉ ଟିକିଏ ବଡ଼ ହେବା ପରେ ବ୍ରଜସୁନ୍ଦର ରାଜକାର୍ଯ୍ୟ କଲାବେଳେ ତାକୁ ନିଜ ପାଖରେ ବସାଇ ଶିକ୍ଷା ଦେବାକୁ ଲାଗିଲେ। ବ୍ରଜସୁନ୍ଦର ଆଶ୍ୱସ୍ତ ହେଲେ ଯେ ତାଙ୍କ ଅନ୍ତେ ଜଣେ ଯୋଗ୍ୟ କୁମାର ବାମଣ୍ଡା ସିଂହାସନରେ ବସିବ। କିନ୍ତୁ ଏତେ ଶୀଘ୍ର ଯେ ତାଙ୍କ ଜୀବନର ଅନ୍ତ ଆସିବ, ଏ କଥା ବ୍ରଜସୁନ୍ଦର ଭାବି ନଥିଲେ।

ପ୍ରଧାନ ପାଟ ଜଳପ୍ରପାତ ବାମଣ୍ଡାର ସବୁଠାରୁ ଆକର୍ଷକ ଦର୍ଶନୀୟ ସ୍ଥାନ। ମଝିରେ ମଝିରେ

ବ୍ରଜସୁନ୍ଦର ବିଶ୍ରାମ ନେବାକୁ ସେଠାକୁ ଯାଉଥିଲେ । ଏ ବର୍ଷ ଖରାଦିନେ ସେ ଯାଇ ତାଙ୍କ କୋଠିରେ ପହଞ୍ଚିଛନ୍ତି, କିଏ ଆସି ଖବର ଦେଲା ଯେ ପାଖରେ ଥିବା ବରଗଛରେ ଗୋଟିଏ ଗୋଖୁର ସାପ ରହିଛି । ବ୍ରଜସୁନ୍ଦରଙ୍କର ନିଜ ବୀରତ୍ୱରେ ଅଭିମାନ ଥିଲା । କହିଲେ, ଠିକ ଅଛି, ମୁଁ ସେ ସାପକୁ ଧରିବି । ସମସ୍ତଙ୍କ ବିରୋଧ ସତ୍ତ୍ୱେ ସେ ସାପକୁ ଧରିବାକୁ ବାହାରିଲେ ।

ବେଶ କିଛି ଲୋକ ଠେଙ୍ଗାବାଡି ଧରି ଗଛକୁ ଘେରି ଠିଆ ହେଲେ । ଏଇ ସମୟରେ ଗଛର ଗୋଟିଏ ଉପର ଡାଲରେ ସାପ ଦେଖାଗଲା । ବ୍ରଜସୁନ୍ଦର ତାଙ୍କ ଲୁଗାକୁ ଭିଡ଼ି ଗଛ ଉପରେ ଚଡ଼ିଲେ । ଏଇ ପାଟିତୁଣ୍ଡ ଭିତରେ ସାପ ଗୋଟିଏ କୋରଡ଼ ଭିତରେ ପଶିଗଲା । ବ୍ରଜସୁନ୍ଦର କିନ୍ତୁ ତାର ଲାଞ୍ଜକୁ ଧରିନେଲେ ଏବଂ ଟାଣିବାକୁ ଲାଗିଲେ । ସାପ ଯେତେ ଭିତରକୁ ପଶିବାକୁ ଚେଷ୍ଟା କଲେ ବି ବ୍ରଜସୁନ୍ଦର ତାକୁ ଟାଣି ବାହାର କଲେ ଏବଂ ଗୋଟିଏ ହାତରେ ତାର ଲାଞ୍ଜ ଓ ଆଉ ଗୋଟିଏ ହାତରେ ତାର ମୁଣ୍ଡକୁ ଧରି ତଳେ ଥିବା ଲୋକଙ୍କୁ ଦେଖାଇଲେ । ତଳେ ଲୋକ ଖୁସି ହେଲେ, କିନ୍ତୁ ସମସ୍ୟା ହେଲା ତଳକୁ ଓହ୍ଲାଇବା । ଜଣେ ଲୋକ ଧାଇଁ ଯାଇ ସିଡ଼ି ଆଣିଲା ଏବଂ ସାପକୁ ଦି ହାତରେ ଧରି ଲୋକଙ୍କ ବାହାବା ଭିତରେ ବ୍ରଜସୁନ୍ଦର ଅତି କଷ୍ଟରେ ତଳକୁ ଓହ୍ଲାଇଲେ ।

ସାପ ତ ଧରାହେଲା, କିନ୍ତୁ ତାକୁ କଣ କରାଯିବ ? ସମସ୍ତେ କହିଲେ ମଣିମା ସାପକୁ ଫିଙ୍ଗି ଦିଅନ୍ତୁ, ଆମେ ତାକୁ ପିଟି ପିଟି ମାରିଦେବୁ । କିନ୍ତୁ ଏତେ କଷ୍ଟରେ ଧରିଥିବା ସାପକୁ ଏତେ ସହଜରେ ମାରିଦେବାକୁ ଚାହିଁଲେ ନାହିଁ ବ୍ରଜସୁନ୍ଦର । କହିଲେ ଗୋଟିଏ ମାଠିଆ ଆଣ; ତା' ଭିତରେ ସାପକୁ ରଖିବା । ମାଠିଆ ଆଣିବାକୁ କିଛି ସମୟ ଲାଗିଲା । ସାପ ଏଣେ ରାଗରେ ଫଁ ଫଁ ହେଉଥାଏ ଓ ବ୍ରଜସୁନ୍ଦର ତାକୁ ଜୋରରେ ଧରିଥାନ୍ତି । କିଏ ଜଣେ କହିଲା, ଘାମୁଙ୍କ ହାତରୁ ଆଉ ଜଣେ କିଏ ସାପ ନେଇ ମାଠିଆ ଆସିବା ପର୍ଯ୍ୟନ୍ତ ଧରିଥାଉ, କିନ୍ତୁ ଛାମୁ ମନାକଲେ ।

ମାଠିଆ ଆସିବା ପରେ ବ୍ରଜସୁନ୍ଦର ସାପକୁ ତା ଭିତରେ ପୁରାଇବାକୁ ଚେଷ୍ଟା କଲେ । ସାପ ଖସିବାକୁ ଚେଷ୍ଟାକଲା ଏବଂ ଲୋକମାନେ ଭୟରେ ପଛକୁ ଘୁଞ୍ଚିଗଲେ । ବ୍ରଜସୁନ୍ଦର ଅନେକ କଷ୍ଟରେ ସାପକୁ ମାଠିଆ ଭିତରେ ପୁରାଇଲେ କିନ୍ତୁ ତା ଆଗରୁ ସାପ ତାଙ୍କ ହାତକୁ ଚୋଟ ମାରିଲା । ଅଳ୍ପ ସମୟ ଭିତରେ ବ୍ରଜସୁନ୍ଦର ଅଚେତ ହୋଇ ତଳେ ପଡ଼ିଗଲେ । ଲୋକେ ତାଙ୍କୁ ଟେକି ନେଇ କୂଅ ମୂଳରେ ଶୁଆଇ ତାଙ୍କ ଉପରେ ପାଣି ଢାଲିଲେ । ପାଖ ଗାଁରୁ ଗୁଣିଆ ଡାକିବାକୁ ଲୋକ ଧାଇଁଗଲା; ରାଜଧାନୀକୁ ବି ଖବର ପଠାଗଲା ।

ପାଣି ଢାଲିବା, ଝାଡ଼ଫୁଙ୍କ ପରେ ମଧ ବ୍ରଜସୁନ୍ଦରଙ୍କ ଅବସ୍ଥାର ଉନ୍ନତି ନ ହେବାରୁ ତାଙ୍କ ପାଲିଙ୍କିରେ ଶୁଆଇ ଦେଓଗଡ଼ ନେଇଗଲେ । ସେଠାରେ ତାଙ୍କ ଅବସ୍ଥା ଆହୁରି ଖରାପ ହେଲା । ସମ୍ବଲପୁରରୁ ସାହେବ ଡାକ୍ତର ଡାକିବାପାଇଁ ଖବର ପଠାଗଲା । ନିଜର ଶେଷ ସମୟ ଆଉ ବେଶୀ ନାହିଁ ଜାଣି ନିଜର ସମସ୍ତ ପରିବାର ପ୍ରିୟଜନଙ୍କୁ ଡାକି ବ୍ରଜସୁନ୍ଦର ଘୋଷଣା କଲେ ଯେ ବାସୁଦେବ ହିଁ ତାଙ୍କର ଉତ୍ତରାଧିକାରୀ । ଏହାପରେ ସେ ବାସୁଦେବକୁ ପାଖରେ ବସାଇ କହିଲେ, ମନେ ରଖ, ତମ ଦେହରେ ସତୀ ରକ୍ତ ପ୍ରବାହିତ ହେଉଛି । ଏହା ହିଁ ଥିଲା ବ୍ରଜସୁନ୍ଦରଙ୍କର ଶେଷ କଥା ।

ସତୀରକ୍ତର ତାତ୍ପର୍ଯ୍ୟ ଥିଲାଯେ ରାଜପରିବାର ଆଗରୁ ଦୁଇଜଣ ସତୀ ହୋଇଥିଲେ । ଛ' ପୁରୁଷ ତଳେ ବାମଣ୍ଡାରେ ରାଜା ଥିଲେ ପ୍ରତାପରୁଦ୍ର । ତାଙ୍କ ସମୟରେ ଇଂରେଜମାନେ ଓଡ଼ିଶା ଅଧିକାର

କରିଥିଲେ, ତେବେ ବାମଣ୍ଡା ଓଡ଼ିଶା ଅଧୀନରେ ନ ଥିଲା, ଥିଲା ଛତିଶଗଡ଼ ଅଧୀନରେ। ପ୍ରତାପରୁଦ୍ରଙ୍କ ମୃତ୍ୟୁପରେ ତାଙ୍କର ରାଣୀ ଚନ୍ଦ୍ରକୁମାରୀ ସତୀ ହେବାକୁ ଇଚ୍ଛା କଲେ। ଦେଓଗଡ଼ ପାଖରେ ପ୍ରବାହିତ ନଦୀକୂଳରେ ସତୀର ବ୍ୟବସ୍ଥା ହେଲା ଏବଂ ପ୍ରତାପରୁଦ୍ରଙ୍କ ମୃତ ଦେହକୁ କୋଳରେ ରଖି ଚନ୍ଦନକାଠର ଚିତାରେ ଚନ୍ଦ୍ରକୁମାରୀ ଜଳି ମଲେ। ନଈ କୂଳର ଏଇ ସ୍ଥାନଟିକୁ ଲୋକମାନେ ସତୀଘାଟ ନାଁରେ ଅଭିହିତ କଲେ।

ପ୍ରତାପ ରୁଦ୍ରଙ୍କ ପରେ ରାଜା ହେଲେ ତାଙ୍କ ପୁଅ ସର୍ବେଶ୍ୱର। ଦୁର୍ଭାଗ୍ୟକୁ ରାଜତ୍ୱର ଅଳ୍ପଦିନ ପରେ ହିଁ ରେଢ଼ାଖୋଲର ଜଣେ ଆତତାୟୀ ହାତରେ ତାଙ୍କର ମୃତ୍ୟୁ ହେଲା। ଏହି ସମୟରେ ଲୋକମାନଙ୍କ ମନରୁ ଚନ୍ଦ୍ରକୁମାରୀଙ୍କ ସତୀହେବା କଥା ଯାଇ ନଥିଲା। ତେଣୁ ସର୍ବେଶ୍ୱରଙ୍କ ସ୍ତ୍ରୀଙ୍କ ଉପରେ ମଧ ଚାପ ପକାଇଲା ସତୀ ହେବାପାଇଁ। ତେଣୁ ସେ, ନିଜର ଅନିଚ୍ଛା ସତ୍ତ୍ୱେ, କୋଡ଼ରକୋଟଠାରେ ତାଙ୍କ ପତିଙ୍କ ଚିତାରେ ଜଳି ସତୀ ହୋଇଗଲେ। ଲୋକମାନେ ଏ ଜାଗାଟିର ନାଁ ରଖିଲେ ସତୀକୁଣ୍ଡ।

ଏଇଭଳି ଭାବରେ ଦେହରେ ସତୀରକ୍ତର ଗୁରୁଦାୟିତ୍ୱ ନେଇ ୧୯ ବର୍ଷ ବୟସରେ ବାସୁଦେବ ବାମଣ୍ଡା ରାଜଗାଦିରେ ଅଭିଷିକ୍ତ ହେଲେ।

ବାଲେଶ୍ୱର: ଜୁଲାଇ ୧୮୬୯

ସୁନହଟରେ ଦାମୋଦର ପ୍ରସାଦ ଦାସଙ୍କ ଘରେ ଥିବା ପାଠାଗାରଟି ଥିଲା ବାଲେଶ୍ୱରର ସାଂସ୍କୃତିକ ଜୀବନର ଗୋଟିଏ କେନ୍ଦ୍ରସ୍ଥଳ । ଫକୀରମୋହନ ଓ ରାଧାନାଥ ନିୟମିତ ସେଠାକୁ ଯାଉଥିଲେ ଏବଂ ଦାମୋଦର ପ୍ରସାଦ ସେମାନଙ୍କୁ ପଢ଼ିବା ଲେଖିବା ପାଇଁ ଉସ୍ସାହିତ କରୁଥିଲେ । ଦିନେ ଦାମୋଦର ପ୍ରସାଦ ରାଧାନାଥ ଲେଖିଥିବା କେତୋଟି ବଙ୍ଗଳା କବିତା ପଢ଼ି ଖୁବ ଖୁସି ହେଲେ ଏବଂ କହିଲେ ଯେ ପଟାଣଟି କବିତା ହେଲେ ସେ ବହିଟିକୁ ଛପାଇଦେବେ । କିଛି ଦିନ ପରେ ରାଧାନାଥ ତାଙ୍କୁ ୫୧ଟି କବିତା ନେଇ ଦେଲେ ଏବଂ ୧୮୬୮ ରେ ଦାମୋଦର ପ୍ରସାଦ ଏହି କବିତାଗୁଡ଼ିକୁ ଛପାଇ ବହି ବାହାର କଲେ କବିତାବଳୀ ନାମରେ ।

ବର୍ତ୍ତମାନ ସେମାନଙ୍କ ମଧ୍ୟରେ ଆଲୋଚନା ହେଉଥିଲା ଯେ ଗୋଟିଏ ଓଡ଼ିଆ ପ୍ରେସ ହେଲେ ସେଠିରେ ବଙ୍ଗଳା ଭଳି ଓଡ଼ିଆ ବହି ମଧ ଛପାଯାଇ ପାରିବ । ଏ ଭିତରେ ଈଶ୍ୱରଚନ୍ଦ୍ର ବିଦ୍ୟାସାଗରଙ୍କ ନିର୍ଦ୍ଦେଶରେ ଫକୀରମୋହନ ତାଙ୍କର ଜୀବନ ଚରିତ ବହିକୁ ବଙ୍ଗଳାରୁ ଓଡ଼ିଆରେ ଅନୁବାଦ କରି କଲିକତାରେ ଛପାଇ ଆଣିଥିଲେ ଏବଂ ଏ ବହିଟି ଓଡ଼ିଶାର ସ୍କୁଲମାନଙ୍କରେ ପାଠ୍ୟପୁସ୍ତକ ହୋଇ ଚଲୁଥିଲା । ଫକୀରମୋହନ ଛାତ୍ରମାନଙ୍କ ପାଇଁ ଗୋଟିଏ ବ୍ୟାକରଣ ଓ ଗୋଟିଏ ଅଙ୍କ ବହି ମଧ ଲେଖିସାରିଥିଲେ । ସେ ବର୍ତ୍ତମାନ ବାଲେଶ୍ୱରରେ ପ୍ରେସ ବସାଇବାର ଉଦ୍ୟମ କରିବାରେ ଲାଗିଲେ । କଟକ ପ୍ରିଣ୍ଟିଂ କମ୍ପାନୀ ଅନୁକରଣରେ ଦାମୋଦର ପ୍ରସାଦ, ରାଧାନାଥ ପ୍ରମୁଖଙ୍କୁ ନେଇ ଏକ କମ୍ପାନୀ ତିଆରି କରିବାକୁ ନିଷ୍ପତ୍ତି ହେଲା । ତେବେ ଏ କଥା ମଧ ସ୍ଥିର ହେଲା ଯେ ରାଧାନାଥଙ୍କ ନାଁ କୌଣସି କାଗଜପତ୍ରରେ ରହିବ ନାହିଁ । କାରଣ ସୁନ୍ଦର ନାରାୟଣ

ରାଧାନାଥଙ୍କୁ କୌଣସି ସଭା ସମିତିରେ ଯୋଗ ଦେବା କିମ୍ବା କାହାରି ସହିତ ମିଳିମିଶି ବୁଲିବାକୁ ଦୃଢ଼ ରୂପେ ମନା କରିଥିଲେ।

ଯାହାହେଉ, ଅନେକ ଅସୁବିଧା ଭିତର ଦେଇ ବାଲେଶ୍ୱରରେ ପି.ଏମ୍. ସେନାପତି ଏଣ୍ଡ କୋ, ଉତ୍କଳ ପ୍ରେସ ସ୍ଥାପିତ ହେଲା ଏବଂ ୧୮୬୮ ଜୁଲାଇ ମାସରୁ ଫକୀରମୋହନଙ୍କ ଉଦ୍ୟମରେ ବୋଧଦାୟିନୀ ଓ ବାଲେଶ୍ୱର ସମ୍ବାଦବାହିକା ପତ୍ରିକା ପ୍ରକାଶ ପାଇଲା। ଏହା ବାଲେଶ୍ୱର ପାଇଁ ଏକ ବିରାଟ ଘଟଣା ଥିଲା।

ବାଲେଶ୍ୱରରେ ଏହି ସମୟରେ ଅପରାଧ ବଢ଼ିଯାଇଥିଲା। ଲୋକେ ଭାବିଥିଲେ ଯେ ଦୁର୍ଭିକ୍ଷ ପରେ ଅପରାଧ କମିଯିବ, କିନ୍ତୁ ତାହା ହେଲାନାହିଁ। ଜଗନ୍ନାଥ ସଡ଼କରେ ମେଦିନୀପୁରଠାରୁ ଭଦ୍ରକ ପର୍ଯ୍ୟନ୍ତ ଡକାୟତଙ୍କର ଦୌରାତ୍ମ୍ୟ ସବୁବେଳେ ଲାଗି ରହିଥିଲା। ଡକାୟତମାନେ ବାଲେଶ୍ୱର ଓ ମୟୂରଭଞ୍ଜର ଜଙ୍ଗଲ ଭିତରେ ଲୁଚି ରହୁଥିଲେ। ଏମାନଙ୍କ ଭିତରେ କେତେକ ଡକାୟତଙ୍କର ବଡ଼ ଦଳ ଥିଲା। ଏମାନଙ୍କ ଭିତରେ ବିଖ୍ୟାତ ଥିଲେ ନାଲୁ ମିର୍ଦ୍ଧା, ବୈଦୀ ସେଠି, ଗଦେଇ କଣ୍ଡରାର ଦଳ। ଆଗେ ଡକାୟତମାନେ ସାହେବଙ୍କୁ ଲୁଟି କରିବାକୁ ଡରୁଥିଲେ। ତଥାପି ଥରେ ବସ୍ତା ଓ ହଲଦୀପଦା ମଝି ରାସ୍ତାରେ ଆସିଷ୍ଟାଣ୍ଟ କଲେକ୍ଟର ରାଙ୍କିନ୍ଙ୍କର ପାଲିଙ୍କି ଲୁଟି ହେଲା; ଡକାୟତମାନେ ଭାବିଥିଲେ ଯେ ସେ ପାଲିଙ୍କିରେ ବାଲେଶ୍ୱରର ବ୍ୟବସାୟୀ ଯୋଗେୟା ଯାଉଥିଲେ। ଆଉଥରେ ଡକାୟତମାନେ ରେଭେନଶାଙ୍କର ସ୍ତ୍ରୀ ବାଲେଶ୍ୱରରୁ ଯାଉଥିବା ବେଳେ ତାଙ୍କ ପାଲିଙ୍କି ଉପରେ ଆକ୍ରମଣ କରିଥିଲେ।

ବାଲେଶ୍ୱରରେ ଧୀରେ ଧୀରେ ଅନେକ ସାମାଜିକ ପରିବର୍ତ୍ତନ ମଧ୍ୟ ହେଉଥିଲା। ଏ ଜିଲ୍ଲାରେ ଅନେକ ବଙ୍ଗାଳୀ ଲୋକ ଥିବାରୁ ଓଡ଼ିଆମାନେ କ୍ରମେ କ୍ରମେ ସେମାନଙ୍କ ଦ୍ୱାରା ପ୍ରଭାବିତ ହେଉଥିଲେ। ବଙ୍ଗାଳୀମାନେ ସାହେବମାନଙ୍କ ଅନୁକରଣରେ ଛୋଟ ବାଳ ରଖୁଥିଲେ ଏବଂ ଜାମା ପିନ୍ଧୁଥିଲେ। ତାଙ୍କ ଦେଖାଦେଖି ଓଡ଼ିଆମାନେ ପେଣ୍ଠାବାଳ କାଟି ଦେଇ ଛୋଟବାଳ ରଖିଲେ, ଘର ଭିତରକୁ ଜୋତା ନେଲେ ଏବଂ ଜାମା ପିନ୍ଧିଲେ। ସେମାନେ ବଙ୍ଗାଳୀଙ୍କ ପାଖରୁ ଆଉ ଯେଉଁ ଜିନିଷଟି ଶିଖିଲେ ତାହାଥିଲା ମଦ୍ୟପାନ। ସେତେବେଳେ ଅଧିକାଂଶ ବଙ୍ଗାଳୀ କର୍ମଚାରୀ ଓ ସମ୍ଭ୍ରାନ୍ତବ୍ୟକ୍ତି ମଦ ପିଉଥିଲେ ଏବଂ ମଦ ନ ପିଇବା ବ୍ୟକ୍ତିଙ୍କୁ ହେୟ ଜ୍ଞାନରେ ଦେଖୁଥିଲେ। ସୁନହଟର ଜମିଦାର ଓ ମହାଜନ କିଶୋରୀ ମୋହନ ଦାସଙ୍କର ମୋତିଗଞ୍ଜ ବଜାର ଶେଷରେ ଗୋଟିଏ ବଗିଚା ଥିଲା। ସେଠାରେ ପ୍ରତି ଶନିବାର ରାତିରେ ବନ୍ଧୁମାନଙ୍କର ଆସର ହେଉଥିଲା ଏବଂ ସେଠରେ ତାସ, ଶତରଞ୍ଜ, ମଦ, ଅଫିମ, ଚରସ, ବାଇନାଚ ଇତ୍ୟାଦି ସବୁ ପ୍ରକାର ଆମୋଦପ୍ରମୋଦର ବ୍ୟବସ୍ଥା ଥିଲା। ଫକୀରମୋହନ ଅବିଳମ୍ବେ ଏହି ବନ୍ଧୁମିଳନର ସଭ୍ୟ ହୋଇଗଲେ।

ବଙ୍ଗାଳୀମାନଙ୍କ ମାଧ୍ୟମରେ ବାଲେଶ୍ୱରକୁ ବ୍ରାହ୍ମଧର୍ମ ମଧ୍ୟ ଆସିଥିଲା। ଏଠାକୁ ପ୍ରଥମେ ଆଦି ବ୍ରାହ୍ମ ସମାଜର ପ୍ରଚାରକ ହୋଇ ଆସିଥିଲେ ଈଶାନ ଚନ୍ଦ୍ର ବସୁ। ନିମକ ମାହାଲରେ କାମ କରୁଥିବା କିରାନୀ ପ୍ରସନ୍ନ କୁମାର ଚାଟ୍ଟାର୍ଯ୍ୟଙ୍କର ଝାଡେଶ୍ୱର ମହାଦେବ ମନ୍ଦିର ପାଖ ବସା ଘରେ ପ୍ରତି ରବିବାର ରାତିରେ ପ୍ରାର୍ଥନା ସଭା ହେଉଥିଲା। ଉପାସନା ପରେ ବ୍ରାହ୍ମ ଧର୍ମାବଲମ୍ୱୀମାନଙ୍କ ପାଇଁ ମଦ୍ୟପାନର ବ୍ୟବସ୍ଥା ଥିଲା। ସେତେବେଳେ ବ୍ରାହ୍ମମାନଙ୍କ ମଧ୍ୟରେ ମଦ୍ୟପାନ ଉପାସନାର ଗୋଟିଏ ଅଙ୍ଗ ଭଳି ଥିଲା। ପରେ

ମୋତିଗଞ୍ଜ ବଜାର ଶେଷରେ ମୟୂରଭଂଜ ରାଜାଙ୍କର ଯେଉଁ କୋଠା ଥିଲା ସେଠାରେ ଆଦି ବ୍ରାହ୍ମ ସମାଜର ପ୍ରାର୍ଥନା ଗୃହ ହେଲା। ଏଇ ସମୟରେ ଫକୀରମୋହନ ବ୍ରାହ୍ମଧର୍ମ ଅବଲମ୍ବନ କଲେ।

୧୮୬୯ ଜାନୁଆରୀ ମାସରେ ରାଧାନାଥ ପୁରୀ ସ୍କୁଲକୁ ଦ୍ୱିତୀୟ ଶିକ୍ଷକ ହୋଇ ବଦଲି ହୋଇଯିବାରୁ ଫକୀରମୋହନ ଏକା ପଡ଼ିଗଲେ। ତାଙ୍କର ମିଶନ ସ୍କୁଲ ସେକ୍ରେଟାରୀ ମିଲରଙ୍କ ସାଙ୍ଗରେ ଭଲ ପଡୁ ନଥିଲା ଏବଂ ଦରମା ମଧ୍ୟ ଭଲ ମିଳୁ ନଥିଲା। ସେଥିପାଇଁ ସେ ଯେଉଁ ଆକଟିଂ କଲେକ୍ଟର ପସିଙ୍କୁ ବଙ୍ଗଳା ପଢ଼ାଉଥିଲେ, ତାଙ୍କୁ କହି କଲେକ୍ଟର ଅଫିସରେ ମୁନ୍ସି କାମରେ ପଶିଲେ। ଏ କାମ କିନ୍ତୁ ତାଙ୍କୁ ଭଲ ଲାଗିଲା ନାହିଁ କାରଣ ଏଥିରେ ତାଙ୍କୁ ଆଉ ଲେଖାପଢ଼ା ପାଇଁ ସମୟ ମିଳୁ ନଥିଲା। ରେଭେରେଣ୍ଡ ମିଲରଙ୍କ ଜାଗାରେ ଯେତେବେଳେ ରେଭେରେଣ୍ଡ ଇ.ବି. ହାଲାମ ମିଶନ ସ୍କୁଲର ସମ୍ପାଦକ ହୋଇଆସିଲେ, ଫକୀରମୋହନ ପୁଣି ତାଙ୍କ ପୁରୁଣା ଜାଗାକୁ ହେଡମାଷ୍ଟର ହୋଇ ଫେରିଗଲେ। ସେ ବର୍ଷ ସ୍କୁଲର ଛାତ୍ରମାନେ ପରୀକ୍ଷାରେ ଭଲ କରିବାକୁ ହାଲାମ ତାଙ୍କର ଦରମା ବଢ଼ାଇ କରିଦେଲେ ମାସକୁ ପଚିଶ ଟଙ୍କା।

ଏପ୍ରିଲ୍ ମାସରେ ଚମ୍ପାରନ କଲେକ୍ଟର ଜନ ବୀମସ ନିଯୁକ୍ତି ପାଇଲେ ବାଲେଶ୍ୱରର ପ୍ରଥମ ଗ୍ରେଡ କଲେକ୍ଟର ହୋଇ, ମାସକୁ ୧୯୧୬ ଟଙ୍କା ଦରମାରେ। ଚମ୍ପାରନରେ ଥିବାବେଳେ ଭାରତୀୟ ଭାଷାତତ୍ତ୍ୱ ଉପରେ ଗୋଟିଏ ବହି ଲେଖ୍ ସେ ନାଁ କରିଥିଲେ ଏବଂ ଭାରତୀୟ ଭାଷାମାନଙ୍କର ଏକ ତୁଳନାତ୍ମକ ବ୍ୟାକରଣ ଲେଖିବା ଆରମ୍ଭ କରିଥିଲେ। ବାଲେଶ୍ୱରର ଅଫିସ କାମ କମ ଥିବାରୁ ବୀମସ ଏ କାମରେ ବିଶେଷ ମନ ଦେଲେ। ସେତେବେଳେ ହାଲାମ ଓଡ଼ିଆ ଭାଷାର ଗୋଟିଏ ବ୍ୟାକରଣ ଲେଖୁଥିଲେ ଯାହାଦ୍ୱାରା ସାହେବମାନେ ସହଜରେ ଓଡ଼ିଆ ଭାଷା ଶିଖିପାରିବେ। ହାଲାମ ନିଜେ ଭଲ ଓଡ଼ିଆ ଲେଖିପଢ଼ି ପାରୁଥିଲେ ଏବଂ କହି ପାରୁଥିଲେ। ଏ ବହି ଲେଖାରେ ସେ ମଝିରେ ମଝିରେ ଫକୀରମୋହନଙ୍କର ସାହାଯ୍ୟ ନେଉଥିଲେ। ବୀମସ ଆସିବା ପରେ ହାଲାମ ଏ ବିଷୟରେ ତାଙ୍କର ମଧ୍ୟ ପରାମର୍ଶ ନେଲେ।

ବୀମସ ସେତେବେଳେ ନିଜର ତୁଳନାତ୍ମକ ବ୍ୟାକରଣ କାମ ପାଇଁ ସଂସ୍କୃତ ବଙ୍ଗଳା ଓଡ଼ିଆ ତିନି ଭାଷା ଜାଣିଥିବା ଜଣେ ପଣ୍ଡିତ ଖୋଜୁଥିଲେ। ଦିନେ ହାଲାମ ଫକୀରମୋହନଙ୍କୁ ବୀମସଙ୍କ ପାଖକୁ ନେଇଗଲେ। ବୀମସ ତାଙ୍କୁ ସଂସ୍କୃତ ତଦ୍ଧିତ ପ୍ରତ୍ୟୟ ଓ ଅବ୍ୟୟ ସମ୍ବନ୍ଧରେ କେତେକ ପ୍ରଶ୍ନ କରି ଫକୀରମୋହନଙ୍କ ପାଖରୁ ସଠିକ ଉତ୍ତର ପାଇ ଖୁସି ହେଲେ। ଏହା ପରଠାରୁ ଫକୀରମୋହନ ନିୟମିତଯାଇ ବୀମସଙ୍କୁ ସାକ୍ଷାତ କରୁଥିଲେ ଏବଂ ଭାଷା, ସାହିତ୍ୟ ବିଷୟରେ ଆଲୋଚନା କରୁଥିଲେ। କେବେ କେବେ ଫକୀରମୋହନ ସାକ୍ଷାତ କରିବାରେ ଡେରି କଲେ ବୀମସ କହୁଥିଲେ, ବାବୁ, ମୋ ସହିତ ସାକ୍ଷାତ କରିବାକୁ କି ସକାଶେ ଏତେ ବିଳମ୍ବ କଲ ?

କଟକ: ଅଗଷ୍ଟ ୧୮୬୯

ରାଜେନ୍ଦ୍ରଲାଲ ମିତ୍ର ତ କଟକରେ ବକ୍ତୃତା ଦେଇ ଚାଲିଗଲେ, କିନ୍ତୁ ଏହିଠାରୁ ଓଡ଼ିଆ ଓ ବଙ୍ଗଳା ଭାଷା ମଧ୍ୟରେ ଦ୍ୱନ୍ଦ୍ୱର ସୂତ୍ରପାତ ହେଲା। ତାଙ୍କ ବକ୍ତୃତା ସମୟରେ ଗୌରୀଶଙ୍କର ବ୍ୟସ୍ତ ଥିଲେ ପ୍ରିଣ୍ଟିଂ କମ୍ପାନୀର ପ୍ରେସକୁ ତାର ନିଜ କୋଠା ଘରକୁ ଉଠାଇବାରେ। ତରବରରେ ସେ ଦୀପିକାରେ ରାଜେନ୍ଦ୍ରଲାଲଙ୍କ ଇଂରେଜୀ ବକ୍ତୃତାର ପ୍ରଶଂସା କରି ଲେଖିଥିଲେ। ଜାନୁଆରୀ ୧୮ ତାରିଖ ଦିନ ବିଧିବଦ୍ଧ ଭାବରେ କମ୍ପାନୀର ଅଫିସ ଜେଲ ସାମନା ଦରଘାବଜାର ଘରକୁ ସ୍ଥାନାନ୍ତରିତ ହେଲା ଏବଂ ତାହା ହିଁ ଦୀପିକାର ନୂଆ ଠିକଣା ହେଲା। ଗୌରୀଶଙ୍କରଙ୍କୁ ଅନେକ ଲୋକ ଆସି ରାଜେନ୍ଦ୍ରଲାଲଙ୍କ ବକ୍ତୃତାର ଅପକାରିତା ବିଷୟରେ କହିବାରୁ ସେ ଏ ବିଷୟରେ ଏକ ଦୀର୍ଘ ପ୍ରବନ୍ଧ ଲେଖି 'ଉତ୍କଳ ଭାଷାର ଉନ୍ନତି ପାଇଁ ବ୍ୟାଘାତ' ଶିରୋନାମାରେ ମାର୍ଚ ମାସ ଦୀପିକାରେ ପ୍ରକାଶ କଲେ। ତାଙ୍କ ମତରେ ଓଡ଼ିଆ ଭାଷାର ଉନ୍ନତି ବ୍ୟାହତ ହେଉଥିବାର କାରଣ, ଓଡ଼ିଆ ଥିଲା ତିନିଥେଣ୍ଟିଆ କାକୁଡ଼ି ବାଡ଼ି ଭଳି; ଏହା ତିନୋଟି ରକ୍ଷକ ଥିଲେ– ବଙ୍ଗ, ମଧ୍ୟପ୍ରଦେଶ ଓ ମାନ୍ଦ୍ରାଜ ସରକାର।

ଜୁଲାଇ ମାସରେ ବାବୁ ଉମାଚରଣ ହାଲଦାର ନୂଆକରି ପ୍ରକାଶ ପାଉଥିବା ପତ୍ରିକା କଟକ ସ୍ତାରରେ ଏକ ଦୀର୍ଘ ଲେଖାଲେଖି ମତବ୍ୟକ୍ତ କଲେ ଯେ ଓଡ଼ିଆ ଭାଷାର ପୁସ୍ତକ ଓ ପତ୍ରିକା ବଙ୍ଗଳା ଅକ୍ଷରରେ ଲେଖା ହେବା ଉଚିତ, କାରଣ ତା ସାଙ୍ଗେ ସାଙ୍ଗେ କଟକ ଡିବେଟିଂ କ୍ଲବର ଏକ ସଭା ହୋଇ ସେଥିରେ ଏ ମତର ସମର୍ଥନ କରାହେଲା। ତା'ର କିଛିଦିନ ପରେ ଉତ୍କଲୋଲ୍ଲାସିନୀ ସଭାରେ ଏ ମତର ବିରୋଧ କରାହେଲା। ପୁଣି ଉତ୍କଲ ହିତୈଷିଣୀ ପତ୍ରିକାରେ ହାଲଦାରଙ୍କ ମତର ସମର୍ଥନ କରାହେଲା। ଗୌରୀଶଙ୍କର ଏହା ବିରୁଦ୍ଧରେ ଦୀପିକାରେ ଗୀତ ଲେଖିଲେ:

ଟାଣପଣେ ଜଣେ ସିହାଣ ଭାଣ୍ଡରୁ ଯତନେ ପିହାଣ ଫେଡ଼ି

ବଙ୍ଗଳା ଅକ୍ଷରେ ଓଡ଼ିଆ ଲେଖିବା ବିଧିକି ଦେଇଛି ଗଢ଼ି।

ପାଇ ଏ ବିଧାନ ଚାଟଙ୍କ ପ୍ରଧାନ କରୁଛନ୍ତି ଯେତେ ନାଟ

ତା' ଦେଖ୍ ମୁଁ ଭାଲେ ପରଚୟ ଦେଲେ କଣାଙ୍କୁ ଦିଶିବ ବାଟ।

ସମସ୍ୟା ଉପୁଜିଲା ଯେତେବେଳେ ଗୌରୀଶଙ୍କର କଟକ ଡିବେଟିଂ କ୍ଲବ୍‌ରେ ହାଲଦାରଙ୍କୁ ସମର୍ଥନ କରି ବକ୍ତତା କରିଥିବା ରାଜକୃଷ୍ଣ ମୁଖୋପାଧ୍ୟାୟଙ୍କ ଉଦ୍ଦେଶ୍ୟରେ ଏକ ଲେଖା ଛପାଇଲେ। ସମ୍ପାଦକଙ୍କୁ ପତ୍ର ସ୍ତମ୍ଭରେ ଶ୍ରୀ ରଙ୍ଗ ପଞ୍ଚାନନ ଛଦ୍ମନାମରେ ପ୍ରକାଶିତ ଏ ଚିଠି ଶେଷରେ ଥିଲା: ବାବୁ ମହାଶୟ ଅନେକ ବିଦ୍ୟାରେ ପରିପୂର୍ଣ୍ଣ ହୋଇ ପ୍ରଶଂସାପତ୍ରମାନ ଲାଭ କରି ଏମେ ଉପାଧ୍ୟ ପ୍ରାପ୍ତ ହୋଇଅଛନ୍ତି। ସ୍ୱଦେଶ ପ୍ରତି ବିରକ୍ତ ହୋଇ ଉତ୍କଳର ଉନ୍ନତି ନିମିତ୍ତ କୃତସଂକଳ୍ପ ହୋଇ ଆମ୍ଭମାନଙ୍କର ସୌଭାଗ୍ୟକ୍ରମେ ଏ ଦେଶରେ ଅବତୀର୍ଣ୍ଣ ହୋଇଅଛନ୍ତି। ଉତ୍କଳର ସୌଭାଗ୍ୟ ମନୋନୀତ ଉପଯୁକ୍ତ ଲୋକ ପାଇଅଛି, ଅନେକ ପ୍ରତିପତ୍ତି ଲାଭ କରିବ। ବଡ଼ ଦୁଃଖର ବିଷୟ ବାବୁ ଯେପରି ବିଦ୍ୱାନ, ତାହାଙ୍କ ଜଠରେ କେତେଗୋଟି ଉତ୍କଳ ଅକ୍ଷର ଯେବେ ସ୍ଥାନ ଥାନ୍ତା, ତେବେ ଆଉ ପଟାନ୍ତର ନଥିଲା। ବାବୁ ଏ ପ୍ରକାର ଚତୁରତାର କର୍ମ କରି ଉପାଧ୍ୟରୁ 'ଷ' ଲୋପ କରିଅଛନ୍ତି।

ତେଇଶି ବର୍ଷର ଯୁବକ ରାଜକୃଷ୍ଣ ମୁଖୋପାଧ୍ୟାୟ ସେତେବେଳେ ଓକିଲାତି କରୁଥିଲେ ଓ ହାଇସ୍କୁଲର ଆଇନ ଉପଦେଷ୍ଟା ଥିଲେ। ଦୀପିକା ତାଙ୍କୁ ଏ ମେଷ ବା ମେଣ୍ଢା ବୋଲି କହିଥିବାରୁ ସେ ସାଙ୍ଗେ ସାଙ୍ଗେ ଗୌରୀଶଙ୍କରଙ୍କୁ ନିମ୍ନଲିଖିତ ପତ୍ର ଲେଖିଲେ:

ମହାଶୟ,

ଆପଣଙ୍କର ପ୍ରଚାରିତ ଉତ୍କଳ ଦୀପିକା ସଂଖ୍ୟା ୩୦ (ଭାଗ ଚତୁର୍ଥ) ୨୪ ତାରିଖ ଜୁଲାଇ ସନ ୧୮୬୯ ମସିହାରେ ଶ୍ରୀ ରଙ୍ଗ ପଞ୍ଚାନନ ସ୍ୱାକ୍ଷରିତ ଖଣ୍ଡିଏ ପ୍ରେରିତ ପତ୍ର ପ୍ରକାଶିତ ହୋଇଅଛି। ଉକ୍ତ ପତ୍ରରେ ଆମ୍ଭମାନଙ୍କ ନାମରେ କେତେକ ଅପବାଦସୂଚକ କଥା ଥିବାରୁ ତାହା ଦଣ୍ଡବିଧିର ୫୦୧ ଦଫା ଅନୁସାରେ ଦଣ୍ଡନୀୟ ଅଟେ। ଅତଏବ ଆମ୍ଭେମାନେ ଆପଣମାନଙ୍କୁ ପ୍ରାର୍ଥନା କରୁଅଛୁ ଯେ ଉକ୍ତ ପତ୍ର ପ୍ରେରକଙ୍କର ପ୍ରକୃତ ନାମଧାମାଦି ଆମ୍ଭଠାରୁ ଲେଖି ପଠାଇବା ହେବେ ଯେ ଆମ୍ଭେତାହା ନାମରେ ଫୌଜଦାରୀ ଅଦାଲତରେ ଏବଂ କ୍ଷତିପୂରଣ ସକାଶେ ଦେୱାନୀ ଅଦାଲତରେ ନାଲିଶ କରିବୁ। ତାହା ନ କଲେ ଆମ୍ଭେ ସମ୍ବନ୍ଧ ଅଧିକାରୀ ନାମରେ ନାଲିଶ କରିବାକୁ ଦୁଃଖର ସହିତ ବାଧିତ ହେବୁ। କଟକ ୨୫ ତାରିଖ ଜୁଲାଇ ସନ ୧୮୬୯।

ଆପଣମାନଙ୍କର ବାଧ୍ୟ ଭୃତ୍ୟ
ରାଜକୃଷ୍ଣ ମୁଖୁର୍ଯ୍ୟା ଏମ୍.ଏ.ଓ.ବି.ଏଲ୍.

ଗୌରୀଶଙ୍କର ଉତ୍ତରରେ ଲେଖିଲେ: ଆପଣଙ୍କର ପତ୍ର ଡାଇରେକ୍ଟରଙ୍କ ସଭାରେ ଉପସ୍ଥିତ କରି ତାହାଙ୍କ ଆଦେଶ ଅନୁଯାୟୀ ଲେଖୁଅଛୁ ଯେ ଉକ୍ତ ପତ୍ରରେ କୌଣସି ଅପବାଦସୂଚକ କଥା ନାହିଁ। ଅତଏବ ପତ୍ରପ୍ରେରକଙ୍କ ନାମଧାମାଦି ଦେବାକୁ ସେମାନେ ଅସ୍ୱୀକାର କରନ୍ତି। ୨୮ ତାରିଖ ଜୁଲାଇ ୧୮୬୯। ଆପଣଙ୍କର ନିତାନ୍ତ ବାଧ୍ୟ ଭୃତ୍ୟ, ଗୌରୀଶଙ୍କର ରାୟ।

ଅଗଷ୍ଟ ୨ ତାରିଖରେ ରାଜକୃଷ୍ଣ ଜ୍ୟେଷ୍ଠ ମାଜିଷ୍ଟ୍ରେଟ୍ କର୍କଉଡ଼ଙ୍କ ଅଦାଲତରେ ଫୌଜଦାରୀ

ନାଲିଶ କଲେ। କର୍କଉଡ଼ ଗୌରୀଶଙ୍କରଙ୍କୁ ଜବତ କରିବା ପାଇଁ ସୁଯୋଗ ଖୋଜୁଥିଲେ; ତେଣୁ ସେ ରାଜକୃଷ୍ଣଙ୍କର ଭଜହାର ଇତ୍ୟାଦି ନ ନେଇ ଦୀପିକା ଲେଖାରେ ଅପବାଦ ଥିବାର ଜ୍ଞାନ କରି ଗୌରୀଶଙ୍କରଙ୍କୁ ସମନ ଦେଲେ। ୪ ତାରିଖକୁ ମକଦ୍ଦମା ଶୁଣାଣିର ଦିନ ଧାର୍ଯ୍ୟ ହେଲା।

ମକଦ୍ଦମା ଦିନ କଚେରୀ ଲୋକାରଣ୍ୟ ଥିଲା କାରଣ ଏଇଟି କେବଳ ଗୋଟିଏ ମାନହାନି ମକଦ୍ଦମା ନଥିଲା, ଏଇଟି ଥିଲା ଓଡ଼ିଆ ବଙ୍ଗାଳୀଙ୍କର ପ୍ରକାଶ୍ୟ ଯୁଦ୍ଧ। ଲୋକମାନେ ଏ କଥା ମଧ୍ୟ ଦେଖିବାକୁ ଚାହୁଁଥିଲେ ଯେ ମାରହତା ଫିରିଙ୍ଗୀ ଗୌରୀଶଙ୍କରଙ୍କର କି ଅବସ୍ଥା କରିବ। ଗୌରୀଶଙ୍କର ବି ଯେ ସାମାନ୍ୟ ଶଙ୍କିତ ନ ଥିଲେ, ତା'ନୁହେଁ। ସେ କଟକର ଭଲ ଓକିଲ ରାମମୋହନ ମଲ୍ଲିକଙ୍କୁ ନିଜ ପକ୍ଷରୁ ନିଯୁକ୍ତ କଲେ।

ଶପଥ ଗ୍ରହଣ କରି ବାଦୀ ରାଜକୃଷ୍ଣ ନିଜର ଅଭିଯୋଗ ଜଣାଇଲେ। ତାଙ୍କ କହିବା କଥା ଥିଲା ଯେ ଦୀପିକାରେ ପ୍ରକାଶିତ ପତ୍ରରେ ତାଙ୍କୁ ମେଷ ଭଲି ନିର୍ବୋଧ କୁହାଯାଇଛି ଏବଂ ଏକଥା କୁହାଯାଇଛି ଯେ ସେ ମନ୍ଦ ଉପାୟ ଦ୍ୱାରା ଏମ୍.ଏ.ଉପାଧି ପାଇଛନ୍ତି। ଏହାଦ୍ୱାରା ତାଙ୍କର ଅପମାନ ହୋଇଛି। ତା'ପରେ ସେ କେଉଁଠାରୁ କି ଉପାଧିମାନ ପ୍ରାପ୍ତ ହୋଇଛନ୍ତି ତାର ବିବରଣୀ ଦେଲେ।

ଏହାପରେ ରାମମୋହନ ପ୍ରତିବାଦୀଙ୍କ ପକ୍ଷରୁ ଯୁକ୍ତି ଦେଲେ। କର୍କଉଡ଼ ପ୍ରକାଶିତ ପତ୍ରଟି ବିଷୟରେ ତନ୍ନ ତନ୍ନ କରି ପଚାରି ବୁଝିଲେ। ଏମ୍.ଏ.ରେ ଷ ଅକ୍ଷର ଯୋଗକଲେ କିପରି ଗୋଟିଏ ପଶୁକୁ ବୁଝାଉଛି, ଏକଥା ବୁଝିବା କର୍କଉଡ଼ଙ୍କ ପାଇଁ ବିରକ୍ତିଜନକ ଓ ସମୟସାପେକ୍ଷ, କିନ୍ତୁ ଶେଷରେ କୌତୁହଲପ୍ରଦ ଥିଲା। ସମସ୍ତ ଯୁକ୍ତିତର୍କ ଶୁଣି ସାରି କର୍କଉଡ଼ ରାୟ ଲେଖିବସିଲେ ଏବଂ ଗୌରୀଶଙ୍କର ଜାଣିଲେ ଯେ ତାଙ୍କ ଉପରେ ଅନ୍ତତଃ ଜୋରିମାନା ହେବ। ଏହାର କିଭଲି ଭାବରେ ଅପିଲ କରିବେ ଗୌରୀଶଙ୍କର ସେ ଚିନ୍ତାରେ ମନ ଦେଲେ।

ମକଦ୍ଦମା ଦେଖିବାକୁ ଆସିଥିବା ଉତ୍କର୍ଣ୍ଣ ଜନତାକୁ ଶାନ୍ତ କରାଇ ସେ ଦିନ ଉପରବେଳା ତାଙ୍କ ଇଜଲାସରୁ କର୍କଉଡ଼ ନିମ୍ନଲିଖିତ ରାୟଟି ପଢ଼ି ଶୁଣାଇଲେ:

ଡିବେଟିଂ କ୍ଲବରେ ଓଡ଼ିଆ ଅକ୍ଷର ଓ ଅଙ୍କ ଉଠାଇ ଦେଇ ବଙ୍ଗଳା ଅକ୍ଷର ପ୍ରଚଲିତ କରିବା ବିଷୟରେ ଏକ ବକ୍ତୃତା ପାଠ ହେବାରେ ବାଦୀ ପ୍ରକାଶ୍ୟ ରୂପେ ସେହି ବକ୍ତୃତାର ପୋଷକତା କଲା। ପତ୍ରଲେଖକ ଏପରି ମତକୁ ହାସ୍ୟାସ୍ପଦ ଜ୍ଞାନ କରି ସେଥିରେ ଅସମ୍ମତ ହୋଇ ତଦ୍ୱାରା ଯେ ଉପକାର ହେବ ତାହା ଶ୍ଳେଷ କରି ଲେଖିଅଛି ଏବଂ ପତ୍ରଲେଖକ ବିବେଚନାରେ ବାଦୀ ଏପରି ପ୍ରସ୍ତାବରେ ପୋଷକତା କରିବାରେ ଅନ୍ଧ ବୁଦ୍ଧିତ୍ୱ ପ୍ରକାଶ କରିଥିବାର ସେ ଉଲ୍ଲେଖ କରିଅଛି। ଉପର୍ଯ୍ୟୁକ୍ତ ବକ୍ତୃତା ନିଃସନ୍ଦେହ ସର୍ବସାଧାରଣ ସମ୍ପର୍କୀୟ ବିଷୟରେ ହୋଇଥିଲା ଓ ସେ ବିଷୟର ନିଷ୍ପତିରେ ଓଡ଼ିଶା ନିବାସୀମାନଙ୍କର ବିଶେଷ ସମ୍ବନ୍ଧ ଅଛି। ସେହି ବିଷୟ ପୋଷକତା କରିବାରେ ବାଦୀର କାର୍ଯ୍ୟ ଯେପରି ଦେଖାଯାଉଅଛି ସେଥିରେ ଉଚିତ ଦୋଷଗୁଣ ବିବେଚନା କରିବା ଅପେକ୍ଷା ଲେଖକ ଆଉ କିଛି ଅଧିକ କରିନାହିଁ।

ଅନନ୍ତର ବାଦୀ କହଇ ଯେ 'ସ୍ୱଦେଶ ପ୍ରତି ବିରକ୍ତ' ହେବାର କହିବାରୁ ତାହାର ଅଖ୍ୟାତି ହୋଇଅଛି, ମଧ୍ୟ ଅନ୍ୟ ଉପାୟ ଦ୍ୱାରା ଏମ୍.ଏ.ଉପାଧି ପାଇବାର ଦୋଷାରୋପ ତାହା ପ୍ରତି ହୋଇଅଛି। ପତ୍ରର ଅବସ୍ଥା ବିବେଚନାରେ ଆମ୍ଭ ଜାଣିବାରେ ସ୍ୱଦେଶ ପ୍ରତି ବିରକ୍ତ ହେବାର କହିବାରେ ବାଦୀର

ଖ୍ୟାତିର କୌଣସି ହାନି ହେବାଭଳି କିଛି ଦୋଷ ହୋଇନାହିଁ। ପତ୍ରରେ ଯେ ସକଳ ଶବ୍ଦ ବ୍ୟବହାର ହୋଇଅଛି ତହିଁରୁ ବାଦୀ ଅନ୍ୟାୟ ଉପାୟ ଦ୍ୱାରା ଏମ୍.ଏ.ଉପାଧି ପାଇବାର ଅର୍ଥ ହୋଇପାରିବାର ଆମ୍ଭଙ୍କୁ ଜଣାଯାଉ ନାହିଁ। ଏ ମେ ଏହି ଅକ୍ଷରମାନ ଘେନି ରଙ୍ଗ କରିବା ଓ ବାବୁ ମେଷପରି ନିର୍ବୁଦ୍ଧିତ୍ୱ ପ୍ରକାଶ କରିଥିବାର ବ୍ୟକ୍ତ କରାଇବା ଇଚ୍ଛାରେ କେବଳ ପତ୍ରଲେଖକ ବାଦୀର ଉପାଧିର ଉଲ୍ଲେଖ କରିଅଛି।

ଅଦାଲତ ବିବେଚନାରେ ବାଦୀକୁ ମେଷ କହିବାରେ ଭାରତବର୍ଷ ଦଣ୍ଡବିଧି ଆଇନର ୫୦୧ ଦଫାର ଅର୍ଥ ଅନୁସାରେ କୌଣସି ଅପବାଦ ହୋଇନାହିଁ। ଏ କାର୍ଯ୍ୟ ୪୯୯ ଦଫାର ତୃତୀୟ ବର୍ଜିତ ବିଧି ମଧ୍ୟରେ ଆସୁଅଛି। ଅତଏବ ଅଦାଲତ ବିଚାରରେ ଅପବାଦ ଅପରାଧ ହୋଇନଥିବାରୁ ମକଦମା ଡିସମିସ କରାଗଲା ଓ ପ୍ରତିବାଦୀ ଗୌରୀଶଙ୍କର ରାୟକୁ ଫୌଜଦାରୀ କାର୍ଯ୍ୟବିଧି ଆଇନର ୨୫୦ ଦଫା ଅନୁସାରେ ଛାଡ଼ି ଦିଆଗଲା।

ପୁରୀ: ଫେବ୍ରୁଆରୀ ୧୮୭୦

ଜନ ବୀମସଙ୍କ ଭଳି ଉଇଲିଆମ ଉଇଲସନ ହଣ୍ଟର ମଧ୍ୟ ଜଣେ ବିଦ୍ୱାନ ଅଫିସର ଥିଲେ। ୧୮୬୮ରେ ସେ ଅନାର୍ଯ୍ୟ ଭାଷାମାନଙ୍କର ତୁଳନାତ୍ମକ ଅଭିଧାନ ଏବଂ ଆନାଲ୍ସ ଅଫ୍ ରୁରାଲ ବେଙ୍ଗଲ ବା ଗ୍ରାମୀଣ ବଙ୍ଗର ଇତିବୃତ୍ତ ବହି ଲେଖି ବେଶ ଜଣାଶୁଣା ହୋଇ ସାରିଥିଲେ। ହଣ୍ଟରଙ୍କର କିନ୍ତୁ ବଙ୍ଗ ସରକାରଙ୍କର କାହାରି ସହିତ ପଟୁ ନଥିଲା ଏବଂ ସେ ଭାବୁଥିଲେ ଯେ ଏହା ଅନ୍ୟମାନଙ୍କର ତାଙ୍କ ପ୍ରତି ଈର୍ଷା ଯୋଗୁ। ସେ ଆଉ ଗୋଟିଏ ପ୍ରାଧାନ୍ୟର ଦାବୀ କରୁଥିଲେ ଯେ ଭାରତୀୟ ଲୋକ ଓ ସ୍ଥାନମାନଙ୍କ ନାଁକୁ କିପରି ରୋମାନ ଅକ୍ଷରରେ ସହଜରେ ଲେଖାଯାଇ ପାରିବ, ସେଥିପାଇଁ ସେ ଏକ 'ହଣ୍ଟରୀୟ' ବନାନ ପ୍ରଣାଳୀ ଉଦ୍ଭାବନ କରିଥିଲେ।

ତାଙ୍କୁ ସରକାର ବର୍ତ୍ତମାନ ଏକ ଗେଜେଟିଅର ଲେଖିବାରେ ନିଯୁକ୍ତ କରିଥିଲେ ଏବଂ ଏଥିପାଇଁ ତଥ୍ୟ ସଂଗ୍ରହ କରିବା ପାଇଁ ଚିଠିପତ୍ର ଲେଖା ସାରିଥିଲା। ଏ ଚିଠିପତ୍ର ଉତ୍ତର ଆସିବାରେ ବିଳମ୍ବ ଥିବାରୁ ହଣ୍ଟର ଠିକ କଲେ ଯେ ସେ ଏ ଭିତରେ ଓଡ଼ିଶା ଯାଇ ସେ ଅଞ୍ଚଳ ବିଷୟରେ ଗୋଟିଏ ବହି ଲେଖିବେ, ଯାହା ତାଙ୍କର 'ଗ୍ରାମୀଣ ବଙ୍ଗ'ର ଦ୍ୱିତୀୟ ଭାଗ ହେବ। ଏହି ଉଦ୍ଦେଶ୍ୟରେ ହଣ୍ଟର ଜାନୁଆରୀ ୨୫ ତାରିଖରେ କଲିକତା ଛାଡ଼ିଲେ। ଜାହାଜ ଖରାପ ହୋଇଯିବାରୁ ହୁଗୁଲିରୁ ବାହାରିବାକୁ ଡେରି ହୋଇଗଲା ଏବଂ ଜାହାଜ ବତୀଘରଠାରେ ପହଞ୍ଚିଲା ୨୮ ତାରିଖରେ ଏବଂ ଗୋପାଲପୁରରେ ୨୯ ତାରିଖରେ। ସେଠାରେ ପାଲିଙ୍କିର ବନ୍ଦୋବସ୍ତ ଥିଲା ଏବଂ ତାହା ଯୋଗେ ଗଞ୍ଜାମ ବାଟେ ଯାଇ ହଣ୍ଟର ଚିଲିକାରେ ପହଞ୍ଚିଲେ ଫେବ୍ରୁଆରୀ ପହିଲାରେ। ସେଠାରୁ ସରକାରୀ ଡଙ୍ଗାନେଇ ସେ ପାରିକୁଦ ଗଲେ।

ପାରିକୁଦ ରାଜା ଚନ୍ଦ୍ରଶେଖର ମାନସିଂହଙ୍କ ସହିତ ବେଶ କିଛି ସମୟ କଟାଇଲେ ହଣ୍ଟର।

ଚନ୍ଦ୍ରଶେଖର ତାଙ୍କୁ ଦୁର୍ଭିକ୍ଷ କଥା କହିଲେ। ପାରିକୁଦରେ ୧୧,୧୧୯ ଲୋକ ଭିତରୁ ଦୁର୍ଭିକ୍ଷରେ ୫୩୭୫ ଜଣ ମରି ଯାଇଥିଲେ ଏବଂ ୧୨୫୦ ଜଣ ଘର ଛାଡ଼ି ଚାଲି ଯାଇଥିଲେ। ଦୁର୍ଭିକ୍ଷବେଳେ ଖଜଣା ସଂଗ୍ରହ କରି ନ ପାରି ଏବଂ କାଙ୍ଗାଲମାନଙ୍କୁ ସାହାଯ୍ୟ କରି ସେ ନିଜେ କପର୍ଦକ ଶୂନ୍ୟ ହୋଇଯାଇଥିଲେ। ତେବେ ବର୍ଷକ ତଳେ ସରକାର ତାଙ୍କୁ ଆର୍ଥିକ ସାହାଯ୍ୟ ଦେଇଥିଲେ, ତଥା କମ୍ପାନିଅନ୍ ଅଫ୍ ଷ୍ଟାର ଅଫ ଇଣ୍ଡିଆ ବା ସି.ଏସ୍.ଆଇ. ଉପାଧ୍ୟ ଦେଇଥିଲେ। ଓଡ଼ିଶାବାସୀ ଗର୍ବ କରିଥିଲେ ଯେ ସେତେବେଳେ ସ୍ୱୟଂ ଛୋଟଲାଟ ମଧ୍ୟ ଏ ଉପାଧ୍ୟ ପାଇ ନଥିଲେ।

ସେ ଦିନ ରାତି ୮ଟାରେ ରମ୍ୟାରୁ ବାହାରି ଦୁଇ ତାରିଖ ଦିନ ସକାଳ ୭ଟାରେ ପୁରୀ ସମୁଦ୍ର କୂଳରେ ପହଞ୍ଚିଲେ ହର୍ଷର। ସେଠାରେ ତାଙ୍କ ପାଇଁ ପାଲିଙ୍କି ଅପେକ୍ଷା କରୁଥିଲା ଏବଂ ସେ ଯାଇ ପୁରୀର ଷ୍ଟେଜିଂ ବଙ୍ଗାଲାରେ ରହିଲେ। ପରବର୍ତ୍ତୀ ଦୁଇଦିନ କଚେରୀକୁ ଯାଇ କାଗଜପତ୍ର ଦେଖି ନୋଟ୍ କରିବାରେ ବ୍ୟସ୍ତ ରହିଲେ ସେ। ତା’ ପରଦିନ କୋଣାର୍କ ଦେଖିବାର ଥିଲା। ରାତି ଗୋଟାଏ ବେଳେ ବାହାରି ସେ କୋଣାର୍କରେ ପହଞ୍ଚିଲେ ସକାଳ ଛ’ଟାରେ। କୋଣାର୍କ ମନ୍ଦିର ତାଙ୍କ ପାଇଁ ଏ ଅବିସ୍ମରଣୀୟ ଅନୁଭୂତି ଥିଲା। ତେବେ ପୁରୀର ଆଉ କେତୋଟି ଘଟଣା ଯାହା ତାଙ୍କୁ ବିଚଳିତ କରିଥିଲା, ସେଥିରୁ ଗୋଟିଏ ଥିଲା କୋଣାର୍କରୁ ଫେରିବା ପରେ ସେ ସ୍ୱର୍ଗଦ୍ୱାର ଯାଇ ଯାହା ଦେଖିଥିଲେ।

ସନ୍ଧ୍ୟାବେଳେ ଗୋଟିଏ ବୃଦ୍ଧାର ଶବ ଶ୍ମଶାନକୁ ଆସିଲା। ଏଇ ବୁଢ଼ୀଟି ତୀର୍ଥ କରିବାକୁ ବାହାରିଥିଲା ଚାରିମାସ ତଳେ। ତା’ ସହିତ ଆସିଥିବା ପଚିଶ ଜଣ ଲୋକଙ୍କ ଭିତରୁ ତିନିଜଣ ମରି ସାରିଥିଲେ। ଶବକୁ ସମୁଦ୍ରରେ ସ୍ନାନ କରାଇ ତାକୁ ଚିତା ଉପରେ ରଖାଗଲା, କିନ୍ତୁ ତାକୁ ବ୍ରାହ୍ମଣମାନେ ଜଳାଇବାକୁ ଦେଉ ନଥିଲେ। ବୁଢ଼ୀର ସହଯାତ୍ରୀମାନେ ପଣ୍ଡାଙ୍କୁ ଅଢ଼େଇଶହ ଟଙ୍କା ଦେଇ ସାରିଥିଲେ, କିନ୍ତୁ ସେମାନେ ଆହୁରି ଟଙ୍କା ମାଗୁଥିଲେ। ସେମାନଙ୍କ ପାଖରେ ଆଉ ଟଙ୍କା ନ ଥିବାରୁ ଶେଷରେ ଜଣେ ଅଶୀ ଟଙ୍କାର ହ୍ୟାଣ୍ଡନୋଟ୍ ଲେଖିଦେବାରୁ ଯାଇ ବୁଢ଼ୀର ଅନ୍ତିମ ସଂସ୍କାର ହେଲା।

ହର୍ଷରଙ୍କର ଆଉ ଗୋଟିଏ ଦୁଃଖଦ ଅନୁଭୂତି ହୋଇଥିଲା ପୁରୀ ଜେଲ ଦେଖିବା ବେଳେ। ଏହି ଜେଲଟିକୁ ତାହାର ସୁପରିନଟେଣ୍ଡେଣ୍ଟ ସିଭିଲ ସର୍ଜନ ଡକ୍ଟର ଷ୍ଟୁଆର୍ଟ ଅତି ଭଲ ଭାବରେ ରଖିଥିଲେ; ଜେଲ ଚାରିପାଖରେ ଭଲ ପନିପରିବା ବଗିଚା ଥିଲା ଏବଂ କଏଦୀମାନେ ଭଲରେ ଥିଲେ। ତେବେ ଏ କଏଦୀମାନଙ୍କ ଭିତରେ ଲକ୍ଷଣୀୟ ଥିଲେ କେନ୍ଦୁଝରରୁ ଧରା ହୋଇ ଆସିଥିବା ଭୂୟାଁମାନେ। ଯେଉଁ ମେଲିଆମାନେ ଅଗଷ୍ଟ ମାସରେ ଧରା ହୋଇ କଟକକୁ ପଠା ହୋଇଥିଲେ, ନଭେମ୍ବର ମାସରେ ରେଭେନ୍ସା କଟକ ଫେରି ସେମାନଙ୍କର ବିଚାର କଲେ। ବିଚାରରେ ରତ୍ନା ନାୟକ ସମେତ ସାତଜଣଙ୍କୁ ଫାଁସି ହୁକୁମ ହେଲା ଏବଂ ୨୭ ଜଣଙ୍କୁ ଦ୍ୱୀପାନ୍ତର। ବାକି ପ୍ରାୟ ଦେଢ଼ଶହ ଜଣଙ୍କୁ ଜେଲ ହେଲା ଏବଂ ଏଥରୁ ୪୮ ଜଣଙ୍କୁ ପୁରୀ ଜେଲରେ ରଖାଯାଇଥିଲା। ଜେଲରେ ରହିବାର ମାତ୍ର କେତୋଟି ମାସ ଭିତରେ ସେମାନଙ୍କ ଭିତରୁ ୧୧ ଜଣ ମରି ଯାଇଥିଲେ ଏବଂ ହର୍ଷର ଜେଲ ଦେଖିବାକୁ ଗଲାବେଳେ ଦୁଇଜଣ ମୃତପ୍ରାୟ ଅବସ୍ଥାରେ ଥିଲେ। ଜଙ୍ଗଲରୁ ବିଚରା ଲୋକମାନଙ୍କୁ ଆଣି ସମୁଦ୍ରକୂଳରେ ରଖିବା ସେମାନଙ୍କ ପାଇଁ କଷ୍ଟକର ଥିଲା। ଜଣାଯାଉଥିଲା ଯେପରି ନିଜର ପାହାଡ଼ ଜଙ୍ଗଲ କଥା ମନେ ପକାଇ ଝୁରି ଝୁରି ସେମାନେ ମରି ଯାଉଥିଲେ। ଏତେ ସଂଖ୍ୟାରେ ଭୂୟାଁ କଏଦୀ ମରିଯିବାରୁ ଛୋଟଲାଟ ଏକ ତଦନ୍ତ କରାଇଥିଲେ। ଅନୁସନ୍ଧାନରୁ ଜଣାଗଲା ଯେ ସେମାନଙ୍କର ମୃତ୍ୟୁର କାରଣ ଥିଲା ଜଳବାୟୁ ପରିବର୍ତ୍ତନ।

ହର୍ଷର ତାଙ୍କର ସ୍ତ୍ରୀଙ୍କ ପାଖକୁ ନିୟମିତ ଚିଠି ଲେଖୁଥିଲେ। ଜେଲଖାନା ଦେଖିବା ପରଦିନ ସେ ଲେଖିଥିଲେ: ଆମେ ଏଇ ନିରୀହ ଆଦିବାସୀମାନଙ୍କ ଉପରେ ଯେଉଁପରି ଅତ୍ୟାଚାର କରୁଛୁ, ସେ କଥା ଭାବିଲେ ମୋର ରକ୍ତ ଜଳୁଛି। ସେମାନଙ୍କର ଏକମାତ୍ର ଅପରାଧ ଯେ ସେମାନେ ତାଙ୍କ ସର୍ଦ୍ଦାରଙ୍କ କଥା ମାନିଥିଲେ। ... ଆଜି ସକାଳେ ମୁଁ ପୁରୁଣା ନଥିପତ୍ର ପଢ଼ି ନୋଟ କରିବାରେ ଅନେକ ପରିଶ୍ରମ କଲି। ତଥାପି ନିଜକୁ ତାଜା କରିବା ପାଇଁ ମୁଁ ଘଣ୍ଟାଏ ସମୟ ଉଇଣ୍ଟର୍ସ ଟେଲ ପଢ଼ିଲି; ଏଇଟି ଶେକ୍ସପିଅରଙ୍କର କମେଡ଼ି ମଧ୍ୟରେ ସବୁଠାରୁ ବେଶୀ ରୋମାଞ୍ଚକର।

ହର୍ଷର ପୁରୀରେ ଥିବାବେଳେ ଦିବ୍ୟସିଂହ ରାଜା ପୋଷାକ ପିନ୍ଧି, କାନରେ ନୋଲି ଲଗାଇ ଓ ବେକରେ ସୁନାହାର ପକାଇ ତାଙ୍କୁ ଦେଖା କରିବାକୁ ଗଲା। ବର୍ତ୍ତମାନ ସେ ପନ୍ଦରବର୍ଷର ସୁସ୍ଥସବଳ ପିଲା ଥିଲା। ତା' ସାଙ୍ଗରେ ଯେଉଁ ହାତୀ, ଘୋଡ଼ା ଓ ବାଜାବାଲାଙ୍କର ପଟୁଆର ଯାଇଥିଲା ତାକୁ ଦେଖି ହର୍ଷର ଖୁସି ହେଲେ। ଦିବ୍ୟସିଂହ ସାଙ୍ଗରେ ଯାଇଥିବା ମୁକ୍ତାର ପୁରୀରାଜାଙ୍କ ବିଦ୍ୟାବୁଦ୍ଧିର ପ୍ରଶଂସା କଲା। ତେବେ ପୁରୀ ରାଜପରିବାରର ଦୌନ୍ୟ କଥା ଶୁଣି ହର୍ଷର ଦୁଃଖିତ ହେଲେ।

ପୁରୀରେ ଆଠ ଦିନ ରହିବା ପରେ ହର୍ଷର ଭୁବନେଶ୍ୱର ଖଣ୍ଡଗିରି ହୋଇ କଟକ ଯିବାକୁ ବାହାରିଲେ। କଲେକ୍ଟର ତାଙ୍କ ସହିତ ଯିବେ ବୋଲି କହିଲେ। ବ୍ୟବସ୍ଥା କରିବାରେ ସାମାନ୍ୟ ବିଳମ୍ବ ହେଲା କାରଣ ହର୍ଷର ଜିଦ୍ କଲେ ଯେ ସେ ଡାକ ପାଲିଙ୍କିରେ ଯିବେ। ସାଧାରଣ ପାଲିଙ୍କିରେ ଚାରିଜଣ ଲୋକ ପାଲିଙ୍କି ବୋହିବାବେଳେ ଆଉ ବାର ଜଣ ଲୋକ ତାଙ୍କ ସହିତ ଦୌଡ଼ି 'ବିଶ୍ରାମ' ନେଉଥାନ୍ତି; ମଝିରେ ମଝିରେ ତାଙ୍କ ଭିତରେ କାମ ବଦଳ ହୁଏ। ଡାକ ପାଲିଙ୍କି ବ୍ୟବସ୍ଥାରେ ରାସ୍ତାରେ କିଛି କିଛି ଦୂରରେ ଚାରି ଚାରି ଜଣ ବେହେରା ଅପେକ୍ଷା କରୁଥାନ୍ତି; ଡାକ ବା ରିଲେ ବ୍ୟବସ୍ଥାରେ ପାଲିଙ୍କି ବୁହା ହୁଏ। ପାଲିଙ୍କି ବାହକମାନେ ଘଣ୍ଟାକୁ ଚାରି ମାଇଲରୁ ସାଢ଼େଚାରି ମାଇଲ ଗତିରେ ଏକା ସାଙ୍ଗେ ପଚିଶ ମାଇଲ ପାଲିଙ୍କି ବୋହି ଚାଲି ପାରନ୍ତି। ହର୍ଷର ସବୁବେଳେ ଡାକ ବ୍ୟବସ୍ଥାରେ ଯିବାକୁ ପସନ୍ଦ କରୁଥିଲେ। ତେବେ ଏଥିରେ ଦୁଇଟି ଅସୁବିଧା ଥିଲା। ପ୍ରଥମତଃ ଏଥିପାଇଁ ଅନେକ ଆଗରୁ କଲେକ୍ଟର ନ ହେଲେ ଡାକ ବିଭାଗକୁ କହିବାକୁ ହେଉଥିଲା; ଦ୍ୱିତୀୟରେ, କୌଣସି ଗୋଟିଏ ରିଲେ ଜାଗାରେ ବେହେରା ଠିକ୍ ସମୟରେ ଆସି ନ ପହଞ୍ଚିଲେ ସମଗ୍ର ଯାତ୍ରାରେ ବ୍ୟାଘାତ ଆସୁଥିଲା। ତା ବ୍ୟତୀତ କେବେ କେବେ ବଦଳିବା ପାଲିଙ୍କି ବେହେରା ଭିନ୍ନ ଜାତିର ଲୋକ ହୋଇଥିଲେ ଛୁଆଁଛୁଇଁର ସମସ୍ୟା ବି ଉପୁଜୁଥିଲା। ଯାହା ହେଉ ହର୍ଷର ଠିକ୍ ସମୟରେ ସୁବିଧାରେ ଖଣ୍ଡଗିରି ଓ ଭୁବନେଶ୍ୱର ଦେଖି କଟକକୁ ଗଲେ ଏବଂ ପୁରୀ କଲେକ୍ଟର ପୁରୀକୁ ଫେରିଗଲେ।

କଟକରେ ପହଞ୍ଚି ହର୍ଷରଙ୍କୁ ପୁଣି ସଭ୍ୟତା ଭିତରକୁ ଫେରି ଆସିବା ଭଳି ମନେ ହେଲା। କଟକର ଷ୍ଟେସନ କ୍ଲବରେ ଅନେକ ସାହେବମାନଙ୍କ ସହିତ ଦେଖା ହେଲା ଏବଂ ହର୍ଷର ତାଙ୍କ ବହି ପାଇଁ ଅନେକ ମସଲା ପାଇଲେ। ରେଭେନ୍ସାଙ୍କ ଘରେ ରାତ୍ରି ଭୋଜନ ଅତି ପ୍ରୀତିକର ଥିଲା କାରଣ ଶ୍ରୀମତୀ ରେଭେନ୍ସା ଜଣେ ନିପୁଣା ଗୃହସ୍ୱାମିନୀ ଥିଲେ। ତେବେ ହର୍ଷର ଯାହା ଭାବିଥିଲେ ଯେ ରେଭେନ୍ସାଙ୍କ ସହିତ କିଛି ପାଣ୍ଡିତ୍ୟପୂର୍ଣ୍ଣ ଓ ତାତ୍ତ୍ୱିକ ଆଲୋଚନା ହେବ, ତା' ହେଲାନାହିଁ କାରଣ ରେଭେନ୍ସା ଅତି ସାଧାରଣ ବୁଦ୍ଧିସମ୍ପନ୍ନ ଲୋକ ଥିଲେ। ହର୍ଷର ତାଙ୍କ ଘରେ ଥିବା ସମୟଯତକ ରେଭେନ୍ସା ତାଙ୍କୁ କଲିକତାରୁ ଅଣାଇଥିବା ବରଫ କଳଟି ବିଷୟରେ ବୁଝାଇଥିଲେ। ୨୫୦ ଟଙ୍କା ଦେଇ କିଣିଥିବା ଏଇ ମେସିନରେ

ଥିବା ଆମୋନିଆ ଭର୍ତ୍ତି ସିଲିଣ୍ଡରଟିକୁ ଗରମ କରି ପାଣିରେ ବୁଡ଼ାଇ ବରଫ କରିବାକୁ ହେଉଥିଲା; ପାଞ୍ଚଘଣ୍ଟାରେ ଏଥିରୁ ଚାରି ପାଉଣ୍ଡ ବରଫ ବାହାରୁଥିଲା। ନେଟିଭମାନେ ଗରମ ଜିନିଷରୁ ଥଣ୍ଡା ବରଫ ବାହାରୁ ଥିବାକୁ ଯାଦୁବିଦ୍ୟା ବୋଲି ଭାବୁଥିଲେ। ତେବେ ଠିକ ଭାବରେ ବ୍ୟବହାର ନ କଲେ ଏଥିରୁ ବରଫ ବାହାରୁ ନଥିଲା ଏବଂ ସେଥିପାଇଁ ରେଭେନଶା ଚାକରମାନଙ୍କ ହାତରେ ନ ଦେଇ ନିଜେ ଏଇ କଳଟିକୁ ଚଲାଉଥିଲେ।

ସେ ଯାହା ହେଉ, ହ୍ୟାଞ୍ଚର ଏ ପର୍ଯ୍ୟନ୍ତ କରିଥିବା କାମ ବିଷୟରେ ଖୁସି ଥିଲେ। ସେ ଦିନ ରାତିରେ ସ୍ତ୍ରୀଙ୍କ ପାଖକୁ ଚିଠିରେ ଲେଖିଲେ: ମୋର କାମ ଅତି ଉତ୍ତମ ରୂପେ ଚାଲିଛି। ମୁଁ ପ୍ରକୃତରେ ଏକ ମହତ୍ତ୍ୱପୂର୍ଣ୍ଣ ଗ୍ରନ୍ଥ ଲେଖିବି। ଅନ୍ତତଃ ମୋ ପାଖରେ ଏଥିପାଇଁ ସାମଗ୍ରୀ ହୋଇଗଲାଣି। ମୁଁ ପ୍ରତିଦିନ ଅନୁଭବ କରୁଛି ଯେ ମୋ ଜୀବନରେ ଏ ଏକ ପ୍ରଥମ ମହାନ ସୁଯୋଗ। ମୁଁ ଭାବୁଛି ମୁଁ ଏହାର ସମକକ୍ଷ ହୋଇପାରିବି।

ବାଲେଶ୍ୱର: ମାର୍ଚ ୧୮୭୦

ବାଲେଶ୍ୱରରେ ଯୋଗଦେବା ଦିନରୁ ବୀମସ ତାଙ୍କର ଅଫିସ କାମ ଓ ବହି ଲେଖାରେ ବ୍ୟସ୍ତ ରହିଲେ, କିନ୍ତୁ ତାଙ୍କର ସ୍ତ୍ରୀ ଏଲେନ ସବୁବେଳେ ଦୁଃଖରେ ରହୁଥିଲେ। ତାଙ୍କର ତିନୋଟି ପୁଅଙ୍କୁ ସେ ବିଲାତରେ ଜଣେ ଅବସରପ୍ରାପ୍ତ ଡାକ୍ତରଙ୍କ ପାଖରେ ଛାଡ଼ି ଆସିଥିଲେ, କାରଣ ଭାରତରେ ସେମାନଙ୍କର ପାଠ ପଢ଼ିବାର କୌଣସି ସୁବିଧା ନ ଥିଲା। ବଡ଼ ପୁଅ ଆଠ ବର୍ଷର ଏବଂ ଛୋଟ ପୁଅ ରବର୍ଟ ଥିଲା ପାଞ୍ଚବର୍ଷର। ସେମାନେ ବିଲାତ ଛାଡ଼ି ଆସିବାବେଳେ ରବର୍ଟ ଅନେକ କନ୍ଦାକଟା କରିଥିଲା ଏବଂ ତା' କଥା ସବୁବେଳେ ଏଲେନଙ୍କର ମନେ ପଡ଼ୁଥିଲା।

ବାଲେଶ୍ୱରରେ ପହଞ୍ଚିଲା ବେଳକୁ ତାଙ୍କ ସହିତ ବର୍ଷକର ଝିଅ ଥିଲା ଏବଂ ଏଲେନ ଅନ୍ତଃସତ୍ତ୍ୱା ଥିଲେ। ବାଲେଶ୍ୱର ଛୋଟ ଜାଗା ଥିଲା। ସହରର ପଶ୍ଚିମରେ କଚେରୀ ପାଖରେ ବାଲେଶ୍ୱରର ସବୁ ସାହେବ ଅଫିସର ଓ କର୍ମଚାରୀ ଓ ଆମେରିକାନ ପାଦ୍ରୀ ରହୁଥିଲେ ସେମାନଙ୍କର ସଂଖ୍ୟା ଖୁବ୍ କମ ଥିଲା। ବାଲେଶ୍ୱରରେ ପହଞ୍ଚିବା ପରେ ପରେ ତାଙ୍କର ଦ୍ୱିତୀୟ ଝିଅ ଜନ୍ମ ହୋଇଥିଲା। ଓଡ଼ିଶା ଆସିବା ପରେ ଏକମାତ୍ର ଆନନ୍ଦମୟ ସମୟ କିଛି କଟିଥିଲା ସେ ବର୍ଷର ଖ୍ରୀଷ୍ଟମାସ ଛୁଟି କଟକରେ କଟାଇବାରେ। ବର୍ତ୍ତମାନ ପୁଣି ହୋଇଯାଇଥିଲା ସେଇ ନିତ୍ୟ ନୈମିତ୍ତିକ ଜୀବନ କାଟିବା। ସକାଳେ ସ୍ୱାମୀଙ୍କ ସହ ଘୋଡ଼ାଚଢ଼ି ବୁଲି ଆସିବା ପରେ ଏଲେନ ପୁଣି ଏକୁଟିଆ ହୋଇ ଯାଉଥିଲେ ଏବଂ ଇଂଲଣ୍ଡରୁ ପିଲାମାନଙ୍କ ଚିଠି ଆସିବାକୁ ଅପେକ୍ଷା କରୁଥିଲେ। ଚିଠି କିନ୍ତୁ ଆସୁଥିଲା ମାତ୍ର ପନ୍ଦର ଦିନରେ ଥରେ। ବାଲେଶ୍ୱରକୁ ବାହାରୁ କେହି କେବେ ସାହେବ ଆସିଲେ ସେମାନେ ଖୁସି ହେଉଥିଲେ। ବୀମସ ଯେତେବେଳେ ତାଙ୍କର ସ୍ତ୍ରୀଙ୍କୁ ଜଣାଇଲେ ଯେ ହଣ୍ଟର ମାର୍ଚ ମାସରେ ଆସିବେ କିଛି ଦିନ ପାଇଁ, ଦୁହେଁ ଖୁସି ହୋଇଥିଲେ।

ବୀମସଙ୍କର ଖୁସି ହେବାର ବିଶେଷ କାରଣ ଥିଲା ଯେ ହଷ୍ଟରଙ୍କର ମଧ୍ୟ ଜଣେ ବିଦ୍ୱାନ ବୋଲି ସୁଖ୍ୟାତି ଥିଲା ଏବଂ ସେ ମଧ୍ୟ ବୀମସଙ୍କ ଭଳି ଭାଷା ବିଷୟରେ କାମ କରିଥିଲେ। ହଷ୍ଟରଙ୍କର ଚିଠି ପାଇ ତାଙ୍କୁ ବୀମସ ଏକ ଦୀର୍ଘ ଉତ୍ତର ଲେଖ୍ୟଥିଲେ:

ବାଲେଶ୍ୱର

ନଭେମ୍ବର ୧୨, ୧୮୬୯

ପ୍ରିୟ ଉଇଲିଆମ୍,

ଏ ପ୍ରଦେଶର ଇତିହାସ ଓ ଭୂଗୋଳ ସମ୍ୱନ୍ଧୀୟ ଅତି ମନୋହର ପ୍ରଶ୍ନାବଳୀ, ଯାହା ଆପଣଙ୍କ ଗେଜେଟିଅର ପାଇଁ ସାମଗ୍ରୀ ଯୋଗାଇବ, ମୁଁ ଏଇମାତ୍ର ପାଇଲି। ମୋ ଆଡ଼ୁ ମୁଁ ଆପଣଙ୍କୁ ନିରାପଦରେ ପ୍ରତିଶ୍ରୁତି ଦେଉଛି ଯେ ସେଗୁଡ଼ିକର ଯଥାସମ୍ଭବ ସଟିକ ଓ ବିସ୍ତାର ସହିତ ଉତ୍ତର ଦିଆଯିବ। ଦୁର୍ଭାଗ୍ୟବଶତଃ ବାଲେଶ୍ୱର ଏକ ନୀରସ ଜିଲ୍ଲା; କିନ୍ତୁ ମୁଁ ଆପଣଙ୍କୁ ଅବ୍ଜ୍ଞାନ ଗଡ଼ଜାତ ମାହାଲ ନୀଳଗିରି ଓ ମହୁର ଭଂଜ (ଠିକରେ କହିଲେ ମୟୂରଭଂଜ ବା ମୟୂର ପକ୍ଷୀଙ୍କ ରାଜ୍ୟ) ବିଷୟରେ କିଛି ବିବରଣୀ ଦେବାକୁ ଚେଷ୍ଟା କରିବି। ମୁଁ ଭାବୁଛି ମୁଁ ଏବେ ପୁଣ୍ଡ଼ିଆରେ ଥାନ୍ତି କି! ମୁଁ ସେଠାରେ ଚାରିବର୍ଷ କଲେକ୍ଟର ଥିଲି ଏବଂ ଅନେକ ଜିନିଷ ନୋଟ କରି ରଖ୍ୟଥିଲି।

ମୁଁ ଆଉ ଗୋଟିଏ ଜିନିଷ ଲେଖୁଛି ଯାହା ବୋଧହୁଏ ଆପଣ ପୂର୍ବରୁ ଲକ୍ଷ୍ୟ କରିଥିବେ। ଲେଖକ ଭାବରେ ମୁଁ ନିଜକୁ ଆପଣଙ୍କ ସମଧର୍ମୀ ମନେ କରୁଛି; ଲଣ୍ଡନ ରୟାଲ ଏସିଆଟିକ ସୋସାଇଟି ଓ ତାର କଲିକତା ଶାଖାକୁ ପ୍ରେରିତ ମୋର ଅନେକ ଲେଖାରୁ ତାର ପ୍ରମାଣ ମିଳିବ। କିନ୍ତୁ ଆପଣ ଭାବୁଛନ୍ତି ବଙ୍ଗାଳାର କେତେଜଣ କଲେକ୍ଟର ଆପଣଙ୍କ ଗେଜେଟିଅରକୁ ଦି ପଇସା ଖାତିର କରନ୍ତି? ତାଙ୍କ ଭିତରୁ କେତେଜଣ ବିରକ୍ତ ହୋଇ ଏ କାମଟିକୁ ଘୋଷ ବା ବୋଷ ବାବୁଙ୍କୁ ଦେଇଦେବେ ଦୀର୍ଘ ଉତ୍ତର ଲେଖିବାପାଇଁ? ଆପଣଙ୍କର ସହକର୍ମୀ ହେବାପାଇଁ କେତେଜଣଙ୍କର ସମୟ, ଇଚ୍ଛା ବା ଜ୍ଞାନ ଅଛି? ମୁଁ ସେଥିପାଇଁ ଭାବୁଛି ଆପଣ ସରକାରଙ୍କୁ କହି ପ୍ରତି ଜିଲ୍ଲାରେ ଜଣେ ଜଣେ ଇଉରୋପୀୟ ଆସିସ୍ଟାଣ୍ଟ ନିଅନ୍ତୁ ଯେ ଏ କାମ ପାଇଁ ଆପଣଙ୍କ ଅଧୀନରେ ରହିବ। ମୁଁ ଏକଥା ନିଃସ୍ୱାର୍ଥ ଭାବରେ କହୁଛି, କାରଣ ବାଲେଶ୍ୱରର ପ୍ରଶ୍ନ ସବୁର ମୁଁ ନିଜେ ଉତ୍ତର ଲେଖିଦେବି। ଶୀତଦିନେ କ୍ୟାମ୍ପରେ ଥିଲାବେଲେ ଏ କାମ ମୋ ପାଇଁ ଆମୋଦପ୍ରଦ ହେବ, କାରଣ ମୁଁ ଶିକାର କରେ ନାହିଁ ଏବଂ ବାଘ ଅପେକ୍ଷା ମଣିଷଙ୍କ ପ୍ରତି ମୋର ଆଗ୍ରହ। ଭାରତବର୍ଷ ଭିତରେ ଆମେ ଆମର ସବୁଠାରୁ ପୁରୁଣା ଅଧିକୃତ ଅଞ୍ଚଲ ବଙ୍ଗ ବିହାର ଓଡ଼ିଶା ବିଷୟରେ ସବୁଠାରୁ କମ ଜାଣୁ। ଗେଜେଟିଅର କାମ ଯଦି ଜିଲ୍ଲା ମାଜିଷ୍ଟେଟଙ୍କ ଉପରେ- ଅଥବା, ଘୋଷ ବୋଷ ଦଲଙ୍କ ଉପରେ ଛାଡ଼ି ଦିଆଯାଏ, ତେବେ ଆପଣଙ୍କ ମୁଣ୍ଡ ଉପରେ ସତମିଛ ରିପୋର୍ଟମାନଙ୍କର ଯେଉଁ ବୃଷ୍ଟିପାତ ହେବ, ସେ କଥା ଭାବିଲେ ମୋତେ ଭୟ ଲାଗୁଛି।

ଆପଣଙ୍କର ବିଶ୍ୱସ୍ତ

ଜନ ବୀମସ

ହଷ୍ଟର ମାର୍ଚ୍ଚମାସରେ ବାଲେଶ୍ୱରରେ ପହଞ୍ଚିଲେ। ବୀମସ ଭାବିଥିଲେ ଯେ ହଷ୍ଟର ସେଠାରେ ରହିବା ଦିନତକ ସେମାନଙ୍କ ଭିତରେ ତାତ୍ତ୍ୱିକ ଆଲୋଚନାମାନ ହେବ। କିନ୍ତୁ ପ୍ରଥମରୁ କାହିଁକି ଉଭୟଙ୍କର

ମନ ମିଳିଲା ନାହିଁ। ବୀମସ ନିଶଦାଢ଼ି ରଖ୍ ସୁନାଫ୍ରେମ ଚଷମା ଲଗାଇ ବିଦ୍ୱାନ ସୁଲଭ ଦେଖା ଯାଉଥିଲେ; କିନ୍ତୁ ହର୍ଷର ଥିଲେ କୁରାଢ଼ୀ ମୁହାଁ, କେମ୍ପୋହାତ ପାତଲା ବାଙ୍ଗରା ଲୋକଟିଏ। ଏହାଛଡ଼ା ତାଙ୍କ ବାଁ ଆଖ୍ ସବୁବେଳେ ଡେଉଁଥିଲା। ବୀମସ ତାଙ୍କ ମୁହାଁ ଆଡ଼କୁ ଅନାଇ ରହିଥିବାର ଦେଖ ହର୍ଷର ତାଙ୍କୁ ମୂଳରୁ କହିଦେଲେ ଯେ ସେ ଛୋଟ ପିଲା ଥିବାବେଳେ ଗୋଟିଏ ପୋଷା ଛେଲି ତାଙ୍କ ଆଖ୍କୁ ଭୃଷ୍ଟି ଦେଇଥିଲା; ବାଁ ହାତ ଭାଙ୍ଗି ଯାଇଥିଲା ଘୋଡ଼ାରୁ ଖସିପଡ଼ି।

ଯେ କୌଣସି ଆଲୋଚନାବେଳେ ହର୍ଷର ନିଜକୁ ସର୍ବଜ୍ଞ ବୋଲି ମନେ କରୁଥିଲେ। ବୀମସଙ୍କର ତାଙ୍କ ସହିତ ପ୍ରଥମ ମତଭେଦ ହେଲା ଉତ୍କଳ ଶବ୍ଦକୁ ନେଇ। ପୁରୀ ପଣ୍ଡିତଙ୍କ ସହିତ ଆଲୋଚନା କରି ହର୍ଷର ଏହାର ଅର୍ଥ ବାହାର କରିଥିଲେ 'ଉତ୍କଳ' କଳାର ଦେଶ। ବୀମସଙ୍କର ମତ ଥିଲା ଯେ ଉତ୍କଳ ଅର୍ଥ ବାହ୍ୟ ଦେଶ ବା ଗଙ୍ଗା ଉପତ୍ୟକାର ବାହାରେ ଥିବା ଅଞ୍ଚଳ। ଏ ମତରେ କୁଆଡ଼େ ସେ ବାଲେଶ୍ୱର ପଣ୍ଡିତଙ୍କର ସମର୍ଥନ ପାଇଥିଲେ। ଏହି କଥାରୁ ଆରମ୍ଭ କରି ସେମାନଙ୍କର ମତଭେଦ ଆରମ୍ଭ ହେଲା। ତେବେ ହର୍ଷର ତାଙ୍କ ବହି ଲେଖିବାରେ ସମ୍ପୂର୍ଣ୍ଣ ମନଯୋଗୀ ଥିଲେ ଏବଂ ସବୁ ସମୟ ତଥ୍ୟ ସଂଗ୍ରହରେ କଟାଉଥିଲେ ଏବଂ ବୀମସଙ୍କୁ ପ୍ରଶ୍ନ ପଚାରି ପଚାରି ନ୍ୟସ୍ତ କରି ଦେଉଥିଲେ।

ହର୍ଷର ବୀମସଙ୍କର ଘରେ ରହୁଥିଲେ ଏବଂ ରାତ୍ରି ଭୋଜନବେଳେ ଏଲେନ ସେମାନଙ୍କ ସଙ୍ଗେ ଯୋଗ ଦେଉଥିଲେ। ବୀମସ ଦମ୍ପତି ସାଦାସିଧା ଖାଇବାକୁ ପସନ୍ଦ କରୁଥିବା ସ୍ଥଳେ ହର୍ଷର ସବୁ ରାତିରେ ଶାମ୍ପେନ ପିଇବାକୁ ଚାହୁଁଥିଲେ ଏବଂ ଭଲ ଭଲ ଖାଦ୍ୟ ପସନ୍ଦ କରୁଥିଲେ। ଏହିପରି ଭାବରେ ହର୍ଷରଙ୍କୁ ଅତିଥି କରି ରଖିବା ବୀମସଙ୍କ ପାଇଁ ବିଶେଷ ପ୍ରୀତିକର ନଥିଲା। ହର୍ଷର ଯେଉଁଦିନ ବାଲେଶ୍ୱର ଛାଡ଼ି ଗଲେ ବୀମସ ଶାନ୍ତିର ନିଃଶ୍ୱାସ ନେଲେ।

ତା'ପରଦିନ ଫକୀରମୋହନ ବୀମସଙ୍କୁ ସାକ୍ଷାତ କରିବାକୁ ଆସିଥିଲେ। କଲେକ୍ଟରଙ୍କ ବଙ୍ଗଳାକୁ ଆସିଲେ ଯଦି କେତେବେଳେ ବୀମସଙ୍କ ଝିଅ ମାର୍ଗାରେଟ ସାଙ୍ଗରେ ଦେଖା ହୋଇଯାଉଥିଲା, ଫକୀରମୋହନ ଖୁବ୍ ଖୁସି ହେଉଥିଲେ, କାରଣ ଏଇ ଦୁଇ ବର୍ଷର ପିଲାଟି ଭଲ ଓଡ଼ିଆରେ କଥା କହୁଥିଲା। ଫକୀରମୋହନ ଏତେ ସାହେବଙ୍କୁ ଦେଖିଥିଲେ କିନ୍ତୁ କୌଣସି ଗୋରା ମୁହଁରୁ ଏଭଳି ସୁନ୍ଦର ଓଡ଼ିଆ ଶୁଣି ନଥିଲେ। ଆଜି ବୀମସ ଆସି ଫକୀରମୋହନଙ୍କ ସାଙ୍ଗରେ ବସି ତାଙ୍କ ବହି ବିଷୟରେ ଆଲୋଚନା କଲେ। ଯେତେବେଳେ ଫକୀରମୋହନ ତାଙ୍କୁ କଣ ଗୋଟାଏ ବିଷୟରେ ପଚାରିଲେ, ବୀମସ କହିଲେ, ବାବୁ, ତୁମ୍ଭେ ଆମ୍ଭକୁ ଏକମାସ କୌଣସି ପ୍ରଶ୍ନ ନ ପଚାରିବ। ଆମ୍ଭେ ହର୍ଷରଙ୍କୁ ଅନେକ ପ୍ରଶ୍ନର ଉତ୍ତର ଦେଇସାରିଛୁ।

ପୁରୀ: ମାର୍ଚ୍ଚ ୧୮୭୦

ରାଧାନାଥ ରାୟ ପୁରୀ ଜିଲ୍ଲା ସ୍କୁଲକୁ ଦ୍ୱିତୀୟ ଶିକ୍ଷକ ହୋଇ ଆସିଥିଲେ ପ୍ରାୟ ବର୍ଷକ ତଳେ। ସେ ଆସିଲାବେଳକୁ ମଧୁ ରାଓ ପ୍ରବେଶିକା ପାସ କରି ସ୍କୁଲ ଛାଡ଼ିଥିବା କଥା, କିନ୍ତୁ ଶେଷ ବର୍ଷରେ ଦେହ ଖରାପ ହେବାରୁ ସେ ପରୀକ୍ଷା ଦେଇପାରି ନଥିଲା ଏବଂ ଶେଷ କ୍ଲାସରେ ଆଉ ଗୋଟିଏ ବର୍ଷ ପଢ଼ୁଥିଲା। ଏହା ମଧୁ ପାଇଁ ସୌଭାଗ୍ୟର ବିଷୟ ହେଲା, କାରଣ ସେ ରାଧାନାଥଙ୍କ ଛାତ୍ର ହେବାର ଓ ସାହଚର୍ଯ୍ୟ ପାଇବାର ସୁଯୋଗ ପାଇଲା। ରାଧାନାଥ ମଧୁର ପାଠପଢ଼ାରେ ଯତ୍ନ ନେଲେ ଏବଂ ମଧୁ ଅଙ୍କରେ ଦୁର୍ବଳ ଥିବାରୁ ସେ ତା' ଘରକୁ ପ୍ରତିଦିନ ଯାଇ ତାକୁ ଅଙ୍କ ପଢ଼ାଇଲେ।

ପାଠପଢ଼ା ବ୍ୟତୀତ ଗୁରୁଶିଷ୍ୟଙ୍କ ମଧ୍ୟରେ ଆଉ ଏକ ଆକର୍ଷଣର ବିଷୟ ଥିଲା ସାହିତ୍ୟ ଚର୍ଚ୍ଚା। ଏତେବେଳକୁ ରାଧାନାଥଙ୍କର ନଳିନୀ କବିତା ବହି ବାହାରି ସାରିଥିଲା ଏବଂ ଏ କବିତାଗୁଡ଼ିକୁ ମଧୁ ବାରମ୍ବାର ପଢ଼ିଥିଲା। ସଞ୍ଜବେଳେ ସମୁଦ୍ର କୂଳରେ ବସି ମାଇକେଲ ମଧୁସୂଦନଙ୍କର କବିତାର ଚର୍ଚ୍ଚା କରୁଥିଲେ ଦୁହେଁ। ଦୀପିକା ପୁରୀରେ ପ୍ରତି ରବିବାର ପହଞ୍ଚୁଥିଲା ଏବଂ ଏଥିରେ ପ୍ରକାଶିତ ସମ୍ୟଦମାନ ମଧ୍ୟ ଆଲୋଚନାର ବିଷୟ ହେଉଥିଲା। ଦୁହେଁ ମିଶି କେବେକେବେ ଯାଉଥିଲେ ପଣ୍ଡିତ ନରହରି ଦାସଙ୍କ ପାଖକୁ।

ହରିହର ଦାସ ଆଜିକାଲି ତାଙ୍କର ସଂସ୍କୃତ ବିଦ୍ୟାଳୟ କାମରେ ବ୍ୟସ୍ତ ରହୁଥିଲେ। ଅଯୋଧ୍ୟାର ବଲରାମ ପୁର ମହାରାଜା ଦିଗବିଜୟ ସିଂହ ସରକାରଙ୍କ ପାଖରେ ଗଚ୍ଛିତ ରଖିଥିବା ୫୫୦୦ ଟଙ୍କାର ସୁଧରୁ ଏବଂ ପ୍ରତିବର୍ଷ ଗରିବ ପିଲାଙ୍କ ବୃତ୍ତି ବାବଦରେ ଦେଉଥିବା ୧୩୦୦ ଟଙ୍କାରୁ ଏ ସ୍କୁଲ ଚଲୁଥିଲା। ଆଗରୁ ବ୍ରାହ୍ମଣମାନଙ୍କ ପାଇଁ ପୁରୀରେ କୌଣସି ସ୍କୁଲ ନଥିଲା। ପୁରୀ ଜିଲ୍ଲା ସ୍କୁଲ ଅନେକ

ଦିନରୁ ଆରମ୍ଭ ହୋଇଥିଲେ ମଧ୍ୟ ଜାତି ଚାଲିଯିବା ଭୟରେ ବ୍ରାହ୍ମଣମାନେ ନିଜ ପିଲାଙ୍କୁ ଏ ସ୍କୁଲକୁ ପଠାଉ ନଥିଲେ ଏବଂ ଏ ସ୍କୁଲରେ କୌଣସି ବ୍ରାହ୍ମଣ ଛାତ୍ର ନଥିଲେ। ହରିହର ଦାସଙ୍କ ସ୍କୁଲ ଥିଲା ବ୍ରାହ୍ମଣ ପିଲାଙ୍କୁ ଶିକ୍ଷା ଦେବାର ପୁରୀରେ ପ୍ରଥମ ଅନୁଷ୍ଠାନ। ତେବେ ଏ ସ୍କୁଲକୁ କେବଳ ଗରିବ ବ୍ରାହ୍ମଣ ପିଲା ଆସୁଥିଲେ, କରଣ ତାଙ୍କୁ ମାସକୁ ତିନି ଟଙ୍କା କରି ବୃତ୍ତି ଦେବାର ବ୍ୟବସ୍ଥା ଥିଲା। ଏ ଟଙ୍କାରେ ପିଲାଙ୍କର ଖର୍ଚ୍ଚ ଚଲି ଯାଉଥିଲା। ଅନ୍ୟ ବ୍ରାହ୍ମଣମାନେ ଏ ସ୍କୁଲକୁ ପିଲାଙ୍କୁ ପଠାଉ ନଥିଲେ ଧର୍ମହାନି ଆଶଙ୍କାରେ। ପଣ୍ଡିତ ହରିହରଙ୍କର ମତ ଥିଲା ଯେ ଛାତ୍ରମାନେ ଇଂରାଜୀ ମଧ୍ୟ ପଢ଼ିବା ଉଚିତ। ସେଥିପାଇଁ ରାତିରେ ଛାତ୍ରମାନଙ୍କୁ ଇଂରେଜୀ ପଢ଼ାଇବାର ବ୍ୟବସ୍ଥା କରାଯାଇଥିଲା।

ସ୍କୁଲର ସମସ୍ୟା ଥିଲା ଯେ ଏହାର ନିଜର ଘର ନଥିଲା; ସ୍କୁଲ ହେଉଥିଲା ସରକାରୀ ସ୍କୁଲ ଘରର ବାରଣ୍ଡାରେ। ହରିହରଙ୍କ ପ୍ରତି ଈର୍ଷା ପରାୟଣ ଲୋକମାନେ ତାଙ୍କ ସ୍କୁଲକୁ ସରକାରୀ ସ୍କୁଲ ବାରଣ୍ଡାରୁ ଉଠାଇ ଦେବାକୁ ଚେଷ୍ଟା କଲେ, କିନ୍ତୁ ପୁରୀ କଲେକ୍ଟରଙ୍କ ହସ୍ତକ୍ଷେପ ଫଳରେ ଏ ପ୍ରସ୍ତାବ ବନ୍ଦ ହେଲା। କଲେକ୍ଟର ସରକାରୀ ସ୍କୁଲ ବାରଣ୍ଡାରେ ସ୍କୁଲ ଚଲାଇବାକୁ ଅନୁମତି ଦେବା ସଙ୍ଗେ ସଙ୍ଗେ ହରିହରଙ୍କ ସଂସ୍କୃତ ବିଦ୍ୟାଳୟର ସ୍ୱତନ୍ତ୍ର ଘର ତିଆରି ପାଇଁ ଏକ ପାଣ୍ଠି ଆରମ୍ଭ କଲେ ଏବଂ ଏଥିକୁ ନିଜେ ପଚାଶ ଟଙ୍କା ଦେଲେ। ତାଙ୍କ ଦେଖାଦେଖି ଏସ.ପି.ଜଏଣ୍ଡ ମାଜିଷ୍ଟ୍ରେଟ, ଏପରିକି ମହନ୍ତ ହୟଗ୍ରୀବ ଦାସ ମଧ୍ୟ ଚାନ୍ଦା ଦେଲେ।

ପ୍ରବେଶିକା ପରୀକ୍ଷାରେ ପାସ କରି ବୃତ୍ତି ପାଇ ମଧୁ କଟକରେ ଏଫ.ଏ.ପଢ଼ିବା ପାଇଁ ଚାଲିଗଲା। ସେ ପୁରୀ ଛାଡ଼ିବା ଦିନ ରାଧାନାଥ ଖୁବ୍ ମନଦୁଃଖ କଲେ, କିନ୍ତୁ କଥା ରହିଲା ଯେ ପ୍ରତି ମାସେ ଦି ମାସରେ ମଧୁ ଅନ୍ତତଃ ଥରେ ପୁରୀ ଆସି ତାଙ୍କୁ ଦେଖା କରିବ। ସେତେବେଳକୁ କଟକରେ ସ୍ୱତନ୍ତ୍ର କଲେଜ ସ୍ଥାପିତ ହୋଇ ନଥିଲା, ସରକାରୀ ଉଚ୍ଚ ଇଂରାଜୀ ବିଦ୍ୟାଳୟରେ ଏଫ.ଏ.ର ଦୁଇଟି ଅତିରିକ୍ତ ଶ୍ରେଣୀ ସଂଯୋଜିତ ହୋଇଥିଲା। ମଧୁ ଏହିଠାରେ ପଢ଼ିଲା ଏବଂ କ୍ଲାସରେ ତାର ସାଙ୍ଗ ହେଲା ପ୍ୟାରୀମୋହନ ଆଚାର୍ଯ୍ୟ। ଦୁହେଁ ଅତି ଅଳ୍ପ ସମୟରେ ପରମ ବନ୍ଧୁ ହୋଇଗଲେ, ଏବଂ ପୁରୀ ଗଲେ ଦୁହେଁ ସାଙ୍ଗ ହୋଇ ଯାଉଥିଲେ।

ଏଫ.ଏ.କ୍ଲାସ ପାଇଁ ସେତେବେଳେ ମାତ୍ର ଦୁଇଜଣ ଅଧ୍ୟାପକ ଥିଲେ, ଇଂରେଜୀରେ ରାଜକିଶୋର ବନ୍ଦୋପାଧ୍ୟାୟ ଏବଂ ଦର୍ଶନ ଶାସ୍ତ୍ରରେ ହରନାଥ ଭଟ୍ଟାଚାର୍ଯ୍ୟ। ମଧୁସୂଦନ ଓ ପ୍ୟାରୀମୋହନ ଦୁହେଁ ହରନାଥଙ୍କ ଦ୍ୱାରା ବିଶେଷ ପ୍ରଭାବିତ ହୋଇଥିଲେ। ହରନାଥ ଯଦିଓ ବ୍ରାହ୍ମଧର୍ମର ଦୀକ୍ଷା ନେଇ ନଥିଲେ, ପ୍ରତି ରବିବାର ସକାଳ ଓ ସନ୍ଧ୍ୟାରେ ବ୍ରାହ୍ମ ମନ୍ଦିରର ଉପାସନାରେ ଯୋଗ ଦେଉଥିଲେ। ତାଙ୍କ ପ୍ରଭାବରୁ ମଧୁସୂଦନ ଓ ପ୍ୟାରୀମୋହନ ମଧ୍ୟ ବ୍ରାହ୍ମଧର୍ମକୁ ଆକୃଷ୍ଟ ହେଲେ।

ପୁରୀର ଜଏଣ୍ଡ ମାଜିଷ୍ଟ୍ରେଟ ବକ୍ଟ୍ୱେଲ ଯେତେବେଳେ ଫେବୃଆରୀ ମାସରେ ଛୁଟି ନେଇ ଯିବାର ହେଲା, ପଣ୍ଡିତ ହରିହର ଠିକ୍ କଲେ ଯେ ସେ ମଧ୍ୟ ତାଙ୍କ ସହିତ ବିଲାତ ଯିବେ। ବକ୍ଟ୍ୱେଲଙ୍କ ସହିତ ହରିହରଙ୍କର ଘନିଷ୍ଟତା ଥିଲା ଏବଂ ହରିହର ବିଲାତ ଯାଇ ଇଂରାଜୀ ବହିମାନଙ୍କରେ ପଢ଼ିଥିବା ଦେଶଟିକୁ ଚାକ୍ଷୁସ ଦେଖିବାକୁ ଚାହୁଁଥିଲେ। ତେବେ କଥାଟି ଏତେ ସହଜ ନଥିଲା। ସମୁଦ୍ର ପାର ହୋଇ ଦେଶାନ୍ତରକୁ ଗଲେ ଧର୍ମହାନି ହେଉଥିଲା। ତେଣୁ ହରିହରଙ୍କର ବିଲାତ ଯିବା ବିଷୟରେ ନାନାଦି ବାଦ ବିସମ୍ବାଦ ହେବାରେ ଲାଗିଲା।

ଏ ଖବରଟି ମଧୁ ମନକୁ ମଧ୍ୟ ଆନ୍ଦୋଳିତ କଲା। ବ୍ରାହ୍ମଧର୍ମ ଦ୍ୱାରା ସାମାନ୍ୟ ପ୍ରଭାବିତ ହେବା ସତ୍ତ୍ୱେ ତାର ସମସ୍ତ ସଂସ୍କାର ରକ୍ଷଣଶୀଳ ହିନ୍ଦୁ ପରିବାରର ଥିଲା। ସେ ପୂର୍ବଥର ପୁରୀ ଯାଇଥିବା ବେଳେ ବଳରାମଜୀ, ଯେ କି ବର୍ତ୍ତମାନ ମଧୁର ଶ୍ୱଶୁର ମଧ୍ୟ ହୋଇ ସାରିଥିଲେ, ହରିହର ଦାସଙ୍କୁ ସମାଲୋଚନା କରି ମନ୍ତବ୍ୟ କରିଥିଲେ। ଏସବୁ ବିଷୟରେ ଚିନ୍ତା ମଧ୍ୟରେ ମଧୁ ରାତିରେ ଏହି ସ୍ୱପ୍ନଟି ଦେଖିଲା:

କେତେଖଣ୍ଡ ଜ୍ୱଳନ୍ତ କାଷ୍ଠଖଣ୍ଡ ସ୍କନ୍ଧରେ ବହନ କରି ପଣ୍ଡିତ ହରିହର ପୁରୀର ବଡ଼ଦାଣ୍ଡରେ ବ୍ୟାକୁଳ ଭାବରେ ଏଣେ ତେଣେ ଧାବମାନ ହେଉଛନ୍ତି। ପାଖରେ ଯାହାକୁ ଦେଖୁଛନ୍ତି, ତା' ଆଡ଼କୁ ଲକ୍ଷ୍ୟ କରି ଜ୍ୱଳନ୍ତ କାଷ୍ଠ ଖଣ୍ଡ ନିକ୍ଷେପ କରୁଛନ୍ତି। ସେମାନେ ଅଗ୍ନିଦଗ୍ଧ ହୋଇ କରୁଣ କଣ୍ଠରେ ଚିତ୍କାର କରୁଥାନ୍ତି। ଏପରି କରି କରି ଶେଷରେ ପଣ୍ଡିତ ମହାଶୟ ନିକଟବର୍ତ୍ତୀ ନରେନ୍ଦ୍ର ପୁଷ୍କରିଣୀରେ ନିମଜ୍ଜିତ ହୋଇ ଚିରଶାନ୍ତି ଲାଭ କଲେ।

ସ୍ୱପ୍ନଟି ଅନେକ ଦିନ ମଧୁକୁ ବିଚଳିତ କରି ରଖିଲା। ସେ ସ୍ଥିର କଲା ଯେ ଆରଥର ପୁରୀ ଗଲାବେଳେ ରାଧାନାଥଙ୍କ ସହିତ ଏ ସ୍ୱପ୍ନ ବିଷୟରେ ଆଲୋଚନା କରିବ।

ବତୀଘର: ଫେବ୍ରୁଆରୀ ୧୮୭୨

ପ୍ରଥମେ ଯେତେବେଳେ ଓଡ଼ିଶାରେ ଖବର ପହଞ୍ଚିଲା ଯେ ମାନ୍ୟବର ଗଭର୍ଣ୍ଣର ଜେନେରାଲ କଟକକୁ ଆସିବେ, କେହି ବିଶ୍ୱାସ କଲେନାହିଁ, କାରଣ ଏ ପର୍ଯ୍ୟନ୍ତ କୌଣସି ବଡ଼ଲାଟ ଓଡ଼ିଶା ଗସ୍ତରେ ଆସି ନଥିଲେ। ତେବେ କମିଶନର ରେଭେନ୍‌ଶାଙ୍କ ପାଖରୁ ଏ ବିଷୟରେ ଯେତେବେଳେ ସରକାରୀ ଖବର ଜଣାଇ ଦିଆଗଲା, ଲାଟ ସାହେବଙ୍କୁ କିଭଳି ଅଭ୍ୟର୍ଥନା କରାଯିବ ସେ ବିଷୟରେ ସଭାମାନ ହେଲା। କଟକରେ ଏହାର ନେତୃତ୍ୱ ନେଲା ଉକ୍‌ଲୋଲ୍ଲାସିନୀ ସଭା। ଲାଟଙ୍କୁ ସମ୍ମାନ ପ୍ରଦର୍ଶନରେ ଯାହା ଖର୍ଚ୍ଚ ହେବ ସେଥିପାଇଁ ଏ ସଭାଟି ସହରରେ ଚାନ୍ଦା ସଂଗ୍ରହ ଆରମ୍ଭ କରିଦେଲା ଏବଂ ଜାନୁଆରୀ ମାସରେ ପାଞ୍ଚଶହ ଟଙ୍କା ସ୍ୱାକ୍ଷରିତ ହୋଇଗଲା। ଅଭ୍ୟର୍ଥନାର ବ୍ୟବସ୍ଥା ଏପରି କରାଗଲା ଯେ ବଡ଼ଲାଟ ପୁରୀରୁ କଟକ ଘୋଡ଼ାଗାଡ଼ିରେ ଆସି କମିଶନରଙ୍କ ଲାଲବାଗ କୋଠିରେ ରହିବାକୁ ଯିବେ; କାଠଯୋଡ଼ି କୂଳରୁ କୋଠି ପର୍ଯ୍ୟନ୍ତ ଉପରେ ଚାନ୍ଦୁଆ ଟାଣି ଦୁଇପାଖରେ ଫୁଲ ତୋରଣ ଝୁଲା ହେବ ଏବଂ ପୂର୍ଣ୍ଣକୁମ୍ଭ ସ୍ଥାପିତ ହୋଇ ତାଙ୍କୁ ନଈ କୂଳରୁ ଲାଲବାଗ ପର୍ଯ୍ୟନ୍ତ ବିଧିମତେ ଆହ୍ୱାନ କରି ଅଣା ହେବ।

କିଛି ଦିନ ପରେ ଖବର ଆସିଲା ଯେ କଲିକତାରୁ ବାହାରି ବଡ଼ଲାଟ ଆନ୍ଦାମାନ ପରିଦର୍ଶନରେ ଯିବେ ଏବଂ ସେଠାରୁ ପୁରୀ ବାଟେ ନ ଆସି ବତୀଘର ବାଟେ ଆସିବେ। ସେଥିପାଇଁ ଉକ୍‌ଲୋଲ୍ଲାସିନୀ ସଭା ଆଉ ଏକ ବୈଠକ କରି ନୂଆ ନିଷ୍ପତ୍ତି ମାନ ନେଲେ; ଲାଲବାଗ କମିଶନର କୋଠିରୁ ଦରବାର ତମ୍ବୁ ପର୍ଯ୍ୟନ୍ତ ରୋଶନୀ ହେବ। ମହାନଦୀ ବାଲିରେ ବାଣ ଫୁଟାଯିବ। ରୋଶନୀ ପାଇଁ କେବଳ ଅଭ୍ର ଗିଲାସ ବତୀ ଓ ଚର୍ବିବତୀ ଜଳାହେବ। ଯେତେ ଭଲ ବାଣ ତିଆରି ହୋଇପାରିବ, ତାର ବ୍ୟବସ୍ଥା କରାହେବ। ସହରର ଦୁଇଟି ଜାଗାରେ ଗୌରୀ ଫାଟକ ଓ ଚାନ୍ଦୁଆ ଲଗାଯିବ ଓ ସେଠାରେ ନୌବତ

ବାଜା ବାଜିବ । ଏ ବ୍ୟବସ୍ଥା ମାନ କରିବା ସହିତ ଚାନ୍ଦା ଆଦାୟ କରି ବର୍ତ୍ତମାନ ସୁଦ୍ଧା ୧୨୫୦ ଟଙ୍କା ସ୍ୱାକ୍ଷରିତ ହୋଇ ସାରିଥିଲା । କମିଶନରଙ୍କ ପାଖକୁ ଚିଠି ଆସିଲା ଯେ ବଡ଼ଲାଟଙ୍କର କାର୍ଯ୍ୟକ୍ରମ ଏପରି ହେବ;

ଫେବ୍ରୁଆରୀ ୧୪ : ବଡ଼ଲାଟ ତାଙ୍କ ପତ୍ନୀଙ୍କ ସହ ଜାହାଜରୁ ଓହ୍ଲାଇ ବଟୀଘରଠାରୁ କେନାଲ ବାଟେ ଷ୍ଟିମରରେ କେନ୍ଦୁପାଟଣା ପର୍ଯ୍ୟନ୍ତ ଯିବେ । ସେଠାରେ ରାତିରେ ରହିବେ ।

ଫେବ୍ରୁଆରୀ ୧୫ : ଦୁଇଘଣ୍ଟା କାଳ କେନ୍ଦୁପାଟଣା କେନାଲମାନ ଦେଖି ନାଲର ମୁହଁ ପର୍ଯ୍ୟନ୍ତ ଆସି ସେଠାରୁ ବିରୂପା ନଦୀକୁ ପାର ହେବେ । ସେଠାରୁ ହାଇଲେଭେଲ କେନାଲର କିଛି ଦୂର ଯାଇ ଫେରିଆସି ସାଢ଼େ ଚାରିଟାବେଳେ ଜୋବ୍ରାରେ ପହଞ୍ଚିବେ । ଜୋବ୍ରାରେ ତୋପ ସଲାମୀ ଦିଆଯିବ । ଜୋବ୍ରାଠାରୁ ତାଲଦଣ୍ଡା କେନାଲକୁ ଯାଇଥିବା ଏକ ନମ୍ବର ପୋଲ ବାଟେ ତାଙ୍କୁ ମଙ୍ଗଳାବାଗ କମିଶନର କଚେରୀ, ବକ୍ସିବଜାର ଜେଲଖାନା, ଜଳ ଅଫିସ, ବାଲୁବଜାର ଦେଇ ଲାଲବାଗ କୋଠିକୁ ନିଆଯିବ । ବଡ଼ଲାଟ ଓ ତାଙ୍କ ସଙ୍ଗେ ଆସିଥିବା ଲୋକମାନେ ଲାଲବାଗରେ ରହିବେ । ଛୋଟଲାଟ ଓ ତାଙ୍କ ସଙ୍ଗୀ ମଙ୍ଗଳାବାଗରେ କମିଶନ କଚେରୀ ଦୋମହଲା ଉପର ସରକିଟ ହାଉସରେ ରହିବେ ।

ଫେବ୍ରୁଆରୀ ୧୬ : ବଡ଼ଲାଟ ସକାଳୁ ଘୋଡ଼ା ଚଢ଼ି ନରାଜ ଯିବେ ଏବଂ ସେଠାରୁ ନୌକା ଯୋଗେ ଭ୍ରମଣ କରି ଏଗାର ଘଣ୍ଟା ସମୟରେ ଫେରି ଆସିବେ । ମଧ୍ୟାହ୍ନ ସମୟରେ ସେ ସରକାରୀ ସାଧାରଣ ସଂସ୍ଥାମାନ ଦର୍ଶନ କରିବେ ସେହିଦିନ ଚାରିଟା ବେଳେ କିଲ୍ଲା ସାମନାରେ ଦରବାର ହେବ । ସେଠାରେ ସମସ୍ତ ଚିହ୍ନିତ ସିଭିଲ ଓ ମିଲଟାରୀ କର୍ମଚାରୀ ଉପସ୍ଥିତ ରହିବେ ଓ କମିଶନର ଗଡ଼ଜାତ ରାଜାମାନଙ୍କୁ ନେଇ ବଡ଼ଲାଟଙ୍କ ସହିତ ସାକ୍ଷାତ କରାଇବେ । ମୋଗଲବନ୍ଦୀ ରାଜା ଜମିଦାର ଓ ସରକାରୀ କର୍ମଚାରୀମାନଙ୍କୁ କଲେକ୍ଟର ସାକ୍ଷାତ କରାଇବେ ।

ଫେବ୍ରୁଆରୀ ୧୭ : ବଡ଼ଲାଟ ସକାଳୁ ଭୁବନେଶ୍ୱର ପରିଦର୍ଶନରେ ଯିବେ । କାଠଯୋଡ଼ି ପାରି ହୋଇ ପୁରୀ ଘାଟରୁ ଘୋଡ଼ାଗାଡ଼ିରେ ଟଙ୍କପାଣି ପର୍ଯ୍ୟନ୍ତ ଯିବେ । ସେଠାରୁ ହାତୀ ଓ ଘୋଡ଼ାରେ ଚଢ଼ି ବଡ଼ଲାଟ ଭୁବନେଶ୍ୱର ମନ୍ଦିର ଦେଖିବେ । ଭୁବନେଶ୍ୱର ଓ ଖଣ୍ଡଗିରି ମଝିରେ ତମ୍ବୁ ସ୍ଥାପିତ ଥିବ, ସେଠାରେ ସେ ମଧ୍ୟାହ୍ନ ଭୋଜନ କରିବେ । ତା'ପରେ ଗୁଫାମାନ ଦେଖି ବଡ଼ଲାଟ ସେହିଦିନ କଟକକୁ ଫେରିଆସିବେ ।

ଫେବ୍ରୁଆରୀ ୧୮ : ରବିବାର ସକାଳବେଳା ପ୍ରସ୍ଥାନ କରି ବଡ଼ଲାଟ ଗୋଟାଏ ବେଳେ ବଟୀଘରେ ପହଞ୍ଚି ସେଠାରୁ ଜାହାଜ ଯୋଗେ କଲିକତା ଫେରିଯିବେ ।

ଏଥରକ ବଡ଼ଲାଟଙ୍କ ବ୍ୟବହାର୍ଯ୍ୟ ଜିନିଷ ସବୁ କଲିକତାରୁ ଆସି ପହଞ୍ଚିବାରେ ଲାଗିଲା । ଜାନୁଆରୀ ୨୮ ତାରିଖରେ ପହଞ୍ଚିଥିବା ଜାହାଜରେ ଆସିଲା ଡେରା ପକାଇବା ସାମଗ୍ରୀ, ତିନିଟି ତୋପ, ପତାକା, ପତାକା ପାଇଁ ଖୁଣ୍ଟ ଇତ୍ୟାଦି । ଫେବ୍ରୁଆରୀ ଦୁଇ ତାରିଖରେ ଜାହାଜ ଯୋଗେ ଦଶଟି ଘୋଡ଼ା ଆସି ପହଞ୍ଚିଲେ ।

ଓଡ଼ିଶାରେ ବଡ଼ଲାଟ ଥିବା ସମୟରେ ଡାକ ଚଳାଚଳକୁ ତ୍ୱରାନ୍ଵିତ କରିବା ପାଇଁ ମାର୍ଶାଘାଇଠାରୁ କଟକ ପର୍ଯ୍ୟନ୍ତ ନାଲବନ୍ଦ ପାଖରେ ଫେବ୍ରୁଆରୀ ପହିଲାରୁ ବିଶେଷ ଡାକ ବସିଲା ଏବଂ ମାର୍ଶାଘାଇଠାରୁ ବଟୀଘର ପର୍ଯ୍ୟନ୍ତ ଦୁଇଟି ଅତିରିକ୍ତ ଡାକ ଡଙ୍ଗା ନିଯୁକ୍ତ ହେଲା । ସମୁଦ୍ର ଓ ନଦୀରେ ଗତାୟତ ପାଇଁ କଲିକତାରୁ ତିନୋଟି ଷ୍ଟିମର ଆସି ବଟୀଘରଠାରେ ରହିଲା ।

ଦରବାରକୁ କାହାକୁ କାହାକୁ ଡକାଯିବ, ତାର ତାଲିକା ତିଆରି କରାହେଲା। ସ୍ଥିର ହେଲା ଯେ ଉପର ଗଡ଼ଜାତ ରାଜାମାନଙ୍କୁ ୨୦୦ ଟଙ୍କା ଲେଖାଏଁ ଏବଂ ତଳ ଗଡ଼ଜାତ ରାଜାମାନଙ୍କୁ ୧୦୦ ଟଙ୍କା ଲେଖାଏଁ ଭେଟି ଦେବାକୁ ହେବ। ତା' ବଦଳରେ ସେମାନେ ଖିଲତ ବା ସିରୋପା ପାଇବେ। ଜମିଦାରମାନଙ୍କୁ ଭେଟି ଦେବାକୁ ହେବନାହିଁ ତଥା ସେମାନେ ଖିଲତ ମଧ୍ୟ ପାଇବେ ନାହିଁ।

ଫେବୃଆରୀ ମାସ ସାତ ତାରିଖରୁ କଟକକୁ ଗଡ଼ଜାତ ରାଜାମାନଙ୍କର ଆସିବା ଆରମ୍ଭ ହୋଇଗଲା। ଦଶ ତାରିଖ ସୁଦ୍ଧା ପାଲଲହଡ଼ା, ତାଲଚେର, ଆଠମଲ୍ଲିକ, ଖଣ୍ଡପଡ଼ା, ବଡ଼ମ୍ବ, ଢେଙ୍କାନାଳ, ନରସିଂହପୁର, ମଧୁପୁର ଆଦିର ଗଡ଼ଜାତ ଓ ମୋଗଲବନ୍ଦୀ ରାଜାମାନେ ଆସି କଟକରେ ପହଞ୍ଚିଲେ। ସମସ୍ତେ ସାଙ୍ଗରେ ଲୋକବାକ, ପାଇକ, ବାଜାବାଲା, ହାତୀଘୋଡ଼ା ନେଇ ଆସିଲେ। କିଏ କେତେ ପାଇକ ପାରିଷଦ ନେଇ ଆସିବ ତାହା ନେଇ ରାଜାମାନଙ୍କ ଭିତରେ ପ୍ରତିଦ୍ୱନ୍ଦିତା ହୋଇ ଅସଂଖ୍ୟ ଲୋକ କଟକରେ ଆସି ପହଞ୍ଚିଲେ। ଏ ରାଜାମାନଙ୍କର ଅନୁଚରମାନେ ରଙ୍ଗବିରଙ୍ଗୀ ଜାମାପଟା, କିଏ କିଏ ହରିଣ ଓ ବାଘ ଛାଲ ପିନ୍ଧି ଅଭୁତ ଦର୍ଶନୀୟ ବସ୍ତୁ ଥିଲେ। ସାରା କଟକ ସହର ବର୍ତ୍ତମାନ ଏକ ମେଳା ଭଳି ଜଣା ପଡ଼ୁଥିଲା। ଆଗରୁ କେବେ କଟକରେ ଏପରି ସମାବେଶ ହୋଇ ନଥିଲା।

ଉକ୍ରଲୋଲ୍ଲ୍ୟାସିନୀ ସଭାର ମ୍ୟାନେଜିଂ କମିଟି ବସି ବଡ଼ଲାଟଙ୍କ ଅଭ୍ୟର୍ଥନା ପାଇଁ କାର୍ଯ୍ୟକ୍ରମ ବଦଳାଇଲେ କାରଣ ଦରବାର ରାତି ଆଗରୁ ସରିଯାଉଥିଲା। ସ୍ଥିର ହେଲା ଯେ: ମଙ୍ଗଳାବାଗ, ଗୌଖାନା, ଚୌଧୁରୀ ବଜାର ଓ କମିଶନର କଚେରୀ ଆଗରେ ସଡ଼କରେ ତୋରଣ ତିଆରି ହେବ, ପତାକା ଉଡ଼ିବ ଓ ନୌବତ ରାଜା ବସିବ। କାଠଯୋଡ଼ି ନଦୀ ବାଲିରେ ରାତିରେ ବାଣପୋଡ଼ା ହେବ। ଯୋବ୍ରାଠାରୁ ଲାଲବାଗ କୋଠି ପର୍ଯ୍ୟନ୍ତ ରାସ୍ତା ଦୁଇ ପାଖରେ ଅଭ୍ର ଗିଲାସ ପୋତାଯିବ। ଯଦି ବଡ଼ଲାଟ ଆସିବା ଦିନ ଅନ୍ଧାର ହୋଇଯାଏ ସେଦିନ, ନ ହେଲେ ସେ ଫେରିବା ଦିନ, ରୋଶନୀ ହେବ। କଲେକ୍ଟରଙ୍କ କଚେରୀ ଉପରେ ଏବଂ ଲାଲବାଗ କୋଠା ଉପରେ ଗୋଟିଏ ବିଦ୍ୟୁତ୍ ଯନ୍ତ୍ର ବସାଇ ରୋଶନୀ କରାଯିବ। ଏଥିପାଇଁ ସଂଗୃହୀତ ହୋଇଥିବା ଟଙ୍କାର ବ୍ୟୟ ଧାର୍ଯ୍ୟ କରାଗଲା:

କଲିକତୀ ବିଦ୍ୟୁତ୍ ରୋଶନାଇ ଦୁଇଗୋଟି : ୫୦୦ଟଙ୍କା।

ଗୌରୀ ଫାଟକ ଓ ଗିଲାସ ରୋଶନାଇ : ୪୦୦ ଟଙ୍କା।

ଆତସବାଜି ବାଣ : ୪୦୦ ଟଙ୍କା।

ଫେବୃଆରୀ ମାସ ୧୩ ତାରିଖ ବସନ୍ତ ପଞ୍ଚମୀ ଥିଲା। କାଲେ ସରସ୍ୱତୀ ପୂଜାରେ ଫୁଲ ସବୁ ବ୍ୟବହୃତ ହୋଇଯିବ ଏବଂ ବଡ଼ଲାଟଙ୍କ ତୋରଣ ପାଇଁ ଫୁଲ ନ ଅଣ୍ଟିବ ସେଥିପାଇଁ ଫୁଲ ତୋଳି ତାକୁ ଅଲଗା ରଖାଗଲା। ସେ ଦିନ ସକାଳୁ ଲୋକ ଲଗାଇ ତୋରଣ ତିଆରି କାମ ଆରମ୍ଭ ହେଲା। ଫାଟକମାନ ତିଆରି ହୋଇ ସେଥିରେ ପତାକା ବନ୍ଧାହେଲା। ବାଣ ତିଆରି କରୁଥିବା ଲୋକମାନେ ଗଛ ପୋତି ସେଥିରେ ବାଣ ବାନ୍ଧିବାରେ ଲାଗିଗଲେ। ପୋଲିସ ଯାଇ କଟକର ରାସ୍ତାଘାଟ ପରିଷ୍କାର କରାଇଲେ ଏବଂ ରାସ୍ତା ଦୁଇ ପାଖରୁ ଦୋକାନ ତାଟି ଉଠାଇଲେ। ଦୋକାନୀ ଓ ଗୃହସ୍ଥମାନେ ଘର ଆଗରେ କଦଳୀ ଗଛ ପୋତିଲେ ଏବଂ ଫୁଲ ହାର ଝୁଲାଇ ରାତିରେ ଦୀପ ଜାଳିବାର ବ୍ୟବସ୍ଥା କଲେ। ଦରବାର ପାଖରେ ଏବଂ ଜୋବ୍ରା ଘାଟଠାରେ ଅଫିସରମାନଙ୍କ ରହିବାପାଇଁ ତମ୍ବୁ ପକାଗଲା। ସହରର ସମ୍ଭ୍ରାନ୍ତ

ଲୋକମାନେ ଅଭିନନ୍ଦନ ପତ୍ର ଲେଖି ତାକୁ ଛପାଇବାରେ ଏବଂ କବି ପଣ୍ଡିତମାନେ ଶୁଭାଗମନ ସୂଚକ ଗୀତ ଓ ଶ୍ଲୋକ ରଚନାରେ ପ୍ରବୃତ୍ତ ହେଲେ ।

ପୁରୀ ରାଜା ଦିବ୍ୟସିଂହଙ୍କ ନାଁରେ ସେଦିନ ସନ୍ଧ୍ୟାରେ ପ୍ରିଣ୍ଟିଂ କମ୍ପାନୀ ଦୋତାଲାରେ ରାଜା ମହାରାଜାମାନଙ୍କର ଗୋଟିଏ ସଭା ଡକା ହୋଇଥିଲା । ଏଥିପାଇଁ ଦ୍ୱାରରେ କଦଳୀ ଗଛ ପୋତି, ଆମ୍ବ ନରକୋଳି ଓ ଫୁଲ ତୋରଣ ଝୁଲାଇ କୋଠାଟିକୁ ବିଶେଷ ଭାବେ ସଜା ହୋଇଥିଲା । ସନ୍ଧ୍ୟାବେଳକୁ ହାତୀ ଘୋଡ଼ା ପାଲିଙ୍କି ବାଜାବାଲା ସିପାହୀରେ ଦରଘା ବଜାର ରାସ୍ତା ଭର୍ତ୍ତି ହୋଇଗଲା ।

ଏଣେ ରେଭେନ୍ସା ଦଳବଳ ନେଇ ବତୀଘର ପାଖରେ ବଡ଼ଲାଟଙ୍କୁ ଅଭ୍ୟର୍ଥନା କରିବାକୁ ଅପେକ୍ଷା କରୁଥିଲେ । ଚଉଦ ତାରିଖ ଦିନ ଠିକ୍ କେତେବେଳେ ବଡ଼ଲାଟଙ୍କ ଜାହାଜ ଆଦାମାନରୁ ଆସି ପହଞ୍ଚିବ ଜଣା ନଥିଲା । ବଡ଼ ଜାହାଜ କୂଳ ପର୍ଯ୍ୟନ୍ତ ଆସି ପାରୁ ନଥିବାରୁ ବ୍ୟବସ୍ଥା ଥିଲା ଯେ ଦୂରରୁ ଜାହାଜ ଦେଖାଗଲେ ରେଭେନ୍ସା ଷ୍ଟୀମର ନେଇ ଜାହାଜ ପାଖରୁ ଯାଇ ବଡ଼ଲାଟଙ୍କୁ ପାଛୋଟି ଆଣିବେ । ରେଭେନ୍ସା ତାଙ୍କର ନୀଳରଙ୍ଗର ଜରି ଲାଗିଥିବା ପୋଷାକ ପିନ୍ଧି ମୁଣ୍ଡରେ ଟୋପି ଲଗାଇ ଅପେକ୍ଷା କରି ବସିଥିଲେ । ଜାହାଜ ଦୃଶ୍ୟ ହେବାରୁ ରେଭେନ୍ସା ଷ୍ଟୀମର ନେଇ ବାହାରିଲେ । ଏଇ ସମୟରେ କିଏ ଜଣେ ଆସୁଥିବା ଜାହାଜରେ କିଛି ଗୋଟିଏ ବିସଦୃଶ ଲକ୍ଷ୍ୟ କରି ରେଭେନ୍ସାଙ୍କ ହାତକୁ ଦୂରବୀକ୍ଷଣ ବଢ଼ାଇ ଦେଲା । ରେଭେନ୍ସା ତାକୁ ଲାଗାଇ ଦେଖିଲେ ଯେ 'ନେମେସିସ' ଜାହାଜ ଉପରେ ଉଡ଼ୁଥିବା ପତାକା ତଳକୁ ଥିଲା । ଘଣ୍ଟାଏ ପରେ ଜାହାଜ ପାଖକୁ ଆସି ଖବର ଦେଲା ଯେ ବଡ଼ଲାଟଙ୍କର ଆଦାମାନରେ ନିଧନ ହୋଇଯାଇଛି ।

ବଡ଼ଲାଟ ଲର୍ଡ ମେୟୋ ୮ ତାରିଖ ସକାଳେ ଆଦାମାନର ହୋପ ଟାଉନରେ ପହଞ୍ଚିଥିଲେ । ସେଠାରେ ଦିନସାରା ଜେଲ ପରିଦର୍ଶନ ଇତ୍ୟାଦି ସାରି ସେ ପାଞ୍ଚଟାବେଳେ ମାଉଣ୍ଟ ହାରିଏଟ ଦେଖିବାକୁ ଯାଇଥିଲେ । ପାହାଡ଼ ଉପରୁ ଓହ୍ଲାଇ ହୋପ ଟାଉନ ଜେଟି ପାଖକୁ ଆସିବା ବେଳକୁ ସାତଟା ବାଜି ଯାଇଥିଲା ଏବଂ ଅନ୍ଧାର ହୋଇ ସାରିଥିଲା । ତାଙ୍କୁ ପାହାଚରେ ଓହ୍ଲାଇ ଜାହାଜ ଭିତରକୁ ନେବାପାଇଁ ଲୋକ ମଶାଲ ଧରି ଠିଆ ହୋଇଥିଲେ । ମେୟୋ ପାହାଚରେ ଓହ୍ଲାଉଛନ୍ତି, ଶେର ଆଲ ବୋଲି ଜଣେ କଏଦୀ ପାଖ ବୁଦା ଭିତରୁ ତାଙ୍କ ଉପରେ କୁଦି ପଡ଼ି ତାଙ୍କୁ ଛୁରୀରେ ଭୁସି ହେଲା ଏବଂ ସେ ତଳେ ପଡ଼ିଗଲେ । ତାଙ୍କୁ ଉଠାଇ ଜାହାଜ ଭିତରକୁ ନେଲାବେଳକୁ ସେ ମରି ଯାଇଥିଲେ । ଜାହାଜରେ ତାଙ୍କର ମୃତ ଶରୀରକୁ କଲିକତା ପଠାଇ ଦିଆଗଲା । ଆଉ ଗୋଟିଏ ଜାହାଜଳୁ ମାନ୍ଦ୍ରାଜ ପଠାଗଲା ସେଠାରେ ଲାଟ ଲର୍ଡ ନେପିଅରଙ୍କୁ ଏ ଖବର ଦେବାପାଇଁ । ନେମେସିସ ଜାହାଜକୁ ବତୀଘର ପଠାଗଲା । ଆଉ ଗୋଟିଏ ଜାହାଜକୁ ସାଗର ଦ୍ୱୀପକୁ ପଠାଗଲା ସେଠାରୁ ତାର ଯୋଗେ କଲିକତାକୁ ଖବର ଦେବାପାଇଁ ।

ଛୋଟଲାଟ କ୍ୟାମ୍ପବେଲ ହୁଗୁଳୀ ନଦୀ ପାଖରୁ ବତୀଘର ଅଭିମୁଖରେ ବାହାରୁଥିଲେ, ଏଇ ସମୟରେ ଖବର ପାଇ କଲିକତା ଫେରିଗଲେ । କଟକକୁ ଏ ଖବର ତାର ଯୋଗେ ଆସିଗଲା ଏବଂ କଲେକ୍ଟର ମ୍ୟାକଫର୍ସନ ଜେଲଖାନା ଅଫିସକୁ ଯାଇ ସମସ୍ତଙ୍କୁ ଏ ସମ୍ବାଦ ଦେଲେ । ପ୍ରିଣ୍ଟିଂ କମ୍ପାନୀ ଅଫିସରେ ଏ ଖବର ପହଞ୍ଚିବାରୁ ରାଜାମାନଙ୍କର ସଭା ଭାଙ୍ଗିଗଲା । କେବଳ ବତୀଘର ପର୍ଯ୍ୟନ୍ତ ଯିବା ସମୟ ସାପେକ୍ଷ ଥିବାରୁ ଏବଂ ସେଠାକୁ ଟେଲିଗ୍ରାମ ପଠାଇବାର ବନ୍ଦୋବସ୍ତ ନ ଥିବାରୁ ରେଭେନ୍ସା ସେଦିନ ଏ ଖବର ପାଇପାରି ନଥିଲେ ।

୧୪ ତାରିଖ ସକାଳେ କଲେକ୍ଟର ନିମ୍ନଲିଖିତ ସମ୍ବାଦଟି ସର୍ବସାଧାରଣଙ୍କ ଗୋଚରାର୍ଥେ ପ୍ରକାଶ କଲେ :

ଶ୍ରୀ ଶ୍ରୀମତୀ ମହାରାଣୀଙ୍କର ପ୍ରତିନିଧି ସାବେହ ଆନ୍ଦାମାନ ଦ୍ୱୀପରେ ଜଣେ କଏଦୀ ଦ୍ୱାରା ଆହତ ହୋଇ ଚଳିତ ମାସ ୮ ତାରିଖରେ ସେହି ଆଘାତରେ ପଞ୍ଚତ୍ୱପ୍ରାପ୍ତ ହେଲେ। ସର୍ବସାଧାରଣଙ୍କୁ ଶୋକଚିହ୍ନ ଧାରଣ କିରବାପାଇଁ ଆଜ୍ଞା ହୋଇଅଛି। ଲର୍ଡ ନେପିୟର ପହଞ୍ଚିବା ପର୍ଯ୍ୟନ୍ତ ମାନ୍ୟବର ଜନ ସ୍ଟ୍ରେଚି ସାହେବ ଆକ୍ଟିଂ ଗଭର୍ଣ୍ଣର ଜେନେରାଲ ନିଯୁକ୍ତ ହୋଇଛନ୍ତି।

ଆଉ ଗୋଟିଏ ଅଫିସ ଆଦେଶ ଦ୍ୱାରା କଚେରୀ ସବୁ ଦୁଇଦିନ ବନ୍ଦ ରହିଲା।

ବାଲେଶ୍ୱର: ଡିସେମ୍ବର ୧୮୭୨

ବ୍ୟାସ ବାଲେଶ୍ୱର ଆସିବା ସାଢ଼େ ତିନିବର୍ଷ ହୋଇଯାଇଥିଲା। ଏଠାରେ ପହଞ୍ଚିବା ପରେ ତାଙ୍କର ତିନିଟି ସନ୍ତାନ ଜନ୍ମ ହୋଇଥିଲେ; ମାତ୍ର ଦୁଇମାସ ତଳେ ଜନ୍ମ ହୋଇଥିଲା ତାଙ୍କର ସପ୍ତମ ସନ୍ତାନ, ଗୋଟିଏ ଝିଅ। ତାଙ୍କ ସ୍ତ୍ରୀ ଏଲେନ ଆଜିକାଲି ମ୍ୟାଲେରିଆ ଆଦି ରୋଗରେ ଭୋଗୁଥିଲେ ଏବଂ ଘରୁ ବିଶେଷ ବାହାରୁ ନଥିଲେ। ବ୍ୟାସ କିନ୍ତୁ ଆଗ ଭଳି ତାଙ୍କର କାମରେ ବ୍ୟସ୍ତ ରହୁଥିଲେ। ତାଙ୍କର ତୁଳନାତ୍ମକ ବ୍ୟାକରଣର ପ୍ରଥମ ଭାଗ ଏ ଭିତରେ ପ୍ରକାଶ ପାଇ ସାରିଥିଲା; ଏ ବହିଟିର ଇଂଲଣ୍ଡ ଓ ଜର୍ମାନୀରେ ଅନେକ ପ୍ରଶଂସା ହୋଇଥିଲା ଏବଂ ଏହା କେତେକ ବିଶ୍ୱବିଦ୍ୟାଳୟରେ ପାଠ୍ୟପୁସ୍ତକ ହୋଇ ପ୍ରଚଳିତ ହୋଇଥିଲା।

ବ୍ୟାସଙ୍କୁ ବର୍ତ୍ତମାନ ଓଡ଼ିଶା ଭଲ ଲାଗୁଥିଲା ଏବଂ ସେ ଓଡ଼ିଶା ସହିତ ଆଉ ଟିକିଏ ଘନିଷ୍ଟ ହୋଇ ଯାଇଥିଲେ। ସେ ବ୍ୟାକରଣ ଲେଖିବା ବେଳେ ଫକୀରମୋହନଙ୍କୁ ଜାଣିଥିଲେ। ଏ ଭିତରେ ସେ ଦୀନକୃଷ୍ଣ ଦାସଙ୍କ ରସକଲ୍ଲୋଲ ଉପରେ ଏକ ପ୍ରବନ୍ଧ ଲେଖି ଇଣ୍ଡିଆନ ଆଣ୍ଟିକ୍ୱାରି ପତ୍ରିକାରେ ପ୍ରକାଶ କରାଇଥିଲେ। ସେ ଦୀପିକା ନିୟମିତ ପଢୁଥିଲେ ଏବଂ କେବେ କେବେ କଟକରେ ରେଭେନ୍ସାଙ୍କ ପାଖକୁ ଗଲେ ପ୍ରିଣ୍ଟିଂ କମ୍ପାନୀର ବିଚିତ୍ରାନନ୍ଦ ଦାସଙ୍କ ସହିତ ଦେଖା ହୋଇଯାଉଥିଲା। ସେ ଗୌରୀଶଙ୍କର ରାୟଙ୍କୁ ବ୍ୟକ୍ତିଗତ ଭାବରେ ଜାଣି ନଥିଲେ ମଧ ତାଙ୍କ ବିଷୟରେ ଖବର ରଖିଥିଲେ। ଗୌରୀଶଙ୍କର ବାରବର୍ଷ କଟକ କଲେକ୍ଟର ଅଫିସରେ ଅବକାରୀ ରାଇଟର କାମ କରିବା ପରେ ବର୍ତ୍ତମାନ କଟକ ଅଦାଲତରେ ଟ୍ରାନ୍ସଲେଟର କାମ କରୁଥିଲେ। ବାଲେଶ୍ୱରରୁ 'ବୋଧଦାୟିନୀ ଓ ବାଲେଶ୍ୱର ସମ୍ବାଦ ବାହିକା' ନାମକ ଯେଉଁ ପତ୍ରିକାଟି କେତେବର୍ଷ ତଳେ ବାହାରି ବନ୍ଦ ହୋଇଯାଇଥିଲା, ବ୍ୟାସଙ୍କ

ଉ‌ସ୍ସାହରେ ସେଇଟି କେବଳ 'ବାଲେଶ୍ୱର ସମ୍ବାଦ ବାହିକା' ନାମରେ ଜୁଲାଇ ମାସରୁ ପୁନଃ ପ୍ରକାଶିତ ହୋଇଥିଲା। ଏ ପତ୍ରିକାଟି ଛପା ହେଉଥିଲା ପି.ଏମ. ସେନାପତି ଏଣ୍ଡ କୋ'ଙ୍କର ବାଲେଶ୍ୱର ଉ‌ତ୍କଳ ପ୍ରେସରେ। ନୂଆ କଲେବରର ଗୋଟିଏ ଅଂଶ ସରକାରୀ କରାହୋଇ ଏ ବିଷୟରେ ବ୍ୟାମସ ଲେଖିଥିଲେ :

<h2 style="text-align:center">ସର୍ବସାଧାରଣଙ୍କ ଗୋଚରାର୍ଥେ</h2>
<h3 style="text-align:center">ବିଜ୍ଞାପନ</h3>

ବଙ୍ଗ ଦେଶର ମାନ୍ୟବର ଶ୍ରୀଯୁକ୍ତ ଲେଫଟେଟେନେଣ୍ଟ ଗଭର୍ଣ୍ଣର ସାହେବଙ୍କ ଅନୁମୋଦନ କ୍ରମେ ବାଲେଶ୍ୱର ସମ୍ବାଦବାହିକା ନାମ୍ନୀ ପତ୍ରିକା ଅଦ୍ୟାବଧି ଆଂଶିକ ସରକାରୀ ଓ ଆଂଶିକ ସାଧାରଣ ସମ୍ବାଦ ବାହିକା ବୋଲି ସ୍ଥାପିତ ହେଲା। ଅତଏବ ସର୍ବସାଧାରଣଙ୍କୁ ଜଣାଉଅଛୁ ଯେ ଭବିଷ୍ୟତକୁ ଉକ୍ତ ପତ୍ରିକାର ସରକାରୀ ଅଂଶରେ ଯାହା ପ୍ରକାଶ ହେବ ସେ ସମସ୍ତଙ୍କୁ ସରକାରୀ ଅଭିପ୍ରାୟ ଓ ଆଜ୍ଞା ଜାଣି ପ୍ରତିପାଳନ କରିବେ।

ଯେଉଁ ବିଧାନମାନ ପ୍ରଚଳିତ ଅଛି ସରକାର ଯଦି ସେଥ୍ ମଧରୁ କୌଣସି ବିଧାନକୁ ରହିତ କରିବେ ତେବେ ତହିଁର ହୃଦବୋଧଜନକ କାରଣମାନ ଉକ୍ତ ସରକାରୀ ଅଂଶରେ ଲେଖାଯିବ। ଯେବେ ସେହି ବିଧାନ ପରିବର୍ତ୍ତରେ ଅନ୍ୟକୌଣସି ବିଧାନ ପ୍ରଚାରିତ ହେବ, ସେହି ନବ ପ୍ରଚାରିତ ବିଧାନର ଉପଯୋଗିତା ମଧ ଲେଖାଯିବ, ଆଉ କୌଣସି ନୂତନ ବିଧାନ ବାହାରିଲେ ତହିଁର ପ୍ରୟୋଜନ ମଧ ପ୍ରକାଶ ହେବ।

ସରକାର ଯେବେ କୌଣସି ନୂଆ ଆଇନ ପ୍ରଚାର କରନ୍ତି, ଫଳରେ ଯାହାହେଉ, ପ୍ରଜାମାନଙ୍କର ହିତସାଧନ ଓ ଅନିଷ୍ଟ ନିବାରଣ ବ୍ୟତୀତ ସରକାରଙ୍କର ଅନ୍ୟ ଉଦ୍ଦେଶ୍ୟ ନଥାଏ। ଯେଉଁ ବିଧାନ ପ୍ରକାଶ ହୁଏ ସେ ସମସ୍ତ ଦ୍ୱାରା ଯେ ପ୍ରଜାବର୍ଗର ଭଲ ବ୍ୟତୀତ ମନ୍ଦ ହୁଏନାହିଁ। ଏହା ଆମ୍ଭେ ଅସ୍ୱୀକାର କରୁନାହୁଁ। ସରକାର ସର୍ବଜ୍ଞ ନୁହନ୍ତି। ତାଙ୍କର କଳ୍ପନା ଓ ଅନୁମାନ ମନୁଷ୍ୟର କଳ୍ପନା ଓ ଅନୁମାନ ଛଡ଼ା ଆନ କିଛି ନୁହେଁ। ଏଥକୁ ପ୍ରଜାମାନେ ତୁନି ହୋଇ ରହିଲେ ସରକାରଙ୍କର ଚାରା ନାହିଁ। ଅପିଚ ଏହା ମଧ ବକ୍ତବ୍ୟ ଯେ ଆଇନମାନଙ୍କୁ ସମ୍ପୂର୍ଣ୍ଣ ମତେ ପରୀକ୍ଷା କରି ତତ ସମସ୍ତର ଉଦ୍ଦେଶ୍ୟ ବୁଝିବାର ସର୍ବସାଧାରଣଙ୍କ ପକ୍ଷରେ ସହଜ ନୁହେଁ। ସରକାରଙ୍କ ଆଇନ ସମୟରେ ପ୍ରଜାମାନଙ୍କ ମନରେ ବହୁତ କୁସଂସ୍କାର ଥିବାର ଜଣାଯାଏ। ସରକାରଙ୍କର ଅଭିପ୍ରାୟ ନ ଜାଣିବା ହେତୁରୁ ଏହି କୁସଂସ୍କାର ଜାତ ହୋଇଅଛି। ଏଣିକି ଏହି ଅଭିପ୍ରାୟ ଦ୍ୱାରା କ୍ରମେ ଉକ୍ତ କୁସଂସ୍କାରମାନ ରହିତ ହେବାର ସମ୍ଭାବନା। ସରକାର କେମନ୍ତ ପ୍ରଜାବ‌ତ୍ସଲ, ପ୍ରଚାରିତ ବିଧାନମାନଙ୍କର ଯଥାର୍ଥ କାରଣ ପ୍ରକାଶ ହେଲେ ପ୍ରଜାମାନେ ତାହା ଅନାୟାସରେ ବୁଝିପାରିବେ। ବାସ୍ତବ ଏହି ପତ୍ରିକା ହାକିମ ଓ ପ୍ରଜାମାନଙ୍କର ପରସ୍ପର ବାର୍ତ୍ତାବହ ପ୍ରାୟ ହେବ।

ଆମ୍ଭେ ଏ ଦେଶକୁ ଆସିଲା ଦିନୁ ଯଦ୍ୟପି ସାନବଡ଼ ସମସ୍ତ ଲୋକଙ୍କ ସହିତ ସାକ୍ଷାତ କରି ଅନେକ ଗୁଡ଼ିଏ ଗୁରୁତର ବିଷୟମାନ ଜାଣିଅଛୁ ଓ ପ୍ରକାଶ କରିଅଛୁ, ତଥାଚ ଆହୁରି ଅନେକ ବିଷୟ ଅପ୍ରକାଶ ଥିବାର ଜଣାଯାଏ। ଉ‌ତ୍କଳ ଭାଷାରେ ଆମ୍ଭର ବ୍ୟୁ‌ତ୍ପ‌ତ୍ତି ଥିଲେ ମଧ ଆମ୍ଭ ପକ୍ଷରେ ତହିଁର ବ୍ୟବହାର ଦକ୍ଷତା ଲଭିବାର କଠିନ ଅଟେ। ହେତୁ କି ଆମ୍ଭମାନଙ୍କର ଉଚ୍ଚାରଣ ଅସ୍ପଷ୍ଟତା ତହିଁର

ପ୍ରଧାନ ପ୍ରତିବନ୍ଧକ ହୋଇଅଛି । ଇଉରୋପୀୟ ଲୋକେ ଏ ଦେଶର ଭାଷାରେ ସହସ୍ର ବ୍ୟୁ୍ପନ୍ନ ହେଉନ୍ତୁ ପଛକେ, ଦେଶୀୟ ଲୋକେ ସେମାନଙ୍କର ସ୍ୱାଭାବିକ ଉଚ୍ଚାରଣ ଅସ୍ପଷ୍ଟତା ହେତୁରୁ ତାହାଙ୍କର ଭାଷା ସହଜରେ ବୁଝିପାରନ୍ତି ନାହିଁ । ପୁଣି ଆଇନର ମର୍ମ ବାକ୍ୟରେ ବୁଝାଇବାର ସୁବିଧା ଏ ଦେଶରେ ନାହିଁ, ଆମ୍ଭର ପଦର ଅଙ୍ଗ ମଧ୍ୟ ନୁହେଁ । ସୁତରାଂ ଯାହା ମନ୍ତବ୍ୟ ତତ ସମସ୍ତ ଉତ୍କଳ ଭାଷାରେ ଉକ୍ତ ପତ୍ରିକାରେ ନିୟମିତ ରୂପରେ ପ୍ରକାଶ କରିବୁ ।

ଯେବେ କେହି ଆଇନ ଅର୍ଥାତ୍ ବ୍ୟବସ୍ଥାଦି ପ୍ରଚାର ପକ୍ଷରେ କୌଣସି ସନ୍ଦେହ ରଖୁଥିବେ ତାହା ଉକ୍ତ ପତ୍ରିକାରେ ଅଥବା ଅନ୍ୟ ପତ୍ରିକାରେ ପ୍ରକାଶ କଲେ ସେଥିର ଉତ୍ତର ଏହି ପତ୍ରିକାରେ ଦେବୁ ।

ଜନ ବୀମସ

୨୦ ଜୁନ୍ ୧୮୭୨   କଲେକ୍ଟର ଜିଲ୍ଲେ ବାଲେଶ୍ୱର

ବୀମସଙ୍କର ଏ ସମୟରେ ଆଉ ଯାହା ସହିତ ସୌହାର୍ଦ୍ଦ୍ୟ ହୋଇଥିଲା, ସେ ଥିଲେ ରାଧାନାଥ ରାୟ । ତାଙ୍କ ବାପା ସୁନ୍ଦର ନାରାୟଣଙ୍କୁ ବୀମସ ଜାଣିଥିଲେ, କାରଣ ସେ ତାଙ୍କ ଅଧୀନରେ ଚାକିରି କରୁଥିଲେ । ରାଧାନାଥ ପୁରୀରେ ତିନିବର୍ଷ ରହି ସେଠାରୁ କିଛି ମାସ ପାଇଁ ବାଙ୍କୁଡ଼ା ଜିଲ୍ଲା ସ୍କୁଲକୁ ବଦଲି ହୋଇଥିଲେ । ଜୁଲାଇରେ ସେଠାରୁ ଫେରିଆସି ସେ ଅକ୍ଟୋବର ପହିଲାରୁ ବାଲେଶ୍ୱରରେ ସ୍କୁଲ ଡେପୁଟି ଇନ୍ସପେକ୍ଟର ହୋଇ ଯୋଗ ଦେଇଥିଲେ ।

ପୁରୀରେ ଥିଲାବେଳେ ରାଧାନାଥଙ୍କର ବିବାହ ହୋଇଥିଲା ରେମୁଣାର ଚନ୍ଦ୍ରମୋହନ ଆଦିତ୍ୟଙ୍କର ଝିଅ ପରଶମଣି ସହିତ । ଚାରିବର୍ଷ ତଳେ ବଙ୍ଗଳା କବିତାବଳୀ ପ୍ରଥମ ଭାଗ ପ୍ରକାଶ ପାଇବା ପରେ ରାଧାନାଥଙ୍କର କବି ଭାବରେ କିଛି ସୁନାମ ମଧ୍ୟ ହୋଇଥିଲା । ରାଧାନାଥ ବାଲେଶ୍ୱର ଫେରିବା ପରେ ତାଙ୍କର ପୁରୁଣା ବନ୍ଧୁ ଜମିଦାର ବୈକୁଣ୍ଠନାଥ ଦେ କବିତାବଳୀର ଦ୍ୱିତୀୟ ଭାଗ ପ୍ରକାଶ କଲେ । କିନ୍ତୁ ଏ ବହିଟିର ସେ ଯେଉଁ ବିଜ୍ଞାପନ ଦେଇଥିଲେ, ରାଧାନାଥଙ୍କୁ ସେଇଟି ଭଲ ଲାଗି ନଥିଲା, କାରଣ ଏଥିରେ ଲେଖାଥିଲା; ଗ୍ରନ୍ଥକାର ମୋର ଜଣେ ପ୍ରିୟ ବନ୍ଧୁ । ଉତ୍କଳବାସୀଙ୍କ ପକ୍ଷରେ ବଙ୍ଗ ଭାଷାରେ ପୁସ୍ତକ ଲେଖିବା ଯେମିତି ଉପହସନୀୟ ପ୍ରୟାସ, ତାହାକୁ ଜନ ସମାଜରେ ପ୍ରଚାରିତ କରିବା ମଧ୍ୟ ତଦନୁରୂପ ଉପହସନୀୟ । ତେବେ ବନ୍ଧୁର ରଚନା ମନ୍ଦ ହେଲେ ମଧ୍ୟ ତାହା ଭଲ ଲାଗେ । ପରନ୍ତୁ ମୁଁ ଭାବୁଛି ଯେ ଉଦାର ବଙ୍ଗୀୟ ପାଠକବୃନ୍ଦ ଲେଖକଙ୍କୁ ଉତ୍ସାହ ଦେବା ନିମିତ୍ତ ଏଇ ଗ୍ରନ୍ଥ ଖଣ୍ଡିକ ଜଣେ ଉତ୍କଳୀୟର ମନେ ରଖି ଏହାକୁ ପାଠ କରିଦେ ।

ବୈକୁଣ୍ଠନାଥ ତାଙ୍କୁ ବନ୍ଧୁ ବୋଲାଉଥିଲେ ମଧ୍ୟ ରାଧାନାଥ ଜାଣିଥିଲେ ଯେ ବୈକୁଣ୍ଠନାଥଙ୍କର ତାଙ୍କ ପ୍ରତି ଏକ ଗଭୀର କ୍ଷୋଭ ରହିଛି । ସ୍କୁଲରେ ଉଭୟ ସହପାଠୀ ଥିଲେ । ରାଧାନାଥ ଉବଲ ପ୍ରମୋଶନ ପାଇ ଦୁଇ ଦୁଇ କ୍ଲାସ ଉଠି ଶେଷରେ ବୈକୁଣ୍ଠନାଥଙ୍କର ଶିକ୍ଷକ ହେବାରୁ ବୈକୁଣ୍ଠନାଥ ଲଜ୍ଜାରେ ପାଠପଢ଼ା ଛାଡ଼ି ଦେଇଥିଲେ । ତେବେ ସେ ତାଙ୍କ ବିଜ୍ଞାପନରେ ଯାହା ଲେଖନ୍ତୁ ନା କାହିଁକି, ରାଧାନାଥ ଜାଣିଥିଲେ ଯେ ତାଙ୍କର କବିତା ଆଦୌ ମନ୍ଦ ନୁହେଁ ଏବଂ ସେଥିପାଇଁ କୌଣସି କ୍ଷମା ପ୍ରାର୍ଥନାର ପ୍ରୟୋଜନ ନାହିଁ । ସେ ଏକଥା ମଧ୍ୟ ଜାଣିଥିଲେ ଯେ ଫକୀରମୋହନ ପ୍ରଭୃତି ପାଠ୍ୟପୁସ୍ତକ ଲେଖିବା ଓ ବଙ୍ଗଳା ସାହିତ୍ୟର ଅନୁବାଦ କରୁଥିବାବେଳେ କେବଳ ସେ ହିଁ ମୌଳିକ ରଚନା କରୁଛନ୍ତି ।

ରାଧାନାଥ ବାଲେଶ୍ୱର ଫେରିବାର ଅଳ୍ପଦିନ ପରେ ସେପ୍ଟେମ୍ବର ମାସରେ ଫକୀରମୋହନ

ନୀଳଗିରିର ଦେବାନ ହୋଇ ଚାଲିଗଲେ । ବୀମସଙ୍କ ସୁପାରିଶକ୍ରମେ ରେଭେନଶା ତାଙ୍କୁ ଏ ଚାକିରିଟି ଦେଇଥିଲେ । ନୀଳଗିରି ବାଲେଶ୍ୱରଠାରୁ ମାତ୍ର ୧୧ ମାଇଲ ବାଟ, କିନ୍ତୁ ନୀଳଗିରିଠାରୁ ଶେରଗଡ଼ ଚାରିମାଇଲ ରାସ୍ତା ଖରାପ ଥିବାରୁ ଘୋଡ଼ା ବା ପାଲିଙ୍କିରେ ଯିବାଆସିବା କରି ହେଉ ନଥିଲା । ଫକୀରମୋହନ ଦେବାନ ହେବା ପରେ ତାଙ୍କର ପ୍ରଥମ କାମ ହେଲା ଏଇ ଚାରିମାଇଲ୍ ରାସ୍ତାକୁ ଠିକ କରିବା । ରାସ୍ତାଟି ଠିକ ହେବାପରେ ଫକୀରମୋହନ ଏଥରକ ପ୍ରତି ଶନିବାର ବାଲେଶ୍ୱରକୁ ଚାଲି ଆସୁଥିଲେ ଏବଂ ଗଡ଼ଗଡ଼ିଆ ଘାଟ ପୁଣି ରାଧାନାଥଙ୍କ ସହିତ ସାକ୍ଷାତର ସ୍ଥଳ ହୋଇଯାଇଥିଲା ।

ଏଇପରି ଥରେ ବାଲେଶ୍ୱର ଆସି ବୀମସଙ୍କୁ ସାକ୍ଷାତ କରିବାବେଳେ ବୀମସ ଫକୀରମୋହନଙ୍କୁ କହିଲେ, ଗୌରୀଶଙ୍କର ଆମ୍ଭ ବିଷୟରେ ଅପବାଦ କରି ଲେଖୁଛନ୍ତି । ଏହାର ପ୍ରମାଣ ସ୍ୱରୂପ ସେ ଲାଲ ଦାଗ ଦିଆ ହୋଇଥିବା ଦୀପିକାର ଗୋଟିଏ ସମ୍ବାଦ ଫକୀରମୋହନଙ୍କୁ ଦେଖାଇଲେ; ଶ୍ରୀଯୁକ୍ତ ବୀମସ ସାହେବ ଯେବେ ଆପଣା ମହକୁମା କର୍ମଚାରୀଙ୍କର ଚରିତ୍ରରେ ଅନୁସନ୍ଧାନ କରନ୍ତି ତେବେ ସେ ଅବଶ୍ୟ ଦେଖି ପାରିବେ ଯେ ତାହାଙ୍କ ଆଖିରେ ଧୂଳି ଦେଇ କେତେ ପ୍ରଜାପୀଡ଼ନ କାର୍ଯ୍ୟ ହୋଇଯାଉଅଛି । କିନ୍ତୁ ହାକିମଙ୍କ ବୁଝାମଣା ଉପରେ କାହାର ଉତ୍ତର ଅଛି ?

ଫକୀରମୋହନ ତାଙ୍କୁ ବୁଝାଇବାକୁ ଚେଷ୍ଟାକଲେ ଯେ ଗୌରୀଶଙ୍କରଙ୍କର ତାଙ୍କ ପ୍ରତି କୌଣସି ବିଦ୍ୱେଷ ନାହିଁ; ସେ ସ୍ପଷ୍ଟବାଦୀ ହୋଇଥିବାରୁ କାହାର ଭଲ ଦେଖିଲେ ଭଲ ଲେଖନ୍ତି, ଖରାପ ଦେଖିଲେ ଖରାପ । ବୀମସ ତାଙ୍କ ଆଡ଼କୁ ପୁଲାଏ ଉତ୍କଳଦୀପିକା ବଢ଼ାଇ ଦେଇ କହିଲେ, ବାବୁ, ମୋ ବିଷୟରେ କେଉଁଠାରେ ଉତ୍ତମ ଲେଖାଅଛି ଦେଖାଅ ।

ବିଷମ ସମସ୍ୟା ହେଲା ଫକୀରମୋହନଙ୍କର । ତଥାପି ସେ ହାର ନ ମାନି ତଳେ ଚକାପକାଇ ବସି ପ୍ରତିଟି ଦୀପିକାକୁ ତନ୍ନ ତନ୍ନ କରି ପଢ଼ିଲେ । ଶେଷରେ ଖୁସି ହୋଇ ଉଠି ବୀମସଙ୍କୁ ଦୀପିକାରେ ପ୍ରକାଶିତ ଏହି ସମ୍ବାଦଟି ଦେଖାଇଲେ; ଆମ୍ଭେମାନେ ଆନନ୍ଦିତ ହେଲୁ ଯେ ବାଲେଶ୍ୱର କଲେକ୍ଟର ଶ୍ରୀଯୁକ୍ତ ବୀମସ ସାହେବ ଗ୍ରାମ ଗ୍ରାମ ବୁଲି ଦେଖି ଯେଉଁ ଦୁଃଖୀଙ୍କ ଘରମାନ ତୋଫାନରେ ଭାଙ୍ଗି ଯାଇଅଛି ତାହାଙ୍କୁ ସରକାରରୁ ଚାରିଅଣାଠାରୁ ଚାରିଟଙ୍କା ସରିକି ଅବସ୍ଥା ବିବେଚନାରେ ଦାନ କରୁଅଛନ୍ତି ।

ବୀମସଙ୍କ ମୁହଁରେ ସାମାନ୍ୟ ହସ ଦେଖାଗଲା ଏବଂ ସେ ଏହି ସମ୍ବାଦଟିରେ ମଧ୍ୟ ଲାଲ ଦାଗ ଦେଇ କାଗଜଟିକୁ ଅଲଗା ରଖିଲେ । ତେବେ ଫକୀରମୋହନ ତାଙ୍କୁ ଆଉ ଗୋଟିଏ ଜିନିଷ କହିବେ କହିବେ ବୋଲି ଶେଷକୁ ସାହେବ କାଲେ କଣ ଭାବିବେ ବୋଲି ନ କହି ଚୁପ ରହିଲେ । କଥାଟି ଥିଲା ଯେ ବୀମସଙ୍କର ନାଁ ଲୋକମାନେ ରଖିଥିଲେ ଭୀମ ସାହେବ । ଏ ବର୍ଣ୍ଣନା ତାଙ୍କର ଦକ୍ଷତାର ପରିଚୟ ଥିଲା ଅଥବା ହୁଙ୍କାପିଟା ନୀତିର, ସେ ବିଷୟରେ ନିଜେ ଫକୀରମୋହନ ମଧ୍ୟ ନିଃସନ୍ଦେହ ନ ଥିଲେ ।

ପୁରୀ: ମେ ୧୮୭୩

କମିଶନର ରେଭେନ୍ସା ଆଜିକାଲି କଟକରେ ହେଉଥିବା ସବୁ ସଭା ସମିତିରେ, ବିଶେଷରେ ସ୍କୁଲର କାର୍ଯ୍ୟକ୍ରମମାନଙ୍କରେ, ଭାଗ ନେଉଥିଲେ। ଅବଶ୍ୟ ସେ ଯାହା ଚେଷ୍ଟା କରିଥିଲେ ଯେ କଟକ ସୋସାଇଟି, ଉକ୍ରଲୋଲ୍ଲାସିନୀ ସଭା ଓ କଟକ ଡିବେଟିଂ କ୍ଲବମିଶି ଗୋଟିଏ ଅନୁଷ୍ଠାନ ହୋଇଯାଉ, ତାହା ସମ୍ଭବ ହୋଇ ନଥିଲା। ବରଂ ଏ ଭିତରେ କଟକରେ ଆଉ ଗୋଟିଏ ନୂଆ ସଂସ୍ଥା ତିଆରି ହୋଇଥିଲା, ପ୍ୟାରୀମୋହନ ଆଚାର୍ଯ୍ୟଙ୍କର ଯଙ୍ଗ ମ୍ୟାନସ ଲିଟରାରୀ ଆସୋସିଏଶନ। ରେଭେନ୍ସା ମଝିରେ ମଝିରେ ଯାଇ ସ୍କୁଲମାନ ପରିଦର୍ଶନ କରୁଥିଲେ; ସେ ଓଡ଼ିଆ ଲୀଳାବତୀ ସୂତ୍ର ପଢ଼ି କ୍ଲାସରେ ପିଲାମାନଙ୍କୁ ମଝିରେ ମଝିରେ ପ୍ରଶ୍ନ ପଚାରୁଥିଲେ, ଯଥା: ଦ୍ୱିପଞ୍ଚ ଦ୍ୱାତ୍ରିଂଶ ତ୍ରିନବ ଶତ ଅଷ୍ଟାଦଶ ଦଶଶତ ନିୟୁତ ସଙ୍କଲିତ କର, ତିନିଶ ଷାଠିଏ ଅଙ୍କ ନିକର ଇତ୍ୟାଦି। ସେ କଟକ ହାଲସ୍କୁଲ ପିଲାଙ୍କୁ ପୁରସ୍କାର ଦେବାପାଇଁ ପ୍ରତିବର୍ଷ ଶହେ ଟଙ୍କା ମଧ୍ୟ ଦେଉଥିଲେ।

ପୁରୀ ଜିଲ୍ଲା ସ୍କୁଲରୁ ଯେତେବେଳେ ତାଙ୍କ ପାଖକୁ ଅନୁରୋଧ ଆସିଲା ସେଠାରେ ଯାଇ ପୁରସ୍କାର ବିତରଣୀ ସଭାରେ ଯୋଗ ଦେବାପାଇଁ, ରେଭେନ୍ସା ଯିବାକୁ ରାଜି ହେଲେ, କିନ୍ତୁ କହିଲେ ଯେ ପୁରୀରେ ଥିବା ସବୁ ସ୍କୁଲର ପୁରସ୍କାର ବିତରଣୀ ଏକା ସାଙ୍ଗରେ ହେଉ। ସେ ଏଥିପାଇଁ ତାରିଖ ଦେଲେ ମେ ୨୫ ତାରିଖ। କାହିଁକି ସେ ଏ ତାରିଖଟି ଧାର୍ଯ୍ୟ କଲେ ତାର କାରଣ ପରେ ଜଣା ପଡ଼ିଲା।

ରେଭେନ୍ସା ଛାତ୍ରମାନଙ୍କ ପ୍ରବନ୍ଧ ପ୍ରତିଯୋଗିତା ପାଇଁ ଗୋଟିଏ ବିଷୟ ମଧ୍ୟ ଦେଲେ, କୁସଂସ୍କାର ଓ ଅନ୍ଧ ବିଶ୍ୱାସ। ଏଇଟି ପ୍ରସ୍ତାବ କରିବାବେଲେ ତାଙ୍କ ମନରେ ହିନ୍ଦୁଧର୍ମର ପୌତ୍ତଳିକତା ବା ପାଦ୍ରୀମାନଙ୍କର ମୂର୍ତ୍ତିପୂଜା ବିରୋଧ ଇତ୍ୟାଦି ନଥିଲା, ଥିଲା ଗୋଟିଏ ଅଭୁତ ଘଟଣା, ଯାହା ବିଷୟରେ

ସମସ୍ତେ ସେତେବେଳେ ଆଲୋଚନା କରୁଥିଲେ। ରେଭେନ୍ଶା ବିଚିତ୍ରାନନ୍ଦଙ୍କୁ ମଧ୍ୟ କହିଥିଲେ ତାଙ୍କୁ ଏ ବିଷୟରେ ବୃଦ୍ଧି ଜଣାଇବା ପାଇଁ।

ହଠାତ୍‌ କେଉଁଆଡୁ କେମିତି ଆସି ଖବର ପହଞ୍ଚିଲା ଯେ ଝଙ୍କଡ଼ ସାରଳା ଠାକୁରାଣୀଙ୍କ ପାଖରୁ ଆଜ୍ଞାପତ୍ରିକା ବାହାରିଛି ପୁରୀରେ ବିମଳାକ୍ଷୀ ଠାକୁରାଣୀଙ୍କ ପାଖକୁ ହାଣ୍ଡି ପଠାଯାଇ ଭୋଗ ହେବ। ଏ ଗୁଜବ ହେଲା ମାତ୍ର ଲୋକେ ନିଜ ନିଜ କ୍ଷମତା ଅନୁସାରେ ହାଣ୍ଡିରେ ଚାଉଳ, ଆମ୍ବ, ପରିବା ଓ ପଇସା ରଖି ହାଣ୍ଡିକୁ ରାସ୍ତା କରରେ ରଖି ଦେଉଥିଲେ। ସେ ରାସ୍ତାରେ ଯାଉଥିବା ଲୋକେ ହାଣ୍ଡିକୁ ପୁରୀ ରାସ୍ତାରେ ଆଉ କିଛି ଦୂରରେ ନେଇ ରଖି ଦେଉଥିଲେ। ଏହିପରି ଡାକରେ ବା ରିଲେ ପଦ୍ଧତିରେ ହାଣ୍ଡି ସବୁ ପୁରୀ ଆଡକୁ ଯାଉଥିଲା। ଭୟରେ ହାଣ୍ଡିରୁ କେହି କିଛି ଚୋରାଉ ନଥିଲେ, କାରଣ ଗୁଜବ ହୋଇଥିଲା ଯେ ହାଣ୍ଡିକୁ ସ୍ଥାନାନ୍ତର କରିବା ବ୍ୟତୀତ ତା ଦେହରୁ କେହି କିଛି ଜିନିଷ ବାହାର କରିବେ ନାହିଁ; ଯେ ହାଣ୍ଡିକୁ ନ ପହଞ୍ଚାଇବ ଅଥବା ତା ଦେହରୁ ଚୋରି କରିବ, ସେ ଯୋଗିନୀ ମୁହଁରେ ପଡ଼ି ମରିବ।

ଗୌରୀଶଙ୍କରଙ୍କୁ ନେଇ ବିଚିତ୍ରାନନ୍ଦ ଏହି ଚମକ୍ରାକୁ ଦେଖିବାକୁ ଗଲେ। କାଠଯୋଡ଼ି କୂଳରେ ସେମାନେ ଗଛମୂଳେ ଏଭଳି ଅନେକ ଗୁଡ଼ିଏ ହାଣ୍ଡି ରହିଥିବାର ଦେଖିଲେ। କେତେକ ଲୋକ ସେଥିରୁ ହାଣ୍ଡି ଉଠାଇ ପୁରୀ ଆଡକୁ ନେଉଥିଲେ; ଗୋଟିଏ ବାଛୁରୀ ହାଣ୍ଡିକୁ ଭାଙ୍ଗି ତା’ ଭିତରୁ ଚାଉଳ ଆମ୍ବ ଖାଉଥିଲା। ଦି ଦିନ ପରେ ସେମାନେ ପୁଣି ସେଠାକୁ ଗଲେ କଣ ହୋଇଛି ଦେଖିବାକୁ। ସେମାନେ ଭାବିଥିଲେ ସେ ସବୁ ହାଣ୍ଡି ସେଠାରୁ ପୁରୀକୁ ଚାଲି ଯାଇଥିବ। କିନ୍ତୁ ସେଠାରେ ପହଞ୍ଚି ଦେଖିଲେ ଯେ କେବଳ ଭଙ୍ଗା ହାଣ୍ଡି ପଡ଼ି ରହିଛି। ପାଖ ଲୋକଙ୍କୁ ପଚାରିବାରୁ ଜଣାଗଲା ଯେ କେତେଜଣ ମଦୁଆ ଆସି ହାଣ୍ଡି ଭାଙ୍ଗି ତା ଭିତରୁ ପଇସା ବାହାର କରିନେଇ ଚାଲିଗଲେ; ଭିଖାରୀମାନେ ଆସି ଚାଉଳ ଆମ୍ବ ନେଇଗଲେ ଏବଂ ବାକି ଯାହା ରହିଲା ଗୋରୁ ଖାଇଗଲେ। ବିଚିତ୍ରାନନ୍ଦଙ୍କ ଠାରୁ ଏ ଖବର ପାଇ ରେଭେନ୍ଶା ଖୁସି ହେଲେ; କହିଲେ, ଏହା ଦୀପିକାରେ ପ୍ରକାଶ କରନ୍ତୁ। ଲୋକଙ୍କର ଅନ୍ଧ ବିଶ୍ୱାସକୁ ଉତ୍ତମ ଶିକ୍ଷା ମିଳିଛି।

ପଚିଶ ତାରିଖ ଦିନ ପୁରୀ ଜିଲ୍ଲା ସ୍କୁଲ ଘରେ ପୁରସ୍କାର ବିତରଣୀ ସଭା ହେଲା। ଏଥିରେ କମିଶନର ରେଭେନ୍ଶା ମୁଖ୍ୟ ଅତିଥ୍ୟ ଥିଲେ ଏବଂ ସଭାରେ ଉପସ୍ଥିତ ଥିଲେ କଲେକ୍ଟର ଆର୍ମଷ୍ଟ୍ରଙ୍ଗ ଓ ସ୍କୁଲ ଡେପୁଟି ଇନ୍ସପେକ୍ଟର, ପୁରୀର ଜମିଦାର, ମହନ୍ତ ଓ ଭଦ୍ରବ୍ୟକ୍ତିମାନେ। ସଭାରେ ସମସ୍ତେ ଯାହାର ଅନୁପସ୍ଥିତି ଲକ୍ଷ୍ୟ କଲେ ସେ ଥିଲେ ପୁରୀ ରାଜା ଦିବ୍ୟସିଂହ। ନିଜେ ସଭାକୁ ନ ଆସି ମୁକ୍ତାର ହାତରେ ଚାଳିଶ ଟଙ୍କା ପଠାଇଥିବା ଆହୁରି କ୍ଷୋଭର ବିଷୟ ଥିଲା।

ଯାହାହେଉ, ଠିକ୍‌ ସମୟରେ ସଭାକାର୍ଯ୍ୟ ଆରମ୍ଭ ହେଲା। ସରକାର ପୁରସ୍କାର ପାଇଁ ଦେଇଥିବା ଟଙ୍କା ବ୍ୟତୀତ ସ୍ଥାନୀୟ ଭଦ୍ରବ୍ୟକ୍ତିଙ୍କ ପାଖରୁ ଯାହା ଚାନ୍ଦା ସଂଗ୍ରହ ହୋଇଥିଲା, ତାହା କୃତୀ ଛାତ୍ରମାନଙ୍କ ମଧ୍ୟରେ ବଣ୍ଟନ ହେଲା। ଏହାପରେ ପିଲାମାନଙ୍କ ଦ୍ୱାରା ଆବୃତ୍ତି ଓ ନାଟ୍ୟାଭିନୟ ହେଲା। ଇଂରାଜୀ ସ୍କୁଲର ପିଲାମାନେ ଶେକ୍ସପିଅରଙ୍କ ଜୁଲିୟସ ସିଜରଙ୍କ ହତ୍ୟାକାଣ୍ଡ ଅଭିନୟ କଲେ। ସଂସ୍କୃତ ବିଦ୍ୟାଳୟର ପିଲାମାନେ ଅଜ ବିଲାପ ଆବୃତ୍ତି କଲେ। ଓଡ଼ିଆ ସ୍କୁଲର ଛାତ୍ରମାନେ ଉପେନ୍ଦ୍ର ଭଞ୍ଜଙ୍କ ବୈଦେହୀଶ ବିଲାସରୁ ବଟଳକୁ ଆଲିଙ୍ଗନ ଛାନ୍ଦ ଗାଇ ଶୁଣାଇଲେ। ଏହାପରେ ଏହି ନାଟ୍ୟଗୀତ ପାଇଁ ପୁଣି ଥରେ ପୁରସ୍କାରମାନ ବଣ୍ଟାଗଲା।

କମିଶନରଙ୍କର ଅନୁରୋଧକ୍ରମେ ପ୍ରଥମେ ଡେପୁଟି କଲେକ୍ଟର ନନ୍ଦକିଶୋର ଦାସ ଓ ତା'ପରେ ସ୍କୁଲ ଡେପୁଟି ଇନ୍ସ୍ପେକ୍ଟର ବକ୍ତୃତା ଦେଲେ। ଡେପୁଟି ଇନ୍ସ୍ପେକ୍ଟର ତାଙ୍କର ବକ୍ତୃତାରେ ପୁରୀ ରାଜାଙ୍କର ସମାଲୋଚନା କରି କହିଲେ ଯେ ରାଜା ନିଜେ ନ ଆସି ମୁକ୍ତୀର ହାତରେ ଟଙ୍କା ପଠାଇବା ଦୁଃଖର ବିଷୟ; ରାଜା ନିଜେ ଆସି କୋଡ଼ିଏ ଟଙ୍କା ଦେଇଥିଲେ, କିମ୍ବା କିଛି ଦେଇ ନ ଥିଲେ ମଧ ଲୋକ ଖୁସି ହୋଇଥାନ୍ତେ। ସେ ଦୁଃଖ କଲେ ଯେ ଦେଶ ହିତକର କାମରେ ରାଜା ଆଗ୍ରହୀ ହେଉନାହାନ୍ତି। ରେଭେନ୍ଶା ତାଙ୍କ ବକ୍ତୃତାରେ ପିଲାମାନଙ୍କୁ ଅନ୍ଧବିଶ୍ୱାସ ଓ କୁସଂସ୍କାରରୁ ଦୂରରେ ରହି, ଆହୁରି ପାଠ ପଢ଼ି ଜଜ୍, ମାଜିଷ୍ଟେଟ ହେବାକୁ କହିଲେ। ପୁରୀ ରାଜାଙ୍କ ବିଷୟରେ ସେ କହିଲେ ଯେ ରାଜା ପାଖରେ ଭଲ ଲୋକଙ୍କୁ ନ ରଖ୍ୟ ନୀଚ ବଂଶଜ, ନୀଚାଶୟ ଓ ଖୋସାମଟିଆ ଲୋକଙ୍କ ଦ୍ୱାରା ପରିବେଷ୍ଟିତ ହୋଇ ରହିଛନ୍ତି। ରେଭେନ୍ଶା ପୁଣି କହିଲେ, ଘର ଭିତରେ ଦୁଆର କିଳି ମହାରାଜା ବୋଲାଇଲେ କେହି ମହାରାଜା ହୁଅନ୍ତି ନାହିଁ। ପୂର୍ବେ ରାଜା ବାଳକ ଥିଲେ; ଏବେ ୧୮ ବର୍ଷ ପୂରି ପ୍ରାପ୍ତବୟସ୍କ ହେଲେଣି। ତଥାପି ଖୋସାମଟିଆଙ୍କ କଥାରେ ଭୁଲୁଛନ୍ତି, ଏ ଅତି ନିନ୍ଦାର କଥା।

ଶେଷରେ ରେଭେନ୍ଶା ଉପସ୍ଥିତ ସମସ୍ତଙ୍କୁ ଜଣାଇଲେ ଯେ ସେଦିନ ମହାରାଣୀ ଭିକ୍ଟୋରିଆଙ୍କ ଜନ୍ମଦିନ ଥିଲା। ସେ ଉଚ୍ଚସ୍ୱରେ ଲଙ୍ଗ ଲିଭ ଦି କ୍ୱିନ ବୋଲି କହିଲେ ଏବଂ ସମସ୍ତେ ହିପ୍‌ହିପ୍ ହୁରେ କରି ତାଙ୍କର ସମର୍ଥନ କଲେ। ସଭାଭଙ୍ଗ ହେଲାବେଳକୁ ରାତି ହୋଇ ସାରିଥିଲା ଏବଂ ସମସ୍ତେ ନିଜ ନିଜ ଘରକୁ ବାହୁଡ଼ିଲେ। ଫେରିଲାବେଳେ ସମସ୍ତେ ଯାହା ଆଲୋଚନା କରୁଥିଲେ ତାହା ମହାରାଣୀଙ୍କ ଜନ୍ମଦିନ। ଅଥବା ପୁରସ୍କାର ବିତରଣୀ ବିଷୟରେ ନ ଥିଲା। ଚାକରମାନଙ୍କ ଦ୍ୱାରା ପରିଚାଳିତ ହୋଇ ଦିବ୍ୟସିଂହ କିପରି ବିପଥଗାମୀ ହୋଇଯାଇଛି, ତାହା ହିଁ ଥିଲା ଆଲୋଚନାର ବିଷୟ।

ଯାହା ବିଷୟରେ ଏତେ ଆଲୋଚନା ହୋଇଗଲା ସେହି ଦିବ୍ୟସିଂହ ବର୍ତ୍ତମାନ ଅଫିମ ନିଶାରେ ଭୋଳ ହୋଇ ନୂଆ ବାହା ହୋଇଥିବା ରାଣୀ ସହିତ ଶୋଇଥିଲା। ମାସେ ଆଗରୁ ତାର ବିବାହ ହୋଇଥିଲା ରାଜପୁର ରାଜାଙ୍କ ଝିଅ ନୀଳାଦ୍ରି ସହିତ। ବିବାହ ଖୁବ୍ ଜାକଜମକରେ ହୋଇଥିଲା ଏବଂ ପୁରୀ ସହର ପାଇଁ ଏହା ଥିଲା ଏକ ସ୍ମରଣୀୟ ଘଟଣା। ବାଣ, ରୋଶନୀ, ଗୀତବାଦ୍ୟ, ଶଙ୍ଖଧ୍ୱନି, ହୁଲହୁଲି, ବୈଷ୍ଣବ ଭୋଜନ, ବାଇନାଚ ଏବଂ କଲେକ୍ଟର ହାତୀ ଉପରେ ବସି ଏସବୁ ଉପଭୋଗ କରୁଥିବାର ଦୃଶ୍ୟ ଦିବ୍ୟସିଂହ ଏ ପର୍ଯ୍ୟନ୍ତ ଭୁଲି ନଥିଲା।

ପୁରୀ: ଜୁଲାଇ ୧୮୭୩

ମେ ମାସରେ ପୁରୀର କଲେକ୍ଟର ହୋଇ ଯୋଗଦେଲେ ଜେ.ଏସ୍. ଆର୍ମଷ୍ଟ୍ରଙ୍ଗ । ସେ ଓଡ଼ିଶାକୁ ପ୍ରାୟ ଦଶ ବର୍ଷ ତଳେ ଆସିଥିଲେ, ଦୁର୍ଭିକ୍ଷ ବେଳେ ଯାଜପୁରରେ ଭଲ କାମ କରିଥିଲେ, ତଥା ଓଡ଼ିଆ ଭଲ କହିପାରୁଥିଲେ । ତାଙ୍କୁ ଯଦିଓ ଲୋକମାନେ ଆଡ଼ୁଆପାଗଲା ବୋଲି କହୁଥିଲେ, ଭଲ ଅଫିସର ଭାବରେ ତାଙ୍କର ନାଁ ଥିଲା । ପ୍ରତିଟି ଜିନିଷକୁ ତନ୍ନ ତନ୍ନ କରି ପଢ଼ି, ଆଲୋଚନା କରି ସେ କାମ କରୁଥିଲେ । ବର୍ତ୍ତମାନ କଲେକ୍ଟର ଭାବେ ଯୋଗ ଦେଉ ଦେଉ ହିଁ ତାଙ୍କ ମୁଣ୍ଡ ଉପରେ ଆଗାମୀ ରଥଯାତ୍ରାର ଦାୟିତ୍ୱ ପଡ଼ିଲା ।

ତା ପୂର୍ବରୁ ମନ୍ଦିରର ଆଉ ଗୋଟିଏ ସମସ୍ୟା ମଧ୍ୟ ସମାଧାନ କରିବାର ଥିଲା । ସେଇଟି ହେଲା ଜଗନ୍ନାଥ ମନ୍ଦିରର ପେଜନଳା । ମନ୍ଦିର ରୋଷେଇଘରୁ ଯେଉଁ ନଳାରେ ପେଜ ଆସି ବାହାରେ ପଡ଼ୁଥିଲା, ସେଇଟି ଭଲ ଅବସ୍ଥାରେ ନ ଥିବାରୁ ସ୍ୱାସ୍ଥ୍ୟରକ୍ଷାର ସମସ୍ୟା ଉପୁଜିଥିଲା । ଏଥିପାଇଁ ବର୍ଷକ ତଳେ ପୁରୀ ରାଜାଙ୍କୁ ସାନିଟେସନ ନିୟମ ଅନୁସାରେ ଏକ ଟଙ୍କା ଜୋରିମାନା ହୋଇଥିଲା । ତା ସତ୍ତ୍ୱେ ପେଜନଳା ମରାମତି ନ କରିବାରୁ ଆର୍ମଷ୍ଟ୍ରଙ୍ଗଙ୍କ ପୂର୍ବବର୍ତ୍ତୀ କଲେକ୍ଟର ଗେଡ଼ିସ୍ ରାଜାଙ୍କୁ ନୋଟିସ୍ ଦେଇଥିଲେ । ଏ ନୋଟିସରେ କୁହାଯାଇଥିଲା ଯେ ଯଦିଓ ହେଲ୍‌ଥ ଅଫିସର ମନ୍ଦିର ବାହାରେ ପେଜ ପଡ଼ିବା ଜାଗାରେ ଗୋଟିଏ କୁଣ୍ଡ କରି ଦେଇଛନ୍ତି, ମନ୍ଦିର ଭିତର ଭାଗରେ ଥିବା ନଳା ମରାମତି ହୋଇ ନ ଥିବାରୁ ପେଜ ମଇଳା ହୋଇ ଅନେକ ସମୟ ପରେ ବାହାରକୁ ଆସୁଛି । ନଳାକୁ ଠିକ୍ କରିବା ପାଇଁ ରାଜାଙ୍କୁ ୧୮ ଦିନ ସମୟ ଦିଆଗଲା ଏବଂ ଏହା ମଧ୍ୟ ଆଦେଶ ହେଲା ଯେ ପ୍ରତିଦିନ କ'ଣ କ'ଣ କାମ କରାହେଲା ସେ ବିଷୟରେ ସେ କଲେକ୍ଟରଙ୍କୁ ଏକ ଦୈନିକ ରିପୋର୍ଟ ଦେବେ ।

ତଥାପି ଏ ଦିଗରେ କୌଣସି ପଦକ୍ଷେପ ନ ନେବାରୁ ରାଜାଙ୍କ ନାଁରେ ସାନିଟେସନ ନିୟମ ଅନୁସାରେ ମକଦ୍ଦମା ହେଲା । ଏହାପରେ ଭୟରେ ରାଜା କିଛି କାମ କରାଇଲେ ଏବଂ ଜଣାଇଲେ ଯେ ପ୍ରତିଦିନ ରନ୍ଧା କାମ ଚାଲି ପେଜ ବାହାରୁଥିବାରୁ ନଳା ମରାମତି କାମ ସମ୍ଭବ ନୁହେଁ । ରଥଯାତ୍ରା ବେଳେ ରୋଷଘର ବନ୍ଦ ରହିଲେ ସେ ମରାମତି କାମ ପୂରା କରିଦେବେ । ଆର୍ମଷ୍ଟ୍ରଙ୍ଗ ରଥଯାତ୍ରା ପରେ ଏ ବିଷୟ ବୁଝିବେ ବୋଲି ନୋଟ କରି ରଖିଲେ ।

ରଥଯାତ୍ର କିପରି ସୁରୁଖୁରୁରେ ହେବ, ସେଥିପାଇଁ ସେ ପ୍ରଥମେ ସେରିଷ୍ତାଦାର ରାମପ୍ରସାଦ ସିଂହଙ୍କୁ ଡାକି ତାଙ୍କ ପାଖକୁ ଜଗନ୍ନାଥଙ୍କର ନୀତିମାନଙ୍କର ତାଲିକା କଲେ ଏବଂ କେଉଁ ନୀତିଟି କେତେବେଳେ ପାଳିବା କଥା ତାହା ଟିପି ରଖିଲେ । ଅଫିସରମାନଙ୍କର ଗୋଟିଏ ସଭା ଡାକି ସେ ତାଲିକା ତିଆରି କଲେ କେଉଁ କେଉଁ ବିଷୟ ପ୍ରତି ବିଶେଷ ଧ୍ୟାନ ଦେବାକୁ ହେବ । ସେଗୁଡ଼ିକ ହେଲା– ଯାତ୍ରୀମାନଙ୍କ ପାଇଁ ଘାଟ ସୁବିଧା, ସେମାନଙ୍କ ରହିବା ବ୍ୟବସ୍ଥା, ସ୍ୱାସ୍ଥ୍ୟରକ୍ଷା ଓ ଔଷଧ ଏବଂ ଦର୍ଶନର ସୁବିଧା । କେଉଁ ଅଫିସର କି ଦାୟିତ୍ୱରେ ରହିବେ ତାହା ନିର୍ଦ୍ଦିଷ୍ଟ ହୋଇଗଲା । ରାଜାଙ୍କୁ ନିର୍ଦ୍ଦେଶ ଦିଆଗଲା ଯେ ସେ ସ୍ନାନଯାତ୍ରାର ପୂର୍ବଦିନ ସବୁ ବଦୋବସ୍ତ କରି ରଖିବେ ଯେପରିକି ପୂର୍ଣ୍ଣିମା ଦିନ ସକାଳ ନ'ଟାରେ ମୂର୍ତ୍ତିମାନେ ସ୍ନାନମଣ୍ଡପରେ ଆସି ବିଜେ ହେବେ । ଡେପୁଟି କଲେକ୍ଟର କେଦାରନାଥ ଦତ୍ତ ଓ ନନ୍ଦକିଶୋର ଦାସଙ୍କ ଉପରେ ଦାୟିତ୍ୱ ରହିଲା ଯେ ସେମାନେ ମନ୍ଦିର ଭିତରକୁ ଯାଇ ବ୍ୟବସ୍ଥା ଦେଖି ତାଙ୍କୁ ସବୁକଥା ଜଣାଇବେ ।

ପୂର୍ଣ୍ଣିମା ଦିନ ସକାଳ ଠିକ୍ ନ'ଟା ବେଳେ ଆର୍ମଷ୍ଟ୍ରଙ୍ଗ ଘୋଡ଼ା ଚଢ଼ି ସିଂହଦ୍ୱାର ପାଖରେ ପହଞ୍ଚିଲେ । ଦେଖିଲେ ଯେ ଏତେ ବ୍ୟବସ୍ଥା ସତ୍ତ୍ୱେ ମନ୍ଦିର କବାଟ ବନ୍ଦ ଅଛି ଏବଂ ବାହାରେ ହଜାର ହଜାର ଯାତ୍ରୀ ଦର୍ଶନ ଅପେକ୍ଷାରେ ରହିଛନ୍ତି । ଘୋଡ଼ା ଚଢ଼ି ଆର୍ମଷ୍ଟ୍ରଙ୍ଗ ମନ୍ଦିର ଚାରିପାଖେ ବୁଲି ଦେଖିଲେ ଯେ ଆଉ ତିନୋଟି ଯାକ କବାଟ ବି ବନ୍ଦ ଥିଲା । ପୋଲିସକୁ ଭିଡ଼ ସମ୍ଭାଳିବାକୁ କହି ଆର୍ମଷ୍ଟ୍ରଙ୍ଗ ସିଧା କଚେରୀକୁ ଗଲେ ଏବଂ ପୁରୀ ରାଜାଙ୍କ ନାଁରେ ଗୋଟିଏ କେସ୍ ଆରମ୍ଭ କରି ତାଙ୍କ ପାଖକୁ ସମନ ପଠାଇଲେ ।

ପୋଲିସ ନଅରରେ ଯାଇ ସମନ ଦେଇ ରାଜାଙ୍କ ମୁକ୍ତାରକୁ ଧରି ଆଣିଲା । ରଥଯାତ୍ରାରେ ଅବ୍ୟବସ୍ଥା ସୃଷ୍ଟି କରୁଥିବାରୁ ରାଜାଙ୍କ ଉପରେ ଦଶ ଟଙ୍କାର ଜୋରିମାନା ହେଲା । ଆର୍ମଷ୍ଟ୍ରଙ୍ଗ ଏହା ମଧ୍ୟ ଆଦେଶ କଲେ ଯେ ଯଦି କାଲିଠାରୁ ପୂଜାରେ କିମ୍ବା ରଥରେ କୌଣସି ବିଳମ୍ବ ବା ଅସାବଧାନତା ଦେଖାଯାଏ, ତେବେ ପ୍ରତିଟି ଦୋଷ ପାଇଁ ରାଜାଙ୍କୁ ଶହେ ଟଙ୍କା ଲେଖାଏଁ ଜୋରିମାନା କରାଯିବ ।

ସ୍ନାନପୂର୍ଣ୍ଣିମା ଦିନ ଏଗାରଟା ବେଳେ ପହଣ୍ଡି ହେଲା, ତିନିଟା ବେଳେ ନୀତି ବଢ଼ିଲା ଏବଂ ପାଞ୍ଚଟା ବେଳେ ମନ୍ଦିର କବାଟ ଫିଟିଲା । ଏ ଦିନର ସବୁ କାର୍ଯ୍ୟକ୍ରମ ଏପରି ଭାବେ ବିଳମ୍ବରେ ହୋଇଥିଲା । ତେବେ ପରଦିନ ଠାରୁ ସବୁ ନୀତି ଠିକ୍ ସମୟରେ ହେଲା । ନବଯୌବନ ଦିନ ଅଫିସରମାନଙ୍କ ତତ୍ତ୍ୱାବଧାନରେ ରାତି ଗୋଟାଏ ବେଳେ କବାଟ ଫିଟିଲା ଓ ସକାଳ ନ'ଟା ସୁଦ୍ଧା ପ୍ରାୟ ଲକ୍ଷେ ଯାତ୍ରୀ ଯାଇ ସୁବିଧାରେ ଦର୍ଶନ କଲେ । ଗୁଣ୍ଡିଚା ଦିନ ଠିକ୍ ଛଅଟା ବେଳେ ତିନି ଠାକୁର ରଥ ଉପରେ ପହଣ୍ଡି କଲେ । ନିଜେ ଆର୍ମଷ୍ଟ୍ରଙ୍ଗ ଠିଆହୋଇ ରହି ସବୁ ବ୍ୟବସ୍ଥା ଦେଖିଲେ । ରଥ କିପରି ଶୀଘ୍ର ଗୁଣ୍ଡିଚା ଘରେ ପହଞ୍ଚିବ, ସେଥିପାଇଁ ବ୍ୟବସ୍ଥା କରାଗଲା ଏବଂ ତିନିଦିନ ପରେ ରାତି ଦୁଇଟା ବେଳେ ଠାକୁରମାନେ ପହଣ୍ଡି ବିଜେକରି ଗୁଣ୍ଡିଚା ମନ୍ଦିରରେ ପ୍ରବେଶ କଲେ ।

ଏହିପରି ଭାବରେ ଅତି ଶୃଙ୍ଖଳାର ସହିତ ରଥଯାତ୍ରା ନିର୍ବାହ ହେଲା। ଲକ୍ଷାଧିକ ଯାତ୍ରୀ ସମାଗମ ହୋଇଥିଲେ ହେଁ ଏହି ସମୟରେ ମାତ୍ର ଦୁଇଟି ପୋଲିସ କେସ୍ ହୋଇଥିଲା। ଖୋର୍ଦ୍ଧା କାନୁନଗୋର ଭାଇ ଜଣେ ସ୍ତ୍ରୀ ଲୋକର କୁଚ ମର୍ଦ୍ଦନ କରିଥିବାରୁ ତାକୁ ଦୁଇ ମାସ ଜେଲ ହେଲା ଏବଂ ଜଣେ ଚୋର ରଥ ଉପରେ ଜଣେ ପଣ୍ଡିମା ସ୍ତ୍ରୀ କାନରୁ ଅଳଙ୍କାର ଛିଣ୍ଡାଇ ନେବାବେଳେ ଧରାପଡ଼ି ମାସେ ଜେଲ ଦଣ୍ଡ ପାଇଲା। କିଛିଦିନ ପରେ ବାହୁଡ଼ା ଯାତ୍ରା ମଧ ସେତିକି ଶୃଙ୍ଖଳାର ସହିତ ହୋଇଗଲା। ପ୍ରଥମ ଥର ପାଇଁ ଠାକୁରମାନେ ଯାତ୍ରା ନିର୍ବାହ କରି ବାର ଦିନ ଭିତରେ ଶ୍ରୀମନ୍ଦିର ରତ୍ନ ସିଂହାସନ ଉପରକୁ ଫେରିଆସିଲେ।

ଏଥିପାଇଁ ସମସ୍ତେ ଆର୍ମଷ୍ଟ୍ରଙ୍କୁ ପ୍ରଶଂସା କଲେ। କାରଣ ଏଭଳି ସୁନିୟନ୍ତ୍ରିତ ରଥଯାତ୍ରା କେହି ଆଗରୁ ଦେଖି ନ ଥିଲେ। ଏହାପରେ କେତେ ଲୋକ କହିଲେ ଯେ ମାଲିକାରେ ଯାହା ଲେଖାଥିଲା ସତ ଉପୁଜିବ ସତରକୁ, ବୋଧହୁଏ ସତର ଅଙ୍କରେ ଏଭଳି ସୁରୁଖୁରୁରେ ରଥଯାତ୍ରା ହେବାକୁ ଲେଖାଥିଲା। ଭିନ୍ନ ଭିନ୍ନ ଲୋକ ଭିନ୍ନ ଭିନ୍ନ କାରଣରୁ ସତ ଉପୁଜିଲା ବୋଲି କହିଲେ, ଯଥା, ପ୍ରଜାମାନେ ଜମିଦାରଙ୍କର ଦୌରାତ୍ମ୍ୟ ନିବାରଣର ଉପାୟ ହେବାରୁ, ମାରୁଆଡ଼ିମାନେ ଇନକମ୍ ଟାକ୍ସ ଉଠିଯିବାରୁ, ସତ ଉପୁଜିଲା ବୋଲି ଭାବିଲେ। ତେବେ ପୁରୀର ଜଣେ ପଣ୍ଡିତ ପାଣ୍ଡିତ୍ୟପୂର୍ଣ୍ଣ ବ୍ୟାଖ୍ୟା କରି କହିଲେ, ଆମ୍ୱକୁ ଲୋକେ ସତ୍ୟଫଳ ବୋଲି କହନ୍ତି। ଏବର୍ଷ ବହୁତ ଆମ୍ୱ ଫଳିଥିବାରୁ ବାସ୍ତବରେ ସତ ଉପୁଜିଲା କହିବାକୁ ହେବ!

ବାଲେଶ୍ୱର: ଅକ୍ଟୋବର ୧୮୭୩

ଜୁଲାଇ ମାସରେ ସୁନ୍ଦର ନାରାୟଣ ହଇଜା ରୋଗରେ ମରିଗଲେ। ଏହି ଘଟଣାଟି ଯେ ରାଧାନାଥଙ୍କୁ କେବଳ ଭୟଙ୍କର ବିଷାଦଗ୍ରସ୍ତ କରିଦେଲା ତା ନୁହେଁ, ସେ ଏକ ଅଭୁତ ମନସ୍ଥିତିରେ ପଡ଼ିଗଲେ। ପିଲାଦିନେ ଅନେକ ସମୟରେ ବାପାଙ୍କ ଉପରେ ବିରକ୍ତ ହୋଇ ସେ ତାଙ୍କର ମୃତ୍ୟୁ କାମନା କରୁଥିଲେ। ବର୍ତ୍ତମାନ ରାଧାନାଥଙ୍କର ମନେହେଲା ସେ ନିଜେ ଯେପରି ତାଙ୍କ ବାପାଙ୍କର ମୃତ୍ୟୁ ପାଇଁ କେଉଁ ଭଳି ଦାୟୀ। ବାପାଙ୍କର ମୃତ୍ୟୁ ପରେ ତାଙ୍କ ଉପରୁ ଅନୁଶାସନର ନିୟନ୍ତ୍ରଣ ଉଠି ଯାଇଥିବାରୁ ମନ ଭିତରେ ଯେଉଁ ଆନନ୍ଦ ଉପ୍ପୁକୁଥିଲା, ସେଥିପାଇଁ ମଧ୍ୟ ରାଧାନାଥ ଲଜ୍ଜା ଅନୁଭବ କରୁଥିଲେ।

ଏହି ଅବସରରେ ସମସ୍ତେ ତାଙ୍କୁ ଦେଖା କରିବାକୁ ଆସିଥିଲେ। ନୀଳଗିରିରୁ ଫକୀରମୋହନ ଆସି ତାଙ୍କୁ ଜୀବନର ଅନିତ୍ୟତା ଇତ୍ୟାଦି ବିଷୟରେ ନୀତିବାକ୍ୟ ଶୁଣାଇଲେ। କୁମାର ବୈକୁଣ୍ଠ ନାଥ ଏବଂ ତାଙ୍କର ପିତା ରାଜା ଶ୍ୟାମାନନ୍ଦ ମଝିରେ ମଝିରେ ଆସି ପରିବାରର ଭଲମନ୍ଦ ବୁଝି ଗଲେ। କଲେକ୍ଟରଙ୍କ ଚପରାସୀ ଆସି ରାଧାନାଥଙ୍କୁ ସମ୍ବେଦନାସୂଚକ ଚିଠି ଦେଇଗଲା, ଯେଉଁଥିରେ ବାମସ ଲେଖିଥିଲେ:

ମୋର ପ୍ରିୟ ରାଧାନାଥ,

ତୁମ ପିତାଙ୍କ ମୃତ୍ୟୁର ଶୋକାବହ ବାର୍ତ୍ତା ଶୁଣି ମୁଁ ବାସ୍ତବିକ ମର୍ମାହତ ହୋଇଅଛି। ସେ ଅତ୍ୟନ୍ତ ବିଚକ୍ଷଣ ଓ ପରିଶ୍ରମୀ ଉକ୍ତୃଷ୍ଟ ରାଜ କର୍ମଚାରୀ ଥିଲେ ଏବଂ ସର୍ବଦା ମୋତେ ବହୁ ସାହାଯ୍ୟ କରୁଥିଲେ। ମୁଁ ବହୁଦିନ ପୂର୍ବେ ମୋ ପିତାଙ୍କୁ ହରାଇଥିଲି, କିନ୍ତୁ ଏ ପର୍ଯ୍ୟନ୍ତ ତାଙ୍କ ପାଇଁ ଶୋକରୁ ବିରତ ହୋଇ ନାହିଁ। ସେଥିପାଇଁ ମୁଁ ତୁମ୍ଭ ପାଇଁ ଗଭୀର ସମବେଦନା ଅନୁଭବ କରୁଛି।

ଶୁଦ୍ଧି ଶ୍ରାଦ୍ଧାଦି ପରେ ବାହାରକୁ ବାହାରିବା ମାତ୍ରେ ଆସି ମୋ ସଙ୍ଗେ ଦେଖା କରିବ। ତୁମ୍ଭ କକାମାନଙ୍କ ବିଷୟରେ ଯଦିଓ ବର୍ତ୍ତମାନ କୌଣସି ପ୍ରତିଶ୍ରୁତି ଦେଇପାରୁନାହିଁ, ତୁମ୍ଭେ ଜାଣ ଯେ ତୁମ୍ଭକୁ ଏବଂ ତୁମ୍ଭ ପରିବାରକୁ ଏଭଳି ଶୋକାବହ ପରିସ୍ଥିତିରେ ଯଥାଶକ୍ତି ସାହାଯ୍ୟ କରିବାରେ କୁଣ୍ଠିତ ହେବି ନାହିଁ।

ତୁମର ସହୃଦୟ ବନ୍ଧୁ
ଜନ ବ୍ୟାମ୍ସ

ସୁନ୍ଦର ନାରାୟଣଙ୍କ ମୃତ୍ୟୁ ପରେ ସମଗ୍ର ପରିବାରର ଭାର ରାଧାନାଥଙ୍କ ଉପରେ ପଡ଼ିଲା। ସେ ଯାଇ ବ୍ୟାମ୍ସଙ୍କୁ ଦେଖା କରିବାରେ ବ୍ୟାମ୍ସ ତାଙ୍କର କକା ବଳରାମ ଓ ରମାନାଥଙ୍କୁ ସରକାରୀ ଚାକିରିରେ ରଖାଇ ଦେଲେ।

କିଛିଦିନ ପରେ ଯେତେବେଳେ ଫକୀରମୋହନ ଆସି ତାଙ୍କ ସହିତ ଦେଖାକଲେ, ରାଧାନାଥ ତାଙ୍କୁ ସାଙ୍ଗରେ ନେଇ ଗଡ଼ଗଡ଼ିଆ ଘାଟରେ ବସି ଅନେକ ରାତି ପର୍ଯ୍ୟନ୍ତ ଗଳ୍ପ କଲେ। ସେଠାରୁ ଫେରିବାବେଳେ ସେ ହୃଦୟଙ୍ଗମ କଲେ ଯେ ପ୍ରକୃତରେ ସେ ସୁନ୍ଦର ନାରାୟଣଙ୍କର ଅନୁଶାସନରୁ ମୁକ୍ତ ହୋଇଯାଇଛନ୍ତି। ସେ ବଞ୍ଚିଥିବା ବେଳେ ଏତେ ଡେରିରେ ଘରକୁ ଫେରିବା ରାଧାନାଥଙ୍କ ପକ୍ଷରେ ସମ୍ଭବ ନ ଥିଲା। ଘରେ ପହଞ୍ଚି ରାଧାନାଥ ନିଶ୍ୱାସ ନେବାରେ କଷ୍ଟ ଅନୁଭବ କଲେ। ଶ୍ୱାସ ରୋଗ ଥିବା ହେତୁ ତାଙ୍କର ମଝିରେ ମଝିରେ ଏ ସମସ୍ୟା ହେଉଥିଲା। ଆଜି କିନ୍ତୁ ତାଙ୍କର ମନେ ହେଲା ବାପାଙ୍କୁ ଅବଜ୍ଞା କରିଥିବାରୁ ଏ ତାଙ୍କର ଶାସ୍ତି। ଶ୍ୱାସ କଷ୍ଟ ପାଇଁ ବାପା ତାଙ୍କୁ ଅଫିମ ଖାଇବାପାଇଁ କହିଥିଲେ, କିନ୍ତୁ ଠିକ୍ କେତେ ପରିମାଣରେ ଅଫିମ ଖାଇବାକୁ ହେବ, ଏ ବିଷୟରେ ତାଙ୍କର କଠୋର ନିର୍ଦ୍ଦେଶ ଥିଲା। ରାଧାନାଥ ତାଙ୍କ ଡବା ଖୋଲି ଆଉ ଗୋଟିଏ ଗୁଳା ଅଫିମ ନେଲେ। କଷ୍ଟ ଉପଶମ ନ ହେବାରୁ, ଅଥବା ଜାଣି ଶୁଣି ପିତାଙ୍କର ଆଦେଶକୁ ଅବଜ୍ଞା କରିବା ପାଇଁ, ରାଧାନାଥ ଆଜି ଆଉ ଗୁଳାଏ ଅଫିମ ଖାଇଦେଲେ। କଷ୍ଟର ଉପଶମ ହେଲା ଏବଂ ଅଫିମ ନିଶାର ଏକ ଅପୂର୍ବ ଆନନ୍ଦ ମଧ୍ୟ ଅନୁଭବ ହେଲା। କିନ୍ତୁ ଏଇ ସମୟରେ ସୁନ୍ଦର ନାରାୟଣ ଆସି ରାଧାନାଥଙ୍କ ଆଗରେ ଠିଆ ହୋଇଗଲେ। ସେ ଚୁପ୍ ଥିଲେ, କିନ୍ତୁ ତାଙ୍କର ଆଖି ଏବଂ ତାଙ୍କର ମୁଣ୍ଡ ହଲାଇବାରୁ ଜଣାଯାଉଥିଲା ଯେ ସେ ରାଧାନାଥଙ୍କର କାର୍ଯ୍ୟକଳାପକୁ ନାପସନ୍ଦ କରୁଛନ୍ତି।

ରାଧାନାଥ ଏଥରକ ନିଜ କାମରେ ମନଯୋଗ ଦେଲେ। ସ୍କୁଲ ଡେପୁଟି ଇନ୍‌ସ୍‌ପେକ୍ଟର ଭାବରେ ତାଙ୍କୁ ଜିଲ୍ଲାରୁ ସବୁ ସ୍କୁଲ ଯାଇ ଦେଖିବାକୁ ହେଉଥିଲା ଏବଂ ଜିଲ୍ଲା ଶିକ୍ଷା ସମିତି ପାଇଁ ମଧ୍ୟ କାମ କରିବାକୁ ହେଉଥିଲା। ଏଇ ସମୟରେ ମଧୁସୂଦନ ରାଓ ପାଖରୁ ବାରମ୍ବାର ଚିଠି ଆସୁଥିଲା ତା ପାଇଁ ଗୋଟିଏ ଭଲ ଚାକିରି କରାଇ ଦେବାପାଇଁ।

ଏଫ୍.ଏ. ପଢ଼ିବା ବେଳେ ମଧୁ ଓ ପ୍ୟାରୀମୋହନ ଦୁହେଁ ଦର୍ଶନ ଅଧ୍ୟାପକ ହରନାଥ ଭଟ୍ଟାଚାର୍ଯ୍ୟଙ୍କ ପ୍ରଭାବରେ ଆସି ବ୍ରାହ୍ମଧର୍ମ ଗ୍ରହଣ କରିଥିଲେ ଓ ଉପବୀତ ପରିତ୍ୟାଗ କରିଥିଲେ। ଏଥୁ ଯୋଗୁ ମଧୁର ପିତାଙ୍କ ସହିତ ମନୋମାଳିନ୍ୟ ହୋଇଥିଲା। ଭାଗୀରଥ ରାଓ ନିଜେ ନୈଷ୍ଠିକ ହିନ୍ଦୁ ଥିଲେ; ପ୍ରତିଦିନ ସକାଳେ ସ୍ନାନ ସାରି ପାଞ୍ଚଟି ଗଛରେ ପାଣି ଦେଇ ପୂଜା କରୁଥିଲେ ଏବଂ ନିର୍ମାଲ୍ୟ ସେବାପରେ ହିଁ ଜଳସ୍ପର୍ଶ କରୁଥିଲେ। ମଧୁ ଧର୍ମତ୍ୟାଗ କରିବା ଖବର ପାଇ ପ୍ରଥମେ ଭାଗୀରଥ ତା ପାଖକୁ ଚିଠି ଲେଖିଲେ ଏବଂ ଶେଷରେ ନିଜେ କଟକ ଗଲେ, କିନ୍ତୁ ମଧୁ ନିଜ ନିଷ୍ଠାରେ ଅଟଳ ରହିଲା।

ମଧୁ ପାଇଁ ଅନ୍ୟ ଏକ ଦୁଃଖଦ ଘଟଣା ଥିଲା ପ୍ୟାରୀମୋହନ ସ୍କୁଲରୁ ବିତାଡ଼ିତ ହେବା। ନିଜର ହାତଲେଖା ପତ୍ରିକାରେ ଇଂରେଜମାନଙ୍କ ବିରୁଦ୍ଧରେ ଗୋଟିଏ ଲେଖା ଲେଖିଥିବାରୁ ପ୍ୟାରୀମୋହନ ସ୍କୁଲରୁ ବହିଷ୍କୃତ ହୋଇଥିଲା। ସେ କିନ୍ତୁ ଏ ବିଷୟରେ ବିଚଳିତ ନ ଥିଲା ଏବଂ ନିଜର ସବୁ ସମୟ ଲଗାଉଥିଲା ଗୋଟିଏ ପତ୍ରିକା ପ୍ରକାଶ କରିବା ଚେଷ୍ଟାରେ। ପ୍ୟାରୀମୋହନର ଉତ୍ସାହ ମଧୁକୁ ସବୁବେଳେ ଉଦ୍‌ବୋଧିତ କରୁଥିଲା।

ଏଫ୍.ଏ. ପାସ୍ କରିବା ପରେ ଅଠର ବର୍ଷ ବୟସରେ ମଧୁକୁ ଚାକିରି ଖୋଜିବାକୁ ହେଲା, କାରଣ କଲିକତା ଯାଇ ବି.ଏ. ପଢ଼ିବା ପାଇଁ ସମ୍ବଳ ନ ଥିଲା। ଅନେକ କଷ୍ଟରେ ଶେଷକୁ ଯାଜପୁରର ମଧ୍ୟଇଂରାଜୀ ସ୍କୁଲର ପ୍ରଧାନ ଶିକ୍ଷକ ପଦ ମିଳିଲା। ତେବେ ଏ ସ୍କୁଲର ଶିକ୍ଷକତା ମଧୁକୁ ଭଲ ଲାଗୁ ନ ଥିଲା, କାରଣ ସ୍କୁଲର ଅନେକ ଛାତ୍ର ତା ଠାରୁ ବୟସରେ ବଡ଼ ଥିଲେ ଏବଂ ସେମାନେ ଏଇ ଅଳ୍ପବୟସ୍କ ଖର୍ବକାୟ ପିଲାଟିକୁ ଆଦୌ ମାନୁ ନ ଥିଲେ।

ସେତେବେଳେ ବାଲେଶ୍ୱର ଜିଲ୍ଲାର ଶିକ୍ଷା ସମିତିର ସଭାପତି ଥିଲେ କଲେକ୍ଟର ଜନ ବୀମସ। ରାଧାନାଥ ତାଙ୍କୁ କହି ମଧୁ ପାଇଁ ବାଲେଶ୍ୱର ଜିଲ୍ଲା ସ୍କୁଲର ଦ୍ୱିତୀୟ ଶିକ୍ଷକ ଚାକିରିଟି କରାଇ ଦେଲେ। ନିଯୁକ୍ତି ପତ୍ର ପାଇ ମଧୁ ଆସି ବାଲେଶ୍ୱରରେ ପହଞ୍ଚିଲା। ତା ସାଙ୍ଗରେ ଥିଲେ ନିଜର ସ୍ତ୍ରୀ, ବିମାତା ତୁଳସୀ ବାଇଙ୍କର ଭଉଣୀ, ଛୋଟ ଭାଇ ଜଗନ୍ନାଥ ଓ ତା'ର ସ୍ତ୍ରୀ। ସେମାନେ ପ୍ରଥମେ ଆସି ରାଧାନାଥଙ୍କ ଘରେ ଉଠିଲେ। ପରଦିନ ଯେତେବେଳେ ମଧୁ ସ୍କୁଲରେ ଯୋଗ ଦେବାକୁ ଗଲା, ତାକୁ କୁହାଗଲା ଯେ ସେ ଚାକିରିଟି ପାଇବ ନାହିଁ; ଇନ୍‌ସ୍ପେକ୍ଟର ହପକିନ୍‌ସ କଲିକତାରୁ ଜଣାଇଥିଲେ ଯେ ମଧୁକୁ ନିଯୁକ୍ତି ଦେବା ବୀମସଙ୍କର କ୍ଷମତା ବହିର୍ଭୂତ ଥିଲା !

ସୌଭାଗ୍ୟକୁ ଅଗଷ୍ଟ ମାସରେ କମିଶନର ରେଭେନ୍‌ସା ତିନିମାସର ଛୁଟିନେଇ ଚାଲିଗଲେ ଏବଂ ତାଙ୍କ ଜାଗାରେ ଅସ୍ଥାୟୀ ଭାବରେ ନିଯୁକ୍ତି ପାଇଲେ ବୀମସ। କଟକରେ ଯୋଗ ଦେଇ କମିଶନର ବୀମସ ନିଜର କ୍ଷମତା ବଳରେ ହପକିନ୍‌ସଙ୍କ ଆଦେଶକୁ ନାକଚ କରି ଦେଲେ ଏବଂ ଡେପୁଟି ଇନ୍‌ସ୍ପେକ୍ଟର ରାଧାନାଥଙ୍କ ପାଖକୁ ତା'ର ପଠାଇଲେ– ମଧୁ ଯେଉଁଠାରେ ଅଛନ୍ତି, ସେହିଠାରେ ଥା'ନ୍ତୁ।

ଏହିପରି ଭାବରେ ମଧୁସୂଦନ ବାଲେଶ୍ୱର ଜିଲ୍ଲାସ୍କୁଲରେ ଯୋଗଦେଲେ ଏବଂ ରାଧାନାଥଙ୍କ ସହିତ ଗଭୀର ସହଯୋଗର ସୂତ୍ରପାତ ହେଲା।

ଡମପଡ଼ା: ଡିସେମ୍ବର ୧୮୭୩

ଓଡ଼ିଶାର ତିନୋଟି ଜିଲ୍ଲା ବ୍ୟତୀତ କଟକ କମିଶନରଙ୍କୁ ଯେଉଁ ସତରଟି ଗଡ଼ଜାତ କଥା ବୁଝିବାକୁ ହେଉଥିଲା, ତା ମଧ୍ୟରୁ ଅନ୍ୟତମ ଥିଲା ଡମପଡ଼ା। ଡମପଡ଼ାର ରାଜା ପୁରୁଷୋତ୍ତମ ମାନସିଂହ ଭ୍ରମରବର ରାୟ ନିଃସନ୍ତାନ ମରିଯିବାରୁ ତାଙ୍କର ଜ୍ଞାତିର ଭାଇପୁଅ ରଘୁନାଥଙ୍କୁ ଉତ୍ତରାଧିକାରୀ ସ୍ଥିର କରାହେଲା। ସେ ନାବାଳକ ଥିବାରୁ ତାକୁ ଏବଂ ତା'ର ଛୋଟ ଭାଇକୁ ସରକାର କଲିକତା ପଠାଇଦେଲେ ରାଜେନ୍ଦ୍ରଲାଲ ମିତ୍ର ଡାଇରେକ୍ଟର ଥିବା ୱାର୍ଡ୍ସ ଇନ୍‌ଷ୍ଟିଚ୍ୟୁଟ୍‌ରେ ପଢ଼ିବା ପାଇଁ। ସେଠାରେ ପଢ଼ାସାରି ଫେରିବା ପରେ ମଧ୍ୟ ରଘୁନାଥର ବୁଦ୍ଧିବୃତ୍ତି ବଦଳି ନ ଥିଲା ଏବଂ ସେ ଆଗଭଳି ଅପଦାର୍ଥ ଥିଲା।

ରଘୁନାଥ କଲିକତାରେ ପଢ଼ିବା ବେଳେ ଡମପଡ଼ା ରାଜ୍ୟ କୋର୍ଟ ଅଫ ୱାର୍ଡ୍ସ ଅଧୀନରେ ଥିଲା ଏବଂ ଶାସନ ଚଲାଉଥିଲେ ଦେବାନ ନିଧି ପଟନାୟକ। ତାଙ୍କର ଶାସନ ଅତି କୋହଳ ଥିଲା। ସେ ଖଜଣା ଆଦାୟରେ ମନ ଦେଉ ନ ଥିଲେ ଏବଂ ପ୍ରଜାମାନେ ଅନେକ ଜମି ବିନା କରରେ ଭୋଗ କରୁଥିଲେ। ପ୍ରଜାମାନଙ୍କୁ ହାତରେ ରଖିବା ପାଇଁ ନିଧି ପଟନାୟକ ଅନେକ ଜମିବାଡ଼ି ପଟ୍ଟା ଦେଇଥିଲେ ଏବଂ ନିଜର ଜ୍ଞାତି କୁଟୁମ୍ବଙ୍କ ନାଁରେ ମଧ୍ୟ ଅନେକ ଜମି ଲେଖାଇ ନେଇଥିଲେ। କଲିକତାରୁ ଫେରି ଆସି ରଘୁନାଥ ରାଜା ହେବାରେ ଦେବାନଙ୍କ ପ୍ରତିପତ୍ତି କମିଗଲା। ଏଣେ ରାଜା ରଘୁନାଥ ଏ କଥା ମଧ୍ୟ ସ୍ଥିର କଲେ ଯେ ସେ ଜମିଜମାର ଜରିବ ମାପ କରାଇ ନୂଆ କର ଧାର୍ଯ୍ୟ କରିବେ। ଏକଥା ନିଧି ପଟନାୟକ ତଥା ପ୍ରଜାମାନଙ୍କୁ ସୁହାଇଲା ନାହିଁ, କାରଣ ଏତଦ୍ଦ୍ୱାରା ସମସ୍ତଙ୍କୁ ବେଶୀ ଖଜଣା ଦେବାକୁ ହେବ ଏବଂ ଦେବାନଙ୍କ ବେଆଇନ କାମ ସବୁ ଧରାପଡ଼ିଯିବ। ପ୍ରଜାମାନେ ସେଥିପାଇଁ ନୂଆ ଜମିଜମା ବନ୍ଦୋବସ୍ତ ବିରୁଦ୍ଧରେ ମେଲି କଲେ ଏବଂ ଏ ମେଲିର ସର୍ଦ୍ଦାର ହେଲେ ନିଜେ ଦେବାନ ନିଧି ପଟନାୟକ।

ମେଲି ଦରବାରରୁ ପ୍ରକାଶ୍ୟ ଭାବରେ ହୁକୁମ ଜାରି ହେଲା ଯେ ରାଜାଙ୍କୁ କେହି ଖଜଣା ଦେବେ ନାହିଁ, ରାଜାଙ୍କ ନଅରକୁ କେହି ଯିବେ ନାହିଁ, କେହି କୌଣସି ପ୍ରକାର ଚାକିରି କରିବେ ନାହିଁ ଏବଂ ଧୋବା ଭଣ୍ଡାରୀ ବନ୍ଦ । ଯେଉଁ ଶାନ୍ତ ଶିଷ୍ଟ ପ୍ରଜାମାନେ ମେଲିରେ ଯୋଗ ନ ଦେଲେ, ମେଲିଆମାନେ ତାଙ୍କର ଘର ଲୁଟ୍ କଲେ ଏବଂ ସେମାନଙ୍କୁ ନିର୍ଦ୍ଦୟ ରୂପେ ପ୍ରହାର କଲେ । ଚାକରମାନେ ଭୟରେ ଉଆସ ଛାଡ଼ି ପଳାଇଗଲେ । ଉଆସ ପରିଜନମାନଙ୍କ ମଇଳାଲୁଗା କଟକରେ ଧୋବା ପାଖକୁ ପଠାଗଲା । ରଘୁନାଥ ନିଜେ ପ୍ରାଣ ଭୟରେ ଗଡ଼ ଛାଡ଼ି କଟକ ପଳାଇଗଲେ ।

ନଭେମ୍ବର ମାସରେ ରେଭେନ୍ସା ଛୁଟିରୁ ଫେରିବାରୁ ବୀମ୍‌ସ ପୁଣି ତାଙ୍କ ପୂର୍ବ କଲେକ୍ଟର ପଦକୁ ଖସି ଗଲେ; ତେବେ ବାଲେଶ୍ୱର ଫେରି ନ ଯାଇ ସେ କଟକରେ ହିଁ କଲେକ୍ଟର ହୋଇ ରହିଲେ । ଏଇ ସମୟରେ ଉମପଡ଼ାରୁ ଅନେକ ରୟତ ଆସି ବୀମ୍‌ସଙ୍କୁ ସେମାନଙ୍କର ଦୁଃଖ ଜଣାଇଲେ ଏବଂ ଏ ବିଷୟରେ ହସ୍ତକ୍ଷେପ କରିବାପାଇଁ କହିଲେ । ରଘୁନାଥ ମଧ୍ୟ ତାଙ୍କୁ ଦେଖାକରି କହିଲେ ଯେ ବୀମ୍‌ସ ତାଙ୍କୁ ଦେବାନ ହାତରୁ ବଞ୍ଚାନ୍ତୁ । ଯଦିଓ ରଘୁନାଥ ନିଜେ ଇଚ୍ଛା କରିଥିଲେ ଗୋଟିଏ କଲମ ଗାରରେ ଦେବାନଙ୍କୁ ଚାକିରିରୁ ବାହାର କରି ଦେଇ ପାରିଥାନ୍ତେ, ଏ କଥା ତାଙ୍କ ସ୍ୱପ୍ନର ବାହାରେ ଥିଲା କାରଣ ସେ ନିଧି ପଟନାୟକକୁ କୋକୁଆ ଭୟ କରୁଥିଲେ ।

କଲେକ୍ଟର ଭାବରେ ବୀମ୍‌ସ ପ୍ରଥମ ଗସ୍ତ କଲେ ଉମପଡ଼ାକୁ । ସେଠାରେ ସେ ନଙ୍କ କୂଳ ତୋଟାରେ ଡେରା ପକାଇଲେ ଏବଂ ତାଙ୍କୁ ଦେଖା କରିବାକୁ ଦେବାନ ଓ ତାଙ୍କର କିରାନୀମାନେ କାଗଜ ପତ୍ର ଧରି ଆସିଲେ । କ୍ଷୀଣକାୟ ଦୟନୀୟ ରାଜା ରଘୁନାଥ ମଧ୍ୟ ନିଜର ପୁରୁଣା ପୋକକଟା ରାଜା ପୋଷାକ ପିନ୍ଧି, ସାଙ୍ଗରେ ଛିଣ୍ଡା ପୋଷାକ ପିନ୍ଧା ପାଇକ, ବାଜାବାଲା ନେଇ ଗୋଟିଏ ଦଦରା ପାଲିଙ୍କିରେ କଲେକ୍ଟରଙ୍କ ପାଖରେ ପହଞ୍ଚିଲେ । ଏମାନଙ୍କ ସହିତ ବୀମ୍‌ସଙ୍କର ଦିନ ପରେ ଦିନ ଆଲୋଚନା ଚାଲିଲା ।

ପରିସ୍ଥିତି ଏପରି ଥିଲା ଯେ ରାଜା କିଛି ବୁଝୁ ନ ଥିଲେ ଏବଂ ଦେବାନ ଜଣେ ଧୂର୍ତ୍ତ ଲୋକ ଥିଲା । ନିଧି ପଟନାୟକକୁ ବାହାର କରି କଟକରୁ ଆଉ କାହାରିକି ଆଣି ଦେବାନ କରି ଦେଇଥିଲେ କଥା ଛିଣ୍ଡି ଯାଇଥାନ୍ତା, କିନ୍ତୁ ସମସ୍ୟା ଥିଲା ଯେ ସବୁ କାଗଜ ପତ୍ର ନିଧି ପାଖରେ ଥିଲା ଏବଂ ସେ ଏକମାତ୍ର ଲୋକ ଯେ କି ଉମପଡ଼ାର ଶାସନ ବିଷୟରେ ଜାଣିଥିଲା । ତା ବ୍ୟତୀତ ନିଜର ଜ୍ଞାତି କୁଟୁମ୍ବ ତଥା ଅନେକ ଲୋକଙ୍କର ଜମିବାଡ଼ିରେ ସୁବିଧା କରାଇ ଦେଇଥିବାରୁ ନିଧି ସପକ୍ଷରେ ଅନେକ ଲୋକ ଥିଲେ । ଏଭଳି ପରିସ୍ଥିତିରେ ନିଧି ପଟନାୟକକୁ ଉମପଡ଼ାରୁ ବାହାର କରିବା ସହଜ ନ ଥିଲା ।

ଶେଷରେ ବୀମ୍‌ସ ପ୍ରଜାମାନଙ୍କୁ ଡାକି ତାଙ୍କ ଆଗରେ ଦେବାନ ଦେଇଥିବା ଭୁଲ ଆଦେଶ ସବୁକୁ ବଦଳାଇଲେ । ଯେଉଁମାନଙ୍କୁ ଅନ୍ୟାୟ ଭାବରେ ଜମିଜମା ଦିଆହୋଇଥିଲା, ସେସବୁକୁ ସେମାନଙ୍କ ପାଖରୁ ଫେରାଇ ନିଆଗଲା । ରାଜ୍ୟ ଚଲାଇବା ପାଇଁ କେତୋଟି ସହଜ ନିୟମ କନୁନ ତିଆରି ହେଲା ଏବଂ ତାହା ସମସ୍ତଙ୍କୁ ଜଣାଇ ଦିଆଗଲା । ନିଧି ପଟନାୟକ ଲେଖିଦେଲା ଯେ ସେ ଏ ନିୟମକାନୁନ ମାନି ଚଲିବ । ବୀମ୍‌ସ ତାକୁ ଧମକାଇଲେ ଯେ ଯଦି ସେ ଏ ବିଷୟରେ ଖିଲାଫ କରେ, ସେ ତାକୁ ବାନ୍ଧି ନେଇ ଜେଲରେ ପୁରାଇ ଦେବେ ।

ଏସବୁ କରିବା ପରେ ଉମପଡ଼ା ଛାଡ଼ିବା ଆଗରୁ ବୀମ୍‌ସ ରାଜାଙ୍କୁ ଦେଖାକରିବାକୁ ଗଲେ ।

ଯାହାକୁ ଉଆସ ବୋଲି କୁହାଯାଉଥିଲା, ସେଇଟି ଗୋଟିଏ ଭଙ୍ଗାରୁଜା ପ୍ରକାଣ୍ଡ ଘର ଥିଲା। ତା'ର କିଛି ଅଂଶ ଭାଙ୍ଗି ଯାଇଥିଲା, ଅନେକ କାନ୍ଥରୁ ଇଟା ଖସି ପଡ଼ିଥିଲା, ସଦର ଦରଜାର କବାଟ ଭାଙ୍ଗି ଝୁଲୁଥିଲା ଏବଂ ଚାରିଆଡ଼ ଅରମା ଜଙ୍ଗଲରେ ଭର୍ତ୍ତି ହୋଇଯାଇଥିଲା। ଉଆସ ପାଖରେ ଯେଉଁ କଣ୍ଟାଲତା ଭର୍ତ୍ତି ବଗିଚା ଥିଲା, ସେଠାରେ ରାଜା ରଘୁନାଥ ଏ ପାଖରୁ ସେପାଖ ପାଗଳ ଭଳି ପଦଚାରଣା କରୁଥିଲା। ଅଭିମାନରେ ସେ ବ୍ୟାସଙ୍କ ସାଙ୍ଗରେ କଥା କହିଲା ନାହିଁ, କାରଣ ବ୍ୟାସ ବଦମାସ ଦେବାନକୁ ବାହାର କରିଦେଇ ନ ଥିଲେ। ତା ସହିତ ବଗିଚାର ଅପ୍ରଶସ୍ତ ରାସ୍ତାରେ ପଦଚାରଣା କରୁ କରୁ ବ୍ୟାସ ତାକୁ ଅନେକ ବୁଝାଇଲେ। ରଘୁନାଥ କିନ୍ତୁ ବୁଝିଲା ନାହିଁ। ବ୍ୟାସ ଯାହା କହୁଥାନ୍ତି, ରଘୁନାଥର କେବଳ ଗୋଟିଏ କଥା, ଦେବାନକୁ ରାଜ୍ୟରୁ ବାହାର କରିଦିଅ। ବ୍ୟାସ ଯେତେବେଲେ ଉଆସ ଛାଡ଼ି ଆସିଲେ, ସେତେବେଲକୁ ମଧ ରଘୁନାଥ ମନକୁ ମନ କ'ଣ ଗପିବାରେ ଲାଗିଥିଲା।

ରାଜା ଓ ପ୍ରଜାଙ୍କ ଭିତରେ ଏପରି ଏକ ସନ୍ଦିଗ୍ଧ ସନ୍ଧି ସ୍ଥାପନ କରି ଉମପଡ଼ାରେ ଗୋଟିଏ ସପ୍ତାହ ରହିବା ପରେ ଡିସେମ୍ବର ଏଗାର ତାରିଖ ଦିନ ବ୍ୟାସ କଟକ ଫେରିଗଲେ।

ପୁରୀ: ଫେବୃଆରୀ ୧୮୭୪

ବକ୍ଟୱେଲଙ୍କ ସହିତ ବିଲାତ ଯିବା ପାଇଁ ପଣ୍ଡିତ ହରିହର ସବୁ ପ୍ରକାର ବ୍ୟବସ୍ଥା କରି ସାରିଥିଲେ, ଏପରିକି କଲିକତାରେ ଗରମ କନାର ସୁଟ୍ ସିଲାଇ ହୋଇ ସାରିଥିଲା ଓ ଜୋତା କିଣା ହୋଇଥିଲା । ଶେଷ ପର୍ଯ୍ୟନ୍ତ କିନ୍ତୁ ତାଙ୍କର ଯିବାର ହେଲାନାହିଁ, କାରଣ ସଂସ୍କୃତ ସ୍କୁଲ ପାଇଁ ଟଙ୍କା ସଂଗ୍ରହ କରିବା ଦରକାର ପଡ଼ିଲା । ୧୮୭୨ ମାସିହା ମଇରେ ହରିହର ବାହାରିଗଲେ ଭାରତର ପ୍ରଧାନ ସ୍ଥାନମାନଙ୍କୁ ଯାଇ ସେଠାର ରାଜାମାନଙ୍କୁ ଭେଟିବା ପାଇଁ ।

ବର୍ଷେକାଳ ପଣ୍ଡିତ ହରିହରଙ୍କର କୌଣସି ଖବର ନ ଥିଲା । ହଠାତ୍ ୧୮୭୩ ଜୁନ୍ ମାସରେ କଲିକତାର ଅମୃତ ବଜାର ପତ୍ରିକାରେ ତାଙ୍କ ବିଷୟରେ ଗୋଟିଏ ଛୋଟ ସମ୍ବାଦ ପ୍ରକାଶ ପାଇଲା । ପ୍ୟାରୀମୋହନ ଆଚାର୍ଯ୍ୟ ଏ ଭିତରେ ପ୍ରକାଶ କରିଥିବା ଉତ୍କଳ ପୁତ୍ର ପତ୍ରିକାର ପହିଲା ଜୁଲାଇ ସଂଖ୍ୟାରେ ଏ ସମ୍ବାଦର ଅନୁବାଦଟି ପଢ଼ି ଓଡ଼ିଶାର ଲୋକ ଖୁସି ହେଲେ । ସମ୍ବାଦଟି ଏପରି ଥିଲା– ପଣ୍ଡିତ ହରିହର ଦାସ ସଂସ୍କୃତ ଭାଷାରେ ଅତି ବ୍ୟୁତ୍ପନ୍ନ ଅଟନ୍ତି କିନ୍ତୁ ଆଶ୍ଚର୍ଯ୍ୟ ବିଷୟ ଯେ ସେ ଇଂରେଜୀ ନଜାଣି ଉତ୍ତମ ଗ୍ରୀକ୍ ଜାଣନ୍ତି ଓ ହୋମରର କବିତା ସରଳ ସଂସ୍କୃତରେ ଅନୁବାଦ କରିପାରନ୍ତି ।

ତାପରେ ତାଙ୍କର ଆଉ କିଛି ଖବର ନ ଥିଲା; କେବଳ ସେ ପଠାଇଥିବା ସାତଶହ ଟଙ୍କାର ବହି ସଂସ୍କୃତ ସ୍କୁଲରେ ପହଞ୍ଚିଥିଲା । ଡିସେମ୍ବର ମାସରେ ହଠାତ୍ ଦିନେ ହରିହର ରୋଗାକ୍ରାନ୍ତ ଓ ଅର୍ଥଶୂନ୍ୟ ହୋଇ କଟକରେ ଜଣେ ବନ୍ଧୁଙ୍କ ବସାରେ ପହଞ୍ଚିଲେ ଏବଂ ସେଠାରେ ସଂଜ୍ଞାଶୂନ୍ୟ ହୋଇଗଲେ । ତାଙ୍କର ଚିକିତ୍ସା ପାଇଁ କଟକର ଭଦ୍ରବ୍ୟକ୍ତିମାନେ ଚାନ୍ଦା ସଂଗ୍ରହରେ ଲାଗିଗଲେ । ଗୌରୀଶଙ୍କର ଏ ବିଷୟରେ ଅଗ୍ରଣୀ ହେଲେ ଏବଂ ଦୀପିକାରେ ଜନସାଧାରଣଙ୍କୁ ଚାନ୍ଦା ଦେବାପାଇଁ ଅନୁରୋଧ ପ୍ରକାଶ ପାଇଲା । ପ୍ୟାରୀମୋହନ ଲେଖିଲେ

ଯେ ମାଇକେଲ ମଧୁସୂଦନଙ୍କ ମୃତ୍ୟୁରେ ତାଙ୍କ ପିଲାମାନଙ୍କ ପାଇଁ କଟକର ଲୋକମାନେ ଚାନ୍ଦା କରି ଦୁଇଶହ ଟଙ୍କା ପଠାଇଥିଲେ, ହରିହରଙ୍କ ପାଇଁ ମଧ ସେଇଭଳି ମୁକ୍ତ ହସ୍ତରେ ଚାନ୍ଦା ଦିଅନ୍ତୁ ।

କଟକର କବିରାଜ ଫକୀର ତ୍ରିପାଠୀ ପଣ୍ଡିତଙ୍କୁ ଦେଖି ନିଦାନ କଲେ ଯେ ସେ ଉନ୍ମାଦ ରୋଗଗ୍ରସ୍ତ ଏବଂ ତା'ର ଔଷଧ ହେଲା ବୃହତ୍ ଛାଗ ଘୃତ; ଏହି ଔଷଧ ତିଆରି କରିବା ପାଇଁ ଶହେ ଟଙ୍କା ଖର୍ଚ୍ଚ ହେବ । କିନ୍ତୁ କଟକ ସହରରୁ ପଣ୍ଡିତଙ୍କ ପାଇଁ ମାତ୍ର ଚଉଦ ଟଙ୍କା ଆଦାୟ ହୋଇପାରିଲା । ଏଠାରେ ତାଙ୍କର ଅବସ୍ଥାରେ ଉନ୍ନତି ହେଉ ନ ଥିବାରୁ ହରିହରଙ୍କର ଜ୍ଞାତିମାନେ ତାଙ୍କୁ ପୁରୀ ନେଇଗଲେ ।

ପୁରୀର କୁଣ୍ଠାଇବେଣ୍ଟ ସାହି ଘରେ ରଖି ତାଙ୍କର ଚିକିତ୍ସା ଚାଲିଲା । ଏଠାରେ ହରିହର ସମ୍ପୂର୍ଣ୍ଣ ମୂକ ହୋଇଯାଇଥିଲେ ଏବଂ ତାଙ୍କଠାରେ ଉନ୍ମାଦର ସମସ୍ତ ଲକ୍ଷଣ ଦେଖାଯାଉଥିଲା । ପୁରୀର ଲୋକମାନେ କୁହାକୁହି ହେଲେ ଯେ ତାଙ୍କର ନାସ୍ତିକତା ଯୋଗୁ ପୁରୀର ପଣ୍ଡିତମାନେ ମନ୍ତ୍ର କରି ହରିହରଙ୍କୁ ଏପରି ଅବସ୍ଥାରେ ପକାଇଛନ୍ତି । ଫେବୃଆରୀ ମାସ ବେଳକୁ ହରିହରଙ୍କର ଅବସ୍ଥା ଆହୁରି ଖରାପ ହେଲା ଏବଂ ତାଙ୍କର ବାତୁଳତା ଏତେ ବଢ଼ିଗଲା ଯେ ତାଙ୍କୁ ବାନ୍ଧି ରଖିବାକୁ ହେଲା ।

ଦିନେ ତାଙ୍କୁ ଘର ଭିତରେ ବନ୍ଦ କରି ବାହାରୁ ଶିକୁଳି ଲଗାଇ ଆତ୍ମୀୟମାନେ କାର୍ଯ୍ୟବ୍ୟସ୍ତ ଥିଲେ । ହରିହର ବିଲାତ ଯିବା ପାଇଁ ଯେଉଁ ପୋଷାକ ତିଆରି କରିଥିଲେ ତାକୁ ବାକ୍ସରୁ ବାହାର କରି ସୁଟ୍ ଓ ଜୋତା ପିନ୍ଧିଲେ । ମୁଣ୍ଡରେ ଟୋପି ଲଗାଇ ସେ ଘର ଭିତରେ ପଦଚାରଣା କରିବାରେ ଲାଗିଲେ । ହଠାତ୍ ଘର ଭିତରେ ଜଳୁଥିବା ଦୀପରୁ ତାଙ୍କ ପୋଷାକରେ ନିଆଁ ଲାଗିଗଲା । ମୂକ ହରିହରଙ୍କର ପାଟି ଖୋଲିଗଲା ଏବଂ ସେ ଏକ ଭୟଙ୍କର ଚିତ୍କାର କଲେ । ଘର ଖୋଲିବାରୁ ଦେଖାଗଲା ଯେ ପୋଷାକ ସହିତ ତାଙ୍କର ପୁରା ଦେହ ଜଳିଯାଇଛି । ଦେହରେ ଯାହା ପୋଷାକ ଲାଗି ରହିଥିଲା ତାକୁ କାଟି ବାହାର କରାହେଲା ଏବଂ ତାକୁ କଦଳୀପତ୍ର ଉପରେ ଶୁଆଇ ରଖାଗଲା । ଏଇପରି ଭାବରେ ସେ ଚାରିଦିନ ପଡ଼ି ରହିଲେ ।

ଏହି ଅବସ୍ଥାରେ ସେ ସାମାନ୍ୟ କଥାବାର୍ତ୍ତା କରି ପାରୁଥିଲେ ଏବଂ ଲୋକଙ୍କୁ ଚିହ୍ନୁଥିଲେ । ତାଙ୍କ ଅନୁରୋଧରେ ତାଙ୍କ ବହି ସବୁ ଆଣି ତାଙ୍କ ଚାରିପାଖରେ ରଖାଗଲା । ତାଙ୍କ ଆଖି ଆଗରେ ବହି ବା କାଗଜ ଭିତରେ ବୀମସ ହରିହରଙ୍କୁ ଲେଖିଥିବା ଗୋଟିଏ ଚିଠି ଥିଲା ଏବଂ ବୀମସଙ୍କ ମା'ଙ୍କର ଗୋଟିଏ ଫଟୋ ଥିଲା ଯାହା ଉପରେ ବୀମସ ଲେଖିଥିଲେ ମମ ମାତୃଃ ଚିତ୍ର ପ୍ରତିମା ।

ହରିହର ପ୍ରାଣ ତ୍ୟାଗ କଲେ ଫେବୃଆରୀ ୯ ତାରିଖ ଦିନ, ୩୨ ବର୍ଷ ବୟସରେ । ମରିବାର କିଛି ସମୟ ଆଗରୁ ସେ ଗୋଟିଏ ଶ୍ଲୋକ ଶୁଣାଇଥିଲେ : ନ ଧ୍ୟାତଂ ପଦମୀଶ୍ୱରସ୍ୟ ଇତ୍ୟାଦି, ଯାହାର ଅର୍ଥ ଥିଲା, ସଂସାରରୁ ନିସ୍ତାର ପାଇଁ ବିଧ୍ୟ ଅନୁସାରେ ଇଶ୍ୱର ପଦ ଧ୍ୟାନ କରାଗଲା ନାହିଁ । ସ୍ୱର୍ଗଦ୍ୱାର କବାଟ ଫିଟାଇବାରେ ସମର୍ଥ ଯେ ଧର୍ମ, ତା ମଧ ଅର୍ଜନ କରାହେଲା ନାହିଁ । ନାରୀର ଯୋନିସ୍ଥନ ଓ ଜଘନସ୍ଥଳ ସ୍ୱପ୍ନରେ ହେଲେ ବି ଆଲିଙ୍ଗନ କରି ହୋଇନାହିଁ । କେବଳ ମା'ର ଯେ ଯୌବନ ରୂପ ବନ, ତାକୁଇ କାଟିବାକୁ ଏକା ମୁଁ କୁରାଢ଼ୀ ହୋଇ ଜନ୍ମ ପାଇଥିଲି !

ଏହାହିଁ ଯେପରି ଥିଲା ହରିହରଙ୍କ ଜୀବନର କଞ୍ଚନା ଓ କର୍ମ ସ୍ମରଣ ଓ ଶେଷ କଥା ।

ମଧୁ ରାଓ ହରିହରଙ୍କ ମୃତ୍ୟୁର ଖବର ପାଇଲେ ବାଲେଶ୍ୱରରେ କିଛି ଦିନ ପରେ । ତାଙ୍କର ସେଇ ଅନେକ ଦିନ ତଳେ ଦେଖିଥିବା ସ୍ୱପ୍ନଟି କଥା ମନେପଡ଼ିଲା ଏବଂ ମନ ଏକ ଅଜଣା ଭୟ ଏବଂ ଆଶଙ୍କାରେ ଭରିଗଲା ।

ପୁରୀ: ଅଗଷ୍ଟ ୧୮୭୫

ପେଜନଲା ଘଟଣାର ଅଭିଜ୍ଞତା ପରେ କଲେକ୍ଟର ଆର୍ମ୍ଷ୍ଟ୍ରଙ୍ଗ ତାଙ୍କର ଏକ ବିଶେଷ ଅସୁବିଧା ବିଷୟରେ ରେଭେନଶାଙ୍କୁ ଚିଠି ଲେଖିଲେ । ପୁରୀରେ ସେତେବେଳେ ଜଣେ ମୁସଲମାନ ଓଭରସିଅର ଥିଲେ । ସେଥିପାଇଁ ଜଗନ୍ନାଥ ମନ୍ଦିର ଭିତରେ ପଶି କିଛି ଦେଖିବା ତାଙ୍କ ପକ୍ଷରେ ସମ୍ଭବ ନ ଥିଲା । ଏପରିକି ମନ୍ଦିର ଭିତରେ ପେଜନଲାର ମରାମତି ଠିକ୍ ହୋଇଛି କି ନାହିଁ ଏ କଥା ଡେପୁଟି କଲେକ୍ଟରଙ୍କୁ ଭିତରକୁ ପଠାଇ ଜାଣିବାକୁ ହୋଇଥିଲା । ଆର୍ମ୍ଷ୍ଟ୍ରଙ୍ଗ ଲେଖିଥିଲେ ଯେ ପୁରୀରେ ମୁସଲମାନ ଓଭରସିଅର ବଦଲରେ ଜଣେ ହିନ୍ଦୁ ଓଭରସିଅର ଦିଆଯାଉ ।

ରେଭେନଶା ଏ ସମ୍ବନ୍ଧରେ କୌଣସି ପଦକ୍ଷେପ ନେଲେନାହିଁ । କିନ୍ତୁ ସେବର୍ଷ ରଥଯାତ୍ରା ସମୟରେ ଏପରି ଏକ ଘଟଣା ଘଟିଲା ଯାହାଫଳରେ ସମସ୍ତେ ଏ ବିଷୟରେ ଭାବିବାକୁ ବାଧ୍ୟ ହେଲେ । ଠାକୁରମାନେ ମନ୍ଦିର ଛାଡ଼ି ଗୁଣ୍ଡିଚା ମନ୍ଦିରରେ ଥିବା ବେଳେ ଜୁଲାଇ ସାତ ତାରିଖ ଦିନ ବଡ଼ ଦେଉଳର କବାଟ ଖୋଲିବାରେ ଦେଖାଗଲା ଯେ ଛାତରୁ ଏକ ବିରାଟ ପଥର ଖସି ରତ୍ନବେଦୀ ସାମ୍ନାରେ ପଡ଼ିଥିଲା । ଭାଗ୍ୟକୁ ଗୁଣ୍ଡିଚା ହୋଇଥିବାରୁ ସେତେବେଳେ ମନ୍ଦିର ଭିତରେ କେହି ନ ଥିଲେ; ଅନ୍ୟ ସମୟ ହୋଇଥିଲେ ଅନେକ ପ୍ରାଣ ହାନି ହୋଇଥାନ୍ତା । ବର୍ତ୍ତମାନ ଭୟ ଥିଲା ଯେ ଉପରୁ ଆହୁରି ପଥର ଖସି ମନ୍ଦିର ଚୂଡ଼ା ସମ୍ପୂର୍ଣ୍ଣ ଭାଙ୍ଗିଯାଇ ପାରେ ।

ଏଥରକ ସମସ୍ତେ ତତ୍ପରତାର ସହିତ କାମ କଲେ । କଟକରୁ ବାବୁ ପୂର୍ଣ୍ଣଚନ୍ଦ୍ର ସରକାର ଆସିଷ୍ଟାଣ୍ଟ ଇଞ୍ଜିନିୟର ତଦାରଖ କରିବାକୁ ପୁରୀରେ ଆସି ପହଞ୍ଚିଲେ । ସେ ମନ୍ଦିର ଭିତରକୁ ଯାଇ ଦେଖିଲେ ଯେ ଉପରୁ ଚାରିଟି ବିରାଟ ପଥର ତଳେ ଭାଙ୍ଗି ପଡ଼ିଥିଲା । ଏଗୁଡ଼ିକ ପ୍ରାୟ ଚାଳିଶ ଫୁଟ ଉପରୁ ଖସିଥିଲା ।

ଦି ବର୍ଷ ତଳେ ମନ୍ଦିର ଉପରେ ଯେଉଁ ବଜ୍ର ପଡ଼ିଥିଲା, ହୁଏତ ସେଥିଯୋଗୁ କିଛି କ୍ଷୟକ୍ଷତି ହୋଇଥିଲା ଏବଂ ତା ପରେ ପଥର ସନ୍ଧିରେ ଗଛ ଉଠି ଓ ଛାତରେ ଥିବା ଲୁହା କଡ଼ି ଦୁର୍ବଳ ହୋଇ ଏ ଦୁର୍ଘଟଣା ହୋଇଥିଲା ।

ମନ୍ଦିର ଛାତକୁ ଯିବା କଷ୍ଟକର ଥିଲା, କାରଣ ଭିତର ପାଖରୁ ଯେଉଁ ପଥର ପାହାଚଟି ଉପରକୁ ଯାଇଥିଲା, ସେଇଟି ଚାଳିଶ ଫୁଟ୍ ଉପରୁ ଆରମ୍ଭ ହୋଇଥିଲା । ସେଥିପାଇଁ ଗୋଟିଏ ମଞ୍ଚା ବାନ୍ଧି ତା ଉପରକୁ ଲୋକଙ୍କୁ ପଠାଗଲା । ସେ ସ୍ଥାନ ଏତେ ଅନ୍ଧାର ଥିଲା ଯେ ମଶାଲ ଜାଳି ସେଠାକୁ ଯିବାକୁ ହେଲା । ଏ ପାହାଚ ପାଖକୁ ଆଗରୁ କେହି କେବେ ଯାଇ ନ ଥିଲେ । ସେ ପାହାଚ ଉପରେ ଏବଂ ଭିତରେ ଛାତ ଉପରେ ବର୍ତ୍ତମାନ ଶହ ଶହ ବର୍ଷର ଦୀପ କଳା ଓ ବାଦୁଡ଼ି ମଇଳା ଜମା ହୋଇଥିଲା । ସେଥିରୁ ଶଗଡ଼ ଶଗଡ଼ ଅଳିଆ ସଫା କରି ତଳକୁ ଫିଙ୍ଗା ହେଲା ।

କିଭଳି ଭାବରେ ମନ୍ଦିର ମରାମତି ହେବ ବାବୁ ପୂର୍ଣ୍ଣଚନ୍ଦ୍ର ସରକାର ସେ ବିଷୟରେ ଗୋଟିଏ ରିପୋର୍ଟ ଦେଲେ ଏବଂ ସୁପାରିସ କଲେ ଯେ ମନ୍ଦିର ମରାମତି ସରିବା ପର୍ଯ୍ୟନ୍ତ ଠାକୁରଙ୍କୁ ବାହାରେ ରଖାଯାଉ ଏବଂ ଭିତରକୁ କାହାରିକୁ ଆସିବାକୁ ଦିଆ ନ ହେଉ । ଏହି ଦୁର୍ଘଟଣାର ତଦନ୍ତ କରିବା ସଙ୍ଗେ ସଙ୍ଗେ ସେ ମନ୍ଦିର ଭିତରେ ଥିବା ଅନ୍ୟ ମନ୍ଦିର ଓ ସୌଧମାନ ଦେଖିଲେ ଏବଂ କୋଇଲି ବୈକୁଣ୍ଠ ବହୁତ ଜୀର୍ଣ୍ଣ ଓ ବିପଜ୍ଜନକ ଅବସ୍ଥାରେ ଅଛି ବୋଲି ରିପୋର୍ଟ ଦେଲେ ।

ଏ ରିପୋର୍ଟଟି ଏକ୍‌ଜିକ୍ୟୁଟିଭ୍ ଇଞ୍ଜିନିୟର ବଣ୍ଟ ସାହେବଙ୍କ ପାଖକୁ ଗଲା । ତାଙ୍କର ମନ୍ଦିର ଭିତରକୁ ଯିବା ସମ୍ଭବ ନ ଥିବାରୁ ସେ ଆସିଷ୍ଟାଣ୍ଟ ଇଞ୍ଜିନିୟରଙ୍କ ସହିତ ପରାମର୍ଶ କରି ତାଙ୍କର ମତ ଦେଲେ ଏବଂ ବ୍ୟକ୍ତ କଲେ ଯେ କୋଣାର୍କ ମନ୍ଦିର ଯେଉଁ କାରଣରୁ ଭାଙ୍ଗି ଯାଇଥିଲା, ପୁରୀ ମନ୍ଦିରରେ ତାହା ହିଁ ହେବାକୁ ଯାଉଛି ।

ସାହେବମାନେ ଯେତେବେଳେ ମନ୍ଦିରର ମରାମତି ଓ ରକ୍ଷଣାବେକ୍ଷଣ ନେଇ ଚିନ୍ତା କରୁଥିଲେ, ପୁରୀର ପଣ୍ଡିତମାନଙ୍କର ଚିନ୍ତା ଅନ୍ୟ ପ୍ରକାରର ଥିଲା : ମନ୍ଦିରର ଜୀର୍ଣ୍ଣୋଦ୍ଧାର ବିଧେୟ କି ନା ଏବଂ ଜୀର୍ଣ୍ଣୋଦ୍ଧାର ସମୟରେ ଠାକୁରମାନଙ୍କୁ କେଉଁଠାରେ ରଖାଯିବ । ଏହାର ସମାଧାନ କରିବା ପାଇଁ ମନ୍ଦିର ଭିତରେ ଗୋଟିଏ ସଭା ଡକାଗଲା । ଏହି ସଭାରେ ଦୁଇଟି ଭିନ୍ନ ମତ ପ୍ରକାଶ ପାଇଲା । ପୁରୀ ରାଜା, ମହନ୍ତ ନାରାୟଣ ଦାସ ଓ ପଣ୍ଡିତ ଗୋପୀନାଥ ମିଶ୍ରଙ୍କର ମତ ଥିଲା ଯେ ଜୀର୍ଣ୍ଣସଂସ୍କାର ପୂର୍ଣ୍ଣ ହେବା ପର୍ଯ୍ୟନ୍ତ ଠାକୁରମାନେ ଦେଉଳ ପାଖ ଘର ଜଗମୋହନରେ ଅବସ୍ଥାନ କରିବେ । ଅନ୍ୟ ପକ୍ଷରେ ପଣ୍ଡିତ ମାର୍କଣ୍ଡେୟ ମହାପାତ୍ର ଓ ଅନ୍ୟ ମହନ୍ତ ଓ ସେବକମାନଙ୍କର ମତ ଥିଲା ଯେ ଠାକୁରମାନେ ସେଇ ରତ୍ନ ସିଂହାସନରେ ବସିଥିବା ଅବସ୍ଥାରେ ହିଁ ମରାମତି କାମ ହେବ । ଏଥିପାଇଁ କେବଳ ଠାକୁରମାନଙ୍କ ମୁଣ୍ଡ ଉପରେ ଗୋଟିଏ ଭାଡ଼ି ବନ୍ଧାଯିବ, ଯାହାଦ୍ୱାରା ମରାମତି ବେଳେ ସେମାନଙ୍କର କୌଣସି ଅସୁବିଧା ନ ହୁଏ । ଏ କଥା କହିବାରେ ସେବକମାନଙ୍କର ସ୍ୱାର୍ଥ ଥିଲା, କାରଣ ଠାକୁରଙ୍କୁ ଅନ୍ୟ ଜାଗାରେ ରଖିଲେ ଯାତ୍ରୀମାନେ ଅନ୍ୟଥା ଭାବି ନ ଆସିବାର ସମ୍ଭାବନା ଥିଲା ଏବଂ ତା ହେଲେ ସେବକମାନେ ନିଜର ଆୟରୁ ବଞ୍ଚିତ ହେବେ । ଏ ବିଷୟରେ ସେମାନଙ୍କର ଯୁକ୍ତି ଥିଲା ଯେ ସିଂହାସନ ବ୍ୟତୀତ ଅନ୍ୟ କୌଣସି ସ୍ଥାନରେ ଅନ୍ନଭୋଗ ହେବାର ବିଧାନ ନାହିଁ । ଏହା ବିରୁଦ୍ଧରେ ମହନ୍ତ ନାରାୟଣ ଦାସ ମାଦଳାପାଞ୍ଜିରୁ ଗୋଟିଏ ଉଦାହରଣ ଦେଲେ । ବର୍ତ୍ତମାନର ମନ୍ଦିର ନିର୍ମାଣ ପୂର୍ବରୁ ଏକ ସମୟରେ

ମନ୍ଦିର ଜୀର୍ଣ୍ଣ ହେବାରୁ ସଂସ୍କାର ପର୍ଯ୍ୟନ୍ତ ଠାକୁରମାନଙ୍କୁ ଗଛ ତଳେ ରଖାହୋଇଥିଲା। ଲୋକମାନେ ସେଠାରେ ଅନ୍ନଭୋଗ ନ କରିବାରୁ ମହାପ୍ରଭୁଙ୍କ ଆଜ୍ଞା କ୍ରମେ ଜଣେ ମୂକ ଲୋକ ଏକ ଶ୍ଲୋକ ପଢ଼ି ସେବକଙ୍କର ପ୍ରତ୍ୟୟ ଜନ୍ମାଇଥିଲା ଏବଂ ଶ୍ଲୋକ ପଢ଼ି ସାରି ପୁଣି ମୂକ ହୋଇଯାଇଥିଲା।

ଅନେକ ଯୁକ୍ତି ତର୍କ ପରେ ସେବକମାନେ ଜିଦ୍ ଧରି ବସିଲେ ଯେ ଠାକୁରମାନଙ୍କୁ ସିଂହାସନ ଉପରେ ହିଁ ରଖାଯିବ। ପୁରୀ ରାଜା କିନ୍ତୁ ଏଥିରେ ସମ୍ମତ ହେଲେ ନାହିଁ। ସେବକମାନେ ଉଚ୍ଚବାଚ୍ୟ କରିବାରୁ ସେ ସେମାନଙ୍କୁ କହିଦେଲେ ଯେ ସରକାରଙ୍କଠାରୁ ଆଦେଶ ନ ଆଣିଲେ ସେମାନଙ୍କୁ ସିଂହାସନରେ ଠାକୁରଙ୍କୁ ସ୍ଥାପନ କରିବାକୁ ଅନୁମତି ଦିଆଯିବ ନାହିଁ। ସେବକମାନେ କଲେକ୍ଟର ଆର୍ମ୍ସ୍ଟ୍ରଙ୍ଗଙ୍କ ପାଖରେ ଯାଇ ଦରଖାସ୍ତ କଲେ ଏବଂ କହି ବୁଲିଲେ ଯେ ମହନ୍ତ ନାରାୟଣ ଦାସ ଜଣେ ଧର୍ମଦ୍ରୋହୀ। ପୁରୀ ରାଜା ମଧ୍ୟ ଏ ବିଷୟରେ ଏକ ଦରଖାସ୍ତ ଲେଖି ମୁକ୍ତାର ହାତରେ କଲେକ୍ଟରଙ୍କ ପାଖକୁ ପଠାଇ ଦେଲେ।

ଦୁଇଟି ଯାକ ଦରଖାସ୍ତ ପଢ଼ି ଆର୍ମ୍ସ୍ଟ୍ରଙ୍ଗ ଆଦେଶ ଦେଲେ ଯେ ମନ୍ଦିରରେ ରାଜାଙ୍କର ସମ୍ପୂର୍ଣ୍ଣ ଅଧିକାର। ମନ୍ଦିର ମରାମତି ସମୟରେ ସେ ଯେଉଁଠାରେ ଠାକୁରମାନଙ୍କୁ ବସାଇବେ ଏବଂ ଯାହା କରିବାକୁ ଚାହିଁବେ, ସେବକମାନେ ତାହା ମାନିବାକୁ ବାଧ୍ୟ। ଯଦି ସେମାନେ ରାଜାଙ୍କ କଥା ନ ମାନନ୍ତି, ତେବେ ସେମାନଙ୍କର ଚାକିରି ଚାଲିଯିବ।

ଏହି ଆଦେଶ ପରେ ଠାକୁରମାନେ ଗୁଣ୍ଡିଚା ଘରୁ ଫେରି ଚନ୍ଦନ ଅର୍ଗଳି ବାହାରେ ଜଗମୋହନରେ ରହିଲେ। ସେବକମାନେ ଦିନେ ଦି ଦିନ କାମ କରିବାକୁ ଆସିଲେ ନାହିଁ, କିନ୍ତୁ ସେମାନଙ୍କ କାମ ଅନ୍ୟମାନଙ୍କ ଦ୍ୱାରା ସମାହିତ ହେଉଥିବାର ଦେଖି ଏବଂ ଚାକିରି ଯିବା ଭୟରେ ସେମାନେ ପୁଣି ଆସି ନିଜ ନିଜ କାମରେ ଯୋଗ ଦେଲେ।

ଏଭଳି ବ୍ୟବସ୍ଥାରେ କେବଳ ଗୋଟିଏ ସମସ୍ୟା ହେଲା ଯେ ବର୍ତ୍ତମାନ ଯେଉଁ ଅନ୍ନପ୍ରସାଦ ଭୋଗ ହେଲା ତାକୁ ରାଜାଙ୍କ ଅନୁଚର ଓ କାଙ୍ଗାଲୀ ଯାତ୍ରୀଙ୍କ ବ୍ୟତୀତ ଆଉ କେହି ଖାଇଲେ ନାହିଁ। ଏ ଅନ୍ନପ୍ରସାଦ ଯେ ଶାସ୍ତ୍ରସମ୍ମତ ଏ ବିଷୟରେ ପୁରୀରେ ପଣ୍ଡିତ ତାରାକାନ୍ତ ବିଦ୍ୟାସାଗର ଏକ ପ୍ରଚାରପତ୍ର ଛାପି ବାଣ୍ଟିଲେ। ଜଣେ ବଙ୍ଗାଳୀ ପଣ୍ଡିତ ଏ କଥା କହୁଥିବାରୁ ଓଡ଼ିଆ ପଣ୍ଡିତମାନେ ଏହାର ବିରୋଧ କଲେ ଏବଂ ଯେଉଁ କେତେଜଣ ବ୍ରାହ୍ମଣ ଅନ୍ନଭୋଜନ କରିଥିଲେ, ସେମାନଙ୍କୁ ଷୋଳ ଶାସନର ପଣ୍ଡିତମାନେ ସଭାରୁ ପଙ୍କ୍ତିବାହ୍ୟ କରିଦେଲେ।

ପୁରୀ ରାଜାଙ୍କୁ ମନ୍ଦିର ମରାମତି କାମ ଶୀଘ୍ର କରିବାକୁ କୁହାଯିବାକୁ ସେ ଓଲଟା ତାଙ୍କର ଅର୍ଥାଭାବ କଥା କହିଲେ ଏବଂ ଦାବି କଲେ ଯେ ମନ୍ଦିର ମରାମତି ପାଇଁ ତାଙ୍କୁ କୋଇଲି ବୈକୁଣ୍ଠ ଆଟିକା ଏବଂ ଲଜିଂ ହାଉସ ଫଣ୍ଡରୁ ଟଙ୍କା ଦିଆଯାଉ।

ଏଣେ ମନ୍ଦିର ଭାଙ୍ଗି ପଡ଼ିବା ଖବର ପାଇ ଓଡ଼ିଶା ସାରା ଲୋକମାନେ ବ୍ୟସ୍ତ ହେଲେ ଏବଂ ଗାଁ ଗାଁରେ ଏଥିପାଇଁ ପୂଜା ଓ ପୁରାଣପାଠ ହେଲା। ଏହି ସୁଯୋଗରେ ଅନେକ ଠକ ଜଗନ୍ନାଥଙ୍କ ପାଇଁ ଯଜ୍ଞ କରିବେ ବୋଲି କହି ପଇସା ଓ ଘିଅ ସଂଗ୍ରହ କରିବାରେ ଲାଗିଲେ। ଏଭଳି ବାଦ ବିସମ୍ବାଦ ଭିତରେ ପୁରୀ ମନ୍ଦିରର ମରାମତି କାମ ଆରମ୍ଭ ହେଲା।

ନୀଳଗିରି: ସେପ୍ଟେମ୍ବର ୧୮୭୫

ନୀଳଗିରିରେ ଯୋଗ ଦେବା ପରେ କିଛିଦିନ ଫକୀରମୋହନ ଖୁସିରେ ରହିଲେ। ରାଜାଙ୍କ ସାଙ୍ଗରେ ତାଙ୍କର ଭଲ ପଡ଼ୁଥିଲା। ପ୍ରତି ସପ୍ତାହରେ ବାଲେଶ୍ୱରକୁ ଆସି ସେ ନିଜର ବ୍ୟକ୍ତିଗତ କାମ ଛଡ଼ା ରାଧାନାଥଙ୍କ ସହିତ ସାହିତ୍ୟ ଆଲୋଚନା କରିପାରୁଥିଲେ ଏବଂ ପି.ଏମ୍. ସେନାପତି ଏଣ୍ଡ କୋ ପ୍ରେସ କଥା ବୁଝୁଥିଲେ। ଏଭଳି ଆନନ୍ଦର ଦିନ କିନ୍ତୁ କ୍ଷଣସ୍ଥାୟୀ ଥିଲା। କିଛି ଦିନ ପରେ ତାଙ୍କର ରାଜାଙ୍କ ସହିତ ଅପଦ୍ର ହେଲା କାରଣ ଅପୁତ୍ରିକ ରାଜା ନିଜର ଫୁଲବାଇର ପୁଅକୁ ଉତ୍ତରାଧିକାରୀ କରିବାକୁ ଚାହୁଁଥିବା ବେଳେ ଫକୀରମୋହନ ରାଜାଙ୍କ ଭାଇର ପୁଅ ପକ୍ଷ ସମର୍ଥନ କରୁଥିଲେ।

ଦେବାନୀର ଦୁଇ ବର୍ଷ ପରେ ଫକୀରମୋହନଙ୍କ ପାଇଁ ଏକ ବିଶେଷ ସମସ୍ୟା ଉପୁଜିଲା, ଗୋଟିଏ ଭୟଙ୍କର ପ୍ରଜାମେଲି ହୋଇ। ନୀଳଗିରିର ପଥୁରିଆ ପ୍ରଜାମାନେ ଏ ମେଲି କରିଥିଲେ। ନୀଳଗିରି ବିଷ୍ଣୁପୁର ପାହାଡ଼ରେ ମୁଗୁନି ପଥରର ଯେଉଁ ଖଣି ଥିଲା ସେଥିରୁ ପଥର କାଟି ପଥୁରିଆମାନେ ଥାଲି, ଗିଲାସ, ଗିନା ତିଆରି କରୁଥିଲେ। କଲିକତା ବଜାରରେ ଏ ଜିନିଷର ଭଲ ଚାହିଦା ଥିଲା ଏବଂ ଖଡ଼୍ଗପୁର ବଜାରରେ ବ୍ୟବସାୟୀମାନଙ୍କୁ ଏଇ ବାସନ ବିକି ପଥୁରିଆମାନେ ଭଲ ପଇସା ରୋଜଗାର କରୁଥିଲେ। ସେମାନେ ନିହାଣ ମୁଗୁରରେ ପଥର କାଟୁଥିଲେ ଏବଂ ରାଜାଙ୍କ ପକ୍ଷରୁ ତାଙ୍କ ଉପରେ ମୁଗୁର ପିଛା ବର୍ଷକେ ସାଢ଼େ ଛ ଟଙ୍କା ଖଜଣା ଧାର୍ଯ୍ୟ ହୋଇଥିଲା। ଜଣେ ମାହାଲଦାର ପଥୁରିଆମାନଙ୍କ ପାଖରୁ ଖଜଣା ଆଦାୟ କରୁଥିଲା। ମାହାଲଦାରୀ ନିଲାମ ହୋଇ ଯେ ବେଶୀ ଟଙ୍କା ଦେଲା, ତାକୁ ସେ କାମ ଦିଆଯାଉଥିଲା।

ଫକୀରମୋହନଙ୍କ ଦେବାନୀର ପ୍ରଥମ ବର୍ଷ କହ୍ନେଇ ମିଶ୍ର ନାମକ ଜଣେ ଲୋକ ପୂର୍ବ ବର୍ଷର

ଅଢ୍ଇ ହଜାର ଟଙ୍କା ପରିବର୍ତ୍ତେ ସେ ବର୍ଷ ଚାରି ହଜାର ଟଙ୍କାରେ ପଥର ଖଣି ମାହାଲ ନେବା ପାଇଁ ଦରଖାସ୍ତ କଲା । ପଥୁରିଆମାନଙ୍କ ଖଜଣା ନ ବଢ଼ାଇ ସେ ଏତେ ଟଙ୍କା କିପରି ଦେବ ପଚାରିବାରୁ ସେ କହିଲା ଯେ ଅନେକ ଲୋକ ଖଜଣା ନ ଦେଇ ପଥର କାଟନ୍ତି, ସେ ସମାନଙ୍କ ପାଖରୁ ଖଜଣା ଆଦାୟ କରିବ । ବେଶୀ ଟଙ୍କା ଦେଇଥିବାରୁ ସେ ବର୍ଷ କନ୍ଦେଇ ମିଶ୍ରକୁ ମାହାଲଦାରୀର ସନନ୍ଦ ଦିଆଗଲା ।

କନ୍ଦେଇ ମିଶ୍ର କହିଥିବା ବିଷୟରେ ସତ୍ୟତା ଥିଲା । ଆଗରୁ ଜଣେ ଜଣେ ପଥୁରିଆ ପଟ୍ଟା ନେଇ ଖଜଣା ଦେଉଥିଲେ, କିନ୍ତୁ ସେଇ ଗୋଟିଏ ପଟ୍ଟା ବଳରେ ତାଙ୍କ ପରିବାରର ପୁଅ ଭାଇ ସମସ୍ତେ ଯାଇ ପଥର କାଟୁଥିଲେ । ନିୟମ ଅନୁସାରେ ସମସ୍ତେ ଖଜଣା ଦେବା କଥା, କିନ୍ତୁ ପୂର୍ବର ମାହାଲଦାରମାନେ ଏ କଥା ଧରୁ ନ ଥିଲେ । କନ୍ଦେଇ ମିଶ୍ର ଠିକା ନେବା ପରେ ଯାହା ନାଁରେ ପଟ୍ଟା ଥିଲା କେବଳ ସେଇମାନଙ୍କୁ ପଥର କାଟିବାକୁ ଦେଲା ଏବଂ ଅନ୍ୟମାନଙ୍କୁ ଖଣିରୁ ବାହାର କରିଦେଲା । ଅନେକ ପୁରୁଷ ଧରି ଭୋଗ କରି ଆସୁଥିବା ସୁବିଧା ହଠାତ୍ ବନ୍ଦ ହୋଇଯିବାରୁ ପଥୁରିଆମାନଙ୍କ ଭିତରେ ଅସନ୍ତୋଷ ହେଲା ଏବଂ ସମସ୍ତେ ଏକମେଲ ହୋଇ ପଥର କଟା ବନ୍ଦ କରି ଦେଲେ ।

କନ୍ଦେଇ ମିଶ୍ର ଯେତେବେଳେ ଖଜଣା ଆଦାୟ କରିବା ପାଇଁ ପଥୁରିଆଙ୍କ ଉପରେ ଜୋର ଜବରଦସ୍ତି କଲା, ତା ଅତ୍ୟାଚାର ବିରୁଦ୍ଧରେ ପଥୁରିଆମାନେ ରାଜାଙ୍କ ପାଖରେ ଦରଖାସ୍ତ ଦେଲେ । ସେତିକି ବେଳେ କନ୍ଦେଇ ମିଶ୍ରକୁ ମାହାଲଦାରୀରୁ ବାହାର କରି ଦେଇଥିଲେ କଥା ଛିଣ୍ଡି ଯାଇଥାନ୍ତା, କିନ୍ତୁ ଫକୀରମୋହନ ତାହା କଲେ ନାହିଁ । ତାଙ୍କର ଯୁକ୍ତି ଥିଲା ଯେ କନ୍ଦେଇ ମିଶ୍ରକୁ ବରଖାସ୍ତ କଲେ ଟଙ୍କା ଅସୁଲ ହୋଇ ପାରିବ ନାହିଁ ତଥା ସରକାରଙ୍କର ସମ୍ମାନ ଯିବ । ସେ ସେଥିପାଇଁ ପଥୁରିଆଙ୍କର ଦରଖାସ୍ତକୁ ଅଗ୍ରାହ୍ୟ କରିଦେଲେ ।

ଏଥରକ ପଥୁରିଆମାନେ କଚେରୀ ଆଗରେ ଆସି ଜମା ହୋଇ ମେଲିକଲେ । କିଲ୍ଲାର ବ୍ରାହ୍ମଣ ଏବଂ କଚେରୀର କେତେ ଅମଲା ପ୍ରଚ୍ଛନ୍ନରେ ସେମାନଙ୍କୁ ସାହସ ଦେଲେ । ପଥୁରିଆଙ୍କର ସବୁଠାରୁ ବେଶୀ ରାଗଥିଲା ଫକୀରମୋହନଙ୍କ ଉପରେ, କାରଣ ସେ କନ୍ଦେଇ ମିଶ୍ରକୁ ବରଖାସ୍ତ କରି ନ ଥିଲେ । ଅବସ୍ଥା ଆସ୍ତେ ଆସ୍ତେ ଆହୁରି ଖରାପ ହେବାରୁ ତାକୁ ସମ୍ଭାଳିବା ପାଇଁ ବାଲେଶ୍ୱରରୁ ପୋଲିସ ସୁପରିନ୍‌ଟେଣ୍ଡେଣ୍ଟ ସେଠାକୁ ଗଲେ । ଗଡ଼ଜାତ ଆସିଷ୍ଟାଣ୍ଟ ସୁପରିନ୍‌ଟେଣ୍ଡେଣ୍ଟ ହରେକୃଷ୍ଣ ଦାସ ମଧ୍ୟ ନୀଳଗିରିରେ ଆସି ପହଞ୍ଚିଲେ ।

ପଥୁରିଆମାନେ ନିଜ ନିଜ ଭିତର ଚାନ୍ଦା କରି ଟଙ୍କା ଉଠାଇଲେ ଏବଂ ତାଙ୍କ ଭିତରୁ କୋଡ଼ିଏ ଜଣ କଟକ ଗଲେ ଗଡ଼ଜାତ ସୁପରିନ୍‌ଟେଣ୍ଡେଣ୍ଟ ରେଭେନ୍‌ସାଙ୍କ ପାଖରେ ନାଲିସ କରିବାକୁ । ରେଭେନ୍‌ସା ସେମାନଙ୍କର ଆପଉ ଅଭିଯୋଗ ଶୁଣିଲେ ଏବଂ ହରେକୃଷ୍ଣ ଦାସ ଯାଇଥିବା ସତ୍ତ୍ୱେ ସମସ୍ୟାର ସମାଧାନ ହୋଇ ନ ଥିବାରୁ ନିଜେ ନୀଳଗିରି ଗସ୍ତରେ ବାହାରିଲେ ।

ରେଭେନ୍‌ସାଙ୍କ ତଦନ୍ତରୁ ଜଣାଗଲା ଯେ ଖଜଣା ବୃଦ୍ଧି ଥିଲା ମେଲିର କାରଣ । କନ୍ଦେଇ ମିଶ୍ର ପଥୁରିଆମାନଙ୍କ ଉପରେ ଅତ୍ୟାଚାର କରିଥିବାରୁ ରେଭେନ୍‌ସା ତାକୁ ମାହାଲଦାରୀରୁ ବରଖାସ୍ତ କରିଦେଲେ । ଏହା ଫଳରେ ଅବଶ୍ୟ ବର୍ଷକର ଖଜଣା ନଷ୍ଟ ହେଲା, କିନ୍ତୁ ପଥୁରିଆମାନେ ଖୁସି ହେଲେ । ମେଲି କରିଥିବାରୁ ରେଭେନ୍‌ସା କେତେଜଣ ପଥୁରିଆଙ୍କୁ ମଧ୍ୟ ଦଣ୍ଡ ଦେଲେ । ଶେଷରେ ଏସବୁ ସମସ୍ୟା ସୃଷ୍ଟି କରିଥିବାରୁ ରେଭେନ୍‌ସା ଫକୀରମୋହନଙ୍କୁ ଦୋଷୀ ମଣିଲେ ଏବଂ ତାଙ୍କୁ ତିରସ୍କାର କଲେ ।

ରେଭେନ୍ଶା ନୀଳଗିରିରୁ ଫେରିଯିବା ପରେ ରାଜା ଆଉ ଫକୀରମୋହନଙ୍କ ସହିତ ଭଲ ବ୍ୟବହାର କଲେ ନାହିଁ। ବର୍ଷକର ଖଜଣା ନଷ୍ଟ ହୋଇଥିବାରୁ ସେ ଫକୀରମୋହନଙ୍କୁ ଦାୟୀ ମନେ କରୁଥିଲେ। ଏପରି ପରିସ୍ଥିତିରେ ନୀଳଗିରିରେ ଦେବାନ ହୋଇ ରହିବା ସମ୍ଭବ ହେଲା ନାହିଁ ଫକୀରମୋହନଙ୍କ ପକ୍ଷରେ। ତେଣୁ ସେ ନିଜର ଆତ୍ମସମ୍ମାନ ଦୃଷ୍ଟିରୁ କାମରୁ ଇସ୍ତଫା ଦେଇଦେଲେ। ନୀଳଗିରିରେ ପ୍ରାୟ ଅଢ଼େଇ ବର୍ଷ ରହିବା ପରେ ସେ ବାଲେଶ୍ୱରକୁ ଫେରୁଥିଲେ ଅର୍ଥଶୂନ୍ୟ, ବିନା ଚାକିରି, ପୁନର୍ମୁଷିକୋଭବ ହୋଇ।

କଟକ: ଅଗଷ୍ଟ ୧୮୭୬

ହଠାତ ଦିନେ ସହରରେ ରାଷ୍ଟ ହୋଇଗଲା ଯେ ମାନ୍ଦ୍ରାଜରୁ ସୁରୁକୁମାରୀ ରୋଗ ଗଂଜାମ ବାଟ ଦେଇ କଟକକୁ ଆସୁଛି। ରୋଗର ଲକ୍ଷଣ ହେଲା ଯେ ପ୍ରଥମେ ଗୋଡ଼ର ବୁଢ଼ା ଆଙ୍ଗୁଳିରୁ ବ୍ୟଥା ଆରମ୍ଭ ହେବ, ତା ପରେ ସେ ବ୍ୟଥା ଅଣ୍ଟା ଉପରକୁ ଆସିବ, ରୋଗୀ କଳା ପଡ଼ିଯିବ, ମୂର୍ଚ୍ଛା ଯିବ ଏବଂ ଶୀଘ୍ର ମରିଯିବ। ଜୁଲାଇ ମାସରେ ଏ ରୋଗ ବ୍ରହ୍ମପୁରରେ ଦେଖାଗଲା ଏବଂ ଶୁଣାଗଲା ଯେ ସରକାର କୁଆଡ଼େ ରୋଗର ଔଷଧ କନଷ୍ଟେବଲମାନଙ୍କ ହାତରେ ହାଟ ବାଟରେ ବଣ୍ଟାଇଲେ। ଜୁଲାଇ ପନ୍ଦର ତାରିଖ ଉତ୍କଳ ଦୀପିକାରେ ସମ୍ପାଦକଙ୍କୁ ପତ୍ର ସ୍ୱୟଂରେ ଔଷଧର ବିବରଣୀ ବାହାରିଲା:

ରୋଗ ପ୍ରତିକାରର ଔଷଧ

ଗୋଟିଏ କୃଷ୍ଣ ବର୍ଣ୍ଣ (ଅନ୍ୟ କୌଣସି ରଙ୍ଗ ଦେହରେ ନ ଥିବ) ଛେଳିକୁ ଆଣି ନାନା ପ୍ରକାର ପତ୍ର ଲତା ଇତ୍ୟାଦି ଖୁଆଇଦ। ସେ ଜଳପାନ କି ପାଇଖାନା କରି ନ ଥିବ, ଏମନ୍ତ ସମୟରେ ତାକୁ ମାରି ତା ପେଟ ଚିରି ଅନ୍ତ ଭିତରୁ ଖାଦ୍ୟ ପଦାର୍ଥକୁ କେବଳ ହାତରେ ଚିରି ବାହାର କରିବ। ବାହାର କରିବା, ଶୁଖାଇବା ଓ ଚୂରିବା ବେଳେ ଯେପରି ମାଛି ଇତ୍ୟାଦି ନ ବସିବେ। ତାକୁ କେବଳ ପଥର ଖଲରେ ଚୂରି ସୁଇକି ଓଜନରେ ପୁଡ଼ା ବାନ୍ଧି ରଖିବ। ଏ ରୋଗ ଆରମ୍ଭ ହେବାମାତ୍ରକେ ତତ୍‌କ୍ଷଣାତ୍‌ ଏ ପୁଡ଼ାକୁ ତିନି ଭରି ଜଳରେ ଗୋଲାଇ ଖୁଆଇଦେଲେ ଏ ରୋଗରୁ ମୁକ୍ତ ହେବ।

ନବସାଗର ଦ୍ରାବକକୁ ତିନି ଭରି ଓଜନ ଜଳରେ ଦଶ ବୁନ୍ଦା ପକାଇ ପିଇଲେ ମଧ୍ୟ ରାଗୀ ରୋଗରୁ ମୁକ୍ତ ହୋଇ ପାରିବ।

ପ୍ରକାଶ ଥାଉ କି, ଏ ରୋଗ ଅଣ୍ଟା ପର୍ଯ୍ୟନ୍ତ ଆସିଲେ ଏ ଔଷଧରେ କିଛି ଫଳ ଦର୍ଶିବ ନାହିଁ। ତିନି ଘଣ୍ଟାପରେ ମୃତ୍ୟୁ ହେବ।

ଗୁଜବ ସଙ୍ଗେ ସଙ୍ଗେ ଲୋକେ ଔଷଧ ତିଆରିରେ ଲାଗିଗଲେ। ସୁରୁକୁମାରୀ ଯେପରି ଏକ ରୋଗ ନ ଥିଲା, ଥିଲା ଛେଲିମାନଙ୍କ ପାଇଁ ମଡ଼କ। ଶହ ଶହ ଛେଲି ମାରି ଔଷଧ ତିଆରି କରି ବିକ୍ରି ହେଲା ଏବଂ ସମସ୍ତେ ଏ ଔଷଧକୁ ସାଇତି ରଖିଲେ। ଯଦିଓ ଛେଲି ପେଟରୁ ଔଷଧ ତିଆରି ହେଉଥିଲା, ମାଂସ ନ ଖାଉଥିବା ବୈଷ୍ଣବମାନେ ମଧ୍ୟ ଏ ଔଷଧ ଆଣି ପାଖରେ ରଖିଲେ। କଟକରେ ଛେଲିର ଦାମ ଚାରି ପାଞ୍ଚଗୁଣ ବଢ଼ିଗଲା।

ଅଗଷ୍ଟ ମାସ ଆରମ୍ଭରେ ଏ ରୋଗ ପୁରୀ ଓ ଖୋର୍ଦ୍ଧାରେ ପ୍ରବେଶ କରିଥିବାର ସମ୍ବାଦ ମିଳିଲା। କିଛି ଦିନ ପରେ ଖବର ହେଲା ଯେ ରୋଗ କଟକକୁ ଆସିଯାଇଛି। ବର୍ତ୍ତମାନ କଟକରେ ଏକମାତ୍ର ଆଲୋଚନାର ବିଷୟ ଥିଲା ସୁରୁକୁମାରୀ ରୋଗ କଥା। ଖବର ମିଳିଲା ଯେ କଚେରୀର ଅମଲାଙ୍କ ଭିତରୁ କେତେଜଣ ଏ ରୋଗ ଭୋଗିଥିଲେ ଏବଂ ଜଣେ ଲୋକ ଏ ରୋଗରେ ମରିଯାଇଥିଲା।

ରୋଗପାଇଁ ଏକ ନୂଆ ଚିକିସା ମଧ୍ୟ ପ୍ରସାରିତ ହେଲା। ତତଲା ଲୁହା ଦ୍ୱାରା ବୁଢ଼ା ଆଙ୍ଗୁଳିକୁ ଦାଗି ଦେଲେ ରୋଗରୁ ରକ୍ଷା ମିଳିବ। ଏଥିପାଇଁ ସମସ୍ତେ ନିଜ ଗୋଡ଼ର ବୁଢ଼ା ଆଙ୍ଗୁଳିକୁ ଦାଗିବାରେ ଲାଗିଲେ। ଯଦିଓ ଇଂରେଜ ଡାକ୍ତରମାନେ ଏ ଭଳି କୌଣସି ରୋଗ ନାହିଁ ବୋଲି ବୁଝାଇବାରେ ଲାଗିଥିଲେ, ଲୋକମାନେ ତାଙ୍କୁ ବିଶ୍ୱାସ ନ କରି ଔଷଧ ସଂଗ୍ରହରେ ଲାଗିଥିଲେ। ଥରେ ଏପରି ଭୟ ହୋଇଯାଇଥିଲା ଯେ ଗୋଟିଏ ଔଷଧ ବଣିଆ ଜାଗାରେ ଦିନ ଚାରିଟାରୁ ରାତି ତିନିଟା ପର୍ଯ୍ୟନ୍ତ ଔଷଧ ପାଇଁ ଆସିଥିବା ଲୋକଙ୍କ ଧାଡ଼ି ଲାଗି ରହିଥିଲା।

କଟକ ସହର ଥିଲା ଗୁଜବର ଏକ କାରଖାନା। ମଝିରେ ମଝିରେ ଅଭୁତ ଗୁଜବମାନ ଆସି ପହଞ୍ଚୁଥିଲା ଏଠାରେ। ବିମଲାକ୍ଷୀ ମନ୍ଦିରକୁ ହାଣ୍ଡି ପଠାଇବା ଘଟଣା ପରେ ଥରେ ରାଷ୍ଟ ହେଲା ଯେ ରାତିରେ ହନୁମାନ ସହରକୁ ବିଜେ କରିବେ। ଯାହା ଘର ଆଗରେ ଚିତା ନ ଦେଖିବେ, ହନୁମାନ ତା ଘରେ ବିଜେ ହେବେ ଏବଂ ତା'ଘର ନିର୍ବଂଶ ହୋଇଯିବ। ଏକଥା ଶୁଣି କଟକବାସୀ ସମସ୍ତେ ଦୁଆର ମୁହଁରେ ଚିତା ଲେଖାଇଲେ। ଏପରି ସମୟରେ କଟକଚଣ୍ଡୀଙ୍କ କାଳିସି କହିଲା ଯେ ହନୁମାନ ଯାହା ଘର ଆଗରେ ଚିତା ଦେଖିବେ, ତାହାରି ଘରକୁ ଯାଇ ତା'ର ବଂଶ ଲୋପ କରିବେ। ଏ କଥା ଶୁଣି ସମସ୍ତେ ଘର ଆଗରୁ ଚିତା ଲିଭାଇବାରେ ଲାଗିଗଲେ।

ଆଉ ଥରେ କିଏ ଖବର ଦେଲା ଯେ ଯାହା ଘରେ ଢିଙ୍କି ଅଛି ରାତିରେ କାଢ଼ି ରଖ। ନ ହେଲେ ରାତି ଅଧରେ କିଏ ଧାନ କୁଟିଲା ଭଳି ଶୁଣାଯିବ; ଯଦି ତମେ କିଏ ବୋଲି ପଚାରିବ, ତେବେ ହଇଜା ହୋଇ ତମେ ସେଥିରେ ମରିଯିବ। ଏଇ ଭୟରେ ଲୋକମାନେ ରାତିରେ ଢିଙ୍କି ସବୁ ବାହାର କରି ରଖିଦେଲେ।

ସେ ଯାହାହେଉ, ସୁରୁକୁମାରୀ ରୋଗ ପ୍ରାୟ ମାସେ କାଳ କଟକରେ ଭୟ ଓ ଆତଙ୍କ ଏବଂ ଇଂରେଜମାନଙ୍କ ମଧ୍ୟରେ ଆମୋଦର କାରଣ ହୋଇ ରହିଲା। ଯେତେବେଳେ ସୁରୁକୁମାରୀ କଟକ ଛାଡ଼ି ବାଲେଶ୍ୱର ଆଡ଼କୁ ମୁହାଁଇଲା, ଲୋକେ ଏବଂ ଛେଲିମାନେ ଆଶ୍ୱସ୍ତିର ନିଶ୍ୱାସ ନେଲେ।

ବାଲେଶ୍ୱର: ସେପ୍ଟେମ୍ବର ୧୮୭୬

ବାଲେଶ୍ୱର ସ୍କୁଲ ଡେପୁଟି ଇନ୍ସପେକ୍ଟରଙ୍କ ଅଫିସରେ ସମସ୍ତେ କାର୍ଯ୍ୟବ୍ୟସ୍ତ ଥିଲେ, କିନ୍ତୁ ଡେପୁଟିଙ୍କର ଚଉକି ଖାଲି ଥିଲା। ତା'ର କାରଣ ରାଧାନାଥ ଟେବୁଲ ଚଉକିରେ ନ ବସି ତଳେ ବସିବାକୁ ଭଲ ପାଉଥିଲେ। ବର୍ତ୍ତମାନ ସେ ପାଖ କୋଠରୀରେ ମଶିଣା ଉପରେ ତାଙ୍କ ପ୍ରିୟ ବସିବା ଭଙ୍ଗୀ ବୀରାସନରେ ବସିଥିଲେ। ଗରମ ହେଉଥିବାରୁ ସେ ଦେହରୁ ଜାମା ଖୋଲି ଦେଇଥିଲେ। ତାଙ୍କ ଆଗରେ ନାସଦାନି ଓ ଅଫିମ ଡିବା ରହିଥିଲା ଏବଂ ସେ ସେଥିରୁ ଟିକିଏ ନେଇ ଏ ବର୍ଷ ତାଙ୍କର କିପରି ଗଲା ସେ କଥା ଭାବୁଥିଲେ।

ବର୍ଷଟି ଖୁବ୍ ଭଲ ଯାଇଥିଲା। ବିବାହର ଛ ବର୍ଷ ପରେ ପରଶମଣିଙ୍କ ଗର୍ଭରୁ ତାଙ୍କର ପ୍ରଥମ ସନ୍ତାନ କନ୍ୟ ହୋଇଥିଲା। ଦୁଇ ବର୍ଷ ତଳୁ ରାଧାନାଥ ପ୍ରତିଦିନ ସକାଳେ ପ୍ରଥମେ ଏକ ହଜାର ମଧୁସୂଦନ ନାମ ଲେଖି ଅନ୍ୟ କାମ ଆରମ୍ଭ କରୁଥିଲେ। ଏତଦବ୍ୟତୀତ, ଫେବୃଆରୀ ମାସରେ କଟକ ହାଇସ୍କୁଲକୁ ବଦଲି ହୋଇଯିବା ପର୍ଯ୍ୟନ୍ତ, ମଧୁସୂଦନ ରାଓ ତାଙ୍କର ନିତ୍ୟ ସଂଗୀ ଥିଲେ। ଏଥିପାଇଁ ସେ ଚାହିଁଥିଲେ ନବଜାତ ପୁଅର ନାଁ ରଖିବେ ମଧୁସୂଦନ। ତେବେ ପିଉସୀ ପୁଅ ଭାଲ ଚନ୍ଦ୍ରନାଥ ରାୟ ପିଲାଟିର ନାଁ ରଖିଲେ ଶଶିଭୂଷଣ। ଯଦିଓ ଏଇ ନାଁଟି ଶେଷ ପର୍ଯ୍ୟନ୍ତ ରହିଲା, ରାଧାନାଥଙ୍କ ପାଇଁ ପୁଅର ନାଁ ମଧୁ ହିଁ ରହିଲା ଏବଂ ତାକୁ ସେ ଏଇ ନାଁରେ ଡାକିଲେ।

ମଧୁରାଓ ସେଠାରେ ଥିବା ବେଲେ ସାହିତ୍ୟ ଚର୍ଚ୍ଚାର ସୁଯୋଗ ଦେଉଥିଲା। ରାଧାନାଥ ଓ ମଧୁ ରାଓ ମିଶି ପ୍ରଥମ ଶିକ୍ଷା ନାମରେ ଗୋଟିଏ ବହି ଲେଖି ବୈକୁଣ୍ଠନାଥ ଦେଙ୍କ ନାଁରେ ନ ହଜାର ଛପା କରାଇଥିଲେ। ଏ ବହିଟି ତିନି ମାସ ଭିତରେ ବିକ୍ରି ହୋଇଯାଇଥିଲା ଏବଂ ରାଧାନାଥଙ୍କୁ ଏଥିରୁ ଭଲ

ପଇସା ମିଳିଥିଲା। କିନ୍ତୁ ଯେଉଁ ବହିଟିର ପ୍ରକାଶନ ରାଧାନାଥଙ୍କୁ ବିଶେଷ ଆନନ୍ଦ ଦେଇଥିଲା, ସେଇଟି ଥିଲା ସେ ଓ ମଧୁ ରାଓ ମିଶି ଲେଖିଥିବା କବିତା ସଂଗ୍ରହ 'କବିତାବଳୀ', ଯାହା ବୈକୁଣ୍ଠନାଥ ଦେଙ୍କ ଦ୍ୱାରା ପ୍ରକାଶିତ ହୋଇଥିଲା ଏବଂ ଜନ ବୀମ୍‌ସଙ୍କୁ ଉତ୍ସର୍ଗୀକୃତ ହୋଇଥିଲା। ବହିଟି ବିଷୟରେ ଆଉ ଯେ ଯାହା କହନ୍ତୁ, ରାଧାନାଥ ଜାଣିଥିଲେ ଯେ ଏହି କବିତାଗୁଡ଼ିକ ଓଡ଼ିଆ ଭାଷାର ପ୍ରଥମ ଆଧୁନିକ କବିତା।

ଏହିପରି ପ୍ରୀତିକର ଚିନ୍ତାରେ ନିମଗ୍ନ ଥିଲା ବେଳେ ରାଧାନାଥଙ୍କ ଆଗରେ ବାଲେଶ୍ୱରର କେତେ ଜଣ ଭଦ୍ରବ୍ୟକ୍ତି ଏକ ଅଭୁତ ଅନୁରୋଧ ନେଇ ଆସି ପହଞ୍ଚିଲେ। ସେମାନେ ଚାହୁଁଥିଲେ ଯେ ସହରରେ ସୁରୁକୁମାରୀ ରୋଗ ପ୍ରବେଶ କରିଥିବା କାରଣରୁ ସ୍କୁଲ ସବୁ ବନ୍ଦ କରିଦିଆଯାଉ।

ବାଲେଶ୍ୱର ମଧ୍ୟ ଗୁଜବ ବିଷୟରେ କଟକଠାରୁ ଊଣା ନ ଥିଲା। କିଛି ବର୍ଷ ହେଲା ଜଣେ ଠାକୁରାଣୀଙ୍କ ଦେଉରୀ ବା କାଳିସୀର ଆଦ୍ଖାରେ ପୁରୁଣା କୁଲା, ଛାଣ୍ଡୁଣୀ, ପାଟିଆ, ଖଇଁଚି, ଖାଲୀ ଇତ୍ୟାଦି ମୟୂରଭଞ୍ଜ ଆଡ଼ୁ ଆସି ଦାଘିରହଣିଆଠାରେ ପହଞ୍ଚିବାରେ ଲାଗିଥିଲା। ଏ ଗୁଡ଼ିକ ବିମଲାକ୍ଷଙ୍କ ଉଦ୍ଦେଶ୍ୟରେ ନିର୍ଦ୍ଦିଷ୍ଟ ଥିଲା। ଏହାପରେ ଦିନେ ରାତିରେ ହଠାତ ଜଣେ ଲୋକ ପାଉଡ଼ିଆ ଗାଁରୁ ଧଇଁ ସଇଁ ହୋଇ ଦୌଡ଼ି ଦୌଡ଼ି ଆସି ମାକଲପୁର ସାହିରେ ପହଞ୍ଚି ସାତ ଘରୁ ସାତ ମୁଠା ଚାଉଳ ମାଗି ନେଲା। ଗ୍ରାମବାସୀ ପଚାରିବାରୁ କହିଲା, ଦକ୍ଷିଣରୁ ଗୋଟିଏ ଷଣ୍ଡ ଆସୁଛି, ତା ପିଠିରେ ବରଗଛ ଏବଂ ବରଗଛ ଉପରେ ହନୁମାନ ବସିଛନ୍ତି। ଗ୍ରାମର ସମସ୍ତ ଲୋକ ଆପଣା ଗ୍ରାମ ଛଡ଼ା ଅନ୍ୟ ଗ୍ରାମରୁ ସାତ ଘରୁ, ଏପରି ଘର ଯେଉଁଠାରୁ ଆଉ କେହି ଭିଖ ନେଇ ନ ଥିବ, ସାତ ମୁଠା ଚାଉଳ ମାଗି ଘରେ ରଖିଥିବେ। ହନୁମାନ ପହଞ୍ଚିଲା କ୍ଷଣି ସେ ଚାଉଳ ଷଣ୍ଡକୁ ଖାଇବାକୁ ଦେବ। ଷଣ୍ଡ ଘର ଆଗରେ ପହଞ୍ଚିଲେ ଏପରି ଚାଉଳ ତାକୁ ଖାଇବାକୁ ନ ଦେଲେ ସେ ଘର ନିର୍ବଂଶ ହୋଇଯିବ। ଏ କଥା ଶୁଣି ଲୋକମାନେ ଭିଖ ମାଗିବା ପାଇଁ ଏ ଗାଁ ସେ ଗାଁ ଦୌଡ଼ିଲେ।

ଏ ସବୁଠାରୁ ବଡ଼ ବିପଦ ସୁରୁକୁମାରୀ ବର୍ତ୍ତମାନ ବାଲେଶ୍ୱରରେ ପହଞ୍ଚିଥିଲା। ତା'ର ପ୍ରଥମ ଶିକାର ଥିଲା ଜଣେ ମୁସଲମାନ ସ୍ତ୍ରୀ ଲୋକ। ସେ ହଠାତ୍ ମୋ ଗୋଡ଼ ଗଲା, ଗୋଡ଼ ଗଲା ବୋଲି କହି ତଳେ ପଡ଼ିଗଲା। ଘଟଣା କ୍ରମେ ସେଠାରେ ଜଣେ ଦେଶୀୟ ବୈଦ୍ୟ ଥିଲେ। ସେ ଦା ତତାଇ ସେ ସ୍ତ୍ରୀ ଲୋକର ବୁଢ଼ା ଆଙ୍ଗୁଳି ଉପରେ ଦୁଇ ଗାର ଲୁହା ଚିଆଁ ଦେଲା। କ୍ଷଣି ସ୍ତ୍ରୀ ଲୋକଟି ସୁସ୍ଥ ହୋଇଗଲା। ଏ ଘଟଣା ପରେ ରୋଗ ସାରା ସହରରେ ବ୍ୟାପିବାରେ ଲାଗିଲା ଏବଂ କୋକୁଆ ଭୟ ପଡ଼ିଗଲା। ମଫସଲରୁ ସହରକୁ ଲୋକମାନଙ୍କର ଯାତାୟାତ ବନ୍ଦ ହୋଇଗଲା। ହାଟରେ ବାଟରେ ଘାଟରେ ଯେଉଁଠାରେ ଦେଖ ସେଇ ଗୋଟିଏ ଚିନ୍ତା, ସୁରୁକୁମାରୀ।

ବୈକୁଣ୍ଠନାଥ ଦେ, ମଦନ ମୋହନ ଦାସ, ହରେକୃଷ୍ଣ ଦାସ ପ୍ରମୁଖ ଛେଲି ମାରି ଔଷଧ ତିଆରି କରାଇ ବାଣ୍ଟିବାର ବ୍ୟବସ୍ଥା କଲେ। ଏ ଔଷଧ ଅଣ୍ଟିଲା ନାହିଁ ଏବଂ ସାଇ ସାଇକେ ଔଷଧ ତିଆରି ହେବାରେ ଲାଗିଲା। ଆଗେ ଯେଉଁ ଛେଲିର ଦାମ ଆଠ ଦଶ ଅଣା ଥିଲା, ତା'ର ଦାମ ହୋଇଗଲା ଦେଢ଼ ଟଙ୍କା। ପଲ ପଲ କଳା ମାଛ ଛେଲି ମଫସଲରୁ ସହରକୁ ବିକ୍ରି ପାଇଁ ଆସିଲେ।

ଏ ବିଷୟରେ ବାଲେଶ୍ୱର ସମ୍ବାଦ ବାହିକା ରୋଗର ଦୀର୍ଘ ବିବରଣୀ ଓ ଚିକିତ୍ସା ପଦ୍ଧତି ପ୍ରକାଶ କଲେ :

ଏହି ରୋଗ ପ୍ରଥମେ ଦୁଇ ଗୋଡ଼ ବୁଢ଼ା ଆଙ୍ଗୁଳିରୁ ଜାତ ହୋଇ ନିଆଁ ଲାଗିଲା ପ୍ରାୟେ ବିଷ ଜ୍ୱାଳା

ପରି ଉପରକୁ ଉଠଇ। କ୍ରମେ କ୍ରମେ କଟି ଦେଶ ପର୍ଯ୍ୟନ୍ତ ଉଠିବାକୁ ତିନି ଘଣ୍ଟା ସମୟ ଲାଗେ। ଦୁଇ ଘଣ୍ଟା କି ଅଢ଼େଇ ଘଣ୍ଟା ମଧ୍ୟରେ ଯେବେ ଚିକିତ୍ସା କରାଯାଏ ତେବେ ରୋଗୀ ନିଶ୍ଚୟ ଆରୋଗ୍ୟ ହୁଏ। ଯେବେ କମର ପର୍ଯ୍ୟନ୍ତ ଉଠିଯାଏ, ତେବେ ରୋଗୀ ବଞ୍ଚେ ନାହିଁ।

ଚିକିତ୍ସା

୧) ପ୍ରଥମେ ଗୋଡ଼ ଆଙ୍ଗୁଲି ଜଳିଲା କ୍ଷଣି ଉପରକୁ ଧରଣି ଅର୍ଥାତ୍ ଦଉଡ଼ି ହେଉ ବା ଲୁଗା ହେଉ ବାନ୍ଧି ଦେବ (ଲୁଗା ହେଲେ ଚିକ୍‌ଣ ହେବ, ଦଉଡ଼ିରେ କିଛି କଷ୍ଟ ହେବ) ଓ ଦା ତତାଇ ଗୋଡ଼ ବୁଢ଼ା ଆଙ୍ଗୁଲିରେ ଦାଗିବ, ସେଥିରେ ମୁକ୍ତ ନ ହେଲେ ଗୋଡ଼ର ଦଶ ଆଙ୍ଗୁଲି ଉପରେ ଦାଗ ଦେବ।

୨) ଘୃତକୁମାରୀ (ଘିଅକୁଆଁରୀ) ଏବଂ କାଗଜି ଲେମ୍ବୁ ରସ ଦୁହିଁକୁ କମରଠାରୁ ତଳିପା ପର୍ଯ୍ୟନ୍ତ ଉତ୍ତମ ରୂପେ ଘସିବ।

୩) ଲାଇକର ଏମୋନିଆ ସୁଂଘାଇଦେବ ଅଥବା ସେଥିରୁ ଦଶ ଟୋପା ଦୁଇ ତୋଲା ପାଣିରେ ପକାଇ ଖାଇବାକୁ ଦେବ।

୪) ନେିସାଦର ବା ନିସାଦଲ ଯେତେ ଓ ଶୁଖିଲା କଲି ଚୂନ ତେତେ, ଏ ଦୁହିଁକୁ ଗୋଟାଏ ବୋତଲରେ ପୂରାଇ କିଛି ପାଣି ଦେଇ ହଲାଇ ହଲାଇ ରଖି ଦେବ; ଚୂନ ତଳକୁ ବସିଯିବ ଓ ନିର୍ମଲ ଜଲ ଉପରକୁ ରହିବ। ସେହି ପାଣି ଆଉ ଗୋଟିଏ ବୋତଲରେ ନେଇ ରଖିବ। ସେହି ପାଣିରୁ ଦଶ ଟୋପା ଦୁଇ ତୋଲା ଭଲ ପାଣିରେ ପକାଇ ରୋଗୀକୁ ଖାଇବାକୁ ଦେବ।

୫) ଗୋଟିଏ କଲା ମାଈ ଛେଲିକୁ (ଯେମନ୍ତ ଗର୍ଭରେ ଛୁଆ ନ ଥିବ) ଦିନ ଯାକ ନାନା ପତ୍ର ଓ ଘାସ ଚରାଇବ। ସେହି ଛେଲି ଯେମନ୍ତ ଏକା ଜାଗାରେ ଛିଡ଼ା ନ ହୁଏ ଓ ପାଣି ନ ପିଏ ବା ନ ଶୁଏ ବା ପାକୁଲି ନ କରେ। ବେଲ ଓଲି ତାହାକୁ ବଲି ଦେବ ଓ ତାହା ଗର୍ଭରୁ ଅଜୀର୍ଣ୍ଣ ଆହାର ବାହାର କରି ଶୁଖାଇବ। ଶୁଖାଇବା ସମୟରେ ଏପରି ସାବଧାନ ହେବ ଯେ ସେଥିରେ ଯେମନ୍ତ ମାଛି ବସି ନ ପାରେ। ତାହା ଶୁଖିଲାରୁ ପେଷି ଗୁଣ୍ଡ କରିବ ଓ ଅଢ଼େଇ ମାସା ବା ସୁଇକି ତୋଲା ଓଜନରେ ଗୋଟିଏ ଗୋଟିଏ ପୁଡ଼ିଆ ବାନ୍ଧିବ। ରୋଗ ଆରମ୍ଭ ହେଲାକ୍ଷଣି ସେହି ପୁଡ଼ିଆରୁ ଗୋଟିଏ କଞ୍ଚାପାଣିରେ ଖାଇବାକୁ ଦେବ, ଏହି ରୂପେ ପାଆ ଘଣ୍ଟା ବା ଅଧା ଘଣ୍ଟା ଉଠାରୁ ଆଉ ଗୋଟିଏ ପୁଡ଼ିଆ ଖାଇବାକୁ ଦେବ। ତିନି ପୁଡ଼ିଆରେ ରୋଗ ନିଶ୍ଚୟ ମୁକ୍ତ ହେବ।

ପାଠକେ, ଏହି ରୋଗକୁ ଅବିଶ୍ୱାସ କରିବା ଉଚିତ ନୋହେ। ରୋଗ ଉପସ୍ଥିତ ହେଲାକ୍ଷଣି ଉକ୍ତ ପଞ୍ଚ ପ୍ରକାର ଔଷଧ ମଧ୍ୟରୁ ଯାହାକୁ ଯାହା ସୁବିଧା ହେବ ସେ ତାହା କରିବ।

ବଂଗାଲୀମାନେ ଏ ରୋଗରେ ବିଶ୍ୱାସ କରୁ ନ ଥିବାରୁ ସମ୍ବାଦ ବାହିକା ଲେଖିଲେ, ଯଦି ବଙ୍ଗାଲୀଙ୍କ ଭିତରୁ କାହାରିକି ସୁରୁକୁମାରୀ ହୁଅନ୍ତା ଓ ତାକୁ ଔଷଧ ଦିଆ ନ ଯାଇ ସେ ମରିଯାନ୍ତା, ତେବେ ବଙ୍ଗାଲୀଙ୍କର ବିଶ୍ୱାସ ଜନ୍ମନ୍ତା! ରାଧାନାଥ ମଧ୍ୟ ଏ ବିଷୟରେ ବଙ୍ଗାଲୀଙ୍କର ପକ୍ଷ ସମର୍ଥନ କରୁଥିଲେ ଏବଂ ସେଥିପାଇଁ ସ୍କୁଲ ବନ୍ଦ କରିବା ପାଇଁ ଆସିଥିବା ଦରଖାସ୍ତକୁ ନାମଞ୍ଜୁର କରିଦେଲେ।

ସୌଭାଗ୍ୟକୁ ସୁରୁକୁମାରୀ ବାଲେଶ୍ୱରରେ ମାତ୍ର କିଛି ଦିନ ରହି ସେଠାରୁ କଲିକତା ଚାଲିଗଲା।

ପୁରୀ: ସେପ୍ଟେମ୍ବର ୧୮୭୬

ମେ ମାସ ସୁଦ୍ଧା ଖସି ପଡ଼ିଥିବା ପଥର ଜାଗାରେ ନୂଆ ପଥର ଲାଗି ପୁରୀ ମନ୍ଦିରର ମରାମତି କାମ ଶେଷ ହେଲା ଓ ରଥଯାତ୍ରା ପରେ ଠାକୁରମାନେ ରତ୍ନ ସିଂହାସନକୁ ଫେରିଲେ। ଷୋଳ ଶାସନ ପଣ୍ଡିତ ଶିଷ୍ୟ ଦଣ୍ଡୀ ବ୍ରହ୍ମଚାରୀମାନେ ଏଥରକ ମନ୍ଦିର ମହାପ୍ରସାଦ ଖାଇଲେ। ଠାକୁର ରତ୍ନସିଂହାସନରେ ନ ଥିବା ବେଳେ ଯେଉଁ ବ୍ରାହ୍ମଣମାନେ ଅନ୍ନଭୋଜନ କରି ପଙ୍କ୍ତି ବାହ୍ୟ ହୋଇଥିଲେ, ମୁକ୍ତି ମଣ୍ଡପ ପଣ୍ଡିତଙ୍କ ନିର୍ଦ୍ଦେଶ ଅନୁଯାୟୀ ସେମାନେ ସ୍ୱ ସ୍ୱ ଗ୍ରାମ ଦେବତାଙ୍କୁ ପୂଜା ପାର୍ବଣ କରି ଗାୟତ୍ରୀ ମନ୍ତ୍ରାଦି ଜପି ପୁଣି ସମାଜରେ ମିଶିଲେ। ଏ ଭଳି ଭାବରେ ଏ ସମସ୍ୟାର ସମାଧାନ ହେଲା, କିନ୍ତୁ ନୂଆ ନୂଆ ସମସ୍ୟା ଉପୁଜିଲା ପୁରୀ ରାଜାଙ୍କ ଯୋଗୁଁ।

ଓଡ଼ିଶା ଗଡ଼ଜାତର ରାଜାମାନେ ପୁରୀ ଆସିଲେ ପୁରୀ ରାଜାଙ୍କୁ ସମ୍ମାନ ଦେଖାଉଥିଲେ। ସେଥିପାଇଁ ଦିବ୍ୟସିଂହର ଅଭିମାନ ହୋଇ ଯାଇଥିଲା ଯେ ସେ ସମସ୍ତଙ୍କ ଉପରେ ଏବଂ ସବୁ ଜାଗାରେ ପୁରୀ ରାଜାଙ୍କ ଆସନ ଉପରେ ରହିବା ଉଚିତ। ୧୮୭୪ରେ ଯେତେବେଳେ ଛୋଟଲାଟ ରିଚାର୍ଡ ଟେମ୍ପଲ କଟକରେ ଦରବାର କରିଥିଲେ, ପୁରୀ ରାଜା ସେଠାକୁ ଯାଇ ନ ଥିଲେ, କାରଣ ସରକାର ତାଙ୍କୁ ଓଡ଼ିଶାର ସମସ୍ତ ରାଜାଙ୍କ ଭିତରେ ଅଗ୍ରଗଣ୍ୟ କରି ସମସ୍ତଙ୍କ ଉପରେ ସ୍ଥାନ ଦେବାକୁ ରାଜି ହୋଇ ନ ଥିଲେ। ୧୮୭୬ ଜାନୁଆରୀ ପହିଲାରେ କଲିକତାରେ ବିଲାତର ଯୁବରାଜ ଯେଉଁ ଦରବାର କରିଥିଲେ, ସେଥିରେ ମଧ୍ୟ ଏ କଥାର ପୁନରାବୃତ୍ତି ହେଲା। ବର୍ତ୍ତମାନ ପୁରୀ ରାଜାଙ୍କର ଉପଦେଷ୍ଟା ହୋଇଥିଲେ ତାରାକାନ୍ତ ବିଦ୍ୟାସାଗର। ସେ କଟକର ସଦର ଅମିନ ଥିଲେ ଏବଂ ଚାକିରିରୁ ଅବସର ନେବା ପରେ କଲିକତା ଫେରି ଯାଇଥିଲେ। ଶେଷ ଜୀବନ ପୁରୀରେ କଟାଇବା ପାଇଁ ଓଡ଼ିଶା ଫେରିଆସି ସେ

ବର୍ତ୍ତମାନ ପୁରୀ ରାଜାଙ୍କର ସ୍ତାବକ ହୋଇ ରହିଥିଲେ। କଲିକତା ଦରବାରକୁ ପୁରୀ ରାଜା ତାରାକାନ୍ତଙ୍କୁ ସାଙ୍ଗରେ ନେଇ ଗଲେ। ସେତେବେଳେ ରାଷ୍ଟ ହୋଇଗଲା ଯେ ପୁରୀ ରାଜା ଯୁବରାଜଙ୍କ ପାଇଁ ଲକ୍ଷେ ଟଙ୍କାର ଗୋଟିଏ ତରବାରୀ ଓ ପଚିଶ ହଜାର ଟଙ୍କାର ଏକ ପାନ ବଟା ସାଙ୍ଗରେ ନେଇ ଯାଇଛନ୍ତି। ଏକଥା ଗୁଜବ ମାତ୍ର ଥିଲା। ତାରାକାନ୍ତଙ୍କର ଉପଦେଶମତେ କଲିକତାରେ ପହଞ୍ଚି ପୁରୀ ରାଜା ଗଙ୍ଗାକୂଳରୁ ନିଜ ବସା ପର୍ଯ୍ୟନ୍ତ ପାଲିଙ୍କିରେ ବସି ବାଜା ବଜାଇ ଗଲେ। ଏହାଦ୍ୱାରା ସେ କଲିକତାବାସୀଙ୍କ ଆଗରେ ଉପହାସର ପାତ୍ର ହୋଇଗଲେ। ଦରବାର ରାଜାମାନଙ୍କ ଭିତରେ ପୁରୀ ରାଜାଙ୍କ ସ୍ଥାନ ଥିଲା ଏକତିରିଶ ନମ୍ବର। ଏଇ ଆଳରେ ଦରବାର ନ ଯାଇ ପୁରୀ ରାଜା କଲିକତାରୁ ଫେରି ଆସିଲେ ଏବଂ ଏଥିପାଇଁ ଓଡ଼ିଶାରେ ସମାଲୋଚନା ହେଲା। ରାଜାଙ୍କୁ ଭୁଲ ଉପଦେଶ ଦେଉଥିବାରୁ ଲୋକମାନେ ତାରାକାନ୍ତଙ୍କୁ ଦୋଷୀ ମଣିଲେ। କିନ୍ତୁ ଖୋସାମତିଆ ତାରାକାନ୍ତଙ୍କୁ ରାଜା ନିଜର ଦେବାନ କରିଦେଲେ।

ମନ୍ଦିର ନେଇ ମଧ୍ୟ ରାଜାଙ୍କ କୁପରିଚାଳନାର ଅନ୍ତ ନଥିଲା। ମନ୍ଦିରର ସେବକ କାମ ପୁରୁଷାନୁକ୍ରମିକ ଥିବା ସ୍ଥଳେ ରାଜା ମଝିରେ ମଝିରେ ଟଙ୍କା ନେଇ ଅନ୍ୟ ଲୋକଙ୍କୁ ସେବକ ଚାକିରି ଦେଇ ଦେଉଥିଲେ। ଏହା ଫଳରେ ନ୍ୟାୟ୍ୟ ସେବକ ଓ ଅନ୍ୟାୟରେ ରଖାଯାଇଥିବା ସେବକମାନଙ୍କ ମଧ୍ୟରେ ସବୁବେଳେ ଗଣ୍ଡଗୋଳ ଉପୁଜୁଥିଲା। ଏ ବିଷୟରେ ଫେବ୍ରୁଆରୀ ମାସରେ ଏକ ମକଦମା ହୋଇ ସେଥିରେ ଜଜ ସାହେବ ରାୟ ଦେଇଥିଲେ ଯେ ପୁରୀ ରାଜାଙ୍କର ସେବକ ନିଯୁକ୍ତି ବିଷୟରେ ସମ୍ପୂର୍ଣ୍ଣ କ୍ଷମତା ଥିଲେ ମଧ୍ୟ ଚଳିତ ପ୍ରଥା ଅନୁସାରେ ସେ ସେବକ ପରିବାରର ଜ୍ୟେଷ୍ଠାଂଶକୁ ସେବକ ରଖିବା ପାଇଁ ବାଧ୍ୟ। ଏ ଆଦେଶ ସତ୍ତ୍ୱେ ପୁରୀ ରାଜା ସେବାକୁ ମୌରସୀ ସ୍ୱୀକାର ନ କରି ବାହାର ଲୋକଙ୍କୁ ସେବକ ରଖିବା ପାଇଁ ଛାମୁ ଚଟାଉରେ ଆଦେଶ ଦେଇ ଦେଉଥିଲେ। ବର୍ଷେ ତଳେ ତାଙ୍କର ଏପରି ଗୋଟିଏ ନିଯୁକ୍ତି ଯୋଗୁ ଅନେକ ଗଣ୍ଡଗୋଳ ହୋଇଥିଲା।

ଭୋବନୀ କର ନାମକ ଜଣେ ସେବକର ଆପଣା ସାବତ ମା' ସଙ୍ଗେ କୁବ୍ୟବହାର ଥିବା କଥା ସମସ୍ତେ ଜାଣିଥିଲେ। ସେଥିପାଇଁ ଅନ୍ୟ ସେବକମାନେ ତାକୁ ବାସନ୍ଦ କରିଥିଲେ। ପରେ ସେ ଜଣେ ବିଧବା ସହିତ ମନ୍ଦିର ଭିତରେ କୁବ୍ୟବହାର କରିବା ସମୟରେ ମନ୍ଦିର କର୍ମଚାରୀଙ୍କ ଦ୍ୱାରା ଧରା ହୋଇ ଦୁଇ ବର୍ଷ କଠିନ ପରିଶ୍ରମ ସହିତ ଜେଲ ଦଣ୍ଡ ପାଇଥିଲା। ଜେଲରୁ ଖଲାସ ହେବା ପରେ ପୁରୀ ରାଜା ତାକୁ ପଶୁପାଳକ ସେବାରେ ନିଯୁକ୍ତି କରିଦେଲେ। ଆଗରୁ ଯେଉଁମାନେ ପଶୁପାଳକ ସେବା କରୁଥିଲେ, ସେମାନେ ଏ ନିଯୁକ୍ତିରେ ଆପତ୍ତି ଜଣାଇଲେ, କିନ୍ତୁ ରାଜା ତାକୁ ଅଗ୍ରାହ୍ୟ କରିଦେଲେ।

ଯେଉଁଦିନ ଭୋବନୀ କରର ପାଲି ଥିଲା, ଅନ୍ୟ ସେବକମାନେ ତାକୁ ବାଧା ଦେବେ ବୋଲି ସ୍ଥିର କଲେ। ଏକଥା ଜାଣିପାରି ସେଦିନ ପୁରୀ ରାଜା ମନ୍ଦିରକୁ ନିଜ ଦିହଲଗା ପ୍ରଧାନ ଖଟଣି ପଦନ ସାନ୍ତରା ଓ ପଦ୍ମଚରଣ ପଟନାୟକଙ୍କୁ ସେଠାକୁ ପଠାଇଲେ। ସେମାନେ ସାଙ୍ଗରେ ନେଇ ଗଲେ ଖୁଣ୍ଟିଆ ପେଟା ଆଖଡ଼ା, ହିଞ୍ଜଳ ଆଖଡ଼ା ଓ ରାହାସ ମହାନ୍ତି ଆଖଡ଼ାର ପ୍ରାୟ ଦେଢ଼ଶହ ମାଲଙ୍କୁ। ସେମାନେ ମନ୍ଦିର ଭିତରେ ଯାଇ ପୁରୁଣା ସେବକଙ୍କୁ ମାରପିଟ୍ କରି ଭୋବନୀ କରକୁ କାମରେ ଲଗାଇ ଦେଇ ଆସିଲେ।

ଏଭଳି ଅତ୍ୟାଚାର ବାରମ୍ବାର ଘଟିବାରୁ ଅଗଷ୍ଟ ମାସରେ ସେବକ ତଥା ପୁରୀର ହିନ୍ଦୁମାନଙ୍କ ପକ୍ଷରୁ ରେଭେନସାଙ୍କ ପାଖରେ ଗୋଟିଏ ଦରଖାସ୍ତ ହେଲା ପୁରୀ ରାଜାଙ୍କ ବିରୁଦ୍ଧରେ। ଏଥିରେ ନିମ୍ନଲିଖିତ ବିଷୟମାନ ଦର୍ଶାଯାଇଥିଲା :

ପୂର୍ବେ ସର୍ବସାଧାରଣଙ୍କୁ ମନ୍ଦିର ଭିତରକୁ ଯାଇ ପ୍ରଭାତ ମଙ୍ଗଳ ଆରତି, ଅବକାଶ, ସନ୍ଧ୍ୟା ଧୂପ, ଚନ୍ଦନ ଲାଗି ଓ ବଡ଼ସିଂହାର ପହୁଡ଼ ଇତ୍ୟାଦି ଦେଖିବା ଲାଗି ସୁଯୋଗ ଦିଆଯାଉଥିଲା। କିନ୍ତୁ ପୁରୀ ରାଜା ନିୟମ କରି ଦେଇଛନ୍ତି ଯେ ଏଥିପାଇଁ ଚାରିଆଣା ଦେବାକୁ ପଡ଼ିବ, ଯେଉଁଥିରୁ ଦୁଇ ଆଣା ତାଙ୍କ ଅମଲାମାନେ ପାଇବେ ଓ ଦୁଇ ଆଣା ମନ୍ଦିର ଖର୍ଚ୍ଚକୁ ଯିବ।

ସେମାନଙ୍କର ଚାକିରି ଯଦିଓ ବଂଶାନୁକ୍ରମିକ, ପୁରୀ ରାଜା ଶହ ଶହ ଟଙ୍କା ଲାଞ୍ଛନେଇ ନୂଆ ନୂଆ ଲୋକଙ୍କୁ ଛାମୁ ଚିଟାଉ ଦେଇ ସେବକ କରାଇ ଦେଉଛନ୍ତି। ଏଥିପାଇଁ ସବୁବେଳେ ଗଣ୍ଡଗୋଳ ଏବଂ ସେବାରେ ଅବ୍ୟବସ୍ଥା ହେଉଛି। ରାଜାଙ୍କ ଗୁଣ୍ଡାମାନେ ଯାଇ ପୁରୁଣା ସେବକଙ୍କୁ ମାରଧର କରୁଛନ୍ତି। ରାଜା ଏଥିପାଇଁ ଦେଢ଼ଶହ ଦୁଇଶହ ଆଖଡ଼ା ଝୁଆନଙ୍କୁ ପ୍ରତିଦିନ ମନ୍ଦିର ଭିତରକୁ ପଠାଉଛନ୍ତି।

ସେବକମାନେ ମନ୍ଦିରରୁ ଯେଉଁ ପ୍ରାପ୍ୟ ଖେଇ ବା ଭୋଗ ପାଉଥିଲେ, ତାକୁ ରାଜା ଅଧା କରି ଦେଇଥିବାରୁ ସେବକମାନେ କ୍ଷତିଗ୍ରସ୍ତ ହୋଇଛନ୍ତି। ଭୋଗରେ ନିକୃଷ୍ଟ ସାମଗ୍ରୀ ମିଶାଯାଉଛି ଏବଂ ଗାଈ ଘିଅ ପରିବର୍ତ୍ତେ ଛେଲି, ମେଣ୍ଢା ଓ ମଇଁଷି ଘିଅ ବ୍ୟବହାର ହେଉଛି, ଯାହା ଫଳରେ ରୋଗ ହେଉଛି।

ଯାତ୍ରୀମାନେ ଧ୍ୱଜା ବାନ୍ଧିବା ପାଇଁ ଯେଉଁ ପଇସା ତଥା ରତ୍ନ ସିଂହାସନ ଆଗରେ ଯେଉଁ ପିଣ୍ଡିକା ଦେଉଛନ୍ତି ତା'ର କୌଣସି ହିସାବ ରହୁ ନାହିଁ ଏବଂ ରାଜା ତାକୁ ତୋଷରପାଟ କରୁଛନ୍ତି। ଧନୀ ଲୋକଙ୍କୁ ମନ୍ଦିର ଭିତରକୁ ମଶାଲ ନେଇଯିବା ଓ ଚାମର ସେବା କରାଇବା ପାଇଁ ରାଜାଙ୍କୁ ଅନେକ ଟଙ୍କା ଲାଞ୍ଛ ଦେବାକୁ ପଡୁଛି।

ରାଜା ନିଜର ଦୁଷ୍ଟ, ନୀଚ, ନିର୍ବୋଧ ଓ ଦୁଷ୍ଚରିତ୍ର ଚାକରମାନଙ୍କ ହାତରେ କ୍ରୀଡ଼ନକ ତଥା ଅତ୍ୟାଚାରର ସାଧନ ହୋଇ ରହିଛନ୍ତି। ତାଙ୍କର ଶାସନ ନଷ୍ଟଭ୍ରଷ୍ଟ ହୋଇ ବର୍ତ୍ତମାନ ଚରମ ସୀମାରେ ପହଞ୍ଚିଲାଣି।

ଏହି ସବୁ କାରଣରୁ ସେବକମାନେ ନିବେଦନ କରିଥିଲେ ଯେ ମନ୍ଦିର ପରିଚାଳନା ରାଜାଙ୍କ ହାତରେ ଛାଡ଼ିଦେବା ବିଷୟରେ ସରକାର ପୁନର୍ବିବେଚନା କରନ୍ତୁ ଏବଂ ଅନ୍ୟ ବ୍ୟବସ୍ଥା କରିବାର ଚିନ୍ତା କରନ୍ତୁ।

କମିଶନର ରେଭେନ୍ଶା ମନ୍ଦିରର କୁପରିଚାଳନା ବିଷୟରେ ଜାଣିଥିଲେ। ସେ ଏକଥା ମଧ ଜାଣିଥିଲେ ଯେ ଏ ସେବକମାନେ ମଧ କମ୍ ଜନ୍ତୁ ନୁହନ୍ତି। ତେଣୁ ସେ ରାଜାଙ୍କ କ୍ଷମତା ଉପରେ କୌଣସି ହସ୍ତକ୍ଷେପ କରିବାକୁ ଚାହୁଁ ନ ଥିଲେ। ସେବକମାନଙ୍କ ଦରଖାସ୍ତ ଉପରେ ସେ ଓଲଟା ଆଦେଶ ଦେଲେ ଯେ ସେବକମାନଙ୍କ ଉପରେ କର୍ତ୍ତୃତ୍ୱ ରଖିବା ବିଷୟରେ ରାଜାଙ୍କୁ ପୂର୍ଣ୍ଣ ସମର୍ଥନ ଦିଆଯିବ।

ଡମପଡ଼ା: ଡିସେମ୍ବର ୧୮୭୬

୧୮୭୩ ଡିସେମ୍ବର ମାସରେ ବୀମ୍ସ ଡମପଡ଼ାରୁ ଫେରିଯିବା ପରେ ମାତ୍ର କିଛି ଦିନ ରାଜା ଓ ପ୍ରଜାଙ୍କ ସମ୍ପର୍କ ଠିକ୍ ରହିଲା। କିନ୍ତୁ ଯେତେବେଳେ ଖଜଣା ଦେବା କଥା ଉଠିଲା, ନିଧି ପଟନାୟକଙ୍କ ପରୋକ୍ଷ ସମର୍ଥନରେ ପ୍ରଜାମାନେ ପୁଣି ମେଲି ଆରମ୍ଭ କଲେ। ନିଧି ପଟନାୟକ କଟକ ଯାଇ ସାହେବମାନଙ୍କୁ ବୁଝାଇଲା ଯେ ରାଜା ପାଗଳ ହୋଇ ଅତ୍ୟାଚାର କରୁଛନ୍ତି ଏବଂ ତାହା ହିଁ ମେଲିର କାରଣ।

ରାଜା ରଘୁନାଥ ପ୍ରକୃତରେ ପାଗଳ ଭଳି ହୋଇଯାଇଥିଲେ। ସେ ଉଆସରେ ମା, ଭାଇ, ଚାକର, ସ୍ତ୍ରୀ କାହାକୁ ବିଶ୍ୱାସ କରୁ ନ ଥିଲେ, କାରଣ ସେ ଭାବୁଥିଲେ ଏମାନେ ତାଙ୍କୁ ମାରିଦେବାକୁ ଚାହାନ୍ତି। କାଲେ ତାଙ୍କୁ କିଏ ଭାତରେ ବିଷ ଦେଇଦେବ, ଏଇ ଭୟରେ ସେ ବର୍ଷ ବର୍ଷ ଧରି କେବଳ ଲିଆ ଓ ଦୁଧ ଖାଇ ରହୁଥିଲେ। ସେ କାହାରି ମହିତ ମିଶୁ ନଥିଲେ, ଏକାକୀ ରହୁଥିଲେ ଏବଂ ନିତାନ୍ତ ବାଧ୍ୟ ନ ହେଲେ କାହାରିକି ସାକ୍ଷାତ କରୁ ନ ଥିଲେ। ଗୋଟିଏ ନିର୍ଜନ ଘରେ ବସି ନିଜ ସହିତ କଥାବାର୍ତ୍ତା କରୁଥିଲେ ଏବଂ ଡାହାଣ ହାତ ବିଶି ଆଙ୍ଗୁଠିରେ ପବନରେ କ'ଣ ସବୁ ଲେଖି ଚାଲିଥିଲେ।

ମେଲି ଗଣ୍ଡଗୋଲ ଆରମ୍ଭ ହେବା ପରେ ରଘୁନାଥ ଡମପଡ଼ା ଛାଡ଼ି କଟକ ଓ କଲିକତାରେ ରହିବାରେ ଲାଗିଲେ। ଏଥପାଇଁ ଯାହା ଟଙ୍କା ଦରକାର ହେଉଥିଲା ତାହା ସେ କଟକର ଶୁଣ୍ଢି ମହାଜନ ପାଖରୁ ରେଜିଷ୍ଟରୀ ତମସୁକ ଲେଖି ଉଧାର ନେଉଥିଲେ। ଏଣେ ଉଆସକୁ କୌଣସି ଟଙ୍କା ପଠାଉ ନ ଥିବାରୁ ତାଙ୍କର ମା' ଓ ପରିବାର ଖାଇବାକୁ ପାଉ ନ ଥିଲେ ଏବଂ ଖୋରାକ ପୋଷାକ ପାଇଁ ମାଜିଷ୍ଟ୍ରେଟଙ୍କ ପାଖରେ ଦରଖାସ୍ତ କରିଥିଲେ।

ଏ ସବୁ କାରଣରୁ ବୀମ୍ସ ଭାବି ନେଇଥିଲେ ଯେ ରାଜା ପ୍ରକୃତରେ ପାଗଳ ହୋଇଯାଇଛନ୍ତି।

ସେ ଡକାଇ ପଠାଇଲେ ରାଜା ତାଙ୍କ ପାଖକୁ ଆସୁ ନ ଥିଲେ, କାରଣ ରଘୁନାଥ ଭୟ କରୁଥିଲେ ଯେ ସାହେବ ତାଙ୍କୁ ଜେଲ୍ ଦେବାକୁ ଚାହୁଁଛନ୍ତି । ବୀମସ ଆଉଥରେ ଉମପଡ଼ା ଯାଇଥିଲେ ସମସ୍ୟାର ସମାଧାନ ହୋଇ ପାରିଥାନ୍ତା; କିନ୍ତୁ ଅନ୍ୟ କାମ ଭିତରେ ସେ ଏଥିପାଇଁ ସମୟ ବାହାର କରିପାରୁ ନ ଥିଲେ ।

ଏଇ ସମୟରେ ଫକୀରମୋହନ ଆସି କଟକରେ ରହୁଥିଲେ । ନୀଳଗିରିରୁ ଫେରିବା ପରେ ବାଲେଶ୍ୱରରେ ଅନେକ ଦିନ ବସି ରହି ଅର୍ଥାଗମର କୌଣସି ବ୍ୟବସ୍ଥା କରି ପାରି ନ ଥିଲେ ସେ । ଶେଷକୁ ସେ ସ୍ଥିର କଲେ ଯେ କଟକ ଯିବେ, କାରଣ ତାଙ୍କର ହିତୈଷୀ, ତ୍ରାଣକର୍ତ୍ତା ମହାତ୍ମା ବୀମସ ହୁଏତ ତାଙ୍କର କିଛି ସାହାଯ୍ୟ କରି ପାରନ୍ତି । ସେ ଆସି କଟକରେ ଏଫ୍.ଏ. ପଢୁଥିବା ତାଙ୍କର ପ୍ରଥମ ଜ୍ୱାଇଁ ରଘୁନାଥ ଚୌଧୁରୀର ଚାନ୍ଦନୀଚୌକ ବସାରେ ରହିଲେ । ବୀମସଙ୍କ ସହିତ ବାରମ୍ବାର ଦେଖା କରି ସୁଦ୍ଧା ଏ ପର୍ଯ୍ୟନ୍ତ ଚାକିରିର କୌଣସି ବ୍ୟବସ୍ଥା ହୋଇ ପାରି ନ ଥିଲା । ସକାଳେ ସନ୍ଧ୍ୟାବେଳେ ଘୋଡ଼ା ଚଢ଼ି ବୁଲିବା ଓ ସନ୍ଧ୍ୟାବେଳେ କାଳୀପଦ ବନ୍ଦୋପାଧ୍ୟାୟଙ୍କ ଘରେ ମଦ ପିଇ ତାସ ପଶା ଖେଳିବାରେ ତାଙ୍କର ସମୟ ଯାଉଥିଲା ।

ଶେଷରେ ଦିନେ ବୀମସ ଫକୀରମୋହନଙ୍କୁ ନାବାଲକ ଜମିଦାରୀ ମାହାଲର ଅଡ଼ିଟର ପଦ ଯାଚିଲେ । ମାସକୁ ଦରମା ସତୁରୀ ଟଙ୍କା । ଫକୀରମୋହନ ତାଙ୍କୁ ହଁ କରି ଦେଇ ଚାଲି ଆସିଲେ, କିନ୍ତୁ ପରେ ଆସି ବନ୍ଧୁମାନଙ୍କ ସଙ୍ଗେ ପରାମର୍ଶ କରି ବୁଝିଲେ ଯେ ଏ ଦରମାରେ ଚଳି ହେବ ନାହିଁ । କଟକ ଜିଲ୍ଲା ସାରା ଛୋଟ ଛୋଟ ନାବାଲକ ଜମିଦାରୀ ଇଲାକା ଥିଲା ଏବଂ କାମ ଥିଲା ସେଠାକୁ ଯାଇ ସେଠାରେ ଆୟ ବ୍ୟୟ ପରୀକ୍ଷା କରିବା । ଏ କାମ ପାଇଁ ଗୋଟିଏ ପାଲିଙ୍କି, ଅତତଃ ଆଠ ଜଣ ବେହେରା ଓ ଜଣେ ରାନ୍ଧୁଣିଆ ରଖିବାକୁ ହୋଇଥାନ୍ତା ଏବଂ କେବଳ ସେଇମାନଙ୍କ ଦରମାରେ ମାସକୁ ଷାଠିଏ ଟଙ୍କା ଖର୍ଚ୍ଚ ହୋଇଥାନ୍ତା । ଫକୀରମୋହନ ପୁଣି ଯାଇ ବୀମସଙ୍କ ପାଖରେ ଗୁହାରି ହେବାରୁ ବୀମସ ଦରମାକୁ ପଞ୍ଚାନବେ ଟଙ୍କାକୁ ବଢ଼ାଇ ଦେବାପାଇଁ ବୋର୍ଡ଼କୁ ଚିଠି ଲେଖିଲେ ।

ବସି ବସି ଯେତେବେଳେ ବୋର୍ଡ଼ରୁ ଜବାବ ଆସିଲା ନାହିଁ, ଫକୀରମୋହନ ପୁଣି ବୀମସଙ୍କୁ ଦେଖାକଲେ । ବୀମସ ମନେ ମନେ ଟିକିଏ ବିରକ୍ତ ହେଲେ, କହିଲେ, ହଁ, ଆପଣ ଆଉ କେତେ ଦିନ ବୋର୍ଡ଼ ଚିଠିକୁ ଅନାଇ ବସି ରହିବେ । ଫକୀରମୋହନ କହିଲେ, ହଜୁର, ନିକମା ବସି ରହିବାକୁ ମତେ କଷ୍ଟ ହେଉଛି । ବୀମସ କହିଲେ, ନିକମା ମଣିଷ ମାନ ସଇତାନର କାରଖାନା । ତା ପରେ ଟିକିଏ ଭାବି କହିଲେ, ଉମପଡ଼ା କିଲ୍ଲାରେ ବର୍ତ୍ତମାନ ଦେବାନୀ ପଦରେ ଆପଣଙ୍କୁ ରଖିବାକୁ ଚାହୁଁଛୁ । ଯିବେ କି ? ପୁଣି ଗୋଟାଏ ପ୍ରଶ୍ନ ! ଫକୀରମୋହନ ତୁରନ୍ତ କହିଲେ, ହଁ ହଜୁର, ଯେଉଁଠାକୁ ପଠାଇବେ ଯିବାକୁ ରାଜି ଅଛି । ଠିକ୍ ହେଲା ଯେ ତିନିମାସର ଅଗ୍ରୀମ ଦରମା ନେଇ ଫକୀରମୋହନ ଉମପଡ଼ାକୁ ଦେବାନ ହୋଇ ଯିବେ ।

କଟକ ଛାଡ଼ିବା ଆଗରୁ ଫକୀରମୋହନ ରାଜା ରଘୁନାଥ ମାନସିଂହଙ୍କୁ ତାଙ୍କ ଚାନ୍ଦନୀଚୌକ ଘରେ ସାକ୍ଷାତ୍ କରିବାକୁ ଗଲେ । ରାଜାଙ୍କର ଧାରଣା ଥିଲା ଯେ ସାହେବ ଫକୀରମୋହନଙ୍କୁ ତାଙ୍କ ପାଖକୁ ପଠାଇଛି ଗୁପ୍ତଚର କରି । ସେଥିପାଇଁ ସେ ଫକୀରମୋହନଙ୍କ ସହିତ ଆଦୌ କଥାବାର୍ତ୍ତା କଲେ ନାହିଁ ଏବଂ ତାଙ୍କ ପ୍ରଶ୍ନର କୌଣସି ଜବାବ ଦେଲେ ନାହିଁ । ଶେଷରେ ଯେତେବେଳେ ଫକୀରମୋହନ

କହିଲେ ଯେ ସେ କାଲି ଗଡ଼କୁ ଯିବେ, ରଘୁନାଥ ପ୍ରଥମ ଥର ପାଇଁ କହିଲେ- ହଁ, ସେଠାକୁ ଯାଇ ଖଜଣା ମାଣକୁ ଚାରିଅଣା ବଢ଼ାଇ ଦେବ ।

ଅଗଷ୍ଟ ମାସରେ ପାଲିଙ୍କି ଯୋଗେ ଯାଇ ଡଙ୍ଗାରେ କାଠଯୋଡ଼ି ପାରି ହୋଇ ଫକୀରମୋହନ ଡମପଡ଼ା ଗଡ଼ରେ ପହଞ୍ଚିଲେ । ସେଠାରେ କାମ କରିବାକୁ ଯାଇ ସେ ଦେଖିଲେ ଯେ ନିଧ୍ ପଟନାୟକ ଓ ମେଳିଆ ପ୍ରଧାନମାନେ ତାଙ୍କ ସହିତ ସହଯୋଗ କରୁନାହାନ୍ତି । ଖଜଣା ମାଗିବାରୁ ଲୋକେ କହୁଥାନ୍ତି ସେମାନଙ୍କ ଉପରେ ଯଦିଓ ପାଞ୍ଚ ବର୍ଷର ଖଜଣା ବାକି ଅଛି, ସେମାନେ କେବଳ ଗୋଟିଏ ବର୍ଷର ଖଜଣା ଦେବେ । ଏଣେ ରାଜାଙ୍କର ଜିଦ୍ ଜରିବ ମାପ କରି ଖଜଣା ବଢ଼ାଇବାକୁ ହେବ । ପ୍ରଜାମାନେ କିନ୍ତୁ ଜରିବ କରିବାକୁ ଆପତ୍ତି କରୁଥାନ୍ତି ।

ଏଭଳି ଅବସ୍ଥାରେ ଡିସେମ୍ବର ମାସରେ ବୀମସ ଡମପଡ଼ା ଗଡ଼ରେ ଆସିଲେ । ସାହେବ ଓ ତାଙ୍କ ସାଙ୍ଗରେ ଆସିଥିବା ଲୋକଙ୍କ ପାଇଁ ରସଦ ଯୋଗାଇବା ଦାୟିତ୍ୱ ଥିଲା ଫକୀରମୋହନଙ୍କର । ସେ ବେହେରାମାନଙ୍କ ନାଁରେ ପର୍ଚ୍ଚାନ କରିଦେଲେ ଯେ ସେମାନେ ମହଣେ ଘିଅ ଓ ଚାରିମହଣ ଦୁଧ ଦହି ଦାଖଲ କରିବେ । ସେମାନଙ୍କର ଗାଈ ଗୋରୁ ରାଜାଙ୍କ ଜଙ୍ଗଲରେ ଚରୁଥିବାରୁ ସେମାନଙ୍କ ପାଖରୁ ବେଠି ଆଦାୟ କରିବାର ନିୟମ ଥିଲା । କିନ୍ତୁ ମେଳି ହେବା ଦିନୁ ସେମାନେ ଏପରି ବେଠି ଦେବା ବନ୍ଦ କରିଦେଇଥିଲେ ।

ସେ ଦିନ ସକାଳେ ବର୍ଷା ହେଉଥିଲା ଏବଂ ରସଦ ଆସିବା ଅପେକ୍ଷାରେ ବସି ରହିଥିଲେ ଫକୀରମୋହନ । କିନ୍ତୁ ଅନେକ ସମୟ ପର୍ଯ୍ୟନ୍ତ କେହି ଆସିଲେ ନାହିଁ । ଶେଷରେ କେବଳ ଜଣେ ଭୟାଳୁ ଗଉଡ଼ ସିଠ ବେହେରା ଅଳ୍ପ ଘିଅ ଓ ଦୁଧ ଧରି ଆସି ପହଞ୍ଚିଲା । ତାକୁ ଦେଖି ଫକୀରମୋହନଙ୍କର ଭୟଙ୍କର ରାଗ ହେଲା । ସେ କହିଲେ, ଗଉଡ଼କୁ କାଠରେ ବନ୍ଧି ତା ଉପରେ ସେ ଦୁଧ ଘିଅ ଢାଲିଦିଅ ଆଉ ତାକୁ ବେତ ମାଡ଼ ଲଗାଅ । ପାଇକମାନେ ଅତି ଉସ୍ସାହରେ ନିଜ କାମରେ ଲାଗି ଗଲେ । ସିଠ ବେହେରାର ଚିକ୍ରାର ଶୁଣି ଓ ତା ପିଠିରେ ବେତ ମାଡ଼ ପଡ଼ିବାର ଦେଖି ଅନ୍ୟ ଗଉଡ଼ମାନେ ଭୟରେ ଆସି ରସଦ ଯୋଗାଇ ଗଲେ ।

ଫକୀରମୋହନ ବୀମସଙ୍କୁ ସାକ୍ଷାତ କରି ରାଜ୍ୟର ଅବସ୍ଥା ଜଣାଇଲେ ଏବଂ କହିଲେ ଯେ ନୂଆ ବନ୍ଦୋବସ୍ତ କରି ଡମପଡ଼ାର ଖଜଣା ବଢ଼ାଇବା ଦରକାର କାରଣ ଏଠାରେ ପ୍ରାୟ କୋଡ଼ିଏ ବର୍ଷ ତଳେ ବନ୍ଦୋବସ୍ତ ହୋଇଥିଲା, ତା ପୁଣି କୋହଲ ଜମାରେ । କିନ୍ତୁ ବୀମସ କହିଲେ ଯେ ସେ ପ୍ରଜାଙ୍କୁ କଥା ଦେଇଛନ୍ତି, ଖଜଣା ବୃଦ୍ଧି ହେବନାହିଁ । ଫକୀରମୋହନଙ୍କୁ ଏକଥା ଅସୁବିଧାରେ ପକାଇଦେଲା କାରଣ ରାଜାଙ୍କୁ ଖୁସି କରିବା ପାଇଁ ସେ ଠିକ୍ କରିଥିଲେ ଯେ ଖଜଣା ବଢ଼ାଇବେ । ଏଥିପାଇଁ କିଛି ଚକ୍ରାନ୍ତ କରିବାକୁ ହବ ।

ପରଦିନ ସକାଳେ ଯାଇ ଫକୀରମୋହନ ବୀମସଙ୍କୁ କହିଲେ, ପ୍ରଜାମାନେ ଚାହୁଁଛନ୍ତି ରାଜା ପ୍ରଜା ଗଣ୍ଡଗୋଳରେ ମୁଁ ମଧ୍ୟସ୍ଥ କରି ବିବାଦର ନିଷ୍ପତ୍ତି କରେ । ହଜୁର ଯଦି ରାଜି ହୁଅନ୍ତି, ମୁଁ ଏଥିରେ ମଧ୍ୟସ୍ଥ ହେବି । ବୀମସ କହିଲେ, ବେଶ୍ କଥା ବାବୁ, ବେଶ କଥା । ଆପଣ ଏହି କାର୍ଯ୍ୟଟି କରିଦେଲେ ଆମ୍ଭେ ଅତ୍ୟନ୍ତ ଆନନ୍ଦିତ ହେବୁ । ତେବେ କଥାବାର୍ତ୍ତା ସିଧା ସଲଖ ଆମ୍ଭ ଆଗରେ ହେବ ।

ସେ ଦିନ ଖୁବ୍ ବର୍ଷା ପବନ ଶୀତ ହେଉଥାଏ; ଉପର ବେଲା ପ୍ରଜାମାନଙ୍କୁ ଡକା ହେଲା

ବୀମସଙ୍କ ଡେରାକୁ। ବୀମସ ନିଜ ତମ୍ବୁ ଭିତରୁ ଗୋଟିଏ କମ୍ବଳ ଘୋଡ଼ି ହୋଇ ବାହାରିଲେ। ପ୍ରଜାମାନଙ୍କୁ ହିନ୍ଦୀରେ କହିଲେ, ପ୍ରଜାମାନେ ତୁମ୍ଭେମାନେ କହୁଛ ରାଜା ସହିତ ତୁମ୍ଭର ବିବାଦରେ ଫକୀରମୋହନ ବାବୁ ମଧ୍ୟସ୍ଥ ହୋଇ ନିଷ୍ପତ୍ତି କରିବେ ? ଚାରି ପାଞ୍ଚଜଣ ସର୍ଦ୍ଧାର ପ୍ରଧାନ ପାଟି କରି କହିଲେ, ଦେବାନ ବାବୁ ଯଦି ଗୋଲମାଲ ନିଷ୍ପତ୍ତି କରିଦେବେ, ତେବେ ଆପଣ କି ସକାଶେ ଏଡ଼େ ବର୍ଷା ତୋଫାନରେ କଟକରୁ ଧାଈଁ ଆସିଲେ ? ବୀମ୍ସ ସେମାନଙ୍କ କଥା ବୁଝ୍ ନ ପାରି ଫକୀରମୋହନଙ୍କୁ ପଚାରିଲେ, ଏମାନେ କ'ଣ କହୁଛନ୍ତି ? ଫକୀରମୋହନ କହିଲେ, ସେମାନେ କହୁଛନ୍ତି ଦେବାନ ବାବୁ ଗୋଲମାଲ ନିଷ୍ପତ୍ତି କରିଦେବେ; ଆପଣ କାହିଁକି ବର୍ଷା ତୋଫାନରେ କଟକରୁ ଆସି କଷ୍ଟ ପାଉଛନ୍ତି ?

ବୀମସ ଏକଥା ଶୁଣି ଖୁସି ହେଲେ। ପ୍ରଜାମାନଙ୍କୁ କହିଲେ, ବହୁତ ଅଚ୍ଛା, ବହୁତ ଅଚ୍ଛା। ଦେବାନ ବାବୁ ସବୁ କଥା ନିଷ୍ପତ୍ତି କରିଦେବେ। ସେ ଜଣେ ଯୋଗ୍ୟ ଲୋକ। ଆମ୍ଭେ ତାଙ୍କୁ ବିଶ୍ୱାସ କରୁ। ସଲାମ ସଲାମ, ପ୍ରଜାମାନେ, ବିଦାୟ ବିଦାୟ।

ଏହାପରେ ଫକୀରମୋହନଙ୍କର ଆଉ କୌଣସି ସମସ୍ୟା ରହିଲା ନାହିଁ। ଚକ୍ରାନ୍ତ କରି ସେ ନିଧ୍ ପଟନାୟକଙ୍କ ପୁତୁରା ଜଗବନ୍ଧୁକୁ ବନ୍ଧାଇ ଆଣିଲେ ଏବଂ ମିଛ ମକଦମା କରି ଛ ମାସ ଜେଲ ଦିଆଇଲେ। ଖଜଣା ଆଦାୟ କରିବାପାଇଁ ପଠାଣ ପାଇକଙ୍କୁ ଲଗାଇ ଦିଆହେଲା। ସେମାନେ ଅନେକ ଦିନ ଧରି ପ୍ରଜାଙ୍କ ଦ୍ୱାରା ଲାଞ୍ଛିତ ହୋଇ ଆସୁଥିଲେ; ବର୍ତ୍ତମାନ ଦେବାନଙ୍କ ଭରସା ପାଇ ଗାଁକୁ ଗାଁ ଲୁଟିବାରେ ଲାଗିଗଲେ। ଜଣେ ଅତି ବୁଢ଼ା ପଣ୍ଡିତ ମେଲିଆଙ୍କୁ ସମର୍ଥନ କରୁଥିଲେ; ତାଙ୍କୁ ଦି ଜଣ ପଠାଣ ପାଇକ ଦୁଇ ବାହୁ ଧରି ଦିନ ଦିପହରେ ଗୋହିରୀ ଦାଣ୍ଡରେ ତିନିଥର ଦଉଡ଼ାଇଲେ। ତାଲବସ୍ତ ବୋଲି ଗୋଟାଏ ବଡ଼ ଗାଁରେ ଏକମାତ୍ର କୂଅକୁ ପାଇକ ଜଗି ରହି ଲୋକଙ୍କୁ ପାଣି ନେବାକୁ ଦେଲେ ନାହିଁ, ଯାହା ଫଳରେ ଗାଁରେ ରୋଷେଇ ବନ୍ଦ ହୋଇଗଲା ଏବଂ ଗାଁ ଲୋକେ ଜବତ ହୋଇଗଲେ।

ବୀମସ ଡମପଡ଼ା ଛାଡ଼ିବା ଆଗରୁ ପରିସ୍ଥିତିକୁ ପୂରାପୂରି ନିଜ ନିୟନ୍ତ୍ରଣକୁ ନେଇ ଆସିଲେ ଫକୀରମୋହନ, ଯାହା ସାମ ଦାନ ନୀତିରେ ହୋଇ ନ ଥାନ୍ତା, ସେଠାରେ ଦଣ୍ଡ ଭେଦ ପ୍ରୟୋଗ କରି।

କଟକ: ଜାନୁଆରୀ ୧୮୭୭

ଜାନୁଆରୀ ପହିଲା ତାରିଖରେ ବିଲାତର ଏକ ନୂତନ ଆଇନ ବଳରେ ମହାରାଣୀ ଭିକ୍ଟୋରିଆଙ୍କୁ କୁଇନ ଅଫ ଇଣ୍ଡିଆ ବା ଭାରତେଶ୍ୱରୀ ଉପାଧି ମଧ ଦିଆଗଲା। ଏହି ଉପଲକ୍ଷେ ଦିଲ୍ଲୀ ତଥା ଭାରତର ଅନ୍ୟାନ୍ୟ ସହରରେ ଦରବାର ହେଲା।

ସଂଯୋଗକ୍ରମେ ଏହି ଦିନଟି ପୌଷ ମାସ ପୁଷ୍ୟା ନକ୍ଷତ୍ର ଥିଲା ଏବଂ ଯେଉଁ ମାସରେ, ଯେଉଁ ବାରରେ ଧର୍ମରାଜ ଯୁଧିଷ୍ଠିର ଯେଉଁ ହସ୍ତିନାପୁରରେ ଅଭିଷିକ୍ତ ହୋଇଥିଲେ, ସେହି ନକ୍ଷତ୍ର ଓ ବାରରେ ଭାରତେଶ୍ୱରୀ ସେହି ହସ୍ତିନାପୁର ଦିଲ୍ଲୀରେ ରାଜସୂୟ ଯଜ୍ଞ କଲେ। ଏ ଦିନଟି ପାଞ୍ଜି ଅନୁସାରେ ଥିଲା ଚନ୍ଦ୍ରବାସର, ପୁଷ୍ୟା ନକ୍ଷତ୍ର ଓ ରାଜାଭିଷେକ।

ଭାରତେଶ୍ୱରୀଙ୍କ ପୁଷ୍ୟାଭିଷେକରେ କଟକ ବାରବାଟୀ କିଲ୍ଲାରେ ଏକ ବିରାଟ ଦରବାରର ଆୟୋଜ ହେଲା। ସାତଦିନ କାଳ ମେଳା ମହୋସ୍ବ ଲାଗି ରହିଲା। ଏଥିପାଇଁ ରେଭେନଶାଙ୍କ ସଭାପତିତ୍ୱରେ ଏକ କମିଟି ମାସାଧିକ କାଳ ପ୍ରିଣ୍ଟିଂ କମ୍ପାନୀ ଦୋତାଲାରେ ସଭାମାନ କରି ଏ ବନ୍ଦୋବସ୍ତମାନ କରାଇଥିଲେ। ଏହି ଉସ୍ବବମାନଙ୍କର ବିଶେଷ ବିଶେଷ କାର୍ଯ୍ୟକ୍ରମ ଥିଲା ନିମ୍ନ ପ୍ରକାରର :

ଜାନୁଆରୀ ପହିଲା, ସୋମବାର : ଜିଲ୍ଲାରେ ଦରବାର ହୋଇ ଯେଉଁମାନେ ପ୍ରଶଂସାପତ୍ର ପାଇଲେ, ସେମାନଙ୍କ ମଧରେ ମୁଖ୍ୟ ଥିଲେ ରାଧେଶ୍ୟାମ ନରେନ୍ଦ୍ର, କାଳୀପଦ ବନ୍ଦୋପାଧ୍ୟାୟ, ବୈଦ୍ୟନାଥ ପଣ୍ଡିତ ପ୍ରମୁଖ ଜମିଦାର। ପୁରୀ ରାଜାଙ୍କୁ ମଧ ଏ ଦରବାରରେ ମହାରାଜା ପଦ ଓ ଖିଲାତ ଦେବାର ଥିଲା, କିନ୍ତୁ ଯେତେବେଳେ ତାଙ୍କର ନାଁ ଡକାଗଲା, ଦେଖାଗଲା ଯେ ସେ ଉପସ୍ଥିତ ନାହାନ୍ତି।

ମଙ୍ଗଳବାର : ଏ ଦିନଟି ଥିଲା ରୋଶନାଇ ଓ ଆତସବାଜିର ଦିନ। ମସ୍ତାନଠାରୁ ଚାନ୍ଦିନୀଚୌକ

ପର୍ଯ୍ୟନ୍ତ ମହମବତୀର ଓ ରାଣୀହାଟ, କଟକ ଚଣ୍ଡୀ କିଲ୍ଲାପଡ଼ିଆ ସଡ଼କ ଦୁଇ ପାଖେ ତେଲର ରୋଶନାଇ ହୋଇଥିଲା । ସରକାରୀ କୋଠି କଚେରୀମାନଙ୍କରେ ତେଲ ଦୀପାଳି ଦିଆ ହୋଇଥିଲା । ଆତସବାଜି ତିନି ପ୍ରକାରର ଥିଲା, ଦେଶୀ, ବିଲାତୀ ଓ ଗଡ଼ଜାତୀ । ଏହା କାଠଯୋଡ଼ି ବାଲିରେ ପ୍ରଦର୍ଶିତ ହୋଇଥିଲା ଓ ଭଦ୍ରବ୍ୟକ୍ତିମାନେ ତାହା ଲାଲବାଗ କୋଠି ହତା ଭିତରୁ ଦେଖିଥିଲେ । ଅନ୍ୟ ଲୋକମାନେ କଚେରୀ ବାରଣ୍ଡାରେ ତଥା କଚେରୀ ହତାରୁ ଏ ବାଣ କାମ ଦେଖିଥିଲେ । ବିଲାତୀ ଆତସବାଜିରେ ବିଭିନ୍ନ ବର୍ଣ୍ଣର ନକ୍ଷତ୍ର, ନାନା ବର୍ଣ୍ଣର ଫୁଲ ଫଲ ସହିତ ଗଛ ଓ ସର୍ପଖଣୀ ଥିଲା । ଦେଶୀୟ ବାଣରେ ପ୍ରଧାନ ଥିଲା ଲାଲ ମହତାବ । ଗଡ଼ଜାତୀ ବାଣ ହାବେଲୀ ମଧ୍ୟ ଚିତ୍ତାକର୍ଷକ ଥିଲା ।

ବୁଧବାର : ଏ ଦିନ କୁସ୍ତି, ଖେଳର ବ୍ୟବସ୍ଥା ହୋଇଥିଲା ଦରବାର ଡେରାରେ । ସ୍କୁଲ ପିଲା ଏବଂ ପଲଟନ ସିପାହୀଙ୍କର ଅଲଗା ଅଲଗା ଦୌଡ଼ ଓ ଅଖା ଭିତରେ ପଶି ଦୌଡ଼ କୌତୁକଜନକ ହୋଇଥିଲା । ପାଲିଙ୍କି ଦୌଡ଼ ବେଳେ ଲୋକମାନେ ବେହେରାମାନଙ୍କୁ ପାଟି କରି ଉସ୍ସାହିତ କରିଥିଲେ ଏବଂ ଦୌଡ଼ରେ ପ୍ରଥମ ବିଦେଇ ବେହେରା ଓ ଦ୍ୱିତୀୟ ଦଧ୍ୟ ବିଷୋଇକୁ କରତାଲି ଦେଇ ଅଭିନନ୍ଦିତ କରିଥିଲେ । ଏତଦ୍‌ବ୍ୟତୀତ ବିଭିନ୍ନ କେଳାବାଜି, ଭାନୁମତୀ, ସର୍କସ, କୁସ୍ତି, ତେଲେଙ୍ଗୀ ବାଜା ଇତ୍ୟାଦିର ହାଟ ବସିଥିଲା ବିଭିନ୍ନ ସ୍ଥାନରେ । ଓଡ଼ିଆ ବଜାର ସର୍କସ ବିଭିନ୍ନ ଖେଲ ଦେଖାଇଥିଲେ । ତାଳପତ୍ର ପାଟିଆରେ ପିଲାମାନଙ୍କୁ ଖାଇବା ଜିନିଷ ବଣ୍ଟା ହୋଇଥିଲା । ଜାତି ବିଚାରର ସମସ୍ୟା ହୋଇପାରେ ବୋଲି ମିଠାଇ ତିଆରି କରିଥିଲେ ବ୍ରାହ୍ମଣ ଏବଂ ପାଣି ଦେବା ଦାୟିତ୍ୱରେ ଥିଲେ ଗଉଡ଼ ।

ଗୁରୁବାର : ଦିନଟି ନିର୍ଦ୍ଦିଷ୍ଟ ଥିଲା ଇଉରୋପୀୟମାନେ ଯାଇ କମିଶନର କୋଠିରେ ରେଭେନଶାଙ୍କୁ ସାକ୍ଷାତ କରିବା ପାଇଁ । କଟକର ତଥା ଅନ୍ୟ ସ୍ଥାନରୁ ଆସିଥିବା ସାହେବମାନେ ରେଭେନଶାଙ୍କୁ ଭେଟି ତାଙ୍କ ଦ୍ୱାରା ଆପ୍ୟାୟିତ ହୋଇଥିଲେ । ଏ କାର୍ଯ୍ୟକ୍ରମରେ ଦେଶୀୟ ଲୋକଙ୍କର କୌଣସି ଭାଗ ନ ଥିଲା ।

ଶୁକ୍ରବାର : ରାଜା, ଜମିଦାର, ସରକାରୀ କର୍ମଚାରୀ ଇତ୍ୟାଦି ପ୍ରାୟ ଦୁଇଶହ ଦେଶୀୟ ଭଦ୍ରଲୋକ ଏହିଦିନ କମିଶନଙ୍କୁ ସାକ୍ଷାତ କରି ସମାଦୃତ ହୋଇଥିଲେ । ସେଦିନ ରାତିରେ ଦରବାର ଘରେ ଦେଶୀୟ ମଜଲିସ ହେଲା । ଏଥିପାଇଁ କଲିକତା ଓ ଗଞ୍ଜାମରୁ ବାଇ ନାଚ ଆସିଥିଲା ଏବଂ କଟକ ସହରରୁ ବେଶ୍ୟା ଓ ଗୋଟିପୁଅଙ୍କ ନାଚ ଅଣାଯାଇଥିଲା ।

ଶନିବାର : ସକାଳ ସାତଟାରୁ ନ'ଟା ପର୍ଯ୍ୟନ୍ତ ଚାଉଲିଆଗଞ୍ଜ ଚକ୍କର ପଡ଼ିଆରେ ଘୋଡ଼ା ଦୌଡ଼ ହୋଇ ପୁରସ୍କାର ଦିଆଗଲା । ସେଦିନ ରାତିରେ ଦରବାର ଘରେ ପଣ୍ଡିତ ସଭା ହୋଇ ଭାରତେଶ୍ୱରୀଙ୍କ ଉପାଧ୍ୟ ଗ୍ରହଣ ବିଷୟରେ କବିତା ପାଠ ହେଲା । ଏହି କବିତା ପାଠରେ ଶ୍ରେଷ୍ଠ ବିବେଚିତ ହେଲା ଗୋବିନ୍ଦ ରଥଙ୍କ କବିତା । ଏ ସଭାର ସମ୍ପୂର୍ଣ୍ଣ ଖର୍ଚ୍ଚ ବହନ କରିଥିଲେ ମୟୂରଭଞ୍ଜ ଓ କେନ୍ଦୁଝର ରାଜା ।

ରବିବାର : କଲେକ୍ଟରୀ ହତାରେ ପ୍ରାୟ ପାଞ୍ଚଶହ କାଙ୍ଗାଲଙ୍କୁ ମିଷ୍ଟାନ୍ନ ଓ ଲୁଗା କମ୍ବଲ ଦିଆଗଲା । ଏହି ରାତିରେ ପୁଲିସ ପ୍ରହରୀମାନଙ୍କୁ ମିଷ୍ଟାନ୍ନ ଭୋଜନ ଦିଆଗଲା ।

ଏହିପରି ସାତଦିନ ବ୍ୟାପୀ ଅଭିଷେକ ମେଳା ସରିବାପରେ ଦିବ୍ୟସିଂହ ସାଙ୍ଗରେ ତାରାକାନ୍ତ ବିଦ୍ୟାସାଗରଙ୍କୁ ଧରି କଟକ ଆସିଲା ନିଜର ଉପାଧ୍ୟ ନେବାପାଇଁ । ପୁରୀ ରାଜାଙ୍କୁ ଯେଉଁ ଚିଠି ଯାଇଥିଲା, ସେଥିରେ ଲେଖାଯାଇଥିଲା ଯେ ଦରବାରରେ ତାଙ୍କୁ ମହାରାଜା ଉପାଧ୍ୟ ଦିଆଯିବ, କିନ୍ତୁ ତା ପୂର୍ବରୁ ପାଞ୍ଚଶହ ଟଙ୍କା ଦେଇ ନିମ୍ନଲିଖିତ ସାମଗ୍ରୀ ନେବାକୁ ହେବ :

ଚୋଗା	୧୫୪ ଟଙ୍କା	
ରେଶମୀ ପାଇଜାମା	୧୫ ଟଙ୍କା	୪ ଅଣା
ବନାରସୀ ପଗଡ଼ି	୩୬ ଟଙ୍କା	
ଶାଲ କ°ଫର୍ଟର	୩୦ ଟଙ୍କା	
ବନାରସୀ ରୁମାଲ	୫ ଟଙ୍କା	
ଚରୁଆଲ ଏକ	୧୫ ଟଙ୍କା	
ଢାଲ	୧୬ ଟଙ୍କା	
ଜଡ଼ାଉ କଲଗା	୧୬୦ ଟଙ୍କା	
ମୋତି ଗଲାବନ୍ଦ	୧୧୬ ଟଙ୍କା	
ଖୁଶବୁ ଶିଶି		୧୬ ଅଣା
ମୋଟ ମୂଲ୍ୟ	୫୦୦ ଟଙ୍କା	

ପୁରୀ ରାଜା ଖିଲତ ପାଇଁ ପାଞ୍ଚଶହ ଟଙ୍କା ଦେଇ ସାରି ରାଜା ଉପାଧ୍ୟାୟଙ୍କ ରେଭେନଶାଙ୍କୁ ଦେଖା କରିବାକୁ ଚାହିଁଲେ, କିନ୍ତୁ ରେଭେନଶା ଜଣାଇଦେଲେ ଯେ ଦେଖା ହୋଇପାରିବ ନାହିଁ। ତାଙ୍କର ନାସ୍ତି ଶୁଣି ତାରାକାନ୍ତ ଦିବ୍ୟସିଂହଙ୍କୁ ନେଇ ବିଚିତ୍ରାନନ୍ଦଙ୍କ ଘରକୁ ଗଲେ ଏବଂ ତାଙ୍କୁ ଖୋସାମତ କଲେ ସେ ଯେମିତି କମିଶନରଙ୍କ ସହିତ ପୁରୀ ରାଜାଙ୍କର ସାକ୍ଷାତ କରାଇ ଦିଅନ୍ତି। ବିଚିତ୍ରାନନ୍ଦ ଯାଇ ରେଭେନଶାଙ୍କୁ ପରାମର୍ଶ ଦେଲେ ଯେ ପୁରୀ ରାଜା ନିଜର ଆସନର ଅବସ୍ଥିତି ବିଷୟରେ ଅଭିମାନ କରି ଚାଲି ଯାଇଥିବା ଓଡ଼ିଶାର ଅନ୍ୟ ରାଜାମାନଙ୍କ ପ୍ରତି ଅପମାନ ଥିଲା; ତେଣୁ ସେ ପ୍ରଥମେ ଯାଇ କେନ୍ଦୁଝର ଓ ମୟୂରଭଂଜ ରାଜାଙ୍କ ନିକଟରେ କ୍ଷମା ମାଗନ୍ତୁ। ରେଭେନଶାଙ୍କ ସମ୍ମତି ନେଇ ବିଚିତ୍ରାନନ୍ଦ ପୁରୀ ରାଜାଙ୍କୁ ଏ ଖବର ଦେଲେ ଏବଂ ଦିବ୍ୟସିଂହ ଚିଠି ଲେଖି କେନ୍ଦୁଝର ଓ ମୟୂରଭଂଜ ରାଜାଙ୍କ ପାଖରୁ କ୍ଷମା ମାଗିଲା। ତା ପରଦିନ ସେ କମିଶନର କଚେରୀକୁ ଯାଇ ଗୋଟିଏ ସୁନା ମୋହର ଭେଟି ଦେଇ ରେଭେନଶାଙ୍କୁ ଦେଖା କରିବାକୁ ଚାହିଁଲା। ତଥାପି ରେଭେନଶା ତାକୁ ଭେଟିବାକୁ ମନା କରିଦେଲେ ଏବଂ ବିଚିତ୍ରାନନ୍ଦଙ୍କ ହାତରେ ଖବର ଦେଇଦେଲେ ଯେ ଉପାଧ୍ୟ ସନନ୍ଦ ପରେ ପୁରୀକୁ ପଠାଇ ଦିଆଯିବ।

ପୁରୀ: ଏପ୍ରିଲ ୧୮୭୭

ବନାରସ ପଣ୍ଡିତମାନେ ଅନେକ ଦିନରୁ ପୁରୀ ରାଜାଙ୍କୁ ଜଣାଇଥିଲେ ଯେ ଫେବ୍ରୁଆରୀ ମାସରେ ବାରୁଣୀ ସ୍ନାନ ଓ ଗୋବିନ୍ଦ ଦ୍ୱାଦଶୀ ମେଳା ପଡ଼ିବ ଏବଂ ସେଥିପାଇଁ ଅନେକ ଲୋକ ସମାଗମ ହେବ। ବଙ୍ଗଳା ପାଞ୍ଜିରେ ମଧ ଗୋଟିଏ ଶ୍ଲୋକରେ ଲେଖାଥିଲା ଯେ ଫେବ୍ରୁଆରୀ ୨୫ ତାରିଖ ଦିନ ଗୋବିନ୍ଦ ଦ୍ୱାଦଶୀ ପଡ଼ିବ। ଓଡ଼ିଆ ପାଞ୍ଜିରେ ଏ ବିଷୟରେ କିଛି ଲେଖା ନ ଥିବାରୁ ପୁରୀ ରାଜା ପୁରୀ ପଣ୍ଡିତମାନଙ୍କର ମତ ଲୋଡ଼ିଲେ। ଓଡ଼ିଆ ପଣ୍ଡିତ ଓ ଜ୍ୟୋତିଷମାନେ ବଙ୍ଗଳା ପାଞ୍ଜିର ଶ୍ଲୋକକୁ କାଟି ଦୃଢ଼ ମତ ବ୍ୟକ୍ତ କଲେ ଯେ ଏ ଦିନଟି କଦାଚ ଗୋବିନ୍ଦ ଦ୍ୱାଦଶୀ ହୋଇ ନ ପାରେ। ଦେବାନ ତାରାକାନ୍ତ ବିଦ୍ୟାସାଗର ବଙ୍ଗଳା ପାଞ୍ଜିର ସମର୍ଥକ ଥିଲେ ଓ ରାଜାଙ୍କୁ ଅନେକ ବୁଝାଇଲେ। କିନ୍ତୁ ରାଜା ଏକମତ ହେଲେ ଓଡ଼ିଆ ପଣ୍ଡିତଙ୍କ ସହିତ।

ରାଜାଙ୍କ ମତ ଯାହା ହେଉ ନା କାହିଁକି, ଉତ୍ତର ଭାରତର ଯାତ୍ରୀ ବନାରସ ପଣ୍ଡିତଙ୍କ ମତକୁ ମାନୁଥିଲେ। ପୁରୀରେ ପଣ୍ଡାମାନେ ମଧ ଏହାକୁ ଅର୍ଥୋପାର୍ଜନର ଏକ ରାଜଯୋଗ ବିଚାରି ବେଶୀ ପାଇସା ଦେଇ ପୁରୀରେ ଲଜିଂ ହାଉସ ଭଡ଼ା ନେଇଗଲେ ଏବଂ ଯାତ୍ରୀ ସଂଗ୍ରହ କରିବା ପାଇଁ ବାହାରିଗଲେ। ଗୋବିନ୍ଦ ଦ୍ୱାଦଶୀ ମେଳାପାଇଁ ପୁରୀ ମନ୍ଦିରରେ କୌଣସି ବ୍ୟବସ୍ଥା ନ ହୋଇଥିବା ସତ୍ତ୍ୱେ ଫେବ୍ରୁଆରୀ ଶେଷ ସପ୍ତାହରେ ପୁରୀରେ ଯେଉଁ ଲୋକ ସମାଗମ ହେଲା, ଆଗରୁ ଏଭଳି ଭିଡ଼ କେବେ ଦେଖା ଯାଇନଥିଲା। ଏପରିକି ତିନିବର୍ଷ ତଳେ ହୋଇଥିବା ନବକଲେବର ସମୟରେ ମଧ ଏତେ ଲୋକ ଆସି ନ ଥିଲେ।

୨୧ ତାରିଖ ସକାଳୁ ମନ୍ଦିର ସାମନାରେ ଯାତ୍ରୀ ଜମା ହେବା ଆରମ୍ଭ ହେଲା। ସିଂହଦ୍ୱାର ଆଗରେ

ଯେତେବେଳେ ପ୍ରାୟ କୋଡ଼ିଏ ହଜାର ଲୋକ ହୋଇଗଲେ, ଖବର ପାଇ ରାଜା କଲେକ୍ଟରଙ୍କୁ ଜଣାଇଲେ ଅଧିକ ପୋଲିସ ଓ ଜଣେ ହିନ୍ଦୁ ଡେପୁଟି ମାଜିଷ୍ଟ୍ରେଟ୍ ବନ୍ଦୋବସ୍ତ କରିବା ପାଇଁ। ଦୁର୍ଭାଗ୍ୟକୁ ପୁରୀର କଲେକ୍ଟର ଓ ଏସ.ପି. ଦୁହେଁ ସେତେବେଳକୁ ଗସ୍ତରେ ଥିଲେ। ତଥାପି ଆକ୍ଟିଂ ମାଜିଷ୍ଟ୍ରେଟ୍ ମନ୍ଦିର ପାଖକୁ ପୋଲିସ ପଠାଇଲେ। ସିଂହଦ୍ୱାର ଖୋଲାଯାଇ ଯାତ୍ରୀମାନେ ଭିତରକୁ ପଶିବାରୁ ଦେଖାଗଲା ଯେ ଘଣ୍ଟାକୁ ଘଣ୍ଟା ଲୋକ ବଢ଼ିବାରେ ଲାଗିଛନ୍ତି ଏବଂ ମନ୍ଦିର ଭିତରେ ଆଉ ଜାଗା ନାହିଁ। ଏହି ସମୟରେ କେତେଜଣ ନାଗା ଓ ବୈରାଗୀ ସନ୍ୟାସୀ ଯାଇ କାହା କଥା ନ ମାନି ଅମଣୋହି ଛେକ ବା ଭୋଗ ଲୁଟି କରି ଖାଇବାରେ ଲାଗିଲେ। ଏ ସବୁ ଦେଖି ସେବକମାନେ ମନ୍ଦିରରେ କବାଟ ବନ୍ଦ କରିଦେଲେ।

୨୨ ତାରିଖ ଦିନ ରାଜା ପୁଣି ଦରଖାସ୍ତ କଲେ ଯେ ମନ୍ଦିର ପାଖରେ ଶହେ ଜଣ ଠିକା କନେଷ୍ଟବଲ ରଖାଯାଉ। ଏହା କରାଯିବା ପରେ ପୁରୀ ରାଜା ଡେପୁଟି ମହାନନ୍ଦ ଗୁପ୍ତ ଓ ଅମଲାମାନଙ୍କ ସହିତ ଯାଇ ମନ୍ଦିର କବାଟ ଫିଟାଇଲେ। ଦେଉଳ ଭିତରକୁ ପଶିବାକୁ ଏତେ ଠେଲାପେଲା ହେଲା ଯେ ସେବକମାନେ କିଛି ସମୟ ପରେ ଦୁଆର ବନ୍ଦ କରିଦେବାକୁ ବାଧ୍ୟ ହେଲେ। ସେ ଦିନଟି ସାରା କବାଟ ବନ୍ଦ ରହିଲା ଏବଂ ଯାତ୍ରୀମାନେ ନିରାଶ ହେଲେ।

କଲେକ୍ଟର ଆର୍ମଷ୍ଟ୍ରଙ୍ଗ ୨୩ ତାରିଖ ସକାଳେ ଗସ୍ତରୁ ଫେରି ରାଜାଙ୍କୁ ଆଦେଶ ଦେଲେ ଯେ ଲୋକଙ୍କୁ ନିୟନ୍ତ୍ରଣ କରିବା ପାଇଁ ସେ ସିଂହଦ୍ୱାର ଆଗରେ ବାଡ଼ ତିଆରି କରନ୍ତୁ ଏବଂ ଶାନ୍ତି ଶୃଙ୍ଖଳା ପାଇଁ ପଣ୍ଡାଙ୍କୁ ତାଗିଦ କରନ୍ତୁ। ଏ ସବୁ ତିଆରି କରିବାରେ ସମୟ ଲାଗିଲା ଏବଂ ଯାତ୍ରୀମାନେ ଭିତରକୁ ଯିବାକୁ ଅଥୟ ହେଲେ। ସନ୍ଧ୍ୟାବେଳକୁ ଲୋକସଂଖ୍ୟା ଆହୁରି ବଢ଼ିଯିବାରୁ ଆର୍ମଷ୍ଟ୍ରଙ୍ଗ ରାଜାଙ୍କ ପାଖକୁ ଆଉ ଗୋଟିଏ ଚିଠି ପଠାଇଲେ। ଜଏଣ୍ଟ ମାଜିଷ୍ଟ୍ରେଟ୍ ସାଙ୍ଗରେ ଚାଳିଶ ଜଣ ପୋଲିସ ନେଇ ଯାଇ ଦ୍ୱାର ଖୋଲାଇଲେ, କିନ୍ତୁ ଭିଡ଼ ଏତେ ଥିଲା ଯେ ଲୋକଙ୍କୁ ସମ୍ଭାଳିବା କଷ୍ଟ ହେଲା। ଜଏଣ୍ଟ ମାଜିଷ୍ଟ୍ରେଟ୍ ନିଜେ ତଳେ ପଡ଼ିଗଲେ ଏବଂ ଦ୍ୱାର ବନ୍ଦ କରାଇ ଦେବାକୁ ବାଧ୍ୟ ହେଲେ। ଏସବୁ ଗଣ୍ଡଗୋଳ ଦେଖି ରାଜାଙ୍କ ଲୋକମାନେ ସେଠାରୁ ଲୁଟି ପଳାଇଗଲେ।

୨୪ ତାରିଖ ସକାଳେ ମନ୍ଦିରର ଚାରିଦ୍ୱାର ପାଖରେ, ନରେନ୍ଦ୍ର ପୋଖରୀ ପାଖେ ଏବଂ ସାରା ସହରରେ ଯାତ୍ରୀ ଭର୍ତ୍ତି ହୋଇଗଲେ। ବାବୁ ମହାନନ୍ଦ ଗୁପ୍ତ ରାଜାଙ୍କୁ ସିଂହଦ୍ୱାର ଖୋଲାଇବା ପାଇଁ କହିଲେ, କିନ୍ତୁ ରାଜା ଆଳ ଦେଖାଇଲେ ଯେ ଭୋଗ ତିଆରି ହେଉଥିବା ସମୟରେ ଦ୍ୱାର ଖୋଲାଯାଇ ପାରିବ ନାହିଁ। ଉପରବେଳା ଭୋଗ ତିଆରି ସରିବା ପରେ ମଧ୍ୟ ଦ୍ୱାର ଖୋଲା ନ ହେବାରୁ ଯାତ୍ରୀମାନେ ବ୍ୟତିବ୍ୟସ୍ତ ହେଲେ, କାରଣ ସେହିଦିନ ଜଗନ୍ନାଥଙ୍କୁ ଦର୍ଶନ କରିବା ଆଶାରେ ସେମାନେ ପୁରୀ ଆସିଥିଲେ।

ଅଧ ରାତି ବେଳକୁ ଆର୍ମଷ୍ଟ୍ରଙ୍ଗ ଘୋଡ଼ା ଚଢ଼ି ଆସି ସିଂହଦ୍ୱାର ପାଖରେ ପହଞ୍ଚିଲେ ଏବଂ ଦୁଆର ଖୋଲାଇବାର ଆଦେଶ ଦେଲେ। ମନ୍ଦିର ଖୋଲିବା ମାତ୍ରେ ସବୁ ଲୋକ ଏକା ସାଙ୍ଗରେ ଧସି ପଶିବା ପାଇଁ ଚେଷ୍ଟା କଲେ। ମନ୍ଦିର ଭିତରେ ଏତେ ଲୋକ ହୋଇଗଲେ ଏବଂ ଆହୁରି ଏତେ ଲୋକ ପଶିବାକୁ ଚେଷ୍ଟା କଲେ ଯେ ଧସ୍ତାଧସ୍ତିରେ ଘୋଡ଼ାଦ୍ୱାର ପାଖରେ ଦୁଇଜଣ ଲୋକ ମରିଗଲେ ଏବଂ ମନ୍ଦିର ଦ୍ୱାରକୁ ବନ୍ଦ କରିଦେବାକୁ ପଡ଼ିଲା।

ଦୋଳ ପୂର୍ଣ୍ଣିମା ରାତିରେ ପୁଣି ଏ ଘଟଣାର ପୁନରାବୃତ୍ତି ହେଲା। ସାରାଦିନ ଦ୍ୱାର ବନ୍ଦ ରହିବାରୁ ବାହାରେ ଅସଂଖ୍ୟଲୋକ ଜମା ହୋଇ ରହିଲେ। ରାଜାଙ୍କ ପାଖକୁ ବାରମ୍ବାର ଖବର ପଠାଗଲା, କିନ୍ତୁ

ସେ ଦ୍ୱାର ଖୋଲାଇଲେ ନାହିଁ, କାରଣ ସେତେବେଳକୁ ସେ ଖଲ୍ଲିକୋଟ ରାଜାଙ୍କ ସହିତ ଦରଦାମ କଷୁଥିଲେ ତାଙ୍କ ଠାରୁ କେତେ ଟଙ୍କା ପାଇଲେ ସେ ତାଙ୍କୁ ପ୍ରଥମେ ଜଗନ୍ନାଥ ଦର୍ଶନର ସୁବିଧା କରାଇଦେବେ ! ଭିଡ଼ ଏଣେ ବଢ଼ିବାରେ ଲାଗିଲା ଏବଂ ଲୋକେ ଏସ୍.ପି.ଙ୍କୁ ଘୋଡ଼ା ଉପରୁ ତଳେ ପକାଇ କୁଦି ଚକଟିଦେଲେ। ଆର୍ମ୍ସଟ୍ରଙ୍ଗଙ୍କର ମଧ ସେଇ ଅବସ୍ଥା ହୋଇଥାନ୍ତା, କିନ୍ତୁ ଭାଗ୍ୟକୁ ତାଙ୍କ ହାତରେ ଗୋଟାଏ ମୋଟା ଲାଠି ଥିଲା। ସେଇଟିରେ ଯଥେଚ୍ଛ ପ୍ରୟୋଗ କରି କୌଣସିମତେ ସେ ଭିଡ଼ରୁ ବାହାରି ଆସିପାରିଲେ।

ଅଧରାତିକୁ ଯେତେବେଳେ ଦୁଆର ଖୋଲାହେଲା, ମନ୍ଦିର ଭିତରେ ଠେଲାପେଲାରେ ନ'ଜଣ ଲୋକ ମରିଗଲେ। ଅନେକ କଷ୍ଟରେ ଦୁଆର ବନ୍ଦ କରି ବାହାରେ ଜମିଥିବା ଲୋକଙ୍କୁ ଏ ଖବର ଦିଆଗଲା। ମନ୍ଦିର ଭିତରେ ରକ୍ତ ପଡ଼ିଥିବାରୁ ମନ୍ଦିର ଅପବିତ୍ର ହୋଇଗଲା ଏବଂ ରନ୍ଧା ହୋଇଥିବା ଭୋଗ ସବୁ ଫିଙ୍ଗି ଦିଆହେଲା। ଏତେ ବାଟରୁ ଦ୍ୱାଦଶୀ ମେଳା ପାଇଁ ଆସିଥିବା ଯାତ୍ରୀମାନଙ୍କର ପରିଶ୍ରମ ବୃଥା ଗଲା।

ଆର୍ମ୍ସଟ୍ରଙ୍ଗ ଘଟଣା ସ୍ଥଳରେ ପହଞ୍ଚ ବହୁତ କଷ୍ଟରେ ଲୋକମାନଙ୍କୁ ଫେରିଯିବା ପାଇଁ ପ୍ରବର୍ତ୍ତାଇଲେ। ସକାଳେ କବାଟ ଖୋଲାଯିବାରୁ ବାବୁ ମହାନନ୍ଦ ଗୁପ୍ତ, ଯେ କି ସାରାରାତି ମନ୍ଦିର ଭିତରେ ଥିଲେ, ବାହାରକୁ ଆସି ଆର୍ମ୍ସଟ୍ରଙ୍ଗଙ୍କୁ ସବୁ ଖବର ଦେଲେ। ଉଆସରେ ଯେତେବେଳେ ଏ ଖବର ଯାଇ ପହଞ୍ଚିଲା, ଦିବ୍ୟସିଂହ ଏତେ ଅଫିମ ନିଶାରେ ଥିଲା ଯେ କିଛି ବୁଝିପାରିଲା ନାହିଁ।

ଏଗାର ଜଣ ଯାତ୍ରୀଙ୍କ ମୃତ୍ୟୁର ବିସ୍ତୃତ ବିବରଣ ରେଭେନ୍ସାଙ୍କ ପାଖରେ ପହଞ୍ଚିଲା ଅଛ କେତେ ଦିନ ଭିତରେ। ସେ ଏଥରେ ବିଶେଷ ମନ ଦେଲେ ନାହିଁ। କାରଣ କଲିକତାରେ ବୋର୍ଡ଼ ମେମ୍ବର ଭାବରେ ତାଙ୍କର ବଦଲି ହୋଇଯାଇଥିଲା ଏବଂ ସେ କଟକ ଛାଡ଼ିବାକୁ ପ୍ରସ୍ତୁତ ହେଉଥିଲେ। ମାତ୍ର କେତେମାସ ଓଡ଼ିଶାରେ ରହିବେ ବୋଲି ଆସି ରେଭେନ୍ସା ଓଡ଼ିଶାରେ ରହି ଯାଇଥିଲେ ପ୍ରାୟ ବାରବର୍ଷ। ଏ ଭିତରେ ନଅଙ୍କ ତାଙ୍କ ଜୀବନର ଏକ ଦୁଃଖଦ ଅନୁଭବ ଥିଲା। ଏହାପରେ ସେ ଓଡ଼ିଶାର ବିଭିନ୍ନ ଉନ୍ନତି ଦିଗରେ ମନ ଦେଇଥିଲେ। ସେ ପୁରାପୁରି ଓଡ଼ିଆମାନଙ୍କ ସହିତ ମିଶିଯାଇଥିଲେ, ଏପରିକି ଓଡ଼ିଆ ପିକା ନ ଟାଣିଲେ ସେ ଶାନ୍ତି ପାଉ ନ ଥିଲେ। ମାର୍ଚ୍ଚ ୨୧ ତାରିଖରେ ସେ ଓଡ଼ିଶା ଛାଡ଼ିବାବେଳେ ଦୀପିକା ଲେଖିଲା : ଶ୍ରୀଯୁକ୍ତ ରେଭେନ୍ସା ସାହେବ ଓଡ଼ିଶାକୁ ତ୍ୟାଗ କରିବାରେ ଏଠୀ ନିବାସୀଙ୍କର ଅବଶ୍ୟ ଦୁଃଖ ହୋଇଅଛି, କାରଣ ସେ ଶାସନ କାର୍ଯ୍ୟରେ ଅପାରଗ ହେଲେ ହେଁ ଦୀର୍ଘକାଳ ଏଠାରେ ରହିବାରୁ ତାହାଙ୍କ ପ୍ରତି ଲୋକଙ୍କର ମମତା ଜନ୍ମିଥିଲା ଓ ସେ କାର୍ଯ୍ୟରେ ପାରନ୍ତୁ ବା ନ ପାରନ୍ତୁ, ଓଡ଼ିଶାର ହିତ ଚିନ୍ତା ସର୍ବଦା କରୁଥିଲେ। ବିଶେଷତଃ ସାଧାରଣ ଶିକ୍ଷା ପ୍ରତି ଏହାଙ୍କ ବିଶେଷ ଦୃଷ୍ଟି ଥିଲା ଏବଂ ତହିଁର ସାକ୍ଷୀ ସ୍ୱରୂପ କଲେଜ ଓ ମେଡ଼ିକାଲ ସ୍କୁଲ ଇତ୍ୟାଦି କେତେଗୁଡ଼ିଏ କୀର୍ତ୍ତି ରଖିଯାଇଅଛନ୍ତି।

ମାର୍ଚ୍ଚ ୨୭ ତାରିଖ ଦିନ କଲିକତାରୁ ଆଦେଶ ପାଇ କଟକ କଲେକ୍ଟର ଜନ ବୀମ୍ସ କମିଶନର ହୋଇ ଯୋଗଦେଲେ। ତାଙ୍କର ପ୍ରଥମ କାମ ହେଲା ପୁରୀ ଯାଇ ମନ୍ଦିର ଦୁର୍ଘଟଣାର ତଦନ୍ତ କରିବା। ବୀମ୍ସ ପୁରୀରେ ମହନ୍ତ, ପଣ୍ଡା, ଭଦ୍ରଲୋକଙ୍କୁ ଭେଟି ସେମାନଙ୍କ ଠାରୁ ସବୁ କଥା ଶୁଣିଲେ। ପୁରୀ ରାଜା ମଧ ଏ ବିଷୟରେ ଏକ ଲିଖିତ କୈଫିୟତ ଦେଲେ। କିନ୍ତୁ ବୀମ୍ସ ଯେତେବେଳେ ତାଙ୍କୁ ଡକାଇ ପଠାଇଲେ, ଦିବ୍ୟସିଂହ ତାଙ୍କ ଆଗରେ ଆସି ଅନେକ ଏପାଖ ସେପାଖ କଥା କହିଲା ଯାହାର କୌଣସି

ଅର୍ଥ ନ ଥିଲା। ସେବକମାନେ ମଧ୍ୟ ଆପଣା ସାକ୍ଷ୍ୟରେ ସତମିଛ ମିଶାଇ କହିଲେ ଯେପରି ତା ଯୋଗୁ ରାଜା କୌଣସି ଅସୁବିଧାରେ ନପଡ଼ନ୍ତି।

କଟକରୁ ଫେରି ବୀମସ ସରକାରଙ୍କ ପାଖକୁ ଏ ବିଷୟରେ ଏକ ଦୀର୍ଘ ରିପୋର୍ଟ ପଠାଇଲେ। ଏଥିରେ ସେ ଲେଖିଥିଲେ ଯେ ପୁରୀ ରାଜାଙ୍କ ଦାୟିତ୍ୱହୀନତା ଯୋଗୁ ଦୁର୍ଘଟଣା ଘଟିଥିଲା ଏବଂ ଏଥିପାଇଁ ସମ୍ପୂର୍ଣ୍ଣ ଭାବେ ଦୋଷୀ ଥିଲା ଏଇ ନିର୍ବୋଧ ଟୋକା। ସେ ଆହୁରି ମଧ୍ୟ ଲେଖିଥିଲେ ଯେ ରାଜାଙ୍କୁ ମନ୍ଦିର ଦାୟିତ୍ୱରୁ ପୁରାପୁରି ବାହାର କରିଦେବା ସବୁଠାରୁ ଉତ୍ତମ ହୋଇଥାନ୍ତା, କିନ୍ତୁ ଉପସ୍ଥିତ ପରିସ୍ଥିତିରେ ଏକଥା ସମ୍ଭବ ନ ଥିଲା। ତେବେ ବୀମସ ରାଜାଙ୍କୁ ନିର୍ଦ୍ଦେଶ ଦେଲେ ଯେ ସେ ହିନ୍ଦୁମାନଙ୍କର ଗୋଟିଏ କମିଟି କରି ଏଭଳି ଯାତ୍ରୀ ସମାବେଶକୁ କିଭାବେ ନିୟନ୍ତ୍ରଣ କରିବାକୁ ହେବ ତା ପାଇଁ ଯୋଜନା ତିଆରି କରନ୍ତୁ। ସେ ସରକାରଙ୍କୁ ସୁପାରିଶ କଲେ ଯେ ଯେପର୍ଯ୍ୟନ୍ତ ରାଜାଙ୍କ ପାଖରୁ ଏ ଯୋଜନା ନ ଆସିଛି, ସେ ପର୍ଯ୍ୟନ୍ତ ତାଙ୍କୁ ମହାରାଜା ଉପାଧିର ସନନ୍ଦ ଓ ଖିଲତ ଦିଆ ନ ଯାଉ।

ଏ ସବୁ କରିବା ସଙ୍ଗେ ବୀମସ ଜାଣିଥିଲେ ଓଡ଼ିଶାରେ ପୁରୀ ରାଜାଙ୍କ ସ୍ଥାନ କ'ଣ। ସରକାର ମହାରାଜା ଉପାଧି ଦିଅନ୍ତୁ କି ନ ଦିଅନ୍ତୁ ଏବଂ ମୁଷ୍ଟିମେୟ ସାହେବ କ'ଣ ଭାବନ୍ତୁ ନ ଭାବନ୍ତୁ, ସେ ବିଷୟରେ ପୁରୀ ରାଜା ବା ଓଡ଼ିଶା ଲୋକଙ୍କର କିଛି ଯାଏ ଆସେ ନାହିଁ। ସେମାନଙ୍କ ପାଇଁ ଏଇ ନିର୍ବୋଧ ବାଳକ କେବଳ ମହାରାଜା ନୁହେଁ, ଜଗନ୍ନାଥଙ୍କର ଚଳନ୍ତି ପ୍ରତିମା ହୋଇ ରହିଥିବ।

ବାଲେଶ୍ୱର: ଜୁନ ୧୮୭୭

ମହାତ୍ମା ରେଭେନଶାଙ୍କ ପରେ ମହାତ୍ମା ବୀମସ କମିଶନର ହେବାରୁ ଓଡ଼ିଶାବାସୀ ଖୁସି ଥିଲେ, କିନ୍ତୁ ଆହୁରି ବେଶୀ ଖୁସି ଥିଲେ ବାଲେଶ୍ୱରବାସୀ, କାରଣ ବୀମସ ଆଗରୁ ବାଲେଶ୍ୱର କଲେକ୍ଟର ଥିଲେ। ଯେଉଁଦିନ ବାଲେଶ୍ୱରରେ ଖବର ପହଞ୍ଚିଲା ଯେ ଜୁନମାସରେ ବୀମସ ଏ ଜିଲ୍ଲାକୁ ଆସିବେ, ତାଙ୍କର ଅଭ୍ୟର୍ଥନା ପାଇଁ ଆୟୋଜନ କରିବାକୁ ଏକ ସଭା ଡକାଗଲା। ଜୁନ ୭ ତାରିଖରେ ସରକାରୀ ଇଂରାଜୀ ସ୍କୁଲରେ ସଭାକରି ସ୍ଥାନୀୟ ଭଦ୍ରବ୍ୟକ୍ତିମାନେ ପ୍ରସ୍ତାବ କଲେ ଯେ ପ୍ରଶଂସିତ ମହାତ୍ମାଙ୍କୁ ଅଭ୍ୟର୍ଥନା କରିବା ନିମନ୍ତେ ଆଲୋକ ଦିଆଯିବ ଓ ତାଙ୍କର ପ୍ରୀତିରେ ବାଲେଶ୍ୱରରେ ପୂର୍ବ ସଂକଳ୍ପିତ ଗୋଟିଏ ସାଧାରଣ ପୁସ୍ତକାଳୟ ନିର୍ମିତ ହେବ। ଏହାପରେ ସମସ୍ତେ ରୋଶନାଇ ପାଇଁ ଚାନ୍ଦା ସଂଗ୍ରହରେ ଲାଗିପଡ଼ିଲେ। ରାଜା ଶ୍ୟାମାନନ୍ଦ ଦେ ମଧ୍ୟ ସ୍ୱତନ୍ତ୍ର ଭାବେ ବୀମସଙ୍କର ସମର୍ଦ୍ଧନା ପାଇଁ ଆୟୋଜନ କରିବାରେ ଲାଗିଲେ।

ଦୁଇ ସପ୍ତାହ ପାଇଁ ଗସ୍ତରେ ଆସି ବୀମସ ୧୪ ତାରିଖ ଦିନ ବାଲେଶ୍ୱରରେ ପହଞ୍ଚିଲେ। ୧୬ ତାରିଖ ରାତିରେ ତାଙ୍କ ସମ୍ମାନାର୍ଥେ ରୋଶନାଇ ହେଲା। କଲେକ୍ଟରଙ୍କ କୋଠିଠାରୁ ଆରମ୍ଭ କରି ସହର ମଝି ପର୍ଯ୍ୟନ୍ତ ରାସ୍ତାର ଦୁଇପାଖରେ ଫୁଲ ଓ ଗିଲାସ ଗଛମାନ ପୋତାହୋଇ ବତୀ ଲାଗିଥିଲା। ସହରରେ ଦୁଇଟି ଫାଟକ ତିଆରି ହୋଇଥିଲା ଏବଂ ସରକାରୀ ଘର ବ୍ୟତୀତ ଅନେକ ଧନୀ ଲୋକଙ୍କ ଘରେ ମଧ୍ୟ ସାଜସଜ୍ଜା ହୋଇଥିଲା। ରାତି ନ'ଟା ବେଳେ କଲେକ୍ଟରଙ୍କ ସାଙ୍ଗରେ ଘୋଡ଼ା ବଗି ଗାଡ଼ିରେ ବସି ବୀମସ ରୋଶନାଇ ଦେଖି ବାହାରିଲେ ଓ ଅନେକ ଧନୀ ଓ ଭଦ୍ରଲୋକ ତାଙ୍କର ଅନୁଗାମୀ ହେଲେ। ସହର ପରିକ୍ରମା ପରେ ସେମାନେ ଶ୍ୟାମାନନ୍ଦ ଦେ ପଡ଼ୁଆଁପଦାରେ କରିଥିବା ନୂଆ କୋଠିରେ ଯାଇ ପହଞ୍ଚିଲେ।

ମୟୂରଭଞ୍ଜର ରାଜା, ଅନେକ ଜମିଦାର, ବାଲେଶ୍ୱରର ସାହେବମାନେ, ମହାଜନ ତଥା ଅମଲାମାନେ ସେଠାରେ ଉପସ୍ଥିତ ଥାଇ ବୀମସଙ୍କ ଅଭ୍ୟର୍ଥନା କଲେ। ଅଭ୍ୟର୍ଥନାର ଉତ୍ତରରେ ବୀମସ ହିନ୍ଦୀରେ ଗୋଟିଏ ଭାଷଣ ଦେଲେ, ଯାହା ଏପରି ଥିଲା :

ଉପସ୍ଥିତ ମହାଶୟଗଣ ! ଆମ୍ଭେ ଆପଣମାନଙ୍କର ଅଭ୍ୟର୍ଥନାରେ ପରମ ପରିତୋଷ ପ୍ରାପ୍ତ ହେଲୁ। ଯଦିଓ ଆମ୍ଭେ ଚାରିବର୍ଷ ତଳେ ବାଲେଶ୍ୱରକୁ, ଆପଣମାନଙ୍କୁ ଛାଡ଼ି ଯାଇଥିଲୁ, ବାଲେଶ୍ୱର ଆମ୍ଭକୁ ଛାଡ଼ି ନାହିଁ। ଆମ୍ଭେ ଏଠାରେ ଥିବା ସମୟରେ ବାଲେଶ୍ୱରର ଉପକାର ସାଧନ ବିଷୟରେ ଯତ୍ନ କରିଥିଲୁ ସତ୍ୟ, ମାତ୍ର ସେ ଉପକାର ଅତି ସାମାନ୍ୟ। ସେଥିନିମନ୍ତେ ଚାରିବର୍ଷ ଉତ୍ତାରୁ ବାଲେଶ୍ୱରରେ ଏମନ୍ତ ଭାବରେ, ଗୃହୀତ ହେବୁ ଏହା ଆମ୍ଭର ବିଶ୍ୱାସ ନ ଥିଲା। ବର୍ତ୍ତମାନ ଏଠାରେ ଅନେକ ଭଦ୍ରବ୍ୟକ୍ତି ସମାଗତ ହୋଇଛନ୍ତି। ଏମାନଙ୍କ ମଧ୍ୟରୁ ଅତ୍ୟନ୍ତ ବ୍ୟକ୍ତ ଆମ୍ଭଠାରେ ଅପରିଚିତ; ଯେଉଁମାନେ ଅପରିଚିତ, ସେମାନେ ମଧ୍ୟ ଆମ୍ଭକୁ ଶ୍ରଦ୍ଧା କରନ୍ତି। ବର୍ତ୍ତମାନ ଉପସ୍ଥିତି ସେଥିର ପରିଚୟ ଦେଉଅଛି। ପରିଚିତମାନଙ୍କ ମଧ୍ୟରୁ ଅନେକ ବ୍ୟକ୍ତି ଅଛନ୍ତି ଯେ ସେମାନଙ୍କୁ ଆମ୍ଭେ ସ୍ନେହାସ୍ପଦ ବନ୍ଧୁ ଅଥବା ବନ୍ଧୁରୁ ଅଧିକ ଭାଇ ସମାନ ମଣୁ। ଆମ୍ଭେ ବାଲେଶ୍ୱରରେ ଯେତେବେଳେ ଥିଲୁ ବାଲେଶ୍ୱର ପ୍ରତି ଆମ୍ଭର ସ୍ନେହ ଜନ୍ମିଥିଲା। ବାଲେଶ୍ୱରବାସୀମାନେ ଆମ୍ଭ ଆଜ୍ଞା ପାଳନରେ ଯାଦୃଶ ତତ୍ପରତା ଦେଖାଇ ଅଛନ୍ତି, ଗଭର୍ଣ୍ଣମେଣ୍ଟଙ୍କ ଆଜ୍ଞା ପାଳନରେ ମଧ୍ୟ ତାଦୃଶ ସାହାଯ୍ୟ କରିଅଛନ୍ତି। ବାଲେଶ୍ୱରରେ ଅନେକ ବ୍ୟକ୍ତି ଅଛନ୍ତି ଯେ ସେମାନେ ସ୍ୱାର୍ଥନ୍ୱେଷୀ ନ ହୋଇ ସାଧାରଣ ହିତକର କାର୍ଯ୍ୟରେ ସର୍ବଦା ରତ ଥାଆନ୍ତି। ଆମ୍ଭେ ମୁକ୍ତ କଣ୍ଠରେ କହୁଅଛୁ, ବାଲେଶ୍ୱର ଆମ୍ଭକୁ ମନରେ ରଖୁ ଅବା ନ ରଖୁ ଆମ୍ଭେ ବାଲେଶ୍ୱରକୁ କଦାଚ ପାଶୋରିବୁ ନାହିଁ। ଆମ୍ଭର ଏହି ବାସନା ଯେ ଆମ୍ଭ ହୃଦୟରେ ବାଲେଶ୍ୱର ଏବଂ ବାଲେଶ୍ୱର ହୃଦୟରେ ଆମ୍ଭେ ଚିରକାଳ ଥାଉ।

ବକ୍ତୃତା ପରେ ସାହେବ ଓ ଭଦ୍ରବ୍ୟକ୍ତିମାନେ ଛାତ ଉପରକୁ ଯାଇ ଆତସବାଜି ଦେଖିଲେ। ତାପରେ ତଳେ ବାଇନାଚ ଓ ଗୀତର ବ୍ୟବସ୍ଥା ହୋଇଥିଲା। ଏହା ଦେଖିସାରି ବୀମସ ଅନେକ ରାତିରେ କଲେକ୍ଟରଙ୍କ କୋଠିକୁ ଫେରିଲେ।

୨୧ ତାରିଖ ରାତିରେ ବୃନ୍ଦାବନଚନ୍ଦ୍ର ମଣ୍ଡଳଙ୍କ ବଗିଚା ଘରେ ସାହେବଙ୍କ ଅଭ୍ୟର୍ଥନା ହେଲା। ୨୬ ତାରିଖ ଦିନ ପାଞ୍ଝାଟା ବେଳେ ମଦନ ମୋହନ ଦାସଙ୍କ ବୈଠକଖାନାରେ ତାଙ୍କ ଦ୍ୱାରା ସ୍ଥାପିତ ବାରବାଟୀ ବିଦ୍ୟାଳୟ ଓ ପୁରୁଣା ହିନ୍ଦୁ ବାଲିକା ବିଦ୍ୟାଳୟର ମୁରସ୍କାର ବିତରଣୀ ସଭା ହେଲା। ସଭାରେ ବୀମସ ଓ କଲେକ୍ଟରଙ୍କ ବ୍ୟତୀତ ନୀଳଗିରିର ରାଜା, ସ୍ଥାନୀୟ ଭଦ୍ରବ୍ୟକ୍ତି ପ୍ରମୁଖ ଉପସ୍ଥିତ ଥିଲେ। ସ୍କୁଲ ପିଲାମାନେ ବିଦ୍ୟାର ମାହାତ୍ମ୍ୟ ଓ ପାରିତୋଷିକ ପ୍ରାପ୍ତି ଜନିତ ଆନନ୍ଦ ବିଷୟକ ଗୋଟିଏ ଗୀତ ଗାଇଲେ। ତାପରେ ସେମାନେ ଆଲେକଜାଣ୍ଡର ଓ ଦସ୍ୟୁ, ରାଜା କେନ୍ୟୁଟ ଓ ତାଙ୍କର ପାରିଷଦ ଇତ୍ୟାଦି ଇଂରାଜୀରେ ଅଭିନୟ କରି ଦେଖାଇଲେ। ପୁରସ୍କାର ବର୍ଣ୍ଣନ ପରେ ବୀମସ ପ୍ରଥମେ ଓଡ଼ିଆରେ ଏବଂ ପରେ ଇଂରେଜୀରେ ବକ୍ତୃତା ଦେଇ ମଦନ ମୋହନ ଦାସଙ୍କ ଉଦ୍ୟମକୁ ପ୍ରଶଂସା କଲେ। ସେହିଦିନ ରାତିରେ ଉମେଶଚନ୍ଦ୍ର ମଣ୍ଡଳଙ୍କ ଘରେ ସମର୍ଦ୍ଧନାର ଆୟୋଜନ ହେଲା। ଏ ଅନୁଷ୍ଠାନର ବିଶେଷତ୍ୱ ଥିଲା ଯେ ଏଠାରେ ଦେଶୀୟ ବିଧି ଅନୁସାରେ ସାହେବଙ୍କର ଅଭ୍ୟର୍ଥନା ହୋଇଥିଲା।

ବାଲେଶ୍ୱର ରହଣି ଭିତରେ ବୀମସ ସମସ୍ତ କଚେରୀ ଓ ସ୍କୁଲ ପରିଦର୍ଶନ କଲେ। ୨୮ ତାରିଖ

ଦିନ ସେ ସେଣ୍ଟ ଜୋସେଫ ସ୍କୁଲ ଦେଖିବାକୁ ଗଲେ। ସେ ପହଞ୍ଚିବା ମାତ୍ରେ ପିଲାମାନେ ତାଙ୍କର ସ୍ୱାଗତରେ ଗୋଟିଏ ଗୀତ ଗାଇଲେ, ଯାହାର ପ୍ରଥମାଂଶ ନିମ୍ନ ପ୍ରକାରେ ଥିଲା :

ମହାମହିମ ମହିମାର୍ଣ୍ଣବ ଶ୍ରୀଯୁକ୍ତ ମହାତ୍ମା ଜୋହନ ବୀମସ ଓଡ଼ିଶାର କମିଶନର ମହୋଦୟ ଶ୍ରୀଚରଣ ପଙ୍କଜେଷୁ। ହେ ଓଡ଼ିଶାର ଲଲାଟତିଲକ !

ଆଜି କି ସୌଭାଗ୍ୟ ଆମ୍ଭମାନଙ୍କର ପଡ଼ିଲା ଏଠାରେ ଚରଣ ତବ

ଆନନ୍ଦର ସୀମା ନାହିଁ ପିଲାଙ୍କର ତୁଣ୍ଡରେ ଭଜନ୍ତି ବୀମସ ବୀମସ ରବ।

ଏହାପରେ ଗୀତରେ କୁହାଯାଇଥିଲା ଯେ ଭିକ୍ଟୋରିଆ ଅଗାଧଜଳପାରେ ଶ୍ୱେତ ଦ୍ୱୀପରେ ବସିଥିବାରୁ ତାଙ୍କର ଦୁଃଖ କେବଳ ପାଶୋରି ହେଉଛି ବୀମସଙ୍କର ଚନ୍ଦ୍ରାନନ ଦେଖି। ଏତଦ୍ ବ୍ୟତୀତ ଗୀତରେ ତାଙ୍କୁ ପରାଣ ଈଶ୍ୱର, ଉତ୍କଳ ହୃଦରେ କର୍ଣ୍ଣଧାର ଇତ୍ୟାଦି ଆଖ୍ୟା ମଧ୍ୟ ଦିଆଯାଇଥିଲା। ମହାତ୍ମା ବୀମସ ଏହାଶୁଣି ଅତ୍ୟନ୍ତ ପ୍ରୀତ ହେଲେ ଏବଂ ଓଡ଼ିଆ ଭାଷାରେ ସ୍କୁଲର ବାଳିକାମାନଙ୍କୁ ଉଦ୍‌ବୋଧନ ଦେଲେ।

ସେହିଦିନ ବେଳଓଳି ସାଢ଼େ ପାଞ୍ଚଘଣ୍ଟା ସମୟରେ ସାହେବ ମୌସୁଫ ମହାତ୍ମା ବୀମସ ବାଲେଶ୍ୱର ନଗରରୁ କଟକ ଅଭିମୁଖେ ପ୍ରସ୍ଥାନ କଲେ।

ଉମପଡ଼ା: ଜୁନ ୧୮୭୭

ଫକୀରମୋହନ ଉମପଡ଼ାର ଶାସନକୁ ପୂରାପୂରି ସମ୍ଭାଳି ନେଲେ ଏବଂ ପାଞ୍ଚବର୍ଷର ବାକି ଖଜଣା ଆଦାୟ କରିବାରେ ମନ ଦେଲେ । ଏ ଭିତରେ ଜଣେ ଟାଣୁଆ ହାକିମ ଭାବରେ ତାଙ୍କର ନାଁ ହୋଇଯାଇଥିଲା ଏବଂ ପ୍ରଧାନମାନେ ତାଙ୍କୁ ଭୀଷଣ ଡରୁଥିଲେ । ତେଣୁ ଖଜଣା ଅସୁଲ କରିବାରେ କିଛି ଅସୁବିଧା ହେଲାନାହିଁ ଏବଂ ଦିନକ ଭିତରେ ତାଳବସ୍ତ ଅଞ୍ଚଳରୁ ଅଠର ହଜାର ଟଙ୍କା ଖଜଣା ଆଦାୟ ହୋଇଗଲା । ଏତେଟଙ୍କା ରଖିବା ପାଇଁ ସିନ୍ଦୁକ ବା ପେଟରା ନ ଥିଲା । ତାକୁ ଗୋଟିଏ ଅଖାରେ ଧରି ଫକୀରମୋହନ ନିଜଗଡ଼କୁ ଗଲେ ରାଜାଙ୍କୁ ଦେଖା କରିବାକୁ ।

ରାଜା ସେତେବେଳକୁ ଉଆସରେ ନ ରହି ରାଜନଅର ପଛପଟେ ବଗିଚା ଭିତରେ ତିଆରି କରିଥିବା ଗୋଟିଏ ଘରେ ରହୁଥିଲେ ଏବଂ ଉଆଧକୁ ଆସୁ ନ ଥିଲେ । ଟଙ୍କା ବସ୍ତାକୁ ଧରି ଯେତେବେଳେ ଫକୀରମୋହନ ରାଜାଙ୍କ ଆଗରେ ପହଞ୍ଚିଲେ, ରାଜା ଖୁସି ହେଲେ, କିନ୍ତୁ କହିଲେ ଯେ ସେ ଟଙ୍କା ନେବେନାହିଁ । ଫକୀରମୋହନ ଜିଦ୍ କରିବାରୁ କହିଲେ, ମୁଁ କହିଥିଲି ବଦୋବସ୍ତ ହେବ, ଖଜଣା ବଢ଼ିବ । ସେତିକିରେ ମୁଁ ଖୁସି । ଏ ଟଙ୍କାକୁ ଆପଣ ନିଅନ୍ତୁ । ଏତିକି କହି ସେ ଘର ଭିତରକୁ ପଶିଯାଇ ଭିତରୁ କବାଟ ବନ୍ଦ କରିଦେଲେ ।

ଟଙ୍କା ବସ୍ତାକୁ ଧରି ଫକୀରମୋହନ ଉଆସକୁ ଆସି ରାଣୀଙ୍କୁ ସେ ଟଙ୍କା ରଖିବାକୁ କହିଲେ, କିନ୍ତୁ ସେ ମଧ୍ୟ ଟଙ୍କା ରଖିବାକୁ ମନା କରିଦେଲେ । ପ୍ରଥମେ ଫକୀରମୋହନ ଭାବିଲେ ଯେ ସେ ଟଙ୍କାକୁ ରଖିଦେବେ, କିନ୍ତୁ ପରେ ଭାବିଲେ ଯେ ସେ ଦରମା ପାଉଛନ୍ତି ଏବଂ ଖାଇଖରଚ ମଧ୍ୟ ରାଜାଙ୍କ ପାଖରୁ ମିଳୁଛି । ତେଣୁ ଏ ଟଙ୍କାକୁ ରଖିବା ଉଚିତ ହେବ ନାହିଁ । ତେଣୁ ସେ ଜଣେ ଭାରୁଆ ଲଗାଇ ଏ ଟଙ୍କା

କଟକ ନେଇଗଲେ ଏବଂ ବାଲୁବଜାରରେ ଜଣେ ଶୁଣ୍ଠୀ ମହାଜନକୁ ଟଙ୍କା ଫେରାଇଦେଇ ରାଜା ଲେଖିଦେଇଥିବା ତମସୁକରେ ଅସୁଲ ଲେଖାଇ ଆଣିଲେ।

ଏଥର ଫକୀରମୋହନ ବନ୍ଦୋବସ୍ତ କାମରେ ମନ ଦେଲେ ଏବଂ ଚାରି ପାଞ୍ଚମାସ ଭିତରେ ସବୁ ମୌଜାର ଜରିବ କାମ ସମାପ୍ତ ହୋଇଗଲା। ଏଥିରେ ଫକୀରମୋହନଙ୍କୁ ଅନେକ ପରିଶ୍ରମ କରିବାକୁ ପଡ଼ିଲା। ପ୍ରତିଦିନ ସକାଳୁ ସେ ତାଙ୍କର ବଡ଼ କାଠିଆବାଡ଼ ଘୋଡ଼ା ଚଢ଼ି ହାତରେ ଦି ନଳିଆ ବନ୍ଦୁକ ଧରି ବୁଲି ବୁଲି ଜରିବ କାମ ଦେଖି ସନ୍ଧ୍ୟାକୁ ଫେରନ୍ତି। ଜରିବ କାମ ସରିବା ପରେ ଯେତେବେଳେ ଜମା ଭିଆଣ କାମ ଆରମ୍ଭ ହେଲା, ସେତେବେଳେ ରାଜାଙ୍କର ଉପସ୍ଥିତି ଦରକାର। ରାଜା କିନ୍ତୁ ସେତେବେଳକୁ କଲିକତାରେ। ଯାହା ହେଉ ଏଥରକ ଫକୀରମୋହନଙ୍କ ଚିଠି ପାଇ ରାଜା କଲିକତାରୁ ସାଙ୍ଗେ ସାଙ୍ଗେ ଫେରି ଆସିଲେ ଏବଂ ଫକୀରମୋହନ ବନ୍ଦୋବସ୍ତ କାମରେ ଅନେକ ଆଗେଇ ଯାଇଛନ୍ତି ଦେଖି ଖୁସି ହେଲେ।

ଏଥରକ ରାଜା ନିଜଗଡ଼ ଉଆସରେ ରହିଲେ ଏବଂ ଏତେଦିନ ପରେ ଫକୀରମୋହନଙ୍କ ସହିତ ଭଲରେ କଥାବାର୍ତ୍ତା କଲେ। କେବଳ ଏତିକି ନୁହେଁ, ଆଜିକାଲି ସଞ୍ଜ ସକାଳେ ଉଆସରୁ ଫକୀରମୋହନଙ୍କୁ ଡାକରା ଆସିଲା। ବର୍ତ୍ତମାନ ରାତିରେ ରାଜା ଓ ଫକୀରମୋହନଙ୍କୁ ଅନେକ ସମୟରେ ବଗିଚାରେ ବସି ବିଅର ପିଅ ହସଖୁସିରେ କଥାବାର୍ତ୍ତା କରିବାର ଦେଖାଗଲା। ରାଜା ଫକୀରମୋହନଙ୍କୁ ନିଜର ବ୍ୟକ୍ତିଗତ କଥା ମଧ୍ୟ କହିବାକୁ ଆରମ୍ଭ କଲେ। ଦିନେ ବ୍ୟସ୍ତ ହୋଇ ରାଜା ତାଙ୍କୁ କହିଲେ, କୁମାର ବ୍ରଜେନ୍ଦ୍ରଙ୍କ ପାଇଁ ଆପଣ ଜଣେ ଭଲ ଶିକ୍ଷକ ଠିକ୍ କରିଦିଅନ୍ତୁ। ଫକୀରମୋହନ ଟିକିଏ ଭାବିଲେ କହିଲେ, ଏଥିପାଇଁ ସମଗ୍ର ଓଡ଼ିଶା ମଧ୍ୟରେ ସବୁଠାରୁ ଉକୃଷ୍ଟ ଲୋକ ହେଉଛନ୍ତି ପ୍ୟାରୀମୋହନ ଆଚାର୍ଯ୍ୟ, ତେବେ ସେ ଏଥିପାଇଁ ରାଜି ହେବେ କି ନାହିଁ, ମୁଁ ଜାଣେନା।

ଏହି ସମୟରେ ଅଧାରୁ କଲେଜ ପାଠପଢ଼ା ଛାଡ଼ି ପ୍ୟାରୀମୋହନ ନିଜକୁ ବିଭିନ୍ନ ଦେଶହିତକର କାମରେ ବ୍ୟସ୍ତ ରଖିଥିଲେ। ସେ କଟକ ୟଙ୍ଗ ମ୍ୟାନସ ଲିଟରାରୀ ଆସୋସିଏସନ ନାମକ ଏକ ସଂସ୍ଥା ଗଠନ କରି ମଝିରେ ମଝିରେ ଆଲୋଚନା ସଭାମାନ କରାଉଥିଲେ। ନିଜେ ଉଭୟ ଓଡ଼ିଆ ଓ ବଙ୍ଗଳା ଭାଷାରେ ଜଣେ ସୁବକ୍ତା ବୋଲି ମଧ୍ୟ ନାଁ କରିଥିଲେ ପ୍ୟାରୀମୋହନ।

ପ୍ୟାରୀମୋହନ ଆଉ ଗୋଟିଏ ବଡ଼ କାମ କରିଥିଲେ କଟକରେ ଏକ ସ୍କୁଲ ସ୍ଥାପନ କରି। ୧୮୭୩ରେ ବାରଜଣ ଛାତ୍ରଙ୍କୁ ନେଇ କଟକ ଏକାଡେମୀ ଘରୋଇ ବିଦ୍ୟାଳୟ ଆରମ୍ଭ ହୋଇଥିଲା। ସେହି ବର୍ଷ ସେ ଉତ୍କଳପୁତ୍ର ନାମକ ଏକ ପାକ୍ଷିକ ସମ୍ବାଦପତ୍ର ମଧ୍ୟ ଆରମ୍ଭ କଲେ। ଉଭୟ କାମରେ ତାଙ୍କର ବିଶେଷ ସହାୟକ ଥିଲେ ତାଙ୍କର ସହପାଠୀ ବାଙ୍କିର ଗୋବିନ୍ଦ ରଥ। ତାଙ୍କର ଅନ୍ୟତମ ସହପାଠୀ ମଧୁସୂଦନ ରାଓ ମଧ୍ୟ ବର୍ତ୍ତମାନ କଟକରେ ଥିଲେ, କିନ୍ତୁ ସରକାରୀ ଚାକିରିରେ ଥିବାରୁ ସେ ପ୍ୟାରୀମୋହନଙ୍କ କାର୍ଯ୍ୟରେ ପ୍ରତ୍ୟକ୍ଷ ସହଯୋଗ କରିପାରୁ ନଥିଲେ, କାରଣ ପ୍ୟାରୀମୋହନ ମଝିରେ ମଝିରେ ସରକାରଙ୍କୁ ସମାଲୋଚନା କରୁଥିଲେ। ତେବେ ପ୍ୟାରୀମୋହନ ଓ ମଧୁସୂଦନଙ୍କର ସୌହାର୍ଦ୍ୟ ଅତି ଘନିଷ୍ଟ ଥିଲା।

ସ୍କୁଲ ଓ ପତ୍ରିକା ପାଇଁ ଯାହା ଟଙ୍କା ଦରକାର ହେଉଥିଲା ପ୍ୟାରୀମୋହନ ଓ ଗୋବିନ୍ଦ ରଥ ମିଶି ତାହା ସଂଗ୍ରହ କରୁଥିଲେ। ୧୮୭୫ରେ ସ୍କୁଲଟି ମଧ୍ୟ ଇଂରାଜୀ ବିଦ୍ୟାଳୟ ହେଲା ଏବଂ ଛାତ୍ର ସଂଖ୍ୟା

ହେଲା ସାଥିଏ। ବିଭିନ୍ନ ପ୍ରକାର ଉପାୟରେ ଅର୍ଥ ସଂଗ୍ରହ କରି ପ୍ୟାରୀମୋହନଙ୍କୁ ସ୍କୁଲଟିକୁ ଚଲାଇବାକୁ ହେଉଥିଲା। ଯେତେବେଳେ ତାଙ୍କ ପାଖକୁ ଡମପଡ଼ା ରାଜାଙ୍କ ପାଖରୁ ଗୃହଶିକ୍ଷକ ହୋଇଯିବା ପାଇଁ ଖବର ଆସିଲା, ପ୍ୟାରୀମୋହନ ସାଙ୍ଗେ ସାଙ୍ଗେ ରାଜି ହୋଇଗଲେ।

ଡମପଡ଼ାରେ ଫକୀରମୋହନ ଓ ପ୍ୟାରୀମୋହନ ପରସ୍ପରକୁ ପାଇ ବିଶେଷ ଖୁସି ହେଲେ। ଫକୀରମୋହନ ବୟସରେ ଆଠବର୍ଷ ବଡ଼ ଥିଲେ, କିନ୍ତୁ ଛବିଶ ବର୍ଷର ଯୁବକ ପ୍ୟାରୀମୋହନଙ୍କ ସହିତ ଅତି ସହଜରେ ମିଶି ଘନିଷ୍ଠ ବନ୍ଧୁ ହୋଇଗଲେ। ଏ ବନ୍ଧୁତ୍ୱ କିନ୍ତୁ ଅଳ୍ପସ୍ଥାୟୀ ଥିଲା କାରଣ ଫକୀରମୋହନ ଏହି ସମୟରେ କମିଶନରଙ୍କ ଅଫିସରୁ ଢେଙ୍କାନାଲ ଆସିଷ୍ଟାଣ୍ଟ ମ୍ୟାନେଜର ଚାକିରିର ନିଯୁକ୍ତି ପତ୍ର ପାଇଲେ। ତାଙ୍କୁ ଏ ଚିଠି ଦେଖାଇବାରୁ ରାଜା କିନ୍ତୁ ଫକୀରମୋହନଙ୍କୁ ଛାଡ଼ିବାକୁ ରାଜି ହେଲେନାହିଁ ଏବଂ କହିଲେ ଯେ ସେ ତାଙ୍କର ଦରମା ବଢ଼ାଇଦେବେ। ଶେଷରେ ଫକୀରମୋହନ ରାଜାଙ୍କୁ ନେଇ ବୀମସଙ୍କ ପାଖକୁ ଗଲେ। ରାଜା ଫକୀରମୋହନଙ୍କୁ ଛାଡ଼ିବେ ନାହିଁ ବୋଲି ଜିଦ୍ ଧରି ବସିଲେ, କିନ୍ତୁ ବୀମସ ଫକୀରମୋହନଙ୍କୁ ଅଲଗା ଡାକି କହିଲେ, ବାବୁ, ଏ ରାଜାଟା ବାୟା, ଏହାର କଥା ଠିକ୍ ନାହିଁ। ଏହାର କଥା ଶୁଣିବା ଉଚିତ ନୁହେଁ ।

ଶେଷରେ ଫକୀରମୋହନ ଡମପଡ଼ା ଛାଡ଼ିବା ସ୍ଥିର ହେଲା। ତାଙ୍କୁ ବିଦାୟ ଦେବା ଦିନ ରାଜା ରଘୁନାଥ କାନ୍ଦ କାନ୍ଦ ହୋଇଗଲେ। ତାଙ୍କୁ କଟକରେ ଘର ତିଆରି ପାଇଁ ପାଞ୍ଚ ହଜାର ଟଙ୍କା ଦେଲେ ଏବଂ ଏହା ସହିତ ଗୋଟିଏ ନୋପାଳୀ ଭୁଜାଲୀ ଓ ନିଜ ମେଜ ଉପରେ ଦୁଆତ କଲମ ଫକୀରମୋହନଙ୍କୁ ଉପହାର ଦେଲେ।

ଫକୀରମୋହନ ଚାଲିଯିବା ପରେ ରାଜା ପ୍ୟାରୀମୋହନଙ୍କୁ ଡମପଡ଼ାର ଦେବାନ କରିଦେଲେ।

ଢେଙ୍କାନାଳ: ଅଗଷ୍ଟ ୧୮୭୭

ଫକୀରମୋହନ ଢେଙ୍କାନାଳରେ ଆସିଷ୍ଟାଣ୍ଟ ମ୍ୟାନେଜର ହୋଇ ଯୋଗ ଦେବାର କିଛି ମାସ ଆଗରୁ ମହାରାଜା ଭାଗୀରଥ ମହୀନ୍ଦ୍ର ବାହାଦୁର ମରିଯାଇଥିଲେ। ସେ ୧୪୦ କିଲୋଗ୍ରାମ ଓଜନର ଜଣେ ବିଶାଳକାୟ ପୁରୁଷ ଥିଲେ, କିନ୍ତୁ ତାଙ୍କର ଏ ବିରାଟ ବପୁ ତାଙ୍କୁ କୌଣସି କାମରୁ ଅଟକାଇ ପାରୁ ନ ଥିଲା। ସେ ଜଣେ ଭଲ ଶିକାରୀ ଥିଲେ ଏବଂ ଯେଉଁ ଚଉକିରେ ବସି ସେ ଶିକାରକୁ ଯାଉଥିଲେ, ତାକୁ ଚବିଶ ଜଣ କାନ୍ଧଉଥିଲେ। ସେ ନିଜ ରାଜ୍ୟରେ ହସ୍ପିଟାଲ, ସ୍କୁଲ ଇତ୍ୟାଦି ବସାଇଥିଲେ। ନଅଙ୍କ ଦୁର୍ଭିକ୍ଷବେଳେ ସେ କାଙ୍ଗାଲମାନଙ୍କ ପାଇଁ ଅନେକ କାମ କରିଥିଲେ ଏବଂ କଟକ ଜିଲ୍ଲା ସାହାଯ୍ୟ କମିଟିର ସଭ୍ୟ ଥିଲେ। ଏଥିପାଇଁ ସରକାର ତାଙ୍କୁ ମହାରାଜା ଉପାଧି ଦେଇଥିଲେ। ସେ କଟକ ପ୍ରିଣ୍ଟିଂ କମ୍ପାନୀ ଓ ଉତ୍କଳ ଦୀପିକାର ଜଣେ ପ୍ରଧାନ ପୃଷ୍ଠପୋଷକ ଥିଲେ ଏବଂ କମ୍ପାନୀର ବିରାଟ ଦୁଇତାଲା କୋଠା ତାଙ୍କ ଉଦ୍ୟମରେ ତିଆରି ହୋଇଥିଲା। ଗୌରୀଶଙ୍କର ଏ ବିଷୟରେ କହୁଥିଲେ, ଭାଗୀରଥ ମହୀନ୍ଦ୍ର ଯେଉଁ କମ୍ପାନୀର ପ୍ରଧାନ ଅଂଶୀ ଓ ବଳବତ୍ତର ସହାୟ, ତାହାର କାର୍ଯ୍ୟାଳୟ କି ଗୋଟିଏ ସାମାନ୍ୟ ଘର ହୋଇପାରେ ? ଦରଘାବଜାରରେ କମ୍ପାନୀର ଉପର ମହଲାରେ ତାଙ୍କ ପାଇଁ ସବୁବେଳେ ଦୁଇଟି ବଡ଼ ଚଉକି ରଖା ହୋଇଥିଲା। ସେ ନିଜେ ଜଣେ ସୌଖୀନ ଲୋକ ଥିଲେ ଏବଂ କଟକ କମିଶନରଙ୍କ ଲାଲବାଗ କୋଠି ଅନୁକରଣରେ ଢେଙ୍କାନାଳରେ ଗୋଟିଏ ଉଆସ ତିଆରି କରିଥିଲେ।

ଭାଗୀରଥ ଭଗନ୍ଦର ରୋଗରେ ଭୋଗୁଥିଲେ ଏବଂ ସେଥିରୁ ଉପଶମ ପାଇବାପାଇଁ ସେ ଏକମାତ୍ର ଔଷଧ ପାଇଥିଲେ ଭାରୀ ମାତ୍ରାରେ ଅଫିମ ସେବନ। ତାଙ୍କୁ ଅଫିମ ଅଭ୍ୟାସରୁ ଛଡ଼ାଇବା ପାଇଁ ଏକ ବିଲାତୀ ଔଷଧ ଦେଇଥିଲେ କଟକ ସିଭିଲ ସର୍ଜନ ଡକ୍ତର ଷ୍ଟ୍ୱାର୍ଟ। ଦିନେ ରାତିରେ ଅତ୍ୟଧିକ କଷ୍ଟ

ହେବାରୁ ଏବଂ ଷ୍ଟିୱାର୍ଟ ଦେଇଥିବା ଔଷଧ ସରି ଯାଇଥିବାରୁ ଭାଗୀରଥ ଲୋକ ପଠାଇଲେ ଡାକ୍ତରଖାନାରୁ ସେ ଔଷଧ ଅଣାଇବାପାଇଁ। ଲୋକ ଯାଇ ବଙ୍ଗାଳୀ ଡାକ୍ତରଙ୍କୁ ନିଦରୁ ଉଠାଇଲେ ଏବଂ ସେ ଭୁଲରେ ଗୋଟିଏ ବିଷ ଔଷଧ ପଠାଇଦେଲା। ଏ ଔଷଧ ଖାଇ ଭଗୀରଥଙ୍କର ଅବସ୍ଥା ସାଂଘାତିକ ହୋଇଗଲା। ଘୋଡ଼ା ଚଢ଼ି ଲୋକ କଟକ ଯାଇ ଡକ୍ତର ଷ୍ଟିୱାର୍ଟଙ୍କୁ ଆଣିଲା ଏବଂ ତାଙ୍କ ଔଷଧରେ ଭଗୀରଥଙ୍କ ଜୀବନ ରହିଗଲା। ବଙ୍ଗାଳୀ ଡାକ୍ତର ନିଜର ଭୁଲ ବୁଝିପାରି ଭୟରେ ସେଠାରୁ ପଳାଇଗଲା; ପଛରେ ଶୁଣାଗଲା ଯେ ଜଙ୍ଗଲରେ ତାକୁ ବାଘ ଖାଇଯାଇଥିଲା।

ଏହାପରେ କିନ୍ତୁ ଭାଗୀରଥ ଆଉ ପୂରା ଭଲ ହେଲେନାହିଁ। ଜାନୁଆରୀ ମାସରେ ସେ କଟକ ଦରବାରକୁ ଯାଇଥିବା ସମୟରେ ଡକ୍ତର ଷ୍ଟିୱାର୍ଟ ତାଙ୍କ ଉପରେ ଅସ୍ତୋପଚାର କରିଥିଲେ। ଏହାପରେ ସେ ଢେଙ୍କାନାଳ ଫେରିଯାଇଥିଲେ ଏବଂ ସେଠାରେ ୧୮୬୭ ଫେବୃଆରୀ ମାସରେ ତାଙ୍କର ମୃତ୍ୟୁ ହୋଇଥିଲା।

ଫକୀରମୋହନଙ୍କର ଭାଗୀରଥଙ୍କ ସହିତ ଆଗରୁ ପରିଚୟ ଥିଲା। ଫକୀରମୋହନ ଯେତେବେଳେ ନୀଳଗିରିର ଦେବାନ ଥିଲେ, ବିଚିତ୍ରାନନ୍ଦ ଦାସଙ୍କ ତୁଳସୀପୁର ବଗିଚାରେ ଗଡ଼ଜାତ ରାଜା, ଦେବାନ, ଜମିଦାରମାନଙ୍କର ଏକ ବିରାଟ ସଭା ହୋଇଥିଲା। ଫକୀରମୋହନ ସେହିଠାରେ ଭାଗୀରଥଙ୍କୁ ପ୍ରଥମେ ଭେଟିଥିଲେ ଏବଂ ସେହିଦିନଠାରୁ ଉଭୟଙ୍କ ମଧ୍ୟରେ ସୌହାର୍ଦ୍ଦ୍ୟ ଥିଲା। ଥରେ ନୀଳଗିରି ରାଜପରିବାର ପାଇଁ ଅନେକ ମନୋହରୀ ଜିନିଷ କିଣି ତାକୁ ଦୁଇହାତରେ କୁଣ୍ଢେଇ ଧରି ଫକୀରମୋହନ ବଙ୍କିବଜାରରେ ଯାଉଥିଲେ। ଏଇ ସମୟରେ ଦୂରରୁ ଭାଗୀରଥଙ୍କର ବିଶାଳ ଯୋଡ଼ି ଗାଡ଼ି ଆସୁଥିବା ଦେଖି ଫକୀରମୋହନ ଗୋଟିଏ ଦୋକାନ ଭିତରେ ଲୁଚିଗଲେ। ଭାଗୀରଥ କିନ୍ତୁ ତାଙ୍କୁ ଦେଖି ନେଇଥିଲେ ଏବଂ ଦୋକାନ ଆଗରେ ଗାଡ଼ିରୁ ଓହ୍ଲାଇ ଫକୀରମୋହନ ବାବୁ, ଫକୀରମୋହନ ବାବୁ ଡାକି ତାଙ୍କୁ ଲୁଚିବା ଜାଗାରୁ ବାହାରକଲେ।

ଫକୀରମୋହନ ଢେଙ୍କାନାଳରେ ଯୋଗଦେବା ବେଳକୁ ରାଜା ଥିଲେ ଭାଗୀରଥଙ୍କର ନାବାଳକ ପୋଷ୍ୟପୁତ୍ର ଦୀନବନ୍ଧୁ। ସେତେବେଳେ ସେଠାରେ ମ୍ୟାନେଜର ଥିଲେ ବାବୁ ବନମାଳୀ ସିଂହ, ରାଜଶିକ୍ଷକ ଥିଲେ ପ୍ୟାରୀମୋହନ ସେନ ଓ ଆସିଷ୍ଟାଣ୍ଟ ସର୍ଜନ ଥିଲେ ବିଜୟ କୁମାର ଚକ୍ରବର୍ତ୍ତୀ। ଏମାନଙ୍କ ସହିତ ଅତି ଶୀଘ୍ର ବନ୍ଧୁ ହୋଇଗଲେ ଫକୀରମୋହନ। ଏହି ବନ୍ଧୁତାର ଗୋଟିଏ ଫଳ ହେଲା ଯେ ବନମାଳୀ ଓ ବିଜୟ ମଦ୍ୟପ ଥିଲେ ଏବଂ ଏଠାରୁ ଫକୀରମୋହନଙ୍କର ମଧ୍ୟ ମଜ ଅଭ୍ୟାସ ହୋଇଗଲା।

ଫକୀରମୋହନ ଢେଙ୍କାନାଳରେ ପହଞ୍ଚିବାରେ ଅଛଦିନ ପରେ ଅଗଷ୍ଟ ମାସରେ କମିଶନର ବୀମ୍ସ ଆସିଲେ ଢେଙ୍କାନାଳର ଶାସନ ବ୍ୟବସ୍ଥା ବୁଝିବା ପାଇଁ। ସେଠାରେ ପହଞ୍ଚିବାର ଦ୍ୱିତୀୟ ଦିନ ସେ ନଅର ଦେଖିବାକୁ ଗଲେ। ନଅର ପଛପଟେ ଏକ ବିରାଟ ଅଗଣା ଥାଇ ଗୋଟିଏ ବଡ଼ ଅନ୍ଧାରୁଆ ଘର ଥିଲା। ସେଠାରେ ମହାରାଜାଙ୍କର ଷାଠିଏ ଜଣ ରକ୍ଷିତା ସ୍ତ୍ରୀ ରହୁଥିଲେ। ଏ ସ୍ଥାନଟି ପରିତ୍ୟକ୍ତ ଥିଲା, କାରଣ ନିଜର ସ୍ୱାସ୍ଥ୍ୟ ଦୃଷ୍ଟିରୁ ଭାଗୀରଥ ଅନେକ ଦିନରୁ ସେ ସ୍ତୀମାନଙ୍କ ପାଖକୁ ଯିବା ଛାଡ଼ିଦେଇଥିଲେ। ବୀମ୍ସ ସେମାନଙ୍କ ଅବସ୍ଥା ଦେଖି ନିଷ୍ପତ୍ତି କଲେ ଯେ ଯେଉଁ ସ୍ତୀମାନଙ୍କର ପିଲାଛିଲା ନାହାନ୍ତି ସେମାନେ ଆଉ କାହାକୁ ବାହା ହୋଇ ନଅର ଛାଡ଼ି ଚାଲିଯାଆନ୍ତୁ। ଯେଉଁମାନଙ୍କର ପିଲା ଅଛନ୍ତି, ସେମାନେ ରହନ୍ତୁ; ସେମାନଙ୍କର ଭରଣପୋଷଣ ରାଜ୍ୟ ପକ୍ଷରୁ ଦିଆଯିବ।

ରାଜାଙ୍କର ଅନେକ ଚାକରବାକର ଥିଲେ । ପ୍ରତିଟି ପଦ ପାଇଁ ଦେଖାଗଲା ଯେ ଦୁଇ ଜଣ ଲୋକ ଅଛନ୍ତି । ଏହାର କାରଣ ଥିଲା ଯେ କାମ ପାଇଁ ଦରମା ବଦଲରେ ସେମାନଙ୍କୁ ଜମି ଦିଆ ହୋଇଥିଲା । ଜଣେ ଲୋକ ଯେତେବେଳେ ନଅରରେ କାମ କରୁଥିଲା, ଆର ଜଣକ ନିଜ ଜମି କଥା ବୁଝିବାକୁ ଗାଁକୁ ଯାଉଥିଲା । ଏଥିଯୋଗୁ ଯଦିଓ ମହାରାଜାଙ୍କ ଚଉକି ଉଠାଇବାକୁ ଚବିଶ ଜଣ ଲୋକ ଦରକାର ଥିଲେ, ଏ କାମପାଇଁ ନିଯୁକ୍ତି ଦିଆଯାଇଥିଲା ଅଠଚାଳିଶ ଜଣଙ୍କୁ ।

ମହାରାଜାଙ୍କର ବ୍ୟକ୍ତିଗତ ନିଯୋଗ ଖଟଣି ଚାକର ଥିଲେ ବାସ୍ତରୀ ଜଣ । ଉଦାହରଣ ସ୍ୱରୂପ, ଚାରିଜଣ ଚାକର ଥିଲେ କାଠି ଲାଗି ପାଇଁ । ଜଣେ ଚାକର ଦାନ୍ତକାଠି ପାଇଁ ଡାଳ ଖଣ୍ଡେ କାଟି ଆସେ । ଜଣେ ସେ ଡାଳକୁ ଉପଯୁକ୍ତ ମାପରେ କାଟି ଦାନ୍ତକାଠି ତିଆରି କରେ । ଜଣେ ସେ ଦାନ୍ତକାଠି ନେଇ କାଠିଲାଗି ସ୍ଥାନରେ ରଖିଦିଏ । ଚତୁର୍ଥ ଚାକରଟି ସେଇ ଶ୍ରୀପଦାର୍ଥଟିକୁ ଶ୍ରୀଛାମୁଙ୍କ ଶ୍ରୀହସ୍ତକୁ ବଢ଼ାଇଦିଏ । ବୀମାସ ତାଙ୍କ ଭିତରୁ ତିନିଜଣ ଚାକରଙ୍କୁ ବାହାର କରି କେବଳ ଜଣକୁ ରଖିବାର ଅନୁମତି ଦେଲେ ।

ରୋଷେଇ ଘରେ ସୁଆର ବା ରାନ୍ଧିବା ଲୋକ ଥିଲେ ଛ ଜଣ । ବୀମାସ ସେଠୁରୁ ଚାରିଜଣଙ୍କୁ ବରଖାସ୍ତ କରିଦେଲେ । ତାଙ୍କ ଭିତରୁ ଜଣେ କଦାକଟା କରିବାରୁ ଫକୀରମୋହନ ତାକୁ ନେଇ ବିମାସଙ୍କ ପାଖକୁ ଗଲେ । ସେ ଏଇ ରୋଷେଇଆର ଗୁଣଗ୍ରାମର ଏତେ ତ ପ୍ରଶଂସା କଲେ ଯେ ବୀମାସ ଯେ କେବଳ ତାକୁ ପୁଣି କାମରେ ରଖାଇଲେ ତା ନୁହେଁ, ତା'ର ଦରମା ମାସକୁ ସାତ ଟଙ୍କାରୁ ବଢ଼ାଇ କରିଦେଲେ ତିରିଶ ଟଙ୍କା ।

କମିଶନର ଫେରିଯିବା ଆଗରୁ ରାଜଭବନରେ ରାତିରେ ଗୋଟିଏ ଦରବାର ହେଲା । ଏହି ଅବସରରେ ରାସ୍ତାଘାଟ ପରିଷ୍କାର ହୋଇ ତୋରଣ, ପୂର୍ଣ୍ଣକୁମ୍ଭ ଓ ଆମ୍ବଡାଲିରେ ସଜା ହେଲା । ତୋରଣମାନଙ୍କରେ 'ଗଡ଼ ସେଭ କମିଶନର ବୀମାସ' ଆଦି ଲେଖା ହୋଇ ଟଙ୍ଗାଗଲା । ଦରବାର ରାତିରେ ଅମଲା, ବେହେରା, ପଣ୍ଡିତ, ପ୍ରଧାନ ଓ ରାଜାଙ୍କ ଜାତି ଭାଇ ମିଶି ପ୍ରାୟ ଶହେ ଲୋକ ଥିଲେ । ବଙ୍ଗଳା ଗୀତ ଓ ଇଂରେଜୀ ବାଦ୍ୟ ପରେ ପଣ୍ଡିତ ସଭା ହେଲା । ପଣ୍ଡିତମାନେ ଶ୍ଲୋକ ଆବୃତ୍ତି କଲେ ଏବଂ ସଂସ୍କୃତରେ ବକ୍ତୃତାମାନ ଦେଲେ ।

ଏ ସବୁ ପାଣ୍ଡିତ୍ୟରେ ହାରି ନ ଯାଇ ବୀମାସ ଗୀତଗୋବିନ୍ଦରୁ ସଂସ୍କୃତରେ 'ଲଳିତ ଲବଙ୍ଗ ଲତା' ଗାଇ ସଭା ସାଙ୍ଗ କଲେ । ଯଦିଓ ମହାତ୍ମାଙ୍କର ସାହେବ କଣ୍ଠରେ ଏ ଲଳିତ ପଦାବଳୀର ଆବୃତ୍ତି ଅତ୍ୟନ୍ତ ଅଭୁତ ଓ ଦୁର୍ବୋଧ ଥିଲା, ବୀମାସଙ୍କର ପାଣ୍ଡିତ୍ୟ ବିଷୟରେ କାହାରି ସନ୍ଦେହ ରହିଲା ନାହିଁ ।

ଅଗଷ୍ଟ ୩୦ ତାରିଖ ରାତି ସାତଟାରେ ଢେଙ୍କାନାଲରୁ କଟକ ଅଭିମୁଖରେ ବାହାରିଲେ ବୀମାସ । ରାସ୍ତାରେ କିଛିବାଟ ଆସିବା ପରେ ପ୍ରବଳ ବର୍ଷା ଆରମ୍ଭ ହୋଇଗଲା । ଭାଗ୍ୟକୁ ଉଆସରୁ ଗୋଟିଏ ନାଲି ନୀଳ କାଚଲଗା ଲଣ୍ଠନ ନେଇ ଜଣେ ଜମାଦାର ସେମାନଙ୍କୁ ରାସ୍ତା ଦେଖାଇବାକୁ ଆସିଗଲା । ଏଇ ଲଣ୍ଠନ ଆଲୁଅରେ ତାଙ୍କ ପାଲିଙ୍କି ଆଗକୁ ଚାଲିଲା, କିନ୍ତୁ ଖଣ୍ଡେ ବାଟ ପରେ ଗୋଟିଏ ପାଣି ଭର୍ତ୍ତି ନାଳ ପାଖରେ ସେମାନଙ୍କୁ ଅଟକିବାକୁ ପଡ଼ିଲା । ସ୍ଥିର ହେଲା ଯେ ଲୋକ ଯାଇ ଢେଙ୍କାନାଲରୁ ହାତୀ ନେଇ ଆସିବେ । ପ୍ରବଳ ବର୍ଷା ଭିତରେ ନିଜର ପାଲିଙ୍କି ଭିତରେ ବସି, ଟିଟ୍ଟି, ବ୍ରାଣ୍ଡି ପିଇ, ସିଗାର ଟାଣି ହାତୀର ଅପେକ୍ଷା କରୁ କରୁ ବୀମାସ ମନେ ମନେ ଢେଙ୍କାନାଲ ବିଷୟରେ ଗୋଟିଏ କବିତା ତିଆରି କଲେ, ଫରାସୀ ଭାଷାରେ । ଓଡ଼ିଆରେ ସେ କବିତା ଏପରି ହେବ :

ମୁଁ ଛାଡ଼ି ଆସିଲି ଢେଙ୍କାନାଳ
ରାସ୍ତା ଥିଲା ଅତି ଅସମତଳ ।
ଗରମ ଦେଶର ଝଡ଼ ପ୍ରବଳ
ମୁଷଳ ଧାରାରେ ଢାଳିଲା ଜଳ ।
ଚାରିପାଖ ଘେରି ଢେଙ୍କାନାଳ
ରଡ଼ି କଲେ ହେଟା ବିଲୁଆ ଦଳ । ଇତ୍ୟାଦି ।

କିଛି ସମୟ ପରେ ଢେଙ୍କାନାଳରୁ ଦୁଇଟି ହାତୀ ଆସି ପହଞ୍ଚିଲେ । ଗୋଟିଏ ହାତୀ ଉପରେ ବୀମସଙ୍କର ପାଲିଙ୍କି ବନ୍ଧା ହେଲା ଏବଂ ଅନ୍ୟ ହାତୀଟି ଉପରେ ଅନ୍ୟମାନେ ବସିଲେ । ରାତି ଅଧରେ ପୁଣି ଯାତ୍ରାର ଆରମ୍ଭ ହେଲା କଟକ ଅଭିମୁଖରେ ।

କଟକ: ଫେବୃଆରୀ ୧୮୬୮

ଯଦିଓ କଟକକୁ ଅନେକ ଭଦ୍ର ଶିଷ୍ଟ ମିଷ୍ଟାଳାପୀ ଓ ମେଳାପୀ ସାହେବ ଅଫିସର ହୋଇ ଆସିଥିଲେ ଏବଂ ଦେଶୀୟ ଲୋକଙ୍କ ସହିତ ମିଳାମିଶା କରୁଥିଲେ, ସେଥିରେ ସବୁବେଳେ ଗୁରୁ ଲଘୁର ବିଚାର ଥିଲା। ସାହେବ ହାକିମମାନେ ନେଟିଭ୍ ଭଦ୍ରଲୋକଙ୍କୁ ଆଦର କରି କୋଠିରେ ସାକ୍ଷାତ ଦେଉଥିଲେ କିନ୍ତୁ ଏକା ସମାନ ହୋଇ ମିଳାମିଶା କରିବାର ସୁବିଧା ନ ଥିଲା। ସାହେବମାନେ ଥିଲେ ହାକିମ ଏବଂ ଦେଶୀୟଲୋକ, ସେ ଯେତେ ଶିକ୍ଷିତ ଧନବାନ ଓ ସମ୍ମାନନୀୟ ହୁଅନ୍ତୁ ନା କାହିଁକି, ଥିଲେ ସାଧାରଣ ପ୍ରଜା। ସାମାଜିକ ସ୍ତରରେ ସେମାନଙ୍କର ଏକତ୍ର ହେବାର ସୁଯୋଗ ନ ଥିଲା। ଏ ବିଷୟରେ ଅନେକ ଦିନ ତଳେ ପ୍ରକାଶିତ ଭର୍ଷ୍ଣାକୁଲାର କ୍ଲାସ୍ ବୁକ୍ ରାଡ଼ରରେ ନିମ୍ନ ଲିଖିତ ନିର୍ଦ୍ଦେଶ ଥିଲା : ହିନ୍ଦୁମାନେ କୌଣସି ସାହେବର ସାକ୍ଷାତ କରିବାକୁ ତାହାର ନିଜ ଗୃହକୁ ଗଲେ ଦଶଘଣ୍ଟା ସମୟର ପୂର୍ବେ ଅବା ଦୁଇପ୍ରହର ଏକ ଘଣ୍ଟା ଉଭାରେ ଯିବାକୁ ଅନୁଚିତ। ସାକ୍ଷାତକାରୀ ଲୋକର କୋଠରିରେ ପ୍ରବେଶିବାର କି ବାହାରି ଯିବାର ଦୁଇ ସମୟରେ ସଲାମ କରିବାକୁ ହୁଅଇ। ମାତ୍ର କୌଣସି ସ୍ତ୍ରୀ ଲୋକ ଆଗେ ଆପଣା ହାତ ନ ଦେଲେ ତାହାର ହାତକୁ ଗ୍ରହଣ କରିବାକୁ ଉଦ୍ୟମ କରିବାକୁ ଉଚିତ ନୋହେ। ପୁନି ବସନ ପିନ୍ଧିବାର ବିଷୟରେ ଆହୁରି ସାବଧାନ ହେଲେ ଭଲ ହୁଅନ୍ତା : ମଳିନ ଲୁଗାପଗାଦି ନ ପିନ୍ଧି ଯଥାସାଧ୍ୟ ନିର୍ମଲ ଉଭମ ଲୁଗା ପିନ୍ଧିବାକୁ ହୁଅଇ। ଇତ୍ୟାଦି।

ଏଥିରେ ପ୍ରଥମ ବ୍ୟତିକ୍ରମ ଆଣିଲେ କଟକ କଲେକ୍ଟର ବୀଡ଼ନ। ୧୮୬୭ ଅଗଷ୍ଟ ମାସରେ ଗୋଟିଏ ବୈଠକ କରି ସେ ନିଜ ଘରକୁ ଦେଶୀୟ ଭଦ୍ରଲୋକମାନଙ୍କୁ ଆମନ୍ତ୍ରିତ କରିଥିଲେ। ଇଂରେଜ ରାଜ କର୍ମଚାରୀ ଓ ଦେଶୀୟ ଭଦ୍ରଲୋକ ସମାନ ହୋଇ ଆମୋଦ କରିବାର ଏଠାରେ ପ୍ରଥମ ଦେଖାଗଲା।

ଏହି ବୈଠକରେ ଉପସ୍ଥିତ ଥିଲେ ଅନେକ ଜମିଦାର, ଚାରିଜଣ ଓକିଲ, ସବୁ ଡେପୁଟି କଲେକ୍ଟର, ମୁନସଫ ଓ ଶିକ୍ଷା ବିଭାଗର ଉଚ୍ଚ କର୍ମଚାରୀ। ଏତଦ୍ ବ୍ୟତୀତ ଯେଉଁ ପାଞ୍ଚଜଣ ଭଦ୍ରବ୍ୟକ୍ତିଙ୍କୁ ଡକା ହୋଇଥିଲା ସେଥିରେ ଗୌରୀଶଙ୍କର ରାୟ ପ୍ରଧାନ ଥିଲେ। ବୈଠକ ରାତି ବାରଟା ପର୍ଯ୍ୟନ୍ତ ଚାଲିଲା। ଏଥିରେ ସୀତାର ଓ ପିଆନୋ ବାଦନ ସହିତ ତାସ, ସତରଞ୍ଜ ଖେଳ ବ୍ୟବସ୍ଥା ଥିଲା। କମିଶନର ବ୍ୟାମସ ଉପସ୍ଥିତ ରହି ନିଜର ଭଙ୍ଗାଭଙ୍ଗା ଓଡ଼ିଆ କହି ସମସ୍ତଙ୍କ ମନୋରଞ୍ଜନ କରିଥିଲେ। ଦେଶୀୟ ଲୋକମାନେ ଏ ବୈଠକରେ ଗୋଟିଏ ତ୍ରୁଟି ଦେଖିଥିଲେ ଯେ ନିମନ୍ତ୍ରଣପତ୍ରଟି ସ୍ୱୟଂ ବ୍ୟାମନ ପଠାଇ ନଥିଲେ। ଏଇଟି ଆସିଥିଲା ଡେପୁଟି କଲେକ୍ଟର ରଙ୍ଗଲାଲ ବନ୍ଦୋପାଧ୍ୟାୟଙ୍କ ପାଖରୁ ଏବଂ ଲେଖିବାର ଭଙ୍ଗୀରୁ ପତ୍ରଟି ଆମନ୍ତ୍ରଣ ପତ୍ର ଅପେକ୍ଷା ଅଧିକ କଚେରୀ ସମନ ପ୍ରାୟ ଜଣାଯାଉଥିଲା।

୧୮୬୮ ଜାନୁଆରୀ ପହିଲା ଦିନ ଭିକ୍ଟୋରିଆଙ୍କର ଭାରତେଶ୍ୱରୀ ପଦ ଗ୍ରହଣର ବାର୍ଷିକ ଉପଲକ୍ଷରେ କମିଶନରଙ୍କ ଲାଲବାଗ କୋଠିରେ ଦେଶୀୟ ଲୋକଙ୍କର ନିମନ୍ତ୍ରଣ ହୋଇଥିଲା। କିଛିଦିନ ତଳେ ଡିସେମ୍ବର ମାସରେ ରେଭେନ୍ଶା ପୁଣି ଓଡ଼ିଶାକୁ ଫେରି ଆସିଥିଲେଏବଂ ବ୍ୟାମସଙ୍କଠାରୁ କମିଶନର ଦାୟିତ୍ୱ ନେଇଥିଲେ। ବ୍ୟାମସଙ୍କର ବଦଳି ହୋଇଥିଲା ଚିଟାଗଙ୍କୁ କମିଶନର ହୋଇ। ରେଭେନ୍ଶା ଫେରି ଆସିବାରେ ଲୋକମାନେ ଯେତିକି ଖୁସି ହୋଇଥିଲେ, ବ୍ୟାମସ ଚାଲିଯିବାରେ ସେତିକି ଦୁଃଖିତ ମଧ୍ୟ। ରେଭେନ୍ଶାଙ୍କର ପହିଲା ଜାନୁଆରୀ ବୈଠକ ଅତି ପ୍ରୀତିକର ହୋଇଥିଲା।

ଏ ପର୍ଯ୍ୟନ୍ତ କିନ୍ତୁ ବିଦେଶୀ ଓ ଦେଶୀୟ ଲୋକଙ୍କର ମିଶାମିଶି କୌଣସି ଦେଶୀୟ ଲୋକଙ୍କ ଘରେ ହୋଇ ନ ଥିଲା। ଅନେକ ଦିନ ତଳେ ଅବଶ୍ୟ ଜମିଦାର ବୈଦ୍ୟନାଥ ପଣ୍ଡିତଙ୍କ ଘରକୁ ସର୍କସ ଦେଖିବା ପାଇଁ ଓ ଗୋଲକଚନ୍ଦ୍ର ବୋଷଙ୍କ ଘରକୁ କୁସ୍ତି ଦେଖିବା ପାଇଁ ସାହେବମାନେ ଯାଇଥିଲେ। ତେବେ ସେଠାରେ ସାହେବ ଓ ଦେଶୀୟ ଲୋକଙ୍କ ଭିତରେ ପ୍ରକୃତ ମିଳାମିଶା ହୋଇ ନ ଥିଲା। ଏ ଅଭାବ ପୂରଣ କଲେ ଡେପୁଟି କଲେକ୍ଟର ବାବୁ ଜଗମୋହନ ରାୟ ଜାନୁଆରୀ ଦୁଇ ତାରିଖ ଦିନ ନିଜ ଘରେ ଏକ ବୈଠକ ଡାକି।

ଏ ମଜଲିସରେ ପ୍ରାୟ ପଞ୍ଚତିରିଶି ଜଣ ସାହେବ ଓ ପ୍ରାୟ ସେତିକି ଦେଶୀୟ ଲୋକ ଉପସ୍ଥିତ ଥିଲେ। ବୈଠକର ବନ୍ଦୋବସ୍ତ ପ୍ରାୟ ପୂର୍ବଦିନ ଲାଲବାଗ କୋଠିରେ ହୋଇଥିବା ବନ୍ଦୋବସ୍ତ ଭଳି ଥିଲା। ଘର ଓ ଅଗଣାରେ ଝାଡ଼, ଲଣ୍ଠନ, ଫୁଲ ଇତ୍ୟାଦି ସଜ୍ଜା ହୋଇଥିଲା ଏବଂ ବିଭିନ୍ନ ପ୍ରକାର ରୋଶନାଇ ହୋଇଥିଲା। ଦୋତାଲା ଦୈଠକଖାନାରେ ଜଲପାନର ବ୍ୟବସ୍ଥା ହୋଇଥିଲା ଏବଂ ତଳମହଲା ବୈଠକଖାନା ଓ ଅଗଣାରେ ଖେଳ ଓ ଆମୋଦ ପ୍ରମୋଦ ଇତ୍ୟାଦି। ନୃତ୍ୟଗୀତର କାର୍ଯ୍ୟକ୍ରମରେ ଥିଲା ସୀତାର ଓ ବେହେଲା ବାଦନ ଓ ଗୋଟିପୁଅ ବାଇନାଚ। ଶେଷରେ ଇଂରେଜୀ ରୀତିରେ ଛୋଟ ଛୋଟ ବକ୍ତୃତାମାନ ହେଲା। ସମସ୍ତ ଦେଶୀୟ ଓ ସାହେବ ଲୋକମାନଙ୍କର ସାମାଜିକ ମିଳାମିଶାର ଉପାଦେୟତା ବିଷୟରେ କହିଲେ। ଓକିଲ ବାବୁ ରାଜେନ୍ଦ୍ର ମିଶ୍ର ଏ ସମ୍ପର୍କରେ ଶେକ୍ସପିଅରଙ୍କୁ ଉଦ୍ଧୃତ କରି କହିଲେ, ଆର ଉଇ ନଟ ବ୍ରଦର୍ସ ?

ଏ ସମାରୋହକୁ ସମସ୍ତେ ଉପଭୋଗ କଲେ, କେବଳ ଜନକ ଛଡ଼ା। ସମସ୍ତ ଉପସ୍ଥିତ ଭଦ୍ରବ୍ୟକ୍ତିମାନଙ୍କ ମଧ୍ୟରେ ଏକମାତ୍ର ବିସଦୃଶ ଥିଲେ ରାଧାନାଥ ରାୟ। ସେ ମାସ ତଳେ ଡେପୁଟିରୁ ଜ୍ୟେଷ୍ଠ ଇନ୍ସପେକ୍ଟର ଅଫ୍ ସ୍କୁଲସ୍କୁ ପ୍ରମୋଶନ ପାଇ କଟକରେ ଯୋଗ ଦେଇଥିଲେ। ସେ ବର୍ତ୍ତମାନ

ଓଡ଼ିଶା ଶିକ୍ଷା ବିଭାଗର ସର୍ବୋଚ୍ଚ କର୍ତ୍ତା ଥିଲେ ଏବଂ ବଡ଼ ଚାକିରି କରୁଥିବା ଓଡ଼ିଆଙ୍କ ଭିତରେ ଅନ୍ୟତମ । ଜଗମୋହନ ରାୟଙ୍କ ମଜଲିସରେ ସମସ୍ତେ ରାଧାନାଥଙ୍କ ସହିତ ବନ୍ଧୁତ୍ୱ କରିବାକୁ ଚେଷ୍ଟା କଲେ କିନ୍ତୁ ସେ ଗୋଟିଏ କଣରେ ଗୁମ୍ ହୋଇ ବସିରହିଲେ । ସେ ଟିକିଏ ଗୀତବାଦ୍ୟ ଶୁଣିଲେ କିନ୍ତୁ ବାଇନାଚ ହେଲାବେଳକୁ ସେ ଜାଗାରୁ ଉଠି ଚାଲିଗଲେ । କେତେଜଣ ଇଂରେଜ ତାଙ୍କୁ ଏ ବିଷୟରେ ଠଙ୍ଗା କଲେ, କିନ୍ତୁ ରାଧାନାଥ କିପରି ସେମାନଙ୍କୁ କହିଥାନ୍ତେ ଯେ ଜଗମୋହନଙ୍କ ଘରର ବାରିପଟେ ଅନ୍ଧାର ଭିତରେ ସୁନ୍ଦର ନାରାୟଣ ତାଙ୍କୁ ଜଗି ରହିଛନ୍ତି ?

ଏ ମଜଲିସର କିଛିଦିନ ପରେ ଓଡ଼ିଶାରେ ରାଷ୍ଟ ହୋଇଗଲା ଯେ ଗୋଟିଏ ଉଚ୍ଚ ପଦ ପାଇଁ ରେଭେନ୍ସା ଜଗମୋହନ ରାୟଙ୍କ ନାଁ ସରକାରଙ୍କୁ ସୁପାରିଶ କରିଛନ୍ତି । ଏଥିସହ ଏକଥା ମଧ୍ୟ କୁହାଗଲା ଯେ ଏହି କାମ ପାଇବାପାଇଁ ଜଗମୋହନ ମଜଲିସର ଆୟୋଜନ କରିଥିଲେ । ଜଣେ ଓଡ଼ିଆକୁ ଏ କାମ ନ ଦେଇ ବଙ୍ଗାଳୀ ଜଗଜମୋହନଙ୍କ ନାଁ ପଠାଇଥିବାରୁ ରେଭେନ୍ସାଙ୍କର ସମାଲୋଚନା ମଧ୍ୟ କରାହେଲା । ତେବେ ଶେଷକୁ ଦେଖାଗଲା ଯେ ଏ ଚାକିରିଟି ପାଇଲେ ଓଡ଼ିଆ ନନ୍ଦକିଶୋର ଦାସ । ଏଥିପାଇଁ ଲୋକେ ପୁଣି ରେଭେନ୍ସାଙ୍କୁ ପ୍ରଶଂସା କରିବାରେ ଲାଗିଲେ ଏବଂ କୁହାକୁହି ହେଲେ, ଜଗମୋହନ ବାବୁ ଏତେଗୁଡ଼ାଏ ଟଙ୍କା ତୁଚ୍ଛାକୁ ଉଡ଼ାଇଦେଲେ; ସାହେବମାନେ ଖାଇପିଇ ମୁହଁ ପୋଛି ଦେଇ ଚାଲିଗଲେ । ବଡ଼ କାମ ଦେବେ ବୋଲି କହି ଆଉ ଦେଲେ ନାହିଁ । ମୂଳ କରମ !!!

ପୁରୀ : ଫେବ୍ରୁଆରୀ ୧୮୬୮

ଜାନୁଆରୀ ପହିଲା ଦିନ ଭିକ୍ଟୋରିଆଙ୍କ ଭାରତେଶ୍ୱରୀ ଉପାଧି ପ୍ରାପ୍ତିର ବର୍ଷ ପୂର୍ତ୍ତି ଉପଲକ୍ଷରେ ପୁରୀରେ ମଧ ଦରବାର ହେଲା । ବଡ଼ଦାଣ୍ଡ ଉପରେ ଗୋଟିଏ ଅସ୍ଥାୟୀ ଘର ତିଆରି ହୋଇ ସେଥିରେ କଲେକ୍ଟର ଓ ପୁରୀ ରାଜାଙ୍କ ପାଇଁ ସିଂହାସନ ରଖାଗଲା । ବାର୍ଷିକ ଦିନ ତୋପ ଫୁଟି ଦରବାର ଆରମ୍ଭ ହେଲା, ଅଭିନନ୍ଦନ ପତ୍ର ପାଠ ହେଲା, କଲେକ୍ଟର ବକ୍ତତା ଦେଲେ ଏବଂ ମହାରାଣୀ କୀ ଜୟ ଧ୍ୱନି ହେଲା । ତା ପରେ କଟକ ଓ ରମ୍ଭାରୁ ଆସିଥିବା ବେଶ୍ୟାମାନେ ନାଟଗୀତ କଲେ । ପଣ୍ଡିତମାନେ ମଙ୍ଗଳସୂଚକ ଶ୍ଲୋକମାନ ପଢ଼ିଲେ । ଏଇଭଳି ଭାବରେ ଦରବାରର କାର୍ଯ୍ୟକ୍ରମ ସୁଚାରୁ ରୂପେ ପାଳିତ ହୋଇଗଲା । କେବଳ ଗୋଟିଏ ଜିନିଷ ବାକି ରହିଗଲା ଯେ ପୁରୀ ରାଜା ଦରବାରକୁ ଆସିଲେ ନାହିଁ ଏବଂ ତାଙ୍କର ଆସନଟି ଖାଲି ରହିଲା ।

ଦିବ୍ୟସିଂହର ଅବସ୍ଥା ଦିନକୁ ଦିନ ଆହୁରି ଖରାପ ହୋଇଯାଇଥିଲା । ବର୍ତ୍ତମାନ ସେ ପୁରାପୁରି ଚାକରମାନଙ୍କ ହାତରେ ଥିଲା ଏବଂ ସବୁବେଳେ ଭାଙ୍ଗ ଓ ଅଫିମ ନିଶାରେ ରହୁଥିଲା । ଗୋବିନ୍ଦ ଦ୍ୱାଦଶୀ ଦୁର୍ଘଟଣା ପରେ ସରକାର କହିଥିଲେ ଯେ ମନ୍ଦିର ଚଳାଇବା ପାଇଁ ଏକ ଯୋଜନା ତିଆରି କରିଦେଲେ ତାକୁ ମହାରାଜା ସନନ୍ଦ ଦିଆଯିବ । କିନ୍ତୁ କଲେକ୍ଟରଙ୍କ ବାରମ୍ଵାର ତାଗିଦ ସତ୍ତ୍ବେ ବି ରାଜା ପାଖରୁ ଏ ଯୋଜନା ଆସିଲା ନାହିଁ ଏବଂ ମହାରାଜା ସନନ୍ଦ କାଗଜଟି ପୁରୀ କିଲଟରୀ ଆଲମାରୀ ଭିତରେ ପଡ଼ି ରହିଲା ।

ସୂର୍ଯ୍ୟମଣିଙ୍କର ମଧ ବିଶେଷ ଚିନ୍ତା ଥିଲା ଦିବ୍ୟସିଂହ ପାଇଁ । ସେ ଭାବିଥିଲେ ଯେ ବୟସ ବଢ଼ିଲେ ତା'ର ମତିଗତି ବଦଳିବ । ଦିବ୍ୟସିଂହର ବୟସ ବର୍ତ୍ତମାନ ଥିଲା ତେଇଶିବର୍ଷ ଏବଂ ଦି ବର୍ଷ ତଳେ

ତା'ର ଗୋଟିଏ ପୁଅ ବି ହୋଇଥିଲା। କିନ୍ତୁ ତା'ର ବୁଦ୍ଧି ସୁଦ୍ଧିରେ କୌଣସି ଉନ୍ନତି ହୋଇ ନଥିଲା। ପାଠଶାଠ ବିନା ଓ ସବୁବେଳେ ଆଖଡ଼ା ଘରେ ଚାକରଙ୍କ ସାଙ୍ଗରେ ରହି ତା'ର ସ୍ୱଭାବ ଓ ଚରିତ୍ର ଅତି ଖରାପ ହୋଇଯାଇଥିଲା। ମନ୍ଦିର ଓ ଜମିଜମା କାମ ଦେଖିବା ତ ଦୂରର କଥା, ସେ ଭଦ୍ରବ୍ୟକ୍ତିଙ୍କ ସହିତ ମିଶୁ ନ ଥିଲା। ଅଧିକାଂଶ ସମୟରେ ନିଶାଗ୍ରସ୍ତ ରହି ସେ ଚାକରଙ୍କୁ ମାରଧର କରୁଥିଲା ଏବଂ ରାଣୀଙ୍କ ପାଖକୁ ପ୍ରତିଦିନ ଏ ବିଷୟରେ ଆପତ୍ତି ଅଭିଯୋଗ ଆସୁଥିଲା। ରାଣୀ ଏସବୁ ସମ୍ଭାଳି ନେଉଥିଲେ, ତେବେ ତାଙ୍କର ଭୟ ଥିଲା ଯେ ଏ କଥା କେବେ ପଦାରେ ପଡ଼ିପାରେ କାରଣ ଚାକରଙ୍କୁ ମାଡ଼ ଦେଲାବେଳେ ଦିବ୍ୟସିଂହର ବୁଦ୍ଧି ବିଚାର ରହୁ ନ ଥିଲା ଏବଂ ସେମାନଙ୍କ ମୁଣ୍ଡ ଫଟାଇ ଲହୁଲୁହାଣ କରିବା ଥିଲା ନିତିଦିନର କଥା।

ଶେଷରେ ସୂର୍ଯ୍ୟମଣି ସ୍ଥିର କଲେ ଯେ ସେ ଏ ବିଷୟରେ ଶିବଦାସ ବାବାଜୀର ପରାମର୍ଶ ନେବେ। ଗତବର୍ଷ ରଥଯାତ୍ରା ସମୟରେ ନଅର ଭିତରେ ହଇଜା ହେବାରୁ ରାଣୀ ଶିବଦାସକୁ ଡକାଇଥିଲେ ଏବଂ ଶିବଦାସ ଔଷଧ ଦେଇ କହିଥିଲା ଯେ ତା'ର ଔଷଧ ସତ୍ତ୍ୱେ ଠାକୁରାଣୀ ପାଞ୍ଚଜଣଙ୍କୁ ନେଇଯିବେ। ସତକୁ ସତ ଯେତେବେଳେ ପାଞ୍ଚ ଜଣ ରୋଗୀ ମଲେ, ରାଣୀଙ୍କର ତା ଉପରେ ବିଶ୍ୱାସ ଆହୁରି ବଢ଼ିଗଲା। ଦିବ୍ୟସିଂହକୁ ଭଲ କରିବାର ଉପାୟ ପଚାରିବାରୁ ଶିବଦାସ କହିଲା ଯେ ଔଷଧରେ କିଛି ହେବନାହିଁ, ତା'ର ଅଫିମ ଖାଇବା ବନ୍ଦ କଲେ ଯାଇ ଯାହାହେବ। ତେବେ ରାଣୀ ବାଧ କରିବାରୁ ସେ ଦିବ୍ୟସିଂହକୁ ଖୁଆଇବା ପାଇଁ କିଛି ଭସ୍ମ ଦେଲା।

ଦିବ୍ୟସିଂହ କିନ୍ତୁ ସେ ଭସ୍ମକୁ ଖାଇବାକୁ ମନା କରିଦେଲା। ତା'ର ଚାକରମାନେ ତାକୁ କହିଥିଲେ ଯେ ରାଣୀ ତାକୁ ବିଷ ଦେଇ ମାରିଦେବାକୁ ଚାହୁଁଛନ୍ତି। ଏ ଘଟଣା ପରେ ଆହୁରି ଉନ୍ମାଦ ଭଳି ଆଚରଣ କରିବାରେ ଲାଗିଲା ଦିବ୍ୟସିଂହ। ତା ଛଡ଼ା ବାବାଜୀ ରାଣୀଙ୍କ ପାଖକୁ ରାତିରେ ଯାଉଥିବାରୁ ଚାକରମାନେ ମଧ୍ୟ ଥଟ୍ଟା ତାମସା କରୁଥିଲେ ଯାହା ଦିବ୍ୟସିଂହକୁ ଭଲ ଲାଗୁ ନ ଥିଲା। ଦିନେ ଶିବଦାସକୁ ନଅର ଭିତରେ ଦେଖି ଦିବ୍ୟସିଂହ ତାକୁ ପଚାରିଲା, କଣରେ ଶଳା ବାବାଜୀ, ମତେ ଔଷଧ ଦେଇ ଠିକ୍ କରୁଥିଲୁ ପରା, କ'ଣ ହେଲା ? ଶିବଦାସ ରାଣୀଙ୍କ ପାଖରୁ ଫେରିଥିଲା, ଦିବ୍ୟସିଂହ କଥାକୁ ଅବଜ୍ଞା କରି କହିଲା, ତୁ ତ ହେଲୁ ତେଲେଙ୍ଗା, ଭାଙ୍ଗ ଖାଇ ତୋର ମଥା ବିଗିଡ଼ି ଯାଇଛି। ତତେ କିଏ ଭଲ କରିବ ?

ଏତିକି କହି ଶିବଦାସ ବାହାରିଗଲା, କିନ୍ତୁ ତା କଥା ଶୁଣି ଦିବ୍ୟସିଂହ ମୁଣ୍ଡକୁ ପିତ୍ତ ଚଢ଼ିଗଲା। ସେ ସାଙ୍ଗେ ସାଙ୍ଗେ ପାଲିଙ୍କି ଲଗାଇଲା ଓ ବେହେରାମାନଙ୍କୁ କହିଲା ବାବାଜୀ ପଛରେ ଗୋଡ଼ାଅ। ଭାଗ୍ୟକୁ ଚାକରମାନେ ଯାଇ ତାକୁ ଅଠରନଳା ପାଖରୁ ଫେରାଇ ଆଣିଲେ ଏବଂ କହିଲେ ଯେ ଏଥିପାଇଁ ଅନ୍ୟ ଉପାୟ କରିବାକୁ ହେବ। ଚାକରମାନଙ୍କ ସହିତ ବସି ଦିବ୍ୟସିଂହ ପରାମର୍ଶ କଲା କେମିତି ଶିବଦାସକୁ ଶାସ୍ତି ଦିଆଯିବ। ଦିବ୍ୟସିଂହ କହିଲା, ଶଳାକୁ ଏମିତି ପାନେ ଦେବି ଶଳାର ଜୀବନସାରା ମନେଥିବ। ଏ ବିଷୟରେ କେମିତି କ'ଣ କରାଯିବ ତା'ର ଏକ ବିସ୍ତୃତ ଯୋଜନା କରାହେଲା। ଜମାଦାର ସର୍ଜନ ଉପାଧ୍ୟାୟ ଓ ବୁଢ଼ା ପୁରୋହିତ ନାରାୟଣ ବାହିନୀପତିକୁ ଟଙ୍କା ଦିଆହେଲା ସବୁ ସରଞ୍ଜାମ ଆଣି ରଖିବାକୁ।

ସମସ୍ତ ବନ୍ଦୋବସ୍ତ ହୋଇ ସାରିବା ପରେ ଫେବୃଆରୀ ୨୩ ତାରିଖ ଦିନ ଶିବଦାସକୁ ନଅରକୁ ଡକାଇବା ସ୍ଥିର ହେଲା। ସେ ଦିନ ସଞ୍ଜବେଳେ ବାହିନୀପତି ନଅରର ଠିକା ଚପରାସୀ ଗୋପି ସିଂହ ଓ ସେଜିଆପଟ ମହାରଥୀକୁ ପଠାଇଲା ବାବାଜୀକୁ ଡାକି ଆଣିବାକୁ। ସେମାନେ ପ୍ରଥମେ ଭୁଲରେ ଯାଇ

ପୁନାଙ୍କ ତୋଟା ବାବାଜୀଙ୍କୁ ଡାକିବାରୁ ସେ କହିଲା ମତେ ନୁହେଁ, ରାଜା ଭଗବାନପୁର ବାବାଜୀ ଶିବଦାସଙ୍କୁ ଡାକିଥିବେ । ସେମାନେ ସେଠାରୁ ଯାଇ ଶିବଦାସ ବାବାଜୀଙ୍କୁ ଆସିବାକୁ ଡାକିଲେ ନଅରରେ ବେମାରୀ ହୋଇଛି ବୋଲି ମିଛରେ କହି । ଶିବଦାସ ସେମାନଙ୍କ ସହିତ ଆସିବାବେଳେ ରାସ୍ତାରେ ପତିତ ନାୟକ, ବାଳକୃଷ୍ଣ ମିଶ୍ର ଓ ନିଧିମିଶ୍ର ତା ସହିତ ମିଶିଲେ, ଜାନକାଦେଇପୁର ହାଟରୁ ନୀଳା ବେହେରା ବି ତାଙ୍କ ସାଙ୍ଗ ହେଲା ।

ବାଟରେ କିଛି ସମୟ ଅଟକି ଭାଙ୍ଗ ଗଞ୍ଜେଇ ଖାଇ ଶିବଦାସ ସାଙ୍ଗମାନଙ୍କୁ ନେଇ ପୁରୀରେ ଆସି ରାତିରେ ପହଞ୍ଚିଲା । ସେମାନଙ୍କୁ ନଅର ଦ୍ୱାରରେ ବସାଇ ମହାରଥା ଭିତରକୁ ଗଲା ଖବର ଦେବାକୁ । ଗୋପି ସିଂହର ଡିଉଟି ସରିଯିବାରୁ ସେ ପହରାବାଲାକୁ ତା'ର ତଲୁଆର ଦେଇ ନିଜ ଘରକୁ ଚାଲିଗଲା । ମହାରଥା ଆସି ଶିବଦାସକୁ ଭିତରକୁ ଯିବାକୁ କହିବାରୁ ସେ ଚାରି ସାଙ୍ଗଙ୍କୁ ବାହାରେ ବସାଇ ନଅର ଭିତରକୁ ଗଲା ।

ଶିବଦାସକୁ ନଅରର ଗୋଟିଏ କଣରେ ଥିବା ଚାରିଆଡ଼େ ପାଚେରୀ ଘେରା କୁସ୍ତି ଜାଗାକୁ ନିଆଗଲା । ଜଣେ ଯାଇ ସେ କବାଟକୁ ବନ୍ଦ କରିଦେଲା, ଯେମିତି ଶିବଦାସ ବାହାରକୁ ଚାଲିଯାଇ ନ ପାରେ । ସେ ଆଖଡ଼ାରେ ଦିବ୍ୟସିଂହ ଓ ତା'ର ନଅଜଣ ଲୋକ ଶିବଦାସକୁ ଅପେକ୍ଷା କରି ବସିଥିଲେ । ତାକୁ ଦେଖି ଦିବ୍ୟସିଂହ ହଠାତ୍ ପାଗଳ ଭଲି ହୋଇଗଲା ଓ ତା ଆଡ଼କୁ ଦଉଡ଼ି ଯାଇ ମୋଟା ଲାଠିରେ ବାବାଜୀ ମୁଣ୍ଡରେ ପାହାରେ ଦେଲା ଏବଂ କହିଲା, ମା'ର ଶଳାକୁ । ଏଥର ସମସ୍ତେ ଶିବଦାସକୁ ଘେରିଗଲେ । ଶିବଦାସ ସୁସ୍ଥ ସବଳ ଲୋକ ଥିଲା ଏବଂ ଏମାନଙ୍କ ପାଖରୁ ଚାଣି ଓଟାରି ଖସି ଚେଷ୍ଟାକଲା ପାଚେରୀ ଡେଇଁବ ବୋଲି, କିନ୍ତୁ ପାଚେରୀ ଉପରେ କଣ୍ଡା ପୋତା ହୋଇଥିଲା । ସେ ଆଖଡ଼ା ପାଖରେ ଥିବା ଗଛରେ ଚଢ଼ିବ ବୋଲି ବସିଲା, କିନ୍ତୁ ସେଠରେ ବି କଣ୍ଡା ପୋତା ଥିଲା । ସେ କବାଟକୁ ବାଡ଼େଇଲା, କିନ୍ତୁ କବାଟରେ ତାଲା ଲାଗିଥିଲା ।

ଚାକରମାନେ ଶିବଦାସକୁ ଲାଠିରେ ପିଟି ପିଟି ତଳେ ପକାଇଦେଲେ । ଚାରିଜଣ ଲୋକ ତାକୁ ଚିତ କରି ଶୁଆଇ ତା'ର ଗୋଡ଼ହାତକୁ ଧରି ରହିଲେ, ଦିବ୍ୟସିଂହ ଶିବଦାସ ମୁହଁ ଉପରେ ପରିସ୍ରା କଲା । ହାଡ଼ି ବନ ନାୟକ ଓ ଗଣେଶ ନାୟକ ଗୋଟିଏ ହାଣ୍ଡିରେ ରଖିଥିବା ବିଷ୍ଠାକୁ ଆଣି ଶିବଦାସର ମୁହଁରେ ପୁରାଇଲେ । ଶିବଦାସ ପୁଣି ସେମାନଙ୍କୁ ଫିଙ୍ଗିଦେଇ ଉଠି ବସିବାରୁ ତାକୁ ପିଟିପିଟି ତଳେ ପକାଇ ତା ଉପରେ ମାଡ଼ି ବସିଲେ ।

ଏଥର ଆରମ୍ଭ ହେଲା ତା ଉପରେ ଅକଥନୀୟ ଅତ୍ୟାଚାର । ତା'ର ପୁରୁଷାଙ୍ଗରେ ଲୁହା ଖଡ଼ିକା ପୁରାଇ ତା ଉପରେ ଚୂନ ଢାଲିଲେ । ତା'ର ଗୁହ୍ୟ ଦ୍ୱାରରେ କଟା ହୋଇ ରହିଥିବା ସୋଲ ପୁରାଇଲେ, ଯେତେବେଳେ ସୋଲ ଆଉ ଭିତରକୁ ନ ଗଲା, ସେଠରେ ନିଆଁ ଲଗାଇଦେଲେ । ଗୋଟିଏ ମଶାଲ ଜାଲି ଶିବଦାସର ଦେହର ବିଭିନ୍ନ ସ୍ଥାନ ପୋଡ଼ିଦେଲେ । ଶିବଦାସ ଯନ୍ତ୍ରଣାରେ ଯେତିକି ପାଟି କରୁଥାଏ, ତା ଉପରେ ସେତିକି ଅତ୍ୟାଚାର କରୁଥାନ୍ତି ଦିବ୍ୟସିଂହ ଓ ତା'ର ଚାକରମାନେ । ଶେଷରେ ଚାରି ଘଣ୍ଟା ପରେ ଯେତେବେଳେ ଶିବଦାସର ଚିତ୍କାର ବନ୍ଦ ହୋଇଗଲା, ବାବାଜୀ ମରିଗଲାଣି ଭାବି ସେମାନେ ତାକୁ ଘୋଷାଡ଼ି ନେଇ ନଅର ବାହାରେ ଫିଙ୍ଗି ଦେଇ ଆସିଲେ ।

ରାତି ଅଧକୁ ଟିକିଏ ଚେତା ହେବାରୁ ଶିବଦାସ ଘୁଷୁରି ଘୁଷୁରି ମନ୍ଦିର ସିଂହଦ୍ୱାର ପାଖରେ

ପହଞ୍ଚିଲା । ସେଠାରେ ତା'ର ବାପ ଲୋ ମା'ଲୋ ଡାକ ଶୁଣି ଦିଜଣ ବିଟ୍ କନଷ୍ଟବଲ ଦଉଡ଼ି ଆସି ତାକୁ ଦେଖିଲେ । ଶିବଦାସ ପିଇବାକୁ ପାଣି ମାଗିଲା । ଅନେକ କଷ୍ଟରେ ପାଣି ଆଣି ତାକୁ ପିଆଇବାରୁ ସେ ଟିକିଏ ସାଷ୍ଟମ ହେଲା । ସେତେବେଳକୁ ସେ ଲଙ୍ଗଳା ହୋଇ ତଳେ ପଡ଼ିଥିଲା, ତା ଦେହ ଲହୁଲୁହାଣ ହୋଇଥିଲା ଓ ଅନେକ ଜାଗା ଜଳି ଯାଇଥିଲା ଓ ସେ ଦେହରୁ ସୋଲ ବାହାର କରୁଥିଲା । କନଷ୍ଟେବଲ ଦୁହେଁ ତା'ର ଦୁଇ ବାହୁ ଧରି ଥାନା ଆଡ଼କୁ ଚଲାଇ ନେବାବେଳେ ରଥଗଡ଼ିଆପଦ ପାଖରେ ଶିବଦାସ ପାଟିକଲା, ନୀଲାରେ, ପତିତରେ ଧାଉଁ ଆସ, ମୁଁ ମରିଗଲି । ତା'ର ସାଙ୍ଗମାନେ ନଥର ବାହାରେ ବାରଣ୍ଡାରେ ଶୋଇଥିଲେ, ତା'ର ପାଟି ଶୁଣି ଦଉଡ଼ି ଆସିଲେ । ନୀଳା ବେହେରା ଆପଣା ଚାଦର ତଳେ ପକାଇ ବାବାଜୀକୁ ତା ଉପରେ ଶୁଆଇଲା । ପତିତ ଯାଇ ପାଣି ଆଣି ତାକୁ ପିଇବାକୁ ଦେଲା । ନୀଲା ଥାନାରେ ଖବର ଦେବାରୁ ପୋଲିସ ପାଲିଙ୍କି ଆଣି ବାବାଜୀକୁ ଥାନାକୁ ନେଲେ । ସେଠାରେ ତା'ର ଇଜାହାର ନେଇ ସେଇ ପାଲିଙ୍କିରେ ତାକୁ ନେଇଗଲେ ହସ୍ପିଟାଲକୁ ।

ରାତିରେ ନେଟିଭ୍ ଡାକ୍ତର ନସିରାମ୍ ଘୋଷାଲଙ୍କୁ ନିଦରୁ ଉଠାଇ ହସ୍ପିଟାଲକୁ ଆଣିବାରେ ସେ ଶିବଦାସକୁ ଦେଖିଲେ । ସେତେବେଳକୁ ତା'ର ଅବସ୍ଥା ଅତି ସାଂଘାତିକ ଥିଲା । ବିରେଚକ ଔଷଧ ଦେବାରୁ ତା ପେଟରୁ ଚଉତିରିଶ ଖଣ୍ଡ ସୋଲ ବାହାରିଲା । ସେ ଏତେ ଯନ୍ତ୍ରଣାରେ ଥିଲା ଯେ ତାକୁ ଅତ୍ୟଧିକ ଅଫିମ ଦେଇ ସମ୍ଭାଳି ରଖିବାକୁ ହେଲା ।

ସକାଳେ ଆର୍ମଷ୍ଟଙ୍ଗ ଏ ଖବର ପାଇବା ମାତ୍ରେ ଘୋଡ଼ା ଚଢ଼ି ହସ୍ପିଟାଲରେ ପହଞ୍ଚିଲେ ଏବଂ ଏସ୍.ପି. ତଥା ଡେପୁଟି ମାଜିଷ୍ଟ୍ରେଟ୍ ମହାନନ୍ଦ ଗୁପ୍ତ ଓ ନୀବନଚନ୍ଦ୍ର ସେନଙ୍କୁ ଡକାଇ ପଠାଇଲେ । ଅତ୍ୟଧିକ ମାତ୍ରାରେ ଅଫିମ ଔଷଧ ଖାଇଥିବା ସତ୍ତ୍ୱେ ବି ଶିବଦାସ ଯନ୍ତ୍ରଣାରେ ଛଟପଟ ହେଉଥିଲା ଏବଂ ବୟାନ ଦେବା ଅବସ୍ଥାରେ ନ ଥିଲା । ତଥାପି ଆର୍ମଷ୍ଟଙ୍ଗ ତାର ଜବାନବନ୍ଦୀ ଲେଖିବାକୁ ବସିଲେ । ଅତି କଷ୍ଟରେ ଥାଇ ଏବଂ ଅଫିମ ନିଶାରେ ଶିବଦାସ କୌଣସି କଥା ଠିକ୍‌ରେ କହିପାରୁ ନଥିଲା, ତେବେ ଏତିକି କହିଲା ଯେ ଦିବ୍ୟସିଂହ ଓ ତା'ର ଲୋକମାନେ ତା'ର ଏ ଅବସ୍ଥା କରିଛନ୍ତି ।

ଆର୍ମଷ୍ଟଙ୍ଗ ଡେପୁଟି କଲେକ୍ଟରଙ୍କୁ ପଠାଇଲେ ସରଜମିନ ତଦନ୍ତ କରିବାକୁ । ସେମାନେ ଯାଇ କୁସ୍ତି ଘରେ ରକ୍ତ ଓ ମଳମୂତ୍ର ପଡ଼ିଥିବାର ଦେଖିଲେ । ଆଖଡ଼ା ଜାଗାରେ ଧସ୍ତାଧସ୍ତିର ଚିହ୍ନ ଥିଲା । ନଥର ପାଖ କପାସିଆ ଗଲି ଖିଡ଼ିକି ଦ୍ୱାର ସାମ୍ନାରେ ବାବାଜୀର ତିନିହାର ମାଲି ପଡ଼ିଥିଲା । ସେମାନେ କଲେକ୍ଟରଙ୍କୁ ଏ ବିଷୟରେ ରିପୋର୍ଟ ଦେଲେ । ପୋଲିସ ପ୍ରାଥମିକ ତଦନ୍ତ କରି ସବୁ ଖବର ବାହାର କଲେ ଏବଂ ନଥର ଭିତରେ ବାବାଜୀ ଉପରେ ଅତ୍ୟାଚାର ହୋଇଛି ବୋଲି ଜଣାଇଲେ । ମାଜିଷ୍ଟେଟ୍‌ଙ୍କ ଆଦେଶରେ ଦିବ୍ୟସିଂହ ଓ ନ ଜଣ ଚାକରଙ୍କୁ ଗିରଫ କରାଗଲା ।

ଅଳ୍ପ ସମୟ ଭିତରେ ରାଜାଙ୍କର ଗିରଫ ହେବା ଖବର ପୁରୀ ସହର ସାରା ବ୍ୟାପିଗଲା ଏବଂ ଲୋକମାନେ ଏ ବିଷୟରେ ନାନା କଥା କହିବାରେ ଲାଗିଲେ ।

କଟକ: ଏପ୍ରିଲ ୧୮୭୮

ପୁରୀ ରାଜାଙ୍କ ଗିରଫଦାରୀ ବିଷୟରେ ପୋଲିସର ଯେଉଁ ରିପୋର୍ଟ ଆର୍ମଷ୍ଟ୍ରଙ ତାଙ୍କ ପାଖକୁ ପଠାଇଥିଲେ, ରେଭେନ୍ସା ସେଥିରେ ସନ୍ତୁଷ୍ଟ ହେଲେନାହିଁ। ସମ୍ପୂର୍ଣ୍ଣ ଘଟଣାଟି ଅବିଶ୍ୱାସ୍ୟ ଥିଲା। ଏତେବଡ଼ ଏକ ଜଘନ୍ୟ କାଣ୍ଡ କରିବାରେ ପୁରୀ ରାଜାଙ୍କର କ'ଣ ଅଭିପ୍ରାୟ ଥାଇପାରେ ? ହୁଏତ ସେ ବାବାଜୀ ବି ବଦମାସ ହୋଇଥାଇପାରେ ଏବଂ ତା'ର କିଛି ଖରାପ ଉଦ୍ଦେଶ୍ୟ ଥିଲା। ପୁରୀ ରାଜାଙ୍କ ପାଖରୁ କ'ଣ ସଫାଇ ଦିଆ ହେଉଛି ? ରେଭେନ୍ସା ଆର୍ମଷ୍ଟ୍ରଙଙ୍କୁ ଲେଖିଲା ଯେ ସେ ସବୁ ବିଷୟରେ ସ୍ପଷ୍ଟ କରି ଜଣାନ୍ତୁ।

ଏ ଚିଠି ପାଇ ଆର୍ମଷ୍ଟ୍ରଙ ମନେ ମନେ ରେଭେନ୍ସାଙ୍କର ଚଉଦ ପୁରୁଷ ଉଦ୍ଧାର କଲେ। ରେଭେନ୍ସା ଆର୍ମଷ୍ଟ୍ରଙଙ୍କୁ ପାଗଳା ବୋଲି ଭାବୁଥିଲେ, ଆର୍ମଷ୍ଟ୍ରଙ ରେଭେନ୍ସାଙ୍କୁ ଭାବୁଥିଲେ ଅପଦାର୍ଥ ବୋଲି। ଉଭୟଙ୍କ ଭାବିବାରେ ସତ୍ୟତା ଥିଲା ନିଶ୍ଚୟ। ଏକ ଦକ୍ଷ ଅଫିସର ହୋଇଥିବା ସତ୍ତ୍ୱେ ଆର୍ମଷ୍ଟ୍ରଙ ଅନେକ ସମୟରେ ରାଗିଲେ ଅବିବେକୀ କାମ କରି ବସୁଥିଲେ। ସେ ଥରେ ଯାହା ବୁଝୁଥିଲେ ସେଥିରୁ ତାଙ୍କୁ ନିବର୍ତ୍ତାଇବା ସହଜ ନ ଥିଲା। ଓଡ଼ିଶା ବିଷୟରେ କିଛି କଥା ପଡ଼ିଲେ ସେ କହୁଥିଲେ, ମୁଁ ଜଣେ ପକ୍କା ଓଡ଼ିଆ; ମୋ ନାଁ ହେଲା ଭୁଜବଳ। ହା-ହା-ହା !

ସେ ଯାହାହେଉ, ରେଭେନ୍ସାଙ୍କ ଚିଠିର ଗୁରୁତ୍ୱ ଅତ୍ତତଃ ଏତିକି ଥିଲା ଯେ ଅନୁସନ୍ଧାନରେ ପୂରା କଥା ଜଣାପଡ଼ି ନ ଥିଲା। ଯଦିଓ ଆହୁରି ଥରେ ଶିବଦାସର ଜବାନବନ୍ଦୀ ନିଆ ହୋଇଥିଲା, ସେ ଆଉ କିଛି ନୂଆ କଥା କହି ନ ଥିଲା, ବୋଧହୁଏ ନଅରର ସ୍ୱାମାନେ ଜଡ଼ିତ ହୋଇଯିବେ, ସେଇ ଭୟରେ। ଅଭିପ୍ରାୟ ବା ମୋଟିଭ ବିଷୟରେ ସେ ଏତିକି କେବଳ କହୁଥିଲା ଯେ ସେ ରାଜା କଥା ନ ଶୁଣି ରାଣୀଙ୍କ

କଥା ମାନୁଥିବାରୁ ଦିବ୍ୟସିଂହ ତା ଉପରେ ରାଗ ରଖିଥିଲା। ଇନ୍କ୍ୱାରୀ ବେଳେ ଦିବ୍ୟସିଂହକୁ ପଚାରିବାରୁ ସେ ଏ ବିଷୟରେ ଚୁପ୍ ରହିଥିଲା ଏବଂ କହିଥିଲା ଯେ ତା'ର କେହି ସାକ୍ଷୀ ନାହାନ୍ତି। ଅନ୍ୟ ଅସାମୀଙ୍କ ଭିତରୁ ଜଣେ ସଫାଇ ଦେଇଥିଲା ଯେ ଶିବଦାସକୁ କିଏ ମାଡ଼ ଦେଲା ସେ ଜାଣେନା; ବାବାଜୀକୁ କେଉଁ ଦାରୀ ଘରେ କିଏ ମଦୁଆ ବାଡ଼େଇ ଥାଇପାରେ।

ଏଣେ ଶିବଦାସ, ଯେ କି ସାମାନ୍ୟ ଭଲ ହୋଇ ଆସୁଥିଲା, ତାକୁ ଧନୁଷ୍ଟଙ୍କାର ହେଲା। ଦିବ୍ୟସିଂହ ଓ ନ ଜଣ ଚାକରଙ୍କୁ ଅନ୍ୟ ଲୋକଙ୍କ ସାଙ୍ଗରେ ହସ୍ପିଟାଲକୁ ନେଇ ସେଠାରେ ଶିବଦାସ ଦ୍ୱାରା ସେମାନଙ୍କୁ ସନାକ୍ତ କରାଗଲା। ଶିବଦାସ ଦିବ୍ୟସିଂହକୁ ଓ ଓ ଜଣ ଜଣ କରି ନ ଜଣ ଯାକଙ୍କୁ ଚିହ୍ନିଲା।

ଦିବ୍ୟସିଂହକୁ ଏ ଭିତରେ ଦୁଇ ହଜାର ଟଙ୍କା ଜାମିନରେ ଖଲାସ କରି ଦିଆ ହୋଇଥିଲା ମାର୍ଚ୍ଚ ୧୧ ତାରିଖରେ ମକଦମା ତାରିଖ ପର୍ଯ୍ୟନ୍ତ। ବର୍ତ୍ତମାନ ଶିବଦାସକୁ ଧନୁଷ୍ଟଙ୍କାର ହୋଇ ଜୀବନ ମରଣ ଶଙ୍କା ଉପୁଜିବାରୁ କେସ୍ଟି ହତ୍ୟାକୁ ବଦଲି ଗଲା ଏବଂ ଜାମିନ ପ୍ରତ୍ୟାହୃତ ହୋଇ ଦିବ୍ୟସିଂହକୁ ପୁଣି ହାଜତରେ ରଖାଗଲା। ଦି ହପ୍ତା କାଳ ଅନେକ କଷ୍ଟ ପାଇବାପରେ ଦଶ ତାରିଖ ଦିନ ଖରାବେଳେ ଶିବଦାସ ମରିଗଲା। ୧୧ ତାରିଖ ଦିନ ଆର୍ମ୍ସ୍ଟ୍ରଙ୍ଗଙ୍କ ଇଜଲାସରେ ମହାରାଣୀ ବନାମ ଦିବ୍ୟସିଂହ ଓ ଅନ୍ୟ ନ ଜଣଙ୍କର ମକଦମା ପେଶ ହେଲା। ଏ ନ ଜଣ ହେଲେ ସର୍ଜନ ଉପାଧ୍ୟାୟ, ଗୋପି ରାଉତରା, ଦୈତ୍ୟାରି ସିଂହ, ଗୋପାଳ ଦାସ, ନାରାୟଣ ବାହିନୀପତି, ବାଜି ସାନ୍ତରା, ଅର୍ଜୁନ ସିଂହ, ଗଣେଶ ନାୟକ ଓ ବନ ନାୟକ। ଏମାନେ ସମସ୍ତେ ଥିଲେ ନଅରର ଚାକର।

ଆର୍ମ୍ସ୍ଟ୍ରଙ୍ଗ ଆଗରେ ବିଚାରବେଳେ ଆସାମୀମାନେ ସାକ୍ଷୀମାନଙ୍କୁ ଜେରା କରିବାକୁ ମନାକଲେ ଏବଂ ନିଜେ କୌଣସି ସାକ୍ଷୀ ଦେଲେନାହିଁ। ଏଥିରୁ ଜଣାପଡ଼ିଲା ଯେ ସେମାନେ ସେସନ୍ ବେଳେ ଏହା କରିବାକୁ ପ୍ରସ୍ତୁତ ହେଉଛନ୍ତି। ମୃତବ୍ୟକ୍ତିର ଜବାନବନ୍ଦୀ ସ୍ପଷ୍ଟ ଥିଲା ଏବଂ ସେ ଆସାମୀମାନଙ୍କ, ବିଶେଷରେ ରାଜା ଦିବ୍ୟସିଂହ, ଜମାଦାର ସର୍ଜନ ଉପାଧ୍ୟାୟ ଓ ଦୈତ୍ୟାରି ସିଂହ- ଏ ଦୁହେଁ ଲମ୍ବା ଚଉଡ଼ା ପଣ୍ଡିମା ଲୋକ ଥିଲେ – ଏବଂ ସତୁରୀ ବର୍ଷର ବୁଢ଼ା ପୁରୋହିତ ଦାଡ଼ିଆ ବାହିନୀପତିକୁ ସନାକ୍ତ କରିଥିଲା। ଏହି ପ୍ରମାଣ ଉପରେ ଆର୍ମ୍ସ୍ଟ୍ରଙ୍ଗ ଆସାମୀମାନଙ୍କୁ ୩୦୨ ଦଫା ହତ୍ୟା ଅପରାଧରେ ସେସନ୍କୁ ପଠାଇଲେ।

ଆର୍ମ୍ସ୍ଟ୍ରଙ୍ଗ ଚାହୁଁଥିଲେ ଯେ ଡେପୁଟି ମାଜିଷ୍ଟ୍ରେଟ୍ ନବୀନଚନ୍ଦ୍ର ସେନ କଟକ ଯାଇ ସେସନ୍ ଅଦାଲରେ ମକଦମା ପେଶ କରିବେ। ରେଭେନ୍ସା କିନ୍ତୁ ଚାହୁଁଥିଲେ ଏ ଦାୟିତ୍ୱ ନିଅନ୍ତୁ କଟକ ଏସ୍.ପି. ଗ୍ରାଇଭସ। ଏକଥା ଶୁଣି ଆର୍ମ୍ସ୍ଟ୍ରଙ୍ଗ ରାଗିଯାଇ ରେଭେନ୍ସାଙ୍କୁ ଶଳା କଟକୀ ଇତ୍ୟାଦି ଗାଲି ଦେଲେ ଏବଂ ତାଙ୍କୁ ଲେଖିଦେଲେ ଯେ କଲେକ୍ଟର ଭାବରେ ପ୍ରସିକ୍ୟୁଟର ନିଯୁକ୍ତ କରିବା ଦାୟିତ୍ୱ ତାଙ୍କର, କମିଶନରଙ୍କର ନୁହେଁ। ଶେଷରେ ସରକାରଙ୍କ ପର୍ଯ୍ୟନ୍ତ କଥା ସ୍ଥିର ହେଲା ଯେ ନବୀନଚନ୍ଦ୍ର ଓ ଗ୍ରାଇଭସ ଦୁହେଁ ମିଶି ମକଦମା ଚଲାଇବେ।

ଏହାର କିଛିଦିନ ପରେ ରେଭେନ୍ସା ଛୁଟି ନେଇ ଓଡ଼ିଶା ଛାଡ଼ି ଚାଲିଗଲେ ଓ ତାଙ୍କ ଜାଗାରେ କମିଶନର ହୋଇ ଆସିଲେ ସ୍ମିଥ।

ମାର୍ଚ୍ଚ ୧୭ ତାରିଖ ଦିନ ଦିବ୍ୟସିଂହକୁ ହାଜତ କଏଦୀ ଭାବରେ ପାଲିଙ୍କି ଯୋଗେ ପୁରୀରୁ କଟକ ଅଣାଗଲା। କାଠଯୋଡ଼ି କୂଳରୁ ପୋଲିସ ଯାଇ ଗୋଟିଏ ଉଡ଼ାଗାଡ଼ିରେ ତାକୁ ବସାଇ ଜେଲଖାନାକୁ

ନେଇଗଲେ । ଭାଗ୍ୟକୁ ଏ ଖବର ଲୋକ ପାଇ ନ ଥିବାରୁ କୌଣସି ଗଣ୍ଡଗୋଳ ହେଲା ନାହିଁ, ତେବେ ପରେ ଏ ଖବର ରାଷ୍ଟ ହୋଇଯିବାରୁ ଜେଲଖାନା ଆଗରେ ଲୋକ ଜମା ହୋଇ ଭିଡ଼ କଲେ ।

୨୬ ତାରିଖରେ ସେସନ୍ସ ଜଜ ଡିକେନ୍ସଙ୍କ ଅଦାଲତରେ ମକଦମାରେ ଶୁଣାଣି ଆରମ୍ଭ ହେଲା । ଏ କେସ ପାଇଁ ଦିବ୍ୟସିଂହ ପକ୍ଷରୁ ଓକିଲ ହେଲେ ଇଭାନ୍ସ ଓ ହାଣ୍ଡଲୀ । ଏମାନେ ସେତେବେଳର ସବୁଠାରୁ ଭଲ ଓକିଲ ଥିଲେ ଏବଂ ସେମାନଙ୍କର ପାଉଣା ଥିଲା ଦିନକୁ ହଜାରେ ଟଙ୍କା । ସରକାରଙ୍କ ପକ୍ଷରୁ କେସ୍ ତଦାରଖ କରିବାକୁ ନିଯୁକ୍ତ ହେଲେ ନବୀନଚନ୍ଦ୍ର ଓ ଗ୍ରୀଭସଙ୍କ ବ୍ୟତୀତ ସରକାରୀ ଓକିଲ ହରିବଲ୍ଲଭ ବସୁ ଓ ଫୌଜଦାରୀ ସେରିସ୍ତାଦାର କ୍ଷେତ୍ରମୋହନ ବୋଷ । କାଲେ ଗଣ୍ଡଗୋଳ ହୋଇପାରେ ବୋଲି ସ୍ମିଥ କଚେରୀ ଚାରିପାଖେ ଅନେକ ପୋଲିସ ବନ୍ଦୋବସ୍ତ କଲେ । ସକାଳୁ କଚେରୀରେ ଅନେକ ଲୋକ ଭର୍ତ୍ତି ହୋଇଗଲେ ଏବଂ ଆହୁରି ଅନେକ ଲୋକ ବସି ରହିଲେ ଜେଲଖାନା ଆଗରେ । ରାଜାଙ୍କୁ ନେଇ ପାଲିଙ୍କି ଯେତେବେଳେ ଜେଲରୁ ଅଦାଲତ ଆଡ଼କୁ ଗଲା, ଶହ ଶହ ଲୋକ ହରିବୋଲ ଧ୍ୱନି କରି ତା ପଛେ ପଛେ ଧାଇଁଲେ ଏବଂ କଚେରୀ ଭିତରେ ଆଉ ଜାଗା ନ ଥିବାରୁ ବାହାରେ ବସି ରହିଲେ ।

ସାଢ଼େ ଏଗାରଟା ବେଳେ ମକଦମା ଆରମ୍ଭ ହେଲା । ସେ ଦିନ ଯେଉଁମାନଙ୍କର ସାକ୍ଷ୍ୟ ନିଆଗଲା ସେମାନେ ହେଲେ ହସ୍ପିଟାଲ କମ୍ପାଉଣ୍ଡର, ରୋଡ଼ସେସ ଇଞ୍ଜିନିଅର ଯେ କି ସରଜମିନ ନକ୍ସା ତିଆରି କରିଥିଲା, ପୋଲିସ ଇନ୍ସ୍ପେକ୍ଟର ରାମା ରାଓ ଓ ଚପରାସୀ ଗୋପି ସିଂହ । ତା ପରଦିନ କଚେରୀରେ ଆଉ ପ୍ରଥମ ଦିନ ଭିଲି ଭିଡ଼ ରହିଲା ନାହିଁ । ୩୧ ତାରିଖ ସୁଦ୍ଧା ମୁଦେଇ ପକ୍ଷରୁ ସବୁ ସାକ୍ଷୀ ପେଶ ଦେଲେ ଏବଂ ତାଙ୍କ ପକ୍ଷରୁ ମକଦମା ଶେଷ ହେଲା ।

ଏପ୍ରିଲ ପହିଲା ଦିନ ଆସାମୀ ଦିବ୍ୟସିଂହ ପକ୍ଷରୁ ବକ୍ତୃତା ଦେଲେ ବାରିଷ୍ଟର ଇଭାନ୍ସ । ସେଦିନ କଟକ କଲେକ୍ଟର ବୀଡ଼ନ ଏବଂ ଅନେକ ସାହେବ ମଧ ମକଦମା ଦେଖିବାକୁ କଚେରୀରେ ଉପସ୍ଥିତ ଥିଲେ । ଇଭାନ୍ସ ପୁରୀ ରାଜାଙ୍କର ଓଡ଼ିଶାରେ ସମ୍ମାନ ଓ ମର୍ଯ୍ୟାଦାର ନଜିର ଦେଇ କହିଲେ ଯେ ତାଙ୍କ ଭଲି ଜଣେ ମାନ୍ୟଗଣ୍ୟ ଲୋକ ଏଭଲି ହୀନ ଓ ଜଘନ୍ୟ କାମ କରିଥିବା ଅସମ୍ଭବ । ତାଙ୍କର ଅନ୍ୟ ସବୁ ଯୁକ୍ତି ନିମ୍ନପ୍ରକାରେ ଥିଲା; ସମସ୍ତ ମକଦମାଟି ଶିବଦାସର ଜବାନବନ୍ଦୀ ଉପରେ ନିର୍ଭର, କିନ୍ତୁ ସେ ତା'ର ତିନିଟି ଜବାନବନ୍ଦୀରେ ଭିନ୍ନ ଭିନ୍ନ କଥା କହିଛି । ଧର୍ମ ଦୃଷ୍ଟିରୁ ପୁରୀ ରାଜା ହାଡ଼ି ସାଙ୍ଗରେ ମିଶିଥିବା ତଥା ମଳମୂତ୍ରାଦି ସ୍ପର୍ଶ କରିଥିବା ଅବିଶ୍ୱାସ୍ୟ । ସାକ୍ଷୀ ପ୍ରମାଣ ରଖି ନିଜ ଘରକୁ ଜଣେ ଲୋକକୁ ଡାକି ଆସି କେହି ତାକୁ ମାଡ଼ ଦେବନାହିଁ । ବାବାଜୀର ଏ ଦୁର୍ଦ୍ଦଶା କିଏ କଲା ତାହା ଦର୍ଶାଇବା ମୁଦାଲାର କାମ ନୁହେଁ, ଇତ୍ୟାଦି ।

ତାପରେ ଆସାମୀମାନଙ୍କ ପକ୍ଷରୁ ଅନେକ ସାକ୍ଷୀ ପେଶ ହେଲେ । ସେମାନଙ୍କ ସାକ୍ଷ୍ୟର ମୂଳ ବିଷୟ ଥିଲା ଯେ ଘଟଣା ସମୟରେ ଆସାମୀମାନେ ଘଟଣାସ୍ଥଳରେ ନ ଥିଲେ । ଏ ସାକ୍ଷୀମାନଙ୍କ କହିବା ଅନୁସାରେ ସେମାନେ ସମସ୍ତେ ଅନ୍ୟ ଜାଗାରେ ଥିଲେ, ଯଥା; ଦିବ୍ୟସିଂହ ନିଘୋଡ଼ ନିଦରେ ଶୋଇଥିଲା; ସର୍ଜନ ଉପାଧ୍ୟାୟ ରାମ ଖୁଣ୍ଟିଆର ପୋଷ୍ୟପୁତ୍ର ବିଷୟ ତଦାରଖ କରିବାକୁ ଯାଇଥିଲା; ଗୋପି ରାଉତରା ନଅର ଦ୍ୱାରେ ପହରା ଦେଉଥିଲା; ଦୈତାରି ସିଂହ ଭଗବତୀ ଘରେ ନାଚ ଦେଖୁଥିଲା; ଗୋପାଲ ଦାସ ହାତୀ ସର୍ଦ୍ଦାର ବସାରେ ଶୋଇଥିଲା; ନାରାୟଣ ବାହିନୀପତି ଜରରେ ଜଣକ ଘରେ ପଡ଼ିଥିଲା; ବାଜି

ସାନ୍ତରା ତା ଗାଁରେ ଧାନମଲାଇ ଭାଗ ନେଉଥିଲା; ଅର୍ଜୁନ ସିଂହ ପଣ୍ଡିତଜୀ ମଠରେ ଭୋଜନ କରୁଥିଲା; ଏବଂ ଗଣେଶ ଓ ବନ ନାୟକ ଜଣେ ହାଡ଼ି ଝିଅର ସାତମଙ୍ଗଳା ଉପଲକ୍ଷେ ତା ଘରେ ଜାତି ଭାତ ଖାଉଥିଲେ !

ଏମାନଙ୍କର ସାକ୍ଷ୍ୟ ପରେ ଏପ୍ରିଲ ୪ ତାରିଖରେ ଇଭାନ୍ ପୁଣି ତାଙ୍କର ଯୁକ୍ତି ସବୁ ଦର୍ଶାଇ ଆଶା କଲେ ଯେ ମାନ୍ୟବର ଜଜ ମଫସଲ ହାକିମ ଯେପରି ସାମାନ୍ୟ ସାକ୍ଷ୍ୟ ପ୍ରମାଣରେ ଦଣ୍ଡ ଦେଇ ଆସାମୀଙ୍କୁ ଅପିଲ କର ବୋଲି କହନ୍ତି, ସେଭଳି ନ କରି ଉଚିତ ବିଚାର ପୂର୍ବକ ନିଷ୍ପତି କରିବେ। ଏହାପରେ ଗ୍ରିଭସ ଉତ୍ତର ଦେଲେ। ବାରିଷ୍ଟର ଇଭାନ୍ଙ୍କ ସଶକ୍ତ ବକ୍ତୃତା ପରେ ଏହା ଅତ୍ୟନ୍ତ ଫିକା ଓ ନୀରସ ଥିଲା। ସେ ଆସାମୀମାନଙ୍କ ବିରୁଦ୍ଧରେ ଦିଆଯାଇଥିବା ସାକ୍ଷ୍ୟ ପ୍ରମାଣକୁ ଦୋହରାଇ ଏ କ୍ଷେତ୍ରରେ ସେମାନଙ୍କୁ କଠୋରତମ ଦଣ୍ଡ ଦିଆଯାଉ ବୋଲି କହିଲେ।

ଉଭୟ ପକ୍ଷର ତର୍କ ବିତର୍କ ଶେଷ ହେବାରୁ ଜଜ ସାହେବ ଏ ମକଦ୍ଦମାର ଆସେସର କାଳୀମୋହନ ଘୋଷାଲ ଓ ବିହାରୀଲାଲ ପଣ୍ଡିତଙ୍କର ମତ ପଚାରିଥିଲେ। ସେମାନେ ଅଳ୍ପ ସମୟ ପାଇଁ ଭିତର କୋଠରିକୁ ଯାଇ ନିଜ ନିଜ ଭିତରେ ପରାମର୍ଶ କରି ପୁଣି ନିଜ ସ୍ଥାନକୁ ଫେରିଲେ ଏବଂ ଜଣାଇଲେ, ଆସାମୀମାନଙ୍କ ବିରୁଦ୍ଧରେ ପ୍ରମାଣ ଚୂଡ଼ାନ୍ତ ନୁହେଁ ଏବଂ ସେମାନେ ନିର୍ଦୋଷ। ସାତଦିନ ପରେ ନିଜର ଆଦେଶ ଦେବେ ବୋଲି କହି ଜଜ ମକଦ୍ଦମାକୁ ମୁଲତୁବୀ ରଖିଲେ।

୧୧ ତାରିଖ ଦିନ କଚେରୀ ଆରମ୍ଭ ହେଲା ସକାଳ ଏଗାରଟା ବେଳେ। କଚେରୀରେ ପ୍ରବଳ ଭିଡ଼ ଥିଲା। ଆଜି ଲୋକମାନେ ଗୋଟିଏ ବ୍ୟତିକ୍ରମ ଦେଖିଲେ, ବସିବା ପାଇଁ ପୁରୀ ରାଜାଙ୍କୁ ଚଉକି ଦିଆଯାଇ ନାହିଁ। ଏଥିରୁ ଲୋକମାନେ ରାୟ ବିଷୟରେ ଅନ୍ଦାଜ କରିବାରେ ଲାଗିଲେ। ଜଜ ଡିକେନ୍ ପ୍ରତି ଆସାମୀର ନାଁ ପଢ଼ି ତା ପ୍ରତି କି ଦଣ୍ଡ ହୋଇଛି ଶୁଣାଇଲେ ଏବଂ ସେରିଷ୍ଟାଦାର ତା'ର ତର୍ଜମା କରି ପଢ଼ିଲେ। ଦିବ୍ୟସିଂହ ଓ ତା'ର ଚାରିଜଣ ଚାକର – ସର୍ଜନ ଉପାଧ୍ୟାୟ, ଗୋପି ରାଉତରା, ଗୋପାଲ ଦାସ ଓ ନାରାୟଣ ବାହିନୀପତି – ଏ ପାଞ୍ଚଜଣଙ୍କୁ ଯାବଜ୍ଜୀବନ ଦ୍ୱୀପାନ୍ତର ଦଣ୍ଡାଦେଶ ହୋଇଥିଲା ଏବଂ ଆଉ ପାଞ୍ଚଜଣଙ୍କୁ ପ୍ରମାଣ ଅଭାବରୁ ଖଲାସ କରି ଦିଆ ହୋଇଥିଲା। ଦିବ୍ୟସିଂହ ଏ ପର୍ଯ୍ୟନ୍ତ ଚୁପଚାପ୍ ଥିଲା, ଏ ରାୟ ଶୁଣି କାନ୍ଦିବାରେ ଲାଗିଲା।

ପୋଲିସ ଆସାମୀମାନଙ୍କୁ କଚେରୀରୁ ନେଇଯିବା ପରେ ଜଜ ଡିକେନ୍ ବାରିଷ୍ଟର ଓ ଓକିଲଙ୍କ ଦେଖିବା ପାଇଁ ଆପଣା ରାୟକୁ ଟେବୁଲ ଉପରେ ରଖିଦେଇ ମିସଲରୁ ଓଠ୍ଲାଇ ଚାଲିଗଲେ। ରାୟଟି ଅତ୍ୟନ୍ତ ଦୀର୍ଘ ଥିଲା ଏବଂ ଲେଖା ହୋଇଥିଲା ସତରଖଣ୍ଡ ଫୁଲସ୍କାପ କାଗଜର ଉଭୟ ପାଖରେ। ସମସ୍ତେ ରାୟଟିର ପ୍ରଶଂସା କଲେ, କାରଣ ଏଭଳି ଅତ୍ୟନ୍ତ ସୁନ୍ଦର ଭାଷାରେ ସୁଚିନ୍ତିତ ଓ ସୁରଚିତ ହୋଇଥିଲା, ଯେପରି କି ଗୋଟିଏ କ୍ଷୁଦ୍ର ଉପନ୍ୟାସ। ଜାଣିବା ଶୁଣିବା ଲୋକ କହିଲେ, ଯଦିଓ ଏକଥାର କୌଣସି ସତ୍ୟତା ନଥିଲା, ଚାର୍ଲସ ଡିକେନ୍ସଙ୍କ ପୁଅଠାରୁ ଆଉ କ'ଣ ଆଶା କରାଯାଇଥାନ୍ତା ?

ପୁରୀ: ମେ ୧୮୭୮

ଏ ରାୟ ବାହାରିବା ପରେ କଟକରେ ହୁଲ୍‌ସ୍ତୁଲ ପଡ଼ିଗଲା। ଯଦିଓ ଲୋକମାନେ ଦିବ୍ୟସିଂହର ମତିଗତି ଓ ଚରିତ୍ର ନିନ୍ଦା କରୁଥିଲେ, ପୁରୀର ଗଜପତି ରଜାଙ୍କର ଦ୍ୱୀପାନ୍ତର କଥା ଶୁଣି ସମସ୍ତେ ଯେପରି ବିରସ ହୋଇଗଲେ ଏବଂ ଦିବ୍ୟସିଂହଙ୍କ ପ୍ରତି ସହାନୁଭୂତିଶୀଳ ଜଣାପଡ଼ିଲେ। ଏ ଖବର ଅତିଶୀଘ୍ର ଓଡ଼ିଶା ସାରା ବ୍ୟାପିଗଲା ଏବଂ ସବୁଆଡ଼େ ଏହିଭଳି ପ୍ରତିକ୍ରିୟା ପ୍ରକାଶ ପାଇଲା।

ନବୀନଚନ୍ଦ୍ର କଟକ ଆସି ମକଦ୍ଦମା ସମୟରେ ତାଙ୍କର ପୁରୁଣା ବନ୍ଧୁ ରଙ୍ଗଲାଲ ବଦୋପାଧ୍ୟାୟଙ୍କ ଘରେ ରହୁଥିଲେ। ସେ ପୁରୀକୁ ମକଦ୍ଦମାର ରାୟ ବିଷୟରେ ଖବର ପଠାଇବାରୁ ଆର୍ମ୍‌ଷ୍ଟ୍ରଙ୍ଗ ଖୁସି ହେଲେ ଏବଂ ଫେରନ୍ତା ଡାକରେ ନବୀନଚନ୍ଦ୍ରଙ୍କ ପାଖକୁ ପ୍ରଶଂସାପୂର୍ଣ୍ଣ ଚିଠି ମଧ୍ୟ ଆସିଲା। ନବୀନଚନ୍ଦ୍ର ପୁରୀରେ ତାଙ୍କର ଏକ ସଦ୍ୟଜାତ ସନ୍ତାନ ଛାଡ଼ି ଆସିଥିବାରୁ ପୁରୀ ଫେରିଯିବା ପାଇଁ ବ୍ୟାକୁଳ ଥିଲେ, କିନ୍ତୁ ଆର୍ମ୍‌ଷ୍ଟ୍ରଙ୍ଗ ତାଙ୍କୁ ଲେଖିଥିଲେ ଯେ ପୁରୀ ରାଜାଙ୍କ ଲୋକ ରାସ୍ତାରେ ତାଙ୍କୁ ଆକ୍ରମଣ କରିବାର ସମ୍ଭାବନା ଅଛି; କଟକ କଲେକ୍ଟର ତାଙ୍କର ନିର୍ବିଘ୍ନ ଯାତ୍ରାର ବ୍ୟବସ୍ଥା ନ କରିବା ପର୍ଯ୍ୟନ୍ତ ନୀବନଚନ୍ଦ୍ର ଯେପରି କଟକ ନ ଛାଡ଼ନ୍ତି।

ଶେଷରେ ସଶସ୍ତ୍ର କନ୍‌ଷ୍ଟେବଲ ସାଙ୍ଗରେ ନେଇ ନବୀନଚନ୍ଦ୍ର କଟକ ଛାଡ଼ିଲେ। ସତକୁ ସତ ରାସ୍ତାରେ ତାଙ୍କ ପଛେପଛେ ରାଜାଙ୍କର ଜଣେ ଲୋକ ଦଳବଳ ନେଇ ଆସୁଥିବାର ଦେଖାଗଲା। କିଛି ରାସ୍ତା କନ୍‌ଷ୍ଟେବଲମାନେ ତାଙ୍କୁ ଅଟକାଇ ପଚାରିବାରୁ ସେମାନେ କହିଲେ ଯେ ସେମାନେ ମଧ୍ୟ ପୁରୀ ଯାଉଛନ୍ତି; ସେମାନେ ମାଜିଷ୍ଟ୍ରେଟ୍‌ଙ୍କ ପାଲିଙ୍କି ପଛେ ପଛେ ରହିଥିଲେ ଏଇଥିପାଇଁ ଯେ ପାଲିଙ୍କି ଟପିଲେ ମାଜିଷ୍ଟ୍ରେଟ ଅସମ୍ମାନ ମନେ କରିଥାନ୍ତେ!

ନବୀନଚନ୍ଦ୍ର ଆର୍ମଷ୍ଟ୍ରଙ୍କୁ ଭେଟିବାରୁ ସେ ତାଙ୍କୁ କୁଣ୍ଢାଇ ପକାଇ ଘର ଭିତରକୁ ଡାକିନେଲେ। ତାଙ୍କୁ ଚା ଦେଇ କହିଲେ, ପୁରୀ ରାଜାଙ୍କ ସପକ୍ଷରେ ଏକ ପ୍ରଧାନ ଯୁକ୍ତି ଥିଲା ଯେ ରାଜା ପଦଟି ଏକ ମର୍ଯ୍ୟାଦାବନ୍ତ ଅନୁଷ୍ଠାନ; ମୁଁ ଏ ବିଷୟରେ ଓଲଟା ପ୍ରମାଣ କରିପାରିବି। ଏ କଥା କହି ସେ ନବୀନଚନ୍ଦ୍ରଙ୍କ ହାତକୁ ଗୋଟିଏ କାଗଜ ଦେଲେ। ଅନେକ ବହିପତ୍ର ପଢ଼ି ସେ ଏଇ ନୋଟଟି ତିଆରି କରିଥିଲେ। ଏଥିରେ ପୁରୀ ରାଜାଙ୍କ ବିଷୟରେ ଏପରି ଲେଖା ଥିଲା :

ଓଡ଼ିଶା ରାଜାଙ୍କ ଇତିହାସ ସବୁବେଳେ ରକ୍ତରଞ୍ଜିତ। ସୂର୍ଯ୍ୟବଂଶୀ ପ୍ରତାପରୁଦ୍ରଙ୍କ ମୃତ୍ୟୁ ପରେ ତାଙ୍କର ଦୁଇ ନାବାଳକ ପୁତ୍ରଙ୍କ ହତ୍ୟା କରି ତାଙ୍କ ସେନାପତି ଗୋବିନ୍ଦ ବିଦ୍ୟାଧର ରାଜା ହେଲେ। ସେ ଆରମ୍ଭ କଲେ ଭୋଇ ବଂଶ। ଗୋବିନ୍ଦ ବିଦ୍ୟାଧରଙ୍କ ପୁଅ ଚକ୍ରପ୍ରତାପଙ୍କୁ ତାଙ୍କ ପୁଅ ନରସିଂହ ବିଷ ଦେଇ ମାରି ନିଜେ ରାଜା ହେଲେ। ନରସିଂହ ରାଜା ଥିବାବେଳେ ମୁକୁନ୍ଦ ହରିଚନ୍ଦନ ସ୍ତ୍ରୀ ବେଶରେ ଗୋଟିଏ ପାଲିଙ୍କିରେ ନଥର ଭିତରକୁ ଆସି ନରସିଂହଙ୍କୁ ମାରି ନିଜେ ରାଜା ହେଲେ ଏବଂ ଆରମ୍ଭ କଲେ ଚାଲୁକ୍ୟ ବଂଶ। ମୁସଲମାନଙ୍କ ଓଡ଼ିଶା ଆକ୍ରମଣ ବେଳେ ମୁକୁନ୍ଦ ମରିଗଲେ। ଗୋବିନ୍ଦ ବିଦ୍ୟାଧରଙ୍କର ସେନାପତିର ପୁଅ ରାମଚନ୍ଦ୍ର ଖୋର୍ଦ୍ଧାର ସଉରା ସର୍ଦ୍ଦାରକୁ ମାରି ନିଜେ ରାଜା ହେଲେ। ଏହିପରି ହେଲା ଖୋର୍ଦ୍ଧା ରାଜାଙ୍କର ବଂଶ, ଯାହାଙ୍କୁ ବର୍ତ୍ତମାନ ପୁରୀ ରାଜା କୁହାଯାଉଛି।

କାଗଜଟି ପଢ଼ି ନବୀନଚନ୍ଦ୍ର କହିଲେ, ଆପଣ ଅନେକ ଗୁରୁତ୍ୱପୂର୍ଣ୍ଣ ତଥ୍ୟ ସଂଗ୍ରହ କରିଛନ୍ତି; ତେବେ ଆସାମୀ ବା ତା ପୂର୍ବ ପୁରୁଷଙ୍କର ଖରାପ ଚରିତ୍ର କଥା ମକଦମାରେ ବ୍ୟବହାର କରିହେବ ନାହିଁ। ଏକଥା ଶୁଣି ଆର୍ମଷ୍ଟ୍ରଙ୍ଗ ଦୁଃଖିତ ଓ ବିରକ୍ତ ହେଲେ। କହିଲେ ମୁଁ ରାୟଟିକୁ ଆଉଥରେ ପଢ଼ି ଅପୀଲ ସମୟରେ ନୂଆ ଯୁକ୍ତି ବାହାର କରିବି। ସ୍ଥିର ହେଲା ଯେ ପୁରୀ ରାଜା ଯଦି ଅପୀଲ କରନ୍ତି ନବୀନଚନ୍ଦ୍ର କଲିକତା ଯାଇ ସରକାରଙ୍କ ପକ୍ଷରୁ ଲଢ଼ିବେ।

ଡିକେନ୍ସଙ୍କ ରାୟ ବିଷୟରେ ବିଭିନ୍ନ ପ୍ରକାରର ମତ ପ୍ରକାଶ ପାଇଲା। କଲିକତାର ଇଣ୍ଡିଆନ ଡେଲି ନ୍ୟୁଜ ରାୟର ପ୍ରଶଂସା କଲେ; କହିଲେ ରାଜା ଯଦି ହାଇକୋର୍ଟରେ ଅପୀଲ ନ କରିବେ ଭଲ ପରାମର୍ଶିର କାର୍ଯ୍ୟ ହେବ। ଅପର ପକ୍ଷରେ ଇଣ୍ଡିଆନ ମିରର ଏ ମକଦମାରେ ଜଜ ଡିକେନ୍ସ ଆସେରମାନଙ୍କ ମତକୁ ଗ୍ରହଣ କରିଥିବାରୁ ବିଚାର ପଦ୍ଧତିର ନିନ୍ଦାବାଦ କଲେ।

ସେ ଯାହା ହେଉ, ଦିବ୍ୟସିଂହ ପକ୍ଷରୁ ହାଇକୋର୍ଟରେ ଅପୀଲ ହେଲା। ନବୀନଚନ୍ଦ୍ର କଲିକତା ଯାଇ ସେଠାରେ ସରକାରଙ୍କ ପକ୍ଷରୁ ଆଡ଼ଭୋକେଟ ଜେନେରାଲ ପଲଙ୍କୁ ମକଦମା ବୁଝାଇଲେ। ପୁରୀ ରାଜାଙ୍କ ପକ୍ଷରୁ ମକଦମା ଲଢ଼ିଲେ ପୁଣି ସେଇ ଇଭାନ୍ସ ଏବଂ ତାଙ୍କୁ ସାହାଯ୍ୟ କଲେ ବାରିଷ୍ଟର ବ୍ରାନସନ ଓ ମନମୋହନ ଘୋଷ। ଚିଫ ଜଷ୍ଟିସ ଗାର୍ଥ ଓ ଅନ୍ୟ ଦୁଇଜଣ ଜଜ ପୁରା ବେଞ୍ଚରେ ଅପୀଲ ଶୁଣିଲେ। ମେ ଛ' ତାରିଖରୁ ମକଦମା ଶୁଣାଣି ଆରମ୍ଭ ହେଲା। ପୁରୀ ରାଜାଙ୍କ ଓକିଲମାନେ ଚାରିଦିନ କାଲ ସେମାନଙ୍କର ବକ୍ତୃତା ଦେଲେ। ପରେ ପଲ ଏହର ଜବାବ ଦେଲେ ଏବଂ ଦୀର୍ଘ ସମୟ ପର୍ଯ୍ୟନ୍ତ ଓକିଲମାନଙ୍କର ତର୍କବିତର୍କ ହେଲା।

ତେର ତାରିଖରେ ଜଜମାନେ ନିଜର ଆଜ୍ଞା ପଢ଼ି ଶୁଣାଇଲେ। ପୁରୀ ରାଜାଙ୍କ ବିଷୟରେ ସେସନ ଜଜ ଯେଉଁ ରାୟ ଦେଇଥିଲେ ତାହା ବାହାଲ ରହିଲା। ଅନ୍ୟ ଚାରିଜଣ ଦଣ୍ଡିତ ଆସାମୀଙ୍କ ଭିତରୁ ସର୍ଜନ ଉପାଧ୍ୟାୟ ଓ ନାରାୟଣ ବାହିନୀପତିର ଅପୀଲ ଅଗ୍ରାହ୍ୟ ହେଲା। କେବଳ ଗୋପାଳ ଦାସ ଓ ଗୋପି

ରାଉତରା ଛାଡ଼ ପାଇଲେ କାରଣ ସନାକ୍ତ ସମୟରେ ଶିବଦାସ ଏ ଦୁହିଁଙ୍କୁ ସଠିକ୍‌ଭାବେ ଚିହ୍ନଟ କରି ନ ଥିଲା ।

ଏହି ରାୟ ପରେ ଓଡ଼ିଶା ସାରା ସବୁଆଡ଼େ କେବଳ ପୁରୀରାଜାଙ୍କ ମକଦ୍ଦମା କଥା ଚର୍ଚ୍ଚା ହେଲା । ଏହି ସମୟରେ ରାଜାଙ୍କର ଗୋଟିଏ ଘୋଡ଼ା ପୁରୀରେ ମରିଗଲା ଏବଂ କିଛିଦିନ ପରେ ଗୋଟିଏ ହାତୀ ମରିଗଲା ଖୋର୍ଦ୍ଧାର ଜଙ୍କାରସିଂହରେ । ଲୋକେ କହିଲେ ଏବେ ଠାକୁର ରାଜାଙ୍କର ଶନିଦଶା ପଡ଼ିଛି । ଏହି ସମୟରେ 'ପୁରୀ ରାଣୀଙ୍କ ରୋଦନ' ବୋଲି ଗୋଟିଏ ଗୀତ ଲେଖା ହୋଇ ବଣ୍ଟାହେଲା । ଏହାର ପ୍ରଥମ ପଦ ଥିଲା :

ଆଜି ରାଜପୁରେ   ଉନ୍ମାଦିନୀ ସମ

ପୁରୀ ରାଜ ପାଟେଶ୍ୱରୀ

ପଡ଼ି ମହୀତଳେ   କାନ୍ଦନ୍ତି ବିକଳେ

ଶୋକେ ବିବସା ସୁନ୍ଦରୀ ।

ଯେତେବେଳେ ଦିବ୍ୟସିଂହକୁ କଟକ ଜେଲରୁ କଲିକତାକୁ ସ୍ଥାନାନ୍ତରିତ କରିବା କଥା ହେଲା, ଆଶଙ୍କା ହେଲା ଯେ ଗଣ୍ଡଗୋଳ ହୋଇପାରେ । ଏଥିପାଇଁ ଅତି ଗୋପନୀୟ ଭାବରେ ସମସ୍ତ ବ୍ୟବସ୍ଥା କରାହେଲା । ମେ ୨୩ ତାରିଖ ସକାଳ ଚାରିଟାରେ ଗୋଟିଏ ଘୋଡ଼ା ଗାଡ଼ିରେ ବସାଇ ପୋଲିସ ଦିବ୍ୟସିଂହକୁ ଜୋବ୍ରାଘାଟ ନେଇଗଲେ ଏବଂ ସେଠାରୁ ଷ୍ଟିମର ଯୋଗେ ବଡ଼ୀଘରକୁ । ବଡ଼ୀଘରଠାରୁ ଜାହାଜରେ ଦିବ୍ୟସିଂହକୁ କଲିକତା ନେଇ ସେଠାରେ ତାକୁ ପ୍ରେସିଡ଼େନସି ଜେଲରେ ରଖାଗଲା ଆଦାମାନ ପଠାଯିବା ପର୍ଯ୍ୟନ୍ତ ।

କଲିକତା: ଜାନୁଆରୀ ୧୮୭୯

ରାଜା ରାମମୋହନ ରାୟ ବ୍ରାହ୍ମସମାଜ ସ୍ଥାପନ କରିଥିଲେ ୧୮୨୮ ମସିହାରେ। ତାଙ୍କର ମୃତ୍ୟୁର କେତେବର୍ଷ ପରେ ୧୮୪୧ରେ ବ୍ରାହ୍ମ ସମାଜର ନେତୃତ୍ୱ ନେଲେ ଦେବେନ୍ଦ୍ରନାଥ ଠାକୁର। ରାମମୋହନ ଖ୍ରୀଷ୍ଟିଆନ ଧର୍ମରୁ ଅନେକ ଉପଦେଶ ଗ୍ରହଣ କରିଥିଲେ, କିନ୍ତୁ ଦେବେନ୍ଦ୍ରନାଥଙ୍କର ମତ ଥିଲା ଯେ ହିନ୍ଦୁ ଧର୍ମ ଗ୍ରନ୍ଥମାନଙ୍କରୁ ତତ୍ତ୍ୱ ଗ୍ରହଣ କରାହେଉ ଏବଂ ଖ୍ରୀଷ୍ଟୀୟ ମତବାଦ ବ୍ରାହ୍ମସମାଜରେ ନ ପଶୁ। ଦେବେନ୍ଦ୍ରନାଥଙ୍କର ଓଡ଼ିଶା ସହିତ ସମ୍ପର୍କ ଥିଲା କାରଣ ତାଙ୍କର ବାପା ଦ୍ୱାରକାନାଥ ଠାକୁରଙ୍କର ଓଡ଼ିଶାରେ ଜମିଦାରୀ ଥିଲା। ସେ ପଣ୍ଡୁଆ ଜମିଦାରୀ କିଣିଥିଲେ ୧୮୧୧ରେ, ଦଶହଜାର ଟଙ୍କାରେ। ଜମିଦାରୀ କାମରେ ସେ ମଝିରେ ମଝିରେ ଓଡ଼ିଶା ଆସୁଥିଲେ।

ବ୍ରାହ୍ମଧର୍ମର ପ୍ରଚାର ଓ ପ୍ରସାରରେ ଦେବେନ୍ଦ୍ରନାଥଙ୍କର ବିଶେଷ ସହାୟକ ଥିଲେ କେଶବଚନ୍ଦ୍ର ସେନ। କେଶବଚନ୍ଦ୍ର ଅବ୍ରାହ୍ମଣ ଥିଲେ ତଥା ସଂସ୍କୃତ ପଢ଼ି ନ ଥିଲେ। ତଥାପି ଦେବେନ୍ଦ୍ରନାଥଙ୍କ ଆଶୀର୍ବାଦରେ ସେ ଅଳ୍ପ ବୟସରେ ବ୍ରାହ୍ମସମାଜର ଜଣେ ଆଚାର୍ଯ୍ୟ ହୋଇପାରିଥିଲେ। ସେମାନଙ୍କ ଉଦ୍ୟମରେ ସାରା ଭାରତ ଓ ବର୍ମାରେ ବ୍ରାହ୍ମସମାଜର ଅନେକ ଶାଖା ସ୍ଥାପିତ ହୋଇଥିଲା। ୧୮୬୪ରେ ଦେବେନ୍ଦ୍ରନାଥ କଟକରେ ବ୍ରାହ୍ମସମାଜର ଗୋଟିଏ ଶାଖା ସ୍ଥାପନ କଲେ ଏବଂ ଏଥିରେ ଯୋଗଦେଲେ ଗୌରୀଶଙ୍କ ରାୟ, ଜଗମୋହନ ରାୟ ପ୍ରମୁଖ। ଜଗମୋହନଙ୍କ ଉଦ୍ୟମରେ ଚାନ୍ଦା ସଂଗ୍ରହ କରି ଓଡ଼ିଆ ବଜାରରେ ଗୋଟିଏ ବ୍ରାହ୍ମମନ୍ଦିର ତିଆରି ହୋଇଥିଲା। ଏଥିପାଇଁ ଦେବେନ୍ଦ୍ରନାଥ ମଧ୍ୟ ଅନେକ ଟଙ୍କା ଦେଇଥିଲେ।

କେଶବଚନ୍ଦ୍ର ଏବଂ ତାଙ୍କର ସମର୍ଥକମାନେ ବ୍ରାହ୍ମସମାଜରେ ଅନ୍ୟ ଧର୍ମର ଏବଂ ବିଶେଷରେ ଖ୍ରୀଷ୍ଟଧର୍ମର ତତ୍ତ୍ୱମାନ ଗ୍ରହଣ କରିବାକୁ ଚାହିଁଲେ ଏବଂ ଶିଶୁ ବିବାହ, ବହୁ ବିବାହ, ଜାତିପ୍ରଥା ଇତ୍ୟାଦି

ବିରୁଦ୍ଧରେ ମତ ପ୍ରକାଶ କଲେ। ଏଥିଯୋଗୁ କେଶବଚନ୍ଦ୍ର ଓ ଦେବେନ୍ଦ୍ରନାଥଙ୍କ ମଧ୍ୟରେ ମତଭେଦ ହେଲା ଏବଂ ୧୮୬୮ରେ ବ୍ରାହ୍ମ ସମାଜ ଦୁଇଭାଗ ହୋଇଗଲା। ଦେବେନ୍ଦ୍ରନାଥଙ୍କ ଅନୁଷ୍ଠାନକୁ କଲିକତା ଅଥବା ଆଦି ବ୍ରାହ୍ମ ସମାଜ କୁହାଗଲା; କେଶବଚନ୍ଦ୍ରଙ୍କ ସମାଜର ନାମ ହେଲା ଭାରତୀୟ ବ୍ରାହ୍ମ ସମାଜ। ଓଡ଼ିଶାରେ ମଧ୍ୟ ଏହି ଦ୍ୱିଭାଜନର ପ୍ରଭାବ ପଡ଼ିଲା। ଓଡ଼ିଆ ବଜାରର ବ୍ରାହ୍ମ ସମାଜ ଆଦି ସମାଜ ନାମରେ ନାମିତ ହେଲା। ୧୮୬୯ରେ କେଶବଚନ୍ଦ୍ରଙ୍କ ସମର୍ଥକ କଟକ ଜିଲ୍ଲା ସ୍କୁଲର ଦର୍ଶନ ଅଧ୍ୟାପକ ହରନାଥ ଭଟ୍ଟାଚାର୍ଯ୍ୟଙ୍କ ଉଦ୍ୟମରେ ଉତ୍କଳ ବ୍ରାହ୍ମ ସମାଜ ସ୍ଥାପିତ ହେଲା। ଏଥିରେ ସଭ୍ୟ ହେଲେ ତାଙ୍କର ଛାତ୍ର ପ୍ୟାରୀମୋହନ ଆଚାର୍ଯ୍ୟ, ମଧୁସୂଦନ ରାଓ ପ୍ରମୁଖ। ଓଡ଼ିଆ ବଜାରର ବ୍ରାହ୍ମ ମନ୍ଦିରରେ ଏମାନେ ପ୍ରତି ରବିବାର ସନ୍ଧ୍ୟାରେ ପ୍ରାର୍ଥନା କରିବାର ଅନୁମତି ପାଇଥିଲେ।

୧୮୬୬ରେ ହେୟାର ସ୍କୁଲର ସଂସ୍କୃତ ପଣ୍ଡିତ ଶିବନାଥ ଶାସ୍ତ୍ରୀଙ୍କ ନେତୃତ୍ୱରେ ବିପିନ ଚନ୍ଦ୍ର ପାଲ ପ୍ରମୁଖ ଗୋଟିଏ ଅନୁଷ୍ଠାନ ସ୍ଥାପନ କଲେ ଯାହା। ବ୍ରାହ୍ମ ସମାଜର ସାମାଜିକ ଓ ଧାର୍ମିକ ମତବାଦ ସହିତ ସୁରେନ୍ଦ୍ରନାଥଙ୍କର ରାଜନୈତିକ ମତବାଦକୁ ଏକତ୍ରିତ କଲା। ଏହା ପୂର୍ବରୁ କେଶବଚନ୍ଦ୍ରଙ୍କ ବ୍ରାହ୍ମ ସମାଜର କୌଣସି ନିର୍ଦ୍ଦିଷ୍ଟ ରାଜନୈତିକ ଆଭିମୁଖ୍ୟ ନ ଥିଲା। ୧୮୬୬ରେ ବିପିନଚନ୍ଦ୍ର ବ୍ରାହ୍ମଧର୍ମର ଦୀକ୍ଷା ନେଲେ।

୧୮୭୨ରେ କେଶବଚନ୍ଦ୍ରଙ୍କ ପ୍ରଚେଷ୍ଟାରେ ସିଭିଲ ବିବାହ ଆଇନ ପ୍ରବର୍ତ୍ତିତ ହୋଇଥିଲା, ଯାହା ବଳରେ ପୁଅ ଝିଅଙ୍କର ବିବାହର ସର୍ବନିମ୍ନ ଆୟୁ ରଖାଯାଇଥିଲା ଅଠର ଓ ଚଉଦ। ୧୮୭୮ରେ ଯେତେବେଳେ କେଶବଚନ୍ଦ୍ର ନିଜର ତେରବର୍ଷର ଝିଅକୁ କୁଚବିହାର ମହାରାଜାଙ୍କର ଷୋଳବର୍ଷର ପୁଅ ସହିତ ବିବାହ ଦେଲେ, ବ୍ରାହ୍ମ ସମାଜର ଆହୁରି ଏକ ବିଭାଜନ ହେଲା ଏବଂ ସାଧାରଣ ବ୍ରାହ୍ମ ସମାଜ ନାମରେ ଏକ ନୂଆ ସମାଜ ପ୍ରତିଷ୍ଠା କରାହେଲା। ଶିବନାଥ ଶାସ୍ତ୍ରୀ ଥିଲେ ଏହାର ଅନ୍ୟତମ ନେତା। ନିଜର କର୍ମୀମାନଙ୍କୁ ଶିକ୍ଷା ଦେବା ପାଇଁ ସାଧାରଣ ବ୍ରାହ୍ମ ସମାଜ ପକ୍ଷରୁ ସିଟି ସ୍କୁଲ ନାମକ ଏକ ସ୍କୁଲ୍ ଖୋଲା ହେଲା ଏବଂ ଏହାର ସମ୍ପାଦକ ରହିଲେ ଶିବନାଥ ଶାସ୍ତ୍ରୀ।

ବିପିନଚନ୍ଦ୍ରଙ୍କର ଇଚ୍ଛାଥିଲା ଯେ ସେ ସିଟି ସ୍କୁଲରେ ଶିକ୍ଷକ ହେବେ; କିନ୍ତୁ ଦୁଇଥର ଚେଷ୍ଟା କରି ମଧ୍ୟ ସେ ଏଫ୍.ଏ. ପାସ କରିବାରେ ବିଫଳ ହୋଇଥିଲେ। ତା ବ୍ୟତୀତ ସେ ସିଲହଟର ମଫସଲ ସ୍କୁଲରୁ ପାସ କରିଥିବାରୁ କଲିକତାର ସହରୀ ପିଲାଙ୍କୁ ସମ୍ଭାଳି ପାରିବେ କି ନାହିଁ ସେ ବିଷୟରେ ସନ୍ଦେହ ଥିଲା। ସେଥିପାଇଁ ସେ ସିଟି ସ୍କୁଲରେ ଚାକିରି ପାଇଲେ ନାହିଁ। ଏପରି ସମୟରେ ବ୍ରାହ୍ମନେତା ଯଦୁମଣି ଘୋଷ ତାଙ୍କୁ ଅନୁରୋଧ କଲେ କଟକ ଏକାଡ଼େମୀର ହେଡମାଷ୍ଟର ହୋଇଯିବାପାଇଁ। ପ୍ୟାରୀମୋହନ ଆଚାର୍ଯ୍ୟ ଯଦୁମଣିଙ୍କୁ ଲେଖିଥିଲେ ଯେ ତାଙ୍କର ଜଣେ ବ୍ରାହ୍ମଧର୍ମାବଲମ୍ବୀ ହେଡମାଷ୍ଟର ତଥା ଆଉ ଦୁଇଜଣ ଶିକ୍ଷକ ଦରକାର, ଯେଉଁମାନେ ସ୍ୱଚ୍ଛ ବେତନ ନେଇ ପାଠ ପଢ଼ାଇବା ସଙ୍ଗେ ସଙ୍ଗେ ବ୍ରାହ୍ମଧର୍ମର କାମ ମଧ୍ୟ କରିପାରିବେ। ବିପିନଚନ୍ଦ୍ରଙ୍କୁ ସେତେବେଳେ ୨୦ ବର୍ଷ ବୟସ। କଟକ ବିଷୟରେ କିଛି ଜାଣି ନ ଥିଲେ ମଧ୍ୟ ସେ ସାଙ୍ଗେ ସାଙ୍ଗେ ଏ ଚାକିରି କରିବାକୁ ରାଜି ହୋଇଗଲେ ଏବଂ କଟକ ବାହାରିଲେ। ତାଙ୍କ ଦରମା ସ୍ଥିର ହୋଇଥିଲା ମାସକୁ ତିରିଶ ଟଙ୍କା ଓ ରହିବାପାଇଁ ମାଗଣା ଘର।

ଜାନୁଆରୀ ମାସରେ ସର ଜନ ଲରେନ୍ସ ନାମକ ଜାହାଜରେ ବସି ବିପିନଚନ୍ଦ୍ର ଓ ଅନ୍ୟ ଦୁଇଜଣ ଶିକ୍ଷକ କଲିକତା ଛାଡ଼ିଲେ। ଜାହାଜ ସକାଳୁ ବାହାରି ଗଙ୍ଗାମୁହାଁ ସାଗରରେ ପହଞ୍ଚିଲା ସନ୍ଧ୍ୟାବେଳେ।

ସେଠାରୁ ଆଉ ଗୋଟିଏ ଜାହାଜ ଧରି ମହାନଦୀ ମୁହାଁଣର ଚାନ୍ଦବାଲିରେ ପହଞ୍ଚିବାକୁ ଲାଗିଲା। ଛ ଘଣ୍ଟା। ଚାନ୍ଦବାଲିରୁ କଟକ ପର୍ଯ୍ୟନ୍ତ କେନାଲରେ ଷ୍ଟୀମର ଯୋଗେ ଯିବାର ବ୍ୟବସ୍ଥା ଥିଲା। ଏ ଷ୍ଟୀମରରେ ପ୍ରଥମ ଦ୍ବିତୀୟ ଶ୍ରେଣୀ ଯାତ୍ରୀମାନଙ୍କ ପାଇଁ କୌଣସି ବ୍ୟବସ୍ଥା ନ ଥିଲା, କିନ୍ତୁ ଏଥୁ ସହିତ ଯେଉଁ ସବୁଜ ରଙ୍ଗର ଡଙ୍ଗା ଟଣା ହେଉଥିଲା, ସେଥିରେ ଉପର ଶ୍ରେଣୀର ଯାତ୍ରୀଙ୍କ ପାଇଁ କେବିନର ବ୍ୟବସ୍ଥା ଥିଲା। ଏଇଭଳି ଗୋଟିଏ ସବୁଜ ଡଙ୍ଗାର କେବିନ ମିଳିଥିଲା ବିପିନଚନ୍ଦ୍ରଙ୍କୁ। ତାଙ୍କ କେବିନର ପାଖ କୋଠରିଟି ଥିଲା ରୋଷେଇ ଘର ଏବଂ ଏଠାର ମୁଖ୍ୟ ରୋଷେଇଆ ଥିଲା ଜଣେ ମାନ୍ଦ୍ରାଜୀ। ପିଲାଦିନୁ ବିପିନଚନ୍ଦ୍ର ରୋଷେଇରେ ସଡକ ଥିଲା। ଚାନ୍ଦବାଲିରୁ କଟକ ଚବିଶ ଘଣ୍ଟାର ରାସ୍ତାରେ ବିପିନଚନ୍ଦ୍ର ମାନ୍ଦ୍ରାଜୀ ଖାଦ୍ୟ ତିଆରି କରିବା ଭଲଭାବେ ଶିଖିନେଲେ।

କଟକ: ମାର୍ଚ୍ଚ ୧୮୭୯

କଟକରେ ପହଞ୍ଚ ବିପିନଚନ୍ଦ୍ର କଟକ ଏକାଡେମୀର ଦାୟିତ୍ୱ ନେଲେ। ଅନ୍ୟ ଦୁଇଟି ପଦରେ ରହିଲେ ତାଙ୍କ ସହିତ କଲିକତାରୁ ଆସିଥିବା ବ୍ରାହ୍ମ ଧର୍ମାବଲମ୍ବୀ ବ୍ରଜେନ୍ଦ୍ରନାଥ ସେନ ଓ ରାଜଚନ୍ଦ୍ର ଚୌଧୁରୀ ଏ ଦୁହେଁ ବିପିନଚନ୍ଦ୍ରଙ୍କର ବନ୍ଧୁଥିଲେ; ତାଙ୍କ ଭଳି ସିଲହଟର ଲୋକ ଥିଲେ ଏବଂ ଏଫ.ଏ. ଫେଲ ହୋଇଥିଲେ।

କଟକରେ ବିପିନଚନ୍ଦ୍ରଙ୍କର ପ୍ୟାରୀମୋହନଙ୍କ ସହିତ ବନ୍ଧୁତ୍ୱ ହେଲା। ସେ ପ୍ୟାରୀମୋହନଙ୍କର ଆଦର୍ଶବାଦ, ନିର୍ଭୀକତା ଓ ବାଗ୍ମିତାରେ ବିଶେଷ ପ୍ରଭାବିତ ହେଲେ। ଏତଦ୍ବ୍ୟତୀତ ତାଙ୍କର ଆଉ ଯେଉଁମାନଙ୍କ ସହିତ ପରିଚୟ ଓ ବନ୍ଧୁତ୍ୱ ହେଲା, ସେମାନେ ହେଲେ ଗୌରୀଶଙ୍କର, ରାଧାନାଥ ଓ ମଧୁସୂଦନ। କଟକରେ ସେ ସମୟର ସାଂସ୍କୃତିକ ବାତାଦରଣ ବିପିନଚନ୍ଦ୍ରଙ୍କୁ ଭଲ ଲାଗିଲା। ସେତେବେଳେ ପ୍ରତିଦିନ ପ୍ରିଣ୍ଟିଂ କମ୍ପାନୀର ଦୋତାଲାରେ ସଭାସମିତି ଲାଗି ରହିଥିଲା। କହିବାକୁ ଗଲେ ଏହି ଦୋତାଲା ଥିଲା କଟକର ଟାଉନ ହଲ। ଭିକ୍ଟୋରିଆଙ୍କର ଭାରତେଶ୍ୱରୀ ପଦଗ୍ରହଣ ସମୟରେ ସ୍ଥିର ହୋଇଥିଲା ଯେ ଚାନ୍ଦା ସଂଗ୍ରହ କରାଯାଇ କଟକର ସଭାସମିତି ପାଇଁ ଏକ ଭାରତେଶ୍ୱରୀ ଭବନ ତିଆରି ହେବ। ଏଥିପାଇଁ ଏକ ମଡେଲ ମଧ୍ୟ ତିଆରି ହୋଇ କମିଶନରଙ୍କ ଅଫିସରେ ଶୋଭା ପାଉଥିଲା, କିନ୍ତୁ ଘର ପାଇଁ ଟଙ୍କା ସଂଗ୍ରହ ହୋଇପାରି ନ ଥିଲା। ଏ ଅଭାବ ପୂରଣ କରିଥିଲା ପ୍ରିଣ୍ଟିଂ କମ୍ପାନୀ ଦୋତାଲା।

କଟକରେ ଏଇ ସମୟରେ ବିଭିନ୍ନ ଅନୁଷ୍ଠାନର ମଧ୍ୟ ସୂତ୍ରପାତ ହୋଇଥିଲା ଯଥା ଡିବେଟିଂ କ୍ଲବ୍, ଉତ୍କଳ ସଭା, ୟଙ୍ଗ ମେନସ ଲିଟରାରୀ ଆସୋସିଏଶନ ଇତ୍ୟାଦି। ଏହି ଅନୁଷ୍ଠାନମାନ ପ୍ରିଣ୍ଟିଂ କମ୍ପାନୀ ଦୋତାଲାରେ ସଭା କରି କଟକରେ ଅନେକ ବକ୍ତା ତିଆରି କରିଥିଲେ। ବର୍ତ୍ତମାନ କଟକର

ସବୁଠାରୁ ଉତ୍ତମ ବକ୍ତା ଥିଲେ ନିଃସନ୍ଦେହରେ ପ୍ୟାରୀମୋହନ ଆଚାର୍ଯ୍ୟ। ସେ ଉଭୟ ଓଡ଼ିଆ ଓ ବଙ୍ଗଳାରେ ଓଜସ୍ୱିନୀ ବକ୍ତୃତା ଦେଇ ପାରୁଥିଲେ। ଓଡ଼ିଆ ସାହିତ୍ୟ, ମଦ୍ୟପାନ, ଉତ୍କୋଚ ଗ୍ରହଣ, ନିଶାଦ୍ରବ୍ୟ ସେବନ – ଏପରି କୌଣସି ବିଷୟ ନ ଥିଲା ଯାହା ଉପରେ ପ୍ୟାରୀମୋହନ ବକ୍ତୃତା କରୁ ନ ଥିଲେ। ସେ ବକ୍ତୃତା ଦେବାବେଳେ କମ୍ପାନୀ ଦୋତାଲା, ଏପରିକି ବାରଣ୍ଡା ଶ୍ରୋତାରେ ଭର୍ତ୍ତି ହୋଇଯାଉଥିଲା। ପ୍ୟାରୀମୋହନଙ୍କ ଗୁରୁଗମ୍ଭୀର ସ୍ୱର ଛାପାଖାନା ହାଟା ଡେଙ୍ଗାଁ ରାସ୍ତା ପର୍ଯ୍ୟନ୍ତ ଶୁଣାଯାଉଥିଲା ଓ ଶ୍ରୋତାମାନେ ମଝିରେ ମଝିରେ ଦେଉଥିବା କରତାଲି ଧ୍ୱନିରେ ପୁରା ଅଞ୍ଚଳଟି ମୁଖରିତ ହୋଇଯାଉଥିଲା। ତେବେ ପ୍ୟାରିମୋହନଙ୍କର ବାଗ୍ମିତାର ଏକ ଦୁର୍ବଳତା ଥିଲା ଯେ ସେ ଅନେକ ସମୟରେ କଥାରେ ସଂଯମ ରଖୁ ନ ଥିଲେ। ପ୍ରାଚୀନ ଓଡ଼ିଆ ସାହିତ୍ୟରେ ଅଶ୍ଳୀଳତା ତାଙ୍କ କଟୁ ସମାଲୋଚନାର ଏକ ପ୍ରଧାନ ଶରବ୍ୟ ଥିଲା।

ପ୍ୟାରୀମୋହନ ଯଦି କଟକର ସର୍ବଶ୍ରେଷ୍ଠ ବକ୍ତା ଥିଲେ, ସବୁଠାରୁ ଖରାପ ବକ୍ତା ଥିଲେ ରାଧାନାଥ ରାୟ। ବକ୍ତୃତା ଦେବାକୁ ଉଠି ଠିଆ ହେଲେ ତାଙ୍କର ହାତ ଗୋଡ଼ ଥରୁଥିଲା ଏବଂ ସେ ଏତେ ଧୀର ସ୍ୱରରେ କଥା କହୁଥିଲେ ଯେ କେହି ତାଙ୍କ କଥା ଶୁଣିପାରୁ ନ ଥିଲେ। ଶୀଘ୍ର ଶୀଘ୍ର ଦି ପଦ କଥା କହି ସେ ନିଜ ଆସନରେ ବସି ଯାଉଥିଲେ।

ମାର୍ଚ୍ଚ ମାସ ଆରମ୍ଭରେ ପ୍ରିଣ୍ଟିଂ କମ୍ପାନୀରେ ଗୋଟିଏ ସଭା ଡକା ଯାଇଥିଲା ବାବୁ ଭୂଦେବ ମୁଖାର୍ଜୀଙ୍କର ସମର୍ଦ୍ଧନା ପାଇଁ। ଏ ସଭାରେ ଉପସ୍ଥିତ ଥିଲେ ଗୌରୀଶଙ୍କର, ପ୍ୟାରୀମୋହନ, ରାଧାନାଥ, ମଧୁସୂଦନ, ବିପିନଚନ୍ଦ୍ର ପ୍ରମୁଖ। ସ୍କୁଲ ସର୍କଲ ଇନ୍ସ୍ପେକ୍ଟର ଭୂଦେବ ଓଡ଼ିଶାର ସ୍କୁଲ ପରିଦର୍ଶନ କରିବାକୁ ଆସୁଥିଲେ। ଅଫିସର ଭାବରେ ସାରା ଓଡ଼ିଶା ବ୍ୟତୀତ ପାଟନା, ଭାଗଲପୁର ଓ ବର୍ଦ୍ଧମାନ ଡିଭିଜନମାନ ମଧ୍ୟ ତାଙ୍କ ଦାୟିତ୍ୱରେ ଥିଲା। ଦିବର୍ଷ ତଳେ ସେ ସି.ଆଇ.ଇ. ପଦ ପାଇଥିଲେ ଏବଂ ଏଜୁକେଶନ ଗେଜେଟର ସମ୍ପାଦକ ଭାବରେ ନାଁ କରିଥିଲେ। ପ୍ରଥମ ଥରପାଇଁ ସେ ଓଡ଼ିଶା ଆସୁଥିବାରୁ ତାଙ୍କୁ ବିଶେଷ ଭାବରେ ଅଭ୍ୟର୍ଥନା ଓ ସମର୍ଦ୍ଧନା ଦେବା ନିର୍ଦ୍ଧିତ ହେଲା। ଏହାର ଦାୟିତ୍ୱରେ ରହିଲେ ରାଧାନାଥ ଓ ପ୍ୟାରୀମୋହନ।

ଭୂଦେବ ମୁଖାର୍ଜୀ ଓଡ଼ିଶାକୁ ଆସିଲେ ୧୫ ତାରିଖ ଦିନ ଏବଂ ରାଧାନାଥଙ୍କୁ ସାଙ୍ଗରେ ନେଇ ପୁରୀ ଜିଲ୍ଲା ସ୍କୁଲମାନ ପରିଦର୍ଶନ କରିବାକୁ ବାହାରିଗଲେ। ସେ ପୁଣି କଟକକୁ ଫେରିଲେ ୨୨ ତାରିଖରେ ଏବଂ ତାଙ୍କର ସମର୍ଦ୍ଧନା ସଭା ହେଲା ୨୪ ତାରିଖ ରାତି ଆଠଟାବେଳେ ପ୍ରିଣ୍ଟିଂ କମ୍ପାନୀ ଦୋତାଲାରେ। ଏଥିରେ ସଭାପତି ହେଲେ ବାବୁ ନନ୍ଦକିଶୋର ଦାସ। ବାବୁ ବିପିନ ବିହାରୀ ମିଶ୍ର ସଭାକୁ ସମ୍ବୋଧନ କରି ଭୂଦେବଙ୍କର ପରିଚୟ ଦେଇ ସେ କିପରି ସ୍କୁଲ ହେଡ୍‌ମାଷ୍ଟରରୁ ଚାକିରି ଆରମ୍ଭ କରି ବର୍ତ୍ତମାନ ଏତେ ବଡ଼ ଚାକିରି ପାଇ ମାସକୁ ପଦର ଶହ ଟଙ୍କା ବେତନ ପାଉଛନ୍ତି ତାହା କହିଲେ। ଭୂଦେବଙ୍କର ନାନା ପ୍ରଶଂସା କରି ସେ ପ୍ରସ୍ତାବ କଲେ ଯେ ଭୂଦେବ ବାବୁଙ୍କର ଗୁଣ ଓ ହିତକର କାର୍ଯ୍ୟ ଦୃଷ୍ଟିରେ ଏ ସଭା ପ୍ରଗାଢ଼ ସ୍ନେହପୂର୍ବକ ତାଙ୍କ ଠାରେ କୃତଜ୍ଞତା ପ୍ରକାଶ ଓ ତାଙ୍କର ଯଥୋଚିତ ସମ୍ମାନ କରନ୍ତୁ।

ପ୍ୟାରିମୋହନ ଆଚାର୍ଯ୍ୟ ଏ ପ୍ରସ୍ତାବକୁ ଅନୁମୋଦନ କରି ଭୂଦେବଙ୍କର ଉଦାର ଓ ମହତ ସ୍ୱଭାବ ବିଷୟରେ କହିଲେ ଏବଂ ଏହା ମଧ୍ୟ ବ୍ୟକ୍ତ କଲେ ଯେ ବଙ୍ଗୀୟ ଏବଂ ଉତ୍କଳୀୟମାନଙ୍କ ମଧ୍ୟରେ

କୌଣସି ପ୍ରଭେଦ ନାହିଁ। ବିପିନଚନ୍ଦ୍ର ପାଲ ଭୂଦେବଙ୍କ ସମ୍ମାନରେ ବଙ୍ଗୀୟ ଓ ଉତ୍କଳୀୟମାନଙ୍କର ଏକମେଳରେ ଅତି ଆହ୍ଲାଦ ପ୍ରକାଶ କରି ଆତ୍ମଶିକ୍ଷାର ଟେକ ଦେଖାଇଲେ। ସେ କହିଲେ ଯେ ବିଶ୍ୱବିଦ୍ୟାଳୟର ଶିକ୍ଷା ବା କୌଣସି ଉପାଧି ନ ପାଇ ଭୂଦେବ କେବଳ ଆତ୍ମଶିକ୍ଷା ଯୋଗେ ବିଦ୍ୟାରେ ଏତେ ଦୂର ଉନ୍ନତି ଲାଭ କରିଛନ୍ତି।

ଏସବୁ ବକ୍ତୃତା ପାଇଁ କୃତଜ୍ଞତା ଜଣାଇ ଭୂଦେବ କହିଲେ ଯେ ସେ ଏତେ ପ୍ରଶଂସା ଭାଜନ ନୁହନ୍ତି। ଆମ୍ଭମାନଙ୍କ ଦେଶରେ ଲୋକ କାଷ୍ଠ ମୃଦ୍ଧିକାର ପ୍ରତିମା ପ୍ରସ୍ତୁତ କରି ପୂଜା କରନ୍ତି ଓ ତାକୁ ବର ମାଗନ୍ତି। ସେମାନେ କେବେ କେବେ ବର ମଧ୍ୟ ପାଇଥାନ୍ତି, କିନ୍ତୁ ତାହା ପ୍ରତିମା ଯୋଗେ ନୁହେଁ, ସେମାନଙ୍କର ନିଷ୍ଠା ଯୋଗେ। ଏହିପରି ବକ୍ତାମାନେ ଯେ ପ୍ରଶଂସା କଲେ, ସେଥିରୁ ସେମାନଙ୍କର ନିଜ ଗୁଣ ଓ ମହତ୍ତ୍ୱ ପ୍ରକାଶ ହେଉଅଛି।

ଭୂଦେବଙ୍କର ବକ୍ତୃତା ପରେ ଅତର ପାନ ଓ ପୁଷ୍ପମାଲ ବିତରଣ ଓ ଗୋଲାପ ଜଲ ସିଞ୍ଚନ ହୋଇ ସଭା ଭଙ୍ଗ ହେଲା। ଦାଢ଼ି ରଖି ରଖି ଭଳି ଦେଖାଯାଉଥିବା ସରଳ ଓ ନମ୍ର ସ୍ୱଭାବର ଭୂଦେବ ମୁଖାର୍ଜୀ ଅତି ଅଳ୍ପ ସମୟରେ ସମସ୍ତଙ୍କର ପ୍ରିୟ ହୋଇଯାଇଥିଲେ। ପରଦିନଟି ଭୂଦେବଙ୍କର ଚଉବନ ବର୍ଷ ପୂରିବାର ଜନ୍ମଦିନ ଥିଲା। ଏହି ଦିନ ସେ ରାଧାନାଥଙ୍କୁ ସାଙ୍ଗରେ ନେଇ ବାଲେଶ୍ୱର ଜିଲ୍ଲାର ସ୍କୁଲମାନ ପରିଦର୍ଶନ କରିବାକୁ ବାହାରିଗଲେ।

ବାଲେଶ୍ୱର: ଏପ୍ରିଲ ୧୮୭୯

ଭୂଦେବ ଓ ରାଧାନାଥ ବାଲେଶ୍ୱରରେ ବୈକୁଣ୍ଠନାଥ ଦେଙ୍କ ଉଦ୍ୟାନ ବାଟିକାରେ ବସିଥିଲେ। ସନ୍ଧ୍ୟାବେଳେ ଚାରିଆଡ଼ ଚୁପଚାପ୍ ଥିଲା ଏବଂ ସେଠାରେ କେହି ନ ଥିଲେ। ସେମାନେ ସାଙ୍ଗ ହୋଇ କଟକରୁ ବିଭିନ୍ନ ଜାଗା ବୁଲି, ସ୍କୁଲ ପରିଦର୍ଶନ କରି ଅଫିସ କାମ ଶେଷ କରିଥିଲେ। ଅଳ୍ପଭାଷୀ ରାଧାନାଥ ଆକାଶ ଆଡ଼କୁ ଚାହିଁ ତାରାମାନଙ୍କୁ ଦେଖୁଥିଲେ। ଅନେକ ସମୟ ବିନା କଥାବାର୍ତ୍ତାରେ କଟିବା ପରେ ଭୂଦେବ କହିଲେ, ଦେଖ! ତୁମେ ଏଡ଼େ ନିମଗ୍ନ ହୋଇ ଆକାଶ ଆଡ଼କୁ ଚାହିଁ ରହିଥିଲ କାହିଁକି ? ସର୍ବଦା ଏପରି କରିବା ଭଲ ନୁହେଁ। ଏଥିରେ ନିଜର ଅକିଞ୍ଚିତକରତା ନିତାନ୍ତ ପରିସ୍ଫୁଟ ହୋଇଯାଏ; ଅସ୍ତିତ୍ୱ ପ୍ରାୟ ଲୁପ୍ତ ହୋଇଯାଏ; କର୍ମକ୍ଷେତ୍ରରେ ଲୋକେ ଉଦାସୀନ ହୋଇଯାଆନ୍ତି। ବିରାଟର ଧ୍ୟାନ ଯୋଗୀ ପକ୍ଷରେ ହିଁ ଶୋଭନୀୟ।

ଏଭଳି ଅନେକ ଉପାଦେୟ କଥା ସବୁବେଳେ ରାଧାନାଥଙ୍କୁ କହୁଥିଲେ ଭୂଦେବ। ସେ ଯେତେବେଳେ ପ୍ରଥମେ ଓଡ଼ିଶାରେ ପହଞ୍ଚିଲେ, ରାଧାନାଥଙ୍କ ବିଷୟରେ ତାଙ୍କର ବିଶେଷ ଭଲ ଧାରଣା ନ ଥିଲା, କାରଣ କେତେ ଲୋକ ତାଙ୍କୁ ରାଧାନାଥଙ୍କ ବିରୁଦ୍ଧରେ କହିଥିଲେ। କିନ୍ତୁ ରାଧାନାଥଙ୍କୁ ଦେଖିବା ପରେ ଏବଂ ତାଙ୍କ ସହିତ ମିଶିବା ପରେ ଭୂଦେବ ରାଧାନାଥଙ୍କୁ ସ୍ନେହ କରିବାରେ ଲାଗିଲେ। ରାଧାନାଥ ତାଙ୍କୁ ତାଙ୍କର ଦୁଇଟି ପ୍ରକାଶିତ ବଙ୍ଗଳା କବିତା ବହି ଦେଇଥିଲେ ଏବଂ ଲେଖାବଳୀ ନାମକ ଏକ କବିତା ସଂଗ୍ରହର ହାତଲେଖା ପାଣ୍ଡୁଲିପିଟି ଦେଖାଇଥିଲେ। ବଙ୍ଗଳାରେ ଲେଖା ଏହି ପାଣ୍ଡୁଲିପିରେ କେତେକ ପୌରାଣିକ ସ୍ତ୍ରୀ ସ୍ୱାମୀମାନଙ୍କୁ ନିବେଦନ କରିଥିବା କବିତା ଥିଲା, ଯଥା ରାମଚନ୍ଦ୍ରର ପ୍ରତି ଜାନକୀ, ଅର୍ଜୁନେର ପ୍ରତି ସୁଭଦ୍ରା, କଟେର ପ୍ରତି

ଦେବଯାନୀ ଇତ୍ୟାଦି । ଏଥିରେ ଗୋଟିଏ ଅପୌରାଣିକ କାଳ୍ପନିକ କବିତା ମଧ ଥିଲା, କୁମାରନାଥେର ପ୍ରତି କମଳକାମିନୀ । ଏହି କବିତାର ନାୟକ ନାୟିକା ଥିଲେ ବାଲେଶ୍ୱର ରେମୁଣାର ଏବଂ କମଳ ଥିଲା କୁମାରର ମାମୁଁଝିଅ ଭଉଣୀ । କବିତାଗୁଡ଼ିକ ଅତି ଉଚ୍ଚକୋଟୀର ଥିଲା ଏବଂ ଏଥିରେ ପୂର୍ବ ପ୍ରକାଶିତ କବିତାବଳୀ ବହିର ଅପରିପକ୍ୱତା ନଥିଲା । ତେବେ ଏ କବିତାଗୁଡ଼ିକ ଥିଲେ ଅତି ମାତ୍ରାରେ ଆଦି ରସାତ୍ମକ । ଭୂଦେବ ଅତି ମନଯୋଗିତାର ସହ ଏ କବିତାଗୁଡ଼ିକୁ ପଢ଼ିଥିଲେ ଏବଂ କମଳକାମିନୀର କବିତା ବିଷୟରେ କହିଥିଲେ, ଏଥିରେ ଆଦି ରସର ଯେ ରୂପ ଅବତାରଣା ହୋଇଅଛି, ତାହା ଉଚିତ ସୀମା ଅତିକ୍ରମ କରିଅଛି । ଆଦି ରସର ଏ ରୂପ ଅବତାରଣା ନୈତିକ ସ୍ୱାସ୍ଥ୍ୟର ପ୍ରତିକୂଳ, ସୁତରାଂ ପରିହାର୍ଯ୍ୟ ।

ଭୂଦେବ ଯେତେବେଳେ ଯାହା କହୁଥିଲେ ମନେ ରଖିବା ଭଲି କଥା ଥିଲା । ସ୍କୁଲ ପରିଦର୍ଶନ ସମୟରେ ସେ ଯେଉଁ ତକବିତର୍କ କରୁଥିଲେ ସେ ସବୁ ମଧ ତତ୍ତ୍ୱପୂର୍ଣ୍ଣ ଥିଲା । ତାଙ୍କର କଟକ ଏକାଡ଼େମୀ ପରିଦର୍ଶନବେଳେ ଅସୁସ୍ଥତା ବଶତଃ ପ୍ୟାରୀମୋହନ ଉପସ୍ଥିତ ରହି ପାରି ନଥିଲେ । ତାଙ୍କର ପ୍ରତିନିଧିତ୍ୱ କରିଥିଲେ କଲିକତାରୁ ଆସିଥିବା ତାଙ୍କର ବ୍ରାହ୍ମ ବନ୍ଧୁ ଯଦୁମଣି ଘୋଷ । ସ୍କୁଲରେ ବିପିନଚନ୍ଦ୍ର ପାଲ ମଧ ଉପସ୍ଥିତ ଥିଲେ । ଆଲୋଚନାକ୍ରମେ ହିନ୍ଦୁ ଓ ବ୍ରାହ୍ମଧର୍ମ କଥା ଉଠିଲା । ଏବଂ ଯୁକ୍ତିତର୍କ ଦେଇ କିଛି ଉଷ୍ମତାର ସଞ୍ଚାର ହେଲା । ଏକଥା ଅଯଥା ବଡ଼ ଆକାର ଧାରଣ କରିଥାନ୍ତା, କିନ୍ତୁ ଭୂଦେବ ତାଙ୍କର ଶେଷ କଥା କହି ତର୍କ ବନ୍ଦ କଲେ, ଦେଖ, ମହର୍ଷି ଦେବେନ୍ଦ୍ରନାଥ ଠାକୁର ବ୍ରାହ୍ମଧର୍ମକୁ ଯେଉଁ ପର୍ଯ୍ୟନ୍ତ ଆଣିଥିଲେ, ବ୍ରାହ୍ମଧର୍ମ ଯଦି ସେହିଠାରେ ରହିଥାନ୍ତା, ତେବେ ମୁଁ ମଧ ନିଜକୁ ବ୍ରାହ୍ମ ବୋଲି ପରିଚୟ ଦେଇଥାନ୍ତି ! ନୈଷ୍ଠିକ ହିନ୍ଦୁ ଭୂଦେବଙ୍କ ପକ୍ଷରେ ଏ ଏକ ଗଭୀର ସ୍ୱୀକାରୋକ୍ତି ଥିଲା ଯାହା ତାଙ୍କର ନିରାକାର ଏକେଶ୍ୱରବାଦରେ ବିଶ୍ୱାସର ପରିଚୟ ଦେଉଥିଲା ।

ଯାତ୍ରା ସମୟରେ ଭୂଦେବ ଓ ରାଧାନାଥଙ୍କ ମଧରେ ବିଶେଷ ଭାବରେ ସାହିତ୍ୟର ଆଲୋଚନା ହେଉଥିଲା, ଗେଟେ, ହୋମର, ସେକ୍ସପିଅର, କାଳିଦାସ, ଭବଭୂତିରୁ ଆରମ୍ଭ କରି ଉପେନ୍ଦ୍ର ଭଞ୍ଜ ଓ ମାଇକେଲ ମଧୁସୂଦନ ପର୍ଯ୍ୟନ୍ତ । ରାଧାନାଥ ଭୂଦେବଙ୍କୁ ପ୍ରାଚୀନ ଓଡ଼ିଆ ସାହିତ୍ୟ ସହିତ ପରିଚିତ କରାଇଥିଲେ ଉପେନ୍ଦ୍ର ଭଞ୍ଜଙ୍କର ଲାବଣ୍ୟବତୀ ଓ ବୈଦେହୀଶ ବିଳାସରୁ କେତେକାଂଶ ଶୁଣାଇ । ବୈଦେହୀଶ ବିଳାସର 'ବଦନ ପୂରିଅଛି ହାସ ହରଷେ' ଇତ୍ୟାଦି ଶୁଣି ଭୂଦେବ କହିଥିଲେ, ଏହି ଓଡ଼ିଶାକୁ ବଙ୍ଗାଳୀମାନେ ପୁଣି ବେହେରାର ଦେଶ କହନ୍ତି !

ଲେଖିବା ବିଷୟରେ ସେ ଅନେକ ଉପଦେଶ ଦେଇଥିଲେ ରାଧାନାଥଙ୍କୁ । ଲେଖାବଳୀର ପାଣ୍ଡୁଲିପି ପଢ଼ି ସେ ରାଧାନାଥଙ୍କୁ କହିଥିଲେ, ପୁରାତନ ବିଷୟ ଘେନି ଶକ୍ତି ଓ ଶ୍ରମର ଅଯଥା ବିନିଯୋଗ କର କାହିଁକି ? ତୁମର ପାଣ୍ଡୁଲେଖ୍ୟ ପାଠ କରି ମୁଁ ପ୍ରୀତ ହୋଇଛି । ଏହାକୁ ଏଜୁକେଶନ ଗେଜେଟ୍ରେ ଛପାଇଦେବି । କିନ୍ତୁ ମୁଁ ଆଶା କରୁଛି, ତୁମେ ନୂଆ ଗଢ଼ିବାକୁ ଚେଷ୍ଟା କରିବ । ଦେଖ, ତୁମେ ସୁଭଦ୍ରାର ଚିତ୍ର ଅଙ୍କନ କରିଛ, କିନ୍ତୁ ତୁମେ ସହସ୍ର ଚେଷ୍ଟା କଲେ ହେଁ ବ୍ୟାସଦେବଙ୍କ ସୁଭଦ୍ରାକୁ ଅଧିକତର ସୁନ୍ଦର କରିପାରିବ ନାହିଁ । ନୂତନ ଗଢ଼ିବାର ଚେଷ୍ଟା କର । ଓଡ଼ିଶା ଏକ ସୁନ୍ଦର ଦେଶ । ଏ ଦେଶର ମନୋହର ପ୍ରକୃତି କବିତାର ସମ୍ପୂର୍ଣ୍ଣ ଉପଯୋଗୀ । ଓଡ଼ିଶା ବାସ୍ତବିକ

କବିତ୍ୱପୂର୍ଣ ଶିଶୁର ଉପଯୁକ୍ତ ଧାତ୍ରୀ। ଓଡ଼ିଶାର ଯେଉଁଆଡ଼କୁ ଚାହିଁବ, ନୂଆ ଗଢ଼ିବାର ଉପାଦାନ ଯଥେଷ୍ଟ ରହିଅଛି। ଏତେ କଥା ଶୁଣିବା ପରେ ନିଜର ସ୍ୱଭାବସୁଲଭ ନମ୍ରତାର ସହିତ ରାଧାନାଥ କହିଲେ, ନୂଆ ଘଟନା କଳ୍ପନାରୁ ଉଭାବନ କରି ଲେଖିବା ମୋ ଭଳି ଲୋକର ସାଧ୍ୟାତୀତ।

ଏହାର ଉତ୍ତର ମଧ୍ୟ ଅତି ସ୍ୱାଭାବିକ ଭାବରେ ମିଳିଥିଲା ଭୂଦେବଙ୍କ ପାଖରୁ। କଟକରୁ ବାଲେଶ୍ୱର ଯାଉଥିବା ରାସ୍ତାରେ ଦର୍ପଣ ରାଜ୍ୟ ପଡ଼ିଲା। ଏ ସ୍ଥାନର କିମ୍ବଦନ୍ତୀ ବିଷୟରେ ରାଧାନାଥ ଭୂଦେବଙ୍କୁ ଶୁଣାଇଲେ : ଓଡ଼ିଶାର ଗଙ୍ଗାବଂଶୀୟ ସମ୍ରାଟଙ୍କର ବେଶବିନ୍ୟାସ ସମୟରେ ଏ ରାଜ୍ୟର ରାଜା ତାଙ୍କ ଆଗରେ ଦର୍ପଣ ଧରୁଥିଲେ। ଏଠାରେ ଜଗନ୍ନାଥ ସଡ଼କ ପାଖରେ ପର୍ବତ ତଳେ ଚଟିଘର ପାଖରେ ଗୋଟିଏ ସୁନ୍ଦର ସରୋବର ଅଛି। ଏହି ସରୋବର ନିକଟରେ ଏକଦା ଜଣେ ଧନଶାଳୀ ପର୍ଣ୍ଣିମା ଯାତ୍ରୀଙ୍କର ଗୋଟିଏ ଶିଶୁ ଖେଳୁ ଖେଳୁ ହଠାତ୍ ଅଦୃଶ୍ୟ ହୋଇ କେଉଁଆଡ଼େ ଚାଲିଗଲା, ତା'ର କୌଣସି ସନ୍ଧାନ ମିଳିଲା ନାହିଁ।

ଭୂଦେବ କହିଲେ, ମୁଁ କିନ୍ତୁ ଏ ବିଷୟରେ ଅନ୍ୟ ଏକ ଗଳ୍ପ ଶୁଣିଥିଲି। ଗଳ୍ପଟି ଏହି : ଉତ୍କଳ ସମ୍ରାଟଙ୍କର ଯୁବରାଜ ଥରେ ଦର୍ପଣ ରାଜ୍ୟରେ ମୃଗୟା କରିବାକୁ ଆସିଥିଲେ। ଦର୍ପଣ ରାଜକନ୍ୟା ତାଙ୍କୁ ଦେଖି ତାଙ୍କ ପ୍ରତି ଆସକ୍ତା ହେଲେ ଏବଂ ତାଙ୍କର ପିତା ଯେତେବେଳେ ଯୁବରାଜଙ୍କ ନିକଟକୁ ଦର୍ପଣ ଘେନି ସେବା ସକାଶେ ଆସିଲେ, ରାଜକନ୍ୟା କୌଶଳକ୍ରମେ ଦର୍ପଣ ଭିତରେ ନିଜର ପ୍ରତିକୃତି ଏବଂ ଗୋଟିଏ ପ୍ରେମପତ୍ର ରଖି ଦେଇଥିଲେ। ତାହା ଦର୍ପଣ ଭିତରୁ ଖସି ପଡ଼ିବାରୁ ଦର୍ପଣ ରାଜା କ୍ଷୁବ୍ଧ ଓ ଲଜିତ ହେଲେ ଏବଂ ଫେରି ଆସି କନ୍ୟାକୁ ତିରସ୍କାର କଲେ। ରାଜକନ୍ୟା ସେହି ଦୁଃଖରେ ଏହି ସରୋବରରେ ଆତ୍ମହତ୍ୟା କଲେ।

ରାଧାନାଥ ବୁଝିଲେ ଯେ ଏହା ଭୂଦେବଙ୍କର କପୋଳକଳ୍ପିତ ଥିଲା ଏବଂ ସେ କହିଥିବା ବିଷୟର ଆଧାର ଉପରେ ଭୂଦେବ ସେହି ମୁହୂର୍ତ୍ତରେ କାହାଣୀଟିକୁ ନିଜ ମନରୁ ଗଢ଼ି କହିଥିଲେ। ଏଇଟି ରାଧାନାଥଙ୍କ ପାଇଁ ଥିଲା ଏକ ଉପଦେଶାତ୍ମକ ପାଠ। ସେ ସେଇ ମୁହୂର୍ତ୍ତରେ ନିଷ୍ପତ୍ତି କଲେ ଯେ ସେ ମଧ୍ୟ ପ୍ରଚଳିତ କାହାଣୀକୁ ପରିବର୍ତ୍ତିତ ଓ କାଲାନୁଗତିକ କରିବାକୁ ଚେଷ୍ଟା କରିବେ।

ବାଲେଶ୍ୱର ଛାଡ଼ିବା ପରେ ପରେ ଭୂଦେବ ରାଧାନାଥଙ୍କ ବିଷୟରେ ଉପରକୁ ଗୋଟିଏ ରିପୋର୍ଟ ପଠାଇଲେ। ଏଥିରେ ସେ ଲେଖିଥିଲେ : ବାବୁ ରାଧାନାଥ ରାୟଙ୍କୁ ସ୍ୱାଧୀନ ଭାବରେ ଓଡ଼ିଶା ସ୍କୁଲ ସମୂହର ଇନ୍‌ସ୍ପେକ୍ଟର କରିବା ଓ ତାଙ୍କର ବେତନ ବଢ଼ାଇ ତାଙ୍କର ପଦକୁ ଉନ୍ନୀତ କରିବା ଆବଶ୍ୟକ। ମୁଁ ବର୍ତ୍ତମାନ ଦେଖୁଛି ଯେ ସ୍ୱାଧୀନ ଭାବରେ ଗୋଟିଏ ସର୍କଲର ଭାର ଗ୍ରହଣ କରିବା ପାଇଁ ସେ ସର୍ବଦା ସମର୍ଥ ଅଟନ୍ତି। ସେ ଉତ୍ତମ ରୂପେ ଶିକ୍ଷିତ, ବିଚକ୍ଷଣ ଓ କର୍ତ୍ତବ୍ୟନିଷ୍ଠ ବୋଲି ବୀମସ ଓ ନର୍ମ୍ୟାନ ସାହେବମାନେ ଯେଉଁ ମତ ଦେଇଛନ୍ତି, ମୁଁ ତାହା ପୂର୍ଣ୍ଣ ହୃଦୟରେ ସମର୍ଥନ କରୁଛି। ସରକାରୀ ରିଜଲ୍ୟୁସନର ୧୩ ଦଫା ଅନୁସାରେ ରାଧାନାଥଙ୍କୁ ଅବିଳମ୍ବେ ଜୁନିୟର ଶିକ୍ଷାସେବାର ଉଚ୍ଚତମ ଗ୍ରେଡ଼ରେ ଅବସ୍ଥାପିତ କରାଯାଇ ଓଡ଼ିଶା ଡିଭିଜନର ସ୍ୱାଧୀନ ଭାର ଦିଆଯାଉ।

କିନ୍ତୁ ଏ ସୁପାରିସରୁ ତାଙ୍କର ରଧାନାଥଙ୍କ ପ୍ରତି ସ୍ନେହ ଓ ଶ୍ରଦ୍ଧାର ଅଧିକ ପ୍ରମାଣ ଥିଲା

ସେ ରାଧାନାଥଙ୍କ ପ୍ରତି ଲେଖିଥିବା ଗୋଟିଏ କବିତା। ଏ କବିତାଟି ମେ ମାସ ୨୩ ତାରିଖ ଏଜୁକେଶନ ଗେଜେଟରେ ବିନା କାହାରି ନାଁ ଦେଇ ପ୍ରକାଶ ହୋଇଥିଲା। କବିତାର ପ୍ରଥମ ପଦଟି ଥିଲା :

ରାଧାନାଥ ଓଡ଼ିଶାର ଗୌରବ କେତନ
ଉଦାର ବିନୀତ ଧୀର ସୁବୋଧ ସୁଜନ।
ନାନା ଭାଷା ବିଭୂଷିତ
ନାଶ ଶାସ୍ତ୍ର ସୁପଣ୍ଡିତ
କବିତା-କାନନେ ପିକବର ପ୍ରିୟବର
ସ୍ୱର୍ଗୀୟ ସ୍ୱଭାବ ପୂତ ତୋମାର ଅନ୍ତର।

ଖଣ୍ଡପଡ଼ା: ଅଗଷ୍ଟ ୧୮୭୯

ସିଦ୍ଧାନ୍ତ ଦର୍ପଣ ଦଶବର୍ଷ ତଳେ ଲେଖା ସରିଥିଲା, କିନ୍ତୁ ବହିଟି ପ୍ରକାଶ କରିବାପାଇଁ କୌଣସି ବ୍ୟବସ୍ଥା ହୋଇପାରି ନଥିଲା ଏ ପର୍ଯ୍ୟନ୍ତ। ବିଡ଼ା ବିଡ଼ା ତାଳପତ୍ର ପୋଥିମାନଙ୍କୁ ପ୍ରତିଦିନ ଖୋଲି ଝାଡ଼ି ପୋଛି ପୁଣି ବାନ୍ଧି ରଖି ଦେଉଥିଲେ ସାମନ୍ତ ଚନ୍ଦ୍ରଶେଖର। ଚଉରାଳିଶ ବର୍ଷ ବୟସରେ ନିଜକୁ ଖୁବ୍ ବୁଢ଼ା ମନେକରୁଥିଲେ ସେ। ଆର୍ଥିକ ଅଭାବ ସହିତ ବର୍ତ୍ତମାନ ଶାରୀରିକ ସମସ୍ୟାମାନ ଦେଖା ଦେଇଥିଲା; ତାଙ୍କର ଅଗ୍ନିମାନ୍ଦ୍ୟ ଓ ଅନ୍ତଃଶୂଳ ରୋଗ ବଢ଼ି ଅସହ୍ୟ ହୋଇ ଯାଇଥିଲା।

ବହିଟି ଛପା ହୋଇ ନଥିଲେ ମଧ୍ୟ ଏବଂ କେହି ଏ ପୋଥିକୁ ନ ପଢ଼ିଥିଲେ ମଧ୍ୟ ଓଡ଼ିଶା ସାରା ସିଦ୍ଧାନ୍ତ ଦର୍ପଣର ନାଁ ହୋଇ ଯାଇଥିଲା ଏବଂ ସାମନ୍ତ ଚନ୍ଦ୍ରଶେଖର ଜଣେ ବିଶିଷ୍ଟ ଜ୍ୟୋତିର୍ବିଦ ଭାବରେ ସର୍ବବିଦିତ ଥିଲେ। ଜ୍ୟୋତିଷ ବିଦ୍ୟା ନେଇ ଯାହାର କୌଣସି ସଂଶୟ ଥିଲା, ସେ ତାଙ୍କ ପାଖକୁ ଆସୁଥିଲା। କ୍ରମେ କ୍ରମେ କେତେ ଆଗ୍ରହୀ ଲୋକ ତାଙ୍କର ଶିଷ୍ୟ ମଧ୍ୟ ହେବାକୁ ଚାହିଁଲେ। ତାଙ୍କର ପ୍ରଥମ ଶିଷ୍ୟ ହେଲେ ମେଦିନୀପୁର ନନ୍ଦୀଗ୍ରାମର ରୁଦ୍ର ନାରାୟଣ ଜ୍ୟୋତିର୍ଭୂଷଣ ଭଟ୍ଟାଚାର୍ଯ୍ୟ। ସେ ଖଣ୍ଡପଡ଼ାରେ ଚନ୍ଦ୍ରଶେଖରଙ୍କ ଘରେ ପ୍ରାୟ ଦୁଇବର୍ଷ ରହି ସିଦ୍ଧାନ୍ତ ଦର୍ପଣ ଅଧ୍ୟୟନ କରିଥିଲେ। ସେ ସମୁଦାୟ ଗ୍ରନ୍ଥର ବଙ୍ଗଳା ଅନୁବାଦ କରି ସାଙ୍ଗରେ ନେଇଯାଇଥିଲେ ଏବଂ ମେଦିନୀପୁର ଫେରିଯାଇ ସେଠାରୁ ରୁଦ୍ରପଞ୍ଜିକା ନାମରେ ଗୋଟିଏ ପାଞ୍ଜି ମଧ୍ୟ ବାହାର କରିଥିଲେ। କିନ୍ତୁ ଏଥିରେ ଅନେକ ଭୁଲରହିଥିଲା, କାରଣ ସେ ଗଣନା ବିଷୟରେ ସମ୍ପୂର୍ଣ୍ଣ ଜ୍ଞାନ ପାଇ ନ ଥିଲେ। ତେଣୁ ସେ ଗୋଟିଏ ବର୍ଷ ଏ ପାଞ୍ଜି ବାହାର କରିବା ପରେ ତାକୁ ବନ୍ଦ କରି ଦେଇଥିଲେ।

ମଞ୍ଜୁଷା ରାଜା ଚନ୍ଦ୍ରଶେଖରଙ୍କ ଜ୍ଞାନର ଖବର ପାଇ ନିଜ ରାଜ୍ୟରୁ ତାଙ୍କ ପାଖକୁ ପଣ୍ଡିତ ପଠାଇଥିଲେ

ଜ୍ୟୋତିଷ ବିଦ୍ୟା ଶିକ୍ଷା କରିବାପାଇଁ। ଏହି ସୂତ୍ରରେ ବଲ୍ଲଭ ବିଦ୍ୟାଭୂଷଣ ଓ ଶ୍ରୀଧର ପ୍ରହରାଜ ଆସି ଖଣ୍ଡପଡ଼ାରେ ରହିଥିଲେ, କିନ୍ତୁ କାହାରି ସିଦ୍ଧାନ୍ତ ବିଷୟରେ ବ୍ୟୁତ୍ପନ୍ନ ହୋଇ ନ ଥିଲା। ପରବର୍ତ୍ତୀ ସମୟରେ ଚନ୍ଦ୍ରଶେଖରଙ୍କର ଉତ୍ତମ ଶିଷ୍ୟମାନଙ୍କ ମଧ୍ୟରେ ଥିଲେ ମଞ୍ଜୁଷାର ଗଦାଧର ବିଦ୍ୟାଭୂଷଣ, ତାଳଚେରର ଦାମୋଦର ବାଣୀଭୂଷଣ, ଖୋର୍ଦ୍ଧା ପାଞ୍ଚଗଡ଼ର ସଦାଶିବ ଖଡ଼ିରତ୍ନ ପ୍ରମୁଖ। ଏମାନେ ସମସ୍ତେ ଚନ୍ଦ୍ରଶେଖରଙ୍କ ଖ୍ୟାତି ପ୍ରସାର କରିବାରେ ସହାୟକ ହୋଇଥିଲେ।

ପଣ୍ଡିତ ରୁଦ୍ରନାରାୟଣ ଜ୍ୟୋତିର୍ଭୂଷଣ ୧୮୭୮ରେ ସୂକ୍ଷ୍ମପଞ୍ଜିକା ପ୍ରକାଶ ନାମରେ ଗୋଟିଏ ପୁସ୍ତିକା। ଲେଖି ତାହାକୁ ପୁରୀ ପ୍ରିଣ୍ଟିଂ କମ୍ପାନୀରେ ଛପାଇ ପ୍ରସାର କରିଥିଲେ। ଏଥିରେ ଆଠଟି ଶ୍ଲୋକ ଏବଂ ତହିଁର ଟୀକାରେ ଚନ୍ଦ୍ରଶେଖରଙ୍କ ନିମ୍ନମତେ ପ୍ରଶଂସା କରାହୋଇଥିଲା : ସତ୍ୟଯୁଗର ପ୍ରାନ୍ତରେ ସୂର୍ଯ୍ୟାଂଶ ପୁରୁଷ କର୍ତ୍ତୃକ କଥିତ ଯେଉଁ ଗ୍ରହସ୍ଫୁଟର ଉପକରଣ ତାହାକୁ କିଛିଦିନ ଉଭାରେ ସ୍ୱୟଂ ସୂର୍ଯ୍ୟାଂଶ ପୁରୁଷ ଦୋଷ ଦେଇ ତହିଁର ନିର୍ମଳ ବୀଜ ମାୟାସୁରଙ୍କୁ ଦେଲେ। ପୁଣି କଲିକାଳର ୪୬୭୦ ବର୍ଷ ସମୟରେ ଭାସ୍କରାଚାର୍ଯ୍ୟ ତହିଁରେ ଦୋଷ ଦେଇ ସିଦ୍ଧାନ୍ତ ଶିରୋମଣି ନାମରେ ଗ୍ରନ୍ଥ ରଚନା କଲେ। ମାତ୍ର ବର୍ତ୍ତମାନକୁ ତାହା ସୁଦ୍ଧା ନେତ୍ରସାମ୍ୟ ନ ହେବାରେ ଖଣ୍ଡପଡ଼ା ନିବାସୀ ଚନ୍ଦ୍ରଶେଖର ସାମନ୍ତ ସିଦ୍ଧାନ୍ତ ଦର୍ପଣ ନାମ ଗ୍ରନ୍ଥ ରଚନା କରିଅଛନ୍ତି। ତହିଁରେ ବର୍ତ୍ତମାନ କଲିକାଳର ୪୯୭୮ ବର୍ଷ ସମୟରେ ଯେପରି ଦୃକସିଦ୍ଧ ହେଉଅଛି, ତହିଁର ସାଧନ କ୍ରମଲିଖିତ ହୋଇଅଛି।

କିଛି ବର୍ଷ ତଳେ ପୁରୀର ପଣ୍ଡିତମାନେ ମଧ୍ୟ ସ୍ଥିର କରିଥିଲେ ଯେ ଚନ୍ଦ୍ରଶେଖରଙ୍କ ସିଦ୍ଧାନ୍ତ ଦର୍ପଣ ଅନୁଯାୟୀ ତିଆରି ଦୃକସିଦ୍ଧ ପଞ୍ଜିକା। ହିଁ ସଠିକ୍ ଏବଂ ତାହାରି ଗଣନା ଅନୁସାରେ ଜଗନ୍ନାଥ ମନ୍ଦିରର ସମସ୍ତ ନୀତି ନିୟମ ହେବ।

ଏସବୁ ସତ୍ତ୍ୱେ ଦର୍ପଣ ଛପା ହୋଇ ପାରୁ ନ ଥିବାରୁ ଦୁଃଖରେ ଥିଲେ ଚନ୍ଦ୍ରଶେଖର। ସେ ବେଳେ ବେଳେ କଟକ ଯାଇ ଗୌରୀଶଙ୍କରଙ୍କ ପାଖରୁ ଏ ବହି ଛପାରେ କେତେ ଖର୍ଚ୍ଚ ହେବ ତା'ର ଖବର ନେଉଥିଲେ। କିନ୍ତୁ ଗୌରୀଶଙ୍କର ଯେଉଁ ରାଶିଟି ତାଙ୍କୁ ଦେଉଥିଲେ, ସେଇଟି ଚନ୍ଦ୍ରଶେଖରଙ୍କର କଳ୍ପନାର ବାହାରେ ଥିଲା। ଯେତେ ଚେଷ୍ଟା କରିଥିଲେ ବି ସେ ହଜାରେ ଟଙ୍କା ଯୋଗାଡ଼ କରି ପାରି ନ ଥାନ୍ତେ। ଗୌରୀଶଙ୍କର ଦୀପିକା ମାଧ୍ୟମରେ ଓଡ଼ିଶାର ରାଜା ଓ ଧନୀଲୋକମାନଙ୍କୁ ଅନୁରୋଧ କରିଥିଲେ ଯେ ସେମାନେ ସିଦ୍ଧାନ୍ତ ଦର୍ପଣ ପୁସ୍ତକ ଛାପା କରିବାରେ ସାହାଯ୍ୟ କରନ୍ତୁ, କିନ୍ତୁ ଦୀପିକାର ଅନ୍ୟ ନିବେଦକମାନଙ୍କ ଭଳି ଏ ନିବେଦନର ମଧ୍ୟ କୌଣସି ଫଳ ହୋଇ ନ ଥିଲା।

ଦୀପିକାର ୧୮୭୯ ଜୁଲାଇ ୧୬ ତାରିଖ ସଂଖ୍ୟାରେ ନିମ୍ନ ସମ୍ବାଦଟି ପ୍ରକାଶ ପାଇଲା : ଆମେରିକାର ଜଣେ ଅଧ୍ୟାପକ ନକ୍ଷତ୍ରମାନଙ୍କ ଗଣନା ଦ୍ୱାରା ସ୍ଥିର କରିଅଛନ୍ତି କି ବୃହସ୍ପତି, ଶନି, ୟୁରାନ୍ ଓ ନେପଚୁନ (ଶେଷ ଲିଖିତ ଦୁଇ ମହାଗ୍ରହ ପ୍ରାଚୀନ କାଳର ଜ୍ୟୋତିଷକୁ ଜଣା ନ ଥିବାରୁ ତହିଁର ଦେଶୀୟ ନାମ ନାହିଁ; ଏମାନେ ଅଧୁନା ଆବିଷ୍କୃତ ହୋଇଅଛନ୍ତି) ଏହି ଚାରି ଗ୍ରହଙ୍କର ଗତି ମାର୍ଗର ଯେଉଁ ସ୍ଥାନ ସୂର୍ଯ୍ୟଙ୍କ ଠାରୁ ଅତି ନିକଟ ତାହା ଆଗାମୀ ସନ ୧୮୮୦ ସାଲରେ ଏକା ସମାନରେ ପଡ଼ିବ। ଏଥିରୁ ସେ ସିଦ୍ଧାନ୍ତ କରିଅଛନ୍ତି କି ସନ ୧୮୮୦ ସାଲଠାରୁ ୧୮୮୬ ସାଲ ପର୍ଯ୍ୟନ୍ତ ପୃଥିବୀରେ ଘୋର ବିପତ୍ତି ପଡ଼ିବ। ଏସିଆ ଖଣ୍ଡ ଏକାବେଲେକେ ଜନଶୂନ୍ୟ ହେବ। ୟୁରୋପର ଅବସ୍ଥା ପ୍ରାୟ ଏହି ପ୍ରକାର ହେବ ଏବଂ ଆମେରିକାରେ ଦେଢ଼କୋଟି ଲୋକ ନାଶ ହେବେ। ମଡ଼କ ଛଡ଼ା

ଭାରୀ ପବନ ଓ ଜୁଆର ହେବ। ପର୍ବତମାନ ଟଳିପଡ଼ିବ ଓ ଦିଗବାରଣ ଯନ୍ତ୍ର ଅସ୍ଥିରତା ହେତୁ ସହସ୍ର ସହସ୍ର ନାବିକ ମରା ପଡ଼ିବେ। ପଶୁ, ପକ୍ଷୀ ଓ ମାଛମାନେ ମରିଯିବେ। ମଡ଼କରୁ ଯେଉଁ ଅଳ୍ପଲୋକ ବର୍ତ୍ତିବେ ଦୁର୍ଭିକ୍ଷ ଓ ଗୃହ ଯୁଦ୍ଧରେ ନାଶ ହେବେ। ଶେଷ ଦୁଇବର୍ଷରେ ପୃଥ୍ୱୀର ସମସ୍ତ ସ୍ଥାନରେ ଅଗ୍ନିର ଭୟଙ୍କର ପ୍ରତାପ ବଢ଼ିବ। ଏ ଫଳାଫଳ ଗଣନା ଠିକ ଅଛି କି ନାହିଁ ଏବଂ କିପରି ଏ ଗ୍ରହମାନଙ୍କର କୋପ ଶାନ୍ତ ହେବ ଭାରତବର୍ଷୀୟ ଜ୍ୟୋତିଷମାନେ ତାହା ସ୍ଥିର କରନ୍ତୁ।

ଦୀପିକାରେ ଏ ଆତଙ୍କପ୍ରଦ ସମ୍ବାଦଟି ପଢ଼ି ଚନ୍ଦ୍ରଶେଖର ତାଙ୍କର ପୋଥି ବିଡ଼ା ସବୁ ଖୋଲି ଗଣନାରେ ଲାଗିଗଲେ। ଖାଇବା ପିଇବା ଭୁଲି ସେ ଖଣ୍ଡିଏ ଖଡ଼ି ନେଇ ଚଟାଣ ଉପରେ ନାନା ପ୍ରକାର ଗଣନାମାନ କଲେ। ସିଦ୍ଧାନ୍ତ ଦର୍ପଣ ଶ୍ଳୋକ ପଢ଼ି ଅଙ୍କ କଷି ତା'ର ଫଳାଫଳ ବାହାର କରିବା ସମୟସାପେକ୍ଷ ଥିଲା। ଚନ୍ଦ୍ରଶେଖରଙ୍କୁ ଅନେକ ଦିନ ଲାଗିଲା ଏ କାମରେ। ଅଗଷ୍ଟ ଚାରି ତାରିଖରେ ଯାଇ ତାଙ୍କର ଗଣନା ସମାପ୍ତ ହେଲା ଏବଂ ସେଇଦିନ ସେ ଗୋଟିଏ ଚିଠି ଲେଖି ଦୀପିକାରେ ପ୍ରକାଶ ନିମନ୍ତେ ଗୌରୀଶଙ୍କରଙ୍କ ନିକଟକୁ ପଠାଇଦେଲେ। ତାଙ୍କର ଗଣନା ଅନୁସାରେ ଆମେରିକାର ଅଧ୍ୟାପକଙ୍କ ଭବିଷ୍ୟବାଣୀ ଭ୍ରମାତ୍ମକ ଥିଲା। ଚନ୍ଦ୍ରଶେଖର ହିସାବ କରି ଦେଖିଥିଲେ ଯେ ଉଲ୍ଲିଖିତ ଚାରିଟି ଗ୍ରହଙ୍କର ଏପରି ଏକ ସମାବେଶ ହେବାପାଇଁ ଆହୁରି ୧୧ ଲକ୍ଷ ବର୍ଷ ଲାଗିବ !

କଟକ: ଅକ୍ଟୋବର ୧୮୭୯

ସେପ୍ଟେମ୍ବର ୧୩ ତାରିଖ ଦୀପିକାରେ କଟକ ପାଗଲାଖାନାରେ ପ୍ରସ୍ତୁତ ଜଡ଼ାତେଲ ବା କାଷ୍ଟର ଅଏଲର ବିଜ୍ଞାପନ ତଳେ ନିମ୍ନଲିଖିତ ବିଜ୍ଞାପନଟି ବାହାରିଥିଲା

ଓଡ଼ିଶାର ଇତିହାସ

ଶ୍ରୀ ପ୍ୟାରୀମୋହନ ଆଚାର୍ଯ୍ୟଙ୍କ ପ୍ରଣୀତ

ମୂଲ୍ୟ ଏକ ଟଙ୍କା ମାତ୍ର

ବିକ୍ରୟାର୍ଥେ ପ୍ରସ୍ତୁତ ଅଛି। କଟକ ପ୍ରିଣ୍ଟିଂ କମ୍ପାନୀଙ୍କ ଯନ୍ତ୍ରାଳୟରେ ପ୍ରାପ୍ତବ୍ୟ।

ଏ ବହିଟିର କାମ ପ୍ୟାରୀମୋହନ ଆରମ୍ଭ କରିଥିଲେ ଅନେକ ଦିନରୁ। ଚାରିବର୍ଷ ତଳେ ଓଡ଼ିଶା ସ୍କୁଲ ସମୂହର ଜ୍ୟେଷ୍ଠ ଇନ୍‌ସ୍ପେକ୍ଟର ରାଧାନାଥ ରାୟ ବିଜ୍ଞାପନ ଦେଇଥିଲେ ଯେ ଉକ୍କଳଭାଷାରେ ଖଣ୍ଡେ ଓଡ଼ିଶାର ଇତିହାସ ରଚିତ ହେଲେ ଏବଂ ତାହା ଜ୍ୟେଷ୍ଠ ଇନ୍‌ସ୍ପେକ୍ଟରଙ୍କ ଦ୍ୱାରା ଗ୍ରାହ୍ୟ ହେଲେ ରଚକଙ୍କୁ ସରକାର ତିନିଶହ ଟଙ୍କା ପୁରସ୍କାର ଦେବେ। ଏହା ପରେ ପ୍ୟାରୀମୋହନ ରାଧାନାଥଙ୍କ ଠାରୁ ଆଦେଶ ପାଇଲେ ଯେ କେତେକ ସଂଶୋଧନ କରି ସେ ବହିଟିକୁ ଛପାନ୍ତୁ। ଏହି ସମୟରେ ରେଭେନ୍ସା ମଧ୍ୟ ପ୍ୟାରୀମୋହନଙ୍କୁ କହିଲେ ଯେ ସେ କମିଶନରୀ ଅଫିସର କାଗଜପତ୍ର ଅନୁସନ୍ଧାନ କରି ଆବଶ୍ୟକୀୟ ଐତିହାସିକ ସତ୍ୟ ସଙ୍କଳନ କରନ୍ତୁ। ପ୍ୟାରୀମୋହନଙ୍କ ଅସୁସ୍ଥତା ଓ ଛାପାରେ ବିଲମ୍ବ ହେତୁ ବହିଟି ଅନେକ ଡେରିରେ ପ୍ରକାଶ ପାଇଲା। ପ୍ୟାରୀମୋହନ ଏଥିରେ ଲେଖିଥିଲେ :

ଏଠାରେ କୃତଜ୍ଞତା ସହିତ ସ୍ୱୀକାର କରିବାର ଉଚିତ ଯେ ଏହି ପୁସ୍ତକଗତ ବିଷୟମାନ ସଙ୍କଳନ କରିବା ବିଷୟରେ ଅନେକ ଗ୍ରନ୍ଥ ଓ କାଗଜପତ୍ର ସାହାଯ୍ୟ ନେଇଅଛୁ। ହଣ୍ଟର, ଷ୍ଟର୍ଲିଂ, ସଟନ,

ଟ‍ୟେନବୀ ଓ ମିତ୍ର ଲିଖିତ ଓଡ଼ିଶାର ବିବରଣାବଳୀ, ଲୋକସଂଖ୍ୟା ବିଜ୍ଞାପନୀ, ଏଲ୍‍ଫିନ୍‍ସ୍ଟୋନ, ମାର୍ସମାନ, ବ୍ଲଗମାନ ପ୍ରଭୃତି ଲିଖିତ ଭାରତ ଇତିବୃତ୍ତ ଓ ମୁସଲମାନ ବିବରଣୀ, ଏସିଆଟିକ୍ ସୋସାଇଟିର କେତେକ ବିଜ୍ଞାପନୀ, ମନୁ, ଚୈତନ୍ୟ ଚରିତାମୃତ, ଦାର୍ଢ୍ୟତାଭକ୍ତି ପ୍ରଭୃତି କତିପୟ ସଂସ୍କୃତ, ବଙ୍ଗଳା ଓ ଓଡ଼ିଆ ଗ୍ରନ୍ଥ, କମିଶନରୀ କଚେରୀସ୍ଥ କେତେକ ପୁରାତନ ଓ ଆଧୁନିକ କାଗଜପତ୍ର ସେ ସବୁ ମଧ୍ୟରୁ ପ୍ରଧାନ ।

ବହିଟି ପ୍ରକାଶ ପାଇବା ସଙ୍ଗେ ସଙ୍ଗେ ସମସ୍ତଙ୍କ ଦ୍ୱାରା ବିଶେଷ ଆଦୃତ ହେଲା କାରଣ ଏଇଟି ଓଡ଼ିଆରେ ପ୍ରଥମ ଓଡ଼ିଶାର ଇତିହାସ ବହି ଥିଲା । ଏହାଦ୍ୱାରା ପ୍ୟାରୀମୋହନଙ୍କର ସମ୍ମାନ ମଧ୍ୟ ଅନେକ ବଢ଼ିଗଲା । ମାତ୍ର ଅଠେଇଶ ବର୍ଷ ବୟସରେ ଓଡ଼ିଶା ଇତିହାସ ତାଙ୍କର ତୃତୀୟ ମହତ୍ତ୍ୱପୂର୍ଣ୍ଣ କାମ ଥିଲା; ଏହା ଆଗରୁ ସେ ସ୍ୱୀକୃତି ପାଇ ସାରିଥିଲେ ଉକ୍ରଳପୁତ୍ର ପତ୍ରିକା ପ୍ରକାଶ ଓ କଟକ ଏକାଡେମୀ ସ୍ଥାପନ ପାଇଁ ।

ଓଡ଼ିଶା ଇତିହାସ ପ୍ରକାଶ ପରେ ପରେ କଟକ ଏକାଡେମୀରେ ଏକ ସମସ୍ୟା ଉପୁଜିଲା, କାରଣ ବିପିନଚନ୍ଦ୍ର ପାଲ ସ୍କୁଲ ଛାଡ଼ି ଚାଲିଗଲେ । ତାଙ୍କର ସ୍କୁଲ ଛାଡ଼ି ଯିବାର କାରଣ ବିଶେଷ ପ୍ରୀତିକର ନ ଥିଲା ଏବଂ ଏହା ଯୋଗୁ ପ୍ୟାରୀମୋହନ ଦୁଃଖିତ ଏବଂ ଲଜ୍ଜିତ ମଧ୍ୟ ହୋଇଥିଲେ ।

ପୂଜା ଛୁଟିରେ ଘରକୁ ଯିବା ଆଗରୁ ହେଡ଼ମାଷ୍ଟର ବିପିନଚନ୍ଦ୍ର ପ୍ରବେଶିକା ପରୀକ୍ଷାକୁ କେଉଁ ଛାତ୍ର ଯିବ ନ ଯିବ ତାହାର ଏକ ତାଲିକା ତିଆରି କରିଥିଲେ । ଏଥିପାଇଁ ସ୍କୁଲରେ ପରୀକ୍ଷା ହୋଇ ଛ ଜଣ ପିଲା ବଛା ହୋଇଥିଲେ । ସେମାନଙ୍କର ଆବେଦନପତ୍ର ଭର୍ତ୍ତି କରି ସେଥିରେ ନିଜର ଦସ୍ତଖତ କରି କାଗଜସବୁ ବିପିନଚନ୍ଦ୍ର ପ୍ୟାରୀମୋହନଙ୍କୁ ଦେଇ ଯାଇଥିଲେ ବିଶ୍ୱବିଦ୍ୟାଳୟ ରେଜିଷ୍ଟ୍ରାରଙ୍କ ପାଖକୁ ଫି ଟଙ୍କା ସହିତ ପଠାଇ ଦେବାପାଇଁ । ପ୍ରବେଶିକା ପରୀକ୍ଷା ଥିଲା ନଭେମ୍ୱର ମାସରେ ।

ଯେଉଁ ପିଲାମାନେ ପ୍ରବେଶିକା ପରୀକ୍ଷା ପାଇଁ ବଛା ହୋଇ ନ ଥିଲେ, ସେମାନଙ୍କ ଭିତରୁ ଗୋଟିଏ ପିଲା ବିପିନଚନ୍ଦ୍ରଙ୍କୁ ଅନେକ ଧରାଧରି କରିଥିଲା, କିନ୍ତୁ ବିପିନଚନ୍ଦ୍ର ମାନି ନ ଥିଲେ । ପୂଜା ଛୁଟିରୁ ଫେରି ବିପିନଚନ୍ଦ୍ର ଦେଖିଲେ ଯେ ସେ ଦସ୍ତଖତ କରିଥିବା ଆବେଦନପତ୍ର ସବୁକୁ ଫିଙ୍ଗି ଦେଇ ପ୍ୟାରୀମୋହନ ନିଜେ ନୂଆ ଫର୍ମ ଭର୍ତ୍ତି କରି ଦସ୍ତଖତ କରିଥିଲେ ଏବଂ ସେଇ ପିଲାଟିକୁ ମଧ୍ୟ ପ୍ରବେଶିକା ପରୀକ୍ଷା ପାଇଁ ବାଛିଥିଲେ । ସ୍କୁଲର ରେକର୍ଡ ହିସାବରେ ପ୍ୟାରୀମୋହନଙ୍କର ଅବଶ୍ୟ ଏହା କରିବାର କ୍ଷମତା ଥିଲା । ତଥାପି ତାଙ୍କ ଉପରେ ସ୍କୁଲର ସମସ୍ତଭାର ଦେଇ ଶେଷରେ ତାଙ୍କର ଦାୟିତ୍ୱ ଓ ଅଧିକାରକୁ ଅଗ୍ରାହ୍ୟ କରିଥିବାରୁ ପ୍ରତିବାଦ ସ୍ୱରୂପ ବିପିନଚନ୍ଦ୍ର କଟକ ଏକାଡେମୀରୁ ଇସ୍ତଫା ଦେଇଦେଲେ ।

ଓଡ଼ିଶା ଛାଡ଼ିବାବେଲେ ବିପିନଚନ୍ଦ୍ର ନିଷ୍ଠି ନେଇ ନେଲେ ଯେ ସେ ଜୀବନର ପୂରା ସମୟ ଦେଶ ସେବାରେ ନିୟୋଗ କରିବେ । ସେ କଟକରେ ବର୍ଷକରୁ କମ ସମୟ ରହିଥିଲେ । କିନ୍ତୁ ସେ ଜାଣିଥିଲେ ଯେ ଏଇଟି ଥିଲା ତାଙ୍କ ପାଇଁ ଏକ ଗମ୍ଭୀର ଶିକ୍ଷାର ସମୟ । କଟକ ଥିଲା ତାଙ୍କର ଜନ ଜୀବନର ପ୍ରଥମ ଅଭିଜ୍ଞତା, ପ୍ରିଣ୍ଟିଂ କମ୍ପାନୀର ଦୋତାଲା ଥିଲା ତାଙ୍କର ବାଗ୍ମିତାର ପ୍ରଥମ ଅଭ୍ୟାସସ୍ଥଳୀ ଏବଂ ପ୍ୟାରୀମୋହନ ଥିଲେ ଏ ବିଷୟରେ ତାଙ୍କର ପ୍ରଥମ ଗୁରୁ ।

ପୁରୀ: ମାର୍ଚ୍ଚ ୧୮୮୧

ମାର୍ଚ୍ଚ ପହିଲା ଦିନ ଦଶଟାବେଳେ ଦଳେ ଅଭୁତ ଲୋକ ସିଂହଦ୍ୱାର ସାମନାରେ ପହଞ୍ଚିଲେ । ସେତେବେଲକୁ ଭିଡ଼ ଆରମ୍ଭ ହୋଇ ନଥିଲା ଏବଂ ଅଳ୍ପ କିଛି ଯାତ୍ରୀ ଭିତରକୁ ଯାଉଥିଲେ । ଏଇ ଦଳଟି ଆଖିରେ ପଡ଼ିବାର କାରଣ ଥିଲା ଯେ ଏମାନେ ଧୂଲିମଲି ହୋଇ କେଲା ଭଳି ଦେଖାଯାଉଥିଲେ; ସେମାନଙ୍କ ଦେହରେ ଛୋଟ କୌପୀନ ବ୍ୟତୀତ କୌଣସି ଲୁଗାପଟା ନଥିଲା ଏବଂ ଦଳର ସ୍ତ୍ରୀ ଲୋକମାନେ ଥିଲେ ପ୍ରାୟ ଉଲଗ୍ନ । ସେମାନେ ହାତରେ ଗୋଟିଏ ଭାତହାଣ୍ଡି ଧରିଥିଲେ ଏବଂ ଏଥ୍ରୁ କିଛି ଖାଇଥିଲେ; ସେମାନଙ୍କର ହାତ ଅଇଁଠା ଥିଲା । ନିମ୍ନଜାତିର ଲୋକଙ୍କ ପାଇଁ ମନ୍ଦିର ପ୍ରବେଶ ନିଷିଦ୍ଧ ଥିବାରୁ ସେମାନେ ଯେତେବେଲେ ସିଂହଦ୍ୱାର ବାଟେ ଭିତରକୁ ଯିବାକୁ ଚାହିଁଲେ, ଜଣେ ସେବକ କବାଟ ବନ୍ଦ କରିବାକୁ ଚେଷ୍ଟା କଲା ।

ତେର ଜଣ ପୁରୁଷ ଓ ତିନିଜଣ ସ୍ତ୍ରୀଙ୍କର ଏହି ଦଳଟି ଅଲେଖ ଅଲେଖ ବୋଲି ଚିତ୍କାର କରି ସେବକକୁ ଧକ୍କା ଦେଇ ତଳେ ପକାଇଦେଲେ ଏବଂ ମନ୍ଦିର ଭିତରକୁ ପଶିଲେ । ତେବେ ସେବକ କହିବାରୁ ସେମାନେ ଭାତହାଣ୍ଡିଟିକୁ ଭିତରକୁ ନ ନେଇ ତାକୁ ରଖିଗଲେ ଅରୁଣସ୍ତମ୍ଭ ପାଖରେ । ତାଙ୍କ ସାଙ୍ଗରେ ବର୍ତ୍ତମାନ ଦୁଇଶହ ଯାତ୍ରୀ ମଧ୍ୟ ଭିତରକୁ ପଶିଥିଲେ । ଭୋଗମଣ୍ଡପର କବାଟ ବନ୍ଦ ଥିବା ଦେଖି ସେ ଲୋକମାନେ ତାକୁ ଜୋର ଲଗାଇ ଭାଙ୍ଗି ଦେଲେ ଏବଂ ସେ ବାଟ ଦେଇ ଜଗମୋହନ ଭିତରକୁ ଗଲେ । ଏତେବେଲକୁ ତାଙ୍କ ପାଖରେ ପ୍ରାୟ ଚାରିଶହ ଯାତ୍ରୀ ଜମି ଯାଇଥିଲେ କୌତୁକ ଦେଖିବାପାଇଁ ।

ସେମାନେ ଠାକୁରଙ୍କ ଘର ଭିତରକୁ ପଶିବାକୁ ଚେଷ୍ଟା କଲେ, କିନ୍ତୁ ଜୟ ବିଜୟ ଦ୍ୱାର ବନ୍ଦ ଥିଲା । ଯେତେ ଚେଷ୍ଟା କରି ମଧ୍ୟ ସେମାନେ ଏଇ କବାଟକୁ ଖୋଲି କିମ୍ୱା ଭାଙ୍ଗି ପାରିଲେ ନାହିଁ । ତେଣୁ

ସେମାନେ ବେଢ଼ା ବାହାରକୁ ଆସି ଆଉ କେଉଁ ବାଟେ ଭିତରକୁ ପଶି ହେବ ରାସ୍ତା ଖୋଜିଲେ। ଏତେବେଳକୁ ପ୍ରାୟ ହଜାରେ ଲୋକ ସେ ଜାଗାରେ ଛିଡ଼ା ହୋଇ ଏମାନଙ୍କ କାର୍ଯ୍ୟକଳାପ ଦେଖୁଥିଲେ ଏବଂ ସାମାନ୍ୟ ଧସ୍ତାଧସ୍ତି ମଧ୍ୟ ଆରମ୍ଭ ହୋଇଯାଇଥିଲା।

ଦଳ ଭିତରେ ସବୁଠାରୁ ବେଶୀ ପାଟି କରୁଥିବା ଲୋକଟି ଜଣକ କାନ୍ଧ ଉପରେ ଚଢ଼ି ଉପରେ ଦେଖିଲା ଉପର ବାଟ ଦେଇ କେଉଁଠି ଭିତରକୁ ପଶି ହେବ କି ନାହିଁ। ଏଇ ସମୟରେ ଧସ୍ତାଧସ୍ତି ହେବାରୁ ଲୋକଟି ଭୋଗମଣ୍ଡପ ପାହାଚ ପାଖ ଅଗ୍ନୀଶ୍ୱର ମହାଦେବ ସାମନାରେ ପଥର ଉପରେ ଖସିପଡ଼ିଲା। ସେ ଅଚେତ ହୋଇଗଲା ଏବଂ ତା'ର ସାଙ୍ଗମାନେ ତାକୁ ଧରାଧରି କରି ବାହାରକୁ ଆଣିଲେ। ତା'ର ଆଉ ଚେତା ଫେରିଲା ନାହିଁ ଏବଂ ଘଣ୍ଟାକ ଭିତରେ ସେ ମରିଗଲା।

ପୋଲିସ ପାଖକୁ ଖବର ଯିବାରୁ ଆସିସ୍ଟାଣ୍ଟ ସୁପରିନଟେଣ୍ଡେଣ୍ଟ କ୍ଲର୍କ ଆସି ପହଞ୍ଚିଲେ ଅରୁଣସ୍ତମ୍ଭ ପାଖରେ। ସେତେବେଳକୁ ସେଠାରେ ମୁର୍ଦ୍ଦାରଟି ପଡ଼ିଥିଲା ଓ ତା ପାଖରେ ତାର ସାଙ୍ଗମାନେ ଠିଆ ହୋଇଥିଲେ। ସେମାନଙ୍କୁ ଘେରି ଠିଆ ହୋଇଥିଲେ ପ୍ରାୟ ହଜାରେ ଲୋକ। କ୍ଲର୍କ ମନ୍ଦିର ଭିତରକୁ ଯାଇ ନ ପାରୁଥିବାରୁ ସବଇନ୍‌ସ୍‌ପେକ୍ଟର କୃପାସିନ୍ଧୁ ମହାନ୍ତି ଭିତରକୁ ଗଲେ ତଦାରଖ କରିବା ପାଇଁ। ମୁର୍ଦ୍ଦାରକୁ ସାଙ୍ଗେ ସାଙ୍ଗେ ଡାକ୍ତରୀ ପରୀକ୍ଷା ପାଇଁ ପଠାଗଲା ଏବଂ ଦଳର ପନ୍ଦର ଜଣ ଲୋକଙ୍କୁ ଶାନ୍ତି ଭଙ୍ଗ ଇତ୍ୟାଦି ଅପରାଧରେ ଗିରଫ କରାଗଲା।

ଏ ଲୋକମାନଙ୍କ ପାଖରୁ ଜଣାଗଲା ଯେ ମୃତ ଲୋକଟି ଦଳର ନେତା ଥିଲା ଏବଂ ତା'ର ନାଁ ଥିଲା ଦାସରାମ। ସେମାନେ ପ୍ରାୟ ସପ୍ତାହେ ତଳେ ଗୁରୁଙ୍କ ଆଦେଶରେ ସମ୍ବଲପୁରରୁ ବାହାରିଥିଲେ। ଗୁରୁଙ୍କର ଆଦେଶ ଥିଲା ଯେ ସେମାନେ ପୁରୀ ମନ୍ଦିର ଭିତରକୁ ଯାଇ ସେଠାରେ ଅଇଁଠା ପକାଇ ମନ୍ଦିରକୁ ଅପବିତ୍ର କରିଦେବେ ଏବଂ ତିନି ମୂର୍ତ୍ତିକୁ ବଡ଼ଦାଣ୍ଡ ଉପରକୁ ଆଣି ତାକୁ ଜାଳିଦେବେ। ତାଙ୍କ ଗୁରୁଙ୍କୁ କୁଆଡ଼େ ଏ ବିଷୟରେ ସ୍ୱପ୍ନରେ ଆଜ୍ଞା ଦେଇଥିଲେ ନିଜେ ଅଲେଖ।

ସେମାନଙ୍କ କଥାରୁ ଆହୁରି ମଧ୍ୟ ଜଣାପଡ଼ିଲା ଯେ ଆହୁରି ଦଳେ ଲୋକ ଏହି କାମ ପାଇଁ ସମ୍ବଲପୁରରୁ ପୁରୀକୁ ଆସୁଥିଲେ। କ୍ଲର୍କ ସାଙ୍ଗେ ସାଙ୍ଗେ ପୋଲିସ ପଠାଇଲେ ଏ କଥା ସତ କି ନା ଦେଖିବା ପାଇଁ। ସେ ଆର୍ମଡ଼ସ୍ତାଙ୍କୁ ମଧ୍ୟ ଖବର ପଠାଇଲେ ଏ ସବୁ ବିଷୟରେ। ଆର୍ମଡ଼ସ୍ତାଙ୍କ ବିଷୟରେ ଜଣାଥିଲା ଯେ ଏଭଳି ଖବର ପାଇବା ସାଙ୍ଗେ ସାଙ୍ଗେ ସେ ଘୋଡ଼ା ଚଢ଼ି ଆସି ଘଟଣାସ୍ତଳରେ ପହଞ୍ଚିଯିବେ। ଏଥିପାଇଁ କ୍ଲର୍କ ତାଙ୍କୁ ଏ କଥା ମଧ୍ୟ ଜଣାଇଲେ ଯେ ବର୍ତ୍ତମାନ ଆଉ ଅରୁଣସ୍ତମ୍ଭ ପାଖକୁ ଆସି ଲାଭ ନାହିଁ, କାରଣ ମୁର୍ଦ୍ଦାରକୁ ଡାକ୍ତରଖାନା ପଠାଇ ଦିଆ ହୋଇଛି ଏବଂ ଦଳର ଲୋକମାନେ ବର୍ତ୍ତମାନ ହାଜତରେ।

ସେଦିନ ସନ୍ଧ୍ୟା ସୁଦ୍ଧା ପୋଲିସ ଯାଇ ସତ୍ୟବାଦୀ ପାଖରୁ ପୁରୀ ଆଡ଼କୁ ଆସୁଥିବା ଆଉ ଦଳେ ଲୋକଙ୍କୁ ଧରି ଆଣିଲେ। ଏମାନଙ୍କ ଭିତରେ ଥିଲେ ଛ ଜଣ ପୁରୁଷ, ଏଗାର ଜଣ ସ୍ତ୍ରୀ ଏବଂ ଏଗାରଟି ଛୋଟ ପିଲା। ଏମାନେ ମଧ୍ୟ ଗୁରୁଙ୍କ ଆଦେଶରେ ପୁରୀ ଆସୁଥିଲେ ମନ୍ଦିରକୁ ଅପବିତ୍ର କରି ମୂର୍ତ୍ତିମାନଙ୍କୁ ପୋଡ଼ିବା ଉଦ୍ଦେଶ୍ୟରେ।

ରାତି ସୁଦ୍ଧା ମନ୍ଦିର ଭିତରେ ସେଦିନ ରନ୍ଧା ହୋଇଥିବା ଭୋଗ ସବୁ ଫୋପଡ଼ା ହେଲା ଏବଂ ମନ୍ଦିର ଭିତରେ ଜଣେ ଲୋକ ମରି ଯାଇଥିବାରୁ ମହାସ୍ଥାନ ଶୁଦ୍ଧି କରାହେଲା। ସିଭିଲ୍ ସର୍ଜନ ବି.ବି.

ଗୁପ୍ତ ଶବ ବ୍ୟବଚ୍ଛେଦ କରି ରିପୋର୍ଟ ଦେଲେ ଯେ ଦାସରାମର ମୃତ୍ୟୁ ହୋଇଥିଲା ଭର୍ତ୍ତି ପେଟରେ ପଥର ଉପର ପଡ଼ି ସେଇ ଆଘାତରେ ।

କ୍ଲର୍କ ଓ କୃପାସିନ୍ଧୁ ତଦାରଖ କରି ଡେପୁଟି ମାଜିଷ୍ଟ୍ରେଟ୍ କମଳନାଥ ଘୋଷଙ୍କ କଚେରୀରେ କେସ ଦାଖଲ କଲେ । ଦୁଇଟି ଅଲଗା ଅଲଗା ଅଭିଯୋଗ ହୋଇଥିଲା : ପ୍ରଥମ ଦଳଟି ବିରୁଦ୍ଧରେ ପେନାଲକୋଡ୍‌ର ୧୪୭ ଓ ୨୯୭ ଦଫା ଅନୁସାରେ ଅନଧିକାର ପ୍ରବେଶ ଓ ଗଣ୍ଡଗୋଳ କରିଥିବା ପାଇଁ ଏବଂ ସତ୍ୟବାଦୀରୁ ଧରାହୋଇ ଆସିଥିବା ଲୋକମାନଙ୍କ ବିରୁଦ୍ଧରେ ସିଭିଲ କୋଡ୍‌ର ୯୪ ଧାରା ଅନୁସାରେ ବିନା କୌଣସି ଜୀବିକାରେ ରହିଥିବା ଅପରାଧରେ ।

ମକଦ୍ଦମାରେ ମନ୍ଦିରର ସେବକ, ସିଭିଲ ସର୍ଜନ, ପୋଲିସ କର୍ମଚାରୀ ଇତ୍ୟାଦିଙ୍କର ସାକ୍ଷ୍ୟ ନିଆ ହୋଇ ମାଜିଷ୍ଟ୍ରେଟ୍ ଦ୍ୱିତୀୟ କେସର ରାୟ ଦେଲେ ସାତ ତାରିଖରେ । ମହାରାଣୀ ବନାମ ମାୟା, ଭଜ, ଜୀରା, ହୀରା ଇତ୍ୟାଦି ୧୭ ଜଣଙ୍କ ମକଦ୍ଦମାରେ ମାଜିଷ୍ଟ୍ରେଟ୍ କହିଲେ ଯେ ୯୪ ଧାରାରେ ସେମାନଙ୍କୁ କୌଣସି ଦଣ୍ଡ ଦିଆଯାଇପାରିବ ନାହିଁ କାରଣ ଏମାନେ ପୁରୀକୁ ଆସୁଥିବା ଜୀବିକାହୀନ ଶହ ଶହ ଭିଖାରୀଙ୍କଠାରୁ ଭିନ୍ନ ନ ଥିଲେ । ସେମାନେ ଛିଣ୍ଡାକନା ପିନ୍ଧିଥିଲେ ଏବଂ ଏପରି କିଛି ଭଲରେ ଚଲୁ ନଥିଲେ ଯେଉଁଠାରୁ ସନ୍ଦେହ ହେବ ଯେ ସେମାନେ କୌଣସି ଦୁଷ୍କର୍ମ କରି ଜୀବିକା ଚଲାଉଥିଲେ । ତେବେ ଏମାନଙ୍କ ଭିତରୁ ପ୍ରଥମ ଚାରିଜଣ କହିଥିଲେ ଯେ ସେମାନେ ପୁରୀ ଯାଉଥିଲେ ଜଗନ୍ନାଥ ମନ୍ଦିରରୁ ମୂର୍ତ୍ତିମାନଙ୍କୁ ବାହାରକୁ ନେଇ ଜାଲି ଦେବାପାଇଁ । ଏଥିରୁ ସେମାନେ ୧୪୩ ଧାରା ମୁତାବକ ଏକ ଅବୈଧ ମେଲି କରିଥିବାର ପ୍ରମାଣ ହେଲା । ସେଥିପାଇଁ ମାଜିଷ୍ଟ୍ରେଟ ମାୟା, ଭଜ, ଜୀରା ଓ ହୀରାଙ୍କୁ ସାତ ଦିନର ସଶ୍ରମ କାରାବାସ ଆଦେଶ ଦେଲେ ଏବଂ ଅନ୍ୟମାନଙ୍କୁ ଛାଡ଼ିଦେଲେ ।

ଅନ୍ୟ କେସଟିର ରାୟ ବାହାରିଲା ଚଉଦ ତାରିଖରେ । ଅଭିଯୋକ୍ତା ଜଗୁଆ ସିଂହ ବନାମ ପ୍ରତିବାଦୀ ଧନ, ସିତୁ, ଭଗତ, ମାୟାରାମ ଆଦି ପନ୍ଦରଜଣଙ୍କ ମକଦ୍ଦମାରେ ପ୍ରମାଣ ହେଲା ଯେ ଦାସରାମର ନେତୃତ୍ୱରେ ସେମାନେ ପୁରୀ ଆସିଥିଲେ ଜଗନ୍ନାଥ ବଳଭଦ୍ର ସୁଭଦ୍ରାଙ୍କ ମୂର୍ତ୍ତି ବାହାରକୁ ଆଣି ପୋଡ଼ିଦେବା ପାଇଁ । ସେମାନେ ଗୁରୁଙ୍କ ଏତେ ବିଶ୍ୱାସ କରୁଥିଲେ ଯେ ତାଙ୍କ ଭିତରୁ କେତେଜଣ ଗୁରୁଙ୍କର ଶୂନ୍ୟବାଣୀ ଶୁଣିଥିବାର କହିଲେ । ଦଳର ପିଲା ଓ ଅନ୍ୟ କେତେକଙ୍କୁ ପଛରେ ଛାଡ଼ି ସେମାନେ ଷୋଳଜଣ ଆଗେ ଆସି ମନ୍ଦିର ପାଖରେ ପହଞ୍ଚିଥିଲେ । ତାପରେ ଜବରଦସ୍ତ ଭିତରକୁ ପଶି ଗଣ୍ଡଗୋଳ କରୁଥିବାବେଳେ ଦାସରାମ ପଥର ଉପରେ ପଡ଼ି ମରି ଯାଇଥିଲା । ଏମାନଙ୍କର ଧାର୍ମିକ ବିଶ୍ୱାସ ଏତେ ପ୍ରବଳ ଥିଲା ଯେ ଏମାନେ ଭାବୁଥିଲେ ଯେ ଦାସରାମକୁ ଗୁରୁ ନିଜ ପାଖକୁ ନେଇ ଯାଇଛନ୍ତି । ସେମାନେ ବରକନ୍ଦାଜଙ୍କ ହାତରୁ ମାଡ଼ ଖାଇଥିବା କଥା କହିଥିଲେ କିନ୍ତୁ ସାକ୍ଷ୍ୟରୁ ଜଣାଗଲା ଯେ ସେବକମାନେ ସେମାନଙ୍କୁ ସାମାନ୍ୟ ମାତ୍ର ପ୍ରହାର କରିଥିଲେ ମନ୍ଦିର ଭିତରୁ ଘଉଡ଼ାଇବା ପାଇଁ । ଏସବୁ ସାକ୍ଷ୍ୟ ପ୍ରମାଣ ପରେ ମାଜିଷ୍ଟ୍ରେଟ ପନ୍ଦରଜଣ ଯାକ ଆସାମୀଙ୍କୁ ୧୪୭ ଓ ୨୯୭ ଦଫାରେ ଦୋଷୀ ସାବ୍ୟସ୍ତ କଲେ ଏବଂ ପ୍ରତ୍ୟେକକୁ ପ୍ରଥମ ଦଫାର ଦୁଇମାସର ଓ ଦ୍ୱିତୀୟ ଦଫାରେ ଏକମାସର ସଶ୍ରମ କାରାବାସର ଆଦେଶ ଦେଲେ ।

କଟକ କମିଶନର ସ୍ମିଥ ଜଗନ୍ନାଥ ଆକ୍ରମଣ ଖବର ପଠାଇବାରେ ସରକାର ଏହି ଅଭୁତ ଘଟଣା ବିଷୟରେ ବିଚଳିତ ହେଲେ ଏବଂ ଆଦେଶଦେଲେ ଯେ ଓଡ଼ିଶା ଓ ଛତିଶଗଡ଼ର କମିଶନର ଅଲେଖ ଧର୍ମାବଲମ୍ୱୀଙ୍କ ବିଷୟରେ ବିଶେଷ ଅନୁସନ୍ଧାନ କରି ରିପୋର୍ଟ ପଠାନ୍ତୁ ।

କଲିକତା: ଅଗଷ୍ଟ ୧୮୮୧

ଚାରିବର୍ଷ ତଳେ ପୁରୀ ମନ୍ଦିରରେ ଦୁର୍ଘଟଣା ହୋଇ ଏଗାର ଜଣ ଯାତ୍ରୀ ମରିଯାଇଥିବାରୁ ସରକାର ସ୍ଥିର କରିଥିଲେ ଯେ ପୁରୀ ରାଜା ଗୋଟିଏ କମିଟି ତିଆରି କରି ତା ଦ୍ୱାରା ମନ୍ଦିର ପରିଚାଳନା ପାଇଁ ନିୟମକାନୁନ ପ୍ରଣୟନ କରିବେ; ଏକଥା ହେଲା ପର୍ଯ୍ୟନ୍ତ ତାଙ୍କର ମହାରାଜା ସନନ୍ଦ ଓ ଖିଲତ ଅଟକାଇ ରଖାଯିବ । ଦୁର୍ଘଟଣାଟି ଘଟିଥିଲା ୧୮୭୭ ଫେବୃଆରୀ ମାସରେ, ଗୋବିନ୍ଦ ଦ୍ୱାଦଶୀ ସମୟରେ । ଅନେକ ଦିନ ପର୍ଯ୍ୟନ୍ତ ପୁରୀ ରାଜା କମିଟି ତିଆରି କରିବା ବିଷୟରେ କୌଣସି ପଦକ୍ଷେପ ନ ନେବାରୁ ଆର୍ମ୍ସ୍ଟ୍ରଙ୍ଗ ତାଙ୍କୁ ଏକ କଡ଼ା ଚିଠି ଲେଖିଲେ । ଅଗଷ୍ଟ ମାସରେ ରାଜା ଗୋଟିଏ କମିଟି କଲେ ଯେଉଁଥିରେ ସଭ୍ୟ ରହିଲେ ମହନ୍ତ ମୋହନ ଦାସ, ମହନ୍ତ ରାଧାଚରଣ ଦାସ, ଅଧିକାରୀ ରାସବିହାରୀ ଦାସ, ରାମଚନ୍ଦ୍ର ରାୟଗୁରୁ, ନୀଳାମ୍ବର ବାହିନୀପତି, ଗୋବିନ୍ଦ ସାନ୍ତରା ଇତ୍ୟାଦି । ଏହି କମିଟି ଗୋଟିଏ ନିୟମାବଳୀ ତିଆରି କରି କଲେକ୍ଟରଙ୍କୁ ଦେଲେ ଏବଂ ଆର୍ମ୍ସ୍ଟ୍ରଙ୍ଗ ତାହାକୁ ଜାନୁଆରୀ ମାସରେ କମିଶନରଙ୍କ ପାଖରୁ ପଠାଇଦେଲେ ।

ଏହି ନିୟମାବଳୀ ବିଷୟରେ ଲୋକମାନଙ୍କ ପାଖରୁ ଆପତ୍ତି ହେବାରୁ ଆର୍ମ୍ସ୍ଟ୍ରଙ୍ଗ ପୁରୀରେ ଏକ ସାଧାରଣ ସଭା ଡାକିଲେ । ସଭାରେ ଅନେକ ଲୋକ ରାଜା ତିଆରି କରିଥିବା ନିୟମ ବିଷୟରେ ମତ ଦେଲେ । ଆଲୋଚନା ପରେ ସ୍ଥିର ହେଲା ଯେ ଉପସ୍ଥିତ ଭଦ୍ରବ୍ୟକ୍ତିଙ୍କ ଭିତରୁ କେତେଜଣଙ୍କୁ ନେଇ ଏକ ନୂଆ କମିଟି ତିଆରି ହେବ ଏବଂ ସେମାନେ ଆଉ ଏକ ନିୟମାବଳୀ ତିଆରି କରିବେ । ଏ କମିଟିର ସଭ୍ୟ ହେଲେ ଡେପୁଟି କଲେକ୍ଟର ନବନୀଚନ୍ଦ୍ର ସେନ ଓ ମହାନନ୍ଦ ଗୁପ୍ତ, ମୁନସିଫ ଜଗତ ବଲ୍ଲଭ ମଜୁମଦାର, ଜମିଦାର ଲୋକନାଥ ରାୟ, ହେଡ଼ମାଷ୍ଟର ରାମଦାସ ଚକ୍ରବର୍ତ୍ତୀ, ମହନ୍ତ ନାରାୟଣ ଦାସ ଓ ବାବୁ ତାରାକାନ୍ତ ବିଦ୍ୟାସାଗର ।

ଏହି ସସମୟରେ ଦିବ୍ୟସିଂହ ହତ୍ୟାରେ ଜଡ଼ିତ ହୋଇ ଦ୍ୱୀପାନ୍ତର ଦଣ୍ଡ ପାଇଲା। ଦିବ୍ୟସିଂହର ପୁଅ ମୁକୁନ୍ଦର ବୟସ ସେତେବେଳେ ମାତ୍ର ଦୁଇବର୍ଷ ଥିଲା। ତେଣୁ ପୁରୀ ରାଜାଙ୍କ ଜମିଜମା ଓ ମନ୍ଦିର ପରିଚାଳନାର ଭାର ପୁଣି ରାଣୀ ସୂର୍ଯ୍ୟମଣିଙ୍କ ହାତକୁ ଚାଲିଗଲା।

ଏହା ସତ୍ତ୍ୱେ କମିଟି କିନ୍ତୁ ନିୟମ ପ୍ରଣୟନ କରିବାପାଇଁ ସଭାମାନ କଲେ। ଏହି ସଭାରେ ସଭ୍ୟମାନେ କୌଣସି ବିଷୟରେ ଏକମତ ହୋଇପାରିଲେ ନାହିଁ ଏବଂ ଶେଷରେ ଆର୍ମ୍ସ୍ଟ୍ରଙ୍ଗଙ୍କୁ ଦୁଇଟି ଅଲଗା ଅଲଗା ନିୟମାବଳୀ ଦେଲେ। ଏହାକୁ ପଢ଼ି ଆର୍ମ୍ସ୍ଟ୍ରଙ୍ଗ ମହନ୍ତ ନାରାୟଣ ଦାସ ଓ ତାରାକାନ୍ତ ବିଦ୍ୟାସାଗର ଦେଇଥିବା ନିୟମାବଳୀକୁ ସାମାନ୍ୟ ପରିମାର୍ଜିତ କରି କମିଶନରଙ୍କ ପାଖକୁ ପଠାଇଦେଲେ। ଏହି ନିୟମାବଳୀରେ ଯାତ୍ରୀମାନଙ୍କର ସୁବିଧା ଓ ନିରାପତ୍ତା ପାଇଁ ବ୍ୟବସ୍ଥାମାନ ଥିଲା।

ଏ ନିୟମାବଳୀ ତିଆରି ହେବା ପୂର୍ବରୁ ମାର୍ଚ୍ଚ ମାସରେ ରେଭେନଶା ସରକାରଙ୍କୁ ଏକ ପ୍ରସ୍ତାବ ପଠାଇଥିଲେ ଯେ ମନ୍ଦିର ପରିଚାଳନାକୁ ରାଜାଙ୍କ ହାତରୁ କାଢ଼ି ନିଆଯାଇ ଗୋଟିଏ କମିଟି ହାତରେ ଦିଆଯାଉ। ଏ ପ୍ରସ୍ତାବ ଗ୍ରହଣ ହୋଇ ନ ଥିଲା କାରଣ ଆଇନ ବିଭାଗ ଏ ବିଷୟରେ ମତ ଦେଇଥିଲେ ଯେ ୧୮୪୦ର ଆଇନ ଅନୁସାରେ ଏହା କରିବା ସମ୍ଭବ ନୁହେଁ।

ଆର୍ମ୍ସ୍ଟ୍ରଙ୍ଗ ପଠାଇଥିବା ନିୟମାବଳୀ ସରକାରଙ୍କ ପାଖକୁ ଯିବାରେ ପୁଣି ଆଇନ ବିଭାଗର ମତ ନିଆଗଲା। ସେମାନେ ମତ ଦେଲେ ଯେ ମନ୍ଦିର ପରିଚାଳନା ବିଷୟରେ ସରକାର ନିୟମ ତିଆରି କରିବା ଠିକ୍ ନୁହେଁ; ତେବେ ରାଜା ଅଯୋଗ୍ୟ ଥିବାବେଳେ ସରକାର ମ୍ୟାନେଜର ରଖିବାର ବ୍ୟବସ୍ଥା କରାଯାଇପାରେ। ଏଥିପାଇଁ ୧୮୪୦ ଆଇନର ସଂଶୋଧନ ଆବଶ୍ୟକ। ଏ ବିଷୟରେ ସରକାର ବୋର୍ଡ଼ର ମତାମତ ଚାହିଁଲେ।

୧୮୧୯ ଫେବ୍ରୁଆରୀ ମାସରେ ବୋର୍ଡ଼ ସଭ୍ୟ ଡାମ୍ପିଅର ଓଡ଼ିଶା ଆସି କମିଶନର ସ୍ମିଥ, କଲେକ୍ଟର ଆର୍ମ୍ସ୍ଟ୍ରଙ୍ଗ ଏବଂ ଅନେକ ସ୍ଥାନୀୟ ଭଦ୍ରବ୍ୟକ୍ତିଙ୍କୁ ଭେଟି ସେମାନଙ୍କ ସହିତ ଏ ବିଷୟରେ ବିଚାର ବିମର୍ଶ କଲେ। କଲିକତା ଫେରିଯାଇ ସେ ମତ ଦେଲେ ଯେ ସରକାରଙ୍କର କ୍ଷମତା ରହିବା ଉଚିତ ଯେତେବେଳେ ରାଜା ଅକ୍ଷମ ଓ ଅଯୋଗ୍ୟ, ସେତେବେଳେ ଯେପରି ସରକାର ଗୋଟିଏ କମିଟି କରି ତା ହାତରେ ମନ୍ଦିର ପରିଚାଳନା କ୍ଷମତା ଦେଇପାରିବେ। ଏଥିପାଇଁ ଏକ ନୂତନ ଆଇ ପ୍ରଣୟନ କରିବାକୁ ହେବ।

ସରକାର ଏଥିରେ ଏକମତ ହେଲେ କିନ୍ତୁ ଏହାକୁ କିପରି କାର୍ଯ୍ୟକାରୀ କରିବାକୁ ହେବ ତା ନିଶ୍ଚୟ କରିବାରେ ଅନେକ ସମୟ ଲାଗିଗଲା। ଗୋଟିଏ ମତ ପ୍ରକାଶ ପାଇଲା ଯେ ନୂଆ ଆଇନ ପ୍ରଣୟନ ନକରି ସିଭିଲ ପ୍ରସିଡ଼ିଓର କୋଡ଼ର ୫୩୯ ଧାରା ଅନୁଯାୟୀ ଏହା କରାଯାଇ ପାରିବ। ଏ ବିଷୟ ନିଷ୍ପତ୍ତି କରିବା ପାଇଁ ବୋର୍ଡ଼ ଅଫିସରେ ୨୬ ଅଗଷ୍ଟ ୧୮୮୧ରେ ଗୋଟିଏ ସଭା ହେଲା। ଏଥିରେ ଉପସ୍ଥିତ ଥିଲେ ବୋର୍ଡ଼ ସଭ୍ୟ ରେନଲ୍‌ଡ଼ସ, ଆଡ଼ଭୋକେଟ୍ ଜେନେରାଲ ଜି.ସି. ପଲ, ଲିଗାଲ ରିମେମ୍ବ୍ରାନସର ଟି.ଟି. ଆଲେନ ଏବଂ ଷ୍ଟାଣ୍ଡିଂ କାଉନସେଲ ଡବ୍ଲ୍ୟୁ.ସି. ବ୍ୟାନର୍ଜୀ। ପଲଙ୍କର ମତଥିଲା ଯେ ଜଗନ୍ନାଥ ମନ୍ଦିର ୫୩୯ ଧାରାରେ ଆସିବ ନାହିଁ, କାରଣ ଏହି ଧାରାଟି ଦାତବ୍ୟ ଟ୍ରଷ୍ଟ ପାଇଁ ପ୍ରଯୁଜ୍ୟ। ଜଗନ୍ନାଥ ମନ୍ଦିର କିଛି ଦାତବ୍ୟ କାମ କରୁଥିଲେ ହେଁ ଏହା ଏକ ଧାର୍ମିକ ଅନୁଷ୍ଠାନ,

ତୃଷ୍ଟ ନୁହେଁ। ପଲଙ୍କ ସହିତ ଏ ବିଷୟରେ ଏକମତ ଥିଲେ ଆଲେନ। ବ୍ୟାନର୍ଜୀଙ୍କର ମତଥିଲା ଯେ ମନ୍ଦିରକୁ ତୃଷ୍ଟ ମାନିଲେ ମଧ ୧୮୪୦ର ଆଇନ ଥିବା ପର୍ଯ୍ୟନ୍ତ କୌଣସି ବିଚାରାଳୟ ମନ୍ଦିର ପରିଚାଳନା ପାଇଁ ରାଜାଙ୍କ ବଦଳରେ ଆଉ କାହାକୁ ନିଯୁକ୍ତ କରିପାରିବ ନାହିଁ।

ସମସ୍ତେ ବ୍ୟାନର୍ଜୀଙ୍କ ସହିତ ଏକମତ ହେଲେ। ଏହାପରେ ଅନେକ ଆଲୋଚନା ହେଲା, କିନ୍ତୁ ଶେଷରେ ପୁରୀ ମନ୍ଦିର ପରିଚାଳନାରେ ପରିବର୍ତ୍ତନ ଆସିବା ବିଷୟ ଅମୀମାଂସିତ ହିଁ ରହିଗଲା। ଏଣେ ପୁରୀରେ ମନ୍ଦିର ସେଇଭଳି ଅବ୍ୟବସ୍ଥିତ ଓ ବିଶୃଙ୍ଖଳିତ ଭାବରେ ପରିଚାଳିତ ହେବାରେ ଲାଗିଲେ ଅସୂର୍ଯ୍ୟଂପଶ୍ୟା ରାଣୀ ସୂର୍ଯ୍ୟମଣିଙ୍କ ହାତରେ।

କଟକ: ନଭେମ୍ବର ୧୮୮୧

ଅଲେଖ ଧର୍ମାବଲମ୍ୱୀମାନଙ୍କ ବିଷୟରେ ବିଭିନ୍ନ ଜାଗାରୁ ରିପୋର୍ଟ ପହଞ୍ଚିବାରେ ଲାଗିଲା ସରକାରଙ୍କ ପାଖରେ। ଛତିଶଗଡ଼ କମିଶନରଙ୍କ ବ୍ୟତୀତ ଏ ବିଷୟରେ ରିପୋର୍ଟ ଦେଇଥିଲେ ବାଙ୍କୀ ତହସିଲଦାର ବଲରାମ ବୋଷ, ଅନୁଗୁଳ ତହସିଲଦାର ବିଚ୍ଛନ୍ଦ ପଟନାୟକ ଓ ଢେଙ୍କାନାଳ ମ୍ୟାନେଜର ବନମାଳୀ ସିଂହ। ଏ ରିପୋର୍ଟ ସବୁ ଅନୁଧାନ କରି ଅକ୍ଟୋବର ୨୧ ତାରିଖରେ ସରକାରଙ୍କ ଜୁଡ଼ିସିଆଲ ବିଭାଗ ଏକ ରିଜଲ୍ୟୁଶନ ବାହାର କଲେ। ଏଥିରେ ଜଗନ୍ନାଥ ଆକ୍ରମଣ ବିବରଣୀ ଦିଆଯାଇଥିଲା ଏବଂ ତା ସହିତ ଅଲେଖ ଧର୍ମାବଲମ୍ବୀ ବା କୁମ୍ଭୀପଟୁଆମାନଙ୍କ ବିଷୟରେ ନିମ୍ନଲିଖିତ ତଥ୍ୟମାନ :

କୁମ୍ଭୀପଟ ପିନ୍ଧୁଥିବା ଏହି ଲୋକମାନେ ଜଣେ ଅଲେଖ ସ୍ୱାମୀରେ ବିଶ୍ୱାସ କରୁଥିଲେ ଯେ କି ୧୮୬୪ରେ ହିମାଳୟରୁ ଆସି ବାଙ୍କୀରେ ୬୪ ଜଣ ଶିଷ୍ୟ ଗ୍ରହଣ କରିଥିଲେ। ସେଠାରୁ ଅଲେଖ ସ୍ୱାମୀ ଢେଙ୍କାନାଳକୁ ଯାଇଥିଲେ ଏବଂ ସେଠାରୁ ଏ ଧର୍ମ ସମ୍ବଲପୁରକୁ ବ୍ୟାପିଥିଲା। ଏ ଧର୍ମର ପ୍ରଧାନ ନିୟମମାନ ଥିଲା ଏକ ଅଦ୍ୱିତୀୟ ପୁରୁଷରେ ବିଶ୍ୱାସ, ସତ୍ୟବାଦିତା, ଗୁରୁ ଉପଦେଶ ପାଳନ ଇତ୍ୟାଦି। ଅଲେଖ ବିଶ୍ୱାସୀମାନେ ଦେବଦେବୀଙ୍କ ପିତୁଳାରେ ବିଶ୍ୱାସ କରୁ ନ ଥିଲେ, ଔଷଧ ବ୍ୟବହାର କରୁ ନଥିଲେ, କେବଳ ଦିନବେଳା ଖାଉଥିଲେ ଏବଂ ଅତ୍ୟନ୍ତ ଅପରିଷ୍କାର ରହୁଥିଲେ। ଏଥିରୁ କୌଣସି ନିୟମ ଭାଙ୍ଗିଲେ ଜାତିରୁ ବାହାର କରିଦେବା ବ୍ୟବସ୍ଥା ଥିଲା। ଅନୁଗୁଳ ତହସିଲଦାର ଅପରାଧପରାୟଣ ପାଣମାନଙ୍କୁ କୁମ୍ଭୀପଟୁଆ କରାଇ ସେଠାରେ ଅପରାଧ କମାଇ ଦେଇ ପାରିଥିଲେ।

ସୋନପୁରର ଭୀମ କନ୍ଧ କୁମ୍ଭୀପଟୁଆଙ୍କ ନେତା ଥିଲା। ସେ ଜନ୍ମାନ୍ଧ ଥିଲେ ମଧ ଶୁଣି ଶୁଣି ରାମାୟଣ ମହାଭାରତ ଜାଣିଥିଲା ଏବଂ ନିଜେ ଗୀତ ଲେଖୁଥିଲା। କୁମ୍ଭୀପଟୁଆମାନେ ଭୀମକୁ ଅତି ଭକ୍ତି

କରୁଥିଲେ ଏବଂ ଭୀମର ନିଜ ଶିଷ୍ୟା ସହିତ ସମ୍ପର୍କକୁ ଯଦିଓ ସେମାନେ ସନ୍ଦେହ ଚକ୍ଷୁରେ ଦେଖୁଥିଲେ, ସେ ବିଷୟରେ ପ୍ରଶ୍ନ କରୁ ନ ଥିଲେ। ସ୍ତ୍ରୀଟି ଯେତେବେଳେ ଗର୍ଭବତୀ ହେଲା, ଭୀମ କହିଲା ଯେ ତା ପେଟରୁ ଅର୍ଜୁନ ଜନ୍ମ ହୋଇ ସମସ୍ତ ଅବିଶ୍ୱାସୀଙ୍କୁ ଧ୍ୱଂସ କରିଦେବ। ତା କଥା ସମସ୍ତେ ବିଶ୍ୱାସ କଲେ କିନ୍ତୁ ସ୍ତ୍ରୀ ଲୋକଟି ଗୋଟିଏ ଝିଅ ଜନ୍ମ କଲା। ଭୀମ କହିଲା ଯେ କିଛି ଦିନ ଆଗରୁ ତାକୁ ସ୍ୱପ୍ନାଦେଶ ହୋଇଥିଲା ଯେ ଏହି ଝିଅଟି ହିଁ ଅବିଶ୍ୱାସୀଙ୍କୁ ନିଜର ମାୟାରେ ଧ୍ୱଂସ କରିଦେବ। କିନ୍ତୁ କିଛି ଦିନପରେ ପିଲାଟି ମରି ଯିବାରୁ ଏଥର ଭୀମ କହିଲା ଯେ ସଂସାର ପାପପୂର୍ଣ୍ଣ ହୋଇଥିବାରୁ ଦେବୀ ଜଣକ ସଂସାର ଛାଡ଼ି ଚାଲିଗଲେ।

ଏ ଘଟଣା ପରେ କିଛି ଲୋକ ଭୀମକୁ ଛାଡ଼ି ଦେଇ ଅନ୍ୟ ଏକ ଗୋଷ୍ଠୀ ଗଠନ କଲେ। ଭୀମ ପାଖରେ ତଥାପି ଅନେକ ଶିଷ୍ୟ ରହିଗଲେ। ଗୋଟିଏ ବେଦୀ ତିଆରି କରି ଭୀମ ସେହି ସ୍ତ୍ରୀ ସହିତ ତା ଉପରେ ସକାଳ ବେଳା ବସୁଥିଲା। ଶିଷ୍ୟମାନେ ସେ ଦୁହିଁଙ୍କୁ ପୂଜା କରୁଥିଲେ ଏବଂ ସେମାନଙ୍କ ପାଦକୁ ଦୁଧରେ ଧୋଇ ସେ ଦୁଧକୁ ପିଉଥିଲେ।

ଯେଉଁ କୁମ୍ଭୀପଟୁଆମାନେ ପୁରୀ ଯାଇଥିଲେ, ସେମାନେ ଚନ୍ଦ୍ରପୁରର ଲୋକ ଥିଲେ। ସେମାନଙ୍କର ନେତା ଦାସରାମ ଭାବିଥିଲା ଯେ ଜଗନ୍ନାଥଙ୍କ ମୂର୍ତ୍ତିକୁ ଜାଳି ଦେଲେ ସମସ୍ତ ହିନ୍ଦୁମାନଙ୍କର ନିଜ ଧର୍ମ ପ୍ରତି ବିଶ୍ୱାସ ଲୋପ ପାଇବ ଏବଂ ସେମାନେ ଅଲେଖ ଧର୍ମ ଗ୍ରହଣ କରିବେ।

ଏ ରିଜଲ୍ୟୁଶନଟି କଲିକତା ଗେଜେଟ୍‌ରେ ବାହାରିବା ମାତ୍ରେ ଗୌରୀଶଙ୍କର ତା'ର ଅନୁବାଦ କରି ଦୀପିକାରେ ଛପାଇ ଦେଲେ। ଏହାର କିଛିଦିନ ପରେ ଥରେ ବିଚ୍ଛନ୍ଦ ପଟନାୟକ କଟକ ଆସିଥିବା ବେଳେ ଗୌରୀଶଙ୍କର ତାଙ୍କ ସହିତ ଏ ବିଷୟରେ ଆଲୋଚନା କରିଥିଲେ ପ୍ରିଣ୍ଟିଂ କମ୍ପାନୀ ଦୋତାଲାରେ। ବିଚ୍ଛନ୍ଦ କହିଲେ ଯେ ଯଦିଓ କୁମ୍ଭୀପଟୁଆମାନେ ବର୍ତ୍ତମାନ କୌଣସି ଗୋଲମାଳ କରୁନାହାନ୍ତି, ଭବିଷ୍ୟତରେ ସରକାରଙ୍କ ପାଇଁ ସମସ୍ୟା କରିପାରନ୍ତି; ଜଗନ୍ନାଥ ଆକ୍ରମଣ ଭଳି ଘଟଣା ଭବିଷ୍ୟତରେ କେବେ ହେଲେ ଗଣ୍ଡଗୋଲ ଉପୁଜିବ। ଗୌରୀଶଙ୍କର କହିଲେ, ମୁଁ ଏ ବିଷୟରେ ଅନେକ ଦିନରୁ ସତର୍କବାଣୀ ଦେଇଛି।

ବିଚ୍ଛନ୍ଦ କହିଲେ, ଏ କଥା ହୋଇ ନପାରେ କାରଣ ଆଗରୁ କେହି ଏମାନଙ୍କ ବିଷୟରେ ଅନୁସନ୍ଧାନ କରି ନ ଥିଲେ। ମୁଁ ହିଁ ପ୍ରଥମେ ପାଣମାନଙ୍କୁ କୁମ୍ଭୀପଟୁଆ ଦୀକ୍ଷା ଦିଆଇଥିଲି ଓ ଏ ବିଷୟରେ ସରକାରଙ୍କୁ ରିପୋର୍ଟ ଦେଇଥିଲି। ତାଙ୍କ କଥା ଶୁଣି ଗୌରୀଶଙ୍କର ତଳେ ଗୋଟିଏ ମଶିଣା ପକାଇ ବସିଗଲେ ଏବଂ ପୁରୁଣା ଦୀପିକା ଖୋଜିବାରେ ଲାଗିଗଲେ। ସତକୁ ସତ ୧୮୬୧ ଜୁନ ପହିଲା ସଂଖ୍ୟାରେ ନୂତନ ଧର୍ମ ପ୍ରଚାର ଶୀଷକରେ ପ୍ରଥମେ ମହିମାଧର୍ମ ବିଷୟରେ ପ୍ରକାଶ ପାଇଥିଲା। ଏହାପରେ, ପ୍ରାୟ ଦର୍ଶବର୍ଷ ତଳେ ୧୮୭୧ ଅଗଷ୍ଟ ୨୬ ସଂଖ୍ୟାରେ ଢେଙ୍କାନାଳ ପ୍ରଭୃତି ଗଡ଼ଜାତରେ ଥିବା ଫଳାହାରୀ କୁମ୍ଭୀପଟୁଆଙ୍କ ବିଷୟରେ ଏକ ପ୍ରେରିତ ପତ୍ର ପ୍ରକାଶ ପାଇଥିଲା। ଆହୁରି ଖୋଜି ଖୋଜି ଗୌରୀଶଙ୍କର ୧୮୭୩ ସେପ୍ଟେମ୍ବର ୬ ତାରିଖ ଦୀପିକାରୁ ମହିମା ବାବାଜୀ ଶୀର୍ଷକ ସମ୍ବାଦ ପାଠ କରି ଶୁଣାଇଲେ। ଏଥରେ ସେ ଲେଖିଥିଲେ : ସେମାନେ ବେଦ କିମ୍ବା କୌଣସି ଶାସ୍ତ୍ର ମାନନ୍ତି ନାହିଁ କିମ୍ବା କୌଣସି ଦେବତାର ପୂଜା କରନ୍ତି ନାହିଁ। ତାହାଙ୍କର ଧର୍ମ ନିର୍ବେଦ ଓ ଅଲେଖ; କେବଳ ମହିମାଙ୍କୁ ମାନନ୍ତି। ରାଜା, ବ୍ରାହ୍ମଣ, ଭଣ୍ଡାରୀ, ମାଳୀ ଓ ଦାରୀ– ଏ ପାଞ୍ଚଜାତିଙ୍କ ସଙ୍ଗେ ସେମାନେ ମିଶନ୍ତି ନାହିଁ।

ଏହାପରେ ଗୌରୀଶଙ୍କର ସେତେବେଳେ ଦେଇଥିବା ମନ୍ତବ୍ୟକୁ ଉଚ୍ଚସ୍ୱରେ ପଢ଼ିଲେ: ଧର୍ମ ବିଷୟରେ ଆମ୍ଭମାନଙ୍କର କିଛି କହିବାର ନାହିଁ କିନ୍ତୁ ଏ ସମ୍ପ୍ରଦାୟ ଲୋକ ଯେ ରାଜାଙ୍କୁ ଅଧର୍ମୀ ଜ୍ଞାନ କରନ୍ତି ତହିଁର ତାତ୍ପର୍ଯ୍ୟ କି ଓ ରାଜା ଶବ୍ଦର ଅର୍ଥ କି ? ଯେବେ ଗଡ଼ଜାତର ରାଜା ହୋଇଥାଏ ତେବେ ତହିଁରେ କିଛି ବକ୍ତବ୍ୟ ନାହିଁ। କିନ୍ତୁ ଯେବେ ଇଂରାଜୀ ଗଭର୍ଣ୍ଣମେଣ୍ଟଙ୍କୁ ବୁଝାଏ, ତେବେ ଏ କଥାଟି ବଡ଼ କଠିନବୋଧ ହେଉଅଛି ଓ କର୍ତ୍ତୃପକ୍ଷଙ୍କର ଉଚିତ ଯେ ଉକ୍ତ ସମ୍ପ୍ରଦାୟର ଲୋକଙ୍କ ଠାରୁ ଏଥିର ବିସ୍ତାରିତ ବିବରଣ ଅବଗତ ହେଉନ୍ତୁ। କାରଣ ଏମନ୍ତ ହୋଇପାରେ ଯେ ଇଂରାଜୀଙ୍କୁ ଏମନ୍ତ ବିଷୟରେ ଅଧର୍ମ ବୋଲି ଲୋକଙ୍କଠାରେ ପରିଚୟ ଦେଉଥିଲେ କି ଯହିଁରେ ରାଜଭକ୍ତି ଊଣା ହେବାର ଓ ସମୟରେ ବିଦ୍ରୋହଜାତ ହେବାର ସମ୍ଭାବନା।

ବିଭୁଦ ହାର ମାନିଲେ ଏବଂ ଆଲୋଚନା ଏତିକିରେ ଶେଷ ହେଲା। ତେବେ ଗୌରୀଶଙ୍କର ଏ ବିଷୟରେ ମଧୁସୂଦନ ଦାସଙ୍କ ପାଖକୁ ଯାଇ ତାଙ୍କ ସହିତ ଆଲୋଚନା କରିବେ ବୋଲି ଠିକ୍ କଲେ।

ପନ୍ଦରବର୍ଷ ତଳେ ମଧୁସୂଦନ ହଠାତ ଯେମିତି ଦିନେ ବାଲେଶ୍ୱରରୁ ଉଭାନ ହୋଇଯାଇଥିଲେ, ଦି ମାସ ତଳେ ସେମିତି ସେ ହଠାତ୍ ଆସି ପହଞ୍ଚିଥିଲେ କଟକରେ। ତେବେ ଏତେବେଳକୁ ତାଙ୍କର ଅନେକ ପରିବର୍ତ୍ତନ ହୋଇଯାଇଥିଲା। କଲିକତାରେ ଥିବାବେଳେ ସେ ଖ୍ରୀଷ୍ଟିଆନ ହୋଇଯାଇଥିଲେ। ୧୮୭୩ରେ ଏମ୍.ଏ.ପାସ କରି ସେ ସେହି ବର୍ଷ ବେଥୁନ କଲେଜରେ ତାଙ୍କ ସହିତ ପଢ଼ୁଥିବା ତାଙ୍କଠାରୁ ବୟସରେ ବର୍ଷେ ବଡ଼ ବଙ୍ଗୀୟ ଖ୍ରୀଷ୍ଟିଆନ ସୌଦାମିନୀ ଚଟ୍ଟୋପାଧ୍ୟାୟଙ୍କୁ ବିବାହ କରିଥିଲେ। କଲିକତାରେ ସେ ବିଭିନ୍ନ ଚାକିରି କରିଥିଲେ, ଯଥା ଶ୍ରୀରାମପୁର ଖ୍ରୀଷ୍ଟିଆନ କଲେଜରେ ଅଧ୍ୟାପକ, ହାଇକୋର୍ଟ ଅନୁବାଦକ, ଗାର୍ଡ଼ନରିଚ ହାଇସ୍କୁଲର ପ୍ରଧାନ ଶିକ୍ଷକ, ଆଶୁତୋଷ ମୁଖାର୍ଜୀଙ୍କ ଘରୋଇ ଶିକ୍ଷକ ଇତ୍ୟାଦି। ୧୮୭୮ରେ ସେ ଓକିଲାତି ପାସ କରି ଆଲିପୁର କୋର୍ଟରେ ଓକିଲାତି ଆରମ୍ଭ କଲେ ଏବଂ ସେହି ବର୍ଷ ତାଙ୍କର ସ୍ତ୍ରୀଙ୍କ ମୃତ୍ୟୁ ହେଲା। ବର୍ତ୍ତମାନ ସେ କଟକକୁ ଫେରି ଉଗରପଡ଼ାରେ ରହୁଥିଲେ ଏବଂ ବିହାରୀବାଗରେ ଗୋଟିଏ କୋଠା ଭଡ଼ା ନେଇ ଓକିଲାତି ଆରମ୍ଭ କରିଥିଲେ। ଓକିଲାତି ସହିତ ସେ କଟକର ସଭା ସମିତିରେ ମଧ ସକ୍ରିୟ ଭାଗ ନେଉଥିଲେ ଏବଂ ପ୍ରଥମ ଓଡ଼ିଆ ଏମ୍.ଏ. ଓ ଓକିଲ ହୋଇଥିବାରୁ ମାତ୍ର ତେତିଶ ବର୍ଷ ବୟସରେ ଓଡ଼ିଶାର ଜଣେ ପ୍ରସିଦ୍ଧ ବ୍ୟକ୍ତି ଭାବରେ ଗଣା ହେଉଥିଲେ। ମଧୁବାବୁ କହିଲେ ଲୋକେ ତାଙ୍କୁ ହିଁ ବୁଝୁଥିଲେ।

ଗୌରୀଶଙ୍କର ମଧୁବାବୁଙ୍କ ଠାରୁ ବୟସରେ ଦଶବର୍ଷ ବଡ଼ ହୋଇଥିଲେ ମଧ ଦୁହିଙ୍କ ମଧରେ ସୌହାର୍ଦ୍ଧ୍ୟ ଥିଲା ଏବଂ କିଛିଦିନ ଅନ୍ତରରେ ଉଭୟ ନିଶ୍ଚୟ ପରସ୍ପରକୁ ସାକ୍ଷାତ କରୁଥିଲେ। ଓଡ଼ିଶା ଫେରିବାପରେ ମଧୁବାବୁଙ୍କର ଗୋଟିଏ ବଡ଼ ପରିବର୍ତ୍ତନ ହୋଇଥିଲା ଯେ ସେ କେବଳ ବଙ୍ଗାଳରେ କଥାବାର୍ତ୍ତା କରୁଥିଲେ। ଏହା ଅବଶ୍ୟ ଓଡ଼ିଶାରେ କିଛି ନୂଆ କଥା ନ ଥିଲା କାରଣ ଶିକ୍ଷିତ ଓଡ଼ିଆ ଲୋକ, ବିଶେଷରେ ବ୍ରାହ୍ମଧର୍ମାବଲମ୍ବୀମାନେ, ବଙ୍ଗାଳରେ କଥାବାର୍ତ୍ତା କରିବା ଓ ପରସ୍ପରକୁ ଚିଠିଲେଖିବା ଆରମ୍ଭ କରିଥିଲେ। ଏପରିକି ଫକୀରମୋହନ ସେନାପତି ଓ ମଧୁସୂଦନ ରାଓ ପ୍ରମୁଖ ମଧ ଏଥିରୁ ବାଦ ଯାଇ ନ ଥିଲେ।

ବିଭୁଦ ପଟନାୟକଙ୍କ ସହିତ କଥାବାର୍ତ୍ତାର କିଛି ଦିନ ପରେ ଗୌରୀଶଙ୍କରଙ୍କର ଭେଟ ହେଲା ମଧୁବାବୁଙ୍କ ସାଙ୍ଗରେ। ସେ ସେତେବେଳକୁ ଦୀପିକାରେ ପ୍ରକାଶିତ କୁମ୍ଭାପଟୁଆ ବିଷୟକ ରିଜଲ୍ୟୁଶନଟି

ପଢ଼ିଥିଲେ। ଗୌରୀଶଙ୍କର ଯେତେବେଳେ ତାଙ୍କର ବିଳ୍ଵ‌ନ୍ଦଙ୍କ ସହିତ କଥାବାର୍ତ୍ତା ବିଷୟରେ କହିଲେ, ମଧୁବାବୁ କହିଲେ, ଆପଣମାନେ କେହି ମହିମାଙ୍କ ବିଷୟରେ ଜାଣିବା ଆଗରୁ ମୁଁ ସେ ବାବାଜୀଙ୍କ ବିଷୟରେ ଜାଣିଥିଲି ଏବଂ ତାଙ୍କୁ ଦେଖିଥିଲି।

ମଧୁବାବୁଙ୍କ ବାପା ଚୌଧୁରୀ ରଘୁନାଥ ଦାସ ପଟିଆ ରାଜାଙ୍କ ଓକିଲ ଥିଲେ ଓ ମଝିରେ ମଝିରେ ପଟିଆ ଯାଉଥିଲେ। ଏଣ୍ଟ୍ରାନ୍ସ ପାସ କରି ୧୮୬୪ରେ ମଧୁସୂଦନ ଥରେ ବାପାଙ୍କ ସାଙ୍ଗରେ ପଟିଆ ଯାଇଥିବାବେଳେ ସେଠାରେ ମହିମା ଗୋସାଇଁଙ୍କୁ ଦେଖିଥିଲେ। ଦୋଳପୂର୍ଣ୍ଣିମା ଦିନ ମହିମା ଗୋସାଇଁ ପଟିଆକୁ ଆସି ତାଙ୍କର ପ୍ରବଚନ କରିଥିଲେ। ମଧୁସୂଦନ ଏହା ଆଗ୍ରହରେ ଶୁଣିଥିଲେ ଏବଂ ମହିମା ଗୋସାଇଁଙ୍କ ଆଚାର ବ୍ୟବହାର, ଧାର୍ମିକ ଚିନ୍ତା ଇତ୍ୟାଦି ଦେଖି ମୁଗ୍ଧ ହୋଇଥିଲେ।

ଗୌରୀଶଙ୍କର ଯେତେବେଳେ ରାଜଦ୍ରୋହ ଇତ୍ୟାଦି କଥା ଉଠାଇଲେ, ମଧୁବାବୁ କହିଲେ, ମହିମା ଗୋସାଇଁ ଯଦି ମହାରାଷ୍ଟ, ପଞ୍ଜାବ କି ବଙ୍ଗଳାରେ ଜନ୍ମଗ୍ରହଣ କରିଥାନ୍ତେ ତାହେଲେ ସେ ଦୟାନନ୍ଦ ସରସ୍ଵତୀ, ରାମମୋହନ ରାୟଙ୍କ ଭଳି ଖ୍ୟାତି ଓ ସମ୍ମାନ ଲାଭ କରିଥାନ୍ତେ। ଦୁର୍ଭାଗ୍ୟର ବିଷୟ ସେ ଓଡ଼ିଶାରେ ଜନ୍ମିଥିଲେ !

ମୟୂରଭଂଜ : ଡିସେମ୍ବର ୧୮୮୧

କଟକରେ ଚାରିବର୍ଷ ସ୍କୁଲ ଜଏଣ୍ଟ ଇନ୍‌ସ୍ପେକ୍ଟର ଭାବରେ ରହି ରାଧାନାଥ ଭଲ ନାଁ କମାଇଥିଲେ ଏବଂ ଓଡ଼ିଶାର ଲୋକେ ତାଙ୍କୁ ସୁଧୀବର୍ଗଙ୍କ ମଧ୍ୟରେ ଅଗ୍ରଣୀ ମାନୁଥିଲେ। କେତେଗୁଡ଼ିଏ ପାଠ୍ୟପୁସ୍ତକ ଲେଖି ସେ ଶିକ୍ଷିତ ମହଲରେ ମଧ୍ୟ ବିଶେଷ ଆଦୃତ ଥିଲେ। କାର୍ଯ୍ୟ ଉପଲକ୍ଷରେ ମୟୂରଭଞ୍ଜ ଗସ୍ତ ସମୟରେ ରାଧାନାଥଙ୍କର ସେଠାର ରାଜା କୃଷ୍ଟଚନ୍ଦ୍ର ଭଂଜଙ୍କ ସହିତ ପରିଚୟ ହୋଇଥିଲା। ବାଲେଶ୍ୱରରେ ଶ୍ୟାମାନନ୍ଦ ଦେଙ୍କ ଘରେ ମଧ୍ୟ ରାଜାଙ୍କ ସହିତ ତାଙ୍କର ମଝିରେ ମଝିରେ ସାକ୍ଷାତ ହୋଇଯାଉଥିଲା। ଯଦିଓ କୃଷ୍ଟଚନ୍ଦ୍ର ରାଧାନାଥଙ୍କ ସମବୟସ୍କ ଥିଲେ, ସେ ରାଜା ହୋଇଥିବାରୁ ରାଧାନାଥ ତାଙ୍କୁ ପିତୃତୁଲ୍ୟ ମାନୁଥିଲେ ଏବଂ ସେଇ ସୂତ୍ରରେ ତାଙ୍କର ଏଗାର ବର୍ଷର ପୁଅ ଶ୍ରୀରାମଚନ୍ଦ୍ରକୁ ଛୋଟ ଭାଇ ଭଳି ସ୍ନେହ କରୁଥିଲେ। ମୟୂରଭଂଜର ଶିକ୍ଷା ବ୍ୟବସ୍ଥା ବିଷୟରେ ସେ ରାଜାଙ୍କୁ ପରାମର୍ଶ ଦେଉଥିଲେ; ଏପରିକି ଲଣ୍ଡନରୁ କେଉଁ ପତ୍ରିକା ମଗାଇବା ଉଚିତ ଏବଂ ଲାଇବ୍ରେରୀ ପାଇଁ କି କି ପୁସ୍ତକ ଉପାଦେୟ ସେ ବିଷୟରେ ମଧ୍ୟ ରାଜାଙ୍କୁ ଉପଦେଶ ଦେଉଥିଲେ ରାଧାନାଥ।

ରାମଚନ୍ଦ୍ର ରାଧାନାଥଙ୍କୁ ବଡ଼ ଭାଇ ଭଳି ମାନୁଥିଲା ଏବଂ ତାଙ୍କ ସହିତ ନିୟମିତ ପତ୍ରାଳାପ କରୁଥିଲା। ଏ ଚିଠିମାନଙ୍କରେ ସେ ତା'ର ଗୃହ ଶିକ୍ଷକଙ୍କ କଥା, ସ୍ୱାସ୍ଥ୍ୟ କଥା, ଘୋଡ଼ା ଚଢ଼ା, କି କି ବହି ପଢ଼ିଥିଲା ଏ ଭଳି ଅନେକ କଥା ଲେଖୁଥିଲା। ରାଧାନାଥ ତା ପାଖକୁ ଲେଖୁଥିବା ଚିଠିରେ ଥିଲା ସତ କହିବା, ନ୍ୟାୟ ପଥରେ ଚଳିବା ଇତ୍ୟାଦି ଗାମ୍ଭୀର୍ଯ୍ୟପୂର୍ଣ୍ଣ ଉପଦେଶ ଓ କି ବହି ପଢ଼ିବା ଉଚିତ ତା'ର ତାଲିକା।

୧୮୮୧ରେ କୃଷ୍ଟଚନ୍ଦ୍ର ମୟୂରଭଂଜ ପାଇଁ ଜଣେ ଉପଯୁକ୍ତ ଦେବାନର ଆବଶ୍ୟକତା ଉପଲବ୍ଧି

କରି ସେହି ପଦରେ ଗଡ଼ଜାତ ମାହାଲର ଆସିଷ୍ଟାଣ୍ଟ ସୁପରିନଟେଣ୍ଡେଣ୍ଟ ବାବୁ ନନ୍ଦକିଶୋର ଦାସଙ୍କୁ ରଖିବାକୁ ଇଚ୍ଛା କରି କମିଶନରଙ୍କୁ ପତ୍ର ଲେଖିଲେ। ଏ ପଦ ପାଇଁ ସେ ମାସକୁ ଛ ଶହ ଟଙ୍କା ପର୍ଯ୍ୟନ୍ତ ଦେବାପାଇଁ ପ୍ରସ୍ତୁତ ଥିଲେ, କିନ୍ତୁ ନନ୍ଦକିଶୋର ଏଥିରେ ତାଙ୍କର ବିଶେଷ ଆର୍ଥିକ ଲାଭ ହେବନାହିଁ ମନେକରି ନାସ୍ତି କରିଦେଲେ।

କୃଷ୍ଟଚନ୍ଦ୍ରଙ୍କର ନିଜର ସ୍ୱାସ୍ଥ୍ୟ ଭଲ ରହୁ ନ ଥିବାରୁ ଏବଂ କାଲେ ଶୀଘ୍ର ମରିଯିବେ ସେ ଭୟ ଥିବାରୁ ରାମଚନ୍ଦ୍ରକୁ ସେ ଗୋଟିଏ ଭଲ ଉତ୍ତରାଧିକାରୀ ଭାବେ ଗଢ଼ିବାକୁ ଚାହୁଁଥିଲେ। ତେଣୁ କୃଷ୍ଟଚନ୍ଦ୍ରଙ୍କର ମନେ ହେଲା ଯେ ରାଧାନାଥଙ୍କୁ ଦେବାନ କରି ଆଣିଲେ ସମସ୍ୟାର ସମାଧାନ ହୋଇଯିବ କାରଣ ରାଧାନାଥ ରାମଚନ୍ଦ୍ରକୁ ପଢ଼ାଇ ମଧ ପାରିବେ। ଏଥିପାଇଁ କୃଷ୍ଟଚନ୍ଦ୍ର ରାଧାନାଥଙ୍କୁ ପତ୍ର ଲେଖିଲେ ମୟୂରଭଂଜର ଦେବାନ ହୋଇ ଆସିବାପାଇଁ। ଏ ବିଷୟରେ ରାଧାନାଥଙ୍କୁ ପ୍ରବର୍ତ୍ତାଇବା ପାଇଁ ସେ ଶ୍ୟାମାନନ୍ଦ ଦେବଙ୍କୁ ମଧ ପତ୍ର ଲେଖିଲେ। ଏଥି ସହିତ ସେ କମିଶନର ସ୍ମିଥଙ୍କୁ ଅନୁରୋଧ କଲେ ରାଧାନାଥଙ୍କୁ ଧାର ସୂତ୍ରରେ ଦେବାପାଇଁ। ରାଧାନାଥ ଏ ବିଷୟରେ କୌଣସି ନିର୍ଦ୍ଦିଷ୍ଟ ଜବାବ ନ ଦେବାରୁ କୃଷ୍ଟଚନ୍ଦ୍ର ତାଙ୍କୁ ଲେଖିଲେ :

ପ୍ରିୟ ମହାଶୟ କଲ୍ୟାଣବରେଷୁ,

ଆପଣଙ୍କ ପତ୍ର ଦୁଇ କିତା ପ୍ରାପ୍ତ ହୋଇଅଛୁ ଓ ଶ୍ରୀ ରାଜା ଶ୍ୟାମାନନ୍ଦ ଦେବଙ୍କୁ ମଧ ପତ୍ର ଲେଖିଅଛୁ। ତହିଁର ପ୍ରତ୍ୟୁତ୍ତର ଅଇଲେ ଆପଣଙ୍କ ନିକଟ ଲେଖିବୁଁ। ଆପଣ ଖୁବ୍ ବୁଝିବେ କି ଏ ଘର ଆପଣଙ୍କର, ଏଠାରେ ଆପଣ କୌଣସି ବିଷୟରେ ହରକତ ହେବେନାହିଁ। ଆପଣ ଅନୁଗ୍ରହ ପୂର୍ବକ ଏଠାକୁ ବିରାଜମାନ କଲେ ଆମ୍ଭର ଶରୀର ରକ୍ଷାର ଏକ ବିଶେଷ ଉପାୟ ହେଲା ବୋଲି ମନେ କରିବୁ। ଆମ୍ଭର ଯେଉଁ ରୋଗ ଅଛି ତାହା ଆପଣ ବିଶେଷ ଅବଗତ ଅଛନ୍ତି। କାର୍ଯ୍ୟ ଆଦି କଲେ ବିଶେଷ ବୃଦ୍ଧି ହୁଏ। ଶ୍ରୀରାମଚନ୍ଦ୍ରଙ୍କର ରକ୍ଷଣାବେକ୍ଷଣର ଭାର ଅଦ୍ୟାବଧି ଆପଣଙ୍କ ହସ୍ତରେ ସମର୍ପଣ କଲୁ। ସେ ଆପଣଙ୍କର କନିଷ୍ଠ ଭ୍ରାତା; ତାଙ୍କ ରାଜ୍ୟ ଯେ ରୂପେ ରକ୍ଷା ହେବ ତହିଁର ବିହିତ ବ୍ୟବସ୍ଥା ଆପଣ କରିବେ। ଆପଣ ଅବଶ୍ୟ ଆଗମନ କରିବେ। ଆମ୍ଭର ଯେଉଁ କ୍ଷମତା ତାହା ସମୁଦାୟ ଅର୍ପଣ କଲୁ। ଆପଣ ନିଃସନ୍ଦେହରେ ଶୀଘ୍ର ଆସିବେ । ଇତି ।

ଶ୍ରୀ ମହାରାଜ କୃଷ୍ଟଚନ୍ଦ୍ର ଭଞ୍ଜ

ଚିଠି ପାଇ ରାଧାନାଥ ହିସାବ କଲେ ଏ ଚାକିରିରେ ତାଙ୍କର କି ଲାଭ କ୍ଷତି ହେବ। ସେ ବର୍ତ୍ତମାନ ମାସିକ ଚାରିଶହ ଟଙ୍କା ଗ୍ରେଡ୍‌ରେ ଥିଲେ; ଭବିଷ୍ୟତରେ ତାଙ୍କର ପ୍ରଥମ ଗ୍ରେଡ୍‌କୁ ପ୍ରମୋସନ ହେବ। କୃଷ୍ଟଚନ୍ଦ୍ର ତାଙ୍କୁ ମାସକୁ ଛ ଶହ ଟଙ୍କା ଦରମା ଦେବାକୁ ରାଜି ଥିଲେ। ଏତଦ୍ ବ୍ୟତୀତ ତାଙ୍କୁ ମାଗଣାରେ ରହିବାର ଘର ଏବଂ ଗସ୍ତ ଖର୍ଚ୍ଚ ମିଳିଥାନ୍ତା। ଏଥିପୂର୍ବରୁ ଯେଉଁ ସରକାରୀ ଚାକିରିଆମାନେ ଗଡ଼ଜାତ ରାଜାଙ୍କ ଚାକିରି କରିବାକୁ ଯାଇଥିଲେ, ରାଧାନାଥ ତା'ର ସନ୍ଧାନ ନେଲେ। କଟକର ସ୍କୁଲ ଡେପୁଟି ଇନ୍‌ସ୍ପେକ୍ଟର ପ୍ୟାରୀମୋହନ ସେନ ସରକାରରୁ ମାସକୁ ଶହେ ଟଙ୍କା ଦରମା ପାଉଥିଲେ; ଢେଙ୍କାନାଳ ରାଜା ତାଙ୍କୁ ଶହେ ଅଶୀ ଟଙ୍କାରେ ନେଇଥିଲେ। ଢେଙ୍କାନାଳରୁ ଫେରିବାବେଳେ ପ୍ୟାରୀମୋହନ ଦେଖିଲେ ଯେ ସେ ସରକାରରେ ବାର୍ଷିକ ବେତନ ବୃଦ୍ଧିରୁ ବଞ୍ଚିତ ହୋଇଛନ୍ତି ଏବଂ ତାଙ୍କର କଟକରୁ ବଦଲି ହୋଇଯାଇଛି। ଏଥିରେ ତାଙ୍କର କ୍ଷତି ହୋଇଥିଲା। ଅପର ପକ୍ଷରେ, ଅନୁଗୁଳର ଅସ୍ଥାୟୀ ତହସିଲଦାର

ଢେଙ୍କାନାଳକୁ ଯିବାରେ ତାଙ୍କର ସୁବିଧା ହୋଇଥିଲା । ସେ ସରକାରରୁ ମାସକୁ ଦୁଇଶହ ଟଙ୍କା ଦରମା ପାଉଥିଲେ । ଢେଙ୍କାନାଳ ରାଜା ତାଙ୍କୁ ସେହି ଦରମାରେ ନେଲେ, କିନ୍ତୁ ତାଙ୍କୁ ନଗଦ ତେଇଶ ହଜାର ଟଙ୍କା ଦେଲେ ଏବଂ ପ୍ରାୟ ପନ୍ଦର ହଜାର ଟଙ୍କା ଆୟ ବିଶିଷ୍ଟ ବେହେରା ପ୍ରଧାନର ପଦ ଦେଲେ । ରାଧାନାଥଙ୍କୁ କିନ୍ତୁ ଦେବାନ ସାଙ୍କୁ ବେହେରା ପଧାନୀ ଭଳି କାମ କରିବା କଥାଟା ଶୋଭନୀୟ ମନେ ହେଲା ନାହିଁ ।

ରାଧାନାଥ ଏ ବିଷୟରେ ସମସ୍ତଙ୍କର ପରାମର୍ଶ ଲୋଡ଼ିଲେ, ଯଥା ମଧୁସୂଦନ ରାଓ, ଶ୍ୟାମାନନ୍ଦ ଦେ, ଶିକ୍ଷା ବିଭାଗ ଡିରେକ୍ଟର ଇତ୍ୟାଦି । ନିଜେ କୌଣସି ନିଷ୍ପତି ନେବା ପୂର୍ବରୁ ସେ କୃଷ୍ଟଚନ୍ଦ୍ରଙ୍କୁ ଲେଖିଲେ :

ଶ୍ରୀଚରଣେଷୁ ମହାରାଜ !

ଅଦ୍ୟ ଆପଣଙ୍କ ପତ୍ର ପାଇଲି । ମହାରାଜାଙ୍କର ଯେ ରୂପ ହୃଦୟ ଦୟା ଓ ଦାକ୍ଷିଣ୍ୟ ପରାୟଣ, ପତ୍ର ଖଣ୍ଡିକ ତାହାର ସମ୍ପୂର୍ଣ୍ଣ ଅନୁରୂପ ହୋଇଅଛି । ମୁଁ ମହାରାଜାଙ୍କୁ ସର୍ବଦା ପିତୃତୁଲ୍ୟ ଭାବିଥାଏ ଏବଂ ଶ୍ରୀମାନ ରାମଚନ୍ଦ୍ରଙ୍କୁ ମୋହର ଅନୁଜ ବୋଧରେ ସ୍ନେହ କରିଥାଏ । ରାମଚନ୍ଦ୍ର ଦୀର୍ଘଜୀବୀ ହୋଇ ରାଜ୍ୟ ଶାସନରେ ଆପଣଙ୍କ ଭଳି ଅଥବା ଆପଣଙ୍କ ଅପେକ୍ଷା ଅଧିକତର ସୁଖ୍ୟାତି ଲାଭ କରନ୍ତୁ, ଏହା ମୁଁ ଜଗଦୀଶ୍ୱରଙ୍କ ସୀମୀୟପରେ ପ୍ରାର୍ଥନା କରୁଛି ।

ମୁଁ ବର୍ତ୍ତମାନ ୪୦୦ ଟଙ୍କା ଗ୍ରେଡ଼ରେ ରହିଅଛି, ମହାରାଜ ୭୦୦ ଟଙ୍କା ଦେବାକୁ ପ୍ରସ୍ତୁତ; ତଥାଚ ଯିବାକୁ ସାହସ ହେଉନାହିଁ କାହିଁକି, ଏହାର ଅନେକଗୁଡ଼ିଏ ଗୂଢ଼ କାରଣ ଅଛି, ତାହା ମୁଁ ବାଚନିକ ଶ୍ରୀଚରଣରେ ନିବେଦନ କରିବି; କିନ୍ତୁ ପତ୍ରରେ ଜଣାଇବାକୁ ଅକ୍ଷମ । ମହାରାଜ କହି ପାରନ୍ତି, କାହିଁକି ? ତୁମ୍ଭର ତ ସରକାରୀ କାର୍ଯ୍ୟ ରହିବ, ତୁମ୍ଭେ ଯେବେ କୌଣସି କାରଣରେ ମୟୂରଭଂଜ ପରିତ୍ୟାଗ କର, ସେହି ସରକାରୀ କାର୍ଯ୍ୟକୁ ସହଜରେ ଯାଇପାରିବ । ଏହାର ଅନେକଗୁଡ଼ିଏ ଉତ୍ତର ରହିଅଛି, ସବୁଗୁଡ଼ିକ ପତ୍ରରେ ଲେଖିପାରୁ ନାହିଁ । ଗୋଟିଏ କଥା ଲେଖୁଅଛି । ମନେ କରନ୍ତୁ, ମୁଁ ଛଅମାସ କିୟ। ଏକବର୍ଷ ମୟୂରଭଂଜରେ କାର୍ଯ୍ୟ କରି ଫେରିଆସିଲି; ସେତେବେଳେ ସରକାରୀ କାର୍ଯ୍ୟକୁ ଫେରିବି ସତ୍ୟ, କିନ୍ତୁ ସେହି ସରକାରୀ କାର୍ଯ୍ୟରେ କଟକରେ ନ ରହି ବିହାର, ଢାକା ଅଥବା ଚଟ୍ଟଗ୍ରାମ ପ୍ରଭୃତି ଦୂରବର୍ତ୍ତୀ ସ୍ଥାନକୁ ଯିବାକୁ ହେବ ଏବଂ ମୋହର ବର୍ତ୍ତମାନ ପଦରେ ଅନ୍ୟ ବ୍ୟକ୍ତି ସ୍ଥାୟୀ ରୂପେ ଅଧିକାରୀ ହୋଇ ବସିବେ । ଏହା ବ୍ୟତୀତ ପ୍ରତିବର୍ଷ ମୋହର ଯେପରି ବେତନ ବଢ଼ୁଅଛି, ସେ ବୃଦ୍ଧିରୁ ମଧ୍ୟ ବଞ୍ଚିତ ହେବି ।

ଗଡ଼ଜାତରେ ବ୍ୟକ୍ତିଗତ ଭାବ ହିଁ ପ୍ରବଳ । ଅଳ୍ପଦିନ ମଧ୍ୟରେ ରାଜପ୍ରସାଦ ଫଳରୁ ଲୋକର ଧନୀ ହେବାର ଯେପରି ସମ୍ଭାବନା, ସେହିପରି ଅଳ୍ପଦିନ ମଧ୍ୟରେ ରାଜ ବିରାଗଭାଜନ ହେଲେ ଅନିଷ୍ଟର ମଧ୍ୟ ସମ୍ଭାବନା । ଗଭର୍ଣ୍ଣମେଣ୍ଟଙ୍କ କାର୍ଯ୍ୟରେ ଏ ଉଭୟ ସମ୍ଭାବନା ଅପେକ୍ଷାକୃତ କମ; ସୁତରାଂ ସ୍ଥୂଳ ରୂପେ ଜୀବିକା ନିର୍ବାହ ପକ୍ଷରେ ଆଶଙ୍କା ମଧ୍ୟ କମ ।

ମୁଁ ଉପରେ ଯେଉଁ କଥାଗୁଡ଼ିକ ଲେଖିଲି ସେଥିରେ ଯେବେ ମହାରାଜାଙ୍କ ନିକଟରେ ଅପରାଧୀ ହୋଇଥାଏ ସ୍ୱୀୟ ଔଦାର୍ଯ୍ୟ ଗୁଣରେ ମହାରାଜ ସେହି ଅପରାଧ କ୍ଷମା କରିବେ । ମହାରାଜା ଏ ସେବକକୁ ଆଶ୍ରିତ ଏବଂ ଆତ୍ମୀୟବର୍ଗ ମଧ୍ୟରେ ପରିଗଣିତ କରିଅଛନ୍ତି ଏହା ମୁଁ ଉତ୍ତମ ରୂପେ ଜାଣେ ଏବଂ ସେ

ସମ୍ବନ୍ଧ ଈଶ୍ୱରଙ୍କ ପ୍ରସାଦରୁ କୌଣସି ଅବସ୍ଥାରେ ଲୁପ୍ତ ହେବନାହିଁ । କିନ୍ତୁ ମୁଁ ଯେବେ ସୌଭାଗ୍ୟକ୍ରମେ ମୟୂରଭଞ୍ଜ ଯାଏ, ମହାରାଜାଙ୍କ ସହିତ ଆଉ ଗୋଟିଏ ସମ୍ବନ୍ଧ ହୋଇଯିବ ଏବଂ ସେହି ସମ୍ବନ୍ଧ ବିଚାର ସ୍କୁଲରେ ପୂର୍ବୋକ୍ତ ସମ୍ବନ୍ଧ ଏକାବେଳେକେ ବିସ୍ତୃତ ହେବା ଉଭୟଙ୍କ ପକ୍ଷେ ଶ୍ରେୟସ୍କର ।

ମୁଁ ବହୁକାଳ ଏକ ବିଭାଗରେ କାର୍ଯ୍ୟ କରିଅଛି ଏବଂ ଓଡ଼ଶାରେ ସେହି ବିଭାଗରେ ଯେତେଦୂର ଉଠିବାର ସମ୍ଭାବନା ତହିଁରେ ଏକପ୍ରକାର କୃତକାର୍ଯ୍ୟ ହୋଇଅଛି । ଅନ୍ୟ ବିଭାଗରେ ଏବଂ ଭିନ୍ନ ପ୍ରକୃତିକ କାର୍ଯ୍ୟରେ ନିଯୁକ୍ତ ହୋଇ ତାହା ସୁଚାରୁରୂପେ ସମ୍ପନ୍ନ କରି ପ୍ରତିଷ୍ଠା ଲାଭ କରିପାରିବି ଏବଂ ସର୍ବାନ୍ତଃକରଣରେ ପ୍ରଭୁଙ୍କ ମଙ୍ଗଳ ସାଧନ କରି ତାହାଙ୍କର ପ୍ରୀତିଭାଜନ ହେବି, ଏହି ଇଚ୍ଛା ମୋ ହୃଦୟରେ ସର୍ବଦା ଜାଗ୍ରତ ରହିଅଛି; ମାତ୍ର ତାହା ଚରିତାର୍ଥ ହେବା ମହାରାଜାଙ୍କର ଅନୁଗ୍ରହସାପେକ୍ଷ । ମହାରାଜା ମୋତେ ସେପରି ଅନୁଗ୍ରହଭାଜନ ମନେ କରନ୍ତି କି ନାହିଁ ତାହା ମୁଁ ଜାଣେ ନାହିଁ; କିନ୍ତୁ ମୁଁ ଏତିକି କହିପାରେ ଯେ ଶ୍ରମଶୀଳତା ଏବଂ କର୍ତ୍ତବ୍ୟନିଷ୍ଠା ଯେବେ ରାଜପ୍ରସାଦ ଲାଭ କରିବାକୁ ସମର୍ଥ ହୁଏ, ମୁଁ ସେହି ରାଜପ୍ରସାଦରୁ ବଞ୍ଚିତ ହେବିନାହିଁ ।

ସମ୍ପ୍ରତି ମୁଁ ଶିକ୍ଷା ବିଭାଗର ଦ୍ୱିତୀୟ ଶ୍ରେଣୀରେ ରହିଅଛି ବୋଲି ପ୍ରତିବର୍ଷ ମୋର ଯେପରି ବେତନ ବଢୁଅଛି ସ୍ଥାନାନ୍ତରକୁ ଗଲେ ତହିଁରୁ ବଞ୍ଚିତ ହେବି ଏବଂ ଯେବେ ଦୁର୍ଭାଗ୍ୟକ୍ରମେ ଫେରି ଆସିବାକୁ ହୁଏ, ତାହାହେଲେ ବର୍ତ୍ତମାନ ଯେଉଁ ବେତନ ଅଛି, ସେହି ବେତନରେ ପୁଣି ଆରମ୍ଭ କରିବାକୁ ହେବ । ଏହି ସମସ୍ତ କଥା ଭାବିଲେ ଏବଂ ତାହାର ସମ୍ଭାବନା ସ୍ୱୀକାର କଲେ ମୟୂରଭଞ୍ଜ ଗମନ ଦ୍ୱାରା ପ୍ରକୃତ ପ୍ରସ୍ତାବରେ ମୋହର ବିଶେଷ କିଛି ପ୍ରାପ୍ତିର ସମ୍ଭାବନା ନାହିଁ । ଏ ରୂପ ଅବସ୍ଥାରେ ମୋହର ଯିବାକୁ କେତେଦୂର ପ୍ରବୃତ୍ତି ହେବ ତାହା ମହାରାଜାଙ୍କର ସଦବିବେଚନା ଉପରେ ସମ୍ପୂର୍ଣ୍ଣ ନିର୍ଭର କରୁଅଛି ।

ମୁଁ ବାଲେଶ୍ୱରବାସୀ, ସୁତରାଂ ମୟୂରଭଞ୍ଜକୁ ମୋହର ପ୍ରଧାନ ଆଶ୍ରୟସ୍ଥଳ ବୋଲି ମନେ କରିଥାଏ ଏବଂ ସେ ରୂପ ସୁବିଧା ହେଲେ ମୟୂରଭଞ୍ଜର ପ୍ରଜା ହୋଇ ରହିବାକୁ ମୋର ସମ୍ପୂର୍ଣ୍ଣ ଇଚ୍ଛା ରହିଅଛି । ପୂର୍ବ ପୁଣ୍ୟ ଫଳରୁ ମୟୂରଭଞ୍ଜ ଆପଣଙ୍କୁ ସିଂହାସନରେ ପାଇଅଛି ଏବଂ ଜଗଦୀଶ୍ୱର ଶ୍ରୀମାନ ରାମଚନ୍ଦ୍ରଙ୍କୁ ଦୀର୍ଘଜୀବୀ କଲେ ତାହାଙ୍କର ରାଜତ୍ୱକାଳ ବର୍ତ୍ତମାନ ରାଜତ୍ୱ ଅପେକ୍ଷା ଗୌରବାନ୍ୱିତ ହେବ । ମୁଁ ସେହି ଗୌରବର ଅଂଶୀ ହୁଏ କିମ୍ଵା ନ ହୁଏ ତାହା ଭିନ୍ନ କଥା, କିନ୍ତୁ ସର୍ବଦା କାୟମନୋବାକ୍ୟରେ ମୟୂରଭଞ୍ଜର ମଙ୍ଗଳ କାମନା କରୁଥିବି ।

କମିଶନର ସାହେବ ଏ ବିଷୟରେ ମୋହର ମତ ଶୀଘ୍ର ଜାଣିବାକୁ ଇଚ୍ଛା ପ୍ରକାଶ କରିଅଛନ୍ତି । କିନ୍ତୁ ଏ ରୂପ ଗୁରୁତର ବିଷୟର ମୀମାଂସା ସମୟସାପେକ୍ଷ ।

ବଶମ୍ୟଦ ଭୃତ୍ୟ

ରାଧାନାଥ ରାୟ

ରାଧାନାଥ ଭାବିଥିଲେ ଯେ ଏ ପତ୍ର ପ୍ରାପ୍ତି ପରେ କୃଷ୍ଣଚନ୍ଦ୍ର ସ୍ୱତଃପ୍ରବୃତ୍ତ ହୋଇ ତାଙ୍କୁ ବେଶୀ ଦରମା ଦେବାକୁ ରାଜି ହେବେ ବା ଅନ୍ୟ ସୂତ୍ରରେ ତାଙ୍କୁ ଅଧିକ ଅର୍ଥ ଦେବାର ବନ୍ଦୋବସ୍ତ କରିବେ । କିନ୍ତୁ ଏହା ହେଲାନାହିଁ । ବନ୍ଧୁମାନେ ତାଙ୍କୁ ଗଡ଼ଜାତ ଯିବାକୁ ମନା ନ କଲେ ମଧ୍ୟ ଏ ବିଷୟରେ ଥିବା ଅସୁବିଧାମାନ କଥା କହିଲେ । ଶିକ୍ଷା ବିଭାଗ ଡିରେକ୍ଟର କ୍ରଫୁ ତାଙ୍କୁ ଗୋଟିଏ ରୋକଠୋକ ପତ୍ର ଲେଖି

ଜଣାଇଲେ ଯେ ଶିକ୍ଷା ବିଭାଗରେ ତାଙ୍କର ପ୍ରଥମ ଶ୍ରେଣୀକୁ ଉନ୍ନତି ପାଇବାର ଶୀଘ୍ର ସମ୍ଭାବନା ନାହିଁ; ତେଣୁ ସେ ମୟୂରଭଞ୍ଜ ଯାଇପାରନ୍ତି । ଏ ଭଳି ଦୋଦୋପାଞ୍ଚ ଅବସ୍ଥା ବେଳେ ଗଡ଼ଜାତ ଆସିଷ୍ଟାଣ୍ଟ ସୁପରିନଟେଣ୍ଡେଣ୍ଟ ପାଖରୁ ପତ୍ର ଆସିଲା ଯେ ସେ ମୟୂରଭଞ୍ଜ ଯିବେ କି ନାହିଁ ତୁରନ୍ତ ତା'ର ଜବାବ ଦିଅନ୍ତୁ, ତାଙ୍କର ଏ ଜବାବ ଦଶଦିନ ଆଗରୁ ଦେବାର ଥିଲା !

ଡିସେମ୍ବର ପ୍ରଥମ ସପ୍ତାହରେ ପୁରୀ ଗସ୍ତ ସମୟରେ ରାଧାନାଥ ଏ ପତ୍ର ପାଇଲେ ଓ କୃଷ୍ଣଚନ୍ଦ୍ରଙ୍କୁ ଓ ନିଜ ଭାଗ୍ୟକୁ ଗାଳିଦେଲେ । ବିରକ୍ତ ହୋଇ ଏହାର ଉତ୍ତର ଦେଲେ : ମୁଁ ମୋର ମୟୂରଭଞ୍ଜ ଗସ୍ତ ବେଳେ ମହାରାଜାଙ୍କ ସହିତ ସାକ୍ଷାତ ଓ ଆଲୋଚନା କରି ଏ ବିଷୟରେ ନିଷ୍ପତ୍ତି କରିବାପାଇଁ ମାସେ ଦି ମାସ ସମୟ ଚାହିଁଥିଲି । କିନ୍ତୁ ବିଷୟଟି ଯଦି ଏତେ ଜରୁରୀ ଯେ ବିଳମ୍ବ କରାଯାଇ ନ ପାରେ, ତେବେ ମୁଁ ଦୁଃଖିତ ଯେ ମୁଁ ଏ ପ୍ରସ୍ତାବକୁ ଗ୍ରହଣ କରିବି ବୋଲି କହିବା ଅବସ୍ଥାରେ ନାହିଁ ।

ରାଧାନାଥ ମୟୂରଭଞ୍ଜ ଆସିବାକୁ ରାଜି ହେଲେ ନାହିଁ, ଏ ଖବର ପାଇ ରୋଗଶଯ୍ୟାରେ ରହି କୃଷ୍ଣଚନ୍ଦ୍ର ଅନେକ ଦୁଃଖ କଲେ ।

କଟକ: ଡିସେମ୍ବର ୧୮୮୧

ପ୍ୟାରୀମୋହନ ଆଚାର୍ଯ୍ୟଙ୍କର ଇତିହାସ ବହି ପ୍ରକାଶ ପାଇବା ସଙ୍ଗେ ସଙ୍ଗେ ତାଙ୍କୁ ଅନେକ ପ୍ରଶଂସା ମିଳିଲା ସତ, କିନ୍ତୁ କିଛି ଲୋକ ତାଙ୍କର କୁତ୍ସା କରିବାରେ ଲାଗିଗଲେ। ସେ ନିଜର ବକ୍ତୃତାମାନଙ୍କରେ ହିନ୍ଦୁଧର୍ମର କୁସଂସ୍କାର ବିରୁଦ୍ଧରେ କହୁଥିବାରୁ ତାଙ୍କୁ ହିନ୍ଦୁ ବିରୋଧୀ ଆଖ୍ୟା ଦିଆଗଲା। ଏ ସମାଲୋଚନା ଏପରି ସ୍ତରରେ ପହଞ୍ଚିଲା ଯେ ଶେଷରେ ପ୍ୟାରୀମୋହନ ବାଧ୍ୟ ହୋଇ ଦୀପିକାରେ ନିମ୍ନଲିଖିତ ପତ୍ରଟି ପ୍ରକାଶ କରାଇଲେ :

ଶୁଣିବାକୁ ପାଇଲି ଯେ ବକ୍ତୃତାରେ ହିନ୍ଦୁ ଓ ହିନ୍ଦୁଧର୍ମ ବିରୁଦ୍ଧରେ କହିବା ମୋର ଅଭ୍ୟାସ ବୋଲି ଜଣେ ଦି ଜଣ ଲୋକ ଅନ୍ୟମାନଙ୍କୁ ବୁଝାଇବାକୁ ଚେଷ୍ଟା କରୁଛନ୍ତି। ମୁଁ ମୋର ସେହି ଭଦ୍ରବନ୍ଧୁମାନଙ୍କୁ ଆହ୍ୱାନ କରୁଛି ଯେ ସେମାନେ ଜଣାନ୍ତୁ ମୁଁ କେଉଁ ବକ୍ତୃତା କିମ୍ବା କେଉଁ ଅଂଶରେ ସେ କଥା କହିଛି। ମୁଁ ସମ୍ପାଦକ ତଥା ମୋ ସଭାରେ ଉପସ୍ଥିତ ଭଦ୍ରମଣ୍ଡଳୀଙ୍କ ପାଖରେ ବିନତି କରୁଛି ଯେ ସେମାନେ କହନ୍ତୁ ମୁଁ କେବେ କୌଣସି ଧର୍ମ ବିରୁଦ୍ଧରେ ସେ ଧର୍ମର ମତାବଲମ୍ବୀଙ୍କ ମନରେ ଆଘାତ ଦେବାପାଇଁ ଅସମ୍ମାନରେ କହିଛି କି।

ବିନୟାବଦ

ପ୍ୟାରୀମୋହନ ଆଚାର୍ଯ୍ୟ

କଟକ ୧୭.୭.୮୦

ପ୍ୟାରୀମୋହନଙ୍କ ବିରୁଦ୍ଧରେ ଅନ୍ୟ ଏକ ଆକ୍ରମଣ ହେଲା ତାଙ୍କର ଓଡ଼ିଶା ଇତିହାସ ନେଇ। ଏ ଆକ୍ରମଣର ନେତୃତ୍ୱ ନେଲେ କଟକର କାଳୀପଦ ବ୍ୟାନାର୍ଜୀ। ସେ କଲିକତାରୁ ସମ୍ବାଦପତ୍ରମାନଙ୍କୁ ବହିଟି ବିରୁଦ୍ଧରେ ଲେଖି ପଠାଇଲେ ଏବଂ ତାହାକୁ 'ଜଗନ୍ନାଥୀ ଏକ ନମ୍ବର' ନାମରେ ଛପାଇ ଓଡ଼ିଶା

ସାରା ବୁଝାଇଲେ। ପ୍ୟାରୀମୋହନଙ୍କ ବହିରେ ସେ ଏକ ବିରାଟ ଭୁଲ ଦେଖାଇଥିଲେ ତାଙ୍କର କଳାପାହାଡ଼
ଆକ୍ରମଣ ବିଷୟକ ବର୍ଣ୍ଣନାରେ। ପ୍ୟାରୀମୋହନଙ୍କ ବହିରେ ଏଭଳି ଲେଖାଥିଲା :

ପୁରୀ ଜୟ କରି ହିନ୍ଦୁ ଦେବଦେବୀଙ୍କ ଉପରେ କଳାପାହାଡ଼ ଘୋର ଅତ୍ୟାଚାର ଆରମ୍ଭ କଲେ।
ଜଗନ୍ନାଥ ସେବକମାନେ ଜଗନ୍ନାଥଙ୍କୁ ଘେନି ଚିଲିକା. ହୁଦ ତଟବର୍ତ୍ତୀ ପାରିକୁଦ ନାମକ ସ୍ଥାନରେ ପୋତି
ରଖିଲେ। ଦୁର୍ଦ୍ଦାନ୍ତ କଳାପାହାଡ଼ ସେ ବିଷୟରେ ସନ୍ଧାନ ପାଇ ପାରିକୁଦଠାକୁ ଯାଇ ଜଗନ୍ନାଥ ଦେବଙ୍କୁ
ଖୋଲି ହସ୍ତୀ ପିଠିରେ ନଦି ଗଙ୍ଗାକୂଳକୁ ଘେନିଗଲେ ଓ ଗଙ୍ଗାକୂଳରେ ଜଳୁଥିବା ଏକ ଚିତା ବହ୍ନିରେ
ଜଗନ୍ନାଥଙ୍କୁ ପୋଡ଼ି ଦେବାପାଇଁ ନିକ୍ଷେପ କଲେ। କିନ୍ତୁ ଓଡ଼ିଶାବାସୀଙ୍କର ଜଗନ୍ନାଥଙ୍କ ପ୍ରତି ଭକ୍ତି ତାଙ୍କୁ
ସମ୍ପୂର୍ଣ୍ଣ ରୂପେ ଦଗ୍ଧୀଭୂତ ହେବାକୁ ଦେଲା ନାହିଁ। ଜଗନ୍ନାଥ ଦେବ ଚିତା ଅଗ୍ନିରେ ପୋଡ଼ି ନ ଯାଉଣୁ
ବିଶର ମହାନ୍ତି ନାମକ ଏକ ବ୍ୟକ୍ତି ତାଙ୍କୁ ଓଟାରି ନେଲା ଓ ତାଙ୍କ ନାଭି ସ୍ଥଲ ଉଦ୍ଧାର କରି ଓଡ଼ିଶାକୁ
ପ୍ରତ୍ୟାଗମନ କଲା। କୁଜଙ୍ଗ ରାଜା ଅବଶେଷରେ ଜଗନ୍ନାଥଙ୍କର ସେହି ନାଭିସ୍ଥଲ ପ୍ରାପ୍ତ ହୋଇ ତାଙ୍କର
ପ୍ରତିଷ୍ଠାଦି କରାଇଲେ।

କାଳୀପଦଙ୍କର ଯୁକ୍ତି ହେଲା। ଯେ ଜଗନ୍ନାଥଙ୍କୁ ଚିତାଗ୍ନିରେ ପୋଡ଼ା ହୋଇଥିବାର କୁହାଯାଇଥିବାରୁ
ଲୋକମାନଙ୍କର ପୁରୀ ମନ୍ଦିରରେ ଥିବା ମୂର୍ତ୍ତି କୌଣସି ଭକ୍ତି ରହିବ ନାହିଁ ଏବଂ ପୁରୀକୁ କୌଣସି ଯାତ୍ରୀ
ଆସିବେ ନାହିଁ କିମ୍ବା ମନ୍ଦିରର ମହାପ୍ରସାଦ ଖାଇବେ ନାହିଁ।

କାଳୀବାବୁଙ୍କ ପ୍ରେରିତ ପତ୍ର ବିଷୟରେ କଲିକତାର ଡେଲି ନିଉଜରେ ବାହାରିବା ପରେ ଓଡ଼ିଶାରେ
ଏ ବିଷୟରେ ବାଦାନୁବାଦ ଆରମ୍ଭ ହେଲା। ପ୍ୟାରୀମୋହନଙ୍କ ସପକ୍ଷରେ କୁହାହେଲା ଯେ ସେ କଳାପାହାଡ଼
ବିଷୟକ ବର୍ଣ୍ଣନାଟି ମାଦଲାପାଞ୍ଜି ଓ ସଟନଙ୍କ ଓଡ଼ିଶା ଇତିହାସରୁ ନେଇଥିଲେ। ସଟନଙ୍କ ଇତିହାସ
ପୂର୍ବେ ଓଡ଼ିଶାର ସ୍କୁଲମାନଙ୍କରେ ପାଠ୍ୟପୁସ୍ତକ ଥିବାରୁ ପ୍ୟାରୀମୋହନଙ୍କ ବର୍ଣ୍ଣନା ବିଷୟରେ ଆପତ୍ତି
ଉଠି ନ ପାରେ। ପୁରୀ ମନ୍ଦିରକୁ ଆସୁଥିବା ଯାତ୍ରୀମାନଙ୍କ ଉପରେ ଏହାର କୌଣସି ପ୍ରଭାବ ପଡ଼ି ନ
ଥିଲା ବୋଲି ମଧ୍ୟ କୁହାଗଲା। ପୁରୀ ମନ୍ଦିରକୁ ପଥର ଖସିପଡ଼ିବା ବେଳେ ଅଥବା ପୁରୀ ରାଜା କଏଦୀ
ହେବା ସମୟରେ ଯଦି ମନ୍ଦିରରେ କୌଣସି ଗଣ୍ଡଗୋଳ ହୋଇ ନ ଥିଲା, ପ୍ୟାରୀମୋହନଙ୍କ ଇତିହାସ
ବହିର ଗୋଟିଏ ଅଂଶକୁ ନେଇ ତାହା ହେବ କିପରି ?

ଖବରକାଗଜକୁ ଚିଠି ଲେଖି ଓ ପ୍ରଚାରପତ୍ର ବାଣ୍ଟି କାଳୀପଦ ସନ୍ତୁଷ୍ଟ ରହିଲେ ନାହିଁ। ସେ ଏ
ବିଷୟରେ କଲେକ୍ଟରଙ୍କ ପାଖରେ ମଧ୍ୟ ଗୋଟିଏ ଦରଖାସ୍ତ କଲେ। ଜଗନ୍ନାଥଙ୍କ ବିଷୟ ବ୍ୟତୀତ ସେ
ବହିଟିରେ ଆଉ ଗୋଟିଏ ଦୋଷ ଥିବାର ଦେଖାଇଲେ। ଓଡ଼ିଶା ଇତିହାସରେ ଲେଖାଥିଲା ଯେ ଗଭର୍ଣ୍ଣମେଣ୍ଟ
ଚିରସ୍ଥାୟୀ ବଦୋବସ୍ତର ଆଶା ଦେଇ ୧୮୧୩ ସାଲର ୧ ଆଇନ ଦ୍ୱାରା ଲୋକଙ୍କୁ ତହିଁରୁ ବଞ୍ଚିତ
କଲେ। କାଳୀପଦଙ୍କ ମତରେ ସରକାରଙ୍କୁ ପ୍ରବଞ୍ଚକ କହି ଅପମାନିତ କରାଯାଇଛି।

କଲେକ୍ଟର ଏ ଦରଖାସ୍ତ ଉପରେ ଶିକ୍ଷା କମିଟିଙ୍କ ମତାମତ ଚାହିଁଲେ। ଏପ୍ରିଲ ସାତ ତାରିଖରେ
ଗୋଟିଏ ସଭା କରି କମିଟି ଏ ବିଷୟରେ ସଭ୍ୟମାନଙ୍କର ମତ ନେଲେ। ସ୍କୁଲ ଡେପୁଟୀ ଇନ୍ସପେକ୍ଟର
ଉମାପ୍ରସାଦ ଦେ ଓ ଆଉ ଜଣେ ଦୁଇଜଣ ସଭ୍ୟ କାଳୀପଦଙ୍କୁ ସମର୍ଥନ କଲେ, କିନ୍ତୁ ଅନ୍ୟମାନେ
ପ୍ୟାରୀମୋହନଙ୍କ ଲେଖାରେ ଆପତ୍ତିଜନକ କିଛି ଦେଖିଲେ ନାହିଁ। ଚିତାବହ୍ନି ଶବ୍ଦର ଅର୍ଥ ଘେନି
ଯୁକ୍ତିତର୍କ ହେଲା। କାଳୀବାବୁ ଓ ତାଙ୍କର ସମର୍ଥକମାନେ ଏହାର ଅର୍ଥ ଶବଦାହର ଅଗ୍ନି କହିବାବେଲେ

ଅନ୍ୟମାନେ ଏହାର ଅଥ ଯେ କୌଣସି କାଳର ନିଆଁ ବୋଲି କହିଲେ। ସେହିପରି ବକ୍ତୃତାର ଅର୍ଥ ପ୍ରବଞ୍ଚନା ନୁହେଁ ବୋଲି ଉପସ୍ଥାପିତ କରାଗଲା। ସର୍ବଶେଷରେ କମିଟି ସ୍ଥିର କଲେ ଯେ ବହିରେ ଆପଭିଜନକ କିଛି ନାହିଁ।

ନିଜର ଉଦ୍ୟମରେ ଏପରି ଭାବରେ ଅସଫଳ ହୋଇ କାଳୀପଦ ଜଗନ୍ନାଥୀ ଦୁଇ ନମ୍ବର ପତ୍ର ପ୍ରକାଶ କଲେ। ଏଥିରେ ସେ ଲେଖିଥିଲେ ଯେ ସତନଙ୍କ ଇତିହାସରେ ଜଗନ୍ନାଥଙ୍କ ଦୁର୍ଦ୍ଦଶା କଥା ଲେଖା ଯାଇଥିବାରୁ ଏବଂ ଏ ବହିଟି ସ୍କୁଲରେ ପଢ଼ା ଯାଉଥିବାରୁ ୧୮୫୬ରେ ବୈଦେଶ୍ୱର ସ୍କୁଲକୁ ଛାତ୍ର ପଢ଼ିବାକୁ ଗଲେ ନାହିଁ ଏବଂ ସ୍କୁଲଟି ଉଠିଗଲା। ଏହି ପତ୍ରରେ ସେ ଶିକ୍ଷା କମିଟି ଆଲୋଚନାର ବିବରଣୀ ଦେଇ ପୁଣି ବହି ବିରୁଦ୍ଧରେ ବିଷ ଉଦ୍‌ଗାର କରିଥିଲେ।

ଖୁବ୍ ଶୀଘ୍ର ତାଙ୍କର ଜଗନ୍ନାଥୀ ତିନି ନମ୍ବର ମଧ୍ୟ ପ୍ରକାଶ ପାଇଲା। ଏଥିରେ ବହିଟି ବିଷୟରେ କଲେକ୍ଟର ଓ ଅନ୍ୟ କର୍ତ୍ତୃପକ୍ଷଙ୍କ ଭିତରେ ଯେଉଁ ପତ୍ରାଳାପ ହୋଇଥିଲା ସେହି ପତ୍ରମାନଙ୍କର ନକଲ ଥିଲା। ଏଥିରୁ ଗୋଟିଏ ବିଶେଷ ପତ୍ର ଥିଲା ଉମାପ୍ରସାଦ ଦେଙ୍କର ଯେଉଁଥିରେ ସେ ଲେଖିଥିଲେ :
ଗ୍ରନ୍ଥକାର ଯେ ରୂପ ଅପରିଣତବୟସ୍କ ଯୁବାବୃନ୍ଦର ପ୍ରକାଶ୍ୟ ସଭା ଇତ୍ୟାଦିରେ ହିନ୍ଦୁଧର୍ମାବଲମ୍ବୀମାନଙ୍କ ସମ୍ବନ୍ଧେ ଉପହାସ କରିଥାଆନ୍ତି, ଜଗନ୍ନାଥ ଦେବ ସମ୍ବନ୍ଧେ ଜ୍ଞାନପୂର୍ବକ ମିଥ୍ୟା ରଚନା ଦ୍ୱାରା ସେମାନଙ୍କର ଧର୍ମପ୍ରବୃତ୍ତି ପ୍ରତି ସେହି ରୂପ ନିନ୍ଦାବାଦ କରିଅଛନ୍ତି।

ଏ ସବୁ ବିସମ୍ବାଦ ପରେ, ଯଦିଓ ବହିଟି ସରକାରଙ୍କ ଦ୍ୱାରା ଆଦୃତ ହୋଇ ପୁରସ୍କାର ପାଇଥିଲା, କଲେକ୍ଟର ପସି ନିର୍ଦ୍ଦେଶ ଦେଲେ ଯେ ବହିଟି ଆଉ ବିଦ୍ୟାଳୟମାନଙ୍କରେ ପଠିତ ହେବ ନାହିଁ। ଏ ନିର୍ଦ୍ଦେଶ ପ୍ୟାରୀମୋହନଙ୍କୁ ବିଶେଷ ଆଘାତ ଦେଲା।

ଏ ଗଣ୍ଡଗୋଳ ଶେଷ ହୋଇଛି କି ନାହିଁ, ପ୍ୟାରୀମୋହନଙ୍କ ପାଇଁ ଆହୁରି ଏକ ଘଟଣା ଗୁରୁତର ଆକାର ଧାରଣ କଲା। ସେଇଟି ହେଲା ବାଙ୍କୀ ତହସିଲଦାରଙ୍କ ମକଦ୍ଦମା। ପ୍ୟାରୀମୋହନଙ୍କ ପ୍ରିୟ ବନ୍ଧୁ ଗୋବିନ୍ଦ ରଥ ତହସିଲଦାରଙ୍କ ବିରୁଦ୍ଧରେ ଉତ୍କୋଚ ନେବାର ଅଭିଯୋଗ କରିଥିଲେ ଏବଂ କମିଶନରଙ୍କୁ ଅନୁରୋଧ କରିଥିଲେ ଯେ କିଛିକାଳ ପାଇଁ ତାଙ୍କୁ ବାଙ୍କୀରୁ ସ୍ଥାନାନ୍ତରିତ କରି ଦିଆଯାଉ। ଗୋବିନ୍ଦ ରଥ କଟକ ଏକାଡେମୀରେ କିଛିଦିନ ଶିକ୍ଷକତା କରିବା ପରେ ବାଙ୍କୀ ଫେରିଯାଇ ସେଠାରେ ରହୁଥିଲେ ଏବଂ ଲେଖିବାରେ ଓ ସାମାଜିକ କାମରେ ନିଜକୁ ସମ୍ପୂର୍ଣ୍ଣ ନିୟୋଜିତ କରିଥିଲେ। ବାଙ୍କୀରେ ତହସିଲଦାରଙ୍କ ବିରୁଦ୍ଧରେ ଜନମତର ଉଗ୍ରତା ଦେଖି ରଥେ ବର୍ତ୍ତମାନ ଏ ପଦକ୍ଷେପ ନେଇଥିଲେ।

ଏ ଅଭିଯୋଗର ବିଚାର ସମୟକୁ ପ୍ୟାରୀମୋହନ ଉମପଡ଼ାରେ ମ୍ୟାନେଜର ଥିଲେ। ସେ ଗୋବିନ୍ଦ ରଥଙ୍କୁ ଭରସା ଦେବାପାଇଁ ପତ୍ର ଲେଖିଲେ :
ରଥେ,

ଯେଉଁ କାର୍ଯ୍ୟରେ ପ୍ରବୃତ୍ତ ହୋଇଅଛ, ସେଥିରେ ସାବଧାନପୂର୍ବକ କାର୍ଯ୍ୟ କରିବ। ସାକ୍ଷୀମାନେ ଯେମନ୍ତ ଯଥାର୍ଥ ବର୍ଣ୍ଣନା କରନ୍ତି ସେଥିପ୍ରତି ଚେଷ୍ଟାର ତ୍ରୁଟି କରିବ ନାହିଁ। ସାକ୍ଷୀମାନେ ସତ୍ୟ କହିବେ କି ନାହିଁ ବଡ଼ ସନ୍ଦେହର ବିଷୟ। କମିଶନର ସାହେବ ଯେ କିଛି କାଳ ସକାଶେ ସ୍ଥାନାନ୍ତରିତ କରିବାକୁ ଅସ୍ୱୀକୃତ ହୋଇଅଛନ୍ତି, ଏହା ଶୁଣି ମୁଁ ଟିକିଏ ଶଙ୍କିତ ହୋଇଅଛି। ସାବଧାନ ! ଯତୋଧର୍ମ ସ୍ତତୋଜୟଃ ଏହି କଥା ସ୍ଥିର ଜାଣି ଯଥାସାଧ୍ୟ ଚେଷ୍ଟା କର। ଭଗବାନ ଯାହା କରିବେ।

ବଙ୍ଗୀୟ ଓ ଉତ୍କଳୀୟ ସମସ୍ତ ସମ୍ବାଦପତ୍ରମାନଙ୍କୁ ଏ ସମ୍ବାଦ ପଠାଅ। ମିରର ଓ କଲିକତାର ଷ୍ଟେଟସମ୍ୟାନ ଏହି ଦୁଇ ପତ୍ରକୁ ଟେଲିଗ୍ରାମ୍‌ ଦ୍ୱାରା ସମ୍ବାଦ ଦିଅ ଯେ ବାଙ୍କୀ ଡେପୁଟି ମାଜିଷ୍ଟ୍ରେଟ ଏପରି ଅତ୍ୟାଚାର କରୁଥିବାର କେତେକ ବାଙ୍କୀବାସୀମାନେ କମିଶନର ସାହେବଙ୍କଠାରେ ଦରଖାସ୍ତ କରି ଅଛନ୍ତି। ଦରଖାସ୍ତକାରୀମାନେ ମାଜିଷ୍ଟ୍ରେଟଙ୍କୁ ସ୍ଥାନାନ୍ତରିତ କରି ମକଦମା ବିଚାର କରିବାକୁ ପ୍ରାର୍ଥନା କରନ୍ତି, ମାତ୍ର କମିଶନର ତାହା ନ କରି ଗୁହା ତଲବ କରିଛନ୍ତି, ଇତ୍ୟାଦି।

ଏହିପରି ମଧୁ ପ୍ରଭୃତିଙ୍କ ସହ ବିଚାର କରି ଓ ସାବଧାନ ହୋଇ ତାର ଡାକରେ ଖବର ଦିଅ। ସଂଖ୍ୟା ଉଠାରୁ ଟେଲିଗ୍ରାମ ଖବର ଦେଲେ ଟଙ୍କାକେ ୩୬ ଶବ୍ଦ ଯିବ। ସମସ୍ତ ସମ୍ବାଦ ଲେଖିବ।

୨୦.୮.୧୮୮୦   ତୁମ୍ଭର ପ୍ୟାରୀମୋହନ

ଏପରି ଭାବେ ଖବରକାଗଜରେ ସମ୍ବାଦମାନ ପ୍ରକାଶ ପାଇବାରୁ କମିଶନର ନିଜର ସେରିସ୍ତାଦର ବଲରାମ ବୋଷଙ୍କୁ ବାଙ୍କୀ ପଠାଇଲେ ତହସିଲଦାର ଶ୍ରୀନାଥ ବାବୁଙ୍କ ପାଖରୁ ଚାର୍ଜ ନେବାପାଇଁ। ସେତେବେଳେ ବାଲେଶ୍ୱର ସମ୍ବାଦ ବାହିକାରେ ରଥଙ୍କ ବିଷୟରେ   ଏପରି ବ୍ୟଙ୍ଗ କବିତା ପ୍ରକାଶ ପାଇଥିଲା :

ଶୁଣ ପରୀକ୍ଷ ନରନାଥ।	ଗୋବିନ୍ଦ କଥା ଅଦ୍ଭୁତ ॥
କାହାରି କଥା ନୁହେଁ ଚିର।	ରାବଣ ଗଲା ଦେଶାନ୍ତର ॥
ତାହାର ଆଶ୍ରିତ ରାକ୍ଷସେ।	ଠୋକାଏ ବୁଲୁଥିଲେ ଦେଶେ ॥
ଖାଆନ୍ତି ଦେଶ ଲୁଟିପାଟି।	କାହାରି ନ ଫିଟଇ ପାଟି ॥
ଅସୁରେ ଖାଆନ୍ତି କଉଡ଼ି।	ସମସ୍ତେ ଥାନ୍ତି ହାତଯୋଡ଼ି ॥
ଦୁଷ୍ଟ ଦଳନ ଦଇତ୍ୟାରି।	ଦିନେ ଗୋବିନ୍ଦ ରୂପ ଧରି ॥
କରିଲେ ଅତ୍ୟନ୍ତ ସାହସ।	ହାତରେ ଘେନି ହରିବଂଶ ॥
ଗୁଟେ ଅସୁର ମାରିବାକୁ।	ଗଲେ ସେ ବିଚାର ସ୍ଥାନକୁ ॥ ଇତ୍ୟାଦି ॥

୧୮୮୧ ଡିସେମର ୨୩ ତାରିଖ ଦିନ ପ୍ରବଳ ଜର ନେଇ ପ୍ୟାରୀମୋହନ ଉମପଡ଼ାରୁ କଟକରେ ଆସି ପହଞ୍ଚିଲେ। ଏ ଖବର ପାଇ ମଧୁସୂଦନ ରାଓ ଆସି ତାଙ୍କର ବସାରେ ପହଞ୍ଚିବାରୁ ପ୍ୟାରୀମୋହନ କହିଲେ, ମୁଁ ଆଉ ଏଥର ବଞ୍ଚିବି ନାହିଁ। ମଧୁସୂଦନ କହିଲେ, ତା କିପରି ହୋଇପାରେ ? ଆମର ତ ପିଲାଦିନୁ କଥା ହୋଇଥିଲା ଯେ ଆମେ ଏକା ଦିନରେ ମରିବା। ଆମର ଆହୁରି ଅନେକ କାମ ରହିଛି ଜୀବନରେ କରିବାକୁ।

କିନ୍ତୁ ଆହୁରି ଛ ଦିନ କାଳ ସନ୍ନିପାତ ଜରରେ ପଡ଼ି ରହିବାପରେ ଗୁରୁବାର ୨୯ ତାରିଖ ସକାଳ ନ'ଟାବେଳେ ପ୍ୟାରୀମୋହନ ପ୍ରାଣତ୍ୟାଗ କଲେ। ମଲାବେଳକୁ ତାଙ୍କର ବୟସ ହୋଇଥିଲା ମାତ୍ର ତିରିଶ ବର୍ଷ। ତାଙ୍କର ମୃତ୍ୟୁରେ ଶୋକ ପ୍ରକାଶ କରି ସମସ୍ତେ ତାଙ୍କର ତିନୋଟି ପ୍ରଶଂସା କଲେ : ଉତ୍କଳପୁତ୍ର ପତ୍ରିକା, କଟକ ଏକାଡେମୀ ଓ ଓଡ଼ିଶା ଇତିହାସ। ଲୋକମାନେ ଭୁଲି ଯାଇଥିଲେ ଯେ ପ୍ୟାରୀମୋହନ ଦୁଇଟି ଜୀବନ୍ତ କୀର୍ତ୍ତି ମଧ ଛାଡ଼ିଯାଇଛନ୍ତି; ତାଙ୍କ ସହପାଠୀ ଓ ସୁହୃଦ ଗୋବିନ୍ଦ ରଥ ଓ ମଧୁସୂଦନ ରାଓ।

ପୁରୀ: ଡିସେମ୍ବର ୧୮୮୨

କଟକ ଜେଲରୁ କଲିକତାକୁ ସ୍ଥାନାନ୍ତରିତ ହୋଇଯିବା ପରେ ଦିବ୍ୟସିଂହ ବିଷୟରେ କୌଣସି ସମ୍ବାଦ ନ ଥିଲା। ମଝିରେ ଥରେ ଖବର ଆସିଥିଲା ଯେ ସେ କଲିକତା ପ୍ରେସିଡ଼େନ୍ଦି ଜେଲ ଛାପାଖାନାରେ ଅକ୍ଷର ବାନ୍ଧିବା କାମ କରୁଥିଲେ। ତା ବିଷୟରେ ଶେଷ ଖବର ଥିଲା ଯେ ୧୮୭୮ ସେପ୍ଟେମ୍ବର ୪ ତାରିଖରେ ସତାରା ଜାହାଜରେ ତାକୁ କଲାପାଣି ନିଆ ହୋଇଥିଲା। ଜାହାଜରେ ପାଗଳ ଭଳି ବ୍ୟବହାର କରିବାରୁ ତା ଗୋଡ଼ରେ ଲୁହାର ବେଡ଼ି ପିନ୍ଧାଇ ଦିଆଯାଇଥିଲା। ଜାହାଜ ଟାପୁରେ ପହଞ୍ଚିବା ପରେ ସେ ଅନେକ କନ୍ଦାକଟା କଲା ଏବଂ ତାକୁ ଗୋଟିଏ ସ୍ୱତନ୍ତ୍ର ଜେଲରେ ରଖାଯାଇଥିଲା।

ଦିବ୍ୟସିଂହର ଦ୍ୱୀପାନ୍ତର ପରେ ଗୋଟିଏ ଦୃଷ୍ଟିରୁ ନିଶ୍ଚିନ୍ତ ହୋଇଥିଲେ ରାଣୀ ସୂର୍ଯ୍ୟମଣି; ଏଥର ଆଉ ସେ ନଅରରେ ଗଣ୍ଡଗୋଳ କରିବ ନାହିଁ। ତେବେ ରାଣୀ ଏ ବିଷୟରେ କିଛି ନ କଲେ ମଧ ଦିବ୍ୟସିଂହର ଜନ୍ମଦାତ ପିତା ବଡ଼ଖେମଣ୍ଡି ରାଜା ତାକୁ ଯାବଜ୍ଜୀବନ କାରାଦଣ୍ଡରୁ ମୁକ୍ତି କରିବା ପାଇଁ ବ୍ରିଟିଶ ପାର୍ଲାମେଣ୍ଟରେ ଦରଖାସ୍ତ କଲେ ଏବଂ ଟଙ୍କା ଖର୍ଚ କରି ଓକିଲ ନିଯୁକ୍ତ କଲେ; ତେବେ ଏହାର କୌଣସି ଫଳ ହେଲା ନାହିଁ।

ଏଥରକ ସୂର୍ଯ୍ୟମଣି ଲାଗିଲେ ଦିବ୍ୟସିଂହର ପୁଅ କିପରି ଉତ୍ତରାଧିକାରୀ ହୋଇ ସମସ୍ତ ସମ୍ପତ୍ତି ଓ କ୍ଷମତା ପାଇବ। ନାବାଳକ ପୁଅ ପକ୍ଷରୁ ସେ ଦରଖାସ୍ତ କଲେ ଯେ ପୁରୀ ରାଜାଙ୍କୁ ଯେଉଁ ପେନସନ ଟଙ୍କା ମିଳୁଥିଲା ତାହା ଦିବ୍ୟସିଂହର ସ୍ତ୍ରୀ ନୀଳାଦ୍ରି ଓ ପୁଅ ଜଗନ୍ନାଥ ଜେନାମଣିଙ୍କ ହିତରେ ତାଙ୍କ ହାତରେ ଦିଆଯାଉ। ଜିଲ୍ଲା ଜଜଙ୍କ ଆଗରେ ତାଙ୍କର ଓକିଲ ଯୁକ୍ତି ଦର୍ଶାଇଲା ଯେ ଦିବ୍ୟସିଂହଙ୍କ ଦ୍ୱୀପାନ୍ତର ଯୋଗୁ ଏତେ ଅପବାଦ ହୋଇଛି ଯେ ସେ ସମସ୍ତ ଅଧିକାରରୁ ବଞ୍ଚିତ ହେବା ବିଧେୟ ଏବଂ ସମ୍ପତ୍ତି ଜେନାମଣି

ପାଇବା ଉଚିତ। ଜିଲ୍ଲା ଜଜ ସୂର୍ଯ୍ୟମଣିଙ୍କର ଆବେଦନକୁ ଗ୍ରହଣ କରି ତାଙ୍କୁ ନିମ୍ନଲିଖିତ ଆଦେଶ ଦେଲେ :

ପୁରୀ ଜିଲ୍ଲା ଅନ୍ତର୍ଗତ ନଅର କୁଣ୍ଡଇବେଣ୍ଟ ସାହି ନିବାସୀ ଜଗନ୍ନାଥ ଜେନାମଣି ନାବାଳକ ଅଛନ୍ତି। ସେ ଯେତେଦିନ ବୟପ୍ରାପ୍ତ ନ ହୁଅନ୍ତି ସେତେଦିନ ସକାଶେ, ଅର୍ଥାତ୍ ନାବାଳକଙ୍କର ବୟପ୍ରାପ୍ତ ସନ ୧୮୯୧ ମସିହା ପର୍ଯ୍ୟନ୍ତ, ଏ ଅଦାଲତ ସନ ୧୮୪୮ ମସିହା ୪୦ ଆଇନର ୭ ଧାରା ଅନୁସାରେ ତୁମ୍ଭେ ଉକ୍ତ ସାହି ନିବସୀ ସୂର୍ଯ୍ୟମଣି ପାଟ ମହାଦେଇଙ୍କୁ ଚଳିତ ମାସ ୧୨ ତାରିଖର ହୁକୁମନାମା ଅନୁସାରେ ନାବାଳକ ମଜକୁରର ସମ୍ପତ୍ତି ସର୍ବରା କରିବା ନିମନ୍ତେ ନିଯୁକ୍ତ କରାଗଲା। ମାତ୍ର ଉକ୍ତ ଆଇନର ୨୧ ଧାରାର ପ୍ରମାଣେ ଏ ଅଦାଲତଙ୍କୁ ଯେଉଁ ସବୁ କ୍ଷମତା ସୁପୁର୍ଦ ହୋଇଛି, ସେହି କ୍ଷମତା ଅନୁସାରେ ଏ ସାର୍ଟିଫିକେଟ ରଦ ହୋଇପାରିବ। ଏଥିରେ ତୁମ୍ଭଙ୍କୁ ତଳଲିଖିତ କ୍ଷମତା ସବୁ ଦିଆଗଲା।

ତୁମ୍ଭେ ନାବାଳକଙ୍କର ସମ୍ପତ୍ତି ଜିମା କରି ନେବ। ପୁଣି ନାବାଳକଙ୍କର ଇଷ୍ଟେଟ ବାବଦ ଯେତେ ଟଙ୍କା ଓ ଦାବୀ ଏବଂ ଦାୟ ନ୍ୟାୟରୁ ଯେ ପାଉଣା ହେବ ତାହା ଆଦାୟ କରିବ ଏବଂ ଯାହା ଥିଜିବ ଦେଣ ହୁଏ ତାହା ଦେବ ଓ ସେହି ସମ୍ପତ୍ତି ସମ୍ପର୍କରେ ଯେଉଁ ସବୁ ମକଦ୍ଦମା କରିବାକୁ ହେବ ତାହା କରିବ।

ତୁମ୍ଭ ପ୍ରତି ଯେଉଁ ଭାର ଅର୍ପିତ ଅଛି ସେଥିରେ କାର୍ଯ୍ୟ ଧାରା ମତେ ନିର୍ବାହ କରିବା ଲାଗି ସେ ସବୁ କର୍ମ କରିବ, ତାହା ସାବଧାନତା ରୂପେ କରିବାକୁ ହେବ ତାହା କରିବ ମାତ୍ର ନାବାଳକଙ୍କର ସମ୍ପତ୍ତିରୁ କିଛି ମାତ୍ର ବିକ୍ରି କରିବ ନାହିଁ ଓ ବନ୍ଧକ ଦେବ ନାହିଁ। ପୁନଶ୍ଚ ଏ ଅଦାଲତର ସ୍ପଷ୍ଟ ଅନୁମତି ନ ହେଲେ ପାଞ୍ଚ ବର୍ଷରୁ ଅଧିକ ମିଆଦରେ ପଟ୍ଟା ଦେବ ନାହିଁ। ପୁଣି ତୁମ୍ଭର ଯେତେ ଟଙ୍କା ଜମା ଖର୍ଚ୍ଚ ହେବ ତହିଁର ଠିକ୍ ହିସାବ ରଖିବ ଏବଂ ସେ ହିସାବ ଠିକ୍ ଅଟେ ଏହା ଜଣାଯିବାର ସକଳ ପ୍ରମାଣ ଓ ଅନ୍ୟ ଦଲିଲମାନ ରଖିବ। ଏ ବିଷୟକୁ ତାଗିଦ ଜାଣିବ। ୨୧ ତାରିଖ ଅଗଷ୍ଟ ୧୮୬୯ ମସିହା।

ରାଣୀ ସୂର୍ଯ୍ୟମଣି ଜମିଦାରୀ ଓ ମନ୍ଦିର ଖବର ବୁଝିବା ପାଇଁ କମିଶନର ଅଫିସର ସେରିସ୍ତାଦାର ରାମପ୍ରସାଦ ସିଂହଙ୍କୁ ମ୍ୟାନେଜର କରି ଆଣିଲେ। ଏପରି ସୁରୁଖୁରୁରେ ସବୁ ଜିନିଷ ଚାଲିଥିବା ବେଳେ ଖବର ମିଲିଲା ଯେ ଏକ ନୂଆ ଆଇନ ତିଆରି କରି ମନ୍ଦିର ପରିଚାଲନା ଗୋଟିଏ କମିଟି ହାତରେ ଦିଆ ହେବାକୁ ଯାଉଛି ଏବଂ ଦଲିକତାରେ ଏଥିପାଇଁ ମସୁଧା ଚାଲିଛି। ସୂର୍ଯ୍ୟମଣି ରାମପ୍ରସାଦଙ୍କୁ ଡାକି ଏ ବିଷୟରେ ପରାମର୍ଶ କଲେ। ସ୍ଥିର ହେଲା ଯେ ଜଗନ୍ନାଥ ଜେନାମଣିଙ୍କୁ ରାଜା କରି ଦେଲେ ସମସ୍ୟାର ସମାଧାନ ହୋଇଯିବ। ଏଥିପାଇଁ ଗୋଟିଏ ଛାମୁ ଚିଟାଉ ବାହାର କରାହେଲା : ଶ୍ରୀ ପୁରୁଷୋତ୍ତମ ବଡ଼ ଦେଉଳ ପରିଛାଙ୍କୁ ସମସ୍ତ କାର୍ଯ୍ୟମାନଙ୍କୁ ମଧ୍ୟ ଚଟାଉ। ମେଷ ୨୦ ଦିନ ସୋମବାର ଶ୍ରୀ ଜେନାମଣି ସାହେବ ରାଜାଭିଷେକ ହୋଇବେ। ତୁମ୍ଭେମାନେ ପରମ୍ପରା ମାଫିକେ ଶ୍ରୀ ଛାମୁକୁ ଆସିବ। ଆଉ ବିଷୟ ଖଟଣି କହିବାରୁ ଜାଣିବ।

୧୮୮୨ ମେ ମାସ ପହିଲା ଦିନ ଜଗନ୍ନାଥ ଜେନାମଣିଙ୍କୁ ଶ୍ରୀ ମୁକୁନ୍ଦ ଦେବ ନାଁ ଦେଇ ସିଂହାସନାରୋହଣ କରାଇ ଦିଆହେଲା। ଏ ବ୍ୟବସ୍ଥାକୁ ଅନେକ ଲୋକ ନାପସନ୍ଦ କଲେ କାରଣ ଦିବ୍ୟସିଂହ ସେ ପର୍ଯ୍ୟନ୍ତ ଜୀବିତ ଥିଲା। ଏ ବିଷୟରେ ଦୀପିକା ମନ୍ତବ୍ୟ କଲା: ସିଂହାସନ ଏତେଦିନ

ପଢ଼ିଆ ପଡ଼ି କେଉଁ କଥାର ଅସୁସାର ହୋଇଥିଲା ବା ଆଉ କିଛିଦିନ ସେହିପରି ଥିଲେ କି ବ୍ୟାଘାତ ହୁଅନ୍ତା। ବନ୍ଦୀ ରାଜା ଯାବଜ୍ଜୀବନ ଦ୍ୱୀପାନ୍ତରିତ ହୋଇଥିଲେ ହେଁ ସେ ଯେକୌଣସି ଅବସ୍ଥାରେ ଫେରି ଆସି ନ ପାରନ୍ତି ଏପରି ବୋଲାଯାଇ ନ ପାରେ। ଜେଲ୍‌ର ନିୟମାନୁସାରେ ଏବଂ ଶ୍ରୀମତୀ ଭାରତେଶ୍ୱରୀଙ୍କ କ୍ଷମା ପ୍ରଭାବରୁ ଏକ ସମୟରେ ସେ ଫେରି ଆସି ପାରନ୍ତି, ତାହାଙ୍କର ଦୀର୍ଘକାଳ ବଞ୍ଚିବାର ଆଶା ଅଛି ଏବଂ ତାହାଙ୍କର ଅବସ୍ଥା ବୟସ ଦୃଷ୍ଟିରେ ତାହାଙ୍କ ଅପରାଧ ଯେ ନିତାନ୍ତ କ୍ଷମାର ଅଯୋଗ୍ୟ ଏପରି ବୋଲାଯାଇ ନ ପାରେ। ଏଣେ ରାଜକୁମାର ନିତାନ୍ତ ଶିଶୁ ଓ ଦୀର୍ଘକାଳ ନାବାଲକ ରହିବେ ଓ ମହାଫିଜ ଦ୍ୱାରା କାର୍ଯ୍ୟ ନିର୍ବାହ ହେବ। ଏମନ୍ତ ଅବସ୍ଥାରେ ନାବାଲକୁ ଗାଦିରେ ବସାଇବାର ପ୍ରୟୋଜନ କି ? ପ୍ରତ୍ୟକ୍ଷରେ ଦେଖାଯାଏ ଯେ ଏ କାର୍ଯ୍ୟ ଦ୍ୱାରା ବନ୍ଦୀ ରାଜାଙ୍କ ପ୍ରତି ଯାହାକିଛି ଲୋକଙ୍କର ସହାନୁଭୂତି ଅଛି ତାହା ଛଡ଼ାଇବାର ଚେଷ୍ଟା ହୋଇଅଛି।

ଏ ସବୁ ସମାଲୋଚନା ପ୍ରତି ଦୃଷ୍ଟି ନ ଦେଇ ସୂର୍ଯ୍ୟମଣି ଏଥର କଲିକତାରେ ତିଆରି ହେବାକୁ ଯାଉଥିବା ଆଇନ ବିଷୟରେ ମନ ଦେଲେ। ପ୍ରତିକୂଳ ପରିସ୍ଥିତିମାନ ସୂର୍ଯ୍ୟମଣିଙ୍କୁ ଅନେକ ଅଭିଜ୍ଞ ଓ ବୁଦ୍ଧିମତୀ କରି ଦେଇଥିଲା ଏବଂ ବର୍ତ୍ତମାନ ସେ ସମସ୍ୟାମାନଙ୍କୁ ସାମନା କରିବାକୁ ସମର୍ଥ ଓ ସାହସୀ ଥିଲେ। କମିଟି ତିଆରି ପାଇଁ ହେବାକୁ ଯାଉଥିବା ଆଇନ ବିରୁଦ୍ଧରେ ସେ ଜନମତର ଆଶ୍ରୟ ନେଲେ। ୧୮୮୬ ଜୁଲାଇ ୮ ତାରିଖରେ ମାଧବ ପଣ୍ଡା ଓ ଆଉ ୪୫୦ ଲୋକ କମିଶନରଙ୍କ ପାଖକୁ ଦରଖାସ୍ତ କଲେ ଯେ ପୁରୀ ମନ୍ଦିର ପାଇଁ କମିଟି କରିବା ପ୍ରସ୍ତାବ ଶୁଣି ସେମାନେ ଭୟଭୀତ ହୋଇଛନ୍ତି। ମନ୍ଦିର ଚଲାଇବା ଦାୟିତ୍ୱ ଚିରକାଳ ପୁରୀ ରାଜାଙ୍କର ଏବଂ ଏଥିପାଇଁ ଭାରତର ସବୁ ରାଜା ତାଙ୍କୁ ମାନନ୍ତି। କମିଟି ହାତରେ ଏ କାମ ଦେଲେ ସେବା ପୂଜାରେ ବ୍ୟାଘାତ ହେବ।

ଜୁଲାଇ ୧୮ ତାରିଖରେ ସୂର୍ଯ୍ୟମଣି ନିଜେ ଛୋଟଲାଟଙ୍କ ପାଖରେ ଗୋଟିଏ ଦୀର୍ଘ ଦରଖାସ୍ତ କଲେ। ମାଦଳାପାଞ୍ଜିରୁ ଉଦ୍‌ଧୃତ ଦେଇ ସେ ଦର୍ଶାଇଲେ ଯେ : ସତ୍ୟ ଯୁଗରେ ରାଜା ଇନ୍ଦ୍ରଦ୍ୟୁମ୍ନ ଜଗନ୍ନାଥଙ୍କ ମନ୍ଦିର ତିଆରି କରି ତାଙ୍କର ପୂଜା କରୁଥିଲେ। ତ୍ରେତା ଓ ଦ୍ୱାପର ଯୁଗରେ ପରବର୍ତ୍ତୀ ରାଜାମାନେ ମନ୍ଦିରର ସେବାପୂଜା କଲେ। କଳିଯୁଗରେ ମନ୍ଦିର ଭାଙ୍ଗି ପଡ଼ିବାରୁ ମହାରାଜା ଅନଙ୍ଗଭୀମ ଗୋଟିଏ ନୂଆ ମନ୍ଦିର ତିଆରି କରି ତାକୁ ଚଲାଇଲେ। ଏପରି ବଂଶାନୁକ୍ରମେ ରାଜାମାନେ ମନ୍ଦିର ପରିଚାଳନା କଲେ ଏବଂ ଦିବ୍ୟସିଂହଙ୍କ ଦ୍ୱୀପନ୍ତର ପରେ ସୂର୍ଯ୍ୟମଣି ନିଜେ ନିଜର ନାତି ପକ୍ଷରୁ ମନ୍ଦିର ଚଲାଉଛନ୍ତି। ସେଥିପାଇଁ ରାଜ ପରିବାର ହାତରୁ ମନ୍ଦିର ପରିଚାଳନା ଛଡ଼ାଇ ନେଲେ କେବଳ ଯେ ହିନ୍ଦୁଧର୍ମ ପ୍ରତି ଅସମ୍ମାନ ହେବ ତା ନୁହେଁ ପୁରୀ ରାଜ ପରିବାର ପ୍ରତି ମଧ ଅପମାନ ହେବ ଏବଂ ସେବା ପୂଜାରେ ବ୍ୟାଘାତ ଜନ୍ମିବ। ତାଙ୍କର ପୁଅ ଦ୍ୱୀପାନ୍ତରିତ ହୋଇଥିଲେ ମଧ ଏ ପର୍ଯ୍ୟନ୍ତ ଜୀବିତ ଅଛି ଏବଂ ତା'ର ପୁଅ ମଧ ଅଛି। ଦିବ୍ୟସିଂହର ଦୋଷ ପାଇଁ ତା'ର ପୁଅକୁ ବଂଶାନୁଗତିକ ସମ୍ପତ୍ତିରୁ ବେଦଖଲ କରିବା ଅନୁଚିତ ହେବ। ଇତ୍ୟାଦି।

ଏହା ଛଡ଼ା ସୂର୍ଯ୍ୟମଣି ମଠ ମହନ୍ତ, ଦଣ୍ଡୀ, ସନ୍ନ୍ୟାସୀମାନଙ୍କୁ ଅନ୍ୟ ଏକ ଦରଖାସ୍ତ କରିବା ପାଇଁ ପ୍ରବର୍ତ୍ତାଇଲେ। ଜୁଲାଇ ୧୯ ତାରିଖରେ ପ୍ରେରିତ ଏହି ଦରଖାସ୍ତରେ ମଧ ସତ୍ୟଯୁଗରୁ ଆରମ୍ଭ କରି ମନ୍ଦିର ପରିଚାଳନା କିପରି ରାଜାଙ୍କ ହାତରେ ଥିଲା ତା'ର ବର୍ଣ୍ଣନା ଥିଲା ଏବଂ ସବା ଶେଷରେ ପ୍ରାର୍ଥନା କରାଯାଇଥିଲା ଯେ ମନ୍ଦିରର ପରିଚାଳନା ପୁରୀ ରାଜ ପରିବାର ହାତରେ ରହୁ ଏବଂ କମିଟି ବସାଇବା ପ୍ରସ୍ତାବକୁ ବନ୍ଦ କରାଯାଉ।

ଜୁଲାଇ ୨୨ ତାରିଖରେ ପୁରୀ ଓ ଷୋଳ ଶାସନର ବ୍ରାହ୍ମଣମାନେ ମଧ୍ୟ ଏକ ଦରଖାସ୍ତ କଲେ। ସେମାନେ ଯୁକ୍ତି ଦର୍ଶାଇଥିଲେ ଯେ ଭୁବନେଶ୍ୱର ଓ ସତ୍ୟବାଦୀରେ କମିଟି ହୋଇ ମନ୍ଦିର ପରିଚାଳନା ହେଉଛି ସତ, କିନ୍ତୁ ସେ ମନ୍ଦିର ସବୁ ପୁରୀ ମନ୍ଦିରରୁ ନିମ୍ନରେ ଏବଂ ସେଠାରେ କମିଟିମାନ ଭଲ ଭାବରେ କାମ ଚଲାଇ ପାରୁନାହାନ୍ତି। ତା ପରେ ସେମାନେ ନୀଳାଦ୍ରି ମହୋଦୟ ଓ କ୍ଷେତ୍ରମାହାତ୍ମ୍ୟର ନଜିର ଦେଇ ଦେଖାଇଥିଲେ ଯେ ପୁରୀ ରାଜା କିମ୍ବା ତାଙ୍କର ଆଦେଶ ବିନା ଜଗନ୍ନାଥଙ୍କର ସେବାପୂଜା ହୋଇପାରିବ ନାହିଁ। ଯଦି ରାଜାଙ୍କ ବ୍ୟତୀତ ଆଉ କାହାରିକୁ ମନ୍ଦିର ପରିଚାଳନା ଦାୟିତ୍ୱ ଦିଆଯାଏ, ତାହା ହିନ୍ଦୁ ସମାଜ ପ୍ରତି ଅନ୍ୟାୟ ଓ ଅବମାନନା ହେବ।

ଏସବୁ ଦରଖାସ୍ତ ପାଇବା ପରେ ସରକାର କମିଟି ତିଆରି କରିବା ପ୍ରସ୍ତାବ ସ୍ଥଗିତ ରଖିଲେ।

ପୁରୀର ରାଜାଙ୍କ ଅଧିକାରକୁ ସମ୍ପୂର୍ଣ୍ଣ ରୂପେ ସାବ୍ୟସ୍ତ କରିବା ପାଇଁ ସୂର୍ଯ୍ୟମଣି ସ୍ଥିର କଲେ ଯେ ଏଥର ମୁକୁନ୍ଦଙ୍କ ନାଁରେ ଅଙ୍କ ଚଲୁ। ସେଥିପାଇଁ ସେପ୍ଟେମ୍ବର ମାସରେ ସୁନିଆଁ ଦିନ ନାବାଳକ ମୁକୁନ୍ଦଦେବ ପ୍ରାଚୀନ ରୀତି ଅନୁସାରେ ଚତୁରଙ୍ଗ ଦଳରେ ବାଲିସାହି ନଥରକୁ ବିଜେ କରି ଅଙ୍କ କଟାଇଲେ। ଏହି ସୁନିଆଠାରୁ ମୁକୁନ୍ଦଦେବଙ୍କର ୩ ଅଙ୍କ ଆରମ୍ଭ ହେଲା, କାରଣ ପ୍ରଥା ଅନୁସାରେ ସିଂହାସନାରୋହଣ ସମୟରେ ୨ ଅଙ୍କ ହୋଇଥାଏ ଓ ତା'ର ପରବର୍ତ୍ତୀ ଅଙ୍କ ସୁନିଆଠାରୁ ଗଣା ହୁଏ। ଅଙ୍କ କଟା ସମୟରେ ଅନେକ ଲୋକ ଉପସ୍ଥିତ ଥିଲେ ଏବଂ ସଲାମୀ ସ୍ୱରୂପ ୩୦୦ ଟଙ୍କା ଆୟ ହୋଇଥିଲା। ତେବେ ଏ ସମୟକୁ ଦିବ୍ୟସିଂହ ଜୀବିତ ଥିବାରୁ ଅନେକ ଲୋକ ଏ ବ୍ୟବସ୍ଥାକୁ ନାପସନ୍ଦ କଲେ ଏବଂ ଏହାକୁ ମାହାଲିଆ ମୁକୁନ୍ଦଦେବଙ୍କ ଅଙ୍କ ବୋଲି କହିଲେ।

ଡିସେମ୍ବର ମାସରେ ସୂର୍ଯ୍ୟମଣି ଜିଲ୍ଲା ଜଜଙ୍କ ପାଖରେ ଦରଖାସ୍ତ କରି ଅଫିସ କାଗଜ ପତ୍ରରେ ଜଗନ୍ନାଥ ଜେନାମଣି ନାଁକୁ ବଦଲାଇ ରାଜା ମୁକୁଦେବ କରିଦେଲେ।

କଟକ: ସେପ୍ଟେମ୍ବର ୧୮୮୩

କଟକ ମ୍ୟୁନିସିପାଲିଟିରୁ ତିନିଟଙ୍କା ତେର ଅଣା ତିନି ପଇସା ଫେରିପାଇବା ପାଇଁ ଗୌରୀଶଙ୍କର ଯେଉଁ ମକଦ୍ଦମା କରିଥିଲେ, ତାହା ଛିଣ୍ଟିବାକୁ ଦେଢ଼ବର୍ଷ ଲାଗିଲା।

ମ୍ୟୁନିସିପାଲିଟିର ସେତେବେଳେ ଚେୟାରମ୍ୟାନ ଥିଲେ କଟକ କଲେକ୍ଟର ଆର.ଏଚ୍. ପସି। ୧୮୮୦ରେ ଯେତେବେଳେ ମ୍ୟୁନିସିପାଲିଟି ଟିକସ ରିଭିଜନ ହେଲା, ପସି ସାହେବ ଗୌରୀଶଙ୍କରଙ୍କ ଟିକସକୁ ନ ଟଙ୍କାରୁ ବାର ଟଙ୍କାକୁ ବଢ଼ାଇ ଦେଲେ, କାରଣ ତାଙ୍କ ଭାଇ ହରିଶଙ୍କର ଏ ଭିତରେ ମାସକୁ ତିରିଶ ଟଙ୍କା। ଦରମାର ଗୋଟିଏ ଚାକିରି ପାଇଥିଲେ।

୧୮୮୨ରେ ମ୍ୟୁନିସିପାଲିଟିର ଭାଇସ ଚେୟାରମ୍ୟାନ ଏ ଟିକସକୁ ଦୁଇଗଣ କରିଦେଲେ ଏବଂ ତିନିମାସ ପାଇଁ ଛ ଟଙ୍କାର ଗୋଟିଏ ନୋଟିସ ପଠାଇଲେ। ସେତେବେଳେ ଟିକସ ରିଭିଜନ ହୋଇ ନ ଥିବାରୁ ଏ ଆଦେଶର ପ୍ରତିବାଦ କରି ଗୌରୀଶଙ୍କର ଦରଖାସ୍ତ କଲେ। ଏହି ଦରଖାସ୍ତ ଉପରେ ଜବାବ ମିଲିଲା ଯେ ଗୌରୀଶଙ୍କର ନିଜେ ମାସକୁ ଶହେ ଟଙ୍କା ଦରମା ପାଉଥିବା ବ୍ୟତୀତ ଉତ୍କଲ ଦୀପିକାର ସମ୍ପାଦକ ଏବଂ କଟକ ପ୍ରିଣ୍ଟିଂ କମ୍ପାନୀର ସେକ୍ରେଟାରୀ ମଧ ଥିଲେ ଏବଂ ତାଙ୍କର ଗୋଟିଏ ଭାଇ, ଯେ ତାଙ୍କ ପାଖରେ ରହୁଥିଲା, ମାସକୁ ତିରିଶ ଟଙ୍କା। ଦରମା ପାଉଥିଲା। ପରେ ତାଙ୍କର ଆଉ ଗୋଟିଏ ଭାଇ ମାସକୁ ବତିଶ ଟଙ୍କା। ଦରମାର ସରକାରୀ ଚାକିରି ପାଇଲା। ଏହାଛଡ଼ା ସେ କେତେ ଦୋକାନ ଘର ମଧ ଭଡ଼ା ଲଗାଇଥିଲେ। ଗୌରୀଶଙ୍କରଙ୍କର ଆୟ ଏହିପରି ମାସକୁ ଦୁଇଶହ ଟଙ୍କାରୁ ଅଧିକ ହୋଇଥିବାରୁ ତାଙ୍କର ଟିକସ ବୃଦ୍ଧି କରାଯାଇଥିଲା। ଏହି ଆଦେଶ ବିରୁଦ୍ଧରେ ୧୮୮୨ ଜୁନ ମାସରେ ଗୌରୀଶଙ୍କର ଏକ ରିଭିଉ ଦରଖାସ୍ତ କଲେ, କିନ୍ତୁ କଲେକ୍ଟର ପସି କେସକୁ ପୁନର୍ବିଚାର କରିବାକୁ ମନା କରିଦେଲେ।

ଗୌରୀଶଙ୍କରଙ୍କ ହିସାବରେ ଯଦିଓ ତିନିମାସ ପାଇଁ ତିନି ଟଙ୍କାର ଟିକସ ହେଉଥିଲା, ତାଙ୍କ ପାଖକୁ ଛ ଟଙ୍କାର ନୋଟିସ ଆସିଲା ଏବଂ ଏ ଟଙ୍କା ନ ଦେବାରୁ ତାଙ୍କର ଗୋଟିଏ ପାଲିଙ୍କି କୋରଖ ହୋଇଗଲା। ଛ ଟଙ୍କା ତେର ଅଣା ତିନି ପଇସା ଦେଇ ତାଙ୍କୁ ପାଲିଙ୍କି ଛାଡ଼ିବାକୁ ହେଲା; ତେରଅଣା ତିନି ପଇସା ଥିଲା ଓ୍ୱାରେଣ୍ଡର ଖର୍ଚ୍ଚ ବାବଦରେ।

ଗୌରୀଶଙ୍କର ଏଥରକ ମୁନ୍‌ସିଫ କଚେରୀର ଆଶ୍ରୟ ନେଲେ ଏବଂ ମ୍ୟୁନିସିପାଲିଟି ଚେୟାରମ୍ୟାନ ପିସିଙ୍କ ବିରୁଦ୍ଧରେ ମକଦ୍ଦମା କଲେ ତିନି ଟଙ୍କା ତେର ଅଣା ତିନ ପଇସା ଫେରି ପାଇବା ପାଇଁ। ଜାନୁଆରୀ ୧୮୮୩ରେ ମୁନ୍‌ସିଫ ହରେକୃଷ୍ଣ ଚାଟର୍ଜୀ ମକଦ୍ଦମାର ରାୟ ଦେଇ କେସକୁ ଡିସ୍‌ମିସ କରି ଦେଲେ ଏହି କାରଣରୁ ଯେ ତାଙ୍କର ବାଦୀ କରିଥିବା ଆବେଦନ ମୀମାଂସା କରିବାର କ୍ଷମତା ନ ଥିଲା।

ଏହି ସମୟରେ ପିସି ସାହେବ କୋଡ଼ିଏ ମାସର ଛୁଟି ନେଲେ ଇଂଲଣ୍ଡ ଯିବା ପାଇଁ। ଯେଉଁଦିନ ମୁନ୍‌ସିଫ କୋର୍ଟରେ ଗୌରୀଶଙ୍କର ହାରିଯିବାର ରାୟ ବାହାରିଲା, ସେଇଦିନ ରାତିରେ ପିସିଙ୍କ ପାଇଁ ଗୋଟିଏ ବିଦାୟ ସମ୍ବର୍ଦ୍ଧନା ସଭା ହେଲା ବିହାରୀଲାଲ ପଣ୍ଡିତଙ୍କ ଦୋମହଲା ବୈଠକଖାନାରେ ଏ ଭୋଜି ହେଲା ଏବଂ ଏହାର ପ୍ରଧାନ ଉଦ୍ୟୋକ୍ତା ଥିଲେ ମଧୁସୂଦନ ଦାସ। ଏ ଭୋଜିରେ କମିଶନର ସ୍ମିଥ, ଜିଲ୍ଲାଜଜ ଓର୍ଗାନ, ନୂଆ କଲେକ୍ଟର ଜୋନ୍‌ସ ତଥା ସହରର ସମସ୍ତ ସାହେବ ଓ ଗଣ୍ୟମାନ୍ୟ ବ୍ୟକ୍ତି ଉପସ୍ଥିତ ଥିଲେ। ଭୋଜି ପରେ ମଧୁବାବୁ ପିସିଙ୍କର ଗୁଣଗାନ କରି ଗୋଟିଏ ବକ୍ତୃତା ଦେଲେ ଏବଂ ପିସି ତାହାର ସଂକ୍ଷିପ୍ତ ଉତ୍ତର ଦେଲେ। ସାହେବମାନେ ଜଳି ଗୁଡ଼ ଫେଲୋ ଗୀତ ଗାଇଲେ ଓ ବ୍ୟାଣ୍ଡ ଯେତେବେଳେ ଓଲ୍ଡ଼ ଲାଙ୍ଗ ସାଇନ ବଜାଇଲା, ସମସ୍ତେ ପରସ୍ପରର ହାତ ଧରି ଛିଡ଼ା ହୋଇ ତା ସହିତ ତାଲ ଦେଲେ। ତା ପରେ ସମସ୍ତେ ବାରଣ୍ଡାକୁ ଆସି ବାଣ ପୋଡ଼ା ଦେଖିଲେ। ଏହି ଅବସରରେ ବୈଠକଖାନାରୁ ମେଜ ଉଠାଇ ନିଆଯାଇ ସେଠାରେ ନୃତ୍ୟଗୀତର ମଜଲିସ ପ୍ରସ୍ତୁତ ହେଲା। ସାହେବମାନେ ଦେଶୀୟ ଲୋକଙ୍କ ସହିତ ଏକତ୍ର ବସିଲେ। ଦଲେ ଗୋଟିପୁଅଙ୍କର ନାଚ ପରେ ତିନି ଦଲ ବାଇଙ୍କର ନାଚ ହେଲା। ଏପରି ହୋଇ ରାତି ଦୁଇଟାରେ ମଜଲିସ ସରିଲା ଏବଂ ପରଦିନ ଜାନୁଆରୀ ୩୦ ଦିନ ଦଶଟାରେ ପିସି ଜୋବ୍ରା ଘାଟରୁ ଜାହାଜ ଧରିଲେ। ତାଙ୍କୁ ବିଦାୟଦେବା ପାଇଁ ଅନେକ ଲୋକ ସେଠାରେ ଉପସ୍ଥିତ ଥିଲେ ଏବଂ ସମସ୍ତଙ୍କର ଆଖି ଛଲଛଲ ହୋଇ ଯାଇଥିଲା।

କହିବା ବାହୁଲ୍ୟ କଟକର ପ୍ରମୁଖ ନାଗରିକ ଗୌରୀଶଙ୍କର ଏ ଅନୁଷ୍ଠାନମାନଙ୍କରେ ଉପସ୍ଥିତ ଥିଲେ ଏବଂ ପିସିଙ୍କର ବିଦାୟ ବେଳେ ଉତ୍କଳ ଦୀପିକାରେ ଲେଖିଥିଲେ : ଆମ୍ଭେମାନେ ପ୍ରାର୍ଥନା କରୁଅଛୁ କି ଈଶ୍ୱର ସାହେବ ମହୋଦୟଙ୍କୁ ନିରାପଦରେ ବିଲାତରେ ପହଞ୍ଚାଇ ଏବଂ ସେଠାର ଜଳବାୟୁରେ ତାହାକର ସ୍ୱାସ୍ଥ୍ୟ ବିଧାନ ପୂର୍ବ୍ବକ ଅବସର କାଲ ଅନ୍ତେ ପୁନର୍ବ୍ବାର ନିରାପଦରେ ଏ ଦେଶକୁ ଫେରାଇ ଆଣନ୍ତୁ ଏବଂ ତାହାଙ୍କର ଉତ୍ତରୋତ୍ତର ଉନ୍ନତି ଦେଖି ଆମ୍ଭେମାନେ ଆନନ୍ଦିତ ହେଉଥାଉ।

ଏଥରକ ତାଙ୍କର ତିନିଟଙ୍କା ଫେରସ୍ତ ପାଇବା ପାଇଁ ଗୌରୀଶଙ୍କର ଅପୀଲ କଲେ ଜିଲ୍ଲା ଜଜ ଜେ.ବି. ଓର୍ଗାନଙ୍କ କଚେରୀରେ। ତାଙ୍କର ଓକିଲ ରହିଲେ ବିପିନ ବିହାରୀ ମିତ୍ର ଓ ଯଜ୍ଞେଶ୍ୱର ଚନ୍ଦ୍ର; ଚେୟାରମ୍ୟାନଙ୍କ ପକ୍ଷରୁ ଓକିଲ ନିଯୁକ୍ତ ହେଲେ ସରକାରୀ ଓକିଲ ହରବଲ୍ଲଭ ବୋଷ ଏବଂ ବାରିଷ୍ଟର ଉଇଲକିନ୍‌ସ। ଏ ଅପୀଲ ବ୍ୟତୀତ ଗୌରୀଶଙ୍କର ମୁନ୍‌ସିଫ କୋର୍ଟରେ ଆହୁରି ଗୋଟିଏ ଦରଖାସ୍ତ କଲେ

ଯେ, ପରବର୍ତ୍ତୀ ସମୟରେ ତାଙ୍କ ପାଖରୁ ଅଧିକ ଆଦାୟ କରାଯାଇଥିବା ସାତଟଙ୍କା ଦୁଇ ଅଣା ଏବଂ
କ୍ଷତି ପୂରଣର ବାବଦରେ ଆଉ କୋଡ଼ିଏ ଟଙ୍କା ଫେରସ୍ତ ଦିଆଯାଉ ।

ଜିଲ୍ଲା ଜଜ୍‌ଙ୍କ କଟେରୀରେ ଉଭୟ ପକ୍ଷରୁ ଯୁକ୍ତି ତର୍କ ଓ ଶୁଣାଣି ପରେ ଅଗଷ୍ଟ ନ ତାରିଖରେ
ଓର୍ଗାନଙ୍କର ରାୟ ବାହାରିଲା । ସେ ମୁନସିଫ୍‌ଙ୍କ ଆଦେଶକୁ ଭ୍ରାମାତ୍ମକ ବୋଲି କହିଲେ ଏବଂ ଆଦେଶ
ଦେଲେ ଯେ ବାଦୀ ଗୌରୀଶଙ୍କର ରାୟ ଟଙ୍କା ଫେରସ୍ତ ପାଇବାକୁ ହକଦାର; ମୁନସିଫ୍‌ କୋର୍ଟ ଓ ଜିଲ୍ଲା
ଜଜ୍‌ କୋର୍ଟରେ ଯାହା ଖର୍ଚ୍ଚ ହୋଇଛି, ତାହା ମଧ ସେ ପାଇବେ ।

ମ୍ୟୁନିସିପାଲିଟି ବିରୁଦ୍ଧରେ ମକଦ୍ଦମାରେ ଜୟଯୁକ୍ତ ହୋଇ ଗୌରୀଶଙ୍କର ଅଗଷ୍ଟ ୧୮ ତାରିଖ
ଦୀପିକାରେ ମ୍ୟୁନିସିପାଲିଟିର କାର୍ଯ୍ୟକଳାପ ବିଷୟ ଆଲୋଚନା କରି ଜଣେକ ବାଙ୍କୀବଜାରବାସୀଙ୍କ
ନାଁରେ ଗୋଟିଏ ଚିଠି ଛପାଇଲେ :

ମ୍ୟୁନିସିପାଲିଟି ଆମ୍ଭମାନଙ୍କଠାରୁ ଆଗତୁରା ଟିକସ ନେଉ ଅଛନ୍ତି । କେହି ଦେଇ ନ ପାରିଲେ
ତାହାର ଲୁଗାପଟା, କଂସାବାସନ ନିଲାମ ହୋଇ ଆଦାୟ ହେଉଅଛି । ଏଥିରେ ପ୍ରାୟ କାହାର ମନରେ
ତେତେ ଦୁଃଖ ହେଉ ନାହିଁ, କାରଣ ଏ ବିଧ ସାଧାରଣର ମଙ୍ଗଳ ଉଦ୍ଦେଶ୍ୟରେ ହୋଇଅଛି । ଏହି
ଟଙ୍କାରେ ଚାରିଆଡ଼େ ସଡ଼କ, ସଡ଼କ ଦୁଇ ପାଖରେ ନାଳ, କେତେଦିନ ହେଲା ପୁଣି ପ୍ରଧାନ
ସଡ଼କମାନଙ୍କରେ ଲଣ୍ଠନର ଆଲୁଅ ଦାନ, କତରା ମଇଳା ଓ ମଇଳା ପାଣି ବୋହି ନେବା ନିମିତ୍ତ କାଠ
ଲୁହା ଓ ଟିଣର ସିନ୍ଦୁକ ଲଗା ଗାଡ଼ିମାନ ହୋଇଅଛି ।

ସକାଳ ହେଲା କ୍ଷଣି ମେହେନ୍ତରମାନେ କାଠ କୁଟା, ମଇଳା, ମଇଳା ପାଣି ସେ ପାଖରୁ ଏ
ପାଖକୁ ଏପାଖରୁ ସେ ପାଖକୁ କେଁ କତର ଗାଡ଼ି ଚଲାଇ ନେଇ ଯାଉ ଅଛନ୍ତି, କିନ୍ତୁ ଆମ୍ଭମାନଙ୍କ
ଭାଗ୍ୟରେ ଏଥର ବିପରୀତ ଫଳ ଫଳୁଅଛି । ମେହେନ୍ତରମାନେ ସିନ୍ଦୁକରେ ମଇଳା ପାଣି ଆଣି ମାସ
ମଧରେ ପ୍ରାୟ କୋଡ଼ିଏ ଦିନ ଆମ୍ଭମାନଙ୍କ ଦାଣ୍ଡଦ୍ୱାର ସଡ଼କଯାକ ଢାଲି ଦେଇ ଯାଉଅଛନ୍ତି । ଦିନେ
ଦିନେ ଘୁ ଘୁ ଶଢ ଶୁଣି ଆସି ଦେଖିଲା ବେଳକୁ ଲୁହା ସିନ୍ଦୁକ ପାଟି ମେଲା କରି ଅଣାଇ ହୋଇ ଶୋଇ
ପର୍ବତ ଝରଣା ତୁଲ୍ୟ ମଇଳା ପାଣି ଉଦ୍‌ଗାର କରୁଅଛି, ମେହେନ୍ତରମାନେ ଆନନ୍ଦରେ ଡେଉଁ ଅଛନ୍ତି,
କହିଲେ ନ ଶୁଣି ଗାଡ଼ି ଘେନି ଚାଲି ଯାଉ ଅଛନ୍ତି । ପାଣି ଆସି ଆମ୍ଭମାନଙ୍କ ପିଣ୍ଡା ତଳେ ମୁଣ୍ଡିଆ
ପକାଉଅଛି, ପୋକମାନେ ଜବରଦସ୍ତ ଘର ଭିତରେ ପଶିବାକୁ ମୁଣ୍ଡେଦ, ଗନ୍ଧରେ ନାକ ଇଷ୍ଟଫା
ଦେବାକୁ ବସିଲାଣି । ଇତ୍ୟାଦି ।

ଏହାର କିଛି ଦିନ ପରେ ସେପ୍ଟେମ୍ବର ମାସରେ ମୁନସିଫ୍‌ ହରେକୃଷ୍ଣ ଚାଟାର୍ଜୀ ଗୌରୀଶଙ୍କରଙ୍କ
ମକଦ୍ଦମାର ରାୟ ଦେଲେ । ଏଥରକ ରାୟ ବାଦୀଙ୍କ ସପକ୍ଷରେ ଥିଲା ଏବଂ ମୁନସିଫ୍‌ ରାୟ ଶେଷରେ
ଲେଖିଥିଲେ : ମୋ ମତରେ, ପ୍ରତିବାଦୀଙ୍କର ଦୋଷପୂର୍ଣ୍ଣ ଓ କୁଟିଳ କାର୍ଯ୍ୟ ଫଳରେ ବାଦୀ ଗୌରୀଶଙ୍କର
ରାୟ ତାଙ୍କ ଅଧିକାରରୁ ବଞ୍ଚିତ ହୋଇ ଯେଉଁ କ୍ଷତି ସହିଛନ୍ତି, ତା'ର ପୂରଣ ପାଇଁ ସେ ହକଦାର ।
ତାଙ୍କର ସାମାଜିକ ପ୍ରତିଷ୍ଠା ଏବଂ ନିଜର ଅଧିକାର ସାବ୍ୟସ୍ତ କରିବା ପାଇଁ ସେ ଯେଉଁ ସନ୍ତାପ ସହିଛନ୍ତି,
ତା ତୁଳନାରେ ସେ ଯେଉଁ ସାମାନ୍ୟ ରାଶି କ୍ଷତିପୂରଣ ଚାହିଁଛନ୍ତି ମୁଁ ତାକୁ ସମ୍ପୂର୍ଣ୍ଣ ପ୍ରଦାନ କରୁଛି ।
ତାଙ୍କର ଦାବିକୁ ଖର୍ଚ୍ଚ ସହିତ ଡିକ୍ରୀ ଦିଆଗଲା । ଆଜିଠାରୁ ସମସ୍ତ ରାଶି ଉପରେ ଛ ପ୍ରତିଶତ ସୁଧ ମଧ
ଲାଗିବ ।

ପୁରୀ: ସେପ୍ଟେମ୍ବର ୧୮୮୩

ରାଣୀ ସୂର୍ଯ୍ୟମଣି ଜିଲ୍ଲା ଜଜଙ୍କ ପାଖରେ ଦରଖାସ୍ତ କରି ତାଙ୍କର ଆଦେଶ ଆଣି ଜଗନ୍ନାଥ ଜେନାମଣିକୁ ରାଜା ମୁକୁନ୍ଦ ଦେବ କରିଦେଲେ ଏବଂ ନିଜେ ମୁକୁନ୍ଦର ସମ୍ପତ୍ତିର ତତ୍ତ୍ୱାବଧାରକ ହୋଇଗଲେ ସିନା, ପୁରୀ କଲେକ୍ଟର ଗ୍ରାଣ୍ଟ ଏ ବିଷୟକୁ ଗ୍ରାହ୍ୟ କଲେ ନାହିଁ । ସେ କମିଶନରଙ୍କ ପାଖକୁ ଲେଖିଲେ ଯେ ଦିବ୍ୟସିଂହ ବଞ୍ଚିଥିବା ପର୍ଯ୍ୟନ୍ତ ସମ୍ପତ୍ତି ମୁକୁନ୍ଦ କିମ୍ବା ଆଉ କାହା ପାଖକୁ ଯାଇ ନପାରେ ଏବଂ ଦିବ୍ୟସିଂହଙ୍କୁ ମହାରାଜା ଉପାଧି ଦେବା ରହିତ କରାଯାଇଥିବାରୁ ମୁକୁନ୍ଦକୁ ରାଜା ବୋଲାଯାଇ ନପାରେ । ସମ୍ପତ୍ତି ପାଇଁ ଯଦି କାହାକୁ ତତ୍ତ୍ୱାଧାରକ କରାଯାଏ, ତେବେ ତାହା ଦିବ୍ୟସିଂହ ଦେବ ପକ୍ଷରୁ ମୁକୁନ୍ଦ ପକ୍ଷରୁ ନୁହେଁ ।

ଏ ବିଷୟରେ ସରକାରଙ୍କ ପାଖକୁ ଚିଠି ଯିବାରୁ ସେଠାରୁ ଉତ୍ତର ଆସିଲା ଯେ ରାଜା ଦିବ୍ୟସିଂହଙ୍କର ନାବାଳକ ପୁଅ ଦିବ୍ୟସିଂହ ବଞ୍ଚିଥିବା ପର୍ଯ୍ୟନ୍ତ ରାଜା ଉପାଧି ଦିଆଯାଇ ନ ପାରେ । ସରକାରଙ୍କ ଚିଠିରେ ଅବଶ୍ୟ ଏ କଥା ମଧ୍ୟ ଉଲ୍ଲେଖ ଥିଲା ଯେ ଯଦି ଦିବ୍ୟସିଂହ ଦ୍ୱୀପାନ୍ତରେ ଥିବା କାରଣରୁ ତାଙ୍କର ପରିବାର ଏ ପଦବୀ ଦାବି କରନ୍ତି, ସେ ବିଷୟରେ ପୁଣି ଦରଖାସ୍ତ କରାହେଉ ।

ବର୍ତ୍ତମାନ ଗ୍ରାଣ୍ଟଙ୍କ ଜାଗାରେ କେ.ଜି ଗୁପ୍ତ ପୁରୀର କଲେକ୍ଟର ହୋଇ ଆସି ସାରିଥିଲେ । ସେ ସୂର୍ଯ୍ୟମଣିଙ୍କୁ ଜଣାଇଲେ ଯେ ଏ ବିଷୟରେ ତାଙ୍କର ଯଦି କିଛି କହିବାର ଥିବ, ସେ ବିଷୟରେ ତଥ୍ୟ ସହିତ ଲିଖିତ ଜଣାନ୍ତୁ । ଏହାର ଉତ୍ତରରେ ସୂର୍ଯ୍ୟମଣି ତାଙ୍କ ପାଖରେ ଏକ ଦୀର୍ଘ ଦରଖାସ୍ତ ପେଶ କଲେ:

ଦରଖାସ୍ତ ଶ୍ରୀମତ୍ୟା ରାଣୀ ସୂର୍ଯ୍ୟ ପାଟମହାଦେଇ, ନଅର କୁଣ୍ଡାଇବେଣ୍ଟ ସାହି, ପୁରୀ ଏହିକି ଆମ୍ଭର ପୌତ୍ରଙ୍କର ରାଜା ପଦ ଓ ମୁକୁନ୍ଦଦେବ ନାମ ମହାମାନ୍ୟ ଗଭର୍ଣ୍ଣମେଣ୍ଟରୁ ମଂଜୁର ହେବା

ପ୍ରାର୍ଥନାରେ ଆବେଦନ କରିଥିବାରୁ ସେ ବିଷୟରେ ପ୍ରମାଣ ହଜୁରରେ ଆଗତ କରିବା ସକାଶେ ଆମ୍ଭଙ୍କୁ ଶ୍ରୀ ହଜୁରଙ୍କ ଗତ ଜୁନ ମାସ ୨୬ ତାରିଖ ଲିଖିତ ୩୨୯ ନମ୍ବର ପରୱ୍ଵାନା ଦ୍ୱାରା ଆଦେଶ ହୋଇଅଛି । ଏଥିକୁ ଉକ୍ତ ରାଜା ପଦ ଓ ମୁକୁନ୍ଦଦେବ ନାମ ସମ୍ବନ୍ଧେ ଆମ୍ଭର ଯେ ଯେ ଆବଶ୍ୟକୀୟ ପ୍ରମାଣ ଅଛି ତାହା ନିମ୍ନଲିଖିତ ଅନୁସାରେ ପ୍ରକାଶ କରୁଅଛୁ; ଗୌର ହେଉ ।

୧ । ଆମ୍ଭ ବଂଶୀୟ ରାଜାମାନେ ଓଡ଼ିଶାର ଗଜପତି ସିଂହାସନାରୂଢ଼ ଭୋଇ ବଂଶ ରାଜା ବୋଲି ସୁବିଖ୍ୟାତ ଅଟନ୍ତି ଓ ସେ ବିଷୟରେ ଓଡ଼ିଶା ଇତିହାସମାନଙ୍କରେ ଉଲ୍ଲେଖ ଅଛି ଓ ଏ ସମ୍ଲିତ କୃସିନାମାରୁ ପ୍ରକାଶ ପାଇବ । ଉକ୍ତ ଭୋଇ ବଂଶର ଆଦି ପୁରୁଷ ଶ୍ରୀ ରାଜା ରାମଚନ୍ଦ୍ର ଦେବ ୧୫୦୩ ଶକାବ୍ଦରେ ସିଂହାସନାରୂଢ଼ ହୋଇଥିଲେ । ୧୫୦୩ ଶକାବ୍ଦଠାରୁ ୧୭୩୬ ଶକାବ୍ଦ ଅର୍ଥାତ ଇଂରେଜୀ ବାହାଦୁରଙ୍କ ଅମଲଦାରୀ ଆରମ୍ଭ ପର୍ଯ୍ୟନ୍ତ ଆମ୍ଭର ଉକ୍ତ ଭୋଇବଂଶ ରାଜାମାନେ ଖୋର୍ଦ୍ଧାର ସ୍ୱାଧୀନ ରାଜା ଥାଇ ସର୍ବ୍ବସାଧାରଣରେ ମହାରାଜା ପଦରେ ବାଚ୍ୟ ହୋଇ ଆପଣା ଆପଣା ରାଜସ୍ୱ ସମୟରେ ମହାରାଜା ଉପାଧ୍ୟ ସହିତ ସ୍ୱ ସ୍ୱ ନାମରେ ଅଙ୍କ କଟାଉଥିଲେ ଓ ଇଂରେଜ ବାହାଦୁରଙ୍କ ଅମଲଦାରୀ ମଧ୍ୟରେ ୧୭୩୬ ଶକାବ୍ଦ ଅର୍ଥାତ୍ ୧୮୦୩ ଖ୍ରୀଷ୍ଟାବ୍ଦ ଠାରୁ ୧୮୬୮ ଖ୍ରୀଷ୍ଟାବ୍ଦ ଅର୍ଥାତ୍ ଆମ୍ଭ ପୁତ୍ର ଶ୍ରୀ ଦିବ୍ୟସିଂହ ଦେବ ଦ୍ୱୀପାନ୍ତରିତ ହେବା ପର୍ଯ୍ୟନ୍ତ ଯଦିଓ କେତେକ ସରକାରୀ ଚିଠିପତ୍ରାଦିରେ ମହାରାଜା ଓ କେତେକରେ ରାଜା ବୋଲି ଉଲ୍ଲେଖ ହୋଇ ଆସୁଥିଲା ତତ୍ପ୍ରାଚ ଆମ୍ଭ ବଂଶର ରାଜାମାନଙ୍କୁ ସର୍ବ୍ବସାଧାରଣ ପୂର୍ବ ପ୍ରାୟେ ମହାରାଜା ବୋଲି ସମ୍ବୋଧନ କରୁଥିଲେ ଓ କରୁଅଛନ୍ତି ଓ ମଧ୍ୟ ଏତଦ୍ଦେଶୀୟ ଲୋକମାନଙ୍କର ହରେକ ପ୍ରକାର ଦଲିଲ ଦସ୍ତାବିଜରେ ଓଡ଼ିଶା ପ୍ରଦେଶର ମହାରାଜା ପଦ ଓ ତାହାଙ୍କର ଅଙ୍କ ଉଲ୍ଲେଖ ହୋଇ ଆସୁଥିଲା ଓ ଆସୁଅଛି । ଅତଏବ ବହୁକାଲରୁ ଆମ୍ଭ ବଂଶରେ ପୁରୁଷାନୁକ୍ରମେ ମହାରାଜା ପଦ ପ୍ରଚଲିତ ହୋଇ ଆସୁଥିବା ଓ ଇଂରେଜ ବାହାଦୁରଙ୍କ ଅମଲଦାରୀ ମଧ୍ୟରେ ସର୍ବ୍ବସାଧାରଣରେ ଉକ୍ତ ମହାରାଜା ପଦ ଓ ସରକାରୀ କାଗଜାତରେ ରାଜା ପଦ ପ୍ରଚଲିତ ହୋଇଆସୁଥିବା ବିଷୟରେ କିଞ୍ଚିମାତ୍ର ସନ୍ଦେହ ନାହିଁ । ଏଥିରେ ପ୍ରମାଣ ପ୍ରାଚୀନ ମାଦଲା ପାଞ୍ଜି ଓ ଦେଶୀୟ ପଞ୍ଜିକାମାନ ଓ ସଟନ ସାହେବ ଓ ହଣ୍ଟର ସାହେବ ଓ ପ୍ୟାରୀମୋହନ ଆଚାର୍ଯ୍ୟ ଓ ଶିବଚନ୍ଦ୍ର ସୋମଙ୍କ କୃତ ଓଡ଼ିଶା ଇତିହାସମାନ ଓ ରେଜେଷ୍ଟରୀ ସିରସ୍ତାର ପୁରାତନ ଦଲିଲ ଦସ୍ତାବିଜର ନକଲ ବହିମାନ ଓ ଜିଲ୍ଲାର ବନ୍ଦୋବସ୍ତ କାଗଜାତମାନ ଓ ବର୍ତ୍ତମାନ ଆମ୍ଭେ ଆଗତ କରୁଥିବା ନିମ୍ନଲିଖିତ ସରକାରୀ ଚିଠି ଓ ପରୱ୍ଵାନା ଆଦି ଦୃଷ୍ଟିରେ ସ୍ୱଷ୍ଟ ପ୍ରକାଶ ପାଇବ । ଅର୍ଥାତ୍ ସେ କାଗଜାତମାନଙ୍କରେ ମହାରାଜା ଓ ରାଜା ପଦ ଉଲ୍ଲେଖ ଥିବାର ମୁଲାହିଜାରେ ବିଶେଷତଃ ୧୮୫୯ ମସିହା ଜୁନ ମାସ ୨୦ ତାରିଖ ଲିଖିତ ଇଣ୍ଡିଆ ଗଭର୍ଣ୍ଣମେଣ୍ଟଙ୍କ ସରକୁଲାର ଆଦେଶମତେ ଏ ଜିଲ୍ଲାର ଶ୍ରୀଯୁକ୍ତ କିଲଟର ସାହେବ ଏ ଜିଲ୍ଲାର ଉପାଧ୍ୟଧାରୀ ମାନ୍ୟବାନ ବ୍ୟକ୍ତିମାନଙ୍କର ଯେଉଁ ତାଲିକା ଶ୍ରୀଯୁକ୍ତ କମିଶନର ସାହେବଙ୍କ ହଜୁରକୁ ପ୍ରେରଣ କରିଥିଲେ ଏବଂ ଯେ ତାଲିକା ଶ୍ରୀ ହଜୁରଙ୍କ ସିରସ୍ତାରେ ବିଦ୍ୟମାନ ଥିବ ଶ୍ରୀ ହଜୁରରୁ ସେ ତାଲିକା ଦୃଷ୍ଟି କରାଗଲେ ଆମ୍ଭ ବଂଶରେ ପୁରୁଷାନୁକ୍ରମେ ରାଜା ପଦ ପ୍ରଚଲିତ ଥିବାର ସ୍ୱଷ୍ଟ ହୃଦବୋଧ ହେବ ।

୨ । ୧୮୭୭ ମସିହା ଜୁଲାଇ ମାସ ୧୬ ତାରିଖ ଲିଖିତ ଶ୍ରୀଯୁକ୍ତ କିଲଟର ସାହେବଙ୍କ ୫୭୧ ନମ୍ବର ପରୱ୍ଵାନାରୁ ପ୍ରକାଶ ଯେ ମହାମାନ୍ୟ ଗଭର୍ଣ୍ଣମେଣ୍ଟରୁ ଆମ୍ଭ ପୁତ୍ର ଶ୍ରୀ ଦିବ୍ୟସିଂହଙ୍କୁ ମହାରାଜା ପଦରେ ଯେଉଁ ସନଦ ଦିଆଯିବାର ମଂଜୁର ହୋଇଥିଲା ସେ ସନଦ କିୟତକାଲ ସ୍ଥଗିତ ରଖା ଯାଇଥିଲା ।

ଧର୍ମାବତାର, ଯେଉଁମାନଙ୍କର କି ପୂର୍ବରୁ ରାଜା ପଦ ପ୍ରଚଳିତ ଥାଏ ସେମାନଙ୍କୁ ଗଭର୍ଣ୍ଣମେଣ୍ଟରୁ ମହାରାଜା ପଦ ଓ ତହିଁର ସନନ୍ଦ ଦିଆଯିବା ବିଧ୍ ଅଛି। ପୂର୍ବରୁ ରାଜା ପଦ ପ୍ରଚଳିତ ନ ଥିଲେ ଏକବାରଗୀ ମହାରାଜା ପଦ ଦିଆଯିବାର ବିଧ୍ ନାହିଁ। ଅତଏବ, ଯଦି ଆମ୍ଭ ବଂଶରେ ପାରମ୍ପରିକ ପ୍ରଚଳିତ ଥିବା ରାଜାପଦ ଗଭର୍ଣ୍ଣମେଣ୍ଟରେ ପୂର୍ବରୁ ମଂଜୁର ଓ ଗ୍ରହଣ ହୋଇ ନ ଥାନ୍ତା, ତେବେ ମହାରାଜା ପଦର ସନନ୍ଦ କିପରି ଦିଆଯିବାର ମଂଜୁର ହୋଇଥିଲା ତାହା ଶ୍ରୀ ହଜୁର ଅନାୟାସେ ବିବେଚନା କରିପାରିବେ।

୩। ଏ ଜିଲ୍ଲାର ଷୋଳ ଶାସନ ବତିଶ କରବାଡ଼ ଗ୍ରାମସ୍ଥ ବ୍ରାହ୍ମଣମାନେ ପୁଷ୍ୟ ପୂର୍ଣ୍ମୀ ଓ ଗହ୍ମାପୂର୍ଣ୍ମୀ ଦିବସ ପର୍ବମାନଙ୍କରେ ଆମ୍ଭ ରାଜ ନଅରଠାରେ ଉପସ୍ଥିତ ହୋଇ ରାଜାଙ୍କୁ ସୁବର୍ଣ୍ଣ ଯଜ୍ଞୋପବୀତ ପ୍ରଦାନ କରି ଶାସ୍ତ୍ରମତେ ରାଜ ଆଶୀର୍ବାଦ ଓ ରାଜାଭିଷେକ ବିଧ୍ମାନ ନିର୍ବାହ କରନ୍ତି। ଯଦି ଆମ୍ଭ ବଂଶର ରାଜାମାନଙ୍କର ପରମ୍ପରା ପୁରୁଷାନୁକ୍ରମେ ରାଜା ଉପାଧ୍ ପ୍ରଚଳନ ନ ଥାନ୍ତା ତେବେ ପୂଜକମାନେ ଏପରି ଶାସ୍ତ୍ରୀୟ ବ୍ୟବହାର କରୁ ନ ଥାନ୍ତେ।

୪। ଆମ୍ଭ ବଂଶର ରାଜାମାନେ ପୂର୍ବ ଚତୁର୍ଥ ପୁରୁଷର ନାମ ଧାରଣ କରିବାର ପ୍ରଥା ବହୁକାଳରୁ ପ୍ରଚଳିତ ହୋଇ ଆସୁଅଛି ତାହା ଏଥ୍ ସଙ୍ଗେ ଦାଖଲ ଥିବା କୃସିନାମା ଓ ମାଦଳାପାଞ୍ଜି ଓ ପୁରାତନ ଦେଶୀୟ ପଞ୍ଜିକାମାନଙ୍କରୁ ପ୍ରମାଣ ହେବ। ଏହି କୌଲିକ ପ୍ରଥା ଅନୁସାରେ ଆମ୍ଭ ପୌତ୍ରଙ୍କର ନାମ ଶ୍ରୀ ମୁକୁନ୍ଦଦେବ ଦେଇଅଛୁ।

୫। ଶ୍ରୀ ଶ୍ରୀ ଜଗନ୍ନାଥଙ୍କର କେତେକ ନୀତି ଓ ସେବାମାନ ଆମ୍ଭ ବଂଶର ରାଜାଙ୍କୁ ସ୍ୱୟଂ ଅଥବା ତାହାଙ୍କ ଅନୁପସ୍ଥିତିରେ ତାହାଙ୍କ ମନୋନୀତ ମୁଦିରଥ ନାମକ ପ୍ରତିନିଧ୍ ଦ୍ୱାରା ନିର୍ବାହ କରିବାର ଶାସ୍ତ୍ରୀୟ ବିଧ୍ ଥାଇ ସେ ଅନୁସାରେ କାର୍ଯ୍ୟ ଚଲି ଆସୁଅଛି। ଏଥକୁ ରାଜଗାଦି ଶୂନ୍ୟ ରହିଲେ ଅନ୍ୟ ମୁଦିରଥ ମନୋନୀତ ହୋଇ ନ ପାରିବା କାରଣରୁ ଶ୍ରୀ ଜୀଉଙ୍କ ନୀତିମାନଙ୍କ ପକ୍ଷେ ବ୍ୟାଘାତ ଜନ୍ମିବା ଓ ତଦ୍ହେତୁ ଧର୍ମ ନଷ୍ଟ ହେବା ଦୃଷ୍ଟିରେ ଆମ୍ଭର ନାବାଲକ ପୌତ୍ରକୁ ଗାଦିନସୀନ କରାଇ ଆମ୍ଭର କୌଲିକ ପ୍ରଥା ଅନୁସାରେ ଶ୍ରୀ ରାଜା ମୁକୁନ୍ଦ ଦେବ ନାମ ଦେବାକୁ ବାଧ୍ ହୋଇଅଛୁ। ଏ ବିଷୟରେ ଶାସ୍ତ୍ରୀୟ ପ୍ରମାଣ ନାରଦୀୟ ପଞ୍ଚରାତ୍ ଓ ସ୍ତୁ ସଂହିତା ଓ ବାମଦେବ ସଂହିତା ଇତ୍ୟାଦି ମୃତିମାନଙ୍କରୁ ସଂଗୃହୀତ ନୀଳାଦ୍ରି ମହୋଦୟ ନାମକ ପୁସ୍ତକରୁ ପ୍ରକାଶ ହେବ।

୬। ରାଜା ପଦ ଆମ୍ଭ ବଂଶରେ ପୁରୁଷାନୁକ୍ରମେ ପ୍ରଚଳିତ ହେଉଥିବା ଓ ଶ୍ରୀ ଶ୍ରୀ ଜଗନ୍ନାଥ ମାଧ୍ୱପ୍ରଭୁଙ୍କର କେତେକ ନୀତି ସଂଗେ ଆମ୍ଭ ବଂଶ ରାଜାଙ୍କର ସମ୍ବନ୍ଧ ଥାଇ ସେ ନୀତିମାନ ନିର୍ବାହ ସକାଶେ ମୁଦିରଥ ନାମକ ସେବକକୁ ରାଜା ତାହାଙ୍କର ପ୍ରତିନିଧ୍ରୂପେ ନିଯୁକ୍ତ କରୁଥିବା ବିଧ୍ ଶାସ୍ତ ଉକ୍ମତେ ପ୍ରଚଳିତ ଥିବା ବିଷୟମାନ ମନ୍ଦିରର ପ୍ରଧାନ ଓ ମାନ୍ୟବାନ ସେବକମାନଙ୍କ ସାକ୍ଷ୍ୟରୁ ଓ ମଧ ଅତ୍ରସ୍ଥ ପ୍ରଧାନ ଓ ମାନ୍ୟବାନ ସନ୍ତୁ ମହନ୍ତ ଓ ପଣ୍ଡିତ ଓ ଗଡ଼ଜାତ ରାଜା ଓ ଜମିଦାର ଶ୍ରୀ ହଜୁରରୁ ପଚରାଗଲେ ସ୍ପଷ୍ଟ ପ୍ରକାଶ ହେବ ମଧ୍ ହଜୁର ଉକ୍ତ ସାକ୍ଷୀମାନଙ୍କୁ ଶ୍ରୀ ହଜୁରରେ ଉପସ୍ଥିତ କରାଇବୁ।

୭। ଧର୍ମାବତାର, ଆମ୍ଭେ ଆମ୍ଭର ପୌତ୍ରକୁ ଯେ ଗାଦିନସୀନ କରି ରାଜା ମୁକୁନ୍ଦଦେବ ନାମ ଦେଇଅଛୁ ତଦ୍ୱାରା ଆମ୍ଭେ ମହାମାନ୍ୟ ଗଭର୍ଣ୍ଣମେଣ୍ଟଙ୍କ ଆଦେଶର କୌଣସି ବିପରୀତ କାର୍ଯ୍ୟ କରିନାହୁଁ। ତାହା କେବଳ ଆମ୍ଭର କୌଲିକ ପ୍ରଥା ବଜାୟ ରଖିବା ଏବଂ ଧର୍ମ ରକ୍ଷା ନିମିତ୍ତ କରିଅଛୁ। ଯଦି ବର୍ତ୍ତମାନ ଗଭର୍ଣ୍ଣମେଣ୍ଟରୁ ଆମ୍ଭ ପୌତ୍ରଙ୍କର ରାଜାପଦ ନାମଂଜୁର କରାଯାଏ ତେବେ ଆମ୍ଭକୁ ଅନାଦୃତ

ଲୋକ ସମୀପରେ ଲଜ୍ଜିତ ହେବାକୁ ହେବ ଓ ମଧ୍ୟ ହିନ୍ଦୁ ଧର୍ମ ପକ୍ଷେ ବ୍ୟାଘାତ ହେବ। ଅତଏବ ପ୍ରାର୍ଥନା ଯେ ଆମ୍ଭର ଉଲ୍ଲିଖିତ ପ୍ରମାଣମାନଙ୍କ ଦୃଷ୍ଟିରେ ଓ ଆମ୍ଭର ପୂର୍ବ ଖାନଦାନୀ ବିବେଚନାରେ ଶ୍ରୀ ହଜୁରରୁ ଅନୁଗ୍ରହ ପୂର୍ବକ ଆମ୍ଭ ପୌତୃଙ୍କର ରାଜା ମୁକୁନ୍ଦଦେବ ନାମ କାୟମ ରଖାଯିବା ପକ୍ଷେ ମହାମାନ୍ୟ ଗଭର୍ଣମେଣ୍ଟ ସମୀପକୁ ସୁପାରିଶ କରିବାର ଆଜ୍ଞା ପ୍ରଦାନ ହେଉ। ୧୬ ତାରିଖ କୁଲାଇ ମାସ ୧୮୮୩ ମସିହା ମିଥୁନ ୩୦ ଦିନ ୧୨୯୦ ସାଲ।

୧୬ ତାରିଖରେ ଏ ଦରଖାସ୍ତ ଦେଇ ସୂର୍ଯ୍ୟମଣି ୩୦ ତାରିଖ ଦିନ କଲେକ୍ଟରଙ୍କୁ ଏ ବିଷୟରେ ଆହୁରି ଗୋଟିଏ ଅର୍ଜି ଦେଲେ। ଏଥିରେ ସେ ଜଣାଇଲେ ଯେ ଯଦି ଦ୍ୱୀପାନ୍ତରିତ ରାଜା ଫେରି ଆସନ୍ତି ତେବେ ତାଙ୍କୁ ମନ୍ଦିରର ସେବା କରିବାକୁ ଦିଆ ଯିବ ନାହିଁ, କାରଣ ସେ ମ୍ଲେଚ୍ଛଙ୍କ ସହିତ ମିଶିଥିଲେ ଏବଂ ମ୍ଲେଚ୍ଛଙ୍କ ହାତରୁ ଖାଇଥିଲେ। ଏହାର ଏକ ନଜିର ଥିଲା ୧୭୨୭ରେ ସିଂହାସନାରୋହଣ କରିଥିବା ରାମଚନ୍ଦ୍ରଦେବଙ୍କ ଜୀବନରେ। ସେ ଜଣେ ନବାବଙ୍କ ଝିଅ ସହିତ ମିଶିଥିବାରୁ ତାଙ୍କୁ ମନ୍ଦିର ପ୍ରବେଶ ନିଷେଧ ହୋଇଥିଲା ଏବଂ ତାଙ୍କ ବଦଲରେ ତାଙ୍କର ନାତି ଭାଗୀରଥିକୁ ଆଠଗଡ଼ ଆଣି ବୀରକେଶରୀ ନାଁରେ ଗାଦିରେ ବସାଇଦିଆଯାଇଥିଲା। ଏହି ଦରଖାସ୍ତ ସହିତ ସେ ଶଙ୍କର ଦାମୋଦର ତୀର୍ଥସ୍ୱାମୀ, ପଣ୍ଡିତ ସଦାଶିବ ମିଶ୍ର, ତ୍ରିବେଦୀ ଦୀନଦୟାଲ ବ୍ରହ୍ମଚାରୀ ପ୍ରମୁଖ ପୁରୀ ପଣ୍ଡିତଙ୍କର ଲିଖିତ ମତ ମଧ୍ୟ ଜଣାଇଥିଲେ, ଯେଉଁଥିରେ ସେମାନେ କହିଥିଲେ ଯେ ଯଦି ବିଧୁବାମରୁ ଦିବ୍ୟସିଂହ ସ୍ୱଦେଶ ଆଗମନ କରନ୍ତି, ତାଙ୍କୁ ଶ୍ରୀଜଗନ୍ନାଥ ଦେବଙ୍କର ସେବାର୍ଚ୍ଚନା କରିବାକୁ ଦିଆଯିବ ନାହିଁ।

ଏ ଦରଖାସ୍ତ ପାଇ କଲେକ୍ଟର କେ.ଜି. ଗୁପ୍ତ ସରକାରଙ୍କୁ ରିପୋର୍ଟ ଦେଲେ ଯେ ପ୍ରଚଳିତ ପ୍ରଥା ଅନୁସାରେ ମନ୍ଦିରର ସେବାକାମ ପାଇଁ ଜଣେ ରାଜା ଦରକାର। ଏଥିପାଇଁ ମୁକୁନ୍ଦକୁ ରାଜା ଉପାଧି ଦେବା ଏକ ଅନୁଗ୍ରହର ବିଷୟ ହେବ ଏବଂ ଏଥିରେ ହିନ୍ଦୁମାନେ ଖୁସି ହେବେ ।

ଏହି ସମୟରେ ସୂର୍ଯ୍ୟମଣିଙ୍କ ପାଇଁ ଆହୁରି ଏକ ଛୋଟ ସମସ୍ୟା ବି ଉପୁଜିଲା। ପୁରୀ ରାଜା ସରକାରଙ୍କ ପାଖରୁ ବର୍ଷକୁ ଯେଉଁ ୨୫୦୦୦ ଟଙ୍କା ପେନସନ ପାଉଥିଲେ, ସେଥିରୁ ମାସିକ ୧୧୫ ଟଙ୍କା ପାଉଥିଲେ ଦିବ୍ୟସିଂହଙ୍କ ଜେଜେବାପା ପଦ୍ମନାଭ ରାୟ। ସେ ମରିବା ପରେ ସମସ୍ୟା ହେଲା ତାଙ୍କ ରାଣୀଙ୍କୁ ନେଇ। ପଦ୍ମନାଭଙ୍କର ଦୁଇ ରାଣୀ ଥିଲେ ଶ୍ରୀମତୀ ଓ ଚନ୍ଦ୍ରମଣି। ସେ ମରିବା ପରେ ସୂର୍ଯ୍ୟମଣି ଏ ଦୁଇ ବିଧବାଙ୍କୁ ମାତ୍ର ପନ୍ଦର ଟଙ୍କା ଦେଲେ। ସେ ଦୁହେଁ କଲେକ୍ଟରଙ୍କ ପାଖରେ ଦରଖାସ୍ତ କରିବାରେ କେ.ଜି. ଗୁପ୍ତ ଆଦେଶ ଦେଲେ ଯେ ଶ୍ରୀମତୀ ଓ ତା'ର ପୁଅ ଭାଗୀରଥ ମାସକୁ ସତୁରୀ ଟଙ୍କା ପାଇବେ, ବାକି ଟଙ୍କା ପାଇବେ ଚନ୍ଦ୍ରମଣି। ସୂର୍ଯ୍ୟମଣି ଦରଖାସ୍ତ କଲେ ଯେ ଭାଗୀରଥ ପ୍ରକୃତରେ ଶ୍ରୀମତୀର ପୁଅ ନୁହେଁ, ପଦ୍ମନାଭଙ୍କର ଜାରଜ ସନ୍ତାନ। କମିଶନରଙ୍କ ପାଖକୁ ମାମଲା ଯିବାରୁ ସେ ଆଦେଶ ଦେଲେ ଯେ ଭାଗୀରଥ ଜାରଜ ବୋଲି ପ୍ରମାଣ ହେବା ପର୍ଯ୍ୟନ୍ତ ଶ୍ରୀମତୀକୁ ୭୦ ଟଙ୍କା ଓ ଚନ୍ଦ୍ରମଣିକୁ ୪୫ ଟଙ୍କା ମିଳିବ। ପୁରୀ କଲେକ୍ଟରଙ୍କୁ କୁହାଗଲା ଯେ ଯଦି ସୂର୍ଯ୍ୟମଣି ବିଧବା ଦୁହିଙ୍କୁ ଏତିକି ଟଙ୍କା ନ ଦିଅନ୍ତି, ତେବେ ସେ ଟଙ୍କା ପେନସନ ଟଙ୍କାରୁ କାଟି ଦିଆଯିବ।

ଏ ଆଦେଶ ପାଇ ସୂର୍ଯ୍ୟମଣି ଚୁପ୍ ରହିଲେ କାରଣ ତାଙ୍କ ଆଗରେ ବଡ଼ ସମସ୍ୟା ଥିଲା ମୁକୁନ୍ଦର ରାଜା ଉପାଧି।

ଢେଙ୍କାନାଳ: ସେପ୍ଟେମ୍ବର ୧୮୮୩

ଫକୀରମୋହନ ଢେଙ୍କାନାଳରେ ରହିବା ଛ ବର୍ଷରୁ ବେଶୀ ହୋଇଯାଇଥିଲା । ସେ ଏତେ ଦୀର୍ଘ ସମୟ କୌଣସିଠାରେ ଆଗରୁ କାମ କରି ନ ଥିଲେ । ତେବେ ଏ ଛ ବର୍ଷର ଅବସ୍ଥାନ ବିଶେଷ ପ୍ରୀତିକର ନ ଥିଲା ଏବଂ ଏଥିରୁ ଅଧିକାଂଶ ସମୟ କଟିଥିଲା ଅଶାନ୍ତିରେ । ଫକୀରମୋହନଙ୍କର ସ୍ୱାସ୍ଥ୍ୟ ମଧ ଏ ସମୟରେ ଭଲ ରହି ନ ଥିଲା; ତାଙ୍କ ସ୍ୱାସ୍ଥ୍ୟହାନିର ଏକ ବିଶେଷ କାରଣ ଥିଲା ତାଙ୍କର ମଦ୍ୟପାନର ଅଭ୍ୟାସ ।

ସେ ଯେତେବେଳେ ପ୍ରଥମେ ଢେଙ୍କାନାଳରେ ପହଞ୍ଚିଲେ, ସେଠାରେ ତାଙ୍କର ବନ୍ଧୁମାନେ ହେଲେ ମ୍ୟାନେଜର ବନମାଳୀ ସିଂହ, ରାଜଶିକ୍ଷକ ପ୍ୟାରୀମୋହନ ସେନ ଓ ଆସିଷ୍ଟାଣ୍ଟ ସର୍ଜନ ବିଜୟ ଚକ୍ରବର୍ତ୍ତୀ । ଏମାନଙ୍କ ଭିତରୁ ପ୍ୟାରୀମୋହନ ଆଦୌ ମଦ ପିଉ ନ ଥିଲେ, ବନମାଳୀ ପରିମିତ ପିଉଥିଲେ କିନ୍ତୁ ବିଜୟ ଜଣେ ମଦ୍ୟପ ଥିଲେ ଏବଂ ଯେଉଁଆଡ଼େ ଯାଉଥିଲେ ସାଙ୍ଗରେ ମଦ ନେଇ ଯାଉଥିଲେ । ଅବଶ୍ୟ ସେତେବେଳେ ଢେଙ୍କାନାଳରେ ସମସ୍ତେ ମଦର ଅଭ୍ୟାସ ରଖିଥିଲେ, ବିଲେଇ ଛୁଆରୁ ଭକ୍ତ ମହାଦେବ ପର୍ଯ୍ୟନ୍ତ ! ଘରେ ଘରେ ମଦ୍ୟପାନର ପ୍ରଚଳନ ଥିଲା । ବାବୁମାନଙ୍କର ଚାକର ସନ୍ଧ୍ୟା ସମୟରେ ବଜାରରୁ ଅନ୍ୟାନ୍ୟ ଖାଦ୍ୟଦ୍ରବ୍ୟ ସହିତ ବାପ ପୁଅ ଭାଇ ଘରର ସମସ୍ତ ପୁରୁଷ ଲୋକଙ୍କ ପାଇଁ ଅଲଗା କାଚ କୁମ୍ପିରେ ମଦ କିଣି ଆଣୁଥିଲା । ସହରର ସ୍ଥାନେ ସ୍ଥାନେ ଦେଶୀ ମଦ ବିକ୍ରି କରିବା ପାଇଁ ଶୁଣ୍ଢି ଦୋକାନ ଥିଲା ଏବଂ ସନ୍ଧ୍ୟା ହେଲେ ସେଠାରେ ଭଦ୍ରଲୋକଙ୍କର ବୈଠକ ବସୁଥିଲା ।

ଫକୀରମୋହନ ଢେଙ୍କାନାଳରେ ଯୋଗ ଦେବାର କିଛି ମାସ ପରେ ଅନୁଗୁଳ ତହସିଲଦାର ବିଚ୍ଛନ୍ଦ ପଟନାୟକ ଖବର ପଠାଇଲେ ଯେ ସେ ଛୁଟିନେଇ ଢେଙ୍କାନାଳ ବାଟ ହୋଇ ନିଜ ଗାଁକୁ

ଯିବେ। ଫକୀରମୋହନ ବିଲ୍ଲଦଙ୍କ ଅଭ୍ୟର୍ଥନା ବ୍ୟବସ୍ଥାରେ ଲାଗିଲେ। ବ୍ରାହ୍ମଣୀ କୂଳ ବଉଳପୁର ଗାଁ ଆମ୍ବତୋଟାରେ ଛାମୁଣିଆ ବାନ୍ଧି ଖାଇବା ପିଇବାର ବ୍ୟବସ୍ଥା କରାଗଲା। ବନମାଳୀ, ପ୍ୟାରୀମୋହନ, ବିଜୟଙ୍କୁ ସାଙ୍ଗରେ ନେଇ ଫକୀରମୋହନ ଦୁଇଟି ହାତୀରେ ସକାଳ ନ'ଟା ବେଳେ ବଉଳପୁର ତୋଟାରେ ପହଞ୍ଚିଲେ। କିଛି ସମୟ ପରେ ବିଲ୍ଲଦଙ୍କ ନୌକା କୂଳରେ ଲାଗିଲା। ମଦ ବୋତଲର ପେଢ଼ି ଧରି ବିଲ୍ଲଦ ନୌକାରୁ ଓହ୍ଲାଇଲେ ଏବଂ ସମସ୍ତେ ଗାଧୋଇପାଧୋଇ ସାରିବା ମାତ୍ରେ ମଦ୍ୟପାନର ପର୍ବ ଆରମ୍ଭ ହେଲା। ବିଲ୍ଲଦବାବୁ ସାଙ୍ଗରେ ଏକ ନମ୍ବର ବିଲାତୀ ବ୍ରାଣ୍ଡି ଆଣିଥିଲେ, ତହିଁରୁ ପ୍ରଥମ ବୋତଲ ଖୋଲା ହେଲା। ସେଥିରୁ ସମସ୍ତଙ୍କ ଗିଲାସରେ ଢଳା ହେବାରୁ ଫକୀରମୋହନ ସେଥିରେ ପାଣି ମିଶାଇବାକୁ ଯାଉଥିଲେ, ବିଲ୍ଲଦ କହିଲେ, ଆଜି ଏତେ ଦିନ ପରେ ଆମମାନଙ୍କର ସାକ୍ଷାତ ହେଉଛି, ଏହାକୁ ଶୁଦ୍ଧ ସେବନ କରିବାକୁ ହେବ।

ଟିକିଏ ପିଇ ବନମାଳୀ ସିଂହ ଘୁଙ୍ଗଲେ, କିନ୍ତୁ ଖାଇବା ବଢ଼ା ହେବା ଆଗରୁ ଅନ୍ୟ ତିନିଜଣ ମିଶି ବୋତଲଟିକୁ ଶେଷ କରିଦେଲେ। ତିନିଟା ବେଳେ ସମସ୍ତେ ଖାଇବା ପିଇବା ସାରି ବିଲ୍ଲଦଙ୍କ ସାଙ୍ଗରେ ନାଆରେ ବସି ଛ ମାଇଲ ତଳକୁ ଯାଇ ଆଉ ଗୋଟିଏ ଗାଁରେ ରାତି ପାଇଁ ଡେରା ପକାଇଲେ। ରାତିରେ ମଧ ପିଇବାର ପୁନରାବୃତ୍ତି ହେଲା। ଅଧିକ ମଦ୍ୟପାନ ହେତୁ ଫକୀରମୋହନ ଅସୁସ୍ଥ ହୋଇ ପଡ଼ିଲେ। ପରଦିନ ସକାଳୁ ବିଲ୍ଲଦବାବୁ ନାଆରେ ବସି ନିଜ ଗାଁକୁ ଚାଲିଗଲେ ଏବଂ ଫକୀରମୋହନ ଇତ୍ୟାଦି ଢେଙ୍କାନାଳକୁ ଫେରିଲେ।

ଏହା ପରଠାରୁ ଫକୀରମୋହନଙ୍କ ଦେହ ଭଲ ରହିଲା ନାହିଁ। ଆଗରୁ ତାଙ୍କର ଶିରପୀଡ଼ା, ଅଜୀର୍ଣ୍ଣ, ଅନିଦ୍ରା, ଅର୍ଶରୋଗ ଇତ୍ୟାଦି ଥିଲା। ବର୍ତ୍ତମାନ ଔଷଧ ଆଳରେ ସେ ପ୍ରତିଦିନ ସନ୍ଧ୍ୟାରେ ଦୁଇ ତୋଲା ଦେଶୀ ମଦ ପିଇବାରେ ଲାଗିଲେ। ଏଥିରେ ଦେହ ଆହୁରି ଖରାପ ହେବାରେ ଲାଗିଲା ଏବଂ ଫକୀରମୋହନ ଅଧିକାଂଶ ସମୟ ପୀଡ଼ିତ ଓ ଶୟ୍ୟାଗତ ରହିଲେ।

ଗରିବ ଲୋକଙ୍କୁ ମାଗଣାରେ ଔଷଧ ଦେବା ପାଇଁ ଫକୀରମୋହନ ଘରେ ଅନେକ ପ୍ରକାର ଆୟୁର୍ବେଦ ଔଷଧ ତିଆରି କରାଉଥିଲେ, ଯଥା– ତୈଳପାକ, ଧାତୁ ଜାରଣ ମାରଣ, କସ୍ତୁରୀ, ମକରଧ୍ୱଜ ବଟିକା ଇତ୍ୟାଦି। ବର୍ତ୍ତମାନ ନିଜ ଘରେ ଶୁଣ୍ଡିକୁ ଡକାଇ ସେ ମୃତସଞ୍ଜୀବନୀ ସୁରା ନାମକ ଔଷଧ ଅଥବା ମଦ ତିଆରି କରାଇଲେ ଏବଂ ଔଷଧ ନାଁରେ ପ୍ରତିଦିନ ଏହି ମଦକୁ ସେବନ କଲେ।

ଏହି ଭଳି ଶାରୀରିକ ଅସୁସ୍ଥତା ସମୟରେ ଆହୁରି ଏକ ଦୁଃଖକର ଘଟଣା ଘଟିଲା। ତାଙ୍କର ଗୋଟିଏ ପୁଅ ଜନ୍ମ ହୋଇ ଛ ମାସ ଭିତରେ ମରିଗଲା ଏବଂ ଏହି ଦୁଃଖରେ ତାଙ୍କର ଦ୍ୱିତୀୟା ସ୍ତ୍ରୀ କୃଷ୍ଣକୁମାରୀ, ଯାହାଙ୍କର ବୟସ ଖୁବ୍ କମ୍ ଥିଲା, ଶୟ୍ୟାଗତ ହୋଇଗଲେ। ସ୍ତ୍ରୀଙ୍କୁ ବୁଝାଇବା ପାଇଁ ଫକୀରମୋହନ ମହାରଜାଙ୍କ ଲାଇବ୍ରେରୀରୁ ବାଲ୍ମିକି ରାମାୟଣ ଆଣି ତାକୁ ଓଡ଼ିଆ ଅନୁବାଦ କରିବାରେ ଲାଗିଲେ। ଆସ୍ତେ ଆସ୍ତେ କୃଷ୍ଣକୁମାରୀ ପୁତ୍ରଶୋକ ଭୁଲି ରାମାୟଣ ଶୁଣିବାରେ ମନ ଦେଲେ। ସନ୍ଧ୍ୟାବେଳକୁ ସେ ଦୁଇଖଣ୍ଡ ଆସନ ପକାଇ ରାମାୟଣ ଶୁଣିବାକୁ ଅପେକ୍ଷା କରି ବସିଥାନ୍ତି। ବାଲକାଣ୍ଡ ସମ୍ପୂର୍ଣ୍ଣ ହେବା ପରେ ଫକୀରମୋହନ ତାହାକୁ ୧୮୮୦ରେ ଛପାଇ ଲୋକଙ୍କ ଭିତରେ ବାଣ୍ଟିଦେଲେ। ଯଦିଓ ଦି ବର୍ଷ ତଳୁ ବୀମସ ଓଡ଼ିଶା ଛାଡ଼ି ଚାଲି ଯାଇଥିଲେ, ବହିଟିକୁ ଫକୀରମୋହନ ତାଙ୍କୁ ଉତ୍ସର୍ଗ କରିଥିଲେ। ବହିଟି କଟକ ପ୍ରିଣ୍ଟିଂ କମ୍ପାନୀରେ ଛପା ହୋଇଥିଲା ଏବଂ ଏ ବହିଟି ବିଷୟରେ ଗୌରୀଶଙ୍କର ଦୀପିକାରେ

ଲେଖିଥିଲେ ଯେ ଓଡ଼ିଆ ଭାଷାରେ ରାମାୟଣ ଗ୍ରନ୍ଥର ଅଭାବ ନ ଥିବା ସ୍ଥଳେ ଗ୍ରନ୍ଥକାର ଶ୍ରୀଙ୍କୁ କୌଣସି ନୂତନ ବିଷୟରେ ନିୟୋଗ କରିଥିଲେ ଅଧିକ ସାଧାରଣ ଉପକାର ହୁଅନ୍ତା ! ତଥାପି ଫକୀରମୋହନ ରାମାୟଣ ଅନୁବାଦ କରି ଚାଲିଲେ। ଅଯୋଧ୍ୟାକାଣ୍ଡ ଅନୁବାଦ ଶେଷ ହେବା ବେଳକୁ ସ୍ତ୍ରୀ ସମ୍ପୂର୍ଣ୍ଣ ଆରୋଗ୍ୟ ହୋଇଯାଇଥିଲେ ଏବଂ ତାଙ୍କର ଦ୍ୱିତୀୟ ପୁତ୍ର ଜନ୍ମ ହୋଇଥିଲା।

ଏହି ସମୟରେ ଫକୀରମୋହନଙ୍କ ଚାକିରିରେ ମଧ୍ୟ ଅନେକ ପ୍ରକାରର ଅସୁବିଧା ଆସି ପହଞ୍ଚିଲା। ଜନ ବ୍ୟାମସ କିଛି ଦିନ କମିଶନର ରହିବା ପରେ ରେଭେନଶା ଛୁଟିରୁ ଫେରି ଆସିବାରୁ ବ୍ୟାମସ କଟକ କଲେକ୍ଟର ପଦକୁ ଫେରି ଯାଇଥିଲେ। ରେଭେନଶା ଯେତେବେଳେ ଓଡ଼ିଶା ଛାଡ଼ିଲେ, ବ୍ୟାମସ ଭାବିଥିଲେ ଯେ ତାଙ୍କୁ କମିଶନର କରାଯିବ, କିନ୍ତୁ ସେ ଜାଗାକୁ ସ୍ମିଥ୍ ଆସିଲେ। ଏହାର କିଛି ଦିନ ପରେ ୧୮୭୮ ଅଗଷ୍ଟ ମାସରେ ବ୍ୟାମସ ଓଡ଼ିଶାରୁ ବଦଳି ହୋଇ ଚାଲିଗଲେ। ବ୍ୟାମସ ଫକୀରମୋହନଙ୍କର ସାହା ଭରସା ଥିଲେ ଏବଂ ସେ ଓଡ଼ିଶାରୁ ଚାଲିଯିବା ପରେ ଫକୀରମୋହନ ଅସହାୟ ଅନୁଭବ କରୁଥିଲେ। ତା ବ୍ୟତୀତ ବ୍ୟାମସ ଯେତେ ଲୋକଙ୍କୁ ଚାକିରିରେ ରଖାଇଥିଲେ, ସ୍ମିଥ୍ ସମସ୍ତଙ୍କୁ ସନ୍ଦେହ ଚକ୍ଷୁରେ ଦେଖୁଥିଲେ।

ବ୍ୟାମସ ଚାଲିଯିବା ପରେ ମଧ୍ୟ ଫକୀରମୋହନ ଓ ରାଧାନାଥ ପ୍ରମୁଖ ଭାବୁଥିଲେ ଯେ ବ୍ୟାମସ ପୁଣି ଓଡ଼ିଶାକୁ ଫେରି ଆସିବେ। କିନ୍ତୁ ବ୍ୟାମସଙ୍କ ପାଖରୁ ଚିଟାଗଙ୍ଗରୁ ରାଧାନାଥଙ୍କ ପାଖକୁ ଆସିଥିବା ନିମ୍ନଲିଖିତ ଚିଠି ପାଇବା ପରେ ତାହା ନିରାଶରେ ପରିଣତ ହୋଇଥିଲା :

ଚିଟାଗଙ୍ଗ

ଅକ୍ଟୋବର ୧୦, ୧୮୭୮

ପ୍ରିୟ ରାଧାନାଥ,

ଓଡ଼ିଶା ଛାଡ଼ି ମୁଁ ଦାରୁଣ ଆଘାତ ପାଇଥିଲି; ତା ଠାରୁ ଆହୁରି ଦାରୁଣ ଆଘାତ ପାଇଲି ଯେତେବେଳେ ଜାଣିଲି ଯେ ରେଭେନଶାଙ୍କ ବଦଳି ପରେ ମୁଁ ସେଠାକୁ ଫେରିବି ନାହିଁ। ସର ଏଡେନ କଟକ ଆସିଥିଲା ବେଳେ ତାଙ୍କୁ କିଏ କହି ଦେଇଥିଲା ଯେ ମୁଁ ଓଡ଼ିଶାରେ ଖୁବ ଅପ୍ରିୟ; ସେଥିପାଇଁ ବୋଧହୁଏ ମୋତେ ସେଠାକୁ ପଠା ଯାଉ ନାହିଁ। ମତେ ଚିଟାଗଙ୍ଗ ଆଦୌ ଭଲ ଲାଗୁନାହିଁ; ମୋ ଜୀବନରେ ଏଭଳି ଖରାପ ଜାଗାରେ ରହି ନ ଥିଲି। ମୁଁ ଏଠାରେ ସବୁବେଳେ ବେମାର ରହୁଛି। ଏଠାରେ ମୋର ସାଥୀ ନାହାନ୍ତି। ଏଠାର ବାସିନ୍ଦା। ନିମ୍ନସ୍ତରର ବଙ୍ଗାଳୀ ମୁସଲମାନ, ବିଶ୍ୱାସଘାତକ ଏବଂ ମାମଲାବାଜ। ଓଡ଼ିଶାରେ ଯେତେବେଳେ ଯାହା ହୁଏ ମୁଁ ସବୁବେଳେ ତା'ର ଆନ୍ତରିକ ଖବର ନେଉଥିବି ଏବଂ ସେଠାକୁ ଫେରିବାକୁ ସର୍ବଦା ଚେଷ୍ଟା କରିବି। ହୁଏତ ଦିନେ ମୁଁ ଏଥରେ ସଫଳ ହେବି। ବର୍ତ୍ତମାନ ମୁଁ ଉଭୟ ଦେହ ମନରେ ଅସୁସ୍ଥ ଏବଂ କୌଣସି ସଫଳତା ବା ଆନନ୍ଦର ଆଶା ରଖୁନାହିଁ। ଯଦି କେତେବେଳେ ପୁଣି ମୋ ଉପରେ ଦୟା ହୁଏ, ମୁଁ ତୁମକୁ ଓ ଅନ୍ୟ ବନ୍ଧୁମାନଙ୍କୁ ଦେଖି ଆନନ୍ଦିତ ହେବି। ତେବେ ବର୍ତ୍ତମାନ ମୁଁ 'ଭ୍ରଷ୍ଟ' ବୋଲି କହିବାକୁ ହେବ।

ଓଡ଼ିଶାର ସମସ୍ତ ବନ୍ଧୁଙ୍କୁ ମୋ କଥା କହିବ।

ତୁମର ବିଶ୍ୱସ୍ତ

ବ୍ୟାମସ

ବୀମସ ୧୮୧୯ ମେ ୨ ତାରିଖରେ ରାଧାନାଥଙ୍କୁ ଲେଖିଥିବା ଚିଠିଟି ଆହୁରି ନୈରାଶ୍ୟଜନକ ଥିଲା । ସେ ଲେଖିଥିଲେ ଯେ ଆଉ ତାଙ୍କର ଓଡ଼ିଶାକୁ ଫେରିବାର ଆଶା ନଥିଲା । ଏପରିକି ସେ ଚାରିବର୍ଷ ପରେ ଚାକିରି ଛାଡ଼ି ଘରକୁ ଫେରିଯିବା କଥା ଭାବୁଥିଲେ । ପତ୍ର ଶେଷରେ ସେ ଲେଖିଥିଲେ : ଓଡ଼ିଶାରେ କଟାଇଥିବା ସୁଖମୟ ଦିନଗୁଡ଼ିକ କଥା ଭାବି ମୁଁ ଆନନ୍ଦ ପାଇଥାଏ ଏବଂ ସେଠାରେ ଦୟାଳୁ ସୌହାର୍ଦ୍ଦ୍ୟପୂର୍ଣ୍ଣ ବନ୍ଧୁମାନଙ୍କ କଥା ମନେ ପକାଇ ମୁଁ ସୁଖୀ ହୋଇଥାଏ ।   ମୁଁ ନିଜେ ଯେଉଁ କୃତିତ୍ ପାଇନାହିଁ ତାହା ତୁମେ ପାଅ, ଏହା ମୋର କାମନା ।

ବୀମସଙ୍କ ଅନୁଗତ ଫକୀରମୋହନଙ୍କ ପ୍ରତି ସ୍ମିଥଙ୍କ କୋପ ଦୃଷ୍ଟି ବ୍ୟତୀତ ତାଙ୍କ ପାଇଁ ଅନ୍ୟ କେତେ ସମସ୍ୟା ମଧ ଦେଖା ଦେଲା ଏହି ସମୟରେ । ବୀମସ ଯେତେବେଳେ ଢେଙ୍କାନାଳ ଆସିଥିଲେ ତାଙ୍କୁ କହି ଫକୀରମୋହନ ଜଣେ ରାନ୍ଧୁଣିଆର ଚାକିରି ରଖାଇଦେଇଥିଲେ । ତାକୁ ଫକୀରମୋହନ ପରେ ମୁକ୍ତର ମଧ କରି ଦେଇଥିଲେ । ଥରେ ସେଇ ଲୋକର ଜଣେ ମହକିଲର କେସ ଫକୀରମୋହନ ବରଖାସ୍ତ କରିଦେବାରୁ ସେ ଫକୀରମୋହନଙ୍କ ଶତ୍ରୁ ହୋଇ ତାଙ୍କ ବିରୁଦ୍ଧରେ ଲାଗିଲା ।

ଫକୀରମୋହନଙ୍କ ଅସୁସ୍ଥତାର ସୁଯୋଗ ନେଇ ତାଙ୍କ ପେସ୍କାର ମଧ ମନଇଚ୍ଛା କାମ କରିବାରେ ଲାଗିଲା । ସେ ଫକୀରମୋହନଙ୍କ ରାୟ ସବୁକୁ କାଟି ଡିକ୍ରି ସ୍ଥାନରେ ଡିସମିସ, ଡିସମିସ ସ୍ଥାନରେ ଡିକ୍ରି ଲେଖି ଲାଞ୍ଚ ଖାଇବାରେ ଲାଗିଲା । ଏହି ସମୟରେ ଆସିଷ୍ଟାଣ୍ଟ ସୁପରିନଟେଣ୍ଡେଣ୍ଟ ନନ୍ଦକିଶୋର ଦାସ ପରିଦର୍ଶନ କରିବାକୁ ଢେଙ୍କାନାଳ ଆସିଲେ । ତାଙ୍କର ପରିଦର୍ଶନରେ ଦେଖାଗଲା ଯେ ପ୍ରତି ରେଜିଷ୍ଟରରେ କାଟକୁଟ ହୋଇଛି । ଫକୀରମୋହନ ରାତାରାତି ବସି ପୁରୁଣା ରେଜିଷ୍ଟର ସବୁ ବଦଳାଇ ନୂଆ ରେଜିଷ୍ଟର ଲେଖିବାକୁ ଚେଷ୍ଟା କଲେ, କିନ୍ତୁ ଶହ ଶହ ରେଜିଷ୍ଟର ବଦଳାଇବା ସମ୍ଭବ ହେଲା ନାହିଁ । ନନ୍ଦକିଶୋର ଯଦି ସତ ଲେଖିଥାନ୍ତେ, ତେବେ ଫକୀରମୋହନଙ୍କ ଚାକିରି ଯାଇଥାନ୍ତା । ରେଜିଷ୍ଟରରେ ହୋଇଥିବା କାଟକୁଟ କଥା ନ ଲେଖି ନନ୍ଦକିଶୋର ଲେଖିଲେ ଯେ ଆସିଷ୍ଟାଣ୍ଟ ମ୍ୟାନେଜର ଫକୀରମୋହନଙ୍କ ସେରେସ୍ତାରେ ଅନେକଗୁଡ଼ିଏ ନଥ ନଷ୍ଟ ଅବସ୍ଥାରେ ଦେଖାଗଲା ।

ନନ୍ଦକିଶୋରଙ୍କ ଏ ରିପୋର୍ଟ ପଢ଼ି କମିଶନର ସ୍ମିଥ ନିଜେ ତଦନ୍ତ କରିବା ପାଇଁ ଆସିଲେ । ବର୍ତ୍ତମାନ ଆଉ ରକ୍ଷା ନ ଥିଲା, କାରଣ ରେଜିଷ୍ଟରରେ କଟା ହୋଇଥିବା ପୃଷ୍ଠା ସବୁ ଥିଲା ଫକୀରମୋହନଙ୍କ ଅଯୋଗ୍ୟତା ଓ ଅକ୍ଷମତାର ପ୍ରମାଣ ସ୍ୱରୂପ । ଅନ୍ୟ କୌଣସି ଉପାୟ ନ ଦେଖି ଫକୀରମୋହନ ଶେଷରେ ଅନୀତିର ଆଶ୍ରୟ ନେଲେ । ପେସ୍କାରକୁ କହି   ସେ ଅଫିସ ଛାତରୁ ଗୋଟିଏ ଜାଗାରେ ଚାଲ ଓଲାରି ପକାଇ ଫାଙ୍କ କରିଦେଲେ ଏବଂ ନଥ ସବୁକୁ ଗୋଟିଏ କଣରେ ରଖି ତାକୁ ଛିଣ୍ଡାଇ ତା ଉପରେ ପାଣି ଢାଳିଦେଲେ । ସ୍ମିଥ ଆସି ସବୁ ଦେଖିଲେ; ଜାଣିଲେ ଯେ ଏହା ଜାଣି ଶୁଣି କରାଯାଇଛି । କିନ୍ତୁ କୌଣସି ପ୍ରମାଣ ନ ଥିବାରୁ ଆଲମାରୀ କିଣିବାକୁ ଟଙ୍କା ମଂଜୁର କରି ସେ କଟକ ଫେରିଗଲେ । ଗଲାବେଳେ ଫକୀରମୋହନଙ୍କୁ ଏତିକି କହିଗଲେ, ବାବୁ, ଗଡ଼ଜାତ ବୋଲି ରକ୍ଷା ପାଇଗଲ ।

ଏହା ପରେ ଫକୀରମୋହନଙ୍କ ନାଁରେ ଲାଞ୍ଚ ନେଉଥିବାର ବେନାମୀ ଦରଖାସ୍ତମାନ ହେବାକୁ ଲାଗିଲା । ନନ୍ଦକିଶୋର ଦାସ ଏହାର ତଦନ୍ତ କରିବାକୁ ଆସି କମିଶନରଙ୍କୁ ଜଣାଇଲେ ଯେ ଦରଖାସ୍ତ ସବୁ ମିଛ ଏବଂ ଫକୀରମୋହନ ଜଣେ ସାଧୁ ପ୍ରକୃତିର ଲୋକ । ସ୍ମିଥ ଏକଥା ଶୁଣି କହିଲେ, ମୋର ସେ ଲୋକ ଉପରେ ଆଦୌ ବିଶ୍ୱାସ ନାହିଁ ।

ଏହି ଭଳି ଶାରୀରିକ ମାନସିକ ଅଶାନ୍ତିରେ ଫକୀରମୋହନ ଛ ମାସର ଛୁଟିନେଇ ବାଲେଶ୍ୱର ଚାଲିଗଲେ। ଏହି ସମୟରେ ମ୍ୟାନେଜର ବନମାଳୀ ସିଂହ ମଧ ତାଙ୍କ ବିପକ୍ଷ ହେଲେ। ବଉଳପୁର ମୌଜାର ଗୋଟିଏ ମାମଲାରେ ଫକୀରମୋହନ ଯେଉଁ ନିଷ୍ପତ୍ତି କରିଥିଲେ ତା'ର ରାୟ ନେଇ ତଦନ୍ତ ହେଲା। ଏ ନଥିରେ ଦୁଇଟି ବିଭିନ୍ନ ପ୍ରକାର ରାୟ ଲେଖା ଥିବାର ଅଭିଯୋଗ ଥିଲା। ବନମାଳୀ ସିଂହ ତଦନ୍ତ କରି ରିପୋର୍ଟ ଦେଲେ ଯେ ଫକୀରମୋହନ ମକଦମା ନିଷ୍ପତ୍ତି କରିବାର ଅନେକଦିନ ପରେ ରାୟ ଲେଖନ୍ତି ଏବଂ ସରଜମିନକୁ ନ ଯାଇ ସରଜମିନ ତଦନ୍ତ କରିଛନ୍ତି ବୋଲି ମିଛରେ ରାୟରେ ଉଲ୍ଲେଖ କରନ୍ତି। ଫକୀରମୋହନଙ୍କ ପାଖକୁ ବାଲେଶ୍ୱରକୁ କମିଶନରଙ୍କ ଚିଠି ଆସିଲା ଏ ବିଷୟରେ କୈଫିୟତ ମାଗି।

ସେତେବେଳକୁ ଫକୀରମୋହନଙ୍କ ବୟସ ଚାଲିଶି ବର୍ଷ ଏବଂ ସେ ଶଯ୍ୟାଗତ। ତାଙ୍କୁ ନନ୍ଦକିଶୋର ଦାସ ଗୁପ୍ତରେ ଖବର ପଠାଇଲେ ଯେ ଏ ଅବସ୍ଥାରେ ତାଙ୍କର ଇସ୍ତଫା ଦେଇଦେବା ଉଚିତ ହେବ। ଏଣୁ ଆଉ ଢେଙ୍କାନାଳକୁ ନ ଫେରି ଫକୀରମୋହନ ବାଲେଶ୍ୱରରୁ ହିଁ ନିଜର ଇସ୍ତଫାପତ୍ର ପଠାଇ ଦେଲେ।

ପୁରୀ: ଅଗଷ୍ଟ ୧୮୮୪

ନାବାଳକ ମୁକୁନ୍ଦଦେବକୁ ରାଜା ଉପାଧି ଦେବା ବିଷୟରେ କେ.ଜି. ଗୁପ୍ତଙ୍କ ରିପୋର୍ଟକୁ କମିଶନର କଲିକତା ପଠାଇ ଦେଲେ। ଛୋଟଲାଟ ଏ ବିଷୟରେ ଭାରତ ସରକାରଙ୍କୁ ଲେଖିଲେ ଯେ ରାଜା ଉପାଧିରେ ବଂଶାନୁଗତ ଅଧିକାର ଅଛି କି ନାହିଁ ବର୍ତ୍ତମାନ ସେ ବିଷୟରେ ଚିନ୍ତା ନ କରି ମୁକୁନ୍ଦକୁ ବ୍ୟକ୍ତିଗତ ଉକ୍ର୍ଷ ପାଇଁ ରାଜା ଉପାଧି ଦିଆଯାଉ। ଭାରତ ସରକାର କଲେକ୍ଟର ଓ କମିଶନରଙ୍କ ସହିତ ଏକମତ ହେଲେ ଯେ ଏ ପଦବୀ ଦେଲେ ଏହା ଏକ ଦୟାର ବିଷୟ ହେବ ଏବଂ ଏଥିରେ ହିନ୍ଦୁମାନେ ଏବଂ ବିଶେଷକରି ଓଡ଼ିଶାର ଲୋକ, ଖୁସି ହେବେ। ୧୮୮୪ ଏପ୍ରିଲ ମାସରେ ଏ କାଗଜଟି କମିଶନରଙ୍କ ପାଖକୁ ଆସିଲା :

ସନନ୍ଦ

ସିମଲା ୨୯ ମାର୍ଚ୍ଚ ୧୮୮୪

ପ୍ରାପ୍ତି ଜଗନ୍ନାଥ ଜେନାମଣି, ପୁରୀ

    ମୁଁ ଏତଦ୍ଦ୍ୱାରା ତୁମ୍ଭଙ୍କୁ ବ୍ୟକ୍ତିଗତ ଉକ୍ର୍ଷ ପାଇଁ 'ରାଜା' ଉପାଧି ପ୍ରଦାନ କରୁଛି।

ରିପନ

ଭାଇସରାୟ ଓ ଗଭର୍ଣ୍ଣର ଜେନେରାଲ

ସରକାର କମିଶନରଙ୍କୁ ଲେଖିଥିଲେ ଯେ ସନନ୍ଦଟିକୁ ସେ ମୁକୁନ୍ଦକୁ ଦେଇଦେବେ। ଏଥି ସହ ତାକୁ ଖିଲାତ ଦେବା ଉଚିତ ହେବ କି ନାହିଁ, ସରକାର ସେ କଥା ମଧ୍ୟ ଜାଣିବାକୁ ଚାହିଁଥିଲେ। ମୁକୁନ୍ଦକୁ ରାଜା ଉପାଧି ଦିଆଯାଇଥିବାର ଖବର ଓ ନଜରାନା ଦେଲେ ଦରବାରରେ ଏହା ତାକୁ ଦିଆଯିବ, ଏ

ସମ୍ବାଦ ସୂର୍ଯ୍ୟମଣିଙ୍କୁ ଜଣାଇ ଦିଆଗଲା। ସେତେବେଳକୁ କେ.ଜି. ଗୁପ୍ତଙ୍କ ଜାଗାରେ ଏଫ୍. ଜୋନସ ପୁରୀ କଲେକ୍ଟର ହୋଇ ଆସିଥିଲେ। ସୂର୍ଯ୍ୟମଣି ତାଙ୍କୁ ନିମ୍ନ ଲିଖିତ ଉତ୍ତର ଦେଲେ :

ମହାମହିମ ଶ୍ରୀଲ ଶ୍ରୀଯୁକ୍ତ ଏଫ୍. ଜୋନସ ସାହେବ
ମେଜେଷ୍ଟର ଓ କିଲଟର, ପୁରୀ

ମହାଶୟ,

ଏହିକି ଆପଣଙ୍କ ଚଳିତ ସନ ମଇମାସ ୧୫ ତାରିଖ ଲିଖିତ ପତ୍ର ପ୍ରାପ୍ତ ହୋଇ ଅତ୍ୟନ୍ତ ଆହ୍ଲାଦର ସହିତ ଅବଗତ ହେଲୁ ଯେ ଶ୍ରୀଯୁକ୍ତ ମହାମାନ୍ୟ ଇଣ୍ଡିଆ ଗଭର୍ଣ୍ଣମେଣ୍ଟ ଆଗ୍ରହପୂର୍ବକ ଆମ୍ଭ ନାବାଳକ ନାତିଙ୍କୁ ତାଙ୍କର ଆତ୍ମଗୌରବ ସ୍ୱରୂପ ରାଜାପଦ ପ୍ରଦାନ କରିବାକୁ ଅନୁମୋଦନ କରୁଥିବାରେ ତାହା ସକାଶେ ମହାମାନ୍ୟ ଗଭର୍ଣ୍ଣମେଣ୍ଟଙ୍କୁ ନଜରାନା ଆମ୍ଭେ କେତେ ସୁବର୍ଣ୍ଣ ମୁଦ୍ରା ଦେବାକୁ ଇଚ୍ଛୁକ ଅଚ୍ଛୁ ତାହା ଜାଣିବା ସକାଶେ ଶ୍ରୀଯୁକ୍ତ କମିଶନର ସାହେବ ଇଚ୍ଛା କରନ୍ତି। ଅତଏବ ତଦୁତ୍ତରରେ ଜଣାଉ ଅଛୁ ଯେ ଆମ୍ଭେ ଆମ୍ଭ ନାତିଙ୍କ ଉକ୍ତ ରାଜପଦ ପ୍ରାପ୍ତି ଉପଲକ୍ଷେ ମହାମାନ୍ୟ ଗଭର୍ଣ୍ଣମେଣ୍ଟଙ୍କୁ ଆମ୍ଭର ବର୍ତ୍ତମାନ ଅବସ୍ଥା ଦୃଷ୍ଟିରେ ଏକ ହଜାର ପାଞ୍ଚଶତ ଟଙ୍କା ମୂଲ୍ୟର ସୁବର୍ଣ୍ଣମୁଦ୍ରା ନଜର ଦେବାକୁ ଇଚ୍ଛା ରଖୁ।

ଏହିକି ଆମ୍ଭେ ପରମ୍ପରା ଅବଗତ ହେଲୁ ଯେ ମହାମାନ୍ୟ ଗଭର୍ଣ୍ଣମେଣ୍ଟ ଅନୁଗ୍ରହ ପୂର୍ବକ ଆମ୍ଭ ନାବାଳକ ନାତିଙ୍କୁ ରାଜାପଦ ପ୍ରଦାନ କରିବା ବିଷୟରେ ଯେ ଅନୁମୋଦନ କରିଅଛନ୍ତି, ସେ ଉପଲକ୍ଷରେ କଟକ ମୁକାମରେ ଏକ ସଭା ହୋଇ ଉକ୍ତ ସଭାରେ ଆମ୍ଭର ନାବାଳକ ନାତିଙ୍କୁ ଉପସ୍ଥିତ ହୋଇ ଶ୍ରୀଯୁକ୍ତ କମିଶନର ସାହେବଙ୍କ ହଜୁରରେ ରାଜପଦ ଗ୍ରହଣ କରିବାକୁ ହେବ। ଏଥକୁ ଆମ୍ଭର ନାତି ନିତାନ୍ତ ବାଳକ ଅର୍ଥାତ ସାତବର୍ଷ ବୟସର ଥାଇ ଅତ୍ୟନ୍ତ ଗରହୁସିଆର। ମାତ୍ର ସ୍ନେହରେ ଆବଦ୍ଧ ଥିବାରୁ ଏ ସମ୍ପୂର୍ଣ୍ଣ ଅକ୍ଷମ ଅଛନ୍ତି। ଅତଏବ ପ୍ରାର୍ଥନା ଯେ ଆମ୍ଭ ନାବାଳକ ନାତି ସଭାରେ ଉପସ୍ଥିତ ନହୋଇ ମହାମାନ୍ୟ ଗଭର୍ଣ୍ଣମେଣ୍ଟର ମଂଜୁର ହୋଇଥିବା ରାଜା ପଦର ସମ୍ମାନସୂଚକ ସନଦ ଏହି ପୁରୀ ମୁକାମ ଶ୍ରୀହଜୁରଙ୍କ କୋଠିରେ ଶ୍ରୀଯୁକ୍ତ କମିଶନର ସାହେବ ଅଥବା ଶ୍ରୀ ହଜୁରଙ୍କ ହସ୍ତରେ ତାହାଙ୍କୁ ପ୍ରଦାନ କରାଯିବା ପକ୍ଷେ ବିହିତ ବନ୍ଦୋବସ୍ତ କରାଯିବାର ଆଜ୍ଞାପ୍ରଦାନ ହେଉ। ଇତି ୧୦ ତାରିଖ ଜୁନ ମାସ ୧୮୮୪ ମସିହା।

ଶ୍ରୀ ସୂର୍ଯ୍ୟମଣି ପାଟମହାଦେଇ

ଶେଷକୁ ପୁରୀକୁ ସନଦ କାଗଜ ଆସିଲା ଏବଂ ମୁକୁନ୍ଦ ମୁକ୍ତାର ସାଙ୍ଗରେ ଯାଇ ଜୋନସଙ୍କ ପାଖରୁ ସେ କାଗଜ ଟୁକୁଡ଼ାକୁ ନେଇ ଆସିଲା।

ଏହିପରି ଭାବରେ ନିଜ ଦାବିରେ ଜୟଯୁକ୍ତ ହୋଇ ସୂର୍ଯ୍ୟମଣି ଏଥର ସରକାରଙ୍କ ବିରୁଦ୍ଧରେ କେସ କରିବା ପାଇଁ ସିଭିଲ କୋଡ଼ର ୪୨୬ ଧାରାରେ ନୋଟିସ ଦେଲେ ଯେ ମୃତ ପଦ୍ମନାଭଙ୍କ ରାଣୀ ଶ୍ରୀମତୀ ଓ ତା'ର ଜାରଜ ପୁଅ ଭାଗୀରଥ୍ ପାଇଁ ପୁରୀ ରାଜାଙ୍କ ପେନସନରୁ ଯେଉଁ ଟଙ୍କା କାଟି ନିଆ ହେଉଛି, ସେ ଟଙ୍କା ତାଙ୍କୁ ଫେରାଇ ଦିଆଯାଉ !

ଦଶପଲ୍ଲା: ସେପ୍ଟେମ୍ବର ୧୮୮୪

ଢେଙ୍କାନାଳ ଛାଡ଼ିବା ପରେ ବର୍ଷେ କାଳ ଫକୀରମୋହନଙ୍କୁ କୌଣସି ଚାକିରି ମିଳିଲା ନାହିଁ। ତେବେ ଢେଙ୍କାନାଳରେ ଥାଇ ସେ ଯେଉଁ ରାମାୟଣ ଲେଖିବା ଆରମ୍ଭ କରିଥିଲେ, ବାଲେଶ୍ୱରରେ ତା'ର ସାତକାଣ୍ଡ ଯାକ ଶେଷ କଲେ। ଯେଉଁ ଖଣ୍ଡମାନ ଛପା ହୋଇ ନ ଥିଲା, ତାକୁ ଛପାଇବାର ଭାର ନେଲେ ବୈକୁଣ୍ଠନାଥ ଦେ। ତାଙ୍କ ବାପା ରାଜା ଶ୍ୟାମାନନ୍ଦ ଦେ ଏହି ରାମାୟଣ ପାଇଁ ସାଢ଼େ ସାତଶହ ଟଙ୍କା ପୁରସ୍କାର ଦେଲେ ଏବଂ ଏ ଟଙ୍କାରେ ଫକୀରମୋହନ ତାଙ୍କର ଦେଣା ସବୁ ପରିଶୋଧ କଲେ। କମିଶନର ସ୍ମିଥ୍ ସେତେବେଳକୁ ଓଡ଼ିଶା ଛାଡ଼ି ଚାଲିଗଲେଣି। ଫକୀରମୋହନ କଟକ ଯାଇ ନନ୍ଦକିଶୋର ଦାସଙ୍କର ଆଶ୍ରୟ ନେଲେ। ଭାଗ୍ୟକୁ ସେତେବେଳେ ଦଶପଲ୍ଲାର ଦେବାନୀ କାମ ଖାଲିଥିଲା ଏବଂ ନନ୍ଦକିଶୋର ତାଙ୍କୁ ସେଠରେ ଲଗାଇ ଦେଲେ।

ସାଙ୍ଗରେ ଗୋଟିଏ ଚାକର ଧରି ମହାନଦୀ ଗଡ଼ଗଡ଼ିଆ ଘାଟରୁ ନାଆରେ ଫକୀରମୋହନ ଦଶପଲ୍ଲା ଅଭିମୁଖରେ ବାହାରିଲେ। ନ ଦିନରେ ନାଆ ଭିଡ଼ିଲା ବେଲପଡ଼ା ତୁଠରେ। ଏଠାରୁ ପୁଣି ଚଉଦ ମାଇଲ ଦୂରରେ ଦଶପଲ୍ଲା ରାଜଧାନୀ ମଧୁବନ ଯିବାକୁ ହେବ। ବେଲପଡ଼ାରେ ନାଆ ପହଞ୍ଚିବା ବେଳକୁ ଫକୀରମୋହନଙ୍କ ଦୁରବସ୍ଥା କହିଲେ ନସରେ। ନାଆଟି ଛୋଟ ଏବଂ ତା ଉପରେ ଗୋଟିଏ ଖୋପ ଭିତରେ ତାଙ୍କୁ ନ' ଦିନ କଟାଇବାକୁ ହୋଇଥିଲା। ବେଲପଡ଼ା ପହଞ୍ଚିବା ପୂର୍ବଦିନ ଫଡ଼ ବତାସ ହେବାରୁ ନାଆ ଗୋଟିଏ ପଠାରେ ବନ୍ଧା ହୋଇ ରହିଥିଲା ଏବଂ ସେ ଦିନ ଖାଇବା ପିଇବା ହୋଇ ନ ଥିଲା। ବେଲପଡ଼ାରେ ଯଦିଓ ନାଆରୁ ଓହ୍ଲାଇବାକୁ ତାଙ୍କର ଶକ୍ତି ନ ଥିଲା, ତାଙ୍କୁ ସଂଖୋଲି ନେବା ପାଇଁ ଯେଉଁ ଲୋକମାନେ ଆସିଥିଲେ ତାଙ୍କୁ ଦେଖାଇବା ପାଇଁ ଫକୀରମୋହନ ବୀରଦର୍ପ ସହିତ ନାଆ ଉପରୁ

ତଳକୁ ଡେଇଁ ପଡ଼ିଲେ । କିନ୍ତୁ ଦୁର୍ଭାଗ୍ୟକୁ ତଳେ କାଦୁଅ ମାଟି ଥିଲା ଏବଂ ସେ ଚିତାପଟାଙ୍ଗ ହୋଇ ତଳେ ପଡ଼ିଗଲେ ।

ଯାହା ହେଉ ତାଙ୍କୁ ଲୋକମାନେ ଉଠାଇ ଖାଇବାକୁ ଦେଇ ପାଲିଙ୍କିରେ ବସାଇ ମଧୁବନ ପଠାଇ ଦେଲେ । ରାତି ସୁଦ୍ଧା ମଧୁବନରେ ପହଞ୍ଚ ନ ପାରିବାରୁ ତାଙ୍କୁ ଗଡ଼ଠାରୁ ଚାରି ମଇଲ ଦୂରରେ ଆଉ ଗୋଟିଏ ଗାଁରେ ରହିବାକୁ ହେଲା । ତା ଆରଦିନ ସକାଳେ ଯାଇ ସେ ଗଡ଼ରେ ପହଞ୍ଚଲେ । ସେଠାରେ ତାଙ୍କ ପାଇଁ ଗୋଟିଏ ବସାଘର ଠିକ୍ ହୋଇ ରହିଥିଲା ଏବଂ ରାଜାଙ୍କ ସରଘର ବା ଭଣ୍ଡାରରୁ ସଞ୍ଜା ଆସି ଘର ଭର୍ତ୍ତି ହୋଇଥିଲା । ଗଡ଼ଜାତମାନଙ୍କରେ ବ୍ୟବସ୍ଥା ଥିଲା ଯେ କେହି ଅତିଥି ଆସିଲେ ତା ପାଇଁ ସରଘରିଆ ଯେତେ ଦିନର ଦରକାର ସେତେଦିନ ପାଇଁ ସବୁ ଖାଦ୍ୟ ପଦାର୍ଥ ଓ ଦାନ୍ତ କାଠି ଇତ୍ୟାଦି ବ୍ୟବହାର୍ଯ୍ୟ ଜିନିଷ ସଞ୍ଜା ପହଞ୍ଚାଇ ଦେଇଥାଏ । ବସାରେ ହାତ ମୁହଁ ଧୋଇ ଫକୀରମୋହନ ରାଜା ସାହେବଙ୍କୁ ସାକ୍ଷାତ କରିବାକୁ ବାହାରିଲେ ।

ଦଶପଲ୍ଲାର ରାଜା ଶ୍ରୀ ଚୈତନ୍ୟ ଦେଓ ଭଞ୍ଜ ଥିଲେ ଜଣେ ଦୀର୍ଘକାୟ ସୁସ୍ଥ ସବଳ ଲମ୍ବା ଦାଢ଼ି ବାଲା ଏବଂ ଅଭୁତ ପ୍ରକୃତିର ଲୋକ । କିଛି ବର୍ଷ ପୂର୍ବେ ବାମସଙ୍କ ଅମଲରେ ସେ ଗୋଟିଏ ବଡ଼ ଅସୁବିଧାରେ ପଡ଼ିଯାଇଥିଲେ । ତାଙ୍କର ଜଣେ ପ୍ରଜାର ସ୍ତ୍ରୀକୁ ସେ ଜବରଦସ୍ତ ଆଣି ନଅରରେ ରଖିଥିଲେ । ଲୋକଟି ଆପତ୍ତି କରିବାରୁ ରାଜା ତାକୁ ରାଜ୍ୟରୁ ବାହାର କରି ଦେଇଥିଲେ ଏବଂ ରାଜାଙ୍କ ଲୋକ ଯାଇ ଲୋକଟିର ଘରୁ ଜିନିଷପତ୍ର ନେଇ ଯାଇ ତା'ର ଘରକୁ ମଧ୍ୟ ଦଖଲ କରି ନେଇଥିଲେ ।

ଲୋକଟି ନ ଖାଇ ନ ପିଇ ପାଖ ଅଞ୍ଚଳରେ ବୁଲୁଥିବା ବେଳେ କିଛି ଲୋକ ତାକୁ ସାହସ ଦେବାରୁ ସେ ରାଜାଙ୍କ ପାଖକୁ ଯାଇ ସ୍ତ୍ରୀକୁ ଫେରାଇ ଦେବାକୁ କହିଲା । ସେଠାରେ ରାଜାଙ୍କ ସିପାହୀ ତାକୁ ବାନ୍ଧି ମାଡ଼ ଦେଇ ତା ଦେହରେ ଲୁହା ଖଡ଼ିକାରେ ଚିଆଁ ଦେଲେ ଏବଂ ଅଚେତ ହୋଇଯିବାରୁ ତାକୁ ନେଇ ନଈକୂଳରେ ଫିଙ୍ଗି ଦେଇ ଆସିଲେ । ରାତିରେ ତା'ର ବନ୍ଧୁବାନ୍ଧବ ମିଶି ତାକୁ ନାଆରେ କଟକ ନେଇ ଡାକ୍ତରଖାନାରେ ଭର୍ତ୍ତି କଲେ ଏବଂ ଅସ୍ଥାୟୀ କମିଶନର ବାମସଙ୍କ ପାଖରେ ଯାଇ ଗୁହାରି କଲେ ।

ବାମସ ପ୍ରଥମେ ଏ କଥା ବିଶ୍ୱାସ କଲେ ନାହିଁ । କିନ୍ତୁ ହସପିଟାଲରୁ ଆସି ଲୋକଟି ଯେତେବେଳେ ତାଙ୍କୁ ତା'ର ପିଠି ଜଂଘରେ ଚିହାଁ ଦାଗ ଦେଖାଇଲା, ବାମସ ସାଙ୍ଗେ ସାଙ୍ଗେ ଆଦେଶ ଦେଲେ ଯେ ରାଜାକୁ ଗାଦିଚ୍ୟୁତ କରାଯାଉ । ଏ ଆଦେଶ ଦଶପଲ୍ଲାକୁ ପଠାଗଲା କଟକ ଏସ୍.ପି.ଙ୍କ ହାତରେ । ରାଜା ପ୍ରଥମେ ଏସ୍.ପି.ଙ୍କୁ ଭେଟିବାକୁ ମନା କଲେ, କିନ୍ତୁ ପରେ ତାଙ୍କୁ ଦେଖା କରି କହିଲେ ଯେ ପ୍ରଜାଟି ମିଛ କଥା କହୁଛି, ଏବଂ ସେ ନିଜେ ଯାଇ କମିଶନରଙ୍କୁ ସବୁ କଥା ବୁଝାଇଦେବେ ।

ଚୈତନ୍ୟ ଦେଓ ଭଞ୍ଜ କଟକରେ ପହଞ୍ଚବାରୁ ବାମସଙ୍କ ପାଖରେ ତାଙ୍କର ବିଚାର ହେଲା । ସାକ୍ଷୀମାନଙ୍କ ଜବାନବନ୍ଦୀରୁ ସମ୍ପୂର୍ଣ୍ଣ ଭାବରେ ରାଜା ଓ ତାଙ୍କ ଅନୁଚରଙ୍କର ଦୋଷ ପ୍ରମାଣ ହେଲା । ଏ କଥା ମଧ୍ୟ ଜଣା ପଡ଼ିଲା ଯେ ରାଜା ଅତି ଅତ୍ୟାଚାରୀ ଓ ଦୁଷ୍ଚରିତ୍ର । ବାମସ ରାଜାଙ୍କୁ କଟକରେ ଅଟକାଇ ରଖି ଦଶପଲ୍ଲାକୁ ଜଣେ ଦେବାନ ପଠାଇଲେ ଏବଂ ସରକାରଙ୍କୁ ଲେଖିଦେଲେ ଯେ ରାଜାକୁ ବାହାର କରି ସେଠାରେ ରାଜାର ପୁଅ ସାବାଲକ ହେବା ପର୍ଯ୍ୟନ୍ତ ଶାସନ କରିବାପାଇଁ ଜଣେ ଇଂରେଜ ଅଫିସର ରଖାଯିବ ।

ଏ କଥା ଶୁଣି ଚୈତନ୍ୟ ବୀମସଙ୍କ କୋଠିକୁ ଯାଇ ତାଙ୍କ ଗୋଡ଼ ତଳେ ପଡ଼ିଗଲା। ଏଇ କଳା, ମୋଟା, ଲମ୍ବା ଚଉଡ଼ା ଓ ଜନ୍ତୁ ଭଳି ଦିଶୁଥିବା ଲୋକଟି ବର୍ତ୍ତମାନ ଭୟରେ ଆହୁରି କୁତ୍ସିତ ଦିଶୁଥିଲା। ସେ ନିଜର ପଗଡ଼ି ଖୋଲି ବୀମସଙ୍କ ପାଦ ପାଖରେ ରଖିଥିଲା ଏବଂ ତାଙ୍କ ପାଦକୁ ନିଜ ମୁଣ୍ଡ ଉପରେ ରଖିବାକୁ ଟଣାଟଣି କରି କାନ୍ଦ ବୋବାଲି କଲା। ବୀମସଙ୍କ ଚାକରମାନେ ତାକୁ ଧକ୍କା ଦେଇ ବାହାର କରିଦେଲେ, କିନ୍ତୁ ସେ ଏତେ ଭୟ ପାଇ ଯାଇଥିଲା ଯେ ସାଙ୍ଗେ ସାଙ୍ଗେ ଦଶପଲ୍ଲାକୁ ଫେରିଯାଇ ସ୍ତ୍ରୀ ଲୋକଟିକୁ ନଅରରୁ ଛାଡ଼ି ଦେଲା, ତା ସ୍ୱାମୀକୁ ଅନେକ ଟଙ୍କା ପଇସା ଦେଲା ଏବଂ ତା ନାଁରେ ଖଣ୍ଡେ ଜମି ଲେଖି ଦେଇ ଚିରକାଳ ପାଇଁ ସେ ଜମିର ଖଜଣା ମାଫି କରିଦେଲା।

ସରକାର ଯଦିଓ ବୀମସଙ୍କ ସହିତ ଏକମତ ଥିଲେ, ଗଡ଼ଜାତ ରାଜାଙ୍କୁ ଏପରି ଗାଦିଚ୍ୟୁତ କରାଯିବାର କ୍ଷମତା ବିଷୟରେ ସନ୍ଦେହ ଥିଲା। ଏହି ସମୟରେ ଓଡ଼ିଶାର ସ୍ଥାୟୀ କମିଶନର ରେଭେନ୍ଶା ଛୁଟି ନେଇ କଲିକତାରେ ଥିଲେ। ତାଙ୍କୁ ପଚରା ଯିବାରୁ ସେ ରାଜାକୁ ଗାଦିଚ୍ୟୁତ କରିବାକୁ ମନାକଲେ। ଶେଷରେ ସ୍ଥିର ହେଲା ଯେ ଚୈତନ୍ୟ ଯଦିଓ ରାଜା ହୋଇ ରହିବ, ଶାସନ କ୍ଷମତା ରହିବ ବୀମସ ଯାହାକୁ ଦେବାନ କରି ପଠାଇଥିଲେ, ତାଙ୍କ ହାତରେ।

ଫକୀରମୋହନ ଏ ଘଟଣା ବିଷୟରେ ଜାଣିଥିଲେ। ତାଙ୍କୁ ଏ କଥା ମଧ ଜଣାଥିଲା ଯେ ଏ ପର୍ଯ୍ୟନ୍ତ କୌଣସି ଦେବାନ ରାଜା ସହିତ କାମ କରିପାରୁ ନ ଥିଲେ। ବୀମସଙ୍କ ସମୟରୁ ଦଶପଲ୍ଲାକୁ ଅନେକ ଦେବାନ ଆସିଥିଲେ ଏବଂ କେହି ବେଶୀ ଦିନ ତିଷ୍ଠି ନ ଥିଲେ। ନିଜେ ନନ୍ଦକିଶୋର ଦାସ ମଧ ଫକୀରମୋହନଙ୍କୁ ଏ ବିଷୟରେ ସତର୍କ କରି ଦେଇଥିଲେ। ତେବେ ଫକୀରମୋହନଙ୍କର ଚାକିରିଟି ନିତାନ୍ତ ଦରକାର ଥିଲା ଏବଂ ସେ ଭାବିଥିଲେ ଯେ କେମିଟି ହେଲେ ରାଜାକୁ ପଟାଇ ରଖିବେ।

ଫକୀରମୋହନ ନଅରରେ ପହଞ୍ଚିଲା ବେଳକୁ ରାଜା ଓ ତା'ର ପାରିଷଦମାନେ ତାଙ୍କ ଅପେକ୍ଷାରେ ଥିଲେ। ରାଜା ଗୋଟିଏ ବେଦୀ ଉପରେ ତକିଆକୁ ଆଉଜି ବସିଥିଲା ଏବଂ ତା ବାଁ ପାଖରେ ତଳେ ଧାଡ଼ି ହୋଇ ବସିଥିଲେ ଛାମୁକରଣ, ଗଣ୍ଟାଘରିଆ, ପାଂଜିଆ ପ୍ରଭୃତି। ତାଙ୍କ ପଛରେ ଆଠ ଦଶ ଜଣ ନିୟୋଗ ଖଟଣି ଚାକର ଠିଆ ହୋଇଥିଲେ। ନୂଆ ଦେବାନଙ୍କୁ ଦେଖିବା ପାଇଁ ମଫସଲରୁ ଅନେକ ପ୍ରଧାନ ପାଂଜିଆ ଆସି ବସିଥିଲେ। ଫକୀରମୋହନଙ୍କ ପାଇଁ ରାଜାଙ୍କ ଦାହାଣ ପାଖେ ଗୋଟିଏ ଆସନ ପଡ଼ିଥିଲା।

ଫକୀରମୋହନ ନମସ୍କାର କରି ବସିଲେ, କିନ୍ତୁ ରାଜା ତାଙ୍କୁ କିଛି ନ କହି ତାଙ୍କ ମୁଣ୍ଡରୁ ଗୋଡ଼ ଯାଏ ବାରମ୍ବାର ଦେଖି ଦାହାଣ ହାତକୁ ମୁଣ୍ଡ ପଛକୁ ନେଇ ବୁଢ଼ା ଆଙ୍ଗୁଲି ହଲାଇ ଅନ୍ୟ ଲୋକଙ୍କୁ କ'ଣ ସବୁ ସଂକେତ ଦେବାରେ ଲାଗିଲା। ଏଭଳି ମୁଦ୍ରା ପଦର କୋଡ଼ିଏ ମିନିଟ୍ ଚାଲିବା ପରେ ରାଜା ପଚାରିଲା, ଆହେ ଦେବାନ ବାବୁ, ଆପଣ ରୋଜି କେତେ ଘିଅ ଭାତରେ ଖାଅ? ଫକୀରମୋହନ କହିଲେ, ଆଜ୍ଞା, ଭାତରେ ଆଉ କେତେ ଘିଅ ଖାଇବି, ଏଇ ତୋଲାଏ ଅନ୍ଦାଜ। ରାଜା ନିଜ ପାରିଷଦମାନଙ୍କୁ ଅନାଇ ଆଖିଠାରି କହିଲା, ନାହିଁ ନାହିଁ, ତା ହେବ ନାହିଁ; ପ୍ରତିଦିନ ଭାତରେ ଅଧସେର ଘିଅ ଖାଅ। ଆରେ ସରଘରିଆ, ଦେବାନ ବାବୁଙ୍କ ବସାକୁ ପ୍ରତିଦିନ ଦୁଇ ସେର ଘିଅ ପଠାଇବୁ।

ପୁଣି କିଛି ସମୟ ପରେ ରାଜା କହିଲା, ଦେବାନ ବାବୁ, ଆପଣ କ'ଣ ଆମ୍ଭକୁ ମୂର୍ଖ ଭାବୁଛ? ଆମ୍ଭ ଶ୍ରୀଛାମୁ କିପରି ଲେଖି ଜାଣନ୍ତି ଦେଖିବ? ତା କଥା ନ ସରୁଣୁ ଅଭ୍ୟସ୍ତ ଦପ୍ତରୀ ତାଙ୍କ ଆଗରେ

ଦୁଆତ ଓ କାଗଜ କଲମ ଆଣି ରଖିଦେଲା। ରାଜା ଏଥର ଝାଲ ନାଲ ହୋଇ ସେ କାଗଜ ଉପରେ କ'ଣସବୁ ଲେଖି ଚାଲିଲା। ଦୁଇ ପୃଷ୍ଠା କାଗଜ ଲେଖା ସରିବାରୁ ସେ ତାକୁ ଉପରକୁ ଉଠାଇ ଧରି ଏ ପାଖ ସେ ପାଖ ଦେଖାଇ କହିଲା, ଦେଖ ସମସ୍ତେ ଦେଖ; ଦେଖ ଆମ ଛାମୁ କେମନ୍ତ ଲେଖି ଆଜ୍ଞା କଲୁ। ଆମ ଦଦେଇ ରାଜା କ'ଣ ଏପରି ଲେଖି ପାରୁଥିଲେ ? ଅଭ୍ୟସ୍ତ ପାରଷଦମାନେ ମାଡ଼ ଜୋରିମାନା ଓ ଜେଲ ଭୟରେ ଏକତ୍ର କହିଲେ, ନାଁ ମହାପ୍ରଭୁ। ଏଥର ରାଜା କହିଲା, ନୂଆଗଡ଼ ରାଜା ଖଣ୍ଡପଡ଼ା ରାଜା ଆଉ ରାଜାମାନେ କ'ଣ ଏପରି ଲେଖି ପାରନ୍ତି ? ଏଥରକ ସଭାସଦମାନେ ଉତ୍ତର ଦେବା ପୂର୍ବରୁ ରାଜା ନିଜ ହାତ ଉପରକୁ ଟେକି ବୁଢ଼ା ଆଙ୍ଗୁଲି ହଲାଇ କହିଲା, ନାହିଁରେ ବାପା, ନାହିଁ।

ଏଥରକ କାଗଜକୁ ଫକୀରମୋହନଙ୍କୁ ବଢ଼ାଇ ଦେବାରୁ ସେ ଦେଖିଲେ ଯେ କାଗଜସାରା ବିଚିତ୍ର ଅକ୍ଷରରେ କେବଳ ଶ୍ରୀଚୈତନ୍ୟ ଦେଓ ଭଂଜ ରାଜା କିଲେ ଦଶପଲ୍ଲା ଏବଂ ଯୋରମୋ ବାରମ୍ବାର ଲେଖା ହୋଇଛି; ଆଉ କୌଣସି ଲେଖା ନାହିଁ।

ଏପରି ଭାବରେ ଫକୀରମୋହନଙ୍କ ପ୍ରଥମ ସାକ୍ଷାତ ସରିଲା। ସେ ପରେ ରାଜା ବିଷୟରେ ଯାହା ସବୁ ବୁଝିଲେ ତାହା ଏହିପରି : ରାଜା ନିଜକୁ ସବୁଠାରୁ ରୂପବାନ ଜ୍ଞାନବାନ ଓ ବିଦ୍ୱାନ ଭାବୁଥିଲା। ତା ମତରେ ଯେ ଯେତେ ସ୍ଥୂଳକାୟ, ସେ ସେତିକି ରୂପବାନ ଓ ବିଦ୍ୱାନ। ସେଥିପାଇଁ ସେ ଦୁର୍ବଳକାୟ ଫକୀରମୋହନଙ୍କ ପାଇଁ ଘିଅର ବ୍ୟବସ୍ଥା କରିଥିଲା। ସେ ଅକ୍ଷର ଚିହ୍ନ ନ ଥିଲା, କିନ୍ତୁ ନିଜ ନାଁଟି ଦସ୍ତଖତ କରିବା ଜାଣିଥିଲା। ଅଭ୍ୟାସ କରି ବର୍ତ୍ତମାନ ସେ କାଗଜ ଉପରେ ଚଞ୍ଚଳ ଚଞ୍ଚଳ ଶ୍ରୀ ଚୈତନ୍ୟ ଦେଓ ଇତ୍ୟାଦି ଲେଖି ପାରୁଥିଲା।

ଫକୀରମୋହନ ଜାଣିଲେ ଯେ ଏ ଲୋକ ସହିତ ବେଶୀ ଦିନ ଚଳିବ ନାହିଁ।

କଟକ: ସେପ୍ଟେମ୍ବର ୧୮୮୫

ରାଧାନାଥ ରାୟ ବର୍ତ୍ତମାନ ଓଡ଼ିଶା ଶିକ୍ଷା ବିଭାଗର ହର୍ତ୍ତା କର୍ତ୍ତା ବିଧାତା ଥିଲେ ଏବଂ ଓଡ଼ିଶା ସମାଜରେ ତାଙ୍କର ଏକ ବିଶେଷ ସ୍ଥାନ ଥିଲା । ତେବେ କେତେ ବର୍ଷ ହେଲା କିଛି ଲୋକ ତାଙ୍କର ଦୁର୍ନାମ କରିବା ଆରମ୍ଭ କରିଥିଲେ, ଯାହାଙ୍କର ପୁରୋଧା ଥିଲେ କଟକର ଦୀନନାଥ ବଦୋପାଧ୍ୟାୟ । ଦୀନନାଥ ନିଜକୁ ଓଡ଼ିଶାର ବିବେକ ରକ୍ଷକ ବୋଲି ଭାବୁଥିଲେ ଏବଂ ଯେଉଁଠାରେ ଯାହା ଅନ୍ୟାୟ ହେଉଛି ବୋଲି ମନେ କରୁଥିଲେ, ତା'ର ପ୍ରତିବାଦ କରୁଥିଲେ । ଦୀପିକା ଓ ଅନ୍ୟ ପତ୍ରିକାର ପୃଷ୍ଠା ଅନେକ ସମୟରେ ଦୀନନାଥଙ୍କ ସମାଲୋଚନା ପତ୍ରରେ ଭର୍ତ୍ତି ହେଉଥିଲା ।

ଦୀନନାଥ ରାଧାନାଥଙ୍କର ସମାଲୋଚନା ଆରମ୍ଭ କରିଥିଲେ ୧୮୮୦ ଅକ୍ଟୋବର ୨୫ ତାରିଖରେ ଦୀପିକାକୁ ଗୋଟିଏ ପତ୍ର ଲେଖି । ଏ ସମାଲୋଚନା ଏହି ପ୍ରକାରର ଥିଲା : ଓଡ଼ିଆ ଭାଷାରେ ଖଣ୍ଡିଏ ସାହିତ୍ୟ ପୁସ୍ତକ ଲେଖିବା ପାଇଁ ୩୦୦ ଟଙ୍କାର ପୁରସ୍କାର ଘୋଷଣା କରା ହୋଇଥିଲା । ଏ ବହିଟି ଛ ମାସ ଭିତରେ କମିଶନରଙ୍କ ଅଫିସରେ ଦାଖଲ କରିବାର ଥିଲା । ରାଧାନାଥଙ୍କର ହୃଦୟବନ୍ଧୁ ବାବୁ ମଧୁସୂଦନ ରାଓ ତାଙ୍କର 'ପ୍ରବନ୍ଧମାଳା' ବହି ପାଇଁ ଏ ପୁରସ୍କାର ପାଇଲେ । ଦୀନନାଥଙ୍କର ଅଭିଯୋଗ ଥିଲା ଯେ ମଧୁସୂଦନ ଏ ପୁରସ୍କାର ବିଷୟରେ ଆଗରୁ ଜାଣିଥିବାରୁ ଛ ମାସ ଭିତରେ ବହି ଦାଖଲ କରି ପାରିଲେ, ଆଉ କେହି ଏତେ କମ୍ ସମୟ ଭିତରେ ବହି ଲେଖି ଦେଇ ପାରିଲେ ନାହିଁ । ତା ବ୍ୟତୀତ ଏହି ବହିର ଅନେକ ଲେଖା ରାଧାନାଥ ଓ ମଧୁସୂଦନ ଉଭୟ ମିଶି ପାଞ୍ଚ ଛ ବର୍ଷ ପୂର୍ବେ ଉକ୍ରଳ ଦର୍ପଣ ପତ୍ରିକାରେ ଲେଖିଥିବା ପ୍ରବନ୍ଧମାନଙ୍କର ସମଷ୍ଟି ମାତ୍ର ଏବଂ ସବୁଠାରୁ ଆପତ୍ତିଜନକ କଥା ଥିଲା ଯେ ରାଧାନାଥ ଜଣେ ଡାଇରେକ୍ଟର ଭାବେ ଏ ବହିଟିକୁ ପୁରସ୍କାର ଦେବା ପୂର୍ବରୁ ସମ୍ବାଦ ବାହିକା ପତ୍ରିକାରେ ବହିଟିର ପ୍ରଶଂସା କରିଥିଲେ ।

ଏ ବିଷୟରେ ଦୁଇ ବର୍ଷ କାଳ ବାଦ ବିସମ୍ୱାଦ ଚାଲିଲା । ଦୀପିକା ଏ ବହି ବିଷୟରେ ମନ୍ତବ୍ୟ
ଦେଲା : ଏହାର ଭାଷା ସମ୍ପୂର୍ଣ୍ଣ ଓଡ଼ିଆ ନୁହେଁ: ଅନ୍ୟାନ୍ୟ ନବଜାତ ଉକ୍ରଳ ପୁସ୍ତକ ପ୍ରାୟ ଏଥିରେ ବଙ୍ଗ
ଭାଷାର ରୀତି ଅନେକ ରହିଅଛି । ଦୀପିକା ପୃଷ୍ଠାରେ ଏ ବିଷୟରେ ଅନେକ ପତ୍ରାଳାପ ହେଲା ।
ହକ୍‌କଥା ଛଦ୍ମନାମରେ ଜଣେ କେହି ରାଧାନାଥଙ୍କୁ ସମର୍ଥନ କରି ଲେଖିଲେ, କେତେକ ଦିନ ହେଲା
ଦୀନବାବୁ ଦୀପିକାରେ ଆଛ୍ଛା ନାଟ ଲଗାଇ ଅଛନ୍ତି । ଦୀନନାଥ ଏ ପତ୍ରର ଦୀର୍ଘ ଉତ୍ତର ଦେଇ ଶେଷରେ
ଲେଖିଲେ, ଏହି ସମ୍ପର୍କରେ କୌଣସି ବେନାମୀ ପତ୍ରର ପ୍ରତ୍ୟୁତ୍ତର ଆମ୍ଭେ ଆହୁରି ପ୍ରଦାନ କରିବୁ ନାହିଁ ।
ଶେଷକୁ ମଧୁସୂଦନ ନିଜେ ଦୀପିକାକୁ ଚିଠି ଲେଖି କେତେକ ସ୍ୱଷ୍ଟୀକରଣ ଦେଲେ । ଦୀନନାଥ ଏହାର
ପ୍ରତ୍ୟୁତ୍ତର ଦେଲେ ଏକ ଆହୁରି ଦୀର୍ଘ ପତ୍ର ଲେଖି । ଦୀନନାଥ ଏହି ସମୟରେ ଆହୁରି ଏକ ଅଭିଯୋଗ
କଲେ ଯେ ରାଧାନାଥ ନିଜେ କ୍ଷେତ୍ରତତ୍ତ୍ୱ ଭଳି ବହି ଲେଖି ତାକୁ ସ୍କୁଲରେ ଚଳାଉଅଛନ୍ତି, ଇତ୍ୟାଦି ।

୧୮୮୩ ଜୁଲାଇରେ ରାଧାନାଥଙ୍କ ପ୍ରଧାନ ସାହା ଭରସା ଭୂଦେବ ମୁଖର୍ଜୀ ଅବସର ଗ୍ରହଣ
କଲେ । ରାଧାନାଥ ଏଥରକ ନିଜକୁ ଅସହାୟ ମନେ କଲେ । ଏହି ସମୟରେ ଆର୍ଥିକ ଅସୁବିଧା ହେବାରୁ
ସେ ମୟୂରଭଞ୍ଜ ଚାକିରି ଛାଡ଼ିଥିବାରୁ ମନସ୍ତାପ କଲେ । ତାଙ୍କର ଦେହ ମଧ୍ୟ ଏ ସମୟରେ ଭଲ ରହିଲା
ନାହିଁ ।

ପରବର୍ତ୍ତୀ ସମୟରେ ରାଧାନାଥଙ୍କ ବିରୁଦ୍ଧରେ ସମାଲୋଚନା କମିବ କ’ଣ ବଢ଼ିବାରେ ଲାଗିଲା ।
ବର୍ତ୍ତମାନ ତାଙ୍କ ବିରୁଦ୍ଧରେ ଅଭିଯୋଗ ଥିଲା ଯେ ସେ ପାଠ୍ୟ ପୁସ୍ତକ ନିର୍ବାଚନରେ ବୈକୁଣ୍ଠନାଥ ଦେଙ୍କ
ଉକ୍ରଳ ପ୍ରେସ୍‌ରୁ ପ୍ରକାଶିତ ବହିମାନଙ୍କୁ ପ୍ରାଧାନ୍ୟ ଦେଉଥିଲେ । ପୂର୍ବରୁ ପୁସ୍ତକ ନିର୍ବାଚନ ପାଇଁ ଯେଉଁ
କମିଟି ଥିଲା, ରାଧାନାଥଙ୍କ ଅମଲରେ ସେଇଟି ଉଠି ଯାଇଥିଲା । ବର୍ତ୍ତମାନ ରାଧାନାଥ ଏକା ପାଠ୍ୟପୁସ୍ତକ
ନିର୍ବାଚନ କରୁଥିଲେ ଏବଂ ଯଦିଓ ସେ ଏକ ଦୀର୍ଘ ତାଲିକା ତିଆରି କରୁଥିଲେ, ସେ ଶିକ୍ଷା ବିଭାଗର
ମୁଖ୍ୟ କର୍ତ୍ତା ହୋଇଥିବାରୁ ତାଙ୍କର ବ୍ୟକ୍ତିଗତ ସମର୍ଥିତ ବହି, ଯଥା ଦେ ପ୍ରେସରେ ପ୍ରକାଶିତ ବହିମାନ,
ଅଧସ୍ତନ ଶିକ୍ଷକମାନେ କିଣିବାକୁ ବାଧ୍ୟ ହେଉଥିଲେ । ଏ କଥା ମଧ୍ୟ କୁହାଯାଉଥିଲା ଯେ ଦେ ପ୍ରେସ୍‌ରୁ
ପ୍ରକାଶିତ ଲେଖକର ନାଁ ନ ଥିବା ଅନେକ ବହି ପ୍ରକୃତରେ ନିଜେ ରାଧାନାଥ ରାୟ କିମ୍ୱା ପ୍ରେସରେ
ଚାକିରି କରୁଥିବା ତାଙ୍କ ଭାଇ ସୀତାନାଥ ରାୟଙ୍କ ଦ୍ୱାରା ଲେଖା ହୋଇଥିଲା । ଏହା ମଧ୍ୟ ଶୁଣାଯାଉଥିଲା
ଯେ ରାଧାନାଥ ଅନେକ ଲେଖକଙ୍କ ଦେ ପ୍ରେସରେ ବହି ଛପାଇବା ପାଇଁ ଅଥବା ବହିର ସତ୍ତ୍ୱ ବୈକୁଣ୍ଠନାଥଙ୍କୁ
ବିକ୍ରିକରିଦେବା ପାଇଁ ପରାମର୍ଶ ଦେଉଥିଲେ । ଶିକ୍ଷା ବିଭାଗର ବାର୍ଷିକ ବିବରଣୀରେ ରାଧାନାଥ
ବୈକୁଣ୍ଠନାଥଙ୍କୁ ପ୍ରଶଂସା କରିବାକୁ ଭୁଲୁ ନ ଥିଲେ ।

ଏ ସମାଲୋଚନାମାନଙ୍କରେ ମଧୁସୂଦନଙ୍କୁ ମଧ୍ୟ ଟଣା ହେଉଥିଲା । ମଧୁସୂଦନ ଡେପୁଟି ଇନ୍‌ସ୍‌ପେକ୍‌ଟର
ଭାବରେ ରାଧାନାଥଙ୍କ ତଳେ କାମ କରୁଥିଲେ । ଉଭୟଙ୍କ ବନ୍ଧୁତ୍ୱ ବିଷୟରେ ସମସ୍ତେ ବିଦିତ ଥିଲେ
ଏବଂ ଆଗରୁ ଦୁହେଁ ଏକାଠି ମିଶି କବିତାବଳୀ ଲେଖିଥିବା କଥା ସମସ୍ତଙ୍କୁ ଜଣା ଥିଲା । ବାଲେଶ୍ୱର
ସମ୍ୱାଦ ବାହିକା ପତ୍ରିକା, ଯାହାକି ପୂର୍ବେ ରାଧାନାଥଙ୍କର ସମର୍ଥକ ଥିଲା, ବର୍ତ୍ତମାନ ତାଙ୍କର ସମାଲୋଚନା
କରିବା ଆରମ୍ଭ କରିଥିଲା । ଏ ପତ୍ରିକାର ସମ୍ପାଦକ ଥିଲେ ଶିକ୍ଷା ବିଭାଗର ଜଣେ ତଳିଆ କର୍ମଚାରୀ
ଗୋବିନ୍ଦ ଚନ୍ଦ୍ର ପଟ୍ଟନାୟକ । ତାଙ୍କ ଉପରେ ରାଗି ରାଧାନାଥ ତାଙ୍କୁ ପତ୍ରିକା ସମ୍ପାଦକ ହେବା ପାଇଁ
ଦେଇଥିବା ଅନୁମତିଟିକୁ ପ୍ରତ୍ୟାହାର କରି ନେଲେ ।

ଶିକ୍ଷା ବିଭାଗ ବିରୁଦ୍ଧରେ ହେଉଥିବା ଏତାଦୃଶ ସମାଲୋଚନା ଦେଖି ଦୀନନାଥ ବଦୋପାଧ୍ୟାୟ କହିଲେ ଯେ ଯଦି ଶିକ୍ଷା ବିଭାଗ ତାଙ୍କର ଗତି ବିଧି ନ ବଦଳାନ୍ତି, ତା ହେଲେ ତାଙ୍କର 'ପାନପୋଷ ନିବାରିଣୀ ଓ ଉତ୍କୋଚ ସଂହାରିଣୀ ସଭା' ପୂର୍ବବିଭାଗ ନାଁରେ ଯେପରି ସରକାରଙ୍କ ପାଖକୁ ପ୍ରସ୍ତାବମାନ ପଠାଇଛି, ଶିକ୍ଷା ବିଭାଗ ଅତ୍ୟାଚାର ନିବାରଣ ନିମନ୍ତେ ମଧ୍ୟ କର୍ଣ୍ଣଗୋଚର କରିବାକୁ ବାଧ୍ୟ ହେବ। ଦୀପିକାକୁ ଚିଠିରେ ସେ ଜଣାଇଲେ: ପବିତ୍ର ଶିକ୍ଷା ବିଭାଗରେ ଏପରି ଘୃଣିତ ଦୁର୍ନାମ ଶୁଣିବା ନିତାନ୍ତ ଅସହନୀୟ ଓ ଭଦ୍ରସମାଜ ଓ ଶିକ୍ଷିତ ସମାଜ ପକ୍ଷରେ ନିତାନ୍ତ କଳଙ୍କର ବିଷୟ ବୋଲିବାକୁ ହେବ।

ଆଉ ଗୋଟିଏ ବିବାଦର ବିଷୟ ଉପୁଜିଲା ମଧୁସୂଦନଙ୍କ ଛାନ୍ଦମାଳା ବହିକୁ ନେଇ। ଅଭିଯୋଗ ହୋଇଥିଲା ଯେ ସ୍କୁଲମାନଙ୍କ ଉପରେ ପ୍ରଭାବ ପକାଇ ମଧୁସୂଦନ ଏ ବହିଟିକୁ ବିକ୍ରୟ କରାଉଥିଲେ। ଏ ଅଭିଯୋଗ ଅନୁସନ୍ଧାନ କରିବାକୁ କୁହାଗଲା ଜଏଣ୍ଟ ଇନ୍ସପେକ୍ଟର ରାଧାନାଥଙ୍କୁ। ଏ ଅନୁସନ୍ଧାନ ଯେ ନିଷ୍କର୍ଷ ହେବ ନାହିଁ ଏ ବିଷୟରେ ମଧ୍ୟ ଆଲୋଚନା ହେଲା। ଉଭୟ ଯେ ପରମବନ୍ଧୁ ଥିଲେ ତା ନୁହେଁ, ଅନେକ ସମୟରେ ଅନୁସନ୍ଧାନ ବେଳେ ମଧୁସୂଦନ ମଧ୍ୟ ଉପସ୍ଥିତ ରହୁଥିଲେ। ଅନୁସନ୍ଧାନର ପ୍ରଣାଳୀ ବିଷୟରେ ମଧ୍ୟ ସମାଲୋଚନା ହେଲା। ଦିନେ କଟକ ନର୍ମାଲ ସ୍କୁଲରେ କେତେ ଶିକ୍ଷକଙ୍କୁ ଏକତ୍ର ଡାକି ରାଧାନାଥ ପ୍ରଶ୍ନ କଲେ, ମଧୁସୂଦନ ରାଓ କ'ଣ ବଳପୂର୍ବକ ଛାନ୍ଦମାଳା ବିକ୍ରୟ କରିଛନ୍ତି ? ଶିକ୍ଷକମାନେ ଉତ୍ତର ଦେଲେ, ନା, ଆମେ ଇଚ୍ଛାପୂର୍ବକ କିଣି ପିଲାଙ୍କୁ ବିକ୍ରି କରି ଦେଇଛୁ। ସେମାନଙ୍କ ପାଖରୁ ଏହା ଭିନ୍ନ ଅନ୍ୟ ଉତ୍ତର ଆଶା କରିବା ବୃଥା ଥିଲା, କାରଣ ଗୋଟିଏ ସଭାରେ କୌଣସି ଶିକ୍ଷକ ନିଜର ଉପରିସ୍ଥ ହାକିମ ବିରୁଦ୍ଧରେ କହି ପାରି ନ ଥାନ୍ତା।

ଗୌରୀଶଙ୍କର ମଧ୍ୟ ଦୀପିକାରେ ରାଧାନାଥ ଓ ମଧୁସୂଦନଙ୍କର କଠୋର ସମାଲୋଚନା କଲେ। ତାଙ୍କର ମତ ଥିଲା ଯେ ଉପରିସ୍ଥ ଲୋକ ନିଜ ଅଧୀନସ୍ଥ ଲୋକ ସହିତ ମିଶି ପାଠ୍ୟପୁସ୍ତକର ବ୍ୟବସାୟ କରିବା ଘୃଣିତ ବିଷୟ। ରାଧାନାଥଙ୍କୁ ସମର୍ଥନ କରୁଥିବା ସଂସ୍କାରକ ଓ ସେବକ ପତ୍ରିକା ଲେଖିଲା: ବିଦ୍ୟାବୁଦ୍ଧି, ସୌଜନ୍ୟ ଓ ଦେଶାନୁରାଗ ଦୃଷ୍ଟିରେ ଅନେକ ଲୋକ ରାଧାନାଥ ବାବୁଙ୍କୁ ଗୌରୀଶଙ୍କରଙ୍କ ଠାରୁ ଉଚ୍ଚ ଦରର ଲୋକ ବୋଲି ଗ୍ରହଣ କରନ୍ତି।

ଏପରି ଭାବରେ ଆଲୋଚନାଟି ବର୍ତ୍ତମାନ ବ୍ୟକ୍ତିଗତ କୁତ୍ସା ସ୍ତରକୁ ଆସି ଯାଇଥିଲା। ନିଜ ବିଷୟରେ ଏଭଳି ମନ୍ତବ୍ୟ ପଢ଼ି ଗୌରୀଶଙ୍କର ହସିଲେ, କାରଣ ଅଠର ବର୍ଷ ତଳେ ରାଧାନାଥ କବିତାବଳୀର 'ଗୌରୀଶଙ୍କର ରାୟ' ଶୀର୍ଷକ ଏକ କବିତାରେ ତାଙ୍କୁ ପାର୍ଥ ଧନୁର୍ଦ୍ଧର ସଙ୍ଗେ ତୁଳନା କରିଥିଲେ ଏବଂ ଗୌରୀଶଙ୍କର ଯେ ଉତ୍କଳ ଦୀପିକା ରୂପ ପାଶୁପତ ଧରି ଉତ୍କଳତିମିର ସହିତ ରଣ କରୁଛନ୍ତି, ସେ ବିଷୟରେ ଲେଖିଥିଲେ।

ଏ ସମୟଟି ରାଧାନାଥଙ୍କ ପାଇଁ ଅତ୍ୟନ୍ତ ଅଶାନ୍ତିର ସମୟ ଥିଲା। ତାଙ୍କର ଅନେକ ବନ୍ଧୁ ବର୍ତ୍ତମାନ ଶତ୍ରୁ ହୋଇଯାଇଥିଲେ। ପତ୍ରିକାମାନଙ୍କରେ ନିୟମିତ ତାଙ୍କର ସମାଲୋଚନାମାନ ବାହାରୁଥିଲା। ମ୍ୟୁନିସିପାଲିଟି ମେହେନ୍ତରମାନେ ତାଙ୍କ ପୋଷା କୁକୁରଟିକୁ ଧରିନେଇ ମାରି ଦେଇଥିଲେ। ତାଙ୍କର ଶ୍ୱାସ ରୋଗ ବର୍ତ୍ତମାନ ଅସହ୍ୟ ହୋଇଥିଲା। ତେବେ ଏ ସବୁ ଅଶାନ୍ତି ଭିତରେ ଯାହା ତାଙ୍କୁ ଅଶେଷ ଆନନ୍ଦ ଦେଇଥିଲା ତା ହେଲା ଦେ'ଙ୍କର ଉତ୍କଳ ପ୍ରେସରୁ ଏକ ପଇସା ମୂଲ୍ୟରେ 'କେଦାର ଗୌରୀ' ପ୍ରକାଶ। ଏହି ଛୋଟ କାବ୍ୟକୁ ସେ ଭୂଦେବ ମୁଖର୍ଜୀଙ୍କ ଉପଦେଶ ମାନି ବାସ୍ତବ ଓ କଳ୍ପନାର ସମ୍ମିଶ୍ରଣରେ ଲେଖିଥିଲେ।

ବାଲେଶ୍ୱର: ଅଗଷ୍ଟ ୧୮୮୬

ଓଡ଼ିଆ ପାଠ୍ୟପୁସ୍ତକ ନେଇ ରାଧାନାଥଙ୍କ ବିରୁଦ୍ଧରେ ସମାଲୋଚନା ବଢ଼ିଲା ସିନା କମିଲା ନାହିଁ। ପରବର୍ତ୍ତୀ ଯେଉଁ ବହିଟି ବିରୁଦ୍ଧରେ ସ୍ୱର ଉଠିଲା, ସେଇଟି ହେଲା ମଧୁସୂଦନ ରାଓଙ୍କ ଭାଇ ଜଗନ୍ନାଥ ରାଓ ପ୍ରଣୀତ ପ୍ରଥମ ପାଠ। ଦୁର୍ଭାଗ୍ୟକୁ ଜଗନ୍ନାଥ ରାଓ ମଧ୍ୟ ଥିଲେ ରାଧାନାଥଙ୍କ ଅଫିସର ହେଡ୍ କିରାନୀ ଓ ସର୍ବୋଚ୍ଚ ଅମଲା। ଏ ବହିଟିକୁ ବନାନ, ତଥ୍ୟଗତ ଭୁଲ, ଅଶୁଦ୍ଧ ବ୍ୟାକରଣ ଇତ୍ୟାଦି ସବୁ ଦିଗରୁ ଆକ୍ରମଣ କରାଗଲା। ଏ ବହିଟି ଯେ ଇଂରେଜ ସାହେବମାନଙ୍କୁ ଖୋସାମତ କରିବା ପାଇଁ ଲେଖାଯାଇଛି, ତା ପ୍ରମାଣ କରିବା ପାଇଁ ଏଥୁର ଗୋଟିଏ ବାକ୍ୟ ଉଦ୍ଧୃତ କରା ହେଲା: ସାହେବମାନଙ୍କ ଦେଶର କୁକୁର ଯେପରି ବଡ଼ ଓ ଗୁଣର ହୁଅନ୍ତି, ଆମ୍ଭ ଦେଶର କୁକୁର ସେପରି ହୁଅନ୍ତି ନାହିଁ। ଏ କଥା ମଧ୍ୟ କୁହାଗଲା ଯେ ସେ ରାଧାନାଥଙ୍କ ପାଖରେ କାମ କରୁଥିବାରୁ ବିଦ୍ୟାଳୟମାନଙ୍କରେ କି ପ୍ରକାର ବହିର ଅଭାବ ଅଛି ଜାଣିପାରି ସେହିଭଳି ଲେଖି ଛପାଇ ସହସ୍ର ସହସ୍ର ସଂଖ୍ୟାରେ ବିକ୍ରୟ କରାଇ ପାରିଲେ। ଦୀପିକାରେ ଏହି ବହିର ସମାଲୋଚନାରେ ଏପରି କୁହାଗଲା: ପୃଷ୍ଠା ୨ ୧: 'ଅନ୍ୟାୟ ଉପାୟରେ ଧନ ଅର୍ଜିବା ଠାରୁ ନ ଅର୍ଜିବା ଭଲ' ଏ ଉପଦେଶଟି ସୁନ୍ଦର, ମାତ୍ର ଗ୍ରନ୍ଥକର୍ତ୍ତା ଏଥୁର ବହୁତ ଦୂରରେ ଅଛନ୍ତି।

ପାଠ୍ୟପୁସ୍ତକ ବାଦ ବିବାଦର ପରବର୍ତ୍ତୀ ଅଧ୍ୟାୟ ଆରମ୍ଭ ହେଲା ବାଲେଶ୍ୱରରେ। ଏ ଜିଲ୍ଲାରେ ପିଲାମାନଙ୍କୁ ପରିତୋଷିକ ଭାବରେ ବହି ଦିଆଯାଇଥିଲା ବିଚିତ୍ର ରାମାୟଣ, ବା' ଚଉତିଶା ଓ ନ' ପୋଇ। ଏ ବହିଗୁଡ଼ିକ କଟକ ପ୍ରିଣ୍ଟିଂ କମ୍ପାନୀରୁ ପ୍ରକାଶିତ ହୋଇଥିଲା। ବୈକୁଣ୍ଠନାଥ ଦେ ଏ ବହିମାନଙ୍କରୁ କିଛି ଅଂଶ ଇଂରେଜୀରେ ଅନୁବାଦ କରି ସରକାରଙ୍କୁ ଜଣାଇଲେ ଯେ ଏ ବହିଗୁଡ଼ିକ ଅଶ୍ଲୀଲ ଏବଂ ଏହାକୁ ପିଲାମାନଙ୍କୁ ଦେବା ଉଚିତ ନୁହେଁ। ବିଚିତ୍ର ରାମାୟଣ ବହିର ନିମ୍ନଲିଖିତ

ଅଂଶ ସେ ଉଦାହରଣ ସ୍ୱରୂପ ଦେଇଥିଲେ: ରମିଲେ ସେ ରଷି ନାରୀ ଯୁବତୀ ରତନ (ପୃଷ୍ଠା ୧୦); କଲେ ବିବିଧ ସୁରତି କାମ ପାଠ ବିଧୁ ମତ, ସର୍ବ ସଖୀ ବେଢ଼ି ପଚାରନ୍ତି କେଳିର ବିଧାନ, ବର୍ଭୁଲ କୁଚେ ନଖ କ୍ଷତମାନ ଫିଟିଛି ବସନ (୧୭) ଓ ବାହୁ ବନ୍ଧନ ପ୍ରତି ଚୁମ୍ବଦାନ, କାମ ଦେଖାଉଛି କି ତା ମୁକତି ସ୍ଥାନ, କଟି ରସନା ହୋଇଥିଲା ବିମନା, ବିପରୀତ ଧ୍ୱନି କଲ ହୋଇ ସୁମନା (୨୩)। ଏ ବିଷୟରେ ସରକାର ଜ୍ୟେଷ୍ଠ ଇନ୍‌ସ୍ପେକ୍ଟରଙ୍କ ମତାମତ ମାଗିବାରୁ ରାଧାନାଥ ଜଣାଇଲେ ଯେ ସେ ବୈକୁଣ୍ଠନାଥଙ୍କ ସହିତ ଏକମତ। ଏହାପରେ ସରକାର ଏସବୁ ବହି କିଣିବା ବନ୍ଦ କରିଦେଲେ।

ଏଥିରୁ ପ୍ରଶ୍ନ ଉଠିଲା ଯେ ବୈକୁଣ୍ଠନାଥ ଦେଙ୍କର ବହି 'ପ୍ରଥମ ଶିକ୍ଷା' ଯାହାକି ବହୁ ସଂଖ୍ୟାରେ ପାଠଶାଳାମାନଙ୍କରେ ପ୍ରଚଳିତ ଥିଲା ଏବଂ ବର୍ତ୍ତମାନ ଯାହାର ତୃତୀୟ ସଂସ୍କରଣ ଚାଲିଥିଲା, ସେଥିରେ 'କଳାକଳେବର କନ୍ଧାଇ ସଙ୍ଗେ ରୋହିଣୀ ସୁତ' ଛାନ୍ଦଟି ଥିଲା। ଏ ଛାନ୍ଦରେ ମଧ୍ୟ 'ଥର ମଦନ ସଂଘାତରେ କାମ ଦେଲା ଭୁଲାଇ' ଭଳି ପଦଙ୍କ୍ତି ଥିଲା ଯାହାକୁ ବା' ଚଉଟିଶାର ପଦଙ୍କ୍ତି ଭଳି ଅଶ୍ଳୀଲ କୁହାଯାଇ ପାରିବ। ଏପରି ସମାଲୋଚନା ହେବାରୁ ବୈକୁଣ୍ଠନାଥ ବହିଟିର ଚତୁର୍ଥ ସଂସ୍କରଣ ପ୍ରକାଶ କରିବା ବେଳେ 'କଳାକଳେବର'କୁ ବହିରୁ ବାହାର କରିଦେଲେ।

ଏହାପରେ ସମାଲୋଚନାର ପରିସରଭୁକ୍ତ ହେଲା ରାଧାନାଥଙ୍କ କେଦାରଗୌରୀ। ବହିଟିର ଭୂମିକାରେ ରାଧାନାଥ ଲେଖିଥିଲେ ଯେ ସେ ପୌରାଣିକ କଥାରୁ ଏହାକୁ ଲେଖିଛନ୍ତି। ଭୁବନେଶ୍ୱର କ୍ଷେତ୍ର ବିଷୟ ବର୍ଣ୍ଣିତ ଥିବା ଶିବ ପୁରାଣ, ଏକାମ୍ର ପୁରାଣ ଅଥବା କପିଳ ସଂହିତା ଇତ୍ୟାଦିରେ କେଦାରଗୌରୀ ଗଙ୍ଗର ଉଲ୍ଲେଖ ନାହିଁ। ଅପର ପକ୍ଷେ ଏ କାବ୍ୟଟି ଯେ ଇଂରେଜୀ 'ପିରାମସ ଆଣ୍ଡ ଥିସବି' ଉପରେ ଆଧାରିତ ଏଥିରେ କୌଣସି ସନ୍ଦେହ ନ ଥିଲା। ନିଜ କାବ୍ୟ ପାଇଁ ପୌରାଣିକତ୍ୱ ଦାବି କରୁଥିବାରୁ ଏହା କେଉଁ ପୁରାଣରୁ ଗୃହୀତ ସେ ବିଷୟରେ ରାଧାନାଥଙ୍କୁ ପ୍ରଶ୍ନ କରାଗଲା, କିନ୍ତୁ ରାଧାନାଥଙ୍କ ପାଖରେ ଏହାର କୌଣସି ଉଭର ନ ଥିଲା।

ରାଧାନାଥଙ୍କ ସଭାପତିତ୍ୱରେ ଓଡ଼ିଆ ପାଠ୍ୟପୁସ୍ତକ ନିର୍ବାଚନ କମିଟି ଈଶ୍ୱରଚନ୍ଦ୍ର ବିଦ୍ୟାସାଗରଙ୍କ ଦୁଇଆଣା ମୂଲ୍ୟର ବୋଧୋଦୟ ବହି ପରିବର୍ତ୍ତେ ସୀତାନାଥ ରାୟଙ୍କ ଚାରିଆଣା ମୂଲ୍ୟର ବହି ପାଠମାଳାକୁ ନିମ୍ନ ପ୍ରାଇମେରୀ ବିଦ୍ୟାଳୟର ପାଠ୍ୟପୁସ୍ତକ ରୂପେ ଧାର୍ଯ୍ୟ କଲେ। ଏ ବିଷୟଟି ମଧ୍ୟ ସମାଲୋଚିତ ହେଲା କାରଣ ସୀତାନାଥ ଥିଲେ ରାଧାନାଥଙ୍କ ଭାଇ।

ଏ କମିଟି ଆଗରେ ଲେଖକମାନେ ବହିର ପାଣ୍ଡୁଲିପି ଦାଖଲ କରୁଥିଲେ ଏବଂ ବହିଟି ମନୋନୀତ ହେଲେ ତାକୁ ଛପାଇବାର ବ୍ୟବସ୍ଥା କରୁଥିଲେ। କିନ୍ତୁ ରାଧାନାଥଙ୍କ ଭକ୍ତ ଚତୁର୍ଭୁଜ ପଟନାୟକ ତାଙ୍କ 'ସ୍ୱାସ୍ଥ୍ୟ ସାଧନ' ବହିଟିକୁ ଛାପାଇ କମିଟି ଆଗରେ ଦେଇଥିଲେ। ଏ ବହିର ଭୂମିକାରେ ସେ ଲେଖିଥିଲେ ଯେ ପାଣ୍ଡୁଲିପି ପାଠ କରିବାକୁ କାଲେ କମିଟିର ସଭ୍ୟମାନେ କଷ୍ଟ ମଣିବେ, ସେଥିପାଇଁ ସେ ବହିଟିକୁ ମୁଦ୍ରିତ କରି ସେମାନଙ୍କର କର କମଳରେ ଆଶାନ୍ୱିତ ହୃଦୟରେ ସମର୍ପଣ କରିଥିଲେ। ବହିଟି ଡେପୁଟି ଇନ୍‌ସ୍ପେକ୍ଟର ମଧୁସୂଦନ ରାଓ ଆଦ୍ୟନ୍ତ ପାଠକରି ସଂଶୋଧନ କରି ଦେଇଥିବା କଥା ମଧ୍ୟ ଭୂମିକାରେ ଉଲ୍ଲେଖ ଥିଲା। ଏସବୁ କଥାରୁ ସନ୍ଦେହ ଉପୁଜିଥିଲା ଯେ ଚତୁର୍ଭୁଜ ପଟ୍ଟନାୟକ ବହିଟି ନିଶ୍ଚିତ ଭାବେ ଅନୁମୋଦିତ ହେବ ବୋଲି ଜାଣିଥିବାରୁ ଟଙ୍କା ଖର୍ଚ କରି ବହିଟି ଛପାଇଥିଲେ। ବହିଟିର ଆହୁରି ଏକ

ଉଲ୍ଲେଖଯୋଗ୍ୟ ବିଷୟ ଥିଲା ଯେ ଏ ବହିଟିର ପ୍ରକାଶକ ଥିଲା ଚତୁର୍ଭୁଜଙ୍କର ପୁଅ ନିର୍ମଳଚନ୍ଦ୍ର ପଟନାୟକ, ଯାହାର ବୟସ ଥିଲା ଦୁଇ ବର୍ଷ !

ଏ ବହିଟିର ସମାଲୋଚନା କରିବାବେଳେ ଯେଉଁ ଦିଗଟି ବିଶେଷ କରି ଉଲ୍ଲେଖ କରାଯାଉଥିଲା, ତାହା ଥିଲା ଚତୁର୍ଭୁଜଙ୍କର ବ୍ରାହ୍ମଧର୍ମ ପ୍ରଚାର ଲକ୍ଷ୍ୟ । ଓଡ଼ିଶାରେ ବର୍ତ୍ତମାନ ବ୍ରହ୍ମଧର୍ମର ଦୁଇଜଣ ମୁଖ୍ୟ ପ୍ରବର୍ତ୍ତକ ଥିଲେ: ମଧୁସୂଦନ ରାଓ ଏବଂ ଚତୁର୍ଭୁଜ ପଟନାୟକ । ଯଦିଓ ସ୍ୱାସ୍ଥ୍ୟସାଧନ ବହିଟି ସ୍ୱାସ୍ଥ୍ୟରକ୍ଷା ବିଷୟକ ଥିଲା, ଏଥିରେ ଅନେକ ହିନ୍ଦୁ ଧର୍ମ ବିରୋଧୀ ମତ ବ୍ୟକ୍ତ ହୋଇଥିଲା । ଆହାର ବିଷୟରେ କହିବାକୁ ଯାଇ ଲେଖାଥିଲା, ଗୋଟିଏ ପଥର ପିତୁଲାକୁ ଖାଇବାକୁ ନ ଦେଲେ ସେ ଶୁଖିଯାଏ ନାହିଁ, କିମ୍ବା କି ପଥର ପିତୁଲା କୌଣସି କର୍ମ କରେ ନାହିଁ । ଅନ୍ୟ ସ୍ଥାନରେ ଲେଖା ଥିଲା, ଏ ଦେଶରେ ବାଲ୍ୟ ବିବାହ ଥିବାରୁ ଅଳ୍ପ ବୟସରେ ସ୍ତ୍ରୀ ପୁରୁଷ ବିବାହ କରନ୍ତି, ଏଣୁ ସେମାନଙ୍କ ପୁତ୍ର କନ୍ୟା ଅତି ଦୁର୍ବଲ ହୁଅନ୍ତି ଓ ସେମାନଙ୍କର ରୋଗ ହୁଏ; ବାଲ୍ୟ ବିବାହ ଉଠି ନ ଗଲେ ଏ ଦୁଃଖ ଯିବ ନାହିଁ । ଏକଥା ମଧ୍ୟ କୁହାଗଲା ଯେ ବହିଟିର କେତେ ସ୍ଥାନରେ ଅଶ୍ଳୀଳ ଭାବ ରହିଛି ଯାହା ଛାତ୍ରମାନଙ୍କ ପାଇଁ ଉପଯୁକ୍ତ ନୁହେଁ, ଯଥା– ବେଶ୍ୟାମାନେ ଭୁଲାଇ ଲୋକମାନଙ୍କୁ ପାପ ପଥକୁ ଘେନିଯାନ୍ତି ପୁଣି ଗରମି ବେମାରୀ ଓ ମେହ ରୋଗ ପ୍ରଭୃତି ଅନେକ ରୋଗ ସେମାନଙ୍କଠାରୁ ଜାତ ହୁଏ ।

ଏ ସବୁ ସମାଲୋଚନାରେ ରାଧାନାଥ ଅତି ବ୍ୟତିବ୍ୟସ୍ତ ହୋଇଗଲେ । ବାଲେଶ୍ୱର ଗସ୍ତରେ ଯାଇଥିବା ବେଳେ ସେ ବୈକୁଣ୍ଠନାଥଙ୍କୁ ନିଜର ମାନସିକ ଦୁଶ୍ଚିନ୍ତା ବିଷୟରେ କହିବାରୁ ବୈକୁଣ୍ଠନାଥ ତାଙ୍କୁ ଅନେକ ଆଶ୍ୱାସନା ଦେଲେ ଏବଂ କହିଲେ ଯେ ସେ ପତ୍ର ପତ୍ରିକାରେ ରାଧାନାଥଙ୍କୁ ସମର୍ଥନ କରି ଲେଖା ପ୍ରକାଶ କରାଇବେ । ସେମାନେ ବଗିଚାରେ ବସି କଥାବାର୍ତ୍ତା କରିବାବେଳେ ହଠାତ ଫକୀରମୋହନ ଆସି ପହଞ୍ଚିଲେ । ସେ ଛୁଟିରେ ବାଲେଶ୍ୱର ଆସିଥିଲେ ଏବଂ ବୈକୁଣ୍ଠନାଥଙ୍କ ପଖରେ ରାଧାନାଥଙ୍କୁ ଦେଖି ଖୁସି ହେଲେ । ତେବେ ରାଧାନାଥ ଆଉ ସେଠାରେ ବେଶୀ ସମୟ ନ ବସି ଦେହ ଭଲ ନାହିଁ କହି ଚାଲି ଆସିଲେ ।

ଫକୀରମୋହନ ବର୍ତ୍ତମାନ ପାଲଲହଡ଼ାର ଦେବାନ ଥିଲେ । ଦଶପଲ୍ଲା ରାଜା ସହିତ ନ ପଡ଼ିବାରୁ କମିଶନର ମେଟ୍କାଫ ୧୮୮୬ ଆରମ୍ଭରେ ତାଙ୍କୁ ଦଶପଲ୍ଲାରୁ ବାହାର କରି ଆଣିଥିଲେ । କଟକରେ କିଛିଦିନ ବସି ରହିବା ପରେ ସେ ପାଲଲହଡ଼ାର ଦେବାନ ନିଯୁକ୍ତ ହୋଇଥିଲେ । ସେଠାରେ ତାଙ୍କର ରାଜା ସହିତ ଭଲ ପଡ଼ୁଥିଲା ଏବଂ ବିଶେଷ କାମଦାମ ନ ଥିଲା । ତାଙ୍କର ସମୟ କଟୁଥିଲା ପଶା ଖେଳି ଓ ମହାଭାରତ ଅନୁବାଦ କରି । କାମ ନ ଥିବା ବେଳେ ସେ ଛୁଟି ନେଇ ବାଲେଶ୍ୱର ଚାଲି ଆସୁଥିଲେ ।

ରାଧାନାଥ ଫକୀରମୋହନଙ୍କୁ ଆଢେଇ ରହୁଥିବାର ଗୋଟିଏ କାରଣ ଥିଲା ଯେ ରାଧାନାଥ ଗମ୍ଭୀର ପ୍ରକୃତିର ଲୋକ ଥିବା ସ୍ଥଳେ ଫକୀରମୋହନ ସବୁବେଳେ ଠଟ୍ଟା ପରିହାସ କରୁଥିଲେ । କିଛି ବର୍ଷ ତଳେ ରାଧାନାଥଙ୍କର ହଟହଟା ହେବା ବିଷୟ ଫକୀରମୋହନ ବାଲେଶ୍ୱରରେ ପ୍ରଚାର କରି ଦେଇଥିଲେ ଏବଂ ସମସ୍ତେ ସେ କଥାକୁ ପୁନରାବୃତ୍ତି କରି ମନୋରଞ୍ଜନ କରୁଥିଲେ । ଘଟଣାଟି ସତ୍ୟ ଥିଲା କିନ୍ତୁ ଫକୀରମୋହନଙ୍କ ଦ୍ୱାରା ତା'ର ବର୍ଣ୍ଣନାଟି ସମ୍ପୂର୍ଣ୍ଣ ଅତିରଞ୍ଜିତ ଥିଲା । ଫକୀରମୋହନଙ୍କ ବର୍ଣ୍ଣନାରେ ଘଟଣାଟି ଥିଲା ଏହି ପ୍ରକାର:

ଦୈବାତ ବାଲେଶ୍ୱର ଷ୍ଟିମର ଘାଟରୁ ରାଧାନାଥ ଓ ଫକୀରମୋହନ ଷ୍ଟିମର ଯୋଗେ କଟକ

ଯାଉଥିଲେ । ରାତି ପହରେ ବେଳକୁ ଷ୍ଟୀମର ମଟାଇ ନଈ ପାରି ହୋଇ ଧାମରା ନଈରେ ପଶିଛି, ଘୋର ବୃଷ୍ଟି ସହିତ ତୋଫାନ ଆରମ୍ଭ ହେଲା । ଛୋଟ ଷ୍ଟୀମରଟି ଏପାଖ ସେପାଖ ହୋଇ ଏଇ ବୁଡ଼ିଲା ଏଇ ବୁଡ଼ିଲା ଅବସ୍ଥା । ରାଧାନାଥ ବାବୁ ଏକାବେଲେକେ ଜୀବନ ଆଶା ପରିତ୍ୟାଗ କରି ବସିଲେ । ଶୀତ ଲାଗୁଥିବାରୁ ସେ ପିନ୍ଧିବା ଲୁଗା ଖଣ୍ଡିକ କୁଞ୍ଚ ଫିଟାଇ ଘୋଡ଼ି ହୋଇଥାନ୍ତି । ଗୁଡ଼ାଏ ଅଫିମ ଚଞ୍ଚଳ ଲୁଗା କାନିରେ ବାନ୍ଧି ପକାଇଲେ । ଜୀବନର ଆଶା ଛାଡ଼ି ସେ ଷ୍ଟୀମରର ବୁଡ଼ିବାକୁ ଅପେକ୍ଷ କରି ନିର୍ଜୀବ ଭାବରେ ଛିଡ଼ା ହୋଇଥାନ୍ତି; କୌଣସି ଦିଗରୁ କିଛି ଶବ୍ଦ ଆସିଲେ ଚମକି ପଡ଼ି ସେହି ଦିଗକୁ ଚାହାନ୍ତି । ସମୟ ସମୟରେ ଅର୍ଥଶୂନ୍ୟ ଭାବରେ ଫକୀରମୋହନଙ୍କ ମୁହଁକୁ ଅନାଇଥାନ୍ତି । ତାଙ୍କୁ ଦେଖିଲେ ଜଣା ପଡୁଥିଲା ସେ ଯେମିତି ଭାବୁଥିଲେ ଲୁଗା ଘୋଡ଼ାଇ ହୋଇ ଅଫିମଟକ ହାତରେ ଧରି ସେ ଏ ଯାତ୍ରାରୁ ପାରି ହୋଇଯିବେ !

ରାଧାନାଥ କଟକ ଫେରିଯାଇ ପୁଣି ମନସ୍ତାପରେ ସମୟ କଟାଇଲେ । ଏଇ ସମୟରେ ତାଙ୍କ ପାଇଁ ଏକମାତ୍ର ସାନ୍ତ୍ବନା ଥିଲା ଯେ କେଦାରଗୌରୀ ପ୍ରକାଶ ପାଇବାର ବର୍ଷକ ଭିତରେ ତାଙ୍କର ଚନ୍ଦ୍ରଭାଗା ଦେଙ୍କର ଉତ୍କଳ ପ୍ରେସରେ ପ୍ରକାଶିତ ହେବାକୁ ଯାଉଥିଲା ।

ବାମଣ୍ଡା: ଅକ୍ଟୋବର ୧୮୮୬

ମାତ୍ର ପଞ୍ଚତିରିଶି ବର୍ଷ ବୟସରେ, ସତର ବର୍ଷ ରାଜା ରହି, କିଛି କରିଥିଲେ ସୁଢ଼ଳଦେବ। ସେ ସାରା ଓଡ଼ିଶାରେ ଏ ଭିତରେ ଜଣାଶୁଣା ହୋଇଯାଇଥିଲେ। ଆଜିକାଲି ଦୀପିକାର ପ୍ରଥମ ପୃଷ୍ଠାରେ ବାମଣ୍ଡା ବିଜ୍ଞାପନ ବୋଲି ଗୋଟିଏ ସ୍ୱତନ୍ତ୍ର ପ୍ରକାଶ ପାଉଥିଲା। ସୁଢ଼ଳଦେବଙ୍କ ଅଳଙ୍କାର ବୋଧୋଦୟ ବହି ତାଙ୍କୁ ଲେଖକ ଭାବରେ ପ୍ରତିଷ୍ଠିତ କରାଇଥିଲା। ସରକାରଙ୍କର ବାର୍ଷିକ ରିପୋର୍ଟରେ ବାମଣ୍ଡା ଶାସନର ଭୂୟସୀ ପ୍ରଶଂସା ହେଉଥିଲା। ତେବେ ଏ ପର୍ଯ୍ୟାୟରେ ପହଞ୍ଚିବା ପାଇଁ ଅନେକ କଷ୍ଟ ସହିବାକୁ ହୋଇଥିଲା ବାସୁଦେବ ସୁଢ଼ଳଦେବଙ୍କୁ।

ପ୍ରଥମ ସମସ୍ୟା ଦେଖା ଦେଇଥିଲା ତାଙ୍କର ରାଜଗାଦି ପାଇବାର ଠିକ୍ ପରେ ପରେ। ବ୍ରଜସୁନ୍ଦରଙ୍କର ନିଜର ପୁଅ ବୃନ୍ଦାବନ ଦାସୀ ଗର୍ଭରୁ ଥିବାରୁ ସେ ନିଜ ଭାଇ ହରିହରର ପୁଅ ବାସୁଦେବକୁ ପୋଷ୍ୟପୁତ୍ର କରିଥିଲେ। ବାସୁଦେବ ରାଜଗାଦି ପାଇବାରୁ ବୃନ୍ଦାବନ ଆପଡ଼ି କଲା ଏବଂ ଏଥିରେ ତାକୁ ସାହାଯ୍ୟ କଲେ ବାସୁଦେବର କକା ଦେବଦୁର୍ଲଭ। ବୃନ୍ଦାବନକୁ ସାଙ୍ଗରେ ନେଇ ଦେବଦୁର୍ଲଭ ସମ୍ବଲପୁରରେ ପଲିଟିକାଲ ଏଜେଣ୍ଟଙ୍କୁ ସାକ୍ଷାତ କଲେ। ଭାଗ୍ୟକୁ ଏଜେଣ୍ଟ ଆଗରୁ ବ୍ରଜସୁନ୍ଦରଙ୍କ ନିଷ୍ପତ୍ତି ବିଷୟରେ ଅବଗତ ଥିଲେ ଏବଂ ନିଜେ ଥରେ ବାମଣ୍ଡା ଯାଇଥିବା ବେଳେ ବାସୁଦେବକୁ ଦେଖିଥିଲେ। ସେ ବୃନ୍ଦାବନର ଦାବିକୁ ଅଗ୍ରାହ୍ୟ କରିଦେଲେ।

ବାସୁଦେବ ପାଇଁ ବର୍ତ୍ତମାନ ଅନ୍ୟ ଏକ ସମସ୍ୟା ଦେଖା ଦେଲା। ସାବାଳକ ହେବା ପର୍ଯ୍ୟନ୍ତ ତାକୁ ନିଜର ଜନ୍ମିତ ପିତା ବଡ଼କୁମାର ହରିହର ଦେବଙ୍କ ତତ୍ତ୍ୱାବଧାନରେ ରହିବା ପାଇଁ ନିର୍ଦ୍ଦେଶ ଦେଇଥିଲେ ପଲିଟିକାଲ ଏଜେଣ୍ଟ। ବାସୁଦେବ କିନ୍ତୁ ହରିହରଙ୍କ ଅପେକ୍ଷା ବେଶୀ ଭକ୍ତି କରୁଥିଲେ ତାଙ୍କୁ ପୋଷ୍ୟପୁତ୍ର

କରିଥିବା ସ୍ୱର୍ଗତ ରାଜା ବ୍ରଜସୁନ୍ଦରଙ୍କୁ। ଏ କଥା ହରିହରଙ୍କୁ ଭଲ ଲାଗୁ ନ ଥିଲା। ଯେତେବେଳେ ବିବାହ କଥା ଉଠିଲା, ବାସୁଦେବ କହିଲେ ଯେ ସେ ବିବାହ କରିବେ ବ୍ରଜସୁନ୍ଦର ସ୍ଥିର କରିଥିବା କଳାହାଣ୍ଡି ରାଜାଙ୍କ ଝିଅ ଗିରିରାଜକୁମାରୀକୁ। ହରିହର ଏହା ଚାହୁଁ ନ ଥିଲେ। ରାଜା ବାସୁଦେବ ତାଙ୍କ କଥା ନ ମାନି ଗିରିରାଜକୁମାରୀକୁ ହିଁ ବିବାହ କଲେ।

ଏହିପରି ଭାବେ ବାପପୁଅଙ୍କର ମନୋମାଳିନ୍ୟ ବଢ଼ିଲା। ହରିହର ସ୍ୱେଚ୍ଛାଚାରୀ ଥିଲେ ଏବଂ ପ୍ରଜାମାନଙ୍କ ଉପରେ ଅତ୍ୟାଚାର କରୁଥିଲେ। ଏ ବିଷୟ ନେଇ ବାପପୁଅଙ୍କ ଭିତରେ ସବୁବେଳେ ମତଭେଦ ହେଉଥିଲା। କଥା ଚରମସୀମାରେ ପହଞ୍ଚିଲା ଯେଉଁଦିନ ହରିହର ଆଦେଶ ଦେଲେ ଯେ ପିଆଦା ଯାଇ ଖଜଣା ଦେଇ ନ ଥିବା ଜଣେ ପ୍ରଜାର ଘରକୁ ଲୁଟି କରୁ। ପ୍ରଜା ବାସୁଦେବଙ୍କ ପାଖରେ ଜଣାଣ କରିବା କରିବାରୁ ବାସୁଦେବ ଯଦିଓ ବାପାଙ୍କର ଆଦେଶକୁ ବଦଳାଇଲେ ନାହିଁ, ପ୍ରଜାକୁ କହିଲେ ଯେ ଯଦି ତା'ର ଘର ଲୁଟି ହୁଏ, ସେଥିରେ ତାହାର ଯାହା କ୍ଷତି ହେବ, ସେ ତାକୁ ତା'ର ଚାରିଗୁଣ ଟଙ୍କା ଦେବେ। ଏ କଥା ଶୁଣି ହରିହର ପାଖ ଲୋକଙ୍କୁ ଡାକି କହିଲେ, ଏ ଘଟଣା ପରେ ମୁଁ ଆଉ ବାରଣ୍ଡାରେ ମୁହଁ ଦେଖାଇ ପାରିବି ନାହିଁ। ସତକୁ ସତ ଆରଦିନ ସକାଳୁ କେହି ଆଉ ହରିହରଙ୍କୁ ବାରଣ୍ଡାରେ ଦେଖିଲେ ନାହିଁ।

ଗୋଟିଏ ଶିଶୁପୁତ୍ରକୁ ଜନ୍ମ ଦେଇ ଗିରିରାଜକୁମାରୀ ବିବାହର ଦି ବର୍ଷ ପରେ ସ୍ୱର୍ଗବାସୀ ହୋଇଗଲେ। ପତ୍ନୀଙ୍କ ମୃତ୍ୟୁର ଶୋକରେ ବାସୁଦେବ ଠିକ୍ କଲେ ଯେ ସେ ଦୀର୍ଘ ଦିନ ପାଇଁ ତୀର୍ଥ ଓ ଦେଶ ଭ୍ରମଣରେ ଯିବେ। ନିଜର ପୁଅକୁ ମା'ଙ୍କ ପାଖରେ ଛାଡ଼ି, ସାଙ୍ଗରେ ଅଛ କେତେଜଣ ଅନୁଚର ନେଇ ସେ ପ୍ରଥମେ ସମ୍ବଲପୁର ଗଲେ। ସେଠାରେ ପଲିଟିକାଲ ଏଜେଣ୍ଟଙ୍କୁ ଭେଟି ସେଠାରୁ ଡଙ୍ଗାରେ ବସି ସୋନପୁର ଓ ତା ପରେ କଟକ ଗଲେ। କଟକରେ ତାଙ୍କ ପାଇଁ ସବୁ ବ୍ୟବସ୍ଥା କରିଥିଲେ ଗୌରୀଶଙ୍କର ରାୟ। ତାଙ୍କୁ ଜୋବ୍ରାରେ ଗୋଟିଏ ବସାଘରେ ରଖାଇ ସେ କଟକରେ ସବୁ ଦର୍ଶନୀୟ ସ୍ଥାନ ତାଙ୍କୁ ଦେଖାଇଲେ। ବାସୁଦେବ କଟକ ପ୍ରିଣ୍ଟିଂ କମ୍ପାନୀ ଓ ମିଶନ ପ୍ରେସ ଦେଖିଲେ। କଟକ ଗୀର୍ଜା ଘରେ ଯାଇ ଖ୍ରୀଷ୍ଟିଆନ୍‌ମାନଙ୍କ ପ୍ରାର୍ଥନାରେ ଭାଗ ନେଲେ। କାଠଯୋଡ଼ି ପଥର ବନ୍ଧ ଦେଖିଲେ, ଘୋଡ଼ା ଦୌଡ଼ ହେଉଥିବା ଚକ୍ର ପଡ଼ିଆ ଦେଖିଲେ, ବାରବାଟୀ କିଲ୍ଲାରେ ଷ୍ଟେସନ କ୍ଲବ୍ ଦେଖିଲେ, ଗଡ଼ଗଡ଼ିଆ ଘାଟ ଦେଖିଲେ। ବକ୍ସି ବଜାରରୁ ଜିନିଷ କିଣିଲେ।

କଟକରୁ କେନାଲ ଯୋଗେ ଚାନ୍ଦବାଲି ଯାଇ ବାସୁଦେବ ସେଠାରୁ କଲିକତା ଗଲେ ଏବଂ ସେଠାରେ ରହିଲେ ପୁରା ଗୋଟିଏ ମାସ। ଏ ସମୟ ଭିତରେ କାଳୀଘାଟରେ ଦେବୀଦର୍ଶନ କଲେ, ଏସିଆଟିକ୍ ସୋସାଇଟିର ସଭାଗୃହ ଦେଖିଲେ, ଯାଦୁଘର, ବଟାନିକାଲ ଗାର୍ଡନରେ ବୁଲିଲେ, ଶ୍ରୀରାମପୁର କାଗଜ କଳ ଦେଖିଲେ, ଫ୍ଲାଇଂ ଶଟଲ ତନ୍ତ ବୁଣା ଦେଖିଲେ, ଈଶ୍ୱରଚନ୍ଦ୍ର ବିଦ୍ୟାସାଗରଙ୍କୁ ଭେଟିଲେ।

ତା' ପରେ ବନାରସ ଯାଇ ସେଠାରେ ମାନମନ୍ଦିର ଦେଖିଲେ। ଜ୍ୟୋତିଷ ଶାସ୍ତ୍ର ଅଧ୍ୟାପନ ବ୍ୟବସ୍ଥା ଅନୁଧାନ କଲେ। ମଣିକର୍ଣ୍ଣିକାରେ ସ୍ନାନ କଲେ। ବିଶ୍ୱେଶ୍ୱର ଓ ଅନ୍ନପୂର୍ଣ୍ଣା ଦର୍ଶନ କଲେ। ତୀର୍ଥ ଶ୍ରାଦ୍ଧ କଲେ, ବ୍ରାହ୍ମଣ ଭୋଜନ କରାଇଲେ। ସେଠାରୁ ଅଯୋଧ୍ୟା ଯାଇ ସେଠାରେ ସ୍ନାନ କଲେ। ଲକ୍ଷ୍ମୀରେ ନବାବଙ୍କ ଉଆସ ଦେଖିଲେ, କ୍ୟାନିଂ କଲେଜ ଦେଖିଲେ, ଇମାମବାଡ଼ା ଦେଖିଲେ। କାନପୁରରେ ଅନେକ କାରଖାନା ଦେଖିଲେ। ଦିଲ୍ଲୀରେ କୁତବମୀନାର, ଲାଲ କିଲ୍ଲା, ଯନ୍ତର ମନ୍ତର ଦେଖିଲେ।

ଆଗ୍ରାରେ ତାଜମହଲ ଦେଖିଲେ । ମଥୁରା ବୃନ୍ଦାବନରେ ଦେବଦର୍ଶନ କଲେ । ପ୍ରୟାଗ ତ୍ରିବେଣୀ ତୀର୍ଥରେ ସ୍ନାନ, ଦାନ ଓ ଧର୍ମାନୁଷ୍ଠାନ କଲେ, ଆଲବର୍ଟ ପାର୍କ ଓ ମେଓର କଲେଜ ଦେଖିଲେ । ଗୟା ଯାଇ ବିଷ୍ଣୁପାଦରେ ପିଣ୍ଡଦାନ କଲେ ଓ ବୁଦ୍ଧଗୟା ଦେଖିଲେ । ତା ପରେ ବୈଦ୍ୟନାଥ ଯାଇ ଧର୍ମାଲୋଚନା କଲେ ଓ ଶେଷରେ ସିଂହଭୂମି ବାଟେ ବାମଣ୍ଡାକୁ ଫେରି ଆସିଲେ ।

ଏଇ ଯାତ୍ରାର ପ୍ରତି ପାଦରେ ବାସୁଦେବ ତାଙ୍କ ପିତାଙ୍କର ସନ୍ଧାନ କରୁଥିଲେ, କିନ୍ତୁ କୌଣସି ଖବର ମିଳି ନ ଥିଲା । ବାମଣ୍ଡା ଫେରିବା ପରେ ଖବର ମିଳିଲା ଯେ ହରିହର ସମ୍ବଲପୁରରେ ଅଛନ୍ତି ଏବଂ ରୋଗରେ ପୀଡ଼ିତ । ବାସୁଦେବ ନିଜେ ସମ୍ବଲପୁର ଯାଇ ତାଙ୍କୁ ବାମଣ୍ଡାକୁ ଫେରାଇ ଆଣିଲେ ।

ବାସୁଦେବ ବିଦେଶ ଯାତ୍ରାରେ ଯାଇଥିଲେ ପତ୍ନୀ ମରିଯିବା ପରେ ସଂସାର ପ୍ରତି ବୀତସ୍ପୃହ ହୋଇ; କିନ୍ତୁ ଯାତ୍ରାରୁ ଫେରି ମନ ହେଲା ପୁଣି ସଂସାର କରିବାକୁ । ପାତ୍ରୀ ଅନୁସନ୍ଧାନ କରିବା ପାଇଁ ଘଟକ ଓ ପୁରୋହିତ ବିଭିନ୍ନ ସ୍ଥାନକୁ ଯାଇ କନ୍ୟା ଠିକ୍ କଲେ ରେରୁଆର ଜମିଦାର ପରିବାରରେ । ଯଥା ସମୟରେ ବାସୁଦେବ ଏଇ ଜମିଦାରଙ୍କର ଦୁଇଟି ଝିଅଙ୍କୁ ଏକାସାଙ୍ଗେ ବାହା ହେଲେ । ପୁଣି କିଛିଦିନ ପରେ କଲିକତାରୁ ଫେରିବା ବାଟରେ ବାସୁଦେବ ଖରସୁଆଁର ଗୋଟିଏ ଝିଅଙ୍କୁ ବାହା ହୋଇଗଲେ ଏବଂ ତାଙ୍କୁ ବାମଣ୍ଡାକୁ ଆଣିଲେ । ଏଇ ତିନି ସ୍ତ୍ରୀଙ୍କ ଗର୍ଭରୁ କାଳକ୍ରମେ ଜନ୍ମିଲେ ବାସୁଦେବଙ୍କର ଏଗାରଟି ଝିଅ ଓ ଆଠଟି ପୁଅ ।

ଏପରି ଭାବରେ ନିଜର ସଂସାରକୁ ବ୍ୟବସ୍ଥାପିତ କରି ରାଜ୍ୟ କାମରେ ମନ ଦେଲେ ବାସୁଦେବ । ବାମଣ୍ଡା ରାଜ୍ୟକୁ ତିନିଟି ତହସିଲରେ ବିଭକ୍ତ କରି ସେଠାରେ ଜଣେ ଜଣେ ମାଜିଷ୍ଟ୍ରେଟ୍ ରଖିଲେ । ରାଜ ଦରବାର ପରିବର୍ତ୍ତେ ନ' ଜଣ ସଦସ୍ୟଙ୍କୁ ନେଇ ଏକ କାଉନସିଲ ପ୍ରବର୍ତ୍ତନ କଲେ । ଦେଓଗଡ଼ ଓ କୁଚିଣ୍ଡାରେ ଦାତବ୍ୟ ଚିକିତ୍ସାଳୟ ବସାଇଲେ । ବାମଣ୍ଡାରୁ ଦେଓଗଡ଼ ପର୍ଯ୍ୟନ୍ତ ରାସ୍ତା ତିଆରି କରାଇଲେ । ଈଶ୍ୱରଚନ୍ଦ୍ର ବିଦ୍ୟାସାଗରଙ୍କୁ ଜଣେ ଭଲ ଶିକ୍ଷକ ପଠାଇବାକୁ ଚିଠି ଲେଖି ତାଙ୍କ ପରାମର୍ଶ କ୍ରମେ ବିଜୟଚନ୍ଦ୍ର ମଜୁମଦାରଙ୍କୁ ବାମଣ୍ଡା ଅଣାଇଲେ । ଇଂରାଜୀ ବିଦ୍ୟାଳୟ ପ୍ରତିଷ୍ଠା କଲେ । କାଶୀରେ ଦେଖିଥିବା ମାନମନ୍ଦିର ନକଲରେ ବାମଣ୍ଡା ବିଜ୍ଞାନାଗାର ବସାଇଲେ । କାଶୀ ଓ ମିଥିଲାରୁ ଜ୍ୟୋତିଷଜ୍ଞ ପଣ୍ଡିତ ଡକାଇ ପ୍ରାଚୀନ ପଦ୍ଧତି ଗବେଷଣା କରାଇଲେ । ବିଜ୍ଞାନାଗାର ପାଇଁ କଟକ କଲେଜରୁ ପ୍ରଫେସର ଯୋଗେଶଚନ୍ଦ୍ର ରାୟ ବିଦ୍ୟାନିଧିଙ୍କୁ ଡକାଇ ତାଙ୍କର ପରାମର୍ଶ ନେଲେ । ଦେଓଗଡ଼ରେ ଜଗନ୍ନାଥ ବଲ୍ଲଭ ନାଁରେ ଛାପାକଳ ବସାଇଲେ ।

ଦିନେ ସନ୍ଧ୍ୟାବେଳେ ସୁଢଳଦେବ କ୍ଲାନ୍ତ ହୋଇ ବସି ପୁରୁଣା ଶିକ୍ଷକ ଗଣେଶ୍ୱର ପଟନାୟକଙ୍କ ସହିତ ରାଜ୍ୟର ଭଲମନ୍ଦ ଆଲୋଚନା କରୁଥିଲେ । ତାଙ୍କର କାର୍ଯ୍ୟ ସବୁ ଗଣନା ହୋଇ ସାରିବା ପରେ ବାସୁଦେବ ପଚାରିଲେ, ଶିକ୍ଷକ ମହାଶୟ, ଆଉ କ'ଣ କରାଯାଇପାରେ ବାମଣ୍ଡାରେ ? ଗଣେଶ୍ୱର ପଟନାୟକ କିଛି ସମୟ ଭାବିଲେ, କହିଲେ, ବାମଣ୍ଡାରେ ଥରେ ରାଧାନାଥ ରାୟଙ୍କର ପାଦଧୂଲି ପଡ଼ୁ । ଓଡ଼ିଶାର ସର୍ବପ୍ରସିଦ୍ଧ ଲୋକ ଜଣକ ଏପର୍ଯ୍ୟନ୍ତ ବାମଣ୍ଡା ଆସି ନ ଥିଲେ କାରଣ ଏ ରାଜ୍ୟଟି ତାଙ୍କ ପରିଦର୍ଶନ ଇଲାକା ଭିତରେ ନ ଥିଲା ।

ଏ କଥାରେ ବାସୁଦେବ ସୁଢଳଦେବ ସାଙ୍ଗେ ସାଙ୍ଗେ ରାଜି ହୋଇଗଲେ ଓ ପରଦିନ ରାଧାନାଥଙ୍କ ପାଖକୁ ଚିଠି ଲେଖାଗଲା । ଚିଠି ପାଇ ରାଧାନାଥ ଖୁସି ହେଲେ, କିନ୍ତୁ ଟିକିଏ ବିରକ୍ତ ହେଲେ ଯେ

ସେଠାକୁ ଯିବା ପାଇଁ ତାଙ୍କୁ ଛୁଟି ନେବାକୁ ହେବ। ଯାହା ହେଉ ଛୁଟି ନେଇ ୧୮୮୬ ଅକ୍ଟୋବର ମାସରେ ହାତୀରେ ଚଢ଼ି ରାଧାନାଥ କଟକରୁ ଯାତ୍ରା ଆରମ୍ଭ କଲେ। ରାସ୍ତାରେ ତାଙ୍କର ମନେ ପଡ଼ିଲା ଯେ ସେ ଯେତେବେଳେ ରାଜାଙ୍କ ପାଖକୁ ଯାଉଛନ୍ତି, ଭେଟି ତ ଦେବାକୁ ହେବ! ଏଥିପାଇଁ ଅବଶ୍ୟ ପ୍ରତିଦାନ ମିଳିବାର ଆଶା ମଧ ଥିଲା। ତେଣୁ ରାଧାନାଥ ହାତୀ ପିଠିରେ ବସି ଗୋଟିଏ କବିତା ତିଆରି କରିବାରେ ମନ ଦେଲେ। ସେ ଯେଉଁ ପାଞ୍ଚ ପଦର କବିତା ଲେଖିଲେ ସେଇଟି ତୋଷାମଦ ସମ୍ପର୍କରେ ଥିଲା ଏବଂ ତା'ର ପ୍ରଥମ ପଦଟି ଥିଲା :

ଧିକ୍ ତୋଷାମଦୀ   ଧିକ୍ ଧିକ୍ ତୋର

ଘୃଣିତ ହୀନ ଜୀବନ

ଧିକ୍ ତୋ ଜୀବିକା   ଧିକ୍ ଧିକ୍ ସେହି

ଜୀବିକା ଜନିତ ଧନ।

କବିତାଟି ରାଧାନାଥଙ୍କୁ ବିଶେଷ ଭଲ ଲାଗୁ ନ ଥିଲେ ମଧ ସେ ମନେ କଲେ ଯେ ରାଜାଙ୍କ ପାଖରେ ଏଇଟି ଚଳିଯିବ। ବାମଣ୍ଡାରେ ତାଙ୍କ ପାଇଁ ଏତେ ବିରାଟ ଆୟୋଜନ ହୋଇଛି ବୋଲି ସେ ଜାଣି ନ ଥିଲେ। ତାଙ୍କ ହାତୀ ଦେଓଗଡ଼ରେ ପହଞ୍ଚିଲା କ୍ଷଣି ଏଗାରଟି ତୋପଧ୍ୱନିରେ ତାଙ୍କର ସ୍ୱାଗତ ହେଲା। ନିଜେ ବାସୁଦେବ ତାଙ୍କୁ ସେଠାରୁ ପାଛୋଟି ନେଇ ଗଲେ। ତାଙ୍କୁ ସାଙ୍ଗରେ ନେଇ ସେ ବିଭିନ୍ନ ସ୍ଥାନ ବୁଲି ଦେଖାଇଲେ। ସାଙ୍ଗରେ ଦଳବଳ ନ ନେଇ ଗୋଟିଏ ଅନୁଚର ସହିତ ରାଧାନାଥ ଓ ବାସୁଦେବ ଗୋଟିଏ ଦିନ ରାଜା ତିଆରି କରିଥିବା ବଗିଚା ଦେଖିଲେ। ଏଥିରେ ବିଭିନ୍ନ ପ୍ରକାର ଦେଶୀ ବିଦେଶୀ ଗଛ ଲଗା ହୋଇ ଥିଲା। ଦିନେ ସେମାନେ ଗଲେ ପ୍ରଧାନ ପାଟ ଜଳପ୍ରପାତ ଦେଖିବାକୁ। ଅନ୍ୟ ଦିନମାନଙ୍କରେ ସେମାନେ ଦେଖିଲେ ବାମଣ୍ଡାର ପୂର୍ବ ରାଜଧାନୀ ପୁରୁଣାଗଡ଼, ଚିକିତ୍ସାଳୟ, ସଂସ୍କୃତ ପୁସ୍ତକାଳୟ, ମୁଦ୍ରାଯନ୍ତ ଇତ୍ୟାଦି। ରାଧାନାଥ ଆସିଥିଲେ ମାତ୍ର ତିନିଦିନ ପାଇଁ, ରହୁ ରହୁ ରହିଗଲେ ସାତ ଦିନ। ଏଇ ଭିତରେ ଦିନେ ଗୋଟିଏ ସାହିତ୍ୟିକ ଗୋଷ୍ଠୀରେ ନିଜର ପାଞ୍ଚପଦୀ କବିତା ପଢ଼ି ସେ ବାସୁଦେବଙ୍କ ଠାରୁ ପାଞ୍ଚଶହ ଟଙ୍କା ପୁରସ୍କାର ମଧ ପାଇଲେ।

ଶେଷରେ ତୋଷାମଦୀ ଜୀବିକା ଜନିତ ପାଞ୍ଚଶହ ଟଙ୍କା ଧରି ରାଧାନାଥ କଟକକୁ ଫେରିଲେ ଏବଂ ବାମଣ୍ଡା ଶୀର୍ଷକ ନିଜର ଭ୍ରମଣ କାହାଣୀ ଲେଖି ଭ୍ରମଣକାରୀ ଛଦ୍ମନାମରେ ନବସଂବାଦ ପତ୍ରିକାରେ ପ୍ରକାଶ ପାଇଁ ପଠାଇ ଦେଲେ। ଏ ପ୍ରବନ୍ଧରେ ବାସୁଦେବ ସୁଢ଼ଳଦେବଙ୍କର ଭୂୟସୀ ପ୍ରଶଂସା କରା ହୋଇଥିଲା। ଏଇଟି ଲେଖିବା ମୂଳରେ ରାଧାନାଥଙ୍କର ଆଶା ଥିଲା ଯେ ବାମଣ୍ଡା ରାଜାଙ୍କ ସହିତ ତାଙ୍କର ବନ୍ଧୁତ୍ୱ କେବେ ନା କେବେ କାମରେ ଆସିବ।

ଏଥରକ ରାଧାନାଥ କଟକରେ ବସି ନନ୍ଦିକେଶ୍ୱରୀ କାବ୍ୟ ଲେଖିବାରେ ନିଜକୁ ମନପ୍ରାଣ ନିୟୋଗ କରିଦେଲେ।

ପୁରୀ: ଡିସେମ୍ବର ୧୮୮୬

ଦି ବର୍ଷ ତଳେ ଯେତେବେଳେ ପୁରୀ ରାଜାଙ୍କୁ ଗୋଟିଏ ବିଶେଷ ଦରବାରରେ ଆସି ସନନ୍ଦ ନେଇଯିବାପାଇଁ ଲେଖା ହୋଇଥିଲା, ରାଣୀ ସୂର୍ଯ୍ୟମଣି ଜଣାଇଥିଲେ ଯେ ବାଳକ ମୁକୁନ୍ଦ ନିଜର ଅଳ୍ପ ବୟସ ଦୃଷ୍ଟିରୁ ସଭାକୁ ଯିବାକୁ ଅକ୍ଷମ। ପୁରୀ କଲେକ୍ଟର ସେଥିପାଇଁ ସନନ୍ଦଟିକୁ ମୁକୁନ୍ଦକୁ ଡକାଇ ତା ହାତରେ ଦେଇ ଦେଇଥିଲେ। ତେବେ ୧୮୮୫ ନଭେମ୍ବର ମାସରେ ଯେତେବେଳେ ଛୋଟଲାଟ୍ ସର ରିଭର୍ସ ଟମସନ କଟକ ଆସି ସାଧାରଣ ଦରବାର କଲେ ଏବଂ ସେଠିକୁ ପୁରୀ ରାଜାଙ୍କୁ ନିମନ୍ତ୍ରଣ ହେଲା, ସୂର୍ଯ୍ୟମଣି ସ୍ଥିର କଲେ ଯେ ମୁକୁନ୍ଦ ସେଠାକୁ ଯାଇ ରାଜାର ଖିଲାତ ଆଣିବ। ଆଠବର୍ଷର ମୁକୁନ୍ଦ ଯେତେବେଳେ ରାଜାପୋଷାକ ପିନ୍ଧି ଦରବାରରେ ବସିଲା, ସେ ହିଁ ହୋଇଗଲା ସଭାର ସବୁଠାରୁ ବିଶେଷ ଆକର୍ଷଣ। ଦରବାରକୁ ଆସିବାବେଳେ ଏବଂ ସେଠାରୁ ଫେରିବା ବେଳେ ମୁକୁନ୍ଦକୁ ଦେଖିବା ପାଇଁ ତା ପାଲିଙ୍କି ସଙ୍ଗେ ଯେତେ ଲୋକ ଗୋଡ଼ାଇଥିଲେ ଅନ୍ୟ ରାଜାଙ୍କ ପାଇଁ, ଏପରିକି ସ୍ୱୟଂ ଛୋଟଲାଟଙ୍କ ପାଇଁ ଏତେ ବ୍ୟସ୍ତତା ଦେଖା ଯାଇ ନ ଥିଲା।

ପୁରୀ ରାଜାଙ୍କୁ ଏ ପ୍ରକାର ସମ୍ମାନ ଦେଇ ଲୋକମାନଙ୍କୁ ଖୁସି କରିବା ସଙ୍ଗେ ସଙ୍ଗେ ସରକାର ଏ ବିଷୟରେ ମଧ୍ୟ ଚିନ୍ତିତ ଥିଲେ କିପରି ଦିବ୍ୟସିଂହର ଦ୍ୱୀପାନ୍ତର ଓ ମୁକୁନ୍ଦର ନାବାଳକତ୍ୱ ସମୟରେ ପୁରୀ ମନ୍ଦିର ସୁଚାରୁ ରୂପେ ପରିଚାଳିତ ହେବ। କଲିକତାରେ ସରକାରୀ ଓକିଲମାନଙ୍କର ସଭା ହୋଇ ଦେଖା ଯାଇଥିଲା ଯେ ସିଭିଲ କୋଡ଼ ଅନୁସାରେ କୌଣସି ପଦକ୍ଷେପ ନିଆଯାଇ ପାରିବ ନାହିଁ, କାରଣ ଏ ଆଇନ ଧାର୍ମିକ ଟ୍ରଷ୍ଟ ପ୍ରତି ଲାଗୁ ନୁହେଁ। ଏଥିପାଇଁ ଭାରତ ସରକାର ଏ ଆଇନର ୫୩୯ ଧାରାକୁ ବଦଲାଇ ଧାର୍ମିକ ସଂସ୍ଥାମାନଙ୍କୁ ମଧ୍ୟ ଏ ଆଇନର ଅନ୍ତର୍ଭୁକ୍ତ କରାଇଲେ ଏବଂ ୧୮୪୦ର ଦଶ

ଆଇନକୁ ବଦଳାଇ ପୁରୀ ମନ୍ଦିର ପାଇଁ ଅଧିକ ତୃପ୍ତି ରଖିବାର ବ୍ୟବସ୍ଥା କରାଇଲେ। ଏହା ପରେ ସରକାର ସ୍ଥିର କଲେ ଯେ କଲେକ୍ଟର କେ.ଜି. ଗୁପ୍ତ ଦେଇଥିବା ପରାମର୍ଶ ଅନୁଯାୟୀ ପୁରୀ ମନ୍ଦିର ରାଜାଙ୍କ ସଭାପତିତ୍ୱରେ ଗୋଟିଏ କମିଟି ଦ୍ୱାରା ପରିଚାଳିତ ହେବ ଏବଂ ଜଣେ ଦରମା ପାଉଥିବା ମ୍ୟାନେଜର ସମସ୍ତ କାର୍ଯ୍ୟ ଚଳାଇବେ। ଏହି ବ୍ୟବସ୍ଥାକୁ କାର୍ଯ୍ୟକାରୀ କରିବାପାଇଁ ଦରଖାସ୍ତ କରି ସିଭିଲ କୋର୍ଟର ଆଦେଶ ନିଆଯିବ।

କୋର୍ଟରେ ଦରଖାସ୍ତ କରିବା ପୂର୍ବରୁ କମିଶନର ନିଜର ସେରିସ୍ତାଦାର ରାମପ୍ରସାଦ ସିଂହଙ୍କୁ ପଠାଇଲେ ମନ୍ଦିରର ପରିଚାଳନା ଦେଖି ଏକ ରିପୋର୍ଟ ଦେବା ପାଇଁ। ରାମପ୍ରସାଦ ମନ୍ଦିରକୁ ଯାଇ ଯେତେବେଳେ ଦେଉଳକରଣଙ୍କୁ ମନ୍ଦିରର ଥିବା ଅଳଙ୍କାର ଇତ୍ୟାଦିର ହିସାବ ମାଗିଲେ, ସୂର୍ଯ୍ୟମଣି ସେବକମାନଙ୍କୁ କହିଦେଲେ ଯେ ସେମାନେ ରାମପ୍ରସାଦଙ୍କୁ ମନ୍ଦିରର କୌଣସି କାଗଜ ଆଦି ଦେଖାଇବେ ନାହିଁ କିମ୍ବା କୌଣସି ହିସାବ ଦେବେ ନାହିଁ।

ମନ୍ଦିର ସେବକମାନଙ୍କ ଅସହଯୋଗ ଯୋଗୁ ରାମପ୍ରସାଦ ସୂର୍ଯ୍ୟମଣିଙ୍କ ଦେବାନ ଆନନ୍ଦଚନ୍ଦ୍ର ମୁଖର୍ଜୀ ଓ ରାଣୀଙ୍କ ବିଷୟୀ ଦୀନବନ୍ଧୁ ରାଉତରାକୁ ଯାଇ କାଗଜପତ୍ର ମାଗିଲେ। ସେମାନେ ଓଲଟା ରାମପ୍ରସାଦଙ୍କୁ କହିଲେ ଯେ ଏ ସବୁ କାଗଜ ମାଗିବା ପାଇଁ କିଏ ଆଦେଶ ଦେଇଛି ସେ ତା'ର ଲିଖିତ ପ୍ରମାଣ ଦେଖାନ୍ତୁ। ରାମପ୍ରସାଦଙ୍କ ପାଖରେ ଏ ପ୍ରକାର କୌଣସି କାଗଜ ନ ଥିବାରୁ ସେ ଚୁପ୍ ରହିଲେ ଏବଂ କଟକକୁ ଫେରି ଏସବୁ ଅସୁବିଧା ଦର୍ଶାଇ କମିଶନରଙ୍କୁ ରିପୋର୍ଟ ଦେଇଦେଲେ।

କମିଶନର ମେଟ୍କାଫ୍ ଏ ରିପୋର୍ଟ ପଢ଼ି ଗଭର୍ଣ୍ଣମେଣ୍ଟ ପ୍ଲିଡ଼ର ହରିବଲ୍ଲଭ ବୋଷଙ୍କ ସହିତ ପରାମର୍ଶ କଲେ ଏବଂ ସ୍ଥିର ହେଲା ଯେ ପୁରୀ କଲେକ୍ଟର ଏ ବିଷୟରେ ଜିଲ୍ଲା ଜଜ୍ଙ୍କ କୋର୍ଟରେ କେସ୍ କରିବେ। ତଦନୁସାରେ ୧୮୮୬ ଡିସେମ୍ବର ୧୫ ତାରିଖରେ ପୁରୀର ଅସ୍ଥାୟୀ କଲେକ୍ଟର ଜେ.ଏଚ୍ ସାଭେଜ କଟକ ଜିଲ୍ଲା ଜଜ୍ଙ୍କ କୋର୍ଟରେ ଗୋଟିଏ ମକଦ୍ଦମା ଦାୟର କଲା। ଏ ମକଦ୍ଦମାରେ ପ୍ରତିବାଦୀ ହେଲେ ରାଜା ଦିବ୍ୟସିଂହ ଦେବ, ରାଣୀ ସୂର୍ଯ୍ୟମଣି ପାଟମହାଦେଇ, ରାଣୀ ନୀଳାଦ୍ରି, ଦେଉଳ କରଣ ରାମଚନ୍ଦ୍ର ସାନ୍ତରା, ଭଣ୍ଡାର ଦାୟିତ୍ୱରେ ଥିବା ଯୋଗୀ ମେକାପ ଇତ୍ୟାଦି। ଏ ମକଦ୍ଦମାରେ ଦାବି କରାଯାଇଥିଲା :

ଯେ, ଦରଖାସ୍ତରେ ଲେଖା ଯାଇଥିବା ଓ ମନ୍ଦିରର ଅନ୍ୟାନ୍ୟ ଅଳଙ୍କାର ଓ ସୁନା ରୂପା ଯାହା ପ୍ରତିଦିନ ଠାକୁରଙ୍କ ସେବାରେ ପ୍ରୟୋଜନ ହୁଏ ନାହିଁ, ତାହାକୁ କୋର୍ଟରେ ଦାଖଲ କରାଯାଉ କିମ୍ବା ଅନ୍ୟତ୍ର ସୁରକ୍ଷିତ ରଖାଯାଉ ଏବଂ ଆବଶ୍ୟକ ହେଲେ ତା'ର ସୁରକ୍ଷା ଓ ତତ୍ତ୍ୱାବଧାନ ପାଇଁ ଜଣେ ରିସିଭର ନିଯୁକ୍ତ ହୁଅନ୍ତୁ। ଯେ, ପ୍ରତିବାଦୀମାନେ ସେମାନଙ୍କର କର୍ତ୍ତୃତ୍ୱରେ ଥିବା ସମସ୍ତ ଅଳଙ୍କାର, ସୁନାରୂପା, ଟଙ୍କା ପଇସା, ଚଳନ୍ତି ସମ୍ପତ୍ତି ଇତ୍ୟାଦିର ସମ୍ପୂର୍ଣ୍ଣ ଓ ସଠିକ୍ ବିବରଣୀ ଦିଅନ୍ତୁ। ଯେ, ପ୍ରତିବାଦୀ ସୂର୍ଯ୍ୟମଣି ତାଙ୍କ ଅଧିକାରରେ ଥିବା ମନ୍ଦିର ସମ୍ପର୍କୀୟ ସମସ୍ତ ଜମିଦାର ସମ୍ପୂର୍ଣ୍ଣ ସଠିକ୍ ବିବରଣୀ ଦିଅନ୍ତୁ। ଯେ, ଜମିଜମାରୁ ହେଉ ବା ଠାକୁରଙ୍କୁ ଦିଆଯାଉଥିବା ଦାନଦ୍ରବ୍ୟରୁ ହେଉ, ସୂର୍ଯ୍ୟମଣି ଯେଉଁ ସବୁ ଖଜଣା, ଲାଭ, ଆୟ ଓ ପ୍ରାପ୍ୟ ପାଉଥିଲେ, ତାଙ୍କଠାରୁ ସେବୁର ହିସାବ ନିଆଯାଉ। ଯେ, ସୂର୍ଯ୍ୟମଣି ମନ୍ଦିରର ଦାୟିତ୍ୱ ନେବା ଦିନରୁ ଏ ପର୍ଯ୍ୟନ୍ତ ଯାହା ଆୟ କରିଛନ୍ତି ଏବଂ ସେଥିରୁ ଯାହା ବ୍ୟୟ ହୋଇଛି ତା'ର ହିସାବ ଦିଅନ୍ତୁ।

ଏଥୁ ସହିତ କୋର୍ଟକୁ ଅନୁରୋଧ ମଧ୍ୟ କରାଯାଇଥିଲା ଯେ ୧୮୪୦ ଆଇନର ଦ୍ୱିତୀୟ ଧାରା ଅନୁସାରେ କୋର୍ଟ ପକ୍ଷରୁ ନୂଆ ଟ୍ରଷ୍ଟ ନିଯୁକ୍ତ କରିଯାନ୍ତୁ ଏବଂ ସେମାନଙ୍କ ଉପରେ ମନ୍ଦିର ପରିଚାଳନାର ଭାର ଦିଆଯାଉ; ଏହି ଟ୍ରଷ୍ଟିମାନଙ୍କ ହାତରେ ମନ୍ଦିରର ସମସ୍ତ ସ୍ଥାବର ଅସ୍ଥାବର ସମ୍ପତ୍ତି ନ୍ୟସ୍ତ କରାଯାଇ ପରିଚାଳନା ପାଇଁ ଏକ ଉପଯୁକ୍ତ ଯୋଜନା କରାଯାଉ ।

ଏ ମକଦମାରେ ବାଦୀ କଲେକ୍ଟରଙ୍କ ପକ୍ଷରୁ ଓକିଲ ଥିଲେ ହରିବଲ୍ଲଭ ବୋଷ ଏବଂ ଲାଲବିହାରୀ ଘୋଷ । ପ୍ରତିବାଦୀଙ୍କ ପକ୍ଷରୁ ଓକିଲ ଥିଲେ ରାମଶଙ୍କର ରାୟ ଓ ମଧୁସୂଦନ ଦାସ । କେସ ଚାଲିଥିବା ବେଳେ ଯେପରି ସମ୍ପତ୍ତି ସବୁର କୌଣସି ହେରଫେର ନ ହୁଏ ସେଥିପାଇଁ କଲେକ୍ଟର ଆବେଦନ କଲେ ଜଣେ ରିସିଭର ଓ ଜଣେ ତହସିଲଦାର ନିଯୁକ୍ତ କରିବା ପାଇଁ । କଚେରୀରେ ଏ ଆବେଦନ ଗୃହୀତ ହେଲା । ଏମାର ମଠ ମହନ୍ତ ରଘୁନନ୍ଦନ ରାମାନୁଜ ଦାସ ଅନରାରୀ ରିସିଭର ଓ ସବଡ଼େପୁଟୀ ନଦିଆ ଚାନ୍ଦ ଦତ୍ତ ଆସିଷ୍ଟାଣ୍ଟ ରିସିଭର ନିଯୁକ୍ତ ହେଲେ; ରାମପ୍ରସାଦ ସିଂହ ମାସକୁ ଶହେ ଟଙ୍କା ଦରମାରେ ତହସିଲଦାର ଭାବେ ନିଯୁକ୍ତି ପାଇଲେ । ଜିଲ୍ଲା କୋର୍ଟର ନାଜରକୁ ପୁରୀ ପଠାଗଲା ମନ୍ଦିରରେ ଥିବା ଅଳଙ୍କାର ଇତ୍ୟାଦି ତାଲିକା କରିବା ପାଇଁ ।

ଏ ମକଦମା ଯୋଗୁ ପୁରୀରେ ହୁଳସ୍ଥୁଲ ପଡ଼ିଗଲା । କୋର୍ଟରୁ ଅଫିସର ଆସି ମନ୍ଦିରର କାଗଜପତ୍ର ଓ ମାଲଖାନା ଘରେ ତାଲା ପକାଇ ସିଲ ମୋହର ଲଗାଇ ଦେଲେ । ମନ୍ଦିରର ଚାରି ଦ୍ୱାରରେ ପୋଲିସ ପହରା ବସାଗଲା । ରାଣୀଙ୍କ ନଅରର ସତାଇଶ ହଜାରୀ ମାହାଲ କଚେରୀ ଦୁଆରେ ମଧ୍ୟ ପୋଲିସ ପହରା ବସିଲା ।

ସୂର୍ଯ୍ୟମଣି କିନ୍ତୁ ଅଦାଲତରୁ କୌଣସି ଆଦେଶ ପାଇ ନ ଥିବାରୁ ନାଜରକୁ କାଗଜପତ୍ର ବା ମାଲଖାନାର ଚାବି ଦେଲେ ନାହିଁ ଏବଂ ସେବକମାନଙ୍କୁ ରିସିଭରଙ୍କ ଅଧୀନରେ କାମ କରିବାକୁ ମନା କରିଦେଲେ । ତାଙ୍କ ନଅର ଆଗରେ ପୋଲିସ ପହରା ବିରୁଦ୍ଧରେ ମଧ୍ୟ ସେ କଲେକ୍ଟରଙ୍କୁ ଲେଖିଲେ ଯେ ସେ ଏହାଦ୍ୱାରା ଅପମାନିତ ହେଉଛନ୍ତି । ଏ ଦରଖାସ୍ତ ପରେ ତାଙ୍କ ଘର ଆଗରୁ ପହରା ଉଠାଇ ନିଆ ହେଲା ।

ଏହା ପରେ ନାଜର କୋରଖର ଆଦେଶ ଆଣି ଭଣ୍ଡାରଘର ଖୋଲାଇ ସେଠରେ ଥିବା ପାଟ ଓ ସୂତା ଲୁଗାର ତାଲିକା ତିଆରି କଲା । ରାଜାଙ୍କ ନଅର ଏବଂ ଦେଉଳ କରଣ, ତଡ଼ାଉ କରଣଙ୍କ କୋରଖ କରି ସେମାନଙ୍କ ପାଖରୁ ମନ୍ଦିର ସମ୍ପର୍କୀୟ କାଗଜ ସବୁ ଅଣାଗଲା ଏବଂ ତାକୁ କଚେରୀ ଘରେ ରିସିଭରଙ୍କ ଅଧୀନରେ ରଖାଗଲା । ପୁରୀ ମନ୍ଦିରର ଭବିଷ୍ୟତ କଥା ବର୍ତ୍ତମାନ ରହିଲା କଚେରୀରେ ।

କଟକ: ଜାନୁଆରୀ ୧୮୮୭

ପୁରୀ ମନ୍ଦିର ପରିଚାଳନା ସମସ୍ୟାରେ ବର୍ତ୍ତମାନ ଓଡ଼ିଶାର ଜନସାଧାରଣ ମଧ୍ୟ ଚିନ୍ତିତ ହୋଇଗଲେ। ସରକାର ମକଦ୍ଦମା ଦାୟର କଲେ ଡିସେମ୍ବର ୧୫ ତାରିଖରେ। ଏହା ପୂର୍ବରୁ ଏଇ ମକଦ୍ଦମା ପାଇଁ ସରକାରୀ ମହଲରେ ବିଚାର ବିମର୍ଶ ଚାଲିଥିବା ବେଳେ ଉତ୍କଳସଭାର ସଂପାଦକ ଗୌରୀଶଙ୍କର ରାୟ ପ୍ରିଣ୍ଟିଂ କମ୍ପାନୀ ଦୋତାଲାରେ ସଭାର ଏକ ବିଶେଷ ଅଧିବେଶନ ଡକାଇଥିଲେ ଜଗନ୍ନାଥ ମନ୍ଦିର କାର୍ଯ୍ୟ ନିର୍ବାହ ସମୟରେ ଆଲୋଚନା କରିବା ପାଇଁ। ଡିସେମ୍ବର ୫ ତାରିଖରେ ସଭାଟି ହେଲା। ମାତ୍ର ଗୋଟିଏ ଦିନ ଆଗରୁ ସଭାର ବିଜ୍ଞାପନ ଦିଆଯାଇଥିଲେ ମଧ୍ୟ ଏଥିରେ ଶତାଧିକ ଲୋକ ଯୋଗ ଦେଇଥିଲେ। ଏ ସଭାର ମୁଖ୍ୟ କର୍ତ୍ତା ଥିଲେ ବୈଦ୍ୟନାଥ ପଣ୍ଡିତ, ରାମଶଙ୍କର ରାୟ, ଗୋଲକଚନ୍ଦ୍ର ବୋଷ, ଗୋବିନ୍ଦ ରଥ, କପିଲେଶ୍ୱର ବିଦ୍ୟାଭୂଷଣ, ଯଜ୍ଞେଶ୍ୱର ଚନ୍ଦ୍ର ପ୍ରମୁଖ। ଏ ସଭାରେ ଆଲୋଚନା ପରେ ତିନୋଟି ପ୍ରସ୍ତାବ ପାରିତ ହେଲା :

ପ୍ରଥମ, ବର୍ତ୍ତମାନ ମନ୍ଦିର କାର୍ଯ୍ୟ ନିର୍ବାହରେ କୌଣସି ବିଶୃଙ୍ଖଳା ଘଟିବାର ସଭା ଜ୍ଞାତ ନୁହନ୍ତି ଯାହା ଫଳରେ କି ସରକାର ତାଙ୍କର ପ୍ରସ୍ତାବିତ ମକଦ୍ଦମା କରିବା ଉଚିତ ହେବ। ଦ୍ୱିତୀୟ, ପୁରୀର ଠାକୁର ରାଜାଙ୍କୁ ସୁପରିନଟେଣ୍ଡେଣ୍ଟ ପଦରୁ ଖାରଜ କଲେ ତାହା ସମସ୍ତ ହିନ୍ଦୁଙ୍କର ଇଚ୍ଛା ବିରୁଦ୍ଧ ହେବ। ତୃତୀୟ, ଦ୍ରବ୍ୟମାନଙ୍କର ମୂଲ୍ୟବୃଦ୍ଧି ହେତୁରୁ, ମନ୍ଦିର ଖର୍ଚ୍ଚ ପାଇଁ ଜମି ଖଞ୍ଜା ଅଛି ତା'ର ଆୟ ନିଅଣ୍ଟ ଏବଂ ପୁରୀ ରାଜା ହାତରୁ ତାହା ପୂର୍ଣ୍ଣ କରନ୍ତି; ତାଙ୍କୁ ବାହାର କରି ଦେଲେ ସରକାରଙ୍କୁ ଅଧିକା ଖର୍ଚ୍ଚ ଦେବାକୁ ହେବ ଅଥବା ସେବାପୂଜା କମାଇ ଦେବାକୁ ପଡ଼ିବ।

ଏ ପ୍ରସ୍ତାବମାନ ବଙ୍ଗ ତଥା ଭାରତ ସରକାରଙ୍କ ପାଖକୁ ପଠାଇ ଦିଆଗଲା। ଏ ସମ୍ପର୍କରେ

ଗୌରୀଶଙ୍କର ଦୀପିକାରେ ଲେଖିଲେ: ଆମ୍ଭେମାନେ ଗଭର୍ଣ୍ଣମେଣ୍ଟଙ୍କୁ ଏକାନ୍ତ ଅନୁରୋଧ କରୁଅଛୁ ଯେ ମନ୍ଦିରର ଭାର ପୁରୀ ରାଜାଙ୍କଠାରୁ କାଢ଼ି ନେବାର କଳ୍ପନା ପରିତ୍ୟାଗ ପୂର୍ବକ ତାହାଙ୍କ ଦ୍ୱାରା ବାଞ୍ଛିତ ସୁବନ୍ଦୋବସ୍ତମାନ କରିନେବାର ଚେଷ୍ଟା କରନ୍ତୁ; ତାହା ହେଲେ ଉତ୍ତମ ହେବ ।

ପୁରୀ କଲେକ୍ଟର ମକଦ୍ଦମା ଦାୟର କରିବା ପରେ ଡିସେମ୍ବର ୨୬ ତାରିଖରେ ଭଗବଦ ଭକ୍ତି ପ୍ରଦାୟିନୀ ସଭା ପକ୍ଷରୁ ଗୋପାଳଜିଉ ମନ୍ଦିରରେ ଏକ ବିରାଟ ସଭା ହେଲା । ଏ ଭଳି ସଭା କଟକରେ ଆଗରୁ କେହି ଦେଖି ନ ଥିଲେ । ଏ ସଭାରେ ସଭାପତିତ୍ୱ କଲେ ଓକିଲ ଯଜ୍ଞେଶ୍ୱର ଚନ୍ଦ୍ର । ରିସିଭର ନିଯୁକ୍ତ ହେବାପରେ ପୁରୀ ମନ୍ଦିରରେ ଯେଉଁ ସବୁ ବିଶୃଙ୍ଖଳା ଦେଖାଦେଇଛି ସେ ବିଷୟରେ ସଭ୍ୟମାନେ ବର୍ଣ୍ଣନା କଲେ । ଉଦାହରଣ ସ୍ୱରୂପ କୁହାଗଲା ଯେ ମନ୍ଦିର ଚାରିପାଖେ ମୁସଲମାନ କନଷ୍ଟେବଲ ଥାଇ ସେଠାରେ ରୋଷାଇ କରୁଛନ୍ତି ଓ ହିନ୍ଦୁ କନଷ୍ଟେବଲମାନେ ଗୋରୁଚମଡ଼ାର ବେଲଟ ପିନ୍ଧି ମନ୍ଦିର ଭିତରେ ବୁଲୁଛନ୍ତି । ସଭାର ସଭ୍ୟମାନେ ନୀଳାଦ୍ରି ମହୋଦୟ ଇତ୍ୟାଦି ଶାସ୍ତ୍ରରୁ ଶ୍ଲୋକ ପଢ଼ି ସରକାରଙ୍କ କାର୍ଯ୍ୟର ପ୍ରତିବାଦ କଲେ ଏବଂ ହରିବୋଲ ଧ୍ୱନି ସହିତ ବିଭିନ୍ନ ପ୍ରସ୍ତାବ ଗୃହୀତ ହେଲା, ଯଥା:

ପୁରୀ ରାଜାଙ୍କ ବିନା ଜଗନ୍ନାଥଙ୍କର ପୂଜା କାର୍ଯ୍ୟ ନିର୍ବାହ ହୋଇ ପାରିବ ନାହିଁ । ମନ୍ଦିର କାର୍ଯ୍ୟ ନିର୍ବାହରେ ଏପରି କୌଣସି ଦୋଷ ଘଟି ନାହିଁ ଯଦ୍ୱାରା ସରକାରଙ୍କର ମକଦ୍ଦମା କରିବା ନ୍ୟାୟ ସଙ୍ଗତ । ଠାକୁର ରାଜାଙ୍କୁ ନୋଟିସ ଦେବା ପୂର୍ବରୁ ଦେଉଳ ଓ ସମ୍ପତ୍ତିମାନ କୋରଖ କରାଇବା ଅନ୍ୟାୟ ।

ସଭା ପକ୍ଷରୁ ପୁରୀ ରାଣୀଙ୍କ ଦୁରବସ୍ଥାରେ ସହାନୁଭୂତି ପ୍ରକାଶ କରି ଏକ ପ୍ରସ୍ତାବ ତାଙ୍କ ପାଖକୁ ପଠାଗଲା । ଏତଦ୍ୱ୍ୟତୀତ ଏହି ପ୍ରସ୍ତାବମାନ ସରକାରଙ୍କ ପାଖକୁ ପଠାଯାଇ ମକଦ୍ଦମା ଉଠାଇ ନେବା ପାଇଁ ଅନୁରୋଧ କରାଗଲା । ସମସ୍ତ ଭାରତବାସୀ ହିନ୍ଦୁମାନଙ୍କୁ ଅନୁରୋଧ କରାହେଲା ଯେ ଏହି ମହତ କାର୍ଯ୍ୟରେ ସେମାନେ ଏକଯୋଗ ହୋଇ ଆପଣା ଧର୍ମରକ୍ଷା ପାଇଁ ଆଇନ ସଂଗତ କାର୍ଯ୍ୟ କରନ୍ତୁ । ଗୌରୀଶଙ୍କର ଦୀପିକାରେ ଲେଖିଲେ: ଆମ୍ଭେମାନେ ଭାରତେଶ୍ୱରୀଙ୍କ ନାମରେ ପଚାରୁ ବ୍ରିଟିଶ ଗଭର୍ଣ୍ଣମେଣ୍ଟ କି ଏହି ନ୍ୟାୟରେ ଭାରତ ଶାସନ କରିବାକୁ ଆସି ଅଛନ୍ତି ?

ଏ ସବୁ କଥାରୁ ଲୋକଙ୍କର ଦ୍ୱୀପାନ୍ତରିତ ପୁରୀ ରାଜାଙ୍କ କଥା ମନେ ପଡ଼ିଲା । ୧୮୮୧ ଜାନୁଆରୀ ୫ ତାରିଖରେ ଓଡ଼ିଶାର ପନ୍ଦର ଶହ ରାଜା ଜମିଦାର ମହାଜନ ପ୍ରଭୃତିଙ୍କ ଦସ୍ତଖତରେ ଛୋଟଲାଟଙ୍କ ପାଖକୁ ଦରଖାସ୍ତ ଗଲା ଯେ ଶ୍ରୀମତୀ ଭାରତେଶ୍ୱରୀଙ୍କ ଜୁବିଲି ବର୍ଷରେ ଦିବ୍ୟସିଂହ ଦେବଙ୍କୁ ଖଲାସ କରି ଦିଆ ହେଉ । ଏହାର କିଛି ଦିନ ପରେ ବାମଣ୍ଡା ରାଜା ମଧ୍ୟ ବଡ଼ଲାଟଙ୍କ ପାଖକୁ ନିମ୍ନଲିଖିତ ଆବେଦନଟି ପଠାଇଲେ :

ମହାନୁଭବ ଶ୍ରୀଯୁକ୍ତ ଭାରତ ଗଭର୍ଣ୍ଣର ଜେନେରାଲଙ୍କୁ ପ୍ରାର୍ଥନା

ଭାରତବର୍ଷୀୟ ସମ୍ରାଟ ଓ ରାଜମଣ୍ଡଳୀର ପରମ୍ପରାକ୍ରମେ ଏପରି ପ୍ରଥା ପ୍ରଚଳିତ ହୋଇ ଆସିଛି ଯେ ସେମାନଙ୍କର କୌଣସି ବିଶେଷ ମଙ୍ଗଳ ସୂଚକ ଉତ୍ସବ ହେଲେ ସେମାନେ କେତେ କଏଦୀମାନଙ୍କୁ କାରାମୁକ୍ତ କରନ୍ତି ଓ କେହି ଦେଶାନ୍ତରିତ ହୋଇଥିଲେ ମଧ୍ୟ ତାହାକୁ ସ୍ୱଦେଶ ପ୍ରତ୍ୟାଗମନର ଅନୁମତି ଦିଅନ୍ତି । ଏହି ଚିର ପ୍ରଚଳିତ ପ୍ରଥାର ଅନୁମୋଦନ କରି ଆମ୍ଭମାନଙ୍କର ମାନନୀୟା ମହାରାଣୀ ଭିକ୍ଟୋରିଆ ଯେତେବେଳେ ଭାରତେଶ୍ୱରୀ ପଦ ଧାରଣ କରି ଦିଲ୍ଲୀ ସିଂହାସନାରୋହଣ କଲେ ତେତେବେଳେ ସେ ବହୁ ସଂଖ୍ୟକ ଦଣ୍ଡିତ ବ୍ୟକ୍ତିଙ୍କୁ କାରାମୁକ୍ତ ଓ କେତେକ ଲୋକଙ୍କର ଦ୍ୱୀପାନ୍ତର ଦଣ୍ଡ ମୋଚନ କରିଥିଲେ ।

ବର୍ତ୍ତମାନ ସେହି ଗୌରବାନ୍ଵିତା ଭାରତେଶ୍ୱରୀଙ୍କର ପଞ୍ଚାଶତବର୍ଷୀୟ ଉସ୍ବ ହେଉଅଛି, ଏହା ସମଗ୍ର ଭାରତବାସୀଙ୍କ ପ୍ରତି ଅତୀବ ଆହ୍ଲାଦର ବିଷୟ ସନ୍ଦେହ ନାହିଁ। ଅତଏବ ଏପରି ସମୟରେ ଯଦି ଆୟ୍ୟମାନଙ୍କର ବଡ଼ଲାଟ ସାହେବ ମହୋଦୟ ପ୍ରୀତହୋଇ ପୁରୀର ଭୂତପୂର୍ବ ଦ୍ୱୀପାନ୍ତରିତ ରାଜାଙ୍କ ପ୍ରତି ମୁକ୍ତି ଆଜ୍ଞା ପ୍ରଦାନ କରି ଭାରତେଶ୍ୱରୀଙ୍କର ମଙ୍ଗଳ ସମ୍ପାଦନ କରନ୍ତି ତେବେ ପ୍ରତ୍ୟେକ ଭାରତବାସୀଙ୍କର ଏ ଉସ୍ବ ସଂକ୍ରାନ୍ତ ଆହ୍ଲାଦ ଯେ କେତେ ଗୁଣ ବୃଦ୍ଧିପ୍ରାପ୍ତ ହେବ ତାହା ଅକଥନୀୟ ଅଟେ।

୧୫.୧.୮୭   ଶ୍ରୀଯୁକ୍ତ ରାଜା ସୁଡ଼ଲ ଦେବ

                                                                   କିଲ୍ଲାବାମଣ୍ଡା

କିନ୍ତୁ ଏତେ ଗୁଡ଼ିଏ ପ୍ରସ୍ତାବ, ଦରଖାସ୍ତ, ଆବେଦନ ଓ ଚିଠି ପତ୍ର ସତ୍ତ୍ୱେ ସରକାର ଏ ବିଷୟରେ କୌଣସି ଦୟା। ଦେଖାଇଲେ ନାହିଁ।

ପୁରୀ: ଜାନୁଆରୀ ୧୮୮୭

ଲୋକମାନେ ଆପତ୍ତି କରିବାରୁ ପୁରୀ ମନ୍ଦିର ଚାରି ପାଖରୁ ମୁସଲମାନ ପୋଲିସ ବାହାର କରି ନିଆଯାଇ ସେମାନଙ୍କ ଜାଗାରେ ହିନ୍ଦୁ ପୋଲିସ ରଖାଗଲା। ଆଗରୁ ହିନ୍ଦୁ ପୋଲିସ ଜୋତା ଓ ବେଲ୍ଟ ପିନ୍ଧି ମନ୍ଦିର ଭିତରେ ପଶୁଥିଲେ; ସେମାନଙ୍କୁ ଏଥିରୁ ରହିତ କରାହେଲା। ତେବେ ଜାନୁଆରୀ ୫ ତାରିଖ ଦିନ ରିସିଭର ପକ୍ଷରୁ ଜଣେ ଚପରାସୀ ପିଣ୍ଡିକା ନେବା ପାଇଁ ଆସି ରତ୍ନ ସିଂହାସନ ଉପରେ ନିଜର ବ୍ୟବହୃତ ରୁମାଲ ବିଛାଇ ଆଉଜି ଛିଡ଼ା ହେବାରୁ ପଣ୍ଡାମାନେ ଦେଉଳ ମାରା ହେଲା ବୋଲି ଧରିଲେ ଏବଂ ଏଥି ଯୋଗୁ ମନ୍ଦିର ଶୁଦ୍ଧି ପାଇଁ ମହାସ୍ନାନର ବ୍ୟବସ୍ଥା କରାଇଲେ।

ମନ୍ଦିର ସଂକ୍ରାନ୍ତ ଏ ଭଳି ବାଦ ବିସମ୍ବାଦ ବେଳେ ପୁରୀର ବଡ଼ ଆଖଡ଼ା ମଠରେ ଶ୍ରୀ ଶ୍ରୀ ଜଗନ୍ନାଥ ସନାତନ ଧର୍ମରକ୍ଷିଣୀ ନାମରେ ଏକ ସଭାର ସ୍ଥାପନ କରାଗଲା। ସରକାର ରାଜାଙ୍କ ହାତରୁ ମନ୍ଦିର ଭାର କାଢ଼ି ନେବାର ଯେଉଁ ଉଦ୍ୟୋଗ କରୁଛନ୍ତି, ତା ଦ୍ୱାରା ହିନ୍ଦୁମାନଙ୍କର ସନାତନ ଧର୍ମ ପ୍ରତି କୌଣସି ବାଧା ହେବ କି ନାହିଁ ଏ ବିଷୟ ଆଲୋଚନା କରିବା ପାଇଁ ଜାନୁଆରୀ ୧୬ ତାରିଖରେ ଏକ ସଭା ଡକାଗଲା। ସନ୍ଧ୍ୟା ଛ'ଟା ବେଳେ ପ୍ରାୟ ତିନିହଜାର ଲୋକ ଏ ସଭାରେ ଯୋଗ ଦେଲେ ଏବଂ ସଭାର କାର୍ଯ୍ୟକ୍ରମ ଚାଲିଲା ପୂରା ପାଞ୍ଚ ଘଣ୍ଟା।

ପ୍ରଥମ ବାବୁ ହାରାଧନ ରାୟ କହିଲେ ଯେ ଜଗନ୍ନାଥ ମହାପ୍ରଭୁଙ୍କ ସେବାପୂଜାଦି ନିତ୍ୟ ନୈମିତ୍ତିକ କାର୍ଯ୍ୟକଳାପ ମଧ୍ୟରେ ଶାସ୍ତ୍ରାନୁସାରେ କେତେଗୁଡ଼ିଏ ଏପରି କାର୍ଯ୍ୟପଦ୍ଧତି ଅଛି, ଯାହା ଠାକୁର ରାଜା ନିଜେ କିୟ। ତାଙ୍କ ଦ୍ୱାରା ନିଯୁକ୍ତ ଅଗ୍ନିହୋତ୍ରୀ ବ୍ରାହ୍ମଣ ମୁଦିରଥ ବ୍ୟତୀତ ଅନ୍ୟ କେହି କରି ପାରନ୍ତି ନାହିଁ। ବର୍ତ୍ତମାନ ସରକାର ବାହାଦୂର ଠାକୁର ରାଜାଙ୍କ ହାତରୁ ମନ୍ଦିର କାଢ଼ିନେଲେ ସେ ସମସ୍ତ କାର୍ଯ୍ୟ

ହେବ ନାହିଁ, ସୁତରାଂ ସେବାପୂଜା ମଧ୍ୟରୁ କେତେକ ଅଂଶ ରହିତ ହେବ । ଏହା ସନାତନ ଧର୍ମ ଉପରେ ହସ୍ତକ୍ଷେପ ହେବ । ଏ କଥା ପ୍ରମାଣ କରିବା ପାଇଁ ସେ ନୀଳାଦ୍ରି ମହୋଦୟର ଶ୍ଳୋକ ପଢ଼ିଲେ :

ତତୋ ବନ୍ଦାପନାନ୍ତେ ଚ ରାଜା ପୁଷ୍ପାଂଜଲି ତ୍ରୟଂ

ପ୍ରକ୍ଷିପେଦତି ଭକ୍ତ୍ୟାଚ ତତଃ କର୍ପୂର ବର୍ତ୍ତି ଭିଃ । ଇତ୍ୟାଦି ।

ପରବର୍ତ୍ତୀ ବକ୍ତାମାନେ ରିସିଭର ନିଯୁକ୍ତ ହେବା ପରେ ମନ୍ଦିର ନୀତି ପାଳନର କିପରି ଅବ୍ୟବସ୍ଥା ହେଉଛି ଏବଂ ସନାତନ ହିନ୍ଦୁ ଧର୍ମ ବ୍ୟାହତ ହେଉଛି, ତା'ର ଉଦାହରଣ ଦେଲେ :

ବର୍ତ୍ତମାନ ହିନ୍ଦୁ କନଷ୍ଟେବଲ ବିନା ଜୋତା ଓ ବେଲ୍ଟ‌ରେ ପହରା ଦେଉଥିଲେ ମଧ୍ୟ ସେମାନଙ୍କର ଅଧୌତ ଓ ଅପରିଷ୍କାର ପୋଷାକମାନ ମନ୍ଦିର ଭିତରେ ରହୁଛି । ଭଣ୍ଡାର ଦ୍ୱାର ଚକଡ଼ା ପିଣ୍ଡି ଉପରେ ଲୋକନାଥ ମହାପ୍ରଭୁ ବିରାଜମାନ ଥିବାରୁ ତା ଉପରକୁ ସର୍ବସାଧାରଣ ଯିବା ନିଷେଧ, କିନ୍ତୁ ତା ଉପରେ କନଷ୍ଟେବଲ ଚଢ଼ି ପହରା ଦେଉଛନ୍ତି । ଚାଙ୍ଗଡ଼ା ଘର ଉପରକୁ ଶୂଦ୍ର ଆଦିଙ୍କ ଯିବା ନିଷେଧ; ତା ଉପରେ ଆସିସ୍ଟାଣ୍ଟ ରିସିଭର ଚକା ପକାଇ ବସୁଛନ୍ତି । ପ୍ରଥମ କୋରଖ ଦିନ ସରକାରୀ କର୍ମଚାରୀ ମୋଜା ପିନ୍ଧି ଭଣ୍ଡାର ଘର ଉପକୁ ଯାଇଥିଲେ । ଇତ୍ୟାଦି ।

ସଭାର ବିଭିନ୍ନ ପ୍ରସ୍ତାବମାନ ଭିନ୍ନ ଭିନ୍ନ ଭାଷାରେ ଅନୁବାଦ କରାଯାଇ ତାକୁ ସମସ୍ତ ହିନ୍ଦୁ ରାଜା ମହାରାଜା ସମ୍ବାଦଦାତା ଓ ସଂଭ୍ରାନ୍ତ ବ୍ୟକ୍ତିଙ୍କର ସାହାଯ୍ୟ ଓ ସହାନୁଭୂତି ପାଇଁ ପଠାଗଲା । ଏହାକୁ ଭାରତ ଓ ବଙ୍ଗ ସରକାରଙ୍କୁ ପଠାଇ ଅନୁରୋଧ କରାଗଲା ଯେ ମକଦ୍ଦମା ଉଠାଇନେଇ ଠାକୁର ରାଜାଙ୍କ ହାତରେ ମନ୍ଦିରର ଭାର ଦିଆଯାଉ ।

ଜାନୁଆରୀ ୨୩ ଓ ୩୦ ତାରିଖରେ ଶ୍ରୀ ଶ୍ରୀ ଜଗନ୍ନାଥ ସନାତନ ଧର୍ମରକ୍ଷିଣୀ ସଭା ପକ୍ଷରୁ ଆହୁରି ଅଧିବେଶନ ହୋଇ କୁହାଗଲା ଯେ ଓଡ଼ିଶାବାସୀମାନେ ବଡ଼ଦେଉଳ ମକଦ୍ଦମା ଜନିତ ମନର ବିଚଳିତ ସ୍ଥିତିରେ ଭାରତେଶ୍ୱରୀଙ୍କ ଜୁବିଲି ମନର ସହିତ ପାଳିବାକୁ ସକ୍ଷମ ହେଉ ନାହାନ୍ତି । ଯଦି ଭାରତ ସରକାର ପୁରୀର ନିର୍ବାସିତ ରାଜାଙ୍କୁ ମୁକ୍ତି ଦାନ କରନ୍ତି ଏବଂ ଦେଉଳର ମକଦ୍ଦମା ତ୍ୟାଗ କରନ୍ତି, ତେବେ ଓଡ଼ିଶାବାସୀଙ୍କର ଆନନ୍ଦର ସୀମା ରହିବ ନାହିଁ ଏବଂ ଜୁବିଲି ଉତ୍ସବକୁ ସେମାନେ ଅତ୍ୟନ୍ତ ଭକ୍ତି ଓ କୃତଜ୍ଞତା ସହିତ ସ୍ମରଣ ରଖିବେ ।

ଏ ଭିତରେ ଦିନେ ଜଣେ ବ୍ରାହ୍ମ ଡେପୁଟି କଲେକ୍ଟର ମନ୍ଦିର ଭିତରକୁ ଯାଇଥିବା ବେଳେ ସେବକ ତାଙ୍କୁ ପ୍ରସାଦ ଯାଚିଲା, କିନ୍ତୁ ସେ ପ୍ରସାଦ ଗ୍ରହଣ କରିବାକୁ ମନା କଲେ । ଏଥିପାଇଁ ଆନ୍ଦୋଳନ ହେଲା ଯେ ଯଦି ସେ ପ୍ରସାଦ ଗ୍ରହଣ ନ କଲେ ତେବେ ସେ ହିନ୍ଦୁ ନୁହନ୍ତି; ସେ ମନ୍ଦିରରେ ପ୍ରବେଶ କରିଥିବାରୁ ମନ୍ଦିର ଶୁଦ୍ଧି ଓ ମହାସ୍ନାନ ହେବା ଉଚିତ । ଏଥିରୁ ଆରମ୍ଭ କରି ଏ କଥା ମଧ୍ୟ କୁହାଗଲା ଯେ ମରହଟ୍ଟା ସମୟରେ ପୁରୀ ସହର ଭିତରେ କେହି ଜୋତା ବ୍ୟବହାର କରୁ ନଥିଲେ ଏବଂ ମୁସଲମାନମାନେ କାମରେ ପୁରୀ ଆସିଲେ ସହର ଭିତରେ ନ ରହି ହରିଣୀହାଟ ଜେଲଖାନା ନିକଟରେ ରହୁଥିଲେ । ବର୍ତ୍ତମାନ ଇଂରେଜଙ୍କ ଅମଲରେ ହିନ୍ଦୁମାନେ ଯେ କେବଳ ଜୋତା ପିନ୍ଧି ପାନ ଖାଇ ସହରରେ ବୁଲୁଛନ୍ତି ତା ନୁହେଁ, ସେମାନେ କନଷ୍ଟେବଲଙ୍କ ଦେଖା ଦେଖୀ ଚକଡ଼ା ଉପରକୁ ଜୋତା ନେଇ ଯିବାକୁ ମଧ୍ୟ ସାହାସ କଲେଣି । ଏପରିକି ରାଧାବଲ୍ଲଭ ମଠର ମହନ୍ତ ନିଜ ମଠରେ ଦୁଇଜଣ କାବୁଲି ମୁସଲମାନଙ୍କୁ ବସା ଦେଇ ରଖାଇଛନ୍ତି ଏବଂ ସେମାନଙ୍କୁ ଦୋକାନ ଦେଇ ନିଜର ଖଜଣା ଆଦାୟ କରିବା କାମରେ ଲଗାଉଛନ୍ତି ।

ଏହି ସମୟରେ ନିମ୍ନଲିଖିତ ଗୀତଟି ଲେଖା ହୋଇ ସବୁଆଡ଼େ ବିତରିତ ହେଲା :

ଗଲାରେ ଗଲା ହିନ୍ଦୁ ଧରମ । ବଡ଼ ଦେଉଳରେ ଏ କି କରମ । ଘୋଷା ।

ଚାରି ଦୁଆରରେ ପଠାଣ ପହରା ବସିଛନ୍ତି ଯେହ୍ନେ ଦୋଷରା ଯମ

ଗଲେ ଭିତରକୁ କହିଯିବ ତାଙ୍କୁ ଆଗେ ନିଜ ତିନି ପୁରୁଷ ନାମ ।

ସିଂହଦ୍ୱାର ଥାନା ରାନ୍ଧୁଛନ୍ତି ଖାନା ଅଣ୍ଡାରେ ବାନ୍ଧିଛନ୍ତି ଗୋରୁଚମ

ରାନ୍ଧଣା ସୁବାସ ଦେଉଳେ ପଶୁଛି ଗଲା । ଗଲା ଜାତି ଗଲା ଧରମ ।

ଦୁଇ ରିସିଭର ତହସିଲଦାର ଅତି ବଡ଼ଟାଣ ତାଙ୍କ ହୁକୁମ

କ୍ଷଣେ ପଟାପଟ କରନ୍ତି ରିପଟ ବଡ଼ ନଟ ଖଟ ଏ କିସ ପ୍ରେମ ।

ଜଗନ୍ନାଥଙ୍କର ଫିରିଙ୍ଗି ସେବକ ହୋଇବ ହେଉଛି ଏହି ନିୟମ

ମହା ପରସାଦ ପରଖ ହୋଇବ ଖରାପ ଅଟେ କି ଅଟେ ଉତ୍ତମ ।

ଶ୍ରୀ ବଡ଼ ଦେଉଳ ହୋଇବ ହୋଟେଲ ଘୋର କଳିକାଳ ହେଲା ଆଗମ

ହେବ କଇବଲ୍ୟ ମହିମା ବିଫଳ ସରିଯିବ ଏବେ ଧର୍ମ କରମ ।

ଯେତେ ହିନ୍ଦୁ ମିଳି ହୋଇ କୃତାଞ୍ଜଳି ମହାରାଣୀଠାରେ କର ଜଣାଣ

ଶୁଣିବେ ଗୁହାରି ଯେବେ ସେ ତୁମ୍ଭରି ରହିବ ତେବେ କ୍ଷେତ୍ର ମହାତମ ।

କଟକ: ଫେବ୍ରୁଆରୀ ୧୮୮୭

ମହାରାଣୀ ଭିକ୍ଟୋରିଆଙ୍କର ଜୁବିଲି ପାଳନ ପାଇଁ ଚୋରସୋରରେ ବନ୍ଦୋବସ୍ତ ଆରମ୍ଭ ହେଲା। ଏ ଉତ୍ସବର ବ୍ୟବସ୍ଥା ପାଇଁ ଯେତେବେଳେ ଆଲୋଚନା ହେଉଥିଲା, ସ୍ଥାନୀୟ ଲୋକେ କହୁଥିଲେ ଯେ ଜଗନ୍ନାଥ ମନ୍ଦିର ମାମଲା ଘେନି ଲୋକମାନଙ୍କ ମନ ଏତେ ବ୍ୟଥିତ ଯେ ଅତିଶୟ ରାଜଭକ୍ତି ଥିଲେ ସୁଦ୍ଧା ସେମାନେ ଅତ୍ୟନ୍ତ ଉତ୍ସାହ ସହିତ ଏ ପର୍ବରେ ଯୋଗ ଦେବା ପାଇଁ ପ୍ରସ୍ତୁତ ହୋଇପାରୁ ନାହାନ୍ତି। ଏହା ସତ୍ତ୍ୱେ ପୁରୀର ଶ୍ରୀଶ୍ରୀ ଜଗନ୍ନାଥ ସନାତନ ଧର୍ମରକ୍ଷିଣୀ ସଭା ମଧ୍ୟ ଜୁବିଲି ପାଳନ ପାଇଁ ଏକ ସଭା ଡାକିଲେ ଏବଂ ନିଷ୍ପତ୍ତି କଲେ ଯେ ରୋଶନାଇ ପାଇଁ ରାଣୀ ସୂର୍ଯ୍ୟମଣି କିଛି ଟଙ୍କା ଦେଇଥିଲେ ମଧ୍ୟ ସେମାନେ ସଭା ପକ୍ଷରୁ ଏଥିପାଇଁ ଆଉ କିଛି ଟଙ୍କା ଖର୍ଚ୍ଚ କରିବେ।

ଏ ଉପଲକ୍ଷେ ଉତ୍କଳ ସଭା ଗୋଟିଏ ଅଭିନନ୍ଦନ ପତ୍ର ତିଆରି କଲେ: ଆମ୍ଭେମାନେ ଅତ୍ୟନ୍ତ ଆନନ୍ଦିତ ଏବଂ ସେଥି ସହିତ ସର୍ବଶକ୍ତିମାନ ଈଶ୍ୱରଙ୍କଠାରେ କୃତଜ୍ଞ ଯେ ସେ ଆନନ୍ଦପୂର୍ବକ ସାମ୍ରାଜ୍ଞୀଙ୍କର ରାଜତ୍ୱକୁ ପଚାଶ ବର୍ଷରୁ ଅଧିକ କରିଛନ୍ତି। ଆମ୍ଭେମାନେ ଅତ୍ୟନ୍ତ ଉତ୍ସାହର ସହିତ ପ୍ରାର୍ଥନା କରୁଛୁ ଯେ ଏହା ଆହୁରି ଅନେକ ଅନେକ ବର୍ଷ ପର୍ଯ୍ୟନ୍ତ ବର୍ଦ୍ଧିତ ହେଉ। ସାମ୍ରାଜ୍ଞୀଙ୍କ ସାମ୍ରାଜ୍ୟର ଅନ୍ୟ ଦେଶର ପ୍ରଜାମାନଙ୍କ ସହିତ ଆମ୍ଭେ ସଦାସର୍ବଦା ଅତ୍ୟନ୍ତ ଆନନ୍ଦ ଅନୁଭବ କରିଅଛୁ ଯେ ଏହାଠାରୁ ଆଉ ସଦୟ ଓ ହିତୈଷୀ ରାଜତ୍ୱ ହୋଇ ନ ପାରେ। ଏହି ଶୁଭ ଅବସରରେ ଆମ୍ଭେ ସାମ୍ରାଜ୍ଞୀଙ୍କର ଦୀର୍ଘ ଓ ମହତ୍ତ୍ୱପୂର୍ଣ୍ଣ ରାଜତ୍ୱର ନିରପେକ୍ଷ ଓ ନିପୁଣ ଶାସନ ପ୍ରତି ସାମାନ୍ୟ ଉପହାର ସ୍ୱରୂପ ଆମ୍ଭର ଅତ୍ୟନ୍ତ ନିଷ୍କପଟ ଶୁଭେଚ୍ଛା ଜଣାଉଛୁ। ସାମ୍ରାଜ୍ଞୀଙ୍କ ସିଂହାସନ ପ୍ରତି ଚରମ ରାଜଭକ୍ତି ସହ।

ଫେବ୍ରୁଆରୀ ୧୬ ତାରିଖରେ ଜୁବିଲି ଉସ୍ଥବର ଆରମ୍ଭ । ଏହାର ଦୁଇଦିନ ଆଗରୁ ଗୋଟିଏ ସୁସମ୍ବାଦ ଆସି ପହଞ୍ଚିଲା । ସମ୍ବାଦଟି ତା'ର ଯୋଗେ କଲିକତାରୁ ଆସିଥିଲା । ହାଇକୋର୍ଟ ଆଦେଶ ଦେଇଥିଲେ ଯେ ଅନ୍ୟାଦେଶ ପର୍ଯ୍ୟନ୍ତ ଜଗନ୍ନାଥଙ୍କ ସେବା ଚଲାଇବା କିମ୍ବ ତହିଁରେ କୌଣସିମତେ ହସ୍ତକ୍ଷେପ କରିବା ବିଷୟରେ ଅଦାଲତରୁ ନିଯୁକ୍ତ ହୋଇଥିବା ରିସିଭର କିମ୍ବ ତାହାଙ୍କ ଅଧୀନସ୍ଥ କର୍ମଚାରୀ କ୍ଷାନ୍ତ ରହିବେ । ଏ ଆଦେଶଟି ସମ୍ଭବ ହୋଇଥିଲା ରାଣୀ ସୂର୍ଯ୍ୟମଣିଙ୍କ ଓକିଲ ମଧୁବାବୁଙ୍କ ଯୋଗୁ ।

୧୬ ତାରିଖ ସକାଳେ କଲେକ୍ଟର କଚେରୀ ହତାରେ ଜୁବିଲି ଉସ୍ଥବର ପ୍ରଥମ ସୂଚନା ଦିଆଗଲା ୨୧ଟି ତୋପ ଧ୍ବନି ହୋଇ । କିନ୍ତୁ ସେତେବେଳକୁ ସେଠାରେ ତୋପ ଓ ପ୍ୟାରେଡ଼ ଦେଖିବା ପାଇଁ ବେଶୀ ଲୋକ ନ ଥିଲେ । ଲୋକ ଯାଇ ଜମା ହୋଇଥିଲେ ଜେଲ ଫାଟକ ଆଗରେ । ଜେଲଖାନାରୁ ସେଦିନ ସକାଳେ ମୁକ୍ତି ପାଇଲେ ୧୩୨ ଜଣ ପୁରୁଷ ଓ ୧୧ ଜଣ ସ୍ତ୍ରୀ କଏଦୀ । ଜେଲରେ କେବଳ ୬୯ ଜଣ ରହିଗଲେ ଯେଉଁମାନଙ୍କୁ ଖୁନ ଇତ୍ୟାଦି ଗୁରୁତର ଅପରାଧରେ ଜେଲ ହୋଇଥିଲା । ଛାଡ଼ ପାଇଥିବା ପ୍ରତ୍ୟେକ କଏଦୀକୁ ଜୁବିଲି କମିଟି ପକ୍ଷରୁ ଦିଆ ହୋଇଥିଲା ଖଣ୍ଡେ ଲୁଗା, ଦୁଇ ଅଣା ପଇସା ଏବଂ ଭିକ୍ଟୋରିଆଙ୍କର ଗୋଟିଏ ଫଟୋ ।

ସକାଳ ବେଳା କଟକର ମଠ, ମସଜିଦ, ଗୀର୍ଜା ପ୍ରଭୃତିରେ ପ୍ରାର୍ଥନା ହୋଇ ଭାରତେଶ୍ବରୀଙ୍କର ମଙ୍ଗଳ କାମନା କରାଗଲା । ଏଗାରଟା ବେଳେ କଚେରୀ ହତାରେ କାଙ୍ଗାଳୀ ଆସି ଜମା ହେଲେ; ସେମାନଙ୍କ ଭିତରୁ ଅକର୍ମଣ୍ୟ ବ୍ୟକ୍ତିଙ୍କୁ ଦିଆ ହେଲା ଖଣ୍ଡିଏ ଖଣ୍ଡିଏ ଲୁଗା ଏବଂ ଅନ୍ୟମାନଙ୍କୁ ଦୁଇ ଅଣା ପଇସା । ଖରାବେଳେ ସହରରୁ ୬୫ଟି ସଂକୀର୍ତ୍ତନଦଳ ବାହାରି କୀର୍ତ୍ତନ କରି ପାଞ୍ଚଟା ବେଳେ କଚେରୀ ହତାରେ ଏକାଠି ହେଲେ ଏବଂ ସେଠରେ ଗାୟନ ବାଦ୍ୟ କଲେ । ସନ୍ଧ୍ୟାବେଳେ ରୋଶନାଇ ହେଲା । ଜୁବିଲି କମିଟି ସବୁ ରାସ୍ତାରେ ଦୀପ ଖଣ୍ଡିଥିଲେ ଏବଂ ସବୁ ସରକାରୀ କୋଠିରେ ରୋଶନାଇ ହୋଇଥିଲା । ମିଆଁ ମସ୍ତାନ ଓ ବାଲୁବଜାରରେ ଦୁଇଟି ବଡ଼ ବଡ଼ ଫାଟକ ସଜା ହୋଇ ସେଥିରେ ଗଡ଼ ସେଭ ଦି କ୍ବିନ ତଥା ଭାରତେଶ୍ବରୀଙ୍କର ମଙ୍ଗଳ ସୂଚକ ଲେଖା ହୋଇଥିଲା । କଟକ ପ୍ରିଷ୍ଟିଂ କମ୍ପାନୀର ସାଜସଜ୍ଜା ଅସାଧାରଣ ଥିଲା ।

କଲେକ୍ଟର କଚେରୀ ସାମ୍ନାରେ ବନ୍ଧା ହୋଇଥିବା ଡେରା ନାଟଶାଲାରେ ବାଇନାଚ ଓ ଆତସବାଜି ଆରମ୍ଭ ହେଲା ରାତି ଆଠଟାରେ । କଟକର ଚାରିଦଳ ବାଲ ଓ ବାଙ୍କୁଡ଼ାରୁ ଆସିଥିବା ଗୋଟିଏ ଦଳ ବାଇ ପ୍ରାୟ ସକାଳ ପର୍ଯ୍ୟନ୍ତ ନାଚ ଦେଖାଇଲେ । ସାହେବମାନେ ରାତି ଦଶଟା ସମୟରେ ଚାଲିଯାଇଥିଲେ କିନ୍ତୁ ଦେଶୀୟ ଭଦ୍ରବ୍ୟକ୍ତିମାନେ ରାତିସାରା ବସି ନାଚ ଦେଖି ଘରକୁ ଫେରିଥିଲେ ସକାଳକୁ । ଏ ସ୍ଥାନ ବ୍ୟତୀତ ଚାନ୍ଦନୀଚୌକ, ଅଦାଲ ପୋଖରୀ, ବକ୍ସି ବଜାର, ରାଣୀହାଟ ଓ ତେଲେଙ୍ଗା ବଜାରରେ ମଧ ରାତିସାରା କୃଷ୍ଣଲୀଳା ହୋଇଥିଲା ।

୧୭ ତାରିଖ ସକାଳେ ଚାଟଶାଳୀରୁ ଆରମ୍ଭ କରି କଲେଜ ପର୍ଯ୍ୟନ୍ତ ସମସ୍ତ ବିଦ୍ୟାଳୟର ଛାତ୍ର ରେଭେନ୍ଶା କଲେଜଠାରେ ଏକତ୍ର ହୋଇ ସେଠାରୁ ସାରା ସହର ପରିକ୍ରମା କଲେ । ପରିକ୍ରମା ସମୟରେ ସେମାନେ ବାଜା ବଜାଇ ଗୋଟିଏ ଜୁବିଲି ଗୀତ ଗାଉଥିଲେ, ଯାହାର ଲେଖକ ଥିଲେ ରାଧାନାଥ ରାୟ । ନନ୍ଦିକେଶ୍ବରୀ ଲେଖା ଛାଡ଼ି ଅତ୍ୟନ୍ତ ବିରକ୍ତିର ସହିତ ସେ ଏ ଗୀତ ଲେଖିଥିଲେ:

ଜୁବିଲି ସଂଗୀତ

ରାଗ ଖମ୍ୱାଜ–ତାଳ ଝୁଲା

ଆଜ ଆନନ୍ଦରେ ମିଳିଶ ଗାଅ ସରବେ

ପୁରୁ ଚୌଦିଗେ ଦେଶ ଆନନ୍ଦ ରବେ ।

ମାତୃକୋଳ ପରାୟେ କି ରାଜା କି ପ୍ରଜାଏ

ଯା ରାଜ୍ୟେ ଛନ୍ତି ନିତ୍ୟ ନିରୁପଦ୍ରବେ ॥

ସେ ମାତା ଭିକ୍ଟୋରିଆ ଜଗତ ପୂଜନୀୟା

ପଞ୍ଚାଶ ବର୍ଷ ରାଜ୍ୟ କଲେ ଏ ଭବେ ।

ଜନନୀ ସେ ଅଟନ୍ତି ଆମ୍ଭର ପ୍ରିୟତର

ଧରି ନାହାନ୍ତି ମାତ୍ର ସିନା ଗରଭେ ॥ ଇତ୍ୟାଦି ॥

ସେ ଦିନ ଉପରବେଳା ସହରର ବିଭିନ୍ନ ସ୍ଥାନରୁ କୁସ୍ତି ଆଖଡ଼ାମାନ ବାହାରି କଲେକ୍ଟର କଟେରୀ ହଟାରେ ଏକାଠି ହେଲେ ଏବଂ ସେଠାରେ ନିଜ ନିଜର କୌଶଳ ଦେଖାଇଲେ । ରାତିରେ ସାହେବମାନଙ୍କ ପାଇଁ କିଲ୍ଲାରେ ଏବଂ ବାବୁମାନଙ୍କ ପାଇଁ କାଳୀପଦ ବ୍ୟାନର୍ଜୀଙ୍କ ଘରେ ନାଟକାଭିନୟ ହେଲା । ଏହିପରି ଭାବରେ କଟକରେ ଦୁଇଦିନ ବ୍ୟାପୀ ଜୁବିଲି ଉତ୍ସବ ସମାପ୍ତ ହେଲା ।

ଏ ଅବସରରେ ଲୋକମାନେ ଆଶା କରିଥିଲେ ଯେ ଅନ୍ୟ କଏଦୀମାନଙ୍କ ସହିତ ପୁରୀ ରାଜା ମଧ୍ୟ ଖଲାସ ପାଇଯିବେ । କିନ୍ତୁ ଜଣାଗଲା ଯେ ଯଦିଓ କଳାପାଣିରୁ ୩୩୦ କଏଦୀ ସମେତ ଭାରତ ସାରା ୨୩୯୦୫ ଜଣ କଏଦୀ ଖଲାସ ହୋଇଥିଲେ, ପୁରୀରାଜାଙ୍କ ଅପରାଧ ଅତ୍ୟନ୍ତ ଗୁରୁ ଥିବାରୁ ଏବଂ ତାଙ୍କ କାରାବାସ ଦଶ ବର୍ଷ ସୁଦ୍ଧା ହୋଇ ନ ଥିବାରୁ ସେ କ୍ଷମାର ପାତ୍ର ବିବେଚିତ ହେଲେ ନାହିଁ ।

ପୁରୀ: ଜୁନ ୧୮୮୬

ଜୁବିଲି ପୂର୍ବରୁ କଲିକତା ହାଇକୋର୍ଟ ପୁରୀ ମନ୍ଦିରରେ ରିସିଭର ନିଯୁକ୍ତି ବିଷୟରେ ଏକ ମଧ୍ୟବର୍ତ୍ତୀକାଳୀନ ଆଦେଶ ଦେଇଥିଲେ ଯେ ରିସିଭରମାନେ ମନ୍ଦିର ସମ୍ପର୍କୀୟ କୌଣସି କାମ କରିବେ ନାହିଁ। ମାର୍ଚ୍ଚ ମାସରେ ହାଇକୋର୍ଟ ଏ ବିଷୟରେ ଅନ୍ତିମ ନିଷ୍ପତ୍ତି ଦେଇ କଟକ ଜିଲ୍ଲା ଜଜ ପୁରୀ ମନ୍ଦିରରେ ରିସିଭର ନିଯୁକ୍ତିର ଯେଉଁ ଆଦେଶ ଦେଇଥିଲେ, ତାହାକୁ ରଦ କଲେ। ହାଇକୋର୍ଟଙ୍କ ମତ ଥିଲା ଯେ, ମୂଳ ମକଦମାଟି ଜନସାଧାରଣଙ୍କ ପକ୍ଷରୁ କଲେକ୍ଟର କରିଥିଲେ ମନ୍ଦିର ପରିଚାଳନା ପାଇଁ ଏକ କମିଟି ସ୍ଥାପନ କରିବା ଉଦ୍ଦେଶ୍ୟରେ, କାରଣ ବର୍ତ୍ତମାନର ପରିଚାଳକମାନେ ଠିକ୍ ଭାବରେ କାମ କରୁ ନ ଥିଲେ। କିନ୍ତୁ କୋର୍ଟରେ ଯେଉଁ କାଗଜ ପତ୍ର ଦାଖଲ ହୋଇଥିଲା, ସେଥିରୁ କୌଣସି ପ୍ରମାଣ ମିଳୁ ନ ଥିଲା ଯେ ବର୍ତ୍ତମାନର ପରିଚାଳକମାନେ ମନ୍ଦିର ସମ୍ପତ୍ତିକୁ ତୋଷରପାତ ଅଥବା ଅପବ୍ୟୟ କରୁଛନ୍ତି। ସେଥିପାଇଁ ମୂଳ ମକଦମାର ଯାହା ଉଦ୍ଦେଶ୍ୟ ହେଉନା କାହିଁକି, ରିସିଭର ନିଯୁକ୍ତି କରିବାର କୌଣସି ଯଥାର୍ଥତା ନ ଥିଲା।

ଏ ସମ୍ବାଦ ପାଇ ସମସ୍ତେ ଖୁସି ହେଲେ ବିଶେଷରେ ପୁରୀର ଲୋକମାନେ। ମହନ୍ତ ରଘୁନନ୍ଦନ ରାମାନୁଜ ଦାସ ରିସିଭର ପଦରୁ ହଟିଗଲେ ଏବଂ ଶ୍ରୀ ଶ୍ରୀ ଜଗନ୍ନାଥ ସନାତନ ଧର୍ମରକ୍ଷିଣୀ ସଭା ମାର୍ଚ୍ଚ ୨୭ରେ ଏକ ସଭା କରି ନିମ୍ନଲିଖିତ ବ୍ୟଙ୍ଗାତ୍ମକ ମନ୍ତବ୍ୟ କଲେ: ମହନ୍ତ ରଘୁନନ୍ଦନ ରିସିଭରି ଭାର ଗ୍ରହଣ କରି ଅନେକ ତହ ଖର୍ଚ୍ଚ ଓ ପରିଶ୍ରମରେ ପଡ଼ିଥିଲେ। ଏଥର ତହିଁରୁ ରକ୍ଷା ପାଇବାର କୃତଜ୍ଞତା ସ୍ୱରୂପ ଶ୍ରୀଜଗନ୍ନାଥଙ୍କ ଠାରେ ଭୋଗ ଦେଇ ଦରିଦ୍ର ବ୍ରାହ୍ମଣ ବୈଷ୍ଣବଙ୍କୁ ବିତରଣ କଲେ ଉତ୍ତମ ହେବ।

ଏ ସମ୍ପୂର୍ଣ୍ଣ ବ୍ୟାପାରର ନିଷ୍କର୍ଷ ଏହି ଥିଲା ଯେ ସରକାର ଲୋକମାନଙ୍କର ମଙ୍ଗଳ ଚାହୁଁଥିଲେ ହେଁ

ବୁଝିପାରି ନ ଥିଲେ ଲୋକମାନେ ନିଜେ କ'ଣ ଚାହାନ୍ତି । ପୁରୀ ରାଜା ଯେତେ ଅପାରଗ ହେଲେ ମଧ୍ୟ ହିନ୍ଦୁମାନେ ଚାହୁଁ ନ ଥିଲେ ତାଙ୍କୁ ମନ୍ଦିର ପରିଚାଳନାରୁ ବାହାର କରି ଦିଆଯାଉ । ଏ କଥାଟିକୁ ମଧୁବାବୁ ସ୍ପଷ୍ଟ କରିଥିଲେ ଦୀପିକାରେ 'ଏକ ପାଗଳ' ଛଦ୍ମନାମରେ ଏକ ପତ୍ର ଲେଖି । ଏଥିରେ ସେ ବ୍ୟଙ୍ଗ କରି ଲେଖିଥିଲେ ଯେ ଛିଣ୍ଡା କାଗଜ ପତ୍ର ସଂଗ୍ରହ କରିବା ତାଙ୍କର ଅଭ୍ୟାସ ଏବଂ ସେ ସଂଗ୍ରହ କରିଥିବା ଟୁକୁଡ଼ାମାନଙ୍କ ଭିତରେ ଗୋଟିକରେ ଏ ଭଳି ଏକ ଚିତ୍ର ଥିଲା : ପୁରୀ ରାଜା ଭକ୍ତିପୂର୍ବକ ଜଗନ୍ନାଥଙ୍କ ମୂର୍ତ୍ତି ଆଗରେ ବସିଛନ୍ତି; ତାଙ୍କର ବାଁ ହାତକୁ ଗୋଟିଏ ପୁଲିସବାଲା ଧରିଛି ଏବଂ ଏକ ବିଶାଳ ଜନତା ରାଜାଙ୍କୁ ରକ୍ଷା କରିବାକୁ ଯାଇ ପୁଲିସବାଲାକୁ ଆକ୍ରମଣ କରୁଛି !

କଲିକତାର ଷ୍ଟେଟ୍‌ସମ୍ୟାନ ଖବରକାଗଜ ହାଇକୋର୍ଟ ଆଦେଶରେ ଆନନ୍ଦ ପ୍ରକାଶ କରି ଏ ସମ୍ପୂର୍ଣ୍ଣ ଘଟଣାରେ ଛୋଟଲାଟ ସର ରିଭର୍ସ ଟମସନଙ୍କୁ ଦୋଷୀ ଠଉରାଇଲା କାରଣ ସେ କିଛି ନ ବୁଝି ନ ସୁଝି ମକଦ୍ଦମା କରିବା ପାଇଁ ଆଦେଶ ଦେଇଥିଲେ । ଏପ୍ରିଲ ମାସରେ ଟମସନ ବିଦାୟ ନେଲେ ଏବଂ ତାଙ୍କ ଜାଗାରେ ଛୋଟଲାଟ ହେଲେ ସର ଷ୍ଟୁଆର୍ଟ ବେଲୀ । ପଦରେ ଯୋଗ ଦେବା ସଙ୍ଗେ ସଙ୍ଗେ ସେ ପୁରୀ ମନ୍ଦିର ମକଦ୍ଦମା କଥା ହାତକୁ ନେଲେ ଏବଂ ଏ ବିଷୟରେ ଆଲୋଚନା କରିବା ପାଇଁ ମଧୁସୂଦନ ଦାସ ଓ କମିଶନର ସି. ମେଟ୍‌କାଫ୍‌ଙ୍କୁ କଲିକତା ଡକାଇଲେ ।

ଏପ୍ରିଲ ୧୬ ତାରିଖରେ ବଙ୍ଗ ସରକାରଙ୍କ ସେକ୍ରେଟାରୀ ଏଚ୍. ନୋଲାନଙ୍କ ଅଫିସରେ ଏକ ଆଲୋଚନା ହେଲା । ଏଥିରେ ଅନ୍ୟମାନଙ୍କ ସହିତ ଉପସ୍ଥିତ ଥିଲେ ମଧୁବାବୁ ଓ ମେଟ୍‌କାଫ । ଏ ସଭାରେ ନୋଲାନ ସ୍ପଷ୍ଟ କରିଦେଲେ ଯେ ରାଣୀଙ୍କ ହାତରୁ ମନ୍ଦିର ପରିଚାଳନା କାଢ଼ି ନେବା ଅଥବା ଆର୍ଥିକ ବ୍ୟବସ୍ଥାରେ ହସ୍ତକ୍ଷେପ କରିବା ସରକାରଙ୍କର ଉଦ୍ଦେଶ୍ୟ ନୁହେଁ । ସେ ଆହୁରି ମଧ୍ୟ କହିଲେ ଯେ ରାଣୀ ହାଇକୋର୍ଟରେ ଅପୀଲ କରିବା ପର୍ଯ୍ୟନ୍ତ ସରକାର ସମ୍ପତ୍ତି କୋରଖ ଓ ରିସିଭର ନିଯୁକ୍ତି ବିଷୟରେ କିଛି ଜାଣି ନ ଥିଲେ । ନୋଲାନ କହିଲେ ଯେ ବଙ୍ଗ ସରକାର ଏ ବିଷୟରେ ଆପୋଷ ରାଜିନାମା ଚାହାନ୍ତି; ତେବେ ଏ ବିଷୟରେ ଭାରତ ସରକାରଙ୍କ ନିଷ୍ପତ୍ତିର ପ୍ରୟୋଜନ ହେବ ।

ନୋଲାନଙ୍କ ପାଖରୁ ଫେରି ମଧୁବାବୁ ଏପ୍ରିଲ ୨୦ର ଷ୍ଟେଟ୍‌ସମ୍ୟାନ କାଗଜରେ ଏକ ଚିଠି ଲେଖି ସର୍ବସାଧାରଣଙ୍କୁ ଜଣାଇଲେ ଯେ ସରକାର ପୁରୀ ମନ୍ଦିର ମକଦ୍ଦମା ରଫା କରିବାକୁ ଚାହାନ୍ତି । ଷ୍ଟେଟ୍‌ସମ୍ୟାନରେ ଏହା ଦେଖି ଛୋଟଲାଟ ବେଲୀ ବ୍ୟସ୍ତ ହେଲେ କାରଣ ମଧୁବାବୁ ଯଦିଓ ଭଲ ମନରେ ଏ କଥା ଲେଖିଥିଲେ, ଏହାକୁ ଗୋପନୀୟ ରଖିବା ଉଚିତ ଥିଲା ।

ଏପରି ସଫଳ ଭାବରେ ଆଲୋଚନା କରି ମଧୁବାବୁ ଓଡ଼ିଶା ଫେରିଲେ ଏବଂ ପୁରୀ ଯାଇ ସୂର୍ଯ୍ୟମଣିଙ୍କୁ ଭେଟିଲେ । ସୂର୍ଯ୍ୟମଣି ବର୍ତ୍ତମାନ ଖୁବ୍ ଖୁସି ଥିଲେ କାରଣ ମକଦ୍ଦମା ଯୋଗୁ ତାଙ୍କୁ ଅନେକ ହଇରାଣ ହେବାକୁ ପଡ଼ିଥିଲା । ସେ ବିଶେଷରେ ଗୋଟିଏ ଅପମାନ କଥା ଭୁଲି ନ ଥିଲେ ଯେ ତାଙ୍କୁ ଥରେ ବାଧ୍ୟ କରା ହୋଇଥିଲା କଚେରୀକୁ ନିଜେ ଯାଇ ଆଫିଡେଭିଟ୍ କରିବା ପାଇଁ । ଓଡ଼ିଶାର ଲୋକମାନେ ମଧ୍ୟ ଏ ସମ୍ବାଦରେ ଖୁସି ଥିଲେ । ବର୍ତ୍ତମାନ କୁହାଯାଉଥିଲା ଯେ ମଧୁବାବୁ ଏ ମକଦ୍ଦମାରେ ପୁରୀ ରାଜାଙ୍କ ମାନ ରକ୍ଷା କରି ବିପଦ୍‌ଭେ ମଧୁସୂଦନ୍ କଥାର ସାର୍ଥକତା ପ୍ରମାଣ କରିଛନ୍ତି !

ପୁରୀ ମନ୍ଦିର ମକଦ୍ଦମାକୁ ରଫା କରିବା ପାଇଁ ଭାରତ ସରକାର ରାଜି ହେଲେ ଏବଂ କି କି ସର୍ତ୍ତରେ ଏ ରଫା ହେବ ତା'ର ଏକ ତାଲିକା ଛୋଟଲାଟ ଜୁନ ମାସରେ କମିଶନରଙ୍କ ଜରିଆରେ

ସୂର୍ଯ୍ୟମଣିଙ୍କ ପାଖକୁ ପଠାଇଲେ। ଏଥିରେ ବିଶେଷ ସର୍ଭମାନ ଥିଲା: ପୁରୀ ମନ୍ଦିରର ତତ୍ତ୍ୱାବଧାନର ଭାର ରାଜା ମୁକୁନ୍ଦ ଦେବଙ୍କୁ ଅର୍ପିତ ହେବ। ରାଜାଙ୍କ ନାବାଳଗି ସମୟରେ ରାଣୀ ସୂର୍ଯ୍ୟମଣି ପାଟମହାଦେଇ ମହାଫିଜ ସ୍ୱରୂପ କାର୍ଯ୍ୟ ନିର୍ବାହ କରିବେ କିନ୍ତୁ କୌଣସି କାରଣରୁ ତାଙ୍କୁ ବରଖାସ୍ତ କରିବାକୁ ହେଲେ ଅନ୍ତତଃ ଏକ ସପ୍ତାହ ପୂର୍ବରୁ ଅଦାଲତରେ ଖବର ଦେବେ ଏବଂ ଦରଖାସ୍ତ କରିବା ମାତ୍ରେ ଆଉ ଜଣେ ମ୍ୟାନେଜର ନିଯୁକ୍ତ କରିବେ।

ଯେଉଁ ମନ୍ଦିର ମକଦମା ଯୋଗେ ଶ୍ରୀ ଶ୍ରୀ ଜଗନ୍ନାଥ ସନାତନ ଧର୍ମରକ୍ଷିଣୀ ସଭା ଆରମ୍ଭ ହୋଇଥିଲା ତାହାର ସମାଧାନ ହୋଇ ଆସୁଥିଲା, କିନ୍ତୁ ସଭାଟି ଭାଙ୍ଗି ନ ଯାଇ ବର୍ତ୍ତମାନ ଏକ ସ୍ଥାୟୀ ଅନୁଷ୍ଠାନରେ ପରିଣତ ହୋଇ ଯାଇଥିଲା। ଆଜିକାଲି ପ୍ରତି ସୋମବାର ସନ୍ଧ୍ୟାରେ ଏ ସଭାରେ ଅଧିବେଶନ ବସୁଥିଲା ବଡ଼ ଆଖଡ଼ା ମଠରେ ଏବଂ ପୁରାଣ ପାଠ, ହରିକୀର୍ତ୍ତନ ଆଦି ପରେ ସଭ୍ୟମାନେ ବିଭିନ୍ନ ବିଷୟରେ ଆଲୋଚନା କରୁଥିଲେ। ମନ୍ଦିର ବ୍ୟତୀତ ଅନ୍ୟାନ୍ୟ ବିଷୟ ମଧ ଆଲୋଚନା ପରିସରଭୁକ୍ତ ଥିଲା, ଯଥା, ବଳପୂର୍ବକ ଇଂରାଜୀ ଟିକା ଦେବାର ଆଦେଶ, ପାଇଖାନା ସଫାଇ ଟ୍ୟାକ୍ ବଦୋବସ୍ତ, ମ୍ୟୁନିସିପାଲିଟି ଚେୟାରମ୍ୟାନଙ୍କ କାର୍ଯ୍ୟଦକ୍ଷତା ଇତ୍ୟାଦି। ପୁରୀ ସହର ପାଇଁ ସଭାଟି ବର୍ତ୍ତମାନ ଥିଲା ଏକ ଜାଗରୂକ ଅନୁଷ୍ଠାନ।

ପୁରୀ ମନ୍ଦିର ସମ୍ପର୍କୀୟ ଏ ସବୁ ଖୁସି ଖବର ଭିତରେ ଆଉ ଗୋଟିଏ ଖବର ଲୋକମାନଙ୍କର ବିଶେଷ ଦୃଷ୍ଟିଗୋଚର ହେଲା ନାହିଁ। ଖବରଟି ଥିଲା ଯେ କଳାପାଣିରେ ଦିବ୍ୟସିଂହର ମତିଭ୍ରମ ହୋଇଯାଇଥିଲା। ଏବଂ ତାକୁ ବର୍ତ୍ତମାନ ସେଠାର ପାଗଳଗାରଦରେ ବନ୍ଦ କରି ରଖାଯାଇଥିଲା।

କଟକ: ଅକ୍ଟୋବର ୧୮୮୭

ଉକ୍କଳ ବ୍ରାହ୍ମସମାଜ ସ୍ଥାପିତ ହୋଇଥିଲା ୧୮୬୯ ଜୁଲାଇ ପହିଲା ତାରିଖରେ। ପ୍ରତି ବର୍ଷ ଏହି ଦିନ କଟକରେ ବ୍ରାହ୍ମମାନଙ୍କର ଏକ ବାର୍ଷିକ ଉତ୍ସବ ହେଉଥିଲା। ୧୮୮୭ରେ କଟକର ବ୍ରାହ୍ମମାନେ ସ୍ଥିର କଲେ ଯେ ସେମାନେ ଏହି ବର୍ଷର ଉତ୍ସବକୁ ବିଶେଷ ରୂପେ ପାଳନ କରିବେ। ଜୁନ ୨୬ ତାରିଖରୁ ଆଠ ଦିନରେ ଉତ୍ସବ ପାଳିବାର ସ୍ଥିର ହେଲା। ଏ ଉତ୍ସବର ପୁରୋଧା ହେଲେ ମଧୁସୂଦନ ରାଓ ଓ ତାଙ୍କୁ ସାହାଯ୍ୟ କଲେ ଏକାଡ଼େମୀ ସ୍କୁଲ ଶିକ୍ଷକ ସାଧୁଚରଣ ରାୟ। ପ୍ରତିଦିନ ବ୍ରାହ୍ମ ମନ୍ଦିରରେ ମଧୁସୂଦନଙ୍କ ପୌରୋହିତ୍ୟରେ ଉପାସନା ହେଲା। ଜୁଲାଇ ଦୁଇ ତାରିଖ ଦିନ ନଗର ସଂକୀର୍ତ୍ତନ ବାହାରିଲା; ସଂକୀର୍ତ୍ତନ ଦଳ ଗଙ୍ଗାମନ୍ଦିର, ଦରଘା ବଜାର, ଚୌଧୁରୀ ବଜାର, ବାଙ୍କା ବଜାର ଓ ବାଲୁବଜାର ଦେଇ ମଧୁସୂଦନ ଘରକୁ ଫେରିଲେ। ଚୌଧୁରୀ ବଜାର ଛକରେ ମଧୁସୂଦନ ହିନ୍ଦୀ ଓ ଓଡ଼ିଆ ଉଭୟ ଭାଷରେ ବକ୍ତୃତା ଦେଇଥିଲେ। ଉତ୍ସବର ଶେଷଦିନ ଜୁଲାଇ ୩ ତାରିଖରେ ପ୍ରିଣ୍ଟିଂ କମ୍ପାନୀ ଦୋତାଲାରେ ରାଜା ରାମମୋହନ ରାୟଙ୍କ ଉପରେ ବକ୍ତୃତା ହୋଇ ଉତ୍ସବ ସମାପ୍ତ ହେଲା।

ଏ ଉତ୍ସବମାନଙ୍କରେ ତିନୋଟି ଅବ୍ରାହ୍ମ ହିନ୍ଦୁ ପିଲା ଯୋଗ ଦେଇଥିଲେ: ମୂଲବସନ୍ତର ତିନି ଭାଇ ବିଶ୍ୱନାଥ, ଲୋକନାଥ ଓ ଭୋଲାନାଥ କର। ଲୋକନାଥ ଥିଲା ମେଡ଼ିକାଲ ସ୍କୁଲରେ ଏବଂ ଅନ୍ୟ ଦୁଇଜଣ ପଢୁଥିଲେ ଏକାଡ଼େମୀ ସ୍କୁଲରେ। ତିନିହେଁ ମଝିରେ ମଝିରେ ସାଧୁଚରଣଙ୍କ ଘରକୁ ଯାଉଥିଲେ ଏବଂ କେବେ କେବେ ବ୍ରାହ୍ମମନ୍ଦିର ଯାଇ ମଧୁସୂଦନଙ୍କ ବକ୍ତୃତା ଶୁଣୁଥିଲେ। ଲୋକନାଥ ପ୍ରତି ଶନିବାର ସନ୍ଧ୍ୟାରେ ମେଡ଼ିକାଲ ସ୍କୁଲରୁ ସାଧୁବାବୁଙ୍କ ବସାକୁ ଆସୁଥିଲା ଏବଂ ସୋମବାର ସକାଳେ ସ୍କୁଲ ଫେରୁଥିଲା।

କହିବା ବାହୁଲ୍ୟ ଯେ ତିନିଭାଇ କ୍ରମେ ବ୍ରାହ୍ମଧର୍ମ ପ୍ରତି ଆକୃଷ୍ଟ ହେଲେ। ସେମାନେ ଚଳୁ ଇତ୍ୟାଦି

ବ୍ରାହ୍ମଣଙ୍କର ନିତ୍ୟକର୍ମ ପରିତ୍ୟାଗ କରିଦେଲେ ଏବଂ କାନ୍ଧରୁ ପଇତା ଖୋଲି ଦେଇ ତାକୁ ମାଳା ଭଳି ପିନ୍ଧିଲେ । କିଛି ମାସ ତଳେ ସେମାନେ ଗାଁକୁ ଯାଇଥିବା ବେଳେ ତାଙ୍କ ବାପା ମା' ସେମାନଙ୍କର ଏ ପ୍ରକାର ଆଚରଣ ଦେଖି ଆଶ୍ଚର୍ଯ୍ୟ ହୋଇଥିଲେ । ତିନି ଜଣ ଯାକ ବିବାହିତ ଥିଲେ ଏବଂ ସେମାନଙ୍କର ଶ୍ୱଶୁର ପରିବାରର ଲୋକମାନେ ମଧ ତାଙ୍କର ମତି ଗତି ଦେଖି ବ୍ୟସ୍ତ ହେଲେ । ଭାଇମାନେ କଟକ ଫେରିବାବେଳେ ସମସ୍ତେ ତାଙ୍କୁ ବ୍ରାହ୍ମଙ୍କ ସହିତ ନ ମିଶିବା ପାଇଁ କହିଥିଲେ ।

ବାର୍ଷିକ ଉତ୍ସବ ସରିବାର କିଛି ଦିନ ପରେ ଜୁଲାଇ ୭ ତାରିଖ ନବସଂବାଦ ପତ୍ରିକାରେ ନିମ୍ନଲିଖିତ ବିଜ୍ଞାପନଟି ପ୍ରକାଶ ପାଇଲା :

କଟକ ମେଡ଼ିକାଲ ସ୍କୁଲର ଛାତ୍ର ଶ୍ରୀମାନ ଲୋକନାଥ କର ଓ ଶ୍ରୀମାନ ରଘୁନାଥ ସିଂହ ଏବଂ ବିରୋଲ ନିବାସୀ ଗୃହସ୍ଥ ଶ୍ରୀମାନ ହରେକୃଷ୍ଣ ମହାନ୍ତି ପ୍ରକାଶ୍ୟ ରୂପେ ବ୍ରାହ୍ମଧର୍ମ ଗ୍ରହଣ କରିବାର ଇଚ୍ଛା ପ୍ରକାଶ କରି ଅଛନ୍ତି । ଆସନ୍ତା ରବିବାର ୧୦ ତାରିଖ ଜୁଲାଇ ୧୮୮୭ ପ୍ରାତଃକାଳ ୮ ଘଣ୍ଟା ସମୟରେ ଗଙ୍ଗାମନ୍ଦିର ଉପାସନାଳୟରେ ପ୍ରୋକ୍ତ ଦୀକ୍ଷାର୍ଥୀମାନେ ଦୀକ୍ଷିତ ହେବେ ।

ଶ୍ରୀ ମଧୁସୂଦନ ରାଓ
ଉତ୍କଳ ବ୍ରାହ୍ମ ସମାଜର ସମ୍ପାଦକ

୧୦ ତାରିଖ ଦିନ ଲୋକନାଥ ଦୀକ୍ଷିତ ହେଲା ଓ ତା'ର କିଛି ଦିନ ପରେ ତା'ର ଦୁଇଭାଇ ଯଜ୍ଞୋପବୀତ ତ୍ୟାଗ କଲେ । ଏ ଘଟଣା ସାରା ଓଡ଼ିଶାରେ ହଲଚଲ ପକାଇ ଦେଲା । ଲୋକନାଥର କକା ମାଧବ ଚନ୍ଦ୍ର କର ତାଙ୍କର ନିଜର ପିଲାପିଲି ନ ଥିବାରୁ ଭୋଲାନାଥଙ୍କୁ ପୋଷ୍ୟପୁତ୍ର କରିଥିଲେ । ସେ ସମ୍ବଲପୁରର ବରଗଡ଼ରେ ଶିକ୍ଷକ ଥିଲେ ଏବଂ ମୂଳବସନ୍ତରୁ ଲୋକନାଥର ବ୍ରାହ୍ମ ହେବା ଖବର ପାଇ ଦୀପିକାକୁ ଏକ ଦୀର୍ଘ ପତ୍ର ଲେଖିଲେ । ଏଥିରେ ଉତ୍କଳ ମହାତ୍ମାମାନଙ୍କୁ ସମ୍ବୋଧନ କରି ଶେଷରେ ସେ ନିଜର ଦୁଃଖକୁ ଏପରି ବ୍ୟକ୍ତ କରିଥିଲେ :

ଆମ୍ଭେ ଏଠାରେ ମାସକୁ ୨୫ ଟଙ୍କା ବେତନ ପାଉ, ମାତ୍ର ଗୃହରେ ଥିବା ସ୍ତ୍ରୀ ବାଲକଙ୍କ କଷ୍ଟ ସହ୍ୟ କରି ଏ ବାଲକମାନଙ୍କୁ ଯୋଗ୍ୟ କରାଇଲେ ଭାବୀ ସୁଖରେ ରହିବୁ ଏ ଭରସାରେ ସମଗ୍ର ଉପାୟ ସେମାନଙ୍କ ପ୍ରତି ବ୍ୟୟ କରିଦେଲୁ । ଏତେବେଳକୁ ଏହି ଦୁର୍ଦ୍ଦଶାରେ ପଡ଼ି ଚିନ୍ତାର୍ଣ୍ଣବରେ ଭାସୁଅଛୁ । ଏଥର କିଛି ପ୍ରତିକାର ଥିଲେ ଆପଣମାନେ ଯେଉଁ ଉପଦେଶ ଦେବେ ତାହା ଶିରୋଧାର୍ଯ୍ୟ କରିବୁ । ଆମ୍ଭଙ୍କୁ ଏତେବେଳକୁ କିଛି ବୁଦ୍ଧି ଦିଶୁନାହିଁ ଓ ଚତୁର୍ଦ୍ଦିଗ ଅନ୍ଧକାର ଦେଖାଯିବାରୁ ଉଠିବାର ଶକ୍ତି ନାହିଁ । ଆଉ ସରକାରୀ କାର୍ଯ୍ୟ କରିବାର ଉପଯୁକ୍ତ ପିଲାମାନଙ୍କୁ ବ୍ରାହ୍ମ କରାଇ ଯେ ଚଉଦଜଣଙ୍କୁ ଚିନ୍ତାର୍ଣ୍ଣବରେ ଭସାଇଲେ, ଅର୍ଥାତ୍ ସେ ପିଲାଙ୍କ ପିତାମାତା ଓ ମାତାମହୀ ତିନିଜଣ, ସ୍ତ୍ରୀ ତିନିଜଣ, ଶାଶୁ ଶଶୁର ଛଜଣ ଓ ଆମ୍ଭେ ଦୁଇଜଣ । ତଥାପି ଆପଣମାନେ ଯେବେ କହିବେ କି ଶାଶୁ ଶ୍ୱଶୁର ଛଜଣକୁ ତେବେ ବାଧକ ନ ହେବ, ତଥାପି ଆମ୍ଭର ଆଠ ଜଣର ତ ଯାବଜ୍ଜୀବନ ଏ ଦୁଃଖାର୍ଣ୍ଣବରୁ ମୁକ୍ତ ହେବାର ସମ୍ଭାବନା ଦିଶୁ ନାହିଁ । ଏଥରେ ଯଥାର୍ଥ ପ୍ରତିକାର ଆନ୍ଦୋଲନ କରାଯାଉ ।

ଯଦିଓ ଗୌରୀଶଙ୍କର ନିଜେ ବ୍ରାହ୍ମ ଥିଲେ, ତାଙ୍କର ଦୀପିକା ଏ ବିଷୟରେ ସମାଲୋଚନା କରି ମନ୍ତବ୍ୟ ଲେଖିଲା । ସାଧୁଚରଣ ରାୟଙ୍କ ସମ୍ପାଦିତ ନବସମ୍ବାଦ ପତ୍ରିକାରେ ଦୀପିକା ପ୍ରକାଶିତ ସମ୍ବାଦର ପ୍ରତିବାଦ ବାହାରିଲା । ଦୀପିକା ଏହାକୁ ଖଣ୍ଡନ କରି ଲେଖିଲା ।

ଜୁଲାଇ ୨୦ ତାରିଖ ଦିନ ଗୋପାଳଜିଉ ମଠରେ କଟକର ଭାଗବତ ଭକ୍ତିପ୍ରଦାୟିନୀ ସଭାରେ ଗୋଟିଏ ଅଧିବେଶନ ଥିଲା। ସେ ଦିନ ନନ୍ଦୋତ୍ସବ ଥିବାରୁ ପ୍ରଥମେ ସଂକୀର୍ତନ ଓ ତାପରେ ଶ୍ରୀମଦ୍‌ ଭାଗବତରୁ ଶ୍ରୀକୃଷ୍ଣଙ୍କ ଜନ୍ମବୃତ୍ତାନ୍ତ ପାଠ ହେଲା। ତାପରେ, କାର୍ଯ୍ୟକ୍ରମରେ ନ ଥିଲେ ହେଁ, ଲୋକନାଥର ବ୍ରାହ୍ମ ହେବା ବିଷୟ ଆଲୋଚିତ ହୋଇ ସଭାରେ ନିମ୍ନଲିଖିତ ପ୍ରସ୍ତାବମାନ ଗୃହୀତ ହେଲା :

ପ୍ରଥମ, ଅତ୍ରସ୍ଥ ମେଡ଼ିକାଲ ସ୍କୁଲର ଏକଜଣ ଅପରିଣତ ବୟସ୍କ ବ୍ରାହ୍ମଣ ଛାତ୍ର ବ୍ରାହ୍ମଧର୍ମରେ ଦୀକ୍ଷିତ ହେବା ଏବଂ ଏକାଡେମୀ ସ୍କୁଲର ଦୁଇଜଣ ଅପରିଣତ ବୟସ୍କ ଛାତ୍ର ସେହି ଧର୍ମ ଗ୍ରହଣ ନିମିତ୍ତ ଯଜ୍ଞୋପବୀତ ପରିତ୍ୟାଗ କରିବାରୁ ଏ ସଭା ଅତ୍ୟନ୍ତ ଦୁଃଖିତ ଓ ଭୀତ ହୋଇ ଅଛନ୍ତି। ଏ ସଭା ବିଚେଚନା କରନ୍ତି କି ସ୍କୁଲ ପିଲାମାନଙ୍କର ଧର୍ମ ପରିବର୍ତନ ବିରୁଦ୍ଧରେ କୌଣସି ନିୟମ ନ ହେଲେ ଏହି ଅନୁନ୍ନତ ପ୍ରଦେଶରେ ଶିକ୍ଷାର ବ୍ୟାଘାତ ହେବ।

ଦ୍ୱିତୀୟ, ଏ ଜିଲ୍ଲା ସ୍କୁଲ ଡେପୁଟି ଇନ୍‌ସ୍ପେକ୍ଟର ଏଠା ବ୍ରାହ୍ମ ସମାଜର ଆଚାର୍ଯ୍ୟ ଥାଇ ଉପରଲିଖିତ ବାଳକମାନଙ୍କ ମଧ୍ୟରୁ ଏକ ଜଣଙ୍କୁ ଦୀକ୍ଷିତ କରିବା ଏବଂ ଏକାଡେମୀର ଏକ ଜଣ ଶିକ୍ଷକ ଉକ୍ତ ସ୍କୁଲର ଦୁଇଜଣ ଛାତ୍ରଙ୍କର ଯଜ୍ଞୋପବୀତ ପରିତ୍ୟାଗ ବିଷୟରେ ଉସ୍ଥାହ ଦେବାର ସାଧାରଣଙ୍କର ବିଶ୍ୱାସ ହେବାରୁ ଏ ସଭାର ବିବେଚନାରେ ଗଭର୍ଣମେଣ୍ଟଙ୍କ ଉଦାରନୀତି ଉଚିତ ରୂପେ ପ୍ରତିପାଳିତ ହୋଇ ନାହିଁ ଏବଂ ଏଥିର ପ୍ରତିକାର ଆବଶ୍ୟକ ହୋଇଅଛି।

ତୃତୀୟ, ଉପରୋକ୍ତ ବିଷୟମାନଙ୍କରେ ବିହିତ ପ୍ରତିକାର ହେବା କାରଣ ଶ୍ରୀଯୁକ୍ତ କମିଶନର ସାହେବଙ୍କ ଦ୍ୱାରା ଗଭର୍ଣମେଣ୍ଟଙ୍କୁ ସାଧାରଣ ଲୋକଙ୍କର ସ୍ୱାକ୍ଷର ସଂଗ୍ରହ ପୂର୍ବକ ଏକ ଆବେଦନ ପତ୍ର ପଠାଯାଉ ଓ ତହିଁର ଏକ ପ୍ରତିଲିପି ସ୍କୁଲ ବିଭାଗୀୟ ଡାଇରେକ୍ଟର ସାହେବଙ୍କ ଛାମୁକୁ, ଅନ୍ୟ ଏକ ପ୍ରତିଲିପି କଟକ ଜିଲ୍ଲାର ମାଜିଷ୍ଟ୍ରେଟ୍ ଓ ଡିଷ୍ଟ୍ରିକ୍‌ ବୋର୍ଡର ସଭାପତି ସାହେବଙ୍କ ଛାମୁକୁ ପଠାଯାଉ।

ଉପରଲିଖିତ ପ୍ରସ୍ତାବମାନ କରିବାରେ ମୁଖ୍ୟ ଭାଗ ନେଇଥିଲେ ରାମଶଙ୍କର ରାୟ, ଗୋବିନ୍ଦ ରଥ, କପିଲେଶ୍ୱର ନନ୍ଦଶର୍ମା ପ୍ରମୁଖ। ପୁରୀର ପଣ୍ଡିତ ମାର୍କଣ୍ଡେୟ ମହାପାତ୍ର କହିଥିଲେ ଯେ ଆଗରୁ କାର୍ଯ୍ୟକ୍ରମରେ ନ ଥାଇ ଏ କଥା ଆଲୋଚନା କରିବା ଉଚିତ ହେବ ନାହିଁ, କିନ୍ତୁ କେହି ତାଙ୍କ କଥା ଶୁଣି ନ ଥିଲେ।

ଘଟଣା କେବଳ ଦୀକ୍ଷିତ କରାଇବା ବିଷୟ ନ ଥିଲା, ବର୍ତ୍ତମାନ ପ୍ରଶ୍ନ ଉଠିଥିଲା ଶିକ୍ଷା ବିଭାଗୀୟ ଶିକ୍ଷକ ଓ କର୍ତ୍ତାମାନଙ୍କର ଧର୍ମ ପ୍ରଚାରର ଔଚିତ୍ୟକୁ ନେଇ। ଲଳିତମୋହନ ଚକ୍ରବର୍ତ୍ତୀ, ଯେ ନିଜେ ପିତାମାତାଙ୍କ ବିରୋଧ ସତ୍ତ୍ୱେ ଅଳ୍ପ ବୟସରେ ବ୍ରାହ୍ମ ହୋଇଥିଲେ, ସେ ମଧ୍ୟ ମଧୁସୂଦନ ରାଓ ଏବଂ ସାଧୁଚରଣ ରାୟଙ୍କୁ କଠୋର ସମାଲୋଚନା କଲେ।

ଶିକ୍ଷା ବିଭାଗ ଓ ବ୍ରାହ୍ମଧର୍ମ ବିଷୟରେ ଏପରି ବାଦବିସମ୍ୱାଦ ବେଳେ ଅକ୍ଟୋବର ମାସରେ ଆଉ ଏକ ଘଟଣା ଆଲୋଚନାର ନୂଆ ସାମଗ୍ରୀ ଯୋଗାଇଲା। ପୁରୀ ଜିଲ୍ଲା ସ୍କୁଲର ଦ୍ୱିତୀୟ ଶିକ୍ଷକ ପଦ ପାଇଁ କୌଣସି ବିଜ୍ଞାପନ ନ ଦେଇ ଜ୍ୟେଷ୍ଠ ଇନ୍‌ସ୍ପେକ୍ଟର ରାଧାନାଥ ରାୟ ଏଥିରେ ବ୍ରାହ୍ମ ପ୍ରଚାରକ ବିଜୟଚନ୍ଦ୍ର ମଜୁମଦାରଙ୍କୁ ନିଯୁକ୍ତି ଦେଇଦେଲେ। ବିଜୟଚନ୍ଦ୍ର କିଛି ବର୍ଷ ବାମଣ୍ଡାରେ ରହିବା ପରେ ଫେରିଯାଇ ବର୍ତ୍ତମାନ କଲିକତାରେ ରହୁଥିଲେ। ତାଙ୍କର ନିଯୁକ୍ତି ନେଇ ଲୋକମାନେ ରାଧାନାଥଙ୍କୁ ସମାଲୋଚନା କଲେ। ଏ ସମାଲୋଚନାର ଆଉ ଗୋଟିଏ କାରଣ ମଧ୍ୟ ଥିଲା; ଶୁଣାଯାଉଥିଲା ଯେ ବିଜୟଚନ୍ଦ୍ର ଶୀଘ୍ର ମଧୁସୂଦନ ରାଓଙ୍କ ଜାମାତା ହେବାକୁ ଯାଉଛନ୍ତି !

ପୁରୀ : ଡିସେମ୍ବର ୧୮୮୭

ପୁରୀ ମନ୍ଦିର ପରିଚାଳନାରୁ ରିସିଭର ହଟିଯିବାରୁ ଏବଂ ପୂର୍ବାବସ୍ଥା ଫେରିଆସିବାରୁ ସରକାର କମିଟି ତିଆରି କରିବା ପାଇଁ ଯେଉଁ ମକଦ୍ଦମା କରିଥିଲେ, ତା'ର ରଫା କରିବାର ଆୟୋଜନ ମଧ୍ୟ ଶିଥିଳ ପଡ଼ି ଆସିଲା । ଶ୍ରୀ ଶ୍ରୀ ଜଗନ୍ନାଥ ସନାତନ ଧର୍ମରକ୍ଷିଣୀ ସଭା ମନ୍ଦିର ମକଦ୍ଦମା ବିଷୟ ଭୁଲିଯାଇ ବର୍ତ୍ତମାନ ମନ୍ଦିରରେ ଟିଣ ଘିଅର ବ୍ୟବହାର, ମନ୍ଦିର ମଧ୍ୟରେ ଚୋରି ନିବାରଣ ଓ ଲୋକଙ୍କ ଗମନାଗମନ ସୁବିଧା ନିମିତ୍ତ ଆଲୋକ ଦେବାର ଆବଶ୍ୟକତା ଇତ୍ୟାଦି ବିଷୟ ଆଲୋଚନାରେ ମନ ଦେଲେ ।

୧୮୮୭ ଅଗଷ୍ଟ ୨୫ ତାରିଖରେ କଲାପାଣିରେ ଦିବ୍ୟସିଂହର ମୃତ୍ୟୁ ହେଲା ଯକ୍ଷ୍ମା ରୋଗରେ । ଏ ଖବର ଓଡ଼ିଶାରେ ଆସି ପହଞ୍ଚିଲା ଯେତେବେଳେ ତା'ର ଦ୍ୱାରଣ୍ଡ ପୋର୍ଟ ବ୍ଲେଆରରୁ ଫେରି ଆସିଲା । ନଭେମ୍ବର ୨୧ ତାରିଖରେ ସୂର୍ଯ୍ୟମଣି ଧର୍ମଦାହ କରାଇ ତିନି ଦିନରେ ଶୁଦ୍ଧି ଶ୍ରାଦ୍ଧ କାର୍ଯ୍ୟ ସମ୍ପନ୍ନ କରାଇଲେ । ଏଥିରେ ଦ୍ୱାଦଶ ଦିନ ହଜାର ଜଣ ବ୍ରାହ୍ମଣଙ୍କୁ ମହାପ୍ରସାଦ ଭୋଜନ ଓ ପ୍ରତ୍ୟେକକୁ ଏକ ଅଣା ଦକ୍ଷିଣା ଦେଲ ବିଦାୟ କରାଗଲା ଏବଂ ତା ପରଦିନ ସବୁ ମଠର ସନ୍ତୁ ମହନ୍ତମାନଙ୍କୁ ଭୋଜନ ଦିଆଗଲା ।

ଯଦିଓ କିଛି ବର୍ଷ ଆଗରୁ ମୁକୁନ୍ଦ ନାଁରେ ଅଙ୍କ କଟା ହୋଇଥିଲା, ଦିବ୍ୟସିଂହ ଜୀବିତ ଥିବାରୁ ଅନେକ ମୁକୁନ୍ଦର ଅଙ୍କକୁ ମାନୁ ନ ଥିଲେ । ବର୍ତ୍ତମାନ ସମସ୍ତଙ୍କ ପାଇଁ ଦିବ୍ୟସିଂହର ଅଙ୍କ ନ ଚଳି ମୁକୁନ୍ଦର ଅଙ୍କ ଚଳିଲା । ଜଗନ୍ନାଥ ତୀର୍ଥ ଯାତ୍ରୀଙ୍କ ମଙ୍ଗଳ ପାଇଁ ବାଲେଶ୍ୱରରୁ ୨୬ ଅକ୍ଟୋବରରେ ଆରମ୍ଭ ହୋଇଥିବା ସାପ୍ତାହିକ 'ଓଡ଼ିଆ'ର ପ୍ରଥମ ସଂଖ୍ୟାରେ ଦିବ୍ୟସିଂହ ଦେବଙ୍କ ୩୫ ଅଙ୍କ ଲେଖାଥିଲା; ଏହାର ଦ୍ୱିତୀୟ ସଂଖ୍ୟାରେ ମାହାଲିଆ ମୁକୁନ୍ଦଦେବଙ୍କ ନ ଅଙ୍କ ବୋଲି ଲେଖାଗଲା ।

ଦିବ୍ୟସିଂହଙ୍କ ଶୁଦ୍ଧି ଇତ୍ୟାଦି କାମ ସରିଯିବା ପରେ ମଧୁବାବୁ ପୁରୀ ଆସିଲେ ସୂର୍ଯ୍ୟମଣିଙ୍କ ସହିତ ଦେଖାକରି ମନ୍ଦିର ମକଦ୍ଦମାର ରଫା ସମ୍ପର୍କୀୟ ଦରଖାସ୍ତ ତିଆରି କରିବା ପାଇଁ। ନଅର ଭିତରେ ଯାଇ ସେ କବାଟ ଆଢୁଆଲରେ ଥିବା ରାଣୀ ସୂର୍ଯ୍ୟମଣିଙ୍କ ସହିତ ଆଲୋଚନା କରି ସରକାରଙ୍କ ପାଖକୁ ନିମ୍ନ ପ୍ରସ୍ତାବମାନ ପଠାଇବାର ଚିଠି ତିଆରି କଲେ :

କଟକ ଜଜ କୋର୍ଟ ସେରିସ୍ତାଦାର ବାବୁ ହରେକୃଷ୍ଣ ଦାସ ରାଣୀଙ୍କର ମ୍ୟାନେଜର ହେବେ। ମନ୍ଦିର ପରିଚାଳନା ପାଇଁ ବର୍ତ୍ତମାନ ଯେଉଁ ବ୍ୟବସ୍ଥା ହେବ, ତାହା ଲାଗୁ ରହିବ ମୁକୁନ୍ଦ ସାବାଲକ ହେବା ପର୍ଯ୍ୟନ୍ତ। ମ୍ୟାନେଜର ମନ୍ଦିର ପରିଚାଳନା ଦାୟିତ୍ୱରେ ରହିବେ ତଥା ମନ୍ଦିର ପାଇଁ ଯେଉଁ ଜମି ଖଞ୍ଜା ଯାଇଛି, ତା'ର ତତ୍ତ୍ୱାବଧାନ କରିବେ। ମନ୍ଦିର ପରିଚାଳନାର କ୍ଷମତା ୧୮୪୦ର ଆଇନ ଅନୁଯାୟୀ ରାଜା ମୁକୁନ୍ଦ ଦେବଙ୍କ ପାଖରେ ରହିବ, କିନ୍ତୁ ତାଙ୍କର ନାବାଲକତ୍ୱ ପର୍ଯ୍ୟନ୍ତ ରାଣୀ ସୂର୍ଯ୍ୟମଣି ତାଙ୍କୁ ନିର୍ବାହ କରିବେ। ମନ୍ଦିରର ଜମିମାନଙ୍କର ଖଜଣା ବଢ଼ାଇବାର ବ୍ୟବସ୍ଥା କରିବାକୁ ହେବ। ଇତ୍ୟାଦି।

ନଅର ଛାଡ଼ିବା ଆଗରୁ ମଧୁବାବୁ ରାଜା ମୁକୁନ୍ଦ ଦେବଙ୍କୁ ଦେଖିବାକୁ ଚାହିଁଲେ। ମୁକୁନ୍ଦର ବୟସ ବର୍ତ୍ତମାନ ଦଶ ଥିଲା, କିନ୍ତୁ ସେ ମଧ୍ୟ ବାପ ଭଳି ପାଠ ଶାଠ ନ ପଢ଼ି ଚାକରଙ୍କ ମେଳରେ ରହୁଥିଲା ଏବଂ ତା'ର ସବୁଠାରୁ ପ୍ରିୟ ଥିଲେ ନଅର ଭିତରେ ଥିବା ଦଲେ ଘୁଷୁରି। ସେ ବର୍ତ୍ତମାନ ଘୁଷୁରିଶାଳରେ ଥିଲା ଏବଂ ତାକୁ ମଧୁବାବୁଙ୍କ ପାଖକୁ ଯେତେ ଡାକିଲେ ମଧ୍ୟ ସେ ଆସିଲା ନାହିଁ। ଯାହା ପାଇଁ ଏତେ ପରିଶ୍ରମ କରାଯାଉଥିଲା ତାକୁ ନ ଦେଖି ମଧୁବାବୁ କଟକ ଫେରିଲେ। ରାଣୀଙ୍କ ପକ୍ଷରୁ କମିଶନରଙ୍କୁ ଦରଖାସ୍ତ ଦିଆଗଲା ଡିସେମ୍ବର ୯ ତାରିଖ ଦିନ।

ଏ ଦରଖାସ୍ତ କରିବାର କିଛିଦିନ ପରେ ମଧୁବାବୁ ଗୌରୀଶଙ୍କରଙ୍କ ସହିତ ଉତ୍କଳ ସଭାର ପ୍ରତିନିଧି ସ୍ୱରୂପ ମାଦ୍ରାଜ ବାହାରିଗଲେ ସେଠାରେ ହେଉଥିବା ତୃତୀୟ ଜାତୀୟ କଂଗ୍ରେସରେ ଯୋଗ ଦେବାପାଇଁ।

କଟକ: ଜୁନ ୧୮୮୮

ରାଧାନାଥଙ୍କ ଚନ୍ଦ୍ରଭାଗା କାବ୍ୟ ପ୍ରକାଶ ପାଇଥିଲା ୧୮୮୬ ସେପ୍ଟେମ୍ବର ମାସରେ । ଏହାର ପ୍ରାୟ ବର୍ଷକ ପରେ ୧୮୮୭ ନଭେମ୍ବର ମାସରେ ନନ୍ଦିକେଶ୍ବରୀ ପ୍ରକାଶ ପାଇଲା । ଏହି ବହିଟିକୁ ରାଧାନାଥ ଉତ୍ସର୍ଗ କରିଥିଲେ ବାମଣ୍ଡା ରାଜା ବାସୁଦେବ ସୁଢଳଦେବଙ୍କୁ ଏବଂ ଉତ୍ସର୍ଗ ପତ୍ରରେ ଲେଖିଥିଲେ, ଏହି କ୍ଷୁଦ୍ର ପୁସ୍ତକର ନାୟକ ଆପଣଙ୍କର ପୂର୍ବପୁରୁଷ ଅଟନ୍ତି । ଉତ୍ସର୍ଗ ପତ୍ର ଏହି ଉକ୍ତିଟି ଅବଶ୍ୟ ଅତିରଞ୍ଜିତ ଥିଲା, କାରଣ କାବ୍ୟର ଚୋରଗଙ୍ଗଦେବଙ୍କ ସହିତ ଓଡ଼ିଶାର ଐତିହାସିକ ରାଜା ଚୋଳଗଙ୍ଗଦେବଙ୍କର କୌଣସି ସମ୍ପର୍କ ନ ଥିଲା । ସାମାନ୍ୟ ଐତିହାସିକ ଉପାଦାନ, କେତେକ ବିଦେଶୀ କାବ୍ୟ ଓ ନିଜ କଳ୍ପନାକୁ ଭିତ୍ତି କରି ଏ କାବ୍ୟଟି ଲେଖିଥିଲେ ରାଧାନାଥ । ଏଥିରେ ସେ ଅନେକ ଶ୍ରମ ଓ ମନ ଲଗାଇଥିଲେ ଏବଂ ଆଶା କରିଥିଲେ ଯେ ବହିଟି ଜନସାଧାରଣଙ୍କ ଦ୍ବାରା ଆଦୃତ ହେବ । କିନ୍ତୁ ନନ୍ଦିକେଶ୍ବରୀରେ ଓଡ଼ିଶାର ରାଜକନ୍ୟା ଦେଶଦ୍ରୋହୀ, ରାଜଦ୍ରୋହୀ ଓ ପିତୃଦ୍ରୋହୀ ହୋଇ ଶତ୍ରୁପାଖକୁ ଯାଇ ପ୍ରେମଭିକ୍ଷା କରିବା ପାଠକମାନଙ୍କର ମନଃପୂତ ହେଲା ନାହିଁ । ଏହି କାବ୍ୟକୁ ଉତ୍କଳ ଭାରତୀ କଣ୍ଠର ଗୋଟିଏ ବହୁମୂଲ୍ୟ ମଣି ଇତ୍ୟାଦି କୁହାଯିବା ବେଳେ ଏ କଥା ମଧ୍ୟ କୁହାଗଲା ଯେ ଏ କାବ୍ୟରେ ଅନୁରାଗର ଯେଉଁ ଚିତ୍ର ଦିଆଯାଇଥିଲା ତାହା ଅସଂଯତ, ଅସମ୍ୟାଲ, ସ୍ବାର୍ଥ ସର୍ବସ୍ବ, କାମାନ୍ଧ ପ୍ରଣୟ ଥିଲା ଏବଂ ଏପରି ଚିତ୍ରର ବହୁଳତା ପଙ୍କିଳାନୁରାଗକଲୁଷିତ କୁରୁପ୍ଲାବିତ ଉତ୍କଳ ସାହିତ୍ୟ ସଂସାରରେ ବାଞ୍ଛନୀୟ ନୁହେଁ । ଏ ଭଳି ସମାଲୋଚନାରେ ରାଧାନାଥ ଖିନ୍ନ ହୋଇ ପଡ଼ିଲେ ଏବଂ ଓଡ଼ିଆରେ ଆଉ କିଛି ଲେଖିବେ କି ନାହିଁ ସେ ଚିନ୍ତା କଲେ ।

ଏଣେ ଶିକ୍ଷା ବିଭାଗର କାର୍ଯ୍ୟକଳାପ ନେଇ ମଧ୍ୟ ସମାଲୋଚନା ଲାଗି ରହିଥିଲା । ବିଜୟଚନ୍ଦ୍ର ମଜୁମଦାରଙ୍କ ନିଯୁକ୍ତି ନେଇ ବାଦାନୁବାଦ ପରେ ବାଲେଶ୍ବର ବାରବାଟୀ ସ୍କୁଲର ଏ ଗଣ୍ଠିଗୋଳରେ ରାଧାନାଥ ଜଡ଼ିତ ହୋଇଗଲେ । ଏ ସ୍କୁଲ ପରିଚାଳନା ନେଇ ବୈକୁଣ୍ଠନାଥ ଦେ ଓ ଭଗବାନ ଚନ୍ଦ୍ର

ଦାସଙ୍କ ଭିତରେ କଳି ଲାଗିଲା ଏବଂ ଏଥିରେ ବୈକୁଣ୍ଠନାଥଙ୍କ ପକ୍ଷ ସମର୍ଥନ କଲେ ରାଧାନାଥ । ସେ କୁମାର ବୈକୁଣ୍ଠନାଥଙ୍କ ସ୍ୱତ୍ୱ ପ୍ରମାଣ କରିବା ପାଇଁ 'ଓଡ଼ିଆ' ପତ୍ରିକାରେ ନିଜ ନାଁ ନ ଦେଇ ଲେଖା ଲେଖିଥିଲେ ଏବଂ ବିଭିନ୍ନ ଲୋକଙ୍କୁ କାଗଜପତ୍ର ଦେଖାଇଥିଲେ । ଶିକ୍ଷା ବିଭାଗର ଜଣେ ଉଚ୍ଚ କର୍ମଚାରୀ ହିସାବରେ ତାଙ୍କର ଏ କାର୍ଯ୍ୟ ଗର୍ହିତ ଥିଲା । ଏ ବିଷୟରେ ରାଧାନାଥଙ୍କ ନିରପେକ୍ଷତାକୁ ପ୍ରଶ୍ନ କରି ଦୀପିକା ମନ୍ତବ୍ୟ ଦେଲା, ବିରାଡ଼ି କେତେ ଦିନ ଆଖିବୁଜି ଦୁଧ ପିଇବ ?

ବର୍ତ୍ତମାନ ଆହୁରି ଏକ ଅଭିଯୋଗ ଆସିଲା ଯେ ରାଧାନାଥ ସ୍କୁଲ ପରୀକ୍ଷକ ନିର୍ବାଚନରେ ପ୍ରିୟାପ୍ରୀତି ତୋଷଣ କରୁଥିଲେ । ଅନେକ ଭଲ ଭଲ ଲୋକଙ୍କୁ ପରୀକ୍ଷକ ନ କରି ସେ କାମ ଦେଇଥିଲେ ନିଜର ସମର୍ଥକ ସାଧୁଚରଣ ରାୟ, ବିଶ୍ୱନାଥ କର ପ୍ରଭୃତିଙ୍କୁ ତଥା ନିଜ କିରାନୀ ଓ ମଧୁ ରାଓଙ୍କ ଭାଇ ଜଗନ୍ନାଥ ରାୟଙ୍କୁ ଏବଂ ମଧୁ ରାଓଙ୍କ ଭାବୀ ଜାମାତା ବିଜୟଚନ୍ଦ୍ର ମଜୁମଦାରଙ୍କୁ । ରାଧାନାଥ ଓ ମଧୁସୂଦନ ମିଶି ଶିକ୍ଷା ବିଭାଗରେ ଦୁର୍ନୀତି କରୁଥିବାର ସମାଲୋଚନା ହେଲା । ସମାଲୋଚକମାନେ ଠଟ୍ଟା କରି ଏ ଦୁହିଁଙ୍କର ନାଁ ରଖିଥିଲେ ଓଡ଼ିଶା ଶିକ୍ଷା ବିଭାଗର ବଡ଼ ଲାଟ ଓ ଛୋଟ ଲାଟ ।

ମଧୁ ରାଓଙ୍କର ବ୍ରାହ୍ମଧର୍ମ ପ୍ରଚାର ନେଇ ସମାଲୋଚନାରେ ରାଧାନାଥଙ୍କୁ ମଧ ପକ୍ଷଭୁକ୍ତ କରାଗଲା କାରଣ ସେ ମଧୁ ରାଓଙ୍କ ବିରୁଦ୍ଧରେ କୌଣସି ପଦକ୍ଷେପ ନେଇ ନ ଥିଲେ । ଲୋକନାଥ କର ବ୍ରାହ୍ମ ହୋଇଯିବା ଘଟଣାରେ କଟକରେ ଭଗବଦ ଭକ୍ତି ପ୍ରଦାୟିନୀ ସଭା ଯେଉଁ ଆବେଦନ କରିଥିଲେ ତା ଉପରେ କଲେକ୍ଟର ଆଦେଶ ଦେଇଥିଲେ ଯେ ମଧୁସୂଦନ ରାଓଙ୍କର ଧର୍ମପ୍ରଚାର ଅନୁଚିତ । ଫେବୃଆରୀ ମାସରେ ସରକାରଙ୍କ ପାଖରୁ ନିମ୍ନଲିଖିତ ଆଦେଶ ଆସିଲା :

କଟକ ସ୍କୁଲ ଡେପୁଟି ଇନ୍‌ସ୍ପେକ୍ଟର ବାବୁ ମଧୁସୂଦନ ରାଓଙ୍କୁ, ସେ ଯେ ପର୍ଯ୍ୟନ୍ତ ଡେପୁଟି ଇନ୍‌ସ୍ପେକ୍ଟର ଅଛନ୍ତି ସେ ପର୍ଯ୍ୟନ୍ତ, ବ୍ରାହ୍ମଧର୍ମର ଆଚାର୍ଯ୍ୟ ବା ପୁରୋହିତ କାମ କରିପାରିବବେ ନାହିଁ ବୋଲି କଲେକ୍ଟର ଯେଉଁ ଆଦେଶ ଦେଇଥିଲେ, ଛୋଟ ଲାଟ ତାହାକୁ ଅନୁମୋଦନ କରିଛନ୍ତି ।

ମେ ମାସରେ ସଂବାଦ ବାହିକା ଲେଖିଲା : ଜ଼ଏଣ୍ଟ ଇନ୍‌ସ୍ପେକ୍ଟର ରାଧାନାଥ ବାବୁ କୌଣସି ସ୍ଥାନରେ ଗୋଟିଏ ପଦ ଶୂନ୍ୟ ହେବାର ଦେଖିଲେ ଆଦିମ ଓଡ଼ିଆମାନଙ୍କୁ ଉପେକ୍ଷା କରି ଆପଣାର ଜାତି ଭାଇ ଏବଂ ଲେଖାଯୋଖା ସମ୍ବନ୍ଧୀୟ ଲୋକମାନଙ୍କୁ ଆଗ ନିଯୁକ୍ତ କରନ୍ତି, ପୁଣି କୌଶଳ ଦ୍ୱାରା ନିଯୁକ୍ତ କରାଇବାକୁ ଛାଡ଼ନ୍ତି ନାହିଁ । ସବ୍‌ଇନ୍‌ସ୍ପେକ୍ଟରୀ ପଦ କଥା ତେଣିକି ଥାଉ, ଇନ୍‌ସ୍ପେକ୍ଟିଂ ପଣ୍ଡିତ ପଦ ଯହିଁ ଉପରେ ଆଦିମ ଓଡ଼ିଆମାନଙ୍କର ସମ୍ପୂର୍ଣ୍ଣ ଅଧିକାର, ସେଥି ଉପରେ ସୁଦ୍ଧା ରାଧାନାଥ ବାବୁଙ୍କ ଲେଖାଯୋଖା, ଶଳା, ଭିଣୋଇଙ୍କର ଭାଗ ବସିଅଛି ।

ଜୁନ ମାସରେ ମଧୁ ରାଓଙ୍କର ବଡ଼ ଝିଅ ବାସନ୍ତୀ ସହିତ ବିଜୟଚନ୍ଦ୍ର ମଜୁମଦାରଙ୍କର ବିବାହ ହେଲା ଏବଂ ଏହା ପ୍ରମାଣିତ ହୋଇଗଲା ଯେ ଆଗରୁ ଯେଉଁ ସମାଲୋଚନା ହୋଇଥିଲା ତା ସମ୍ପୂର୍ଣ୍ଣ ଅମୂଳକ ନ ଥିଲା ।

ଏଇ ଭଳି ସନ୍ତପ୍ତ ମାନସିକ ଅବସ୍ଥା ନେଇ ରାଧାନାଥ ତାଙ୍କର ସେଖବଜାର ଭଡ଼ା ଘରେ ତଳେ ମାଶିଣା ଉପରେ ବୀରାସନରେ ବସି ଉଷା ନାମକ କାବ୍ୟ ଲେଖିବାରେ ମନ ଦେଲେ । ସେ ଜାଣିଥିଲେ ଯେ, ଏତେ ଅଶାନ୍ତି ଭିତରେ ଏକମାତ୍ର ଯେଉଁ ଜିନିଷଟି ତାଙ୍କୁ ସାମାନ୍ୟ ସାନ୍ତ୍ୱନା ଦେଇପାରିବ, ସେଇଟି ହେଲା କବିତା ଲେଖିବା ।

ପୁରୀ: ଡିସେମ୍ବର ୧୮୮୮

ଜୁଲାଇ ୨୬ ତାରିଖରେ ସରକାର କଟକ କମିଶନରଙ୍କୁ ଜଣାଇଲେ ଯେ ପୁରୀ ମନ୍ଦିର ମକଦ୍ଦମା ବିଷୟରେ କଲେକ୍ଟର ଓ ରାଣୀ ଏଥରକ ଜିଲ୍ଲା ଜଜଙ୍କ ପାଖରେ ରାଜିନାମାର ଦରଖାସ୍ତ ଦିଅନ୍ତୁ। ମଧୁବାବୁ ଏ ଖବର ରାଣୀଙ୍କୁ ପଠାଇବା ପୂର୍ବରୁ ସେ ରାଣୀଙ୍କ ପାଖରୁ ଗୋଟିଏ ଚିଠି ପାଇଲେ। ଜୁଲାଇ ୩୧ ତାରିଖ ଦିନ ରଥଯାତ୍ରା ବେଳେ ଗୋଟିଏ କାଉ କେଉଁଆଡ଼ୁ ଉଡ଼ିଆସି ଜଗନ୍ନାଥଙ୍କ ଡାହାଣ ହାତ ଉପରେ ବସିଗଲା। ରାଣୀ ଲେଖିଥିଲେ ଯେ ଏ ଏକ ଅମଙ୍ଗଳର ଚିହ୍ନ; ଏ ବିଷୟରେ କ'ଣ କରାଯିବ ? ପୁରୀ ମନ୍ଦିର ମାମଲା ନେଇ ମଧୁବାବୁଙ୍କର ଅନେକ ସମୟ ଯାଉଥିଲା ଏବଂ କେସ ବି ଅନେକ ଦିନ ହେଲା ଲାଗି ରହିଥିଲା। ମନେ ମନେ ବିରକ୍ତ ହୋଇ ମଧୁବାବୁ ରାଣୀଙ୍କୁ ଖବର ପଠାଇଲେ ଯେ ଅନିଷ୍ଟ କଟାଇବାର ଏକମାତ୍ର ଉପାୟ ହେଉଛି ମିଳାମିଶା ଦରଖାସ୍ତରେ ଦସ୍ତଖତ କରିଦେବା।

କମିଶନରଙ୍କ ପାଖରୁ ଚିଠି ପାଇ ପୁରୀ କଲେକ୍ଟର ପିଟିଶନ ଲେଖାଇଲେ ପୁରୀରେ ସେତେବେଳକୁ ନୂଆ କଲେକ୍ଟର। ପ୍ରଥମେ ଯେତେବେଳେ ପୁରୀ ମକଦ୍ଦମା ଆରମ୍ଭ ହୋଇଥିଲା, ଆକଟିଂ କଲେକ୍ଟର ଥିଲେ ସାଭେଜ। ତାଙ୍କ ପରେ କଲେକ୍ଟର ଆସିଲେ ଜୋନ୍; ସେ ନିଜ ଗଳାରେ କ୍ଷୁର ଦେଇ ଆତ୍ମହତ୍ୟା କଲେ। ତାଙ୍କ ଜାଗାରେ ବର୍ତ୍ତମାନ କଲେକ୍ଟର ହୋଇ ଯୋଗ ଦେଇଥିଲେ ଖୋର୍ଦ୍ଧା ଏସ୍.ଡି.ଓ. ଟେଲର। ବର୍ତ୍ତମାନ ଯେଉଁ ରାଜିନାମା ଦରଖାସ୍ତଟି ଲେଖା ହେଲା, ତା'ର ମର୍ମ ଏପରି ଥିଲା :

ବିନୀତ ଦରଖାସ୍ତ ବାଦୀ କଲେକ୍ଟର ପୁରୀ ଏବଂ ପ୍ରତିବାଦୀ ସୂର୍ଯ୍ୟମଣି ପାଟମହାଦେଇ ନିଜ ପକ୍ଷରୁ ତଥା ପ୍ରତିବାଦୀ ନମ୍ବର ଦୁଇ ଓ ତିନି ମୁକୁନ୍ଦ ଦେବ ଓ ନୀଳାଦ୍ରି ମହାଦେଇଙ୍କ ପକ୍ଷରୁ ସମ୍ମାନର ସହିତ ଜଣାଉଅଛନ୍ତି ଯେ ସେମାନେ ଉପରଲିଖିତ ମକଦ୍ଦମାର ଆପୋଷ ମୀମାଂସା କରି

ନିମ୍ନଲିଖିତ ରାଜିନାମାରେ ପହଞ୍ଛିଛନ୍ତି ଏବଂ ପ୍ରାର୍ଥନା କରନ୍ତି ଯେ କୋର୍ଟ ଏହି ରାଜିନାମାକୁ ମଞ୍ଜୁର କରନ୍ତୁ ।

ପୁରୀ ଜଗନ୍ନାଥ ମନ୍ଦିରର ପରିଚାଳନା ଭାର ରାଜା ମୁକୁନ୍ଦ ଦେବଙ୍କ ହାତରେ ରହିବ କିନ୍ତୁ ନାବାଳକ ସମୟରେ ତାଙ୍କର ପିତାମହୀ ସୂର୍ଯ୍ୟମଣି ପାଟମହାଦେଇ ମନ୍ଦିର ପରିଚାଳନା ବୁଝିବେ । ରାଣୀ ସୂର୍ଯ୍ୟମଣି ଜଣେ ଦକ୍ଷ ମ୍ୟାନେଜର ରଖିବେ । ଯଦି ରାଣୀ ମ୍ୟାନେଜରକୁ ବାହାର କରି ଅଷ୍ଟଦିନ ମଧ୍ୟରେ ଅନ୍ୟ ମ୍ୟାନେଜର ନ ରଖନ୍ତି, ତେବେ କୋର୍ଟ ପକ୍ଷରୁ ମ୍ୟାନେଜର ରଖାଯିବ । ମ୍ୟାନେଜରଙ୍କ କାମ ହେବ ଯେ ସେ ଦେଖିବେ ଯେ ସେବକମାନେ ଠିକ୍ କାମ କରୁଛନ୍ତି, ଯାତ୍ରୀମାନେ ସ୍ୱଚ୍ଛନ୍ଦରେ ମନ୍ଦିରକୁ ଯିବା ଆସିବା କରୁଛନ୍ତି, ସ୍ୱାସ୍ଥ୍ୟକର ମହାପ୍ରସାଦ ତିଆରି ହେଉଛି, ଇତ୍ୟାଦି ଏ ରାଜିନାମା ମୁକୁନ୍ଦଦେବ ସାବାଳକ ହେବା ପର୍ଯ୍ୟନ୍ତ କାର୍ଯ୍ୟକାରୀ ରହିବ ।

ଅକ୍ଟୋବର ୩ ତାରିଖରେ ଏ ଦରଖାସ୍ତ କଲେକ୍ଟର ଓ ରାଣୀଙ୍କ ଦସ୍ତଖତ ହୋଇ କଟେରୀରେ ଦିଆଗଲା । ଡିସେମ୍ବର ମାସରେ ଜିଲ୍ଲା ଜଜ ଡ୍ରାଗାନଙ୍କ କଟେରୀରେ ମକଦ୍ଦମା ପଡ଼ିଲା । ବାଦୀଙ୍କ ପକ୍ଷରୁ କଟେରୀରେ ଉପସ୍ଥିତ ଥିଲେ ହରିବଲ୍ଲଭ ବୋସ ଏବଂ ଲାଲ ବିହାରୀ ଘୋଷ ଏବଂ ପ୍ରତିବାଦୀଙ୍କ ପକ୍ଷରୁ ମଧୁସୂଦନ ଦାସ ଏବଂ ରାମଶଙ୍କର ରାୟ । ଜିଲ୍ଲା ଜଜ ଦରଖାସ୍ତଟି ଗୃହୀତ ହେବାର ଡିକ୍ରି ଦେଲେ ଏବଂ ଅନେକ ଦିନ ଧରି ଚାଲିଥିବା ପୁରୀ ମନ୍ଦିର ମାମଲାର ଏହିପରି ଭାବରେ ଅବସାନ ହେଲା ।

କେନ୍ଦୁଝର : ଡିସେମ୍ବର ୧୮୯୧

ବାଇଶି ବର୍ଷ ତଳେ କମିଶନର ରେଭେନଶା ଧନୁର୍ଜ୍ୟ ନାରାୟଣ ଭଂଜଙ୍କୁ କେନ୍ଦୁଝର ଗାଦିରେ ବସାଇ ଦେଇ ଆସିଥିଲେ । କିନ୍ତୁ ଏତେ ବର୍ଷ ପରେ ବି ଧନୁର୍ଜ୍ୟ ଭୂୟାଁମାନଙ୍କୁ ନିଜର କରିବାରେ ସମର୍ଥ ହୋଇ ପାରି ନ ଥିଲେ । ତା ବ୍ୟତୀତ ରାଜା ହେବାପରେ ଧନୁର୍ଜ୍ୟ ଅତ୍ୟାଚାରୀ ହୋଇଯିବାରୁ ପରିସ୍ଥିତି ଆହୁରି ଖରାପ ହୋଇଥିଲା ।

ଭୂୟାଁମାନଙ୍କର ଅସନ୍ତୋଷର ମୂଳ କାରଣ ଥିଲା ବେଠି । ରାଜା ଓ ତାଙ୍କ ଲୋକମାନେ ଭୂୟାଁପୀଢ଼ ଦେଇ ଯିବା ବେଳେ ଭୂୟାଁମାନଙ୍କୁ ସେମାନଙ୍କର କାମ କରିବାକୁ ପଡୁଥିଲା ଓ ମାଗଣାରେ ରସଦ ଯୋଗାଇବାକୁ ହେଉଥିଲା । କେବେ କେବେ ସେମାନଙ୍କୁ ରାଜାଙ୍କର ଜିନିଷ ବୋହି ରାଜ୍ୟ ବାହାରକୁ ଯିବାକୁ ମଧ୍ୟ ପଡୁଥିଲା । ସେମାନେ ମାଗଣାରେ ରାଜାଙ୍କ ଘର ଛପର କରୁଥିଲେ ଏବଂ ପୂଜା ପାର୍ବଣରେ ମାଗଣାରେ ଛେଳି ଯୋଗାଉଥିଲେ ।

ରାଜାଙ୍କ ଲୋକମାନେ ଅନେକ ସମୟରେ ବଦମାସୀ କରି ବେଠି କାମ ପାଇଁ ପାଖ ଗାଁର ଜୁଆଙ୍ଗ ବା ଭୂୟାଁଙ୍କୁ ନ ଡାକି ଦୂର ଗାଁରୁ ଡାକୁଥିଲେ । ଏଥିପାଇଁ ସେମାନଙ୍କ ଦୀର୍ଘ କାଳ ଘର ଛାଡ଼ି ରହିବାକୁ ହେଉଥିଲା, ଯାହା ଫଳରେ ଚାଷର କ୍ଷତି ହେଉଥିଲା । ଏପରିକି ପାଞ୍ଚବର୍ଷ ତଳେ ରାଜାଙ୍କ ବାହାଘର ବେଳେ ପାଟରାକୁ ଜିନିଷ ବୋହି ଯାଇ ସେମାନଙ୍କୁ ମାସାଧିକ କାଳ ଘର ଛାଡ଼ି ରହିବାକୁ ହୋଇଥିଲା । ଏହା ବ୍ୟତୀତ ପୂର୍ବ ବର୍ଷ ରାଜା ବନ୍ଦୋବସ୍ତ କରି ଭୂୟାଁଙ୍କର ଲଙ୍ଗଳ ଓ ଘରପିଛା ଖଜଣା ବଢ଼ାଇ ଦେଇଥିଲେ । ଏ ସବୁ କାରଣରୁ ଭୂୟାଁମାନେ ଅତ୍ୟନ୍ତ ପ୍ରପୀଡ଼ିତ ଥିଲେ ଏବଂ ସେମାନଙ୍କ ଭିତରେ ଅସନ୍ତୋଷ କୁହୁଳୁଥିଲା ।

୧୮୯୧ରେ ଧନୁର୍ଜୟ ଠିକ୍ କଲେ ଯେ ମାଛକାନ୍ଦଣା ଝୋରୁ ପର୍ବତ କାଟି ଗୋଟିଏ କେନାଲ କରିବେ, ଯାହାଦ୍ୱାରା ପାଣି ନିଜଗଡ଼ର ଜମିକୁ ଆସି ପାରିବ । ଏ କାମ ବେଠି ଦ୍ୱାରା କରାଗଲା । ଭୂୟାଁ ବେଠିଆମାନଙ୍କୁ କାମ ପାଇଁ ମଜୁରି ତ ଦୂରର କଥା ଖାଇବାକୁ ମଧ୍ୟ ଦିଆଯାଉ ନ ଥିଲା । ସେମାନେ ଘରୁ ଚାଉଳ ଆଣି ଆସୁଥିଲେ, ସକାଳୁ ସନ୍ଧ୍ୟା ପର୍ଯ୍ୟନ୍ତ ଶାବଳରେ ପଥର ଭାଙ୍ଗୁଥିଲେ ଏବଂ ଦିନ ବେଳେ ଦି ଘଣ୍ଟା ଛୁଟିରେ ରୋଷେଇ କରି ଖାଉଥିଲେ । ଯେଉଁ ଗରିବ ଭୂୟାଁର ଘରେ ଚାଉଳ ନ ଥିଲା, ତାକୁ ଉପାସ ରହି କାମ କରିବାକୁ ପଡ଼ୁଥିଲା । ତା ଉପରେ ପୁଣି କାମରେ ସାମାନ୍ୟ ଅବହେଳା ହେଲେ ବେଠିଆମାନଙ୍କୁ କୋରଡ଼ା ମାଡ଼ ଦିଆଯାଉଥିଲା ।

ଅତ୍ୟାଚାର ଯେତେବେଳେ ଚରମ ସୀମାରେ ପହଞ୍ଚିଲା, ଭୂୟାଁମାନେ ଏକ ପଞ୍ଚାୟତ ଡାକିଲେ । ଏ ଖବର ପାଇ ଧନୁର୍ଜୟ ନିଜର ଆସିଷ୍ଟାଣ୍ଟ ମ୍ୟାନେଜରଙ୍କୁ ଦଳବଳ ସହିତ ସେଠାକୁ ପଠାଇଲେ । ସେ ଯାଇ ସେଠାରୁ ପ୍ରାୟ ସତୁରୀ ଜଣ ଭୂୟାଁଙ୍କୁ ଧରି ଆଣିଲେ ଏବଂ ସେମାନଙ୍କ ଭିତରୁ ଦଶ ଜଣଙ୍କୁ ଫାଶି ଦିଆଗଲା । ଏଇ ଧରା ହୋଇ ଆସିଥିବା ଭୂୟାଁଙ୍କ ଭିତରେ ଜଣେ ଥିଲା ଗୋପାଳ ନାୟକ ।

ଗୋପାଳର ଛୋଟ ଭାଇ ଧରଣୀଧର ସେତେବେଳେ ସିଂହଭୂମିରେ ସର୍ଭେ କାମ କରୁଥିଲା । ଭୂୟାଁମାନଙ୍କ ଭିତରେ ସବୁଠାରୁ ଶିକ୍ଷିତ ଥିଲା, କଟକରେ ସର୍ଭେ କାମ ଶିଖି ଚାକରି କରୁଥିଲା । ତାକୁ ଧନୁର୍ଜୟ ବିନା ଦରମା ଦେଇ ଦେଢ଼ ବର୍ଷ କାଳ କାମ କରାଇଥିଲେ । ତାପରେ ଧରଣୀଧର ମୟୂରଭଞ୍ଜ ପଳାଇ ଯାଇ କିଛି ବର୍ଷ ସେଠାରେ କାମ କରୁଥିଲା । ବର୍ଦ୍ଧମାନ କେନ୍ଦୁଝର ଓ ସିଂହଭୂମି ଭିତରେ ସୀମା ବିବାଦ ହେବାରୁ ଧନୁର୍ଜୟ ତାକୁ ଡକାଇ ଆଣି ସେଠାରେ କାମ କରିବାକୁ ପଠାଇଥିଲେ ।

ବଡ଼ ଭାଇ ଧରା ହୋଇଥିବା ଖବର ପାଇ ଧରଣୀଧର କେନ୍ଦୁଝର ଫେରିଆସିଲା ଏବଂ ସେଠାକାର ପରିସ୍ଥିତିକୁ ଦେଖି ଭୂୟାଁମାନଙ୍କର ନେତୃତ୍ୱ ନେଲା । ସେ କଟକ କମିଶନର ଓ ବଙ୍ଗଳା ସରକାରଙ୍କୁ ରାଜାଙ୍କ ଅତ୍ୟାଚାର ବିଷୟ ଲେଖି ଜଣାଇଲା । ଏଥିରେ କିଛି ଫଳ ନ ହେବାରୁ ସେ ଏକ ପଞ୍ଚାୟତ ଡାକିଲା ଏବଂ ଏଥିରେ ଭୂୟାଁ, କୁଆଙ୍ଗ ଓ ଅନ୍ୟ ଅତ୍ୟାଚାରିତ ଲୋକ ଆସି ଯୋଗ ଦେଲେ । ଏ ଖବର ପାଇ ଧନୁର୍ଜୟ ଆସିଷ୍ଟାଣ୍ଟ ମ୍ୟାନେଜର ଓ ପାଇକ ସାଙ୍ଗରେ ଧରି ପଞ୍ଚାୟତ ଜାଗାକୁ ଆସି ପୁଣି ଅନେକ ଲୋକଙ୍କୁ ବାନ୍ଧି ନେଇଗଲେ । ଧରଣୀଧର କିନ୍ତୁ ଖସି ଚାଲିଗଲା ।

ପ୍ରଜାମାନେ ସ୍ଥିର କଲେ ଯେ ଏଥରକ ସେମାନେ ଖୋଲା ଖୋଲି ମେଲି କରିବେ । ମେ ମାସ ଦୁଇ ତାରିଖରେ ପ୍ରାୟ ହଜାରେ ଭୂୟାଁ ଓ କନ୍ଧ ଚମକପୁରଠାରେ ପହଞ୍ଚ ସେଠାରେ କନଷ୍ଟେବଲ ଓ ପାଇକମାନଙ୍କୁ ବାନ୍ଧି ନେଇ ସେ ଗାଁକୁ ଲୁଣ୍ଠନ କଲେ । ଏହା ପରେ ଧରଣୀଧରର ନେତୃତ୍ୱରେ ସେମାନେ କାଳିକାପ୍ରସାଦ, ନୟାପଟ ଇତ୍ୟାଦି ଗାଁକୁ ଲୁଟି କେନ୍ଦୁଝରର ପାଇକ ଓ ସର୍ଦ୍ଧାରମାନଙ୍କୁ ସେମାନଙ୍କର ଆନୁଗତ୍ୟ ସ୍ୱୀକାର କରିବାକୁ ବାଧ୍ୟ କଲେ ଏବଂ ଲୋକ ଜଗାଇ କେନ୍ଦୁଝର ଗଡ଼କୁ ରାସ୍ତା ବନ୍ଦ କରିଦେଲେ । ମେ ମାସ ସାତ ତାରିଖରେ ଧନୁର୍ଜୟ ଭୟରେ ଗଡ଼ ଛାଡ଼ି ପଚାଶ ମାଇଲ ଦୂର ଆନନ୍ଦପୁରକୁ ଚାଲିଗଲେ ।

ସେତେବେଳକୁ କେନ୍ଦୁଝର ମ୍ୟାନେଜର ଫକୀରମୋହନ ସେନାପତି ଆନନ୍ଦପୁରରେ ରହୁଥିଲେ । ସେ ଅନେକ ଦିନରୁ ପାଲଲହଡ଼ା ଦେବାନୀ ଛାଡ଼ିଥିଲେ । ପାଲଲହଡ଼ାରେ କାମ ବିଶେଷ ନ ଥିଲା; ମହାଭାରତ ଅନୁବାଦ କରି ଓ ପଶା ଖେଳି କେତେ ବା ସମୟ କଟିଥାନ୍ତା ? ସେଠାରେ ଆଉ ଗୋଟିଏ

ଅସୁବିଧା ବି ଥିଲା; ଫକୀରମୋହନ ପ୍ରଚୁର ପାନ ଖାଉଥିଲେ, କିନ୍ତୁ ପାଲଲହଡ଼ାରେ ପାନ ମିଳୁ ନ ଥିଲା । ଏପରି ଭାବରେ ବିରକ୍ତ ହୋଇ ଚାକିରି ଛାଡ଼ି ଦେଇ ବାଲେଶ୍ୱରକୁ ଚାଲି ଆସିଥିଲେ ଫକୀରମୋହନ । କିଛିଦିନ ପରେ ପୁଣି ଅର୍ଥାଭାବ ହେବାରୁ ପୁଣି ସେହି ନନ୍ଦକିଶୋର ଦାସଙ୍କ ସହାୟତାରେ ସେ କେନ୍ଦୁଝରର ମ୍ୟାନେଜର କାମ ପାଇଲେ । ଏ କାମ ତାଙ୍କୁ ବୁଝିବାକୁ ହେଉଥିଲା ଆନନ୍ଦପୁରରେ ରହି ।

ଧନୁର୍ଜୟ ଆନନ୍ଦପୁର ଆସିବା ପୂର୍ବରୁ ଫକୀରମୋହନ ମେଲିର ଖବର ପାଇଥିଲେ ଦୌଡ଼ ପାଇକ ହାତରେ ରାଜା ପଠାଇଥିବା ଏକ ଚିଠିରୁ । ଏ ଚିଠିର ଦି ଦିନ ପରେ ଦିନେ ରାତି ନ'ଟାରେ ଧନୁର୍ଜୟ ଆସି ପହଞ୍ଚିଲେ ଆନନ୍ଦପୁରରେ । ସେଦିନ ସକାଳୁ କିଛି ବିଶ୍ୱସ୍ତ ଲୋକ ଓ ତିନୋଟି ହାତୀ ନେଇ ସେ ବାହାରିଥିଲେ କେନ୍ଦୁଝର ଗଡ଼ରୁ । ଆନନ୍ଦପୁରରେ ଧନୁର୍ଜୟଙ୍କ ରହିବାର ବନ୍ଦୋବସ୍ତ କରାଇ ତା ଆରଦିନ ସକାଳୁ ଫକୀରମୋହନ କଟକ ବାହାରିଲେ କମିଶନରଙ୍କୁ ମେଲି ଖବର ଦେବା ପାଇଁ । ସେ ଦିନ ରାତିରେ କଣ୍ଠାଝରିରେ ରହି ତା ଆରଦିନ ବ୍ରାହ୍ମଣୀ ନଦୀ ଦୁଲିଡ଼ିହା ଲକ୍‌ଠାରେ ହାତୀକୁ ଛାଡ଼ି ସେ ସେଠାରୁ ଷ୍ଟିମର ଧରିଲେ ଓ ତୃତୀୟ ଦିନ ସକାଳ ନ'ଟାରେ କଟକରେ ପହଞ୍ଚିଲେ ।

ପ୍ରଥମେ ଆସିସ୍ଥାଣ୍ଟ ସୁପରିନଟେଣ୍ଡେଣ୍ଟ ନନ୍ଦକିଶୋର ଦାସଙ୍କୁ ସାକ୍ଷାତ କରି ସେ ଦିନ ଫକୀରମୋହନ କମିଶନର ଜି. ଟ୍ୟନବାଙ୍କୁ ଭେଟିଲେ । ଟ୍ୟନବୀ ଧନୁର୍ଜୟଙ୍କ ଅତ୍ୟାଚାର ବିଷୟରେ ଶୁଣିଥିଲେ ଏବଂ ଫକୀରମୋହନଙ୍କ ଉପରେ ପାଟି କଲେ । ଅନେକ କଷ୍ଟରେ ଫକୀରମୋହନ ତାଙ୍କୁ ମନାଇଲେ ଯେ ବାଲେଶ୍ୱର ଏସ୍.ପି. ଶହେଜଣ କନଷ୍ଟେବଲ ଧରି ଯାଇ ଧନୁର୍ଜୟଙ୍କୁ ସାହାଯ୍ୟ କରିବେ ।

ଫକୀରମୋହନ ଏ ଖବର ନେଇ କେନ୍ଦୁଝର ଫେରିବା ବାଟରେ ଟାଙ୍ଗିଠାରେ ଦେଖିଲେ ଯେ ସେ ଆଉ ଧନୁର୍ଜୟ ଆସୁଛନ୍ତି । ସେ ଏତେବାଟ ଆସିଥିବାରୁ ଠିକ୍ ହେଲା ଯେ ସେ ମଧ୍ୟ କମିଶନରଙ୍କୁ ସାକ୍ଷାତ କରି ଯିବେ । ଧନୁର୍ଜୟ ଏକ ବସ୍ତରେ ବାହାରିଥିବାରୁ ତାଙ୍କ ପାଖରେ ଭଲ ପୋଷାକ ନ ଥିଲା କମିଶନରଙ୍କ ପାଖକୁ ପିନ୍ଧି ଯିବା ପାଇଁ । ସେଇଦିନ ଦରଜୀ ଡାକି ରାତିରେ ପୋଷାକ ସିଲାଇ କରାଇ ତାକୁ ପିନ୍ଧି ଧନୁର୍ଜୟ ପରଦିନ ସକାଲେ ଯାଇ କମିଶନରଙ୍କୁ ସାକ୍ଷାତ କଲେ ।

ଟ୍ୟନବୀ ପୁଣି ଧନୁର୍ଜୟଙ୍କ ଉପରେ ବିରକ୍ତ ହେଲେ ଏବଂ କହିଲେ ଯେ ସେ ଆଉ କିଛି କରିବେ ନାହିଁ । କିନ୍ତୁ ଧନୁର୍ଜୟ ନିଜ ପରିବାରଙ୍କ ନାଁରେ ନିରାପଡ଼ା ପାଇଁ ଅନୁରୋଧ କରିବାରୁ ଏବଂ ସବୁ ଖର୍ଚ୍ଚ ଦେବାପାଇଁ କହିବାରୁ ଟ୍ୟନବୀ ସାହାଯ୍ୟ କରିବାକୁ ରାଜି ହେଲେ । ସ୍ଥିର ହେଲା ଯେ ଚାଇବସାର ଡେପୁଟି କମିଶନର ଏଚ. ଡ଼ିସନ କେନ୍ଦୁଝର ମେଲି ଦମନ କରିବାକୁ ନିଯୁକ୍ତ ହେବେ; ଏଥିପାଇଁ ତାଙ୍କ ହାତରେ ମିଲିଟାରୀ ଓ ପୋଲିସ ଦିଆଯିବ । ଟ୍ୟନବୀ ଏହି ମର୍ମରେ ସରକାରଙ୍କୁ ତାର ପଠାଇଲେ । ଫକୀରମୋହନ ଓ ଧନୁର୍ଜୟ ଏ ଆଶ୍ୱାସନା ପାଇବା ପରେ ଆନନ୍ଦପୁରକୁ ଫେରିଗଲେ ।

ଏଶେ ମେଲିଆଙ୍କ ସଂଖ୍ୟା ପ୍ରାୟ କୋଡ଼ିଏ ହଜାରରେ ପହଞ୍ଚିଲା ଏବଂ ସେମାନେ ଅନେକ ଗାଁ ଲୁଟି କରି ମେ ୧୬ ତାରିଖରେ ଗଡ଼କୁ ଆକ୍ରମଣ କଲେ । ଗଡ଼ର ପାଇକମାନେ ତାଙ୍କୁ ଭିତରକୁ ପଶିବାକୁ ଦେଲେ ନାହିଁ, ତେବେ ମେଲିଆମାନେ ରାସ୍ତାଘାଟ ବନ୍ଦ କରିଦେବାର ସଫଳ ହେଲେ । ଇନ୍ଦ୍ରଛତ୍ର ଓ ରାଇସୁଆଁ ପାହାଡ଼ରେ ସେମାନେ ଅନେକ ପାଇକଙ୍କୁ ବନ୍ଦୀ କରି ରଖିଲେ । ସମୟ କ୍ରମେ ଅନେକ ଜମିଦାର ଓ ପାଇକ ମଧ୍ୟ ରାଜାଙ୍କ ପକ୍ଷ ଛାଡ଼ି ମେଲିଆଙ୍କ ସହିତ ଯୋଗ ଦେଲେ ।

ଧନୁର୍ଜୟ ଓ ଫକୀରମୋହନ ଆନନ୍ଦପୁର ଇଲାକାରେ ପାଇକ ସଂଗ୍ରହ କରିବାରେ ଲାଗିଲେ ।

ଅତି କଷ୍ଟରେ ତିନିଶହ ବୁଢ଼ା ନିର୍ଜୀବ ଅଧାଅଧୁ ଅନ୍ଧାରକଣା ପାଇକ ସଂଗ୍ରହ ହେଲେ । ସେମାନଙ୍କ ପାଖରେ ଯେଉଁ ବନ୍ଧୁକ ଥିଲା ସବୁ କଳଙ୍କି ଲଗା ଏବଂ ତରବାରି ସବୁ ଦଦରା । ସ୍ଥିର ହେଲା ଯେ ଧନୁର୍ଜୟ ଆନନ୍ଦପୁରରେ ରହିବେ ଏବଂ ଫକୀରମୋହନ ଏଇ ପାଇକ ବାହିନୀ ନେଇ ଗଡ଼କୁ ଯିବେ । ତଦନୁସାରେ ମେ ମାସ ୧୩ ତାରିଖ ଦିନ ସାଙ୍ଗରେ ଅଢ଼େଇଶହ ପାଇକ, ଚାରିଜଣ କନଷ୍ଟେବଲ ଓ ତିନିଟି ହାତୀ ନେଇ ଫକୀରମୋହନ ଆନନ୍ଦପୁର ଛାଡ଼ିଲେ ।

ପରଦିନ ବସନ୍ତପୁର ଘାଟି ପାଖରେ ଭୂୟାଁ ମେଲିଆମାନେ ତାଙ୍କୁ ଘେରିଗଲେ ଏବଂ ପାଇକମାନଙ୍କ ବନ୍ଧୁକ ଖାଲି କରିଦେଲେ । ତା ପରେ ସେମାନେ ଫକୀରମୋହନଙ୍କୁ ରାଇସୁଆଁ ନେଇଯାଇ ପହଞ୍ଚାଇଲେ ଧରଣୀଧର ପାଖରେ । ବର୍ତ୍ତମାନ ଧରଣୀଧରକୁ ସମସ୍ତେ ନାୟକ ବୋଲି ମାନୁଥିଲେ ଏବଂ ସେ ଥିଲା ମେଲିର ଅପ୍ରତିଦ୍ୱନ୍ଦୀ ନେତା । ଲୋକମାନଙ୍କ ଭିତରେ ପ୍ରଚାର ହୋଇଯାଇଥିଲା ଯେ ମହାରାଣୀ ଭିକ୍ଟୋରିଆ ଧରଣୀକୁ ପୋଷ୍ୟପୁତ୍ର କରି ପଠାଇଛନ୍ତି କେନ୍ଦୁଝରର ରାଜା ହେବା ପାଇଁ । ରାଜାଙ୍କ ଅତ୍ୟାଚାରୀ କର୍ମଚାରୀଙ୍କ ଉପରେ ମେଲିଆମାନଙ୍କର ଯେଭଳି ରାଗ ଥିଲା, ସେମାନେ ଫକୀରମୋହନଙ୍କୁ ମାରି ଦେଇଥାନ୍ତେ । କିନ୍ତୁ ଫକୀରମୋହନ ବଞ୍ଚିଗଲେ ଏ କଥା କହି ଯେ ସେ ଧନୁର୍ଜୟ ବଦଳରେ ଧରଣୀଧରକୁ ରାଜା ମାନୁଛନ୍ତି ଏବଂ ତା ପାଖରେ ମ୍ୟାନେଜର ଚାକିରି କରିବେ । ଫକୀରମୋହନ ଓଲଟା ଏ ଚାକିରି ପାଇଁ ଦରମା ମଧ୍ୟ ମାଗିଲେ ଏବଂ ସ୍ଥିର ହେଲା ଯେ ସେ ସାତ ମାଣ ନିଷ୍କର ଜମି ପାଇବେ ।

ଏହା ପରେ ଫକୀରମୋହନ ଲାଗି ପଡ଼ିଲେ କିପରି ଧରଣୀଧରକୁ ଧରାଇ ଦେଇ ଧନୁର୍ଜୟକୁ ପୁଣି ଗଡ଼କୁ ଆଣିବେ । ଧରଣୀଧର ବର୍ତ୍ତମାନ ସେ ଅଞ୍ଚଳର ସର୍ବେସର୍ବା ଥିଲା ଏବଂ ନିଜକୁ କେନ୍ଦୁଝରର ଟିକାୟତ ବୋଲି କହି ସବୁଆଡ଼କୁ ପରୱାନା ପଠାଉଥିଲା ଓ ଲୋକଙ୍କ ପାଖରୁ ରସଦ ଆଦାୟ କରୁଥିଲା । ଏ ଭିତରେ ତା'ର ମେଲିଆମାନେ ଜେଲଖାନାରୁ କଏଦୀମାନଙ୍କୁ ଛାଡ଼ି ଦେଇଥିଲେ ଏବଂ ଟ୍ରେଜରୀ ଲୁଟି କରି ଟଙ୍କା ପଇସା ନେଇ ଆସିଥିଲେ ।

ଅବସ୍ଥା ସାଂଘାତିକ ଦେଖି ଚାଇବସା ଡେପୁଟି କମିଶନର ଡ଼ସନ କଲିକତାରୁ ମିଲିଟାରୀ ସୈନ୍ୟ ମଗାଇଲେ । ମେ ୨୧ ତାରିଖରେ ମିଲିଟାରୀ ଓ ପୋଲିସ ବାହିନୀ ଧରି ଡ଼ସନ ଚକ୍ରଧରପୁରରୁ ବାହାରିଲେ ଓ ପରଦିନ ଜୟନ୍ତୀଗଡ଼ରେ ପହଞ୍ଚିଲେ । ଏଣେ ବାଲେଶ୍ୱର ଏସ.ପି. ଗାଇଜ ଧନୁର୍ଜୟକୁ ସାଙ୍ଗରେ ଧରି ଆନନ୍ଦପୁର ଆଡ଼ୁ ଆସିଲେ । ଡ଼ସନ ଖବର ପାଇଲେ ଯେ ମେଲିଆମାନେ ଗଡ଼ରେ ରାଜାଙ୍କ ଶାସ୍ତ୍ରାଗାରକୁ ଦଖଲ କରିଛନ୍ତି ଓ ଗଡ଼ ଭିତରେ ପଶିବା ପାଇଁ ତୋପ ଖଞ୍ଜିଛନ୍ତି । ସଠିକ୍ ଖବର ବୁଝିବା ପାଇଁ ସେ ଶଶିଭୂଷଣ ରାୟ ବୋଲି ଜଣେ ସବ୍‌ଇନ୍‌ସ୍ପେୟ୍‌ରକୁ ପଠାଇଲେ, କିନ୍ତୁ ମେଲିଆମାନେ ତାକୁ ଧରି ଧରଣୀଧର ପାଖକୁ ନେଇଗଲେ ।

ଫକୀରମୋହନ ଓ ଶଶିଭୂଷଣ ଏକାଠି ହୋଇ ବୁଦ୍ଧି ବାହାର କଲେ ଏବଂ ଧରଣୀଧରକୁ ବୁଝାଇଲେ ଯେ ସେ ଯାଇ ଇଁରେଜ ଅଫିସରଙ୍କୁ ଦେଖା କରୁ, ତାହା ହେଲେ ସେମାନେ ତାକୁ ରାଜା କରିଦେବେ । ଏହି ସମୟରେ ଖବର ଆସିଲା ଯେ ଇଁରେଜ ଫଉଜ ରାଇସୁଆଁ ଆଡ଼କୁ ଆସୁଛନ୍ତି । ଫକୀରମୋହନ ଧରଣୀଧରକୁ ଅଭୁତ ରାଜପୋଷାକରେ ସଜାଇ, ଅନ୍ଧ ଲୋକ ସାଙ୍ଗରେ ନେଇ ହାତୀରେ ବସି ଡ଼ସନଙ୍କୁ ଭେଟିବାକୁ ପଠାଇଦେଲେ । ଅଧାବାଟରେ ଧରଣୀଧର ଡ଼ସନଙ୍କୁ ଦେଖି ହାତୀରୁ ଓହ୍ଲାଇବାରୁ ତାକ ଇଁରେଜ ଫୌଜ ଘେରି ଯାଇ ବନ୍ଦୀ କରି ନେଲେ ।

ଏହା ପରେ ଡିସନଙ୍କ ସୈନ୍ୟମାନେ ଯାଇ ରାଇସୁଆଁରେ ଧରଣୀଧରର ଘର ଜାଳିଦେଲେ ଏବଂ ଫକୀରମୋହନ ଇତ୍ୟାଦିଙ୍କୁ ମୁକୁଳାଇଲେ । ସେଠାରେ ସବୁ ବନ୍ଧୁକ ଗୁଳି ବାରୁଦ ଜବତ କରି ସେମାନେ ଧରଣୀଧରର ଲୋକମାନଙ୍କୁ ବନ୍ଦୀ କଲେ ଓ ଗଡ଼ ଆଡ଼କୁ ଚାଲିଲେ । ସେହିଦିନ ଗାଇଜଙ୍କ ସହିତ ଧନୁର୍ଜୟ ମଧ୍ୟ ଆନନ୍ଦପୁରରୁ ବାହାରି ଗଡ଼ରେ ପହଞ୍ଚିଲେ । କିଛି ମେଲିଆ ଧରା ହେଲେ ଏବଂ ଅନ୍ୟମାନେ ଜଙ୍ଗଲକୁ ପଳାଇଗଲେ । ଧନୁର୍ଜୟଙ୍କୁ ନିରାପଦରେ ଗଡ଼ ଭିତରେ ପହଞ୍ଚାଇ ଦିଆଗଲା ।

ଜୁନ ୧୬ ତାରିଖରେ ଲୋକମାନଙ୍କର ଅଭାବ ଅସୁବିଧା କଥା ବୁଝିବା ପାଇଁ କମିଶନର ଟ୍ୟରନବୀ କେନ୍ଦୁଝରେ ଆସିଲେ । ତଦନ୍ତ କରି ସେ ଜାଣିଲେ ଯେ ଧନୁର୍ଜୟ କେନ୍ଦୁଝରେ ରହିଲେ ପୁଣି ସମସ୍ୟା ହେବ । ତେଣୁ ସେ ସ୍ଥିର କଲେ ଯେ ଧନୁର୍ଜୟଙ୍କୁ କଟକ ପଠାଇ ଦିଆଯିବ ଓ ଜଣେ ସାହେବ ଏଚ.ପି. ୱାଇଲି କେନ୍ଦୁଝରର ମ୍ୟାନେଜର ହେବେ ।

କଟକରେ ଧରଣୀଧରର ବିଚାର ହୋଇ ପେନାଲ କୋଡ଼ର ୧୨୫, ୧୨୬ ଓ ୩୪୦ ଦଫାଅନୁସାରେ ତାକୁ ସାତବର୍ଷ ସଶ୍ରମ କାରାବାସ ଦଣ୍ଡ ମିଳିଲା ।

ଆନନ୍ଦପୁର: ମାର୍ଚ୍ଚ ୧୮୯୨

ଏତକିରେ କିନ୍ତୁ କେନ୍ଦୁଝର ସମସ୍ୟାର ଶେଷ ହେଲା ନାହିଁ। କେନ୍ଦୁଝର ଗାଦି ଫେରି ପାଇବା ପାଇଁ ଧନୁର୍ଜୟ କମିଶନରଙ୍କ ପାଖେ ଦରଖାସ୍ତ କଲେ ଏବଂ ତାଙ୍କ ପକ୍ଷରୁ ଏ ବିଷୟରେ ଟ୍ୟନବୀଙ୍କ ଆଗରେ ଓକିଲାତି କଲେ ମଧୁସୂଦନ ଦାସ। ଟ୍ୟନବୀ କିନ୍ତୁ ତାଙ୍କ ଦରଖାସ୍ତକୁ ନାମଞ୍ଜୁର କରି ଦେଲେ। ଏହା ପରେ ମଧୁବାବୁ ରାଜାଙ୍କ ପକ୍ଷରୁ ଛୋଟଲାଟଙ୍କ ପାଖରେ ଏ ବିଷୟରେ ଦରଖାସ୍ତ ଦେଲେ। ଏ ଦରଖାସ୍ତର ସାରାଂଶ ଥିଲା ଯେ ଧନୁର୍ଜୟ ଅତ୍ୟାଚାରୀ ରାଜା ଥିବା ବିଷୟରେ କୌଣସି ପ୍ରମାଣ ନାହିଁ। ଛୋଟଲାଟ ସର ଚାର୍ଲ୍ସ ଇଲିଅଟ୍ ସ୍ଥିର କଲେ ଯେ ସେ ନିଜେ କେନ୍ଦୁଝର ଯାଇ ସବୁ କଥା ଦେଖି ବୁଝି ନିଜର ନିଷ୍ପତ୍ତି ଦେବେ।

ଫେବ୍ରୁଆରୀ ମାସରେ ଛୋଟଲାଟ କଟକ ଯିବା ବାଟରେ ତାଙ୍କୁ ଭଦ୍ରଖାଟାରେ କେନ୍ଦୁଝରର ପ୍ରାୟ ଦୁଇଶହ ଲୋକ ଭେଟି ଗୋଟିଏ ଦରଖାସ୍ତ ଦେଲେ; ଏଥିରେ ସେମାନେ ନିଜର ଅସୁବିଧା କଥା ଜଣାଇଥିଲେ। କଟକରେ ପହଞ୍ଚି ଇଲିଅଟ୍ କେନ୍ଦୁଝର ବିଷୟରେ ଟ୍ୟନବୀ, ଓ୍ୱାଇଲି ଓ ଧନୁର୍ଜୟଙ୍କ ସହିତ ଆଲୋଚନା କଲେ। ଏତେବେଳେ କେନ୍ଦୁଝରରୁ ଅନେକ ଲୋକ ମଧ୍ୟ ଆସି ପହଞ୍ଚିଥିଲେ କଟକରେ। ଟ୍ୟନବୀ ଓ ଓ୍ୱାଇଲିଙ୍କ ମତ ଥିଲା ଯେ ରାଜାଙ୍କୁ ଗାଦି ଫେରାଇ ଦିଆ ନ ଯାଉ। କିନ୍ତୁ ସମସ୍ତଙ୍କ ସହିତ ବିଚାର ବିମର୍ଶ କରି ଇଲିଅଟ୍ ନିଷ୍ପତ୍ତି ଦେଲେ ଯେ ଧନୁର୍ଜୟଙ୍କୁ କେନ୍ଦୁଝର ଫେରିବାକୁ ଦିଆଯିବ, କିନ୍ତୁ ତାଙ୍କ ସହିତ ଜଣେ ପଲିଟିକାଲ ଏଜେଣ୍ଟ ମଧ୍ୟ ପଠାଯିବେ। ନନ୍ଦକିଶୋର ଦାସଙ୍କୁ ଏ ପଦ ଏବଂ ତା ସହିତ ଅନେକ କ୍ଷମତା ଦିଆଯିବ। ଓ୍ୱାଇଲିଙ୍କୁ କେନ୍ଦୁଝରରୁ ପ୍ରତ୍ୟାହାର କରି ନିଆଯିବ। ଫକୀରମୋହନ ପ୍ରଜାମାନଙ୍କ ଭିତରେ ଅତି ଅପ୍ରିୟ ହୋଇଥିବାରୁ ତାଙ୍କୁ କାମରୁ ଅବ୍ୟାହତି ଦିଆଯିବ ଏବଂ ତାଙ୍କ ଜାଗାରେ ବାବୁ ଦୁର୍ଗାଦାସ ମୁଖାର୍ଜୀଙ୍କୁ ନିଯୁକ୍ତ କରାଯିବ।

ଛୋଟଲାଟ୍ କଲିକତା ଫେରିବା ବାଟରେ ଫକୀରମୋହନ ତାଙ୍କୁ ସାକ୍ଷାତ କଲେ ଭଦ୍ରଖ ଡାକବଙ୍ଗଳାରେ । ଛୋଟଲାଟ୍ ଫକୀରମୋହନଙ୍କୁ କେବଳ 'ତମେ କେତେବେଳେ ଆସିଲ ? ଭଲ ଅଛ ?' ଏତିକି କହି ଜେଲ ପରିଦର୍ଶନରେ ବାହାରିଗଲେ । ଫକୀରମୋହନ ଜାଣିଲେ ଯେ ତାଙ୍କର ଚାକିରି ଯାଇଛି ।

ଛୋଟଲାଟ୍ ଭଦ୍ରଖରୁ କଲିକତା ଚାଲିଗଲେ । ଓ୍ଵାଇଲି ମଧ୍ୟ ଆଉ କେନ୍ଦୁଝରକୁ ନ ଫେରି ସେଠାରୁ ସିଧା ମୟୂରଭଞ୍ଜକୁ ଚାଲିଗଲେ । କେନ୍ଦୁଝରରୁ ସେ ଯେଉଁ ଉଣେଇଶିଟି ହାତୀ ନେଇ ଆସିଥିଲେ ତାକୁ ସେ ଛାଡ଼ିଗଲେ ଫକୀରମୋହନଙ୍କ ଦାୟିତ୍ୱରେ ।

ଫକୀରମୋହନ ଶେଷଥର ପାଇଁ ଆନନ୍ଦପୁର ଫେରିଲେ ହାତୀ ଓ ତାଙ୍କ କାମର ଦାୟିତ୍ୱ ଦେଇଦେବା ପାଇଁ । ଏଇ ସମୟରେ ତାଙ୍କର ମନ ନାନା ଦୁଷ୍ଚିନ୍ତାରେ ପୂର୍ଣ୍ଣ ଥିଲା, କାରଣ ସେ ପୁନର୍ବାର କର୍ମହୀନ ହେବାକୁ ଯାଉଥିଲେ । ତେବେ ହାତୀ ଉପରେ ବସି ଭଦ୍ରଖରୁ ଆନନ୍ଦପୁର ଯିବାବେଳେ କାଗଜ ପେନସିଲ ତାଙ୍କର ସହାୟକ ହେଲା । ସେ ଭାବିଲେ ଓଡ଼ିଶାରେ ଯେତେ ସାହିତ୍ୟିକ ଓ ପ୍ରଧାନ ଲୋକ ଅଛନ୍ତି ତାଙ୍କର ଗୋଟିଏ ତାଲିକା ତିଆରି କରିବେ । ତା ପରେ ଭାବିଲେ ଖାଲି ନାଁ ଲେଖିଲେ ଲୋକେ ପଢ଼ିବାକୁ ସୁଖ ପାଇବେ ନାହିଁ, ସେମାନଙ୍କ ଗୁଣାବଳୀ ମଧ୍ୟ ଲିପିବଦ୍ଧ କରିବା ଉଚିତ । କାଗଜ ଉପରେ ଓଁ ଲେଖି ସେ ଶାରଳା ବନ୍ଦନାରୁ ଏହି ଭଲି ଲେଖା ଆରମ୍ଭ କଲେ : ବନ୍ଦଇ ଶାରଳା ମା' ଗୋ ୫ଙ୍ଗଡ଼ ବାସିନୀ, ବୀଣାବଜାଇନି ଦେବୀ ଅକଲଦାୟିନୀ । ଇତ୍ୟାଦି । ଆନନ୍ଦପୁରରେ ପହଞ୍ଚିବା ବେଳକୁ ଲେଖା ଅଧାଅଧ ହୋଇଯାଇଥିଲା । ସେଠାରେ ହାତୀରୁ ଓହ୍ଲାଇ ଯେତିକି ଲେଖା ହୋଇଥିଲା ତାକୁ ଛପାଇବାକୁ ସେଠାର ପ୍ରେସରେ ଦେଇଦେଲେ । ସେ ଏଇ ଲେଖାଟିର ନାଁ ରଖିଲେ ଉତ୍କଳ ଭ୍ରମଣଂ, କାରଣ ଏଥିରେ ଓଡ଼ିଶାର ବିଭିନ୍ନ ଅଞ୍ଚଳ କଥା ଲେଖାଥିଲା । ଛପା ହେବା କାମ ସଙ୍ଗେ ସଙ୍ଗେ ଫକୀରମୋହନ ଚାଲିଥାନ୍ତି ଏବଂ ତାଙ୍କର ଲେଖା ସରିଲା ସେଦିନ ରାତି ଦଶଟା ବେଳେ । ପରଦିନ ସନ୍ଧ୍ୟାବେଳକୁ ଉତ୍କଳ ଭ୍ରମଣଂ ଛପା ଶେଷ ହୋଇ ପ୍ରେସରୁ ବାହାରି ଆସିଲା ।

ଏଇ ସମୟରେ ଧନୁର୍ଜୟ, ନନ୍ଦକିଶୋର ଦାସ ଏବଂ ମଧୁବାବୁ ମଧ୍ୟ ଆସି ଆନନ୍ଦପୁରରେ ପହଞ୍ଚିଲେ । ସେମାନେ ସମସ୍ତେ ଗଡ଼ ଜିତିବା ଭଲି ଦିଶୁଥିଲେ, କିନ୍ତୁ ଫକୀରମୋହନ ଅତି ବିଷଣ୍ଣ ଥିଲେ । ତାଙ୍କର ଗୋଟିଏ ପ୍ରିୟ କୁକୁର ମରିଯାଇଥିବାର ସମ୍ବାଦ ସେ ସେଇଦିନ ପାଇଥିଲେ ଏବଂ ଚାକିରି ଯିବା ଦୁଃଖଠାରୁ ଏଇଟି ତାଙ୍କୁ ଅଧିକ ଦୁଃଖଦାୟକ ଲାଗିଥିଲା ସେତେବେଳେ । ନନ୍ଦକିଶୋର ଦାମଙ୍କ ସାକ୍ଷାତରେ ସେ ଅଫିସ ଏବଂ ଖଜଣାଖାନା ତହବିଲର ଭାର ଅନ୍ୟ ଲୋକ ହାତରେ ସମର୍ପଣ କରିଦେଲେ । ଏହାପରେ ସେ ସମସ୍ତଙ୍କୁ ଉତ୍କଳ ଭ୍ରମଣଂର ଖଣ୍ଡିଏ ଖଣ୍ଡିଏ କପି ଉପହାର ଦେଲେ । ମଧୁବାବୁ ତାଙ୍କର ଅନ୍ୟ କାମ ରଖିଦେଇ ସେଇଠାରେ ବସି ବହିଟି ପଢ଼ିବାରେ ଲାଗିଲେ । ବହିରେ ତାଙ୍କ ବିଷୟରେ ଥିଲା :

ଆସ ମିଷ୍ଟର ଏମ.ଏସ. କରେ ଶେକହ୍ୟାଣ୍ଡ

ଉଜ୍ଜ୍ଵଳ ହୋଇଛି ତୁମ୍ଭ ଯୋଗେ ମଦରଲ୍ୟାଣ୍ଡ । ଇତ୍ୟାଦି ।

ନନ୍ଦକିଶୋର ମଧ୍ୟ ବହିଟିରୁ ନିଜ ବିଷୟରେ ନିମ୍ନଲିଖିତ ପଂକ୍ତିମାନ ପଢ଼ି ଖୁସି ହେଲେ ।

ହେ ନନ୍ଦକିଶୋର ସର୍ବଗୁଣରେ ନିପୁଣ

ଗାଇବାକୁ ତୁମ୍ଭ ଯଶ ନାହିଁ ମୋର ଗୁଣ । ଇତ୍ୟାଦି ।

ଧନୁର୍ଜୟ ବହିଟିକୁ ଏ ପାଖ ସେ ପାଖ ଦେଖିନେଲେ। ଏଥିରେ ଦଶପଲ୍ଲା, ଆଠଗଡ଼, ତାଳଚେର, ବାମଣ୍ଡା, ମୟୁରଭଂଜ ଇତ୍ୟାଦି ଅନେକ ରାଜାଙ୍କ ବିଷୟରେ ଉଲ୍ଲେଖ ଥିଲା, କିନ୍ତୁ ଅନେକ ଖୋଜି ସେ କନ୍ଧୁୟର ନାଁ କେଉଁଠାରେ ପାଇଲେ ନାହିଁ।

ସେଇଦିନ ରାତି ଅଧରେ ହାତୀ ଚଢ଼ି ଫକୀରମୋହନ ଆନନ୍ଦପୁର ଛାଡ଼ିଲେ। ତାଙ୍କ ପାଖରେ ପାଞ୍ଚଶହ କପି ଉକ୍କଳ ଭ୍ରମଣଂ ବନ୍ଧା ହୋଇ ରଖା ହୋଇଥିଲା। ସେ ଠିକ୍ କରିଥିଲେ ବାଲେଶ୍ୱରରେ ପହଞ୍ଚି ଏ ବହିଗୁଡ଼ିକୁ ବାଣ୍ଟି ଦେବେ। ବର୍ତ୍ତମାନ ଆଉ ସେ ଦୂର ଭବିଷ୍ୟତ କଥା ଭାବୁ ନ ଥିଲେ। ଶେଷ ରାତିରେ ସେ ଯାଇ କେନ୍ଦୁୟର ସୀମା ବସ୍ତିଆରେ ପହଞ୍ଚିବେ। ଧନୁର୍ଜୟଙ୍କର ନିର୍ଦ୍ଦେଶ ଥିଲା ଯେ ତାଙ୍କର ହାତୀ କେବଳ ସେହି ପର୍ଯ୍ୟନ୍ତ ଯାଇ ଫକୀରମୋହନଙ୍କୁ ଓହ୍ଲାଇ ଦେଇ ଫେରିଆସିବ। ଫକୀରମୋହନଙ୍କର ଚିନ୍ତା ଥିଲା ସେ ସେଠାରୁ କି ବ୍ୟବସ୍ଥା କରି ବାଲେଶ୍ୱର ପର୍ଯ୍ୟନ୍ତ ଯିବେ।

କଟକ: ଜୁନ ୧୮୯୨

ଅନ୍ୟମାନଙ୍କ ଭଳି ରାଧାନାଥ ମଧ୍ୟ ଉତ୍କଳ ଭ୍ରମଣଙ୍କର ଗୋଟିଏ କପି ଡାକଯୋଗେ ପାଇଲେ। ଏ ଛୋଟ ବହିଟି ବର୍ତ୍ତମାନ ଓଡ଼ିଶାର ଶିକ୍ଷିତ ମହଲରେ ଚର୍ଚ୍ଚାର ବିଷୟ ହୋଇଥିଲା। ଓଡ଼ିଶାର ଜଣାଶୁଣା କେହି ବାଦ୍ ଯାଇ ନ ଥିଲେ ଫକୀରମୋହନଙ୍କ ତାଲିକାରୁ; ଏପରିକି ଓଡ଼ିଶା ଛାଡ଼ି ଚାଲିଯାଇଥିବା ରେଭେନଶା ଓ ବୀମସ ମଧ୍ୟ ଉତ୍କଳ ଭ୍ରମଣଙ୍କର ପୃଷ୍ଠା ଅଳଙ୍କୃତ କରୁଥିଲେ। ରାଧାନାଥ ବହିଟିରେ ନିଜ ବିଷୟର ପଢ଼ି ବିଶେଷ ଖୁସି ହେଲେ। ଏହାର ପ୍ରଥମ ଦୁଇଧାଡ଼ି :

ଧନ୍ୟ ରାଧାନାଥ ତୁମ୍ଭ ଜନମ ସଫଳ

ବ୍ୟାପୀ ରହିଅଛି କୀର୍ତ୍ତି ଓଡ଼ିଶା ମଣ୍ଡଳ।

ଏ କେତୋଟି ବର୍ଷ କିଛି ଭଲରେ କଟି ନ ଥିଲ୍ୟା ରାଧାନାଥଙ୍କର। ୧୮୯୦ ମାର୍ଚ୍ଚ ମାସରେ ପଣ୍ଡିତ ଗୋବିନ୍ଦ ରଥ ସଦର ବୋର୍ଡ଼କୁ ରାଧାନାଥଙ୍କ ବିରୁଦ୍ଧରେ ଏକ ଅଭିଯୋଗ ପତ୍ର ପଠାଇଥିଲେ। ଏଥିରେ କୁହାଯାଇଥିଲା ଯେ ରାଧାନାଥ ଶିକ୍ଷା ବିଭାଗର ଜଣେ ଉଚ୍ଚତମ କର୍ଚ୍ଚା ଥିବାରୁ ପାଠ୍ୟ ପୁସ୍ତକ ନିର୍ବାଚନ ଏବଂ ବିଦ୍ୟାଳୟମାନଙ୍କରେ ସେ ସବୁ ଚଲାଇବା ପାଇଁ ଯୋଗ୍ୟତା ଓ ପୁସ୍ତକର ମୂଲ୍ୟ ପ୍ରତି ଦୃଷ୍ଟି ନ ଦେଇ ଆତ୍ମୀୟସ୍ୱଜନ ଓ ବନ୍ଧୁମାନଙ୍କର ପୁସ୍ତକକୁ ନିର୍ବିଚାରରେ ପାଠ୍ୟକ୍ରମରେ ଅନ୍ତର୍ଭୁକ୍ତ କରାଇ ନେଉଅଛନ୍ତି। ଏ ଆବେଦନପତ୍ର ବୋର୍ଡ଼ରୁ ଡାଇରେକ୍ଟରଙ୍କ ପାଖକୁ ପଠାଯାଇଥିଲା ଏବଂ ଏହାର ଅନୁସନ୍ଧାନ କରିବା ପାଇଁ ଓଡ଼ିଶା ଆସିଥିଲେ ଇନ୍‌ସ୍ପେକ୍ଟର ବ୍ରହ୍ମମୋହନ ମଲ୍ଲିକ। ପଣ୍ଡିତ ରଥଙ୍କ ଅଭିଯୋଗମାନ ଅନୁସନ୍ଧାନ କରି ବ୍ରହ୍ମମୋହନ ରିପୋର୍ଟ କରିଥିଲେ ଯେ ରାଧାନାଥଙ୍କର କୌଣସି ଦୋଷ ନାହିଁ। ପଣ୍ଡିତ ରଥ କିନ୍ତୁ ଏଥିରେ ସନ୍ତୁଷ୍ଟ ନ ହୋଇ ଦାବି

କରିଥିଲେ ଯେ ଏ ବିଷୟରେ ଆଉ ଥରେ ଅନୁସନ୍ଧାନ ହେଉ । ଏହାର କିନ୍ତୁ କୌଣସି ଫଳ ହୋଇ ନ ଥିଲା ।

ଚାକିରି କ୍ଷେତ୍ରରେ ଏଭଳି ଅଭିଯୋଗମାନ ଚାଲିଥିବା ବେଳେ ତାଙ୍କର କାବ୍ୟମାନ ମଧ୍ୟ ସମାଲୋଚନାର ଶରବ୍ୟ ହୋଇଥିଲେ । କେଦାରଗୌରୀ ବିଷୟରେ ଜଣେ ଲେଖିଥିଲେ : ରାଧାନାଥଙ୍କ କୁଟିଳତା ଭେଦକରିବା ଟୀକାକାରଙ୍କ ପିତାମହଙ୍କ ସାଧ୍ୟ ନୁହେଁ; କାରଣ ଶେକ୍‌ପିଅରର ମୃତ୍ୟୁର ଏତେକାଳ ପରେ ଓଡ଼ିଶାରେ ରାଧାନାଥ ରୂପରେ ପୁନର୍ବାର ଜନ୍ମଗ୍ରହଣ କରି ଅଛନ୍ତି । ନନ୍ଦିକେଶରୀ ପ୍ରସଙ୍ଗରେ କୁହାଯାଇଥିଲା ଯେ ରାଧାନାଥଙ୍କ କଳ୍ପନାଶକ୍ତି ଅଶ୍ରାବ୍ୟ, ଅପାଠ୍ୟ, ଜଘନ୍ୟ, ନୀଚ ଓ କଦର୍ଯ୍ୟ ଆଖ୍ୟାୟିକାମାନ ସୃଷ୍ଟି କରିଛି ।

୧୮୯୦ରୁ ପନ୍ଦର ବର୍ଷ ବୟସରେ ତାଙ୍କର ପୁଅ ମଧୁ ବା ଶଶିଭୂଷଣଙ୍କୁ ଅପସ୍ମାର ରୋଗ ଆକ୍ରମଣ କଲା । କ୍ରମେ ଏହି ରୋଗ ପ୍ରବଳ ହେଲା ଏବଂ ଶଶିଭୂଷଣଙ୍କୁ ପାଠ ଶାଠ ଛାଡ଼ି ଦେଇ ଘରେ ବସି ରହିବାକୁ ହେଲା । ଏହି ଦୁଃଖଟି ମଧ୍ୟ ବିଚଳିତ କରୁଥିଲା ରାଧାନାଥଙ୍କୁ ।

ଏ ସବୁ ସତ୍ତ୍ୱେ ରାଧାନାଥ ପାର୍ବତୀ କାବ୍ୟ ଲେଖି ତାକୁ ବାସୁଦେବ ସୁଢ଼ଳଦେବଙ୍କ ପାଖକୁ ପଠାଇଲେ ସମ୍ବଲପୁର ହିତୈଷିଣୀରେ ପ୍ରକାଶ ପାଇଁ । ଶଶିଭୂଷଣର ରୋଗଶଯ୍ୟାରେ ହିଁ ଏ କାବ୍ୟଟି ଲେଖା ହୋଇଥିଲା ଏବଂ ତା'ର ଦାରୁଣ ପୀଡ଼ା ଯୋଗୁ ଏହା ସମ୍ପୂର୍ଣ୍ଣ ହୋଇ ନ ଥିଲା । ବାସୁଦେବ କାବ୍ୟଟିକୁ କେତେକ ସ୍ଥଳରେ ସଂଶୋଧନ କରି ୧୮୯୧ରେ ତାକୁ ଅସମ୍ପୂର୍ଣ୍ଣ କଳେବରରେ ଜଗନ୍ନାଥ ବଲ୍ଲଭ ପ୍ରେସରୁ ପ୍ରକାଶ କରିଥିଲେ । ବହିଟି ଉପରେ ଦୀପିକା ନିମ୍ନଲିଖିତ ମନ୍ତବ୍ୟ ଦେଇଥିଲା :

ରାଧାନାଥ ବାବୁ କେଉଁ ଉଦ୍ଦେଶ୍ୟ ସାଧନାର୍ଥେ ବୀରପ୍ରସୂ ଓଡ଼ିଶାର ବିସ୍ତୀର୍ଣ୍ଣ ଇତିହାସରୁ ଏହି ଜଘନ୍ୟ ପାପମୟ ବିଷୟ ଉଦ୍ଧାର କରି କବିତାମୟୀ ପୁସ୍ତିକାରେ ଲିପିବଦ୍ଧ କରିବାକୁ ପ୍ରୟାସ ପାଇ ଅଛନ୍ତି ତାହା ଆମ୍ଭେମାନେ ଅନୁମାନ ସୁଦ୍ଧା କରିପାରୁ ନାହୁଁ । ଆମ୍ଭେମାନେ କେବଳ ଏତିକି କହିବୁ ଯେ ଏଭଳି ବିଷୟ ଲିପିବଦ୍ଧ କରିବାକୁ ଯାଇ ତାଙ୍କ ସୁନ୍ଦର ଲେଖନୀ କଳଙ୍କିତ ହୋଇଅଛି ।

ପାର୍ବତୀ ବିଷୟରେ ଏକମାତ୍ର ସାନ୍ତ୍ୱନାଜନକ ପତ୍ର ସେ ପାଇଥିଲେ ମୟୁରଭଞ୍ଜର ଶ୍ରୀରାମଚନ୍ଦ୍ର ଭଞ୍ଜଦେଓଙ୍କ ପାଖରୁ । ସେ ଲେଖିଥିଲେ :

ପ୍ରିୟ ମହାଶୟ,

ଆପଣଙ୍କର ପ୍ରଣୀତ ପାର୍ବତୀ ଖଣ୍ଡିଏ ଆପଣଙ୍କଠାରୁ ଉପହାର ପାଇ ଆପଣଙ୍କୁ ଏ କାବ୍ୟ ନିମନ୍ତେ ମୁଁ ଅଭିବାଦନ କରୁଅଛି । ଏ କାବ୍ୟ ମୋ ମନକୁ ଖୁବ୍ ପାଇଅଛି । ମାସକ ତଳେ ଗୋବିନ୍ଦବାବୁ କହୁଥିଲେ ଯେ ଆପଣ ଅଗଷ୍ଟ ମାସରେ ଏଠାକୁ ଆସୁଛନ୍ତି । ଆପଣ ସରକାରୀ ଗସ୍ତରେ ଏଠାକୁ ଏହି ବର୍ଷ ମଧ୍ୟରେ କେତେବେଳେ ଆସିଲେ ଆମ୍ଭେମାନେ ଅତ୍ୟନ୍ତ ସୁଖୀ ହେବୁ ।

ରାଜ୍ୟ ସଂକ୍ରାନ୍ତ ବିଷୟମାନଙ୍କରେ ଓ ପଢ଼ାପଢ଼ିରେ ବର୍ଭମାନ ମୁଁ ବଡ଼ ବ୍ୟସ୍ତ ଅଛି ଏବଂ କ୍ରମଶଃ ଠିକ୍ ଛାଞ୍ଚରେ ପଡ଼ିଯାଉଛି । ମୋର ଅଭିବାଦନ ଗ୍ରହଣ କରିବେ ।

ଆପଣଙ୍କର ବିଶମୟଦ

ଶ୍ରୀରାମଚନ୍ଦ୍ର ଭଞ୍ଜଦେଓ

ବାରିପଦା ୩୦.୯.୧୮୯୧

ପୁନଶ୍ଚ : ଆଶାକରେ ଆପଣଙ୍କ ପୁଅ ଭଲ ଅଛନ୍ତି ।

ଚିଠିଟି କିନ୍ତୁ ରାଧାନାଥଙ୍କ ଅତ୍ୟନ୍ତ ଖୁସି କରି ପାରି ନ ଥିଲା କାରଣ ରାଧାନାଥ ଜାଣିଥିଲେ ଯେ ଶ୍ରୀରାମଚନ୍ଦ୍ର କଦାପି ବହିଟି ପଢ଼ି ନ ଥିବେ; ଏଇଟି କେବଳ ଏକ ସୌଜନ୍ୟପୂର୍ଣ୍ଣ ପତ୍ର। ଶ୍ରୀରାମଚନ୍ଦ୍ର ଇଂରେଜୀରେ ପାଠ ପଢ଼ିଥିଲେ। ଓଡ଼ିଆ ପ୍ରତି ତାଙ୍କର କୌଣସି ଆଦର ନ ଥିଲା ଏବଂ ଅନ୍ୟ ଚିଠିମାନଙ୍କ ଭଳି ଏ ଚିଠି ମଧ୍ୟ ଇଂରେଜୀରେ ଲେଖା ହୋଇଥିଲା। ତେବେ ରାଧାନାଥ ଆଶା କରିଥିଲେ ଯେ ତାଙ୍କର ଶ୍ରୀରାମଚନ୍ଦ୍ରଙ୍କ ସହିତ ସମ୍ପର୍କରୁ କେବେ କିଛି ଆର୍ଥିକ ସାହାଯ୍ୟ ଲାଭ ହୋଇପାରେ।

ଏହି ପ୍ରସଙ୍ଗରେ ତାଙ୍କର ବାସୁଦେବ ସୁଢଳଦେବଙ୍କ କଥା ମନେ ପଡ଼ିଲା। ସେ ବହିଟିକୁ ଛପାଇଥିଲେ ସତ, କିନ୍ତୁ ଏଥିପାଇଁ କୌଣସି ଟଙ୍କା ଦେଇ ନ ଥିଲେ। ଏହା ବ୍ୟତୀତ ସେ ତାଙ୍କୁ ବହିଟିର ମାତ୍ର ଦଶବାରଟି କପି ଦେଇଥିଲେ ଯାହା ରାଧାନାଥ ବାଣ୍ଟିଦେଇଥିଲେ ଏବଂ ତାଙ୍କ ପାଖରେ ଆଉ ବହି ନ ଥିଲା। ରାଧାନାଥଙ୍କ ଦୁଃଖ ଥିଲା ଯେ ତାଙ୍କର ବନ୍ଧୁ ବୋଲାଉଥିବା ଏହି ଦୁଇଜଣ ରାଜା ତାଙ୍କୁ କୌଣସି ସାହାଯ୍ୟ କରୁନାହାନ୍ତି।

ଶ୍ରୀରାମଚନ୍ଦ୍ର ଅବଶ୍ୟ ତାଙ୍କୁ ବାରିପଦାରୁ ପ୍ରକାଶିତ ଉତ୍କଳ ପ୍ରଭାରେ ଲେଖିବା ପାଇଁ ଅନୁରୋଧ କରୁଥିଲେ। ଏହି ପତ୍ରିକାରେ ପ୍ରକାଶିତ କବିତା ପ୍ରବନ୍ଧ ପାଇଁ ପୁରସ୍କାର ଦିଆଯାଉଥିଲା ଏବଂ ଗୋବିନ୍ଦଚନ୍ଦ୍ର ମହାପାତ୍ର, ଗଙ୍ଗାଧର ମେହେର ଓ ବିଶ୍ୱନାଥ କର ପ୍ରମୁଖ ଏକାଧିକ ଥର ପୁରସ୍କାର ପାଇଥିଲେ। ରାଧାନାଥ ଉତ୍କଳ ପ୍ରଭାରେ ଲେଖିବା ପାଇଁ ମନା କରିଦେଇଥିଲେ କାରଣ ସରକାରୀ ଚାକିରିଆ ହୋଇ ସେ ପୁରସ୍କାର ନେଇପାରିବେ ନାହିଁ। ତେବେ ତାଙ୍କର ଚିଲିକା ଏଥିରେ ପ୍ରକାଶ ପାଇଥିଲା ଏବଂ ରାଧାନାଥ ଏଥିପାଇଁ ଶହେ ଟଙ୍କା ପୁରସ୍କାର ଗ୍ରହଣ କରିଥିଲେ ସରକାରଙ୍କଠାରୁ ଅନୁମତି ନେଇ।

ରାଧାନାଥ ସ୍ଥିର କଲେ ଯେ ସେ ଏଥରକ ଅମିତ୍ରାକ୍ଷର ଛନ୍ଦରେ ଏକ ମହାକାବ୍ୟ ଲେଖିବେ, ମହାଭାରତର ମହାଯାତ୍ରା ଉପରେ ଆଧାର କରି। ତାଙ୍କ ଉପରେ ବିଦେଶୀ ଓ ବଙ୍ଗଳା କାବ୍ୟର ଅନୁସରଣ କରିବା ଦୋଷ ଆରୋପ ହେଉଥିବାରୁ ସେ ତାଙ୍କର ମହାଯାତ୍ରା କାବ୍ୟ ଆରମ୍ଭ କଲେ ଶାରଳା ବଦନାରୁ; ପଙ୍କଜବାସିନୀ ଦେବୀ ଉତ୍କଳ ଭାରତୀ, ଶାରଲେ! କି କଲେ କହ କୁରୁ ଚୂଡ଼ାମଣି, ଇତ୍ୟାଦି। ସେ ଆଶା କରିଥିଲେ ଯେ ଏହି କାବ୍ୟଟି ପାଇଁ ମୟୂରଭଞ୍ଜ ଓ ବାମଣ୍ଡା ରାଜାଙ୍କଠାରୁ ସାହାଯ୍ୟ ମିଳିବ। ତେଣୁ କାବ୍ୟଟିରେ ଯଦିଓ କୌଣସି ସୁଯୋଗ ନ ଥିଲା, ପଞ୍ଚମ ସର୍ଗ ଆରମ୍ଭରେ ସେ ଶ୍ରୀରାମଚନ୍ଦ୍ରଙ୍କ ବନ୍ଦନା କଲେ; ଆଶାୟୀ ଉତ୍କଳ ଆଶା କିଶୋର ପାଦପ, ଗୁଣାରାମ ରାମଚନ୍ଦ୍ର ଭଞ୍ଜକଞ୍ଜ ରବି ଇତ୍ୟାଦି। ଟିକିଏ ପରେ ସେ ଏ କଥା ମଧ୍ୟ ଲେଖିଲେ ଯେ, ତୁମରି ଆଦେଶେ ଦୀଢ଼ ଏ ମହାଗୀତିକା, ନାଲବା ଆଶୟେ ଏବେ ଧରିଛି ମୁଁ କରେ, ଚିର-ମୂକ ବୀଣା ମୋର ସିକ୍ତ ନେତ୍ର ଜଳେ, ଆଦିଷ୍ଟ ଏ ଗୀତ ଆସୁ ଦିବ୍ୟ ଅବଧାନେ। ଏହି ପଞ୍ଚମ ସର୍ଗର କେତେକାଂଶ ଉତ୍କଳ ପ୍ରଭାରେ ପ୍ରକାଶିତ ହୋଇ ପୁରସ୍କାର ପାଇଲା, କିନ୍ତୁ ଗଣାରାମ ଇତ୍ୟାଦି କହି ପ୍ରଶଂସା କରାଯାଇଥିବା ରାମଚନ୍ଦ୍ରଙ୍କଠାରୁ ଆଉ କୌଣସି ଆର୍ଥିକ ସାହାଯ୍ୟ ମିଳିଲା ନାହିଁ।

ପରବର୍ତ୍ତୀ ସର୍ଗରେ ରାଧାନାଥ ସ୍ଥିର କଲେ ବାମଣ୍ଡା ରାଜାଙ୍କ ସ୍ତୁତି କରିବା ପାଇଁ। ଏଥିପାଇଁ ଯୁଧିଷ୍ଠିର ଦିବ୍ୟାଞ୍ଜନ ପାଇବାର ବର୍ଣ୍ଣନା ପୂର୍ବରୁ ରାଧାନାଥ ବାସୁଦେବ ସୁଢଳଦେବଙ୍କ ଉଦ୍ଦେଶ୍ୟରେ ଲେଖିଲେ : ଦିବ୍ୟ ଅବଧାନେ ଆସୁ ଏ ଗୀତ ତୁମ୍ବର, ହେ ରାଜେନ୍ଦ୍ର ମହ୍ନନାଦି ପ୍ରପାତର ପତି, ବାମଣ୍ଡା ମାଣ୍ଡଲେଶ୍ୱର ଉତ୍କଳ ମଣ୍ଡନ, ତୁମ୍ଭ ଶୁଭ-ଆବିର୍ଭାବେ ହୋଇଛି ଉତ୍କଳେ, ଦେବଦୁର୍ଗ ଦେବ ଏବେ ତୀର୍ଥ

ସାରସ୍ବତ, ଇତ୍ୟାଦି । ଏ ବନ୍ଦନା ମଧ୍ୟ ନିଷ୍ଫଳ ଗଲା, କାରଣ ବାମଣ୍ଡାରୁ ମଧ୍ୟ ଟଙ୍କା ମିଳିବାର କୌଣସି ଲକ୍ଷଣ ଦେଖାଗଲା ନାହିଁ ।

୧୮୯୨ ଏପ୍ରିଲ ରାଧାନାଥ ଗସ୍ତରେ ବାଲେଶ୍ବର ଯାଇଥିଲେ । ଖରାଦିନେ ଭଦ୍ରଖରୁ ଷ୍ଟୀମର ବନ୍ଦ ହୋଇ ଯିବାରୁ ସେ ବଳଦଗାଡ଼ିରେ ସପରିବାର କଟକ ଫେରୁଥିଲେ । ଖରା ଓ ବଳଦଗାଡ଼ି ଯାତ୍ରା ଜନିତ କଷ୍ଟ ଭିତରେ ମୟୂରଭଞ୍ଜ ଓ ବାମଣ୍ଡା ରାଜାଙ୍କୁ ମନେ ମନେ ଗାଳି ଦେଉ ଦେଉ ରାଧାନାଥ ମହାଯାତ୍ରାର ସପ୍ତମ ସର୍ଗ ଲେଖିବାକୁ ଆରମ୍ଭ କଲେ ଏବଂ କଟକରେ ପହଞ୍ଚିବାର ସପ୍ତାହକ ସମୟ ଭିତରେ ଏହି ସର୍ଗ ଲେଖା ଶେଷ ହେଲା । ଏହାପରେ ମହାଯାତ୍ରା ଲେଖିବା ବନ୍ଦ କରି ଅଧାଲେଖା ମହାକାବ୍ୟକୁ ରାଧାନାଥ ଅଲଗା ରଖି ଦେଲେ ।

ଏହି ସମୟରେ ଆର୍ଥିକ ସାହାଯ୍ୟର ପ୍ରତିଶ୍ରୁତି ଆସିଲା ଏକ ଅପ୍ରତ୍ୟାଶିତ ଦିଗରୁ । ଛୋଟ ରାଜ୍ୟ ଆଠମଲ୍ଲିକର ରାଜାଙ୍କ ପାଖରୁ ଗୋଟିଏ ଚିଠି ପାଇଲେ ରାଧାନାଥ :

ଶ୍ରଦ୍ଧାସ୍ପଦ ପୁଣ୍ୟକୀର୍ତ୍ତି ଶ୍ରୀଯୁକ୍ତ ବାବୁ ରାଧାନାଥ ରାୟ, ମହୋଦୟେଷୁ,

ମହାଶୟ,

ଆପଣଙ୍କ ମଧୁମୟୀ ଲେଖନୀ ଓଡ଼ିଶାର ଯେ କେତେ ଉପକାର କରିଅଛି ତାହା ଲେଖି ଶେଷ କରାଯାଇ ନ ପାରେ । ଉପେନ୍ଦ୍ର ଭଞ୍ଜ ଓ ଅଭିମନ୍ୟୁ ପ୍ରଭୃତି କବିଗଣ ଉତ୍କଳରୁ ଅନ୍ତର୍ହିତ ହେଲା ଦିନୁ ଅନେକ ଦିନ ପର୍ଯ୍ୟନ୍ତ ଉତ୍କଳଗଗନ ଅମାବାସ୍ୟା ତିମିରରେ ଆଚ୍ଛନ୍ନ ଥିଲା, ମାତ୍ର ଜଗଦୀଶ୍ବରଙ୍କ କୃପାରୁ ଆପଣ ଶୁକ୍ଲପକ୍ଷର ଶଶଧର ପରି ଉକ୍ତ ତିମିରକୁ କ୍ରମେ କ୍ରମେ ଅପସାରିତ କରି ଆମ୍ଭମାନଙ୍କର ଗୌରବର ସ୍ଥାନ ହୋଇଛନ୍ତି ।

ଆମ୍ଭେ ଆପଣଙ୍କର ଅନେକ ବିଷୟ ଆମ୍ଭର ମେନେଜର ଦାମୋଦର ବାବୁଙ୍କଠାରୁ ଶୁଣିଥାଉ । ଆପଣ ଅମିତ୍ରାକ୍ଷର ଛନ୍ଦରେ ଖଣ୍ଡିଏ କାବ୍ୟ ରଚନା କରୁଥିବାର ଅବଗତ ହୋଇ ଆମ୍ଭେ ଅତ୍ୟନ୍ତ ଆନନ୍ଦିତ ଅଛୁ ଏବଂ ତାହା ଶୀଘ୍ର ପୂର୍ଣ୍ଣ କରିବା ସକାଶେ ଆମ୍ଭେ ଆପଣଙ୍କୁ ତିନିଶତ ଟଙ୍କା ପୁରସ୍କାର ଦେବୁ । ଆବଶ୍ୟ ଆପଣଙ୍କର ଏକ ଶବ୍ଦ ବିଳାସ ସଙ୍ଗେ ଏ ସାମାନ୍ୟ ଟଙ୍କା କୌଣସି ରୂପେ ତୁଳନୀୟ ନୁହେଁ । କେବଳ ଆପଣଙ୍କୁ ସ୍ବଦେଶର ଗୋଟିଏ ମହତ କାର୍ଯ୍ୟ ଶେଷ କରିବା ସକାଶେ ପ୍ରାର୍ଥନା କରାଯାଇଅଛି ଏବଂ ଆମ୍ଭେ ଆଶା କରୁ ସେଥି ସକାଶେ ଆପଣ ଅନୁଗ୍ରହ ପୂର୍ବକ ଆମ୍ଭଙ୍କୁ କ୍ଷମା ପ୍ରଦାନ କରିବା ହେବେ ।

ବିନୟୀୟଦ

ଶ୍ରୀ ମହେନ୍ଦ୍ର ଦେବ

ମହାରାଜ କିଲ୍ଲେ ଆଠମଲ୍ଲିକ

ଆଠମଲ୍ଲିକ ୧୬.୪.୧୮୯୨

ରାଧାନାଥ ଖୁସି ହେଲେ ଯେ ତାଙ୍କର ଗୁଣ ବୁଝିବା ପାଇଁ ଏବଂ ତାଙ୍କୁ ସାହିତ୍ୟିକ ଭାଷାରେ ପତ୍ର ଦେବା ପାଇଁ ଓଡ଼ିଶାରେ ଅନ୍ତତଃ ଜଣେ ରାଜା ଅଛନ୍ତି !

ଏହି ଘଟଣା ଅଳ୍ପଦିନ ପରେ ଆହୁରି ଏକ ଶୁଭ ସମ୍ବାଦ ଆସିଲା : ଓଡ଼ିଶା ପାଇଁ ଏକ ସ୍ବତନ୍ତ୍ର ସ୍କୁଲ ଇନସ୍ପେକ୍ଟର ପଦ ସୃଷ୍ଟି ହେବ । ଶୀଘ୍ର ଏହି ପଦ ସୃଷ୍ଟି ହେଲା ଏବଂ ୧୮୯୨ ଜୁନ ୨୧ ତାରିଖରେ ରାଧାନାଥ ଏହି ପଦରେ ଯୋଗ ଦେଲେ । ରାଧାନାଥଙ୍କ ଚିର ନିରାନନ୍ଦ ଜୀବନରେ ଏ ଥିଲା ଏକ ସୁଖକର ଘଟଣା ।

<h1 style="text-align:center">ପୁରୀ: ଅଗଷ୍ଟ ୧୮୯୩</h1>

ଅନେକ ବର୍ଷ ଧରି ବନ୍ଦ ପଡ଼ିଥିବା ପ୍ରସ୍ତାବ, କୋଣାର୍କ ନବଗ୍ରହ ପାଟକୁ କଲିକତା ନେବା, ବିଷୟରେ କଲିକତାର ଏସିଆଟିକ୍ ପୁନି କାର୍ଯ୍ୟକ୍ରମ କଲେ । ପି.ଡବ୍ଲ୍ୟୁ.ଡି.କୁ ଲେଖାଯିବାରେ ୧୮୯୨ରେ ସେମାନେ ସରକାରଙ୍କୁ ତିନୋଟି ବିକଳ୍ପ ପ୍ରସ୍ତାବ ଦେଲେ :

ପ୍ରଥମ, ଲୁହା ଧାରଣା ଉପରେ ନବଗ୍ରହକୁ ନେଇ ଜାହାଜରେ ତାକୁ କଲିକତାରେ ପହଞ୍ଚାଇବା, ଖର୍ଚ୍ଚ ୨୪୯୫୨ ଟଙ୍କା । ଦ୍ୱିତୀୟ, ଏହାକୁ ଲୁହା ଧାରଣା ଉପରେ ତେଲିକୁଦ ନାଲ ପର୍ଯ୍ୟନ୍ତ ନେଇ ସେଠାରୁ ଏକ ବିଶେଷ ଡଙ୍ଗା ଯୋଗେ ନେବା, ଖର୍ଚ୍ଚ ୫୨୦୦ ଟଙ୍କା । ତୃତୀୟ, ପାଟର ଅଦରକାରୀ ପଛ ଅଂଶକୁ କାଟି ଦେଇ ମୂର୍ତ୍ତିଥିବା ଅଂଶକୁ ତେଲିକୁଦ ବାଟେ ଡଙ୍ଗା ଯୋଗେ ନେବା, ଖର୍ଚ୍ଚ ୭୫୦ ଟଙ୍କା ।

କହିବା ବାହୁଲ୍ୟ, ଖର୍ଚ୍ଚ ଦୃଷ୍ଟିରୁ ତୃତୀୟ ପ୍ରସ୍ତାବକୁ କାର୍ଯ୍ୟକାରୀ କରିବା ଠିକ୍ ହେଲା ଏବଂ ସେହି ମୁତାବକ ଚାରିଫୁଟ ମୋଟା ପାଟର ପଛପାଖରୁ ଅଢ଼େଇଫୁଟ ପଥର କାଟି ଦିଆ ହେଲା ।

ଅଗଷ୍ଟମାସରେ ପୁରୀରେ ଏ ଖବର ପହଞ୍ଚିବା ସଙ୍ଗେ ସଙ୍ଗେ ଶ୍ରୀ ଶ୍ରୀ ଜଗନ୍ନାଥ ସନାତନ ଧର୍ମରକ୍ଷିଣୀ ସଭାରେ ଏକ ବିଶେଷ ବୈଠକ ଡକା ହେଲା । ଏ ବୈଠକରେ ଆଲୋଚନା ହୋଇ ସ୍ଥିର ହେଲା ଯେ ନବଗ୍ରହକୁ ସ୍ଥାନାନ୍ତରଣ କରିବା ହିନ୍ଦୁମାନଙ୍କର ଧର୍ମହାନିଜନକ; ସରକାରଙ୍କୁ ପ୍ରାର୍ଥନା କରାହେଲା ଯେ ମାନ୍ୟବର ମହୋଦୟ ସବିଶେଷ ଅନୁସନ୍ଧାନ କରି ସେହି ନବଗ୍ରହ ମୂର୍ତ୍ତି ଖୋଦିତ ପଥର ସ୍ଥାନାନ୍ତରିତ ହେବାର ଆଦେଶ ରହିତ କରନ୍ତୁ । ଦୀପିକା କିନ୍ତୁ ଏ ବିଷୟରେ ଲେଖିଲା : ଆମ୍ଭେମାନେ ଅବଗତ ହୋଇଅଛୁ ଯେ ଏହି ଅମୂଲ୍ୟ ଶିଳ୍ପକାର୍ଯ୍ୟର ସୁରକ୍ଷା ନିମନ୍ତେ ଗଭର୍ଣ୍ଣମେଣ୍ଟ ଏ କାର୍ଯ୍ୟରେ ପ୍ରବୃତ୍ତ ହୋଇ

ଅଛନ୍ତି, ଅନ୍ୟ କୌଣସି ଅଭିପ୍ରାୟ ନାହିଁ। ବାସ୍ତବରେ ଯେବେ ସେହି ମୂର୍ତ୍ତିମାନଙ୍କୁ ହିନ୍ଦୁମାନେ ପୂଜା କରୁଅଛନ୍ତି ଏବଂ ତାହିଁର ସୁରକ୍ଷା ନିମନ୍ତେ ଉପଯୁକ୍ତ ବନ୍ଦୋବସ୍ତ କରିଅଛନ୍ତି ତେବେ ତାହା ସ୍ଥାନାନ୍ତରିତ ହେବା ଉଚିତ ନୁହେଁ। ମାତ୍ର ଯେବେ ହିନ୍ଦୁଙ୍କ ହେଳାରୁ ତାହା ଏମନ୍ତ ଅବସ୍ଥାରେ ପଡ଼ିଥାଏ ଯେ କାଳକ୍ରମେ ପ୍ରାଚୀନ ହିନ୍ଦୁଙ୍କର ଏହି ଅପୂର୍ବ ଶିଳ୍ପକାର୍ଯ୍ୟଟି ନଷ୍ଟ ହୋଇଯିବ ତେବେ ସରକାର ତାହା ସୁରକ୍ଷାର ବନ୍ଦୋବସ୍ତ କରିବାରୁ ଅନ୍ୟାୟ ନ କରି ଆମ୍ଭମାନଙ୍କର ଉପକାର କରିବାର ବୋଲାଯିବ ଓ ତହିଁର ପ୍ରତିକାର କରିବା ଅକାରଣ ଅଟଇ।

ଦୀପିକାକୁ ଚିଠି ଲେଖି ଜଣେ ପତ୍ର ପ୍ରେରକ ଏ ପ୍ରସ୍ତାବ ମଧ୍ୟ କଲେ: କୋଣାର୍କର ନବଗ୍ରହ ମୂର୍ତ୍ତିକୁ ସେଠାରେ ସଂରକ୍ଷଣ କରିବା ନିମନ୍ତେ ଯେବେ ଓଡ଼ିଶାର ହିନ୍ଦୁମାନେ ଅର୍ଥ ସାହାଯ୍ୟ କରିବାକୁ ଅଗ୍ରସର ନ ହୁଅନ୍ତି, ତେବେ ଉକ୍ତ ମୂର୍ତ୍ତିକୁ ଶ୍ରୀକ୍ଷେତ୍ରକୁ ଅଣାଇ ଶ୍ରୀଜଗନ୍ନାଥ ଜିଉଙ୍କ ମନ୍ଦିରରେ କୌଣସି ଅଂଶରେ ରଖାଇଲେ ମୂର୍ତ୍ତିଟି ନିରାପଦରେ ସଂରକ୍ଷିତ ହେବ। ସଂପ୍ରତି ମନ୍ଦିରର ଜୀର୍ଣ୍ଣ ସଂସ୍କାର ହେଉଅଛି, ଏ ସମୟରେ ତାହା ଅସମ୍ଭବ ନୁହେଁ। ଉକ୍ତ ମୂର୍ତ୍ତିକୁ କୋଣାର୍କରୁ ଶ୍ରୀକ୍ଷେତ୍ରକୁ ବହନ କରିବାର ବ୍ୟୟ ଅଧିକ ହେବ ସତ୍ୟ, କିନ୍ତୁ ଯେବେ ତାହା ସୁଦ୍ଧା କେହି ସାହାଯ୍ୟ ନ କରେ, ମୂର୍ତ୍ତିଟି ହିନ୍ଦୁମାନଙ୍କର ଆରାଧ୍ୟ ବସ୍ତୁ ହେଉଥିବା ସ୍ଥଳେ ମନ୍ଦିର ସଂସ୍କାର ପାଣ୍ଠିରୁ ତାହା ଦେଲେ ଅନ୍ୟାୟ ହେବ ନାହିଁ।

ଏହି ସମୟରେ ଆହୁରି ଏକ ଘଟଣା ମଧ୍ୟ ପୁରୀର ଲୋକଙ୍କୁ ବିଚଳିତ କଲା। କଟକର ଏସ୍.ପି. ଆସି କ୍ୟାମେରା ଯୋଗେ ଜଗନ୍ନାଥ ମନ୍ଦିର ଓ ସେଠାରୁ କୋଣାର୍କ ଯାଇ ନବଗ୍ରହର ଫଟୋ ଉଠାଇ ନେଲେ। ଏହାକୁ ଲୋକେ ଏକ ଧର୍ମ ବିରୋଧୀ କାର୍ଯ୍ୟ ବୋଲି ମନେ କଲେ।

ଏ ଘଟଣା ପରେ ପୁରାତତ୍ତ୍ୱ ବିଭାଗର ଫଟୋଗ୍ରାଫର ଆସିଲେ ପୁରୀ ମନ୍ଦିରର ଫଟୋ ଉଠାଇବାକୁ। ପୂର୍ବେ ଫଟୋଗ୍ରାଫରମାନେ ଫଟୋ ଉଠାଉଥିଲେ ମଙ୍ଗୁ ମଠ କିମ୍ବା ସିଂହଦ୍ୱାର ପାଖରୁ। କିନ୍ତୁ ଏ ଫଟୋଗ୍ରାଫର ମନ୍ଦିର ଭିତରକୁ ଯାଇ କଳାରାହାଟ ଦ୍ୱାର, ଏପରିକି ରତ୍ନ ସିଂହାସନ ପାଖକୁ ଯାଇ ଠାକୁରମାନଙ୍କର ଫଟୋ ଉଠାଇଲେ। ଏ ବିଷୟରେ ମଧ୍ୟ ଶ୍ରୀ ଶ୍ରୀ ଜଗନ୍ନାଥ ସନାତନ ଧର୍ମରକ୍ଷିଣୀ ସଭା ପକ୍ଷରୁ ଆନ୍ଦୋଳନ କରାଯାଇ ସୁପରିନଟେଣ୍ଡେଣ୍ଟଙ୍କୁ ଏହା ପ୍ରତିକାର କରିବା ପାଇଁ ଲେଖା ହେଲା ଏବଂ ସରକାରଙ୍କ ନିକଟରେ ମଧ୍ୟ ଆବଦନ କରା ହେଲା।

ଧର୍ମରକ୍ଷିଣୀ ସଭା ପକ୍ଷରୁ ନବଗ୍ରହ ବିଷୟରେ ପତ୍ର ପାଇ ଛୋଟଲାଟ ଏସିଆଟିକ୍ ସୋସାଇଟିର ହିନ୍ଦୁ ତୃଷ୍ଟିମାନଙ୍କର ମତ ଚାହିଁଲେ ଏହାକୁ କଲିକତାକୁ ନେବା ଉଚିତ ହେବ କି ନା। ଏହି ସମୟରେ ପୁରାତତ୍ତ୍ୱ ବିଭାଗର ଜଣେ ଭୂତପୂର୍ବ ଇଞ୍ଜିନିଅର ବେଗଲାର କଲିକତାର ଖବରକାଗଜମାନଙ୍କୁ ପତ୍ର ଲେଖିଲେ ଯେ ନବଗ୍ରହକୁ କଲିକତା ଯାଦୁଘରକୁ ନେଲେ ତଦ୍ୱାରା ପୁରାତତ୍ତ୍ୱର କୌଣସି ଉନ୍ନତି ସାଧିତ ହେବନାହିଁ; ବରଂ ଗୋଟିଏ ପ୍ରାଚୀନ ଓ ପବିତ୍ର ସ୍ଥାନରୁ ସେ ମୂର୍ତ୍ତିକୁ ଅନ୍ତର କଲେ ଲୋକେ ସରକାରଙ୍କ କାର୍ଯ୍ୟକୁ ନିଷ୍ଠୁରତା ବୋଲି ଜ୍ଞାନ କରିବେ। ଏଥ ସହିତ ବେଗଲାର ପରାମର୍ଶ ଦେଲେ ଯେ ନବଗ୍ରହକୁ କୋଣାର୍କରୁ ନେଇ ନଯାଇ ମନ୍ଦିରର ଜୀର୍ଣ୍ଣ ସଂସ୍କାର କଲେ ପ୍ରାଚୀନ ଶିଳ୍ପ ଗୌରବର ଗୋଟିଏ ଆଦର୍ଶ ସଂରକ୍ଷିତ ହେବ।

ଛୋଟଲାଟଙ୍କ ପାଖରୁ ଚିଠି ପାଇ ଏସିଆଟିକ୍ ସୋସାଇଟି ଏ ବିଷୟ ଅନୁଧାନ କରିବା ପାଇଁ ତିନିଜଣିଆ କମିଟି ତିଆରି କଲେ ମହେନ୍ଦ୍ରଲାଲ ସରକାର, ମହେଶଚନ୍ଦ୍ର ନ୍ୟାୟରତ୍ନ ଓ ହରପ୍ରସାଦ

ଶାସ୍ତ୍ରୀଙ୍କୁ ନେଇ। କମିଟି ସ୍ଥିର କଲା ଯେ ମହେଶଚନ୍ଦ୍ର ନ୍ୟାୟରତ୍ନ ନିଜେ କୋଣାର୍କ ଯାଇ ପରିସ୍ଥିତି ଦେଖିବେ। ଫେବୃଆରୀ ମାସରେ ପଣ୍ଡିତ ନ୍ୟାୟରତ୍ନ ସପରିବାର ଆସି କୋଣାର୍କ ଦେଖିଲେ ଏବଂ ପୁରୀରେ ପଣ୍ଡିତମାନଙ୍କର ଏକ ସଭା ଡକାଇ ସେମାନଙ୍କ ସହିତ ଏ ବିଷୟରେ ଆଲୋଚନା କଲେ। ଜଣାଗଲା ଯେ ଆଗରୁ ଯାହା ହେଉଥାଉ ନ ହେଉଥାଉ, ବର୍ତ୍ତମାନ ଅନେକ ଲୋକ ନବଗ୍ରହକୁ ପୂଜା କରୁଛନ୍ତି ଏବଂ ନବଗ୍ରହକୁ ସେ ସ୍ଥାନରୁ ନେଇଗଲେ ହିନ୍ଦୁମାନଙ୍କ ଧର୍ମ ପ୍ରତି ହସ୍ତକ୍ଷେପ ହେବ।

ଏସିଆଟିକ୍ ସୋସାଇଟି ଏହି ମର୍ମରେ ଛୋଟଲାଟଙ୍କୁ ଜଣାଇଦେଲେ। ସରକାର ନବଗ୍ରହକୁ କଲିକତା ନ ନେବା ପାଇଁ ଚୂଡ଼ାନ୍ତ ନିଷ୍ପତ୍ତି କଲେ ଏବଂ ଆଦେଶ ଦେଲେ ଯେ ଭବିଷ୍ୟତରେ ପୂର୍ତ ବିଭାଗ ଏହାକୁ ଛୁଇଁବ ନାହିଁ। ଉପରନ୍ତୁ ପୂର୍ତ ବିଭାଗକୁ ଆଦେଶ ହେଲା ଯେ ବର୍ତ୍ତମାନ ସ୍ଥାନାନ୍ତରିତ କରିବାପାଇଁ ପଥରଟିକୁ ରଖିଥିବା ଗାଡ଼ି ଉପରୁ ଓହ୍ଲାଇ ତାକୁ ନେଇ ପୁଣି ଯେଉଁ ସ୍ଥାନରେ ଥିଲା ସେହି ସ୍ଥାନରେ ରଖିଦେବେ।

ନବଗ୍ରହକୁ ପୂର୍ତ ବିଭାଗ ପୂର୍ବ ସ୍ଥାନରେ ରଖି ତା ଉପରେ ଗୋଟିଏ ଚାଳି ତିଆରି କରିଦେଲେ ଏବଂ ପୁରୀର ପଣ୍ଡିତମାନେ ଏ ବିଷୟରେ ଖୁସି ହେଲେ। ତେବେ ଏ ଘଟଣାର ଠିକ୍ ପରେ ପରେ ସରକାର କୋଣାର୍କ ମନ୍ଦିରରୁ କେତୋଟି ମୂର୍ତ୍ତି ନେଇ କଲିକତା ଯାଦୁଘରେ ରଖିବେ ବୋଲି ସ୍ଥିର କଲେ। ଏ ବିଷୟରେ ମଧ୍ୟ ପଣ୍ଡିତମାନେ ପ୍ରତିବାଦ କଲେ, କିନ୍ତୁ ଏଥରକ ସରକାର ସେମାନଙ୍କ କଥା ଶୁଣିଲେ ନାହିଁ ଏବଂ କୋଣାର୍କରୁ ତେରଟି ମୂର୍ତ୍ତି କଲିକତାକୁ ଚାଲାଣ ହୋଇଗଲା।

କଟକ: ମାର୍ଚ ୧୮୯୪

କଟକର କାଳୀମନ୍ଦିର ପାଖ ରାସ୍ତାରେ ପୂର୍ବେ ନୀଳମଣି ହାଇଦାରଙ୍କର ବଡ଼ ଘର ବା ମହଲ ଥିବାରୁ ଏହାକୁ ଲୋକେ ନାଁ ଦେଇଥିଲେ ମହଲ ଗଲି। ମହଲଟି ଭାଙ୍ଗି ପଡ଼ିବା ପରେ ଏ ଅଞ୍ଚଳର ନାଁ ହୋଇଯାଇଥିଲା ନୀଳମଣି ପଡ଼ିଆ। ମଧୁସୂଦନ ରାଓ ଏହି ପଡ଼ିଆରେ ନିଜର ଘର କରିଥିଲେ ଏବଂ ପଡ଼ିଆର ଅନ୍ୟ ଏକ ଅଂଶରେ କଟକ ଟାଉନ ସ୍କୁଲର ପ୍ରକାଣ୍ଡ ଚାଳଘର ଥିଲା। ଏହି ଘରଟି ଭାଙ୍ଗିଯାଇ ସ୍କୁଲ ସେଠାରୁ ଘୁଞ୍ଚିଯିବାରୁ ମଧୁସୂଦନଙ୍କ ପ୍ରରୋଚନାରେ ରାଧାନାଥ ଏ ଜାଗାଟି କିଣିଲେ ଏବଂ ସେଠାରେ ଗୋଟିଏ ଘର ତିଆରି ଆରମ୍ଭ କଲେ। ୧୮୯୬ ଡିସେମ୍ବର ପହିଲାରେ ସେ ଓଡ଼ିଶା ସ୍କୁଲ ଇନ୍ସପେକ୍ଟର ପଦରେ ସ୍ଥାୟୀ ହେଲେ ଏବଂ ଏହାର କିଛି ମାସ ପରେ ସେଖବଜାର ଭଡ଼ାଘରୁ ନିଜଘରକୁ ଚାଲି ଆସିଲେ। ଏଇ ଅଞ୍ଚଳର ନାଁ ବର୍ତ୍ତମାନ ହୋଇ ଯାଇଥିଲା କାଳୀଗଲି।

୧୮୯୨ ଆରମ୍ଭରେ ରାଧାନାଥଙ୍କୁ ନେଇ ଅନ୍ୟ ଏକ ବିବାଦର ସୂତ୍ରପାତ ହୋଇଥିଲା ଏବଂ ଏ ବିବାଦରେ ରାଧାନାଥଙ୍କର ପ୍ରତିପକ୍ଷ ଥିଲେ ସ୍ୱୟଂ ଉପେନ୍ଦ୍ର ଭଞ୍ଜ। ସ୍କୁଲ ଡେପୁଟି ଇନ୍ସପେକ୍ଟର ପ୍ୟାରୀମୋହନ ସେନ ପ୍ରାଇମେରୀ ସ୍କୁଲ ଛାତ୍ରମାନଙ୍କୁ ପୁରସ୍କାର ଦେବାପାଇଁ ଯେଉଁ ସବୁ ବହି କିଣି ବିତରଣ କରିଥିଲେ, ସେଥିମଧ୍ୟରେ ଥିଲା ଭଞ୍ଜଙ୍କର କେତୋଟି କାବ୍ୟ। ଏ ବିଷୟରେ କଟକ ବାଳିକା ବିଦ୍ୟାଳୟର ଶିକ୍ଷକ ଲାଲା ରାମନାରାୟଣ ରାୟ ମୟୁରଭଞ୍ଜର ଉତ୍କଳ ପ୍ରଭା ପତ୍ରିକାରେ ତୀବ୍ର ସମାଲୋଚନା କଲେ, କାରଣ ଭଞ୍ଜଙ୍କର ଆଦି ରସାତ୍ମକ କାବ୍ୟ ପିଲାଙ୍କ ହାତରେ ଦେବା ଅନୁଚିତ ହେବ। ରାମନାରାୟଣଙ୍କ ଲେଖା ବିରୁଦ୍ଧରେ ଦୀପିକା ମତ ବ୍ୟକ୍ତ କଲା ଯେ ଭଞ୍ଜ ସାହିତ୍ୟର ଉପାଦେୟତା ଦୃଷ୍ଟିରୁ ସେ ସବୁ ବହିକୁ ପୁରସ୍କାର ଭାବରେ ଦେବା ଉଚିତ। ଏ ମତ ପ୍ରକାଶ କରିବାରେ ଗୌରୀଶଙ୍କରଙ୍କର

ସ୍ୱାର୍ଥ ନିହିତ ଥିଲା, କାରଣ ପ୍ରିଣ୍ଟିଂ କମ୍ପାନୀ ଅନେକ ଭଞ୍ଜ କାବ୍ୟ ଟୀକା ସହ ପ୍ରକାଶ କରିଥିଲେ ଏବଂ ବହି ବେଶୀ ବିକ୍ରି ହେଉ ନ ଥିବାରୁ ନାନା ଉପାୟରେ ପୁସ୍ତକ ବିକ୍ରିର ବ୍ୟବସ୍ଥା କରିବାକୁ ହେଉଥିଲା ।

ଭଞ୍ଜଙ୍କ କାବ୍ୟରୁ ଆରମ୍ଭ ହୋଇଥିବା ବିବାଦ କ୍ରମେ ପ୍ରାଚୀନ ଓ ଆଧୁନିକ ସାହିତ୍ୟ ମଧ୍ୟରେ ବିବାଦ ଓ ପରେ ଉପେନ୍ଦ୍ର ଭଞ୍ଜ ଓ ରାଧାନାଥ ରାୟଙ୍କ ମଧ୍ୟରେ ବିବାଦରେ ପରିଣତ ହେଲା । ଏ ବିବାଦରେ ଉଭୟ ପକ୍ଷରୁ ସମର୍ଥକ ବାହାରିଲେ । ଉତ୍କଳ ପ୍ରଭା ଆଉ ଏ ବାଦବିବାଦରେ ଲିପ୍ତ ରହିବାକୁ ଅନିଚ୍ଛୁକ ହେବାରୁ ଭଞ୍ଜ ସମାଲୋଚକ ଓ ରାଧାନାଥ ସମର୍ଥକ ସୁଠଳ ଦେବଙ୍କ ସମ୍ବଲପୁର ହିତୈଷିଣୀ ପତ୍ରିକାର ଆଶ୍ରୟ ନେଲେ । ଏତେବେଳେ ଓଡ଼ିଶାରେ ଲୋକମାନଙ୍କର ଧାରଣା ହୋଇଥିଲା ଯେ ରାଧାନାଥଙ୍କ ପ୍ରୋଚନାରେ ରାମନାରାୟଣ ଏ ବାଦବିବାଦ ସୃଷ୍ଟି କରିଥିଲେ, କାରଣ ସେ ଥିଲେ ରାଧାନାଥଙ୍କ ଅଧୀନସ୍ଥ ।

କ୍ରମେ ଦୀପିକା ପୃଷ୍ଠାରେ ଏ ବାଦାନୁବାଦ ପ୍ରକାଶ କରିବା ସମ୍ଭବ ନ ହେବାରୁ ଭଞ୍ଜ ସାହିତ୍ୟ ସମର୍ଥନ ଓ ରାଧାନାଥ ସମାଲୋଚନା ଉଦ୍ଦେଶ୍ୟରେ ୧୮୯୩ ଅଗଷ୍ଟ ମାସରେ କଟକ ପ୍ରିଣ୍ଟିଂ କମ୍ପାନୀରୁ ଇନ୍ଦ୍ରଧନୁ ନାମକ ଏକ ଅସାମୟିକ ପତ୍ରିକା ପ୍ରକାଶ ପାଇଲା । ଏ ପତ୍ରିକାର ସମର୍ଥକ ଥିଲେ ଗୌରୀଶଙ୍କର ରାୟ, ଗୋପାଳ ବଲ୍ଲଭ ଦାସ ପ୍ରମୁଖ । ଏ ପତ୍ରିକା ପ୍ରକାଶର ମାସକ ପରେ ବାମଣ୍ଡା ଦେବଗଡ଼ରୁ ରାଧାନାଥଙ୍କ ସପକ୍ଷରେ ବିଜୁଳି ନାମକ ତଦ୍ରୂପ ପତ୍ରିକା ପ୍ରକାଶ ପାଇଲା ଯାହାର ସମର୍ଥକ ଥିଲେ ରାମନାରାୟଣ ରାୟ, ବାସୁଦେବ ସୁଠଳ ଦେବ, ବିଶ୍ୱନାଥ କର ପ୍ରମୁଖ । ଇନ୍ଦ୍ରଧନୁର ମୂଲ୍ୟ ଦୁଇ ପଇସା ଥିବା ସ୍ଥଳେ ବିଜୁଳି ବିନା ମୂଲ୍ୟରେ ବିତରିତ ହେଉଥିଲା ।

ଏ ପତ୍ରିକାମାନ ଓଡ଼ିଶାର ବିଭିନ୍ନ ଅଞ୍ଚଳରେ ପହଞ୍ଚିଥିଲା ଏବଂ ସାହିତ୍ୟପ୍ରେମୀମାନେ ବର୍ତ୍ତମାନ କେହି ଇନ୍ଦ୍ରଧନୁ ପକ୍ଷରେ ଥିଲେ ତ କେହି ଥିଲେ ବିଜୁଳି ପକ୍ଷରେ । ଇନ୍ଦ୍ରଧନୁରେ ଥରେ ଗୋପବନ୍ଧୁ ଦାସ ବୋଲି ଜଣେ କିଏ ଗୋଟିଏ ପ୍ରବନ୍ଧ ଲେଖିଥିଲା ଏବଂ ଏଥିରେ କ୍ଷୀଣକାୟ ରାଧାନାଥଙ୍କୁ ଏପରି ଭାବରେ ବର୍ଣ୍ଣନା କରାଯାଇଥିଲା; ଧଡ଼ିଆ ପଣ୍ଡିତଂମନ୍ୟ, ବାଉରି ସାହିରେ ଶୃଗାଳ କେଶରୀ ପରି ହେଉଥାନ୍ତି ଗଣ୍ୟ । ରାଧାନାଥଙ୍କ ପାଖରେ ଖବର ପହଞ୍ଚିଗଲା ଯେ ଏହାର ଲେଖକ ପୁରୀ ଜିଲ୍ଲା ସ୍କୁଲର ଛାତ୍ର । ସେ ସାଙ୍ଗେ ସାଙ୍ଗେ ପୁରୀ ଜିଲ୍ଲା ସ୍କୁଲ ପରିଦର୍ଶନ କରିବା ପାଇଁ ବାହାରିଲେ । ସେଠାରେ ତାଙ୍କୁ ଏକ ବେନାମୀ ଚିଠି ମିଳିଲା ଯେ ଗୋପବନ୍ଧୁ ଦାସର ଲେଖାଟିକୁ ସ୍କୁଲର ସେକେଣ୍ଡ ମାଷ୍ଟର ସଂଶୋଧନ କରି ଦେଇଥିଲେ ।

ପୁରୀ ଜିଲ୍ଲା ସ୍କୁଲରେ ପହଞ୍ଚି ରାଧାନାଥ ପ୍ରଥମେ ତଦନ୍ତ କଲେ ସେଠାର ହେଡ଼ମାଷ୍ଟର ଶିକ୍ଷକ ଓ ଛାତ୍ରମାନଙ୍କଠାରୁ ନଡ଼ିଆ, ପଇଡ଼ ଓ ଆଚାର ଇତ୍ୟାଦି ଲାଞ୍ଚ ନେଉଥିବା ଏବଂ ଆଡ଼ିସନାଲ ମାଷ୍ଟର ମାଗୁଣି ଦାସ ପୁରୀର ନେଟିଭ ଡାକ୍ତରଙ୍କ ବିରୁଦ୍ଧରେ ଅପମାନଜନକ କଥା କହିଥିବା ବିଷୟ । ଏହା ପରେ ହେଡ଼ମାଷ୍ଟରଙ୍କୁ ସାଙ୍ଗରେ ନେଇ ସେ ଶିକ୍ଷକମାନଙ୍କୁ ପଚାରିଲେ କିଏ କିଏ ଇନ୍ଦ୍ରଧନୁ ପଢ଼ନ୍ତି ବା ଇନ୍ଦ୍ରଧନୁରେ ଲେଖନ୍ତି ବା ଇନ୍ଦ୍ରଧନୁ ପାଇଁ ଚାନ୍ଦା ପଠାନ୍ତି । ସମସ୍ତେ ନା ବୋଲି କହିଲେ । ଗୋପବନ୍ଧୁର କ୍ଲାସକୁ ଯାଇ ରାଧାନାଥ ଅନୁରୂପ ପ୍ରଶ୍ନ କଲେ କିନ୍ତୁ ପିଲାମାନେ ଇନ୍ଦ୍ରଧନୁ ବୋଲି ଜିନିଷ ବିଷୟରେ କିଛି ଜାଣି ନ ଥିବାର କହିଲେ । ଶେଷରେ ରାଧାନାଥ ଗୋପବନ୍ଧୁକୁ ସିଧାସଳଖ ପଚାରିଲେ ସେ ଇନ୍ଦ୍ରଧନୁର ଲେଖାଟି ଲେଖିଛି କି ନାହିଁ । ଗୋପବନ୍ଧୁ ମଧ୍ୟ ସିଧାସଳଖ ମନା କରିଦେଲା ଯେ ସେ ଏହା

ଲେଖି ନାହିଁ । ହେଡ଼ମାଷ୍ଟରଙ୍କୁ ଏ ବିଷୟରେ ଆହୁରି ତଦନ୍ତ କରିବାକୁ କହି ରାଧାନାଥ କ୍ଲାସ ଛାଡ଼ି ଚାଲି ଆସିଲେ ।

ପରଦିନ ହେଡ଼ମାଷ୍ଟର ତଦନ୍ତ କଲେ, ରାଧାନାଥଙ୍କ ମନ ଜାଣି । ଗୋପବନ୍ଧୁ ନ ଥିବା ବେଳେ ସେ ଅନ୍ୟ ପିଲାଙ୍କଠାରୁ ସାକ୍ଷ୍ୟ ନେଇ ଇନ୍‌ସ୍‌ପେକ୍ଟରଙ୍କୁ ରିପୋର୍ଟ ଦେଲେ ଯେ ଗୋପବନ୍ଧୁ ହିଁ ଇନ୍ଦ୍ରଧନୁରେ ପ୍ରବନ୍ଧ ଲେଖି ବର୍ତ୍ତମାନ ମିଛ କହି ନା କରୁଥିଲା; ଏଥିପାଇଁ ତାକୁ ସ୍କୁଲରୁ ବହିଷ୍କାର କରାଯାଉ । ଏ ଖବର ପାଇ ପୁରୀର ଅନେକ ଭଦ୍ରଲୋକ ଆସି ରାଧାନାଥଙ୍କୁ ସାକ୍ଷାତ କଲେ । ଶେଷରେ ସ୍ଥିର ହେଲା ଯେ ମିଥ୍ୟା କହିଥିବା ଦୋଷରେ ଗୋପବନ୍ଧୁକୁ ସାତ ଦିନର ବୃଦ୍ଧି ଜୋରିମାନା କରାଯିବ ଏବଂ ପୂର୍ବ ବର୍ଷ ପରୀକ୍ଷାର ପାରଦର୍ଶିତାନୁସାରେ ସେ ଯେଉଁ ପୁରସ୍କାର ପାଇଥାନ୍ତା, ସେଇଟି ତାକୁ ଦିଆଯିବ ନାହିଁ ।

୧୮୯୪ ଫେବ୍ରୁଆରୀ ୨ ତାରିଖରେ ରାଧାନାଥ କଟକ ଫେରି ଆସିଲେ । ପୁରୀକୁ ଫେରିବା ରାସ୍ତାସାରା ସେ କେବଳ ଭାବୁଥିଲେ ବର୍ଷାଧିକ ସମୟ ଧରି ଚାଲି ଆସୁଥିବା ଏଇ ବାଦ ବିସମ୍ବାଦ କଥା । କାଳୀଗଲି ଘରେ ପହଞ୍ଚ ସେ ଠିକ୍ କଲେ ଯେ ଇନ୍ଦ୍ରଧନୁକୁ ଗୋଟିଏ ଚିଠି ଲେଖି ଏ ବିବାଦର ସମାପ୍ତ କରିବେ । ଦୁଇଦିନ ଧରି ଚିନ୍ତା କରି ସେ ନିମ୍ନଲିଖିତ ଚିଠିଟି ତିଆରି କଲେ :

ମାନନୀୟ ଶ୍ରୀଯୁକ୍ତ ସମ୍ପାଦକ ମହୋଦୟ ସମୀପେଷୁ,

ସବିନୟ ନିବେଦନମିଦଂ

ମହାଶୟ,

୧ । ଶ୍ରୀଯୁକ୍ତ ବାବୁ ରାମନାରାୟଣ ରାୟ ଭଂଜୀୟ କବିତାର ସମାଲୋଚନା କରୁଥିବାରୁ କେହି କେହି ସମ୍ଭବତଃ ଏପରି ଅନୁମାନ କରିଅଛନ୍ତି ଯେ ରାମନାରାୟଣ ବାବୁଙ୍କର ସେହି ସମାଲୋଚନା ମୋହୋ ମତ ଉପରେ ଗଠିତ । ଏ ଅନୁମାନ ଅମୂଲକ ଅଟେ ।

୨ । ରାମନାରାୟଣ ବାବୁ ବାଲ୍ୟକାଳରୁ ସାହିତ୍ୟିକ, ବିଶେଷତଃ ଉତ୍କଳ ସାହିତ୍ୟର ଆଲୋଚନା କରି ଆସୁଅଛନ୍ତି । ପ୍ରାଚୀନ ଉତ୍କଳ ସାହିତ୍ୟ ଚର୍ଚ୍ଚା ବିଷୟରେ ସେ ମୋହୋଠାରୁ କୌଣସି ଅଂଶରେ ହୀନକଣ୍ଠ ନୁହନ୍ତି । ଏ ବିଷୟରେ ମୋହୋର ଶିଷ୍ୟତା ସ୍ୱୀକାର କରିବାର ତାହାଙ୍କର ଆବଶ୍ୟକ ନାହିଁ ।

୩ । ବନ୍ଧୁଭାବରେ ମୁଁ କେବେ ତାହାଙ୍କର କୌଣସି ରଚନା ଦେଖିଥିଲି, ମାତ୍ର ତାହାଙ୍କ ମତବାଦ ଉପରେ ମୁଁ କୌଣସି କାଳରେ ହସ୍ତକ୍ଷେପ କରିନାହିଁ । ଏପରି ହସ୍ତକ୍ଷେପ ମୋହୋ ମତରେ ଅନଧିକାର ଚର୍ଚ୍ଚା ଅଟେ । ପୁନି ରାମନାରାୟଣ ବାବୁ ଅଥବା ଅପର କୌଣ ଲେଖକ ଏପରି ହସ୍ତକ୍ଷେପ ସହ୍ୟ କରିଥାଆନ୍ତେ କି ନାହିଁ ସନ୍ଦେହ । ମୋହୋର ଏହା ଉତ୍ତମ ସ୍ମରଣ ହେଉଅଛି ଯେ ରାମନାରାୟଣ ବାବୁଙ୍କ କୌଣସି କୌଣସି ରଚନା ଦେଖିବା ସମୟରେ ତାହାଙ୍କ ସହିତ ଏକ ଏକ ସ୍ଥଳେ ମୋହୋର ମତର ଅନୈକ୍ୟ ହେବାରୁ ମୁଁ ସେହି ସେହି ଅଂଶ ପ୍ରତ୍ୟାଖ୍ୟାନ କରିବା ସକାଶେ ତାହାଙ୍କୁ ଅନୁରୋଧ କରି କୃତକାର୍ଯ୍ୟ ହୋଇନାହିଁ । ତାହାଙ୍କ ମତ ଭ୍ରାନ୍ତ ହୋଇପାରେ, ମାତ୍ର ସେ ଯାହା ଲେଖି ଅଛନ୍ତି ତାହା ତାହାଙ୍କର ସରଳ ମତ, ଆହୃତ ମତ ନୁହେଁ । ମୋହୋର ମତ ଗ୍ରହଣ କରି ସମାଲୋଚନା କରିଥିଲେ ଏ ବିତଣ୍ଡା ଉଠି ନ ଥାନ୍ତା ।

୪ । ରାମନାରାୟଣ ବାବୁ ଅଥବା ଅପର କାହାରି ମତ ନିମନ୍ତେ ମୋତେ ଦାୟୀ କରିବାର ନ୍ୟାୟ ସଙ୍ଗତ ନୁହେଁ । ମୋତେ କୌଣସି ବିଷୟରେ ଦାୟୀ କରିବାକୁ ହେଲେ ମୋହୋର ସ୍ୱପ୍ରକାଶିତ ଲେଖା ଘେନି ଦାୟୀ କରିବାର ଉଚିତ ।

୫. ମୋହୋର ସାହିତ୍ୟ ଜ୍ଞାନ ଅତି ସୀମାବଦ୍ଧ ଏବଂ ସମୟ ମଧ୍ୟ ନିତାନ୍ତ ଅଳ୍ପ। ଏପରି ବିଷୟରେ କୌଣସି ବିତଣ୍ଡାରେ ପ୍ରବୃତ୍ତ ହେବା ନିମନ୍ତେ ମୋହୋର ଯୋଗ୍ୟତା କିମ୍ବା ଅବକାଶ ନାହିଁ। ବିଶେଷତଃ ଭଞ୍ଜଙ୍କ ରଚିତ କାବ୍ୟାବଳୀରୁ ମୁଁ ଅଧିକାଂଶ ପଢ଼ିନାହିଁ। ଯେମାନେ ତାହା ଉତ୍ତମ ରୂପେ ପଢ଼ିଅଛନ୍ତି ସେମାନେ ସେଥିରେ ସମାଲୋଚନା କରିପାରନ୍ତି। ମୋହୋର ଏପରି ବିଷୟରେ ପ୍ରବୃତ୍ତ ହେବାର ଅଧିକାର ନାହିଁ।

୬. ରାମନାରାୟଣ ବାବୁ ବା ଅପର କାହାରି ପ୍ରତିକୂଳ ସମାଲୋଚନା ଦ୍ୱାରା ଭଞ୍ଜଙ୍କର ଅଥବା କୌଣସି ପ୍ରକୃତ କବି ପଦବାଚ୍ୟ କବିର ଖ୍ୟାତି ବିଲୁପ୍ତ ହୋଇଯିବ, କୌଣସି ସାହିତ୍ୟଜ୍ଞ ବ୍ୟକ୍ତିଙ୍କ ମନରେ ଏପରି ଆଶଙ୍କା ଜାତ ହେବାର ସମ୍ଭାବନା ନାହିଁ। ଅମରତା ଦେବାର ଅଥବା କାଢ଼ିନେବାର ସମାଲୋଚନାର ସାଧ୍ୟାତୀତ। ରାମନାରାୟଣ ବାବୁ ମଧ୍ୟ ତାହାଙ୍କ ସମାଲୋଚନା ପ୍ରବନ୍ଧରେ ଏପରି ଅସଂଯତ ଏବଂ ହାସ୍ୟାସ୍ପଦ ଅହମିକା କୁତ୍ରାପି କରିଥିବାର ମୋହୋର ସ୍ମରଣ ହେଉନାହିଁ।

୭. ସମାଲୋଚନା ଦ୍ୱାରା ଭଞ୍ଜଙ୍କ ପରି ଜଣେ ସୁପ୍ରସିଦ୍ଧ ପ୍ରଧାନ କବିଙ୍କର ଆସନ ଟଳିଯିବ, ଘୋର ନିର୍ବୋଧ କିମ୍ବା କ୍ଷିପ୍ତ ନ ହେଲେ କେହି ଏପରି କଥାକୁ ମନରେ ସ୍ଥାନ ଦାନ କରିବ ନାହିଁ। ଇନ୍ଦ୍ରଧନୁର କେହି କେହି ଲେଖକଙ୍କ ଲେଖାରୁ ବୋଧହୁଏ ସେମାନେ ମୋତେ ଏହିପରି ନିର୍ବୋଧ ଅଥବା କ୍ଷିପ୍ତ ମନେ କରି ଅଛନ୍ତି। ଏ ଶ୍ରେଣୀର ଲେଖକଙ୍କ ଉକ୍ତିର ପ୍ରତିବାଦ କରିବାର ବିଫଳ ପ୍ରୟାସ ମାତ୍ର।

୮. ଭଞ୍ଜ କବିଙ୍କୁ ମୁଁ ମୋହୋର ଏକତର ଶିକ୍ଷାଗୁରୁ ଜ୍ଞାନ କରି ଆବାଲ୍ୟ ଭକ୍ତି କରି ଆସୁଅଛି। ମୁଁ ଯେ କେବଳ ବାକ୍ୟତଃ ତାହାଙ୍କ ପ୍ରତି ଭକ୍ତି ଦେଖାଇ ଅଛି ତାହା ନୁହେଁ, କାର୍ଯ୍ୟତଃ ଭକ୍ତି ଦେଖାଇବାର ଅନେକ ନିଦର୍ଶନ ମୋହୋର ନିଜ ପ୍ରକାଶିତ ପଦ୍ୟରୁ ସଂକଳିତ ହୋଇପାରେ। ମୋହୋଠାରୁ ଭଞ୍ଜଙ୍କର ଅଧିକ ଅନୁକାରୀ ପଦ୍ୟ ଲେଖକ ଓଡ଼ିଶାରେ ବୋଧହୁଏ ଅଳ୍ପ ବାହାରିବେ।

୯. ଭଞ୍ଜଙ୍କ ରଚନାରେ ମୁଁ ଯେଉଁ ଯେଉଁ ଅଂଶ ପଢ଼ିଅଛି ସେଥିରୁ ମୋହୋର ଏହି ଉପଲବ୍ଧି ହୋଇଅଛି ଯେ ସେ ଜଣେ ଅସାଧାରଣ କବି ଥିଲେ। ଆଧୁନିକ ଲେଖକଙ୍କର ତ କଥା ନାହିଁ, ଭଞ୍ଜଙ୍କ ପରି ଭିନ୍ନ ଭିନ୍ନ ବିଷୟରେ ସମାନ ସୌଭାଗ୍ୟଶାଳୀ କବି ପ୍ରାଚୀନ କାଳରେ ସୁଦ୍ଧା ଉକ୍କଳରେ ଆବିର୍ଭୂତ ହୋଇ ନ ଥିଲେ। କୌଣସି କୌଣସି ପ୍ରାଚୀନ କବି ଏକ ଏକ ବିଷୟରେ ତାହାଙ୍କଠାରୁ ଅଧିକତର ଉତ୍କର୍ଷ ଦେଖାଇଥିଲେ ହେଁ ସମଷ୍ଟିରେ କେହି ତାହାଙ୍କର ସମକକ୍ଷ ହୋଇପାରି ନାହାନ୍ତି।

୧୦. ମୋହୋ ବିବେଚନାରେ ରାମନାରାୟଣ ବାବୁ ଏକ ଏକ ସ୍ଥଲେ ଭଞ୍ଜଙ୍କ ରଚନା ପ୍ରତି ଅଯଥା ଆକ୍ଷେପ କରିଅଛନ୍ତି। ବିଶେଷତଃ ଆଦିରସ ସମ୍ବନ୍ଧରେ ତାହାଙ୍କୁ ଯେଉଁ ଆକ୍ଷେପ କରା ହୋଇଛି, ତାହା ଉଚିତ ସୀମା ଅତିକ୍ରମ କରି ଅନେକ ଦୂର ଚାଲି ଯାଇଥିବାର ବୋଧ ହୁଏ। ମୁଁ ନିଜେ ଭଞ୍ଜଙ୍କର ଯେତେ ରଚନା ପଢ଼ିଅଛି, ସେଥି ମଧ୍ୟରୁ ୨୦-୩୦ ପଂକ୍ତି ଛାଡ଼ିଦେଲେ ଅବଶିଷ୍ଟାଂଶ ପ୍ରକୃତ ପ୍ରସ୍ତାବରେ ଦୃଷଣୀୟ ହେବ, ଏ ବିଷୟରେ ମୋହୋର ଗଭୀର ସନ୍ଦେହ ଅଛି। ଉତ୍କୃଷ୍ଟ ୟୁରୋପୀୟ ସମାଲୋଚକମାନେ ଏ ଶ୍ରେଣୀର ରଚନାର ପକ୍ଷପାତୀ ନୁହନ୍ତି, ଏହା ମୋହୋର ଅବିଦିତ ନାହିଁ। ସେମାନଙ୍କ ମତାବଲମ୍ବୀ ହୋଇ ଅନେକ ବଙ୍ଗୀୟ ସମାଲୋଚକ ମଧ୍ୟ ଆଦିରସ ପ୍ରତି ବୀତଶ୍ରଦ୍ଧ। ସଂସ୍କୃତ ଆଲଙ୍କାରିକମାନେ ମଧ୍ୟ ରସ ନାମ ଦ୍ୱାରା ବର୍ଣ୍ଣନୀୟ ନୁହେଁ, କେବଳ ବ୍ୟଂଜନା ଦ୍ୱାରା ସୂଚନୀୟ, ଏହି

ନିୟମ ନିର୍ଦ୍ଦେଶ କରିଅଛନ୍ତି। ପକ୍ଷାନ୍ତରେ ପ୍ରଧାନ ପ୍ରଧାନ ସଂସ୍କୃତ କବି, ଇଉରୋପୀୟ କବି ଏବଂ ବଙ୍ଗୀୟ କବିଙ୍କ ଗ୍ରନ୍ଥରୁ ଏପରି ଅନେକ ଆଦି ରସାଶ୍ରିତ କବିତା ବାହାରିବ, ଯାହା ଦ୍ୱାରା ଭଞ୍ଜଙ୍କ ଅଧିକାଂଶ ରଚନା ସମର୍ଥିତ ହୋଇପାରେ। ବିରୁଦ୍ଧବାଦୀମାନଙ୍କ ମତ ସଂକଟରେ ପଡ଼ି ଏ ବିଷୟରେ ମୁଁ ଅବଧି ନିଜର ମତ ଠିକ୍ କରି ପାରି ନାହିଁ। ସେ ଯାହାହେଉ, ଭଞ୍ଜଙ୍କ ପ୍ରଭୃତ ଗୁଣରାଶି ଦୃଷ୍ଟିରେ ତାହାଙ୍କ ରଚନାନ୍ତର୍ଗତ ଉକ୍ତ ଆଦି ରସାଶ୍ରିତ ପଂକ୍ତିମାନଙ୍କୁ ଆର୍ଷ ପ୍ରୟୋଗ ରୂପେ ଗ୍ରହଣ ଅର୍ଥାତ୍ ସେମାନଙ୍କୁ ସସମ୍ମାନ ପ୍ରତ୍ୟାଖ୍ୟାନ ମୋହ ମତରେ ଅଯୌକ୍ତିକ ନୁହେଁ।

୧୧. ଅମୂଳକ ଅଭିଯୋଗର ପ୍ରତିବାଦରେ ମୁଁ ବିଶେଷ ଅଭ୍ୟସ୍ତ ନୁହେଁ। ମୋହୋ ସମୟରେ ଅନେକ ଥର ଅନେକ ଅମୂଳକ ଅଭିଯୋଗ ବାହାରି ଯଥା ସମୟରେ ସେଥିର ଅସାରତା ସ୍ୱତଃ ପ୍ରତିପନ୍ନ ହୋଇଥିବାର ଦେଖିଅଛି। ବର୍ତ୍ତମାନ ବିତଣ୍ଡାରେ ମୁଁ ସେଥି ସକାଶେ ଆଜି ପର୍ଯ୍ୟନ୍ତ ନୀରବ ଥିଲି।

କେବଳ କୌଣସି କୌଣସି ଆନ୍ତରିକ ହିତୈଷୀ ବନ୍ଧୁଙ୍କର ସଦଭିପ୍ରାୟର ସମ୍ମାନ ରକ୍ଷା ସକାଶେ ଏହି ପତ୍ର ଲେଖିଲି।

ବଶମ୍ବଦ

କଟକ ୫.୨.୧୮୯୪   ଶ୍ରୀ ରାଧାନାଥ ରାୟ

ପତ୍ରଟିକୁ ଲେଖିସାରି ରାଧାନାଥଙ୍କର ଦ୍ୱିଧା ହେଲା ଏଇଟିକୁ ସେ ଇନ୍ଦ୍ରଧନୁକୁ ପଠାଇବେ କି ନାହିଁ। ଇନ୍ଦ୍ରଧନୁ ଚିଠିଟିକୁ ପ୍ରକାଶ ନ କରିବାର ସମ୍ଭାବନା ଥିଲା, ତଥା ପତ୍ରିକାଟି ଅତି ଅନିୟମିତ ପ୍ରକାଶ ପାଉଥିଲା। ମାର୍ଚ୍ଚ ମାସରେ ବାଲେଶ୍ୱର ଗସ୍ତକୁ ଯାଇଥିବାବେଳେ ରାଧାନାଥ ପତ୍ରଟିକୁ ସାଙ୍ଗରେ ନେଇ ଯାଇଥିଲେ। ଚିଠିଟି ଉପରେ ଓଡ଼ିଆ ଓ ନବସମ୍ବାଦ ସଂପାଦକ ବୋଲି ଲେଖି ସେ ସେଇଟିକୁ ପ୍ରକାଶ ପାଇଁ ଦେଇଦେଲେ। ପତ୍ରଟି ଓଡ଼ିଆ ଓ ନବସମ୍ବାଦ ପତ୍ରିକାର ମାର୍ଚ୍ଚ ୧୪ ତାରିଖ ସଂଖ୍ୟାରେ ପ୍ରକାଶ ପାଇଲା ଏବଂ ଏହା ପରେ ଭଂଜ-ରାଧାନାଥ ବିବାଦର ଅବସାନ ହେଲା।

ମୟୂରଭଂଜ: ଏପ୍ରିଲ ୧୮୯୪

ଓଡ଼ିଆ ଓ ନବସମ୍ୟାଦରେ ପତ୍ରଟିକୁ ଛପାଇ ରାଧାନାଥ ପୁଣି ତାଙ୍କ ସାହିତ୍ୟ ସାଧନାକୁ ଫେରି ଆସିବାକୁ ଚାହିଁଲେ। ମହାଯାତ୍ରାର ଅଷ୍ଟମ ସର୍ଗ ଲେଖିବାପାଇଁ ସେ ବାରମ୍ବାର ଚେଷ୍ଟା କରି ବିଫଳ ହୋଇଥିଲେ। ଦିନ ଦିନ ଧରି ସେ ସପ୍ତମ ସର୍ଗର ଶେଷ କେତୋଟି ଧାଡ଼ି ଆବୃତ୍ତି କରୁଥିଲେ, ଯେପରିକି ଏହା ତାଙ୍କୁ ପରବର୍ତ୍ତୀ ଅଂଶ ଲେଖିବାକୁ ଉଦ୍‌ଦୀପନା ଦେବ: ପଲକେ ଏ ମହାଦୃଶ୍ୟ ହେଲା ଅନ୍ତର୍ହିତ, ଯୁଧିଷ୍ଠିର ନେତୁ ସେହି ସହ୍ୟ ଗିରି ତଟେ, ଅଗ୍ନି ଇଚ୍ଛାମତେ ସ୍ଵପ୍ନ ଯଥା ଜାଗରଣେ। କିନ୍ତୁ ତାଙ୍କ ମନକୁ ନା ସେଭଳି ଭାବ, ନା ସେଭଳି ଭାଷା ଆସୁଥିଲା। ଶେଷରେ ବିରକ୍ତ ହୋଇ ସେ ଅଷ୍ଟମ ସର୍ଗ ଉପରେ ଲେଖାଥିବା ଖାତାଟିକୁ ଅଲଗା ରଖିଦେଲେ ଏବଂ ସ୍ଥିର କଲେ ଯେ ମହାଯାତ୍ରା କାମ ପୁଣି ହାତକୁ ନେବା ଆଗରୁ ସେ କିଛି ଅନୁବାଦ କରିବେ। ଅନେକ ଦିନ ତଳେ ତୁଳସୀ ଦାସଙ୍କ ରାମଚରିତ ମାନସ ପଢ଼ିଲା ବେଳେ ତାଙ୍କୁ କିଷ୍କିନ୍ଧ୍ୟା କାଣ୍ଡର ରତୁ ବର୍ଣ୍ଣନା ଭଲ ଲାଗିଥିଲା। ସେ ଆଉ ଗୋଟିଏ ନୂଆ ଖାତା ବାହାର କରି ତା ଉପରେ ତୁଳସୀ ସ୍ତବକ ବୋଲି ଲେଖିଲେ ଏବଂ ରାମଚରିତ ମାନସ ବହି ଖୋଜି ବାହାର କଲେ।

ଏ ଭିତରେ ସେ ଆହୁରି ଏକ ଚିନ୍ତା ମଧ୍ୟ କରୁଥିଲେ, ନିଜର ଏକ ଗ୍ରନ୍ଥାବଳୀ ପ୍ରକାଶ କରିବା। ୧୮୯୩ ନଭେମ୍ବର ମାସରେ ଦ୍ଵିତୀୟ ଥର ପାଇଁ ବାମଣ୍ଡା ଯାଇ ସେଠାରୁ ଫେରିବା ବାଟରେ ସମ୍ବଲପୁରଠାରେ ତାଙ୍କର ସାକ୍ଷାତ ହୋଇଥିଲା ବରପାଲିର କବି ଗଙ୍ଗାଧର ମେହେରଙ୍କ ସାଙ୍ଗରେ। ଏହି ସାକ୍ଷାତକାରରୁ ସେମାନଙ୍କ ମଧ୍ୟରେ ଏକ ପାରସ୍ପରିକ ପ୍ରଶଂସା ସଂଘ ଗଠିତ ହୋଇଥିଲା ଏବଂ ଉଭୟ ନିୟମିତ ପତ୍ରାଳାପ କରୁଥିଲେ। ଗଙ୍ଗାଧର ତାଙ୍କୁ ଧାରଣା ଦେଇଥିଲେ ଯେ ତାଙ୍କର ଏତେଗୁଡ଼ିଏ କାବ୍ୟ ପ୍ରକାଶ ପରେ ଏଗୁଡ଼ିକ ଏକାଠି କରି ଗୋଟିଏ ରାଧାନାଥ ଗ୍ରନ୍ଥାବଳୀ ପ୍ରକାଶ କରିବାର ସମୟ ଆସିଯାଇଛି।

ଏଥିପାଇଁ ବେଶ ଟଙ୍କା ଦରକାର ଥିଲା ଏବଂ ସେ ଟଙ୍କା କେଉଁଠାରୁ ମିଳିପାରିବ ସେଥିପାଇଁ ଆଲୋଚନା କରି ଜଣାଗଲା ଯେ ଏତେ ଟଙ୍କା ଦେଇପାରିବେ ମୟୂରଭଞ୍ଜ ନ ହେଲେ ବାମଣ୍ଡା ରାଜା। ବାମଣ୍ଡା ବିଷୟରେ ରାଧାନାଥଙ୍କର ଅନୁଭୂତି ଥିଲା ଯେ ଯଦିଓ ବାସୁଦେବ ଓ ତାଙ୍କର ପୁଅ ସଚିଦାନନ୍ଦ ବାମଣ୍ଡାରେ ତାଙ୍କର ଅନେକ ଖାତିର କରିଥିଲେ, ତାଙ୍କଠାରୁ ଗ୍ରନ୍ଥାବଳୀ ପାଇଁ ଟଙ୍କା ପାଇବାର ଆଶା ନ ଥିଲା। ସେ ତେଣୁ ସ୍ଥିର କଲେ ଯେ ଏ ବିଷୟରେ ମୟୂରଭଞ୍ଜର ଶ୍ରୀରାମଚନ୍ଦ୍ରଙ୍କୁ ପତ୍ର ଲେଖିବେ।

୧୮୯୨ ଅଗଷ୍ଟ ମାସରୁ ଶ୍ରୀରାମଚନ୍ଦ୍ର ମୟୂରଭଞ୍ଜର ଶାସନ ଭାର ହାତକୁ ନେଇଥିଲେ। ଏହା ପୂର୍ବରୁ ସେ ସାବାଳକ ହୋଇଥିଲେ ମଧ୍ୟ ଓ୍ୱାଇଲି ସାହେବ ବାରିପଦାରେ ରହି ଶାସନ କାର୍ଯ୍ୟ ବୁଝୁଥିଲେ। ଶ୍ରୀରାମଚନ୍ଦ୍ରଙ୍କର ଦାୟିତ୍ୱ ନେବାପରେ ବିଶେଷ ସମସ୍ୟା ହୋଇଥିଲା ଅର୍ଥ ନେଇ, କାରଣ ଯିବା ପୂର୍ବରୁ ଓ୍ୱାଇଲି ମୟୂରଭଞ୍ଜର ଟ୍ରେଜେରୀକୁ ଖାଲି କରି ଯାଇଥିଲେ। ଏ କଥା ଶ୍ରୀରାମଚନ୍ଦ୍ର ଥରେ ରାଧାନାଥଙ୍କୁ ଚିଠିରେ ମଧ୍ୟ ଲେଖିଥିଲେ।

ଏହା ସତ୍ତ୍ୱେ ଗଙ୍ଗାଧରଙ୍କ ଦ୍ୱାରା ଉତ୍ସାହିତ ହୋଇ ରାଧାନାଥ ନିଜର ଗ୍ରନ୍ଥାବଳୀ ବିଷୟରେ ଶ୍ରୀରାମଚନ୍ଦ୍ରଙ୍କୁ ଲେଖିବେ ବୋଲି ଯାଉଛନ୍ତି, ତାଙ୍କ ଆଖିରେ ପଡ଼ିଲା ଏପ୍ରିଲ ସାତ ତାରିଖର ଦୀପିକାରେ ରାମଚନ୍ଦ୍ରଙ୍କର ଜେଜେମା'ଙ୍କ ଲିଖିତ ପତ୍ର। ପତ୍ରଟି ନିମ୍ନମତେ ଥିଲା :

ମାନ୍ୟବର ଶ୍ରୀଯୁକ୍ତ ଉତ୍କଳ ଦୀପିକା। ସମ୍ପାଦକ ମହାଶୟ ସମୀପେଷୁ,

ମହାଶୟ;

ସର୍ବସାଧାରଣଙ୍କ ଅବଗତାର୍ଥେ ନିମ୍ନଲିଖିତ ବିଷୟଗୁଡ଼ିକୁ ଆପଣଙ୍କର ଜଗଦ୍‌ବିଖ୍ୟାତ ପତ୍ରିକାରେ ସ୍ଥାନ ଦାନ କଲେ ଚିରବାଧ୍ୟତ ହେବି।

ମୋହର ଜ୍ୟେଷ୍ଠପୁତ୍ର ମୟୂରଭଞ୍ଜର ଭୂତପୂର୍ବ ମହାରାଜା କୃଷ୍ଣଚନ୍ଦ୍ର ଭଞ୍ଜଙ୍କର ମୃତ୍ୟୁ ଉଭାରେ ଯେତେବେଳେ ଗଭର୍ଣ୍ଣମେଣ୍ଟ ଏହି ରାଜ୍ୟକୁ ଖାସ୍ କରି ତାହାଙ୍କର ନାବାଳକ ଜ୍ୟେଷ୍ଠପୁତ୍ର ଶ୍ରୀରାମଚନ୍ଦ୍ର ଭଞ୍ଜଙ୍କୁ କଟକ ପଠାନ୍ତି, ସେ ସମୟରେ ଆମ୍ଭେ ନାବାଳକ ରାଜାଙ୍କର କର୍ତ୍ତୁପକ୍ଷମାନେ ପଠାଇବାକୁ ଅନିଚ୍ଛୁକ ହେବାରୁ ଭୂତପୂର୍ବ କମିଶନର ଲାମିନି ସାହେବ ଆମ୍ଭମାନଙ୍କୁ ପ୍ରବୋଧ ଦେଇ କହିଲେ ଯେ ଗଭର୍ଣ୍ଣମେଣ୍ଟ ରାଜାଙ୍କୁ କେବଳ ଉଚ୍ଚ ଶିକ୍ଷା ଦେବାକୁ ନେଉଅଛନ୍ତି, ତାହାଙ୍କର ଜାତି ଧର୍ମ ନଷ୍ଟ କରିବା ଗଭର୍ଣ୍ଣମେଣ୍ଟଙ୍କର ଉଦ୍ଦେଶ୍ୟ ନୁହେଁ ଓ କେବେ ହେଁ କରିବାକୁ ଦେବେ ନାହିଁ।

ଶ୍ରୀ ବାବୁ ଗୋବିନ୍ଦ ଚନ୍ଦ୍ର ମହାପାତ୍ରଙ୍କୁ ନାବାଳକ ରାଜାଙ୍କର ଶିକ୍ଷକ ଓ ଗାର୍ଜନ ପଦରେ ନିଯୁକ୍ତ କରି ତାହାଙ୍କୁ କଟକ ନେଇଯିବା ଉଭାରେ ଆମ୍ଭେମାନେ ଗଭର୍ଣ୍ଣମେଣ୍ଟଙ୍କ ନିକଟରେ ଆପତ୍ତି କରିବାରେ ଗଭର୍ଣ୍ଣମେଣ୍ଟ ମଧ୍ୟ ପୂର୍ବୋକ୍ତ ପ୍ରକାରେ ସାନ୍ତ୍ୱନା ଦେଲେ। ଏହିପରି ସାନ୍ତ୍ୱନା ଦେଇ ଧୀରେ ଧୀରେ ଏକଜଣ ନୀଚ ପ୍ରକୃତିର ସାହେବ ମିଷ୍ଟର କିଡ଼େଲିକୁ ଯେତେବେଳେ ଶିକ୍ଷକ ପଦରେ ନିଯୁକ୍ତ କଲେ ସେ ସମୟରେ ରାଜା ଏ ରୂପ ନୀଚ ପ୍ରକୃତିର ଲୋକ ସାଙ୍ଗରେ ରହିଲେ ତାଙ୍କର ଜାତି ଓ ଧର୍ମ ପ୍ରତି ନିଶ୍ଚୟ ବ୍ୟାଘାତ ଘଟିବା ବିଷୟରେ ଆମ୍ଭେମାନେ ଶତ ଶତ ଆପତ୍ତି କରିଥିଲୁ।

ପାଠକେ, ଆମ୍ଭମାନଙ୍କର ଆପତ୍ତିର ସତ୍ୟାସତ୍ୟ ଗୁରୁମହାଶୟଙ୍କର କାଣ୍ଠ କାରଖାନାରୁ ଦେଖନ୍ତୁ। ଧର୍ମନାଶୀ ଗୁରୁ ମିଷ୍ଟର କିଡ଼େଲି ମୋହର ନାତି ଶ୍ରୀରାମଚନ୍ଦ୍ରଙ୍କୁ ଦାର୍ଜିଲିଂ ଓ ସିଲୋନ (ଲଙ୍କା) ପ୍ରଭୃତି ନାନା ସ୍ଥାନ ସ୍ୱସଙ୍ଗେ ଭ୍ରମଣ କରାଇ ଏକ କୁମାରୀ ଥୋପ ଦେଖାଇ ତାହାକୁ ଜାତ୍ୟନ୍ତର କରିବାକୁ ଇଚ୍ଛା କରିଅଛି।

ପାଠକ, ଏ କୁମାରୀ କେ ଜାଣନ୍ତି ? ଏ ବ୍ରାହ୍ମଧର୍ମାବଲମ୍ବୀ ମହାତ୍ମା କେଶବ ସେନଙ୍କର କନ୍ୟା । ଏହାଙ୍କ ସଙ୍ଗରେ ମୋହର ନାତିକୁ ବିବାହ କରାଇଦେବେ ବୋଲି ଧର୍ନ୍ନାଶୀ ଶିକ୍ଷକଦ୍ୱୟ ମିଷ୍ଟର କିଡ଼େଲି ଓ ଶ୍ରୀ ବାବୁ ଗୋବିନ୍ଦଚନ୍ଦ୍ର ମହାପାତ୍ର କୁଚବିହାର ରାଜାଙ୍କ ସଙ୍ଗେ ଫଣି କରିଅଛନ୍ତି । ପୁଣି ଶୁଣାଯାଏ ଯେ ଏମାନେ ବିବାହ କରାଇଦେଲେ ତାଙ୍କଠାରୁ ଏକଲକ୍ଷ ଟଙ୍କା ପୁରସ୍କାର ପାଇବେ । ଗତ ୧୩ ତାରିଖରେ କିଡ଼େଲି ସାହେବ ଛୋଟଲାଟ ବାହାଦୁରଙ୍କ ସଙ୍ଗରେ ସାକ୍ଷାତ କରାଇବ ବୋଲି ରାଜାଙ୍କୁ ନେଇ ଯାଇଅଛି । ପୁନଶ୍ଚ ଦେଖନ୍ତୁ ଯେ ମୋହର ପ୍ରାଣର ପ୍ରାଣକୁ କୁଶିକ୍ଷା ଦେଇ ମୋହଠାରୁ ଅନ୍ତର କରାଇ ନେଇ ରାଜଭବନର ପ୍ରାୟ ଦୁଇ କ୍ରୋଶ ଦୂରରେ ଅବସ୍ଥିତ ବେଲଗଡ଼ିଆ ନାମକ ଏକ କୋଠାରେ କିଡ଼େଲି ସାହେବଙ୍କ ସଙ୍ଗରେ ତାହାକୁ ରଖାଇ ହୁକୁମ ଜାରି କରିଅଛନ୍ତି ଯେ ସାହେବ ମୌସୁଫର ବିନା ଅନୁମତିରେ କେହି ରାଜା ସଙ୍ଗରେ ସାକ୍ଷାତ କରି ପାରିବ ନାହିଁ । ଏ ରୂପେ ନିର୍ଜନରେ ତାହାକୁ ରଖାଇ କେତେଗୁଡ଼ିଏ ମିଥ୍ୟ ଆଶା ଓ ଭୟ ଦେଖାଇ ଧର୍ମ ଜାତି ଓ ନୀତି ବିରୁଦ୍ଧ କାର୍ଯ୍ୟମାନଙ୍କରେ ତାହାକୁ ସତତଃ ପ୍ରବର୍ତ୍ତାଉ ଅଛନ୍ତି । କେହି କେହି କହି ପାରନ୍ତି ଉକ୍ତ କାର୍ଯ୍ୟମାନଙ୍କରେ ପ୍ରବର୍ତ୍ତାଇବାରେ ସେମାନଙ୍କର କି ଲାଭ ହେଉଅଛି । ସେଥିରେ ଆମ୍ଭର ବକ୍ତବ୍ୟ ଏହି ଯେ କେବଳ ଆମ୍ଭମାନଙ୍କ ପ୍ରତି ଅଭକ୍ତି ଓ ଅଶ୍ରଦ୍ଧା ଜନ୍ମାଇ ସେମାନଙ୍କର ସ୍ୱ ସ୍ୱ ମନୋରଥ ସିଦ୍ଧି ହିଁ ସେମାନଙ୍କର ପ୍ରଧାନ ଉଦ୍ଦେଶ୍ୟ । ଏ ସମସ୍ତ ଦେଖି ଯେଉଁମାନେ ରାଜାଙ୍କୁ ସଦୁପଦେଶ ଦେବାକୁ ଚେଷ୍ଟା କରୁଅଛନ୍ତି, ଏମାନେ ନାନା କୌଶଳରେ ସେମାନଙ୍କ ଉପରେ ନାନା ପ୍ରକାର ଅତ୍ୟାଚାର କରି ସେମାନଙ୍କୁ ଜବଦ କରୁଅଛନ୍ତି । ଏ ସମସ୍ତ ବୋଧ କରେ ଗଭର୍ଣ୍ଣମେଣ୍ଟଙ୍କର କର୍ଣ୍ଣଗୋଚର ହେଉନାହିଁ । ହେବ ବା କିପରି ? ଏମାନଙ୍କର ଅତ୍ୟାଚାର ଦେଖି ଲୋକେ ଏପରି ଶଙ୍କିତ ହୋଇ ଅଛନ୍ତି ଯେ ମୋହର ଦୁଃଖ ଜଣାଇବାକୁ ଖଣ୍ଡେ ପତ୍ର ଲେଖିବାକୁ ମଧ୍ୟ ଏଠାକାର ଲୋକେ ସାହସ କରୁନାହାନ୍ତି ।

ପାଠକ, ଉକ୍ତ ଗୁରୁ ମହାଶୟମାନେ ଶିକ୍ଷକ ନା ପଟେଲ ? ମୋହର ବଂଶ ନାଶ କରିବାକୁ କି ଗଭର୍ଣ୍ଣମେଣ୍ଟ ମୋତେ କାଳସର୍ପ ଦେଇ ଅଛନ୍ତି ? ଯଦି ଗଭର୍ଣ୍ଣମେଣ୍ଟଙ୍କର ଏହା ଏକାନ୍ତ ଇଚ୍ଛା, ତେବେ ମୋହର ଏ ବୃଦ୍ଧାବସ୍ଥାରେ ମୋତେ ଏ ରୂପେ କଷ୍ଟ ନ ଦେଇ ମୋହ ଗଳାରେ ଆଗେ ଛୁରୀ ଦେଇ ପଶ୍ଚାତ ଏ ସମସ୍ତ କାର୍ଯ୍ୟ କଲେ ଉତ୍ତମ ହୁଅନ୍ତା ।

ମୋହର ପୁତ୍ର ବିୟୋଗ ହୋଇଥିଲା ସତ୍ୟ, କିନ୍ତୁ ନାତି ଥିବାରୁ ଆଶା କରିଥିଲି ଯେ ତାହାର ସମସ୍ତ ବିଷୟରେ ସୁଖ ଦେଖି ପୁତ୍ର ବିୟୋଗର ଦୁଃସହ ଯାତନା ଭୁଲିଲେ ଦା ଭୁଲି ପାରିବି ! ମୋହର ସେ ଆଶାର କି ଏହି ଫଳ ଫଳିଲା ? ଧିକ ମୋହ ଜନ୍ମ ! ଧିକ ମୋହର ଜୀବନ ଧାରଣ !

ଏ ସ୍ଥଳେ ମୁଁ ଗଭର୍ଣ୍ଣମେଣ୍ଟଙ୍କୁ କି ସକାଶେ କହୁଅଛି ପାଠକେ ତାହା ସହଜରେ ବୁଝିପାରିଥିବେ । ଅତଏବ ତାହାଙ୍କୁ ମୋହର ଏତିକି ପ୍ରାର୍ଥନା ଯେ ମୋହର ନାତିକୁ ସଦୁପଦେଶ ପ୍ରଦାନ ପୂର୍ବକ ଉପରୋକ୍ତ କୁମନ୍ତ୍ରଣା ମତିମାନଙ୍କ ଷଡ଼୍‌ଯନ୍ତ୍ରରୁ ରକ୍ଷା କରି ତାହାକୁ ମୋହର ରାଜଭବନରେ ସ୍ୱଧର୍ମରେ ରହି ରାଜନୀତିଜ୍ଞ ଲୋକମାନଙ୍କ ପରାମର୍ଶରେ ରାଜକାର୍ଯ୍ୟ ଚଳାଇବାକୁ ଆଦେଶ କଲେ ଆମ୍ଭମାନଙ୍କର ସନାତନ ଧର୍ମ ରକ୍ଷା ହେବ ଓ ଗଭର୍ଣ୍ଣମେଣ୍ଟଙ୍କର ସୁଖ୍ୟାତି ଯୁଗେ ଯୁଗେ ସ୍ଥାୟୀ ହେବ ।

ଶ୍ରୀ ରମା ଦେଇ

ବାରିପଦା ୨.୪.୯୪   ରାଜଠାକୁର ମା ସାମନ୍ତ ରାଜ ମୟୂରଭଂଜ

ରାଧାନାଥ ମଧୁକୁ ଡାକି ଦୀପିକାଟି ପଢ଼ିବାକୁ ଦେଲେ ଏବଂ ତାକୁ କହିଲେ ଯେ ବାରିପଦାକୁ ଚିଠି ଲେଖି ଏ ବିଷୟରେ ଆହୁରି ଖବର ସଂଗ୍ରହ କର। ମଧୁ ବା ଶଶିଭୂଷଣ ଶାରୀରିକ ଅସୁସ୍ଥତା ହେତୁରୁ ପାଠପଢ଼ା ଛାଡ଼ି ଘରେ ବସି ରହିଥିଲା ଏବଂ ନିଜର ପ୍ରସିଦ୍ଧ ପିତାଙ୍କର ସେବା କରିବାକୁ ଜୀବନର ଏକମାତ୍ର ଲକ୍ଷ୍ୟ ବୋଲି ମାନି ନେଇଥିଲା। ସେ ସାଙ୍ଗେ ସାଙ୍ଗେ କାଗଜ କଲମ ନେଇ ଶ୍ରୀରାମଚନ୍ଦ୍ର ଭଂଜଙ୍କ ପାଖକୁ ଚିଠି ଲେଖିବା ପାଇଁ ବସିଗଲା।

ଖଣ୍ଡପଡ଼ା: ଅଗଷ୍ଟ ୧୮୯୪

ବର୍ତ୍ତମାନ ଅଣଷଠି ବର୍ଷ ବୟସରେ ସାମନ୍ତ ଚନ୍ଦ୍ରଶେଖର ନିଷ୍ଠିତ ଥିଲେ ଯେ ସେ ଆଉ ବେଶି ଦିନ ବଞ୍ଚିବେ ନାହିଁ ଏବଂ ମରିବା ପୂର୍ବରୁ ସିଦ୍ଧାନ୍ତ ଦର୍ପଣ ଛପା ହେବା ଦେଖି ପାରିବେ ନାହିଁ। ତେଇଶି ବର୍ଷ ବୟସରୁ ସେ ଆକାଶକୁ ଅନାଇ ଯାହା ସବୁ ଦେଖୁଥିଲେ ଟିପି ରଖୁଥିଲେ ଏବଂ ଛବିଶ ବର୍ଷ ବୟସରେ ସିଦ୍ଧାନ୍ତ ଦର୍ପଣ ଲେଖା ଆରମ୍ଭ କରିଥିଲେ। ବହିଟି ଲେଖିବାକୁ ଆଠବର୍ଷ ଲାଗିଥିଲା ଏବଂ ଶେଷ ହୋଇଥିଲା ୧୮୬୯ରେ, ଚନ୍ଦ୍ରଶେଖରଙ୍କୁ ଯେତେବେଳେ ଚଉତିରିଶ ବର୍ଷ। ପଚିଶ ବର୍ଷ ହେଲା ବହିଟି ତାଙ୍କ ପାଖରେ ପଡ଼ି ରହିଥିଲା ପ୍ରକାଶ ଅପେକ୍ଷାରେ।

ଏହି ସମୟ ବଡ଼ ଅଶାନ୍ତିରେ ଯାଇଥିଲା ଚନ୍ଦ୍ରଶେଖରଙ୍କର। ତାଙ୍କ ଦେହ କେବେହେଲେ ଭଲ ରହୁ ନଥିଲା ଅଗ୍ନିମାନ୍ଦ୍ୟ ଓ ଅନ୍ତଃଶୂଳ ରୋଗ ଯୋଗୁ। ଧାଞ୍ଚ ପୁଅ ଓ ଗୋଟିଏ ଝିଅ ନେଇ ବଡ଼ ପରିବାର ପାଇଁ ବର୍ଷକୁ ଆୟ ଥିଲା ମାତ୍ର ପାଞ୍ଚ ଶହ ଟଙ୍କା ଓ ଷାଠିଏ ଭରଣ ଧାନ। ଥରେ ମଂଜୁଷା ଯାଇ ସେଠାରେ ମହେନ୍ଦ୍ର ପର୍ବତର ଉଚ୍ଚତା ନିରୂପଣ କରି ସେ ବର୍ଷକୁ ପଚାଶ ଟଙ୍କାର ବୃଦ୍ଧି ପାଉଥିଲେ, କିନ୍ତୁ ସେ ରାଜା ମରିବାପରେ ନୂଆ ରାଜା ଏହାକୁ ତିରିଶ ଟଙ୍କା କରି ଦେଇଥିଲେ।

ତାଙ୍କର ଅନ୍ୟ ଏକ ଅଶାନ୍ତି ଥିଲା ପୁତୁରା ଖଣ୍ଡପଡ଼ା ରାଜା ନଟବର ସିଂହଙ୍କୁ ନେଇ। କକା ସବୁବେଳେ ତାଳପତ୍ର ଗୋଛାଏ ଧରି ବସିରହୁଥିଲେ ଏବଂ ଠିଆରେ ତାଙ୍କୁ ଲୋକେ ରାଜଜ୍ୟୋତିଷ ବୋଲି କହୁଥିଲେ, ଏ କଥା ନଟବରଙ୍କର ପସନ୍ଦ ନ ଥିଲା। ଯେତେବେଳେ ଜ୍ୟୋତିଷ ଭାବରେ ଚନ୍ଦ୍ରଶେଖର ପ୍ରସିଦ୍ଧି ଲାଭ କଲେ, ସେ କଥା ମଧ ନଟବର ସହ୍ୟ କରିପାରିଲେ ନାହିଁ ଏବଂ ତାଙ୍କ ସହିତ ଶତ୍ରୁତା ବଢ଼ାଇଲେ।

ସିଦ୍ଧାନ୍ତ ଦର୍ପଣ ଛପା ହୋଇ ନ ପାରିଲେ ମଧ ଲୋକମୁଖରେ ଚନ୍ଦ୍ରଶେଖରଙ୍କର ସୁଖ୍ୟାତି ଓଡ଼ିଶା ସାରା ବ୍ୟାପିଥିଲା। ୧୮୭୬ରେ ପୁରୀର ପଣ୍ଡିତମାନେ ଗୋଟିଏ ସଭା ଡାକିଥିଲେ ଏକଥା ସ୍ଥିର କରିବା ପାଇଁ ଯେ କେଉଁ ପଞ୍ଜିକା ଅନୁସାରେ ଜଗନ୍ନାଥଙ୍କର ନୀତିମାନ ପାଳିତ ହେବ। ଏ ସଭାରେ ଅନେକ ହିନ୍ଦୁ ଜ୍ୟୋତିଷ ଓ ପଣ୍ଡିତ ଯୋଗ ଦେଇଥିଲେ ଏବଂ ସ୍ଥିର କରିଥିଲେ ଯେ ସିଦ୍ଧାନ୍ତ ଦର୍ପଣ ଅନୁସାରେ ଗଣନା କରାଯାଇଥିବା ପଞ୍ଜିକା ହିଁ ସଠିକ। ୧୮୮୮ରେ ପୁରୀ ମୁକ୍ତିମଣ୍ଡପ ପଣ୍ଡିତ ସଭା ଚନ୍ଦ୍ରଶେଖରଙ୍କୁ ଗୋଟିଏ ସୁକ୍ଷ୍ମ ପଞ୍ଚାଙ୍ଗ ପଞ୍ଜିକା ଓଡ଼ିଶାରେ ପ୍ରଚଳନ କରିବାକୁ ଅନୁମତି ଦେଇଥିଲେ। ବିଭିନ୍ନ ସମୟରେ ଚନ୍ଦ୍ରଗ୍ରହଣ ଓ ସୂର୍ଯ୍ୟପରାଗ ଇତ୍ୟାଦିର ସଠିକ୍ ସମୟ ଜଣାଇ ସେ ନିଜର ପାଣ୍ଡିତ୍ୟର ପରିଚୟ ଦେଇଥିଲେ। ଏତଦ୍‍ବ୍ୟତୀତ ସେ ଭାରତର ବିଭିନ୍ନ ଅଞ୍ଚଳର ଜ୍ୟୋତିର୍ବିଦମାନଙ୍କ ସହ ପତ୍ରାଳାପ ରଖିଥିଲେ ଏବଂ କେହି କୌଣସି ସନ୍ଦେହ ଜଣାଇଲେ ସେ ତାହା ମୋଚନ କରୁଥିଲେ। ସେ ସଂସ୍କୃତ ଓ ଓଡ଼ିଆ ବ୍ୟତୀତ ଅନ୍ୟ କୌଣସି ଭାଷା ଜାଣି ନଥିଲେ। ଏଥିପାଇଁ ସେ ବଙ୍ଗଳା ଓ ଦେବନାଗରୀ ଅକ୍ଷରରେ ଲେଖା ଯେଉଁ ସଂସ୍କୃତ ଚିଠିମାନ ପାଉଥିଲେ, ତାହା ତାଙ୍କର ଶିଷ୍ୟମାନେ ପଢ଼ାଇ ଶୁଣାଇଲେ ସେ ସଂସ୍କୃତରେ ତାର ଉତ୍ତର ଲେଖି ଦେଉଥିଲେ।

ସରକାରୀ ଅଫିସରଙ୍କ ଭିତରେ ପୁରୀ କଲେକ୍ଟର କେ.ଜି. ଗୁପ୍ତ ହିଁ ପ୍ରଥମେ ଚନ୍ଦ୍ରଶେଖରଙ୍କର ବିଦ୍‍ବତ୍ତା ବିଷୟ ଜାଣି ସରକାରଙ୍କୁ ଲେଖିଲେ ତାଙ୍କୁ ଏକ ଉପାଧି ଦେବାପାଇଁ। ଏହାର ଅନେକ ଦିନ ପରେ ୧୮୯୩ରେ କଲେକ୍ଟରଙ୍କ ପାଖରୁ ଚନ୍ଦ୍ରଶେଖର ନିମ୍ନଲିଖିତ ଉପାଧିପତ୍ର ପାଇଲେ :

ସନଦ

ପାତ୍ରେଷୁ ପଣ୍ଡିତ ଚନ୍ଦ୍ରଶେଖର ସିଂହ ହରିଚନ୍ଦନ ମହାପାତ୍ର, ଖଣ୍ଡପଡ଼ା ମୁଁ ଏତଦ୍‍ଦ୍ୱାରା ଆପଣଙ୍କୁ ବ୍ୟକ୍ତିଗତ ଉତ୍କର୍ଷ ପାଇଁ ମହାମହୋପାଧ୍ୟାୟ ଉପାଧି ପ୍ରଦାନ କରୁଅଛି।

ଲାନ୍‍ଡ଼ାଉନ
ଭାଇସରାୟ ଓ ଗଭର୍ଣ୍ଣର
ଜେନେରାଲ

ସିମଳା ୩ ଜୁନ ୧୮୯୩

ଏହାପୂର୍ବରୁ କୌଣସି ଅବ୍ରାହ୍ମଣଙ୍କୁ ସରକାର ମହାମହୋପାଧ୍ୟାୟ ଉପାଧି ଦେଇ ନ ଥିଲେ। ଏ ଖବର ପାଇବାରେ ଓଡ଼ିଶା ସାରା ସମସ୍ତେ ଖୁସି ହେଲେ, କେବଳ ରାଜା ନଟବର ଏ କଥା ଶୁଣି କହିଲେ, କକା ସେ କାଗଜଟାକୁ ବସି ଚାଟୁଥାନ୍ତୁ! ଏହାପରେ ଚନ୍ଦ୍ରଶେଖର କଲିକତାରୁ ନିମ୍ନଲିଖିତ ଚିଠି ପାଇଲେ :

ବଙ୍ଗ ସରକାରଙ୍କ ପଲିଟିକାଲ ବିଭାଗ
କଲିକତା ୮ ମାର୍ଚ ୧୮୯୪

ପ୍ରିୟ ମହୋଦୟ,

ବଡ଼ଲାଟ୍ ଦେଇଥିବା ଉପାଧିମାନ ଆପଣଙ୍କୁ ଓ ଅନ୍ୟ ଭଦ୍ର‍ବ୍ୟକ୍ତିମାନଙ୍କୁ ନ୍ୟସ୍ତ କରିବା ପାଇଁ ବେଲଭେଡ଼ିଅରର ସ୍ଵାଗତ କକ୍ଷରେ ଏ ମାସ ମଙ୍ଗଳବାର ୨୦ ତାରିଖ ଦିନ ପାଞ୍ଚଟା ବେଳେ ଛୋଟଲାଟ ଏକ ଦରବାର କରିବେ। ମୁଁ ଅନୁରୋଧ କରୁଛି ଯେ ସମ୍ଭବ ହେଲେ ଆପଣ ଦୟା କରି ସେଦିନ ୪.୪୫ ସମୟରେ ବେଲଭେଡ଼ିଅରରେ ଉପସ୍ଥିତ ହେବେ।

ଆପଣ ଉପସ୍ଥିତ ହୋଇ ପାରିବେ କି ନା ସେ ବିଷୟରେ ଶୀଘ୍ର ଉତ୍ତର ଦେଇ ବାଧିତ କରିବେ ।

ଆପଣଙ୍କର ବିଶ୍ୱସ୍ତ

ଅନ୍ତର ସେକ୍ରେଟେରୀ

ପୁନଶ୍ଚ : ଉପାଧି ପାଇବାକୁ ଯାଉଥିବା ଭଦ୍ରବ୍ୟକ୍ତିମାନେ ଆଲିପୁର ଜେଲ ସାମନା ପାଖ ଫାଟକ ବାଟେ ଆସି ପଶ୍ଚିମ ଦିଗରେ ପଥର ପାହାଚ ଦେଇ ଘର ଭିତରକୁ ପଶିବେ ।

ଏ ବୟସରେ ରାସ୍ତାବାଟେ କଲିକତା ଯିବାପାଇଁ ଚନ୍ଦ୍ରଶେଖରଙ୍କର ସାହସ ନ ଥିଲା ଏବଂ ଜାହାଜରେ ଗଲେ ଜାତି ଚାଲି ଯାଇଥାନ୍ତା । ସେଥିପାଇଁ ସେ କଲିକତା ଦରବାରକୁ ଯାଇ ପାରିବେ ନାହିଁ ବୋଲି ଲେଖି ଜଣାଇ ଦେଲେ ।

୧୮୯୪ ଜାନୁଆରୀ ପହିଲାରେ ସରକାର ରାଧାନାଥଙ୍କ ଭିଣୋଇ କାଉପୁର ଜମିଦାର ଗୋବିନ୍ଦ ବଲ୍ଲଭ ରାୟଙ୍କୁ ରାୟବାହାଦୁର ଉପାଧି ଦେଇଥିଲେ । ଚନ୍ଦ୍ରଶେଖର କଲିକତା ଦରବାରକୁ ନ ଯିବାରୁ ସ୍ଥିର ହେଲା ଯେ ଓଡ଼ିଶା କମିଶନର କଟକରେ ଏକ ସ୍ୱତନ୍ତ୍ର ଦରବାର କରି ଚନ୍ଦ୍ରଶେଖର ଓ ଗୋବିନ୍ଦ ବଲ୍ଲଭ ଉଭୟଙ୍କୁ ସେମାନଙ୍କର ଉପାଧିମାନ ଦେବେ । ଅଗଷ୍ଟ ୨୯ ତାରିଖ ଦିନ ଦୁଇଟାରେ କଟକ ବାରବାଟୀ କିଲ୍ଲାଠାରେ ଏ ଦରବାର ହେବ ବୋଲି ସ୍ଥିର ହେଲା ଏବଂ ତଦନୁଯାୟୀ ଚନ୍ଦ୍ରଶେଖରଙ୍କ ପାଖକୁ ପତ୍ର ଗଲା ।

ପାଞ୍ଜିରେ ଶୁଭ ଲଗ୍ନ ଦେଖି ପୁଅ ଚକ୍ରଧରକୁ ସାଙ୍ଗରେ ନେଇ ଚନ୍ଦ୍ରଶେଖର ଡଙ୍ଗାରେ ବସି କଟକ ବାହାରିଲେ । ଦି ଦିନ ପରେ ସକାଳ ପହରରେ ଡଙ୍ଗା କଟକରେ ମହାନଦୀର ଫାସିଦିଆ ବରଠାରେ ଲାଗିଲା । ତଳକୁ ଓହ୍ଲାଇବା ପୂର୍ବରୁ ଚନ୍ଦ୍ରଶେଖର ପୂଜାପାଠ କରି ପାଞ୍ଜିରେ ସେ ଦିନ ୨୮ ତାରିଖ ଲେଖା ଥିବାର ଦେଖିଲେ ଏବଂ ପରଦିନ ଦରବାର ଅଛି ବୋଲି ନିଶ୍ଚିନ୍ତରେ ଖାଇପିଇ ଡଙ୍ଗା ଭିତରେ ଶୋଇଗଲେ । ଘନଘନ ତୋପଧ୍ୱନି ଶୁଣି ତାଙ୍କର ନିଦ ଭାଙ୍ଗିଗଲା ଏବଂ ତାଙ୍କର ତାରିଖରେ କିଛି ଗୋଲମାଲ ହୋଇ ଯାଇଥାଇପାରେ ଭାବି ସେ ତାଳପତ୍ର ବିଡ଼ାକୁ ଓଲଟାଇଲେ । ହିସାବରେ କିନ୍ତୁ ୨୮ ତାରିଖ ହିଁ ଆସୁଥିଲା । ଏ ସମୟରେ ସେ ରାସ୍ତାରେ ଜଣକୁ ଛତ୍ର କାହାଳୀ ପଟୁଆରରେ ଘୋଡ଼ା ଚଢ଼ିଯିବାର ଦେଖିଲେ । ଆଉ ପୋଷାକ ନ ବଦଲାଇ କାନ୍ଧରେ ଖଣ୍ଡେ ଗାମୁଛ ପକାଇ ସେ ପଟୁଆର ପଛରେ ଧାଇଁ ପଚାରିବାରୁ ଜଣାଗଲା ଯେ ଆଠଗଡ଼ ରାଜା ଦରବାରକୁ ଯାଉଛନ୍ତି । ଆଉ ଡଙ୍ଗାକୁ ନ ଫେରି ସେ ପଟୁଆର ପଛେ ପଛେ ଚାଲିଲେ । ପଟୁଆର ଯେତେବେଳେ କିଲ୍ଲା ପାଖରେ ମହଣ୍ଟଲା, ଦେଖାଗଲା ଯେ ସୁସଜ୍ଜିତ ମଣ୍ଡପଟି ଖାଲି, ଲୋକବାକ କେହି ନାହାନ୍ତି, କାରଣ ସେତେବେଳକୁ ଦରବାର ସରିଯାଇଛି । ଆଠଗଡ଼ ରାଜା କିନ୍ତୁ ସେଥିପ୍ରତି ଭୃକ୍ଷେପ ନ କରି ଜିଲ୍ଲା ଫାଟକ ପାଖରେ ଅନେକ ସମୟ କାହାଳୀ ବଜାଇଲେ ଏବଂ ଦଳବଳ ନେଇ ଚାଲିଗଲେ । ଚନ୍ଦ୍ରଶେଖର କମିଶନରଙ୍କୁ ଖୋଜିବାରେ ଜଣାଗଲା ଯେ ସେ କ୍ଲବରେ ଅଛନ୍ତି ।

କ୍ଲବ ଚପରାସୀ ପ୍ରଥମେ ମଲିମୁଣ୍ଡିଆ ମଫସଲି ବୁଢ଼ାକୁ ଭିତରକୁ ଛାଡ଼ିବାକୁ ମନା କଲା । ତାକୁ ବହୁତ ପ୍ରକାରେ ସଂସ୍କୃତରେ ଆଶୀର୍ବାଦ ଦେଇ ମନାଇ ଚନ୍ଦ୍ରଶେଖର ଭିତରକୁ ପଶିଲେ । କମିଶନର କୁକ ସାହେବ ସେତେବେଳକୁ ଦରବାର ସାରି ଆସି କ୍ଲବ୍ ବାରଣ୍ଡାରେ ସ୍ୱାଙ୍କ ସହିତ ବସି ଚା ପିଉଥିଲେ । ଅନେକ କଷ୍ଟରେ ଚନ୍ଦ୍ରଶେଖର ତାଙ୍କୁ ବୁଝାଇଲେ ଯେ ସେ ହିଁ ହେଉଛନ୍ତି ଖଣ୍ଡପଡ଼ାର ମହାମହୋପାଧ୍ୟାୟ

ଚନ୍ଦ୍ରଶେଖର ସିଂହ ହରିଚନ୍ଦନ ସାମନ୍ତ ମହାପାତ୍ର ଏବଂ ଦରବାରରେ ଡେରିରେ ଆସି ପହଞ୍ଚିଛନ୍ତି । କୁକ୍ ଟେନିସ ଖେଳିବା ପାଇଁ ବାହାରୁ ଥିଲେ, ତାଙ୍କୁ ହିନ୍ଦୀରେ କହିଲେ, ତମେ କାଲି ସକାଳ ଆଠଟାରେ ମୋତେ କୋଠିରେ ଆସି ଦେଖା କର ।

ଚନ୍ଦ୍ରଶେଖର ସେଠାରୁ ଆସିଥାନ୍ତ ସୁପରିନଟେଣ୍ଡେଣ୍ଟ ସୁଦାମ ଚରଣ ନାୟକଙ୍କ ଘରକୁ ଗଲେ । ସୁଦାମ ଚରଣ ତାଙ୍କ ଉପରେ ବିରକ୍ତ ହେଲେ । ଚନ୍ଦ୍ରଶେଖର ଯେତେବେଳେ ତାଙ୍କୁ ସେ ଦିନଟି ପ୍ରକୃତରେ ୨୮ ତାରିଖ ବୋଲି ବୁଝାଇବାକୁ ଚେଷ୍ଟା କଲେ, ସୁଦାମ ଚରଣ ଆହୁରି ବିରକ୍ତ ହେଲେ । ତେବେ ଶେଷରେ ଠିକ୍ ହେଲା ଯେ ପରଦିନ ସକାଳେ ଦୁହେଁ ଏକାଠି ମିଶି କମିଶନରଙ୍କୁ କୋଠିକୁ ଯିବେ ।

ସକାଳେ କମିଶନରଙ୍କ କୋଠିରେ ଯେତେବେଳେ ସୁଦାମ ଚରଣ ଚନ୍ଦ୍ରଶେଖରଙ୍କର ଗୁଣଗ୍ରାମ ବର୍ଣ୍ଣନା କଲେ ଏବଂ ସେ ଶଙ୍କୁ ଯନ୍ତ୍ର, ସ୍ୱୟଂବହ ଯନ୍ତ୍ର, ଖଗୋଳ ଇତ୍ୟାଦି ହାତରେ ତିଆରି କରିଥିବା କଥା କହିଲେ, କୁକ୍ ସାହେବ ସେମାନଙ୍କୁ କୋଠି ପଛ ପାଖକୁ ନେଇ କାଠଯୋଡ଼ି ବନ୍ଧ ଉପରେ କିଛିବାଟ ଯାଇ ସପ୍ତଶଯ୍ୟା ପର୍ବତମାଳାକୁ ଦେଖାଇଲେ । ସୁଦାମ ଚରଣଙ୍କୁ କହିଲେ, ତମର ଜ୍ୟୋତିଷ ତାଙ୍କ ଯନ୍ତ୍ରରେ ଏ ପାହାଡ଼ର ଉଚ୍ଚତା କହିପାରିବେ ? ସୁଦାମ ଚରଣ ଏକଥା ଚନ୍ଦ୍ରଶେଖରଙ୍କୁ କହିବାରୁ ସେ ଯନ୍ତ୍ରସବୁ ଡଙ୍ଗାରେ ରଖି ଆସିଛନ୍ତି ବୋଲି କହିଲେ । ଠିକ୍ ହେଲା ଯେ ଚକ୍ରଧର ଯାଇ ଡଙ୍ଗାରୁ ଯନ୍ତ୍ର ଆଣିବ ଏବଂ ସାହେବ ଖରାବେଳେ ଅଫିସରୁ ଫେରିବା ବେଳକୁ ଚନ୍ଦ୍ରଶେଖର ଏ ହିସାବ କରି ରଖିଥିବେ ।

ଚନ୍ଦ୍ରଶେଖରଙ୍କ ଦୁର୍ଭାଗ୍ୟକୁ ତାଙ୍କ ପୁଅ ଶଙ୍କୁ, ବୋଇତିକଖାରୁ ଖୋଲରେ ତିଆରି ସ୍ୱୟଂବହ ଇତ୍ୟାଦି ନେଇ ଆସିଲା, କିନ୍ତୁ ଅସଲ ମାନଯନ୍ତ୍ରଟି ଆଣିବାକୁ ଭୁଲିଗଲା । ତଥାପି ଚନ୍ଦ୍ରଶେଖର ବିଚଳିତ ନ ହୋଇ କୋଠିରେ କାମ କରୁଥିବା ବଢ଼େଇ ପାଖରେ ବସି ଦିଖଣ୍ଡ କାଠ ନେଇ, ତାକୁ ମାପ କରି କାଟି, କଣ୍ଠା ପିଟି, ସେଥିରେ ଦାଗ ଦେଇ କଣା କରି ଗୋଟିଏ ମାପଯନ୍ତ୍ର ତିଆରି କଲେ । ଏଥର‌କ ଗୋଟିଏ ଖୋଲା ଜାଗାକୁ ଯାଇ ସେ ପର୍ବତକୁ ଦେଖିଲେ ଏବଂ ଅଣ୍ଟାରୁ ଖଡ଼ି ଗୋଟାଲି ବାହାର କରି ତଳେ ଅନେକ ପ୍ରକାରର ହିସାବ କଲେ । ତାଙ୍କ ହିସାବରେ ପର୍ବତର ଉଚ୍ଚତା ଥିଲା ୧୧୭୮ ହାତ ୧୬ ଆଙ୍ଗୁଳି ।

କମିଶନର କୁକ୍ ତାଙ୍କ ଅଫିସ କାଗଜପତ୍ରରୁ ପାହାଡ଼ର ଉଚ୍ଚତା ହିସାବ କରି ଆଣିଥିଲେ । ଯଦିଓ ଚନ୍ଦ୍ରଶେଖରଙ୍କ ହିସାବ ସଠିକ ନ ଥିଲା, ତେବେ ପ୍ରକୃତ ଉଚ୍ଚତାର ଖୁବ୍ ପାଖାପାଖି ଥିଲା । ଖୁସିରେ କୁକ୍ ଯାଇ ଚନ୍ଦ୍ରଶେଖରଙ୍କ ସହିତ ହାତ ମିଳାଇଲେ ଏବଂ କହିଲେ ଯେ ଚାରି ଦିନ ପରେ ସୋମବାର ଦିନ ସେ ଚନ୍ଦ୍ରଶେଖରଙ୍କୁ ଉପାଧି ଦେବା ପାଇଁ ଏକ ବିଶେଷ ଦରବାର କରିବେ । ଖୁସିରେ ସୁଦାମ ଚରଣ ଚନ୍ଦ୍ରଶେଖରଙ୍କୁ ନିଜ ଘରକୁ ନେଇ ଗଲେ । ସେଠାରେ ପହଞ୍ଚ ଚନ୍ଦ୍ରଶେଖର କହିଲେ, ପ୍ରଥମେ ମୋର ସ୍ନାନ କରିବାର ବ୍ୟବସ୍ଥା କରନ୍ତୁ, ମ୍ଳେଚ୍ଛ ସ୍ପର୍ଶ ଜନିତ ଅଶୌଚରୁ ପ୍ରଥମେ ଶୁଚି ହେବାକୁ ହେବ ।

କଟକ: ସେପ୍ଟେମ୍ୱର ୧୮୯୪

ରାମଚରିତ ମାନସ କିଷ୍କିନ୍ଧ୍ୟା କାଣ୍ଡରୁ ବର୍ଷା ଏବଂ ଶରତ ରତୁ ବର୍ଣ୍ଣନାର ଅନୁବାଦ କରି ସାରିବା ପରେ ରାଧାନାଥଙ୍କର ଆଉ ମନ ଲାଗିଲା ନାହିଁ ଅନୁବାଦରେ। ଆଠମଲ୍ଲିକ ରାଜା ଟଙ୍କା ଯାଚିଥିଲେ ମହାଯାତ୍ରା ସଂପୂର୍ଣ୍ଣ କରିବା ପାଇଁ, କିନ୍ତୁ ତା'ର କୌଣସି ସମ୍ଭାବନା ଦେଖୁ ନ ଥିଲେ ରାଧାନାଥ। ତେଣୁ ସେ ଠିକ୍ କଲେ ଯେ ସେ ଯେତିକି ଅନୁବାଦ କରିଛନ୍ତି ତାକୁ ହିଁ ଛପାଇ ମହେନ୍ଦ୍ର ଦେଓଙ୍କୁ ସମର୍ପଣ କରିଦେବେ। ୧୮୯୪ ଜୁଲାଇ ମାସରେ ଚଟି ବହି ତୁଲସୀ ସ୍ତବକ ପ୍ରକାଶ ପାଇଲା। ଏହାର ଉସର୍ଗ ନିମ୍ନମତେ ଥିଲା:

ନିଖିଳ ଗୁଣ ନିଧାନ ଅଷ୍ଟମଲ୍ଲିକାଧୀଶ୍ୱର

ଶ୍ରୀଲ ଶ୍ରୀଯୁକ୍ତ ମହାରାଜା ମହେନ୍ଦ୍ର ଦେଓ ବାହାଦୁର

ଶ୍ରୀ କରକମଲେଷୁ

ସବିନୟ ନିବେଦନମିଦଂ

ଶ୍ରୀମାନ ମହାରାଜ,

ମହାଯାତ୍ରା ରଚନା ସମୟରେ ଯେଉଁଦିନ ମୁଁ ଶ୍ରୀଛାମୁଙ୍କଠାରୁ ଉସ୍ସାହପ୍ରଦ ଓ ସହାନୁଭୂତି ବ୍ୟଂଜକ ଅନୁଗ୍ରହ ଲିପି ପାଇଥିଲି, ସେଦିନ ମୋହର ଜୀବନର ଗୋଟିଏ ସ୍ମରଣୀୟ ଦିନ। ପୂର୍ବେ ମୋହର ଧାରଣା ଥିଲା ଯେ ଭାଷାନୁରାଗ, ସାହିତ୍ୟ ରସିକତା ଏବଂ ଗ୍ରାହକତା ଓଡ଼ିଶା ପରିତ୍ୟାଗ କରି ଗଙ୍ଗବଂଶାବତଂସ ଶ୍ରୀ ସୁଢ଼ଳଦେବ ପାଳିତ ସୁଦୂର ବାମଣ୍ଡା ରାଜ୍ୟରେ ଆଶ୍ରୟ ଗ୍ରହଣ କରି ଅଛନ୍ତି; ମାତ୍ର ଉଲ୍ଲିଖିତ ଦିନଠାରୁ ମୋହର ସେହି ଧାରଣା ପରିବର୍ତ୍ତିତ ହେଲା। ମହାଯାତ୍ରା ରଚନା ସମାପ୍ତ ହେଲେ ତାହା ଶ୍ରୀ ଛାମୁଙ୍କୁ ଉସର୍ଗ କରିବାର ସଂକଳ୍ପ ଥିଲା, ମାତ୍ର ସେହି ସଂକଳ୍ପକୁ କାର୍ଯ୍ୟରେ ପରିଣତ କରିବାର ଆଶା ବର୍ତ୍ତମାନ ଦୁରାଶାବତ ପ୍ରତୀୟମାନ ହେଉଛି। ସ୍ୱାସ୍ଥ୍ୟ, ଶାନ୍ତି ଏବଂ ଅବକାଶ ବ୍ୟତୀତ ବାଗଦେବୀଙ୍କର ଆରାଧନା କେବଳ ବିଡ଼ମ୍ୱନାରେ ପରିଣତ ହୁଏ।

ଶ୍ରୀ ଛାମୁଙ୍କ ପ୍ରତି ଭକ୍ତି ଏବଂ କୃତଜ୍ଞତା ପ୍ରଦର୍ଶନ ମୋହର ନିତାନ୍ତ କର୍ତ୍ତବ୍ୟ। ବାଗଦେବୀଙ୍କ ଉଦ୍ୟାନରୁ ସୁନ୍ଦର ପୁଷ୍ପ ତୋଳି ସେହି ପୁଷ୍ପରେ ସ୍ତବକ କରି ଉପହାର ଦେଲେ ତାହା ଶ୍ରୀ ଛାମୁଙ୍କ

ଗୌରବାନ୍ଵିତ ନାମର କିଞ୍ଚିତ ଉପଯୁକ୍ତ ହୁଅନ୍ତା; ମାତ୍ର ମୋହର ସେପରି ସୁବିଧା ନ ଥିବାରୁ ରୂପସମ୍ପର୍କ ରହିତ କେତେଗୁଡ଼ିଏ ତୁଳସୀ ଦଳରେ ଏହି ସ୍ତବକ ପ୍ରସ୍ତୁତ କରି ଶ୍ରୀ ଛାମୁରେ ଅର୍ପଣ କରିବାକୁ ସାହସୀ ହେଲି । ଗ୍ରହଣାନୁମତି ହେଲେ ଚରିତାର୍ଥ ହେବି ।

ଶ୍ରୀଛାମୁଙ୍କର
ବିନୟାବନତ ଭୃତ୍ୟ
ଶ୍ରୀ ରାଧାନାଥ ରାୟ

କଟକ ୨୭.୭.୧୮୯୪

ଏହାର କିଛିଦିନ ପରେ ଗୋବିନ୍ଦ ବଲ୍ଲଭ ରାୟ ଉପାଧ୍ୱ ନେବାକୁ ଆସି ଶଳା ରାଧାନାଥ ରାୟଙ୍କ ଘରେ ରହିଲେ । ଗୋବିନ୍ଦ ବଲ୍ଲଭ ଉପାଧ୍ୱ ପାଉଥିବାରୁ ରାଧାନାଥ ଯଦିଓ ବାହାରେ ପ୍ରସନ୍ନତା ଦେଖାଉଥିଲେ, ସାହିତ୍ୟକୁ କୌଣସି ସହାୟତା ନ କରୁଥିବା ରାଜା ଜମିଦାରମାନଙ୍କୁ ଏପରି ସମ୍ମାନ ଦିଆଯାଉଥିବାରୁ ସେ ମନେ ମନେ ରୁଷ୍ଟ ହେଉଥିଲେ । ଗୋବିନ୍ଦ ବଲ୍ଲଭଙ୍କ ସହିତ କିଲ୍ଲା ଦରବାରରୁ ଫେରି ରାଧାନାଥ ଏ ବିଷୟରେ ଗୋଟିଏ କବିତା ଲେଖିବାକୁ ମନସ୍ଥ କଲେ । ଖଣ୍ଡିଏ ନୂଆ ଖାତା ଆଣି ସେ ତା ଉପରେ ଲେଖିଲେ 'ବୈୟାସିକୀ ବାଣୀ', କାରଣ ସେ ଯାହାସବୁ ଲେଖିବାକୁ ଯାଉଥିଲେ, ସେ ସବୁ ସମାଲୋଚନା ଓ ଉପଦେଶ ସମ୍ଭବ ଥିଲା ସ୍ୱୟଂ ବ୍ୟାସଦେବଙ୍କ ମୁହଁରେ ! ସେ ଅନାୟାସରେ ଏ କବିତାର ପ୍ରଥମ ଦୁଇଧାଡ଼ି ମଧ୍ୟ କଟକ କିଲ୍ଲା ବିଷୟରେ ଲେଖିଦେଲେ :

ଉତ୍କଳର ପୂର୍ବ କୀର୍ତ୍ତି-ସ୍ମୃତି-ପୂତ,

ବାରବାଟୀ ଆଜି ସାଜେ ସଜ୍ଜୀଭୂତ ।

ଏ କବିତା ଲେଖା ମାତ୍ର କିଛି ଦୂର ଆଗେଇଛି, ରାଧାନାଥ ଦ୍ଵିତୀୟ ଦରବାରର ନିମନ୍ତ୍ରଣ ପାଇଲେ, ଚନ୍ଦ୍ରଶେଖରଙ୍କ ପାଇଁ ବିଶେଷ ଦରବାରରେ । ରାଧାନାଥ ଚନ୍ଦ୍ରଶେଖରଙ୍କର ବିଶେଷ ପ୍ରଶଂସକ ଥିଲେ ଏବଂ ଗସ୍ତରେ ଗଲାବେଳେ ଖଣ୍ଡପଡ଼ା ଯାଇ ନିଶ୍ଚୟ ତାଙ୍କୁ ଭେଟୁଥିଲେ । ସେପ୍ଟେମ୍ବର ୩ ତାରିଖ ବିଶେଷ ଦରବାରର ରାଧାନାଥ ସବା ଆଗରୁ ଯାଇ ପହଞ୍ଚ ଯାଇଥିଲେ ।

ଆଜିର ଦରବାରଟି କମିଶନରଙ୍କ କୋଠରୀରେ କରାଯାଇଥିଲା ଏବଂ ପୂର୍ବ ଦରବାର ତୁଳନାରେ ଛୋଟକାଟର ଥିଲା । ଠିକ୍ ସାଢ଼େ ନଅଟା ବେଳେ କୁକ ସାହେବ ଦରବାର ମଣ୍ଡପ ସାମନାରେ ପହଞ୍ଚ ପୋଲିସ ସଲାମୀ ନେଇ ମଣ୍ଡପ ଭିତରକୁ ଗଲେ ଏବଂ ଅତିଥିମାନେ ସମସ୍ତେ ଉଠି ଠିଆ ହେଲେ । କମିଶନର ଓ ଅନ୍ୟମାନେ ବସିବାପରେ ସେରିସ୍ତାଦାର ଚନ୍ଦ୍ରଶେଖରଙ୍କୁ ନେଇ କମିଶନରଙ୍କ ଆଗରେ ଠିଆ କରାଇଲେ । ଚନ୍ଦ୍ରଶେଖର ଭୟରେ ନିଜ ହାତ ପଛକୁ ନେଇଗଲେ, କିନ୍ତୁ ସାହେବ କେବଳ ତାଙ୍କର କୁଶଳ ପଚାରି ତାଙ୍କୁ ଖିଲତ ପିନ୍ଧାଇବାର ଆଦେଶ ଦେଲେ । ସେରିସ୍ତାଦାର ଯେତେବେଳେ ତାଙ୍କୁ ଖିଲତ ପିନ୍ଧାଇ ବାହାରକୁ ଆଣିଲେ ଏ ପୋଷାକରେ ଅତି ଅଭୁତ ଦିଶୁଥିଲେ ଚନ୍ଦ୍ରଶେଖର । ନିଜର ଅଧା-ଲେଖା କବିତାରେ ମନେମନେ ଆଉ ଦୁଇ ଧାଡ଼ି ଯୋଡ଼ିଲେ ରାଧାନାଥ: ମଣ୍ଡିଅଛ କିଂବା ଆସି ସଭା ଘର, ଉତ୍କଳ କେଶର ହେ ଚନ୍ଦ୍ରଶେଖର ! କୁକ ସାହେବ ଚନ୍ଦ୍ରଶେଖରଙ୍କ ଗଳାରେ ସୁନାର ହାର ପିନ୍ଧାଇ ଦେଲେ । ରାଧାନାଥ ଆଉ ଗୋଟିଏ ଧାଡ଼ି ମନରେ ବାନ୍ଧିନେଲେ, ଏ ସମ୍ମାନ ମାଲା ମାନୁଛି କି ଗଳେ ! ଏହି ସମୟରେ ତାଙ୍କ ପାଖରେ ବସିଥିବା ଗୋବିନ୍ଦ ବଲ୍ଲଭ ତାଙ୍କୁ ଠେଲିଦେଇ କହିଲେ, ବୁଧବାରର ଦରବାର ଏହାଠାରୁ ଭଲ ଥିଲା । ରାଧାନାଥ ଏହାର କୌଣସି ଜବାବ ଦେଲେ ନାହିଁ, କାରଣ ସେ ମନ ଭିତରେ ପଦ ମିଳାଇବାପାଇଁ ଧାଡ଼ିଟିଏ ଖୋଜୁଥିଲେ ।

କମିଶନର ଏଥରକ ଇଂରେଜୀରେ ତାଙ୍କର ବକ୍ତୃତା ଦେଲେ ଏବଂ ତାହାକୁ ତାଙ୍କର ଆସିଷ୍ଟାଣ୍ଟ ବାବୁ ଗୋପାଳ ବଲ୍ଲଭ ଦାସ ଓଡ଼ିଆରେ ଅନୁବାଦ କରି ଶୁଣାଇଲେ: ମହାମହୋପାଧ୍ୟାୟ ଚନ୍ଦ୍ରଶେଖର ସିଂହ ହରିଚନ୍ଦନ ମହାପାତ୍ର ସାମନ୍ତ । ଆପଣଙ୍କର ଗୁଣରାଶିର ପରିଚୟ ସ୍ୱରୂପ ଭାରତବର୍ଷର ମହାମାନ୍ୟ ରାଜ ପ୍ରତିନିଧ୍ୟ ଓ ଗଭର୍ଣ୍ଣର ଜେନେରାଲ ବାହାଦୁର ଆପଣଙ୍କୁ ଯେଉଁ ସନଦ ପ୍ରଦାନ କରି ଅଛନ୍ତି, ତାହା ଅତ୍ୟନ୍ତ ଆନନ୍ଦ ସହକାରେ ଆମ୍ଭେ ଅଦ୍ୟ ଆପଣଙ୍କୁ ପ୍ରଦାନ କଲୁ । ଆପଣ ଏ ଦେଶର ଏକ ମାନ୍ୟ ରାଜକୁଳୋଦ୍ଭବ ବ୍ୟକ୍ତି ଅଟନ୍ତି । ମାତ୍ର ସାଧାରଣ ରାଜବଂଶୀୟ ଲୋକଙ୍କ ପରି ବିଳାସିତା ଏବଂ ସାମାନ୍ୟ ସାଂସାରିକ ସୁଖରେ କାଳଯାପନ ନ କରି ସଂସ୍କୃତ ବିଦ୍ୟା ଏବଂ ବିଜ୍ଞାନ ବିଶେଷତଃ ଶାସ୍ତ୍ରର ସେବାରେ ଅହରହ ନିଯୁକ୍ତ ରହି ଉଚ୍ଚ ସୁଖ୍ୟାତି ଅର୍ଜନ ପୂର୍ବକ ଆପଣାର ଜୀବନ ସାର୍ଥକ କରି ଅଛନ୍ତି । ଭାସ୍କରାଚାର୍ଯ୍ୟଙ୍କ କାଳରୁ ଏ ପର୍ଯ୍ୟନ୍ତ ଦେଶୀୟ ପଞ୍ଜିକା ଗଣନାରେ ଯେ ସମସ୍ତେ ଭ୍ରମ ଲକ୍ଷିତ ହୋଇଅଛି ତାହା ସବୁ କେହି ସଂଶୋଧନ କରି ନ ଥିଲେ । ଆପଣ ବର୍ତ୍ତମାନ କାଳର ଇଉରୋପୀୟ ଯନ୍ତ୍ରମାନଙ୍କର ସାହାଯ୍ୟ ବିନା ସ୍ୱକପୋଳକଳ୍ପିତ ଉପାୟ ଦ୍ୱାରା ଗ୍ରହ ନକ୍ଷତ୍ରାଦିର ସଂଚାର କାଳ ଏମନ୍ତ ବିଶୁଦ୍ଧ ରୂପେ ଗଣନା କରିଅଛନ୍ତି ଯେ ଇଉରୋପୀୟ ପଞ୍ଜିକା ସହିତ ଠିକ୍ ମେଳ ହେଉଅଛି । ଆପଣଙ୍କର ଏ କାର୍ଯ୍ୟ ଅତି ପ୍ରଶଂସନୀୟ ଏବଂ ଅସାଧାରଣ ପାଣ୍ଡିତ୍ୟର ପରିଚାୟକ ଅଟେ । ଆମ୍ଭେ ଆଶା କରୁଁ ଅଦ୍ୟ ଯେଉଁ ସମ୍ମାନ ଆପଣଙ୍କୁ ପ୍ରଦତ୍ତ ହେଲା ତାହା ଆପଣ ଦୀର୍ଘକାଳ ଭୋଗ କରନ୍ତୁ ଏବଂ ଆପଣଙ୍କର ଆଦର୍ଶକୁ ଏ ଦେଶବାସୀମାନେ ଅନୁକରଣ କରିବାକୁ ତତ୍ପର ହେଉନ୍ତୁ ।

ଦରବାର ସରିବାରୁ ସମସ୍ତେ ଘେରିଯାଇ ଚନ୍ଦ୍ରଶେଖରଙ୍କୁ ବଧାଇ ଦେଲେ । ଗୌରୀଶଙ୍କର ତାଙ୍କୁ ମନେ କରାଇ ଦେଲେ ଯେ ସେଦିନ ସନ୍ଧ୍ୟାରେ ପ୍ରିଣ୍ଟିଂ କମ୍ପାନୀ ଦୋତାଲାରେ ଅଭ୍ୟର୍ଥନା ସଭା ଅଛି । ରାଧାନାଥ ଚନ୍ଦ୍ରଶେଖରଙ୍କ ପାଖକୁ ଯାଇ ତାଙ୍କୁ କ'ଣ କହିବାକୁ ଚାହିଁ କହି ପକାଇଲେ, ବିଶୁଦ୍ଧ ସ୍ୱର୍ଣ୍ଣେ କି ମୁଦ୍ରା ହେବ ଭଲେ ? ଏଇଟି ତାଙ୍କର ମେଳ ଖାଉଥିବା ଧାଡ଼ିଟି ଥିଲା ।

ରାତି ଆଠଟାରେ ପ୍ରିଣ୍ଟିଂ କମ୍ପାନୀ ଦୋତଲାରେ ଫୁଲ ପତ୍ର ତୋରଣ ଦୀପାବଳିରେ ସୁସଜ୍ଜିତ ଘରେ ସଭା ଆରମ୍ଭ ହେଲା । ଚନ୍ଦ୍ରଶେଖରଙ୍କୁ ଏକ ଉଚ୍ଚ ଆସନରେ ବସାଇ ପ୍ରଥମେ ଦୁଇଟି ସଂଗୀତ ଗାୟନ ହେଲା । ପ୍ରଥମ ଗୀତ ରାଗ ଝିଂଝଟ, ତାଲ ଖେମଟା: ଆସ ମିଳି ବନ୍ଧୁଗଣୀ ଆଜ ହେ ଉତ୍ସବ ଦିନ, ପଠାଣ ସାମନ୍ତେ ସୁଖେ କର ସର୍ବେ ଆଲିଙ୍ଗନ । ଦ୍ୱିତୀୟ, ରାଗିଣୀ, ସାହାନା: ଆସ ଆସ ବନ୍ଧୁଗଣ ଆଜି ଶୁଭଦିନରେ, ଭକ୍ତି ପୁଷ୍ପାଞ୍ଜଲି ଦେବା ବୁଦ୍ଧ ଚନ୍ଦ୍ରଶେଖରେ ।

ପଣ୍ଡିତ ମାର୍କଣ୍ଡେୟ ମହାପାତ୍ର ସଂସ୍କୃତ ଭାଷାରେ ଚନ୍ଦ୍ରଶେଖରଙ୍କର ଗୁଣ କୀର୍ତ୍ତନ କରି ବକ୍ତୃତା ଦେଲେ । ତା ପରେ ଚନ୍ଦ୍ରଶେଖରଙ୍କୁ ବକ୍ତୃତା ଦେବାକୁ କୁହାଗଲା ଏବଂ ସେ ସିଦ୍ଧାନ୍ତ ଦର୍ପଣରୁ କିଛି ଶ୍ଲୋକ ଶୁଣାଇଲେ । ଏ ଶ୍ଲୋକ ସିଦ୍ଧାନ୍ତ ଦର୍ପଣର ସପ୍ତଦଶ ପ୍ରକାଶରେ ଭୂଗୋଳ ସ୍ଥିତି ବର୍ଣ୍ଣନାରୁ ଥିଲା, ଯେଉଁଥିରେ ଏ କଥା ପ୍ରମାଣ କରାଯାଇଥିଲା ଯେ ପୃଥିବୀ ସ୍ଥିର ଓ ନିଶ୍ଚଳ ଏବଂ ସୂର୍ଯ୍ୟ ତାହାର ଚତୁର୍ଦ୍ଦିଗରେ ପ୍ରଦକ୍ଷିଣ କରୁଛି । ପ୍ରଥମରୁ କେତୋଟି ଶ୍ଲୋକ ପଢ଼ି ସେ ୩୯ ନମ୍ବର ଶ୍ଲୋକକୁ ଆସିଲେ ଏବଂ ଏଇଟିକୁ ପଢ଼ି ତା'ର ଅର୍ଥ ବୁଝାଇଲେ: ହେ ପୃଥିବୀର ଭ୍ରମଣ କରିବାରେ ବିଶ୍ୱାସ କରୁଥିବା ବ୍ୟକ୍ତିମାନେ, ତୁମ୍ଭେ ଅତି ସୂକ୍ଷ୍ମବୁଦ୍ଧି ଅଟ ଏବଂ ନିଜ ଯୁକ୍ତିଦ୍ୱାରା ପଣ୍ଡିତମାନଙ୍କୁ ପରାଜିତ କରିଅଛ । ଯଦି

ତୁମ୍ଭ ମତରେ ସୂର୍ଯ୍ୟଙ୍କର ସ୍ଥିରତା ଓ ପୃଥ୍ୱୀର ଗତିଶୀଳତା ପ୍ରମାଣିତ ହୋଇଅଛି, ତେବେ ମୋହର ବାକ୍ୟ ଶ୍ରବଣ କର ଏବଂ ନିଜ ବାକ୍ୟ ଟିକିଏ ବନ୍ଦ କର ।

ଏହା ପରେ ଶ୍ଳୋକମାନ ପଢ଼ି ସେ ପୃଥ୍ୱୀ ସ୍ଥିର ରହିଥିବାର ଯୁକ୍ତିମାନ ଦେଲେ ଏବଂ ବକ୍ତୃତା ଶେଷ କଲେ ସେହିଦିନ ସକାଳେ ଲେଖିଥିବା ଏହି ପଦଟି ପଢ଼ି :

ବ୍ରହ୍ମାଣ୍ଡ ଖଣ୍ଡ ଭାଣ୍ଡ ସ୍ଥିରତରଧରଣୀମଣ୍ଡଳ ଭ୍ରାନ୍ତିଶୌଣ୍ଡ–

ପ୍ରୋଦ୍ୟତ୍ତୈଂଲାଣ୍ଡଦତ୍ତାବଳବଳଦଳନାକୁଣ୍ଡ କଣ୍ଠୀରବ ଶ୍ରୀୟ । ଇତ୍ୟାଦି ।

ଯାହାର ଅର୍ଥ ହେଲା, ଅଖଣ୍ଡ ଭାଣ୍ଡ ସ୍ୱରୂପ ବ୍ରହ୍ମାଣ୍ଡ ମଧ୍ୟରେ ପୃଥ୍ୱୀ ସ୍ଥିର ଥିଲେ ହେଁ ତାହାର ଭ୍ରମଣ ସମ୍ବନ୍ଧରେ ଇଂଲାଣ୍ଡର ଜ୍ୟୋତିର୍ବିଦମାନେ ମତ ଦେଉଛନ୍ତି; ସେମାନେ ହସ୍ତୀ ସ୍ୱରୂପ ଏବଂ ସେମାନଙ୍କ ବଳଦଳନ ବିଷୟରେ ମୋର ପ୍ରବନ୍ଧି ସିଂହ ସ୍ୱରୂପ । ଇତ୍ୟାଦି ।

ବରପାଲି : ମାର୍ଚ୍ଚ ୧୮୯୫

ନିଜର ସାହିତ୍ୟ ରଚନାରୁ କୌଣସି ଆର୍ଥିକ ସହାୟତା ମିଳୁ ନ ଥିବାରୁ ଗଙ୍ଗାଧର ମେହେର ମଧ୍ୟ ବିଶେଷ ସ୍ତୁବ୍ଧ ଥିଲେ । ମୟୂରଭଂଜ ମହାରାଜାଙ୍କ ନାମରେ ଉତ୍ସର୍ଗୀକୃତ ତାଙ୍କର ଇନ୍ଦୁମତୀ କାବ୍ୟ ସେହି ମହାରାଜାଙ୍କ ଉତ୍କଳ–ପ୍ରଭାରେ ପ୍ରକାଶ ପାଇ ମାତ୍ର ୨୫ ଟଙ୍କାର ପୁରସ୍କାର ପାଇଥିଲା । ଏହା ବ୍ୟତୀତ ତାଙ୍କୁ ଅନ୍ୟ କୌଣସି ସାହାଯ୍ୟ ଦେଇ ନଥିଲେ ଶ୍ରୀରାମଚନ୍ଦ୍ର । ଗଙ୍ଗାଧର ତାଙ୍କର ପରବର୍ତ୍ତୀ ରଚନା ଉତ୍କଳଲକ୍ଷ୍ମୀ ମଧ୍ୟ ପ୍ରଭାକୁ ପଠାଇଥିଲେ, କିନ୍ତୁ ସେ ପତ୍ରିକାରେ ପ୍ରକାଶ ପାଇଲା ନାହିଁ । ତେଣୁ ସେ ଏ ଲେଖାକୁ ହିତୈଷିଣୀ ପତ୍ରିକାକୁ ପଠାଇଦେଲେ ଏବଂ ସାମାନ୍ୟ ମାତ୍ର ପୁରସ୍କାରରୁ ମଧ୍ୟ ବଞ୍ଚିତ ହେଲେ । ନିଜର ଦୁଃଖ ସବୁ ଜଣାଇ ଗଙ୍ଗାଧର ତାଙ୍କର ପ୍ରିୟ ବାନ୍ଧବ ରାଧାନାଥଙ୍କୁ ଏକ ଦୀର୍ଘ ପତ୍ର ଲେଖିଲେ ଏବଂ ଅନୁରୋଧ କଲେ ଇନ୍ଦୁମତୀକୁ କିପରି ପାଠ୍ୟପୁସ୍ତକ କରାଯାଇ ପାରିବ ।

ଏ ଚିଠି ପାଇବା ବେଳକୁ ରାଧାନାଥ ପୁଣି ଅଶାନ୍ତିରେ ଥିଲେ । ନିଜର ଗ୍ରନ୍ଥାବଳୀ ପ୍ରକାଶ କରିବା ବିଷୟରେ କୌଣସି ଅଗ୍ରଗତି ହୋଇ ନ ଥିଲା । ତୁଳସୀ ସ୍ତବକ ପ୍ରକାଶ ପରେ ତାଙ୍କର ନିନ୍ଦୁକମାନେ କହିଲେ ଯେ ସେ ଏ ବହିର ଅନେକ ପଦ ନିଜର ସମାଲୋଚକମାନଙ୍କୁ ଆକ୍ଷେପ କରି ଲେଖିଛନ୍ତି, ଯଥା ସହନ୍ତି ଧାରାପାତ ଶୈଳଗଣ, ଖଳବଚନ ଯଥା ସହେ ସୁଜନ । ନିନ୍ଦୁକମାନେ ଟିକିଏ ଶ୍ରମ କରିଥିଲେ ଜାଣି ପାରିଥାନ୍ତେ ଯେ ଏହି ପଦଟି ସରଳ ଅନୁବାଦ ମାତ୍ର ଥିଲା ତୁଳସୀଦାସଙ୍କ ପଂକ୍ତିର : ବୃନ୍ଦ ଆଘାତ ସହ ହିଁ ଗିରି କୈସେ, ଖଳକେ ବଚନ ସନ୍ତୁ ସଦେହ ଜୈସେ ! ସମାଲୋଚକମାନେ କିନ୍ତୁ କୌଣସି ଯୁକ୍ତିତର୍କ ଶୁଣିବା ଅବସ୍ଥାରେ ନ ଥିଲେ ବର୍ତ୍ତମାନ । ଏହି ସମୟରେ ରାଧାନାଥ ସାହିତ୍ୟ ବିଷୟକ ନିଜର ସମସ୍ତ ଦୁଃଖ ଅଭିମାନ ଅଭିଯୋଗ ଗଙ୍ଗାଧରଙ୍କୁ ଲେଖିଲେ ଏକ ଦୀର୍ଘପତ୍ରରେ ।

ଶ୍ରୀ ହରିଃ ଶରଣମ୍

କଟକ ୧୮.୩.୧୮୯୫

ସବିନୟ ନିବେଦନମିଦଂ,

ପରମ ଶ୍ରଦ୍ଧାସ୍ପଦ ମହୋଦୟ, ଅନବକାଶ ନିବନ୍ଧନ ଆପଣଙ୍କର ଦୁଇ ତାରିଖର ପତ୍ରର ଉତ୍ତର ସେବାରେ ବିଳମ୍ୱ ହୋଇଛି, କ୍ଷମା କରିବା ହେବେ।

ପ୍ରଭା ପୁଣି ଦେଖା ଦେଇଅଛି ସତ୍ୟ, ସମ୍ପ୍ରତି ତାହା ଗୋବିନ୍ଦ ବାବୁଙ୍କର ଏକହାତିଆ ସଂପତ୍ତି ପରି ପ୍ରତିଭାତ ହେଉଅଛି। ମହାରାଜାଙ୍କର ଅନେକ ସଦ୍‌ଗୁଣ ଅଛି, ମାତ୍ର ଉତ୍କଳ ସାହିତ୍ୟାନୁରାଗ ସେଥିର ଅନ୍ତର୍ଭୁକ୍ତ ମନେ ହେଉନାହିଁ। ଆପଣଙ୍କ ପରି ମୁଁ ମଧ୍ୟ ଭ୍ରାନ୍ତ ଆଶାରେ ମୁଗ୍ଧ ହୋଇ ମହାରାଜାଙ୍କୁ ଉତ୍କଳର ଭାବୀ ବିକ୍ରମାର୍କ ମଣିଥିଲି। କାର୍ଯ୍ୟତଃ ଦେଖିଲି ଯେ ସେ ମାତୃଭାଷା ସମ୍ୱନ୍ଧରେ ସମ୍ପୂର୍ଣ୍ଣ ଉଦାସୀନ। ପ୍ରଭାର ଖରଚ ସେ ଦିଅନ୍ତି ସତ୍ୟ, ମାତ୍ର ସେଥିର ପ୍ରବର୍ତ୍ତକ ସେ ନୁହନ୍ତି। ବାରିପଦାର ଭୂତପୂର୍ବ ହେଡ଼ମାଷ୍ଟର ଚୈତନ୍ୟବାବୁ ପ୍ରକୃତ ପକ୍ଷରେ ପ୍ରଭାର ଜନ୍ମଦାତା। ସଂପ୍ରତି ସେ କେନ୍ଦୁଝରରେ ଅବସ୍ଥାନ କରୁଅଛନ୍ତି। ଗୋବିନ୍ଦ ବାବୁ ସଂସ୍କୃତଜ୍ଞ, ଉତ୍କଳ ଭାଷାରେ ମଧ୍ୟ ତାହାଙ୍କର ସୁନ୍ଦର ବ୍ୟୁତ୍ପତ୍ତି ଅଛି। ମାତ୍ର ଚୈତନ୍ୟ ବାବୁଙ୍କ ପରି ସେ ଭାଷାନୁରାଗୀ କିମ୍ୱା ପରାର୍ଥ ପରାୟଣ ନୁହନ୍ତି। ମହାରାଜ ଇଂରେଜୀ ଭାଷାରେ ପ୍ରାୟ ସର୍ବଦା କଥୋପକଥନ କରନ୍ତି। ସମ୍ୱବତଃ ସେ ଇଂରାଜୀରେ ଚିନ୍ତା କରନ୍ତି, ଇଂରାଜୀରେ ସ୍ୱପ୍ନ ମଧ୍ୟ ଦେଖନ୍ତି। ସାହେବ ଉପାସନା ଏବଂ ମୃଗୟା ତାହାଙ୍କର ପ୍ରଧାନ ବିନୋଦନ ଅଟେ।

ଇଉରୋପର ରାଜା ଏବଂ ଧନବନ୍ତ ବ୍ୟକ୍ତିମାନେ ଯେପରି ବିଦ୍ୟାସାହୀ ଏବଂ ସାହିତ୍ୟ ରସିକ, ଓଡ଼ିଶାରେ ଯେବେ ସେହିପରି ଦୁଇ ଚାରିଟି ରାଜା ଥାନ୍ତେ, ତାହାହେଲେ ପଚାଶ ଷାଠିଏ ବର୍ଷ ମଧ୍ୟରେ ଏହି ଦରିଦ୍ର ଉତ୍କଳ ଭାଷା ମଧ୍ୟ ପୃଥିବୀର ଗୋଟିଏ ଗଣନୀୟ ଭାଷା ହୋଇପାରନ୍ତା। ଦୁଃଖର ବିଷୟ ସେପରି ରାଜା ଓଡ଼ିଶାରେ ଜଣେ ସୁଦ୍ଧା ପାଇବାର ସହଜ ନୁହେଁ। ବାମଣ୍ଡା ମହାରାଜା ସାପେକ୍ଷ ଭାବରେ ଅବଶ୍ୟ ପ୍ରଶଂସାର୍ହ, ମାତ୍ର ନିରପେକ୍ଷ ଭାବରେ ବିଚାରିଲେ ସେ ଯାହା କରିଅଛନ୍ତି କିମ୍ୱା କରୁଅଛନ୍ତି ତାହା ସାମାନ୍ୟ ଅଟେ।

ଆପଣଙ୍କ ପରି ବ୍ୟକ୍ତି ଯଦି ଇଉରୋପରେ ଜନ୍ମିଥାନ୍ତେ ତାହାହେଲେ କେବଳ ସାହିତ୍ୟ ଚର୍ଚ୍ଚା ସକାଶେ ମାସିକ ୨୦୦ ଟଙ୍କାର ଅନ୍ୟୂନ ପେନସନ ଭୋଗୀ ହୋଇଥାନ୍ତେ।

ପାରିବାରିକ ପୀଡ଼ା, କାର୍ଯ୍ୟର ଝଂଝଟ ଏବଂ ଦେଶର ଅଗ୍ରାହକତା ନିବନ୍ଧନ ମୁଁ ସାହିତ୍ୟ ଚର୍ଚ୍ଚା ପରିତ୍ୟାଗ କରିଅଛି। ପ୍ରକୃତ ସାହିତ୍ୟ ଜ୍ଞାନ ସମୟ ସାପେକ୍ଷ ଅଟେ, ବିଶେଷତଃ ଓଡ଼ିଶାରେ। ଓଡ଼ିଶାରେ କାଳିଦାସଙ୍କ ସହିତ ଭଞ୍ଜଙ୍କ ପରି କବି ସମ୍ମାନ ଆସନ ପାଆନ୍ତି। ହିମାଳୟ ସହିତ କପିଳାସ ତୁଳିତ ହୁଏ। ଏପରି ଦେଶରେ ସାହିତ୍ୟ ଜ୍ଞାନ ଲାଭ ସହଜ କଥା ନୁହେଁ। ସାହିତ୍ୟାନୁରାଗ ମୋହର ବହୁଦିନରୁ ଥିଲା। ମାତ୍ର ଉଚ୍ଚ ସାହିତ୍ୟ କ'ଣ ସେ ଜ୍ଞାନ ବହୁ ବିଳମ୍ୱରେ ଲାଭ ହେଲା। ସେହି ଜ୍ଞାନ ଲାଭ ସଙ୍ଗେ ସଙ୍ଗେ ସାହିତ୍ୟ ଚର୍ଚ୍ଚା ପରିତ୍ୟାଗ କରିବାକୁ ହେଲା। ବର୍ତ୍ତମାନ ମୋହର ବୟଃକ୍ରମ ୪୬ ବର୍ଷ। କ୍ରମଶଃ ଜରାର ନିକଟବର୍ତ୍ତୀ ହେଉଅଛି। ମୁଁ ନିଜେ କିଛି କରିପାରିବି ଏପରି ଆଶା ସ୍ୱପ୍ନରେ ସୁଦ୍ଧା ହୃଦୟରେ ସ୍ଥାନ ଦେବାକୁ ପ୍ରବୃତ୍ତି ହେଉନାହିଁ। ସେ ଯାହା ହେଉ ଆପଣଙ୍କ ପରି ମାତୃଭୂମିର ସୁଯୋଗ୍ୟ ସନ୍ତାନମାନଙ୍କର ଉନ୍ନତି ଦେଖିବାକୁ ମୁଁ ସର୍ବଦା ଉଦଗ୍ରୀବ।

ଯେବେ ଈଶ୍ୱର ସେପରି ଦିନ ଦିଅନ୍ତି ମୁଁ କଲିକତା ଏବଂ ସମ୍ବଲପୁର ମାର୍ଗ ଦେଇ ବରପାଲି ଯାଇପାରେ। ଆପଣଙ୍କ ସହିତ ମୋର ଦୁଇ ଚାରିମାସ ଏକତ୍ରାବସ୍ଥାନ ଘଟିଲେ ପରସ୍ପର ଅନେକ ଶ୍ରେୟଃ ଲାଭ ହୋଇପାରନ୍ତା।

ଇନ୍ଦୁମତୀ ପୁସ୍ତକ ତିନିଖଣ୍ଡ ଏବଂ ଖଣ୍ଡିଏ ଆବେଦନ ପତ୍ର ପଠାଇଲେ ମୁଁ ତାହା ସ୍କୁଲ ବୁକ କମିଟିରେ ମୋହୋର ଅନୁରୋଧ ସହିତ ଅର୍ପଣ କରିବି। ଦୁଃଖର ବିଷୟ ଏହି ଯେ ସ୍କୁଲ ବୁକ କମିଟିର ଅଧିକାଂଶ ମେମ୍ବର ସାହିତ୍ୟ ଜ୍ଞାନ ବର୍ଜିତ ଅଟନ୍ତି। ମେମ୍ବର ନିର୍ବାଚନ ଗୁଣ ଦେଖି ହୁଏନାହିଁ, କେବଳ ପଦ ଦେଖି ହୁଏ। ଏହି ହେତୁରୁ ସମୟ ସମୟରେ ନିତାନ୍ତ ବିଚାର ବିଭ୍ରାଟ ଘଟିଥାଏ।

ଆପଣଙ୍କର ସ୍ନେହକ୍ରାଁତ
ଶ୍ରୀ ରାଧାନାଥ ରାୟ

ରାଧାନାଥଙ୍କ ଚିଠି ପାଇ ଗଙ୍ଗାଧରଙ୍କର ଆହୁରି ଅଧିକ ନୈରାଶ୍ୟ ହେଲା। ସେ ମଧ୍ୟ ରାଧାନାଥଙ୍କ ଭଳି ବର୍ତ୍ତମାନ ଓଡ଼ିଶାର ରାଜା ଜମିଦାରଙ୍କ ପ୍ରତି ବିମୁଖ ଥିଲେ। ବରପାଲି ଜମିଦାରଙ୍କ ପାଖରେ ସେ ପ୍ରଥମେ ଅମିନ ଓ ପରେ ମାଲମୋହରୀର କାମ କରି ଓ ତାଙ୍କର ଖାମାର ଓ ବଜାର ଆୟର ହିସାବ ରଖି ଦରମା ମାତ୍ର ପାଉଥିଲେ, ନିଜର ସାହିତ୍ୟ ଚର୍ଚ୍ଚା ପାଇଁ ଜମିଦାର ତାଙ୍କୁ କୌଣସି ଅର୍ଥ ବା ଉସ୍ତାହ ଦେଇ ନ ଥିଲେ। ବରପାଲି ଯୁବରାଜ ମହେନ୍ଦ୍ର ସିଂହ ଶ୍ରୀରାମଚନ୍ଦ୍ର ଭଞ୍ଜଙ୍କ ଭଉଣୀକୁ ବିବାହ କରିବା ସମୟରେ ଗଙ୍ଗାଧର ବାରିପଦା ଯାଇ ମୟୂରଭଞ୍ଜ ମହାରାଜାଙ୍କ ସହିତ ପରିଚିତ ହୋଇଥିଲେ, କିନ୍ତୁ ଇନ୍ଦୁମତୀ ପାଇଁ ପ୍ରଭାର ୨୫ ଟଙ୍କା ବ୍ୟତୀତ ତାଙ୍କଠାରୁ କୌଣସି ସାହାଯ୍ୟ ପାଇ ନ ଥିଲେ। ବଲାଙ୍ଗୀର ପାଟଣାର ନୂଆ ରାଜା ମଧ୍ଳ ଗଞ୍ଜନ ସିଂହଦେଓ ଜଣେ ଯୋଗ୍ୟ ଲୋକ ବୋଲି ଶୁଣିଥିଲେ, କିନ୍ତୁ ସେ ମଧ୍ୟ ଏ ପର୍ଯ୍ୟନ୍ତ ସାହିତ୍ୟ ପାଇଁ କିଛି କରି ନ ଥିଲେ।

ରାଧାନାଥ ତାଙ୍କର ବୈୟାସିକୀ ବାଣୀରେ ଏହି ରାଜାମାନଙ୍କ ପ୍ରତି ଆକ୍ଷେପ କରି ଚନ୍ଦ୍ରଶେଖର ସାମନ୍ତଙ୍କ ପ୍ରସଙ୍ଗରେ ଲେଖିଥିଲେ :

ଥାଉଁ କି ଶ୍ରୀରାମଚନ୍ଦ୍ର ନରରାଣ, ବୟସେ କିଶୋର ଜ୍ଞାନେ ବର୍ଷୀୟାନ

ଥାଉଁ ଥାଉଁ ବାସୁଦେବ ନୃପବର, ବିଦ୍ୱାନ ମରାଳକୁଳ ପଦ୍ମାକର

ନରେଶ ମହେନ୍ଦ୍ର ସ୍ୱଦେଶ ଗୌରବ, ଗୁଣିବୃନ୍ଦ ଅଭିବନ୍ଦନ ବାନ୍ଧବ

ତୁମ୍ଭ ପରି ଜ୍ଞାନ ତରୁ ମଉଲିଲା, ଏହା ଦେଖିବାକୁ ବିଧି ଲେଖିଥିଲା। ଇତ୍ୟାଦି।

ଏହି ସମୟରେ ଦିନେ ରାଧାନାଥ ବିରକ୍ତ ହୋଇ ଶଶିଭୂଷଣଙ୍କୁ କହିଲେ ମୟୂରଭଞ୍ଜ ମହାରାଜାଙ୍କୁ ପତ୍ର ଲେଖିବା ପାଇଁ : ମହାରାଜ ଭଲେ ସାହିତ୍ୟ ପାଇଁ କିଛି ଟଙ୍କା ନ ଦିଅନ୍ତୁ, ଆମର ଘର ତିଆରି ପାଇଁ କିଛି କାଠ ଦିଅନ୍ତୁ। ଏ ପତ୍ରର କୌଣସି ଉତ୍ତର ଆସିଲା ନାହିଁ, କାରଣ ଶ୍ରୀରାମଚନ୍ଦ୍ର ବର୍ତ୍ତମାନ ନିଜର ଗୋଟିଏ ବିଶେଷ ସମସ୍ୟା ନେଇ ବ୍ୟସ୍ତ ଓ ବିବ୍ରତ ଥିଲେ। କିଛି ଦିନ ଆଗରୁ ସେ ବ୍ରାହ୍ମ କେଶବ ଚନ୍ଦ୍ର ସେନଙ୍କ ଝିଅକୁ ବିବାହ କରି ସାରା ଓଡ଼ିଶାରେ ସମାଲୋଚନାର ପାତ୍ର ହୋଇଥିଲେ। ସମସ୍ତେ କହୁଥିଲେ ଯେ ଓଡ଼ିଶାର ରାଜା ହିନ୍ଦୁ ରାଜପରିବାର ବାହାରେ ବିବାହ କରିବା ଅନୁଚିତ। ଖବରକାଗଜରେ ଲେଖାହେଲା ଯେ ଯାହାଙ୍କ ହାତରେ ଲକ୍ଷ ଲକ୍ଷ ଲୋକଙ୍କର ଶାସନଭାର ଅଛି, ଯେ ଏତେ ଲୋକଙ୍କର ଆଦର୍ଶ ସ୍ଥଳ, ତାଙ୍କର ଦେଶକାଳପାତ୍ର କୁଳଶୀଳ ପ୍ରତି ଦୃଷ୍ଟି ନ ରଖି କେବଳ ପ୍ରେମ ନେଇ ଚାଲିବା ବିଧେୟ ନୁହେଁ।

ପ୍ରେମର ବଶବର୍ତ୍ତୀ ହୋଇ ରାଣୀ ପକାଇ ରାଜବଂଶୀୟ ଲୋକେ ବା ଉଚ୍ଚ କର୍ମଚାରୀ ମେହେନ୍ତରାଣୀ ବା ବେଶ୍ୟା ସହିତ ମାତିଲେ ରାଜା ପାଟି ଫିଟାଇ ପାରିବେ କି ? ମୟୂରଭଂଜର ସାନ୍ତାଲ ପ୍ରଜାମାନେ ମଧ୍ୟ ଏପରି ଯୁକ୍ତି କରିବାର ଦେଖାଗଲା: ଜଣା ଧାଡ଼ିରେ ଜଣା ଯାଉଛି, ପିମ୍ପୁଡ଼ି ଧାଡ଼ିରେ ପିମ୍ପୁଡ଼ି ଯାଉଛି; ଜଣା ଧାଡ଼ିକି ପିମ୍ପୁଡ଼ି ଯାଉନାହିଁ କି ପିମ୍ପୁଡ଼ି ଧାଡ଼ିକି ଜଣା ଯାଉନାହିଁ । ତେବେ ରାଜାଟା କିପରି ଧାଡ଼ି ଛାଡ଼ି କରି ଯିବ ?

ଖଣ୍ଡପଡ଼ା: ମାର୍ଚ୍ଚ ୧୮୯୫

ବର୍ତ୍ତମାନ ରାତିରେ ଗ୍ରହ ନକ୍ଷତ୍ର ଓ ଦିନରେ ସନନ୍ଦ କାଗଜଟିକୁ ଅନାଇ ଦିନ୍ୟାଉଥିଲା ଚନ୍ଦ୍ରଶେଖରଙ୍କର । ପତ୍ର ପତ୍ରିକାରେ ଏତେ ପ୍ରଚାର ସତ୍ତ୍ୱେ ଏବଂ ଗୌରୀଶଙ୍କର ଓ ରାଧାନାଥଙ୍କ ଭଳି ଶୁଭେଚ୍ଛୁମାନଙ୍କର ଚେଷ୍ଟା ସତ୍ତ୍ୱେ ପଚିଶ ବର୍ଷ ତଳୁ ଲେଖା ହୋଇ ରହିଥିବା ସିଦ୍ଧାନ୍ତ ଦର୍ପଣ ଛପାଇବା ବିଷୟରେ କୌଣସି ବ୍ୟବସ୍ଥା ହୋଇପାରୁ ନ ଥିଲା । ୧୮୮୬ରେ ଗୌରୀଶଙ୍କର ଦୀପିକାରେ ଏଭଳି ଏକ ଅନୁରୋଧ ପ୍ରକାଶ କରିଥିଲେ; ଆମ୍ଭେମାନେ ଓଡ଼ିଶାର ରାଜା ଜମିଦାର ଓ ଧନୀମାନଙ୍କୁ ଅନୁରୋଧ କରୁଅଛୁ ଯେ ଏ ଗ୍ରନ୍ଥ ଛାପା କରାଇବା ବିଷୟରେ ସେମାନଙ୍କ ମଧ୍ୟରୁ କେହି ଅଗ୍ରସର ହୋଇ ଆପଣାର ଯଶ ଏବଂ ସ୍ୱଦେଶର ଗୌରବ ପ୍ରକାଶ କରନ୍ତୁ । ଧର୍ମ ଓ ସୁଖ୍ୟାତି ଅର୍ଜିବାର ଏମନ୍ତ ସୁଯୋଗ ସର୍ବଦା ମିଳଇ ନାହିଁ । ତାଳଚେର ଓ ବାମଣ୍ଡାର ରାଜାମାନେ ଧର୍ମ ପୁସ୍ତକମାନ ପ୍ରକାଶ ଓ ବିନାମୂଲ୍ୟରେ ବିତରଣ ଦ୍ୱାରା ଓଡ଼ିଶାବାସୀଙ୍କର ବିଶେଷ କୃତଜ୍ଞତା ଭାଜନ ହୋଇଅଛନ୍ତି କିନ୍ତୁ ଏ ଗ୍ରନ୍ଥ ଯେ ପ୍ରକାଶ କରିବ ସେ ସମସ୍ତ ଭାରତବର୍ଷର ଉପକାର କରିବ । ଯେବେ କୌଣସି ଧନାଢ୍ୟ ବ୍ୟକ୍ତି ପ୍ରସ୍ତାବ ଗ୍ରହଣ କରିବାକୁ ପ୍ରସ୍ତୁତ ହେବେ, ତେବେ ପତ୍ରଦ୍ୱାରା ଆପଣାର ଅଭିପ୍ରାୟ ଜଣାଇଲେ ଆମ୍ଭେମାନେ ସାଧ୍ୟାନୁସାରେ ଉଚିତ ମୂଲ୍ୟରେ ଛାପା କରାଇ ଆଣିବା ପକ୍ଷରେ ସାହାଯ୍ୟ କରିବୁ ।

ମାତ୍ର ଏ ଆବେଦନର କୌଣସି ଫଳ ହୋଇ ନ ଥିଲା । ନିଜର ଶାରୀରିକ ଅସୁସ୍ଥତା ଓ ଷାଠିଏ ବର୍ଷର ବାର୍ଦ୍ଧକ୍ୟ ନେଇ ଚନ୍ଦ୍ରଶେଖର ଖଣ୍ଡପଡ଼ାରେ ବସିରହିଥିଲେ ଏବଂ ପ୍ରତିଦିନ ସିଦ୍ଧାନ୍ତ ଦର୍ପଣର ତାଳପତ୍ର ବିଡ଼ାକୁ ଓଲଟାଇ ଅଧିକରୁ ଅଧିକ ବିଷଣ୍ଣ ହେଉଥିଲେ । ଏଇ ସମୟରେ ଦିନେ ରାଧାନାଥଙ୍କର ଚିଠି ଆସିଲା ଯେ ସେ କଟକ କଲେଜର ବିଜ୍ଞାନ ଅଧ୍ୟାପକ ଯୋଗେଶଚନ୍ଦ୍ର ରାୟଙ୍କ

ସହିତ କଥାବାର୍ତ୍ତା କରିଛନ୍ତି; ବହି ଛାପା ବିଷୟରେ ଚନ୍ଦ୍ରଶେଖର ଯାଇ ତାଙ୍କ ସହିତ ସାକ୍ଷାତ କରନ୍ତୁ।

ଛତିଶ ବର୍ଷ ବୟସ୍କ ଯୋଗେଶଚନ୍ଦ୍ର ରାୟ ବିଜ୍ଞାନ ଅଧ୍ୟାପକ ହେଲେ ମଧ୍ୟ ସାହିତ୍ୟ ଓ ଇତିହାସରେ ରୁଚି ରଖୁଥିଲେ ଏବଂ ରାମାନନ୍ଦ ଚଟ୍ଟୋପାଧ୍ୟାୟଙ୍କ ସମ୍ପାଦିତ ପ୍ରଦୀପ ଓ ଦାସୀ ପତ୍ରିକାରେ ବୈଦିକ ଓ ପୌରାଣିକ ବିଷୟମାନଙ୍କ ଉପରେ ପ୍ରବନ୍ଧ ଲେଖୁଥିଲେ। ଓଡ଼ିଆ ବଙ୍ଗଳା ଇଂରେଜୀ ବ୍ୟତୀତ ସଂସ୍କୃତ ମରାଠୀ ଓ ଗୁଜୁରାଟୀ ଭାଷାମାନଙ୍କରେ ତାଙ୍କର ବ୍ୟୁତ୍ପତ୍ତି ଥିଲା ଏବଂ ସେ ସବୁବେଲେ ଚେଷ୍ଟିତ ଥିଲେ ବୈଦିକ କୃଷ୍ଟିର ପ୍ରାଚୀନତା ନିର୍ଣ୍ଣୟ କରିବାପାଇଁ। ଏଥିଯୋଗୁ ସେ ଜ୍ୟୋତିଷ ଶାସ୍ତ୍ର ବିଷୟରେ ଜାଣିବାକୁ ଚାହୁଁଥିଲେ ଏବଂ ଚନ୍ଦ୍ରଶେଖର ଓ ସିଦ୍ଧାନ୍ତ ଦର୍ପଣଠାରେ ଆଗ୍ରହ ଦେଖାଇଥିଲେ।

ରାଧାନାଥଙ୍କ ପତ୍ର ପାଇ ଚନ୍ଦ୍ରଶେଖର ସାଙ୍ଗେ ସାଙ୍ଗେ କଟକ ବାହାରିଲେ ପୁଅ ଚକ୍ରଧରକୁ ସାଙ୍ଗରେ ନେଇ। କଟକରେ ସିଧା କାଳୀଗଲି ଯାଇ ରାଧାନାଥଙ୍କୁ ଖୋଜିବା ବେଲକୁ ସେ ଅଫିସ ବାହାରି ଯାଇଥିଲେ। ତେବେ ଶଶିଭୂଷଣ ଚନ୍ଦ୍ରଶେଖରଙ୍କୁ ନେଇ ଚାନ୍ଦିନୀ ଚୌକରେ ଗୋଟିଏ ବସାଘରେ ରଖାବାଇ ବ୍ୟବସ୍ଥା କରି ସେଦିନ ସନ୍ଧ୍ୟାବେଲେ ତାଙ୍କୁ ଯୋଗେଶଚନ୍ଦ୍ରଙ୍କ ଘରେ ପହଞ୍ଚାଇଦେଲେ। ଯୋଗେଶଚନ୍ଦ୍ର ସେତେବେଲକୁ ଘରକୁ ଫେରି ନଥିବାରୁ ଚନ୍ଦ୍ରଶେଖର ରାସ୍ତା ଉପରେ ବସି ତାଙ୍କର ଅପେକ୍ଷା କଲେ। ସଂଜବେଲେ ଯୋଗେଶଚନ୍ଦ୍ର ତାଙ୍କର କେତେଜଣ ଅଧ୍ୟାପକ ବନ୍ଧୁଙ୍କ ସହିତ ଘରକୁ ଫେରି ଚନ୍ଦ୍ରଶେଖରଙ୍କୁ ରାସ୍ତାରେ ବସିଥିବାର ଦେଖି ଦୁଃଖିତ ହେଲେ ଏବଂ ଘର ଭିତରକୁ ଡାକିନେଲେ। ତାଙ୍କ ବସିବା ଘରେ ଚଉକି ଉପରେ ନ ବସି ଚନ୍ଦ୍ରଶେଖର ଗୋଟିଏ କଣରେ ତଲେ ବସି ବୁଜୁଲା ଖୋଲି ସିଦ୍ଧାନ୍ତ ଦର୍ପଣ ପୋଥିମାନ ବାହାର କରିବାରେ ଲାଗିଲେ।

ଚଟାଣରେ ଗୁଡ଼ାଏ ତାଳପତ୍ର ବିଡ଼ା ସାମ୍ନାରେ ଖେଲାଇ ବସିଥିବା ମଫସଲିଆ ଧୂଳିମଳି ଲାଗିଥିବା ଅସନା ଦେଖାଯାଉଥିବା ବୁଢ଼ାଟିକୁ ଦେଖି ଯୋଗେଶଚନ୍ଦ୍ରଙ୍କର ବନ୍ଧୁମାନଙ୍କର ସନ୍ଦେହ ହେଲା ଯେ ଲୋକଟି ଜଣେ ପ୍ରସିଦ୍ଧ ଜ୍ୟୋତିଷ ହୋଇପାରେ। ବୁଢ଼ା ହୁଏତ ସଂସ୍କୃତ ପଢ଼ି ଜ୍ୟୋତିଷ ବିଷୟରେ କିଛି ଶ୍ଳୋକ ଲେଖିଦେଇଥିବ, କିନ୍ତୁ ଆକାଶରେ ଗ୍ରହ ନକ୍ଷତ୍ରଙ୍କ କଥା ତାକୁ କିଛି ଜଣା ନ ଥିବ। ସେମାନେ ଚନ୍ଦ୍ରଶେଖରଙ୍କୁ ବାହାରକୁ ଡାକିନେଲେ। ବର୍ତ୍ତମାନ ରାତି ହୋଇଯାଇଥିଲା। ଏବଂ ନିର୍ମଲ ଆକାଶରେ ତାରା ଚମକୁଥିଲେ। ପଶ୍ଚିମ ଆକାଶରେ ମଙ୍ଗଲ ଓ ଶୁକ୍ର ପ୍ରାୟ ଛ ଡିଗ୍ରୀ ତଫାତରେ ଥିଲେ। ଯୋଗେଶଚନ୍ଦ୍ରଙ୍କ ବନ୍ଧୁ ହେମଚନ୍ଦ୍ର ଚନ୍ଦ୍ରଶେଖରଙ୍କୁ ପଚାରିଲେ, ଆପଣ ବର୍ତ୍ତମାନ ମଙ୍ଗଲ ଓ ଶୁକ୍ର ଦୂରତ୍ୱ କହିପାରିବେ ?

ଏ ପ୍ରଶ୍ନ ଶୁଣି ଚନ୍ଦ୍ରଶେଖର ଏକ ବିକଟ ଚିକ୍ରାର କରି ପେଟକୁ ଧରି ତଲେ ଗଡ଼ିବାରେ ଲାଗିଲେ। ତାଙ୍କର ପ୍ରଶ୍ନ କରିବାରେ କ'ଣ ଧୃଷ୍ଟତା ହେଲା ବୋଲି ହେମଚନ୍ଦ୍ର ବିବ୍ରତ ହୋଇ ଚକ୍ରଧର ଆଡ଼କୁ ଅନାଇଲେ। ଚକ୍ରଧର କହିଲା, ଏଥିରେ ବ୍ୟସ୍ତ ହେବାର କିଛି ନାହିଁ; ବାପାଙ୍କର ଅନ୍ତଃଶୂଲ ବେମାରୀ ଯୋଗୁ ମଝିରେ ମଝିରେ ଏପରି ହୋଇଥାଏ। ଅଳ୍ପ ସମୟରେ ପୁଣି ଠିକ୍ ହୋଇଯିବେ। ସତକୁ ସତ କିଛି ସମୟ ପରେ ଚନ୍ଦ୍ରଶେଖର ଭୁଁଇରୁ ଉଠି ବସିଲେ; ଅଣ୍ଟାରୁ ନାସଦାନି ଖୋଲି ଦି ଟିପି ନାସ ନେଲେ ଏବଂ ବୁକୁଲାରୁ ମାନଯନ୍ତ ବାହାର କରି ଆକାଶକୁ ଅନାଇଲେ। କିଛି ମିନିଟ୍ ଭିତରେ ସେ ଯୋଗେଶଚନ୍ଦ୍ରଙ୍କ ବାରଣ୍ଡାରେ ଖଡ଼ିରେ ହିସାବ କରି ଯେଉଁ ସଂଖ୍ୟାଟି ବାହାର କଲେ, ତାହା ପ୍ରକୃତ ଦୂରତ୍ୱର ଅତି ପାଖାପାଖି ଥିଲା।

ଚନ୍ଦ୍ରଶେଖରଙ୍କୁ ଦେଖାଇବା ପାଇଁ ଯୋଗେଶଚନ୍ଦ୍ର ଗୋଟିଏ ଟେଲିସ୍କୋପ ଯନ୍ତ୍ର ଆଣି ଘରେ ରଖିଥିଲେ। ପ୍ରଥମେ ଚନ୍ଦ୍ରଶେଖର ଜାଣି ପାରିଲେ ନାହିଁ ଏହି କିମ୍ଭୁତକିମାକାର ଜିନିଷଟି କ'ଣ। ଯନ୍ତ୍ରଟିକୁ କିପରି ବ୍ୟବହାର କରିବାକୁ ହେବ ବୁଝାଇ ଯୋଗେଶଚନ୍ଦ୍ର ତାକୁ ଚନ୍ଦ୍ରଶେଖରଙ୍କ ଆଗରେ ରଖିଦେଲେ। ଯନ୍ତ୍ରଟିରେ ଥରେ ଆକାଶକୁ ଦେଖି ଚନ୍ଦ୍ରଶେଖରଙ୍କ ଖୁସିରେ ନାଚିବାକୁ ଲାଗିଲେ। ପଚାଶ ବର୍ଷ ଧରି ଖାଲି ଆଖିରେ ଦେଖୁଥିବା ଗ୍ରହ ନକ୍ଷତ୍ର ବର୍ତ୍ତମାନ ହାତ ପାଖରେ ଥିଲେ। ଅନେକ ସମୟ ଧରି ସେମାନଙ୍କୁ ତନ୍ମୟ ହୋଇ ଦେଖିବାରେ ଲାଗିଲେ ଚନ୍ଦ୍ରଶେଖର। ସବୁ ଚିହ୍ନା ଗ୍ରହ ନକ୍ଷତ୍ରଙ୍କୁ ଥରେ ଥରେ ଦେଖିନେବାପରେ ଯନ୍ତ୍ରରୁ ଆଖି ବାହାର କରି ଚନ୍ଦ୍ରଶେଖର ପଚାରିଲେ, ଏ ଯନ୍ତ୍ର ଆବର୍ଦ୍ଧନ ଶକ୍ତି କେତେ? ଯୋଗେଶଚନ୍ଦ୍ର ତାଙ୍କୁ ଓଲଟା ପଚାରିଲେ, ଆପଣ ମନେ କରୁଛନ୍ତି କେତେ ହୋଇଥିବ? ଚନ୍ଦ୍ରଶେଖର ଯନ୍ତ୍ରଟିରେ ପୁଣି ଥରେ ଚନ୍ଦ୍ର ଆଡ଼କୁ ଅନାଇ ମନେ ମନେ ହିସାବ କରି କହିଲେ, ପ୍ରାୟ ଶହେ ବ୍ୟାସର ଆବର୍ଦ୍ଧନ। ଏ ଉତ୍ତରଟି ସଠିକ୍ ଥିଲା।

ଏଥରକ ଘର ଭିତରେ ବସି ଆଲୋଚନା କରାହେଲା ସିଦ୍ଧାନ୍ତ ଦର୍ପଣ ଛାପିବା ପାଇଁ କ'ଣ କରାଯିବ। ଏ ଆଲୋଚନା ଭିତରେ କିନ୍ତୁ ଚନ୍ଦ୍ରଶେଖରଙ୍କର ମନ ନ ଥିଲା। ତାଙ୍କ ଆଖି ଆଗରେ ବର୍ତ୍ତମାନ ଭାସୁଥିଲେ ଭିନ୍ନ ଦେଖାଯାଉଥିବା ଜ୍ୟୋତିଷ୍କମାନେ। ତାଙ୍କୁ କିଏ ଏ ଭଳି ଯନ୍ତ୍ରଟିଏ ଦିଅନ୍ତା କି! ସେ ଯଦି ଏ ଯନ୍ତ୍ରଟି ଆଗରୁ ପାଇଥାନ୍ତେ! ଯୋଗେଶଚନ୍ଦ୍ର ତାଳପତ୍ର ପୋଥିକୁ ଦେଖି କହିଲେ ଯେ ଏହାକୁ ପ୍ରଥମେ କାଗଜରେ ଉତାରିବାକୁ ହେବ। ତାପରେ ବହିଟିକୁ ଦେବନାଗରୀ ଲିପିରେ ଲେଖି ଛପାଇବାକୁ ହେବ, ଯହାଦ୍ୱାରା ସମଗ୍ର ଭାରତର ପଣ୍ଡିତମାନେ ଏହାକୁ ପଢ଼ିପାରିବେ। ଏଥିପାଇଁ ନିଷ୍ପତ୍ତି ହେଲା ଯେ ଚନ୍ଦ୍ରଶେଖର ପ୍ରଥମେ ସମ୍ପୂର୍ଣ୍ଣ ଗ୍ରନ୍ଥଟିକୁ ଓଡ଼ିଆ ଅକ୍ଷରରେ କାଗଜ ଉପରେ ନକଲ କରାଇବେ। ତାପରେ କଟକରେ ତାକୁ ବଙ୍ଗଳା ଓ ଦେବନାଗରୀ ଅକ୍ଷରରେ ନକଲ କରାଇବାର ବ୍ୟବସ୍ଥା କରାଯିବ। ଏ କାମ ସରିଲେ ଯାଇ ଟଙ୍କା ଯୋଗାଡ଼ କରି ପ୍ରେସକୁ ପଠାଯିବ ବହିଟି। ଖର୍ଚ୍ଚ ବାବଦରେ ହିସାବ ହେଲା ଯେ ଏଥିପାଇଁ ପ୍ରାୟ ହଜାରେ ଟଙ୍କା ଦରକାର ହେବ। ଏ ଟଙ୍କା କୌଣସି ରାଜା ମହାରାଜାଙ୍କ ପାଖରୁ ଆଦାୟ କରିବାର ଭାର ଦିଆଯିବ ଗଡ଼ଜାତ ଆସିଷ୍ଟାଣ୍ଟ ସୁପରିନଟେଣ୍ଡେଣ୍ଟ ସୁଦାମ ଚରଣ ନାୟକଙ୍କ ଉପରେ।

ସେ ଦିନ ଆଉ ଜ୍ୟୋତିଷ ଶାସ୍ତ୍ର ବିଷୟରେ କୌଣସି ଆଲୋଚନା ହୋଇପାରିଲା ନାହିଁ ଚନ୍ଦ୍ରଶେଖରଙ୍କ ସହିତ। ଠିକ ହେଲା ଯେ ପର ଦିନ ସନ୍ଧ୍ୟାବେଳେ ସେମାନେ ପୁଣି ଭେଟିବେ। ପରଦିନ ସନ୍ଧ୍ୟାବେଳେ ଦେଖା ହେବାରୁ ଯୋଗେଶଚନ୍ଦ୍ର କହିଲେ ଯେ ଚନ୍ଦ୍ରଶେଖରଙ୍କର ଗଣନା ଯେତେ ଶୁଦ୍ଧ ହେଲେ ମଧ୍ୟ ବଙ୍ଗଳାର ଜ୍ୟୋତିଷମାନେ ସେମାନେ ନିର୍ଦ୍ଧାରିତ କରିଥିବା ତିଥି ସମୟର ପରିବର୍ତ୍ତନ ମାନିବେ ନାହିଁ। ଚନ୍ଦ୍ରଶେଖର ବୁଝାଇଲେ ଯେ ପ୍ରାଚୀନ ସିଦ୍ଧାନ୍ତମାନଙ୍କରେ ଚନ୍ଦ୍ର ବିଷୟକ ସ୍ଥୂଳ ଗଣନାରେ ତିଥିରେ ଚଉଦ ଦଣ୍ଡର ପାର୍ଥକ୍ୟ ଘଟୁଥିବାରୁ ତା ଅନୁସାରେ ଯେଉଁ ପଞ୍ଜିକା ତିଆରି ହୁଏ, ସେଥିରେ ସଠିକ ସମୟ ନିର୍ଣ୍ଣୀତ ହୋଇପାରିବ ନାହିଁ। ଏଥିପାଇଁ ଏକ ସୂକ୍ଷ୍ମ ପଞ୍ଜିକାର ପ୍ରୟୋଜନ। ପୂର୍ବେ ପଣ୍ଡିତମାନେ ତିଥିର ପାଞ୍ଚଦଣ୍ଡ ବୃଦ୍ଧି ଓ ଛ ଦଣ୍ଡ କ୍ଷୟ ବିଷୟରେ ସଞ୍ଜତ ଥାଇ ସାଧାରଣ ବ୍ୟବହାର ନିମନ୍ତେ ସ୍ଥୂଳ ପଞ୍ଜିକାକୁ ଗ୍ରହଣ କରିଥିଲେ, କିନ୍ତୁ ସୂକ୍ଷ୍ମ ପଞ୍ଜିକାର ପ୍ରୟୋଜନ ଥିଲା ବିବାହ, ଉପନୟନ, ଯଜ୍ଞ ଇତ୍ୟାଦି ମହତ କାମ ପାଇଁ। ଯୋଗେଶଚନ୍ଦ୍ର ଯେତେବେଳେ କହିଲେ ଯେ ଏ ବିଷୟରେ ତର୍କ କରାଯାଇପାରେ,

ଚନ୍ଦ୍ରଶେଖର ସିଦ୍ଧାନ୍ତ ଦର୍ପଣରୁ ଏକ ବାକ୍ୟ ଉଦ୍ଧୃତ କଲେ: ପ୍ରତ୍ୟକ୍ଷାନୁଭବଂ ନ ଲୁମ୍ପତି ବଟୋ ଯୁକ୍ତ୍ୟର୍ଥତୟ, ଅର୍ଥାତ୍ ଯୁକ୍ତି ବଳରେ ପ୍ରତ୍ୟକ୍ଷ ଅନୁଭବକୁ ପରାସ୍ତ କରାଯାଇ ନ ପାରେ !

ଏଥିରୁ କଥା ଉଠିଲା ପୃଥିବୀର ଗତିଶୀଳତା ସମ୍ବନ୍ଧରେ। ଯୋଗେଶଚନ୍ଦ୍ର ତାଙ୍କୁ ନିଜର ମତ ବଦଲାଇବା ପାଇଁ କହିଲେ, କାରଣ ଏ ବିଷୟରେ ପୃଥିବୀର ସମସ୍ତ ବୈଜ୍ଞାନିକ ନିଃସନ୍ଦେହ ଥିଲେ। ଚନ୍ଦ୍ରଶେଖର କହିଲେ ଯେ ସେ ପୃଥିବୀର ସ୍ଥିରତା ବିଷୟରେ ଅନେକ ପ୍ରମାଣ ଦେଇ ପାରିବେ। ଜଣେ ସର୍ବଜ୍ଞ ମଧ୍ୟ ତାଙ୍କର ଏ ବିଶ୍ୱାସକୁ ଦୃଢ଼ କରିଥିଲେ। ଏ ସର୍ବଜ୍ଞଙ୍କ ବିଷୟରେ ପ୍ରଶ୍ନ କରି ଯୋଗେଶଚନ୍ଦ୍ର ଯାହା ଜାଣିଲେ ତାହା ଏହିପରି: ଚକ୍ରପାଣି ମିଶ୍ର ନାମକ ଜଣେ ସର୍ବଜ୍ଞ ବ୍ରାହ୍ମଣ ଆସି ଚନ୍ଦ୍ରଶେଖରଙ୍କ ଘରେ ପହଞ୍ଚିଲେ। ତାଙ୍କର ସର୍ବଜ୍ଞତା ପରୀକ୍ଷା କରିବାପାଇଁ ଚନ୍ଦ୍ରଶେଖର ହାତ ମୁଠାରେ ଗୋଟିଏ ବରକୋଳି ମଞ୍ଜି ଧରି ହାତରେ କ'ଣ ଅଛି ବୋଲି ପଚାରିଲେ। ଚକ୍ରପାଣି ପ୍ରଥମେ ବୀଜଂ, ତାପରେ ବିନ୍ଦୁଯୁକ୍ତ ବୀଜଂ ଏବଂ ଶେଷରେ ବଦରୀ ବୀଜଂ କହିବାରୁ ଚନ୍ଦ୍ରଶେଖରଙ୍କର ସନ୍ଦେହ ଦୂର ହେଲା। ଏହାପରେ ଚନ୍ଦ୍ରଶେଖର ତାଙ୍କୁ କହିଲେ ଯେ ତାଙ୍କ ମନରେ ଏକ ବିଶେଷ ସଂଶୟ ଅଛି; ସର୍ବଜ୍ଞ ତାକୁ ଦୂର କରନ୍ତୁ। ଯଦିଓ ଚନ୍ଦ୍ରଶେଖର ପୃଥିବୀ ଓ ସୂର୍ଯ୍ୟର ସ୍ଥିରତା ବିଷୟରେ ନିଜର ସନ୍ଦେହ କଥା ତାଙ୍କୁ କହି ନ ଥିଲେ, ସର୍ବଜ୍ଞ ଧ୍ୟାନମଗ୍ନ ହୋଇ କହିଲେ ଯେ ଦୁଇଟି ବୃହତ ପଦାର୍ଥ ସମ୍ବନ୍ଧରେ ପ୍ରଶ୍ନ ହୋଇଛି। ତାପରେ କହିଲେ ଯେ ଗୋଟିଏ ପଦାର୍ଥ ତେଜୀୟାନ ଏବଂ ଅନ୍ୟଟି ତେଜହୀନ। ଶେଷରେ ସର୍ବଜ୍ଞ କହିଲେ ଯେ ପୃଥିବୀ ସ୍ଥିର ଅଛି ଏବଂ ସୂର୍ଯ୍ୟ ହିଁ ଗତି କରୁଅଛି।

ଏହାପରେ ଚନ୍ଦ୍ରଶେଖରଙ୍କର ପୃଥିବୀର ସ୍ଥିରତା ସମ୍ବନ୍ଧରେ ଆଉ କୌଣସି ସନ୍ଦେହ ରହିଲା ନାହିଁ। ଯୋଗେଶଚନ୍ଦ୍ର ଯେତେବେଳେ ଜାଣିବାକୁ ଚାହିଁଲେ ଏ ମହାପୁରୁଷ ବର୍ତ୍ତମାନ କେଉଁଠାରେ ଅଛନ୍ତି, ଚନ୍ଦ୍ରଶେଖର କହିଲେ, ଖଣ୍ଡପଡ଼ା ଆସିବାର କିଛିଦିନ ପରେ ଚକ୍ରପାଣି ମିଶ୍ର ସ୍ୱର୍ଗ ବିଷୟରେ ଜାଣିବା ପାଇଁ ତାରିଣୀ ପର୍ବତ ଉପରେ ଚଢ଼ିଥିଲେ ଏବଂ ସେଠାରୁ ଖସିପଡ଼ି ମରିଯାଇଥିଲେ !

ଏକଥା ଶୁଣି ଯୋଗେଶଚନ୍ଦ୍ର ଠିକ୍ କରିପାରିଲେ ନାହିଁ ସେ ହସିବେ କି କାନ୍ଦିବେ। ତେବେ ଚନ୍ଦ୍ରଶେଖରଙ୍କର ଏ ମତ ଆଉ ବଦଳିବାର ନ ଥିଲା। ପୋଥିଗୁଡ଼ିକୁ କାଗଜରେ ଉତାରିବାର ପରାମର୍ଶ ଦେଇ ଯୋଗେଶଚନ୍ଦ୍ର ଚନ୍ଦ୍ରଶେଖରଙ୍କୁ ବିଦାୟ ଦେଲେ। ପରଦିନ ରାଧାନାଥଙ୍କୁ ସାକ୍ଷାତ କରି ଚନ୍ଦ୍ରଶେଖର ଖଣ୍ଡପଡ଼ା ଫେରିଗଲେ ଏବଂ ଘନଶ୍ୟାମ ମିଶ୍ର ପଣ୍ଡିତଙ୍କ ହାତରେ ସିଦ୍ଧାନ୍ତ ଦର୍ପଣକୁ କାଗଜରେ ଉତାରିବାର କାମ ଆରମ୍ଭ କଲେ।

ପୁରୀ: ମେ ୧୮୯୫

୧୮୮୮ ଡିସେମ୍ବର ମାସରେ ପୁରୀ ମନ୍ଦିର ମକଦମା ରାଜିନାମା ଦରଖାସ୍ତ ମଂଜୁର ହୋଇଗଲା, କିନ୍ତୁ ମନ୍ଦିର ପରିଚାଳନାରେ ସବୁବେଳେ ଲାଗି ରହିଥିବା ସମସ୍ୟାର ଶେଷ ହେଲାନାହିଁ। ୧୮୮୯ ଫେବ୍ରୁଆରୀ ୬ ତାରିଖରେ ଗୋଲମାଲ ଉପୁଜିଲା ଗୋଟିଏ ଛୋଟ କଥାରୁ। ପୁରୀ ମ୍ୟୁନିସିପାଲିଟିର ଜଣେ ହିନ୍ଦୁ ଇନ୍ସପେକ୍ଟର ମାପଚୁପ କରିବା ମାପଫିତା ନେଇ ମନ୍ଦିର ଭିତରକୁ ଯାଇଥିଲେ। ଦୁର୍ଭାଗ୍ୟବଶତଃ ସେ ମାପଫିତା ଉପରେ ଗୋଟିଏ ଚମଡ଼ାର ଖୋଳ ଥିଲା। ଏହି ବାହାନାରେ ପଣ୍ଡାମାନେ ମନ୍ଦିର ଅଶୀଚ ହେଲା ବୋଲି ଘୋଷଣା କଲେ। ମନ୍ଦିରରେ ରନ୍ଧା ହେଉଥିବା ସବୁ ଜିନିଷ ଫିଙ୍ଗା ହେଲା ଏବଂ ମନ୍ଦିରରେ ମହାସ୍ନାନ ହୋଇ ଶୁଚି କରାହେଲା। ସୁଆରମାନେ କ୍ଷତିଗ୍ରସ୍ତ ହୋଇ ପ୍ରତିବାଦ ସ୍ୱରୂପ ଦୁଇଦିନ ଭୋଗ ରାନ୍ଧିବା ବନ୍ଦ କରିଦେଲେ ଏବଂ ତୀର୍ଥଯାତ୍ରୀଙ୍କର ଦହୁତ ଅସୁବିଧା ହେଲା। ଶ୍ରୀ ଶ୍ରୀ ଜଗନ୍ନାଥ ସନାତନ ଧର୍ମରକ୍ଷିଣୀ ସଭା ଏ ବିଷୟରେ ଏକ ସ୍ୱତନ୍ତ ସଭା ଡାକି ସେଠାରେ ନିମ୍ନଲିଖିତ ନିର୍ଦ୍ଧାରଣ କଲେ:

ଗତ ବୁଧବାର ପ୍ରାତଃ ସମୟରେ ଶ୍ରୀଜଗନ୍ନାଥ ମହାପ୍ରଭୁଙ୍କର ମଙ୍ଗଳ ଆରତି ଓ ଅବକାଶ ସମାପ୍ତ ହେଲା ପରେ ମ୍ୟୁନିସିପାଲିଟିର କର୍ମଚାରୀ ଏକ ଚର୍ମନିର୍ମିତ ଖୋଳ ସହିତ ମେଜରିଂ ଟେପ ମାପଫିତା ଶ୍ରୀମନ୍ଦିର ବେଢ଼ା ମଧ୍ୟକୁ ଆଣି ପଢ଼ିଆରୀ ନିଯୋଗଙ୍କ ବୈଠକ ସ୍ଥାନକୁ ମାପ କରିଥିଲେ। ସେହି ଚର୍ମ ପ୍ରବେଶ କରିବା ହେତୁ ସରଘରମାନଙ୍କରେ ଥିବା ଅହ୍ରଣିଆ ସାମଗ୍ରୀ ଓ ମୃତ୍ତିକାଭାଣ୍ଡ ଇତ୍ୟାଦି ବହୁମୂଲ୍ୟର ଜିନିଷ ତମାନ ମାରା ହୋଇ ସେ ଦିନ ସନ୍ଧ୍ୟା ସମୟକୁ ମହାପ୍ରଭୁଙ୍କର ବଡ଼ ମହାସ୍ନାନ ହୋଇଅଛି। ମହାସ୍ନାନ ଖର୍ଚ ଶ୍ରୀ ରାଣୀ ମହୋଦୟା ହାତରୁ ଦେଇ ଅଛନ୍ତି ଓ ମଧ ଉକ୍ତ ବୁଧବାର ଏବଂ ଗୁରୁବାର

ଦୁଇ ଦିବସ କେବଳ କୋଠଭୋଗ ହୋଇ ଆଉ ଛତ୍ରଭୋଗ ଆଦି ବନ୍ଦ ହୋଇଥିଲା। ଉକ୍ତ ଭୋଗ ବନ୍ଦ ହେତୁ ଚୁଡ଼ା ଟଙ୍କାକୁ ପାଞ୍ଚ ସେର ଭାଉରେ ଖୋଜିଲେ ମିଳିଲା ନାହିଁ। ଅକସର ବ୍ରାହ୍ମଣ ଓ ବୈଷ୍ଣବମାନେ ଓ ସଦାବର୍ତ୍ତରେ ଖାଉଥିବା କାଙ୍ଗାଲମାନେ ବିଶେଷ କଷ୍ଟ ପାଇଅଛନ୍ତି। ଏହା ଅତି ଧର୍ମହାନିଜନକ ଶୋଚନୀୟ ବ୍ୟାପାର ଅଟେ।

ଏ ନିର୍ଦ୍ଧାରଣର ନକଲ ରାଣୀ ସୂର୍ଯ୍ୟମଣିଙ୍କ ପାଖରେ ପହଞ୍ଚିବାରେ ସେ ମଧୁବାବୁଙ୍କୁ ଏ ବିଷୟରେ ଜଣାଇଲେ। ପୂର୍ବ ବର୍ଷର ମନ୍ଦିର ମକଦ୍ଦମା ପରେ ରାଣୀ ସବୁ ବିଷୟରେ ମଧୁବାବୁଙ୍କ ଉପରେ ନିର୍ଭର କରୁଥିଲେ ଏବଂ ମଧୁବାବୁ ମଧ୍ୟ ମନ୍ଦିର କିପରି ଭଲ ଭାବରେ ପରିଚାଳିତ ହେବ ସେ ବିଷୟରେ ଇଚ୍ଛୁକ ଥିଲେ। ମନ୍ଦିର ସମସ୍ୟା ପାଇଁ ରାଣୀ ତାଙ୍କୁ ବାରମ୍ବାର ବ୍ୟସ୍ତ କରୁଥିବାରୁ ମଧୁବାବୁ କମିଶନର ଜେ.ଏ. ହପକିନ୍ସଙ୍କୁ ଦେଖାକଲେ ଏବଂ ସ୍ଥିର ହେଲା ଯେ କଟକ ଜଜକୋର୍ଟର ସେରିସ୍ତାଦାର ବାବୁ ହରେକୃଷ୍ଣ ଦାସଙ୍କୁ ସୂର୍ଯ୍ୟମଣିଙ୍କର ମ୍ୟାନେଜର କରି ତୁରନ୍ତ ପୁରୀକୁ ପଠାଯିବ। ୧୯ ତାରିଖ ଦିନ ପାଲିଙ୍ଗି ଡାକରେ ହରେକୃଷ୍ଣ ଦାସ ପୁରୀକୁ ଗଲେ।

ପୁରୀରେ ଆସି ହରେକୃଷ୍ଣ ଦାସ ଦେଖିଲେ ଯେ ସେ ଏକ ଅସମ୍ଭବ କାମ ହାତକୁ ନେଇଛନ୍ତି। ସୂର୍ଯ୍ୟମଣି ପର୍ଦ୍ଦାରେ ରହୁଥିବାରୁ ତାଙ୍କୁ ଦେଖା କରିବା ସମ୍ଭବ ନ ଥିଲା। ପଣ୍ଡା ଓ ସେବକମାନେ କାହାରି କଥା ଶୁଣୁ ନ ଥିଲେ। ନାବାଳକ ମୁକୁନ୍ଦ ଆଉ ସୂର୍ଯ୍ୟମଣିଙ୍କ ନିୟନ୍ତ୍ରଣରେ ନ ରହି ଚାକରମାନଙ୍କ ଦ୍ୱାରା ପରିବେଷ୍ଟିତ ରହୁଥିଲା। ଯଦିଓ ପଣ୍ଡିତ କପିଲେଶ୍ୱର ମିଶ୍ରଙ୍କୁ ତା'ର ଗୃହ ଶିକ୍ଷକ ରଖା ଯାଇଥିଲା, ସେ ଆଦୌ ପାଠଶାଠ ପଢ଼ୁ ନଥିଲା। ଏ ସବୁ ବିପର୍ଯ୍ୟୟ ମଝିରେ ହରେକୃଷ୍ଣ ଦାସଙ୍କର ସାନ୍ତ୍ୱନା ଥିଲା ପୁରୀରେ ରହିବା ଏବଂ ପ୍ରତିଦିନ ଜଗନ୍ନାଥ ଦର୍ଶନ। ହରେକୃଷ୍ଣ ଅକ୍ଟୋବର ମାସରେ ବେମାର ପଡ଼ିଲେ। ଜଗନ୍ନାଥ ଭକ୍ତ ଭାବରେ ସେ କୌଣସି ଔଷଧ ନ ଖାଇ କେବଳ ଚରଣାମୃତ ନେଲେ ଏବଂ ଅଷ୍ଟଦିନ ଭିତରେ ତାଙ୍କର ମୃତ୍ୟୁ ହେଲା।

ଏହାପରେ ମ୍ୟାନେଜର ହୋଇ ଆସିଲେ କୃଷ୍ଣଚନ୍ଦ୍ର ମହାନ୍ତି। ୧୮୯୨ ଫେବ୍ରୁଆରୀ ମାସରେ ପୁରୀ କଲେକ୍ଟର ଡି.ବି. ଆଲେନ କମିଶନରଙ୍କୁ ଜଣାଇଲେ ଯେ ମୁକୁନ୍ଦର ଶାରୀରିକ ଓ ମାନସିକ ଅବସ୍ଥା ଅତ୍ୟନ୍ତ ଖରାପ ଥିବାରୁ ଏବଂ ଶିକ୍ଷକର ତା ଉପରେ କୌଣସି କର୍ଭୃତ୍ୱ ନ ଥିବାରୁ ତାକୁ କୋର୍ଟ ଅଫ ୱାର୍ଡ୍ସ ଅଧୀନରେ ରଖାଯାଉ। କମିଶନର ଟ୍ୟୟନବୀ କିନ୍ତୁ ଏଥିରେ ରାଜି ହେଲେ ନାହିଁ, କାରଣ ଷୋଲବର୍ଷ ବୟସରେ କୋର୍ଟ ଅଧୀନରେ ରହି ମୁକୁନ୍ଦର ଆଉ କୌଣସି ଉନ୍ନତି ହେବାର ଆଶା ନାହିଁ।

ଏ ଘଟଣାର କିଛିଦିନ ପରେ ମାର୍ଚ୍ଚ ୬ ତାରିଖରେ ପୁରୀର ଗୋଟିଏ ଗୋଦାମରେ ନିଆଁ ଲାଗି ସେ ନିଆଁ ପୁରୀ ରାଜାଙ୍କ ନଅରକୁ ଡେଙ୍ଗିଲା। ନଅର ଭିତରେ ଯେତେ କଞ୍ଚା ଘର ଥିଲା ଅଳ୍ପ ସମୟରେ ଜଳି ପାଉଁଶ ହୋଇଗଲା। ପକ୍କା ଚାଙ୍ଗଡ଼ା ଘରର କବାଟ ଝରକା ଜଳି ଅନେକ ସମ୍ପତ୍ତି ନଷ୍ଟ ହେଲା। ନଅରର ସ୍ତ୍ରୀ ଲୋକମାନେ ମଧୁବନ ବଗିଚାକୁ ପଳାଇଗଲେ ଏବଂ ମୁକୁନ୍ଦ ପିନ୍ଧିଥିବା ଗାମୁଛାରେ ବଡ଼ଦାଣ୍ଡକୁ ଆସି ଛିଡ଼ା ହେଲା। ଲୋକମାନେ ଭିତରକୁ ଯାଇ ନିଆଁ ଲିଭାଇବାକୁ ଚେଷ୍ଟା କରୁଥିଲେ କିନ୍ତୁ ମୁକୁନ୍ଦ ସେମାନଙ୍କୁ ମନା କରିବାରୁ ସେମାନେ ଚାଲିଗଲେ। ଏ ନିଆଁରେ ଅନେକ ପଶୁପକ୍ଷୀ ମରିଗଲେ ଏବଂ ନଅରର ଅନେକ କ୍ଷୟକ୍ଷତି ହେଲା।

୧୮୯୩ରେ ଦୋଆଷାଢ଼ି ପଡ଼ିବାରୁ ନବ କଳେବର କରିବା କଥା। ଏହା ପୂର୍ବରୁ ନବ କଳେବର

ହୋଇଥିଲା ୧୮୫୫ ଏବଂ ୧୮୬୪ରେ । ଏତେବର୍ଷ ପରେ ପୁଣି ନବ କଳେବର ହେବାକୁ ଯାଉଥିବାରୁ ଲୋକମାନେ ଏ ବିଷୟରେ ବିଶେଷ ଆଗ୍ରହୀ ଥିଲେ । ରାଣୀ ସୂର୍ଯ୍ୟମଣି କିନ୍ତୁ ନବ କଳେବର କରାଇବାକୁ ଚାହୁଁ ନ ଥିଲେ କାରଣ ସେଥିରେ ତାଙ୍କ ହାତରୁ ଅନେକ ଟଙ୍କା ଖର୍ଚ ହେବ । ତା ବ୍ୟତୀତ ପୁରୀରେ ଗୋଟିଏ ଗୁଜବ ଉଠିଥିଲା ଯେ ନବ କଳେବର ହେଲେ ବର୍ଷକ ଭିତରେ ଜଣେ ବଢ଼େଇ, ଜଣେ ବ୍ରାହ୍ମଣ ଏବଂ ରାଜ ପରିବାରର ଜଣେ ଲୋକ ମୃତ୍ୟୁ ମୁଖରେ ପଡ଼ିବେ ।

ନବ କଳେବର ପାଇଁ ରାଣୀ କୌଣସି ପଦକ୍ଷେପ ନ ନେବାରୁ ପଣ୍ଡିତ ସନ୍ତୁ ମହନ୍ତ ଦଣ୍ଡୀ ସନ୍ୟାସୀ ଛତିଶା ନିଯୋଗ ସେବକ ମିଶି ରାଜବାଟୀ ଭିତରେ ଗୋଟିଏ ସଭା କଲେ । ସୂର୍ଯ୍ୟମଣି ଦେବାନଙ୍କ ହାତରେ ସଭାକୁ ଖବର ପଠାଇଲେ ଯେ ପତି ମହାପାତ୍ର ବସନ୍ତ ରୋଗରେ ପଡ଼ିଥିବାରୁ ନବ କଳେବର ହୋଇପାରିବ ନାହିଁ । ସଭା ଏହାର ଉତ୍ତର ଦେଲେ ଯେ ଦାରୁ ଆସିବାର ବନଯାଗ କାମ ପତି ମହାପାତ୍ର ଅନୁପସ୍ଥିତିରେ ଅନ୍ୟ ବ୍ରାହ୍ମଣ ଦ୍ୱାରା କରାଯାଇ ପାରିବ ଏବଂ ପରବର୍ତ୍ତୀ କାର୍ଯ୍ୟକ୍ରମ ବେଳକୁ ସେ ଆରୋଗ୍ୟ ହୋଇଯାଇଥିବେ ।

ଏହା ସତ୍ତ୍ୱେ କିଛିଦିନ ପର୍ଯ୍ୟନ୍ତ ରାଣୀ କୌଣସି ନିଷ୍ପତ୍ତି ନ ନେବାରୁ ଛତିଶା ନିଯୋଗ ସେବକମାନେ ଏକ ଲିଖିତ ପତ୍ରରେ ନବ କଳେବର ବିଧ୍ୟ ଲେଖି ଜଣାଇଲେ ଯେ ପତି ମହାପାତ୍ର ବର୍ଡମାନ ସୁସ୍ଥ ହୋଇଗଲେଣି; ରାଣୀ ଦାରୁ ଆଣିବା ପାଇଁ ଗୁଆ ନଡ଼ିଆ ଦେବାର ଦିନ ଠିକ୍ କରନ୍ତୁ । ରାଣୀଙ୍କ ପାଖରୁ ଏ ପତ୍ରର ମଧ୍ୟ କୌଣସି ଜବାବ ଆସିଲା ନାହିଁ । ବିଷୋଇ, ଯେ କି ରାଣୀ ଓ ବାହାର ଲୋକଙ୍କ ଭିତରେ ଖବର ଆଦାନ ପ୍ରଦାନର ଏକମାତ୍ର ସୂତ୍ର ଥିଲା, ବର୍ଡମାନ ପୋଡ଼ି ଯାଇଥିବା ଘର ଜାଗାରେ ପକ୍କା ଘର ତିଆରି କାମରେ ଲାଗିଥିଲା ଏବଂ ତାକୁ ପଚାରିଲେ କହୁଥିଲା ଯେ ରାଣୀ କିଛି ଖବର ଦେଇନାହାନ୍ତି । ବାଧ୍ୟ ହୋଇ ଶ୍ରୀ ଶ୍ରୀ ଜଗନ୍ନାଥ ସନାତନ ଧର୍ମରକ୍ଷିଣୀ ସଭା ରାଣୀଙ୍କ ପାଖକୁ ଆହୁରି ଏକ ନିର୍ଦ୍ଧାରଣ ପଠାଇଲା: ଶ୍ରୀଯୁକ୍ତ ଶ୍ରୀରାଣୀ ମହୋଦୟା ସଭାର ମତ ଗ୍ରହଣ କରି ଏବଂ ସେବକମାନଙ୍କ ଠାରୁ କାର୍ଯ୍ୟ ପ୍ରଣାଳୀ ଲେଖାଇ ନେଇଥିବା ସ୍ଥଳେ ଯଦି ସେ ଅନ୍ୟମତ କରନ୍ତି ତେବେ ସନାତନ ଧର୍ମରକ୍ଷା ପ୍ରତି ବାଧା ହୋଇ ଭାରତବର୍ଷସ୍ଥ ହିନ୍ଦୁ ସାଧାରଣଙ୍କର ବିଶେଷ ମନସ୍ତାପ ହେବ । ଅତଏବ ହିନ୍ଦୁ ସାଧାରଣଙ୍କର ଏ ମହତ କାର୍ଯ୍ୟ ସାଧନ ବିଷୟରେ ଶ୍ରୀଯୁକ୍ତ ଶ୍ରୀ ରାଣୀ ସାହେବଙ୍କୁ ପ୍ରାର୍ଥନା କରୁ ମହାପ୍ରଭୁଙ୍କର ନୂତନ କଳେବର ହେବା ବିଷୟରେ ଯତ୍ନବାନ ହେବା ଉଚିତ ।

ଏତେ କଥା ପରେ ସୂର୍ଯ୍ୟମଣି ନବ କଳେବର ଦଦଳରେ କେବଳ ଶ୍ରୀଅଙ୍ଗଫିଟା ହେବାର ଅନୁମତି ଦେଲେ । ତେବେ ବାହାରର ଯାତ୍ରୀମାନେ ଏସବୁ ଜାଣି ନ ଥିବାରୁ ସେ ବର୍ଷ ନବ କଳେବର ବର୍ଷମାନଙ୍କ ଭଳି ଭିଡ଼ ହେଲା ।

ଏ ଘଟଣା ପରେ ସୂର୍ଯ୍ୟମଣି ଲୋକମାନଙ୍କ ଭିତରେ ଅପ୍ରିୟ ହୋଇଗଲେ । ଏଣେ ମୁକୁନ୍ଦର ମତିଗତି ମଧ୍ୟ ବଦଳିଲା ନାହିଁ । ୧୮୯୪ ନଭେମ୍ବରରେ କପିଲେଶ୍ୱର ମିଶ୍ର ଚାକରିରୁ ଅବସର ନେଲେ ଏବଂ ତାଙ୍କ ବଦଳରେ ଆଉ କୌଣସି ଗୃହ ଶିକ୍ଷକ ନିଯୁକ୍ତ ହେଲା ନାହିଁ । ଏହିପରି ଭାବରେ ମୂର୍ଖ, ନିର୍ବୋଧ, ସ୍ନେହ ସହାନୁଭୂତି ରହିତ ଓ ବନ୍ଧୁଶୂନ୍ୟ ହୋଇ ମୁକୁନ୍ଦ ତା'ର ସାବାଲକତ୍ୱ ଓ ରାଜା ଦାୟିତ୍ୱ ହାତକୁ ନେବା ଅପେକ୍ଷାରେ ରହିଲା ।

୧୮୯୫ ମେ ମାସରେ ଉପେନ୍ଦ୍ର ଦାସ ଓ ଲକ୍ଷ୍ମୀନାରାୟଣ ମହାନ୍ତି ନାମକ ଦି ଜଣ ଲୋକ ମୁକୁନ୍ଦ

ନାଁରେ ସିଭିଲ କୋଡ୍‌ର ୫୩୧୯ ଦଫା ଅନୁସାରେ ମକଦମା କରିବା ପାଇଁ ସରକାରଙ୍କ ଅନୁମତି ଚାହିଁଲେ। ଏ ମକଦମାଟି ହୋଇଥିଲେ ପୁରୀ ମନ୍ଦିରର ଶାସନ ଅବ୍ୟବସ୍ଥା କଥା ପଦାରେ ପଡ଼ିଥାନ୍ତା ଏବଂ ହୁଏତ ତାହାକୁ ସୁଧାରିବା ଦିଗରେ ଚେଷ୍ଟା କରାଯାଇଥାନ୍ତା। କିନ୍ତୁ ତଦନ୍ତ ହେବାରୁ ଉପେନ୍ଦ୍ର ଦାସ କହିଲା ଯେ ସେ ଏଭଳି ଦରଖାସ୍ତ କରିନାହିଁ ଏବଂ ଲକ୍ଷ୍ମୀନାରାୟଣ ବିଷୟରେ ଜଣାଗଲା ଯେ ସେ ଗୋଟିଏ ଗରିବ ଓ ଖଳ ପ୍ରକୃତିର ଲୋକ। ସେମାନେ ଦରଖାସ୍ତଟି କରିଥିଲେ ମୁକୁନ୍ଦକୁ ଭୟ ଦେଖାଇ ତାଠାରୁ କିଛି ଟଙ୍କା ଆଦାୟ କରିବାପାଇଁ। ଏ ମକଦମା ପ୍ରମାଣ ହେବାର ଆଶା ନ ଥିଲା ଏବଂ ଏଥିରେ କେବଳ ମନ୍ଦିରର ଟଙ୍କା ଶ୍ରାଦ୍ଧ ହୋଇଥାନ୍ତା। ସରକାର ସେଥିଯୋଗୁ ଏ ମକଦମା ପାଇଁ ଅନୁମତି ଦେଲେ ନାହିଁ।

ଖଣ୍ଡପଡ଼ା: ଜାନୁଆରୀ ୧୮୯୬

ସୁଦାମ ଚରଣ ନାୟକଙ୍କ ଚେଷ୍ଟାରେ ଆଠମଲ୍ଲିକ ରାଜା ମହେନ୍ଦ୍ର ଦେଓ, ଯାହାଙ୍କୁ ସାଧୁ ଭାଷାରେ ଅଷ୍ଟମଲ୍ଲିକାଧୀଶ୍ୱର ନରେଶ ମହେନ୍ଦ୍ର କୁହାଯାଉଥିଲା, ସିଦ୍ଧାନ୍ତ ଦର୍ପଣ ଛପାଇବା ପାଇଁ ହଜାରେ ଟଙ୍କା ଦେବାକୁ ରାଜି ହେଲେ। ଏ ପ୍ରତିଶ୍ରୁତି ପାଇବା ପରେ ପୋଥିକୁ କାଗଜରେ ଲେଖି ତାକୁ ଦେବନାଗରୀ ଅକ୍ଷରରେ ଲେଖିବା କାମ ଜୋରସୋରରେ ଆରମ୍ଭ ହେଲା। କଲେଜ ବାହାରେ ନିଜର ପୂରା ସମୟ ଯୋଗେଶଚନ୍ଦ୍ରଙ୍କୁ ଲଗାଇବାକୁ ପଡ଼ୁଥିଲା ଏ କାମରେ। ପ୍ରତି ସପ୍ତାହରେ ଚନ୍ଦ୍ରଶେଖରଙ୍କ ଦୂତ ଖଣ୍ଡପଡ଼ାରୁ ବିଡ଼ା ବିଡ଼ା କାଗଜ ଧରି ଆସି ପହଞ୍ଚୁଥିଲା ଏବଂ ଏଥିରୁ ତାଙ୍କର ଯାହା ସବୁ ସନ୍ଦେହ ଉପୁଜୁଥିଲା ତାକୁ ଲେଖି ଯୋଗେଶଚନ୍ଦ୍ର ଦୀର୍ଘ ଚିଠି ଯୋଗେ ଚନ୍ଦ୍ରଶେଖରଙ୍କୁ ଜଣାଉଥିଲେ। ଏତଦ୍ବ୍ୟତୀତ କଲିକତା ପ୍ରେସମାନଙ୍କୁ ଚିଠି ଲେଖି ଛପା ଖର୍ଚ୍ଚ ବିଷୟରେ ମଧ୍ୟ ବୁଝିବାରେ ଲାଗିଥିଲେ ଯୋଗେଶଚନ୍ଦ୍ର।

ଏହିଭଳି ସିଦ୍ଧାନ୍ତ ଦର୍ପଣ ପ୍ରକାଶ ବିଷୟରେ ଅଗ୍ରଗତି ହେଉଥିବା ବେଳେ ପଞ୍ଜିକା ଛାପା ନେଇ ସମସ୍ୟା ଦେଖାଗଲା। କଟକ ପ୍ରିଣ୍ଟିଂ କମ୍ପାନୀରୁ ପ୍ରଥମ ବିଧିମତ ଉତ୍କଳ ପଞ୍ଜିକା ବାହାରିଥିଲା ୧୮୬୧ ମସିହାରେ ଏବଂ ଏଇଟି ସିଦ୍ଧାନ୍ତ ଦର୍ପଣ ଅନୁସାରେ ତିଆରି ହୋଇଥିଲା। ଚନ୍ଦ୍ରଶେଖର ପୂରା ପାଞ୍ଜିଟି ନିଜେ ତିଆରି କରିବାକୁ ସମର୍ଥ ନ ଥିବାରୁ ସ୍ଥିର ହୋଇଥିଲା ଯେ ତାଙ୍କର ଶିଷ୍ୟ ଖୋର୍ଦ୍ଧାର ହରିହର ଖଡ଼ରତ୍ନ ପାଞ୍ଜି ସାଧିବେ ଏବଂ ଏହାକୁ ଦେଖି ସଂଶୋଧନ କରି ଚନ୍ଦ୍ରଶେଖର ପ୍ରିଣ୍ଟିଂ କମ୍ପାନୀକୁ ପଠାଇବେ। ଏ ବ୍ୟବସ୍ଥା କିଛି ବର୍ଷ ଚାଲିବା ପରେ ହରିହରଙ୍କର ମୃତ୍ୟୁ ହେଲା ଏବଂ ଏ କାମ ତାଙ୍କର ପୁଅ ସଦାଶିବ ଖଡ଼ିରତ୍ନ କଲେ।

ପାଞ୍ଜି କାମ ପାଇଁ କଟକ ପ୍ରିଣ୍ଟିଂ କମ୍ପାନୀ ଖଡ଼ିରତ୍ନଙ୍କୁ ଶହେ ଟଙ୍କା ବେତନ ଦେଉଥିଲେ କିନ୍ତୁ

ଚନ୍ଦ୍ରଶେଖରଙ୍କୁ କିଛି ମିଳୁ ନ ଥିଲା । ପରେ ଆପଣି କରିବାରୁ ଚନ୍ଦ୍ରଶେଖରଙ୍କୁ ତିରିଶଟଙ୍କା କରି ମିଳିଲା । କିଛି ବର୍ଷ ଏପରି ବ୍ୟବସ୍ଥା ପରେ ଚନ୍ଦ୍ରଶେଖର ଗୌରୀଶଙ୍କରଙ୍କୁ ଦେଖା କରି ଦାବି କଲେ ଯେ ଗ୍ରନ୍ଥକର୍ତ୍ତା ଓ ପରିଶ୍ରମକର୍ତ୍ତା ଭାବରେ ତାଙ୍କୁ ପାଞ୍ଜି ବିକ୍ରୟ ଲାଭର ଅଧା ଦିଆଯାଉ । ଏକଥା କମ୍ପାନୀ ସଭାରେ ପକାଇ ଗୌରୀଶଙ୍କର ଏ ପ୍ରସ୍ତାବରେ ରାଜି ହେଲେ ଏବଂ ଚନ୍ଦ୍ରଶେଖରଙ୍କୁ ଏଥି ବାବଦ ବର୍ଷକୁ ପ୍ରାୟ ତିନିଶହ ଟଙ୍କା ମିଳିଲା ।

ଏପରି ଭାବରେ କାମ କିଛି ବର୍ଷ ଚାଲିବା ପରେ ସଦାଶିବ ଖଡ଼ିରତ୍ନଙ୍କର ଆଖି ବେମାରୀ ହେବାରୁ ଚନ୍ଦ୍ରଶେଖର ଏ କାମରେ ନିଜର ଶିଷ୍ୟ ଖଣ୍ଡପଡ଼ା ସ୍କୁଲ ଶିକ୍ଷକ ରାଜବଲ୍ଲଭ ମିଶ୍ରଙ୍କୁ ଲଗାଇଲେ । ପାଞ୍ଜି ସାଧିବାରେ ସବୁଠାରୁ କଷ୍ଟସାଧ୍ୟ କାମ ଥିଲା ସୂର୍ଯ୍ୟପରାଗ ଓ ଚନ୍ଦ୍ରଗ୍ରହଣର ଗଣନା । ଚନ୍ଦ୍ରଶେଖର ଏ ଦୁଇଟି ବିଷୟ ରାଜବଲ୍ଲଭଙ୍କୁ ଶିଖାଇ ନ ଥିଲେ, କାରଣ ଏହା ଶିଖିଥିଲେ ସେ ନିଜେ ପାଞ୍ଜି ତିଆରି କରି ଛପାଇ ପାରିଥାନ୍ତେ ।

ସଦାଶିବ ଖଡ଼ିରତ୍ନଙ୍କୁ ଚନ୍ଦ୍ରଶେଖର ଅଲଗା କରିଦେବାରୁ ସେ ଅରୁଣୋଦୟ ପ୍ରେସର ଆଶ୍ରୟ ନେଲେ ଏବଂ ଚନ୍ଦ୍ରଶେଖରଙ୍କଠାରୁ ଶିଖିଥିବା ପଦ୍ଧତି ଅନୁସାରେ ଗୋଟିଏ ପାଞ୍ଜି ସାଧି ତାକୁ ଅରୁଣୋଦୟ ପ୍ରେସରୁ ବାହାର କଲେ ।

ଏତଦ୍‌ବ୍ୟତୀତ ଏକ ତୃତୀୟ ପାଞ୍ଜି ମଧ୍ୟ ଦେଖାଦେଲା ବଜାରରେ । ଏହି ପାଞ୍ଜିଟି ବାହାରୁଥିଲା ବାଲେଶ୍ୱରରୁ ସୀତାନାଥ ରାୟଙ୍କ ପ୍ରେସରୁ ଏବଂ ଏହା ଉପରେ ଲେଖା ହୋଇଥିଲା ଯେ ମହାମହୋପାଧ୍ୟାୟ ଚନ୍ଦ୍ରଶେଖର ସାମନ୍ତଙ୍କ ବିଶୁଦ୍ଧ ସିଦ୍ଧାନ୍ତ ଦର୍ପଣାନୁସାରେ ଶ୍ରୀ ନିମାଇଁ ଚରଣ ଘୋଷ ଏହାକୁ ପ୍ରକାଶ କରୁଛନ୍ତି । ନିମାଇଁ ଚରଣ ଘୋଷ କାଉପୁର ସ୍କୁଲର ଶିକ୍ଷକ ଥିଲେ, କେବେ ହେଲେ ଚନ୍ଦ୍ରଶେଖରଙ୍କୁ ଭେଟି ନ ଥିଲେ ଏବଂ ଅପ୍ରକାଶିତ ସିଦ୍ଧାନ୍ତ ଦର୍ପଣକୁ ସେ ପଢ଼ିଥିବାର କୌଣସି ସମ୍ଭାବନା ନ ଥିଲା । ପ୍ରକୃତ କଥା ଥିଲା ଯେ ଖଣ୍ଡପଡ଼ାରେ ରାଜବଲ୍ଲଭ ମିଶ୍ର ଯେଉଁସବୁ ଗଣନା କରୁଥିଲେ, ତାଙ୍କ ଅଜ୍ଞାତରେ ତାଙ୍କ ଭଣଜା ହରିହର ନନ୍ଦ ତା'ର ନକଲ କରି ସୀତାନାଥ ରାୟଙ୍କ ପାଖକୁ ପଠାଇ ଦେଉଥିଲା । ତାଙ୍କ ପ୍ରେସରେ ତିଥି ସବୁ ଛପା ହୋଇ ରହୁଥିଲା ଏବଂ ପ୍ରିଣ୍ଟିଂ କମ୍ପାନୀର ପାଞ୍ଜି ବାହାରିବା ମାତ୍ରେ ସେଥିରୁ ପାଳକ ଆଦି ବିଷୟ ଆଣି ଏହି ପାଞ୍ଜିରେ ଯୋଗ କରି ପାଞ୍ଜି ବଜାରକୁ ଯାଉଥିଲା । କେବଳ ଅନ୍ୟ ଲୋକ ଏହି ପାଞ୍ଜି ସାଧିଛି, ଏ କଥା ପ୍ରମାଣିତ କରିବା ପାଇଁ ଜାଣିଶୁଣି ସମୟରୁ କିଛି ଲିତା କମ ବେଶୀ କରି ପାଞ୍ଜିରେ ଛପା ହେଉଥିଲା ।

୧୮୯୬ ଜାନୁଆରୀରେ ୯୬–୯୭ ବର୍ଷ ପାଇଁ ଏଭଳି ତିନୋଟି ପଞ୍ଜିକା ବାହାରିବାରୁ ଲୋକଙ୍କ ମଧ୍ୟରେ ଏହା ଆଲୋଚନାର ବିଷୟ ହେଲା । ଅରୁଣୋଦୟ ପ୍ରେସ ପଞ୍ଜିକାରୁ ଭୁଲ ବାହାର କରି ଚନ୍ଦ୍ରଶେଖର ଚିଠି ଛପାଇଲେ ଏବଂ ଶେଷରେ ଖଡ଼ିରତ୍ନଙ୍କ ବିଷୟରେ ଏପରି ଲେଖିଲେ : ଖଡ଼ିରତ୍ନ ସୂର୍ଯ୍ୟଗ୍ରହଣ ମୂଳରୁ ଜାଣନ୍ତି ନାହିଁ । ଚନ୍ଦ୍ରଗ୍ରହଣ ଅଳ୍ପ ସାଧ ଯୋଗରୁ ତାହା ସାଧି ପାରିବେ, ମାତ୍ର ଦଣ୍ଡେ ଅଧେ ଭୁଲ ରହିବ । କିନ୍ତୁ ସୂର୍ଯ୍ୟଗ୍ରହଣ ଦୁରୂହ ଓ ତର୍କ ସାଧ ଯୋଗରୁ ତାହା ମୋହ ଆଗରେ କେତେଥର ସାଧିଥିଲେ ମଧ୍ୟ ତାଙ୍କର ତାହା ସମଗ୍ର ବିସ୍ମରଣ ହୋଇଯାଇଅଛି । ବଡ଼ ଦେଉଳର ନୀତି ଓ ଲୋକମାନଙ୍କର ବ୍ୟବହାର ନିମନ୍ତେ ଶୁଦ୍ଧ ପାଞ୍ଜିର ପ୍ରୟୋଜନ । ଭ୍ରମଯୁକ୍ତ ପାଞ୍ଜିରେ ଯେ ଅଧର୍ମ ହେବ ତା ବୋଲିବା ବାହୁଲ୍ୟ । ଉପସଂହାରରେ ବକ୍ତବ୍ୟ ଏହି ଯେ ଲବ୍ଧବିଦ୍ୟ ଲୋକ ଗୁରୁ ଦ୍ୱେଷ କଲେ ଯଦି ବା ପରଲୋକରେ

ଅକୃତକାର୍ଯ୍ୟ ହୁଏ ତଥାପି ବିଦ୍ୟାବଳରୁ ଇହଲୋକରେ ସଫଳ ପ୍ରତିଷ୍ଠା ଲାଭ କରେ। ମାତ୍ର ଅକୃତବିଦ୍ୟ ଲୋକ ଗୁରୁଦୋଷ କଲେ ଇହ ବା ପର ଦୁଇ ଲୋକରେ ପ୍ରତିଷ୍ଠା ଲାଭ କରିପାରେ ନାହିଁ।

କଟକ ପ୍ରିଣ୍ଟିଂ କମ୍ପାନୀ ମଧ୍ୟ ଏକ ବିଜ୍ଞାପନ ଦେଇ ନିଜର ପଞ୍ଜିକା କ୍ରେତାମାନଙ୍କୁ ସତର୍କ କରାଇଦେଲେ: କମ୍ପାନୀଙ୍କ ମୁଦ୍ରିତ ପାଞ୍ଜିର ଆଦର ଦେଖୀ ଏ ବର୍ଷ ଏ ନଗରର ଅନ୍ୟ ଏକ ଯନ୍ତ୍ରାଳୟରୁ ଆଉ ଖଣ୍ଡିଏ ନୂତନ ପାଞ୍ଜି ବାହାରି ଚାରିଅଣା ମୂଲ୍ୟରେ ବିକ୍ରୟ ହେଉଅଛି। ତାହା କମ୍ପାନୀଙ୍କ ପାଞ୍ଜିଠାରୁ ଅନେକ ସାନ ଅର୍ଥାତ୍ ଅର୍ଦ୍ଧପାଞ୍ଜି ଅଟେ ଏବଂ ମୂଲ୍ୟ ଅପେକ୍ଷାକୃତ ଅଧିକ ଅଥଚ ତାହାର ଗଣନା ବିଶୁଦ୍ଧ ସିଦ୍ଧାନ୍ତାନୁସାରେ ନୁହେଁ। ତାହାକୁ ଯେମନ୍ତ କେହି ଭ୍ରମରେ କମ୍ପାନୀର ପାଞ୍ଜି ବୋଲି କ୍ରୟ କରିବେ ନାହିଁ। କମ୍ପାନୀର ପାଞ୍ଜିର ପ୍ରଣେତା ଉତ୍କଳର ବିଖ୍ୟାତ ଜ୍ୟୋତିଷ ମହାମହୋପାଧ୍ୟାୟ ଶ୍ରୀ ଚନ୍ଦ୍ରଶେଖର ସିଂହ ସାମନ୍ତ ଅଟନ୍ତି। ପାଞ୍ଜି ଉପରେ ତାହାଙ୍କ ନାମ ପଢ଼ି ପାଞ୍ଜି କ୍ରୟ କଲେ ଭ୍ରମରେ ପଡ଼ିବେ ନାହିଁ।

ପୁରୀ: ମେ ୧୮୯୭

ମୁକୁନ୍ଦ ଅନେକ ଦିନ ଧରି ରୋଗରେ ପଡ଼ିବାରୁ ମଧୁବାବୁଙ୍କ ପରାମର୍ଶକ୍ରମେ ତାକୁ ଚିକିହ୍ସା ପାଇଁ କଟକ ପଠାଗଲା ୧୮୯୭ ଜାନୁଆରୀ ମାସରେ । ସେଠାରେ ସେ ଗୋଟିଏ ବସାଘରେ ରହି ସିଭିଲ ସର୍ଜନଙ୍କ ତତ୍ତ୍ୱାବଧାନରେ ଚିକିହ୍ସିତ ହେଲା । ବସାଘରେ ମୁକୁନ୍ଦ ପାଖରେ ଚାକର ପୂଜାରୀ ଥିଲେ, କିନ୍ତୁ ତା ପାଇଁ ମଝିରେ ମଝିରେ ପୁରୀରୁ ମହାପ୍ରସାଦ ଖାଇବାକୁ ଆସୁଥିଲା । ଦିନେ ବଲ୍ଲଭ ସୁବୁଦ୍ଧି ବୋଲି ଜଣେ ଚାକର ସୂର୍ଯ୍ୟମଣିଙ୍କ ପାଖରୁ ମହାପ୍ରସାଦ ଓ ଆଚାର ଆଣି ପହଞ୍ଚିଲା । ଏହ ସହିତ ସେ ପୂଜାରୀଙ୍କୁ ଗୋଟିଏ ପୁଡ଼ିଆ ଦେଇ କହିଲା ଯେ ନଅର ଛାମୁକରଣ ହରି ସୁବୁଦ୍ଧି ସେଇଟିକୁ ପଠାଇଛନ୍ତି ସେଥିରେ ଥିବା ଗୁଣ୍ଡ ମୁକୁନ୍ଦକୁ ପାନରେ ମିଶାଇ ଖୁଆଇ ଦେବାପାଇଁ । ଭାଗ୍ୟକୁ ପୂଜାରୀ ସବୁ କଥା ମୁକୁନ୍ଦକୁ କହିଦେଲା । ମଧୁବାବୁଙ୍କ ପାଖରେ ଏ ଖବର ପହଞ୍ଚିଲା ଏବଂ ପୁଲିସକୁ ମଧ ମୁକୁନ୍ଦକୁ ବିଷ ଦିଆ ହୋଇଥିବାର ଖବର ଦିଆଗଲା । ମାଜିଷ୍ଟେଟଙ୍କ ପାଖକୁ ୱାରେଣ୍ଟ ବାହାରି ହରି ସୁବୁଦ୍ଧି ବନ୍ଦୀ ହୋଇ କଟକକୁ ଆସି ହାଜତରେ ରହିଲା । ଜଏଣ୍ଟ ମାଜିଷ୍ଟେଟ ଯାଇ ମୁକୁନ୍ଦ, ବଲ୍ଲଭ ସୁବୁଦ୍ଧି ଓ ପୂଜାରୀର ଜବାନବନ୍ଦୀ ନେଲେ । ପୁଡ଼ିଆରେ ଥିବା ଗୁଣ୍ଡକୁ ରାସାୟନିକ ପରୀକ୍ଷା ପାଇଁ କଲିକତା ପଠାଗଲା ।

କଲିକତାରୁ ରିପୋର୍ଟ ଆସିବାରୁ ଜଣାଗଲା ଯେ ଗୁଣ୍ଡଟି ଆଦୌ ବିଷାକ୍ତ ନୁହେଁ । ଏତଦ୍ ବ୍ୟତୀତ ମୁକୁନ୍ଦକୁ ମାରି ଦେବାପାଇଁ ହରି ସୁବୁଦ୍ଧିର କୌଣସି କାରଣ ନ ଥିଲା ଏବଂ ସେ ହଲପ କରି କହିଲା ଯେ ସେ ପୁଡ଼ିଆ ପଠାଇ ନାହିଁ । ଏ ସବୁ ହେତୁ ହରି ସୁବୁଦ୍ଧିକୁ ଛାଡ଼ି ଦିଆ ହେଲା, କିନ୍ତୁ ପୁରା ଘଟଣାଟି ରହସ୍ୟ ଜଡ଼ିତ ହୋଇ ରହିଗଲା । ଏହାର ଫଳ ଏତିକି ହେଲା ଯେ ମୁକୁନ୍ଦ ଏଥରକ ଖାଇବା ପିଇବା ବିଷୟରେ ସନ୍ଦେହୀ ହୋଇଗଲା ଏବଂ ସୂର୍ଯ୍ୟମଣିଙ୍କ ପ୍ରତି ତା'ର ବିଦ୍ବେଷ ବଢ଼ିଗଲା । ତା'ର ବିଶ୍ୱାସ

ହୋଇଗଲା ଯେ ରାଣୀ ତାକୁ ମାରି ଦେବାକୁ ଚାହୁଁଛନ୍ତି ଏବଂ ପୁଡ଼ିଆରେ ବିଷ ନ ଥିଲେ ବି ନିଶ୍ଚୟ ମନ୍ତ୍ରର ଔଷଧ ଥିଲା ।

ଫେବ୍ରୁଆରୀ ମାସରେ ମୁକୁନ୍ଦକୁ ୨୧ ବର୍ଷ ପୂରିଲା । ୧୮୮୮ ରାଜିନାମା ଅନୁସାରେ ନାତି ସାବାଳକ ହେବା ପର୍ଯ୍ୟନ୍ତ ଜମିବାଡ଼ି ଓ ମନ୍ଦିର ପରିଚାଳନାର ଦାୟିତ୍ୱ ଥିଲା ସୂର୍ଯ୍ୟମଣିଙ୍କ ହାତରେ; ତାଙ୍କୁ ବର୍ତ୍ତମାନ ଏଥରୁ ମୁକ୍ତି ଦିଆଗଲା । ଅଠତିରିଶ ବର୍ଷ ତଳେ ସ୍ୱାମୀ ବୀରକିଶୋରୀ ମରିବା ଦିନଠାରୁ ଅତି ଅଳ୍ପ ବୟସରେ ତାଙ୍କୁ ଏ ଦାୟିତ୍ୱ ସମ୍ଭାଳିବାକୁ ପଡ଼ିଥିଲା । ମଝିରେ ଦିବ୍ୟସିଂହ ସାବାଳକ ହୋଇ ତିନିବର୍ଷରୁ କମ୍ ରାଜା ଥିବାରୁ ସମୟ ଛାଡ଼ିଦେଲେ ଦୀର୍ଘ ପଞ୍ଚତିରିଶ ବର୍ଷ ସୂର୍ଯ୍ୟମଣି ଥିଲେ ପ୍ରକୃତ 'ପୁରୀ ରାଜା' । ମୁକୁନ୍ଦ ବର୍ତ୍ତମାନ ପୁରୀ ରାଜାର ଦାୟିତ୍ୱ ହାତକୁ ନେଇ ସୂର୍ଯ୍ୟମଣିଙ୍କୁ ଅନ୍ତଃପୁରକୁ ପଠାଇଦେଲା ।

ଲୋକମାନେ ସବୁବେଳେ ମୁକୁନ୍ଦର ତୁଳନା କରିଥିଲେ ବାପ ଦିବ୍ୟସିଂହ ସହିତ । କିନ୍ତୁ ଦିବ୍ୟସିଂହ ହୃଷ୍ଟପୁଷ୍ଟ ଓ ସୁସ୍ଥସବଳ ଥିବାସ୍ତଳେ ମୁକୁନ୍ଦ ଥିଲା ଶୀର୍ଣ୍ଣ, ଖର୍ବକାୟ ଓ ରୁଗ୍ଣ । ଦିବ୍ୟସିଂହ ବୁଦ୍ଧିହୀନ ଓ କ୍ରୋଧୀ ଥିଲା; ମୁକୁନ୍ଦ ଥିଲା ସମ୍ପୂର୍ଣ୍ଣ ନିର୍ବୋଧ କିନ୍ତୁ ଅତି ଧାର୍ମିକ ଓ ଶାନ୍ତ ସ୍ୱଭାବର । ସେ ଦାଡ଼ି, ମୁଣ୍ଡରେ ଲମ୍ବାବାଳ ଓ ହାତରେ ଲମ୍ବା ନଖ ରଖିଥିଲା, କାରଣ ସେ ଭଣ୍ଡାରୀକୁ ଭୟ କରୁଥିଲା । ସେ ଲାଲ ରେଶମ ଲୁଗା ପିନ୍ଧୁଥିଲା, ସବୁ ଧାର୍ମିକ ରୀତିନୀତି ପାଳୁଥିଲା ଏବଂ କେବଳ ଦୁର୍ଗାପୂଜାରେ ଆମିଷ ଭୋଗ ଖାଇବା ବ୍ୟତୀତ ସମ୍ପୂର୍ଣ୍ଣ ନିରାମିଷଭୋଜୀ ଥିଲା ।

ମୁକୁନ୍ଦର ଏକମାତ୍ର ସଉକ ଥିଲା ପଶୁପକ୍ଷୀ ପାଳିବା । ନଅର ଭିତରେ ଅନେକ ଶୁଆଶାରୀ, ଗୋବରା ଚଢ଼େଇ, ପାରା ପୋଷା ହୋଇଥିଲା ଏବଂ ଅନ୍ୟ ଗୋଟିଏ ଜାଗାରେ ହରିଣ, କୁଟୁରା, ଠେକୁଆ, ବଣ୍ଡ଼ଆମୂଷା ରଖା ହୋଇଥିଲେ । କିନ୍ତୁ ମୁକୁନ୍ଦ ଯେଉଁ ପଶୁକୁ ସବୁଠାରୁ ବେଶୀ ଭଲ ପାଉଥିଲା ସେଇଟି ହେଲା ଘୁଷୁରି । ସେ ଗୋଟିଏ ବଡ଼ ଜାଗାକୁ ଘେରାଇ ସେଠାରେ ଅନେକ ଘୁଷୁରି ରଖିଥିଲା । ସେ ନିଜେ ସେମାନଙ୍କର ଦେଖାରଖା କରୁଥିଲା ଏବଂ ପ୍ରତ୍ୟେକ ଘୁଷୁରିର ନାଁ ରଖିଥିଲା । ଅଶୌଚ ହେବ ବୋଲି ସେ ନିଜେ ଘୁଷୁରିଙ୍କୁ ଛୁଇଁ ନଥିଲା, ତେବେ ସେମାନଙ୍କ ପାଇଁ ଅନେକ ଚାକର ଥିଲେ ଏବଂ ନିଜେ ଠିଆ ହୋଇ ରହି ମୁକୁନ୍ଦ ପ୍ରତିଟି ଘୁଷୁରିର ଖାଇବା କଥା ବୁଝୁଥିଲା । ସେ ଏମାନଙ୍କୁ ଘୁଷୁରି ନ କହି ବାରହା କହୁଥିଲା ଏବଂ କେହି ଏ ଜନ୍ତୁକୁ ଘୁଷୁରି କହିଲେ ରାଗୁଥିଲା । ନଅର ଭିତରେ ଯେଉଁ ଗାଈ ମଇଁଷି ଥିଲେ ସେମାନଙ୍କୁ ମୁକୁନ୍ଦ ନିଜ ହାତରେ ଖୁଆଉଥିଲା ଏବଂ ମୁକୁନ୍ଦର ଅଧିକାଂଶ ସମୟ ଯାଉଥିଲା ଏଇ ପଶୁପକ୍ଷୀଙ୍କ କଥା ବୁଝିବାରେ ।

ମୁକୁନ୍ଦ ଲୋକଙ୍କ ଆଗକୁ ଆସିବାକୁ ଭୟ କରୁଥିଲା ଏବଂ ଅଧିକାଂଶ ସମୟ କବାଟ ବନ୍ଦ କରି ଘର ଭିତରେ ରହୁଥିଲା । ବାହାରେ ପାଲିଙ୍କିରେ ଗଲାବେଳେ ପାଲିଙ୍କି କବାଟ ଓ ଝଲାରେ ପର୍ଦ୍ଦା ଲଗାଯାଉଥିଲା ଯେପରି କି ତାକୁ କେହି ଦେଖି ପାରିବେ ନାହିଁ । ପଶୁପକ୍ଷୀଙ୍କ ଚର୍ଚ୍ଚାରେ ନ ଲାଗି ଥିବା ସମୟତକ ସେ କଟାଉଥିଲା ଘର ଭିତରୁ ଝଲାକବାଟି ବାଟେ ରାସ୍ତାକୁ ଅନାଇବାରେ । ରାସ୍ତାରେ କେହି ଭିଖାରୀ ବା ଗରବ ଲୋକ ଯିବାର ଦେଖିଲେ ସେ ତାକୁ ଭିତରକୁ ଡକାଇ ଖାଇବାକୁ ଦେଇ ବିଦାୟ କରୁଥିଲା । ତା'ର ଏ ଅଭ୍ୟାସ ଜାଣି କିଛି ଭିଖାରୀ ଜାଣି ଶୁଣି ସେ ରାସ୍ତାରେ ଏ ପାଖ ସେପାଖ ହେଉଥିଲେ ।

ରାଜା ହେବା ପରେ ମୁକୁନ୍ଦ ସ୍ଥିର କଲା ଯେ ସେ ଏଥରକ ବାହାରକୁ ଯାଇ ଭିଖାରୀମାନଙ୍କୁ ଦାନ ଦେବ । ଏଥିପାଇଁ ବଜାରରୁ ଟଙ୍କା ବଦଲରେ ଅଧୁଲା ପାହୁଲା ଓ କଉଡ଼ି କିଣା ହୋଇ ଆସିଲା । ଯଦିଓ ଅନେକ ଦିନରୁ କଉଡ଼ି ଆଉ ପଇସା ଭାବରେ ଚଳୁ ନଥିଲା, ଲୋକେ ଏଇ ଶସ୍ତା ଜିନିଷଟିକୁ ଦାନ ଦକ୍ଷିଣା ଧାର୍ମିକ କାମରେ ବ୍ୟବହାର କରୁଥିଲେ । ସକାଳୁ ଗାଧୋଇ ପାଧୋଇ ଦୁଇଟି ବେତ ପାଟିଆରେ ପଇସା ରଖି ମୁକୁନ୍ଦ ପାଲିଙ୍କିରେ ବାହାରିଲା ଧର୍ମ କରିବାକୁ । ମନ୍ଦିର ରାସ୍ତାରେ ଯେଉଁଠାରେ ଦି ଧାଡ଼ି ହୋଇ କୁଷ୍ଠରୋଗୀ ଓ ଭିଖାରୀମାନେ ବସିଥିଲେ, ତାଙ୍କ ମଝିରେ ପାଲିଙ୍କି ଗଲାବେଳେ ମୁକୁନ୍ଦ ପର୍ଦ୍ଦା ଉଠାଲରେ ଥାଇ ଦୁଇ ଆଡ଼କୁ ପଇସା ପିଙ୍ଗିଲା । ପଇସା ଗୋଟାଇ ନେବାପାଇଁ ରୋଗୀ ଓ ଭିଖାରୀଙ୍କ ଭିତରେ ମାରପିଟ ଲାଗିଲା ଏବଂ ପାଲିଙ୍କିକୁ ତଳେ ରଖି ଦେଇ ବେହେରାମାନେ ଏ ଅଭୁତପୂର୍ବ ଦୃଶ୍ୟ ଉପଭୋଗ କରିବରେ ଲାଗିଲେ । ମାଡ଼ଗୋଲ ସାରି ଭିଖାରୀମାନେ ପଇସା ନେଇ ଯେ ଯାହା ଜାଗାକୁ ଫେରିଯିବା ପରେ ବେହେରାମାନେ ପାଲିଙ୍କି ଉଠାଇଲେ । ଏଇ ସମୟରେ ଗୋଟିଏ ଭିଖାରୁଣୀ ରାଗରେ ଚିତ୍କାର କରି ପାଲିଙ୍କି ଆଡ଼କୁ ଟିହିଙ୍କି ଆସିଲା ଏବଂ ହାତରେ ଧରିଥିବା ଦି ଚାରିଟି ପଇସା ଓ କଉଡ଼ିକୁ ପାଲିଙ୍କି ଭିତରକୁ ପିଙ୍ଗି ଦେଇ କହିଲା, ନେ, ତୋ ପଇସା ନେଇ ଯେଉଡ ଗାତରୁ ଆସିଥିଲୁ, ସେଇ ଗାତକୁ ଯା ! ଏକଥା ଶୁଣି ଭିଖାରୀମାନଙ୍କ ଭିତରେ ହସରୋଲ ଉଠିଲା ଏବଂ ବେହେରାମାନେ ପାଲିଙ୍କି ଉଠାଇ ଦଉଡ଼ି ଦଉଡ଼ି ନଅରକୁ ଫେରି ଆସିଲେ । ମୁକୁନ୍ଦ କହିଲା, ଯାଅ, ସେଇ ଭିଖାରୁଣୀକୁ ଧରିଆଣ ।

ସେମାନେ ଯେଉଡ ଭିଖାରୁଣୀକୁ ଧରି ଆଣିଲେ ତାର ନାଁ ଥିଲା ଖଣ୍ଡି । ସେ ଅଳ୍ପ ଦିନ ହେଲା ପୁରୀକୁ ଆସିଥିଲା ଏବଂ ଏଇ କେତେଦିନ ଭିତରେ ତାର ମୁହଁଖୋର ପ୍ରକୃତି ଯୋଗୁ ସବୁ ଭିଖାରୀ ତାକୁ ଡରୁଥିଲେ । ଖଣ୍ଡିର ପ୍ରକୃତ ନାଁ ଥିଲା ସାଧବୀ ଏବଂ ସେ ସୁଆଁଲରେ ଚଷା ଘରେ ଜନ୍ମ ହୋଇଥିଲା । ତା'ର ଗୋଟିଏ ହାତ ଖଣ୍ଡିଆ ଥିବାରୁ ତାର ଏଭଳି ଡାକ ନାଁ ହୋଇଥିଲା । ଖଣ୍ଡିଆ ହାତକୁ ସେ ସବୁବେଳେ ପିନ୍ଧା ଲୁଗାରେ ଘୋଡ଼ାଇ ରଖୁଥିବାରୁ ତାର ଏ ଖଣ୍ଡିଆକୁ କେହି ଦେଖିପାରୁ ନ ଥିଲେ । ଅତି ପିଲା ବୟସରେ ସେ କପିଲ ଜେନାକୁ ବାହା ହୋଇଥିଲା ଏବଂ ସେ ମରିଯିବାରୁ ଦାସିପଡ଼ାର ଜଗୁ ବରାଲକୁ ବାହା ହୋଇ ତା ଆଡ଼ୁ ମଦନ ବୋଲି ଗୋଟିଏ ପୁଅ ଓ ପାଟ ଓ ରୂପେଇ ଦୁଇ ଝିଅ ଜନ୍ମ କରିଥିଲା । ଜଗୁ ବରାଲ ମରିଯିବାରୁ ମଦନକୁ ଗୋପାଳପୁରରେ ଚାକର କାମରେ ଲଗାଇ ସେ ନିଜେ ସେଠାରେ ରହୁଥିଲା ଏବଂ ଗୋବରରେ ଘଷି ତିଆରି କରି ତାକୁ ବିକିବା ପାଇଁ ରାଜ ପୁରୀ ଆସୁଥିଲା । ଏଥିରେ ପେଟ ନ ପୋଷିବାରୁ ସେ ବର୍ତ୍ତମାନ ଭିଖାରୁଣୀ ବୃତ୍ତିର ଆଶ୍ରୟ ନେଇଥିଲା ।

ଚାକରଙ୍କ ପାଖରୁ ଖଣ୍ଡିର ଇତିହାସ ଶୁଣି ମୁକୁନ୍ଦ ତାକୁ ଖାଇବା ପିନ୍ଧିବାକୁ ଦେଇ ନଅର ଭିତରେ ଧାନ କୁଟିବା କାମରେ ରଖାଇଦେଲା । ଖଣ୍ଡି ଓ ତାର ଝିଅଙ୍କ ରହିବାପାଇଁ ଘୁସୁରିଶାଳ ପାଖରେ ଗୋଟିଏ ଘର ବି ଖଞ୍ଜି ଦେଲା ମୁକୁନ୍ଦ । ଅଳ୍ପ ଦିନ ଭିତରେ ଖଣ୍ଡି ନଅର ଭିତରେ କଳିହୁଡ଼ି ଭାବରେ ପ୍ରସିଦ୍ଧ ହୋଇଗଲା ଏବଂ ତା ନାଁରେ କିଏ କ'ଣ କହିବ, ଓଲଟା ସେ ଆସି ମୁକୁନ୍ଦ ପାଖରେ ସମସ୍ତଙ୍କ ବିରୁଦ୍ଧରେ ଆପଣି ଅଭିଯୋଗ କରିବାରେ ଲାଗିଲା । ମୁକୁନ୍ଦ ତା କଥାରେ କିଛି ନ କଲେ ମୁକୁନ୍ଦକୁ ମଧ ଗାଲି ଦେବାରେ ପଛାତପଦ ହେଉ ନ ଥିଲା ଖଣ୍ଡି । କହିବାକୁ ଗଲେ ମୁକୁନ୍ଦ ମଧ ବର୍ତ୍ତମାନ ତାକୁ ଡରିବାକୁ ଆରମ୍ଭ କରିଥିଲା । ନଅର ସାରା, ଏପରିକି ବାହାରେ ପୁରୀର ଲୋକମାନେ, ଅଳ୍ପଦିନ ମଧରେ ଖଣ୍ଡି ନାଁ ସହିତ ପରିଚିତ ହୋଇଗଲେ ।

ଦିନେ ଖରାବେଳେ ମୁକୁନ୍ଦ ଏକୁଟିଆ ଘୁଷୁରିଶାଳ ପାଖରେ ବୁଲୁଥିବାବେଳେ ଖଣ୍ଟି ତା ଘର ଭିତରୁ ଡାକ ଦେଲା, ଏ ରାଜାପୁଅ, ଏଠିକି ଆ। ମୁକୁନ୍ଦ ସେ ଅନ୍ଧାରୁଆ ଘର ଭିତରକୁ ଗଲାବେଳକୁ ଖଣ୍ଟି ତଳେ ଶୋଇଥିଲା, ମୁକୁନ୍ଦକୁ ଦେଖି ଉଠି ବସିଲା। ଆଜି ଆଉ ରାଗରେ ଗରଗର ନ ହୋଇ ସେ ମୁକୁନ୍ଦ ସାଙ୍ଗରେ ଭଲରେ କଥାବାର୍ତ୍ତା କଲା। ମୁକୁନ୍ଦ ମଧ ଭରସି ତା ସାଙ୍ଗରେ ହସ ଖୁସି କଥା ହେଲା, ଏବଂ ଶେଷରେ ସାହସ କରି ପଚାରିଲା, ଦେହରେ କୋଉଠି ଖଣ୍ଡିଆ ଅଛି ବୋଲି ତୋ ନାଁ ଖଣ୍ଟି ?

ଏ କଥା ଶୁଣି ଖଣ୍ଟି ରାଗରେ ଫାଟିପଡ଼ିଲା। ତା ମୁହଁ ରାଗରେ ଲାଲ ହୋଇଗଲା। ପିନ୍ଧା ଲୁଗାଟିକୁ ହାତରେ ଟାଣି ଫିଙ୍ଗି ଦେଇ ସେ ଉଗ୍ର ମୂର୍ତ୍ତି ଧରି ମୁକୁନ୍ଦ ଆଗରେ ଠିଆହେଲା। କହିଲା, ଦେଖ, ଭଲ କରି ଦେଖ ମୋ ଦେହରେ କୋଉଠି ଖଣ୍ଡିଆ ଅଛି; ପୋଡ଼ାମୁହଁ ରଜା !

କଟକ: ଅଗଷ୍ଟ ୧୮୯୭

୧୮୯୫ରେ ରାଧାନାଥଙ୍କର ଯଯାତି କେଶରୀ ପ୍ରକାଶିତ ହେଲା। ଏ କାବ୍ୟଟି ଉତ୍ସର୍ଗୀକୃତ ହୋଇଥିଲା ରାଧାନାଥଙ୍କର ଦ୍ୱିତୀୟ ବାମଣ୍ଡା ଦର୍ଶନର ସ୍ମାରକ ସ୍ୱରୂପ ସେଠାର ଯୁବରାଜ ସଚ୍ଚିଦାନନ୍ଦ ଦେବଙ୍କୁ। ତା ପରବର୍ଷ କନିକା ରାଣୀଙ୍କ ଦୟାରୁ ଅନେକ ଦିନ ତଳେ ଲେଖିଥିବା ଅସମ୍ପୂର୍ଣ୍ଣ ମହାଯାତ୍ରା ପ୍ରକାଶିତ ହେଲା ମଧୁସୂଦନ ରାଓଙ୍କ ମୁଖବନ୍ଧ ସହ। ଏ ବହିଟି ରାଧାନାଥ କନିକା ରାଣୀଙ୍କୁ ଉତ୍ସର୍ଗ କରିବାକୁ ଚାହୁଁଥିଲେ, କିନ୍ତୁ ଶେଷରେ ଶ୍ରୀ ରାଣୀ କୃଷ୍ଣପ୍ରିୟା ପାଟ ମହାଦେଇ ପ୍ରକାଶକ ଭାବରେ କାବ୍ୟଟିକୁ ଉତ୍ସର୍ଗ କଲେ କଟକର ତଦାନୀନ୍ତନ କମିଶନର ରମେଶଚନ୍ଦ୍ର ଦତ୍ତଙ୍କୁ।

ପ୍ରକାଶ ପାଇବା ସଙ୍ଗେ ସଙ୍ଗେ ମହାଯାତ୍ରା ମଧ୍ୟ କଠୋର ସମାଲୋଚନାର ଶରବ୍ୟ ହେଲା, ବିଶେଷରେ ଏଥିରେ ଥିବା ମୟୂରଭଞ୍ଜ ଓ ବାମଣ୍ଡା ରାଜାଙ୍କର ବନ୍ଦନା। ଆଗରୁ ପ୍ରକାଶିତ ଚିଲିକା କାବ୍ୟରେ ମଧ୍ୟ ରାଧାନାଥ ଏ ଦୁଇ ରାଜାଙ୍କର ପ୍ରଭୂତ ପ୍ରଶଂସା କରି ଆଶା କରିଥିଲେ ଯେ ଏମାନଙ୍କର ଆଗମନ ଦ୍ୱାରା, ପାହିଲାଣି ଘୋର ତାମସୀ ଯାମିନୀ, ଫୁଟିବ ଉତ୍କଳ ଭାଷା କମଲିନୀ। ତେବେ ମହାଭାରତର ବିଷୟବସ୍ତୁ ଅବଲମ୍ୱନରେ ଲିଖିତ ମହାଯାତ୍ରାରେ ଶ୍ରୀରାମଚନ୍ଦ୍ର, ବାସୁଦେବ ଓ ସଚ୍ଚିଦାନନ୍ଦଙ୍କର ଉଲ୍ଲେଖ କେବଳ ଅପ୍ରାସଙ୍ଗିକ ନ ଥିଲା, ଧର୍ମଦ୍ରୋହ ଥିଲା।

ଏହି ସମୟରେ 'ମହାଯାତ୍ରା ସମାଲୋଚନା' ନାମକ ଏକ ପୁସ୍ତିକା ମଧ୍ୟ ପ୍ରକାଶ ପାଇଲା। ଏ ସବୁ ସମାଲୋଚନାରୁ ରାଧାନାଥଙ୍କୁ ସାନ୍ତ୍ୱନା ଦେଲେ ନିଜେ ମହାଯାତ୍ରା ବର୍ଣ୍ଣିତ ଆଶୟୀ-ଉତ୍କଳ-ଆଶା-କିଶୋର ପାଦପ, ଗୁଣାରାମ ଭଂଜକଂଜରବି, ଭଂଜକୁଲଧ୍ୱଜ କୃଷ୍ଣଚନ୍ଦ୍ର-ଜ୍ୟେଷ୍ଠାତ୍ମଜ ଶ୍ରୀରାମଚନ୍ଦ୍ର।

ବାରିପଦା, ମୟୂରଭଂଜ

୧୧.୫.୧୮୯୭

ପ୍ରିୟ ଶଶିବାବୁ,

ଆପଣଙ୍କର ପତ୍ର ପାଇଲି । କାର୍ଯ୍ୟ ବାହୁଲ୍ୟ ହେତୁରୁ ମୁଁ ଆଗରୁ ଉତ୍ତର ଦେଇ ନ ପାରି ଦୁଃଖିତ । ବର୍ଷା ହେଲେ ମୁଁ କାଠ ପଠାଇ ଦେବି । ଆପଣ ରସିକ ବାବୁଙ୍କୁ କହି ଆଗରୁ କାଠ କଟାଇ ସାବାଡ଼ କରି ପାରିଲେ ଜଲଦି କାମ ଛିଡ଼ି ଯାଆନ୍ତା । ବର୍ତ୍ତମାନ ମୋର କାମ ଏତେ ଏ କଥା ପ୍ରତି ପୂର୍ଣ୍ଣ ମନୋଯୋଗ ଦେଇ ପାରିବି ନାହିଁ, ଫଳରେ ବିଲମ୍ବ ଘଟିବ । ରସିକବାବୁ ଏତକ କରି ପାରିବେ କି ନାହିଁ ବୁଝି ଲେଖିବେ ।

ନିକଟରେ ମହାଯାତ୍ରାର ସମାଲୋଚନା ବୋଲି ଖଣ୍ଡେ ବହି ମୁଁ ଦେଖିବାକୁ ପାଇଥିଲି । ସୌଭାଗ୍ୟବଶତଃ ସଂସାରରେ ଯେଉଁ ଶ୍ରେଣୀର ଲୋକ ଦୁର୍ଲ୍ଭ, ସମାଲୋଚକ ସେହି ଶ୍ରେଣୀର ବ୍ୟକ୍ତି । ସେମାନଙ୍କ ସ୍ୱଭାବ ରୋଗଗ୍ରସ୍ତ ଓ ପ୍ରକୃତିରେ ସେମାନଙ୍କ କିଛି ଉତ୍ତମ, ଉଦାର ବା ଶୋଭନୀୟ ଦେଖିବାକୁ ପାଆନ୍ତି ନାହିଁ । ବସ୍ତୁତଃ ସେମାନେ ସଇତାନର ଶିଷ୍ୟ । ମୂଳରୁ ଶେଷ ଯାଏ ବହି ଖଣ୍ଡି ଖାଲି ବିଷ ଅଗ୍ନି ଓ ଅସୂୟା ଉଦଗାରଣ କରୁଛି । ଆପଣଙ୍କ ପିତାଙ୍କ ପ୍ରତି ସମାଲୋଚକ ଆଗରୁ ଯେଉଁ ବିଦ୍ୱେଷ ଭାବ ପୋଷଣ କରିଅଛନ୍ତି, ବହିରେ ଖାଲି ତାହାରି ପରିତୃପ୍ତି ବିଧାନ ହୋଇଅଛି ।

ଆପଣ ନିଜେ ମୋର ସମ୍ମାନ ଗ୍ରହଣ କରି ଆପଣଙ୍କ ପିତାଙ୍କୁ ତାହା ଜ୍ଞାପନ କରିଦେବେ ।

ଆପଣଙ୍କର ସ୍ନେହାଧୀନ
ଶ୍ରୀରାମଚନ୍ଦ୍ର ଭଂଜଦେଓ

୧୮୯୭ ଜୁନ ମାସରେ ମହରାଣୀ ଭିକ୍ଟୋରିଆଙ୍କର ହୀରକ ଜୁବିଲୀ ହେଲା ଏବଂ ରାଧାନାଥ କଲିକତାରୁ ପତ୍ର ପାଇଲେ ଯେ ତାଙ୍କୁ ରାୟ ବାହାଦୁର ଉପାଧି ଦିଆଯାଇଛି; ଛୋଟଲାଟଙ୍କର ବେଲଭେଡ଼ିଅର ପ୍ରାସାଦରେ ଦରବାର ହୋଇ ସେଠାରେ ତାଙ୍କୁ ଖିଲତ ଓ ସନନ୍ଦ ଦିଆଯିବ । କିଛି ବର୍ଷ ତଳେ ଦରବାରକୁ ନିନ୍ଦା କରି କବିତା ଲେଖିଥିବା ରାଧାନାଥଙ୍କ ପାଇଁ ଏ ଏକ ବିଡ଼ମ୍ବନା ଥିଲା ଏବଂ ଉପାଧିଟି ତାଙ୍କୁ ବିଶେଷ ଅସମଞ୍ଜସରେ ପକାଇ ଦେଲା । ଶଶିଭୂଷଣ ସେତେବେଳେ ପୁରୀରେ ଥିଲେ । ରାଧାନାଥ ତାଙ୍କୁ ଲେଖିଲେ : ୦୪, ଏ ସମ୍ମାନ ପ୍ରତ୍ୟାଖ୍ୟାନ କରିବା ପାଇଁ ମୋର ସ୍ୱାଧୀନତା ଥାଆନ୍ତା କି ! ସରକାରୀ ଚାକିରିଆ ହୋଇଥିବାରୁ ମୁଁ ଏହା କରିପାରିବି ନାହିଁ । ସେ କଲିକତା ଯିବାକୁ ଟାଳି ଦେଲେ ଏବଂ ଦରବାରରେ ବ୍ୟଙ୍ଗ କରିଥିବା ରାଜସ ଉତ୍ସବର ସମ୍ମୁଖୀନ ନ ହୋଇ ଚୁପଚାପ ଦିନେ ଖରାବେଳେ ଯାଇ କମିଶନରଙ୍କ ପାଖରୁ ସନନ୍ଦ କାଗଜର ଟୁକୁଡ଼ାଟି ନେଇ ଆସିଲେ । ଏଥିରେ ତାଙ୍କର ବ୍ୟକ୍ତିଗତ ସମ୍ମାନ ସ୍ୱରୂପ ରାୟ ବାହାଦୁର ଉପାଧି ପ୍ରଦାନର ଉଲ୍ଲେଖ ଥିଲା ଏବଂ ଏ କାଗଜରେ ଜୁନ ୨୨ ତାରିଖରେ ସମିଲାରେ ଦସ୍ତଖତ କରିଥିଲେ ବଡ଼ଲାଟ ଏଲଗିନ ।

ଉପାଧି ଖବର ପହଞ୍ଚିବା ସଙ୍ଗେ ସଙ୍ଗେ ରାଧାନାଥଙ୍କ ପାଇଁ ବିଭିନ୍ନ ସ୍ଥାନରୁ ଅଭିନନ୍ଦନମାନ ଆସି ପହଞ୍ଚିଲା । କଟକର ଭଦ୍ରବ୍ୟକ୍ତିମାନେ ତାଙ୍କୁ ବ୍ୟକ୍ତିଗତ ଭାବେ ସାକ୍ଷାତ କରିବାକୁ ଆସିଲେ । ପତ୍ର ପତ୍ରିକାରେ ତାଙ୍କ ସମ୍ମାନାର୍ଥେ 'ଶୁଭ ଯୋଗେ ଆଜି ଆସି ସୁପ୍ରଭାତ, କଳା ଆହା କେତେ ନବ ହର୍ଷ ଜାତ' ଭଳି କବିତାମାନ ପ୍ରକାଶ ପାଇଲା, ଯାହା ରାଧାନାଥ ନିଜେ ଭିକ୍ଟୋରିଆଙ୍କ ସମ୍ମାନାର୍ଥେ ଲେଖିଥିବା କବିତାଠାରୁ ମଧ ନିକୃଷ୍ଟ ଥିଲା । ଓଡ଼ଶାର ବିଭିନ୍ନ ସ୍ଥାନରେ ସଭାସମିତି ହୋଇ ତାଙ୍କୁ ଅଭ୍ୟର୍ଥନା ଜ୍ଞାପନ କରାହେଲା । ଏଥିପାଇଁ ସବୁଠାରୁ ବଡ଼ ସଭାଟି ହୋଇଥିଲା ବାମଣ୍ଡାରେ । ବାସୁଦେବ ଅସୁସ୍ଥ ଥିବାରୁ

ଯୁବରାଜ ସଚ୍ଚିଦାନନ୍ଦ ଏଥିରେ ସଭାପତି ହେଲେ ଏବଂ ସଭାର ଏକ ଦୀର୍ଘ ବିବରଣୀ ରାଧାନାଥଙ୍କ ପାଖକୁ ପଠାହେଲା। ଏହାର ଏକ ଅନୁରୂପ ଦୀର୍ଘ ଉତ୍ତର ଲେଖି ରାଧାନାଥ ସଚ୍ଚିଦାନନ୍ଦଙ୍କ ପାଖକୁ ପଠାଇ ଦେଲେ। ଏ ପତ୍ରରେ ସଭାପତି ଉପସ୍ଥିତ ସଭ୍ୟ, ବାମଣ୍ଡା ରାଜ୍ୟ, ରାଜା ଇତ୍ୟାଦିଙ୍କ ପ୍ରତି କୃତଜ୍ଞତା ଜଣାଇ ରାଧାନାଥ ପରିଶେଷରେ ଲେଖିଥିଲେ :

ମାତ୍ର ମୋହ ଦ୍ୱାରା ଯେବେ ଉତ୍କଳ ସାହିତ୍ୟର କଣାମାତ୍ର ଉନ୍ନତି ହୋଇଥାଏ, ସେଥିର ମୂଳୀଭୂତ କାରଣ ବାମଣ୍ଡା, ଅଥବା ବାମଣ୍ଡାର ପରମ ମାନନୀୟ ଅଧୀଶ୍ୱର ମହାରାଜା ସୁଢଳଦେବ ଅଟନ୍ତି। ଓଡ଼ିଶା ସାହିତ୍ୟ ପ୍ରତି ଆବାଲ୍ୟ ମୋହର ପ୍ରଗାଢ଼ ଅନୁରାଗ ଥିଲା। ଅତି ଅଳ୍ପ ବୟସରୁ ମୁଁ ସେହି ସାହିତ୍ୟର ଅନୁଶୀଳନରେ ବ୍ରତୀ ହୋଇଥିଲି। ଦୁଇ ତିନିବର୍ଷ ପରେ ନାନା କାରଣରୁ ବିଶେଷତଃ ସାହିତ୍ୟିକ ସହାନୁଭୂତିର ଅଭାବ ହେତୁରୁ ଉତ୍କଳ ସାହିତ୍ୟର ଚର୍ଚ୍ଚା ମୁଁ ପ୍ରାୟ ପରିତ୍ୟାଗ କରିଥିଲି ଏବଂ ପ୍ରାୟ ଆଠଦଶ ବର୍ଷ କାଳ ସେ ବିଷୟରେ ସମ୍ପୂର୍ଣ୍ଣ ଉଦାସୀନ ଥିଲି। ବିଦ୍ୟୋସାହୀ ପ୍ରବର ଶ୍ରୀଯୁକ୍ତ ସୁଢଳଦେବଙ୍କ ସହିତ ମୋହର ପୂର୍ବରୁ ପରିଚୟ ହୋଇଥିଲେ ମୋହର ଜୀବନର ଉତ୍କୃଷ୍ଟତମ ଅଂଶ ଏପରି ବନ୍ଧ୍ୟା ହୋଇ ନ ଥାନ୍ତା। ପୂର୍ବୋକ୍ତ ଆଠଦଶ ବର୍ଷ ପରେ ମହାରାଜା ସୁଢଳଦେବ ସ୍ୱତଃ ପ୍ରବୃତ ହୋଇ ପତ୍ର ଦ୍ୱାରା ମୋତେ ପ୍ରୋତ୍ସାହିତ ଏବଂ ମୋହର ନିର୍ବାଣ ପ୍ରାୟ ଉତ୍କଳ ସାହିତ୍ୟାନୁରାଗ ସନ୍ଧୁକ୍ଷିତ କରାଇଦେଲେ ଏବଂ ଅଳ୍ପଦିନରେ ଦେବଗଡ଼ ଯିବା ସକାଶେ ମୋତେ ଆମନ୍ତ୍ରଣ ପତ୍ର ପ୍ରେରଣ କଲେ। ସେହି ଆଦେଶାନୁଯାୟୀ ମୁଁ ଦେବଗଡ଼ରେ ଉପସ୍ଥିତ ହୋଇ ମହାରାଜାଙ୍କର ସାକ୍ଷାତକାର ଲାଭ କଲି ଏବଂ ତଦ୍ୱାରା ମୋହର ସାହିତ୍ୟିକ ଜୀବନରେ ଯୁଗାନ୍ତର ପ୍ରବର୍ତ୍ତିତ ହେଲା। ଇତ୍ୟାଦି।

ଏପରି ଭାବରେ ରାଧାନାଥଙ୍କର ସମ୍ବର୍ଦ୍ଧନା ଦୁଇମାସରୁ ଉର୍ଦ୍ଧ୍ୱ ଲାଗି ରହିଲା। ଓଡ଼ିଶାର ବିଭିନ୍ନ ସ୍ଥାନରୁ ଏପରି ଅଭିନନ୍ଦନ ଉଚ୍ଛ୍ୱାସ ଆସୁଥିବା ସ୍ଥଳେ କେବଳ ଗୌରୀଶଙ୍କର ରାୟ ଓ ଉତ୍କଳ ଦୀପିକା ରାଧାନାଥଙ୍କୁ କୌଣସି ସମ୍ମାନ ଦେବାରେ ଆଗ୍ରହୀ ହେଲେନାହିଁ।

ପୁରୀ: ଅଗଷ୍ଟ ୧୮୯୭

ଦିନେ ନଅର ଭିତରେ ମୁକୁନ୍ଦ ଖାଇ ବସିଛି, ଖଣ୍ଡି କୁଆଡୁ ଆସି ପହଞ୍ଚିଲା ଏବଂ ପାଟି କରି କହିଲା, ଖାଆନା, ଖାଆନା ସେ ଭାତରେ ବିଷ ମିଶିଛି। କାହାରି କଥା ନ ଶୁଣି ମୁକୁନ୍ଦ ଖାଇବା ପାଖରୁ ଉଠି ଆସି ଥାଲିକୁ ଅଗଣାରେ ଫିଙ୍ଗିଦେଲା। ତା ପରଦିନ ଅଗଣାରେ ଗୋଟିଏ ଡାମରା କାଉ ମରି ପଡ଼ିଥିବାର ଦେଖାଗଲା ଏବଂ ମୁକୁନ୍ଦର ଦୃଢ଼ ଧାରଣା ହୋଇଗଲା ଯେ ନଅର ଲୋକେ ତାକୁ ବିଷ ଦେଇ ମାରିଦେବାକୁ ଚେଷ୍ଟା କରୁଛନ୍ତି। ତା ସହିତ ତାର ଏହି ମଧ୍ୟ ବିଶ୍ୱାସ ହୋଇଗଲା ଯେ ନଅର ଭିତରେ ଖଣ୍ଡି ହେଉଛି ଏକମାତ୍ର ଲୋକ ଯାହା ଉପରେ ନିର୍ଭର କରାଯାଇପାରେ।

ଏ ଘଟଣାର କିଛି ଦିନ ପରେ ଖଣ୍ଡିର ଘରେ ଚୋର ପଶି ତାର ଜିନିଷପତ୍ର ନେଇଗଲା। ନଅର ଲୋକମାନେ ଏ ବିଷୟରେ ସନ୍ଦେହ ପ୍ରକାଶ କଲେ, କିନ୍ତୁ ମୁକୁନ୍ଦ ପୋଲିସରେ ରିପୋର୍ଟ ଲେଖାଇଲା ଏବଂ ନିଜେ ରହୁଥିବା ଘର ପାଖରେ ଖଣ୍ଡିକୁ ରହିବାକୁ ଘର ଦେଲା। ଏଥରକ ଖଣ୍ଡି ପାଖରେ ନିଜର ଅଧିକାଂଶ ସମୟ କଟାଇବାରେ ଲାଗିଲା ମୁକୁନ୍ଦ ଏବଂ ତାର ପ୍ରଧାନ କାମ ହେଲା ଖଣ୍ଡିର ଅନେକ ପ୍ରକାରର ସମସ୍ୟା ସମାଧାନ କରିବା। ଯଥା, ଖଣ୍ଡିର ଦୁଇ ଝିଅ ପାଟ ଓ ରୂପେଇଙ୍କର କଳି ଭାଙ୍ଗିବା, ଖଣ୍ଡିକୁ ଗାଲି ଦେଇଥିବା ଚାକରକୁ ତାଗିଦ କରିବା, ଖଣ୍ଡିକୁ ଖାଇବାକୁ ଦେଇଥିବା ପୃଜାରୀ ତରକାରୀରେ ଠିକ୍ ଭାବେ ଲୁଣ ନ ପକାଇ ଥିବାରୁ ତାକୁ ଜୋରିମାନା କରିବା, ଇତ୍ୟାଦି। ଏହା ବ୍ୟତୀତ କେବେ କେବେ ବଡ଼ ସମସ୍ୟା ମଧ୍ୟ ଆସି ପହଞ୍ଚୁଥିଲା ଖଣ୍ଡିକୁ ନେଇ।

ଦିନେ ସକାଳେ ବୁଢ଼ା ଲୋକଟିଏ ଆସି ନଅର ଫାଟକ ପାଖରେ ପହଞ୍ଚିଲା ଓ ଭିତରକୁ ଆସିବାକୁ ଚାହିଁଲା। ତାକୁ ସିପାହୀ ଭିତରକୁ ନ ଛାଡ଼ିବାରୁ ସେ ସେଇଠାରେ ବସି ଡକା ପାରି କାନ୍ଦିବାରେ ଲାଗିଲା।

ତା କଥାରୁ ଜଣାପଡ଼ିଲା ଯେ ସେ ଖଣ୍ଡିର ତୃତୀୟ ସ୍ୱାମୀ; ଖଣ୍ଡି ତାକୁ ବାହା ହୋଇଥିଲା ଜଗୁ ବରାଳ ମରିଯିବା ପରେ । କଥା ଶେଷକୁ ମୁକୁନ୍ଦ ପାଖରେ ପହଞ୍ଚିଲା ଏବଂ ସେ ଖଣ୍ଡିକୁ ପଚାରିବାରୁ ଖଣ୍ଡି କହିଲା, ସେ ଧୋକଡ଼ା ବୁଢ଼ା କାହିଁକି ମୋର ଘଇତା ହେବ ? ରାଜାଙ୍କ ସିପାହୀ ବୁଢ଼ାକୁ ଧକ୍କାଦେଇ ସେଠାରୁ ବାହାର କରିଦେଲେ ଏବଂ ତାକୁ ଧମକ ଦେଲେ ଯେ ପୁରୀ ସହରରେ ପୁଣି ପାଦ ଦେଲେ ତାକୁ ଜୀବନରେ ମାରିଦେବେ ।

ଏଇ କଥାରୁ ମୁକୁନ୍ଦ ସ୍ଥିର କଲା ଯେ ଖଣ୍ଡିର ପୁଣି ଥରେ ବାହା ହେବା ଉଚିତ । ପାତ୍ର ମଧ୍ୟ ଠିକ୍ ହୋଇଗଲା, ନଥର ଚାକର ଦାଶରଥି ଜେନା । ଦାଶରଥି ଯେ ଖଣ୍ଡିଠାରୁ ବୟସରେ ଅନେକ ଛୋଟ ଥିଲା ସେ କଥା କାହାରିକୁ ଅସୁବିଧା ଜଣାଗଲା ନାହିଁ । ନଥର ଭିତରେ ଅନେକ ଜାକଜମକରେ ଖଣ୍ଡିର ବାହାଘର ହୋଇଗଲା । ମୁକୁନ୍ଦ ଦିନ ରାତି ଲାଗି ବାହାଘରର ସବୁ ବ୍ୟବସ୍ଥା କରାଇଲା ଏବଂ ବାହାଘର ପରେ ଦାଶରଥିକୁ ମାସକର ଛୁଟି ଦେଇଦେଲା । ପୁଣି ଯେତେବେଳେ ଖଣ୍ଡି ଆସି ମୁକୁନ୍ଦକୁ କହିଲା ଯେ ଦାଶରଥିକୁ ଗୋଟିଏ ଭଲ ଚାକିରି ଦରକାର, ମନ୍ଦିର ସୁପରିଟେଣ୍ଡେଣ୍ଟ ଭାବରେ ମୁକୁନ୍ଦ ତାକୁ ମନ୍ଦିର କନଷ୍ଟେବଲ ଚାକିରିରେ ଲଗାଇଦେଲା ।

ଖଣ୍ଡି ବର୍ତ୍ତମାନ ପୁରୀ ସହରରେ ପ୍ରଧାନ ଆଲୋଚନାର ବିଷୟ ହୋଇଯାଇଥିଲା । ଏତେ ସବୁ ସୁବିଧା ସୁଯୋଗ ସତ୍ତ୍ୱେ ଖଣ୍ଡିର ପ୍ରତିଦିନ କିଛି ନା କିଛି ଓଜର ଆପଉ ଲାଗି ରହୁଥିଲା ଏବଂ ମୁକୁନ୍ଦ ନିଜର ଆଉ ସବୁ କାମ ଛାଡ଼ିଦେଇ ବିନା ଦ୍ୱିଧାରେ ଚେଷ୍ଟା କରୁଥିଲା ଖଣ୍ଡି କିପରି ସନ୍ତୁଷ୍ଟ ରହିବ । ଦିନେ ଖଣ୍ଡି ମୁକୁନ୍ଦକୁ ଆସି ନାକ ସୁଁ ସୁଁ କରି କହିଲା, ଏ ଅଲେପେଇଷା ଟୋକାଏ ମତେ ଖଣ୍ଡି ବୋଲି ଚିଡ଼ଉଛନ୍ତି । ମୁକୁନ୍ଦ କହିଲା, ଏଥରକ ସମସ୍ତେ ତତେ ପାଟମା ବୋଲି ଡାକିବେ । ସେହି ଦିନ ହିଁ ସହର ସାରା ଡେଙ୍ଗୁରା ଦିଆହେଲା ଯେ ଖଣ୍ଡିକୁ କେହି ଖଣ୍ଡି କହିବେ ନାହିଁ, ପାଟମା ବୋଲି କହିବେ । ସହରରେ ପିଲାମାନେ ଏଥର କହିବାକୁ ଲାଗିଲେ, ଘୁସୁରିକୁ କେହି ଘୁସୁରି କହିବ ନାହିଁ, କହିବ ବାରହା; ଖଣ୍ଡିକୁ କେହି ଖଣ୍ଡି କହିବ ନାହିଁ, କହିବ ପାଟମା । ବୟସ୍କ ଲୋକମାନେ ଏ ବିଷୟରେ ଅଶ୍ଳୀଲ ଗୀତ ମାନ ତିଆରି କରି ଗାଇଲେ ।

ଏ ସବୁ ଘଟଣା ଦେଖି ସୂର୍ଯ୍ୟମଣି ବ୍ୟସ୍ତ ହୋଇ କଟକରେ ମଧୁବାବୁଙ୍କ ପାଖକୁ ଖବର ପଠାଇଲେ, କିନ୍ତୁ ମଧୁବାବୁ ସେତେବେଳେ ଚିକିସା ପାଇଁ ବିଲାତରେ ଥିଲେ । ସୂର୍ଯ୍ୟମଣିଙ୍କ ଲୋକ ଯାଇ ବୈଦ୍ୟନାଥ ପଣ୍ଡିତ ଓ ଗୋକୁଳାନନ୍ଦ ଚୌଧୁରୀଙ୍କୁ ଦେଖାକଲା । ୧୮୯୧ ମାର୍ଚ୍ଚ ମାସରେ ମୁକୁନ୍ଦ ପକ୍ଷରୁ ମଧୁବାବୁ, ବୈଦ୍ୟନାଥ ଓ ଗୋକୁଳାନନ୍ଦଙ୍କୁ ମନ୍ଦିର ଚଲାଇବା ପାଇଁ ଏକ ମୁଖ୍ତାରନାମା ଦିଆ ହୋଇଥିଲା । ବର୍ତ୍ତମାନ ମୁକୁନ୍ଦ ମନ୍ଦିର କାମରେ ଅବହେଳା କରୁଥିବାରୁ ସୂର୍ଯ୍ୟମଣି ଚାହୁଁଥିଲେ ବୈଦ୍ୟନାଥ ଓ ଗୋକୁଳାନନ୍ଦ ଏଥିରେ ହସ୍ତକ୍ଷେପ କରନ୍ତୁ । ସେମାନେ କିନ୍ତୁ ମୁକୁନ୍ଦ ସାବାଳକ ହୋଇ ରାଜା ହେବାପରେ ଏ ମୁଖ୍ତାରନାମାର କ'ଣ ମୂଲ୍ୟ ଥିଲା ସେ ବିଷୟରେ ସନ୍ଦିହାନ ଥିଲେ । ତେଣୁ ସେମାନେ ସୂର୍ଯ୍ୟମଣିଙ୍କୁ ଖବର ପଠାଇଦେଲେ ଯେ ମଧୁବାବୁ ଫେରିଲେ ଯାଇ ଏ ବିଷୟରେ ଯାହା କିଛି କରିବା କଥା ଭାବିବେ ।

କଟକ: ଅକ୍ଟୋବର ୧୮୯୭

କେନ୍ଦୁଝର ଛାଡ଼ିବା ପରେ ଫକୀରମୋହନ କିଛିଦିନ ବାଲେଶ୍ୱରରେ ବସି ରହିଲେ। ଆଗରୁ ସେ ଭାରତବର୍ଷର ଇତିହାସ ପାଠ୍ୟପୁସ୍ତକ ପ୍ରଣେତା ତଥା ରାମାୟଣୀ, ମହାଭାରତ ଓ ଗୀତାର ଅନୁବାଦକ ଭାବରେ ଜଣାଶୁଣା ଥିଲେ, କିନ୍ତୁ ବର୍ତ୍ତମାନ ବେଶୀ ଜଣାଶୁଣା ଥିଲେ ଉତ୍କଳ ଭ୍ରମଣଙ୍କର ଲେଖକ ଭାବରେ। ଉତ୍କଳ ଭ୍ରମଣଙ୍କ ବହିରେ ନିଜର ନାଁ ରହିଥିବା ଓଡ଼ିଶାର ଜଣେ ବରପୁତ୍ର ହୋଇଥିବାରୁ ସାର୍ଟିଫିକେଟ୍ ଭଳି ଥିଲା ଏବଂ ଯେଉଁମାନଙ୍କର ଏଥିରେ ନାଁ ନ ଥିଲା ସେମାନେ କିପରି ଦ୍ୱିତୀୟ ସଂସ୍କରଣରେ ବହିଟିରେ ଅନ୍ତର୍ଭୁକ୍ତ ହେବେ ସେ କଥା ଭାବୁଥିଲେ।

ଜଣେ ଲେଖକ ହୋଇଥିବା ବ୍ୟତୀତ ଗଡ଼ଜାତମାନଙ୍କର ଜଣେ ପ୍ରଶାସକ ଭାବରେ ମଧ୍ୟ ଫକୀରମୋହନଙ୍କୁ ସାରା ଓଡ଼ିଶାର ଲୋକ ଜାଣିଥିଲେ। ଏ ରୂପରେ ତାଙ୍କର ଯେତିକି ସୁନାମ ସେତିକି ଦୁର୍ନାମ ମଧ୍ୟ ଥିଲା। ରାଜାଙ୍କ ପକ୍ଷ ନେଇ ପ୍ରଜାଙ୍କ ଉପରେ ଅତ୍ୟାଚାର କରିବା, ରାଜ୍ୟର କଳିଗୋଳରେ ପକ୍ଷ ନେବା ପାଇଁ ଇତ୍ୟାଦି ତାଙ୍କର ବହୁ ଅପବାଦ ଥିଲା। ତାଙ୍କ ବିଷୟରେ ଜଣେ ଲେଖିଥିଲେ :

କୁଚକ୍ରୀ ମେଲିଆ ଏହୁ ବିଶ୍ୱାସ ଘାତକୀ

ଏହାଠାରୁ ବଳି ଆଉ ନାହାନ୍ତି ପାତକୀ

ଲଙ୍କାପୁଡ଼ା ଘରବୁଡ଼ା ସବୁ ଗୁଣ ଭରା

ଜାଲିଆ ଚାଲାକ ଏଡ଼େ ନପଡ଼ଇ ଧରା।

ଫକୀରମୋହନଙ୍କୁ ସେତେବେଳେ ପ୍ରାୟ ପଚାଶ ବର୍ଷ ବୟସ। ସେ ଭାବିଥିଲେ ଯେ ଆଉ ଚିକିରି କରିବେ ନାହିଁ, କିନ୍ତୁ ଅର୍ଥାଭାବରେ ପୁଣି କିଛି ବର୍ଷ ପରେ ଚାକିରି କରିବାକୁ ହେଲା, ତା ପୁଣି ସେଇ

ଡମ୍ପଡ଼ାରେ ଦ୍ୱିତୀୟ ଥର ଦେବାନ ହୋଇ । ସେଠାରେ ଯୋଗ ଦେବାର କିଛି ମାସ ଭିତରେ ୧୮୯୪ ଅଗଷ୍ଟରେ ତାଙ୍କର ଦ୍ୱିତୀୟ ସ୍ତ୍ରୀ କୃଷ୍ଣକୁମାରୀ ମରିଗଲେ । ସେତେବେଳକୁ ତାଙ୍କ ପୁଅର ବୟସ ତେର ବର୍ଷ ଏବଂ ଝିଅର ବୟସ ଏଗାର । ସେମାନଙ୍କୁ ନେଇ ଫକୀରମୋହନ ମଧୁସୂଦନ ରାଓଙ୍କ ପାଖକୁ ଗଲେ । ସେତେବେଳକୁ ସେ ଥିଲେ କଟକ ନର୍ମାଲ ସ୍କୁଲର ସୁପରିନଟେଣ୍ଡେଣ୍ଟ ଏବଂ ତାଙ୍କର ବସା ଥିଲା ସେଇ ସ୍କୁଲରେ । ମଧୁସୂଦନ ପିଲା ଦୁହିଁଙ୍କୁ ନିଜ ପାଖରେ ରଖିବାକୁ ରାଜି ହେଲେ । ପିଲାମାନଙ୍କ ଖର୍ଚ୍ଚ ବାବଦରେ ମାସକୁ ୩୫ ଟଙ୍କା ହିସାବରେ ତିନିମାସର ଖର୍ଚ୍ଚ ମଧୁସୂଦନଙ୍କ ହାତରେ ଦେଇ ଫକୀରମୋହନ ଡମ୍ପଡ଼ା ଚାଲିଗଲେ । ତାଙ୍କ ପିଲାମାନେ ମଧୁସୂଦନଙ୍କ ପାଖରେ ପ୍ରାୟ ବର୍ଷେ ରହିଲେ । ତା ପରେ ଫକୀରମୋହନ କଟକରେ ଗୋଟାଏ କୋଠା ଭଡ଼ା ନେଇ ସେଠାରେ ପିଲାଙ୍କୁ ରଖିଲେ ।

୧୮୯୬ରେ ଫକୀରମୋହନ ଡମ୍ପଡ଼ା ଛାଡ଼ିଲେ ଓ କଟକ ବାଖରାବାଦ ଧୁଆଁପଡ଼ିଆ ସାହିରେ ଜମି କିଣି ସେଠାରେ ଘର ତିଆରି କରି ରହିଲେ । ଏହି ସମୟରେ ଅର୍ଥାଭାବ ହେବାରୁ ସେ କାଠ କିଣାବିକା ଓ କବାଟ ଚଉକାଠ ତିଆରି କରାଇ ତାକୁ ବିକି କିଛି ରୋଜଗାର କରୁଥିଲେ ।

କଟକ ଆସିବା ପରେ ଫକୀରମୋହନଙ୍କର ରାଧାନାଥ, ମଧୁସୂଦନ ପ୍ରମୁଖ ସାହିତ୍ୟିକଙ୍କ ସହିତ ସମ୍ପର୍କ ବୃଦ୍ଧି ପାଇଲା । ଏହି ସମୟରେ ବିଶ୍ୱନାଥ କର କଟକରେ ଗୋଟିଏ ପ୍ରେସ୍ ବସାଇ ଉତ୍କଳ ସାହିତ୍ୟ ନାମରେ ଗୋଟିଏ ପତ୍ରିକା ବାହାର କରୁଥିଲେ । ସାହିତ୍ୟିକମାନଙ୍କଠାରୁ ଲେଖା ପାଇବା ପାଇଁ ସେ ତାଗିଦ କରୁଥିଲେ ଏବଂ ଫକୀରମୋହନଙ୍କୁ ବାରମ୍ବାର କହୁଥିଲେ ଉତ୍କଳ ସାହିତ୍ୟପାଇଁ ଗୋଟିଏ ଗଳ୍ପ ଲେଖିବାକୁ । ଫକୀରମୋହନ ତାଙ୍କୁ କବିତାଟିଏ ଦେବେ ବୋଲି କହୁଥିଲେ, କିନ୍ତୁ ବିଶ୍ୱନାଥ କର କହୁଥିଲେ ଯେ ତାଙ୍କର ଜୀବନର ଏତେ ଅଭିଜ୍ଞତାକୁ ସେ ଗଦ୍ୟାକାରରେ ପ୍ରକାଶ କରନ୍ତୁ । ଶେଷରେ ଦିନେ ବିଶ୍ୱନାଥ ଗଙ୍ଗାଧର ମେହେରଙ୍କୁ ଲେଖିଥିବା ଏକ ପତ୍ର ତାଙ୍କୁ ଦେଖାଇଲେ । ଏଥିରେ ଲେଖାଥିଲା : ଆପଣ ଆଉ ପ୍ରବନ୍ଧ ପଠାଉ ନାହାନ୍ତି କାହିଁକି ? ଏଣିକି ଗାଲି ଖାଇବେ; ଭଦ୍ରତାରେ ଚଳିବ ନାହିଁ ।

ବିଶ୍ୱନାଥ କରଙ୍କ ଦ୍ୱାରା ଏପରି ପ୍ରଣୋଦିତ ହୋଇ ଫକୀରମୋହନ କାଗଜ କଲମ ଧରି ବସିଲେ । କିଛିଦିନ ତଳେ ସେ କେନ୍ଦ୍ରାପଡ଼ା ଯାଇ ନିଜ ଜ୍ୱାଇଁ ସେଠାକାର ମୁନସିଫ ଗଗନ ବିହାରୀ ଚୌଧୁରୀଙ୍କ ଘରେ କିଛିଦିନ ରହିଥିଲେ । ରାଧାଶ୍ୟାମ ନରେନ୍ଦ୍ରଙ୍କର ଉତ୍ତରାଧିକାରୀମାନେ ସେତେବେଳକୁ ସେଠାରେ ଜମିଦାର । ସେଠାରେ ଥିଲାବେଳେ ଫକୀରମୋହନ ଶୁଣିଥିଲେ ଯେ ଜମିଦାରମାନେ ନିଜର କଚେରୀ ଘର କରିବାପାଇଁ ଜଣେ ତନ୍ତୀର କିଛି ଜମି ହସ୍ତଗତ କରିଥିଲେ । ନିଜର ଚାକିରି ଅଭିଜ୍ଞତା ଭିତରେ ସେ ଗରିବ ପ୍ରଜାମାନଙ୍କ ଉପରେ ଜମିଦାରଙ୍କର ଅତ୍ୟାଚାର ସ୍ୱଚକ୍ଷୁରେ ଦେଖିଥିଲେ । ସେ ଜଣେ ଅତ୍ୟାଚାରୀ ଦୁରାଚାରୀ ଜମିଦାର ବିଷୟରେ ଲେଖିବାକୁ ମନସ୍ଥ କରି କାଗଜ ଉପରେ ଓଁ ଲେଖି ଏପରି ଆରମ୍ଭ କଲେ:

ରାମଚନ୍ଦ୍ର ମଙ୍ଗରାଜ ଜଣେ ମଫସଲର ଜମିଦାର, ମଧ୍ୟ ମହାଜନ । ନଗଦ ଟଙ୍କା କାରବାରଠାରୁ ଧାନର ମହାଜନୀ ବେଶୀ । ଶୁଣାଯାଏ ଆଢ଼େ ଦାର୍ଘେ ଚାରିକୋଶ ମଧ୍ୟରେ ଆଉ କାହାରି କାରବାର ଚଳେନାହିଁ । ଲୋକଟି ବଡ଼ ଧାର୍ମିକ । ବର୍ଷ ମଧ୍ୟରେ ଚବିଶଟା ଏକାଦଶୀ; ଚାଳିଶଟା ଥିଲେ ମଧ୍ୟ ଗୋଟାଏ ଯେ ଛାଡ଼ ପଡ଼ନ୍ତା, ଏ କଥା ଆମ୍ଭେମାନେ କହିବାକୁ ଅକ୍ଷମ । ଏକାଦଶୀ ଦିନ ତୁଳସୀ ପତ୍ର ଜଳମାତ୍ର ଅବଲମ୍ବନ ।

ଥରେ କଲମ ଚାଲିବାକୁ ଆରମ୍ଭ କରିବାରେ ଆଉ ହାତ ଅଟକିଲା ନାହିଁ। ଛ ପୃଷ୍ଠା ଲେଖିସାରିବା ପରେ ଫକୀରମୋହନ ଭାବିଲେ ଯେ ଏଥରକ ସେ ଅନ୍ତତଃ ଗଳ୍ପଟିର କିଛି କିଛି ଅଂଶ ଉତ୍କଳ ସାହିତ୍ୟର ପ୍ରତି ସଂଖ୍ୟା ପାଇଁ ଦେଇ ଚାରିପାଞ୍ଚ ସଂଖ୍ୟାରେ ଗଳ୍ପଟିକୁ ଶେଷ କରିଦେବେ। ଯେତିକି ଲେଖା ହୋଇଥିଲା ସେ ତାକୁ ନେଇ ସେଦିନ ସନ୍ଧ୍ୟାବେଳେ ମଧୁସୂଦନ ରାଓଙ୍କୁ ଦେଖାଇଲେ। ମଧୁସୂଦନ ଏକା ନିଶ୍ୱାସରେ ସବୁତକ ପଢ଼ିଦେଇ ଲେଖାର ଅନେକ ପ୍ରଶଂସା କଲେ, କିନ୍ତୁ ଫକୀରମୋହନ ନିଜେ ସଂକୋଚ କରୁଥିଲେ ପ୍ରଥମ ଥର ପାଇଁ ଗଳ୍ପ ଲେଖୁଥିବାରୁ। ସେଥିପାଇଁ ସେ ଠିକ୍ କଲେ ଯେ ଏଇଟିକୁ ସେ ନିଜ ନାଁରେ ନ ଦେଇ ଗୋଟିଏ ଛଦ୍ମନାମ ବ୍ୟବହାର କରିବେ। ତାଙ୍କ ପାଇଁ ଛଦ୍ମନାମଟି ଠିକ୍ କରିଦେଲେ ମଧୁସୂଦନ ରାଓ।

୧୮୯୭ ଅକ୍ଟୋବର କାର୍ତ୍ତିକ ୧୩୦୫ ସଂଖ୍ୟା ଉତ୍କଳ ସାହିତ୍ୟ ପତ୍ରିକାରେ ଧୂର୍ଜଟି ବୋଲି ଲେଖକଙ୍କ ନାଁରେ ଛ ମାଣ ଆଠ ଗୁଣ୍ଠର ପ୍ରଥମ ପରିଚ୍ଛେଦ ପ୍ରକାଶ ପାଇଲା।

ଖଣ୍ଡପଡ଼ା: ଡିସେମ୍ବର ୧୮୯୭

ସିଦ୍ଧାନ୍ତ ଦର୍ପଣ ସମ୍ପାଦନା କାମରେ ବର୍ତ୍ତମାନ ବହୁ ବାଧା ଦେଖାଗଲା। ତାଳପତ୍ରରୁ ଉତାରି ରାଜବଲ୍ଲଭ ମିଶ୍ର ମଝିରେ ମଝିରେ ଯେଉଁ ଅଂଶମାନ ଆଣି ଯୋଗେଶଚନ୍ଦ୍ରଙ୍କୁ ଦେଉଥିଲେ ସେଥିରେ ଅନେକ ସମୟରେ ଅନେକ ଭୁଲ ରହିଯାଉଥିଲା। କେବେ କେବେ ଶ୍ଳୋକମାନଙ୍କରୁ ସଠିକ୍ ଅର୍ଥ ବାହାରୁ ନ ଥିଲା ତ କେବେ କେବେ ଶ୍ଳୋକମାନଙ୍କ ଅନୁସାରେ ଗଣନା ସମ୍ଭବ ନ ଥିଲା। ଏ ବିଷୟରେ ଯୋଗେଶଚନ୍ଦ୍ର ଚନ୍ଦ୍ରଶେଖରଙ୍କୁ ଦୀର୍ଘପତ୍ର ଲେଖୁଥିଲେ ଏବଂ ଚନ୍ଦ୍ରଶେଖର ସେ ଶ୍ଳୋକକୁ ସଂଶୋଧନ ବା ପରିବର୍ତ୍ତନ କରି ପଠାଇବା ପର୍ଯ୍ୟନ୍ତ ଅପେକ୍ଷା କରୁଥିଲେ। କେବେ କେବେ ଚନ୍ଦ୍ରଶେଖର ନିଜେ କଟକ ଯାଇ ଯୋଗେଶଚନ୍ଦ୍ରଙ୍କର ସନ୍ଦେହ ଦୂର କରୁଥିଲେ। ଅନେକ ସମୟରେ ଉତ୍ତର ନ ଆସୁଥିବାରୁ ଦିନ ଦିନ ଧରି କାମ ବନ୍ଦ ରହୁଥିଲା ଏବଂ କଲିକତା ଇଣ୍ଡିଆନ ଡିପଜିଟରୀ ପ୍ରେସରୁ ତାଗିଦା ଆସୁଥିଲା। ପ୍ରଥମେ ପ୍ରଥମେ ଯୋଗେଶଚନ୍ଦ୍ର ଖୁସିରେ ଏ କାମ ହାତକୁ ନେଇଥିଲେ, କିନ୍ତୁ ପଛକୁ ଏ କାମ ଆରମ୍ଭ କରିଥିବାରୁ ନିଜ ଭାଗ୍ୟକୁ ଗାଳି ଦେଉଥିଲେ। ଥରେ ତାଙ୍କର ବାରମ୍ବାର ଲେଖିବା ସତ୍ତ୍ୱେ ଚନ୍ଦ୍ରଶେଖରଙ୍କ ପାଖରୁ କୌଣସି ଉତ୍ତର ନ ଆସିବାରୁ ସେ ତାଙ୍କୁ ଖଣ୍ଡିଏ କଡ଼ା ଚିଠି ଲେଖିଲେ। ଏ ଚିଠିଟି ପାଇ ବ୍ୟସ୍ତ ହୋଇ ଚନ୍ଦ୍ରଶେଖର ସାଙ୍ଗେ ସାଙ୍ଗେ ତାର ଉତ୍ତର ଲେଖିଲେ :

ମୁକାମ କିଲ୍ଲା ଖଣ୍ଡପଡ଼ା ଗଡ଼

୧୨.୩.୧୮୯୭

ଶ୍ରୀଜଗନ୍ନାଥ ଶରଣଂ

ଶ୍ରୀଯୁତ ବାବୁ ଯୋଗେଚନ୍ଦ୍ର ରାୟ ମହାଶୟଙ୍କ ପ୍ରତି ବିଜ୍ଞାପନମିଦଂ ଏହି ଯେ ଆପଣ ତିନିଖଣ୍ଡ

ଚିଠି ଦେବା ଅଦ୍ୟାବଧି ପ୍ରତ୍ୟୁତ୍ତର ନ ପାଇବାର ଅତି ଆଶ୍ଚର୍ଯ୍ୟ ବୋଲି ଯାହା ଲେଖିଲେ ସେ ସତ୍ୟ । ତାହିଁର ଏତାଦୃଶ ପ୍ରତିବନ୍ଧ ଘଟିଲା । ଯେ କଟକଠାରୁ ଗଡ଼ରେ ପହଞ୍ଚିବା ପରଦିନ ଗୋଟିଏ ନାତୁଣୀ ଜନ୍ମ ଲାଭ କରି ଚାଳିଶ ଦିନରେ ମୃତ ହେଲା । ଏ ମଧ୍ୟରେ ରୋଗ ପ୍ରତିକାର ଓ ସ୍ୱଶରୀର ବୃଦ୍ଧି, ରୋଗ ପ୍ରାବଲ୍ୟ, ଦକ୍ଷିଣ ଚକ୍ଷୁ ରକ୍ତ ବୃଦ୍ଧି ଇତ୍ୟାଦିରେ ପୀଡ଼ିତ ହେଲେ ମଧ୍ୟ ପ୍ରତ୍ୟହ ଉପସ୍ଥିତ ହେବା ଲୋକଙ୍କର ଜାତକ ଦଶାଦି ଶୁଭାଶୁଭ ଶାନ୍ତି ବିଚାର ଲେଖା, ତନ୍ମଧ୍ୟରେ ସମୟାନୁସାରେ ଗ୍ରହସ୍ଫୁଟ ଶୋଧନ, ତାଲଚେର ରାଣୀଙ୍କର ଅତ୍ୟାବଶ୍ୟକ ଆୟୁର୍ଦାୟ ସାଧକ, ନିଜ ନିତ୍ୟକର୍ମ, ପ୍ରଜା କଳହାଦି ନିବାରଣ ଇତ୍ୟାଦିରେ ବ୍ୟସ୍ତ ଥିବାରୁ ମୁହୂର୍ତ୍ତ ମାତ୍ର ନିରୁଦ୍‌ବେଗ ହୋଇ ନ ପାରିଲି ।

ବୁଦ୍ଧି ଚାଞ୍ଚଲ୍ୟ ହେତୁ ଯେତେ ବିଷୟ ଅନାୟାସରେ ଜଣାଗଲା ତାହା ନିମ୍ନେ ଲେଖି କଠିନ ବିଚାରରୁ ନିବୃତ୍ତ ହେଲି । ନାଗରାକ୍ଷର ପରିଚିତ ନ ଥିବାରୁ ଚିରଞ୍ଜୀବ ପୁତ୍ର ଓ ରାଜବଲ୍ଲଭ ମିଶ୍ରଙ୍କଠାରେ ଗ୍ରନ୍ଥଶୋଧନ ଭାରା ଦେଲି ଯେ ତାଙ୍କ ଶରୀରାଦି କୁଶଳ ବିନା କେତେକ ସମୟରେ ପୂର୍ବାର୍ଦ୍ଧ ସମାପ୍ତ ହୋଇ ଉତ୍ତରାର୍ଦ୍ଧ ଆରମ୍ଭ ହୋଇଅଛି । ଶେଷ ତିନି ପ୍ରକାଶ ପଠାଇଦେବା ହେବେ । ଗ୍ରନ୍ଥ ସଂଶୋଧନର କିଛି ଅବକାଶ ଥିଲେ ଶୁଦ୍ଧିପତ୍ର ତ ଦିଆଯାଇ ପାରିବ ନାହିଁ । ଫଟୋଗ୍ରାଫ ଛବିର ସମ୍ବାଦ କି ହେଲା ଲେଖିବା ହେବେ । ଆଉ ଆପଣଙ୍କ ପ୍ରଶ୍ନମାନଙ୍କର ଉତ୍ତର ଯଥାଶକ୍ତି ଏମନ୍ତ ଯେ ଅଶ୍ୱିନୀ ପ୍ରଭୃତି ନକ୍ଷତ୍ର ଧ୍ରୁବ ଯେ ପୂର୍ବ ସିଦ୍ଧାନ୍ତରେ ଉକ୍ତ ଅଛନ୍ତି...

ଏ ଭଲି ଭାବେ ଯୋଗେଶଚନ୍ଦ୍ରଙ୍କର ପ୍ରଶ୍ନର ସ୍ପଷ୍ଟୀକରଣ ଦେଇ ଚନ୍ଦ୍ରଶେଖର ନିମ୍ନମତେ ଚିଠିଟି ସମାପ୍ତ କରିଥିଲେ:

ଦିନକୁ ଦିନ ଅବସ୍ଥା ଯୋଗେ ବୁଦ୍ଧି ସ୍ଥୂଲ ହେଉଅଛି । ଏଣିକି ସ୍ୱଗ୍ରନ୍ଥରେ କୌଣସି କୌଣସି ବିଷୟରେ ପରିବର୍ତ୍ତନ ବା ବିୟୋଜନ କରିବା ବିଚାର ସ୍ଫୁର୍ତ୍ତ ନାହିଁ ।

ମୋହର ସୁଖ୍ୟାତି ପାଇଁ ଶ୍ରୀ ପରମେଶ୍ୱର ଆପଣଙ୍କୁ ନିଯୁକ୍ତ କରିଅଛନ୍ତି । ନଚେତ ଏ ପର୍ଯ୍ୟନ୍ତ କେହିଁ ସାହାଯ୍ୟ କରନ୍ତେ ନାହିଁ । ଚନ୍ଦ୍ର ସ୍ଫୁଟର ଉଦାହରଣ ଚାରିଦିନ ମଧ୍ୟରେ ପଠାଇଦେବି । ରାଜବଲ୍ଲଭ ମିଶ୍ର ଆଠଦିନ ମଧ୍ୟରେ କଟକ ଯିବା ନିଶ୍ଚୟ କରିଅଛନ୍ତି ଆଉ ଗ୍ରହସ୍ଫୁଟ ସାଧନ ସେ ନେଇଯିବେ । କିମଧିକଂ ବିଜ୍ଞାପନୀୟମିତି ।

ଲିଖିତଂ ଶ୍ରୀ ଚନ୍ଦ୍ରଶେଖର ସିଂହ ହରିଚନ୍ଦନ ମହାପାତ୍ର ସାମନ୍ତ

କିନ୍ତୁ ପ୍ରତିଶ୍ରୁତ ସମୟ ମଧ୍ୟରେ ନା ଚନ୍ଦ୍ରଶେଖର ଉଦାହରଣ ଲେଖି ପଠାଇଲେ, ନା ରାଜବଲ୍ଲଭ ମିଶ୍ର କଟକ ଗଲେ । ସିଦ୍ଧାନ୍ତ ଦର୍ପଣ କାମ ଏହିପରି ପଛେଇଗଲା ଏବଂ ଯୋଗେଶଚନ୍ଦ୍ରଙ୍କର ଚିନ୍ତା ଓ ବିରକ୍ତି ବଢ଼ି ଚାଲିଲା ।

ଅନ୍ୟ ଦିଗରେ ବାର୍ଷିକ ପଞ୍ଜିକା ଛପାଇବା କାମରେ ମଧ୍ୟ ଏକ ନୂଆ ସମସ୍ୟା ଦେଖାଦେଲା । ଗୌରୀଶଙ୍କର ଚନ୍ଦ୍ରଶେଖରଙ୍କୁ କହିଥିଲେ ଯେ ରାଜବଲ୍ଲଭ ମିଶ୍ରଙ୍କର କାମ ଖଡ଼ିରତ୍ନଙ୍କ କାମ ଭଲି ଏତେ ଭଲ ନୁହେଁ । ଏ କଥା ଚନ୍ଦ୍ରଶେଖର ରାଜବଲ୍ଲଭଙ୍କୁ କହିଦେଲେ ଏବଂ ସେହିଦିନଠାରୁ ରାଜବଲ୍ଲଭ ଗୌରୀଶଙ୍କର ଉପରେ ରାଗ ରଖିଲେ । ସୁବିଧା ଦେଖି ରାଜବଲ୍ଲଭ ଚନ୍ଦ୍ରଶେଖରଙ୍କୁ ଶିଖାଇଲେ ଯେ ଗୌରୀଶଙ୍କର ଯେଉଁ ପାଞ୍ଜି ଛାପୁଛନ୍ତି ସେଥିରେ 'ସାମନ୍ତ ଚନ୍ଦ୍ରଶେଖର ପଞ୍ଜିକା' ନ ଛାପି 'କମ୍ପାନୀର ପଞ୍ଜିକା' ବୋଲି ଲେଖିବା ସାମନ୍ତଙ୍କ ପ୍ରତି ଅପମାନଜନକ, କାରଣ ଏପରି ଲେଖିବା ଦ୍ୱାରା ଗୌରୀଶଙ୍କର

ତାଙ୍କୁ କର୍ମଚାରୀ ଭାବରେ ଗଣନା କରୁଛନ୍ତି । କିଛିଦିନ ପରେ ରାଜବଲ୍ଲଭଙ୍କ ପ୍ରରୋଚନାରେ ଚନ୍ଦ୍ରଶେଖର ପାଂଜି ବିକ୍ରି ଲାଭରୁ ବାରପଣ ମାଗିଲେ ଏବଂ ଏହା ଦେବାକୁ ଗୌରୀଶଙ୍କର ମନା କରିଦେଲେ ।

ଏହାପରେ ରାଜବଲ୍ଲଭ ଚନ୍ଦ୍ରଶେଖରଙ୍କୁ ନେଇ ଜୁଟାଇଲେ ସୀତାନାଥ ରାୟଙ୍କ ପାଖରେ । ତାଙ୍କ ସହିତ କଥାବାର୍ତ୍ତା କରି ଠିକ୍ ହେଲା ଯେ ଚନ୍ଦ୍ରଶେଖର ସାଧୁଥିବା ପାଂଜି ରାୟ ପ୍ରେସରୁ ବାହାରିବ । ସେଥିପାଇଁ ସୀତାନାଥ ପ୍ରଥମବର୍ଷ ତାଙ୍କୁ ତିନିଶହ ଟଙ୍କା ଦେବେ ଏବଂ ପର ବର୍ଷଠାରୁ ବିକ୍ରୟ ଲାଭରୁ ଏକ ଚତୁର୍ଥାଂଶ ରଖି ତିନି ଚତୁର୍ଥାଂଶ ଚନ୍ଦ୍ରଶେଖରଙ୍କୁ ଦେବେ । ଏହି ବ୍ୟବସ୍ଥା ଅନୁସାରେ ଚନ୍ଦ୍ରଶେଖର ଦୁଇବର୍ଷର ପାଂଜି ତିଆରି କରି ସୀତାନାଥଙ୍କୁ ଦେଇଦେଲେ ।

ବାଧ୍ୟ ହୋଇ ଗୌରୀଶଙ୍କର ପୁଣି ଖଡ଼ିରତ୍ନଙ୍କର ଆଶ୍ରୟ ନେଲେ । ଗୋଟିଏ ଆଖିରେ ଆଉ ଦେଖି ପାରୁ ନଥିଲେ ମଧ୍ୟ ଖଡ଼ିରତ୍ନ ପାଂଜି ସାଧିଲେ ଏବଂ ତାହା ପ୍ରିଣ୍ଟିଂ କମ୍ପାନୀରୁ ପ୍ରକାଶ ପାଇଲା ।

ବଜାରରେ ଦୁଇଟି ପାଂଜି ଚଳି ପୁଣି ଲୋକମାନେ ଅସୁବିଧାରେ ପଡ଼ିଲେ । ପଣ୍ଡିତମାନଙ୍କ ମଧ୍ୟରେ କେଉଁ ପାଂଜିଟି ଠିକ୍ ତା ନେଇ ତର୍କ ବିତର୍କ ହେଲା । ପୁରୀର ମୁକ୍ତିମଣ୍ଡପ ସଭା ଏବଂ ଶାସନ ଦାମୋଦରପୁରର ସଦ୍ଧର୍ମ ପ୍ରକାଶିନୀ ସଭା ଏ ବାଦ ବିବାଦରେ ଭାଗ ନେଲେ । ପୁରୀର ପଣ୍ଡିତମାନେ ମହାଷ୍ଟମୀ ଓ ପ୍ରଥମାଷ୍ଟମୀ ପୂଜା ଚନ୍ଦ୍ରଶେଖରଙ୍କ ରାୟ ପ୍ରେସ ପାଂଜି ଅନୁସାରେ ନ କରି ପ୍ରିଣ୍ଟିଂ କମ୍ପାନୀ ପାଞ୍ଜି ଅନୁସାରେ କଲେ । ରାୟ ପ୍ରେସ ପାଞ୍ଜିରୁ ନାନାଦି ଭୁଲ ବାହାର କରି ଖଡ଼ିରତ୍ନ ଉତ୍କଳ ଦୀପିକାରେ ପତ୍ର ପ୍ରକାଶ କଲେ ।

ଏ ସବୁର ଫଳ ଏହା ହେଲା ଯେ ରାୟ ପାଂଜି ଅପେକ୍ଷା କମ୍ପାନୀ ପାଂଜି ବେଶୀ ସଂଖ୍ୟାରେ ବିକ୍ରି ହେଲା ।

କଟକ: ଡିସେମ୍ବର ୧୮୯୭

୧୮୯୭ ଏପ୍ରିଲ ମାସରେ ଯେତେବେଳେ ମଧୁବାବୁ ନିଜର ଆପେଣ୍ଡିସାଇଟିସ ଚିକିତ୍ସା ପାଇଁ ବିଲାତ ଯିବାକୁ ବାହାରିଲେ, ଗୌରୀଶଙ୍କର ତାଙ୍କୁ ବାରମ୍ବାର କହିଲେ ସେ ସେଠାରେ ଯାଇ ଯେପରି ରେଭେନ୍ଶାଙ୍କ ସାଙ୍ଗରେ ଦେଖା କରନ୍ତି । ରେଭେନ୍ଶା ଓଡ଼ିଶାରେ ଥିଲାବେଳେ ଯେତିକି ଜନପ୍ରିୟ ଥିଲେ, ତାଠାରୁ ବେଶୀ ଜନପ୍ରିୟ ହୋଇଯାଇଥିଲେ ଓଡ଼ିଶା ଛାଡ଼ିବା ପରେ । ତାଙ୍କ ପରବର୍ତ୍ତୀ କମିଶନରମାନଙ୍କ ଭିତରୁ କେହି ଏତେ ବେଶୀ ଦିନ ଓଡ଼ିଶାରେ ରହି ନଥିଲେ ତଥା ଓଡ଼ିଶାର ଲୋକମାନଙ୍କ ସହିତ ମିଶିବା ପାଇଁ ଚେଷ୍ଟା କରି ନ ଥିଲେ । ତା ବ୍ୟତୀତ ନଅଙ୍କ ଦୁର୍ଭିକ୍ଷ ପରେ ଯେତେ ଭଲକାମ ଓଡ଼ିଶାରେ ହୋଇଥିଲା, ଯଥା, କଲେଜ, ବାଳିକା ବିଦ୍ୟାଳୟ, ସର୍ଭେସ୍କୁଲ, ମେଡ଼ିକାଲ ସ୍କୁଲ, ଚାନ୍ଦବାଲି ବନ୍ଦର ଓଡ଼ିଶାର ଲୋକ ଭାବୁଥିଲେ ଯେ ସେ ସମସ୍ତ ରେଭେନ୍ଶାଙ୍କର କୀର୍ତ୍ତି । ତେବେ ଗୌରୀଶଙ୍କର ରେଭେନ୍ଶାଙ୍କ ବିଷୟରେ ଏତେ ଆଗ୍ରହ ନେବାର ଅନ୍ୟ ଏକ କାରଣ ଥିଲା ତାଙ୍କର ଦୋଷୀ ମନୋଭବ: ସେ ଥରେ ନୁହେଁ ଦୁଇଥର ରେଭେନ୍ଶାଙ୍କ ମୃତ୍ୟୁ ସମ୍ବାଦ ଦୀପିକାରେ ପ୍ରକାଶ କରିଥିଲେ ।

ବର୍ଦ୍ଧମାନ କମିଶନର ଭାବରେ ବଦଲି ହୋଇ ରେଭେନ୍ଶା କଟକ ଛାଡ଼ିଥିଲେ ଏପ୍ରିଲ ୧୮୭୮ରେ । ଏହାର ପ୍ରାୟ ଛ ମାସ ପରେ କଲିକତାର ଇଣ୍ଡିଆନ ମିରରରେ ଖବର ବାହାରିଲା ଯେ ରେଭେନ୍ଶାଙ୍କର ପରଲୋକ ହୋଇଯାଇଛି । ଦୀପିକା ଏ ସମ୍ବାଦ ପ୍ରକାଶ କଲା, କିନ୍ତୁ କଲିକତାର ଅନ୍ୟ କେତେ ଖବରକାଗଜରେ ଟି.ଇ. ବଦଲରେ ଏଚ.ଇ. ରେଭେନ୍ଶା ଏବଂ ଭୂତପୂର୍ବ କର୍ମଚାରୀ ଲେଖାଥିବାରୁ, ସନ୍ଦେହ ପ୍ରକାଶ କଲା ଯେ ମୃତ ରେଭେନ୍ଶା ଅନ୍ୟ କେହି ହୋଇଥାଇ ପାରନ୍ତି ।

୧୮୮୯ ଅଗଷ୍ଟ ୩୧ ତାରିଖ ଦୀପିକାରେ କିନ୍ତୁ କଳାଧାଡ଼ି ଦେଇ ପୂରା ଗୋଟିଏ ସ୍ତମ୍ଭରେ

ରେଭେନ୍ଶାଙ୍କର ମରିବା ଖବର ପ୍ରକାଶ ପାଇଥିଲା। ଏଥିରେ ଆମ୍ଭମାନଙ୍କର ପରମ ବନ୍ଧୁ ମହାତ୍ମା ରେଭେନ୍ଶା ସାହେବଙ୍କ କାର୍ଯ୍ୟକଳାପର ବିବରଣୀ ଦେଇ ଶେଷରେ ପ୍ରାର୍ଥନା କରାଯାଇଥିଲା ଯେ ପରମେଶ୍ୱର ତାହାଙ୍କ ଆତ୍ମାର ମଙ୍ଗଳ ବିଧାନ କରନ୍ତୁ। ଏ ସମ୍ବାଦ ପ୍ରକାଶ ପାଇବାପରେ କଲିକତାରେ ଥିବା ରେଭେନ୍ଶାଙ୍କ ଝିଅଙ୍କ ପାଖରୁ ଖବର ମିଳିଲା ଯେ ରେଭେନ୍ଶା ଜୀବିତ ଅଛନ୍ତି। ଭୁଲ ସମ୍ବାଦ ପରିବେଷଣ କରିଥିବାରୁ କ୍ଷମା ମାଗି ଗୌରୀଶଙ୍କର ଲେଖିଥିଲେ : ଜୀବିତ ବ୍ୟକ୍ତିର ମୃତ୍ୟୁ ଘୋଷଣା ହେଲେ ତାହାର ପରମାୟୁ ବୃଦ୍ଧି ହୁଏ ବୋଲି ସମସ୍ତେ କହନ୍ତି। ଆମ୍ଭେମାନେ ଏକାନ୍ତ ପ୍ରାର୍ଥନା କରୁଅଛୁ କି ଏହିକଥା ସାହେବ ମହୋଦୟଙ୍କ ପାଖରେ ସାର୍ଥକ ହେବ।

ମଧୁବାବୁ ଆଗରୁ ରେଭେନ୍ଶାଙ୍କୁ ଜାଣି ନ ଥିଲେ ମଧ ଗୌରୀଶଙ୍କର ପ୍ରଭୃତିଙ୍କ ଆଗ୍ରହରେ ବିଲାତରେ ଥିଲାବେଳେ ତାଙ୍କୁ ଭେଟିବାକୁ ଗଲେ। ରେଭେନ୍ଶା ସେତେବେଳକୁ ସସେକ୍ସରେ ରହୁଥିଲେ। ମଧୁବାବୁ ଥ୍ରୀ ବ୍ରିଜେସ ଷ୍ଟେସନରେ ଓହ୍ଲାଇଲା ବେଳକୁ ରେଭେନ୍ଶା ସେଠାରେ ତାଙ୍କ ପାଇଁ ଅପେକ୍ଷା କରୁଥିଲେ। ମଧୁବାବୁ ଏକମାତ୍ର କଳାଲୋକ ଥିବାରୁ ରେଭେନ୍ଶା ସିଧା ତାଙ୍କ ପାଖକୁ ଯାଇ ନିଜର ପରିଚୟ ଦେଲେ ଏବଂ ସାଙ୍ଗରେ ଆଣିଥିବା ଘୋଡ଼ା ଗାଡ଼ିରେ ବସାଇ ତାଙ୍କୁ ନିଜ ଘରକୁ ନେଇଗଲେ। ପ୍ରାୟ କୋଡ଼ିଏ ବର୍ଷ ତଳେ ଓଡ଼ିଶା ଛାଡ଼ିଥିଲେ ମଧ ସେ ଏ ପର୍ଯ୍ୟନ୍ତ ଖଣ୍ଡି ଖଣ୍ଡି ଓଡ଼ିଆ କହୁଥିଲେ ଏବଂ ମଧୁବାବୁଙ୍କୁ ବସାଇ ତାଙ୍କୁ ଗୋଟିଏ ବିଡ଼ି ଦେଇ କହିଲେ, ଓଡ଼ିଆ ପିକା ଖାଅ। ସେ ନିଜେ ମଧ ଗୋଟିଏ ବିଡ଼ି ଧରାଇଲେ ଏବଂ କହିଲେ ଯେ ସେ ଓଡ଼ିଆ ପିକା ଖାଇବାର ଅଭ୍ୟାସ ଏ ପର୍ଯ୍ୟନ୍ତ ଛାଡ଼ିପାରି ନାହାନ୍ତି। ତାପରେ ସେ ତାଙ୍କୁ ନିଜ ଘର ଭିତରେ ଚାରିଆଡ଼େ ବୁଲାଇ ଓଡ଼ିଶାରୁ ଆଣିଥିବା ବିଭିନ୍ନ ଜିନିଷ ଦେଖାଇଲେ, ଯଥା କଟକ ତାରକସି କାମ, ହୁକା, ଢେଙ୍କାନାଳ ରାଜା ତାଙ୍କୁ ଦେଇଥିବା ଛୁରୀ ଓ କଟୁରୀ, ଦୁଇଟି ହାତୀ ଦାନ୍ତ, କେନ୍ଦୁଝରରୁ ଆଣିଥିବା ଆଦିବାସୀ ଅସ୍ତ୍ରଶସ୍ତ୍ର ଇତ୍ୟାଦି। ଏହାପରେ ସେ ତାଙ୍କୁ ନିଜର ହତିଆର ଘର ଦେଖାଇଲେ ଏବଂ କହିଲେ ଯେ ସେ ଏତେ ପ୍ରକାର କଳକବ୍‌ଜା ରଖିଛନ୍ତି ଯୋଉଥିରୁ ଘଡ଼ି ମରାମତିରୁ ଆରମ୍ଭ କରି ଗୋଟିଏ ଚଉକି ମଧ ତିଆରି କରି ପାରିବେ।

ରେଭେନ୍ଶା ତାଙ୍କୁ ଓଡ଼ିଶାର ସବୁ ବିଶିଷ୍ଟ ଲୋକଙ୍କ ବିଷୟରେ ପଚାରିଲେ ଏବଂ କେନ୍ଦୁଝର ଓ ନୟାଗଡ଼ ବିଷୟରେ ଜାଣିବାକୁ ଚାହିଁଲେ। ମଧୁବାବୁ ତାଙ୍କୁ ଏ ବିଷୟରେ ବିସ୍ତୃତ ଭାବରେ କହି ପାରିଲେ କାରଣ ସେ ଉଭୟ ରାଜ୍ୟର ଓକିଲ ଥିଲେ। ବର୍ତ୍ତମାନ ଓଡ଼ିଶାରେ ଦୁର୍ଭିକ୍ଷ ପଡ଼ିଥିବା ଶୁଣି ରେଭେନ୍ଶା ଭାରତ ସରକାରଙ୍କୁ ଲେଖିଥିଲେ ଯେ ସେ ଯାଇ ସେଠାରେ କାମ କରିବାକୁ ପ୍ରସ୍ତୁତ, କିନ୍ତୁ ସରକାର ବାହାର ଲୋକଙ୍କର ସାହାଯ୍ୟ ଚାହୁଁ ନ ଥିଲେ। ବୁଢ଼ା ବୟସରେ ରେଭେନ୍ଶା ଆଉ ଥରେ ଓଡ଼ିଶା ଦେଖିବାକୁ ଚାହୁଁଥିଲେ କିନ୍ତୁ ତାହା ସମ୍ଭବ ହୋଇ ନ ଥିଲା। ମଧୁବାବୁ ତାଙ୍କୁ ଛାଡ଼ି ଆସିବାବେଳେ ରେଭେନ୍ଶା ତାଙ୍କୁ ଅନୁରୋଧ କଲେ ତାଙ୍କର ସବୁ ପୁରୁଣା ବନ୍ଧୁଙ୍କୁ ସଲାମ ଜଣାଇ ଦେବାକୁ।

ରେଭେନ୍ଶାଙ୍କ ସହିତ ତାଙ୍କର ମଧୁର ସାକ୍ଷାତ କଥା ମଧୁବାବୁ ଉକ୍କଳ ଦୀପିକାରେ ପତ୍ରକାରରେ ଛାପାଇବା ପରେ ଦୀପିକା ଓଡ଼ିଶାର ରାଜା ଜମିଦାରଙ୍କୁ ଅନୁରୋଧ କଲା ଯେ ସେମାନେ ଦେଢ଼ ଦୁଇ ହଜାର ଖର୍ଚ୍ଚ କରି ରେଭେନ୍ଶାଙ୍କୁ ଓଡ଼ିଶାକୁ ଅଣାଇବାର ଚେଷ୍ଟା କଲେ ଉତ୍ତମ ହୁଅନ୍ତା। ଏ ଖବର ପଢ଼ି ବାଲେଶ୍ୱରର ବାବୁ ରାଧାଚରଣ ଦାସ ଦୀପିକାକୁ ଟେଲିଗ୍ରାମ ପଠାଇଲେ ଯେ ଏଥିପାଇଁ ଏକ ପାଣ୍ଠି ଆରମ୍ଭ କରାଯାଉ ଏବଂ ସେଥିପାଇଁ ସେ କିଛି ଚାନ୍ଦା ଦେବାକୁ ପ୍ରସ୍ତୁତ ଅଛନ୍ତି। କେନ୍ଦୁଝର ରାଜା

ଏଥିପାଇଁ ଚାରିଶହ ଟଙ୍କା। ଦେବେ ବୋଲି ଜଣାଇଲେ। ତାଙ୍କ ଦେଖାଦେଖି ମୟୂରଭଞ୍ଜ ରାଜା କହିଲେ ଯେ ସେ ପାଞ୍ଚ ଶହ ଟଙ୍କା ଦେବେ। କିନ୍ତୁ କଟକରେ ପୂର୍ବରୁ ହୋଇଥିବା ଅନ୍ୟାନ୍ୟ ଅନେକ ପାଣ୍ଠିଭଳି ଏ ପାଣ୍ଠିର ମଧ୍ୟ ଆଉ କୌଣସି ପ୍ରଗତି ହେଲାନାହିଁ ଏବଂ ରେଭେନ୍ଶାଙ୍କୁ ଓଡ଼ିଶା ନିମନ୍ତ୍ରଣ କରିବା କଥା କଥାରେ ରହିଗଲା।

ନଭେମ୍ବର ମାସରେ ମଧୁବାବୁ ଓଡ଼ିଶା ଫେରିଲେ ଏବଂ ତାଙ୍କ ପାଇଁ ଅଭ୍ୟର୍ଥନା ସଭାମାନ ହେଲା। ପ୍ରଥମ ବିଲାତ ଫେରନ୍ତା ଓଡ଼ିଆ ହୋଇଥିବାରୁ ମଧୁବାବୁଙ୍କର ଅନେକ ପ୍ରସିଦ୍ଧି ହୋଇଗଲା ଓଡ଼ିଶାରେ। ଯଦିଓ ସେ ଚିକିତ୍ସା ପାଇଁ ବିଲାତ ଯାଇଥିଲେ, ଓକିଲାତି ପଢ଼ିବାକୁ ନୁହେଁ, ଲୋକମାନେ ବର୍ତ୍ତମାନ ତାଙ୍କୁ ଡାକିବାକୁ ଆରମ୍ଭ କଲେ ମଧୁ ବାରିଷ୍ଟର।

ଆଦର ଅଭ୍ୟର୍ଥନାରୁ ମୁକ୍ତି ପାଇ ମଧୁବାବୁ ତାଙ୍କର ବାକି ପଡ଼ିଥିବା କାମରେ ମନଦେଲେ। ଏଥିରୁ ଗୋଟିଏ ବଡ଼ କାମ ଥିଲା ପୁରୀ ମନ୍ଦିର କଥା। ସେ ଚାଲିଯିବା ପରେ ବୈଦ୍ୟନାଥ ପଣ୍ଡିତ ଓ ଗୋକୁଳାନନ୍ଦ ଚୌଧୁରୀଙ୍କ ମଧ୍ୟରେ ମତାନ୍ତର ହୋଇ କେହି ଆଉ ମନ୍ଦିର କଥା ବୁଝିଲେ ନାହିଁ। ଉପରନ୍ତୁ ବୈଦ୍ୟନାଥ ପଣ୍ଡିତଙ୍କ ଉପରେ ମନ୍ଦିରର ଚାରି ହଜାର ଟଙ୍କା ଆତ୍ମସାତ କରିଥିବାର ଅଭିଯୋଗ ହେଲା। ଏହି ସବୁ କାରଣରୁ ମନ୍ଦିରକୁ ଚଲାଇବାର, ବା ସଠିକ କହିଲେ ନ ଚଲାଇବାର, ଭାର ପୁରାପୁରି ରହିଲା ମୁକୁନ୍ଦ ଉପରେ।

ପୁରୀକୁ ଯାଇ ମଧୁବାବୁ ଦେଖିଲେ ଯେ ଜମିଦାରୀ ଓ ମନ୍ଦିର ପରିଚାଳନା ପୁରାପୁରି ନଷ୍ଟ ହୋଇଯାଇଛି। ସେ ଖଣ୍ଡି ବିଷୟରେ ମଧ୍ୟ ସବୁକଥା ଶୁଣିଲେ। ସେ ମୁକୁନ୍ଦକୁ କିଛି ଉପଦେଶ ଦେଇଥାନ୍ତେ, କିନ୍ତୁ ମୁକୁନ୍ଦର ଶାରୀରିକ ଓ ମାନସିକ ଅବସ୍ଥା ଠିକ୍ ନ ଥିଲା। ସୂର୍ଯ୍ୟମଣିଙ୍କ ସହିତ ପରାମର୍ଶ କରି ମଧୁବାବୁ ଠିକ କଲେ ଯେ ଚିକିତ୍ସା ପାଇଁ ସେ ମୁକୁନ୍ଦକୁ କଲିକତା ନେଇଯିବେ।

ପୁରୀ: ଅକ୍ଟୋବର ୧୮୯୮

କଲିକତାରେ ଚିକିସ୍ତାରେ କୌଣସି ଉନ୍ନତି ନହେବାରୁ ମଧୁବାବୁ ମୁକୁନ୍ଦକୁ ପୁରୀ ଫେରାଇ ଆଣିଲେ। ନଅରକୁ ଫେରିଆସି ପୁଣି ଖଣ୍ଡିର ସେବାରେ ମନ ଦେଲା ମୁକୁନ୍ଦ। ଖଣ୍ଡିର ଚତୁର୍ଥ ସ୍ୱାମୀ ଦାଶରଥି ଜେନାକୁ ମୁକୁନ୍ଦ ମନ୍ଦିରରେ କନଷ୍ଟେବଲ କରି ରଖାଇ ଦେଇଥିଲା। ସେ କିନ୍ତୁ କାମକୁ ନ ଯାଇ କେବଳ ପହିଲା ତାରିଖରେ ଦରମା ନେବାକୁ ପହଞ୍ଚିଯାଉଥିଲା। ଏଥିପାଇଁ ତାକୁ ଚାକିରିରୁ ସସ୍ପେଣ୍ଡ କରା ହୋଇଥିଲା ଏବଂ ଯେତେବେଳେ ତାକୁ ଚାକିରିରୁ ଡିସମିସ କରିବା କଥା ଉଠିଲା, ୧୮୯୬ ଡିସେମ୍ବର ମାସରେ ସେ ଭୟରେ ଇସ୍ତଫା ଦେଇଦେଲା। ଖଣ୍ଡି ଯାଇ ମୁକୁନ୍ଦ ଉପରେ ପାତି କରିବାରୁ ମୁକୁନ୍ଦ ତାକୁ ମନ୍ଦିରର ସୁଆଁସିଆ ସେବାରେ ନିଯୁକ୍ତ କଲା। ମନ୍ଦିରରେ ସେବକ ହେବାପାଇଁ ରାଜାଙ୍କ ଛାମୁ ଚିଟାଉ ପରେ ଗୋଟିଏ ଶାଢ଼ୀବନ୍ଧା କର୍ମ କରିବାର ବିଧି ଥିଲା; ନୂଆ ସେବକ ମୁଣ୍ଡରେ ଶାଢ଼ୀ ବନ୍ଧା ହେଲେ ଯାଇ ତାକୁ ବିଧିମତେ ମନ୍ଦିର ସେବାକୁ ନିଆଯାଉଥିଲା। ଦାଶରଥି ଯେତେବେଳେ ଶାଢ଼ୀବନ୍ଧା ପାଇଁ ମନ୍ଦିରକୁ ଗଲା, ତାକୁ ଅନ୍ୟ ସେବକମାନେ ବାଡ଼େଇ ବାହାର କରିଦେଲେ। ଏହାର କାରଣ ଥିଲା ଯେ ଜଣେ ଭିଖାରୁଣୀକୁ ବାହା ହୋଇ ସେ ଜାତିଭ୍ରଷ୍ଟ ହୋଇଥିଲା ଏବଂ ଏଭଳି ଲୋକ ମନ୍ଦିର ସେବକ ହୋଇପାରିବ ନାହିଁ। ଏ ଖବର ମୁକୁନ୍ଦ ପାଖରେ ପହଞ୍ଚିବାରୁ ସେ ଖଣ୍ଡିକୁ କହିଲା, ଦାଶରଥିକୁ ସିନା ମନ୍ଦିର ଭିତରେ ପୁରାଇ ଦେଲେ ନାହିଁ, ମୁଁ ତାକୁ ସାନ୍ତରା କରି ଦେବି। କିଛି ଦିନ ଭିତରେ ଆଉ ଗୋଟିଏ ଛାମୁ ଚିଟାଉ ବଳରେ ଦାଶରଥି ହୋଇଗଲା ଦାଶରଥି ସିଂହ ସାମନ୍ତରାୟ। ଖଣ୍ଡି ଏତିକିରେ ସନ୍ତୁଷ୍ଟ ନ ହେବାରୁ ତାର ପୁଅକୁ ମଧ ଉପାଧି ଦିଆଗଲା ଏବଂ ସେ ହୋଇଗଲା ମଦନ ଛୋଟରାୟ ବା ମଦନ ସିଂହ।

ଏଥରକ ଖଣ୍ଡିର ଦୁଇ ଝିଅଙ୍କୁ ବିବାହ କରାଇବା ବ୍ୟବସ୍ଥାରେ ମନ ଦେଲା ମୁକୁନ୍ଦ। ବଡ଼ ଝିଅ ପାଟ ପାଇଁ ମନ୍ଦିରରେ ବିରିବଟୀ ସେବା କରୁଥିବା କାଲୁ ସମର୍ଥୀର ପୁଅକୁ ଠିକ୍ କରାହେଲା ଏବଂ ନଥର ଭିତରେ ବଡ଼ ଜାକଜମକରେ ବାହାଘର ହୋଇଗଲା। ଏଥିପାଇଁ କିନ୍ତୁ ମାଲିମାନେ କାଲୁକୁ ଜାତିରୁ ବାହାର କରିଦେଲେ। ସେ ଯେତେବେଳେ ସେବା କାମ ପାଇଁ ମନ୍ଦିରକୁ ଗଲା, ତାକୁ ମନ୍ଦିରରେ ପୁରାଇଲେ ନାହିଁ। ଏଥରୁ ମାରପିଟ ହୋଇ କଥା ପୋଲିସ କେସ ପର୍ଯ୍ୟନ୍ତ ଗଲା।

ଖଣ୍ଡିର ଛୋଟ ଝିଅ ରୂପେଇକୁ ବାହା କରାଇ ଦିଆ ହେଲା ଯୋଗୀ ରାଉତ ବୋଲି ଶଗଡ଼ିଆ ସାଙ୍ଗରେ। ତାକୁ ସେବକ କଲେ ପୁଣି ମନ୍ଦିରରେ ଗଣ୍ଡଗୋଳ ହେବ ବୋଲି ମୁକୁନ୍ଦ ତା ପାଇଁ ଅନ୍ୟ ବ୍ୟବସ୍ଥା କଲା। ତାକୁ ଉପାଧି ଦିଆଗଲା ଏବଂ ଉପାଧି ପ୍ରଦାନ ପରେ ଶ୍ରୀ ଯୋଗେଶ ଚନ୍ଦ୍ର ରାଉତରାୟଙ୍କୁ ଡେଲାଙ୍ଗର ତହସିଲଦାର ନିଯୁକ୍ତ କରାଗଲା।

ଏଥରକ ଖଣ୍ଡିର ନଜର ପଡ଼ିଲା ମନ୍ଦିରର ପଇସା ଉପରେ। ଯାତ୍ରୀମାନେ ଯେଉଁ ସବୁ ଆଟିକା ଓ ଦାନ ଦେଉଥିଲେ ସେ ସବୁ ଟଙ୍କା। ସୁନାର ଗୋଟିଏ ଭାଗ ମିଳୁଥିଲା ପୁରୀ ରାଜାଙ୍କୁ। ରାଜାଙ୍କୁ କିଛି ସିଧାସଲଖ ଭେଟି ମଧ ମିଳୁଥିଲା। ଏ ସବୁ ଟଙ୍କା ସୁନା ବର୍ତ୍ତମାନ ଖଣ୍ଡି ପାଖକୁ ଯିବାରେ ଲାଗିଲା। ଏହା ବ୍ୟତୀତ ମନ୍ଦିର ଭଣ୍ଡାରୁ ମୂଲ୍ୟବାନ ରତ୍ନ ଓ ଅଳଙ୍କାର ମରାମତି ଓ ଠାକୁରଙ୍କ ବେଶ ଇତ୍ୟାଦି ବାହାନାରେ ଅଣା ହୋଇ ଖଣ୍ଡି ଘରେ ରହିଲା ଏବଂ ତା ବଦଳରେ ନକଲି ଅଳଙ୍କାର ପଠାଇ ଦିଆ ହେଲା ଭଣ୍ଡାରକୁ।

ପୁରୀ ମନ୍ଦିରର ବିଶୃଙ୍ଖଳା ପାଇଁ ଲୋକେ ମଧୁବାବୁଙ୍କୁ ଦୋଷୀ ମଣିଲେ କାରଣ ତାଙ୍କୁ ସମସ୍ତେ ଜାଣିଥିଲେ ପୁରୀ ରାଜାଙ୍କ ଓକିଲ ଓ ଅଭିଭାବକ ବୋଲି। ଏଥରେ ବ୍ୟସ୍ତ ହୋଇ ମଧୁବାବୁ ଠିକ କଲେ ଯେ ପୁରୀ ମନ୍ଦିର ବିଷୟ ବିଚାର କରିବା ପାଇଁ ସେ ଉତ୍କଳ ସଭାର ଏକ ଅଧ୍ୱେଶନ ଡାକିବେ। ଏପ୍ରିଲ ୩୦ ତାରିଖ ଉତ୍କଳ ଦୀପିକାରେ ନିମ୍ନଲିଖିତ ବିଜ୍ଞାପନ ପ୍ରକାଶ ପାଇଲା:

ପୁରୀ ଶ୍ରୀକ୍ଷେତ୍ରସ୍ଥ ଶ୍ରୀଜଗନ୍ନାଥ ମହାପ୍ରଭୁଙ୍କ ମନ୍ଦିରର କାର୍ଯ୍ୟ ବର୍ତ୍ତମାନ ନିତାନ୍ତ ଅସନ୍ତୋଷଜନକ ରୂପେ ନିର୍ବାହ ହେଉଥିବାରୁ ତାହା ସନ୍ତୋଷଜନକ ରୂପେ ଚଲାଇବାର କି ବ୍ୟବସ୍ଥା କରିବାକୁ ହେବ ଏହି ବିଷୟ ବିବେଚନା କରିବା କାରଣ ଆସନ୍ତା ମେ ମାସ ଦୁଇ ତାରିଖ ସୋମବାର ଅପରାହ୍ନ ଛ ଘଣ୍ଟା ସମୟରେ କଟକ ପ୍ରିଣ୍ଟିଂ କମ୍ପାନୀଙ୍କ କୋଠାରେ ଉତ୍କଳ ସଭାର ଏକ ସାଧାରଣ ଅଧ୍ୱେଶନ ହେବ। ସର୍ବସାଧାରଣଙ୍କୁ ଏହି ଅଧ୍ୱେଶନଦ୍ତରେ ଉପସ୍ଥିତ ହେବା କାରଣ ଅନୁରୋଧ କରୁଅଛ।

ଶ୍ରୀ ମଧୁସୂଦନ ଦାସ, ସଭାପତି

୨୬ ଏପ୍ରିଲ ୧୮୯୮   ଶ୍ରୀ ଗୌରୀଶଙ୍କର ରାୟ, ସଂପାଦକ

ଦୁର୍ଭାଗ୍ୟକୁ ସେଦିନ ମୁସଲମାନ ପର୍ବ ହେତୁ ଅଫିସ ଛୁଟି ଥିଲା ଏବଂ ଅନେକ ଲୋକ ଗାଁକୁ ଚାଲି ଯାଇଥିଲେ। ସଭାରେ ଉପସ୍ଥିତ ଥିଲେ ମାତ୍ର କୋଡ଼ିଏ ପଚିଶ ଲୋକ। ସଭା ଆରମ୍ଭରେ ମଧୁବାବୁଙ୍କୁ ଏକ ଦୀର୍ଘ ସ୍ୱଷ୍ଟୀକରଣ ଦେବାକୁ ହେଲା ନିଜେ ଖ୍ରୀଷ୍ଟିଆନ ହୋଇ ସେ କାହିଁକି ମନ୍ଦିର ଘଟଣାରେ ଜଡିତ ହେଉଛନ୍ତି। ପୁରୀ ମନ୍ଦିରରେ ଜାତି ବିଚାର ନ ଥିବା କଥା କହି ସେ କହିଲେ ସେ କିପରି ପୁରୀ ରାଜ ସଂସାରକୁ ସୁରକ୍ଷା କରିବା ପାଇଁ ବିଶେଷ ପରିଶ୍ରମ ଓ ଯତ୍ନ କରିଛନ୍ତି। ଏଥ ଉଭାରୁ ସେ ପୁରୀର ରାଜା ମୁକୁନ୍ଦ ଦେବ ମନ୍ଦିର ସମ୍ପତ୍ତି ଅପବ୍ୟୟ କରିଥିବାର କେତେକ ଉଦାହରଣ ଦେଲେ। ମଧୁବାବୁଙ୍କ

ବକ୍ତବ୍ୟ ପରେ ଦର୍ପଣୀ ରାଜା ବୈଦ୍ୟନାଥ ପଣ୍ଡିତ କହିଲେ ଯେ ପୁରୀ ମନ୍ଦିରର ସୁରକ୍ଷା ଓ ଉନ୍ନତି ବିଷୟରେ ସମସ୍ତଙ୍କର ସମ୍ପର୍କ ଅଛି ଏବଂ ସେ ସ୍ୱୟଂ କିଛିଦିନ ଏହି ମନ୍ଦିର କାର୍ଯ୍ୟ ଚଲାଇବାରେ ସ୍ୱହସ୍ତରୁ ଅନେକ ଟଙ୍କା ବ୍ୟୟ କରିଛନ୍ତି ।

ତର୍କ ବିତର୍କ ଉତ୍ତାରୁ ସଭାରେ ଧାର୍ଯ୍ୟ ହେଲା ଯେ ପୁରୀ ମନ୍ଦିରର କାର୍ଯ୍ୟ ନିର୍ବାହ ବର୍ତ୍ତମାନ ଯେଉଁ ଧାରାରେ ହେଉଅଛି ତହିଁରେ ବିଶେଷ ତଦନ୍ତ କରି ଏବଂ ଭବିଷ୍ୟତ କାର୍ଯ୍ୟ ନିର୍ବାହ ସମ୍ବନ୍ଧରେ ମନ୍ଦିରର ସେବକ ଓ ପୁରୀର ପ୍ରଧାନ ଲୋକମାନଙ୍କ ସଙ୍ଗେ ପରାମର୍ଶ କରି ଏବଂ ସରକାରଙ୍କ ମତଗ୍ରହଣ ପୂର୍ବକ ଗୋଟିଏ କଢ୍ଢ଼ଣା ସ୍ଥିର କରାଯାଉ । ଏହି କାରଣ ଗୋଟିଏ କମିଟି ସ୍ଥାପିତ ହେଉ ଏବଂ ରାଜା ବୈଦ୍ୟନାଥ ପଣ୍ଡିତ ବାହାଦୁର, ବାବୁ ବିହାରୀଲାଲ ପଣ୍ଡିତ, ବାବୁ ମଧୁସୂଦନ ଦାସ, ବାବୁ ଖୋସାଲ ଚାନ୍ଦ, ବାବୁ ଗୌରୀଶଙ୍କର ରାୟ ଏବଂ ବାବୁ ରାମଶଙ୍କର ରାୟ ତହିଁର ସଭ୍ୟ ହେଉନ୍ତୁ । ଏମାନେ ଯାହା ସ୍ଥିର କରିବେ ଶୀଘ୍ର ତହିଁର ରିପୋର୍ଟ ସଭାକୁ ଅର୍ପଣ କଲେ ସଭାରେ ସର୍ବସାଧାରଣ ବିବେଚନା କରି ଯେମନ୍ତ ସିଦ୍ଧାନ୍ତ କରିବେ ତଦନୁସାର କାର୍ଯ୍ୟ ହେବ ।

ଏ ସଭାର କିଛିଦିନ ପରେ ପୁରୀରେ ଚନ୍ଦନ ଯାତ୍ରା ହେଲା । ଏହି ସମୟରେ ମନ୍ଦିରରେ ନାନା ବିଶୃଙ୍ଖଳା ହୋଇ ଅଧିକାଂଶ ଦିନ ବଡ଼ସିଂହାର ଭୋଗ ହୋଇପାରିଲା ନାହିଁ । ଏଥିପାଇଁ ଯାତ୍ରା ସମୟରେ ପୁରୀର ମହନ୍ତ ଜମିଦାର ଅମଲା ସେବକ ମିଶି ମନ୍ଦିର ଭିତରେ ଗୋଟିଏ ସଭା ଡାକିଲେ ଏବଂ ଏଥିରେ ପୁରୀ ରାଜାଙ୍କୁ ସଭାପତି କରି ଆଲୋଚନା କଲେ । ଏ ସଭାରେ ସ୍ଥିର ହେଲା ଯେ ମନ୍ଦିରର କି ରୂପେ ସୁଚାରୁରୂପେ ନିର୍ବାହ ହେବ ସେଥିପାଇଁ ସ୍ଥାନୀୟ ଭଦ୍ରବ୍ୟକ୍ତିମାନଙ୍କ ସମ୍ମିଳନୀରେ ଗୋଟିଏ କମିଟି ଗଠିତ ହେଉ ଏବଂ ରାଜା ମହୋଦୟ ସ୍ୱୟଂ ଏହାର ସଭାପତି ହେଉନ୍ତୁ ।

ଏ ଦୁଇଟି କମିଟି କୌଣସି କାର୍ଯ୍ୟକ୍ରମ କଲେ ନାହିଁ ଏବଂ ମନ୍ଦିର ପରିଚାଳନାରେ ବିଶୃଙ୍ଖଳା ବଢ଼ି ଚାଲିଲା । ଏହାକୁ ସୁଧାରିବା ପାଇଁ ସମସ୍ତେ ବର୍ତ୍ତମାନ ଚାହିଁ ରହିଲେ କୁଳବୃଦ୍ଧ ମଧୁସୂଦନଙ୍କୁ । ବିଚକ୍ଷଣ ଓକିଲ ଭାବରେ ମଧୁବାବୁଙ୍କର ବର୍ତ୍ତମାନ ପ୍ରଭୂତ ନାଁ ଏବଂ ପ୍ରତିପତ୍ତି ହୋଇଥିଲା ଏବଂ ପଚାଶ ବର୍ଷ ବୟସରେ ତାଙ୍କୁ ଲୋକମାନେ କହୁଥିଲେ ଓଡ଼ିଶାର ଗ୍ରାଣ୍ଡ ଓଲ୍ଡମ୍ୟାନ । ଲୋକମାନଙ୍କର ପ୍ରତ୍ୟାଶା ପରିପୂରଣ କରିବାର ଆଉ କୌଣସି ଉପାୟ ନ ଦେଖି ମଧୁବାବୁ ଶେଷକୁ ନିଜର ଓକିଲାତି ବୁଦ୍ଧି ଲଗାଇ ଏକ କୌଶଳର ଆଶ୍ରୟ ନେଲେ । ଦଶହରା କଚେରୀ ଛୁଟିର ଚାରିଦିନ ଆଗରୁ ମଧୁବାବୁ କଟକ ସବଜଜଙ୍କ ଅଦାଲତରେ ଏକ ନାଲିଶ ଦାୟର କଲେ ଯେ ସେ ପୁରୀରାଜା ମୁକୁନ୍ଦଦେବଙ୍କ ଶିକ୍ଷା ଓ ଚିକିସାରେ ଯେଉଁ ଚଉଦ ହଜାର ଟଙ୍କା ଖର୍ଚ୍ଚ କରିଛନ୍ତି, ତାହା ତାଙ୍କୁ ପରିଶୋଧ ମିଲୁ । ଏଥିପାଇଁ ସେ ଅଗ୍ରିମୀ କୋରଖର ଆଦେଶ ପ୍ରାର୍ଥନା କରିଥିଲେ ଏବଂ ସବଜଜ ତାଙ୍କୁ ଆଦେଶ ଦେଇଦେଲେ । ସାଙ୍ଗେ ସାଙ୍ଗେ ଦୁଇଜଣ ପିଆଦା ସାଙ୍ଗରେ ନେଇ ମଧୁବାବୁ ପୁରୀକୁ ଗଲେ ଏବଂ ସେଠାର ନଥର କୋରଖ କରାଇଲେ । ତେବେ ପିଆଦାମାନେ ମୁକୁନ୍ଦର ଘର ତଲାସ ନ କରି ତଲାସ କଲେ ନଥର ଭିତରେ ଥିବା ଖଣ୍ଡିର ଘର । ତା ଘରୁ କୋରଖରେ ବରାମଦ ହେଲା ମାଟିତଲେ ପୋତା ହୋଇଥିବା ଦଶ ହଜାର ଟଙ୍କା, ଚସ୍ମା ହାଣ୍ଡି ଭିତରେ ଏବଂ ଅନ୍ୟ ଜାଗାରେ ଲୁଚା ହୋଇ ରହିଥିବା ମୁକ୍ତାହାର, ରାମେଶ୍ୱରୀ ମୋହରର ହାର, ବହୁମୂଲ୍ୟ ଅଳଙ୍କାର ଇତ୍ୟାଦି ।

ଏ କୋରଖ ପରେ ପରେ ପୂଜା ଛୁଟି ପାଇଁ କଚେରୀ ବନ୍ଦ ହୋଇଗଲା । ମୁକୁନ୍ଦ ଓ ଖଣ୍ଡି ଯାଇ

ମଧୁବାବୁଙ୍କୁ ଦେଖା କରିବାରୁ ସେ ସେମାନଙ୍କୁ ଗାଳି ଦେଲେ ଏବଂ ମୁକୁନ୍ଦକୁ ଧମକାଇଲେ ଯେ ସେ ତାଙ୍କ କଥା ନ ମାନିଲେ ସେ ତାର ଘର ମଧ୍ୟ ତଲାସ କରାଇବେ। କଚେରୀ ଖୋଲିବାରୁ ମୁକୁନ୍ଦ ଦରଖାସ୍ତ ଦେଲା ଯେ ମଧୁବାବୁଙ୍କର ଦାବି ଯଥାର୍ଥ ଏବଂ କୋରଖ ହୋଇଥିବା ଜିନିଷପତ୍ର ତାଙ୍କୁ ତାଙ୍କ ପାଉଣା ବାବଦରେ ଦିଆଯାଉ। ଏହା ବ୍ୟତୀତ ସେ ଗୋଟିଏ ଏକରାରନାମା ଲେଖି ଦେଲେ ଯେ ସେ ଏଥର‍କ ମଧୁବାବୁଙ୍କ ପରାମର୍ଶରେ ଚଲିବ। ଜଣେ ଅବସରପ୍ରାପ୍ତ ସାହେବ ଅଫିସର ପ୍ରାଇସ ମାସକୁ ଆଠଶହ ଟଙ୍କା ଦରମାରେ ରାଜାଙ୍କ ନିଜ ସମ୍ପତ୍ତି ତଥା ମନ୍ଦିର ସମ୍ପତ୍ତି କଥା ବୁଝିବାପାଇଁ ମ୍ୟାନେଜର ହୋଇ ରହିବେ। ମ୍ୟାନେଜରଙ୍କ କାମରେ ରାଜା ହସ୍ତକ୍ଷେପ କରିବେ ନାହିଁ। ମ୍ୟାନେଜରଙ୍କ କାମ ଓ ହିସାବପତ୍ର ମଧୁବାବୁ ତଦାରଖ କରିବେ। ରାଜାଙ୍କର ବ୍ୟକ୍ତିଗତ ଖର୍ଚ ପାଇଁ ମ୍ୟାନେଜର ତାଙ୍କୁ ମାସକୁ ହଜାରେ ଟଙ୍କା ଦେବେ। ଏ ବ୍ୟବସ୍ଥା ଗୋଟିଏ ବର୍ଷ ପାଇଁ ରହିବ।

ସମସ୍ୟାର ଏପରି ଏକ ସୁନ୍ଦର ସମାଧାନ ହେଲା କିନ୍ତୁ ପୁରୀର ଲୋକମାନେ ଏ ବ୍ୟବସ୍ଥାରେ ବିଶେଷ ଆଗ୍ରହ ଦେଖାଇଲେ ନାହିଁ। ସେମାନେ ଚିନ୍ତିତ ଥିଲେ ଅନ୍ୟ ଏକ ସମସ୍ୟା ନେଇ। ପୁରୀରେ ମାଙ୍କଡ଼ ଉପଦ୍ରବ ହେଉଥିଲା ଏବଂ ସେମାନଙ୍କ ଉପ୍ପାତରେ ଜୀବନଧାରଣ କଷ୍ଟକର ଥିଲା। ମ୍ୟୁନିସିପାଲିଟି ଗୁଲି ମାରି ତାଙ୍କୁ ଘଉଡ଼ାଇବାକୁ ଚେଷ୍ଟା କରିବାରୁ କେତେ ଲୋକ ଦରଖାସ୍ତ କଲେ ଯେ ଏହା ଧର୍ମବିରୋଧୀ। ସେପ୍ଟେମ୍ବର ୨୯ ତାରିଖରେ ମ୍ୟୁନିସିପାଲିଟି ଏ ବିଷୟରେ ଗୋଟିଏ ସଭା ଡାକିଥିଲେ। ଏଥିରେ ପଣ୍ଡିତମାନଙ୍କର ମତ ନିଆଯାଇ ଧାର୍ଯ୍ୟ କରାହେଲା ଯେ ମାଙ୍କଡ଼କୁ ଘଉଡ଼ାଇବା ପାଇଁ ସେମାନଙ୍କୁ ବଧ କରାଯାଇପାରେ। ବର୍ତ୍ତମାନ ମ୍ୟୁନିସିପାଲିଟିକୁ ଏ ନିଷ୍ପତ୍ତି ଅନୁଯାୟୀ କାର୍ଯ୍ୟକରି ମାଙ୍କଡ଼ମାନଙ୍କୁ ତଡ଼ିବାର ଥିଲା ଏବଂ ପୁରୀର ଲୋକମାନେ ଏହି କାର୍ଯ୍ୟକ୍ରମର ଅପେକ୍ଷାରେ ଥିଲେ।

କଟକ: ନଭେମ୍ବର ୧୮୯୮

ଉଦୁଉଦିଆ ଖରାବେଳେ ଚାରିଜଣ ମଫସଲିଆ ଲୋକ କଚେରୀ ଫାଟକ ପାଖରେ ଏପାଖ ସେପାଖ ହେଉଥିଲେ କେମିତି ଭିତରକୁ ପଶିବେ ବୋଲି। ତାଙ୍କୁ ଦେଖି ଜଣେ ଓକିଲଙ୍କ ଗୁମାସ୍ତା କିଛି ପଇସା କରିବା ଉଦ୍ଦେଶ୍ୟରେ ତାଙ୍କ ପାଖକୁ ଯାଇ ପଚାରିଲା ତାଙ୍କର କଣ ଦରକାର। ଲୋକମାନେ ନିହାତି ମଫସଲିଆ ଥିଲେ ଏବଂ ରାତି ଅନ୍ଧାରୁ ଗାଁରୁ ବାହାରି ଚାଲିଚାଲି କଟକ ଆସିଥିଲେ। ସେମାନଙ୍କର ନିଜର କିଛି କଚେରୀ କାମ ନ ଥିଲା; ସେମାନେ ଆସିଥିଲେ ରାମଚନ୍ଦ୍ର ମଙ୍ଗରାଜର ମକଦ୍ଦମା ଦେଖିବାକୁ। ସେମାନଙ୍କ କଥାରୁ ବୁଝାଗଲା ଯେ ଫତେପୁର ଗୋବିନ୍ଦପୁର ଜମିଦାର ରାମଚନ୍ଦ୍ର ମଙ୍ଗରାଜ ଜଣେ ତନ୍ତିଆଣୀକୁ ମାରି ତା ଘରୁ ଗୋଟିଏ ଗାଈ ଓ ଅନ୍ୟାନ୍ୟ ମାଲ ଲୁଟତରାଜ କରି ଆଣି ଥିବାରୁ ତା ନାଁରେ କଟକରେ ମକଦ୍ଦମା ହୋଇଛି। ଆସାମୀ ଧରାହୋଇ ଆସି ଗାରଦ ଘରେ ଅଛି ଏବଂ ତାର ମକଦ୍ଦମା ଆରମ୍ଭ ହେବ। ମଫସଲିଆ ଲୋକ ଏତେ ବାଟରୁ ଆସିଛନ୍ତି ଏଇ ମଜା ଦେଖିବାକୁ।

ଓକିଲର ଲୋକ ସେମାନଙ୍କୁ ବେଶୀ ପଚରାଉଚ୍ଚରା କରିବାରୁ ତାଙ୍କ ଭିତରୁ ଚାଲାକ ଚତୁର ଲୋକଟି ତା ବୁଜୁଲା ଭିତରୁ ବାହାର କରି ଗୁଡ଼ାଏ କାଗଜ ଦେଖାଇଲା। ଏଗୁଡ଼ିକ ଉତ୍କଳ ସାହିତ୍ୟର ସଂଖ୍ୟା ଥିଲା। ଚାଲାକ ଚତୁର ଲୋକଟି ଥିଲା ତାଙ୍କ ଗାଁ ମାଷ୍ଟ୍ରଙ୍କ ପୁଅ ଏବଂ ପାଠଶାଠ ପଢ଼ିଥିଲା। ସେ ହିଁ ଉତ୍କଳ ସାହିତ୍ୟ ପଢ଼ି ତାର ସାଙ୍ଗମାନଙ୍କୁ ଏ ମକଦ୍ଦମା କଥା କହିଥିଲା। ଓକିଲର ଗୁମାସ୍ତା ପତ୍ରିକାକୁ ଖୋଲି ପୁଲିସ ତଦାରଖ ବୋଲି ଗୋଟିଏ ପ୍ରବନ୍ଧ ଦେଖି ତାକୁ ପଢ଼ିବାକୁ ଆରମ୍ଭ କଲା। ତାକୁ ଲେଖାଟି ଭଲ ଲାଗିବାରୁ ସେ ସେଠାରେ ଚକା ପକାଇ ତଳେ ବସିଗଲା ଏବଂ ମନପ୍ରାଣ ଦେଇ ସେଇଟିକୁ ପଢ଼ିଲା। ଘଟଣା ପ୍ରକୃତରେ ସାଂଘାତିକ ଥିଲା। ଗୁହାମାନଙ୍କର ଜବାବ ସୁଆଲରୁ ଜଣାପଡ଼ୁଥିଲା ଆସାମୀ

ରାମଚନ୍ଦ୍ର ମଙ୍ଗରାଜ ଜଣେ ବଦମାସ ଓ ଖୁନୀ। ଏତକ ପଢ଼ିସାରି ସେ ଓକିଲ ରାମ ରାମ ଲାଲା ବିଷୟଟି ମଧ ମନ ଦେଇ ପଢ଼ିଲା। ଏଥରକ ସେ ଉଠି ଛିଡ଼ା ହୋଇ ହୋ ହୋ କରି ହସିଲା। ମଫସଲରୁ ଆସିଥିବା ଲୋକଙ୍କୁ ତାଙ୍କର କାଗଜ ଫେରାଇ ଦେଇ କହିଲା, ଶେଲେ, ତମେ ସତରେ ମଫସଲିଆ; କଣ ନା ଏତେବାଟ ଧାଇଁ ଆସିଛ ରାମଚନ୍ଦ୍ର ମଙ୍ଗରାଜ ମକଦ୍ଦମା ଦେଖିବାପାଇଁ! ସତରେ ରାମଚନ୍ଦ୍ର ମଙ୍ଗରାଜ ବୋଲି କେହି ଲୋକ ନାହିଁ।

ମଫସଲିଆ ଲୋକେ ଏଥର ନିଜ ସାଙ୍ଗ ଆଡ଼କୁ ଅନାଇଲେ। ସେ ପାଠଶାଠ ପଢ଼ିଥିଲେ କଣ ହେଲା, ଥିଲା ନିପଟ ବୋକା। ସେ କହିଲା, ଛପା ବହିରେ କଣ ମିଛ ଲେଖା ହୋଇଛି ? ଚମ୍ପା, ସାରିଆ, ଭଗିଆ କଣ ମିଛ ? ଗୁମାସ୍ତା କହିଲା, ଆରେ ବୋକାଏ, ଏଇଟା ଗୋଟାଏ ଗଳ୍ପ। ଧୂର୍ଜ୍ଜଟି ବୋଲି ଗୋଟାଏ କିଏ ଲୋକ ଏ ସବୁ କଥା ମନରୁ ଫାଦି ଲେଖିଚି।

ଏକଥାରେ ସେମାନେ ହତୋସାହ ହେବାର ଦେଖି ଗୁମାସ୍ତା କହିଲା, ତେବେ ଏତେ କଷ୍ଟ କରି ଯେତେବେଳେ ମକଦ୍ଦମା ଦେଖିବାକୁ ଆସିଚ, ମୋ ସାଙ୍ଗରେ ଭିତରକୁ ଚାଲ। ଆଜି ଗୋଟାଏ ପୁରୁଣା ଦାଗୀ ଧରା ହୋଇ କଚେରୀକୁ ଆସିଚି। ତା ମକଦ୍ଦମା ଦେଖି ଯାଅ। ଏ ବି କିଛି କମ ମକଦ୍ଦମା ନୁହେଁ।

ସତକୁ ସତ ଅଦାଲତରେ ଭୀଷଣ ଭିଡ଼ ଥିଲା। ଫେରାର ହୋଇଥିବା ପ୍ରଭୁଦୟାଲ ଭଗତକୁ ପୋଲିସ ଧରି ଆଣିଥିଲେ କୋଡ଼ିଏ ବର୍ଷ ପରେ। ବାବାଜୀ ବେଶରେ ଥିବା ବୁଢ଼ା ଲୋକଟିକୁ ଦେଖିଲେ ଜଣାପଡ଼ୁ ନ ଥିଲା ଯେ ସେ ଜଣେ ପୁରୁଣା ଦାଗୀ। କିନ୍ତୁ ଲୋକଟି ବିଷୟରେ ପୋଲିସ ବିବରଣୀ ଏ ପ୍ରକାର ଥିଲା:

୧୮୭୯ ମସିହା ମେ ମାସ ୨୨ ତାରିଖରେ ମଫସଲରୁ ରୋଡ଼ସେସ ଇତ୍ୟାଦି ବାବଦରେ ଆସିଥିବା ୪୭୯୮ ଟଙ୍କା ଆଠଅଣା ରାତିରେ କଚେରୀ ବନ୍ଦ ଥିବା ହେତୁ ନାଜର ନଟବର ଦାସଙ୍କ ଘରେ ରଖାଯାଇଥିଲା। ସେ ଦିନ ରାତିରେ ଟଙ୍କା ଚୋରିଗଲା ଏବଂ ନଟବରଙ୍କୁ ହାଜତକୁ ନିଆଗଲା। ତଦନ୍ତରୁ ଜଣାଗଲା ଯେ ଯେଉଁ ତିନିଜଣଙ୍କ ଯୋଗସାଜରେ ଟଙ୍କା ଚୋରି ହୋଇଥିଲା ସେମାନେ ହେଲେ ନଟବରଙ୍କ ଶାଳା ରାଘବ ମହାନ୍ତି, ପ୍ରଭୁଦୟାଲ ଭଗତ ବୋଲି ଜଣେ ବଦମାସ ଲୋକ ଏବଂ ନାଜରଙ୍କ ରକ୍ଷିତା ଚିତ୍ରକଳା। ସଦର ଥାନା ଦାରୋଗା ନୀଳମଣି ବଳବନ୍ତରା ରାଘବ ଓ ଚିତ୍ରକଳାକୁ ଧରି ଚାଲାଣ କରିଥିଲେ କିନ୍ତୁ ପ୍ରଭୁଦୟାଲ ଫେରାର ହୋଇଯାଇଥିଲେ। ତାକୁ ଗିରଫଦାର କରିବାପାଇଁ ହୁଲିଆ ଜାରି ହେବା ସତ୍ତ୍ୱେ ବି ସେ ଧରାପଡ଼ିଲା ନାହିଁ। ମକଦ୍ଦମାର ବିଚାର ହୋଇ ନଟବର ଦାସ ଖଲାସ ହୋଇଥିଲେ; କିନ୍ତୁ ସବୁ ଟଙ୍କା ତାଙ୍କ ପାଖରୁ ଆଦାୟ ହେବାର ଆଦେଶ ହୋଇଥିଲା। ରାଘବକୁ ବର୍ଷେ ଓ ଚିତ୍ରକଳାକୁ ପାଞ୍ଚବର୍ଷ ଜେଲ ହୋଇଥିଲା। କେବଳ ଅସଲ ବଦମାସ ପ୍ରଭୁଦୟାଲ ଖସି ଯାଇଥିଲା।

ଦୀର୍ଘ କୋଡ଼ିଏ ବର୍ଷ ପରେ ପୋଲିସ ସନ୍ଧାନ ପାଇ ପ୍ରଭୁଦୟାଲକୁ ଧରି ଆଣିଥିଲେ ପୁରୀ ଲଲିତ ଦାସ ବାବାଜୀ ମଠରୁ। ମଫସଲିଆ ଲୋକମାନେ ରାମଚନ୍ଦ୍ର ମଙ୍ଗରାଜକୁ ଦେଖି ନ ପାରିଲେ ମଧ କାଗଡ଼ାରେ ପ୍ରଭୁଦୟାଲକୁ ଦେଖି ଖୁସି ହେଲେ ଏବଂ କଚେରୀ ଛୁଟି ହେବାରୁ ଗାଁ ରାସ୍ତା ଧରିଲେ।

ଖଣ୍ଡପତ୍ରା: ଅଗଷ୍ଟ ୧୮୯୯

ଗୌରୀଶଙ୍କର ରାୟଙ୍କ ପାଖରୁ ସୀତାନାଥ ରାୟଙ୍କ ପାଖକୁ ଯାଇ ଚନ୍ଦ୍ରଶେଖର ମହରଗରୁ କାନ୍ତାରରେ ପଡ଼ିଲେ। ସୀତାନାଥ ତାଙ୍କୁ ରାଜି ହୋଇଥିବା ଟଙ୍କା ଦେଲେ ନାହିଁ। ଏ ବିଷୟରେ ଚନ୍ଦ୍ରଶେଖର ଯୋଗେଶଚନ୍ଦ୍ରଙ୍କୁ ଲେଖିଲେ, ଯୋଗେଶଚନ୍ଦ୍ର ରାଧାନାଥଙ୍କୁ କହିଲେ, ରାଧାନାଥ ତାଙ୍କ ଭାଇଙ୍କୁ କହି ପ୍ରତିକାର କରିବେ ବୋଲି ଆଶା ଦେଲେ, କିନ୍ତୁ ଚନ୍ଦ୍ରଶେଖର ପଇସା ପାଇଲେ ନାହିଁ।

ସିଦ୍ଧାନ୍ତ ଦର୍ପଣ ଛପା କାମ ବର୍ତ୍ତମାନ ଚତୁର୍ଥ ବର୍ଷରେ ପହଞ୍ଚିଥିଲା। ସବୁଠାରୁ ବଡ଼ ସମସ୍ୟା ଥିଲା ଯେ ଚନ୍ଦ୍ରଶେଖର ନିଜ ଶ୍ଲୋକମାନଙ୍କୁ ବାରମ୍ବାର ସଂଶୋଧନ କରୁଥିଲେ ଏବଂ ଦୀର୍ଘ ଶୁଦ୍ଧିପତ୍ରମାନ ପଠାଉଥିଲେ। ଯୋଗେଶଚନ୍ଦ୍ର ଅଶେଷ ବିରକ୍ତିର ସହିତ ଏ କାମ କରୁଥିଲେ ଏବଂ ଅପେକ୍ଷା କରୁଥିଲେ କିପରି ବହି ଛପା ସରିଲେ ଏଥରୁ ମୁକ୍ତି ପାଇବେ। ସେ ବହିଟିର ଭୂମିକା ଲେଖି ପଠାଇ ଦେଇ ସାରିଥିଲେ; ବର୍ତ୍ତମାନ କେବଳ ବାକିଥିଲା ଚନ୍ଦ୍ରଶେଖରଙ୍କର ଫଟୋ ଓ ସମ୍ପୂର୍ଣ୍ଣ ଶୁଦ୍ଧିପତ୍ର ପଠାଇବା।

ଚନ୍ଦ୍ରଶେଖର କିନ୍ତୁ ତାଙ୍କ ପଛରେ ଲାଗିଥିଲେ ସେ କିପରି ସିଦ୍ଧାନ୍ତ ଦର୍ପଣ ଓ ତା ଦ୍ୱାରା ସାଧିତ ପାଞ୍ଜିକୁ ରେଜେଷ୍ଟରୀ କରନ୍ତୁ ଯାହାଦ୍ୱାରା ଆଉ କେହି ତାଙ୍କ ବହି ଅନୁସାରେ ପାଞ୍ଜି ତିଆରି କରି ବିକ୍ରି କରିପାରିବ ନାହିଁ। ଚନ୍ଦ୍ରଶେଖର ଏହା ମଧ୍ୟ ଚାହୁଁଥିଲେ ଯେ ଯୋଗେଶଚନ୍ଦ୍ର ମଧ୍ୟସ୍ଥତା କରି ତାଙ୍କୁ ପୁଣି ଗୌରୀଶଙ୍କରଙ୍କ ପାଖରେ ପହଞ୍ଚାଇ ଦିଅନ୍ତୁ। ଏଥିପାଇଁ ସେ ତାଙ୍କୁ ଲେଖିଥିଲେ:

ମୋ ଦୁର୍ଦ୍ଦଶାବଶରୁ ଖଡ଼ିରତ୍ନ ଏକ ଚକ୍ଷୁରେ ପାଞ୍ଜି ସାଧ୍ୟ ଗୌରୀଶଙ୍କର ବାବୁଙ୍କୁ ଦେବାରୁ ଦୁଇଗୋଟି ପାଞ୍ଜି ଚଳିଲା। ପ୍ରିଣ୍ଟିଂ କମ୍ପାନୀଙ୍କର ଆୟୋଜନ ବିଶେଷ, ରାୟ ପ୍ରେସର ନ୍ୟୁନ ଅଟେ। ପ୍ରିଣ୍ଟିଂ କମ୍ପାନୀ ଯନ୍ତ୍ରାଳୟରେ ବାର ହଜାର ପାଞ୍ଜି ଛାପା ହେବ, ରାୟ ପ୍ରେସରେ ଛ ହଜାର ପାଞ୍ଜି ହୋଇପାରିନାହିଁ।

ଏହାଙ୍କୁ ଛାଡ଼ି ତାହାଙ୍କଠାରେ ସ୍ୱୟଂ ଉପସ୍ଥିତ ହେବାର ଆମନ୍ତ୍ରଣ ବିନା ଅପମାନ ହେବ। ଏ ବିଷୟରେ ଆପଣ ମଧ୍ୟସ୍ଥ ଭାର ଗ୍ରହଣ କରି ଗୌରୀଶଙ୍କର ବାବୁଙ୍କ ନିକଟକୁ ଯାଇ ଦୁଇଗୋଟି ପାଞ୍ଜିରେ ସାଧାରଣ ଲୋକେ ଅତି ବ୍ୟସ୍ତ ହେଲେ, ଏ ହେତୁ ତୁମ୍ଭେ ମହାମହୋପାଧ୍ୟାୟଙ୍କୁ ଏକବାର ଆମନ୍ତ୍ରଣ କର, ଗୋଟିଏ ପାଞ୍ଜିରେ ବ୍ୟବହାର ଚଳୁ, ବିକ୍ରୟ ଲାଭ ଦଶପଣ ହେଉ, ତନ୍ମଧ୍ୟରୁ ପଣେ ପେନସନ ସ୍ୱରୂପ ଖଡ଼ିରତ୍ନ ପାଆନ୍ତୁ, ସାମନ୍ତଙ୍କ ମାନ ରକ୍ଷା ନମିଭ ନ ପଣ ଦିଆଯାଉ ଇତ୍ୟାଦି ସମ୍ବାଦରେ ଏହି କଥା ସିଦ୍ଧ କରି ମୋ ପ୍ରତି ଆମନ୍ତ୍ରଣ ଚିଠି ଅଣାଇ ଦେଲେ ମୁଁ ତାହାଙ୍କୁ ପାଞ୍ଜି ଦେଇ ଲାଭ ନ ପଣରୁ ତିନିପଣ ଛାତ୍ରଙ୍କୁ ପାରିଶ୍ରମିକ ଦେଇ ଛ ପଣ ନିଜ ଖର୍ଚ୍ଚ କରି କୃତକାର୍ଯ୍ୟ ହେବି। ଏ ପ୍ରସଙ୍ଗ ବର୍ତ୍ତମାନ ଅନ୍ୟଥାରେ ଗୁପ୍ତ ଥାଉ। ରାଜ୍ୟ ପ୍ରେସ୍ ଟଙ୍କା ବିବାକୀ ହେଲା ଉଦ୍ଧାରୁ ବଳେ ପ୍ରକାଶ ହେବ।

ଆପଣ ଗତବର୍ଷ ଲେଖିଥିଲେ କି ସିଦ୍ଧାନ୍ତ ଦର୍ପଣ ଓ ତଜ୍ଜନ୍ୟ ପଞ୍ଜିକା ରେଜିଷ୍ଟରୀ ହେଲା ଉଦ୍ଧାରୁ ଆପଣଙ୍କ ଶିଷ୍ୟ ବ୍ୟତୀତ ଆଉ କେହି ଛାପା କରାଇ ପାରିବେ ନାହିଁ। ଏହି ବିଶ୍ୱାସରେ ଦୃଢ଼ ବିଶ୍ୱାସ କରି କେବଳ ଆପଣା ପାଞ୍ଜି ଚଳିବ ବୋଲି ନିଶ୍ଚୟ କରି ସୀତାନାଥ ବାବୁଙ୍କୁ ଦେଲି। ସେ ମଧ୍ୟ ଅଧ୍ୱକ ମୁଦ୍ରିତ କରିପାରିବେ ନାହିଁ ବୋଲି ବର୍ତ୍ତମାନ ଜଣାଗଲା।

ତାହା ଯେ ହେଉ, ମୋ ପ୍ରାର୍ଥିତ ବିଷୟ ଦୃଢ଼ ପରିଶ୍ରମରେ ଅବଶ୍ୟ ନିର୍ବାହ କରିବା ହେବେ। ବିଶେଷ ଉକ୍ତି ପ୍ରତ୍ୟୁକ୍ତିରେ ଆପଣ କୁଶଳ ଅଟନ୍ତି। ମୁଁ କି ଲେଖିବି। ବ୍ୟାସଃ କେନୋପଦିଶ୍ୟତେ। କିମଧ୍ୱକଂ ବିଜ୍ଞବରେଷୁ ସହୃଦୟ ଶିରୋମଣିଷୁ।

ଆପଣଙ୍କର

ଖଣ୍ଡପଡ଼ା ୨ ୨.୭.୧ ୮ ୯ ୯   ଶ୍ରୀ ଚନ୍ଦ୍ରଶେଖର ସିଂହ ସାମନ୍ତ

ପୁନଶ୍ଚ : ପ୍ରକାଶ ଥାଉ କି ଶ୍ରାବଣ ପୂର୍ଣ୍ଣିମା ଭିତରେ ଉକ୍ତ କାର୍ଯ୍ୟ ସିଦ୍ଧ କରିବା ହେବେ। ଯଦ୍ୟପି ସିଦ୍ଧାନ୍ତ ଦର୍ପଣ ସୂକ୍ଷ୍ମ ପଞ୍ଜିକା ରେଜେଷ୍ଟରୀ ହୋଇ ପାରିବ ତେବେ ଆମ୍ଭର କିମ୍ବା ପୁତ୍ରଙ୍କର ଅନୁମତି ନ ନେଇ ଇତର ଲୋକ ଛାପା କରାଇବା ନାହିଁ ଏହି ନିୟମ ସ୍ପଷ୍ଟ ହୋଇଥିବ, ଯେହେତୁ ମୋର ଶିଷ୍ୟ ହୋଇ ମୋର ଅସମ୍ମତିରେ ସଦାଶିବ ଖଡ଼ିରତ୍ନ ପାଞ୍ଜି ଛପାଇ ମୋତେ କ୍ଷତିଗ୍ରସ୍ତ କରାଉ ଅଛନ୍ତି। ଖଡ଼ିରତ୍ନ ଖଣ୍ଡପଡ଼ା ଗଡ଼କୁ ଆସିଲେ ମୋ ଠାରେ ସାକ୍ଷାତ କରନ୍ତି ନାହିଁ, ଏ ହେତୁ ଛାତ୍ର ହେଲେ ହେଁ ଶତ୍ରୁ ଅଟନ୍ତି।

ଏହା ଭିତରେ ଚନ୍ଦ୍ରଶେଖର କଟକ ଆସିଁ ଶାଲ ଘୋଡ଼ାଇ ହୋଇ ହାତରେ ବିଦ୍ୟାୟ ତାଲପତ୍ର ପୋଥି ଧରି ବସି ଭାଗୀରଥ୍ ସାଠିଆଙ୍କ ଆଲମଚାନ୍ଦ ବଜାର ଘରେ ତାଙ୍କ ଦ୍ୱାରା ନିଜର ଫଟୋ ଉଠାଇଥିଲେ। ଏହାର ପ୍ରାୟ ଦୁଇମାସ ପରେ ସାମନ୍ତ ଶ୍ରୀମଚ୍ଚନ୍ଦ୍ରଶେଖର ସିଂହେନ ବିରଚିତଃ, ଶ୍ରୀ ଯୋଗେଶ ଚନ୍ଦ୍ର ରାୟେଣ ସମ୍ପାଦିତଃ ଏବଂ ଆଠମଲ୍ଲିକ ମହାରାଜା ଶ୍ରୀ ମହେନ୍ଦ୍ର ଦେବଙ୍କୁ ଉତ୍ସର୍ଗୀକୃତଃ ସିଦ୍ଧାନ୍ତ ଦର୍ପଣଃ ବହି ଛପା ହୋଇ ଆସି କଟକରେ ପହଞ୍ଚିଲା। ବହିଟିକୁ ଦେଖି ଚନ୍ଦ୍ରଶେଖର ଖୁସିରେ ନାଚିଲେ ଏବଂ ଯୋଗେଶଚନ୍ଦ୍ର ମୁକ୍ତିର ନିଶ୍ୱାସ ନେଲେ।

ଚନ୍ଦ୍ରଶେଖର ଖଣ୍ଡପଡ଼ା ଫେରିଯିବା ପରେ ତାଙ୍କର ଆଉ କୌଣସି ଦାୟିତ୍ୱ ନ ନେବା ଉଦ୍ଦେଶ୍ୟରେ ଯୋଗେଶଚନ୍ଦ୍ର ତାଙ୍କୁ ଲେଖି ଦେଲେ ଯେ ଖଡ଼ିରତ୍ନଙ୍କ ବିରୁଦ୍ଧରେ କୌଣସି ପଦକ୍ଷେପ ନିଆଯାଇ ପାରିବ ନାହିଁ, କାରଣ ଆଇନବେତ୍ତାମାନେ କହୁଛନ୍ତି ଯେ ଶିଷ୍ୟକୁ ଦଉ କରିଥିବା ପଦାର୍ଥର ଅପହାର ଉଚିତ

ନୁହେଁ। ଚନ୍ଦ୍ରଶେଖର କିନ୍ତୁ ତାଙ୍କୁ ଛାଡ଼ିଲେ ନାହିଁ, କାରଣ ସେ ବିଶ୍ୱାସ କରି ନେଇଥିଲେ ଯେ ତାଙ୍କର ସମସ୍ତ କାର୍ଯ୍ୟଭାର ଗ୍ରହଣ କରିବା ନିମିତ୍ତ ଶ୍ରୀ ଜଗଦୀଶ ଯୋଗେଶଚନ୍ଦ୍ରଙ୍କୁ ନିର୍ମାଣ କରିଥିଲେ। ତେଣୁ ସେ କଥାଟିକୁ ଏହିଠାରେ ଶେଷ ନ କରି ଯୋଗେଶଚନ୍ଦ୍ରଙ୍କୁ ପୁଣି ଚିଠି ଲେଖି ଗୁରୁଶିଷ୍ୟ ସମ୍ପର୍କ ବିଷୟରେ ଉଦାହରଣ ଦେଲେ :

ପୂର୍ବକାଳେ ସୂର୍ଯ୍ୟଙ୍କ ଠାରୁ ଯାଜ୍ଞବଲ୍କ୍ୟ ବେଦାଧ୍ୟୟନ କରିଥିଲେ। ତାହାଙ୍କର କୌଣସି ଅପରାଧ ଦେଖି ସୂର୍ଯ୍ୟ କହିଲେ, ମୋ ଠାରୁ ନେଇଥିବା ବିଦ୍ୟାକୁ ମୋତେ ଦିଅ। ତାହା ଶୁଣି ସେ ମୂର୍ଚ୍ଛିମନ୍ତ ଯଜୁର୍ବେଦ ମନ୍ତ୍ରମାନଙ୍କୁ ବାନ୍ତି କଲେ। ତାହା ଅନ୍ୟ ରଷିମାନେ ଆପଣାର ଅଭୟ ବିଚାରି ତିତ୍ତିରୀ ପକ୍ଷୀ ସ୍ୱରୂପ ଧରି ଭକ୍ଷଣ କଲେ। ଏପରି ପୁରାତନ ଚରିତ ଅଛି। ସେହି ଦିନରୁ ତୈତ୍ତିରୀୟ ଶାଖା ପ୍ରସିଦ୍ଧ ହେଲା। ଏହି ପ୍ରସଙ୍ଗ ମୁରାରୀ କବି ସ୍ୱକୀୟ ନାଟକରେ ଉଦାହରଣ ଦେଇ ଯାଜ୍ଞବଲ୍କ୍ୟଙ୍କର ପ୍ରଶଂସା କରି ଜନକ ମହାରାଜାଙ୍କ ପ୍ରତି ବିଶ୍ୱାମିତ୍ରଙ୍କ ସମ୍ବାଦ ଲେଖି ଅଛନ୍ତି।

ଏହାପରେ ଚନ୍ଦ୍ରଶେଖର ଅନର୍ଘ୍ୟ ରାଘବ ନାଟକରୁ ଶ୍ଲୋକମାନ ଉଦ୍ଧାର କରିଥିଲେ। ବିରକ୍ତ ହୋଇ ଯୋଗେଶଚନ୍ଦ୍ର ଚିଠିଟିକୁ ଆଉ ନ ପଢ଼ି ଅଲଗା ରଖିଦେଲା।

କଟକ: ଜାନୁଆରୀ ୧୯୦୦

ରାୟ ବାହାଦୁର ଉପାଧୁ ପାଇବା ପରେ ରାଧାନାଥଙ୍କର ଶାରୀରିକ ଓ ମାନସିକ ଅବସ୍ଥା ଭଲ ନ ଥିଲା। ସେ ଆଶା କରିଥିଲେ ତାଙ୍କର ଦ୍ୱିତୀୟ ବାମଣ୍ଡାଗସ୍ତ ପରେ ବାସୁଦେବ ସୁଢ଼ଳଦେବ ତାଙ୍କୁ କିଛି ସାହାଯ୍ୟ କରିବେ। ସେଥାରୁ କିନ୍ତୁ କୌଣସି ସାହାଯ୍ୟ ଆସି ନ ଥିଲା, ଯଦିଓ ସେ ବାସୁଦେବଙ୍କୁ ଖୋସାମତ କରି ଏକ ଦୀର୍ଘ ପତ୍ର ଲେଖିଥିଲେ ତାଙ୍କ ପୁଅ ଯୁବରାଜ ସଚ୍ଚିଦାନନ୍ଦଙ୍କ ପାଖକୁ। ଏ ବିଷୟରେ ସେ ବର୍ତ୍ତମାନ ତାଙ୍କର ବିଶେଷ ବନ୍ଧୁ ହୋଇଥିବା ଗଙ୍ଗାଧର ମେହେରାଙ୍କୁ ଦୁଃଖକରି ଚିଠିଟିଏ ଲେଖିଲେ:

ଶ୍ରୀ ହରିଃ ଶରଣଂ

୨୧.୧୧.୧୮୯୮

ଗୋପନୀୟ

ସବିନୟ ନିବେଦନମିଦଂ

ପରମ ଶ୍ରଦ୍ଧାସ୍ପଦ ମହୋଦୟ,

ମୁଁ ସାହିତ୍ୟ ପ୍ରତି ପ୍ରଥମେ ମନଯୋଗୀ ହୋଇ ନିଜର ଭୟଙ୍କର କ୍ଷତି କରିଅଛି। ପାଠ୍ୟପୁସ୍ତକ ରଚନା ପ୍ରତି ପୂର୍ବରୁ ମନଯୋଗୀ ହୋଇଥିଲେ ଆଜିସରିକି ମୋହୋର ଆର୍ଥିକ ଅବସ୍ଥା ଏପରି ଉନ୍ନତ ହୋଇଥାଆନ୍ତା ଯେ ମୁଁ ମୋହୋର ସମସ୍ତ ଅବକାଶ ସାହିତ୍ୟ ପ୍ରତି ଅର୍ପଣ କରିପାରନ୍ତି। ଓଡ଼ିଶାରେ ସାହିତ୍ୟାନୁରାଗୀ ରାଜା ଥିଲେ ମୁଁ ବହୁଦିନ ପୂର୍ବେ ପେନସନ ନେଇ ତାହାଙ୍କର ଆଶ୍ରୟରେ ରହି ଉକ୍ରଳ ସାହିତ୍ୟାନ୍ନତିରେ ସମସ୍ତ ସମୟ ଯାପନ କରିଥାତ୍ତି। ଉକ୍ରଳ ସାହିତ୍ୟ ସମ୍ବରେ ମୋହୋର ଯାହା କରିବାର ଇଚ୍ଛା ଥିଲା ତାହାର ଶତାଂଶ କରିବାର ମଧ ମୁଁ ସୁବିଧା ପାଇଲି ନାହିଁ। ପ୍ରକୃତ ସାହିତ୍ୟାନୁରାଗୀ

ରାଜା ଓଡ଼ିଶାରେ ଜଣେ ସୁଦ୍ଧା ନାହାନ୍ତି। ବାମଣ୍ଡା ଅବଶ୍ୟ ପ୍ରଶଂସ୍ୟ, ମାତ୍ର ଆମାରାତିରେ ଏକମାତ୍ର ଜ୍ୟୋତିରିଙ୍ଗଣବତ ପ୍ରଶଂସ୍ୟ, ସେଥ୍ରୁ ଅଧିକ କିଛି ନୁହନ୍ତି। ବାମଣ୍ଡା ରାଜାଙ୍କ ସହିତ ବନ୍ଧୁତା ଦ୍ୱାରା ମୋହୋର ଲାଭ ନ ହୋଇ ବରଂ କ୍ଷତି ହୋଇଅଛି। ଆପଣ ମୋହୋର ଅତି ବିଶ୍ୱସ୍ତ ବନ୍ଧୁ ବୋଲି ହୃଦୟର କଥା ଆପଣଙ୍କୁ ଲେଖିଲି।

ମୋହୋର ଯେଉଁ ଦଶା ଆପଣଙ୍କର ମଧ ସେହି ଦଶା। ଫଳତଃ ଓଡ଼ିଶାରେ ସାହିତ୍ୟ ଚର୍ଚ୍ଚା ବିଦ୍ୟମନା ମାତ୍ର। ଓଡ଼ିଶାରେ ଯେଉଁ ଦୁଇ ଚାରି ଖଣ୍ଡି ସମ୍ବାଦପତ୍ର ଅଛି, ଏକ ହିତୈଷିଣୀ ବ୍ୟତୀତ ଆଉ ସମସ୍ତେ ସାହିତ୍ୟ ସମ୍ପର୍କ ଶୂନ୍ୟ। ସାହିତ୍ୟରେ ଏମାନଙ୍କର ଆଦୌ ଅଭିନିବେଶ ନାହିଁ। ଅଭିନିବେଶ ହେବାର ସମ୍ଭାବନା ମଧ ନାହିଁ। ସାହିତ୍ୟ ଚର୍ଚ୍ଚା ଗୋଟିଏ ଜୀବନବ୍ୟାପୀ ବ୍ରତ। ପୁଣି ସାହିତ୍ୟାନୁରାଗ ଗୋଟିଏ ଈଶ୍ୱରଦତ୍ତ ପଦାର୍ଥ। ଲକ୍ଷ ଭିତରେ ଜଣେ ଦୁଇଜଣ ସାହିତ୍ୟାନୁରାଗୀ ହୁଅନ୍ତି। ସମ୍ପାଦକମାନେ ସେପରି ହୃଦୟ ପାଇ ନାହାନ୍ତି, ପୁଣି ଏମାନଙ୍କ ଶିକ୍ଷା ନିତାନ୍ତ ସୀମାବଦ୍ଧ। ଏମାନେ ସାହିତ୍ୟୋନ୍ନତି ବିଷୟରେ ସାଧାରଣଙ୍କୁ ଉପଦେଶ ଦେବାକୁ କିପରି ସକ୍ଷମ, ତାହା ଆପଣଙ୍କର ଅବିଦିତ ନାହିଁ।

ଆପଣଙ୍କର

ଶ୍ରୀ ରାଧାନାଥ ରାୟ

ଏହାର କିଛିଦିନ ପରେ ରାଧାନାଥ ଆହୁରି ଏକ ସମସ୍ୟାର ସମ୍ମୁଖୀନ ହେଲେ ତିନିବର୍ଷ ତଳେ ପ୍ରକାଶିତ ମହାଯାତ୍ରା କାବ୍ୟକୁ ନେଇ। ୧୮୯୬ରେ ତାଙ୍କର ଅସମ୍ପୂର୍ଣ୍ଣ କାବ୍ୟ ମହାଯାତ୍ରାର ପ୍ରଥମ ସାତ ସର୍ଗକୁ କନିକା ରାଜମାତା କୃଷ୍ଟପ୍ରିୟା ପାଟମହାଦେଇ ପ୍ରକାଶ କରିଥିଲେ। ବର୍ତ୍ତମାନ ରାଧାନାଥଙ୍କ ଶତ୍ରୁମାନେ ସରକାରଙ୍କ ପାଖରେ ଦରଖାସ୍ତ କଲେ ଯେ ଏହି କାବ୍ୟର ପଞ୍ଚମ ସର୍ଗରେ ଭବିଷ୍ୟତବାଣୀ ଅଂଶରେ ଥିବା କେତେକ ପଦ ଇଂରେଜ ବିରୋଧୀ, ଯଥା:

ବହୁ ଦୂରୁ ଆସି

ଶୋଷିବେ ଭାରତ ଦେହୁ ଶୋଣିତ ନିରତେ

ଯବନ ଜଳୌକାପୁଞ୍ଜ ଶୋଷଣ କୌଶଲେ। ଇତ୍ୟାଦି।

ଏତଦ୍‌ବ୍ୟତୀତ, ସେହି ଶତ୍ରୁମାନଙ୍କ ମତରେ, ଯବନ ନାଁରେ ଇଂରେଜମାନଙ୍କୁ ସମାଲୋଚନା କରାଯାଇଥିଲା ରାଧାନାଥଙ୍କ କବିତାବଳୀ ବହିରେ ଥିବା 'ଶିବାଜୀଙ୍କର ଉସ୍ତାହ ବାକ୍ୟ' କବିତାରେ :

ଦୁରନ୍ତ ଯବନ   ହେଲା ଏକେଶ୍ୱର

କ୍ଷତ୍ରିୟ ପ୍ରଭାବ ହେଲା ଅଳୀକ

ଆମ୍ଭର ସ୍ୱଦେଶ   ନୁହେଁ ଏ ଆମ୍ଭର

ଧିକ ଧିକ ଆମ୍ଭ ବାହୁକୁ ଧିକ।

୧୮୯୯ ଜୁଲାଇ ମାସରେ ରାଧାନାଥ ସରକାରଙ୍କ ଠାରୁ ଗୋପନୀୟ ପତ୍ର ପାଇଲେ ଯେ ସେ ମହାଯାତ୍ରାରୁ ଆପତ୍ତିଜନକ ଅଂଶ ସବୁ ବାହାର କରିଦେଇ ଦ୍ୱିତୀୟ ସଂସ୍କରଣ ପ୍ରକାଶ କରନ୍ତୁ। ରାଧାନାଥ ଏହା କରିବାକୁ ରାଜି ହେଲେ ଏବଂ ସରକାରଙ୍କୁ କ୍ଷମା ମାଗି ଚିଠି ଲେଖିଲେ। ଶିବାଜୀ କବିତା ବିଷୟରେ ଯଦିଓ ସରକାର କିଛି କହି ନ ଥିଲେ, ରାଧାନାଥ ଏହି କବିତାଟିକୁ ବାଦ ଦେଇ କବିତାବଳୀର ଦ୍ୱିତୀୟ ସଂସ୍କରଣ ପ୍ରକାଶ କଲେ।

ଏହିପରି ମାନସିକ ଦୁଷ୍ଚିତା ଭିତରେ ରାଧାନାଥ ସ୍ଥିର କଲେ ଯେ ସେ ଆଉ ସାହିତ୍ୟ ଚର୍ଚ୍ଚା କରିବେ ନାହିଁ। ଦିନେ ଡିସେମ୍ବର ମାସ ସନ୍ଧ୍ୟାରେ ତାଙ୍କ କାଳୀଗଲି ଘର ଅଗଣାରେ ବସି ସମସ୍ତେ ନିଆଁ ପୋଉଁଥିବା ବେଳେ ରାଧାନାଥ ମହାଯାତ୍ରା ଅଷ୍ଟମରୁ ଦ୍ୱାଦଶ ପାଞ୍ଚଟି ସର୍ଗ ଏବଂ ଆଉ ଅଠରଟି ସର୍ଗର ଖସଡ଼ାକୁ ଆଣି ସେଇ ନିଆଁ ମଝିକୁ ଫିଙ୍ଗି ଦେଇ କାନ୍ଦିବାକୁ ଲାଗିଲେ ଏବଂ ଶଶିଭୂଷଣ ତାଙ୍କ ପାଖକୁ ଆସିବାରୁ ଛଳନା କଲେ ଯେ ଆଖିରେ ଧୂଆଁ ଲାଗିଛି।

ଏ ଘଟଣାର ମାତ୍ର କିଛି ଦିନ ପରେ ରାଧାନାଥ ସସ୍ତ୍ରୀକ କଲିକତା ଯାଇଥିଲେ ସେଠାରେ ଶିକ୍ଷା ବିଭାଗର ଗୋଟିଏ ସଭାରେ ଯୋଗ ଦେବାପାଇଁ। ସେହିଠାରେ ଜାନୁଆରୀ ଦୁଇ ତାରିଖ ଦିନ ସେ ଆଦେଶ ପାଇଲେ ଯେ ତାଙ୍କର ବର୍ଦ୍ଧମାନ ବିଭାଗକୁ ବଦଲି ହୋଇଯାଇଛି। କଲିକତାରେ ହିଁ ତାଙ୍କୁ ଚାର୍ଜ ଦେଇ ବର୍ଦ୍ଧମାନ ଯିବାକୁ କୁହା ଯାଇଥିଲା। ତେଣୁ ଆଉ କଟକ ନ ଫେରି ରାଧାନାଥ କଲିକତାରୁ ବର୍ଦ୍ଧମାନର ହୁଗୁଲୀକୁ ଗଲେ। ସେ ଭାବୁଥିଲେ ଯେ ମହାଯାତ୍ରା ଏହି ବଦଲିର କାରଣ ଥିଲା। ତାଙ୍କର କେହି କେହି ବନ୍ଧୁ ତାଙ୍କୁ କହିଥିଲେ ଯେ ସେ ଏ ବଦଲି ବିଷୟରେ ଆପତ୍ତି କରନ୍ତୁ, କିନ୍ତୁ ସେମାନଙ୍କ କଥା ମାନି ନ ଥିଲେ ରାଧାନାଥ। ସେ ଶଶିଭୂଷଣଙ୍କୁ ପତ୍ର ଲେଖିଲେ:

୭.୧.୧୯୦୦

ମଧୁ,

ହଠାତ ଏ ଭଳି ପରିବର୍ତ୍ତନର ଆଦେଶ ଆସିବ ଏହା ମୁଁ ସ୍ୱପ୍ନରେ ଭାବି ନ ଥିଲି। ତିନିଜଣଙ୍କ ପାଇଁ ଏକ ସମୟରେ ଗୋଟିଏ ଆଦେଶ ପ୍ରେରିତ ହୋଇଛି, ସୁତରାଂ କୌଣସି ରୂପ ଆପତ୍ତି ସଙ୍ଗତ କିମ୍ୱା ଶୋଭନୀୟ ହେବନାହିଁ।

ତମର ମା ମୋ ସାଙ୍ଗରେ ଆସିଥିବାରୁ ମୁଁ ନିତାନ୍ତ ବିବ୍ରତ ହୋଇପଡ଼ିଛି। ତାଙ୍କର କୌଣସି ଦୋଷ ନାହିଁ, କାରଣ କେହି ଭାବୀଜ୍ଞ ନୁହନ୍ତି।

ପର୍ମାନେଣ୍ଟ ଆଡଭାନ୍ସ ରଘୁବାବୁଙ୍କୁ ଦେବାପାଇଁ ମୁଁ ବ୍ରଜବାବୁଙ୍କୁ ପତ୍ର ଲେଖିଛି। ସେ ପତ୍ର ସହିତ ଡାଇରେକ୍ଟରଙ୍କ ଟେଲିଗ୍ରାମ ପଠାଇଛି।

ଏହି ପତ୍ର ପ୍ରାପ୍ତି ସଙ୍ଗେ ବସାରେ ଅଫିସର ଯେତେ ଛପା ରିପୋର୍ଟ ଅଛି ଏବଂ ମୋର ପୁରାତନ ଡାଏରୀ ବହି ଅଛି, ସମସ୍ତ ଯତ୍ନପୂର୍ବକ ସଂଗ୍ରହ କରି ବ୍ରଜବାବୁଙ୍କୁ ଦେବ।

ବାଲେଶ୍ୱର ଏବଂ ପୁରୀ ଜିଲ୍ଲା ସ୍କୁଲ ଏବଂ କଟକ ନର୍ମାଲ ସ୍କୁଲାରୁ ମୁଁ ଯେଉଁ ବହି ଆଣିଥିଲି ସନୁ ବିଶ୍ୱାସୀ ଲୋକ ହାତରେ କିମ୍ୱା ଡାକ ଯୋଗେ ଫେରସ୍ତ ପଠାଇବ ଏବଂ ରିପ୍ଲାଇ କାର୍ଡ ପଠାଇ ହେଡମାଷ୍ଟରଙ୍କଠାରୁ ପ୍ରାପ୍ତି ସ୍ୱୀକାର ଅଣାଇବ।

ଅଫିସର ଗୋଟାଏ ଘଣ୍ଟା (କଳ ବେଲ) ବସାରେ ଅଛି, ବ୍ରଜବାବୁଙ୍କୁ ଦେବ। ଏଠାରେ ମୋ ସାଙ୍ଗରେ ଯେଉଁ ଯେଉଁ ରିପୋର୍ଟ, ବ୍ୟାଗ ଓ କମ୍ବଳ ଅଛି ତମ ମାଙ୍କ ସହିତ କିମ୍ୱା ଲୋକନାଥ ହାତରେ ପଠାଇବି।

ତମର ମାଙ୍କୁ ମୁଁ ହରନାଥର ସମଭିବ୍ୟାହାରରେ ପଠାଇଦେବି କିମ୍ୱା ହୁଗୁଲୀରେ ଚାର୍ଜ ନେବାପରେ ସପ୍ତାହର କାଜୁଆଲ ଲିଭ ନେଇ ସ୍ୱୟଂ ତାହାଙ୍କୁ କଟକରେ ଛାଡ଼ି ଆସିବି।

ଅଫିସର ସମସ୍ତଙ୍କୁ ମୋର ସ୍ନେହ ସମ୍ଭାଷଣ ଜଣାଇବ। ସମସ୍ତେ ଆୟ୍ୟପ୍ରତି ଆସ୍ଥା ଏବଂ ଆୟ୍ୟର

ବିପଦରେ ସହାନୁଭୂତି ଦେଖାଇଥିଲେ। ସମସ୍ତଙ୍କୁ ମୋର ହୃଦୟର ଧନ୍ୟବାଦ ଜଣାଇବ। ଚପରାସୀ ଭଗବାନ ଜେନାକୁ କହିବ ଯେ ତାହାର ରଣ ମୁଁ ଏ ଜୀବନରେ ପରିଶୋଧ କରିପାରିବି ନାହିଁ। ଜେନା ରୋରୁଦ୍ୟମାନ ମୁଖରେ ଆୟ୍ୟମାନଙ୍କୁ ବିଦାୟ ଦେଇଥିଲେ। ତାହାକୁ କହିବ ଯେ ମୁଁ ଅଶ୍ରୁ ଅଭିଷିକ୍ତ ନେତ୍ରରେ ଏହି ପଂକ୍ତିମାନ ଲେଖୁଛି।

କାଲି କନଫରେନ୍ ଆରମ୍ଭ ହେବ। ବଡ଼ ବ୍ୟସ୍ତ ଅଛି। ଅବକାଶମତେ ପରେ ପତ୍ର ଲେଖିବି। ମୁଁ କଟକ ପରିତ୍ୟାଗ ପୂର୍ବରୁ ସବୁ ଭଦ୍ରଲୋକଙ୍କ ଘରକୁ ଯାଇ ବିଦାୟ ନେଇ ଆସିବି ବୋଲି ମନସ୍ତ କରିଥିଲି। ଏ ଭଳି ଅଦ୍ଭୁତ ବଦଲି ହେବାରୁ ମୋର ସେହି ସଂକଳ୍ପ ଚରିତାର୍ଥ ହେଲା ନାହିଁ।

ଶ୍ରୀ ରାଧାନାଥ ରାୟ

ପୁରୀ: ଡିସେମ୍ବର ୧୯୦୦

୧୮୯୮ ନଭେମ୍ବର ମାସରେ ଜେ.ସି. ପ୍ରାଇସ ପୁରୀ ରାଜାଙ୍କ ମ୍ୟାନେଜର ହୋଇ ଯୋଗ ଦେଇ ରାଜାଙ୍କ ବ୍ୟକ୍ତିଗତ ସମ୍ପତ୍ତି ପରିଚାଳନାର ଭାର ନିଜ ହାତକୁ ନେଇନେଲେ। ତେବେ ତିନୋଟି ଗାଁର ଦାୟିତ୍ୱ ମୁକୁନ୍ଦ ନିଜ ହାତରେ ରଖିଲା। ପ୍ରାଇସଙ୍କୁ କ୍ଷମତା ଦେବାର ଯେଉଁ ଦଲିଲ ତିଆରି ହେଲା ସେଥିରେ ଉଲ୍ଲେଖ ରହିଲା ଯେ କୁଦିଆରି, କୁସୁମାଟି ଏବଂ ଛଣଘର ବୋଲି ମନ୍ଦିରର ଯେଉଁ ତିନୋଟି ଗାଁ ଅଛି, ସେଗୁଡ଼ିକ ମୁକୁନ୍ଦର ଖାସ ଅଧୀନରେ ରହିବ। କିଛି ମାସ ପରେ ମୁକୁନ୍ଦ ଗାଁ ତିନୋଟିକୁ ଖଣ୍ଡି ନଁରେ କରିଦେଲା ଏବଂ ଖଣ୍ଡି ସେ ଗାଁରୁ ଖଜଣା ଓ ଚାଉଳ ଆଦାୟ କଲା।

ବର୍ତ୍ତମାନ ଖଣ୍ଡିର ପ୍ରତିପତ୍ତି ଏବେ ବଢ଼ି ଯାଇଥିଲା ଯେ ସେ କେବଳ ପୁରୀ ସହରରେ ଲୋକଙ୍କର ଆଲୋଚନାର ବିଷୟ ଥିଲା ତା ନୁହେଁ, ପୁରୀ କଲେକ୍ଟରଙ୍କ ଅଧିସରେ ଗୋଟିଏ ଫାଇଲ ଖୋଲା ହୋଇଥିଲା ଯାହା ନାଁ ଥିଲା ଦି ଖଣ୍ଡି ବା ଦି ମେମ୍‍ ଓମାନ। ସେଥିରେ ଖଣ୍ଡି ସମ୍ପର୍କରେ ଅନେକ ଉଲ୍ଲେଖଯୋଗ୍ୟ ବିବରଣୀ ଥିଲା :

ଖଣ୍ଡି ଓ ତାର ପରିବାରବର୍ଗଙ୍କୁ ମୁକୁନ୍ଦ ଅନେକ ଜମି ଦେଇ ଦେଇଥିଲା, ଯଥା, ୯୫୦ ଟଙ୍କାରେ ଖଣ୍ଡିର ପୁଅ ମଦନ ସିଂହକୁ କୁଣ୍ଡାଇବେଣ୍ଟ ସାହିରେ ପାଞ୍ଚମାଣରୁ ବେଶୀ ବଗିଚା ଜମି; ୧୫୦୦ ଟଙ୍କାରେ ଖଣ୍ଡିକୁ ଦୋଲମଣ୍ଡପ ସାହିରେ ସାତମାଣ ଘରଡ଼ିହ; ୧୦୫୬ ଟଙ୍କାରେ ମଦନ ସିଂହ ନାଁରେ ବଟଗାଁ ମୌଜାର ଷୋଲପାଣି ଆଦାୟ ଦଶବର୍ଷ ପାଇଁ ପଟ୍ଟା; ୩୫୦ ଟଙ୍କାରେ ମଦନ ସିଂହକୁ ସାନ୍ତରାପୁର ମୌଜା ସରବରାକାରୀର ଆଜୀବନ ପଟ୍ଟା। ଏସବୁ ପାଇଁ ମୁକୁନ୍ଦ ପ୍ରକୃତରେ ଟଙ୍କା ନେଇଥିଲା କି ନା, ସେ ବିଷୟରେ ମଧ୍ୟ ସନ୍ଦେହ ଥିଲା।

ଜମିଜମା ହସ୍ତାନ୍ତର ବ୍ୟତୀତ ୧୯୦୦ ମସିହାରେ ବିଭିନ୍ନ ପୋଲିସ ମକଦମାରେ ମଧ ସମ୍ପୃକ୍ତ ଥିଲା ଖଣ୍ଟି:

୧ । ପୋଲିସ କେସ ନମ୍ବର ୧୧୭୩, ଦଫା ୩୫୨; ରଘୁନି ସାହୁ ବନାମ ଖଣ୍ଟି ଏବଂ ଅନ୍ୟ ଜଣେ । ରଘୁନି ସାହୁ ଖଣ୍ଟିର ଘର ତିଆରି କରିବା ପାଇଁ ଚୂନ ଯୋଗାଇଥିଲା । ତାକୁ ଏଥିପାଇଁ ୩୫ ୯ ଟଙ୍କା ମାଗିବାକୁ ଯିବାରୁ ଖଣ୍ଟି ତାକୁ ମାଡ଼ ଦିଆଇଥିଲା । ମକଦମା ବେଳେ ରଘୁନି ଅନୁପସ୍ଥିତ ରହିବାରୁ ମକଦମା ରଫା ହୋଇଗଲା ।

୨ । ନମ୍ବର ୧୧୭୫, ଦଫା ୩୪୨ ଓ ୩୫୨; ପଙ୍କଜ ମହାପାତ୍ର ବନାମ ଖଣ୍ଟି ଏବଂ ଅନ୍ୟମାନେ । ଖଣ୍ଟି ପଙ୍କଜକୁ ମାରପିଟ କରିଥିଲା ଏବଂ ବେଆଇନ ବନ୍ଦ କରି ରଖିଥିଲା । କେସ ରଫା ହେଲା ।

୩ । ନମ୍ବର ୧୨୭୪, ଦଫା ୩୪୨; ନଟବର ଜେନା ବନାମ ଖଣ୍ଟି ଓ ଅନ୍ୟମାନେ । ନଟବରର ଛୋଟ ଭାଇ ଖଣ୍ଟିର ଝିଅକୁ ବାହା ହୋଇଥିଲା ଏବଂ ଖଣ୍ଟି କହିଥିଲା ଯେ ସେ ତାକୁ ୫୦୦ ଟଙ୍କା ଓ ଦଶମାଣ ଜମି ଯୌତୁକ ଦେବ । ତାକୁ ମାତ୍ର ୧୮୦ ଟଙ୍କା ଦେଇ ଆଉ ଟଙ୍କା ନ ଦେବାରୁ ନଟବର ବାକି ଟଙ୍କା ମାଗିବାକୁ ଯାଇ ମାଡ଼ ଖାଇଲା ଏବଂ ବନ୍ଦୀ ହୋଇରହିଲା । ପ୍ରମାଣ ଅଭାବରୁ ମକଦମା ଡିସମିସ ହେଲା ।

ଏଣେ ପୁରୀ ରାଜାଙ୍କର ଜଣେ ଖ୍ରୀଷ୍ଟିଆନ ମ୍ୟାନେଜର ରହିବାରୁ ସେ ବିଷୟରେ ମଧ୍ୟ ବାଦ ବିସମ୍ବାଦ ହେଲା । କେତେକଙ୍କର ମତ ଥିଲା ଯେ ଏ କଥା ହିନ୍ଦୁଧର୍ମ ବିରୋଧୀ । କିନ୍ତୁ ପ୍ରାଇସ ସାହେବ ଉତ୍ତମ କାମ କରୁଥିବାରୁ ଏବଂ ଅଳ୍ପ ଦିନ ଭିତରେ ମନ୍ଦିରର କାର୍ଯ୍ୟକଳାପରେ ସୁଧାର ହୋଇଥିବାରୁ ଅନ୍ୟମାନେ ତାଙ୍କ ନିଯୁକ୍ତିର ସମର୍ଥନ କଲେ । ତେବେ ପୁରୀରେ ବାନର ବଧ ବେଳେ ଯେଉଁ ପ୍ରକାରର ଆନ୍ଦୋଳନ ହୋଇଥିଲା, ସାହେବ ମ୍ୟାନେଜର ବିଷୟରେ ସେପରି କୌଣସି ଗଣ୍ଡଗୋଳ ହୋଇ ନ ଥିଲା ।

ବର୍ଷ ଶେଷକୁ ଖବର ଆସିଲା ଯେ ପୁରୀ ଓ ଲିଙ୍ଗରାଜ ମନ୍ଦିର ଦେଖିବା ପାଇଁ ବଡ଼ଲାଟ କର୍ଜନ ଓଡ଼ିଶା ଆସିବେ । ସରକାରୀ କର୍ମକର୍ତ୍ତାମାନେ ଏଥିପାଇଁ ବ୍ୟବସ୍ଥା କରିବାରେ ଲାଗିଗଲେ । ନିଜେ ଛୋଟଲାଟ ଆଗରୁ ଆସି ପହଞ୍ଚି ଗଲେ ଅଗ୍ରୀମ ବନ୍ଦୋବସ୍ତ ଦେଖିବାପାଇଁ । ବଡ଼ଲାଟ ବିଶେଷ କରି ମନ୍ଦିର ଦେଖିବାକୁ ଆସୁଥିବାରୁ ତାଙ୍କୁ ଅଭ୍ୟର୍ଥନା କରିବା ଦାୟିତ୍ୱ ନ୍ୟସ୍ତ ହେବା ଉଚିତ ପୁରୀ ରାଜାଙ୍କ ଉପରେ । କିନ୍ତୁ ମୁକୁନ୍ଦର ଅବସ୍ଥା ଦୃଷ୍ଟିରୁ ସମସ୍ତେ ଅନୁରୋଧ କଲେ ମଧୁବାବୁ ଏ ଦାୟିତ୍ୱ ନିଅନ୍ତୁ । ମଧୁବାବୁ ନିଜେ ଏକାଧିକ ଥର ପୁରୀ ଆସି ସମସ୍ତ ବନ୍ଦୋବସ୍ତ ତଦାରଖ କଲେ ।

ଆଜିକାଲି ପୁରୀକୁ ଆସିବା ଆଗଭଳି କଷ୍ଟକର ନ ଥିଲା । ୧୮୯୨ ଫେବ୍ରୁଆରୀ ପହିଲାରୁ ଖୋର୍ଦ୍ଧାରୋଡରୁ ପୁରୀ ପର୍ଯ୍ୟନ୍ତ ରେଳ ବ୍ୟବସ୍ଥା ହୋଇଯାଇଥିଲା । ଏହି ସମୟକୁ ଓ୍ୱାଲଟେୟାରରୁ କଟକକୁ ମଧ ରେଳ ଯୋଗାଯୋଗ ହୋଇସାରିଥିଲା । ଏହାର ପ୍ରାୟ ଦୁଇବର୍ଷ ପରେ ଖଡ଼ଗପୁରରୁ କଟକକୁ ରେଳ ଚାଲୁଥିଲା । ଏହାଦ୍ୱାରା ଜଗନ୍ନାଥ ଯାତ୍ରୀଙ୍କୁ ବହୁତ ସୁବିଧା ହୋଇଗଲା ।

ଡିସେମ୍ବର ୧୬ ତାରିଖ ଦିନ ଗୋଟାଏ ବେଳେ ଯେତେବେଳେ ବିଶେଷ ରେଲଗାଡ଼ି ବଡ଼ଲାଟଙ୍କୁ ନେଇ ପୁରୀ ଷ୍ଟେସନରେ ଆସି ପହଞ୍ଚିଲା, ସମଗ୍ର ସହର ଏକ ନୂଆ ରୂପ ଧାରଣ କରିଥିଲା । ବଡ଼ଲାଟଙ୍କ

ଅଭ୍ୟର୍ଥନା କରିବାପାଇଁ ଷ୍ଟେସନଠାରେ ଗୋଟିଏ ସୁନ୍ଦର ମଣ୍ଡପ ତିଆରି ହୋଇଥିଲା ଏବଂ ସେଠାରୁ ଗୋଟିଏ ଦିଗରେ ସମୁଦ୍ରକୂଳ କଚେରୀ ପର୍ଯ୍ୟନ୍ତ ଏବଂ ଅନ୍ୟ ଦିଗରେ ଗୁଣ୍ଡିଚା ମନ୍ଦିର, ବଡ଼ଦାଣ୍ଡ ଦେଇ ମନ୍ଦିର ପର୍ଯ୍ୟନ୍ତ ପତାକା, ଫୁଲ ଓ ତୋରଣରେ ସଜା ହୋଇଥିଲା। ମନ୍ଦିର ସାମନାରେ ଚାନ୍ଦୁଆ ଚଣା ହୋଇ ଅତିଥିମାନଙ୍କର ବସିବା ଓ ଅଭ୍ୟର୍ଥନା ବ୍ୟବସ୍ଥା କରାଯାଇଥିଲା। ସେଠାରେ ମଧୁବାବୁଙ୍କ କାରଖାନାରେ ତିଆରି ତାରକସି କାମ ସଜା ହୋଇଥିଲା ଏବଂ ଗୋଟିଏ ରୂପା ବାକ୍ସରେ ତାଳପତ୍ରରେ ଲେଖା ଅଭିନନ୍ଦନ ପତ୍ର ରହିଥିଲା ବଡ଼ଲାଟଙ୍କ ଆଗରେ ପଢ଼ା ହେବାପାଇଁ।

ଲର୍ଡ କର୍ଜନ ପହଞ୍ଚିବା ମାତ୍ରେ ଘୋଡ଼ାଗାଡ଼ିରେ ବସି ପ୍ରଥମେ ମନ୍ଦିର ପାଖକୁ ଆସି ଅରୁଣସ୍ତମ୍ଭ ଦେଖିଲେ ଏବଂ ସିଂହଦ୍ୱାର ବାହାରୁ ମନ୍ଦିର ଦେଖିଲେ। ତାପରେ ରାଧାବଲ୍ଲଭ ମଠ ଛାତ ଉପରକୁଯାଇ ସେଠାରୁ ମଧ୍ୟ ଯେତେ ଦେଖାଯାଇ ପାରିବ ଦେଖିଲେ। ବଗିରେ ଚଢ଼ି ସେ ମନ୍ଦିର ଚାରିପାଖ ପରିକ୍ରମା କଲେ ଏବଂ ତା ପରେ ସଭାମଣ୍ଡପକୁ ଆସିଲେ। ସେଠାରେ ତାଙ୍କୁ ଅଭ୍ୟର୍ଥନା କରିବାକୁ ଉପସ୍ଥିତ ଥିଲେ ମଧୁବାବୁ, ମୁକୁନ୍ଦ, ରାଜା ମହାରାଜା ଓ ଅଫିସରମାନେ। ଜଣେ ପୁରୋହିତ ବଡ଼ଲାଟଙ୍କ ସମ୍ମାନାର୍ଥେ ଏପରି ଅଭିନନ୍ଦନ ପାଠ କଲେ:

ସର୍ବ ସଦ୍‍ଗୁଣାଧାର ସମ୍ମାନଭାଜନାଗ୍ରଣ୍ୟ ବ୍ୟାରନ କୁର୍ଜନ ଅଫ କାଇଦେଲଷ୍ଟୋନ ପି.ସି.ଜି.ଏମ.ଏସ.ଆଇ.ଜି.ଏମ.ଆଇ.ଇ.ଶ୍ରୀ ଶ୍ରୀ ଶ୍ରୀ ଭାରତାଧୀଶ୍ୱର ଶ୍ରୀକରକମଲେଷୁ। ଯଥା ବିହିତ ଶ୍ରଦ୍ଧା ଭକ୍ତି ପୁରଃସର ନିବେଦନମେତତ।

ଦ୍ୱାରମୁକ୍ତଳ ଦେଶସ୍ୟ ଜଗନ୍ନାଥସ୍ୟ ମନ୍ଦିରଂ
ଐତିହାସିକ ତତ୍ତ୍ୱସ୍ୟ ଜ୍ଞାପକଞ୍ଚ ବିଶେଷତଃ।

ଜଗନ୍ନାଥଙ୍କର ପ୍ରତଷ୍ଠା ବର୍ଣ୍ଣନା ପରେ ଏ କଥା କୁହାହେଲା ଯେ ଜଣେ ମୁକୁନ୍ଦଦେବଙ୍କ ସମୟରେ ଇଂରେଜ ଆସିଥିବା ଏବଂ ବର୍ତ୍ତମାନ ମଧ୍ୟ ଜଣେ ରାଜା ମୁକୁନ୍ଦ ଥିବା ସୌଭାଗ୍ୟର ବିଷୟ। ୧୮୦୩ରେ ପୁରୀର ପଣ୍ଡାମାନେ ଯେ ଆକ୍ରମଣକାରୀ ଇଂରେଜ ସେନାପତିଙ୍କୁ ପୁରୀ ମନ୍ଦିର ରକ୍ଷା କାରିବା ପାଇଁ ନିମନ୍ତ୍ରଣ କରିଥିଲେ, ତାହାର ବର୍ଣ୍ଣନା ମଧ୍ୟ କରାହୋଇଥିଲା:

କ୍ଷେତ୍ରେ ଗୁଣ ବ୍ୟୋମ ଗଜେନ୍ଦୁ ସଂଖ୍ୟ
ହାର୍କୋର୍ଟ କର୍ଣ୍ଣେଲ ସବଲୋୟଦାଢ଼େ
ପ୍ରାୟାତ ବିଜେତୁଂନିହିତଃ ସଦା ସଃ
ମହାବିଭୋମନ୍ଦିର ରକ୍ଷଣାଦୌ। ଇତ୍ୟାଦି।

ଅଭିନନ୍ଦନ ଶେଷରେ 'ବୟଂ ହି ଶ୍ରୀମତଃ ରାଜଭକ୍ତଃ ଆଜ୍ଞାନୁବର୍ତ୍ତିନଃ ଶ୍ରୀମଦ୍-ଗୁଣଗ୍ରାମବିମୁଗ୍ଧାଃ ପ୍ରଜାଃ' କହି ପୁରୋହିତ ବସିଲେ। ସେ ଦିନ ରବିବାର ଥିବାରୁ କର୍ଜ ଅଭ୍ୟର୍ଥନାର କୌଣସି ଉତ୍ତର ନ ଦେଇ କେବଳ ଧନ୍ୟବାଦ କହି ଗୁଣ୍ଡିଚା ମନ୍ଦିର ବେଢ଼ା ସର୍କିଟ ହାଉସକୁ ଗଲେ। ସେହିଦିନ ଉପରବେଳା ସାଢ଼େ ତିନିଟାବେଳେ ରେଳଯୋଗେ ବଡ଼ଲାଟ ପୁରୀ ଛାଡ଼ି ବାହାରିଗଲେ ଭୁବନେଶ୍ୱର ଅଭିମୁଖରେ।

ହୁଗୁଲୀ: ଜାନୁଆରୀ ୧୯୦୧

ହୁଗୁଲୀରେ ଯୋଗଦେଇ ରାଧାନାଥ କାମରେ ପୂରାପୂରି ବାନ୍ଧି ହୋଇଗଲେ। ବର୍ଦ୍ଧମାନ ଛ'ଟି ଜିଲ୍ଲାକୁ ନେଇ ଶିକ୍ଷା ବିଭାଗର ଗୋଟିଏ ବଡ଼ ସର୍କଲ ଥିଲା ଏବଂ ଇନ୍ସପେକ୍ଟରଙ୍କର ଦାୟିତ୍ୱ ଥିଲା ବର୍ଷକ ଭିତରେ ୧୩୨ଟି ସ୍କୁଲ ପରିଦର୍ଶନ କରିବା। ଏଥିପାଇଁ ଅଧିକାଂଶ ସମୟ ଗସ୍ତରେ ରହିବାକୁ ହେଉଥିଲା ରାଧାନାଥଙ୍କୁ। ମହାଯାତ୍ରା ନେଇ ହୋଇଥିବା ଗଣ୍ଡଗୋଳ ବେଳେ ସେ ମନେ ମନେ ସ୍ଥିର କରିଥିଲେ ଯେ ସେ ସାହିତ୍ୟ ଚର୍ଚ୍ଚା ସମ୍ପୂର୍ଣ୍ଣ ଛାଡ଼ିଦେବେ, କିନ୍ତୁ ସାହିତ୍ୟ ତାଙ୍କୁ ଛାଡ଼ୁ ନ ଥିଲା। ଓଡ଼ିଶାର ପତ୍ରିକାମାନେ ତାଙ୍କର ଲେଖା ମାଗୁଥିଲେ ଏବଂ କବି ଓ ଲେଖକମାନେ ତାଙ୍କ ପାଖକୁ ନିଜ ନିଜର ଲେଖା ପଠାଉଥିଲେ ସମାଲୋଚନା ଓ ମନ୍ତବ୍ୟପାଇଁ। ଦିନେ ହଠାତ୍ ଡାକରେ ଫକୀରମୋହନଙ୍କ ଚିଠି ଓ କବିତା ପାଇ ଆଶ୍ଚର୍ଯ୍ୟ ହେଲେ ରାଧାନାଥ।

ପ୍ରିୟ ଭାଇ ରାଧାନାଥ ବାବୁ,

ଏହି କବିତାଟି ଦେଖିବେ। ମାତ୍ର ମୋହର ମନଃପୂତ ହେଲାନାହିଁ। ଯେପରି ଭାଷାରେ ଯେପରି ସୁନ୍ଦର ରୂପେ ଲେଖାହେବା ଉଚିତ ତାହା ନିଶ୍ଚୟ ହୋଇନାହିଁ। ଆପଣ ଭଲ କରି ଆପଣଙ୍କ ଭାଷାରେ ଲେଖିଦେବେ, ମୋହର ଗୋଟିଏ ସମ୍ପଦ ହେବ।

ଆପଣଙ୍କର

ଫକୀରମୋହନ ସେନାପତି

ଏଥି ସହିତ ଯେଉଁ କବିତାଟି ଥିଲା ତାର ଶୀର୍ଷକ ଥିଲା 'ବିରହୀ ହଳଦୀ ବସନ୍ତ'। କବିତାଟି ପଢ଼ି ରାଧାନାଥଙ୍କର ଘଟଣାଟି ମନେ ପଡ଼ିଲା ଯେତେବେଳେ ଛୁଟି ନେଇ ହୁଗୁଲୀରୁ କଟକ ଯାଇଥିବାବେଳେ

ଫକୀରମୋହନଙ୍କ ସହିତ ତାଙ୍କ ବାଖରାବାଦ ଘରେ ସାକ୍ଷାତ ହୋଇଥିଲା । ସେତେବେଳକୁ ଫକୀରମୋହନ ୫୭ ବର୍ଷ ବୟସରେ କେନ୍ଦ୍ରାପଡ଼ାରେ ନଅ ମାସ ମ୍ୟାନେଜର ଚାକିରି କରି ଫେରିଆସିଥିଲେ ଏବଂ ଆଉ କେଉଁଠାରେ ଚାକିରି କରିବେ ନାହିଁ ବୋଲି ନିଷ୍ପତ୍ତି କରି କଟକରେ ଅବସର ଜୀବନ ଯାପନ କରୁଥିଲେ । ଏହି ସମୟରେ ସେ ଅବସର ବାସରେ ବୋଲି ଗୋଟିଏ କବିତା ସଂଗ୍ରହର କଳ୍ପନା କରି ଅନେକଗୁଡ଼ିଏ କବିତା ଲେଖିଥିଲେ । ଯୋଉଦିନ ରାଧାନାଥ ତାଙ୍କ ଘରକୁ ଯାଇଥିଲେ, ଫକୀରମୋହନତାଙ୍କୁ ନେଇ ନିଜର ବଗିଚା ଦେଖାଇଥିଲେ ଏବଂ ସେଠାରେ ସେମାନେ ଗୋଟିଏ ହଳଦୀ ବସନ୍ତ ଚଡ଼େଇ ମରି ପଡ଼ିଥିବାର ଦେଖିଥିଲେ । ଫକୀରମୋହନ କହୁଥିଲେ କୁଆଡ଼େ ପ୍ରତିଦିନ ସକାଳ ଠିକ ନଅଟା ସମୟରେ ଯୋଡ଼ିଏ ହଳଦୀ ବସନ୍ତ ଆସି ବଗିଚାରେ ଖେଳୁଥାନ୍ତି । ଏଥିରୁ ଗୋଟିଏ ପକ୍ଷୀ ମରିଯିବା ପରେ ଅନ୍ୟ ପକ୍ଷୀଟି ବର୍ତ୍ତମାନ ନ ଖାଇ ନ ପିଇ ଜୀବନ ଦେଇଦେଇଥିଲା । ଫକୀରମୋହନଙ୍କ କବିତାଟି ଏହି ବିଷୟରେ ଥିଲା ଏବଂ କବିତାର ଗୋଟିଏ ଧାଡ଼ି 'ଦେଖିଲେ ବନ୍ଧୁ ମୋର ଯାଇ ପ୍ରତ୍ୟକ୍ଷ' ପାଖରେ ତାରକା ଚିହ୍ନ ଦିଆଯାଇ ପାଦଟୀକାରେ ଲେଖାଥିଲା: ମୋହର ବାଲ୍ୟବନ୍ଧୁ ରାୟ ରାଧାନାଥ ରାୟ ବାହାଦୁର ଏହି ଘଟଣା ପ୍ରତ୍ୟକ୍ଷ କରିଥିଲେ ।

ରାଧାନାଥ ଅନ୍ୟ କାମ ଛାଡ଼ି ଦେଇ କବିତାଟି ସଂଶୋଧନ କରିବାରେ ମନଦେଲେ । କବିତାର ଶେଷ ପଦଟି ତାଙ୍କୁ ଭଲ ନ ଲାଗିବାରୁ ସେ ଏହି ପଦଟିକୁ କାଟିଦେଲେ ଏବଂ କବିତାରେ ଆଉ ଦୁଇଟି ନୂଆ ପଦ ଯୋଗକଲେ । ଅନ୍ୟ କେତୋଟି ଧାଡ଼ି ମଧ୍ୟ ସଂଶୋଧନ କରି ସେ କବିତାଟିକୁ ପୁଣି ନିଜ ହାତରେ ଲେଖି ସେହିଦିନ ଫକୀରମୋହନଙ୍କ ପାଖକୁ ପଠାଇଦେଲେ । ଏହାପରେ ସେ ଠିକ କଲେ ଯେ ସେ ନିଜେ ପୁଣି କବିତା ଲେଖିବାରେ ମନ ଦେବେ ।

କିନ୍ତୁ କବିତା ଲେଖା ଆଉ ହେଲା ନାହିଁ । ଯେତେ ଚେଷ୍ଟା କଲେ ବି ଧାଡ଼ିଏ ଲେଖିପାରିଲେ ନାହିଁ ରାଧାନାଥ । ଗତ ଦୁଇବର୍ଷ ଧରି ମହାଯାତ୍ରାଜନିତ ମନସ୍ଥିତି, ଓଡ଼ିଶାରୁ ବଦଳି ବର୍ଦ୍ଧମାନରେ କାମର ଚାପ ଏବଂ ଅସୁସ୍ଥତା ସବୁ ମିଶି ତାଙ୍କୁ ଜୀବନ ପ୍ରତି ବୀତସ୍ପୃହ କରିଦେଇଥିଲା । ହୁଗୁଳୀର ଜଳବାୟୁ ମଧ୍ୟ ଅନୁକୂଳ ନ ଥିଲା ସ୍ୱାସ୍ଥ୍ୟ ପାଇଁ । ମଝିରେ ମଝିରେ ଚାକିରି ଛାଡ଼ିଦେଇ ଘରେ ବସି ସାହିତ୍ୟ ଚର୍ଚ୍ଚା କରିବା କଥା ଭାବୁଥିଲେ ରାଧାନାଥ । ଅନେକ ବର୍ଷ ତଳେ ଚିଲିକା ଲେଖିଲାବେଳେ ମଧ୍ୟ ସେ ଭାବିଥିଲେ, କରିଥିଲି ଆଶା କରିବି ଯାପନ, ତୋ ପଶ୍ଚିମ ତୀରେ ପଶ୍ଚିମ ଜୀବନ । ବର୍ତ୍ତମାନ ଜଣାଯାଉଥିଲା, ଆଶାରେ ସେ ଆଶା ହେଲା ପରିଣତ । ମୟୁରଭଂଜ ବା ବାମଣ୍ଡାରୁ ଆଉ ସାହାଯ୍ୟର ସମ୍ଭାବନା ଦେଖାଯାଉ ନ ଥିଲା ।

ଆଜି ସକାଳୁ ଶ୍ୱାସରୋଗ ଜନିତ କଷ୍ଟ ହେଉଥିଲା ଏବଂ ପୂର୍ବଦିନ ବସନ୍ତ ଟୀକା ନେଇଥିବାରୁ ଦେହ ଜରଜର ଲାଗୁଥିଲା, କଥା କହିବାକୁ କଷ୍ଟ ହେଉଥିଲା ଏବଂ ଅଣନିଶ୍ୱାସୀ ଲାଗୁଥିଲା । ତେବେ ଅଫିସ ତ ଯିବାକୁ ହିଁ ହେବ । ସେ ଅଫିସକୁ ପାଦରେ ଚାଲିଯିବାକୁ ପସନ୍ଦ କରୁଥିଲେ, କିନ୍ତୁ ଆଜି ଘୋଡ଼ାଗାଡ଼ିରେ ବସି ଗଲେ ।

ଅଫିସରେ ତାଙ୍କର କାମ କରିବା ପଦ୍ଧତି ଅଭୁତ ଥିଲା । ଅଫିସରେ ପହଞ୍ଚ ସେ ପ୍ରଥମେ ଜୋତା ଓ ଜାମା ଖୋଲି ରଖି ଦେଉଥିଲେ । ଚଉକି ଟେବୁଲ ପଡ଼ିଥିବା ତାଙ୍କ କୋଠରୀ ପାଖରେ ଆଉ ଗୋଟିଏ କୋଠରୀରେ ତଳେ ସପ ଉପରେ ବସି ସେ କାମ କରୁଥିଲେ । ଟେବୁଲ ଚଉକି ତାଙ୍କୁ ଭଲ ଲାଗୁ ନ

ଥିଲା ବୋଲି ସେ ତଳେ ବସି ଆଣ୍ଠୁ ଉପରେ କାଗଜପତ୍ର ରଖି ଲେଖାଲେଖି କରୁଥିଲେ। କେବେ କେମିତି କିଏ ସାହେବ ଆସିଲେ ସେ ଜାମା ପିନ୍ଧି ଚଉକି ଉପରେ ଯାଇ ବସୁଥିଲେ, ନ ହେଲେ ଲୋକମାନେ ତାଙ୍କ ସପ ପାଖରେ ପଡ଼ିଥିବା ଆଉ ଗୋଟିଏ ସପରେ ବସି ତାଙ୍କ ସହିତ କଥାବାର୍ତ୍ତା କରୁଥିଲେ। ତାଙ୍କର ଅଧସ୍ତନ କର୍ମଚାରୀ ଚଉକି ଟେବୁଲରେ ବସି କାମ କରୁଥିଲେ କିନ୍ତୁ ତାଙ୍କ ପାଖକୁ ଆସିଲେ ତଳେ ବସିବାକୁ ହେଉଥିଲା। ପ୍ରଥମେ ପ୍ରଥମେ ସେମାନେ ଏଇ ଅଧାଓଡ଼ିଆ ଇନ୍‌ସ୍‌ପେକ୍‌ଟରର ହାବଭାବ ଦେଖି ହସୁଥିଲେ କିନ୍ତୁ ପରେ ରାଧାନାଥଙ୍କ ଭଦ୍ରବ୍ୟବହାର, ସରଳତା ଓ ସଦ୍‌ଗୁଣମାନ ଦେଖି ତାଙ୍କର ଅନୁଗତ ହୋଇ ଯାଇଥିଲେ।

ପିଲାଦିନୁ ରୋଗରେ ପଡ଼ି ପଡ଼ି କଷ୍ଟ ନିବାରଣ ପାଇଁ ରାଧାନାଥ ଅଫିମ ଅଭ୍ୟାସ କରିଥିଲେ ଏବଂ ତାଙ୍କ ପାଖରେ ସବୁବେଳେ ଗୋଟିଏ ରୂପା ଡିବାରେ ଅଫିମ ରହୁଥିଲା। ତାଙ୍କର ଆଉ ଗୋଟିଏ ମାତ୍ର ବଦଭ୍ୟାସ ଥିଲା ନାସ ସେବନ। ଆଜି ଅଫିସରେ ସପ ଉପରେ ବସି ସେ ଗୁଲାଏ ଅଫିମ ନେଇ ତାକୁ ହାତରେ ବାଟୁଲି ବଳୁଥିଲେ, ଯଦିଓ ସକାଳୁ ସେ ମାତ୍ରାଏ ଅଫିମ ଖାଇ ସାରିଥିଲେ। ଆଜି କାମ କରିବାକୁ ଆଦୌ ମନ ନ ଥିଲା। ସେ ଭାବୁଥିଲେ ଯଦି ଅଫିସ ନ ଥାନ୍ତା, ଘରେ ଶୋଇ ରହି କେତେ ଧାଡ଼ି କବିତା ଲେଖିବା ପାଇଁ ଚେଷ୍ଟା କରିଥାନ୍ତେ।

ଚପରାସୀ ଆନନ୍ଦ ଆସି ଆଗରେ ଠିଆ ହେଲା। ରାଧାନାଥ ତା ଆଡ଼କୁ ଭଲ କରି ଅନାଇଲେ। ଏଇ ମୋଟାସୋଟା ଥଣ୍ଡଲ ପେଟ ପ୍ରୌଢ଼ଟିକୁ ଦେଖିଲେ କଳ୍ପନା କରି ହେଉ ନ ଥିଲା ଯେ ନଥଙ୍କ ଦୁର୍ଭିକ୍ଷ ସମୟରେ ସୁନ୍ଦରନାରାୟଣ ଯେଉଁ କଙ୍କାଳସାର ପିଲାଟିକୁ ରାସ୍ତାରୁ ଗୋଟାଇ ଆଣିଥିଲେ ଏ ଲୋକଟି ସେଇ ଥିଲା। ଆନନ୍ଦ କହିଲା ଯେ ଜଣେ ସ୍ତ୍ରୀ ଲୋକ ତାଙ୍କୁ ଦେଖା କରିବାକୁ ଆସିଛନ୍ତି। ରାଧାନାଥ ତରତର ହୋଇ ଅଫିମ ଗୁଲାଟିକୁ ଖାଇଦେଲେ। ସ୍ତ୍ରୀ ଜଣଙ୍କୁ ଡାକିବାକୁ କହି ରାଧାନାଥ ସିଧା ହୋଇ ବସିଲେ। ଭାଗ୍ୟଟିକୁ ଟିକିଏ ଶୀତ ପଡ଼ୁଥିଲା ଏବଂ ଦେହ ଭଲ ନ ଥିଲା ବୋଲି ତାଙ୍କ ଦେହରେ ଜାମାଟି ଥିଲା। କିଛି ଜର ଏବଂ କିଛି ଅଫିମର ପ୍ରକୋପରେ ସେବୁ କିଛି ଅବାସ୍ତବ ବୋଧ ହେଉଥିଲା ବର୍ତ୍ତମାନ।

ଭଦ୍ରମହିଳା ଭିତରକୁ ଆସି ନମସ୍କାର କରି ତାଙ୍କ ସାମନା ସପ ଉପରେ ବସିଲେ। ବାଇଶି ତେଇଶି ବର୍ଷର ଏହି ଭଦ୍ରମହିଳାଙ୍କ ନାଁ ଥିଲା ନଗେନ୍ଦ୍ରବାଲା ସରସ୍ୱତୀ। ସେ ରହିଥିଲେ ହୁଗୁଲୀର ସୁଖାଡ଼ିଆ ଗାଁରେ ଏବଂ ତାଙ୍କର ସ୍ୱାମୀ ଥିଲେ ଏଇ ଜିଲ୍ଲାର ଜମାଲପୁରରେ ସବ୍‌ରେଜିଷ୍ଟାର। ସେ ଅସାଧାରଣ ବିଦୁଷୀ ଥିଲେ ଏବଂ ଏତେ ଅଳ୍ପ ବୟସରେ ତାଙ୍କର ଦୁଇଟି କବିତା ବହି ପ୍ରକାଶ ପାଇଥିଲା, ମର୍ମ ଗାଥା ଏବଂ ପ୍ରେମ ଗାଥା। ଏତଦ୍‌ବ୍ୟତୀତ ସେ ବର୍ଷେ ତଳେ ନାରୀଧର୍ମ ବୋଲି ଗୋଟିଏ ବହି ପ୍ରକାଶ କରିଥିଲେ। ଏ ବହିଟି ରକ୍ଷଣଶୀଳ ବଙ୍ଗଳା ସମାଜରେ ବିଶେଷ ଆଦୃତ ହୋଇଥିଲା କାରଣ ଏଥିରେ ନାରୀମାନଙ୍କ ପାଇଁ ଅନେକ ସଦୁପଦେଶ ଥିଲା, ଯଥା, ରମଣୀ ପରପୁରୁଷ ସହିତ ଅଧିକ ଅଥବା ନିର୍ଜନରେ କଥା କହିବ ନାହିଁ, ଇତ୍ୟାଦି। ନଗେନ୍ଦ୍ରବାଲା ବର୍ତ୍ତମାନ ଆଉ ଗୋଟିଏ କବିତା ସଂଗ୍ରହ ପ୍ରକାଶ କରିବାକୁ ଯାଉଥିଲେ ଯାହାକୁ ସେ ନିଜର ଝିଅ ନାଁ ଅନୁସାରେ ରଖିଥିଲେ ଅମିୟଗାଥା। ସେ ରାଧାନାଥଙ୍କ ପାଖକୁ ଆସିଥିଲେ ଏ ବହି ପାଇଁ ଗୋଟିଏ ଭୂମିକା ଲେଖିଦେବା ପାଇଁ ଅନୁରୋଧ କରିବାକୁ।

ନଗେନ୍ଦ୍ରବାଳା ରାଧାନାଥଙ୍କ ହାତକୁ ପାଣ୍ଡୁଲିପିଟି ବଢ଼ାଇ ଦେଲେ । ରାଧାନାଥ ଆଉ ସବୁ ଭୁଲିଯାଇ ମନ ଦେଇ କବିତା ପଢ଼ିବାରେ ଲାଗିଲେ । କବିତା ସବୁ ଥିଲେ ମର୍ମସ୍ପର୍ଶୀ କିନ୍ତୁ ଶୋକ ବିଷାଦ କ୍ଷୋଭ ପରିପୂର୍ଣ । ଯେପରିକି ରାଧାନାଥଙ୍କର ବର୍ତ୍ତମାନର ମନସ୍ଥିତିକୁ ସାକାର କରୁଥିଲେ କବିତାମାନ । ରାଧାନାଥଙ୍କ ମନ ଫେରିଗଲା ଜୀବନର ଭୁଲିଯାଇଥିବା ନିଭୃତତମ କନ୍ଦି ବିକନ୍ଦିକୁ । ପାଣ୍ଡୁଲିପି ବନ୍ଦ କରି ପ୍ରକୃତିସ୍ଥ ହେବା ଆଗରୁ ସେ ନିଜ ଆଗରେ ଜଣେ ରହସ୍ୟମୟୀ ସୁନ୍ଦରୀ ସ୍ତ୍ରୀ ବସିଥିବାର ଦେଖିଲେ ।

ରାଧାନାଥ କହିଲେ, ଅତି ସୁନ୍ଦର କବିତା । ନଗେନ୍ଦ୍ରବାଳା କହିଲେ, ଆପଣ ମୋତେ ଜାଣନ୍ତି ନାହିଁ, କିନ୍ତୁ ମୁଁ ଆପଣଙ୍କ ସହିତ ପରିଚିତ, କାରଣ ଆପଣଙ୍କର ସବୁଲେଖା ମୁଁ ପଢ଼ିଛି ।

ସେ ସବୁତ ଓଡ଼ିଆରେ ଲେଖା, ରାଧାନାଥ କହିଲେ । ନଗେନ୍ଦ୍ରବାଳା କହିଲେ, ମୁଁ ଆପଣଙ୍କ ଲେଖା ପଢ଼ିବା ପାଇଁ ଓଡ଼ିଆ ମଧ୍ୟ ଶିଖିଲି । ଆପଣଙ୍କର ଏପରି କୌଣସି କବିତା ନାହିଁ ଯାହା ମୁଁ ନ ପଢ଼ିଛି । ଆପଣ ହିଁ, ମୋର କାବ୍ୟଗୁରୁ ।

ଶିଷ୍ୟ ହେଲେ ଗୁରୁଙ୍କୁ ଦକ୍ଷିଣା ଦେବାକୁ ହୁଏ ଜାଣ ? ନଗେନ୍ଦ୍ରବାଳା କହିଲେ, ଜାଣେ । ଆପଣ ଯେତେବେଲେ ଯାହା ଚାହିଁବେ ମୁଁ ଦକ୍ଷିଣା ଦେବାକୁ ପ୍ରସ୍ତୁତ ।

ଏହା କହି ନଗେନ୍ଦ୍ରବାଳା ପାଖକୁ ଆସି ରାଧାନାଥଙ୍କର ପାଦ ଛୁଇଁଲେ । ରାଧାନାଥ କହିଲେ, ଠିକ୍ ଅଛି । ତମେ ମୋର ଶିଷ୍ୟା । ତମେ କିନ୍ତୁ ଭୁଲ କହିଥିଲ । ତମ କବିତା ପଢ଼ିବା ପରେ ମୋର ମନେ ହେଉଛି ମୁଁ ମଧ୍ୟ ତମକୁ ଜାଣେ; ମୁଁ ତମକୁ ଅନେକ ଦିନରୁ ଜାଣେ ।

ଏକଥା ଶୁଣି ନଗେନ୍ଦ୍ରବାଳା ହସିଲେ । କହିଲେ, ସେ କଥା ମଧ୍ୟ ମତେ ଜଣା । ମୋ ସହିତ ଆପଣଙ୍କର ସମ୍ପର୍କ ଜନ୍ମ ଜନ୍ମାନ୍ତରର । ମୋର ଜନ୍ମ ହେବା ଆଗରୁ ମୋ ପାଇଁ ଆପଣ ଲେଖିଥିଲେ : ନଗେନ୍ଦ୍ରବାଳା ପଦ୍ମପାଦ ଯୁଗଳ, ଛୁଇଁ ଦେହ ଧାରଣ ହେବ ସଫଳ ।

ରାଧାନାଥ ପୁଣି ଅତୀତକୁ ଫେରିଗଲେ । ଏ ଦୁଇଟି ଧାଡ଼ି ଥିଲା ତାଙ୍କର ମେଘଦୂତର ପୂର୍ବମେଘରେ । ଏହାକୁ ସେ ଲେଖିଥିଲେ ସତେଇଶ ବର୍ଷତଳେ, ସେ ନିଜେ ଯେତେବେଲେ ଥିଲେ ପଚିଶ ବର୍ଷର ଯୁବକ । ବର୍ତ୍ତମାନ ବୟସ ହେଲାଣି ବାବନ ବର୍ଷ । କେତେ ସମୟ କେତେ ଅନୁଭୂତି ଚାଲି ଗଲାଣି ଏ ଭିତରେ । ତେବେ ଆଜି ଭଲି ଦିନ କେବେ ଆସି ନ ଥିଲା ଜୀବନରେ । ରାଧାନାଥଙ୍କର ମନେ ହେଲା ଯେପରି ତାଙ୍କର କବିତ୍ୱ, ତାଙ୍କର ଜୀବନ, ଅତୀତ ବର୍ତ୍ତମାନ ଭବିଷ୍ୟତ ସବୁ ସାର୍ଥକ ହୋଇଯାଇଛି । ମନ ବର୍ତ୍ତମାନ ଉଡ଼ିବୁଲୁଛି ଏକ ସମୟାତୀତ ଅମୂର୍ତ୍ତ ଆନନ୍ଦ ଲୋକରେ । ସଦୂକିଛି ସ୍ୱପ୍ନମୟ ସେଠାରେ କିନ୍ତୁ ରାଧାନାଥ ହଠାତ ଲକ୍ଷ୍ୟ କରୁଛନ୍ତି ଗୋଟିଏ ବୈସାଦୃଶ୍ୟ, ସୁନ୍ଦର ନାରାୟଣଙ୍କର ଅଯାଚିତ ଉପସ୍ଥିତ ।

ଆଖି ଖୋଲି ରାଧାନାଥ ଆଗକୁ ଅନାଇଲେ । ସାମନାରେ କେହି ନ ଥିଲେ । ଅନେକବେଲୁ ସେଠାରୁ ଉଠି ଚାଲିଯାଇଥିଲେ ନଗେନ୍ଦ୍ରବାଳା ।

ପୁରୀ: ସେପ୍ଟେମ୍ବର ୧୯୦୧

କଲେକ୍ଟରଙ୍କର ଅଫିସରେ 'ଦି ଖଣ୍ଡି' ନାମକ ଫାଇଲ ଆହୁରି ମୋଟା ହେବାରେ ଲାଗିଲା। ପୁରୀ ରାଜା ଆହୁରି ଅନେକ ଜମିଜମା ଇତ୍ୟାଦି ଖଣ୍ଡିର ପରିବାରବର୍ଗଙ୍କୁ ହସ୍ତାନ୍ତର କରିଥିବା କଥା ବର୍ତ୍ତମାନ ଏଥରେ ଲିପିବଦ୍ଧ ହୋଇଥିଲା, ଯଥା : ରାଜାଙ୍କୁ ମନ୍ଦିରରୁ ମିଳୁଥିବା ଦୈନିକ ତିନିଚଙ୍କା ଦଶଅଣାର ଖୋଇ ଖଣ୍ଡିର ପୁଅ ମଦନ ସିଂହକୁ ଦାନ; ରାମଚନ୍ଦ୍ରପୁର, କପିଲେଶ୍ୱର ଓ ବାଲିବାରୁଣିରେ ୫୮ ଏକର ଦେବୋଉର ଜମି ମଦନ ସିଂହକୁ ଚିରସ୍ଥାୟୀ ପଟ୍ଟା; ଖଣ୍ଡିର ଜ୍ୱାଇଁ ଯୋଗୀ ରାଉତର ପୁଅ ନାରଣ ରାଉତକୁ ୭୦ ଟଙ୍କାରେ ଲେମ୍ଭାଇ ପ୍ରଗଣାର ୩୩ ଏକର ହସ୍ତମୁଦି ଜମି ସ୍ଥାୟୀ ପଟ୍ଟା; ମାଛପଡ଼ାରେ ୭୦ ଟଙ୍କାରେ ୩୩ ଏକର ହସ୍ତମୁଦି ଜମି ମଦନ ସିଂହକୁ ସ୍ଥାୟୀ ଲିଜ; ୩୨୯୮ ଟଙ୍କାରେ ଡେଲାଙ୍ଗର ପାଞ୍ଚଟି ମୌଜାର ସରବରାକାରୀ ନାରଣ ରାଉତକୁ ମୁସ୍ତଗିରି ସ୍ଥାୟୀ ଲିଜ; ୩୩୩୭ ଟଙ୍କାରେ ଡେଲାଙ୍ଗର ଆହୁରି ଷୋଲଟି ମୌଜାର ସରବରାକାରୀ ନାରଣ ରାଉତକୁ ସ୍ଥାୟୀ ପଟ୍ଟା; ଇତ୍ୟାଦି।

ଖଣ୍ଡିର ଫୌଜଦାରୀ ତାଲିକାରେ ମଧ୍ୟ ଅନେକ ନୂଆ ମାମଲା ଚଢ଼ିଥିଲା। ସବୁଠାରୁ ବଡ଼ ମାମଲାଟି ଥିଲା ଖଣ୍ଡିର ଚତୁର୍ଥ ସ୍ୱାମୀ ଦାଶରଥିକୁ ନେଇ। କନଷ୍ଟେବଲ ଚାକିରିରୁ ବାହାରି ଆସିବା ପରେ ଦାଶରଥି ଘରେ ବସି ରହିଥିଲା ଏବଂ ଖଣ୍ଡି ମୁକୁନ୍ଦ ପଛରେ ଲାଗିଥିଲା ତା ପାଇଁ ଆଉ ଗୋଟିଏ ଚାକିରି କରିଦେବା ପାଇଁ। ସେତେବେଳେ ପୁରୀ ମନ୍ଦିର ଭିତରେ ମରାମତି କାମ ଚାଲିଥିଲା। ୧୯୦୧ ମେ ମାସରେ ମୁକୁନ୍ଦ ଦାଶରଥିକୁ ହେଡ ଇଞ୍ଜିନିୟର ନିଯୁକ୍ତ କରିଦେଲା ଏଇ ମରାମତି କାମ ତଦାରଖ କରିବା ପାଇଁ। ଭିଖାରୁଣୀକୁ ବାହା ହୋଇ ଜାତି ହରାଇଥିବାରୁ ମନ୍ଦିର ପଣ୍ଡାମାନେ କିନ୍ତୁ ତାକୁ ମନ୍ଦିର ଭିତରେ ପୁରାଇ ଦେଲେ ନାହିଁ। ଦାଶରଥି ଜବରଦସ୍ତି କରିବାରୁ ଗଣ୍ଡଗୋଳ ହୋଇ ପୋଲିସ କେସ ହେଲା।

ମୁକୁନ୍ଦ ଆଗରେ ବର୍ତ୍ତମାନ ସବୁଠାରୁ ବଡ଼ ସମସ୍ୟା ଥିଲା ସେ କିପରି ଖଣ୍ଡିକୁ ଜାତିରେ ପୁରାଇବ। ଏଥିପାଇଁ ଅନେକ ଚେଷ୍ଟା ଓ ଟଙ୍କା ଖର୍ଚ୍ଚ କରିବା ପରେ କପିଲେଶ୍ୱର, ସମାଗର ଓ ବାଟଗାଁର ଚଷାମାନେ ଖଣ୍ଡିକୁ ଜାତିକୁ ନେଲେ। ଏହାର ଫଳ ହେଲା ଯେ ଆଖପାଖର ୫ ୬ଟି ଗାଁର ଚଷା ଏଇ ତିନି ଗାଁର ଚଷାଙ୍କୁ ଜାତିରୁ ବାହାର କରିଦେଲେ। ବାଟଗାଁର ଚଷାମାନଙ୍କୁ ଶେଷରେ ପ୍ରାୟଶ୍ଚିତ କରି ଜାତିରେ ମିଶିବାକୁ ହେଲା।

ମୁକୁନ୍ଦ ମଝିରେ ମଝିରେ ଅନେକ ଲୋକଙ୍କ ପାଖରୁ ଟଙ୍କା କରଜ ନେଇ ତାହା ପରିଶୋଧ ନ କରିଥିବାରୁ ତା ନାଁରେ କେସ ହେଉଥିଲା। ମୁକୁନ୍ଦର ଖାତକମାନେ ବର୍ତ୍ତମାନ ଜାଣି ଯାଇଥିଲେ କିପରି ଭାବରେ ସେମାନେ ନିଜର ଟଙ୍କା ଫେରି ପାଇବେ। ସେମାନେ କୋର୍ଟରୁ ଯେଉଁ ଡିକ୍ରି ଆଣୁଥିଲେ ତାହାକୁ ସେମାନେ କାର୍ଯ୍ୟକାରୀ କରାଉଥିଲେ ଖଣ୍ଡିର ସମ୍ପତ୍ତି ଉପରେ, କାରଣ ମୁକୁନ୍ଦର ନିଜର କିଛି ଟଙ୍କା ନ ଥିଲା।

ସେ ବର୍ଷ ଗୋଟିଏ ବଡ଼ ସମସ୍ୟା ଉପୁଜିଲା ରଥ ଯାତ୍ରାକୁ ନେଇ। ଓଡ଼ିଆ ପାଞ୍ଜି ଅନୁସାରେ ଯାତ୍ରା ଆରମ୍ଭ ହେବାର ଥିଲା ଜୁନ ୧୮ ତାରିଖରୁ, କିନ୍ତୁ ବଙ୍ଗାଳୀ ପାଞ୍ଜି ଅନୁସାରେ ମାସେ ପରେ, ଜୁଲାଇ ୧୬ରୁ। ପୁରୀ ରାଜା ଏ ବିଷୟରେ ନିଷ୍ପତ୍ତି ଦେଇଥିଲେ ପଣ୍ଡାମାନେ ସେହି ଅନୁସାରେ ଯାତ୍ରୀ ଆଶିଥାନ୍ତେ। କିନ୍ତୁ ମୁକୁନ୍ଦ ଏହା ନ କରିବାରୁ ପଣ୍ଡାମାନେ ମନ ଇଚ୍ଛା ନିଜ ସୁବିଧା ମୁତାବକ ଦୁଇ ପାଞ୍ଜି ମତେ ଯାତ୍ରୀ ଅଣାଇଲେ। ରଥଯାତ୍ରାର ମାତ୍ର ପନ୍ଦର କୋଡ଼ିଏ ଦିନ ଆଗରୁ ମୁକୁନ୍ଦ ନିଷ୍ପତ୍ତି ଦେଲା ଯେ ଓଡ଼ିଆ ପାଞ୍ଜି ଅନୁସାରେ ରଥ ହେବ। କିନ୍ତୁ ସେତେବେଳକୁ ଯାତ୍ରୀ ପଣ୍ଡାମାନେ ନିଜ ନିଜର ବ୍ୟବସ୍ଥା କରିସାରିଥିଲେ।

ରଥର ଗୋଟିଏ ଦିନ ଆଗରୁ ମନ୍ଦିର ଭିତରେ ଏକ ଅବ୍ୟବସ୍ଥା ହୋଇଗଲା। ମଧୁବାବୁଙ୍କ ଝିଅ ଶୈଳବାଲା ମଝିରେ ମଝିରେ ଆସି ପୁରୀରେ ଥିବା ତାଙ୍କ ବସାରେ ରହୁଥିଲେ। ସେଦିନ ସକାଳେ ସେ ପୁରୀ ସିଭିଲ ସର୍ଜନଙ୍କ ସ୍ତ୍ରୀ ମିସେସ ସେନ ଏବଂ ଅନ୍ୟ ଦୁଇଜଣ ସ୍ତ୍ରୀ ଲୋକଙ୍କ ସହିତ ବଡ଼ଦାଣ୍ଡରେ ବୁଲୁ ବୁଲୁ ସିଂହଦ୍ୱାର ସାମନାରେ ପହଞ୍ଚିଲେ। ସେଠାରେ ଜଣେ ପଣ୍ଡା ସେମାନଙ୍କୁ ଚିହ୍ନିପାରି ଭିତରକୁ ଯିବାକୁ ଡାକିଲା। ଶୈଳବାଲା ଭିତରକୁ ଯିବାକୁ କୁଣ୍ଠିତ ହେଲେ। ପଣ୍ଡା ବାରମ୍ବାର ଅନୁରୋଧ କରିବାରୁ ସେ ତାକୁ ପଚାରିଲେ, ମୁଁ କିଏ ତମେ ଜାଣ ? ପଣ୍ଡା କହିଲା, ମଧୁବାବୁଙ୍କ ଝିଅକୁ କିଏ ନ ଜାଣେ ? ମୁଁ ତ ସେଇଥିପାଇଁ ଭିତରକୁ ଯିବାକୁ ଡାକୁଛି।

ନେତ୍ରୋସବ ହେତୁ ସେଦିନ ମନ୍ଦିର ଭିତରେ ଭିଡ଼ ଥିଲା। କେତେଜଣ ପଣ୍ଡା ଶୈଳବାଲା ଏବଂ ତାଙ୍କ ବନ୍ଧୁମାନଙ୍କର ହାତ ଧରାଧରି କରି ଚନ୍ଦନ ଅର୍ଗଳି ପର୍ଯ୍ୟନ୍ତ ନେଇଗଲେ। ସେଠାରେ ଯେତେବେଳେ ପାଦୁକ ବଣ୍ଟାଗଲା, ଦୁଇଜଣଯାକ ହିନ୍ଦୁ ସ୍ତ୍ରୀ ତାକୁ ପିଲେ, କିନ୍ତୁ ଶୈଳବାଲା ଓ ଜଣେ ବ୍ରାହ୍ମ ଭଦ୍ରମହିଲା ପାଦୁକ ନ ପିଇ ବାହାରକୁ ଆସି ମୁକ୍ତିମଣ୍ଡପ ପାଖରେ ଠିଆ ହେଲେ।

ଏଇ ସମୟରେ ସେଠାରେ ଠିଆ ହୋଇଥିବା ଜଣେ ବୈଷ୍ଣବ ଶୈଳବାଲାଙ୍କୁ ଚିହ୍ନିଲା ଏବଂ ପାଟିକଲା, ମଧୁବାବୁଙ୍କ ଝିଅ ମନ୍ଦିର ଭିତରେ, ମନ୍ଦିର ସାରା ମାରା ହେଲା। ତା ପାଟି ଶୁଣି ପଣ୍ଡା ଶୈଳବାଲାଙ୍କ ପାଖକୁ ଦଉଡ଼ି ଆସିଲା ଏବଂ ବୈଷ୍ଣବ ତାକୁ ଗୋଟିଏ ଚାପୁଡ଼ା ମାରିଲା। ସେଠାରେ ଲୋକ ଜମା ହୋଇଗଲେ ଏବଂ ପଣ୍ଡାଙ୍କୁ ପିଟିବାରେ ଲାଗିଲେ। ଜଣେ ପଣ୍ଡା ଆସି ଶୈଳବାଲାଙ୍କୁ କହିଲା

ଯେ ସେ କହି ଦିଅନ୍ତୁ ସେ ମଧୁବାବୁଙ୍କ ଝିଅ ନୁହନ୍ତି, ଡାକ୍ତରଙ୍କ ଘରର । ଶୈଳବାଳା କିନ୍ତୁ ମିଛ କହିବାକୁ ମାନା କଲେ ।

ମନ୍ଦିର ଭିତରେ ଏଇ କଥାକୁ ନେଇ ଭୟଙ୍କର ଗୋଳମାଳ ଆରମ୍ଭ ହୋଇଗଲା ଏବଂ କଲେକ୍ଟର, ଏସ୍.ପି.ଙ୍କୁ ଖବର ଦିଆଗଲା । ସେମାନେ ଘୋଡ଼ା ଚଢ଼ି ଆସି ସିଂହଦ୍ୱାର ପାଖରେ ପହଞ୍ଚିବା ବେଳକୁ ସେଠାରେ ମଧ ଭିଡ଼ ହୋଇ ପାଟିଗୋଳ ହେଉଥିଲା । କଲେକ୍ଟର ଗ୍ୟାରେଟ ଭୟ କଲେ ଯେ ଶୈଳବାଳାଙ୍କୁ ମନ୍ଦିର ଭିତରେ ଲୋକେ ଜୀବନରେ ମାରି ଦେଇ ପାରନ୍ତି । ମନ୍ଦିର ଭିତରକୁ ହିନ୍ଦୁ ପୋଲିସ ପଠାଗଲା ଓ ସେମାନଙ୍କ ସାହାଯ୍ୟରେ ଅନେକ କଷ୍ଟରେ ଶୈଳାବାଳା ଓ ତାଙ୍କର ବନ୍ଧୁମାନେ ବାହାରକୁ ଆସିଲେ ।

ମଧୁବାବୁଙ୍କ ପାଖକୁ ସାଙ୍ଗେ ସାଙ୍ଗେ ଟେଲିଗ୍ରାମ ପଠାଗଲା ଏବଂ ପରଦିନ ସେ ପୁରୀରେ ଆସି ପହଞ୍ଚିଲେ ସାଙ୍ଗରେ କମିଶନରଙ୍କୁ ନେଇ । କଲିକତାର ଖବର କାଗଜମାନଙ୍କରେ ଶୈଳବାଳାଙ୍କ ମନ୍ଦିର ପ୍ରବେଶର ଅତିରଞ୍ଜିତ ବିବରଣୀମାନ ପ୍ରକାଶ ପାଇଲା । ବେଙ୍ଗଲୀ ମିରର କାଗଜରେ ବାହାରିଲା ଯେ ଖ୍ରୀଷ୍ଟିଆନ ମହିଲାମାନେ ହିନ୍ଦୁମାନଙ୍କୁ ବିଦ୍ରୁପ କରିବା ପାଇଁ ମନ୍ଦିର ଭିତରକୁ ଯାଇଥିଲେ; ବିଧର୍ମୀମାନଙ୍କ ମନ୍ଦିର ପ୍ରବେଶ ଦ୍ୱାରା ହିନ୍ଦୁମାନେ ସେମାନଙ୍କ ଧର୍ମ ସାଧନ କରିପାରୁ ନାହାନ୍ତି, ଇତ୍ୟାଦି ।

ମନ୍ଦିର ଅଶୌଚ ହୋଇଥିବାରୁ ମହାସ୍ନାନ କରାଗଲା ଏବଂ ସେଥିଯୋଗୁ ଭୋଗ ନଷ୍ଟ ହେଲା ଏବଂ ନୀତି ନିୟମରେ ଡେରି ହେଲା । ମଧୁବାବୁ ଶୈଳବାଳାଙ୍କୁ ଗାଳି ଦେଲେ ଏବଂ ନିଜେ ନଅରକୁ ଯାଇ ପୁରୀ ରାଜାଙ୍କ ପାଖରୁ କ୍ଷମା ମାଗିଲେ । ଯେଉଁ ପଣ୍ଡାମାନେ ଶୈଳବାଳାଙ୍କୁ ଭିତରକୁ ନେଇ ଯାଇଥିଲେ, ସେମାନଙ୍କୁ ଜୋରିମାନା କରାଗଲା । ଉତ୍କଳ ଦୀପିକାରେ ଏ ବିଷୟରେ ଦୀର୍ଘ ବିବରଣୀ ପ୍ରକାଶ ପାଇଲା, କିନ୍ତୁ ଏଥିରେ ସୌଜନ୍ୟ ଦୃଷ୍ଟିରୁ ଶୈଳାବାଳା ଓ ମଧୁବାବୁଙ୍କ ନାଁ ନ ଲେଖୀ ଜଣେ ଖ୍ରୀଷ୍ଟିଆନ ଯୁବତୀ ଓ ତା'ର ପିତା ବୋଲି ଉଲ୍ଲେଖ ହୋଇଥିଲା ।

ରଥ ସୁରୁଖୁରୁରେ ହୋଇଗଲା, କିନ୍ତୁ ରଥଯାତ୍ରା ସରିବାର ଆହୁରି ମାସେ ପର୍ଯ୍ୟନ୍ତ ଯାତ୍ରୀ ଆସିବାରେ ଲାଗିଲେ, କାରଣ ବଙ୍ଗଳା ପାଞ୍ଜି ଅନୁସାରେ ଯାତ୍ରା ହେବାର ଥିଲା ଆହୁରି ମାସେ ପରେ ।

ମୁକୁନ୍ଦର ଏଥରକ ପ୍ରାଇସକୁ ବାହାର କରି ଦେଇ ମାସକୁ ଦୁଇଶହ ଟଙ୍କା ଦରମାରେ ରାସବିହାରୀ ନାୟକଙ୍କୁ ମ୍ୟାନେଜର ରଖିଲା । କିଛିଦିନ ତଳେ ଏହି ରାସବିହାରୀଙ୍କୁ ସରକାରୀ ଚାକିରିରୁ ବାହାର କରି ଦିଆଯାଇଥିଲା ସେ ପାଗଳ ହୋଇ ଯାଇଥିଲେ ବୋଲି ।

ମୁକୁନ୍ଦର ଅବସ୍ଥା ଆହୁରି ଖରାପ ହୋଇଯାଇଥିଲା ଏ ଭିତରେ । ଲୋକଙ୍କ ସାଙ୍ଗରେ ସେ ଯେତେବେଳେ ମିଶିବାକୁ ବାଧ୍ୟ ହେଉଥିଲା, ଭଲ ଭାବରେ ରହୁଥିଲା, ଠିକରେ କଥାବାର୍ତ୍ତା କରୁଥିଲା ଏବଂ ଭଦ୍ର ବ୍ୟବହାର କରୁଥିଲା । କିନ୍ତୁ ନଅର ଭିତରେ ପଶିବା ମାତ୍ରେ ହିଁ ସେ ହୋଇ ଯାଉଥିଲା ଅନ୍ୟ ଲୋକ । ଖଣ୍ଡିକୁ କିପରି ସନ୍ତୁଷ୍ଟ କରିବ, ତାହା ହିଁ ଥିଲା ତାର ଜୀବନର ଲକ୍ଷ୍ୟ । କ୍ରମେ କ୍ରମେ ସେ ନଅର ବାହାରକୁ ଯିବା ବନ୍ଦ କରିଦେଲା ଏବଂ ସବୁବେଳେ ଘର ଭିତରେ ଲୁଚି ରହିଲା । ତାକୁ ମନ୍ଦିର ଓ ଜମିଜମା କାମରେ ଅମନଯୋଗ ଦେଖୀ ତଡ଼ାଉ କରଣ ଗୋପୀନାଥ ପଟ୍ଟନାୟକ ଓ ବୀରଭଦ୍ର କାନୁନଗୋ ତା ନାଁରେ ମନ୍ଦିରକୁ ମନଇଚ୍ଛା ଚଲାଇଲେ । ଦିନେ ସେମାନେ ମୁକୁନ୍ଦକୁ ପରାମର୍ଶ ଦେଲେ ଯେ ସେ ଆଉ ନିଜେ ମନ୍ଦିର ବା ଜମିଦାରୀରେ ମୁଣ୍ଡ ନ ଖେଳାଇ ଏ ସବୁ କାମକୁ ପଞ୍ଚାରେ ଦେଇ ଦେଉ ।

୧୯୦୧ ସେପ୍ଟେମ୍ବର ୬ ତାରିଖରେ ମୁକୁନ୍ଦ ତିନିଜଣ ଲୋକଙ୍କ ନାଁରେ ଦୁଇଟି ଇଜରାପଟ୍ଟା

ଲେଖିଦେଲା। ଏ ଲୋକମାନେ ହେଲେ ଜଗବନ୍ଧୁ ପଟ୍ଟନାୟକ, ଚିନ୍ତାମଣି ପଟ୍ଟନାୟକ ଏବଂ ନିଜେ ବୀରଭଦ୍ର କାନୁନଗୋ। ଗୋଟିଏ ପଟ୍ଟାରେ ଲେଖାହେଲା। ଯେ ମନ୍ଦିର ପରିଚାଳନା ଠିକରେ ହେଉ ନ ଥିବାରୁ ସେଥିରେ ସୁଧାର କରିବା ପାଇଁ ମନ୍ଦିରରେ ଯେତେ ଅମୃତ ମଣୋହି କାମ ଅଛି ସେ ସବୁ ଏ ତିନି ଜଣକୁ ଦିଆଗଲା। ସେମାନେ ପିଣ୍ଡିକ, ଧ୍ୱଜା ଏବଂ ଅନ୍ୟ ବାବଦରେ ବର୍ଷକୁ ପ୍ରାୟ ୨୭୦୦୦ ଟଙ୍କା ଆୟ କରିବେ। ଏଥିରୁ ଖର୍ଚ୍ଚ ପାଇଁ ୨୭୦୦ ଟଙ୍କା ରଖି ଏବଂ ଭୋଗ ପାଇଁ ଖର୍ଚ୍ଚ ଦେଇ ସାରିବାପରେ ଯାହା ବଳିବ, ସେମାନେ ତାହା ମୁକୁନ୍ଦକୁ ଦେବେ। ଯଦି ଖର୍ଚ୍ଚ ଆୟରୁ ବଳିପଡ଼ିବ, ତେବେ ସେ ଅଧିକ ଟଙ୍କା ମୁକୁନ୍ଦ ସେମାନଙ୍କୁ ଦବ। ଅନ୍ୟ ପଟ୍ଟାଟିରେ ଲେଖା ହେଲା ଯେ ମନ୍ଦିର ଆୟ ପାଇଁ ଯେଉଁ ସତେଇଶ ହଜାର ମାହାଲ ଅଛି, ସେଠାରୁ ଇଜରାଦାରମାନେ ଖଜଣା ଆଦାୟ କରିବେ। ଖଜଣାରୁ ଦଶ ପ୍ରତିଶତ ନିଜ ଖର୍ଚ୍ଚ ପାଇଁ ରଖି ଏବଂ ଦୈନିକ ଭୋଗ ଖର୍ଚ୍ଚ ଦେବାପରେ ଯାହା ବଳିବ, ସେମାନେ ତାହା ମୁକୁନ୍ଦକୁ ଦେବେ। ଏ କାମ ତୁଲାଇବା ପାଇଁ ପୁରୀ ରାଜାଙ୍କର ଯାହା ସବୁ କ୍ଷମତା ଥିଲା, ଇଜରାଦାରମାନେ ସେ ସବୁ କ୍ଷମତା ଉପଭୋଗ କରିବେ ଏବଂ ପୁରୀ ରାଜା ସେଥିରେ କୌଣସି ପ୍ରକାରର ହସ୍ତକ୍ଷେପ କରିପାରିବେ ନାହିଁ। ଏ ବନ୍ଦୋବସ୍ତ ଦୁଇବର୍ଷ ପାଇଁ କାୟମ ରହିବ।

ପଟ୍ଟାରେ ସମସ୍ତଙ୍କର ଦସ୍ତଖତ ହେବା ସଙ୍ଗେ ସଙ୍ଗେ ସବରେଜିଷ୍ଟାର ଜଗବନ୍ଧୁ ପଟ୍ଟନାୟକ, ଯେ କି ଇଜରାଦାରମାନଙ୍କ ମଧ୍ୟରୁ ଅନ୍ୟତମ ଥିଲେ, ନିଜ କଟେରୀରେ ଦଲିଲ ଦୁଇଟିକୁ ରେଜିଷ୍ଟ୍ରି କରାଇଦେଲେ। ଏହିପରି ଭାବରେ ମୁକୁନ୍ଦ ପୁରୀ ରାଜାଙ୍କୁ ଏ ତିନିଜଣଙ୍କ ହାତରେ ନିଲାମ କରିଦେଲା।

ହୁଗୁଲୀ: ମାର୍ଚ୍ଚ ୧୯୦୨

୧୯୦୧ ଫେବୃଆରୀ ମାସରେ ତିନିମାସର ଛୁଟି ନେଇ ରାଧାନାଥ କଟକ ଆସିଲେ ଏବଂ ମାର୍ଚ୍ଚ ମାସରେ ଶଶିଭୂଷଣଙ୍କର ବିବାହ କରାଇଲେ। ଶଶିଭୂଷଣଙ୍କ ବୟସ ବର୍ତ୍ତମାନ ଥିଲା ୨୫ ବର୍ଷ। ଷୋଲବର୍ଷ ବୟସରୁ ମୂର୍ଚ୍ଛା ରୋଗ ଯୋଗୁ ସେ ଅସୁସ୍ଥ ରହୁଥିଲେ ଏବଂ ସେହିଦିନୁ ପିତାଙ୍କର ସହଚର ଭଳି ହୋଇଯାଇଥିଲେ ଏବଂ ରାଧାନାଥଙ୍କ ଗସ୍ତ ସମୟରେ ତାଙ୍କ ସହିତ ସବୁଆଡ଼େ ଯାଉଥିଲେ। ସେ ସାମାନ୍ୟ ଲେଖାଲେଖି ଆରମ୍ଭ କରିଥିଲେ ଏବଂ ତାଙ୍କର ଗୋଟିଏ ବହି ମଧ୍ୟ ପ୍ରକାଶ ପାଇଥିଲା, ଦାକ୍ଷିଣାତ୍ୟ ଭ୍ରମଣ। ତେବେ ଓଡ଼ିଶାର ଲୋକ ତାଙ୍କୁ ଜାଣିଥିଲେ ରାଧାନାଥଙ୍କ ପୁଅ ଓ ସହଚର ଭାବରେ।

ମେ' ମାସରେ ରାଧାନାଥ ଅନ୍ୟ ପୁଅ ରଜନୀଭୂଷଣଙ୍କର ମଧ୍ୟ ବିବାହ କରାଇ ହୁଗୁଲୀ ଫେରିଗଲେ ଏବଂ ନଗେନ୍ଦ୍ରବାଲାଙ୍କ ବହିର ମୁଖବନ୍ଧ ଲେଖିବାରେ ମନ ଦେଲେ। କବିତାଗୁଡ଼ିକ ତାଙ୍କୁ ଭଲ ଲାଗିଥିଲା ଏବଂ ଅତି ଶ୍ରଦ୍ଧାର ସହିତ ସେ ନଗେନ୍ଦ୍ରବାଲାଙ୍କର ଏ ସଂକ୍ଷିପ୍ତ ଜୀବନୀ ସହ ପ୍ରଶଂସାପୂର୍ଣ୍ଣ ଭୂମିକାଟିଏ ଲେଖି ଦେଇଥିଲେ। ବହିଟି ଛପା ହେବାପାଇଁ ପ୍ରେସକୁ ଗଲା।

ଆଜିକାଲି ନଗେନ୍ଦ୍ରବାଲା ମଝିରେ ମଝିରେ ରାଧାନାଥଙ୍କ ଅଫିସକୁ ତଥା ତାଙ୍କ ଘରକୁ ମଧ୍ୟ ଆସୁଥିଲେ। ସେ ଅତି ମିଷ୍ଟଭାଷୀ, ଭଦ୍ର ଓ ମେଲାପୀ ଥିଲେ ଏବଂ ଅଳ୍ପଦିନରେ ରାଧାନାଥଙ୍କ ସ୍ତ୍ରୀ ପରଶମଣିଙ୍କର ମଧ୍ୟ ପ୍ରିୟ ହୋଇଯାଇଥିଲେ। ରାଧାନାଥଙ୍କ ସହିତ ସମ୍ପର୍କରେ ଆଜିକାଲି ଆଉ ସମ୍ଭ୍ରମ ଅଥବା ରାଧାନାଥଙ୍କ ସହିତ ବୟସର ଦୂରତ୍ୱର ଦ୍ୱିଧା ନ ଥିଲା। ରାଧାନାଥଙ୍କୁ ଅନେକ ବ୍ୟକ୍ତିଗତ ଉପଦେଶ ଦେଉଥିଲେ ନଗେନ୍ଦ୍ରବାଲା। ସେ ରାଧାନାଥଙ୍କୁ ଚଉକି ଉପରେ ବସି କାମ କରିବାକୁ କହୁଥିଲେ ଏବଂ ନିଜେ ତାଙ୍କ ଚଉକି ପଡ଼ିଥିବା କୋଠରୀରେ ବସି ତାଙ୍କୁ ସେଠାକୁ ଆସିବାକୁ ବାଧ୍ୟ କରୁଥିଲେ।

ରାଧାନାଥଙ୍କୁ ଅଫିସରେ ଖାଲି ଦେହରେ ବସିବାକୁ ଦେଉ ନଥିଲେ ସେ । ରାଧାନାଥ କଣ ପୋଷାକ ପିନ୍ଧିବେ, ନିଶକୁ କେତେ ଛୋଟ କରିବେ, ମୁଣ୍ଡରେ କେତେ ବାଳ ରଖିବେ ଏସବୁ ବିଷୟରେ ମଧ୍ୟ ରାଧାନାଥଙ୍କୁ ଆକଟ କରୁଥିଲେ ନଗେନ୍ଦ୍ରବାଳା ।

ନଗେନ୍ଦ୍ରବାଳାଙ୍କ ବ୍ୟବହାରରେ ଏକ ସଙ୍ଗେ ଅତି ପ୍ରୀତ ଏବଂ ଅତ୍ୟନ୍ତ ଭୟଭୀତ ହେଉଥିଲେ ରାଧାନାଥ । ତାଙ୍କ ଜୀବନରେ ନଗେନ୍ଦ୍ରବାଳା ଏକ ବିଶେଷ ସ୍ଥାନ ଅଧିକାର କରିଥିଲେ ଏ ଭିତରେ । ତାଙ୍କ ଅଫିସ ଓ ଘର ଭିତରକୁ ନଗେନ୍ଦ୍ରବାଳାଙ୍କର ଅବାଧ ପ୍ରବେଶ ଥିଲା । ଅନ୍ୟମାନଙ୍କ ଆଗରେ ରାଧାନାଥ ତାଙ୍କୁ ବଙ୍ଗୀୟ ନାରୀକବି ଶିରୋମଣି ମୋହର ପ୍ରିୟ ଶିଷ୍ୟା ବୋଲି ପରିଚିତ କରାଉଥିଲେ ।

ନଗେନ୍ଦ୍ରବାଳା ମଧ୍ୟ ରାଧାନାଥଙ୍କର ପ୍ରକୃତ ଭକ୍ତ ଥିଲା । ସେ ତାଙ୍କର ସବୁ ବହି ସବୁ କବିତା ପଢ଼ିଥିଲେ ଏବଂ ପ୍ରତିଟି ପଙ୍କ୍ତି ସହିତ ପରିଚିତ ଥିଲେ । ତାଙ୍କ ଘରେ ରାଧାନାଥଙ୍କର ଗୋଟିଏ ଫଟୋ କାଚବନ୍ଦା ହୋଇ ଫୁଲମାଳରେ ବିଭୂଷିତ ହୋଇ ରହିଥିଲା । ଏ ଫଟୋଟି ସେ କଟକରୁ ମଗାଇଥିଲେ । କବିବର ରାୟ ରାଧାନାଥ ରାୟ ବାହାଦୁର ମହୋଦୟଙ୍କ ଛବି ସେତେବେଳେ କଟକ ପ୍ରିଣ୍ଟିଂ କମ୍ପାନୀରେ ଦୁଇଅଣା ମୂଲ୍ୟରେ ମିଳୁଥିଲା । ଏହି ଫଟୋଟି ପାଖରେ ରାଧାନାଥଙ୍କର ସବୁ ବହି ସଜା ହୋଇ ରହିଥିଲା । ଥରେ ନଗେନ୍ଦ୍ରବାଳାଙ୍କ ଘରକୁ ଯାଇ ନିଜର ଫଟୋକୁ ଦେଖି ରାଧାନାଥ ବିସ୍ମିତ ହୋଇଥିଲେ ।

ଅନେକ ସମୟରେ ନଗେନ୍ଦ୍ରବାଳାଙ୍କ ବ୍ୟବହାରରେ ବିଚଳିତ ଓ ଶଙ୍କିତ ହୋଇ ଯାଉଥିଲେ ରାଧାନାଥ । ଥରେ ରାଧାନାଥଙ୍କ ଘରେ ବସି ଦୁହେଁ ଗୋଟିଏ କବିତା ଆଲୋଚନା କରିବାବେଳେ ନଗେନ୍ଦ୍ରବାଳା ଉଠି ଆସି ତାଙ୍କ ପାଖରେ ବସିବାରୁ ରାଧାନାଥ ସଙ୍କୁଚିତ ହୋଇ ଟିକିଏ ଘୁଞ୍ଚିଗଲେ । ନଗେନ୍ଦ୍ରବାଳା କହିଲେ, ଆପଣ ନାରୀମାନଙ୍କ ବିଷୟରେ ଏତେ ଲେଖିଛନ୍ତି, କିଛି ବି ଜାଣନ୍ତି ନାହିଁ । କେତେଜଣ ନାରୀଙ୍କୁ ଘନିଷ୍ଟ ଭାବରେ ଜାଣିଛନ୍ତି ଆପଣ ?

ଏହାପରେ ଏ ବିଷୟରେ ଆଉ କୌଣସି କଥାବାର୍ତ୍ତା ହୋଇ ନ ଥିଲା, ତେବେ ଅନେକ ଦିନ ପର୍ଯ୍ୟନ୍ତ ଏ ପ୍ରଶ୍ନଟି ଆଚ୍ଛନ୍ନ ରଖିଥିଲା ରାଧାନାଥଙ୍କୁ । ଆଉ ଦିନେ ନଗେନ୍ଦ୍ରବାଳା ରାଧାନାଥଙ୍କୁ କହିଲେ, ମୁଁ ଏଥରକ ଆପଣଙ୍କୁ ତମେ ବୋଲି କହିବି, ଏଥିରେ ଆପଣଙ୍କର କିଛି ଆପତ୍ତି ନାହିଁ ତ ? ରାଧାନାଥ ଅପ୍ରତିଭ ହୋଇ ନଗେନ୍ଦ୍ରବାଳା ତାଙ୍କର ଶିଷ୍ୟା, କନ୍ୟାତୁଲ୍ୟା ଇତ୍ୟାଦି କହିଲେ । ସବୁ କଥା ଶୁଣି ନଗେନ୍ଦ୍ରବାଳା ଏକ ରହସ୍ୟମୟ ହସ ହସିଲେ, କହିଲେ ତମେ ଠିକ୍ କହୁଚ । ସେହି ଦିନଠାରୁ ଏକା ଥିଲାବେଳେ ସେ ରାଧାନାଥଙ୍କୁ ତମେ ବୋଲି କହୁଥିଲେ, ଯଦିଓ ଅନ୍ୟମାନଙ୍କ ଆଗରେ ରାଧାନାଥ ଆପଣ ହିଁ ଥିଲେ ।

ଯେତେବେଳେ ଅମିୟ ଗାଥା ଛପା ଆରମ୍ଭ ହେଲା, ନଗେନ୍ଦ୍ରବାଳା ସମୟ ଅସମୟରେ ରାଧାନାଥ ଘରକୁ ଆସିବାରେ ଲାଗିଲେ । ପ୍ରୁଫ ସଂଶୋଧନ କରିବା, ଶେଷ ମୁହୂର୍ତ୍ତରେ କୌଣସି ଶବ୍ଦକୁ ବଦଲାଇ ତା ଜାଗାରେ ଅନ୍ୟ ଶବ୍ଦ ବ୍ୟବହାର କରିବା ଇତ୍ୟାଦି ବିଷୟରେ ରାଧାନାଥଙ୍କର ପରାମର୍ଶ ଆବଶ୍ୟକ ହେଉଥିଲା । ସେତେବେଳେ ପରଶମଣି କଟକରେ ଥିଲେ ଏବଂ ରାଧାନାଥ ଏକା ରହୁଥିଲେ । ଅମିୟ ଗାଥା ଛପା ସମୟରେ ରାଧାନାଥ ଗସ୍ତ କମ କରିଦେଇ ଏଇ କାମରେ ମନଯୋଗ ଦେଇଥିଲେ । ତାଙ୍କୁ କବିତା ଆଲୋଚନା ଓ ନଗେନ୍ଦ୍ରବାଳାଙ୍କ ସାହଚର୍ଯ୍ୟ ଭଲ ଲାଗୁଥିଲା, ଯଦିଓ ନଗେନ୍ଦ୍ରବାଳାଙ୍କ ବ୍ୟବହାର ଅନେକ ସମୟରେ ତାଙ୍କୁ ବ୍ୟସ୍ତ ଓ ବିବ୍ରତ କରି ଦେଉଥିଲା ।

ଶେଷରେ ଦିନେ ରବିବାର ଖରାବେଳେ ସମ୍ପୂର୍ଣ୍ଣ ଛପା ଅମିୟ ଗାଥା ବହିଟି ହାତରେ ଧରି ନଗେନ୍ଦ୍ରବାଲା ଆସି ପହଞ୍ଚିଲେ ଏବଂ ରାଧାନାଥଙ୍କ ପାଦ ଛୁଇଁ ତାଙ୍କ ହାତକୁ ବହିଟି ବଢ଼ାଇ ଦେଲେ। ରାଧାନାଥ ବହିଟିକୁ ନେଇ ପୁଣି ଥରେ କବିତାମାନ ପଢ଼ିବାକୁ ଲାଗିଲେ ଏବଂ କହିଲେ, ତମକୁ ବହିଟି ଭଲ ଲାଗିଲା, ସେଥିପାଇଁ ମୁଁ ଖୁସି। ରାଧାନାଥ କହିଲେ, କବିତାଗୁଡ଼ିକ ବାସ୍ତବିକ ଖୁବ୍ ସୁନ୍ଦର। ତମେ ଆଉ ଗୋଟିଏ ବହି ଲେଖ। ନଗେନ୍ଦ୍ରବାଲା କହିଲେ, ମୁଁ ତ ନିଶ୍ଚୟ ଲେଖିବି, କିନ୍ତୁ ତମକୁ ମଧ ଲେଖିବାକୁ ହେବ। ତମେ କେତେ ଦିନ ହେଲା ଲେଖି ନାହଁ, ମନେ ଅଛି ତ? ହଁ, ରାଧାନାଥ କହିଲେ, ଲେଖିବାପାଇଁ ମୋର ମନ ସ୍ଥିତି ଆଉ କାହିଁ? ମହାଯାତ୍ରା ସମାପ୍ତ କରିବାର ତ ପ୍ରଶ୍ନ ନାହିଁ, ତେବେ ଭାବିଥିଲି ଅନ୍ତତଃ ପାର୍ବତୀକୁ ସମାପ୍ତ କରିଥାନ୍ତି। କିନ୍ତୁ କଣ କରିବି, ମୁଁ ଆଉ ନୂଆ କଥା କିଛି ଭାବିପାରୁ ନାହିଁ।

ନଗେନ୍ଦ୍ରବାଲା କହିଲେ, ତମକୁ ଲେଖିବାକୁ ହିଁ ହେବ। ପାର୍ବତୀକୁ ଛାଡ଼ିଦେଇ ତମେ ନୂଆ କିଛି ଲେଖ। ଯଦି ତମକୁ ଆଉ ଉଷା, ନନ୍ଦିକେଶ୍ୱରୀ ନ ମିଳୁଛନ୍ତି, ଏବଂ ନୂଆ କିଛି ଭାବି ପାରୁନାହଁ, ତେବେ ମୋ ଆଡ଼କୁ ଚାହିଁ ଦେଖ। ମୁଁ ତ ତମ ଆଗରେ ବସିଛି; ତମେ ନଗେନ୍ଦ୍ରବାଲା ଉପରେ କାବ୍ୟ ଲେଖ। ରାଧାନାଥ ଚୁପ ରହିବାରୁ ରାଗିଯାଇ ନଗେନ୍ଦ୍ରବାଲା କହିଲେ, ତମେ ଏତେ ଦିନ ଖାଲି ସ୍ତ୍ରୀମାନଙ୍କ ବିଷୟରେ, ପ୍ରେମ ବିଷୟରେ ଲେଖିଛ ନିଜର କଳ୍ପନାରୁ। କିନ୍ତୁ ତମେ ସ୍ତ୍ରୀମାନଙ୍କ ବିଷୟରେ ଜାଣ କ'ଣ? କେଉଁ ସ୍ତ୍ରୀର ମନକୁ ବୁଝିଛ ତମେ?

ରାଧାନାଥ କିଛି କହିଲେ ନାହିଁ। ନଗେନ୍ଦ୍ରବାଲା କହିଲେ, ଠିକ ଅଛି, ମୁଁ ଆଜି ତମକୁ ବୁଝାଇ ଦେବି ସ୍ତ୍ରୀର ମନ କଣ; ମୁଁ ତମକୁ ଦେଖାଇ ଦେବି ସ୍ତ୍ରୀ କଣ ଚାହେଁ। ଏତିକି କହି ସେ ରାଧାନାଥଙ୍କର ଅତି ନିକଟକୁ ଆସିଲେ; ତାଙ୍କୁ ଧରି କହିଲେ, ଅନେକ ଦିନ ତଳେ ଆମର କଥା ହୋଇଥିଲା ମୁଁ ତମର ଶିଷ୍ୟା ଏବଂ ମତେ ତମକୁ ଗୁରୁଦକ୍ଷିଣା ଦେବାକୁ ହେବ। ଆଜି ମୁଁ ତମକୁ ଗୁରୁ ଦକ୍ଷିଣା ଦେବି।

ରାଧାନାଥ ଘୁଞ୍ଚିଯାଇ କହିଲେ, ନା, ମୋର କୌଣସି ଦକ୍ଷିଣା ଦରକାର ନାହିଁ। ଘର ଭିତର ପାଖୁ କବାଟ ବନ୍ଦ କରୁ କରୁ ନଗେନ୍ଦ୍ରବାଲା କହିଲେ, ମୁଁ କିନ୍ତୁ କାହାରି ପାଖରେ ରୁଣ ରହିବି ନାହିଁ; ଗୁରୁ ଦକ୍ଷିଣା ତମକୁ ନେବାକୁ ହିଁ ହେବ।

ହାତ ମୁହଁ ଧୋଇ ନଗେନ୍ଦ୍ରବାଲା ଯେତେବେଳେ ବସିବା ଘରକୁ ଆସିଲେ, ରାଧାନାଥ ତଳକୁ ମୁହଁ ପୋତି ଅତି ବିଷଣ୍ଣ ଭାବରେ ବସିଥିଲେ। ନଗେନ୍ଦ୍ରବାଲା କହିଲେ, କଣ ହେଲା ତମର? ରାଧାନାଥ ଜବାବ ନ ଦେବାରୁ ନଗେନ୍ଦ୍ରବାଲା ତାଙ୍କ ପାଖକୁ ଆସିଲେ। ରାଧାନାଥ ହାତରେ ତାଙ୍କୁ ଦୂର କରିବାକୁ ଚେଷ୍ଟା କରିବାରୁ ନଗେନ୍ଦ୍ରବାଲା ଯାଇ ନିଜର ଚପଲ ପିନ୍ଧିଲେ। ଘରୁ ବାହାରି ଯାଉ ଯାଉ କହିଲେ, ଠିକ ଅଛି; ଏଇ ମୋର ଆପଣଙ୍କ ସହିତ ଶେଷ ଦେଖା।

ସତକୁ ସତ ନଗେନ୍ଦ୍ରବାଲା ଆଉ ଆସିଲେ ନାହିଁ। ଚାରିଦିନ ବିତିଯିବା ପରେ ପଞ୍ଚମ ଦିନ ରାଧାନାଥ ଚାକର ହାତରେ ଚିଠିଟିଏ ଦେଇ ତାଙ୍କୁ ଡକାଇ ପଠାଇଲେ।

କଟକ: ଜୁଲାଇ ୧୯୦୭

୧୯୦୩ ସେପ୍ଟେମ୍ବର ମାସରେ ପଞ୍ଚାବନ ବର୍ଷ ବୟସ ପୂରିଯିବାରୁ ଚାକିରିରୁ ଅବସର ନେଇ କଟକ ଫେରି ଆସିଲେ ରାଧାନାଥ । ହୁଗୁଳୀରେ ଚାରିବର୍ଷର ଅବସ୍ଥାନ ବିଶେଷ ସନ୍ତୋଷଜନକ ନ ଥିଲା । ଗୋଟିଏ ବଡ଼ ଦୁଃଖ ଥିଲା ଯେ ଏହି ସମୟ ଭିତରେ ସେ ଆଦୌ ସାହିତ୍ୟ ଚର୍ଚ୍ଚା କରିପାରି ନ ଥିଲେ । କେବଳ ଯାହା ତାଙ୍କର ପୁରୁଣା ଲେଖା ବଙ୍ଗଳା କବିତା 'ଲେଖାବଳୀ' ଶୀର୍ଷକରେ ଏବଂ କାଳିଦାସଙ୍କ କବିତାରୁ ସୂକ୍ତି ସଂଗ୍ରହ 'କାଳିଦାସ ସୂକ୍ତୟ୍ୟ' ନାମରେ ପ୍ରକାଶ ପାଇଥିଲା । ଏହି ସମୟରେ ଖଡ଼ିଆଳ ରାଜାଙ୍କ ଆର୍ଥିକ ସାହାଯ୍ୟରେ ରାଧାନାଥ ଗ୍ରନ୍ଥାବଳୀ ମଧ୍ୟ ପ୍ରକାଶିତ ହୋଇଥିଲା । ଏହାର ପ୍ରାରମ୍ଭରେ ରାଧାନାଥଙ୍କ ଉପରେ ନଗେନ୍ଦ୍ରବାଲା ଲେଖିଥିବା 'ଭୂତଲେ ସ୍ୱର୍ଗ' କବିତା ସନ୍ନିବିଷ୍ଟ ଥିଲା, ଯେଉଁଥିରେ ନିମ୍ନଲିଖିତ ପଂକ୍ତିମାନ ଥିଲା :

ଆମି ଯା ଦେଖେଛି ତାହା ଅତୁଲ ଧରାୟ

ସ୍ୱାର୍ଥପୂର୍ଣ୍ଣ ଧରା ମାଝେ

ପବିତ୍ର ଦେବତା ସାଜେ

ଭୂତଲେ ସ୍ୱର୍ଗେର ଚିତ୍ର–ରାଧାନାଥ ରାୟ...

ଲଲିତ କଲାର ସ୍ୱାମୀ

ତୁମି ଗୁରୁ ଶିଷ୍ୟା ଆମି

ପରଶେ ପରଶେ ଲୋହା ସୋନା ହୟେ ଯାୟ

ଏ ମହା ସ୍ୱରଗ ତୋରା କେ ଦେଖିବି ଆୟ ।

ସ୍ନେହାକାଂକ୍ଷିଣୀ ନଗେନ୍ଦ୍ରବାଲା

ହୁଗୁଳୀରେ ଥିବା ସମୟରେ ରାଧାନାଥଙ୍କ ମାନସିକ ଅଶାନ୍ତିର ଅନ୍ୟତମ କାରଣ ଥିଲା ନଗେନ୍ଦ୍ରବାଲା ସହିତ ତାଙ୍କର ସମ୍ପର୍କ । ସେ ନଗେନ୍ଦ୍ରବାଲାଙ୍କୁ ଛାଡ଼ି ପାରୁ ନ ଥିଲେ ଅଥବା ନିଜର କରି ପାରୁ ନ ଥିଲେ । ମଝିରେ ଥରେ ପରଶମଣିଙ୍କ ନିମନ୍ତ୍ରଣରେ ନଗେନ୍ଦ୍ରବାଲା କଟକ ଯାଇ ଧବଳେଶ୍ୱରରେ ରହି ଆସିଥିଲେ ଏବଂ ଧବଳେଶ୍ୱର ନାମକ କବିତା ମଧ ଲେଖିଥିଲେ । ରାଧାନାଥଙ୍କ ଉଦ୍ୟମରେ ଏହା ଧବଳେଶ୍ୱର କାବ୍ୟ ନାଁରେ କଲିକତାରୁ ପ୍ରକାଶ ପାଇଥିଲା । ଏହା ଉତ୍ସର୍ଗ କରାଯାଇଥିଲା ଉତ୍କଳ କବିବର ପରମ ପୂଜ୍ୟତମ ଶ୍ରୀଯୁକ୍ତ ରାୟ ରାଧାନାଥ ରାୟ ମହୋଦୟଙ୍କର ଅଶେଷ ସଦ୍ଗୁଣାନ୍ୱିତା ସହଧର୍ମିଣୀ ପରମ ପୂଜ୍ୟତମା ମାତୃସ୍ଥାନୀୟା ଶ୍ରୀଯୁକ୍ତା ପରଶମଣି ଦାସୀ ମହୋଦୟା ପ୍ରତି । ରାଧାନାଥ ନିଜେ ଏହି ପୁସ୍ତିକାଟିକୁ ତାଙ୍କର ସମସ୍ତ ବନ୍ଧୁଙ୍କ ପାଖକୁ ପଠାଇଥିଲେ ।

ଓଡ଼ିଶାକୁ ଫେରିବାପରେ କିଛିଦିନ ରାଧାନାଥ ବିଭିନ୍ନ ସଭାସମିତି କାର୍ଯ୍ୟକ୍ରମରେ ଜଡ଼ିତ ହୋଇପଡ଼ିଲେ । ୧୯୦୩ ଡିସେମ୍ବର ୨୯ ତାରିଖରେ କଟକରେ ଟାଉନ ଭିକ୍ଟୋରିଆ ସ୍କୁଲ ଘରେ ଉତ୍କଳ ସାହିତ୍ୟ ସମାଜର ପ୍ରଥମ ବାର୍ଷିକ ଅଧିବେଶନ ହେଲା ସେଥିପାଇଁ ରାଧାନାଥ ଗୋଟିଏ ଅଭିଭାଷଣ ଲେଖିଲେ, କିନ୍ତୁ ତାଙ୍କର ସ୍ୱର ଅସ୍ପଷ୍ଟ ହେଇଥିବାରୁ ଅଭିଭାଷଣଟିକୁ ପାଠକଲେ ପଣ୍ଡିତ ମୃତ୍ୟୁଞ୍ଜୟ ବାଣୀଭୂଷଣ । ଏହାର ପରଦିନ ଇଦ୍ଗା ପଡ଼ିଆରେ ଉତ୍କଳ ସମ୍ମିଳନୀ ହେଲା । ଏଥିପାଇଁ ରାଧାନାଥ ଗୋଟିଏ ଗୀତ ଲେଖିଦେଲେ: ଦିଅ ହେ ସରବେ ଉତ୍କଳି, ଦେଶହିତରେ ଆତ୍ମବଳି, ଇତ୍ୟାଦି । ଏହି ସଭାରେ ତାଙ୍କର ସଂସ୍କୃତ ଭାରତଗୀତିକା ସର୍ବେଷାଂ ନୋ ଜନନୀ ଭାରତ ଧରଣୀ କଞ୍ଚଳତେୟଂ ମଧ ବୋଲାଗଲା ।

ଏହାର କିଛିଦିନ ପରେ ରାଧାନାଥ ଅସୁସ୍ଥ ହୋଇପଡ଼ିଲେ ଏବଂ ତାଙ୍କର ମାନସିକ ଦୁଶ୍ଚିନ୍ତା ଆରମ୍ଭ ହେଲା । ନିଜର ଅସୁସ୍ଥତା ବିଷୟରେ ତାଙ୍କର ମନେ ହେଲା ଯେ କୌଣସି ପାପ ପାଇଁ ସେ ଶାସ୍ତି ପାଉଛନ୍ତି । ନିଜର ମନକୁ ଚିନ୍ତାରୁ ଅଲଗା ରଖିବା ପାଇଁ ସେ ପ୍ରତିଦିନ ସନ୍ଧ୍ୟାରେ ସ୍ନାତାର ଶିଖିବାକୁ ଆରମ୍ଭ କଲେ ଏବଂ ଦରମା ଦେଇ ଜଣେ ସଂସ୍କୃତ ପଣ୍ଡିତଙ୍କୁ ରଖିଲେ ତାଙ୍କ ସହିତ ସକାଳ ସନ୍ଧ୍ୟାରେ ଶାସ୍ତ୍ର ଆଲୋଚନା କରିବା ପାଇଁ । ସକାଳୁ ଉଠି ସେ କାଗଜରେ ହଜାରେ ଥର ମଧୁସୂଦନ ମଧୁସୂଦନ ଲେଖିବାରେ ଲାଗିଲେ । ବାରମ୍ବାର କାଠଯୋଡ଼ିରେ ଗାଧୋଇବାକୁ ଯାଇ ଘଣ୍ଟା ଘଣ୍ଟା ସ୍ନାନ କଲେ । କିନ୍ତୁ ତାଙ୍କର ଶାରୀରିକ ସ୍ୱାସ୍ଥ୍ୟ ଓ ମାନସିକ ଅବସ୍ଥାରେ କୌଣସି ଉନ୍ନତି ହେଲାନାହିଁ । ଏହି ସମୟରେ ତାଙ୍କର ଏକମାତ୍ର ସହାୟ ଥିଲେ ଶଶିଭୂଷଣ । ରାଧାନାଥ ତାଙ୍କୁ ଦଣ୍ଡେ ମାତ୍ର ପାଖରୁ ଛାଡ଼ୁ ନ ଥିଲେ ଏବଂ ଶଶିଭୂଷଣ ମଧ ପିତାଙ୍କର ମନସ୍ତାପ ସମୟରେ ଛାଇ ଭଳି ତାଙ୍କ ପାଖେ ପାଖେ ରହିଥିଲେ ।

ରାଧାନାଥ ବର୍ତ୍ତମାନ ସ୍ଥିର କରି ନେଇଥିଲେ ଯେ ତାଙ୍କର ସମସ୍ତ ଦୁର୍ଦ୍ଦଶାର ମୂଳ ହେଉଛି ନଗେନ୍ଦ୍ରବାଲାଙ୍କ ସହିତ ତାଙ୍କର ପାପ ସମ୍ପର୍କ । ପରଶମଣିଙ୍କ ଉଦ୍ଦେଶ୍ୟରେ ସେ 'ସତୀ ପ୍ରତି ସତୀଦ୍ରୋହୀ ପତିର ଉକ୍ତି' ନାମକ ଗୋଟିଏ କବିତା ଲେଖିଲେ; ଏଥିରେ ଏପରି ଲେଖା ଥିଲା : ଚରିତ୍ରକୁ ଲକ୍ଷ୍ୟ ମୋର ଥିଲା ସବୁବେଲେ, କି ଯୁବା କି ପ୍ରୌଢ଼ା କାଲେ କି ବୃଦ୍ଧ ବୟସେ, ରହିବି ଜୀବନେ ଏକପତ୍ନୀ ବ୍ରତୀ ହୋଇ, ଏହିଁ ମୋହର ଲକ୍ଷ୍ୟ ଥିଲା ସବୁଦିନେ । କିନ୍ତୁ କିପରି କୁକ୍ଷଣରେ ବିଦେଶକୁ ଯାଇ ସେ କୁଚକ୍ରରେ ରାକ୍ଷସୀ ହାବୁଡ଼ରେ ପଡ଼ିଲେ ତାର ବର୍ଣ୍ଣନା ଥିଲା କବିତାରେ । ଏଥିରେ ନଗେନ୍ଦ୍ରବାଲାଙ୍କୁ ପାପୀୟସୀ ମାୟାବିନୀ କହି ମନ ଓ ଶରୀରରେ ଦୁର୍ବଳ ଥିବାରୁ ସେ ତାର ଆକଟ ଓ ମାୟାଜାଲରୁ ବାହାରି ପାରି ନ ଥିଲେ ବୋଲି ବର୍ଣ୍ଣନା କରିଥିଲେ ।

ଏହାପରେ ରାଧାନାଥ ନିଜର ଅନୁତାପଦଗ୍‌ଧ ଅନୁଭୂତିକୁ ଗୋଟିଏ ଆତ୍ମକଥାରେ ଏପରି ଭାବେ ଲେଖିବାକୁ ଆରମ୍ଭ କଲେ: ମୋହର ଶରୀରରେ କି ରୂପ କଷ୍ଟ ଏବଂ ଯାତନା ହୁଏ ତାହା ଭାଷାରେ ବ୍ୟକ୍ତ ହୋଇ ନ ପାରେ । ମଧ୍ୟାହ୍ନ ଶାରଦାତପ ଦ୍ରବ ଭାବାପନ୍ନ ହୋଇ ସମୟ ସମୟରେ ଶିରା ପ୍ରଶିରାରେ ପ୍ରବାହିତ ହେଉଛି, ଏହିପରି ବୋଧହୁଏ । ବାମ ପଞ୍ଜର ଓ ଜଙ୍ଘାରେ ସର୍ବଦା ଗୋଟିଏ ତୀବ୍ର କଷ୍ଟ ଅନୁଭବ ହୁଏ । ପ୍ରତ୍ୟହ ଅନେକ ଥର ଆତ୍ମହତ୍ୟାର କଥା ମନରେ ପଡ଼ିଥାଏ । ପାପର ଦଣ୍ଡ ଏହି ରୂପ । ବର୍ତ୍ତମାନ ମୋହର ପ୍ରତ୍ୟେକ ଅଙ୍ଗ ମୋହର ବିଦ୍ରୋହାଚରଣ କରୁଅଛି । ଉଦର, ବକ୍ଷସ୍ଥଳ, ଗୋଡ଼, ହାତ, ଚକ୍ଷୁ ସମସ୍ତେ ହିଁ ମୋତେ କଷ୍ଟ ଦେଉଅଛନ୍ତି । ସମସ୍ତେ ହିଁ ନୀରବ ଭାଷାରେ ଯେପରି କହୁ ଅଛନ୍ତି, ତୁମ୍ଭେ ପାପୀ, ତୁମ୍ଭର ଜୀବନରେ ଅଧିକାର ନାହିଁ, ଆମ୍ଭେମାନେ ତୁମ୍ଭର କାର୍ଯ୍ୟ କରିବାକୁ ପ୍ରସ୍ତୁତ ନୋହୁ ।...

ଘଡ଼ି ବାଜିଲେ ମୋହର କଷ୍ଟ ହୁଏ; ସୀତାର ବଜାଇଲେ କଷ୍ଟ ହୁଏ, ରାମ ସୀତା ସାବିତ୍ରୀ ସତ୍ୟବାନ ପ୍ରଭୃତିଙ୍କ ଭଲ ଛବି ଦେଖିଲେ ମୋହର ଯାତନା ହୁଏ । ହାୟ ! କଣ ଥିଲି, କଣ ହୋଇଅଛି ? ଜୀବନର ଶେଷ କାଳରେ ମୋହର ଏହି ଘଟଣା ଘଟିଗଲା ।...

ହାୟ ! ବର୍ତ୍ତମାନ ସୁଦ୍ଧା ଲୋକେ ମୋତେ ରଷିତୁଲ୍ୟ ବ୍ୟକ୍ତି କହିଥାଆନ୍ତି । ମୁଁ ଯେଉଁଠାକୁ ଯାଇଅଛି, ଅଧିକାଂଶ ସ୍ଥଳରେ ଲୋକମାନେ ମୋତେ ଏହି ରୂପ କହନ୍ତି ଓ କହି ଅଛନ୍ତି । ବାସ୍ତବିକ ଜୀବନର ଅଧିକାଂଶ ସମୟରେ ମୋହର ଆଚରଣ ସେହିପରି ଥିଲା । ହୁଗୁଲୀରେ ଶେଷ ତିନିବର୍ଷରେ ମଧ୍ୟେ ମଧ୍ୟେ ମୋହର ଚରିତ୍ର କଳୁଷିତ ହୋଇଗଲା । ହାୟ ! ଜୀବନର ଅନ୍ତିମ ସମୟରେ ଏ ରୂପ ଦୁର୍ଗତି କେତେ ଜଣଙ୍କର ହୋଇଥାଏ ?...

ଏ ଭଲି ପୃଷ୍ଠା ପୃଷ୍ଠା ଆତ୍ମକଥା ଲେଖିଚାଲିଲେ ରାଧାନାଥ, କିନ୍ତୁ ସେଥିରୁ କୌଣସି ଶାନ୍ତି ମିଳିଲା ନାହିଁ । ଦିନ ମାସ ବର୍ଷ ବିତିଲା, ତଥାପି ଦୁଶ୍ଚିନ୍ତା ଓ ମନସ୍ତାପର ଶେଷ ହେଲାନାହିଁ । ୧୯୦୬ରେ ମାତ୍ର ୨୮ ବର୍ଷ ବୟସରେ ନଗେନ୍ଦ୍ରବାଳାଙ୍କର ମରିଯିବାର ସମ୍ବାଦ ମିଳିଲା, କିନ୍ତୁ ଏ ସମ୍ବାଦ ମଧ୍ୟ ରାଧାନାଥଙ୍କ ମନରେ କୌଣସି ଉପଶମ ଆଣି ଦେଲା ନାହିଁ ।

ଶେଷରେ ସେ ଶଶିଭୂଷଣଙ୍କୁ କହିଲେ ଯେ ସେ ନିଜର ସ୍ୱୀକାରୋକ୍ତି ଲେଖି ସଂସାରକୁ ଜଣାଇଲେ ହିଁ ତାଙ୍କର ପାପର ପ୍ରାୟଶ୍ଚିତ ହେବ ଏବଂ କଷ୍ଟ ଲାଘବ ହେବ । ଶଶିଭୂଷଣ ତାଙ୍କୁ ଏଥରୁ ନିବୃତ୍ତ ହେବାକୁ କହିଲେ । ରାଧାନାଥ ପାଖରେ ରହୁଥିବା ବନ୍ଧୁ ମଧୁସୂଦନଙ୍କୁ ଏ କଥା କହିଲେ; ଉତ୍କଳ ସାହିତ୍ୟ ପ୍ରେସରେ ଯାଇ ବିଶ୍ୱନାଥ କରଙ୍କୁ କହିଲେ; ବୈକୁଣ୍ଠନାଥ ଦେ କଟକ ଆସିଥିବା ବେଳେ ତାଙ୍କୁ ଏ ବିଷୟରେ ଜଣାଇଲେ; ଏପରିକି ଶେଷରେ ଗୌରୀଶଙ୍କର ରାୟଙ୍କର ମଧ୍ୟ ପରାମର୍ଶ ନେଲେ । ସମସ୍ତେ ଏକା ସ୍ୱରରେ କହିଲେ ଯେ ସେ ଏଭଲି କାମ ନ କରନ୍ତୁ ।

ଏହା ସତ୍ତ୍ୱେ ରାଧାନାଥ ତାଙ୍କର ସ୍ୱୀକାରୋକ୍ତି ଲେଖିବାକୁ ଆରମ୍ଭ କଲେ: ଏହି ଆତ୍ମବିବୃତି ଯାହାଙ୍କର ହସ୍ତଗତ ହେବ, ତାହାଙ୍କୁ ସବିନୟ ପ୍ରାର୍ଥନା ସେ ଅନୁଗ୍ରହ ପୂର୍ବକ ତାହାଙ୍କର ପରିଚିତ ବ୍ୟକ୍ତିଗଣଙ୍କୁ ଏହା ଦେଖାଇବେ । ସାଧାରଣଙ୍କ ସମୀପରେ ମହାପାପୀର ଅତି ବିନୀତ ଏବଂ କରୁଣ ନିବେଦନ :

ମୁଁ ମହାପାପୀ, କୃତାଞ୍ଜଲି ହୋଇ ଭିକ୍ଷା କରୁଅଛି, ଆପଣମାନେ ମୋହର ପାପକୁ ଘୃଣା କରିବା

ହେବେ, ମାତ୍ର ପାପୀ ପ୍ରତି ଯେମନ୍ତ ନିର୍ଦୟ ନ ହୁଅନ୍ତି ।   ମୋହର ଅନ୍ୟ ଅଭିଯୋକ୍ତା ନାହିଁ, ମୁଁ ଅଭିଯୁକ୍ତ, ଅନ୍ତର୍ଯ୍ୟାମୀ ଆତ୍ମାପୁରୁଷ ମୋହର ଅଭିଯୋକ୍ତା ।...

ମୋହର ଜୀବନରେ ୫୨ ବର୍ଷ ପର୍ଯ୍ୟନ୍ତ ମୋହର କୌଣସି ପ୍ରକାର ଗୁରୁତର ସ୍ଖଳନ ଘଟି ନ ଥିଲା । ୫୩ ବର୍ଷ ବୟସରେ ମୁଁ ବିଦେଶରେ କୌଣସି ବିଦୁଷୀ ମହିଳା ସହିତ ପରିଚିତ ହେଲି । ତାହାଙ୍କର ଅସାଧାରଣ ସାହିତ୍ୟର ଉତ୍କର୍ଷରେ ଏବଂ ରଚନାର ପରିପାଟୀରେ ଆକୃଷ୍ଟ ହେଲି ଏବଂ ତାହାଙ୍କ ସୌହାର୍ଦ୍ୟ ହେଲା । ଏ ସମସ୍ତ ସଦ୍‌ଗୁଣ ସ‌ତ୍ତ୍ୱେ ତାହାଙ୍କ ଚରିତ୍ର ଅତ୍ୟନ୍ତ ବିକୃତ ଥିଲା, ଏହା ମୁଁ ସେ ସମୟରେ ଜାଣି ନ ଥିଲି । ତାହାଙ୍କ ବିକୃତ ଚରିତ୍ର ପ୍ରଭାବରେ ମୋହର ଚିରସଂଯମ ବ୍ରତ ନଷ୍ଟ ହେଲା । ସମୟ ସମୟରେ ବିବେକ ଜାଗରିତ ହେଉଥିଲା ସତ୍ୟ, ମାତ୍ର ସେହି କୁହକିନୀଙ୍କର କୁହକ ଏବଂ ମାୟାଜାଲ ପ୍ରଭାବରେ ବିବେକ ବାଣୀ ନିଷ୍ଫଳ ହେଉଥିଲା ।...

ଚରିତ୍ରଭ୍ରଷ୍ଟ ହୋଇ ମୁଁ ଭଦ୍ର ସମାଜରେ ଭଦ୍ରଲୋକ ପରି ବିଚରଣ କରୁଅଛି, ଏହା ମୋହ ପକ୍ଷରେ ଅସହ୍ୟ ହୋଇଅଛି । ମୁଁ ବାର୍ଦ୍ଧକ୍ୟରେ କଳଙ୍କ ଦେଲି, ମନୁଷ୍ୟ ନାମରେ କଳଙ୍କ ଦେଲି, ପବିତ୍ର ଶିକ୍ଷା ବିଭାଗରେ କଳଙ୍କ ଦେଲି, ପାପର ଏପରି କୁଦୃଷ୍ଟାନ୍ତ ଜଗତରେ ବିରଳ ।... ମୋହର ଜୀବନକାଳ ଅବସାନପ୍ରାୟ । ଚିରଦିନ ଜୀବନ ଯଥାସାଧ୍ୟ ସତ୍‌ପଥରେ ରଖି ଠିକ୍ ପରଲୋକର ଦ୍ୱାରଦେଶରେ ମୋହର ଏହି ଦାରୁଣ ସ୍ଖଳନ ଘଟିଲା ।...

ଏପରି ପୃଷ୍ଠା ପୃଷ୍ଠା ଲେଖିବା ପରେ ଶେଷରେ ଲେଖିଲେ : ସମସ୍ତଙ୍କୁ ପୁନର୍ବାର କରପୁଟରେ ଭିକ୍ଷା କରୁଅଛି, ଆଶୀର୍ବାଦ କରନ୍ତୁ ଯେମନ୍ତ ଆପଣଙ୍କର ପଦଧୂଳି ନେବାର ଯୋଗ୍ୟ ହୋଇପାରେ ।...

ସମ୍ୱାଦପତ୍ରର ମାନନୀୟ ସମ୍ପାଦକ ମହୋଦୟଗଣଙ୍କ ନିକଟରେ ମୋହର ବିନୀତ ପ୍ରାର୍ଥନା ସେମାନେ ମୋହ ପ୍ରତି କୃପାନ୍ୱିତ ହୋଇ ମୋହର ଏହି ଆତ୍ମବିବୃତି ନିଜ ନିଜ ପତ୍ରିକାରେ ପ୍ରକାଶ କରିବେ ।

ମୁଁ ମୋହର ଏହି ପାପ ସାଧାରଣରେ ପ୍ରକାଶ କଲି ବୋଲି ଲୋକେ ମୋତେ ପାଗଳ ବୋଲି ସମ୍ୱୋଧନ କରିବେ । ମାତ୍ର ମୁଁ ମୋହର ହୃଦୟର ଅନ୍ତଃସ୍ଥଳରୁ ଜାଣିଅଛି, ଈଶ୍ୱରଙ୍କ ଆଦେଶରୁ ମୁଁ ଏ ବିଷୟରେ ପାଗଳ ହୋଇଅଛି । ଏଥିରେ ମୋହର କୌଣସି ଚାରା ନାହିଁ । ସଂସାରରେ ଏହି ଭଳି ଅନେକ ଘଟଣା ଘଟୁଅଛି, ଏହା ଜାଣି ସୁଦ୍ଧା ମୋହର ଆତ୍ମସମ୍ୱରଣର ଲେଶମାତ୍ର କ୍ଷମତା ନାହିଁ ।

କଟକ ୨୫.୭.୦୭   ଶ୍ରୀ ରାଧାନାଥ ରାୟ

ପିତାଙ୍କ ନିର୍ଦ୍ଦେଶମତେ ଶଶିଭୂଷଣ ଏ ନିବେଦନଟିକୁ ନେଇ କଟକ ପ୍ରିଣ୍ଟିଂ କମ୍ପାନୀରେ ଓଡ଼ିଆ ଓ ବଙ୍ଗଳାରେ ହଜାରେ ଲେଖାଏଁ ଛପାଇଲେ ଏବଂ ତାକୁ ଓଡ଼ିଶା ଓ ବଙ୍ଗଳାର ସମସ୍ତ ସମ୍ୱାଦପତ୍ର, ପତ୍ର ପତ୍ରିକା ଓ ଗଣ୍ୟମାନ୍ୟ ବ୍ୟକ୍ତିଙ୍କ ପାଖକୁ ପଠାଇଦେଲେ । ଏ କାମ ସାରି ଶଶିଭୂଷଣ ରାଧାନାଥଙ୍କ ପାଖକୁ ଗଲେ ଏବଂ ଜଣାଇଲେ ଯେ ସେ ଚାହିଁଥିବା ମତେ ନିବେଦନଟି ସମସ୍ତଙ୍କ ପାଖକୁ ପଠାଇ ଦିଆଯାଇଛି । ରାଧାନାଥ ତାଙ୍କ ହାତରୁ କାଗଜଟି ନେଇ ପଢ଼ୁ ପଢ଼ୁ ନଗେନ୍ଦ୍ରବାଳାଙ୍କୁ ମନେ ପକାଇ ଉଚ୍ଚସ୍ୱରରେ କାନ୍ଦିବାରେ ଲାଗିଲେ ।